吉首大学民族学研究文库

◎主编 罗康隆

◎学术顾问 杨庭硕

吴秋林文集

·第一卷·

WUQIULINWENJI

吴秋林 著

中央民族大学出版社
China Minzu University Press

图书在版编目(CIP)数据

吴秋林文集．一／吴秋林 著.—北京:中央民族大学出版社,2017.8 (2018.3重印)
ISBN 978-7-5660-1395-8

Ⅰ.①吴… Ⅱ.①吴… Ⅲ.①寓言—文学研究
Ⅳ.①I207.7

中国版本图书馆 CIP 数据核字(2017)第136295号

吴秋林文集(第一卷)

著　　者	吴秋林
责任编辑	舒　松
封面设计	符　蓉
出 版 者	中央民族大学出版社
	北京市海淀区中关村南大街27号　邮编:100081
	电　话:68472815(发行部)　传真:68932751(发行部)
	68932218(总编室)　68932447(办公室)
发 行 者	全国各地新华书店
印 刷 厂	北京盛华达印刷有限公司
开　　本	787×1092(毫米)　1/16　印张:45.25
字　　数	900千字
版　　次	2017年8月第1版　2018年3月第2次印刷
书　　号	ISBN 978-7-5660-1395-8
定　　价	168.00元

半生文集序言

孙海明

在30多年前，一小群青年男女在一个水库边展开了一个野营地，他们要在这荒山野岭中寻找自己的野性和浪漫……我和秋林就是其中的一员，这个不经意间的“梦幻”展开之后，当时谁也没有想到会从此影响我们（至少是我和秋林）的一生。从此，“追寻”成为我们生活的主题，但是要追寻什么？我们一开始都不太清楚，不过这种追寻的“姿态”一旦形成，我们的命运就无法改变了，也因此我与秋林成为人生中的莫逆之交。心里有许多天地，但总有单独的一块是我们的，并且在星空不断闪烁，从而把我们联系在一起。我在读书读到《夸父追日》神话的时候，心里老是“琢磨”，这是什么意思？科学已经明确告诉我们，这是不可能的，后来才明白，这是中国人“追寻”的基本“姿态”，想要有所追求的人，宿命地就是这种“姿态”……我们实际上早在读书时代就已经是这样的“姿态”了！至于追寻什么？你懂的！

如今，我们已经走过了半生，我知道我在追寻，也知道秋林也在追寻，还知道秋林的追寻成就斐然，但当他把自己的文集展示在我面前时，我还是吓了一跳……当他委托我编辑他的文集，并且为他的文集写序的时候，我更是吓了一跳……在读书的时候，我们读着《鲁迅文集》《雪峰文集》的时候，那份心情不言而喻，但做梦也没有想到，我们一起在野营地里走过来的同学会给自己的人生拿出这样一份答卷。

秋林说，他的已经出版的主要著作都在这里，虽然多，叫“秋林文集”他还有些忐忑。我更愿意把他的这个文集称为“半生文集”，因为我知道，秋林在写作和已经写作好了的一些著作并不在文集里，而这些在写作的著作更能显示其在学术追求上的力度和意义。

吴秋林的父亲曾是江苏运河边上的一个青年，在解放军过江后，即到南京进了解放军的“军政大学”，不久之后就成为“南下”大军二野146团的一员。秋林父亲在贵州解放初期与六个同志一起被分配到安龙县的各乡镇接收政权，土匪暴动时，其余五人都没有回来……吴秋林的母亲是当地一个地主家的姑娘，是一位有文化的进步女青年……他的这个“家谱”还可以上溯到他爷爷那一辈，据秋林说，他的爷爷小时候实际上姓朱，是朱家抱到吴家来养的一个小弟，后来朱家发了以后，朱家的大哥，也就是秋林的大爷爷还非常关心抱出去的这个小弟。据秋林说，他的这个朱姓大爷爷在20世纪70年代还住在上海市山阴路85弄，解放前是一个民族资本家，在这个“外姓”孙子去上海看望他时，还带秋林去当时的上海和平饭店吃过饭……

吴秋林1955年9月17日出生在盘县县城里，他的出生成为县城的一条“新闻”。这个孩子有9.7市斤，并且在母腹中怀孕12个月，他母亲是在预产期时就住进了县医院，但没什么动静后回去了，到12个月后才再次进入医院。

他在两岁多时被送到兴义安龙县龙广的外公家，成为革命家庭中的地主的外孙，在乡间的水沟、泥巴地，以及龙广小学读书中度过自己的童年，有一次差点没淹死在村子附近的水库里……到小学四年级时，才回到盘县刘官屯的父母家，并在刘官小学完成自己小学学业。淘气，不懂事，革命家庭成了历史反革命家庭，不想读书，拼命地想做红卫兵，想去“革命大串联”。冲进县教育局要“革命大串联”签证，教育局的工作人员一看这帮娃娃惹不起，进厕所后从另外一个门走了！后来，在父亲被造反派抓走后，一切就都破灭了。他初中只读了一年半，也就成为所谓的知识青年，在一年多后，又成为盘江矿务局老屋基矿的一名工人，一直到1978年的高考前。

磨难成为财富，是我们这一代人说得比较多的话题，在与秋林说起这些往事的时候，我们都有共同的感受和经历，而不是今天的搞笑和故事。

在1978年11月，我们从各个地方会聚到贵州大学中文系时，都有一种欢欣，我们出来了！但实际上大多数人还不太清楚出来了的意义！我听吴秋林说过，他在煤矿的时候，奢望能够在地面工作，只要不下井就行，哪怕是扫厕所！

回想那个时代，读书是我们绝望时的最后一根稻草，而且我们都死死抓住读书这条还有些光亮的地缝，并且从里面出来了。

四年的大学生涯很快就过去了，实际上我不是太清楚吴秋林他们都在做些什么，只知道他和同学们办了许多文学刊物，后来就真的天各一方，各自营生……

吴秋林从贵州大学中文系毕业后，先是在六盘水市政府工作，1984年到了六盘水日报做编辑、记者。1992年担任六盘水文联副主席，1994年又来到贵州艺术高等专科学校任教。记得吴秋林说过，当时吴秋林已经是国家公务员系统的副县级干部，学校只要老师，不好安排副校长，要他写一个不要职务的保证，吴秋林当即就用便笺写了一个保证。

他在艺专工作8年，2002年来到贵州民族学院，与一帮少数民族的教师和学者为伍，按照吴秋林的话说，这些同志想整人都没有什么招数，在这样心地善良的人群里安全！所以他一直在贵州民族大学里工作至今。

在吴秋林的简历中，还有一个来自社会意义的存在，1984年加入了中国寓言文学研究会，并且后来成为该会的副会长至今。1991年加入中国民间文艺家协会，并且在10年后成为贵州省民间文艺家协会的副会长至今。1994年加入中国作家协会。其间还加入了许多学会，比如中国比较文学学会、中国现当代文学学会等等。

2007年成为贵州民族学院的硕士生导师，2012年成为贵州民族大学的博士生导师，他的门下已经毕业数名硕士研究生，其中两名考取了博士，而他至今还是一个文学学士，并且以没有获取博士虚名为荣。

吴秋林最近刚刚被全国社会科学规划评审组聘请为专家。

其实这一切全部根植于他的学术研究成就和不懈的人生追求，我在这里说他如何如何有帮腔的嫌疑，展开他早期的文学创作和研究，中期的艺术学研究，以及后来的民族学、文化人类学、宗教学研究等，读者会看到自己想看到的东西。

纵观吴秋林半生的文学创作和学术研究，我以为其有三个时期：一是早期的以寓言文学创作和研究为主的文学研究和创作时期；二是中期的艺术学研究时期；三是晚期的民族学、文化人类学学术研究时期。

一、早期的文学研究和创作

从其早期的文学创作来看，吴秋林是一个怀着诗人梦想的学生，很想在诗歌创作中实现自己的人生梦想。据吴秋林说，他年轻时写了许多诗歌，但绝大多数都压在箱底。在他学生时代的一些校刊上，我们也看到了一些吴秋林的诗歌作品。从这些诗歌作品来看，诗情真，爱诗切，但诗意不足以使吴秋林成为一个时代的诗人。其实吴秋林知道这一切，他在大学三年级初就明智地把自己在诗歌创作上的热情转到了寓言的创作上，并且在毕业时拿出了 7 万字的《中国现当代寓言文学初探》的大学本科毕业论文。

其实，吴秋林在自己的诗歌创作中还是有河中彩石一样美丽的诗歌，这就是他的散文诗创作。在吴秋林的文集中，没有收集他早年创作的还是不错的一些诗歌作品，但是其散文诗作品却被收进了文集。其代表作就是《紫芦苇》。

《紫芦苇》是吴秋林在 1991 年自行编辑印刷的一本散文诗集，当时编辑有 94 篇散文诗，加上后来写作的数篇，约百篇有余，这些散文诗都是秋林心灵的闪光凝固下来的河中彩石，令在心灵之河游憩的人们很“养眼”，不大，但是精华！不是其所有的散文诗都是佳作，但能见其心灵人生之诗意。

这本小诗集在印行时我们一个同学张嘉彦为其写了一个序言说：“我感到，秋林的创作在羽毛披纷时最有情致，这使得散文诗这种样式于他很是相宜。秋林的散文诗，随意、自然、不做作、不卖弄，有作皆发自真心的所思所感，没有当今许多所谓散文诗那种触目可见的匠气和俗气：文句上的故意排比，立意上的刻意为之。秋林在散文诗写作上这种随意、自然、自发的特点，表现了他的一种‘自在’的心态，用他的话来说，就是对诗的‘真情坦诚’和‘对诗并不完完全全的真诚’。也许，诗人们都会异口同声说自己对诗的‘真情坦诚’，却未必敢说对诗‘并不完完全全的真诚’。秋林承认了他有这一种心态的真实，所以，无论其创作姿态和创作果实，都具有了一种值得咀嚼的品位。”

而且这种“品位”是秋林学术研究的一种另类果实。所以张嘉彦认为：“以勤奋执着而清醒的跋涉，吴秋林已经摆出了好几本令同行刮目的书。他似乎在理性思辨和感性体悟上要老顽童似的“双手互搏空明拳”，让理论研究与文学创作齐头并进，而且以显然的实绩展示了他具有人们可以用“作家学者化”或“学者作家化”称之的素质。能够摘此殊荣的写作者在当今文场上还不太多，吴秋林跻身于这个队列，即使还不太显眼，也已经很难得了。”

在吴秋林早期的文学创作中，散文诗在文集中有所体现，但其在文学创作中和中国寓言文学界有一定影响的作品还是寓言。

在该文集中，收入了《秋林寓言》《躲雨的兔子》两本寓言集，但前者是其寓言作品的总汇，在此寓言集中，有寓言200多篇。这些寓言作品散布在现当代中国各种各样的文学刊物中，凭借这些作品，吴秋林成为现当代中国一位有自己特色的寓言作家。虽然吴秋林在中国寓言文学界的影响主要来自其寓言文学研究，但寓言创作亦是他寓言文学成就的一个重要组成部分。在寓言研究上吴秋林有自己的理论建树，而他的寓言创作也是其寓言理论表述的一种实践性行为。

在吴秋林的文集中，我们还应该注意到他美丽的充满魅力的散文创作，在文集中以《化外之民》为集，收录了吴秋林在自己的学术研究生涯中，心灵外泄时的一些体验和感悟。这些作品有一个很长的创作时间，早的在20世纪90年代初，比如《为圣的雪域》，晚的就在近期，比如《灵魂的风景》，是其心路历程的一种表达。

在这些作品中，以《为圣的雪域》和《灵魂的风景》最为深刻！从《为圣的雪域》开始的“化外”冲动到“灵魂的风景”的超然的领悟，看得出吴秋林思考的不仅仅是自身的存在，而是在更为深刻的自然背景和人文背景下来表述生命的意义。

吴秋林的生存观自然是追寻诗意的，但理性和学术的思考却占据了他一生的大部分时间，这在年轻和容易冲动的早期亦是。其结果就是在学校读书四年中初步积累的寓言文学研究，未来的十年中被其在业余时间“发扬光大”，显赫地成为中国不多的几个系统性全面研究寓言文学的专家。在莱辛和别林斯基时代，寓言在这些大师的笔下有所研究，但像吴秋林这样在十多年间出版了《寓言辞典》《寓言文学概论》《世界寓言史》《中国寓言史》的学人，可以说前无古人。莱辛在其寓言理论研究中涉及了许多方面，但吴秋林的《寓言文学概论》却全面地论述了寓言文学的诸多理论问题。在中国，虽然也有一些关于寓言文学理论的著作，吴秋林的《寓言文学概论》不一定是最好的论述，但一定是学术性最为严谨的论述之一。

《世界寓言史》和《中国寓言史》是吴秋林在寓言文学研究中的双子星，它从文学历史的角度探寻了寓言这样一种文学品类在历史中的文学发展和演绎的历史。中国的寓言文学历史，在中国已经有一些研究，比如陈蒲清的《中国古代寓言史》、公木的《先秦寓言概论》等等，但像吴秋林这样把中国自古至今的寓言文学历史贯穿起来“史述”的还不多见。在吴秋林的《中国寓言史》中，其古代部分是在别人肩头上往上走的历史表述，但在近现代的寓言文学历史叙述中，《中国寓言史》是有许多建树的。在吴秋林的寓言文学研究中，如果说吴秋林的中国寓言史研究还有不少的借鉴部分，那《世界寓言史》的历史叙述就创新多多了。在《世界寓言史》出版前，世界上还没有一部关于这一小而极具影响力的文学作品的发展历史的著作，而吴秋林在中国国内资料极为欠缺的情况下，完成了这一艰巨的工作，填补了世界文学史的空白。至少是作为中国人表述了自己对于寓言这一文学体裁的看法和总结。

关于《世界寓言史》的出版，在其“后记”里还有一段趣事，而且这一趣事与当时的文坛大佬钱锺书关联。

在后记中有这样的文字：

关于此书，还有一件让我终生难忘的事情，这就是此书的“序”。我著书就著书，不大习惯请人写什么序，而这本书却请了。某出版社的一位朋友曾对我说：你去请钱锺书写个序来，我们就报选题。我神差鬼使，大马金刀地应承下来，其实我心里直发毛。我与钱锺书这个令人尊敬的“大魔头”百分之零点一的关系都没有，况且当时《围城》的种种“古怪”刚刚平息，干这事，我想都不敢想。但是最后信还是写了，资料也寄了，信很短，全文如下：

钱锺书老狮：您好！有人说我是一只兔子，要我借您头上的狮毛一用，请写个序！兔子：吴秋林。

钱老可能“魔颜一颤”，居然回信如下：

秋林同志：来函奉悉。我因老病，遵医嘱久罢笔墨之役。尊著范围广阔，尤非我所熟悉。“作序”之事，实不胜任。原稿你手写，故特挂号寄还。即致！钱锺书。

我捧着这封钱老晚年的亲笔回信，简直不敢“热泪盈眶”，但我由此而坚信人间的至诚至真！

我们今天重读这段文字时，不禁莞尔！这头令一个时代尊敬的“老狮子”啊！也同时“嘻嘻”这只兔子！不过，这只兔子不知道还是不是以前那只兔子?！其实，翻阅过吴秋林书稿的钱锺书是赞赏这只兔子的！

在出版寓言文学研究著作的同时，吴秋林还在《齐鲁学刊》《贵州大学学报》《贵州民族学院学报》《贵州社会科学》等学术刊物上发表了许多关于寓言研究的文章，其中的一些文章还在《新华文摘》《人大复印资料》上被转载。关于寓言文学研究的文章和学术著作还在贵州省哲学社会科学的评奖中拿到了两个三等奖和一个二等奖。

吴秋林从1982年毕业到20世纪90年代末期，十年间基本上就沉浸在寓言创作和寓言文学研究中，并且交出了约100万字的成果，而且这一切都是其十多年间的业余时间所为，因为这一切的一切都与他的政府工作人员、报社新闻记者、杂志编辑没有什么关系。这在一般人眼里，已经基本可以算是“功成名就”了，但秋林却不是这样的人。我们在一起交流时他曾经说起过，在学校时他就想把“自己的船”努力“造”得大一点，使自己在未来的“海洋”中行使得更远一些。

在1984年时，吴秋林遇见了一位老“寓言人”，这位老人告诉秋林：寓言文学研究这块园地有限，不是你的“久留”之地……在吴秋林继续完成寓言文学研究计划时，实际上早已经开始“谋划”另外的学术研究可以“长久”的园地了。

秋林告知我这个事情时，对这位寓言老人的知遇和感激溢于言表。

1994年，吴秋林因一些个人变故，离开了六盘水市，来到贵阳“谋生”，“误打误撞”地进入了当时贵州省最高的艺术学府——贵州艺术高等专科学校任教，这就在吴秋林的学术生涯中“横插”了一个所谓的艺术研究时期。

二、中期的艺术学研究

本来，秋林的如常的研究计划是从寓言文学研究转向宗教学研究，在宗教学研究的基础上后来扩展到文化人类学研究，因为吴秋林在宗教学的研究中以为，没有文化人类学研究的基础，宗教学研究无法深入。但可能令吴秋林没有想到的是，在六盘水市工作期间，新闻是工作，寓言文学研究是业余，而在贵州艺术高等专科学校工作期间，教学和艺术学研究成了他的工作，而文化人类学研究成了他的业余。但其在贵州高等艺术专科学校工作的8年间，艺术学研究，却构成了吴秋林学术研究的一个阶段，因为其在艺术学研究中也做出了不菲的成绩，成为其学术生涯的一个组成部分，并且对于其后来的文化人类学、民族学研究产生了深刻影响。

就如吴秋林所说，这里的8年，好像自己读了个艺术学的博士和一个民族音乐学的博士，但可惜没有人授予博士学位！

在所谓的艺术学研究中，吴秋林出版了《艺术概论》《戏剧艺术概论》。

这两部学术著作多是一种学术的梳理和概述，是在前人论述基础上的研究和建树，但也有吴秋林本人对于艺术的理解和认知，而且是一种中国式样的艺术学话语方式。在其中，我们可以看到吴秋林很想把人类的艺术放在人类文化的大系统和框架下来认知，把西方和东方的艺术放在一个平等对话的基础上来表述，不乏艺术人类学的把握。这样，其艺术学的研究和叙述就在一定程度上发生了一些变化，使他的艺术学研究有些别样的表现。

在艺术学术工作中，吴秋林还参与了贵州省民族音乐学的许多理论探讨和实践，在中国音乐学的权威刊物《中国音乐学》上发表过关于贵州省民族音乐教育的文章，同时还发表了一批其他艺术学文章。有一段时间，吴秋林还迷上了现代前卫艺术研究，连发了几篇关于现代前卫艺术研究的文章，亦是一个小小的插曲。

在吴秋林的艺术学术工作中，还有一系列计划，但由于种种原因，就永远是计划了。

其实，在艺术学术工作计划之余，吴秋林的宗教学研究和文化人类学研究并没有停下来，而是分布在他的所有业余时间里。

在这8年间，吴秋林出版了《居都——一个仡佬族社区的文化叙述》《梭嘎苗族文化研究》《美神的眼睛》等三部文化人类学研究著作。这既是其中期学术研究的一个重要组成部分，也是吴秋林后期文化人类学、民族学研究的一个极为重要的前奏。

《居都——一个仡佬族社区的文化叙述》是吴秋林第一本文化人类学研究著作，是作为“贵州省本土文化丛书”之一，由贵州人民出版社出版的。该书是吴秋林在坚实的文化人类学田野基础上写成的，他为此到称为“居都”的小村子里呆了很长时间，过年都没有回家……

对于这本著作，吴秋林的自我评价是：

该书在今天看来，是没有所谓的文化人类学研究的理论框架的，主要应该是一种不太规范的民族志书写的著作，但在某些方面做了比较深入的研究和分析，不过这些分析基本是文化本位性质的分析，没有表现更为深刻的理论认知，不过，这样没有范式的学术研究可能就是一种范式的存在。

《梭嘎苗人文化研究》和《美神的眼睛》都不是完全的学术著作，而是一种学术游记，或者说笔记式样的著作，它们把学术和田野实践表述在一起，希望通过这样的书籍，告诉某个比较真实的民族文化的状态和存在。

《梭嘎苗人文化研究》写的是一个国际文化生态保护区的苗族人文化和生活，这个被称为梭嘎苗人的群体，就是所谓的“长角苗”，他们的每个女人（包括女娃娃）头上都有一长长的木角，并且把头发以 8 字形缠绕于上，形成奇特的妇女发饰。这样的发饰非常容易引来丰富的“异域的想象”，所以，这个地方在国内外的知名度很高。在这本书中，对于长角苗的丧祭仪式、婚姻礼仪、服饰、音乐歌舞都有书写式样的描述，也有一些田野日志的记录和描述，但基本上都还在民族学民族志的范畴中。

《美神的眼睛》写的是贵阳地区高坡乡苗族青年男女中发生的一种被吴秋林称为“人生情感仪式”的仪式行为，以及高坡苗族女人身上一种特殊的服饰“背牌”的种种“故事”。在这本书里，田野日志的记录和描述要比《梭嘎苗人文化研究》一书多一些。

从吴秋林开始的这三本书的出版来看，他在民族志的书写和文化本位的自我表述和研究中历练自己，并为其后来的民族学、文化人类学研究打下了坚实的民族志基础。

在这个短暂的时间里，吴秋林的学术研究在社会上亦得到人们的广泛认可。《戏剧艺术概论》获得当年的“贵州省文学二等奖”；《居都——一个仡佬族社区的文化叙述》获得当年贵州省哲学社会科学优秀成果三等奖。

三、后期的民族学、文化人类学学术研究

2002 年，吴秋林几乎以一种“痛恨”“中国的艺术没有文化”的心情，离开了当时已经成为贵州大学艺术学院的工作了 8 年的学校，来到了今天的贵州民族大学（当时称为“贵州民族学院”）任教。来到这里，他被分配到一个最穷的系——民语系。按照吴秋林的说法，可能这是自己的最后工作地了。吴秋林一生每隔几年就要换一个地方工作，几乎可以说是用换工作来实现自己的“换一种活法”，但是到了贵州民族学院，他几乎想好了要长久地“隐居”于此，不再换地方了。因为他觉得在这些民族兄弟中做“汉奸”挺好！从他的这些想法去看他的《化外之民》中的一些文章，我们可以看到他的“入世”的努力和“化外”的心境。不过，来到贵州民族学院，吴秋林的大船就犹如穿越了虽然依然宽阔的江河，到了大海一样，数十年的“修炼”要在这里“结果”了。实际上也是这样，在贵州民族大学这十数年里，其民族学和文化人类学研究取得巨大的发展。

从 2002 年开始，到 2007 年间，吴秋林就基本没有出版过什么著作，只是间或发表一些文章，但这五年间不是一种沉寂，而是一种新的开始。到 2007 年，民族出版社出版了吴秋林的《众神之域——贵州当代民族民间信仰文化调查与研究》，之后就一发不可收，2008 年民族出版社出版《影视文化人类学》，贵州大学出版社出版《“蒙恰”苗人文化研究》。2009 年民族出版社出版《中国土地信仰文化图像人类学志》，贵州民族出版社出版《贵州少数民族面具文化》，贵州大学出版社出版《月亮河流域布依族文化研究》《盘县非物质文化遗产描述与研究》，贵州民族出版社出版《居都仡佬族文化研究》。2010 年民族出版社出版《图像文化人类学》。2011 年西南交通大学出版社出版《“蒙恰”古歌研究》《文化边缘——六枝彝族文化研究》，贵州大学出版社出版《盘县羊场布依族盘歌》（上、下）。加上 2014 年中央民族大学出版社出版的《族群与民族——不等位边界》，云南出版集团出版《中国西部民族文化通志·影视卷》等，在六年多的时间里一共出版民族学、文化人类学学术著作 14 部套。据知，他还有数部著作在出版进程中。

《众神之域——贵州当代民族民间信仰文化调查与研究》是吴秋林在 2004 年获得的一个国家社会科学基金课题，这个研究成为其后期学术研究的起点。他在该书的绪论中说：

> 《贵州当代民族民间信仰文化调查与研究》是一个预设性的研究，即把贵州当代民族民间的信仰文化，作为一个预设性主题来展开它的调查和研究。“贵州民族民间”当是地理地域和文化地域，以及民族的限制词，它有文化空间和地理空间的意义。“当代”是一个时间性的限制词，它表明了这一学术主题的历时性意义。我们就是在这样的时间和空间里来展开调查和研究的。很明显，这个题目由两个大的部分组成，一是调查，二是研究，而且这是一种初始性质的研究。
>
> 调查是这一课题最为重要的组成部分。在这里对其进行强调是有特别意义的，这个意义就在于通过独立而规范的田野作业调查，让我们从田野材料上就避免了某些西方文化中心论指导下的所谓的文化人类学理论对材料的任意分割、组合。同时从自有的新鲜材料上，发现我们民族民间文化真实的独有的文化意义。
>
> 在这里进行如此的特别强调，还有另外一个意义，这就是“防范”某些汉文化中心论指导下的种种“史载”对民族民间文化的歧视性描述和曲解。这方面，我们是有切肤之痛的。在历史上的汉文典籍中，有大量关于非汉族的民族文化记录，其记录的真实性和正确性折扣很大，但仍然作为“信史”在文化人类学、民族学中被奉为“典籍”，我们中国有许多民族学和文化人类学的“学问”就是这样被“做”出来的。有时候，一个民族的文化形态和结构，乃至性质都发生了很大的变化，其学术认知却仍然是“信史”上的东西。

从这段话语中，我们可以看到吴秋林鲜明严谨的学风，以及独立自主地进行学术研究的基本精神，反对“欧洲文化中心论”的同时，亦反对“汉文化中心论”。正因为这样，此书一出版即受到好评。如此的学理精神，我们在其后来的研究中看到了更为深刻而广泛的表现。

余下的著作，大致可以分为几个部分：一是影视民族学研究部分，二是一个称其为“民族志年刊”的部分，三是“民族民间文化研究”部分。

影视民族学研究部分的出版著作有：《影视文化人类学》《图像文化人类学》《中国土地信仰文化图像人类学志》《中国西部民族文化通志·影视卷》。

《影视文化人类学》是一部影视人类学的理论著作。在该书的内容介绍中有这样的文字：《影视文化人类学》一书从基本概念的梳理开始，第一次确立了影视文化人类学的基本学科概念。认为文化人类学、影视艺术学和影视技术是这门学科的基础。“影视文化人类学”应该是这门学科的精确概念，廓清了以往“影视人类学”“影视民族学”等模糊概念。《影视文化人类学》分为“学科基础结构论”“历史论”“文化论”“技术论”“本体论”“实践论”“图像志”七个部分，系统论述了“影视文化人类学”的学科意义，可望在“读图时代”里成为我们理解文化人类的一种重要的理论表述，也能成为读解影像中人类文化的重要工具。

该书实际上是吴秋林力图在中国建立中国人自己的影视人类学话语方式的开端，故在此后，吴秋林又出版了《图像文化人类学》一书。该书亦是吴秋林影视人类学理论研究的又一力作。在吴秋林的影视人类学理论中，他认为影视人类学影像中实际上有两个不同的部分，一是动态影像，二是静态影像；并且认为两者的影像性质不能够完全等同，而且都有自己独立的存在空间和意义。这样，《影视文化人类学》主要表达的是动态影像的学理，而《图像文化人类学》则主要表达的是静态影像的学理。按照吴秋林的说法：“图像肯定不是这个有形世界的本源性质的表达，而是加诸了人的精神和意识的关于形状的表达。即我们把这有形物质的世界用我们人的方式和意识称之为图像，并以此来作为我们认识世界的一种基本手段和能力，这才是人类图像的基本意义。”故而，吴秋林的《图像文化人类学》拓展的学术空间，在一定程度上超出了其自身。

在吴秋林的影视人类学研究中，其还在“图像志”研究中进行了比较深入的实践，其成果就是《中国土地信仰文化图像人类学志》。在该书中，吴秋林对于贵州省全省范围内的土地信仰文化的实物——土地庙进行了全面的调查，并且以村为单位，建立了数百土地庙的图像志个案，而后成为一书出版。他对这些图像志个案进行了一定的研究，认为：“根据以上这些不同时期、不同方式的土地信仰文化调查，我们发现，贵州这块土地上的土地信仰文化遗存是相当丰富的。按照历史时间的分布和土地信仰性质，最为古老的当是布依族的社神类型的土地信仰，其次是水族的石崇拜转化型土地信仰；再其次是苗族、侗族类社神性质的土地信仰；四是屯堡人类型的土地信仰；五是其他汉族人的土地信仰；六是多民族信仰融汇型的土地信仰；七是土家族的傩文化型的土地信仰。”吴秋林由此而认定，这是中国中原地区土地信仰文化在贵州这块土地上的历时性遗存，意义重大。

《中国西部民族文化通志·影视卷》是“通志”中的一个组成部分，但它以这样的形式，基本展现了中国影视人类学的历史。1895 年，卢米埃尔的摄影机一出现，

1896 年就在中国的北京有影像放映，1898 年后，中国就有了相关影像的拍摄，1902 年鸟居龙藏就在中国展开了人类学图像志的拍摄。在 1922 年《北方的那努克》出现后不久，中国的国民政府就有了影视人类学的拍摄活动……这些历史的展示说明中国的影视人类学历史“距离世界”并不遥远，所以，吴秋林在书中梳理了这样的历史是非常有意义的。

由以上四书构成的吴秋林的影视人类学理论与实践，在中国走在了最前列，在世界范围内也是比较先进的。这个系列理论的建立有一些类似其在寓言研究上的努力，但其未来影响力却比之要大许多。

“民族志年刊”的部分的著作有：《“蒙恰”苗人文化研究》《月亮河流域布依族文化研究》《居都仡佬族文化研究》《文化边缘——六枝彝族文化研究》《族群与民族——不等位边界》，一共五本。这一所谓“民族志年刊”的出版，源于一次“随意”的交流。2006 年时，吴秋林一行在六盘水市六枝特区做民族学调查，与当地民委的同志有些交流。当时的特区民委的领导说，你们的成果我们拿钱给你们出版！吴秋林说：出版一本两本有什么意思？要整个长期的合作！这位领导说：可以！吴秋林说：五年，一年一本，钱民委出，活我们干！……之后有了一纸协议，当地的民委没什么要求，有质量，调查研究六枝特区的民族文化就行！之后每年的暑假，吴秋林和他的团队就会出现在六枝特区的乡村田野，只有田野费用，没有任何报酬，一干就是五年，一年一本……最后被吴秋林他们自称为“民族志年刊”。第一年是《“蒙恰”苗人文化研究》，第二年是《月亮河流域布依族文化研究》，第三年是《居都仡佬族文化研究》，第四年是《文化边缘——六枝彝族文化研究》，第五年是《族群与民族——不等位边界》。

《“蒙恰”苗人文化研究》是对一个在当地不足两千人的苗族支系的全面民族志研究，有许多新的发现。

《月亮河流域布依族文化研究》是以流域文化角度进行的族群文化研究。

《居都仡佬族文化研究》是在原来《居都》研究基础上的扩展性研究。

《文化边缘——六枝彝族文化研究》和《族群与民族——不等位边界》两书的研究仍然延续了民族志的调查和书写，但已经开始转向在民族志基础上的理论表述。

“民族民间文化研究”部分有：《盘县非物质文化遗产描述与研究》《贵州少数民族面具文化》《“蒙恰”古歌研究》《盘县羊场布依族盘歌》（上、下）四部套。这四部套的学术著作属于文化事项的研究，《盘县非物质文化遗产描述与研究》属于区域性质的以非物文化遗产为视角的描述和研究，是这一时代国家非物文化遗产运动的产物，因为吴秋林在 2002 年中国民间文化保护运动中就是贵州省最早的参与者。《贵州少数民族面具文化》是吴秋林与顾朴光先生的合作作品，该书是一个国家社科基金课题，其调查研究了贵州省内的少数民族的面具文化，对于贵州省的面具文化有一个比较全面的展示和深入的研究。《“蒙恰”古歌研究》是在《“蒙恰”苗人文化研究》基础上对于“蒙恰”苗人古歌的专门化研究，是对于“蒙恰”苗人文化研究的深入与发展。《盘县羊场布依族盘歌》（上、下）为小 16 开本的成套学术著作，有近千页，分上下两册，是对北盘江沿岸布依族人古歌的全面搜集整理记音、翻译整理和研究。

中国社会科学院民族文学研究所所长、中国少数民族文学学会会长朝戈金，中央民族大学资深教授、中国著名的民族学家潘蛟，贵州省政府文化参事、贵州省布依学会常务副会长韦兴儒等为该书写了序言，朝戈金在序言中对该书给予了高度评价，说道：

> 我们原来就对布依族民间文学有所了解，知道这是个不得了的富矿。不过，当吴秋林教授拿出来厚达近千页的《盘县羊场布依族盘歌》的书稿时，我们还是很吃惊。大家知道，对于黔中、黔南布依族的歌谣，此前有人已做过一些搜集和整理，也产生了一定的影响。这里的成果，在体量和系统性上，是大大超过了以往的工作。应当说，大家手中的这份资料辑录，是很有分量的。吴秋林教授他们，将在盘县羊场的布依族民众中搜集到的盘歌，分为三个“套歌”和一个“户外歌”四种类型。所谓套歌，大略说来，是属于仪式歌一类。羊场的布依族民众在举行婚礼仪式、丧葬仪式等民间活动时，就会唱起这些套歌来。那么，这些歌，就不仅仅是民间口头艺术了，它们还具有民族学和文化人类学的重要意义，因为它们的功能和作用，已经远远超越了艺术的娱乐功能，而具有复杂的社会文化功能。

《盘县羊场布依族盘歌》的编辑思想很有意思，为了让读者和学者更好地了解这些盘歌的内容、功能和特色，编者们还将自己在长年的学术调查中形成的理论思考，一并放在这本书中。那些愿意探究盘歌文化意蕴的读者们，可以从这些文字中，读到与盘歌有直接联系的大量有趣信息，例如盘歌形成的历史文化背景，盘歌演唱的场景和氛围，盘歌所具有的艺术魅力和实用功能，等等。想深入一步的学人，还能从这些直接的田野观察中，从长期学术思考所形成的理论概括中，形成对盘歌的更为专深的把握。对这样一种统和资料和理论的编辑原则，我深表赞赏。

吴秋林教授他们在搜集和整理盘歌的时候，是按照学术规范做的——国际音标记音，后附汉语翻译。这样的做法很好，既为今后的研究，保留了原初的语词信息，又为文化的跨语际传播，提供了很大的便利。

但该书收入文集时并没有收集整理记音翻译的部分（只存目），只收录了研究部分的文字。但从存目来看，吴秋林的学术团队所完成的是一个浩大的功德无量的文化积累工程，但他们实际上不是一个机构，人员也不多，足见其付出的巨大而艰难。

在这六年多的吴秋林后期的民族学、文化人类学学术研究中，他还在国内一些权威和重要的学术刊物上发表了一批文章。

2005 年在《民族研究》上发表了《布依族仪式性傩戏“哑面”》一文，以自己独到而新颖的见解，一下拓展了傩戏研究的天地，受到业内的好评，成为这一时期傩戏研究的重要文章之一。

2008 年在《贵州民族学院学报》上发表《原始文化基因论》。2009 年在《贵州社会科学》上发表《人类影像文化论》。2010年在《文化学刊》上发表《文明形式论》。2012年在《民族文学研究》上发表《歌唱的生存——羊场布依族盘歌综论》。2013年在《民族研究》上发表《文化基因新论——文化人类学表达一种可能路径》、在《宗教学研究》上发表《中国土地信仰文化人类学研究》。

这些文章的发表和一系列著作的出版表明，吴秋林后期的民族学、文化人类学学术研究，已经进入了一个比较高的发展阶段，其思考的已经不是民族志书写基础的本位研究，而是一种力求理论建树和突破的姿态，并且取得了巨大的成功。

在吴秋林后期的民族学、文化人类学学术研究中，影视民族学研究是一个相对独立的部分，仅仅这个部分就可以使吴秋林的学术生涯有许多光环。从20世纪80年代中央民族大学出版社《影视民族学》翻译著作的出版开始，到21世纪初叶张江华等人的《影视人类学概论》，以及云南学者出版的《影视人类学原理》翻译著作的出版，可以说多数都是对国外影视人类学理论成果的翻译和概述，只有张江华等人的《影视人类学概论》在一定程度上开拓了中国影视人类学的研究，有许多鲜明的创建。而吴秋林的影视人类学研究正是在张江华等人《影视人类学概论》的基础上，进行了更为广泛的探索和研究，并且有了中国人自己的影视人类学体系性的理论表达，以及图像志的实践性开拓和尝试，同时还在一定程度上拥有了自己的影视人类学的历史总结和表述。

这实际上是一个庞大体系的开拓和研究，但在吴秋林的学术研究生涯中，却只是一个“不太大”的组成部分。

其“民族志年刊”部分是吴秋林后期的民族学、文化人类学学术研究的民族志书写的“大本营”。在文化人类学研究中，民族志的书写是一个人类学家的基础，你的民族志书写的基础如何，就基本可以决定你的深度和未来。这方面吴秋林的“基础”只能用一个词来形容：无以复加。据说，吴秋林和他的学术团队在近20年间“花掉”各种资金（包括其本人的工资）近百万，积累的文本资料千余万字，图像资料数十万张，影视视频资料近千小时……而“民族志年刊”只是一个缩影。

这是一个学术痴人！

其“民族志年刊”部分在一定程度上代表了吴秋林民族志书写的范式，调查、记录、书写、文化本位研究，再向理论表述和探索前进……是吴秋林后期的民族学、文化人类学学术研究的早期行为，即实实在在的在民族和文化的田间“劳作”，故这个部分既是民族志田野的书写，也是一种早期的研究形态。这种研究不急于在理论上“上纲上线”，而是对于族群和文化本身进行理解和“琢磨”。但这种平静的研究姿态并不代表吴秋林的学术研究只是“志述的表达”，实际上在民族志书写的基础上，亦同时呈现了一系列的理论探索。在这样的理论探索的早期，就是其“民族民间文化研究”部分的出现。

其“民族民间文化研究”部分应该是吴秋林后期的民族学、文化人类学学术研究的一种比较注重田野实践性的研究。在民族学、文化人类学的田野调查研究中，把文化事项归纳为一个研究对象，这在吴秋林的学术研究中有许多表现，比如《众神之域——贵州当代民族民间信仰文化调查与研究》对于贵州省十余个民族民间信仰文化的研究，《中国土地信仰文化图像人类学志》展开了中国土地信仰文化在一个特定区域内历时性存在的研究，《贵州少数民族面具文化》对于贵州省各种各样面具文化的系统研究等，这些研究“打开”的区域和族群空间是其他研究不可比拟的。

在民族学、文化人类学研究中，人们常常会说：“你研究的什么？”可这样的话语却常常使吴秋林无法回答。在吴秋林的民族学、文化人类学研究中，他涉及民族、族群的调查研究有苗族、布依族、彝族、仡佬族、水族、侗族、白族、蒙古族……涉及文化事项的有全省性的民族民间信仰文化调查与研究，有全省性的傩文化、面具文化调查与研究，有全省性的彝族丧祭文化的调查与研究，有全省性的彝族火把节文化的调查与研究，有全省性的侗族鼓楼和萨坛信仰文化的调查与研究，有全省性的侗族宗祠文化的调查与研究，有全省性的西部苗族“解簸箕”仪式调查与研究，有全省性的苗族古歌、巫词的调查与研究……但在吴秋林的学术追求中，这些可能都不是其终极的目标，而是其中国式的民族学、文化人类学研究的话语表达。在其发表的论文中我们可以看到一些努力，归结起来，大概有以下几个方面的理论探寻和追求：一是文化基因论，二是人类影像文化论，三是文明形式论。

对于吴秋林后期的民族学、文化人类学学术研究，人们是有相当赞誉的。论文《布依族仪式性傩戏“哑面”》获得贵州省人民政府贵州省第七次哲学社会科学优秀成果二等奖；学术著作《众神之域——贵州当代民族民间信仰文化调查与研究》获得贵州省人民政府贵州省第八次哲学社会科学优秀成果三等奖；学术著作《贵州省少数民族面具文化》获得贵州省人民政府贵州省第九次哲学社会科学优秀成果二等奖；学术著作《盘县羊场布依族盘歌》获得贵州省人民政府第五届贵州省文艺奖三等奖；学术著作《“蒙恰”古歌研究》，2013 年获得中国山花学术著作奖。

一个人能为他所生活的社会贡献什么？应该是一个天大的未知数，但一个人的贡献姿态是基础，我们不好说吴秋林的学术在未来会如何，但其力图为社会贡献的姿态是存在的！至于未来我们不必预知。

我能为同学吴秋林的“姿态”做点事情，也是我的“姿态”。

吴秋林文集十卷，看起来洋洋洒洒，但我还得回到“半生文集”这个称呼上，因为据知，这十卷文集中，由于种种原因，并没有其《文化基因论》《文化演化特例》等一系列重要著作，估计吴秋林还有一个“后文集时代”……可能到那时，对于吴秋林在学术研究上的努力，社会会有一个比较明确的共识。

四、吴秋林主要著作年表

1985 年——

《贵州大学学报》发表《论寓言的本质》。

1986 年——

《贵州大学学报》发表《中国当代寓言的分期及概况》。

1987 年——

《贵州民族学院学报》发表《论寓言的形式》。《东岳论丛》发表《论寓言的美》。

1988 年——

山东明天出版社出版《寓言辞典》（副主编，撰写其中 13 万字）。天津新蕾出版社出版《外国民间寓言选》《金盘子与红苹果》（寓言集）。

1989 年——

《贵州民族学院学报》《新华文摘》发表《中国少数民族民间寓言三十年》。《湖南教育学院学报》发表《伊索式寓言与先秦式寓言》。

1990 年——

《贵州社会科学》发表《古代人文进程中的一个重要的文学标志——从世界各民族寓言文学的发生看古代人类文化意识的一次觉醒》。

1991 年——

辽宁少年儿童出版社出版《寓言文学概论》。

1993 年——

香港天马图书有限公司出版《秋林寓言集》（寓言作品集）、《紫芦苇》散文诗作品集。

1994 年——

辽宁少年儿童出版社出版《世界寓言史》。湖南少年儿童出版社出版《外国民间寓言大全》（上、下两集）。

1996 年——

福建教育出版社出版《世界寓言精品屋系列》（10 本）。

1997 年——

春风文艺出版社出版《世界寓言经典》（五卷）。贵州人民出版社出版《居都——一个仡佬族社区的叙述》。

1998 年——

云南美术出版社出版《艺术概论》。

《中国音乐学》发表《贵州民族音乐教育实践与述评》。《读书》发表《另一个影像世界的历史》。

1999 年——

福建教育出版社出版《中国寓言史》，2011 年再版。山西教育出版社出版《世界寓言经典丛书》（8 卷）。福建少年儿童出版社出版《躲雨的兔子》（寓言集）。

《贵州民族研究》发表《贵州居都仡佬族婚姻个案研究》。《枣庄师专学报》《人大复印资料》发表《20 世纪的中国寓言文学》。

2000 年——

贵州民族出版社出版《戏剧艺术概论》。

2001 年——

贵州人民出版社出版《美神的眼睛》。

《国文天地》（台湾）发表《母语教育中的寓言》。

2002 年——

中国文联出版社出版《梭嘎苗人文化研究》。

2003 年——

《贵州民族学院学报》发表《光效应艺术的新空间》。

2004 年——

《新时期儿童文学研究》发表《新时期寓言文学》。

2005 年——

《民族研究》发表《布依族仪式性傩戏“哑面”》。韩国《第一界东亚寓言国际研讨会论文集》发表《20 世纪中国寓言文学》（中、韩、日三种文字）。《关注母亲河》发表《贵州傩坛中的剪纸艺术》。

2006 年——

《贵州民族学院学报》发表《文学的生与死背景》。

2007 年——

民族出版社出版《众神之域——贵州当代民族民间信仰文化调查与研究》。

《贵州民族学院学报》发表《仪式与傩的神圣空间》。《中国民间剪纸研究》发表《贵州民族民间信仰文化中的剪纸艺术》。

2008 年——

民族出版社出版《影视文化人类学》、贵州大学出版社出版《“蒙恰”苗人文化研究》。

《中原神话》发表《苗族文化天空的原始意像——中国苗族创世神话研究》。《贵州作家》发表《宗教与文学相关联的几种方式》。《贵州民族学院学报》发表《原始文化基因论》。

2009 年——

民族出版社出版《中国土地信仰文化图像人类学志》。贵州民族出版社出版《贵州少数民族面具文化》。贵州大学出版社出版《月亮河流域布依族文化研究》《盘县非物质文化遗产描述与研究》。贵州民族出版社出版《居都仡佬族文化研究》。

《贵州民族学院学报》发表《阳戏类型学研究》。《贵州社会科学》发表《人类影像文化论》。

2010 年——

民族出版社出版《图像文化人类学》。

《贵州民族学院学报》发表《图像文化人类学视野中的务川仡佬族傩面山王》。《文化学刊》发表《文明形式论》。《中国儿童文学 60 年》发表《新时期寓言文学的发展》。

2011 年——

西南交通大学出版社出版《“蒙恰”古歌研究》《文化边缘——六枝彝族文化研究》。贵州大学出版社出版《盘县羊场布依族盘歌》（上、下）。

《湖南城市学院学报》发表《梅山教是宗教信仰还是民间信仰》。《六盘水师范高等专科学校学报》发表《水灾害的人类学意义》。《重庆文理学院学报》发表《人类学写作质疑》。

2012 年——

《民族文学研究》发表《歌唱的生存——羊场布依族盘歌综论》。

2013 年——

《宗教学研究》发表《中国土地信仰文化人类学研究》。《民族研究》发表《文化基因新论——文化人类学的一种可能表达路径》。

2014 年——

中央民族大学出版社出版《族群与民族——不等位边界》。云南出版集团出版《中国西部民族文化通志·影视卷》。

…………

这个年表的后续应该还有更多的内容！是为序！

2014 年 4 月

目　　录

寓言文学概论

世界寓言史

中国寓言史

寓言辞典

◆ 1991 年辽宁少年儿童出版社出版

◆ 1992 年获得贵州省哲学社会科学优秀成果奖著作三等奖

吴秋林文集

第一卷

寓言文学概论

引　言

“如果了解研究者是怎样解释寓言的，也就很容易了解他的一般艺术观。”① 维戈茨基的这句话一出现，再没有什么更好的话语，能像这句话那样，如此准确地表达我着手撰写此书的心情、向往和目的了。当然，这也只能是一种良好愿望的表达，寓言进入文艺研究的历史像一片荒凉的沙漠横置在我们面前。我们的文艺学，无疑是在模仿着西方的现代文艺理论体系，建立我们自己的文艺学大厦，可是，西方说过的东西，做过的事情，我们说得太多，做得太多，而没说过，没做过的，我们又说、做得太少。我不想吹嘘我的《寓言文学概论》开垦的是世界文艺学中的一块处女地，但做了一些别人没做或不想做的事情的苦心，我也并不想隐讳。话又说回来，几千年寓言的发展历史形成的生动瑰丽的寓言世界，具有独特的生命力和奇幻的光芒，深入进去，畅游其中，于己也应该说是一种莫大的幸事。

寓言是微小的，但这只能是从“体积”上而言，它的思想内容和文学上的精神实质并不逊色于其他文学种类。

在所有的文学史，或者准确点讲，在大多数的文学史中，都有一个不可抹去的存在，不管是文学混沌初开，还是文学的内容和表现形式都高度丰富和发展的今天，都是如此。它，就是寓言。在历史悠久的苏美尔人那里有它的存在，在辉煌的古希腊文学的星座里有它的光芒，在古印度的文学、中国的古代文学，特别是先秦文学中，它们几乎有举足轻重的地位。在近代，现代的法国文学、俄国文学的兴盛也与它们相关……寓言作为一种文学品种存在贯穿于整个世界文学史，并在整个文学发展中发挥了自己的积极作用，这是人们毋庸置疑的。可是，这里却有一个令人莫名和困惑的问题，这就是对寓言的系统的理论认识的缺憾！小说的发展与寓言有密切的联系，散文创作，寓言是其一个重要的方面，诗歌的全部内涵如果失去了寓言诗这一品种，那它的光芒最少要短去一截（这在古罗马、近代法国、俄国尤为如此）；中国的好几种著名的哲学思想的建立与寓言相关；世界性的三大宗教中有两种宗教的许多教理依赖于寓言的表述。很明显，寓言在普遍的一般的美和美感中，还建立了自己的独特的美感角落……可是，在世界范围内，不同时代的许多著名的、不著名的文艺理论家们把大

① 维戈茨基著：《艺术心理学》，上海文艺出版社，1985年，第112页。

量的精力和才华，几千年来一直倾注在“个头比较大”的诸如戏剧、诗歌、散文、小说等文学作品上去，却很少关注寓言。当然，古希腊的亚里士多德、阿弗特纽斯，德国的莱辛、黑格尔，俄国的波捷勃尼亚、托马舍夫斯基、别林斯基、维戈茨基等对寓言也都给予了许多应有的评价，但除了莱辛、波捷勃尼亚、维戈茨基较系统一些外，其余的均是十分零散和简单的评述。这与寓言在世界文学中所作出的贡献差异巨大，基本没能较全面地反映和表述寓言的真正的内涵和外延。

这，就是今天《寓言文学概论》一书的起点，我们也就从此走向“寓言的本质”“寓言的美”“寓言的形式”“寓言的形象”“寓言与相近文学作品的相互关系”“寓言的分类”“寓言的创作”。

第一章 寓言的本质

第一节 寓言历史的最早例证

我们把探讨寓言的本质作为《寓言文学概论》的开篇，无疑使其首先面临整个世界寓言的历史及现状，因为我们研究寓言文学不可能凭空构建，必须是以整个的世界范围内的全部的寓言历史和寓言实践为依据的。可是，并不是所有的人，哪怕是对此有兴趣和有一定研究的人也并不能全面地了解世界寓言的历史和现状，因而简要地呈现一下世界寓言的大线条的历史和现状，于大家都是非常必要的。在世界寓言的历史和现状中，大线条的历史概述又首当其冲。

人们公认，寓言是人类最古老的文学样式之一，历史是非常悠久的。从年代上来说，其历史的上限我们很难确定，一般的认为是希腊的《伊索寓言》，大家称其为“寓言文学的鼻祖”。但随着人们对寓言历史了解认识的进一步深入，人们又发现了印度寓言的古老和中国先秦寓言的悠久历史，故而后来的人们又把这三种寓言并称为“世界寓言的三大发源地”，并为大多数人所认可。

希腊寓言最早的证据是古希腊诗人赫希俄德在他的《工作与时日》中，引用的《鹞子和夜莺》的故事。故事说的是鹞子抓住了一只夜莺，直飞云端，夜莺在鹞子的爪子中间哀叫，鹞子对它说：

> “傻瓜，叫喊什么？你为强者掌握，带你到哪儿是哪儿，虽然你会唱歌，将你撕食或放生，全凭我的心愿。谁妄想和强者抗争，谁就是白痴，胜利无望，还将遭受羞辱加苦难。”①

人们认为，这是现存的古希腊最早的有记载的一则寓言，赫希俄德的年代是在公元前8世纪与7世纪之交，也就是说，以《伊索寓言》为代表的古希腊寓言，可靠的出现时间是公元前8世纪，推测的出现时间最多也不过公元前10世纪。希腊寓言从这些年代开始出现，到公元前6世纪《伊索寓言》时，就进入了古希腊寓言的鼎盛

① 《工作与时日》第208—212行。

时期，影响是广泛的。在阿里斯托芬[1]的喜剧《鸟》中（第471行），庇斯忒泰洛斯挖苦歌队长说：

“这是因为你无知，孤陋寡闻，没钻研过伊索。”又据柏拉图在《斐多篇》中记述，苏格拉底被判死刑，在监牢里等待服刑的时候，曾经把散文体的《伊索寓言》改写成诗。苏格拉底对前去探望他的人说：“我把手头有过并且背熟的《伊索寓言》改写成诗体，首先是我记起的那些。”

伊索其人，传说是萨摩斯岛的雅德蒙家的奴隶。有关伊索的最早史料出自希罗多德[2]的《历史》一书，他在该书的第二卷第134节中写道：

“她（指妓女罗德庇司）是一个色雷斯人，是萨摩司人海帕伊斯托波里斯的儿子雅德蒙家的女奴隶。她又是和写作寓言的伊索在一起的奴隶，因为他也是雅德蒙的人。这一点的最主要的证据是，当戴尔波伊人遵照着一次神托的命令，做出多次声明，请对伊索之被杀而要求赔偿的任何人到他们那里去的时候，则除了只有前者的孙子，另一个雅德蒙之外，并没有任何人这样做。因此，伊索当然也就是雅德蒙的奴隶了。”

以后，阿里斯托芬的喜剧《马蜂》里曾提及伊索被德尔斐人诬告一事。[3] 柏拉图、亚里士多德的作品中也有其名字出现。公元1世纪、3世纪有一些关于伊索生平的记述。4、5世纪曾出现过《伊索传》，但史实性值得怀疑。

伊索作为一个奴隶，以其寓言获得如此名声，已经很够了，以此也可看出，古希腊寓言的影响和魅力。其有两个最明显的证据；一是伊索一词在后来的词义演进中，伊索几乎就是寓言的同义词，二是因为伊索是奴隶，故寓言就起源于奴隶，进而《伊索寓言》是散文体，散文体裁也就起源于奴隶。当然，不管这些观点正确与否，《伊索寓言》被称为“寓言文学的鼻祖”也不是凭空而来的。

印度寓言最早的明确的证据我们很难找到，印度的民族是一些很不注重历史的民族，留下来的文字中有史实性的东西极少，而包含了许多印度寓言的《五卷书》《佛本生故事》的最早版本的成书年代都很晚，《五卷书》最早的版本成书年代大约在公元前1世纪，《佛本生故事》流行的年代也不会超过公元前4世纪。仅凭这个年代，印度寓言当然明显地晚于希腊寓言，但有的人认为以《五卷书》为代表的印度寓言，对欧洲的寓言发展产生了很大的影响，按他们的说法，印度寓言的出现又要先于希腊寓言，如中国著名的儿童文学家陈伯吹就说：

“根据一般的传说是，在公元前6世纪上下，古印度出现梵文本的《五卷书》（有《朋友的分裂》《朋友的获得》《猫头鹰和乌鸦的战争》《已经得到的东西的丧失》和《不思而行》五个部分），在《伊索寓言》《拉封丹寓言诗》以及其他寓言和寓言诗里，都有它闪闪烁烁的‘影子’，不仅是题材内容、故事梗概等方面有所反映……”陈伯吹先生认为造成这种情况的情景是：

---

① 阿里斯托芬（公元前446—385）著名的希腊喜剧作家。
② 希罗多德（公元前486 — 425）著名的希腊历史学家。
③ 《马蜂》第1446—1447行。

“长期流传在民间的口头创作《五卷书》，它开花、结果，它的种子撒落在希腊的土地上，开出了《伊索寓言》这朵鲜花，然后这朵鲜花的种子落在法国的土地上，出现了《拉封丹寓言诗》，落在德国的土地上，出现了《莱辛寓言》，落在俄国的土地上，出现了《克雷洛夫寓言诗》……”他认为：“《伊索寓言》是奠定了在文学作品各种体裁中寓言这一块具有历史意义的基石。”①

这种说法在我们很难找到更早的印度寓言的历史确切的证据的情况下，令人很费解，因为《伊索寓言》的形成在公元前6世纪确切无疑，而古印度寓言的出现按一般的说法，是不会超过《伊索寓言》产生的年代的。如果说后来的东西能影响早已存在的东西，这是不可思议的。但无可否认，《伊索寓言》中确有许多通过《五卷书》反映的古印度寓言的影子，这又是怎么一回事呢？我想出现这种情况并不像陈伯吹先生所推想的那样简单，它有三种可能：

一是古印度的文学，文化的形成与雅利安人的侵入有关，这与古印度寓言的形成当然相关联，而以《伊索寓言》为代表的古希腊寓言也极可能与雅利安人的文化、文学相关。因为雅利安人东进有较确切的记载或传说，南下欧洲也是如此。在这种有一定凭据的推测中，极可能雅利安人有一个民间动物故事为主的民间文学母体存在于古代，在其东进和南下之后，同源双向地走向了古代的印度和古代的希腊，这样一来，所谓“闪烁的影子”就不足为奇了。如果这个说法成立，那么古印度寓言和古希腊寓言都可上溯很多个世纪。

二是确实古印度寓言的产生早于《伊索寓言》，并对《伊索寓言》产生影响，这也是有许多史实佐证的。那么，古印度寓言的存在最少也要上溯至公元前8世纪。

三是根据目前我们所见到的《伊索寓言》的成书过程和年代，可以说我们现代人谁也没有见过真正的《伊索寓言》，公元前4世纪成书的基本真实的《伊索故事集成》早已经失传，我们今天见到的《伊索寓言》是以14世纪初叶，拜占庭的僧侣普拉努得斯搜集的约150个寓言为基础形成的。这也就存在着古印度寓言中途影响《伊索寓言》的可能，因为人们承认，现今的《伊索寓言》实际上是希腊寓言的总集，既然是总集，那它的年代跨度就相当大，这在《伊索寓言》本身就能说明，故“中间影响”而造成“闪烁的影子”也是很自然的。另外，我们在十四、十五世纪的欧洲还可找到许多受《五卷书》影响的文学证据，它们完全能证明，当时《五卷书》在欧洲是很有影响的。这种情况也为“中间影响”提供了客观的条件和可能的背景，当时的意大利，光《五卷书》译本就有好几种。

我理解的可能大致就是这三种，但也许还能有其他情况出现，当然，这三种设想哪一种最为确切很难敲定，而且极有可能它们都发生过。拉封丹、克雷洛夫都从《伊索寓言》那里吸取了大量营养，继承了它的传统，也就是说，他们也接受了通过《伊索寓言》而来的古印度寓言的“影子”，但他们同时也直接从现今见到的古印度寓言汲取营养，这在《拉封丹寓言诗》中最为明显。这方面，当然是这种影响的长

---

① 《寓言选》序言，上海教育出版社，1980年。

期过程中表现的最好的例证。

寻求古印度寓言证据的另一条线索是宗教，因为许多印度寓言是靠印度的佛教传播出去的。佛教产生于公元前6世纪，这个宗教的产生，有些类似于基督教的产生，基督教脱胎于古犹太教，而佛教也是在古婆罗门教的基础上产生的，也许人们并不能同意这种看法，但它最少也是继承和发展了许多古婆罗门教的宗教精神和思想的。基督教和佛教都是起源于下层人民之中的，两个宗教都借用了大量的民间寓言，或者创作了许多寓言来表达自己的宗教教理，以利于各自宗教的传播。相比较而言，佛教借用的民间寓言量要大一些，也要纯粹一些，并且在借用时对民间寓言的改变也不是很大。这样，我们便可利用它来对印度寓言进行推测，印度佛教是公元前6世纪产生的，那么，它在那个时候借用民间寓言，就证明古印度的寓言最少在公元前6世纪就已存在，况且，佛教借用民间寓言时，并没对民间寓言进行什么大的改造，这也说明，古印度寓言的存在是早于佛教的产生时间的。这个年代与希腊寓言相似，但一般的见解中，都认为古印度寓言要早于希腊寓言，这也是有一定的依据的。

先秦寓言是中国最古老的寓言，也是世界上较为古老的寓言，它的最早的证据十分清楚，有比较明确的例证，历史记载的年代非常准确，相比古印度寓言和古希腊寓言，它的可信度是最高的。古希腊寓言流传至今的作品我们很难判断它的具体年代，古印度寓言这方面更为模糊，而先秦寓言的大多数产生年代都可以在中国历史的纪年中印证。

一般的人认为，中国先秦寓言最早出现于《左传》之中。《左传》宣公十一年（公元前598）记载，说当年陈国内乱，楚庄王借平乱灭陈，把陈国划为楚国的县。他的大夫申叔时对他说："牵牛以蹊人之田，而夺之牛。牵牛以蹊者信有罪矣，而夺之牛，罚已重矣。"他以此劝诫楚庄王恢复陈国，以免诸侯非议。有人说这是中国最早的寓言，但有的人认为又不是，他们以为这只是具有寓言的雏形而已。《中国古代寓言史》一书的著者陈蒲清先生就是这样认为的。

宣公十五年（公元前594）的"魏颗嫁父妾"（即有名的"老人结草"的故事）被人们较为肯定地认为是中国最早的寓言，也是迷信色彩较浓厚的寓言。这则寓言是这样的：

> 初，魏武子有嬖妾，无子。武子疾，命颗曰："必嫁是。"疾病，则曰："必以为殉。"及卒，颗嫁之。曰："疾病则乱。吾从其治也。"
>
> 及辅氏之役，颗见老人结草以亢杜回（注：秦国大力士），杜回踬而颠，故获之。夜梦之曰："余，而所嫁妇人之父也。尔用先人之治命，余是以报。"

这则寓言说的是魏颗从治命不从乱命，对于人们如何看待某些权威的意见是很有启发的。

这两则寓言的年代，都证明中国的先秦寓言最晚也不会晚于公元前6世纪，但另有一些人认为，中国最早的一些寓言见于《易经》。如严北溟先生就是这样认为的，他编选的《中国古代哲学寓言故事选》，就把《易经》中的几段文字作为寓言选入了此书。如：

羝羊触藩，不能退，不能遂。(《大壮》上六)

困于石，据于蒺藜；入于其宫，不见其妻。凶。(《困》六三)

如果严北溟先生的这个说法被大多数人认可，那中国寓言的产生将要上推到公元前11世纪，回溯了500年，但这个问题的争论较大，目前很难下什么定论。故而中国先秦寓言的最早年代一般仍以公元前6世纪为论。

古希腊寓言有例证的年代在公元前7世纪，古印度寓言以佛教的兴起为起始时间，也在公元前6世纪，中国寓言最晚的产生时间也在公元前6世纪，但这些都不是世界文学中最早的寓言例证，根据新的发现，人类最古老的寓言应该是西亚苏美尔人的作品，我们在《历史始于苏美尔人》一书中见到了这样的寓言。

狐狸向恩利尔神（苏美尔人的主神）提出要求，求他让自己也长有野牛的角。于是它长上了野牛的两支角。可是，不久风雨大作，它再也进不了自己的洞。到了夜快尽的时候，冷风凄雨浸透了它。它说："只要天一亮……人们一看见我，我就完啦！"(《长着野牛角的狐狸》)

一条狗去赴宴，可是，它看到另一边也有一堆骨头，就离席而去。并说："我现在要去的地方，将会得到比这里更多的食物。"(《赴宴的狗》)①

如果这些苏美尔人的寓言确切无误，那么寓言存在的最早依据就将最少要上溯数千年。据塞斯在《巴比伦人和亚述人》一书中估计，公元前6500年，苏美尔人在临近海边的埃里杜地域内发展自己的文明；又据英国历史学家乔·韦尔斯所著的《世界史纲》认为："他们（指苏美尔人）发展了他们的文明，他们的文字和他们的航海业，这一段时间可能相当于从公元起到现在整个时期的两倍。随后，他们慢慢地在闪米特人之前垮台了。"这样，按塞斯的说法，人类最早的寓言应在公元前6000年前后就出现了，即便按韦尔斯的说法，也在公元前4000年前后。这对我们对寓言文学历史的认识太重要了，因为它将一改人们对寓言历史的陈旧的见解，寓言的发生及对当时历史的影响在这里可能比我们过去描述的要更为吸引人，但遗憾的是，这些来自泥板上的文字的寓言我们能见到的数量不多，难于叙述它们更为生动的存在。

第二节　寓言历史的大线条

苏美尔人的寓言是人类最古老的寓言，但我们今天见到的寓言，却不是从连续的文学史关系中而来的，而是后来的人们在这种文明（自然包括文学中的寓言）。中断

① 克拉墨所著的《历史始于苏美尔人》是一本历史著作，当中引述了许多古苏美尔人的寓言，以上二则寓言即源于此书。

了许多年后，在泥板上考古发现的，也就是说，苏美尔人的寓言只在古代存在，没能对后代产生影响，形成继承发展的局面。这样一来，能形成继承发展的局面，构成一定的历史发展线的寓言只有古希腊寓言，古印度寓言，中国古代先秦寓言。这三种寓言，是世界寓言系统中最主要的三个分支，构成了世界寓言史的三条主线。寻找寓言发生的最早例证自然归结在苏美尔人那里，展示寓言历史的大线条又非其莫属，当然，非洲的一些寓言、波斯的寓言，阿拉伯人的寓言也是重要的。

古希腊寓言（一般说《伊索寓言》一词也基本是此含义）历史线。这条历史线以古希腊寓言为源头，以此影响了整个欧洲寓言文学史及其他一些地区的不同时代的寓言文学史。古希腊寓言产生于公元前6世纪以前是无疑问的，但像中国先秦时代寓言那样，有确切的年代记载还在这以后。公元前4世纪与3世纪之交，雅典的哲学家得墨特里俄斯收集了近200个寓言，编辑了《伊索故事集成》。它就是古代文献中提到的最早的希腊寓言集，一般的见解认为，我们今天所面对的古希腊寓言就是源于此，或者是以此为基础的。

《伊索寓言》前后约兴盛了数百年。后来，希腊衰微，古罗马文明的光芒越来越明亮，这时的古罗马人继承了《伊索寓言》。公元1世纪初，菲德路斯用拉丁韵文写了五卷寓言。公元2世纪，巴勃利乌斯留下了一个希腊语的寓言诗集。他们两者的寓言是古罗马时代寓言文学的硕果，但他们的寓言有许多题材都来源于《伊索寓言》，在形式和表达方式上也基本继承了《伊索寓言》的形式和表达方式。这方面，连他们自己都称自己的作品为《伊索寓言》。可以说，这时候的古罗马寓言，基本上是《伊索寓言》的拉丁文翻译作品和散文寓言（《伊索寓言》的本体是散文的）的诗化作品。在这以后，由于菲德鲁斯和巴勃利乌斯寓言作品的影响，公元4世纪，或5世纪时，出现了阿维阿努斯的寓言集和无名氏的寓言集《罗穆路斯》，这才较为成熟地构成了《伊索寓言》精神影响下的古罗马寓言。这两个寓言集在中世纪得到广泛流传，古希腊寓言及伊索反而被人们遗忘了。

14世纪初叶，拜占庭的僧侣普拉努得斯搜集了约150个《伊索寓言》，使《伊索寓言》重新引起了人们的注意，他搜集的《伊索寓言》成为后来《伊索寓言》刊印本的主要材料来源。从这以后，《伊索寓言》风行整个欧洲，并决定了整个欧洲寓言文学的基本发展模式。

在此后不久，法国出现了世界著名的寓言作家拉封丹，他创作的《拉封丹寓言诗》九卷，成为在世界文学中具有广泛影响的寓言作品。随后在德国出现了莱辛，莱辛同时创作了一部分诗体寓言和一部分散文寓言，也堪称时代的佳作。莱辛之后，俄国文学中又出现了克雷洛夫，他创作的200多首寓言诗，把欧洲及世界的寓言文学推向了一个新的高峰。在他之后的俄国寓言作家中，较著名的还有谢德林、陀罗雪维文等人。

以上的寓言作家尽管国家民族、语言文字等都不尽相同，但他们的寓言作品在题材，形式、表现方法等方面都完全继承了《伊索寓言》的基本精神，变化很少，形成了各有一定的民族特色，但又基本相似的欧洲寓言，并对现当代的世界寓言文学产生广泛的影响，成为世界寓言中最重要的一个部分。

古印度寓言历史线。古印度寓言非常丰富，但从来没有形成专集（这里指的是如《伊索寓言》那样纯粹的专集，像《五卷书》这样的集子虽然包含了众多的印度寓言，但也不是这里所称的专集），它经过长期的演变，形成了两个方面，从而影响后代的寓言文学；一是以载有大量寓言的《五卷书》等书为主的这类书籍的传播和影响；二是佛教经书蕴含的寓言对后世寓言的影响。

在《五卷书》这条线上，其影响是广泛的。公元6世纪时，《五卷书》通过一个译成帕荷里维语的译本，在一千多年的时间里，人们把它译成了十多种亚洲语言，二十多种欧洲语言，两种非洲语言。英文，德文，法文都有十种以上的本子，影响了欧亚广大地区的寓言创作，把散文叙述故事，诗歌结尾这种有别于东西方的寓言表达方式，广泛地传播开来。另外，它在题材方面，为拉封丹、克雷洛夫等欧洲寓言作家提供了大量的创作素材，我们说欧洲寓言中闪烁着“古印度寓言的影子”，有很大一部分就是来源于此，这在欧洲的近代寓言中更是如此。但是，又因为《五卷书》的影响是综合性的，有童话、故事等多种因素，并不纯粹都相关于寓言，因而，《五卷书》在寓言方面的影响相比较而言并不是很突出的，故而在中亚、西亚及欧洲的一些地区我们很难找到如《伊索寓言》影响欧洲寓言文学那样的范例。

如果说《五卷书》的影响主要方向是向西，那佛教经书中的寓言影响地域则主要在东方的中国、东南亚一带。在东方的多种文字的佛教典籍中，存在着大量的古印度寓言，这些寓言在很多时代都对当时当地的不同的民族和国家的寓言文学创作，及其他种类（如故事、童话、小说、戏剧等）的文学创作发生影响，不同时期的不同民族都有人从中吸取丰富的寓言文学营养，这样的例子在中国古代寓言史屡见不鲜，在一般的文学创作中也不乏这样的例子，如我国的志怪小说的发展就与佛经寓言、佛教文学故事在中国的传播直接相关。佛经的影响不是单一的，这种不单一性自然影响佛经寓言的突出表现，甚而还在一定程度上遮蔽了它，另外再加上东方，特别是中国均在这之前就有了自己的较发达较成熟的寓言文学，因而外来佛经寓言只是一种补充或丰富，无法形成像欧洲寓言那样的清一色的成系统的寓言文学，故而，佛经寓言在东方的影响是广泛的，同时也是有限的。但佛经寓言的意义还不仅仅是对一般寓言文学的影响，它的另一个方面的重要意义是其本身在寓言文学中的存在。佛教经典自从产生以后，随着它的演变和传播，产生了一系列的变化，这个变化也影响着佛经寓言，使佛经寓言在一个特殊的环境中不断发展变化，成为一个独立的有特色的寓言系统，从而成为世界寓言中很特殊的一个分支。相比较而言，佛经寓言比《五卷书》一类的书籍继承发展了更多的古印度寓言，在这个意义上讲，这个寓言发展的分支又是很重要的。佛经寓言在一个特殊环境中的发展，应该说是非常有成效的，不但出现了大量的佛经寓言，还在佛教典籍内部出现了《百譬喻经》这样的寓言专集经书，及拥有大量寓言的其他经书。我们今天说古代印度的寓言如何如何，数十年前，鲁迅曾誉之为“大林深泉”的古印度寓言，其主要指的就是佛经寓言，或以佛经寓言为依据推断的古印度寓言。但话说开来，我们大赞其佛经寓言，但佛经寓言及至印度寓言到底有多大个数量，有些什么类型，人们并不十分清楚。目前我国出版了近十种佛经寓言选集，但重复过多，新的内容和发掘并不多。

中国的寓言历史线。

中国寓言的历史线的源头自然是先秦寓言，之后是两汉寓言，魏晋南北朝寓言、唐宋寓言、元明清寓言，现当代寓言等历史阶段。中国寓言历史线由于史料明确充分，是三个寓言分支中最清晰和延续性最强的。

这条历史线的古代部分，陈蒲清先生作了最好的概括：

先秦寓言：先秦是中国古代寓言产生和蓬勃发展的时期。其中的战国时代是中国古代寓言创作的黄金时代。当时的寓言作品集中在诸子散文里面，为阐述不同学派的哲理和政治主张服务，可称为“哲理寓言”。

两汉寓言：两汉寓言的题材和手法大多因袭先秦，但主旨是为空前统一的封建帝国汉王朝寻求长治久安之道，即希望通过寓言来宣传历史的经验教训，在政治上、生活上给人们以劝诫，可称为“劝诫寓言”。

魏晋南北朝寓言：魏晋南北朝是中国历史上的一个大转变的时期，哲学上、文学上、艺术上都具有明显的过渡性质，其寓言创作也是一样。

唐宋寓言：这是中国古代寓言创作的第二个高潮时期。其特点是寓言的讽刺性加强而哲理性减弱，可称之为“讽刺寓言”。寓言的独立拟定篇名（如《三戒》），独立编集（如《艾子杂说》），也开始于这个时期。

元明清寓言：元末明初及明中叶以后，曾掀起两次寓言创作高潮。其特点是冷嘲热讽的笑话成分增多，其中很多寓言可称之为“诙谐寓言”。①

中国古代寓言在漫长的历史中产生了不少的寓言作家和作品。先秦时期有墨子寓言、孟子寓言、庄子寓言、列子寓言，韩非子寓言、《吕氏春秋》寓言、《战国策》寓言，两汉时期有《说苑》寓言、《新序》寓言，魏晋南北朝时期有《笑林》寓言及一些理论著作中的寓言，唐宋时期有刘禹锡的寓言诗、柳宗元寓言、苏东坡寓言，元明清时期有刘基寓言、宋濂寓言，及刘元卿、江盈科、赵南星等人的寓言，后来还有石成金，蒲松龄、龚自珍，吴趼人等人的寓言。

现当代寓言，即指五四运动之后至今的寓言。这时期的寓言，是在继承中国古代寓言创作传统，同时又受到欧洲《伊索寓言》、拉封丹寓言、莱辛寓言、克雷洛夫寓言等欧洲型寓言的影响下发展起来的，其特点是基于东方寓言的基本特色，有些寓言又具有明显的西方形态，呈多元化的发展势态。在现当代寓言中，要以冯雪峰寓言、金江寓言、湛卢寓言、黄瑞云寓言、凝溪寓言等最为出色。另外，仇春霖、林植峰，鲁芝、余毅忠、吴广孝、许润泉等人的寓言也很有影响。刘征的寓言诗首屈一指。

在这三条主要的寓言分支之外，值得我们一提的还有出现在非洲民间故事中的大量的非洲民间寓言，以及欧洲、亚洲等完全有别于文人创作寓言的民族民间寓言。以萨迪《蔷薇园》中出现的寓言为代表的波斯寓言；散见于各种书籍中的阿拉伯寓言；

① 《中国古代寓言史》，湖南教育出版社 1983 年，第 9 页。

《圣经》中出现的古希伯来犹太人的圣经寓言也值得一提，并在世界寓言中有其自身的地位。

就是它们，构成整个的世界寓言。这，也就是我们《寓言文学概论》一书论述的全部依据。

第三节 对寓言本质的认识（一）

当世界上一降生寓言这一文学品种，人们对于寓言本质的探索和认识就开始了，要不，无论是在古希腊，或者是在古印度、中国古代人们就无法把握寓言以及创作和欣赏寓言。但同时也很明显，古代的人们对寓言的内在感觉是十分准确和敏感的，可总结和归纳却并不那么鲜明及条理，因而专门地有意识地给我们留下的研究寓言的，特别是探索寓言本质的文字并不多见。

在我国，“寓言”这个词最早见于《庄子》：“寓言十九，借外论之。”（寓言）“以天下为沉浊，不可与庄语，以卮言为曼衍，以重言为真，以寓言为广。”（天下）这是中国最早的对寓言的认识，这时庄周的所谓寓言，意为寄托之言，就是假借别人的话，说自己的理。这自然与今天人们所理解的寓言相去甚远，但这却是中国对寓言本质探讨的滥觞，不可忽视。况且，其对寓言的认识，还对后人，主要是中国人产生了极其深远的影响，仍把寓言的含义简单地理解为“寄托”“寄寓于言”的在今天还不乏其人。佛教经书中的《杂譬喻经》《百譬喻经》，就是按中国人对寓言的认识习惯来确定这样的名称的，而我们知道的所谓的《百譬喻经》实际上则是地道的寓言。

较早的探讨者还有刘勰，他说：“隐者，隐也，遁辞以隐意，谲譬以指事也。”[①]“谲譬以指事也”指的就是寓言，但他一方面对寓言的认识还没有比较明确的概念，同时也把寓言与隐语，笑话概而论之，没有把寓言从中区别出来。另外，他对寓言的认识仍限于寄托——寓意于言。这在当时是有意义的，但对今天的寓言认识来讲，局限性太大。

在现当代，我们中国的文艺理论对寓言的本质方面认识的东西极少，只有很少一些人对寓言做了十分肤浅的研究，对寓言的本质提出了一些很简单的看法。在三十年代，胡怀琛先生著有《中国寓言研究》一书，他在书中告诉人们：“寓言是用文学的方式，说一个故事，但是，这个故事是暗示真理，或是包含一个道德的训条。”“他（指寓言）不是用说明文把这个道理写出来，是用故事的方法演绎出来，使读者自然明白这个道理。”这是中国现当代最早的探寻寓言本质的文字。但这样的见解似乎没有告诉我们寓言的本质是什么，而是只把寓言之所以是寓言的一个表面现象告诉了我们，即暗示真理和包含了一个道德的训条的可能是一个寓言，这对于论述认识寓言的

① 见《文心雕龙》。

本质是远远不够的。因为寓言之所以成为寓言，就得有一个内核似的东西，胡怀琛先生所说的“暗示”“包含”是一种非常通俗的说法，但它们凭借什么呢?

新中国成立后，我们一些人在一些一般的论述寓言的文章中表达了许多对寓言的认识，如：

“寓言是一种文学作品。”（陈伯吹）①

寓言“是世界上最古老的文学体裁之一。”（陈洪文）②

寓言“它是比喻的最高境界。”（臧克家）③

寓言“它是譬喻的最高形式。”（王焕镳）④

“寓言是一种譬喻，是一种象征或影射……”（贺宜）⑤

“寓言是一种短小的讽喻故事。”（刘诤）⑥

“寓言是委婉说理的艺术形式。”（邱永山）⑦

“寓言是一种通过短小有趣的故事说明一个道理的文学样式。”（邱振声）⑧

“寓言是基于人生现象和自然现象的真实精密的观察而采取的一种特殊的文学样式。”（莫干河）⑨

“寓言总是一种短小而精悍的匕首。”（魏金枝）⑩

“寓言是人类智慧的语言。”（贺宜）⑪

还有诸如：“寓言是讽刺文学的鼻祖”“寓言是叙述体韵文学样式”等等说法。

这些见解都多多少少能说明一些问题，但它们距论述寓言的本质问题大都相去甚远。

陈伯吹“寓言是一种文学作品”的见解，如果在欧洲的寓言作家们面前，实际上是一句笑话，因为在欧洲的文学史中，寓言是不是一种文学作品，是几千年前就确切无疑的，谁也没有怀疑寓言作为一种独立的文学品种的存在。但这个在欧洲看来很可笑的不成为问题的问题在中国就不一样了，因为我们的文艺理论中至今仍有不少的人怀疑寓言，特别是怀疑中国寓言作为一种独立的文学作品种类的存在，陈伯吹这样强调这一问题，就是出于这样的历史背景的。这一方面说明我们中国之于寓言研究的起点之低，也同样说明了我们的文艺理论基础的薄弱。

陈洪文的说法是大家一般公认意见的重复。

臧克家、王焕镳、贺宜，刘诤四人的见解基本类似（其中刘诤的讽喻意思相同，但强调了其中的讽刺意味），也可以从另一个方面说，他们都犯了相似的错误。很明

① 《寓言选》序言，上海教育出版社，1980 年。
② 《伊索寓言》译本序，人民文学出版社，1980 年。
③ 《寓言诗杂谈——读刘征寓言诗纪感》，见《诗刊》1963 年 10 月号。
④ 《先秦寓言研究》，古典文学出版社，1957 年。
⑤ 《智慧的语言，锐利的武器》，见《人民文学》1957 年 4 月号。
⑥ 《试说寓言》，见《中国青年》1956 第 2 期。
⑦ 《略谈〈庄子·内篇〉寓言的特点》，见《天津师院学报》（哲社版）1980 年 5 月号。
⑧ 《向柳宗元的寓言学习》，见《广西文艺》1980 年 11 月号。
⑨ 《谈寓言》，见《文艺报》1955 年 6 月号。
⑩ 《谈谈我国寓言》，见《人民文学》1957 年 4 月号。
⑪ 《智慧的语言，锐利的武器》，见《人民文学》1957 年 4 月号。

显，譬喻一说是中国对寓言本质的传统理解，但同时也是一个很低级起点的理解。寓言与譬喻是有一系列的关系，但譬喻不可能就是寓言也是显而易见的，这方面我们在以后还要详细论述。至于文中贺宜说寓言也是一种象征或影射的说法也同样显得含混和肤浅，因为从根本上说寓言并不是一种修辞学上的手法。这个问题在后面我们即将论及。

接下去，邱永山、邱振声则试图通过寓言的用途来说明寓言是什么样的文学样式，莫干河则通过寓言人物与生活的密切关系来说明寓言；魏金枝形象地表现了寓言这种文学样式的轻捷、精悍；贺宜总结了寓言对人类语言发展的贡献。他们对于寓言的理解，只是单一地涉及了寓言的某一个方面的性质，如果单从某个角度来讲，都是有一定道理的，但它们却并没有揭示寓言的本质，而且有些见解还不尽正确。比如，莫干河说明的只是寓言方式的原因，贺宜如果仅是比喻，那他是对的，但他却肯定地把寓言定性为一种语言，就不符合事实了，因为把寓言定为“智慧的语言”，那必然产生语言的淹没，把寓言退化到与“成语”一类的属于修辞学中的东西，这就与寓言的现实存在不相吻合了。

以上是我们国内对寓言本质的主要的说法，从中我们不难看出，我们中国对寓言的研究是落后的，主要表现在：一、基础理论贫乏，成系统的见解很少；二、我们往往从其他角度来论叙寓言，如哲学的、修辞学的、儿童文学的、民间文学的等等，真正从文学艺术本身来论叙它的不多。这些都决定了我们对寓言本质认识的幼稚和缺陷，而国外的寓言研究却与我们大不相同，比我们要先进得多。不过，这也难怪，我们国家整个的具有现代色彩的文艺理论的建立，也不过几十年的时间，而国外的现代的文艺理论已经建立了数百年。这引出了一个题外话，即我们此书的作为，亦不过是为我国年轻的文艺理论系统的建设，填补一个空白。

第四节　对寓言本质的认识（二）

在国外，寓言研究及对寓言本质的探讨始于何时我们很难确定，但据中国台湾朱汉臣先生的《解说》一文中所叙（古希腊的修辞学家阿弗特纽斯，将寓言分类为下面三类……）字样，还有在著名的亚里士多德的《修辞学》中亦涉及寓言，证明早在古希腊时期，希腊的学者们就早已认真地对待寓言了。我们现在已很难确切地知道那时的寓言本质研究的情况如何，但他们在从自己的角度研究寓言时，涉及寓言的本质问题则是肯定的。

到古罗马时代，寓言也受到一定的重视，公元1世纪的罗马寓言作家菲德鲁斯曾有过一些关于寓言的文字。

新的有现代气息的寓言及寓言本质问题的研究还在近代的欧洲，它又主要出现在法国、瑞士、德国和俄国。这些在寓言研究上有一定贡献的人是：法国的德·拉·莫特①，吕歇②、巴托③，瑞士苏黎世的布莱丁额尔④；德国的莱辛⑤、黑格尔⑥，俄国的别林斯基⑦、波捷勃尼亚⑧、托马舍夫斯基⑨等。

法国寓言诗人德·拉·莫特说寓言是：一条隐藏在一个情节的寓意之下的教训。对莫特的观点，莱辛作了最有力的批判，他说："寓言不可能是一个寓意的情节，而是这样一种情节的叙述。"⑩ 另外，莱辛还认为一个表现一般道德教训的寓言，是一则简单寓言，而简单寓言不可能是寓意的，只有复合寓言才是有寓意的。莱辛对莫特的"教训"概念的空泛也作了批判，他说："谁要是想在寓言里面不说道德教训，而说别的什么教训，那他就滥用了寓言。"⑪

吕歇则把寓言解释为一首小诗，说它包含有一条隐藏在寓言譬喻之中的规律。这种见解是以德·拉·莫特的解释为依据的，并对莫特的解释作了修改，但修改并不很成功。他把寓言解释为一首小诗。如果从虚构的意义来说，是能让人接受的。但"隐藏"的说法则是错误的，因为寓言的道德教训只能是从一则出色寓言的各个部分一下子迸射出来的，必须明确无误及明朗活泼。他的见解中的"譬喻"用词是极不准确的，因为譬喻既不是寓言的本质，也不是寓言的性状或某个方面的性状。对于他"规律"二字，莱辛说："寓言包含有一条规律吗？规律一词并不见得比德·拉·莫特的教训一词更明确。所有的艺术、所有的科学都有规律，都有规则，可是寓言却仅仅只服从道德。从另一方面来看，规律或规则在这儿比教训更糟，因为人们所理解的规律和规则原来只是那些直接决定我们行为举止的格言。但是寓言的所有的道德格言并非都是这种类型的。"⑫

巴托认为寓言就是：叙述寓意情节的故事。⑬ 巴托的见解注重于对寓言情节的认识，但他也同样失足在对寓言情节的认识上。在这个问题上莱辛说："巴托实在过于混淆了《伊索寓言》中的情节和史诗、戏剧中的情节。叙事诗和戏剧的情节，除了诗人贯穿在情节中的意图之外，必须具有一种内在的属于情节本身的意图，而寓言的情节却并不需要这种内在的意图。它只要能使诗人达到自己的目的，也就够了。"⑭

布莱丁额尔有两个关于寓言的解释，一是从德·拉·莫特那里借来的，一是他自己的。第一个理解的寓言见解是：一个在类似情节的巧妙寓意的伪装下的教训和道

---

① 莫特（1672—1731），法国寓言诗人和美学家。
② 吕歇（1685—1748），法国寓言诗人。
③ 巴托（1713—1780），法国美学家。
④ 布莱丁额尔（1701—1776），瑞士的教授兼诗人。
⑤ 莱辛（1729—1781），德国剧作家、文艺理论家、寓言作家。
⑥ 黑格尔（1770—1831），德国著名美学家。
⑦ 别林斯基（1811—1848），俄国文艺批评家、哲学家、政论家。
⑧ 波捷勃尼亚（1835—1891），俄罗斯语文学家、斯拉夫学者。
⑨ 托马舍夫斯基，苏联文艺理论家。
⑩ 莱辛：《论寓言的本质》。
⑪ 莱辛：《论寓言的本质》。
⑫ 莱辛：《论寓言的本质》。
⑬ 巴托：《美学的原则》（第二卷）。
⑭ 莱辛：《论寓言的本质》。

理。这明显的是莫特见解的翻版，只不过加了“巧妙”“类似”两个形容词而已。他的第二个解释是：寓言是叙述一个讽喻性的故事情节，这种情节一般安排在动物身上。这样的说法并不新鲜，但它在当中认为寓言的本质只是一些含有教训意义的奇妙之物而已。

莱辛的寓言解释是在批判莫特、吕歇、巴托、布莱丁额尔等人的观点上建立起来的，他认为：“要是我们把一句普遍的道德格言引回到一件特殊的事件上，把真实性赋予这个特殊事件，用这个事件写一个故事，在这个故事里大家可以形象地认识出这个普遍的道德格言，那么，这个虚构的故事便是一则寓言。”① 这一解释是至今为止的最专门化的最认真地解释，它涉及了许多问题，我们将于后文详细地讨论这一观点。

黑格尔是德国的世界著名的哲学家、美学家，他在《美学》里也讨论了寓言，他说：“所以我们在这里（从外在事物出发的自觉的象征表现）所要讨论的是一种自然现象或事件，其中包含着一种特殊情况或过程，可以用作一种象征，去表现人类行动和希求的范围中的某一普遍意义，某一伦理的教训，或某一种为人处世的箴言：总之，这里所说的意义，就内容来说，是一种关于人的事情，即意志方面的事情，应如何处理的感想。这里所涉及的已不再是神的意志，通过自然事件和宗教的解释，按照其内在意义，来启示给人，而是一种极平常的自然事件的经过，从这中间可以个别地用易为人所理解的方式抽绎出一种道德格言、告诫、教训或箴规；因为其中含有这种感想的缘故，就把它表达出来，供感性观照。这就是《伊索寓言》（这里是泛指寓言）在这里可以占到的地位。”②

黑格尔的这一观点表现得非常富有哲学意味，也非常艰涩，他表达的东西从局部上并没有什么错，但他的入手角度一开始就出现了分离，因为他是把寓言作为“比喻的艺术形式”中的“自觉的象征表现”一类来对待的。他在自然事件、道德格言等方面的认识上是正确的，可他整个观点立足于“象征”，并把寓言作为“自觉的象征表现”的第一类品种，这就让人难以接受。实际上，他的观点仍是“譬喻”“象征”观点的翻版，只不过他的表述更艰涩更哲学化一些。

别林斯基对寓言的解释更简炼，即“寓言是理性的诗歌”③ 他的这一见解是在评述克雷洛夫寓言时表述的，也就是说，他面对的是当时俄国的清一色的诗体寓言，是把寓言作为诗歌的一种来评述的。这一说明的意义在于，别林斯基注重了寓言的理性与诗歌诗情力量的有机结合，从当时的俄国来说，能把二者有机地结合，就能写出好的寓言诗。这在当时是很重要的，但别林斯基的这一见解并不能因为表述了当时俄国的客观现实，就说他表述了寓言的本质，他也只不过作了某些方面的强调而已。

对波捷勃尼亚来说，寓言是对问题的迅速回答，是复杂的日常生活关系的适当的模式，是认识或说明难以理解的日常关系、政治关系或其他关系的手段。他说：

---

① 莱辛：《论寓言的本质》。
② 黑格尔，朱光潜译；《美学》（中译本），商务印书馆，1964 年，第 105 页。
③ 《克雷洛夫寓言》（短评），《别林斯基选集》第二卷，上海译文出版社，1979 年，第 227 页。

"……寓言是认识日常生活关系、人的性格，一句话，是认识一切属于人们生活的。道德方面的事物的一种方法。"①

苏联的艺术心理学家维戈茨基认为，波捷勃尼亚这一观点的建立。是从批判莱辛的寓言体系而得来的，莱辛的寓言观点认为，寓言是一种图解普遍观念的最直观的形式，而波捷勃尼亚却不同意莱辛的看法，认为寓言是一种方法，并说很多人在其他的领域批判波捷勃尼亚，却承认他在这个领域里完全正确。但是，我以为波捷勃尼亚的观点并没有什么更新的东西，他只不过比莱辛聪明，只在外延上打转，来轻松地认识所谓寓言的本质，并没有深入进去在寓言之中来认识寓言的本质。这样一来，两人的观点实际上是各唱各的调，不是相矛盾的，相对立的，而是互补的。

托马舍夫斯基，苏联的文艺理论家，他的寓言观点是，"寓言是从寓意说教故事——一种用事例（轶闻或童话）来说一般原则的证明系统演变而来的。寓言有本事，是具有某种寓意的故事，并从寓言中引出一般结论，即寓言的教训……"② 这个寓言观点，不用说，是莫特定义的另一种表述。

以上是国外流行的主要的几种对寓言本质的认识。

第五节　对几种寓言说法的商榷

中国、外国成系统或不成系统的对寓言的本质的认识，与外比（即对诗歌，小说的认识等）是极少的，但就其内部来说，人们对寓言本质的认识还是不少的。综合起来，主要有以下几种，一是譬喻说，二是寓意说，三是象征、影射说。当然，还有如"暗示""讽刺""启示""教训"等等，另外，围绕着"譬喻说""寓意说""象征，影射说"还有一些相关的说法，如"寄寓于言""讽喻"，等等。

譬喻说

把寓言说成是一个"譬喻"（或"比喻"，再或强调一下它的讽刺性，又加上一个"讽"字，成"讽喻"，都属此类），在世界上是一种比较流行的，也是一种比较古老的说法，这种说法尤其是在中国比较流行，并从古代一直影响到现代。这一点我们在第二节中就已有叙述。刘勰说寓言是"遁辞以隐意，谲譬以指事也。"而千年之后的贺宜仍说："寓言是一种譬喻"，基本上没有什么变化，或者说没有一点拓展和进步。说他们没有一点进步也可能不尽然，他们中的有的人也似乎觉得寓言与譬喻毕竟不同，但又不知道不同在哪里，于是，在这种困惑中出现了"它是比喻的最高境界""它是譬喻的最高形式"等等说法。当然，最高境界、最高形式等，仍没有摆脱旧有的模式，但当中试图说明什么的意向，也够让人宽慰的了。可惜的是，寓言既不

① 波捷勃尼亚：《文学理论讲稿、寓言、谚语、俗语》，第12页。
② 托马舍夫斯基：《文学理论》，第195页。

是譬喻，也不是譬喻的最高形式，因为它从根本上就不是一种譬喻，也就不存在什么是最低形式，什么是最高形式的问题。

在中国古代，“譬”和“喻”是分开来理解的，“譬”有比方、比喻的意思，如《诗经·大雅·抑》有“取譬不远。”另外它还有“通晓”“晓喻”的意思。而“喻”呢，除了“晓喻”“通晓”的意思外，还有“开导”的意思，同时，它有时又单独成为“譬喻”的含义，如《文心雕龙·比兴》：“故金锡以喻明德，珪璋以譬秀民。”这表明，“譬喻”中关键的是“喻”，而“譬”实际上是一助词。《孟子·梁惠王上》中有：“孟子对曰：‘王好战，请以战喻。”“战喻”，从来没有人把它说成是“战譬”的。这就是中国古代“譬喻”的基本含义，不管后来的人们怎样把譬喻分成了“暗喻”“明喻”等修辞学上的方法时，它的基本性质都未变。但奇怪的是，人们把譬喻当成修辞学上的一种方法使用时，却一直把属于文学作品中的一个种类的寓言，也含含糊糊地称之为譬喻，并进而含含糊糊地来使用它和含含糊糊地研究它。出现这种现象，恐怕是跟《孟子》所下的“战喻”的定义有很大关系。他的“战喻”实际上是“战争比喻”，而今历史误解的是，它“战喻”之言之后又确确实实地跟上了一个在中国古代可以说比较优秀的寓言。如果他与梁惠王说的仅仅是“比如一个逃跑了五十步的逃兵嘲笑逃跑了一百步的逃兵”，那就是一个纯粹的真正的譬喻，不会引起人们的歧义。可是，在它的后面是“填然鼓之，兵刃既接……”等一系列的寓言故事情节，也就是说，孟子把寓言误解为一般的譬喻了。或许，他那时根本没有想到要把所谓的寓言从譬喻中分解出来，但今天，我们要再如以前那样墨守成规，历史也就无所谓什么进步与否可言。

那么，寓言与譬喻之间的差别究竟在哪儿呢？譬喻从本质上讲是个什么东西呢？这方面，莱辛说：“譬喻其实就是在某一事物发生了它应有的唯一的一种变化之后，对这事物所做的每一种形象化的想象。譬喻显示给我们的并不是这个事物可能发生的若干个变化，更不是一切可能有的变化，而只是这个事物在这一瞬间所处的那一种变化。”① 莱辛在这段话里把譬喻与寓言的区别作了最彻底的阐述，“一瞬间的变化”即譬喻只是一种画幅式的东西，表达一些不好、不便直说或者譬喻起来说更加优美生动的东西。也就是说，寓言是若干个变化，是有情节的，而譬喻是一个变化，没有情节。当然，在一个譬喻里也能看出一条道德真理，但譬喻不能因此而成为寓言。白本松先生在《一种“比喻的艺术”》一文中曾认为，寓言是从比喻发展而来的，但比喻不等于寓言，二者有着不同的性质，一是修辞手段，另一个是文学形式。寓言与比喻的关系如何是一个复杂的问题，但白本松先生的对譬喻与寓言之间差异的感觉是十分准确的，但他同时又认为：“寓言文学形式的最根本的特征是什么呢？我认为就是它的比喻意义。”这让人十分费解，这等于说寓言的存在只是一种修辞手段上的意义，几乎否定了寓言作为独立的文学品种的根本存在。譬喻是与寓言有广泛的联系，但寓言的产生的因素并不只是譬喻，它与其他的初级阶段的过渡性的艺术形式都有一定的

① 莱辛：《论寓言的本质》。

关系。就即便譬喻与寓言的关系最为密切，即便寓言就完全是譬喻中诞生的，但这种发展已带有质的变化，而质变后的东西是不可能再来表现它脱胎之前那个东西的根本特征的，要不，我们不又回到了“譬喻的最高形式”的老路了吗？况且，这里描述的寓言与譬喻的关系只是一种假设，而实际上的情况并不像我们这里的假设那么简单，它要复杂得多。

总而言之，譬喻只有一种变化，没有情节，而寓言有一系列的变化，有情节，前者虽然与寓言有密切的联系，但二者的基本性质不同，它们不能等同，也不可能等同，实际上现状也没有等同，只不过是我们在寓言认识上的自我含混而已。我们区分譬喻和寓言，但认真地剥离譬喻与寓言的举动有什么用处？在寓言实践中有什么意义呢？我以为有两点，一是划分譬喻与寓言的基本界限，二是避免一系列的恶劣寓言的产生。在第一点上莱辛说得好。他说：“倘若寓言表现的不是一系列五花八门的譬喻，为了一个目的，而融成一体的譬喻，简而言之，倘若寓言表现的不是我们通过情节一字所表示的那种必不可少的东西，那么每一个譬喻，每一个象征都成了寓言了。”① 莱辛的这段话一方面科学地划分了寓言与譬喻的基本差异，又说明了寓言与譬喻的相互关系，即寓言与譬喻不能等同，但寓言可以把譬喻作为一种手段服务于寓言的最终目的。

在第二点上，我们所说的恶劣寓言，也就是指超出一般只有一个变化的譬喻，但又距真正的寓言有很大差距的那一类中间物。如有两个或更多变化并列，而非连接变化的譬喻的东西就是。这方面我们有很多实例。它们要么配不上寓言之名，要么就是些质量差到极点的寓言。造成这种状况的根本就是对寓言与譬喻的相互关系的认识含混和模糊，你如认为譬喻就是寓言或寓言的本性。那么，你就很难分清——一个变化的譬喻和多个的连续变化的寓言的区别，在这种导向下的寓言创作必然迷误重重。

寓意说

把寓言的本质说成是寓意的，在这世界上恐怕是一种比譬喻说影响还要大，流传还要广的说法。德·拉·莫特是这样认为的，吕歇也是这样认为的，布莱丁额尔、巴托、托马舍夫斯基等人的见解也与此相同。在我国，20 年前主要是“譬喻说”流行，可在近 10 年间，“譬喻说”仍有不小的市场，但同时“寓意说”由于外来文艺理论的渗透，以及寓言自身理论研究的发展，也与“譬喻说”一起流行起来，并产生了不小的影响。不知细心的读者注意了没有，我们在第三节中所表述的那些对寓言本质的认识，譬喻说占绝对多数，寓意说基本没有出现，其一重要的原因，就是这些有关文章的发表时间一般都是在 1960 年以前。但是，在近 10 年，认为“寓意说”的文章多了起来，如陈伯吹说：“‘匹夫无匪，怀璧其罪’等都是含有寓意的‘谚语’，倘若敷陈为短小的故事，即成‘寓言’了。”② 再如孙传泽先生说：“那么，什么是寓言呢？从字面上解释，寓言的‘寓’是寄托的意思，‘言’就是话。寓言，就是寄托一

① 莱辛：《论寓言的本质》。
② 陈伯吹：《寓言选》序。

个深刻道理的话。”① 这些观点，一反过去把譬喻放到寓言的至高位置上的说法，转而承认推崇寓言的寓意，但不难看出，他们对寓意说的应用还不够坚决，也就是说理解还不是很透彻，因而在使用时老要把寓意解释一通。

寓意的含义是什么呢？一般的认为，寓意所指的东西，并非它字面上看来要表示的东西，而是另外一个东西。同时，这另外的一个东西必须限制在另外一些相似的东西之上，要不，任何一个反语都成了寓意的了。我们的寓言按寓意说的说法来理解，寓意就是构成寓言的基础，但是，这种理解仍然是一种迷误，在希罗多德的《历史》一书里，记载了这样一个故事：科林斯的国王佩利安多洛斯派了一个使者到米利都国王特拉叙布洛斯那里，请教用什么样的方法最安全地处理事务，把城邦治理好。这个国王把使者带到自己的地里，用剪刀把长得最高的穗子统统剪掉，然后一言不发，便打发使者回去了。使者回去告知他见到的一切，科林斯国王二话没说，就把国内最杰出的人物全部杀掉了。明显，这其中肯定包含了一个寓意，即米利都国王的作为把他的意见寓在其中了，这“寓”是符合寓意说精神的，但这个寓意能不能算一个寓言呢？肯定不能！当然，寓言也要描述一系列的情节，来呈现寓言的道德教训，也要表达作家赋予情节的意图，但是，像上述的只是一个有寓意的情节，可寓言不可能是一个寓意的情节，而是有一定内含的情节的叙述。

寓意情节的表达最重要的一点就是相似，而如果寓言的情节也要是寓意的，那寓言就很难表示它看来想要表示的东西，只可以表示一些相似的东西。这方面莱辛有非常精辟的见解，他认为，用“从前黄鼠狼吃了山鸡，狐狸扼死了黄鼠狼，狼又咬死了狐狸。”这样的寓言来表示“弱者通常是强者的牺牲品”这一道德格言，能说这则寓言里包含了一种寓意吗？如果说狐狸相似强者，狼相似最强者，这是很可笑的，因为寓言的相似是特定人物和格言的——一般人物之间的相似，而这种相似在寓言里一般不会发生。

莱辛又从简单寓言和复合寓言概念的解释中，来证明一般的简单寓言是没有寓意的，存在寓意的是复合寓言。他说：“因为在复合寓言里是一个特殊事物和另一个特殊事物相类比。属于同一个一般事物范畴的两个或两个以上的特殊事物，它们之间必然会有相似之处，因而寓意也就可能发生。”②

简单寓言与复合寓言的区分，莱辛是这样认为的：

简单寓言便是：我从寓言的虚构的事件里只引出某一普遍的真理。——有人责怪母狮只生一只小狮子。母狮便说道：“不错，只生一只，可是生出来的却是一只狮子。”（见《伊索寓言》）——寓于这篇寓言里的真理一眼就可看出：高贵不在于数量，而在于价值。要是我用这句普通的话来表达这个真理，这便是个简单寓言。

复合寓言则相反，它所要我们形象地看出的真理，还进一步用在一个的确发生过的事件或者一个假定是的确发生过的事件之上。——一个蹩脚文人对诗人说：“我一年写七部悲剧，而你呢？七年才写一部”——诗人答道：“不错，只写一部，可这却

① 孙传泽：《与青年朋友笔谈寓言》，见《齐齐哈尔日报》。
② 莱辛：《论寓言的本质》，下同。

是一本阿塔利（拉辛的杰作），”把这件事情用在前述的寓言上，这就变成了一个复合寓言，因为这样一来这个寓言就仿佛是由两个寓言组成的，包含两个个别的事件，我发现同一个教训所含的真理在这两个事件中都得到了证实。莱辛的这一论断，我们还能在中国古代寓言中寻找到例证，如“五十步笑百步”这则寓言就是如此。

《五十步笑百步》：

> 梁惠王曰：“寡人之于国也，尽心焉耳矣。河内凶则移其民于河东，移其粟于河内。河东凶亦然。察邻国之政，无如寡人之用心者。邻国之民不加少，寡人之民不加多，何也？”
>
> 孟子对曰：“王好战，请以战喻。填然鼓之，兵刃既接，弃甲曳兵而走。或百步而后止，或五十步而后止。以五十步笑百步，则何如？”
>
> 曰：“不可，直不百步耳，是亦走也。”
>
> 曰：“王如知此，则无望民之多于邻国也。”①

这则中国古代寓言与莱辛所举的复合寓言的例子基本相同，虽然它没有引出另一个相同的寓言，但相同的寓言事例却是有的，我们在梁惠王说道邻国和五十步的逃兵嘲笑百步的逃兵这两件事中得出教训是相同的，它们同样体现了复合寓言的寓意。创作这种复合寓言在中国古代及伊索时代都是十分普遍的，也就是说古代的寓言作家大多数的寓言创作都是以真实事件为依据的，但是，“他（指伊索）的后人写的事件大多是凭空虚构的，或者他们写作寓言的时候根本不想任何事件，想的只是这件或那件普遍真理。所以他们只满足于通过他们的寓言中虚构的故事来解释普遍真理……”②

这样一来，我们如果把寓意作为今天寓言存在的基础是说不过去的，因为，正如莱辛所叙的一样，今天的大多数寓言并不是一些特殊真实事件下的对比，而绝大多数是对普遍真理的解释。

在这个问题的认识上，莱辛下了一个我非常赞同的结论：

“只有当我们把另外一件的确发生过的相似的事情和寓言所含有的个别虚构的事情并列在一起的时候，寓言才是寓意的，既然如此，寓意这个字便根本不能放进寓言的解释中去。”③ 莱辛认为，如果寓言从一般教训出发，仅仅把寓言写成寓意的，也就是说硬假想一个类似的事件，那准写出的是一则恶劣寓言，因为这只能导致一个简单的影射（关于影射我们将在以后论及）。故而他又说：“什么东西不能寓意化呢！请随便给我举出一个枯燥无味的童话，我都能赋予它一个道德意义。”④

象征、影射说

认为寓言是一种象征，是一种影射，实际上是一种派生的错误见解。象征派生于

① 《孟子·梁惠王上》。
② 莱辛：《论寓言的本质》。
③ 莱辛：《论寓言的本质》。
④ 莱辛：《论寓言的本质》。

"譬喻说"，在"譬喻说"的影响下，有些寓言作家就把只有一个变化或两个变化并列的情节描绘出来，充作寓言，从而致使人们认为，这种接近画幅式的东西实际上就是象征，进而干脆就错误地认为寓言的本质就在于象征。影射则派生于"寓意说"，因为认为寓言的根本是寓意的寓言作家，必然在创作时不力求去表现道德教训，而是表现一般的教训，以求对想象中的类似事件形成相似点，达到寓意的目的，但实际上的像古代复合寓言式的时机又很少。这样一来，他们的很多寓言实际上就成了一个影射。当然，在中国这样的文化土壤上，影射也能发生社会作用，并且有时候这种作用的影响还不会很小。但是问题的关键是，一方面，影射的追求和目的与寓言绝不相同，另一方面不能因为它也能发生社会作用，进而偏执地认为寓言的本质就在于影射，鼓吹寓言为影射而生存。

回过头来，象征的基本含义是什么呢？是"用具体事物表示某种抽象概念或思想感情。"比如我们中华人民共和国国旗上5颗星，其中的四个小星围绕着一个大星，就象征着当时的四万万人民向着共产党，团结在党的周围。如果说寓言的本质是象征，那么这样的象征能成为寓言吗？也许有人会说，我们所说的是文学上的象征，与一般的象征不一样。是的，在文艺创作中是有一种表现手法叫象征，它是通过某一特定的具体形象，以表现与之相似或相近的有一定关联的概念、思想和感情。不可否认，寓言有时也能产生象征的效果，但寓言的目的并不是象征，或通过一个象征就实现和表达自身的目的。要不，鲁迅小说《药》中的革命者夏瑜坟上的花圈表现了革命的前景和希望，这样一个人们公认的象征，我们也由此把它作为寓言来对待吗？

从寓言来说，它的存在是靠一连串先后出现变化的情节，以表现一个普遍真理而实现的。谁都知道，一连串的情节是不能够同时表现在一个画幅上的，因为任何一个高明的画家，他不可能同时把一个时间的前后全部固定在画幅上，只能摄下有选择的认为最富于表现力的一个瞬间，即许多情节中的一个变化。但属于譬喻、象征的东西就不一样，它只有一个变化，也就是说，它没有时间的先后，而只有时间的一瞬间，它们是可以被画诸画幅的。如果我们的寓言靠这样的东西来以所谓象征表达寓言的目的，对于寓言创作来说，那将是一场灾难。寓言的道德教训的表现，它的机趣、幽默，它在寓言欣赏心理上的情感逆行，并以求迸发出真理的火焰和愉悦感等，可以说全都离不开寓言情节的流动，如果把它画诸画幅。无疑是封冻了寓言的所有的灵性，使寓言失去生存的可能性。

强调譬喻，极端者必然走向象征，黑格尔在寓言上有许多很好的见解，但他就是从寓言的譬喻角度上出发，把寓言当作譬喻的艺术形式中的自觉的象征表现，而整个的寓言历史，任何时候都没有把象征作为寓言的一种目的。

影射，即暗指某人某事，或借此说彼。这与象征的出现是一样的，是"寓意说"走向极端，无法排解时的结果。它给寓言带来的麻烦和恶果是寓意说的极致。影射和暗示在很多时候是同义词，《儒林外史》中的牛布衣影射朱草衣，这不可能是寓言。像这样的暗示性的影射，人们几乎在许多场合，许多时间上都能很随意地表达，如果我把影射作为寓言的根本，即影射就是寓言或寓言的本体的话，那我们的寓言就无任何界线可言，随便一段影射谁的文字都可以归为寓言，这实际上是不可能的。

象征和影射被视为寓言的根本（尽管这种说法不是很广泛），对寓言是一种极大的败坏。如果说譬喻说和寓意说的出现原因是对寓言本质认识的模糊，那象征，影射说则是对寓言的无知和轻率。

以上是对三种主要的寓言说法的商榷，这三种对寓言的错误的理解是其对寓言的错误认识的主流。但也不是这三种说法就包括一切对寓言的误解，另外的“讽刺”“启示”“教训”等错误见解也还有一定的市场，但影响一般不大。一般说来，把寓言认为是一种讽刺原因在于无限夸张了寓言的讽刺性，把一个一般的特性上升为寓言的本质特性。而把寓言的本质说成是启示的，侧重的是对寓言启迪性和启示作用的偏执。“教训说”则形如发育不全的胎儿，完全酸涩的果子，是把寓言的粗胚认为是寓言的根本。

第六节　什么是寓言

什么是寓言呢？我们为了这个最根本的问题的提出，似乎做了许多准备，叙论了过去几乎所有的对寓言本质的见解及发展历程，也批驳了现行的数种不正确的见解，但到头来仍不免犯难。这就犹如亚里士多德对美作了许多充分、精湛的阐述，可最后最大的收获是：“美是难的！”一样。当然，这可能有自美之嫌，我们论述的寓言在普遍性和重要性上肯定不如“美”，但我们所面临的困境是相同的，这自然也是事实。我们如前批驳了许多对寓言认识的错误见解和不完善的观点，可同样的问题自然而然地要归结于此，什么是寓言呢？我们很容易地发现别人的错误，批驳别人也很轻松，但要树立一个比较接近客观的正确的见解，使别人不容易找出自己的失误和毛病却很难。

如上所述，人们给寓言下了许多定义，除了我们批驳的一些定义，还有一些定义和定义的某些部分具有一定的正确性，合理性，如波捷勃尼亚等人的定义。但我以为，最有说服力，最科学、最接近寓言本质的解释还是来自莱辛。莱辛的寓言定义是：

“要是我们把一句普遍的道德格言引回到一件特殊的事件上，把真实性赋予这个特殊事件，用这个事件写一个故事，在这个故事里大家可以形象地认识出这个普遍的道德格言。那么，这个虚构的故事便是一则寓言。”① （全文每字下部原文均有着重点）

在这个定义里，“格言”是表达真理和显现智慧及人类经验教训的言语，有时候，某些“谚语”，在中国则有些“成语”等都可归为这一类。赋予“道德”，是把

① 莱辛：《论寓言的本质》。

这个普遍真理和智慧的言语提高到更具有人的色彩的哲学的高度，使之在具有一定倾向性的同时，更富于普遍意义。这是对寓言的最高要求，通俗点讲，莱辛要求每个寓言都能表达具有普遍意义的人生哲理，达到哲学意味的最高境界。也就是说，莱辛要求每一个真正的寓言作家所创作的寓言合起来都能是一部形象的容易被人接受的哲学著作。莱辛的这个极其严格的要求不是没有根据的，只要你看看先秦寓言和《伊索寓言》，就可看出莱辛这个要求的现实基础。《庄子·内篇·人生篇》，几乎通篇都是一连串的寓言，中国的古代哲学，特别是老庄哲学与中国古代寓言实际上已达到了水乳交融的地步，谁要想了解和研究中国古代的哲学思想，要绕开或避开中国古代寓言是绝对办不到的。在古希腊，人们从《伊索寓言》中所学到的世俗的人生哲学，比从任何一本哲学著作中所学到的东西都要多得多，这，已经是多少年来被人们公认的事实了。

“把真实性赋予这个特殊事件”是在“把一句普遍的道德格言引回到一件特殊事件上”之后的一个最重要的环节。所谓“把真实性赋予这个特殊事件”，就是要求这个特殊事件在带有普遍意义的“道德格言”的时候，还要有自己寓言形象的个性存在。没有个性的存在，也就无从谈起这个特殊事件的真实性，也无从谈起寓言艺术的根本要求。这方面，拉封丹寓言和克雷洛夫寓言作了最彻底的证明，它们的许多故事—特殊事件是伊索的，印度的，但寓言却是拉封丹的—法国民族的和克雷洛夫的—俄国民族的。因此，如果仅限于“把一句普遍的道德格言引回到一件特殊的事件上。”那就是用寓言图解概念，使寓言没有真实感，因而也就缺乏生动、形象的认识。接着，莱辛要求把这个事件写成一个故事。

狐狸花言巧语地骗吃了乌鸦嘴里的肉。①

一个画蛇的人最先画好了蛇，可他在画好的蛇上又添了多余的四只脚，从而失去了到手的酒。②

一个大零圈圈自以为比小零圈圈大，故而嘲笑小零圈圈无知。③

这些故事有它自己的情节要求。狐狸骗到乌鸦嘴里的肉，至此，寓言的情节也就完成了，人们没有必要再继续看到狐狸吞吃骗来的肉时的得意情景和乌鸦受骗后的哀伤和悔恨。乌鸦受骗这一情节已经完成了这则寓言贯穿在其中的意图，已经使人们形象地看到了一个有关虚荣的道德教训，目的已经达到，而在幕后继续下去的情节与寓言是无关的。莱辛说：“叙述诗和戏剧的情节，除了诗人贯穿在情节的意图外，必须具有一种内在的属于情节本身的意图。而寓言的情节却并不需要这种内在的意图，它只要能使诗人达到自己的目的，也就很够了。”④ 那种在幕后继续下去的与寓言无关的情节，就是属于“内在的属于情节本身的意图”。

“这个普遍的道德格言”中的“这个”，是有独指意义的。“这个”决不能同时又

---

① 《伊索寓言》，节选《大鸦和狐狸》。
② 《战国策·齐策》，节选《画蛇添足》。
③ 疑溪著：《大零和小零》，载《人民文学》1981 年 3 月号。
④ 莱辛：《论寓言的本质》。

是“那个”，要么是此，要么是彼，也就是说，从一则寓言中引出的道德教训只能有一个，而不是同时有两个，或两个以上。而且寓言情节中的变化都必须为一个道德教训服务。莱辛说：“所有这些变化必须汇合起来，在我们心里唤起独一无二的一个形象化的概念。倘若这些变化在心里唤起若干个概念，倘若这虚构的寓言中所含有的教训不止一条，那么情节就不一致，也就是说，情节便缺少了原来成为情节的东西，所以正确些说，它便不叫情节，而只能叫作事变。”① 这就是寓言情节的要求，故其情节成为事变的寓言已经不成其为寓言，它已经变成了另外的东西，已经形成了情节本身的内在意图，变成了一个故事、一个童话，一部叙述诗或戏剧。

以上是我们对莱辛这个寓言概念的理解，它包含了寓言的情节要求，寓言的真实性，寓言的道德教训的单一、明了，指出了寓言是虚构性的故事等等方面的内容。论述明确雄辩，兼顾了寓言的多方面，并确定了格言与道德格言，教训与道德教训这个十分重要的分越；把对寓言的认识推向了一个高峰。为此，赫尔德高度赞扬了莱辛在寓言方面的建树，说他的寓言理论是“最简洁明晰……最富于哲学意味的理论。”②

但是，这位大师的解释是不是就完美无缺，没有什么要补充和可能补充的了吗？不是的！至少对（他那个时代还没有这种区分的必要）“寓言”和“寓言故事”这两个概念的区分和解释，在目前来说，就十分必要。原因在于，世界上百多年来的寓言创作中出现了一些新的东西，如谢德林式的寓言，（它们大大扩张了寓言讽刺的属性）已经不是本真的寓言了，而应该叫作“寓言故事”或者“寓言小说”（我国在明代就出现了这类东西，最著名的是马中锡的《中山狼传》。我国当代也有不少这样的作品）。这类作品的出现，是历史发展的必然，因为一种文学品种一旦发展，就得与相缘的其他文学种类发生联系，一有时机，就很容易产生两个边缘的结合，形成一些非此非彼又如此似彼的新的东西，上叙所指的寓言创作中出现的情况就是如此。这些东西，很难归为本真寓言，但也无法否定它们的存在和价值。这种类似的现象已经引起了一些人士的注意，如孙传泽先生就认为：“这个‘话’（指寓言），可以是一个情节简单的故事，也可以只是一段对话，无论有无故事情节的，都统称寓言，而其中有故事情节的，也叫寓言故事……”并且他还认为：“强调寓言必须有故事情节，在理论上容易导致排斥寓言创作样式的多样化……”③ 他对寓言的整个要求是淡化的，或者说是放任的，甚至是不负责任的，但也同时反映了一些所谓寓言创作现象在他心中引起的困惑，表现诸文学品种边缘上的一些寓言创作现象也是如此。这使我们不得不在新的时期，应该力求解决新的问题，因为“寓言故事”在新的历史时期是有了新的含义的，不能再与“寓言”相提并论了。这时，如果不对这两个概念作一个适当的区分和解释，势必造成对寓言认识的混乱，有害于寓言创作。

本来，寓言就是一个具备了寓言要求的故事构成的，寓言可以说是故事的一种（也是诗歌的一种——寓言诗，散文的一种——散文寓言）。寓言包含了构成这个寓

---

① 莱辛：《论寓言的本质》。
② 转引自《论寓言的本质》附言。
③ 孙传泽：《什么是寓言》。

言的故事，寓言故事则表明这个故事的属性，以区别于其他故事，如童话故事、动物故事、风物故事等等。孙传泽的有无故事都可以是寓言的说法，实质上是非常错误的。故事，符合寓言要求的故事是寓言的基本构架，没有故事寓言就自然没有什么生存空间可言，不但一般的寓言如此，就是袖珍寓言、独自寓言之类的品种也是如此，它们看上去好像没有故事，但实际上它们的故事是被省略了的，而这种省略了的故事仍然存在于寓言的暗示和意会中，仍然起着寓言故事应有的作用，故而不能说这类寓言没有故事。譬喻的、寓意的、象征、影射的种种，进入对寓言的解释，会给寓言造成混乱，如再加上孙传泽的说法，那寓言就基本无界线可言，其混乱的局面就可想而知。应该说，寓言和寓言故事并不矛盾，但寓言中新的东西出现，已经破坏了它的不矛盾性，这就需要新的解释，以适应寓言的发展。

我们知道，寓言包含了一个故事，对于这个故事的情节有着自己特殊的要求，即只有“贯穿在情节的意图，”而没有“一种内在的属于情节本身的意图”。但是，我们这里所指的寓言故事却与原有的寓言故事有了不同的含义，原来的寓言，寓言故事基本上是同义词，可这里指的寓言故事与寓言有了区别，即有些寓言故事、寓言小说同时具备了两种意图。这是寓言与寓言故事、寓言小说最本质的区别所在。寓言十分注重故事的寓言性，而寓言故事却更多地注重故事性，准确地说，这样的寓言故事、寓言小说，应该叫作“故事寓言”“小说寓言”。寓言只服从于“贯穿在情节的意图”，故事常常无因无果，而故事寓言则可突破第一个意图，应用第二意图，把一个故事寓言写得既有道德教训，又有始有终，有因有果。从这一点出发，它带来了一系列新的变化。首先，它可以把故事写得很长，而没有本真寓言短小精炼的限制，道德教训的单一、明了在这里也不起作用了，语言的质朴，简洁也不是它必要的要求了。本来，这是一种寓言的膨胀，不是寓言的本来形象，完全可以把它们划到寓言之外，最少划到一些边缘上去，但大多数人对此是缺乏认识的。

在这个问题上，莱辛虽然没有明确地阐述过，但他还是有一定的预感的。他反对拉封丹对寓言的娇饰就说明了这个问题。因为对寓言的娇饰的根源就在于寓言作者对“属于情节本身的意图”的过分嗜好和对寓言真理优美的淡漠。

故事寓言还有寓言的教训存在，但已脱离了寓言，更接近于童话，动物故事（现代的）。即有“道德教训”存在的同时，又有道德意义的存在（这方面，陈伯吹先生已经敏锐地感觉到了）。这样一来，这种故事寓言常常只为了话中有话而出现，以表达一些不好直接表达的东西。因而，它大大扩张了讽刺、象征、影射这些只属于本真寓言在个别时候所具有的某方面的特性的东西，把讽刺、象征、影射提高到另一个高度，以达到另外的目的。这些，使故事寓言的讽刺性、象征性、影射作用比本真寓言要强烈得多。比如谢德林和他的作品，人们称他为寓言作家是不合适的，人们称他为纯粹的讽刺作家也是不合适的，而称其为寓言式的讽刺作家却比较符合他的创作实际。

说到这里，我们看到了故事寓言有了许多本真寓言不应该有的东西，我们暂且不管这些东西对于寓言的价值如何，但正确地区分它们，是有利于寓言的纯洁健康地发展的。这里有一点需要表明，我们的这种区分不是为了否定彼此，而是力求对寓言本质的深入广泛的探讨。应该说，有些所谓的故事寓言，在某些方面，特别是对社会生活问题的某方面的揭示是十分深刻的，如谢德林的《野地主》①。但是，这已经是另外一种反映现实的文艺方式了。

总的说来，寓言要用个别表现一般，这个“个别表现一般”不是逻辑上的思辩，而是具体的“特殊事件”，这个事件表现为一个虚构性质的故事。来完成这个故事的人、动物、植物、无生物都是要有个性的，即要有“真实性”的。对寓言的情节，只要猫干什么，狗干什么，并不要求猫为什么干，狗为什么干。这一点，应该在寓言创作中得到进一步的强调，因为我们在寓言创作中，特别是我国现当代寓言创作中，一些唯恐意犹来尽的寓言作家们，总喜欢在他们好的和不好的寓言后面加一条不必要的尾巴，详尽地说明他的寓言主人公怎么样了。另外，狗、猫的形象，善恶的判别，审美意义都是附加的次要的。造成了寓言的情节，通过它引出一个道德教训，寓言的情节就算完成，哪怕是最引人入胜的幕后情节都得中止。叙述了狐狸吃不到葡萄说葡萄是酸的，这就够了，再说如何淌口水，如何一步三回头就多余了，可这种多余的叙述在我们的寓言创作中多得令人失望。莱辛说：“倘若这篇寓言包含的内容多一点，超过了使这条教训生动明显地显示出来；或者少一点，不足以使这条教训生动明显地显示出来，那么，这则寓言便不成其为十全十美的寓言。”

伏尔泰老人又说：“哲学的真正的装饰应该是井然有序，清晰明了，特别是真理。”②

最后，寓言的理性决定它不欢迎激情，不需要同情和怜悯的问题，也是一个值得一叙的问题。寓言的内在是冷凝的，它不需要令人激动的同情和怜悯，需要的是机智和诙谐。感情的激动必然破坏理智上的认识，而寓言恰恰就是为了理智上的认识而产生的艺术品。它主要是为了认识服务，为了迅速地解答社会、人生的种种关系，而不为激情服务，不是催人泪下的艺术品。寓言中出现激情有害无益，这里指的自然是如悲剧情感一类的激情，由于寓言情节运行中矛盾冲突在人们心理上引起的波动，则不能也称为是一种激情。但是，寓言也不是灰色的，它既然是一种文学品种，同样有自己的色彩，有自己的美感，即智慧的美，真理的优美等令人惊心动魄的东西，这，我将在下一章中论及。

另外，寓言的语言要求尽量地质朴、简洁、凝练、准确，过分的修饰是不必要的。寓言中采用动植物作主人公，其中最重要的原因就是为了简化它的主人公性格描述，狐狸的狡猾，驴的愚蠢，这样较为固定的众所周知的性格是不必再多说一个宇的。那么，作为寓言的文字运用还有什么理由不遵照它的法则呢？

---

① 项星跃译：《谢德林寓言》，新文艺出版社，1958 年。
② 伏尔泰：《路易十四时代》，商务印书馆，1982 年，第474 页。

第二章　寓言的美

第一节　寓言美的提出

贺拉斯在他的《诗艺》里有这样一句话：“得到普遍赞赏的是融会实益和乐趣的，它叫读者同时得到快感和教训。”在一切的文学艺术种类中，在使人“同时得到快感和教训”方面表现得最为突出的品种是什么呢？我敢说是寓言。说让人从寓言中得到“（道德）教训”，这是最自然不过的了。因为寓言的最基本的要求就是要从每个寓言里都能见到道德教训，但是，说从寓言中得到“快感”却让人费解。但细想一下，从寓言中得到快感，却又是几千年来的真实感受。

“青蛙没有首领，觉得不痛快。他们派代表去见宙斯，要求给他们一个国王。宙斯看他们太天真，就扔一块木头到池塘里去。最初，他们听见扑通一声，吓了一跳，都钻进池塘底下去了。后来，木头停住不动了，他们又钻出来，觉得它没有什么了不起，就爬上去坐着。对这第一个国王，他们不满意，于是又去见宙斯，说这个国王太迟钝，要求换一个。宙斯生了气，就给他们派去一条水蛇。水蛇便把他们抓来吃。”（《伊索寓言》“青蛙要国王”）

“宋人有耕田者，田中有株，兔走，触株折颈而死。因释其耒而守株，冀复得兔。兔不可复得，而身为宋国笑。”（《韩非子·五蠹》）

在这两则东西方不同风格的寓言中，寓言的道德教训是毋庸置疑的，它们表现的对社会关系的回答，对人生哲理的阐述，非常深刻、鲜明。但同时人们应该注意到，这一真理的表现，并不仅仅是几个概念，几个教条，而是形象的、故事的、故事表述方式的，以及它的思想内涵与艺术形式交融等方面的内容都全部参与其间，使每个寓言欣赏者都感觉到一种如贺拉斯所说的那种快感。可是，这快感又是什么呢？一般说来，快感只是一种官能的满足，如吃、喝、排泄等等。很显然，我们从寓言中得到的快感不可能是一种属于官能上的满足。我们在散文体的寓言面前，久读不厌，在诗体寓言中一咏三哦，回味无穷，鲜明的形象对真理的载荷，巧妙的机趣对真理奇妙地表述甚至剖析，这一切都让我们感到无限的惊喜和愉悦，因为混合着的对真理空间和形象空间的想象，本身就是一种享受。

我们这不是在描述一种美，或一种美感吗？是的！但什么又是美呢？可能这是一个多余的问题，美的描述永远不会有完满的结果，但古往今来的哲人们也永远不会放弃这种企及，他们以各种不同的语言、方式表述着它。他们认为：

"快感是欲念的满足，美感不涉及欲念，而只涉及对象的形式本身。"（康德）

"快感是官能上的满足，动物性的满足，美感要通过人的理性，是'内在感官'的满足。"（夏夫兹博里）

"美感是稳定性情感，不像吃喝之快感，饱后则逝，有共通性，人们可以传达，可以分享，快感则因别人分享而减少。"（鲍桑葵）

"美就是相对稳定的，或者真正的快乐。"（H. R. 马歇尔）

"美是快感的对象化，客观化了的美感。"（G. 桑塔椰那）

这些见解几乎都一致排除官能上的快感，认为精神的、内在的才可能是美。寓言在文学上给人的感受绝不是欲念的满足，这是千真万确的，而且它的非欲念化的感受可能在某种程度上强于其他文学作品，因为它与理智和真理的联系比其他作品要直接得多。另外，它的感受对于形式本身的依赖也很强烈，因为寓言在形式表现上的几条基本的线既明朗又持久。寓言的欣赏阅读感受是典型的"内在感官"的满足，别的文学作品（如小说）还有色情、打斗、凶杀等纯感官因素的存在，而寓言则根本不可能涉及这些东西，它在把几千年来人们不断积累的智慧的结晶用生动的寓言形象，故事情节表现出来，你面对的是整个的或部分的人类智慧，这时候人的形象思辩等运动，不是一种"内在的感官"又是什么呢？

寓言在这方面的感受同样是稳定的，没有分享而减弱，它几千年一直把它作品中的形象等方面带来的愉悦感保存到现在，如《青蛙要国王》《守株待兔》，在2500年前的欣赏效果和对人们内在感官的触动是一样的。还有，寓言感受的稳定性还表现在在此人面前和在彼人面前所得到的感受效果也大致是一样的。

如此说来，寓言是发生了愉悦感受的，那么寓言也就有了一种美存在其中，这就随之带来了寓言在美学上的一系列的意义。寓言也有美的内蕴，也表现出一种美感，或美的愉悦感受，也是一种美的品种，可是，我们翻开所有的美学论述，却没有发现任何关于寓言美的直接的论述，这是为什么呢？我们对寓言美的提出是否太大胆了点，多少年来，人们在寓言欣赏上结了一层厚厚的壳，认为寓言的存在意义只是道德教训，认为寓言有了道德教训便有了一切。使寓言发光的根本固然是真理，但使寓言喷射真理的"五色烟火"的美却让人们久久地忘却了。很多年来，人们对诗的、戏剧的、小说的、绘画的、雕塑的美侃侃而谈，从一个方面跳到另一个方面，认真地也喋喋不休地叙述它们，可从来没有一个人在美上光顾我们的寓言，以至于历史都怀疑寓言美的存在。尽管历代也有些独具慧眼的人窥视了寓言的美，但都因为寓言体裁形体的微小和寓言的强烈的道德训诫、劝诫作用的外观影像太突出了，以至于长期以来都未打破忽视、忘却、怀疑，不承认寓言也具有美感的意义的局面。但是，忘却也好，忽视也好，不承认也好，有一点已足够我们欣喜，那就是寓言本身固有的美并没有因为这样不公平的待遇而消失。这一点，数千年的寓言发展历史就是确凿的证据。

这就是寓言美的提出，几千年寓言文学的实践是寓言美提出的基础，而数千年对寓言美的忽视和遗忘又使今天寓言美的提出显得更有其特殊的意义。

第二节 寓言美的存在证据

寓言美的提出在寓言美的研究中显然是迈出了令人惊异的一步，因为就寓言本身来说，谁在寓言上提到过美呢？美在具体的区别中有许多分类，谈艺术的美，人们不会反对，谈音乐的美人们也不会反对，谈文学的美人们也不会反对，甚而单谈诗歌美、小说美、散文的美都不会有人反对，但寓言就不一样了。为此，光有寓言美的提出是很不够的，还必须在寓言自身的历史中寻求更多的证据来证实寓言美的存在。

关于寓言美的第一个方面的证据，我想恐怕应该是从寓言是否确立为文学艺术的一个种类来着手。这个问题我们在第一章第三节里已经有所论及，在那里我曾经对寓言是否是一种文学品种提出了自己的看法，回答是肯定的，但历史上，特别在美学上有些人的回答却不是肯定的。如黑格尔，他在其《美学》第二卷第103页上曾这样说：

“上述那样变种属于象征型艺术的艺术前阶段，因为它们一般是不完全的，因而只是追求真正艺术的一种企图，尽管具有造成真正形象的因素，但是只就有限、分裂和单纯的联系方面去掌握这些形象，所以仍然处于附属的地位，所以我们在谈寓言、隐射语、宣教故事之类体裁时，并不是把它们看作真正属于既有别于造型艺术又有别于音乐艺术的诗这一门艺术，而是着眼到它们从某种观点看，毕竟和一般艺术形式有一种关系，也就是从这种关系，而不是从诗艺术的真正种类，即史诗，抒情诗和戏剧诗这些种类的概念，才能说明这些附属种类的特性。”

黑格尔对这一文学种类的某些感觉无疑是正确的，但它把寓言排除在“诗（即语言文学）这门艺术”之外，却是一种令人遗憾的失误。他认为“上述那样变种属于象征型艺术的艺术前阶段”，这也许是的。寓言确实是一种比较古老的文学体裁，它的出现和存在是在很大程度上影响了后来的一些文学种类，比如戏剧、小说等。寓言产生的时候，就包含了未来戏剧的种子，这在西方的文学史中是大家公认的，从寓言而来，受寓言影响的戏剧的例子，在西方各国的文学中很多，如著名的剧作家易卜生创作的《培尔·金特》就是如此。《培尔，金特》的主人公一生混世，曲曲折折，最后的落点在他不停地剥一个洋葱，一层又一层，到最后什么也没有，其从寓言上带来的色彩之强烈，以致使易卜生干脆把此剧称为寓言剧，在俄国，果戈理的戏剧受克雷洛夫寓言的启发和影响，也是一个鲜明的例证，这在文学史上也是让不少的人费了不少的笔墨的。

寓言对后来的小说产生影响更是肯定的，远的不说，近现代就能举出许多例子，如霍桑的短篇小说，海明威的《老人与海》，斯坦培克的《珍珠》；加缪的《局外人》，卡夫卡的《城堡》，蒲松龄的一系列小说，马尔克斯的《百年孤独》，曹雪芹的

《红楼梦》，王蒙的《音响炎》《史琴心》，卡尔维诺的《一个分成两半的子爵》；日本星新一的一些小说……这些小说在哪些方面受到寓言的影响这是另外的话题，但它们作为例子已经够醒目的了。由于寓言对小说的多方面的影响，《中国小说史简编》下了这样的定语：

“寓言是社会历史不断向前发展，人类对自然和社会的认识逐渐成熟的时代的产物。它已不是不自觉地艺术加工，而是自觉地把社会形态加以夸大和形象化的产物。它善于采用多种多样的艺术手法，自觉地创造故事情节，刻画生动的人物形象，锤炼富有生命力的语言和精彩的对话，现实主义精神和浪漫主义精神的统一，特别是它作为政治斗争的一种武器所富有的强烈的战斗性，对后代小说的创作具有重要的借鉴意义。”①

这一“革命味”十足的断语虽有多处对寓言的夸大，但寓言对后来小说影响的论及还是清晰的、正确的。

话又说回来，黑格尔正是基于寓言这种文学品种对后世戏剧、小说的影响，才走上了一条狭路。因为他僵化地对待寓言，认为寓言是一种原始味还比较浓的不完全的品种，它对后来的影响是必然的，但黑格尔却以为寓言仅此而已，说寓言只是一种不发展的、前阶段的混种体裁，并否认了寓言作为一种文学品种独立发展的可能，但事实却不是这样，寓言在它产生后便开始了自己独有的发展道路。一般来说，后来的小说，戏剧之类的作品都着重在形象意境方面，并且这些东西一直被认为是小说、戏剧等以语言文字为手段的文学品种的基本内涵，失去或不注重这些东西的作品，就很难被认为是这一类作品，从而排斥它们。可寓言生存的依据并不同于小说、戏剧，因而就应该无所谓什么排斥。但是，寓言的历史实践并不是如此的，黑格尔就是以这种传统的排斥的见解，用对待小说、戏剧的眼光来对待寓言，他也就因此认为寓言只有艺术的一种企图存在，只单方面的有限地去把握这些现象，并不能成为一种真正的艺术种类。这方面，如果仅从寓言把握形象的描述上来说，大部分是对的，但不能因此把寓言推到混种体裁的地位上去，否定寓言作为一种独立的文学品种的存在。这实际上是一种误解，因为寓言发展成为一种文学体裁，保持长久的生命力，在文学史中能取得自己的独特的地位，所依靠的并不是戏剧、小说依赖的东西，而依靠的是它自己形成的理性与诗情力量或哲理概念与生动形象的有机结合。也就是说，用评判小说、戏剧的目光去评判它，从基础上就失去了依托。寓言的产生萌生了后来的戏剧及小说的一些胚芽，但寓言的发展也形成了自己的历史，自己的独立的文学种类，不可以也不可能把它们混为一谈而抹杀了寓言的品种生存。这本来是不成问题的问题，我们在第一章里就已经对寓言这一文学种类的存在依据作了许多论述，但在这里重新强调寓言作为一种独立的文学种类仍然有其意义，因为一旦一种文学种类的品种生存受到怀疑，那它的美，美感分析也就“皮之不存、毛将附焉”？

对于寓言美的第二个证据，应该是寓言的几千年的发展史。这一证据是双重的，

① 《中国小说史简编》人民文学出版社，1979 年，第 13 页。

它首先证实寓言作为独立文学品种的存在，因为一个没有历史的文学品种的存在是不可想象的，其次是寓言历史发展的一些性状表现，一方面证实寓言的历史，同时也证实了寓言美的存在。

寓言的发展历史，是公认的存在。数千年前它产生后，就一直作为一种文学体裁延续发展至今，而同一时期里，许多文学种类产生了，发展了，也有的衰亡了，如汉赋等就是如此。几千年的历史就是最好的最有力的证据，如果长期以来的寓言只是教训生存其中，只是一些死滞的劝诫，僵硬的真理认识，教条的判断，干瘪的概念，也就是说没有任何文学的审美的内涵，让人们从中获得某种精神性的愉悦，那谁还来卒读寓言呢？寓言也就失去了生存下去的可能性，寓言的历史就不复存在了。当然，也许有人认为，寓言的生存还有一个重要的依据，那就是真理，可是，我们从哪里不能认识真理呢？一个简单的格言都能表示一个真理。可见，寓言表现的理性内涵十分重要，但它不是寓言存在的唯一的依据，还有文学的美的“彩衣”一同造成了寓言的生存发展条件。

寓言发展历史能作为寓言美存在的证据，同样，寓言历史中的一些性状变化也是寓言美存在的证据。陈蒲清先生所著的《中国古代寓言史》对中国古代寓言的历史发展性状的归纳，就是一个例子。他在他的著作中把中国的先秦寓言呼之为“哲理寓言”，两汉寓言呼之为“劝诫寓言”，唐宋寓言呼之为“讽刺寓言”；元明清寓言呼之为“诙谐寓言”。这样的分别称呼在中国古代寓言史上自有它的意义，但也同样反映了中国寓言在各个不同历史时期的性状变化，这种性状变化，有实用方面的意义，也有人们对寓言审美方面的意义，它之所以能形成以上带有时代性的特点，并作为一种文学特色来对待，当然也反映了当时人们对寓言的意识及审美趣味的要求。如果说上述例子中的“哲理”“劝诫”多是实用上的趋向，那“讽刺”“诙谐”的则多重于审美趣味上的趋向，因为很明显，“讽刺”“诙谐”在文学上就是一种获取美感的方式，是一种取得愉悦情绪的重要手段。这样一来，不承认寓言中有审美现象发生，那寓言也就不会有这些与审美有关的性状变化。

在寓言的发展史上，东西方寓言发展形成的不同特色不同风格的寓言群体，也是寓言审美存在的另一个证据。东方寓言（主要是中国和印度）内蕴深厚，哲理深刻，而西方寓言（主要以《伊索寓言》为传统的寓言系列）则世俗性强，教训鲜明。因为它们生存发展于各自不同的文化历史背景下，从形式、结构、表达方式、语言运用、欣赏趣味都有很大的差异性，这种差异性当然有审美意识不相同的因素，它也证实寓言审美的存在，因为这样的区分实际上在某种意义上来说，就是一种美的区分。

第三节　寓言美认识的历史概述

寓言美在众多的证据面前，其存在是肯定的，那对寓言美认识的历史状况又如何呢？我在本章第一节说没有人在美上光顾我们的寓言，那是指对寓言美的直接的专门的论述，它当然不是否定人们在各种不同的时代、时机有意无意地谈到，涉及寓言的美，或有关美的问题。

最早的谈到与寓言美相关问题的是古希腊的大思想家德漠克利特，他说："关于智慧的美则是老年所特有的财产。"[①] 大哲学家柏拉图也说："我们追求智慧以及其他美的东西。"[②] 关于寓言美我们至今没有给它下什么定义，但寓言的美属于一种理性色彩较浓厚的美则是肯定的，这两位哲学家所说的"智慧的美"也就是一种典型的理性色彩的美。我们不好说他们所表述的"智慧的美"就是寓言的美，但它的包容量是比较大的，因而与寓言的美甚为相关，仍可视为是对寓言的美的认识，只不过十分间接罢了。我们知道，寓言的产生与神话的产生有一个最为根本的区别，就是神话为人类不自觉的艺术加工，而寓言则是人类的成熟或走向成熟时期，人类对自身及自然社会的在文学上的一种智慧的追求和一种心智的开发，及一种新型方式的崇尚。在那个时期论及"智慧的美"，也就没有理由排除寓言的美、因为在当时所有的文学品种中，有谁的理性色彩有寓言浓厚呢？至于"智慧的美"这一概念如何呢？在德漠克利特的话中，我们还看不出很多的重要性和必要性，但在柏拉图的话中就很有意味了。因为他的表述顺序告诉我们，"追求智慧以及其他的美的东西"。很明显，智慧的美在他暗示的一系列这类型的美中，是处于首要地位的，而另一些美则是"其他美"。他为何要把它摆在首位呢？这是一个难以轻易解答的问题，但是，不管他们说这些话的其它的真实含义是什么，可他们把带有很强理性色彩的智慧之类的东西也视为一种美，并承认这种理性色彩的美的存在，则是千真万确的。这一点非常重要，它实际上打开了评述寓言美感的大门，尽管后来的几乎所有的评论家都对寓言的美保持沉默，但它们在寓言美认识历史上的意义是不可低估的。

在这两位哲人之后，我们很难在冥冥的历史中觅到只言片语关于寓言美的文字，直到18世纪，德国著名的文艺理论家莱辛的出现，才结束了这样的局面。当然，在莱辛的前面，还有法国的诗人兼美学家德·拉·莫特，有法国的寓言诗人吕歇，有瑞士的教授布莱丁额尔，有法国的美学家巴托等人，他们都用一定的或大量的精力热诚地关注过寓言，但他们都多就寓言的本身而论及寓言，一般都没有给寓言的美留下什么文字。这种情况在莱辛的身上也如此，他不可否认的是世界上对寓言颇有研究的专家，他一连写了五篇寓言研究的文章，《论寓言的本质》《论寓言中采用动物》《论寓言的分类》《论寓言的写作》《论寓言在学校中的特殊功用》。这一组文章在理论界一般的评价都很高，但它并没有在这些文章中直接地正面地接触寓言美的秘密，反倒在他的寓言作品中，灵机一动地在一瞬间接触到了寓言美的缪司。他的这则寓言叫《幻象》。这则寓言是这样的：

"在那座我曾窃听过一些动物谈话的森林里，在那座森林最寂静的深

① 见《古希腊罗马哲学》，生活·读书·新知三联书店，1957年，第124页。
② 见《文艺对话集》，人民文学出版社，1963年，第196页。

处，我躺在一个不大湍急的瀑布旁边，努力想给我的一篇童话添加小巧的诗意装饰，拉封丹最喜欢这样打扮寓言，他几乎把它惯坏了。我冥思苦索，我斟酌推敲，我舍弃划掉，额头在发烧——毫无收获，纸上什么也没写出。我气得跳了起来；可是，看哪！骤然间寓言缪司出现在我的面前。

她微笑着说：‘学生，干嘛要这样吃力不讨好呢？真理需要寓言的优美，可寓言何必要这种和谐的优美呢？你这是往香料上涂香料，它只要是诗人的发现就够了；一位不矫揉造作的作家，他讲的故事应该和智者的思想一样才对。’”①

这则寓言是为了批评法国寓言作家拉封丹而作的。它的出现在对寓言的美的认识具有特殊的意义，因为这是人们第一次给寓言提出美学意义上的要求，第一次比较明朗地接触到寓言美的问题，也提出了寓言美的本质——真理的优美这一重大问题（它，我们在以后的论述中还将详细论及）。可令人遗憾，他并没有抓住它，更没有用他那支笔，把它的面貌展现出来，以至于我们利用它的这些零星的见解，难度很大，但在令人遗憾中，他给我们留下的东西，已经够我们寓言幸运了。

到19世纪，黑格尔在《美学》一书中对寓言作了专门的论述。但黑格尔很看不起寓言，认为寓言及宣教故事、隐射语等只是“一些处于附属地位的混种、简直看不出艺术的必要的因素，它们在美学里所处的地位就像某些动物变种或其他自然界偶然现象在自然科学里的地位一样……”② 黑格尔首先用“混种”否定了寓言作为一种文学品种的存在（这方面前面已经有所叙述），进而又否认了它美学的意义，如“偶然现象在自然科学里一样。”他这样做的原因是把美局限于“真正形象的因素”，并用这样的带有局限性的东西，来考察寓言及寓言的美。这方面，我们在寓言的文学品种确立，和寓言生存发展的历史中都有一定的叙述，这里不再赘言。

黑格尔拿“真正形象”的美来要求考察寓言的美，是一种遗憾，但在黑格尔一系列的论述中，他实际上是看准了寓言美的外在特征的。他说寓言之于形象是：“只就有限、分裂和单纯的联系方面去掌握这些形象。”这一点是确切的，寓言从来都是这样去掌握它所利用的形象的，也就是说，寓言中的形象在寓言美的要求中要处在次要的地位. 差别就在这里，说寓言中的形象处于次要地位，不等于说寓言失去了显现艺术美的可能性，而应当说寓言的美在各种艺术品种中，属于特殊性质的美的种类。黑格尔走的是前一条路，丧失了认识寓言美的最后机会。

在黑格尔之后，俄国的波捷勃尼亚也在寓言的研究上做出了一定的贡献，他的寓言理论是在批判莱辛寓言理论的某些方面的基础上建立起来的。他对寓言的研究，什克洛夫斯基评价说：“波捷勃尼亚的理论在分析寓言时很少自相矛盾，他根据自己的观点对寓言作了彻底的研究。”③ 那他对寓言的美的见解如何呢？由于资料的限制，我们无法直接转述他的观点，但我们从在第一章中表述的他的寓言观点中，不难看

---

① 《莱辛寓言》，人民文学出版社，1980年。
② 《美学》第二卷。
③ 维戈茨基著：《艺术心理学》，上海文艺出版社，1985年，第113页。

出，他对寓言的美应该是有一定数量的文字的，因为决定了的寓言观点，就必然决定寓言在文学审美上的一系列问题。

再后，1925 年，苏联的心理学家列夫·谢苗诺维奇·维戈茨基（1896—1934）所著的《艺术心理学》① 出现，他作为艺术心理学的基础而开创了寓言心理学，认真地，较有系统地分析了寓言的文学美感及寓言的心理运动机制、美感发生过程。《艺术心理学》一书有三个部分：一是“关于问题的方法论”，二是“审美反应的分析”；三是“艺术心理学”。在“审美反应分析”这一部分中，它一共又分四章，但其中就有两章专述了寓言美。这是第一次对寓言美的专述，第一次正面地面对寓言的美感问题，虽然它对寓言美的认识是从艺术心理学心理分析的角度而言的，但在对寓言美的认识上却是开创性的，意义十分重大，至于他的寓言美感分析如何，我们下一节中还要详细论及。

以上就是我们寓言美认识的历史追索，也许它并不能完全反映对这一问题的关注的情况，可能还有许多遗漏，但概貌性的东西还是存在的。

第四节　寓言美

我们提出了寓言的美，提出了寓言美存在的证据，又叙述了人们在历史上对寓言美关注的情况，那最终寓言的美是什么呢？“美好像是一个很简单的观念，但是不久我们就会发现，美可以有许多方面，这个人抓住的是这一方面，那个人抓住的是那一方面，纵然都是从一个观点去看，究竟哪一方面是本质的……”② 这段话对寓言美的认识同样适用。寓言美有形象、形式等美的诸方面，同时，寓言美也存在着哪一方面是本质的问题，无疑，在寓言美的论述中，首先要解决的当然应该是寓言美的本质。

在艺术美的领域里，各种各样体裁的文学艺术作品都能有一个大致相同的美的本质，但同时又有个别的美的特殊表现，这方面在寓言中表现最为突出。小说有小说所表现的特有的美感，散文、诗歌、戏剧、绘画、音乐也同样。寓言当然也不例外，但它在各种艺术种类中的美的本质共性并不是很多（这是它的美很少为人重视、注意的原因之一），而“特有表现”却显得非常强烈。

寓言的美是与众不同的。我们在谈论艺术的时候，多注意的是形象、意境等等。这些，均属于普遍的感性色彩的美的品种。它在给你愉悦的美的快感的时候，其审美对象不是一个美的形象，也不是一个综合条件下呈现的美的意境，更不是一种氛围、一种情绪，而是一个喷射着五色烟火的美的真理，或者叫“穿彩衣的真理”“活性真理”。这一美感发生的同时，真理的认识也发生了。我们知道，寓言的一般目的是用“虚构的故事来解释普遍真理。”（莱辛语）确实，一个只用于解释普遍真理的虚构的

① 周新译：《艺术心理学》，上海文艺出版社，1985 年。
② 黑格尔：《美学》第一卷，商务印书馆，1982 年，第 21 页。

寓言故事，在形象上是次要的，在意境上也是不必要的，它的美感是靠寓言虚构故事的轻松、机敏，情节的有条理的相互关系等优美感的形式与真理内核的有机结合而产生的。这种寓言的特殊的美就是：真理的优美。

“真理的优美”这一见解于我们前面已经引用过的莱辛的那则寓言《幻象》，他说：“真理需要寓言的优美，可寓言何必要这种和谐的优美呢?”真理与寓言优美的结合，不是真理的优美又是什么呢？这段话还表明了寓言的真理的优美与其他文学种类优美的区别，即另外的文学种类表现的是和谐的优美，与寓言不甚相干。另外，还表明寓言有其自身的美感存在，不必附加另外的美，即寓言的自身的美的内涵就足以表达自己，而其它的与寓言不相适应的美相加其上，就只能是“往香料上涂香料”。这些论述对认识寓言美的意义都是很重要的，但是这位著名的文艺理论家在当时并没有意识到这一点，因而没有由此发展下去，没有把另外的一些问题谈透。

寓言的美的一般目的不是形象，而是真理的优美。真理的优美，别林斯基又把它叫作“理性的诗歌”。诗这个字眼在艺术哲学上几乎就是美的含义，在这个意义上，也可把寓言的美叫作“理性的美”或“理性的优美”。这种美是特殊的，但在审美意识、美感发生上与其他体裁的文学作品没有什么区别。我们在欣赏一首诗、一篇散文，一篇小说或一出戏、一部音乐作品，一幅画时，如果这些作品是美的，那由各种手法表观的各种旋律、节奏、各种关系、各种意境、形象以及形式等等综合而成的美的感受，就将感染、深入、震撼我们的心灵，产生愉悦的快感。我们在欣赏寓言时也同样，但它不是节奏、意境、形象等属于和谐的美的美感所产生的。动物、植物、无生物，或人登台表演了一个属于寓言的（这里的含义是寓言的情节，它有与小说、戏剧情节的不同的要求）小故事，它们的出现和表演如果属于真正的寓言，符合寓言的基本要求，那他们的行为过程就将把某个真理的光芒焕发出来，利用真理与形象及事件相互关系的有机结合，产生一种奇特的美感，给人一种有别于其他文学作品，但又同样产生愉悦快感的美的享受。还应该记住，这种美感之所以特殊，是因为在寓言形象及寓言情节相互关系中有认识真理等带有理性色彩的美感的内核存在。并且在寓言中占有“最本质”的地位，它带动其他的寓言的美在我们的面前旋转。这是其他任何一种文学作品都不具有的。在美上，这是最大的区别。

在寓言美这一特殊的美中，真理自然是最重要的。因为“凭它的和婉去愉悦和感动人的理解力的那种美只是真理所焕发的光辉，这种光辉只要照亮了我们的心灵，凭它的和婉，逐出我们的无知，就会在我们心理引起一种美妙的快感，一种深衷感情的情绪，形成这种光辉的因素是简洁、明晰、证据确凿，力量气魄，新颖，高贵，有用，壮丽，比例匀称、布局妥帖，近情近理以及其他可能跟着真理走的一些优美品质。”[①] 这是意大利的新古典主义美学家缪越陀里的一段话。他的见解准确地把握了寓言美的本质和美感发生及审美过程，同时，还规定了寓言在美学上的一系列的要求。这些要求对我们的寓言创作和欣赏都有很大的指导意义。引文中的“和婉”对

---

① 《意大利诗的完美化》第一卷，第四章。

寓言的美也是很重要的，真理是严肃的，这是它的本性，如何把它变成愉悦和感动人的理解能力的那种美”便是所有寓言工作者的重要课题。

真理是寓言美的第一要素，但寓言美的因素还很多，寓言创作在世界寓言创作的总的潮流中多采用的是动植物形象，这就给寓言总的美感产生带来了很大的好处。因为“动物的声音和动作使我们想起人类生活的声音和动作来，在某种程度上，植物的响声、树枝的摇荡、树叶的经常摆动，都使我们想起人类的生活来，这些就是我们觉得动植物界美的另一个根源。”[①] 这方面给寓言带来的美是生机活跃的、活性的美（联想也同时起了部分作用），在某种程度上讲，它们给寓言带来活泼和欢乐的气息，因为蓬勃的生命总是与欢乐联系在一起的。作为寓言，应该好好利用它们，当然，我们也不否认以人物为主人公的寓言（这在中国尤为重要），去追求与寓言无关的“和谐的优美”，干出往“香料上涂香料”的蠢举。

寓言的美是寓言的真理与寓言跟着真理走的优美品质的有机结合，也就是说，寓言真理的优美，在与其他文学作品和谐的优美存在着根本差别的同时，寓言美的内部还存在着二者相互关系的问题。真理在寓言中的地位无疑是重要的，但怎样理解那些跟着真理走的优美品质与它的相互关系呢？我以为真理是寓言的核，它决定着寓言的存在价值，也决定着寓言是否具有真理的优美的根本，如果一则寓言的这个核不存在，那其寓言就不存在，寓言美的一切叙述努力都将付诸东流，寓言美感就无从谈起。但待一则寓言有了核，是不是就能写好这则寓言呢？也不！这还要看你的核是否简洁、明晰、证据确凿、力量、气派，新颖、有用，等等。如果以上这些都是具备的，寓言的核出现了，又是不是可以万事大吉了呢？仍然不，你的简洁、明晰、证据确凿在很大程度上还得需要寓言优美的帮助，如果这一点能妥善解决，再加之寓言的比例匀称、布局妥帖、虚构的近情近理等等，那你的寓言就能完善地表达寓言美——真理的优美了。

在寓言美内在的相互关系问题上，还有一点值得注意，即能剥走外衣的寓言不是好寓言，寓言的真理没有外衣也不是寓言，也没有寓言的美。寓言外衣对真理的装饰，不是简单的，单向的装饰，寓言的外衣装饰着寓言的真理，寓言真理的光辉也辉映着这装饰，二者合二为一，不可分割。

“诗人的愿望应该给人益处和乐趣，他写的东西应该给人以快感，同时对生活有帮助。”[②] 对生活有帮助在寓言来说很早就为人们注重，但给人以快感，也就是给人以寓言的美，却很少为人重视，或人们很少有明晰的认识。在现在和将来，我们为什么不能用真理的优美的光照亮寓言本身呢？“寓教于乐，既劝喻读者，又使他喜爱，才能符合众望。”[③] 是的，用寓言的真理的优美使人们喜爱它，这也是真正的众望。

---

① 车尔尼雪夫斯基：《生活与美学》第10页。
② 贺拉斯：《诗艺》，人民文学出版社，1962年，第155页。
③ 贺拉斯：《诗艺》，人民文学出版社，1962年，第155页。

第三章　寓言的形式

第一节　世界寓言形式概况

形式是内容的外在或外现，一切事物的自然形态的持续性和相对稳固性，便是形式的主要内涵。形式之于内容是一种较轻、较次要的东西，但同样也是探索事物本质的重要窗口，这在文学艺术研究领域中，则显得更为有意义和重要一些。

形式对于一切文学艺术作品来说，都是十分重要的，寓言作为文学作品中的一种，自然也不例外，而且在某种程度上，寓言的形式对寓言的影响还大于其他文学作品，显得比其他文学作品更为重要。

论述寓言的形式，面对的当然是整个世界的寓言，尤其是寓言形式的各种表现。寓言的发展历史是非常悠久的，无论是在东方或西方，都可上溯数千年，由此，寓言形式的渊源亦很深远。寓言的历史悠久，寓言形式的历史也很悠久，但二者在时间上是有一定的差异的。因为，一个事物在发展过程中呈现多种多样的外在形态，这些形态在最初相当长的一段时间里并不能很快地固定下来，这时形式在选择适应内容，内容也在选择适应形式。这样的时间也许很短，有时又会很长，全凭此间内容与形式运动的相互关系和机遇了。等到这种运动取得一定的结果，内容在一定程度上寻找到了与之相适应的表现形式，并以这种面目流传开来之后，这一文学品种的形式才能相对地稳定下来，成为我们今天面对的形式。从这个意义上讲，形式的出现是相对晚于内容的，寓言亦如此。

我们面对的就是这样的寓言形式，即从古代相对稳定至今的寓言表现形式。可是，显然我们仍然无所适从，因为世界寓言由许多部分组成，也就是说，它们形成了多种多样的相对固定的形式，而且一定的时期的寓言形式又有所区别，各个部分寓言的形式相对固定下来的时间又不一样……怎样才能从混沌到有序？除了追述寓言形式形成的历史，了解世界寓言形式的概况，我们还能有什么更好的办法呢？

“在寓言史上可以划分三个主要时期，第一个时期，寓言无非就是普通演说的方法、例子和比喻，第二个时期，寓言得到独立存在，并成为演说家或道德哲学家提出道德真理的一种最有效的方法，——这样的寓言在古代是我们熟悉的《伊索寓言》

和斐竺鲁斯寓言，在当代是莱辛寓言，第三个时期，寓言由辞令转入诗歌领域，即获得了今天归功于拉封丹，古代应归功于贺拉斯的那个形式。”① 这是茹柯夫斯基就寓言历史的分期，它与寓言形式甚为相关，但他的这一分期实际包含的只是世界寓言历史的一部分，即欧洲寓言历史的分期，不管他的第一个时期也好，第二、第三个时期也好，提到的寓言均是欧洲国家的寓言。当然，欧洲寓言历史是人类比较辉煌的寓言历史，从古希腊的《伊索寓言》到古罗马的斐竺鲁斯、法国的拉封丹、德国的莱辛、俄国的克雷洛夫，一整条相关联的历史线给世界寓言及世界文学都产生了不可磨灭的影响，可是，它们仍只能是世界寓言历史的一个部分，因而我们考察的只是一个支系统的寓言形式，当然，这一寓言形式十分重要。

从茹科夫斯基的这三个分期来看，其寓言形式的出现应当在第一个时期里。这一时期的寓言形式是波动多变的，因为只处于“演说的方法、例子和比喻”地位的寓言在形式上不可能是比较固定有序的。这一时期寓言的发生主要在希腊，时间约在公元前 8 世纪前后，也就是说，在公元前 8 世纪前后，其寓言的形式开始形成。到了公元前 6 世纪的时期，寓言主要表述的是道德真理，寓言开始独立存在，因而这时的寓言形式也大致定了型，因为寓言的独立存在，而没有一种较为固定的表现形式是不可想象的。这一寓言形式的相对稳定，其主要标志就是《伊索寓言》，故而这一寓言表现形式我们称其为伊索式。这一形式按其产生形成的年代应早于公元前 6 世纪。伊索式这一寓言形式，在后来经过一段时间的完善，对欧洲绝大多数的国家和世界许多其他国家的寓言表现形式，都产生了深远的影响，成为世界寓言中的第一大表现形式。

茹科夫斯基的第三个时期表述的是寓言由散文寓言转向诗歌寓言的时期，但这对寓言的表现影响不大，因为二者在表现形式上的精神实质是一致的，只不过文字表达的方式不一样罢了。

这种寓言形式从公元前 6 世纪的伊索时代大致定型后，就一直影响整个欧洲的寓言形式。希腊文明衰落之后，其寓言就由古罗马继承，其主要的代表就是斐竺鲁斯寓言。这一继承自然包含了对寓言表现形式的继承。古罗马灭亡后及中世纪的很长一个时期，是欧洲寓言的沉默时期，到文艺复兴后不久的法国寓言，才开始重新焕发《伊索寓言》的光芒，《伊索寓言》的表现形式，又重新在欧洲产生影响。随后经德国的莱辛，俄国的克雷洛夫的努力，才又使寓言的名声大振，使《伊索寓言》的形式在欧洲产生广泛影响，最后成为全欧洲几乎是唯一的寓言形式。这时候，随着欧洲文明在世界范围内的扩展，其寓言形式也随着欧洲寓言的传输，在亚洲及美洲一些国家和地区产生影响。如中国，在 19 世纪，一些耶稣教会的教士把《伊索寓言》传入我国后，其寓言形式对我国的寓言表现形式产生影响，至今在东方色彩浓厚的东方寓言表观形式主流中，仍有不少的人爱好伊索的寓言形式。

在欧洲寓言形式大致形成的时期，在印度、中国，另外不尽相同的寓言形式也在上述国家和民族中孕育。

① 《茹柯夫斯基文集》，第 509 页。

在公元前6世纪的印度，佛教兴起。佛教教义的传输带动了一大批来自印度民间的寓言。这些古印度的寓言与古印度的一批童话、民间故事随着佛教教义的传播，在印度、东南亚、中国等地产生影响，其寓言的表现形式也在传播中显现，但是，这一群体的寓言在形式上波动很大，大致稳定的寓言形式很少出现，因而在其寓言形式上并没有对世界寓言的发展发生什么大的影响。这批寓言是向东西方两个方向传播的，向东方传播的寓言，由于中国等东方国家自身的寓言形式方面的优势，没能产生什么大的影响。倒是向西方及中亚、西亚的传播中，经过一系列的碰撞，产生了一种有西方寓言形式的基本精神，又有东方寓言形式色彩的寓言形式，为了方便，我们把它归称为伊索的某式，容后论叙。

几乎也是在公元前6世纪的时期里，在中国的先秦时代的诸子散文中，出现了一批世界寓言的珍宝，它就是中国的先秦寓言。这批寓言在形式上很复杂，如茹科夫斯基所说的一、两个时期的寓言形式，在先秦诸子的散文中都有。属于“普通的演说的方法，例子和比喻”的寓言，即表现形式上不完善的寓言，在先秦寓言中有，属于“提出道德真理”的相对独立的寓言，形式上较为完善的寓言，在先秦寓言中也有。总的说来，相对独立的，形式上较完善的寓言在先秦寓言中是主流，也就是说，这种在东方，主要在中国影响较大，精神内涵最完整、东方色彩最浓的寓言形式，在中国的先秦时期就已经大致形成。故我们把这种寓言形式名为“先秦式”。这一形式的出现与伊索式的出现年代相近，其他各方面的情况、条件都差不多，但在独立存在方面先秦寓言却与《伊索寓言》有很大的区别，即《伊索寓言》是单独文集存在的，而先秦寓言则从未出现过专集。从表面上看来，这一定会对寓言的形式产生影响，起码会产生一些形式上的变形，可实际上这样的情况并未出现，因为先秦诸子散文中的大多数寓言，均是插入式的，在其行为过程中基本保证了自身在形式表现上的完整性，故而其变化不大，没有影响先秦寓言形式的显现。

先秦式寓言的流布并不复杂，首先在中国，它是几千年一贯的传统，不管各个时代在寓言风格上的表现如何，其形式的基本精神不变。这种形式在今天的中国寓言创作中仍是主流，但亦有相当部分的伊索式的寓言形式出现。先秦式这种寓言形式对中国毗邻国家地区的寓言创作亦有一定的影响。

第二节　伊索式

所谓“伊索式”寓言，即指那种故事结束后，接着就是一段教训话语点明题意的寓言。如：

“鹰从悬崖上飞下来，把一只羔羊抓走了。穴乌见了，非常羡慕，也想学鹰的样子，便呼啦啦地猛扑到公羊背上，但脚爪被羊毛缠住了，怎样扑动翅膀也飞不起来。后来，牧人看见了，便跑上去把他捉去，剪去了翅膀的羽

毛。傍晚，牧人把穴乌带回家，给了孩子们。他们问那是什么鸟，牧人回答说：‘我明知他是穴乌，可是他自以为是鹰。’

这故事是说，与优越者竞赛，不仅没有好处，反会招致不幸，为人耻笑”。①又如：

“两个行人夜间走路，
一边走着，一边闲谈。
忽然一只狗叫起来了，
接着便是第二、第三、第四只。
以后各院儿的都跑了出来，
总数目不下三十，五十。
一个人拣起了石块欲掷，
另一个急忙把他劝阻：
‘狗生来要叫，你何必多此一举？
你一打，反会激起众怒。
狗的脾气我十分熟悉，
我们只管走我们的路。’
果然不出五十步，狗吠渐息。
最后听不见了，寂静如初。
好忌妒者有个癖好，
他见什么都爱喊叫。”②

我们从这两则寓言中明显看到，这种寓言的结构，人们把它分为两个部分，一虚构性的故事——寓言的身体，这就如以上两个例子的前半部分，一段教训话语——寓言的灵魂，这就如以上两个例子的后半部分。应该认真地说明，身体、灵魂的说法是拉封丹对这种形式的形象的称呼，它无疑是最恰当地表明了这种寓言两个部分的特征。这种形式的寓言，一般都是开门见山地讲一个故事，或者叫虚构一个符合寓言要求的情节，形成了这种寓言的第一个部分，然后由“这故事是说”“同样”“这故事适用于”“这故事告诫我们”“所以”“由此可见”“这样看来”这样的字眼把寓言的第二个部分引出来。当然也有什么引语也没有的，如《伊索寓言》中的《鹞子和天鹅》这则寓言，它在故事完毕后，直接就是：“不适当地模仿别人，会丧失原有的本色。”这种寓言第一，第二部分的连接在散文体寓言中是如此，在诗体寓言中变化也不大，但它一般都没有用引语，而是空一行，或打一花隔来表示时间的停顿，以求表明二者的区别。

这种寓言形式第一部分与第二部分的排列上，在《伊索寓言》那里都是前后顺

① 《伊索寓言》，节选《鹰、穴乌和牧人》。
② 《克雷洛夫寓言诗集》，节选《行人与狗》。

序，即故事部分在前，而教训话语部分在后，无一例外。到古罗马寓言诗人斐竺鲁斯那里，这种排列顺序发生了变化，这位著名的古罗马寓言作家，不仅模仿苏格拉底把散文体的《伊索寓言》改写成诗体寓言，而且打破了这种一贯排列的沉闷空气，把寓言的最后一个部分经常适时地提到了前面，形成了教训话语——灵魂在前，寓言故事——身体在后的格局。这种格局从斐竺鲁斯开始，后又由拉封丹、克雷洛夫所继承，故而在他们的寓言中常常出现这种格局。如《拉封丹寓言诗》中有这样一则寓言，叫《马和驴子》，它的一开头并不是讲故事，而是先说："在人间大家应该互助。/假如你的伙伴死亡，/重负就会落到你的身上。"这样的教训话语，然后接下去才是寓言故事。不过，这种变体并没有把原先的排列全部颠倒，而是调剂了原排列的沉闷，故而这种排列一直只是一种配角，并没有在这种寓言中大量出现。当然，这种排列对寓言的欣赏及其他也带来了一些变化，对寓言发生了一定的影响。

伊索式自然源于《伊索寓言》，前一节我们已清楚地表明，《伊索寓言》最完整地表现了这一寓言形式上的各方面的特征，故而占有了此形式的名号。《伊索寓言》的形式是十分单一的，但根据《伊索寓言》成书的过程来看，这种单一的形式并不一定是古希腊寓言的唯一的形式。按理，伊索时代的寓言形式也应该是丰富的，如果那时的寓言著作完整地保存下来，我们也许能看到比较丰富的寓言表现形式，看到古希腊寓言形式的真面目了。现在的《伊索寓言》形式，严格地说来，应多半是有心人无意间的功劳，但就是这样的寓言形式，却对世界寓言形式的历史发生了极其深远的影响。整个欧洲几千年的寓言形式的历史，基本上被《伊索寓言》一笔写定。法国的著名的寓言大师拉封丹在他的《磨坊主人、他的儿子和驴子》的寓言中说过这样的话："艺术的发明就像长子的特权一样，/我们要把寓言的发展归功于古希腊，/这块园地的收割进行得那样好，/以至于后来人就没有什么落穗可拾。"这诗句针对的是整个寓言，这难免夸大，但就《伊索寓言》的形式方面来说，并不为过。

这就是《伊索寓言》的形式，从伊索之后，我们的寓言历史实际上并没有为这一形式再作过什么大的工作。从《伊索寓言》形式的分类来看，我们把正常排列顺序的《伊索寓言》称为伊索 A 式，而颠倒排列的伊索式寓言，称为伊索 B 式。另外，随着东西方寓言在形式上的相互影响和交流，以及有些民族自己发展的结果，历史上还出现了一种以《伊索寓言》形式为基本构建的另一种寓言形式，我们权称为伊索 C 式。

伊索 C 式这种寓言的故事部分——身体与《伊索寓言》的第一部分并没有什么大的差别，均为散文体的文字叙述，但在教训话语——灵魂部分却有所不同。伊索式散文体的寓言的教训话语是一段话，诗体寓言的教训话语自然也是一节诗，但伊索 C 式的寓言散文的故事后面却不是一段话，而是一节诗歌。

如：

"古时候，新上任的吠萨沃纳王向乔木、灌木、蔓藤宣布：可以自由选择住处。那时，菩萨转生为喜马拉雅山上一座婆罗树林中的树神。他对自己的亲属说道：'你们选住处不要选空旷的地方，你们就在我所选择的婆罗树林周围定居吧！'一些聪明的树神听从菩萨的话，在菩萨的住处周围定居。而另一些愚蠢的树神却说：'我们干嘛要住在森林里？我们要选择位于交通要道的村庄、城镇、首都的入口处作为我们的住处，因为住在村庄、城镇、首都附近的树神得到最多的祭品和最高的崇敬。'于是，他们选择了交通要道上长着一些大树的空旷之地作为住处。

一天，暴风雨大作，在交通要道上，即使那些扎根很深的多年老树也被刮得叶落枝折，连根拔起。而在婆罗树林，那些树互相毗连，任凭风吹雨打，一棵树也没被刮倒。那些住处毁坏，无家可归的树神们携带儿女回到喜马拉雅山，把自己的遭遇告诉婆罗树林中的众树神。众树神把他们回来之事报告菩萨。菩萨说道：'不听智者言，遭逢此灾难。'然后菩萨念了这首偈颂：

众木汇成林，任凭风吹打，
独木纵巍峨，枝折连根拔。①

这是一则印度寓言，它出自佛教典籍《佛本生故事》。它在一个带有宗教味的故事之后，同样出现教训话语，但这样的教训话语不是一般的文字，而是诗歌。

又如：

"有一天，一只美丽的孔雀摆脱了主人的银锁链逃走了，它整整地飞了一天，实在觉得疲乏了，只好落下来休息。谁知恰好落在一位善人家里，善人看到一只美丽的鸟儿飞落在自己的院子里，喜出望外，急忙拿出食物来喂它。孔雀很受感动，吃下善人给它的食物，就不由得入了甜蜜的梦乡。

善人为了表示自己更多的慈悲，他在一边暗暗地想，这鸟的尾巴太长了，倘若把它剪去，岂不是更轻便吗？然后又想到：它既然有了能飞的翅膀，要脚不是多余了吗？他想到这里，也没给别人讲什么，就拿起剪刀把正在梦乡里的，孔雀的尾巴和双脚剪去了。于是，孔雀就痛得昏死过去了。

在你不了解的事物面前，
你要很好地询问学习，
倘若只是按照自己的意图去做，
将会给别人带来致命的创伤。"②

再如：

"一天清早，一只小兔从龙头山脚下，一口气跑到山顶上，很认真地对雄狮说：

'狮大哥，我刚从龙头山下的谷陇寨子边走过，忽然听到寨子里闹哄哄

① 吴秋林编：《外国民间寓言选》，1988，辽宁少年儿童出版社，1988 年，第 142 页。
② 《中国少数民族寓言故事选》（善人），甘肃人民出版社，1979 年。

的。仔细一打听，原来是猎人们正忙着准备，要上山来打猎了。我看，我们大家都得警惕一点呀。’

雄狮听了，毫不在意，爱理不理地说：‘哼！怕个什么？看你这个胆小鬼！我这堂堂雄狮，兽中之王，谁不怕我几分？’

雄狮说完，就大模大样地躺在一堵大磐石脚下，半闭着双眼，睡起瞌睡来。

小兔呢？它总是警惕着，不敢有丝毫懈怠。

这天，晌午时分，一队猎人，扛着猎枪和钢叉，带着猎犬与套索，从山下向山顶搜索上来。每到一个岔路口，还留下一个山哨。

警惕的小兔，一看见猎人走出寨子，就逃到另一座山上去，隐避得无影无踪了。

而骄傲麻痹的雄狮呢？它还躺在那堵大磐石脚下，‘呼噜呼噜’地打着鼾声哩！猎人们搜山来到它的身边，没有费多大力气，就把它猎获了。

正是：

醒着的山雀，
不易捉得到，
睡着的山鹰，
容易被射到。①

这三则寓言，一则是印度的，一则是我国的维吾尔族民间寓言，一则是我国的布依族民间寓言。从各自的寓言历史和其他情况分析，不难看出，那则维吾尔族民间寓言的形式，是东西方寓言形式交流的结果，而那则布依族民间寓言无疑属于自我发展的结果，那则印度寓言呢？则可能是两种情况兼而有之，既有《伊索寓言》形式的影响，亦有民族自身发展的情况。属于外来形式的影响而形成的伊索C式寓言，我们能阐述的东西不多，因为那不过是又一种重复，但属于民族自身发展而来的伊索C式寓言；则有不少吸引我们的地方。这种伊索C式寓言是在什么样的情况下发展起来的呢？它的形式为何与其他因素产生的伊索C式如此相似？这都是很有趣味的课题。这些课题我们今天自然无法展开，可有一点是比较明朗的，即能形成这种形式的寓言的民族（包括外来形式的影响），大都是有很悠久的民间诗歌传统的民族，如印度，如维吾尔族、布依族都是。寓言的故事不管是外来的还是民族自身成长起来的，都与其他的一般的寓言故事没有什么大的区别，通行世界的《伊索寓言》故事和山沟里的布依族民间寓言故事都大同小异，但是，在这些地方，他们在讲完故事后，总觉得语之不足，咏之！这“咏之”就自然而然地把伊索式寓言的第二部分诗化了。因为现存的诗歌中本来就有许多这样的精神养分，为何不用呢？另外，伊索式寓言的第二部分在精神内涵本身就有一种格言倾向，把这一部分叙之于诗歌，自然更有利于

---

① 《中国少数民族寓言故事选·雄狮和小兔》，甘肃人民出版社，1979年。

寓言的这种格言表达。如那则布依族民间寓言的诗歌教训话语，与格言基本没有什么区别。还有，伊索 C 式这种寓言从流布上看是广泛的，但由于与伊索 A 式的基本精神差异不大，只不过是另一种方式下的应用，故而影响并不很大。

第三节　先秦式

所谓“先秦式”寓言，即指那种故事结束后没有教训话语，只有寓言主人公结局或解释结局的寓言。如：

“宋人有悯其苗不长而揠之者，芒芒然归，谓其人曰：‘今日病矣，予助苗长矣！’其子趋而往视之，苗则槁矣。”①

“宋人有酤酒者，升概既平，遇客甚谨，为酒甚美，县帜甚高，著然不售，酒酸，怪其故，问长者杨倩，倩曰：‘汝狗猛耶。’曰：‘狗猛则酒何故而不售？’曰：‘人畏焉。或令孺子怀钱挈壶而往酤，而狗迓而龁之，此酒所以酸而不售也。”②

再如：

“三只老鼠一同去偷油喝。到了油缸边一看，油缸里的油只有底下一点点，可是缸身太高，谁也喝不到。

于是它们想出办法，一个咬着另一个的尾巴，吊下去喝，第一只喝饱了，上来，再吊第二只下去喝……并且发誓．谁也不许有半点私心。

第一只老鼠最先吊下去喝，它在下面想：‘油只有这么一点点，今天总算我幸运，可以喝一个饱。’

第二只老鼠在中间想：‘下面的油是有限的，假如让它喝完了，我还有什么可喝的呢？还是放了它，自己跳下去喝吧！’

第三只老鼠在上面缸边想：‘油很少，等它俩喝饱，还有我的份吗？不如早点放了它们，自己跳下去喝吧！’

于是，第二只放了第一只的尾巴，第三只放了第二只的尾巴，都管自抢先跳下去。结果它们都落在油缸里，永远逃不出来。”③

这三则寓言前两则属于先秦寓言，后一则是现代寓言。三则寓言同样都讲了一个故事，但故事完毕后并不是像伊索式寓言那样有一段教训话语来点明题意，而是仅仅表明一个寓言主人公的结局：“其子趋而往视之，苗则槁矣……”“人畏焉。或令孺

① 《韩非子·公孙丑上》，节选《揠苗助长》。
② 《韩非子·外储说左上》，节选《狗猛酒酸》。
③ 金江：《乌鸦兄弟·三只老鼠》，少年儿童出版社，1956 年。

子怀钱挈壶而往酤，而狗迓而龁之，此酒所以酸而不售也”“结果它们都落在油缸里，永远逃不出来。”宋国人的耻笑，酒酸不售，在油缸里出不来，都是各自寓言的结局。这都是中国先秦寓言及现代寓言比较典型的例子，基本上反映了中国从先秦到现代一脉相承的寓言形式，从以上例子的比较中，人们可以看出，《三只老鼠》这则寓言与先秦的那两则寓言，在形式上基本相似，几乎没有什么变化。

“先秦式”名称自然来源于先秦寓言，因为主人公结局型的寓言最先大量见于，中国的先秦时代，其形式类型的诸要素在先秦寓言中表现得最为完备，最为典型，对后代的影响亦很大。可以说，先秦式虽不是东方寓言形式上的唯一表现、唯一源头（像伊索式寓言之于西方寓言那样），但它大致概括了整个东方寓言的形式，则是接近事实的。

先秦寓言在形式上对寓言的贡献是巨大的，它的寓言形式也是丰富的。人们也许注意到了，举例的那两则先秦寓言中的后一则，其结尾上似乎与第一则寓言有些区别。《守株待兔》是典型的主人公结局型，但《狗猛酒酸》则好像比《守株待兔》多了些什么，或者本身的叙述就与《守株洲待兔》不一样，为什么呢？这实际上是两种不同类型的先秦式寓言，《守株待兔》是典型的寓言主人公结局型，称为先秦 A 式。《狗猛酒酸》是一种解释结局型的寓言，它的寓言主人公的结局出现后并不就此停住，而是把解释参与其中，形成有别于典型的寓言主人公结局的另一种表现方式。我们把它称为先秦 B 式。这两种寓言形式是中国古代及现代仍然有效的普遍的寓言形式。在此同时，先秦寓言中还出现了一种与先秦 A 式寓言一样具有影响和普遍意义的寓言形式，只不过这种形式的寓言在先秦寓言中数量不多，主要是对现代寓言创作的影响，其意义则重在现代。这种形式我们称为先秦 C 式。这一类寓言如《买椟还珠》，这则寓言是这样的：

> “楚人有卖其珠于郑者；为栏之柜，薰以桂椒，缀以珠玉，饰以玫瑰，辑以羽翠。郑人买其椟而还其珠，此可谓善卖椟矣，未可谓善鬻珠也。”①

“此可谓善卖椟矣，未可谓善鬻珠也。”这不是寓言主人公的结局，也不是解释结局，更不是一段教训话语，而是一段评语，或称作议论。这样的寓言形式介于“先秦式”与“伊索式”之间，它既不直接得出一个道德教训，也不就只是依靠寓言主人公结局来使人有所联想和启示，而是稍稍评议一下，适当表达作者对此事件的看法，既让读者有自由联想，思考的余地，又作一定的引导。这种具有中间性质的寓言形式对后来的寓言创作，特别是中国现当代的寓言创作影响很大，这在西方的伊索式寓言大量传入，产生广泛影响后尤为如此。

先秦寓言拥有以上三种形式，但它并不像伊索式寓言那样，只有此单一的形式。产生先秦式寓言的先秦寓言群体，比之形式上整齐划一的《伊索寓言》群体，形式内涵要丰富得多。在先秦寓言那里，我们几乎可以找到历史上所出现过的所有的表现

---

① 《韩非子·外储说左上》。

形式。

称为典型的伊索式的那种寓言，在先秦寓言里就不少，如《佝偻承蜩》[①] 的寓言故事完后，并不是先秦式的寓言主人公结局，而是“用志不分，乃凝于神”的教训话语，即“灵魂”出现。再如《月攘一鸡》[②] 的寓言故事完后的：“如知其非义，斯速已矣，何待来年”，也是一段典型的教训话语。所谓的伊索B式寓言，在先秦寓言中也不乏其例。如《弈秋论弈》[③] 的教训话语“今夫弈之为数，小数也，不专心致志，则不得也，”就是放在这则寓言的前面来说的。

先秦寓言的形式是丰富的，它容纳了寓言的多种多样的形式，但为什么又不把先秦寓言中数量不少的所谓“伊索式”也叫作先秦某式呢？原因是这种寓言形式的流布和影响主要来自《伊索寓言》群体，先秦寓言中的这种形式对后来的寓言形式的影响也不大，也就是说伊索式寓言在先秦寓言中有，但这一形式的发展源头不在先秦，而在于伊索。

伊索的A式，B式，C式；先秦的A式、B式，C式，大致构成了世界寓言的形式，但除了它们，在世界寓言中还有其他的寓言形式，但它们一般都没有什么大的影响，而且大都带有很大的局限性和形变性质。如俄国的谢德林式的寓言形式就是如此，再如我国马中锡的寓言《中山狼传》等等，但它们的形式上的生命力很弱。

第四节　伊索式和先秦式产生的原因

上述的伊索式和先秦式无疑是世界寓言历史上的现实，但它们这两大类的寓言形式是在什么情况及原因下产生的呢？弄清这些历史原因对我们寓言的形式研究自然是必需的。

我们知道，伊索式和先秦式的表达方式及其他诸方面是有很大差异的，而且各自都是在一定的历史条件、环境中成长起来，是多种因素成就了它们。

我想它的首要的原因应该是政治上的。古希腊城邦国家的民主制度是世界知名的，在这样的国家里，民主风气十分浓厚。别的不谈，就人们的言论来说是比较自由的，人们要表达什么意见，意愿和思想就表达了，顾虑和约束是比较少的，这从伊索本身是奴隶身份，但仍敢说出那么多刺人的寓言就足以证明。这样身份的人在东方，要做出同样的事情是难以想象的。寓言自然是表达自己的思想，对真理、人生及社会的种种见解最方便的一种文学形式，于是，人们叙述了一个故事，接着就故事得出道德教训，在道德教训中直接表明自己的看法和意见，不用很隐蔽、很曲折地把寓意深藏起来。这也许就是形成伊索式这种比较直接开放的寓言形式的重要原因之一。可

① 《庄子·达生》。
② 《孟子·滕文公下》。
③ 《韩非子·外储说左上》。

是，在我们中国的先秦时代，情况就不一样了。那时的政体一般都是专制的，人们的言论是不能忤谩君王的，可我们从先秦诸子散文中见到的寓言，又大多数是为了“经国之大业”而服务的。如何既不忤谩君王，又让君王接受刺耳的意见和见解，先秦的寓言作家们为此绞尽了他们的脑汁。如《一鸣惊人》①《五十步笑百步》②《海大鱼》③ 等等，也许他们在这方面表现的聪明才智，是世界上绝大多数寓言作家闻所未闻的。在这样的情况下，多数的时候，只容许他们讲了寓言故事就罢，君王的尊贵是不容许他人再搞什么《伊索寓言》式的教训话语来教训他们的。这方面我们从《佝偻承蜩》这则寓言的另一个侧面中再次得到证明，这则寓言我们是作为伊索式的寓言例子来举的，但它之所以有教训话语是因为这是教师为了教导学生而出的，如果这则寓言是下对上而言，那它的教训话语保证不会出现。话说回来，寓言是充满智慧的，如果不让君王以领悟其中智慧来证明他们并不愚蠢，他们是不会高兴的。这种状况和环境带来其它的结果且不论，而在形式上造成先秦式却是注定了的。古希腊的政治现实在一定程度上造就了比较开放的伊索式寓言，中国的先秦时期的政治状况同样也在一定程度上决定了比较封闭的先秦式寓言，况且，久而久之先秦的寓言作家还以此为一种值得欣赏的技巧呢！

造成这两种不同的寓言形式的第二个原因应该是人的不同的心智趋向。希腊人是西方人，一般的西方人由于历史文化，性格等方面的原因，在表达什么的时候一般的趋向是直接了当的、坦率的。有了这样一个基础和背景，以致他们在创作寓言的时候，从性格上就根本不喜欢把寓言的寓意寓得很深，或转弯抹角的，他们创作了一则寓言，没有写上它的教训话语（即通过它说明什么），就以为什么也没说似的。从这一点，我们更能理解为什么西方寓言在形式上有如此纯粹的一贯性，他们少不了教训话语的存在，它不仅是寓言的表达方式的需要，同时也是人的心智趋向的需要。而在我们中国，乃至东方，也是由于历史文化、环境、人的性格等方面的因素，人们在性情上就不喜欢直通通地说话，人们先是把含而不露作为逃避直接的打击和迫害的一种手段，进而又把含蓄作为一种美来看待和追求，其文学艺术上的含蓄更为如此。因此，不管是先秦时代的中国人，还是现代的中国人，乃至整个的东方人，一般来说，他们从内心里认为一则寓言的情节本身鲜明地显现了寓言的道德教训就够了，而教训话语多数时候认为是多余的、画蛇添足的。他们这样做，正好吻合了那两个方面的目的。一是避害，没有教训话语. 锋芒内蕴，相对来讲就要安全得多，二是美感追求的实现，东方人之于寓言他们就认为这样写的寓言是符合他们的审美倾向的。

两者寓言应用上的侧重点不同，这恐怕是产生其不同形式的第三个原因。伊索式寓言的大多数的内容是日常社会生活的经验教训的总结，这方面在伊索、斐竺鲁斯、拉封丹、克雷洛夫那里都是如此。在把寓言主要应用到这方面内容的表达上时，自然要求寓言就事论事，不可鱼和熊掌兼得之。要达到这样的目的，最方便的办法是用

① 《韩非子・喻夫》。
② 《孟子・梁惠王上》。
③ 《战国策・齐策》。

“这故事适用于”“这故事劝诫那些”等字眼为引语的教训话语，使其寓言清晰，简单，明了，还有与世俗性相吻合，以利于这类寓言内容的传播。在先秦寓言，情况正好与此相反，它的寓言的内容多数是哲理性很强的东西。把寓言主要应用于这方面内容的表达时，其自然不能用几句教训话语把寓言简单化，况且某些作为哲学原理载体的寓言的内容，也是几句教训话语概括不了的。中国人强调天人合一，强调浑然一体，自然不希望把自己的寓言作品弄成既没有内涵又没有层次感的东西，况且，中国先秦寓言与中国古代哲学的联系之紧密是惊人的，可以说，不理解先秦寓言，就不能或很难理解中国古代的哲学思想。在这样的情况下，一个内涵十分丰富的寓言故事出现之后，如果用单一性的教训话语应用其上，是很难把握这则寓言的，因为教训话语的单一性的本质是方面性的。有时候，这样的教训话语实际上只会是一种嘲弄和败坏人们口味的东西，对寓言帮不了什么忙，这在先秦寓言中尤为如此。这方面，对先秦式寓言的影响是大的，尤其是先秦的哲理寓言更是如此。

大致上就是这样的一些因素造成了伊索式和先秦式，使世界寓言中有了属于东方寓言形式——先秦式，属于西方寓言形式——伊索式两者的分越。同时也造成了先秦寓言形式上的丰富性和《伊索寓言》形式上的单一性，它们的产生原因，也与产生这两种形式的历史相关。

我们知道，《伊索寓言》形式整齐划一，而先秦寓言形式正好相反，其内涵是比较丰富的。形成这种状况的原因有二：一是我们取伊索式为典型形式的代表是一位寓言作家的创作——伊索的寓言创作，而取先秦式为典型形式的代表则为一个时代的寓言创作——先秦时代的寓言创作。在常规上，虽然一个作家可以在创作上应用多种形式，但它无论如何也不会比一个时代的作家在创作上包含的形式更多、更丰富，更何况某一单个作家在形式表现上的趋向注定是单一的，而一个时代，也就是众多的作家在形式表现上的趋向注定是多样的、丰富的。这是《伊索寓言》形式上的单一性和先秦寓言形式上的多样性的根本原因。它的第二个原因是《伊索寓言》在某种意义上是古希腊寓言的总汇，而在这一总汇的过程中，就自然出现了整齐划一的形式处理的情况，这方面，《伊索寓言》的成书过程就是一个最好佐证。先秦寓言，就没有这样的情况，它在先秦时代还没有形成一种纯粹的独立的文学样式，它虽然形式上是完整的，但却百分之百地依存于先秦诸子散文中（或者说今天留给我们的先秦寓言都是从诸子散文中得来，而可能存在于那个时代的寓言专集我们没有见到），这自然也就不存在什么划一的过程。

第五节　伊索式和先秦式

我们把世界寓言的形式划分为伊索式和先秦式，无疑是根据它们各自产生的历史背景及本身形式上的表观而言的。这种区分，不但对于认识东西方寓言的差异有帮助，而且对于认识这两种寓言在表现形式上给寓言带来的影响也有不少的益处。我们这里把二者并列，就是为了这个意义。

首先在我们对寓言形式分类进行论述之余，有一点要声明，即把世界寓言的形式分为“先秦式”和“伊索式”是一种概括，不是一种排挤。我们在论述寓言形式的时候，无论是“先秦式”还是“伊索式”，都具有寓言形式的世界意义，不是狭隘的“先秦式”和“伊索式”，而是广义的、全面的。这一意义本身的根据是这两个时代的寓言在形式上对于世界寓言的贡献，它们在寓言形式上的杰出的表现，对世界寓言形式的潮流产生巨大的影响，因而把它们作为世界寓言形式分类的符号是有意义的和必要的。

我们前几节表述了这两种寓言形式的性状，产生的历史原因，那二者相比较而言的意义又是什么呢？无疑的，先秦式是东方特色、东方风格，伊索式是西方特色、西方风格，前者含蓄、凝重，后者奔放、活泼，但二者的形式都各有千秋，都紧密地与其寓言内容有机融和，在不同的地区、国家、民族的寓言创作中，为表现寓言的内容有效地服务着。诚然，二者都有各自的长处和短处。

对比地论述这两种寓言的形式，自然先得从二者的结构谈起。伊索式寓言一般分为两个部分，一虚构性的故事——人们称其为身体部分，或称为寓言思想内容的载体，以及寄寓于言的寄寓者等等；一段教训话语——人们称其为寓言的灵魂部分，又称为点题话、寄寓于言的言者，或教训总结等等。“身体”与“灵魂”的排列一般都是身体在前，但在古罗马寓言作家斐竺鲁斯时偶有“灵魂”在前者，这形式的基本精神未变，但寓言的身体部分就有了印证的意味，并且在这一形式的寓言欣赏上增加了悬念的效果。

在先秦式寓言中，就没有这样的区分，它只有一个浑然一体的部分，即一虚构性的故事就把伊索式寓言的两个部分全部包括了。形象点讲，伊索式的结构像两个相套的链环，而先秦式则像一个单一的球状体。伊索式和先秦式都有一虚构性的故事，这一点是相同的，但伊索式分为两个部分，先秦式只有一个部分，这一点又不相同。这是不是说只有一个部分的先秦式寓言没有人们所说的“灵魂”，没有道德教训了呢？不是的，它的道德教训是靠主人公结局或解释结局，及评价议论结局（中间型，即先秦 C 式）来表现的。在这样的寓言中，主人公结局等是自然而然的结尾，人们只要从这样的结尾中，稍一联想，就能使人会心地顿悟寓言的要旨，理解这则寓言。

这种结构上的差异，在很大程度上影响着寓言作品的创作。

我们知道，先秦式寓言的道德教训不是靠教训话语来帮助表露的，而是要求寓言的情节本身能明显地显现出这个寓言的道德教训，因为寓言的主人公结局不过是情节的果实而已。这样一来，由于情节的直接显出，先秦式寓言的道德教训就更形象、更生动、更具体，更能让人接受。故而先秦式寓言对寓言情节的要求相对比伊索式的寓言情节要高，因为有教训话语的寓言可以依靠教训话语的帮助，来消除寓言所要表达的道德教训的某些含混和模糊，而没有教训话语帮助的寓言，就只有靠寓言情节自身极其明显地显现了。这正如一幅绘画杰作的精妙之处是无须任何解释，而另一幅绘画杰作的精妙之处则是画面的显现与语言解释的有机结合。当然，“无须任何解释的精妙”是要困难得多（画面显现与语言解释的有机结合，则多体现为有趣、巧妙等，显得较单薄，内蕴上多数时候难与之相比较），正因为这个相比较而言的困难，使我才敢说先秦式寓言在情节上比伊索式寓言有更高的要求。因而，先秦式的好寓言，在某种意义上来说，就比伊索式的好寓言更优秀、更好。

但是，先秦式在带来长处的同时，也带来了自身的缺陷。由于没有教训话语，单靠读者直接从寓言的主人公结局中引出一个道德教训，这就可能造成理解上的偏差：一是各人从中引出的道德教训不一样，二是从中引出多个相互削弱或相互抵触的道德教训。第一种情况在先秦式寓言中比较常见，但这种情况下出现的理解不一定是错误的，它们得出的道德教训往往大同小异，有所侧重而已，也就是说，它只表现了一定程度上的模糊。这对于寓言道德教训的单一、明了地显现是很不利的。第二种情况是在第一种情况偏差很大的时候出现的，理解的偏差大到一定的程度时，就造成了多个理解上的道德教训的出现，比如《朝三暮四》① 这则寓言就是最好的例子。此寓言本来的道德教训是“形式的改变决定不了内容的改变”，也即“换汤不换药”，但它同时还有一个“朝三暮四，心无恒定”的道德教训的理解。像这样的情况，有时你还无法否定彼或此，但这种情况的出现，对寓言明显地显现自己的道德教训是有害的。你叙述了一则寓言来表现一个经验教训，一个哲理、一个真理，但在寓言中却出现了两个道德教训，这两个道德教训互相干扰，使人要很费劲地才能弄清楚，选择出最符合表达实际的那一个哲理、真理的道德教训。在这种情况下，寓言很难直接、明了、有效地表达寓言的哲理，真理（多个道德教训的寓言，还有一种是属于寓言本身的错误所致，即把寓言的情节写成一个事变的寓言（指那种不是寓言的“寓言故事”“寓言小说”，自然，它们有其自身的意义和价值，在这里只是相对而言的），与真正的寓言相混时，也能造成多个道德教训的危害。

以上所述的两种情况，当然指的是一般的先秦式寓言，而真正的、优秀的先秦式寓言是没有也不应该有这样的弊病的。比如我们对《掩耳盗钟》② 这样的寓言，除了“自欺欺人”的理解外，还能有什么其他的理解呢？从这里，我们还得到这样的启示：寓言的形式之于寓言有这样一个倾向，优秀的寓言摄取了寓言形式的长处，而一般的寓言则很容易受到寓言形式不足之处的影响。

伊索式寓言的道德教训是在寓言故事的基础上，依靠它的寓言的教训话语来帮助表露的，因而它的道德教训显得特别直接、明了。优秀的伊索式寓言的故事和教训话语是有机联系的，故事是为了教训话语服务的，教训话语又是故事自然而然的结论。与此同时，教训话语还能从一般的平常的故事中迸发出金子一样的语言，收到出人意料的特殊效果，使寓言大增光彩，而先秦式寓言却没有这种积极主动地对待寓言创作的条件。

伊索式寓言多数的教训话语，都能是适当的，单一的，精确的、有分寸的，明了

---

① 《列子·黄帝》。
② 《吕氏春秋·自知》。

的，它避免了先秦式寓言在这方面的不足。但在这些长处后面，伊索式也有自身的缺点和局限。由于它形式上分为两个部分，这就带来了两个部分的配合问题，造成了种种失误的机会。比如身体与灵魂关系的脱节，教训话语与故事之间的相互矛盾，或者是教训话语的不适当、不精确等等。这些，不但起不了帮助寓言引出一个道德教训的作用，反而妨碍了寓言道德教训的表现和正确引出。还有，这种寓言形式还可能助长那些图解概念，只求教训话语，不注重虚构故事的不良风气的发展。

另外，伊索式寓言和先秦式寓言还有一个值得我们注意的地方。由于伊索式寓言有教训话语这个部分，使寓言作家有可能在其中比较直接地表现自己的主观意愿和见解，因而伊索式寓言的主观色彩一般来说都是较强的。而先秦式寓言只有一个部分，寓言作家在寓言中比较直接地表现自己的主观意愿和见解的机会极少，因而先秦式寓言的主观色彩是比较淡的。

通过以上的论述，我们看到了先秦式和伊索式这两种世界寓言的基本形式各自的优点和不足之处。这些局限和长处自然不可能对寓言创作产生完全的、决定性的影响，但它在寓言创作中的作用也决不可忽视，“因为形式是借助于正是能表现艺术内容特点的那种特殊手段创造出来的。”① 因此它担负着这样的重任：“只有当艺术不仅内容是美的，而且体现这种内容的形式也是美的，只有当这种形式完全符合它所体现的内容的时候，艺术才真正是美的。”② 寓言文学的美学要求虽然与其他文学作品相比有自己的特殊性，但形式对作品的影响却是基本相类似的。

如何在寓言创作中运用好寓言的诸种形式，使其从形式角度对作品发生最良好的影响，是寓言创作的一个大课题，也是探讨和研究寓言形式的最终目的。可以肯定地说，由于寓言形式的稳定性，先秦式和伊索式是现在世界寓言的两种基本形式，也将是未来世界寓言的两种基本形式。因此，答案是简单的，如何扬长避短，充分发挥这两种寓言形式的最大长处，充分地从形式上融和东西方风格的精华，是寓言同仁的己任。做好这些，必将给寓言创作带来生机，使寓言文学蓬勃向前发展。

---

① （苏）万斯洛夫著：《艺术的形式美》，载《美术译丛》1980 年第 2 期。
② （苏）万斯洛夫著：《艺术的形式美》，载《美术译丛》1980 年第 2 期。

第四章 寓言的形象

第一节 寓言形象概述

形象是文学艺术最具象化的果实，它可以表述形象本身的意义，如性格塑造等，也可以是许多有关文学艺术审美的结果，如时代精神，情绪凝聚等等，因而，形象在文学艺术中的地位是十分重要的。这在寓言也不例外，尽管寓言的形象有自己的一定的特殊性，但它在寓言中的地位和重要性仍是显而易见的。

寓言文学与小说、戏剧等文学形式一样，都要在一定的目的下为自己的形象造成一个舞台，让它们以各自不同的方式出现在舞台上，按作者的意图或艺术自身的情节的意图表演，以求显现不同的效果，并让这些表现最终有所归结，造成一个或几个艺术的果实，奉献给人们。只不过一般的形象是人，人是所有动物中的最高智慧者，也是最高的、最完善的形象中心，文学艺术的许多形象都是以人为中心的，而寓言中的形象就不尽是人，它有以人为形象的寓言，但更多的寓言形象是各种各样的动物，或者各种各样的植物，以及无生物等等。有时甚而一些自然客观的存在也拟人化地成为寓言的形象，如雷、云、闪电、风等等。这样一来，人们认识寓言的形象，就自然先有了一个种类上的分类。在经过数千年发展之后，寓言在形象上都有过一些什么样的形象呢？大致区分下来，寓言的人物形象为第一类。在人物形象中，细分下来，它又包含了以下几种寓言人物形象类型，即历史人物形象、傻瓜形象、滑稽人物形象、笑话人物形象、虚拟人物形象、其他人物形象等。寓言动物形象为第二类。在动物形象类型中，又分为野生动物形象、家养畜禽形象、水生动物形象、昆虫形象、其他动物形象等。寓言的植物形象为第三类。在植物形象类型中又分为花草形象、林木形象、稼禾形象、其他植物形象等。寓言的无生物形象为第四类。在无生物形象类型中又分为自然无生物形象、人为无生物形象、宏观无生物形象、微观无生物形象等。另外，一些无法归类的寓言形象又统称为其他形象。

这些寓言的形象之繁多几乎让人瞠目结舌，但寓言的现实就是这样，在现今的寓言创作中，人们几乎把一切能网络到的成型的有一些寓言意味的东西都网络了过来。但这不是坏事，它一方面反映了寓言在形象视野上的开拓，另一方面也表现了寓言创作的兴盛。另外，这些寓言形象的不同，都包含了自己不同的特性，在寓言中都体现了各自不同的意义，只不过这不是这里要讨论的话题，我们将在后文论述这个问题。

我们的寓言就是靠以上的这些形象来表演寓言的情节，完成寓言的故事结构，以致最后使寓言放射出真理的光芒来。我们在一般的文学艺术作品中，大多数的形象都是男人、女人、老头、小孩、壮汉、少女、美人、丑人、高人、矮人等等，当然，这些东西有其自身的意义和价值，但它们在种类的变化上是沉闷的。寓言就不是这样，如果哗啦啦地把寓言形象这支队伍突地拉进文学殿堂，那场面是可以想象的。

话说回来，寓言形象是多样的，总体上还可以说是滑稽的，但寓言形象以什么立足？它在寓言中呈现的形象性质如何？恐怕人们更为关心。

众所周知，小说、戏剧的形象首先强调的莫过于性格的塑造，什么样的场景，什么样的情节，什么样的氛围，造成什么样的性格，人们莫不以造成这种性格的真实与否为标准来衡量形象。如果达到某个一定的标准，莫不称之为典型形象，或真实生动的形象。寓言作为一种文学作品，是否也采用此见解来对待寓言呢？这牵涉一个给寓言形象定性的问题，回答确切困难，但二者差异则是肯定的。一只狐狸去偷葡萄，结果没吃到口，也就自嘲解脱地说：葡萄是酸的。这是一则几乎人人皆知的寓言，人们提起这件事时，联想到了寓言的道德教训，但同时寓言中狐狸的形象就在我们的欣赏想象中出现。同样，在我们联想起狐狸的形象时，寓言的道德教训也很容易出现。我们在这样的欣赏中很快地感到：这一形象的作用，并不像追求圆满和性格的小说、戏剧那样，它有它自己的味儿和存在空间。

这是一个什么样的形象？

在一些人那里，认为寓言中的形象就是一种如小说、戏剧一样是性格塑造完善的形象，理由是认为寓言中的形象虽然没有如小说、戏剧一样的发育空间，但它采取的是白描式的手法，勾勒了形象的神韵，故而这是一种表现手法不一样的，仍同样是完善的形象。并且，他们还在形象的作用上作了一些叙述，真心希望他们的“完善”的寓言形象在完成寓言目的的同时，还要承担文学纯形象所应承担的一切任务，如情感上的共鸣、意境、气氛等审美意识的发生等等。在“典型说”泛滥的年代里，一些人就干脆冠予寓言形象某某典型，但另一些人，实际上也是绝大多数人并不能同意这样的看法，让寓言形象承担纯形象的任务，任务也太重了，几乎是一种不可能的事情。这些人认为，寓言的形象最多只是一种类型形象，即以某种大致形成的动植物形象的性格类型分类，如狐狸的狡猾、狼的凶残、驴的愚蠢，柳树的轻浮、浮萍的不实际、青松的坚贞等等。并在这一类型性格上尽量地显现和表述，以求达到类型的极限，求得类型形象的真实，并以此来表现寓言的道德教训。这种说法在欧洲的寓言界中最为流行，因为其寓言的继承性十分明显，伊索时代表述的驴的愚蠢，这一相对固定的性格，到现当代仍是如此，只不过各民族和地区在使用时增加了自己的民族特色，即驴的蠢是大类，而法国人的愚蠢、德国人的愚蠢，俄国人的愚蠢却是有区别的，大家都蠢，但各自的蠢味和方式不一样。可以说，寓言形象的类型化，在欧洲是根深蒂固的。这种说法当然有一定的依据和道理，但是，随着人们对寓言形象的进一步的认识，这种观点又受到了挑战，有些人认为，用较固定的类型形象来解释一些动物形象的寓言，是可以解决不少问题，但在一些人物和无生物为寓言主人公的寓言中，有些寓言现象是无法解释的（这一问题我们将在以后论及）。

那寓言形象的性质的归属应该是什么呢？我认为还应该是类型形象。第一种见解中，不管它对寓言形象的希望是多么真诚，要完成那些任务是不可能的。当然，有些寓言形象是给人们留下了深刻的印象（有时这种形象还可能超过小说等文学作品中的形象给人的印象，也许一部长篇小说读下来你什么也记不住，但一则优秀寓言的形象却让你久久难以忘怀），有的寓言形象的勾勒确实到了出神入化的地步，但我们仍无法使寓言形象完成第一种见解中的那种目的，因为寓言形象之所以给人留下深刻的印象，并不是形象本身，而是形象中包含的真理，或理性认识的光芒。有的寓言形象的勾勒是非常出神的，其本身的形象的效果很好，但它仍是建立在寓言的道德教训基础之上的，因为它的形象再动人，如果从寓言中单独抽出来，那肯定顿时暗淡无光一钱不值，就像毫无意义和目的的形象素描一样，不会有什么另外的结果。

至于第二种见解实际上是一场误解，因为他们把寓言形象的属性和寓言之所以采用这些“古怪”的形象混为一谈。

我们确定寓言的形象属一种类型形象，还有一个依据。在文学艺术中，一般的形象是不能分类的，特别是在文学形象，在文学形象性格发展越来越丰富或者越来越复杂的情况下更为如此，但寓言的形象却大致是可以分类的。在文学创作中，如果寓言的形象（按纯寓言的写法，同时除开有意识的特殊用途的目的）出现在一般的文学作品中，那场面一定是古怪和不协调的，同样，如果一个一般文学形象放到寓言（是纯粹的寓言，变形的寓言等除外）中来塑造，那就是得不偿失，而且寓言也是无法承受的。至此，也许有人会因此而说寓言的形象实在不是一种属于文学的形象，应该排除在文学形象之外，那这种见解就错了。无可怀疑，寓言的形象是一种缺乏内在发展的文学形象，它在几千年的形象发展中，发展的不是形象内涵的东西，而发展的是形象的种类。这也就应该承认，这是一种缺乏完善发展的文学的初级阶段的形象，既然是一种没有完全走向成熟的文学形象（它侧重了另一个方面），也就不能否认它是一种文学形象，要不，我国京剧的脸谱，就得失去它作为文学形象的根本意义了。况且，随着人们对文学、文学形象认识的进一步深入，文学形象的初级、高级并不能规范或完全规范文学形象的现实，文学中的许多形象从根本上说，是没有什么初级、高级阶段可分的。

寓言形象是一种属于文学的类型形象，它在寓言中是重要的。一则寓言的组成，从这个角度而言，无非有两个部分，一是寓言的形象，二是寓言的理性，或者日常的社会的经验教训，或者深刻的人生哲理。在这种情况下，寓言的形象与寓言的抽象概念实际上是一个对立的统一体，寓言的形象相对于寓言的理性认识而存在。在寓言创作中，寓言形象用自己的一切表现因素、手段，依靠寓言的故事情节，形成一形象的躯壳，来呈现寓言的理性内容。如果此时的寓言形象的形象感越强，那寓言的理性认识的具体化、形象化的条件越好，故而产生的寓言效果就越佳。

寓言不需要形象的过分的自我发育（这也说明寓言形象的不完善发展还不仅仅是阶段问题，其中还存在着寓言的自身需要与否的问题），就像不需要寓言故事情节的自我发展一样，但寓言却无论如何也少不了形象，同时又有个度的问题。类型形象只是一个理论上的界定，但具体的寓言形象却有许多需人步步留心的问题。

第二节　寓言形象小史

什么样的时代在文学艺术中就必然出现什么样的文学形象，什么样的社会文化环境也出现什么样的文学形象，可以说，一部文学艺术的形象史，也就是一部最具形象化的文学艺术史。可我们的寓言形象史却无论如何也达不到这样的效果，因为寓言形象对上述背景的依赖还不如它对自然地理环境的依赖要多，但寓言形象的历史仍然随着时代的发展有一定的变化，也能反映出寓言形象主要是种类上的一些发展，它们对寓言的发展也有一定的影响。这是叙述寓言形象小史的第一个意义。叙述寓言形象小史的第二个意义是反映东西方寓言形象上的差异，这些差异能揭示一些寓言发展中的相互关系。

无疑，这不是一个寓言文学史的叙述，而是寓言形象历史的概貌，这个概貌中将给我们提供一些有益的启示。

我们叙述寓言形象，依然要从三个比较可靠的寓言发源地开始，一是古希腊寓言；二是古印度寓言，三是中国的先秦寓言。这三个寓言方面，除印度寓言外，都形成了明显的继承发展历史，其形象也随之变化。

古希腊及欧洲的寓言形象

对古希腊寓言的形象，我们几乎没有更多的东西需要表述，因为众所周知，它的绝大多数形象都是动物，可以说是世界最大的寓言动物形象群。这些形象，野生动物出现最多的是：狐狸、狮子、狼、大鸦、鹰、蛇、黄鼠狼、穴乌，兔子，鹿，田鼠等等，家禽牲畜形象出现最多的是，狗、羊、驴、猪、牛等等，人的形象出现最多的是牧人，农夫、渔夫等等。另外还有一些鸟类动物和海里的动物，以及昆虫等等。把它们列举出来，一幅完全的产生这些寓言的社会环境和自然环境就展现在我们面前，那时的寓言描述这些动物，就像我们今天描述电子计算机一样，均是时代的产物，就是这样一群寓言形象，为后来的整个欧洲奠定了寓言形象的基础。这时的寓言形象动物占了绝大多数，另外还有一部分寓言人物形象，但它的比例很小。

《伊索寓言》也就是古希腊寓言中的植物形象是人们常提起的一个话题，因为人们在注意《伊索寓言》的动物形象时，往往忽略了它的植物形象。它当中有植物形象的寓言有《狐狸和荆棘》《鹿和葡萄树》《强盗和桑树》《行人和阔叶树》《劈橡树的人和橡树》《葡萄树和山羊》《油橄榄树和无花果树》《松树和荆棘》《大树和芦苇》《核桃树》《橡树和芦苇》《石榴树、苹果树和荆棘》等，共12则。这些植物形象在寓言中出现的次数是微不足道的，一般的人都认为，尽管这些寓言有的并不是真正的伊索时代的作品，但伊索时代就有了寓言的植物形象是可靠的。

《伊索寓言》中亦有无生物形象，如《狐狸和面具》中的“面具”，《车夫和车轴》中的“车轴”，《黄鼠狼和锉刀》中的“锉刀”；《河和皮革》中的皮革；《墙壁和木钉》中的“墙壁”“木钉”，等等。

用自然现象拟人化后为寓言形象的，《伊索寓言》中亦有《北风与太阳》。

到古罗马斐竺鲁斯那里，寓言形象并没有什么变化。

后来至法国拉封丹那里，他的寓言中有人的形象，有植物、无生物的形象，但它们的比例均比《伊索寓言》中的比例还要小，也就是说，拉封丹寓言中的动物形象的比例是很大的。

到俄国克雷洛夫那里，与拉封丹寓言基本相似，但他在本民族的生活的基础上，增加了一些新的寓言形象，如大炮、帆、瀑布、剃刀、宝剑等。

欧洲寓言形象历史的变化都不太大，几千年前和几千年后的差异也不是很大，但在意大利文艺复兴时期有一个人的寓言作品中的形象却与传统的欧洲寓言形象格格不入。这位寓言作家就是著名的大艺术家达·芬奇，他留下的寓言作品有100多则，其中除了正常的动物形象外，寓言的植物形象明显增加，形成他寓言的一个特色，这在欧洲寓言作家中还是一个例外。他的有植物形象的寓言如《幼苗和木棍》《栗子和无花果》《核桃和钟楼》《桃树》《无花果》《月桂树》《爱神和梨树》《雪松和它的同伴》《核桃树》《柳树和南瓜》等①。这些寓言的植物形象无疑是对欧洲寓言形象的一种开拓。

古印度的寓言形象

在古代印度的寓言中，其人物形象和动物形象几乎是对等的，但它的人物形象多为国王、艺人、旅行者；动物形象最动人的要算猴子和其他寓言中少见的豺、老虎、大象等。寓言中的无生物形象它亦有，但植物形象却在寓言中很少见。

古印度寓言流布很广、影响也不小，但一直很零乱，几千年一直没有一条自己的清晰的历史线，几乎没有进行过什么认真的整理，因而我们也无法判断它的寓言形象对后代的影响。

中国的先秦及后来的寓言形象

中国的寓言一般认为是从先秦开始的。先秦寓言在寓言形象上与《伊索寓言》完全相反，是以人物形象为主的寓言，人物形象在其寓言中占有明显的优势。它寓言的人物形象可分几小类，一是历史人物，如孔子等；二是虚拟人物，如宋人等，以及其他的人。可以说，几乎当时社会生活中的一切人都可以进入寓言，成为寓言的人物

① 《达·芬奇寓言》，北方妇女儿童出版社，1968年。

形象。

先秦寓言中有一定的动物形象，但量很少，而且多为寓言中的人物形象的配角，如《惊弓之鸟》《鲁侯养鸟》《桎狗取鼠》《守株待兔》等。当然，当中也有一些以动物形象为主的寓言，如《鹬蚌相持》《狐假虎威》《井底之蛙》等等。

先秦寓言中的植物形象，几乎没有，偶有与植物形象有关的，也是为写人而设的，如《梧树不善》这则寓言，它说的是有一个邻居想要邻居的枯梧桐当烧火柴，便说，这枯梧桐不吉祥。邻居把树砍了，而他趁机就要柴火烧，这位邻居才真正发现他的居心。这则寓言写树用了不少笔墨，但落点仍在人的居心不良上。

无生物形象在先秦寓言中也有一些，但极少，即使出现了也是融在人物形象的寓言中的。可以说，先秦寓言中的植物，无生物形象是微不足道的。

实际上的中国先秦寓言的形象几乎完全是人物形象，它也几乎一笔写定了中国寓言形象的历史。在两汉的寓言中，寓言的应用有一些变化，但多数仍为《叶公好龙》《追女失妻》《指鹿为马》《夜郎自大》《东食西宿》这样的人物寓言。在魏晋南北朝寓言中，也多是《一叶障目》《持竿入城》《羿射不中》《阿豺折箭》这样的寓言。唐宋时期的寓言在人物形象的应用上仍然继承了先秦寓言的传统，如《画龙点睛》《好大说者》《恃胜失备》等，但这一时期的以动物为寓言形象的寓言有所发展，写出了一些很有特色的动物寓言，如《贪心蝜蝂》《黔驴之技》《永某氏之鼠》《有尾者斩》《龙蛙喜怒》《墨鱼自蔽》等，当中的一些寓言动物形象无疑是对中国寓言形象的一种开拓，如墨鱼等。元明清时期的寓言形象仍然是以人物形象为主，动物形象亦有一些，并在清朝时期开始受到以动物形象为主的《伊索寓言》的影响。

从以上可见，在中国近代以前的寓言中，其形象基本上是以人物形象为主的，其历史继承性几乎与欧洲一样，但从历史线上与欧洲寓言的形象对比却有着鲜明的差异，即欧洲重寓言的动物形象，而我们的寓言则以人物形象为主。这种差异意味着什么呢？当然是东西方寓言在形象上表现的不同趣味、风格和精神。也从此窥见了各自的民族文化心理的大背景的不同，即各种不同的民族文化心理产生的文学作品从形式到内容及基本精神都是不一样的，这样一来，方面的差异肯定存在，但总体上讲东西方寓言的长短都是不恰当的。

中国寓言的形象在近代以前变化不大，但到了现代，由于《伊索寓言》，拉封丹寓言，克雷洛夫寓言的影响，就产生了很大的变化。以《中国现代寓言选》为例，这本寓言集中收有现代寓言作家的作品精华211则寓言，但其中纯粹的以人物形象为寓言主人公的寓言只有10多则，而以动物形象为寓言主人公的寓言则有110多则，约占其总数的一半以上。余下的有以植物为寓言主人公的寓言数十则，以无生物和自然现象拟人化后为寓言主人公的寓言有数十则，相比较而言，其植物形象和无生物形象都比人物形象出现的次数还要多。以上这些说明了什么呢？我想有二：一是中国以人物形象为主的寓言形象传统在现当代发生了断裂，取而代之的是《伊索寓言》的以动物为寓言形象的传统，二是中国现当代寓言创作的伊索化，虽然我们在题材，及表达方式，表现形式上与中国的寓言创作传统区别不大，但在动物形象的使用上，以及对寓言中使用动物的理性认识上，我们是彻底的伊索化了。这一变化对于中国寓言恐怕一时难于在寓言创作中评价它的利弊，但这一现象应该引起人们的注意。

除希腊、印度、中国几个系统的寓言外，世界寓言中还有如非洲寓言、波斯寓言、阿拉伯寓言，及希伯来犹太民族的寓言、日本寓言、泰国寓言等较为突出。非洲寓言的形象多为动物形象。波斯、阿拉伯寓言则人物形象和动物形象各半。古希伯来犹太民族的寓言主要见于《新旧约全书》之中，它们寓言中的形象以一批植物形象最有意义，寓言中的人物形象、动物形象、无生物形象亦有。日本寓言的形象多为动物，但一些人物形象很有特色。泰国寓言的形象主要为动物。

总的说来，世界各地的寓言在总的表现精神上大都是一致的，但它们在一些方面却表现了各自的民族特色，地方特色、地域特色、不同的表现形式等等，而寓言中不同的形象，也就是它们这些差异的一个明显的标志。在世界寓言中，人们都普遍地使用动物形象、人物形象、植物形象、无生物形象，但却总有一些地区则重于此，而另一些地区则重于彼，一些地区也有自己最喜欢使用的某种形象，如《伊索寓言》的狐狸形象，非洲寓言的鬣狗形象等。

另外，人们使用同一种形象的角度，方式也不一样，如《伊索寓言》中的人物形象多为现实生活中的一般人形象，而中国则多使用的是历史人物形象和虚拟人物（如宋人、鲁人等）形象，印度寓言中的人物形象又多是国王、旅行者、皇帝等，因而，它们在一定的程度上反映了各地各民族寓言发展的历史足迹。

第三节　几种主要寓言形象分析

寓言的抽象概念的形象化过程，无一不是以各种寓言的形象为先导的，寓言形象的效果如何，直接影响寓言的表达。寓言形象经过几千年的发展，已经出现了众多的类别，而这些不同的类别对寓言的影响是不一样的，这也就是我们分析几种主要寓言形象的前提。寓言形象的性质及寓言形象之所以成为寓言形象的依据，我们已叙述和将要叙述，因而，这里的寓言形象的叙述也就是分门别类的叙述。

在第一节里，我们已得知寓言的形象有以下几大类：人物形象、动物形象，植物形象，无生物形象等几大类。

寓言的人物形象

在寓言中使用人物形象，于《伊索寓言》等世界著名的寓言群中都有出现，但使寓言中的人物形象得到充分应用的还是在中国的先秦时代。寓言的人物形象，顾名思义，即寓言中的主人公是人，由人来作为寓言的角色，表演这则寓言。可是，我们这里指的寓言人物形象只是一个总的概念，而这个总括还包含了其中的历史人物形象、傻瓜形象、滑稽人物形象、笑话人物形象、虚拟人物形象、其他人物形象等类型。

寓言中的历史人物形象主要出现在我国的先秦时代，如《楚王好细腰》。这则寓言是这样的：

“昔者，楚灵王好士细腰。故灵王之臣，皆以一饭为节，胁息然后带，扶墙然后起。比期年，朝有黧黑之色。”①

楚灵王名围，是公元前540—529年在位的楚国君王，但寓言中反映的“好细腰、朝有黧黑之色”并不一定真有其事。

把这件事与楚灵王相连，用楚灵王做寓言的主人公，一是为了取得情节的合理性(即楚灵王好细腰有人效之，而一般的人就不然了)，二是求得寓言的确切性。这样的寓言在《伊索寓言》中也有，如《伊索在造船厂》就是，但这样的应用是一种无意识的。而中国先秦寓言中使用历史人物做寓言主人公，一是数量很多，二是有明确的认识，如庄子就说过：“重言为真”这样的话，它精确地表明了先秦寓言中之所以使用历史人物为寓言主人公的动机和目的，也表明了那个时代人们对以历史人物为寓言主人公的寓言的重视和认真的态度。这种以历史人物为寓言主人公的做法直到现当代仍有出现。

寓言的傻瓜形象

寓言中的傻瓜形象在先秦寓言中出现的次数频繁，几乎是一种普遍采用的寓言形象。这样的寓言如《帮人笞子》。这则寓言是：

“昔人于此，其子强梁不材，故其父笞之。其邻家之父，举木而击之，曰：‘吾击之也，顺于其父之志。’则岂不悖哉?”②

这样的寓言由于使用了傻瓜一类的人物形象，给寓言带来了几个方面的意味。一是傻味愚拙味。这样的傻并不是一种“蠢”，而是一种不开窍，是一种痴，这才使他们做出些似违常又非违常的事情来，因而这种傻味、愚拙味在寓言形象上实际上就是一种审美的趣味，它让人在认识寓言真理的同时，由于人物形象的种种“傻”的举动，而带来的可爱和可笑的种种令人愉悦的感受。这种感受除了傻形象的特殊味儿外，还在一定程度上帮助了寓言真理认识的深化。二是利用这类人物形象的“傻”来结构寓言的情节及道德教训。比如《帮人笞子》这则寓言，如果不是这个傻乎乎的只认一个理儿的邻人帮助别人的父亲打他的儿子，那这则寓言的一般基础就难以存在，因为，如果这人不傻，就不会去自以为是地干这种傻事，寓言的情节就不成立了。像这样的例子还有许多，如前例的《守株待兔》也是如此，如果不是那个宋人傻守着枯树桩希望再有一只兔子来这里撞死，那这则寓言也就没什么基础可言。可以说，这样的寓言的道德教训就是建立在人物形象的“傻举动”之上的。

---

① 《墨子·兼爱中》。
② 《墨子·鲁问》。

这样的寓言人物形象发育在后来的寓言发展历史中是很全面的，在后来的寓言中，及一些其他国家和地区的寓言中，这样的傻瓜人物形象很多。比如阿拉伯地区的寓言，及我国一些少数民族民间寓言中，就有许多这样的寓言人物形象。佛经寓言在这方面表现可能是最突出的，它当中有一部经书叫《百譬喻经》，共有98个寓言，其中大多数的寓言是以傻瓜为寓言主人公的。如《单吃盐》《再杀一个儿子凑担》《富翁造三层楼》《把芝麻炒熟了种》《傻仆人看门》等等，这些寓言中主人公的傻行为让你瞠目结舌，不知所措，哀叹不已。可以说，这几乎是一部“傻瓜”寓言集。

寓言中的滑稽人物形象

寓言中的滑稽人物形象，多出现在我国的元明清寓言中。这些寓言多源于一般的滑稽故事，故一个滑稽人物形象可在多个寓言中出现。这种寓言人物形象实际上可以与傻瓜人物形象合为一体，或者是傻瓜人物形象的发展。它与傻瓜人物形象有许多相似之处，也有不同的地方，不同的地方就在于傻瓜人物形象的侧重点在于愚拙上，而滑稽人物形象的侧重点在于滑稽可笑上，并且后者的寓言的审美情趣更轻松更随意一些。这样的人物形象又与寓言的笑话人物形象关系十分密切，因为二者的寓言人物形象的性质相仿，但笑话人物形象比滑稽人物形象更少一点滑稽，多几分可笑成分。

寓言中的笑话人物形象

寓言中的笑话人物形象与来自笑话的那些寓言相关。一些国家和地区，一个大的庞杂的笑话体系中，往往既产生一系列的笑话，又产生一定数量的寓言，笑话与寓言呈一种共生状态。它们中有的笑话就是寓言，有的寓言也能是笑话，而且这样的寓言笑话还往往共用一个形象，如阿凡提就是当中一个典型的人物形象。这样的人物形象，再加上一些一般的笑话寓言中的人物形象就构成了我们所说的寓言的笑话人物形象。这样的形象来自于笑话或与笑话关系密切，其笑味自然十足。这样的寓言的笑话人物形象主要呈现于阿拉伯地区的寓言中，另外，波斯的寓言中也有不少这样的人物形象。如寓言《盾牌和脑袋》：

> “在一场攻城的战斗中，有个兵丁手里举着特大的盾牌。
> 城墙上投掷下来的石头砸破了他的脑袋，他就暴怒地大喊：
> ‘呔！干嘛朝我脑袋上扔呢？这么大的盾牌也看不清吗?!’”①

这样的寓言看了让人捧腹，但之余又让人凝思，因为它又展示了一个寓言的道德教训，这个兵丁就是寓言中的笑话人物形象。这种人物形象和滑稽人物形象的意味与傻瓜形象之于寓言的相仿，它们同样在审美趣味和结构寓言情节上发生作用。这种形象在我国的明清亦不少。

---

① 《外国民间寓言选》，辽宁少年儿童出版社，1988年。

寓言中的虚拟人物形象

寓言中的虚拟人物形象亦多出现于先秦寓言中。这样的寓言往往以“宋人有酤酒者”（宋国人中有个卖酒的）（见《狗猛酒酸》）、“卫人束氏”（卫国有个姓束的人）（见《龙门子凝道记·秋风枢》“束氏狸狂”）这样的字句开头，与今天常言的“某某”相同。虚拟一个什么人之后，再构建寓言的情节，完成寓言的目的，这个虚拟人物形象就犹如一个启端或基石。虚拟人物形象的应用，与历史人物形象的应用有相似之处，即力求真切，但比历史人物形象更随意一些，一般只要注意虚拟人物形象的身份与所构建的寓言情节相吻合即可，如说卖酒就得虚拟一个卖酒的，而不是其他。同时还要注重与现实生活中客观事实相结合，如景德镇瓷器天下闻名就不好说此地的做榨菜的人如何如何，同样，四川的榨菜有名，也不好说“四川有个做瓷器的”如何如何。如果把它们颠倒过米，真实性就更强了。

另外，还有一种老在寓言的后面出来评说一番的人物形象，也可以说是寓言的虚拟人物形象，如明代宋谦寓言中的“龙门子”，刘基寓言中的“郁离子”等等，这样的虚拟人物相类似我们今天的在道德教训中说话的“哲人”。

寓言中的其他人物形象

这是一种常规的手法，即一般的分类中总有一些例外和一些不能形成类的东西存在，这样的东西一般就会在分类中归为“其他”。寓言中的其他人物形象自然包括那些“例外”及“不能形成类的”人物形象，但这里又与一般的常规有些不同，即这里的“其他”实际上是包含了我们一般的寓言人物形象。如这样一则寓言：

> “一位先生被—只疯狗追着，大叫救命。一个庄稼汉子正在田里做活，赶快跑了上来，把疯狗几锄头就打死了。
>
> 那位先生才喘定了气，一看：
>
> ‘啊呀，打死了么？唉，太过了！太过了！这也是一条生命呀。我真想不到一个人竟会这么残忍！呃，就算你是要救人，不错，然而你这种手段——我极端反对。你原该想个更妥的办法。”① （一位先生）

这样的寓言人物形象，一不是历史人物形象，二不是傻瓜形象，三不是滑稽、笑话人物形象，四不是虚拟人物形象，因为虚拟的人物形象总有某地、某时等字眼，以求真切。那它是一个什么样的人物形象呢？是一个正常的寓言人物形象，或一般的人物形象，它就是两个人，一个先生，一个农夫上场就开始构建寓言的情节，一般没有古代寓言那样对寓言人物形象的约束。

这也属于其他的人物形象之一。

---

① 《中国现代寓言作品选》，中国少年儿童出版社，1956 年。

寓言的动物形象

在寓言中使用动物形象在世界上的寓言创作中最为普及，《伊索寓言》中大量的使用动物作为寓言主人公为举世所公认，在以人物形象为寓言的主要形象角色的中国古代寓言中，有一部分寓言亦使用了动物形象，这也是事实。同样的，说动物形象为寓言的主人公，也就是由动物作为寓言的表演者。动物形象在寓言中出现的类别是很多的，大致区分下来有，野生动物形象类型、家养畜禽形象类型、昆虫形象类型、水生动物形象类型，其他动物形象类型等。

寓言中的野生动物形象

野生动物形象是寓言中最早出现的动物形象，这样的例子很多，随处可见。这样的动物形象大致有：狮子、老虎、狼、狐狸、野牛、大象、鹿、鬣狗、乌龟、兔子、鼠、鹰、豺、蛇、乌鸦、麻雀、山羊等等。这些动物形象的应用在各地的表现又不一样，如《伊索寓言》中最常用的是狐狸、狮、驴、乌鸦等，而印度寓言、泰国寓言中多用的却是大象、豺、鹿等，在非洲寓言中最常用的是乌龟、鬣狗、狮子、野牛等，在中国古代寓言及中国的一些民间寓言中则多用虎、蛇等。这首先表明在寓言动物形象的应用上，表现了一个地区寓言的地域特色，不管怎么说，一个地区总有那么几种野生动物在人们的心灵中的印象最深刻、最生动，在他们创作寓言的时候，自然就最多、最经常地把它们流于笔端，成为此寓言群体特色的一个组成部分。我们在《伊索寓言》中没有见到过大象、老虎的形象，在中国寓言中没有见到过鬣狗、野牛、穴乌形象也就是这个道理。

我在前面说过，野生动物是最早进入寓言的形象群，这当然是以寓言的动物形象角度而言的，也就是说，它们代表了世界上最早的一批寓言。以人物形象为寓言主人公的寓言靠它的确切记载，对其产生的年代不会有什么疑义，而以动物形象为主人公的寓言，其产生的年代就不那么可靠了。但是，以寓言中包含的野生动物形象，再加之其他诸如文字叙述等方面的判断，说一部分以野生动物为寓言主人公的寓言是最早的寓言还不能说是凭空的。这有几个方面，一是动物寓言大部分与人类的动物故事有很深的渊源，人类在很早的年代里就以他们对自然界动物的观察和交往，创造了多为愉悦目的的一批动物故事，后来随着人的理性思想的追求及对智慧趣味的开拓，一部分动物故事被赋予新的含义，改造成了有意识的主观色彩很浓的寓言。这样的寓言，自然就带着远古人们与这些野生动物交往的经验和感受，我们今天反溯回去，就具体地接触到了我们认识这批寓言野生动物形象的另一个意义，即寓言的起源问题。当然，这方面我们还不能有什么判断性的东西，但它给我们的启示是不小的，即我们寓言的产生年代与寓言的野生动物形象相关。比如我们在寓言历史上看到了这样的现象，即自然界的野生动物形体越来越小，而寓言中以野生动物为寓言形象的形体也越来越小。古代的寓言的野生动物形象多为狮子、狐狸、大象、老虎等，而今天的寓言中的野生动物形象多为野兔、小鸟之类的小家伙，这无不与人们和动物交流有关。现代人有几个与真正的狮子、狐狸、老虎在自然环境中有直接的交往及直接的感受，我们20年前在山上看到野兔不是稀罕事，而现今很多地方乌鸦都极少见了。这也就是说，我们在分析寓言中的野生动物形象时，还可以从中看到动物寓言的时代差异，进而推及寓言的大致的产生时间。这方面如果用西方的在寓言中使用动物形象是为了“惊异”的理论来认识，那就是古代寓言中的野生动物形象体型大是因为“惊异”比小型动物要强烈得多，这并不完全说明问题，但古代的老虎，狮子的印象是肯定比兔子（古代亦有许多小动物）的印象要强烈得多倒是真的。

寓言中的家养畜禽动物形象

这一形象在很早很古代的时候就出现了，因为很早就有好多种动物伴随人类一同生存。这一类动物主要有猪、鸡、牛、羊、马、狗、猫等等。在一些古代的寓言里，我们可以看到这些形象，如先秦寓言的《杨布打狗》，《伊索寓言》的《农夫和狗》等。不过，这时在寓言中充当寓言主人公的主要是一系列的野生动物，家养畜禽动物形象所出观的比例是很少的，但在后来，由于野生动物，特别是大型的野生动物的大量消失，人们把观察动物的时间更多地转移到家养畜禽动物身上，故而现代以家养畜禽动物为寓言主人公的寓言多了起来。这样的寓言形象，比之野生动物形象，少了许多田野、山林的气息，更多的是人的世俗生活的影子。

寓言中的昆虫形象

寓言中的昆虫形象的较多的出现是很晚近的事情。《伊索寓言》少有以苍蝇、蚂蚁等为寓言主人公的寓言，只有不多几例，它的普遍出现还在现代。这些形象多为蝴蝶、蜜蜂、甲虫、蚂蚁、蜻蜓、蚊子、苍蝇等，它们以一定的比例出现在现代寓言作家的笔端，成为现代寓言的一个重要部分。这些以昆虫为寓言主人公的寓言虽然在数量上没有超过一般的动物寓言，但它的数量却大大增加了。这实际上是大型野生动物大量消失后，人们的观察对象一方面转移到家养畜禽动物形象，另一方面转到昆虫形象上的结果。

寓言中的水生动物形象

这类形象在古代寓言有出现，如先秦寓言的《鹬蚌相持》，《伊索寓言》的《渔夫和媪鱼》等。这样的以水生动物为寓言主人公的寓言在现代出现也不多，它主要出现在与水泽及大海有关的地区，有强烈的地方色彩。

寓言中的其他动物形象的含义与一般常规的含义没有什么大的区别，即仍为寓言中动物形象不好归类的就属此。

寓言的植物形象

寓言的植物形象一直是仅次于寓言人物形象和动物形象，处于第三位。它从古代寓言中出现植物形象起始，每个时期都有一定量的以植物形象为寓言主人公的寓言出现，它不怎么兴旺，也不见怎么衰败。寓言的植物形象包含了以下几个方面：一是林木形象类型，二是花草形象类型，三是稼禾形象类型，四是其他形象类型。

寓言中的林木形象

寓言的林木形象的出现亦很古，中国的先秦中几乎没有以林木形象为寓言主人公的寓言，《伊索寓言》中则有《核桃树》等。

《核桃树》这则寓言是这样的：

"核桃树生长在路旁，行人都用石头打他。核桃树暗自叹息说：'我真不幸，年年都给自己招来侮辱和苦恼。'

这故事适用于因行善而感受苦恼的人。"

从这则寓言中我们不难看出，寓言中的植物形象，一方面作为寓言情节的表演者，一方面又利用自身的生存特点或特性来构建寓言的情节（这方面与用动物作为寓言主人公的寓言是相同的），这样的表观几乎可以推及所有的以植物为形象的寓言。

寓言中的花草形象

这一形象主要出现在现代，在古代我们几乎看不到这样的以花草形象为寓言主人公的寓言。现代寓言中出现的花草形象，主要是人们庭园中常见的花草，如牡丹、芍药、浮萍等等。它们最经常的是真花形象与塑料花形象的对比，以及花草与土地的相互关系的寓意等等。对寓言历史来说，在寓言中使用花草形象，无疑是一种开拓。

寓言中的稼禾形象

这一形象是古代闻所未闻的寓言植物形象，它是现代才出现的。在现代寓言中最常用的稼禾形象是稻子和稗子。这种以稼禾为寓言主人公的；寓言在现代也不是很多。花草形象、稼禾形象在寓言中的两个方面的作用与林木形象相同。寓言中的许多类的植物形象在现代寓言中出观，大都具有开拓意义。

寓言中的其他植物形象即指寓言中不好归类的植物形象。

寓言的无生物形象

寓言中的无生物形象在古代寓言中有出现，但很少，它得到相应发展还是在现代。在现代的寓言创作中，几乎所有的日常生活中的无生命的存在物都被涉及，如钟、桌子、抹布、拖把、玻璃、门、窗、锁，山、石、水、冰等等。大致区分有：人为无生物形象类型，自然无生物形象类型、微观无生物形象类型、宏观无生物形象类型，其他无生物形象类型等。

寓言中的人为无生物形象

寓言的人为无生物指人造的无生物，主要是人们日常生活中的人造无生物，这种形象在古代，如《伊索寓言》中就出现了，但真正的出现还在现代。如《钟与书》：

“一本印错了一个字的书，对一台时间不准的钟说：

‘错了，还明摆在那里，不怕人们见了笑话吗？我看还是躲起来好些。’

‘哪能这样呢，’钟说：‘我明摆着，正是为了让人们早点发现我的错，好给我及时校正。否则，我将越走越错。’”①

这寓言中的书和钟都是典型的人造无生物。在以人为无生物形象为寓言主人公的寓言（包括其他以无生物形象为寓言主人公的寓言）中，也反映了作为寓言形象的两个方面的作用，只不过动物，植物等形象是以生命特点为依据，而它们则是以无生物的性状、形状——书的合拢，钟的明摆着为构建寓言情节的依据的。

寓言中的自然无生物形象

这一形象只在现代的寓言创作中才出现。它们主要有山、石、水、冰等形象，如《冰》这则寓言。这则寓言是这样的：

“一块冰对水说：‘没有节气的软骨头，起点风就东摇西晃，一点上进心都没有，就知道往下淌。看我，站在什么地方就一动不动，硬得像石头一样！’

过了一会儿，太阳出来了，冰慢慢化成了一滩水，原来的水说道：

‘啊，外形变了态还不可怕，可怕的是内心也变了态。’”②

这则寓言与上一则举例的寓言基本相似，差别就在于这则寓言的形象是冰—自然无生物。

寓言中的微观无生物形象和宏观无生物形象实际上是从另一个角度的再分类，因为在无生物形象的应用中，现代有的人把灰尘等极小的东西都利用了起来。

寓言中的其他无生物形象也是如常规。

寓言的其他形象

最后一类寓言其他形象，可以归属一些不好归类的寓言，如云、电、雷、风、太阳等。他们很早就是寓言形象，如伊索，印度的寓言中就有《太阳和风》这样的寓言。

---

① 《凝溪寓言选》，云南人民出版社，1988 年。
② 《凝溪寓言选》，云南人民出版社，1988 年。

第四节　为什么在寓言中采用动物形象

寓言中出现了这么多形象，用较为特殊的方式在寓言文学中生存，有自己的一定的特殊的地位，它们的依据是什么呢？莱辛说："绝大多数寓言皆以动物或者更低级的造物，作为自由行动的人物！对于这点，我们的看法应该如何？是否寓言的主要特点之一就是动物在寓言里提升到有道德观念的众生的高度？这是否是便于诗人达到其目的的一种方法？或者这只是一种习惯，并无真正用处，仅仅为了纪念第一个在寓言中采用动物的诗人而沿用下来……"[①] 莱辛与我们一样对寓言的形象抱有同样的疑问，他提出了许多假设，但也许没有一个假设能解释这一难题。莱辛这些疑问的起点是不完善的，因为它包含了寓言的动物形象，也承认植物及一部分无生物形象，但对寓言的人物形象却未提及，因为他以为寓言的人物形象与一般文学样式中的人物形象没有什么根本差别。殊不知，人物一旦成为寓言中的形象，就与一般的形象不一样了。也许，他根本不知道寓言的人物形象，至少不知道中国先秦时代有那么一大批以人物为寓言主人公的寓言。而我们今天面对的寓言形象却是全面的，这样一来，用为什么在寓言中采用动物形象来讨论它们似乎范围小了些，但历来探讨寓言采用这一系列的形象都是从这个角度开始的，我们今天也不想违背这个惯例。

历史上探讨接触这一问题的文艺评论家并不多，但也还有那么几位。

一是瑞士苏黎世的教授，诗人布莱丁额尔[②]，他认为："……于是为使这作为寓言主体的故事不致遭人嗤之以鼻，就不得不用变换和转化人物的办法，赋予这个故事以一个讨人喜欢的奇妙的外观。"[③] 按布莱丁额尔的说法，人们之所以在寓言里让动物和其他更低级的造物像人一样说话，并进行合乎理性的行动，原因是为了做到奇妙。但这一说法是难以自立的，因为奇妙会丧失真实和可信的外观，其本质是一种荒诞不经的奇妙与"合乎理性的行动"的矛盾。另外，按布莱丁额尔自己的说法，奇妙是新颖的最高程度。新颖，只有很少发生的事情才可能是新颖的，我们在头几次看见寓言里出现了动物形象时，也许会感觉到新颖，但待我们发现所有的寓言中的动物、植物，无生物形象都说话、判断时，这种奇妙也就不复存在了。

在布莱丁额尔之后论叙这一问题的是德国的文艺理论家莱辛，他认为之所以在寓言中使用动物形象，是"为了避免累赘的性格描写，其实这种性格描写是否能让所有的人心里引起预期的想法，还大可怀疑。"[④] 他认为，选择诸如历史人物等作为寓言的主人公，一提起他们，谁知道他们是什么样的人物呢？但是，如果有人听到：

---

① 莱辛：《论寓言中采用动物》。
② 布莱丁额尔，（1701－1776）。
③ 布莱丁额尔：《批判诗艺》第一卷，第七章。
④ 莱辛；《论寓言中采用动物》，下同。

“狼和羊”，每个人立刻都知道，他听到的是什么，立刻知道，二者的关系如何。后面这两个动物（指狼和羊）立刻在我们心里唤起一定的形象，激发我们形象的认识，如用前面那两个人名（指此文前举例的两个历史人物），这种认识就会受到阻碍。莱辛认为，这种“阻碍”在人那里最多，在巨人、神灵、特指的人那里又少一些，而在使用动物形象时则最少。他说：“我们一听狐狸这个名字就联想到一种特定的性格，这种性格也就说明了安排在它身上的这种行动的原因，而人这个名字却不能在我们心里引起对某种特定性格的联想。”他最后得出结论：“寓言诗人把动物提高到有道德观念的众生，其真正的原因乃是动物所具有的众所周知的亘古不变的性格。”由此他认为：“要是这些动物的特性是尽人皆知的，那么它就值得用于寓言之中，不管自然学者是否证实他们确有这些特性。”因为他反对在寓言中挑剔动物的一些行为和习性，这无疑是正确的，寓言中的动物是不能同自然中的动物等同的。莱辛由此发现：“造物越是低微，那些众所周知的性格便越见稀少。这也正就是寓言诗人很少取材于植物界，更少取材于矿物界，而也许最少取材于艺术品的原因。”

莱辛还认为，在寓言中优先采用动物形象，性格是其真正的原因外，它还有另外的用途，即“在复合寓言里动物可以大大增加比较的妙趣”。另外，他还认为：“寓言的目的在于使我们清楚生动地认识一项道德教训。再没有比激情更能模糊我们的认识的了。而寓言诗人必须尽可能避免引起激情冲动。譬如说，如果他想避免引起同情心的话，那么，除了把能够引起同情心的对象削弱，不采用人而采用动物或更低级的造物，此外还有什么别的办法呢?”

莱辛的这一见解，一是为了避免形象性格的描写，因为动物有亘古不变的性格，由此而形成它行动的原因，展开它合乎理性的行动，二是为了复合寓言的妙趣，三是为了削弱形象的激情因素。第二个原因在寓言审美发生上有这样的效果，但不是普遍的。第三个原因是配合他的寓言理论系统而言的，也是有一定的依据的。第一个原因从外观上我们也好像发现不了什么，因为世界寓言的现实确实是以动物形象寓言主人公的寓言占大多数，但深入下去，却有几个方面站不住脚。首先是他的见解与人物寓言的大量存在是相矛盾的，即它的理论不能解释人物寓言在中国古代大量存在的现象，是一种狭隘的理解，而一个带有普遍阐述意义的见解，只能大致的解释其中的一部分现象，那说明它的见解并没有抓住寓言形象的本质问题。其次是它本身并没有抓住之所以在寓言中采用动物的本质原因。他说动物有亘古不变的性格，是不变的吗?不是！亘古不变自然说明一种动物就只有一种性格，并一直不变，但实际上并不是如此。在寓言中，即便某个动物的某种所谓性格连续性比较强，在古代是此种性格，在现代也是此种性格，但你从事物发展的常识上就无法断定它是不变的，因为变化是绝对的，不变才是相对的。另从寓言的动物性格本身也表现了这种变化。亘古不变的动物性格本身就意味着一个动物只有一种性格，而实际上有的动物常常表现为两种甚而更多种的，或相反的性格，如狐狸，它肯定是狡猾的，但有时在强暴者面前，它又是机警的、聪明的。像这样的动物，我们避免它的哪一种性格描写呢?他说因此而一些低级的造物很少作为寓言的形象，也就是说，使用了低级的（植物，无生物）造物为寓言形象的寓言，就注定在质量上不如以动物为形象的寓言，但事实完全不是这样，有些以植物、无生物为形象的寓言从质量上并不逊色于以动物为形象的寓言。

肯定，如此不能解释普遍现象的观点，自然没能抓住本质。

对这个问题有更深入见解的是苏联的心理学家维戈茨基。他不同意莱辛及波捷勃尼亚（波也持与莱辛同样的观点）的见解，他认为，一切寓言主人公都无任何明确的性格，“寓言所以采用动物，并非因为它们具有读者预先就熟悉的某种明确的性格（不如说这种性格是由读者根据寓言推引出来的，可以说是派生的事实），而完全是因为别的缘故。原因就在于，每个动物代表预先就熟悉的行动和行为的方式，它并非由于这样或那样的性格，而是由于它生活的一般特性才最先成为寓言的主人公的。这样我们就很容易理解，为什么剃刀、斧子、木桶能和动物一样成为寓言的主人公——因为它们也是动作的承担者，是波捷波尼亚所说的那些棋子，只不过它们的明确性不是包含在它们性格的某些特点中，而是包含在它们动作的性质中，因此，像农夫，哲学家、显贵、说谎者这样一些人物，以及像斧子、剃刀这样一些工具才能十分成功地代替寓言中的兽类。”

他接着证明道：“以著名的《天鹅、虾和狗鱼》这篇寓言为例就能轻而易举地证明这一点。真的，这三个主人公有什么样的性格呢？由于它们具有哪些为读者预先熟悉的心灵气质特点，作者才选用这三个动物呢？它们能适用于哪些日常生活的情况，能说明人的性格中的什么东西呢？显然，这些主人公并无任何性格的特点，选用它们仅仅是为了体现动作，体现在它们共同行动时所可能出现的那种动作。人人都知道，天鹅是飞的，虾是退着走的，狗鱼是游的。因此，这三个主人公就能成为展开某种动作和构成情节，特别是理想的寓言情节的绝妙材料。”①

在这个问题上，还有谁的看法比他的看法更接近真理的呢？维戈茨基认为，我们之所以在寓言中使用动物形象，并不是因为动物有预先存在的固定性格（更不要说亘古不变的性格），而是因为“每个动物代表着预先就熟悉的行动和行为的方式”。确实是如此，这样一来，我们所说的狐狸的狡猾和机警、聪明在应用中就不会出现矛盾了，不管是狡猾的行动或者是机警、聪明的行动都是有依据的，因为这样的行为判断不会同时出现。寓言情节要的是行动的依据，不是如莱辛他们所说的是预先就有的性格，这种性格是行动后的赋予，有什么样的行动、行为，才会有什么样的性格。维戈茨基的这一说法，还自然而然地解决了人物寓言，“更低级造物”的寓言与莱辛解释的矛盾，他把这些寓言之所以使用这些形象都成功地统一在一个根本的原因上。用他的解释，所有寓言的形象采用原因都是无二的，都是可以合理解答的。

维戈茨基在这个问题上是抓住了寓言中之所以采用一系列这样、那样的寓言形象的本质的。但他仍然有“最优先动物寓言”的惯性痕迹，因为他在解释更低级造物寓言形象时用的字眼是：“代替”，尽管前饰词是“成功地”。这种“代替”的看法是不对的，实际上的这类形象的寓言是本来的自身的存在和发展，不是一种为了“代

① 《艺术心理学》，第134页。

替”目的的东西，这类所谓低级造物的行动依据并不比动物少一些什么，现代寓言创作中较大量出现的这类寓言就是一个明证。当然，这类造物的“妙趣”相比较而言，是要比动物少一些，因为人在寓言中的形象里是希望看到自己的影子的，而动物中人的影像是要鲜明得多，我想，这才是古代的以植物，无生物为寓言主人公的寓言较少的主要原因。

另外，维戈茨基对寓言形象的性格问题似乎少说了几句，他承认成为寓言主人公的形象是有性格的，但他认为“这种性格是由读者根据寓言推引出来的，可以说是派生的事实”，这种说法是对的，寓言形象性格是由于各种动物、人物、植物，无生物等形象进入寓言后才具备的。但他的说法并不完善，因为他同时认为这只是“读者根据寓言推引出来的”，也就是说，寓言形象的这种性格的构建与作者无关，作者的使用形象的目的是动作的明确性，而没有塑造一定性格的企图。这种论断也是不正确的，如果照此解说，寓言中形象的性格要求、文学性等就无从说起，进而寓言作为一种文学样式也无从立足，寓言形象的许多问题也无从解释。我认为，不应该割裂形象形成的过程，寓言作家在创作寓言时的对形象性格描述的企图，应该是读者“推引”的基础，也就是说，一系列造物进入寓言成其为形象后的性格，对作家和读者来说都是同等的，他们共同创造了这些寓言形象的性格。

维戈茨基的见解我已表示过推崇，但我觉得他的观点中的在形象中取其行动和行为的方式的明确性上还有些缺憾，因为不同的形象通过的途径是不一样的，也就是说应该有一个区分，而这一点他忽略了。在动物身上取其行动和行为方式的明确性靠的是动物的生活习性、生理特点及与自然、人的反映状况，在人物身上一般则靠的是特指性，如愚、拙、傻、职业特性，如国王、牧师、皮匠、牧人、渔人等等，在植物身上则靠的是植物的生长特点及形态、性状，等等，在无生物身上则靠的是形态，性状、用途等等，如抹布是抹桌子的（取用途），砂子是散开的，砂锅是易碎的（性状），卵石是圆的（形态）。另外，自然现象作为寓言主人公取的则是自然现象的本身，如风会吹，太阳能发光和热，乌云会遮住太阳光，等等。

我们也就是从这里选择了这众多的造物作为寓言形象的，让它们以自己合理的行动和行为方式，来构建我们的寓言情节，完成人们赋予寓言的目的，在这个过程中，所有的造物都被拟人化（当然人物形象除外）了，它自然要充满人的思绪，人的气息，从而把自己的合理的行动与人的行为及思想汇合，造成了几千年的寓言文学历史。

第五章　寓言与相近文学作品的相互关系

第一节　寓言文学作品的外延

在一个大系统中的文学作品，并不是一种孤立的存在，它的实质是在一个群体中取得符合自己存在的相应的地位，这样，它的周围就必然会有许多相邻的东西与之发生联系，这在寓言文学上也是一样的。寓言文学作品作为众多的文学种类的一种，必然要与许多其他的文学种类搭界和发生联系。

一般说来，寓言的产生要晚于神话及最早的传说，它几乎是与民间故事同时或稍晚些时候产生的，也就是说，在历史上最早与寓言相关的就是这几种文学品种，即神话、传说，及民间故事。正是在神话、传说，民间故事（主要是动物故事）为土壤的基础上，再经民间的、文人的双向加工，孕育产生了寓言。在这一时期，就是它们参与寓言搭界，造成相互渗透的寓言的边缘，并产生影响。

这时的寓言受神话、传说的影响，但这种影响是单向性的，即神话、传说影响寓言，表现为寓言从神话传说中吸取寓言创作的营养，而同时寓言并不能向神话、传说输出自己的影响。神话与传说相比较而言，寓言接受神话的东西要少一些，而接受传说的东西要多一些，并且寓言在接受神话的影响上，在一定的年代后就基本停止，但传说却一直作为寓言创作的营养，素材，延续了较长一段时间。接受神话、传说的影响，在东西方寓言中都有表观，但东方却要浓重一些。

这时的寓言与民间故事的关系是相互影响的。寓言最初来自民间是无疑的。最初的寓言无非是民间故事中的以动物故事中较注重形象哲理认识及道德认识及道德教训总结一类故事为主，有其他相关的故事参加的一群故事。由于民间，主要是文人的发现、应用及发展，最后形成了一个有多种因素的文学品种——寓言。寓言产生后，同时在民间故事中及文人的文学作品中存在，沿着各自的道路发展，并相互产生联系、影响。这时的联系和影响是多方面的多种形式的，主要有：一、直接的民间寓言与文人创作寓言的相互影响，即文人寓言创作借鉴民间寓言，而某些文人寓言的东西，也同样进入民间寓言口头创作加工，改造的素材之列。二、由于寓言最初本来就是民间故事中的一种（现在仍然是），故在不断发展的民间故事及不断发展的寓言中，互补、交流经常发生，即寓言创作从民间故事中汲取营养，而寓言在发展中的某些东西，时常也成为民间故事中的一部分，或直接就纳入民间故事。这种相互关系是双向的，它一直到今天都在不断发生。在这种寓言的关系中，与民间动物故事的关系最为密切。

在后来，人们又从民间故事中发现了一类幻想非常丰富，又非常适合儿童阅读领受的东西，同样是经过民间及文人的双向努力，综合了小说、散文等其他文学体裁的某些成分，同时又在民间及文人间双渠道地发展，在不远的过去，形成了一个比较发达的文学品种——童话。这种文学品种一旦在人们中观念确立，人们又看到了原来的寓言与童话有千丝万缕的联系，只不过是不自觉地影响罢了，但随着童话的发展，寓言与童话又以一种新的姿态发生联系。

另外，随着历史的进程，一些老的、新的相近的文学品种也与寓言发生了一定的联系，如小品文、一般性质的故事（主要指故事趣味极浓的编写的故事，有文人创作的、民间编撰的）等等，这种联系有的是单向的，有的是双向的。

就是以上的相互关系的存在，才使寓言外延的界定成为可能，因为正是在这样的运动中，寓言才在与以上相近似的文学种类的接触、碰撞中形成完善自己的外在形象，寓言影响了别的文学品种什么，别的文学品种又影响了寓言什么，为何只此这些影响，它们相互的外延、差距等等，在其中我们就能一目了然。

第二节　寓言与神话、传说

寓言的概貌我们是大致了解的，但神话和传说呢？我们论叙寓言与神话，传说的相互关系时，不能不对它们有一定的了解。

神话是什么呢？现实中人们这样最直观地告诉我们：

> “很古很古的时候，天上有十个太阳排成长串，一个落了，—个又升起来，热得人们喘不过气来。五谷禾苗都晒焦了，草木也枯了，什么吃的都没有。这时，出来一个人叫羿，拿着弓箭，一连射下九个太阳，只剩下一个。他还要射，人们劝阻他不要再射了，都射光，五谷不再生长，草木不再发芽，人也活不成了。于是，这最后一个太阳就留了下来。”①

这就是神话，人们对它有不少的解释：

> “昔者初民，见天地万物，变异不常，其诸现象，又出于人力所能之上，则自造众说以解释之：凡所解释，今谓之神话。”②
>
> “一般讲来，神话乃是自然现象，与自然的斗争以及社会生活在广大的艺术概括中的反映。”③

---

① 见《淮南子》木经训和《楚辞·天问》。
② 鲁迅：《中国小说史略》。
③ 高尔基：《苏联的文学》，新文艺出版社，第2页。

“这种表现古代人企图认识自然、征服自然的幻想故事就叫作神话。如果说得科学一点，神话便是自然界和社会形态在原始古代人的不自觉的艺术幻想中的反映，是生产力低下阶段的原始人企图认识自然、征服自然、支配自然的结果。”①

无疑，神话是最早的口头散文文学作品，它是文学的祖先。

在这些对神话的解释中，不管表述如何，都承认一个共同的东西，即“自然幻想”，出于认识，征服自然的目的的自然幻想，一切神话的产生不过是一种“解释”。相比较而言，寓言从根本的目的上与神话是相距很远的，这一点毋庸置疑，神话产生时不过是蒙昧智慧的开发，而寓言产生时则是灵智的开发。故而它们的故事、形象、思想内容有很多方面是不可比的，但二者也不无关系，主要是寓言从神话中汲取了自己成长的营养。

在中国的先秦时代有不少这样的寓言：

> “南海之帝为倏，北海之帝为忽，中央之帝为浑沌。倏与忽时与遇于浑沌之地，浑沌待之其善。倏与忽谋报浑沌之德，曰：‘人皆有七窍以视听食息，此独无有，尝试凿之。‘日凿一窍，七日而浑沌死。”②

南海之帝，北海之帝、中央之帝，浑沌、倏、忽，都是神话中的著名人物，落到庄子手中“日凿一窍”，便成了很好的一则寓言了。很明显，这构思，这形象，这灵感均来自于神话。它无疑是寓言与神话关系的最好的证明，当然，像这样的寓言还有如《斥安笑鹏》《腾龙与飞蛇》，等等。人们以此认为：“这些都说明寓言与神话有着一脉相承的关系，但又不同于神话那样蒙上一层蒙昧的色彩，它已经不再在懵懂的生活中来认识现实，而是成了趋向于自觉地认识生活的艺术反映。从这一点看，可以证明寓言是人类社会发展到较高阶段时，从神话传说发展过来，而晚于神话传说所创造的一种文学样式，是人类由童年的蒙昧向文明时代迈进过程中，继神话衰竭之后创造出来的一种艺术。”③ 这是我国著名的儿童文学研究家蒋风对寓言与神话关系的非常准确及全面的论述，从中不难看到，在寓言与神话的关系中，是神话影响了寓言，而寓言作为后来出现的文学品种，也就无法向神话反射自己的影响，故而我说它们的关系是单向的，根据就在于此。另外，在蒋风的精彩的论述中，似乎有一点不太准确，即“一脉相承”的说法过于偏执，因为寓言受神话的影响不假，但要说一脉相承就不恰当了。什么东西一脉相承，起码是这项原先的东西，要构成后来东西的主体才可能称为一脉相承，而事实上的寓言形成是多种因素构成的，在西方可以说是建立在以动物故事为主加上其他类故事的基础上的，在这种关系上，只有它们（西方的动物故事、西方的寓言）才可以说是一脉相承的。但在东方，由于人物寓言形象的显著特色，因而它的构成因素就要复杂得多，在它们那里要寻找“一脉相承”式的东西非常困难。从以上两个方面讲，蒋风先生的神话、寓言一脉相承的说法是难以自立的。也许，它们的这方面这样说可能更为妥当一些，即神话是作为带有蒙昧色彩的认识的文学作品，而寓言则是带有灵智色彩的自

① 张紫晨：《民间文学基本知识》。
② 《庄子·应帝王》《浑沌凿窍》。
③ 《儿童文学概论》，第149页。

觉认识的文学作品，它们是处在一条线上的不同阶段。

传说是神话在世间的一种延续，一般的人们都喜欢把神话与传说视为继神话之后的同一种东西的两个部分，进而把二者合并起来认识。但二者的区别是很明显的，神话的人物自然是神，传说的人物有神，但也不都是神，它侧重于半人半神，或超人，再后就是一般的人和事。神话完全是想象的构造，而传说则以某种历史事实或某种社会事物作根据的构造。神话多是一种人对自然的“认识”和“愿望”，但传说的内容总是对人类的劳动，人类的智慧以及技术革新的歌颂。鲁迅对“神话愈传愈人化，终于进入了传说”的过程有较精辟的论述，他说：

“从神话演进，故事渐近于人性，出现的大抵是‘半神’，如说古来建大功的英雄，其才能在凡人以上，由于天授的就是。例如简狄吞燕卵而生商，尧时‘十日并出’，尧使羿射之的话，都是和凡人不同的。这些口传，今人谓之‘传说’。”①

传说在神话之后产生，可以说是神的世俗化，它产生后，越来越人化，并一直发展到今天，还将在将来有新的发展。张紫晨先生在《民间文学基本知识》中把传说分成：历史传说（它又有两种，一是以历史事件为主的，一是以历史人物为中心的）、人物传说、地方风物传说、动植物传说等几大类。从这些分类中，我们不难看出传说的过去的历史发展过程，因为许多传说的产生都是有年代依据的。

至此，传说与寓言的分越不言自明，但二者的相互关系又如何呢？传说作为寓言成长发展的一个基础部分，对寓言的影响是广泛的，如与神话相比，传说对寓言的影响要在很大程度上超过神话。在先秦时代有这样一则寓言：

“甘蝇，古之善射者，彀弓而兽伏鸟下。弟子名飞卫，学射于甘蝇，而巧过其师。纪昌者，又学射于飞卫。飞卫曰：‘尔先学不瞬，而后可言射矣。’纪昌归，偃卧其妻之机下，以目承牵挺。二年之后，虽锥末倒眦而不瞬也。以告飞卫。飞卫曰：‘未也，亚学视而后可。视小如大，视微如著，而后告我。’昌以氂悬虱子牖，南面而望之。旬日之间，浸大也，三年之后，如车轮焉。以睹余物，皆丘山也。乃以燕角之弧，朔蓬之杆，射之，贯虱之心而悬不绝。以告飞卫。飞卫高蹈拊膺曰：‘汝得之矣。”②

从这则寓言里，我们最少可以看到传说对于寓言影响的两个方面。一是故事方面，不难看出，我们这则寓言的情节是借用或在某种程度上借用了一个古代关于学射箭的传说故事的情节。“昌以氂悬虱于牖，南面而望之。旬日之间，浸大也，三年之后，如车轮焉。以睹余物，皆丘山也。”这样的情节描述，非传说莫属，现今的寓言情节构造，一般人还无此大的胆量和想象力。二是人物方面，传说中的一种就有人物传说，寓言在借用其故事时，自然有时也一同借用它的人物，但有时则只借用它的人物，如此则寓言中的甘蝇，《庖丁解牛》中的庖丁，《枉学屠龙》中的朱评漫，支离益，《涓蜀梁见鬼》中的涓蜀梁，《叶公好龙》中的叶公等等。在这样以传说中的人

① 鲁迅：《中国小说的历史的变迁》。
② 《列子·汤问》，节选《纪昌学射》。

物冠名的寓言中，不一定其人真为其事，是看寓言作家的需要而言，但它在寓言也能留下传说的余味。当然，传说对于寓言的影响不仅仅是这两个方面，它还在表达方式，语言运用等方面对寓言产生影响。

我们以上的例子都是先秦及两汉的寓言，也就是说，在先秦时代，寓言就依靠传说创造了不少的寓言，但别忽略了，这样的影响，在后代仍不断发生，在先秦两汉之后的寓言中：仍有不少的寓言同时也在不断发展的传说中获取营养。

这是传说之于寓言的联系，那寓言又之于传说反射了什么呢？寓言之于神话谈不上什么反射，但对于由神话人化而来的传说，由于长期并行地发展，这种双向联系就自然而然存在了，一般说来，寓言改造利用了来自传说的营养，但不可能又从寓言中缔造一种新的传说来充实和影响传说。那是不是寓言缺乏有力的双向联系的基础呢？也不是！寓言根据传说改造的那部分寓言就奠定了这种双向联系的基础，因为一些借用和改造传说的寓言，实际上保存了大量的传说，而它们在寓言中的存在，就必然要带着寓言的色彩影响后来的传说，构成双边关系的主要内容。比如某些表现动植物来历、习性的动植物传说就是如此，它们讲述了来历、习性之后，还往往加上寓言的道德教训，使传说有一定的寓意，使这则故事在一定的场合可以视为寓言，在另一种情况下又可视为传说。这方面，在《中国少数民族寓言故事选》与一些《动物故事集》《植物故事集》的对比中，就可以找到许多例子。寓言对传说的影响是存在的，但应该承认，这种关系不是很强，远不及传说对寓言的影响那样直接、明显和强烈，这当然与传说的性质有关。传说与神话的关系紧密不言而喻，产生的年代又比寓言久远，而且寓言之于传说的可融通之处并不是很多。

在二者关系的历史发展上，我们还看到，传说之于寓言的影响随着两种文学种类的不断发展，总的关系是趋弱、趋淡，即现今的关系不如寓言产生成长时那么密切，但这种联系仍没有消失。同时寓言之于传说的影响更弱，有时候几乎看不到明显的例证。

在神话、传说与寓言的关系上，上述的联系是世界性的，在东方中国的先秦寓言及后来的寓言中有这样的现象，在印度寓言中也有，在西方寓言的代表《伊索寓言》中也有。

如《宙斯和阿波罗》：

> “宙斯和阿波罗争论射箭技术的高下。阿波罗张弓射出一箭，他射多远，宙斯一步就跨出多远。
>
> 由此可见，与强者竞争的人不仅追不上他们，还要成为笑柄。”

在这则寓言里，希腊神话中的神作了寓言的主人公，来表演或展示寓言的情节，成为寓言的不可分割的一部分。像这样的寓言在《伊索寓言》中还有一些，如《赫尔墨斯和地》《赫尔墨斯和手艺人》《守护神》《赫剌克勒斯和财神》等。这些寓言基本都与《宙斯和阿波罗》差不多，即借用神的一些能力来作为寓言人物行动的依据。在《伊索寓言》中，直接借用神话，传说故事的情况基本没有。这样一来，在西方寓言中二者关系上是十分纯粹的单向性的，即寓言从神话中汲取营养，在神话中是如此，在传说中也是如此。

把东西方寓言在神话，传说关系上比较而言，东方寓言受神话、传说的影响要强烈得多，这方面在中国古代寓言中表现最为强烈。中国的先秦寓言不但大量借用了中国神话、传说中的形象，而且还在情节，及故事的构思，表达方式上都吸收了中国古代神话传说的许多内容，并在神话传说的风格、气质上也借用了不少的东西。而几乎与此同时的《伊索寓言》，只简单地借用了古希腊神话传说中的某些形象，其他方面神话传说对《伊索寓言》的影响就很少，并且在《伊索寓言》中借用神话传说形象与使用其他动值物形象没有什么区别，神话传说的表现形式、精神气质方面的影响基本不见踪迹。我不同意中国的古代寓言与古代神话一脉相承的说法，但中国古代寓言成就于中国古代神话传说的东西，要比西方的《伊索寓言》要多得多，这也是事实，故而中国的古代神话、传说于中国古代寓言也要重要得多。

是什么造成东西方寓言在与神话、传说关系方面的差异呢？我认为有，从伊索方面：一是西方的寓言在使用形象上绝大多数是动植物形象，由于长期形成的对寓言的认识，使他们对使用人物为寓言主人公不感兴趣，认为这不是真正的寓言，这样一来，神话、传说中的形象（神话中的神是人形的，传说中的半神、超人也是人）对他们也不能有什么大的吸引力，故而影响了神话、传说在形象上对寓言的渗透。二是《伊索寓言》认识自然、社会的精神气质上与神话、传说的联系不多，它在很早的时期，就发展成了一种独立性很强的同样也是属于灵智性质的认识自然社会的文学作品。另外，古代的希腊人对他们很发达的神话、传说有清楚的认识，从心智上他们并不认为它们之间有什么更多的联系。

从先秦方面：一是先秦寓言大多数形象是人物。先秦寓言依据中国人重史的文化心理，为寻求寓言事件的确凿性，大量地使用各种人物形象，其中最侧重的又是在历史出现过的人物形象上，故而中国古代的神话、传说就在这种选择面前首当其冲，从而在先秦寓言中出现了数量不少的与神话、传说相关的寓言，因为在它们中间寻求形象，故事情节的确凿性，无疑是很好的选择之一。二是中国神话的系统性不强，发育也不完全，发展程度和阶段也不高，故而不如希腊神话那样完整，呈比较散和乱的状况，但正好是这种状况，保存了许多片断性的可供寓言很方便借用、利用的东西，为寓言的利用提供了一个内在的条件。三是先秦寓言与神话传说的内在联系要多一些。在现实中，一般的人们都认为寓言是人类社会一个较高阶段的产物，是继神话衰亡之后的又一个新的文学作品，也就是说，是寓言作为一种新的认识自然社会的手段替代，或者说部分替代了过去的神话。在这种情况下，中国的先秦寓言，能不受到神话，传说的强烈影响吗？

第三节　寓言与童话

在古代，寓言与神话传说（仅次于动物故事）经常地关联在一起，但在现代，寓言和童话却常常并列出现在许多场合。大多数文艺评论家和许多作家常常分不清什么是寓言，什么是童话，一般的读者更甚。童话和寓言二词常常并列不分地表述着一个“相同”的概念，我们国家的不少寓言作家的作品是列入童话出版计划出版的，《伊索寓言》被作为童话翻译到日本，中国又把它冠予《伊索童话》之名，翻译到中国，一些真正的寓言轻易地归入了童话的分类，一些真正的童话又莫名其妙地来到寓言分类中充当角儿；还有部分作品既看不到寓言道德教训。寓言的真理的优美，也看不见童话神奇、梦幻的美景和善良的愿望，但它们却都称自己是寓言或者童话。这些，并不是寓言与童话的论题，但它证明了在现代寓言与童话的关联是那么紧密，又是那么混乱和令人糊涂，同时也显现了认真区分寓言与童话的重要性和必要性。

童话严格来讲只是民间故事中的一种故事，只不过这种故事充满了“最极致的幻想”，丰富的想象一般的民间故事中有，强烈的夸张在笑话及其他故事中也有，但“最极致的幻想”却是许多种民间故事中所没有的。富有这些极致幻想的故事一般来说又最大限度地迎合了少年儿童梦幻好奇的心理，为无数个年代中的少年儿童所喜爱，就此以其欣赏对象而决定了它的命运，因为在很早的民间，人们就把它分别出来，叫作童话。这种民间童话后来又遇到了如寓言发展历史相同的历史发展机会，即一大批文学家致力于民间童话的改写、再创作、创作，把童话的极致幻想又向前发展了，形成了与民间童话相呼应的艺术童话（也叫文学童话）品种，使童话的幻想更为丰富，童话的文学趣味更浓厚，从而取得了比寓言更有发展前景的文学地位。这就是童话发展的历史，但人们什么时候把民间童话引向文学童话却很难确定，大概不过几百年。当然，我们不能否认诸如《一千零一夜》等民间童话对童话的历史贡献，但现代童话的发展，以及现代童话概念的确立，还是应归功于欧洲的一批童话作家，如丹麦的安徒生、德国的格林兄弟等等。特别是在我国，清末以前我们的文学中并没有什么童话的概念，也没有对民间故事中可以叫作童话的那一部分故事进行区分，以及对它的改写、再创作等等。直到童话随着欧洲的其他文学种类及文艺思想传到了中国，我们才开始认识别人的童话，并参照着区分我们自己民间中的童话，并试着模仿、改写、创作。

“童话”这一名称，是清代末年从日本词话中引进来的，但它的当初的含义很广，是后来经过一系列的演变才渐渐形成了今天的含义。我们多年来对童话的研究有一些，但都不是很深入的，对什么是童话也有一定的定义，一般地认为：“童话是儿童文学中的一种重要的样式，也是文学中的一种特殊的样式。它是在现实生活的基础上，用符合儿童的想象力的奇特的情节编织成的一种富于幻想色彩的故事。”①

比如《猴子捞月亮》：

> “有个小猴子在井旁边玩。
>
> 他往井里头一伸脖子，看见里头有个月亮，就大叫起来：‘糟啦！糟啦！月亮掉在井里头啦！’
>
> 大猴子跑过来一看，也叫起来：‘糟啦！糟啦！月亮掉在井里头啦！’
>
> 老猴子跑过来了，后面跟着一群猴子。他们一看，也都叫起来，‘月亮真的掉在井里头啦！快把它捞出来！’

① 蒋风：《儿童文学概论》，第115页。

井旁边有棵大树。老猴子倒挂在大树上，他拉住大猴子的脚。这样，一个连一个地接起来了，一直接到井里头，小猴子挂在最下边。

小猴子伸手去捞月亮，捞了好些时候，捞不着。

他们觉得很累，都说：‘挂不住啦！挂不住啦！’

老猴子一抬头，看见月亮还在天上，就说：‘不用捞啦，月亮在天上呢，”①

这当然只是童话中的一种，按儿童文学家蒋风先生的分类，童话从作品分有：民间童话，艺术童话（文学童话）；从表现手法内容因素分，拟人体童话、超人体童话、常人体童话、科学童话等等。而我们寓言与之发生联系的是童话的整体。

寓言与童话的界说，由于诸多原因，并不像寓言与神话，传说那么清晰，但许多人仍然试图把好像是交错的相互关系理一理。蒋风先生就在寓言与童话的区别上作了非常准确的论叙。他说：

“一般说，寓言的情节结构简单、单纯，而童话比起寓言来，它的情节更丰富，更多变化，更生动有趣，结构也更复杂，篇幅更长一些。童话虽也包含一定的教训意味，但寓言的教训却更加明显，而且往往由作者以极精炼的格言式的语言，把它概括出来”。

寓言和童话都有幻想，但两者的幻想表现也有所不同，在童话作品中严格要求幻想植根于生活，幻想与现实的结合要力求和谐，自然。童话中的人物，事件尽管都是幻想的，但是作品中的人物的思想和行动、事件的发生和变化，都要严格符合生活的本来的规律。但在寓言中就不那么严格，例如《狐狸与葡萄》中的狐狸本来是肉食性的动物，从来不会垂涎于葡萄的。可是作者却写成狐狸吃不到葡萄而说葡萄是酸的。这里虽然符合某一种“人”性，却违反了“物”性，在寓言中是被认可的。因为，寓言以训诫为主要目的，是一种比喻，一种影射。它只要求在幻想的事物与现实的事物之间，找到某一种联系，只求故事能说明一个深刻的道理，就够了。它不过分拘泥于客观的自然规律。可是童话中任意违反“物”性的话，就会导致逻辑上的混乱，给小读者造成思想上的混乱。当然，在寓言因比喻、象征，影射的需要，借助于幻想的手法时，能既照顾“人”性又照顾到“物”性，在不违反自然规律的情况下，完成它既寄寓深意又生动有趣地叙述故事这一特殊任务，那当然更加理想，当然不必硬去抵触客观的规律。

童话的对象是儿童，寓言的对象就不限于儿童，不少是为成年读者借鉴的。

寓言着力表明它所内含的讽喻和教训，重在思想性，一般描述动植物为内容的科学童话侧重在知识性，主要是介绍动植物的性质状态，生活习惯以及它们与人类之间的关系等。”②

这就是寓言与童话的区别，除了在“不那么严格”上应该换成“其本质上就不一定要如此要求”之外，要人们作更多补充的地方不多（当然，蒋风先生在文中表述的对童话的见解，本人无法苟同，因为它显得僵滞和陈旧，尤其是对童话中“物”

① 小学初级语文课本，第三册。
② 《儿童文学概论》，第156页。

性、“人”性的要求，对童话无疑是一种桎梏）。但这些都不是问题的根本，童话是有很多区别于对方的东西，但二者都无法完全从对方摆脱出来，《猴子捞月亮》应该是一则地道的童话，有人就把它作为一则寓言，而《伊索寓言》中的《龟兔赛跑》，以及中国寓言《小猫钓鱼》就都改编成了很受人喜爱的童话剧。这是为什么呢？答案自然是童话与寓言有许多相似之处，如都常常采用拟人化的表现手法，两者的描述形象，都多是动植物形象等等。可是，这只能是事实的总的概括，有许多相互关系还得在不同类的童话表现中去表述。

寓言与民间童话

寓言与民间童话的关系可以上溯到几乎与传说发生相同的年代。那时的童话还没有像今天这样成为一个从民间故事中分离发展的文学样式，而是混同于一般的民间故事，特别是动植物故事中，为寓言的形成发展提供基础和养分，并由此与寓言相关联。我们应该注意到这一点，即现代的一些神奇，魔幻的童话与寓言的关联并不大，而一部分以动植物为主人公的童话，特别是有一定教训含义的、篇幅较小的童话与寓言紧密相连，有的甚至彼此难分，那些表述生动活泼、教训深刻、情趣盎然的作品尤为如此。这表明，与寓言发生联系的只是童话中的一部分，而这一部分相互关联的历史渊源，就在于古代寓言依赖于民间动植物故事（当中自然包含一部分民间童话）发展生存的年代。在那时候，动植物故事，特别是动物故事作为寓言生存发展基础的时候，这些故事中可以称为后来的所谓的民间动物童话的部分，在寓言中备受青睐，这就种下了寓言与童话的历史性的相互关系的传统。但这一切都在寓言获得了独立发展生存的空间之后，被人们渐渐淡忘，因为在古代人们并不区分什么是童话，什么是寓言（至于实际中的联系是仍然存在的）。

到了近现代，人们发现了童话（说发现不过是表明新的形势下新的认识），并像发展寓言一样发展了它，终致出现文学童话这一与寓言发展极其相同的历史结果。

这时候，人们又发现了童话与寓言的相互关系，于是又把寓言与文学童话的联系推到了一个新的背景上去。

寓言与文学童话

在寓言与民间童话继续发生广泛联系，从中不断吸取营养成分（当然，这和吸取的规模和影响肯定不如以前，并趋于越来越淡平）的同时，寓言与文学童话的联系上升到一定的高度，成为寓言与童话关联的主要方面。本来，把文学寓言与文学童话摆到一起论述时，其界说（文学童话即指作家的书面作品，文学寓言亦同）并不是十分含混的，一则寓言有时候可以视为一则童话，一则童话也可以在有时候视为一则寓言，这种现象应该说是十分自然的。但这里面“有时候”的限定十分重要，可是我们现代的寓言与童话却不遵循这个限定。他们要么把寓言作为童话中的一种，要么把以动植物为主人公的并有一些简单教训的童话通通视为寓言。我国著名的儿童文学家陈伯吹先生就说：“从另一方面看，这六十多篇（指《寓言选》中）的现代寓言，大多数都已走近童话的边境，很有可能闯了过去。这也没啥，‘本是同根生’

的，不怕它们合流，让它们像孪生姐妹那样茁壮成长吧。”① 这是一种慈祥的、宽厚的，然而也是一种不负责任的表述。这实际上是对寓言与童话相互关系的误解，童话与寓言是有许多相似之处，是有许多互通和相互影响的地方，但不能把二者本质上的意义混为一谈。

我国的寓言与童话关系（特别是一些篇幅小的有一定教训含义的童话）之混乱，局面是很严重的，致使童话与寓言基本概念不清，寓言在很大程度上沦为儿童的游戏，并不是一种寓言应该具有的，有很大读者面的文学品种，这对寓言的认识和发展都很不利，造成这种现状的原因，在分析和参照了我国新文学运动的文学发展史之后，我认为有以下几点：一是我们对寓言的基本概念认识不清，我们知道中国的先秦及后来都有不少的寓言，但这也是在《伊索寓言》传入我国之后参照着认识和发现的。中国古代早就有寓言一词，但过去的寓言一词与今天的寓言一词含义不尽相同，因为今天的寓言一词的概念是参照着伊索等西方寓言的内涵及中国古代的寓言存在而另外形成的（当然也不能说它概念上一点传承的影响都没有）。在这种情况下，我们对寓言的研究和认识是很不够的，对其概念认识的模糊，自然使我们对寓言的发展很少能有建设性的举动。第二点恐怕是一个历史局限的原因，即在现当代文学史上，提倡发展寓言，并创作、收集、整理、改写、编选的人们，大都是一些儿童文学作家、翻译家、研究家、组织者等，而他们基本上都是以文学童话或翻译、介绍、研究文学童话起家或立身的人。他们对我国寓言的发展做出过很多贡献，可他们难免用童话化的眼光来对待寓言的一切，把寓言一直纳入儿童文学中的一般范畴，自然而然地也就把童话的叙述方式、语言和其他许多东西带到寓言中来，在某种意义上成了寓言的一种“童话枷锁”。这种情况下的寓言境况是有苦难言的，因为这“枷锁”后面又有无数的关怀和热情。陈伯吹老先生的表述在很大程度上就代表了这个对寓言有些奇怪的时代意见。

以上是在我国现当代童话之于寓言的现状，不一定能全部代表童话对寓言的关系，但这种童话式的“侵略”至少在东方范围内的寓言中是常见的，因为如此含混地认识寓言，在东方是很普遍的。这种情况在西方世界也有，但少一些，安徒生、格林兄弟及其他后来的一些童话作品就是一种例证。

这是童话之于寓言的关系，主要是寓言与文学童话的关系。那反过来，寓言之于童话的关系呢？首先应该承认，童话对寓言的“侵略”，在带来某种意义上的枷锁的同时，也带来了童话的奇丽和新鲜，以及生动的叙述。即寓言从童话中吸取了一定营养，在某种意义上的不过分的童话化叙述，让寓言奇丽和清新。另外，童话的一些形象在有本来的共同基础上，又有一些新的创作和交流。如果说寓言与民间童话的相互关系多为寓言从民间童话中吸取营养（故事的，形象的），而由寓言返回民间童话及寓言反射回童话的东西不多，那么，寓言与文学童话则在这方面是相互的，即寓言从文学童话中吸取一些东西，那童话也从寓言中吸取一些东西。如寓言对童话故事情节的参与，而童话则学习寓言的道德教训，前者寓言可以由此丰富自己的故事情节，使情节更生动更有层次和趣味，后者童话可以由此而深化主题思想、丰富作品的内容，

① 《寓言选》序言，上海教育出版社，1982 年。

以求童话寓教于乐的深刻等等。另一方面，寓言的一些作品和童话的一些作品，还有一种较正常的互通的交流，即一个作品既是寓言又是童话，是童话的同时又可能是寓言。还有一点，以上的寓言与文学童话的相互关系几乎呈对等状，相互影响，相互吸收，也相互辉映，表现为寓言与童话的边缘重叠。在这种重叠中，还能产生一些边缘性的似寓言非寓言似童话非童话，但又有一定文学价值的作品。

寓言与文学童话还有一个相关联的特殊领域，科学寓言与科学童话。这两种文学作品是当代产生的，它们的兴起的缘由是因为在当代提倡了所谓的科学文艺，是伴着科学文艺其他文学品种产生而产生的，相比较而言，科学童话出现的时间要早一些，科学寓言的出现在中国是近几年的事情。科学童话是希望在奇丽的科学幻想中，把许多有一定现实基础的科学普及常识传播给儿童及其他的人，科学寓言也是想利用科学幻想一方面为寓言增添新的色彩，一方面利用科学普及中的一些知识的情节来构建有新鲜感的寓言，最终为寓言的道德教训服务。二者的描述对象是一致的，普及科学知识方面也是相同的，但科学童话注重的是科学幻想的极致，而科学寓言则希望两种功能同时出现，即普及科学知识，又得出寓言的道德教训，只不过后者是主要目的。

第四节　寓言与民间故事

寓言与民间故事等文学作品的关系是一种范围很大的广泛的联系。

民间故事的一般的概念就是“劳动人民创作的以通称的人物，广泛的背景，在完整而又富有趣味的情节中表现人民生活和思想的口头散文作品。”[①] 按张紫晨先生的分类，民间故事包括民间童话、动物故事、寓言、生活故事、笑话等。我们已在上一节中论述了民间童话，并且也包含了动物故事中的一部分，而其中的寓言实际上又包含在我们大的寓言概念中，故这里的民间故事的实际内涵只是一部分动物故事、生活故事、笑话等。

寓言与动物故事

不言而喻，人类的寓言文学作品最初的起源就在于动物故事，寓言与动物故事有着不可割舍的血缘关系。动物故事自然是以动物为主角的故事：“山里有一只老虎，很凶恶。它遇上了一只鹿，想把它吃掉。可是这虎没见过鹿，就想问个明白再吃。它问道：‘喂！你叫什么？你长犄角是干什么的？你身上怎么有白点呢？’聪明的鹿，见虎很傻，就扬起头来对它说：‘我是专门吃老虎的。我的犄角是叉虎肉的，我吃一只虎，身上就长一个白点。’老虎一听，可吓坏了，撒腿就跑……”它的主人公不但有虎、鹿，还有猴子、兔子、狮子、狼、狐狸等等，什么地域上什么动物最常见，给人的印象最深，那什么地方的动物故事中就最经常地出现这些动物的形象。

① 张紫晨：《民间文学基本知识》。

人类动物故事的起源时间很难确定，但它肯定是民间文学中年代最久远的先于寓言出现的品种之一。正是由于动物故事的出现，才使后来的寓言发展具备了最基本的条件（这至少在西方及其他如印度寓言等上是如此，中国先秦寓言中有不少的动物寓言，但它的人物寓言很多，是传说等参与构建了它的发展基本条件），因为动物故事至少在以下三个方面决定了后来寓言的面貌。

一是为寓言准备了一大批动物形象，这里面又包含了好几个部分。远古的动物故事描述了大量的动物形象，虎、熊狗、狼等等，这些形象几乎被寓言一个不剩地全面接收（这当然指寓言从民间故事分离发展之后），并依其不同的需要，在寓言中充当各自合适的角色。另外，动物故事在描述动物形象时，也依人的理解，对动物的性格进行了一定的刻画，及对动物心理进行了一定的描述。这些宝贵的文学遗产，寓言也是无条件地接受了下来，并把动物形象的各种性格一直沿用在寓言中。我们现在见到的狼的凶残，狐狸的狡猾，牛的实在、勤奋，虎的凶狠，狮子的勇猛，驴的傻等，基本都是在动物故事中形成后被寓言接受过来的。

二是拟人化手法是动物故事和寓言共同的常用的手法，但这一表现手法也是动物故事创立的，后来寓言兴起时，全盘接收了它。把动物作为寓言的主人公，并不在于原原本本地表现动物本来的生活，而是利用动物的某些特征，习性来构建寓言，拟人化为一个动人的有“人性”的形象，以求曲折地反映人与人的关系，我们的寓言今天正是如此来表达和实现寓言的目的的。本来，像今天这样利用拟人化手法并不是什么很了不起很新奇的事情，但在动物故事发生，发展的年代里，人类要在文学上迈出这一步，要创立这种表现手法，并不是一件很容易的事情。

三是对动物相互关系的描述，为寓言的情节、构思等方面打下了基础。纵观我们今天的寓言，特别是以动物为主人公的寓言，其情节的发生依据无不是来自过去的动物故事中。猫如何？狗如何？狐狸如何？狼如何？怎么描述符合它们本身特性的行动，无疑是需要相当的创造性思维的，而这一切，动物故事都为或者大部分为寓言作了充分的准备，当然，也不能排除后人对此有新的贡献、创造。

寓言与动物故事的关系就基本如此，这实际上是一种纯单向性的关系，最少在最初的时候是如此。再后来，可能是很长一段时间之后，寓言才有可能把一些新描述的动物形象及一些新结构的故事情节，通过反向的流动，进入民间动物故事之中，但两者毕竟是处于不同发展层次的东西，不渴望两者的这种交流有什么规模。

寓言与生活故事

寓言与生活故事的关系如果在纯动物形象的寓言中，可能关联不是很大，但在像中国这样的以大量人物为寓言主人公的寓言群体中，其境况就不一样了。在这方面，寓言与一般生活故事的关系表现在通称人物及故事情节上。

在这一类多以人物为主人公的民间故事中，有一个大的特性，就是人物表现为通称人物：如中国的老大、老二，外国的汉斯、汤姆等等，他们一般很少有具体的名字，在性格上一般也是比较固定的，如老大诚实勤劳、老二狡猾懒惰等等。而我们的寓言则大量吸收了这种故事的营养成分，如先秦寓言中的鲁人、宋人等等（它们几乎就是民间生活故事中的形象），并且在这些人物性格描述上也使用了这类生活故事的表现手法，其寓言中所表述的宋人、鲁人不傻即拙，正好符合寓言情节对寓言形象特性的要求。

从生活故事中吸取寓言故事所需的情节，也是寓言与生活故事发生关联的一个方面。这里有两则故事最能说明这一问题。

一则是属于民间生活故事的《莫笑邻居起火》：

"从前，有一个很自私的人，见人家失掉东西就很喜欢。

一天，邻居房子着火了，他幸灾乐祸，待在自己家里暗笑。救火的人向他喊道：'还不快救火?!'

他说：'火不是烧我的房子，救什么?'

但是，话未说完，火苗就烧到他的房顶了。"①

另一则是我国著名的寓言作家金江创作的寓言《王老三救火》：

"王老三的邻居失火了。

王老三想：'这是人家失火，烧人家的房屋，同我没有关系。'于是他就站在一旁看着人家的房屋顶上火焰熊熊上升，不去帮助邻人救火。

后来，火势越来越猛，火焰扑过来烧到王老三的屋子了。他才大为惊惶，赶紧提了水桶去救火，嘴里叫着：'救火呀，快来救火呀!'

可是已经来不及了，猛烈的大火终于把王老三的房屋也烧成灰烬。"②

这两则故事的情节有什么区别呢？这则作家寓言几乎整个地从一则民间生活故事（虽然人们把它选入《中国少数民族寓言故事选》，归为民间寓言，但它实则为一则生活故事，因其基本面貌仍然未变）中把其情节搬了过来，稍加改造，就创作了一则书面味儿较浓的寓言。寓言从生活故事中借用情节，这是一个明证，但更多的是部分情节的吸收，或者从其构思上得到启发。

寓言经常从生活故事中吸取营养，这种情况在西方寓言中出现要少一些，但在中国，不但出现的时候多，而且还有比较悠久的历史。如前所述，在先秦时代我们的许多人物寓言就与民间的生活故事发生了密切的关联，并且，这作为一个传统一直保持到今天。如果说以动物寓言为主的西方寓言与民间动物故事的关系如何，那么民间的生活故事与以人物寓言为主的中国古代寓言之间的关系程度，则完全可以与此相比。

寓言从生活故事中吸取了许多养分，但寓言中的某些民间味比较浓的故事，也能返回民间，成为生活故事中一则新的故事，这也是寓言之于生活故事关系的一个方面，但总的说来，寓言在历史上从民间生活故事中吸取养分，比输往民间，作逆向流动的要多得多。

寓言与笑话

笑话是民间故事的一种，主要的特征是"笑"，即笑的故事。寓言与之的关系主

① 《中国少数民族寓言故事选》，甘肃人民出版社，1982 年，第 143 页。
② 《狐狸和螃蟹》，四川人民出版社，1958 年。

要在情节的吸收上面，这种吸收多是一部分，但有时的笑话实际上就是一则寓言，如一则日本笑话《搭帮稻草神》：

“草鞋店老板伍助最信稻草神。赶庙会的日子，他去稻草神庙里求了一道护神符回家，把它供奉在神架上，把手一拍，奇妙得很，草鞋一双接一双涌出来了。

以后，货卖完了，只需拍拍手，草鞋就涌了出来，成了不要本钱的买卖，店子大大地繁荣起来。这可能是信稻草神的好结果吧?

隔壁生意萧条的理发店老板升助见此情景，立刻开始敬奉稻草神。在一天的庙会上，请了护神符回家，供奉护神符，果然，第二天顾客络绎不绝。

理发匠喜笑颜开，心想：‘太好了！搭帮稻草神！’他拿起剃刀为顾客剃胡须，剃刀所到之处，两侧就嗖嗖地长出大把胡须来！”①

人们看完这则故事捧腹之后，一寻思，一个道德教训就自然呈现了，故而《外国民间寓言选》又把它归为一则寓言。这样的情节常常被寓言借用，并给寓言带来新的启示；即为何不把寓言与笑话的笑结合起来呢？现实中的寓言作家们已经这样做了。他们在一般地吸收笑话的人物形象，故事情节，为寓言服务的同时，还在笑话中吸取笑的要素，又不失时机地表现寓言的道德教训，有意识创造一种有新鲜感的寓言——笑话寓言，比如清代的一些诙谐寓言，实际上就是在吸收了笑话幽默的情况下产生的品种。

寓言与笑话的关系很明显，即寓言从中吸取的多，而寓言很少能向笑话输出自己的东西。

寓言除以上几节表述的关系外，还能与一般的创作故事，小品文、小说等发生关联。

有深刻道德教训的故事、小品文就能与寓言搭界，产生相互间的影响，有的寓言有时候可能被当成小品文运用，特别是讽刺味很浓的寓言尤甚。但同样，有的小品文有时也可以成为寓言。小品文还与幽默、笑话交汇，与寓言发生关联。

寓言与小说的关系，一是历史的，小说可以在某种程度上说是在寓言的基础（或部分基础）上发展起来的，人们公认，寓言在古代为小说的表现手法，形象描述，情节结构等方面做了大量的准备。以后，小说在其他因素的综合下发展起来，寓言也在自身发展，其历史的关联才慢慢淡了下来，取而代之的是精神上及表现手法上的联系。前者表现为寓言的寓意，即小说出于自身的需要，把寓意这一寓言的特征引到小说中来，以增强小说的层次感，加深小说主题思想的内涵。后者小说借用寓言的表现手法，以表现小说其他手法不方便表达和不好表达的东西，以期达到自己的目的。

寓言与小说的关系，基本是小说吸取寓言的东西，但小说的长度和情节的连续性也影响了寓言。小说中出现的一些寓言小说，和寓言中出现的小说寓言，是它们关系的另一个方面，是它们相互“侵袭”后，在边缘上产生的品种。

---

① 《外国笑话集锦》（日本笑话），湖南人民出版社，1982 年。

第六章 寓言的分类

第一节 历史上的寓言分类

世界寓言的构成使寓言的分类成为可能，而寓言的分类又将使我们能更清晰更有条理地认识寓言，并促进寓言的发展。

寓言分类是消除寓言混乱的一个过程，准确地说，是消除人们在寓言类别概念混乱的一个过程，因为寓言创作实践中产生的寓言类别本身并不意味着混乱。寓言文学几千年的发展历史给我们留下了众多的丰富多彩的寓言，也给寓言研究提出了许多重要课题，寓言的分类就是其中最重要的课题之一。如果说前一章是论述寓言的外延关系问题，那这里就将把人们引向寓言的内部，使人们对寓言内部的类别有一个清晰的认识，从而加深对寓言的理解。

寓言的分类相关于寓言的本质认识，几乎在研究寓言的同时，对寓言分类的探讨就已开始，而且有的文艺理论家就是从寓言的分类角度开始对寓言的研究和探讨的。故而，在古代很早的时候，就有了关于寓言分类的文字。在这些寓言分类的研究中，有四家最为系统：一是古希腊的修辞学家阿弗特纽斯，二是中国的先秦时代的庄子；三是德国的莱辛，四是德国的美学家黑格尔。他们都在不同的时代里，为寓言的分类做出了卓越的贡献，虽然由于历史的局限性，他们的分类于今天的寓言现实已经很不适应了，但作为历史上的寓言分类，仍是我们今天寓言分类的起点。

古希腊的阿弗特纽斯将寓言分为下面三种：

一、合理的寓言——以人类为角色者；

二、道德的寓言——以不具备理性为角色者（不具备理性者的指动、植物等）；

三、混合的寓言——综合前二者的寓言。

中国的庄子把寓言分为以下三种：

一、卮言；

二、寓言；

三、重言。

应该说中国的庄子的分类是不自觉的，他在《庄子·天下》篇中有这样的话，

“以天下为沈浊，不可与庄语。以卮言为曼衍，以重言为真，以寓言为广。”并在《庄子·寓言》等篇中多次论及这“三言”。这“三言”在庄子的文章中并没有专门作为一种寓言分类来介绍，但在行文中已经出现了这样的内容，故现代的许多学者都认为这是一种寓言的分类。这一寓言分类的可靠性如何呢？待下文将进一步论及。

德国的文艺理论家莱辛在《论寓言的分类》一文中将寓言分为以下数种：

一、合理的寓言——个别的事件在无条件的情形下成为可能的寓言。

二、道德的寓言——个别的事件在只有某种条件下始成为可能的寓言。这种寓言莱辛又把它分为以下两类：

1. 道德式的神话寓言——出现神、虚构的人、精灵等的寓言。

2. 道德式的超自然寓言——出现理性行为的动物，超人之特性者（预言者）、巨人等的寓言。

三、混合前两者的寓言。这种寓言又被莱辛分为：

1. 合理的神话寓言；

2. 合理的超自然寓言；

3. 超自然的神话寓言。

德国的哲学家、美学家黑格尔在他的《美学)）里把寓言分为以下几类：

一、寓言；

二、隐射语；

三、宣教故事。

这个分类的出现类似于中国先秦时代的庄子分类，黑格尔在论述它们的时候，无意间把寓言分成了以上三种。他的这一分述，实际上是反映了西方文艺评论界在那个时代对寓言分类的一般见解。

以上四种寓言分类，我们简称为希腊分类、中国分类，德国莱辛分类和德国黑格尔分类。

很明显，希腊分类是以寓言中的角色来区分的。合理的寓言就是今天的人物寓言，道德的寓言也就是今天的动植物寓言，混合的寓言就是今天的人物与动植物同台表演的寓言。当然，希腊分类的角度与今天纯粹按表演者分类的角度是不一样的，今天的角色分类是直接的单纯的，而希腊分类是根据表演角色判断寓言的性质来区分的。

中国的分类如前所述，是一种不自觉的产物。在先秦及以后很长的一个历史时期里，人们并没有认识到这是一种寓言分类；直到现代许多学者在充分肯定庄子是一个先秦时代的寓言作家（当然也是中国古代最著名的哲学家）的同时，才肯定了庄子文中出现的卮言、寓言、重言就是一种寓言的分类。这种分类很特殊，它先以寓言为其总括，然后把借尊者形象及言论的那部分类似于今天称之为历史人物寓言的寓言从中分离出来，称为重言。再后，又把表达自然、人生真理的那部分有些类似于今日称为哲理寓言的寓言再分离出来，称为卮言。

德国莱辛分类与希腊分类是一脉相承的，它继承了希腊分类的方法和基本模式，只不过更为精细罢了。合理寓言的含义与希腊分类相比，基本没变。道德的寓言莱辛把它分成了两小类，道德式的神话寓言和道德式的超自然寓言，前者实际是从合理的寓言中把以神、虚构的人、精灵等为寓言主人公的那部分寓言分离出来而形成的，后者则是以原道德的寓言为主体，增加了超人之特性者、巨人等形成的。第三类的寓言莱辛仍然把它们分为三小类：合理的神话寓言，即人、神等同台表演的寓言，合理的超自然寓言，即动物、植物、人物同台表演的寓言，超自然的神话寓言，即动植物、神、精灵等同台表演的寓言。

德国黑格尔分类是从用途角度来分类的。寓言指的是表现一般道德教训的寓言，隐射语表达的是更具有普遍意义的哲理的寓言，它有些类似于今天的哲理寓言，但又不完全是，宣教故事是对形象地表现宗教教义的那部分寓言的称呼。

第二节　四种分类的分析

历史在寓言分类上呈现给我们的大致就是这四种。从历史年代上看，希腊分类要较为古老一些。希腊分类是简略的，但它却构成了寓言分类的，主要是欧洲寓言分类的基础，并以第一次较为系统地提出寓言的分类，成为寓言分类的鼻祖。虽然中国的分类在年代上与其不相上下，但明确性、理论性，以及对后世的影响不如希腊分类，在后者甚而可以说基本没有什么影响。

希腊分类开创了以寓言角色为角度的分类方法，把以人物为角色的寓言分为：合理的寓言，把以动植物为角色的寓言分为：道德的寓言，把以动植物、人物混合一体为角色的寓言分为：混合的寓言。什么是“合理”呢？把它限定于人物寓言的含义是什么？合理的寓言这一词出现的时间很长久了，但人们对这一词的认识分析并不多，只一般地不确切的感觉它的出发点是以为以人物来表现寓言是合理的，这样，这个“合理”实际上就是一种符合逻辑的含义，即人表演在人们的相互关系中可能发生的一切，因而这是合理的。这个概念的提出实际上是针对或相对道德的寓言而提出的，如果失去这一参照这一概念也就没有存在的必要和意义，因为说以人物为主角的寓言是合理的，那必然表明，非人物为主角的寓言是不合理的，如以动植物为主角的寓言等。但阿弗特纽斯又无法推及“不合理就无以存在”之上，因为它无法否认以动植物为主角的寓言的存在，很明显，单从角色的合理不合理是无法有效地评定寓言的。在这种情况下，阿弗特纽斯又提出了“道德”这一概念，承认在一种“合理存在”的同时，还有一种‘道德存在”，使动植物为主角的寓言避开了角色的合理与否的评述，从用途的角度上来确定了它的存在。道德的寓言，即表达道德观念、道德教训的寓言，但它在对比中的概念实际上是以动植物为主角的寓言。

可以认为，阿弗特纽斯的寓言分类在某种意义上是当时希腊人对寓言分类的一般见解。如果真是这样，那分类折射的寓言现实可能比我们今天大家一致承认的希腊寓言现实要真实得多。又如果这个真实性能够成立，那我们今天形成的希腊寓言概念就得修改，最少，它在人物寓言方面就得修改，因为分类中的合理的寓言是排在第一位的，而我们今天见到的希腊寓言中的人物寓言却极少。当然，这只是一个假设。

这一分类中的混合寓言需要解释的东西不多，因为它们不过是合理的寓言与道德的寓言两者的多种形式的混合罢了。

德国的莱辛的寓言分类如前所叙，与希腊寓言的分类是一脉相承的。它同样是三类，分类的角度也大致相同，但他对希腊寓言的分类又进行了更为精细的分剥。在莱辛的寓言分类中，其合理的寓言仍基本保持了人物寓言的面貌，但“个别的事件在无条件的情形下成为可能的寓言”的解释使我们深化了对合理的寓言的认识，因为他在这句话中显然是强调了寓言文学中个别与一般的相互关系，强调不是所有的人物编演一个情节就能成为寓言，而是人物在一定的要求下作为寓言的主角，始终构成名谓合理的寓言的寓言。莱辛的这一努力，无疑是达到了他预期的目的的。

在所谓的道德的寓言这一类寓言中，他仔细地划分了其内部的界线，把道德的寓言分为两类：一是道德式的神话寓言，二是道德式的超自然寓言。道德式的神话寓言，莱辛的解释为：“出现神、虚构的人、精灵等的寓言。”毋庸置疑，这一类形象角色，在希腊分类中不会归为道德的寓言中，因为这些角色大都是人在某种意义上的化身、替身等，如神不过是神化或绝对化、崇高化了的人，虚构的人是概念的、抽象的人，精灵则是想象的人。这些形象自然是希腊分类中，合理的寓言中的一个自然而然的构成。但是，严格地说起来，这些角色并不是真正的人，以其为角色的寓言的所谓合理性常受到怀疑和挑战，因为它们充其量不过是一种中间性质的角色。希腊分类中没有把它们从中分剥，而是统而称之，到了德国莱辛分类这里，这类角色就被从合理的寓言中剥离出来，成为道德式的神话寓言。为什么又叫“神话”呢？自然是这些角色是神话形象或接近神话形象的缘故。道德式的超自然寓言，其以动植物为主角的基本性质丝毫未变，只不过他加进了“超人之特性者、巨人”这一类角色。这一类角色，在希腊分类中仍属于合理的寓言，因为超人之特性者、巨人都是人形但失去了人性的人。

在莱辛这里，寓言分类取得了进一步的发展，在道德的寓言这一分类中是有很大贡献的，但不知为什么，他在道德式的超自然寓言这一小类中去掉了植物这一角色，这不能不是一个缺憾。在希腊的寓言分类中，道德的寓言的基本内涵是动植物角色的寓言，但到了德国莱辛分类时为什么舍弃了植物角色呢？说莱辛时代缺乏植物角色寓言的创作实践是说不过去的（说一时的疏忽也是说不过去的，因为他在寓言上的研究成果就能打破这一推想）。为什么呢？首先我们的分类必然面对过去所出现过的所有的寓言，即我们不能避开历史，如《伊索寓言》中就有不少以植物为寓言主人公的寓言。这根源恐怕要在于莱辛对植物寓言的轻视，他认为寓言中使用活性比较低的植物形象对寓言是不利的。这方面，人们只要在他的《论寓言中采用动物》一文中，看到莱辛对动物角色是如此的推崇，就可明白植物形象在他心中的地位了。这自然导致了分类中去掉这一小类角色的结果。

德国莱辛分类的第三类寓言的划分与希腊分类完全相同，但希腊分类的第三类是统而言之的，而德国的莱辛分类则有所发展，他把它们分为三小类：即合理的神话寓言、合理的超自然寓言、超自然的神话寓言。合理的神话寓言，无疑是人物、神等混合为角色出现的寓言。合理的超自然寓言，也就是人物、动物等混合为角色出现的寓言。超自然的神话寓言，自然也就是动物等与神等角色混合出现的寓言。在这种划分中，出现了三个主角，人、神、动物，这样的混合必然是：人与神，人与动物，神与动物。这自然是一种发展，因为在前二小类中，关于人化的神和人化的动物的概念是希腊分类中没有表述的。

中国的分类如前所叙，是一种不自觉的产物。它出现在先秦时代，但在先秦及以后很长一个历史时期里，人们并没有认识到这是一种寓言分类，故而，尽管现代许多学者认为它是一种分类，可其实际地位仍很不稳定，因为同样有许多的人并不认为这是一种寓言的分类。那么，究竟庄子提出的“三言”能不能作为一种寓言分类，有没有寓言分类的实质呢?

这里，首先要解决的是卮言，重言的基本实质，看它们是不是一种形式的寓言。庄子在《庄子·寓言》篇中说：“寓言十九，重言十七，卮言日出，和以天倪。”寓言，这名称没有什么难点；文中的意思也就是说庄子自己的文章属于寓言的十之有九。这不假，确实，在中国先秦的诸子百家中，大多数人的文章中都有寓言出现，但像庄子这样“寓言十九”者则独一无二。那么其中的“重言”呢？这也比较明朗，《庄子集解》有：“姚云庄生书，凡托为人言者，十有其九，就寓言中，其托为神农黄帝尧舜孔颜之类言，足为世重者，又十有其七。”它表明，这重言指的就是寓言中假借尊老之言的那部分寓言，即如我们今天的历史人物寓言，这自然是一种分类。最后是卮言。卮本身是一种古代的酒器，它的性质是满则倾，空则仰，不持常故，有日月常新的意思。但托为卮言，就有了多重意义，其他意义这里且不谈，以“卮言日出，和以天倪”来说，就有表达自然、人生真理的含义。自然、人生、社会的运动无常但追寻这“天倪”是其庄子自然哲学的根本目的，而“和以”则是一个过程，或一种手段，实施这一手段的工具则大多是“卮言”及其他相同的东西。故而，这卮言在某种程度上有哲理寓言的意思。再以“以卮言为曼衍”而言，又有另一层意思。古人以卮言为：”支离无首尾言”或“无心之言，即卮言也”，“曼衍”则“因其事而推衍之”，在这里，卮言则有插入性寓言及旁枝寓言的含义。

这卮言、寓言、重言属于一种寓言分类，完全具有寓言分类的实质，但我不认为卮言，寓言、重言像有些学者认为的那样是一种寓言的平行关系的分类，即如希腊分类和德国莱辛分类那样，众多的寓言都是摆在一个面上，由一个固定的角度来分类的。我认为庄子的分类是一种包容式的分类。以第一个角度而言，即认为卮言是一种哲理寓言，那么，寓言是其总称，而从中分出的（以托为重言者区分）大部分的寓言，称之为重言，这与《庄子集解》中所说的“足为世重者，又十有其七”基本相符。接着，再从中分出大部分寓言，称之为卮言，以表明其寓言中大部分寓言又都是为了“和以天倪”的哲理寓言——更纯粹点是哲学寓言。这是一个本体不变的双角度的分类，前者是题材分类的角度，后者是内容分类的角度。我们再从第二个角度而言，即认为卮言是插入性寓言或旁枝寓言，这样，实际上是从寓言的结构上来分类的，寓言是本体主干，重言是着重性质的寓言，而卮言则是以求重寓言或借重寓言为主的旁枝寓言。形象点讲，这一分类的寓言是一棵树，在它包容下的重言组成主干和枝干，又在它包容下的卮言是其枝蔓。

以上是本人对中国寓言分类的一家之言，但证明中国分类的存在是确切无疑的。在证明中国分类存在的同时，还应该承认，虽然中国的庄子分类对后代的寓言分类有一些影响，但它的总体是不完整的、含混的，不可能像希腊分类那样，基本包含了分类的主要方面。

德国的黑格尔分类的情形与中国分类相似，因为它也是无意中产生的。这个分类一般来说是从用途这一角度来实施它的分类的。它的寓言无疑指的是一般的道德教训的寓言，这不会有什么疑问。隐射语就有许多需要解释的地方，首先自然是隐射语的含义是什么？它能不能称为一种寓言？如果这些问题不能够证实，那德国黑格尔分类就不可能存在。隐射语是什么呢？黑格尔是这样解释的："它也采用日常生活范围中的事件，但是它赋予这种事件的目的以一种较高较普遍的意义，用意在使这种意义通过单就本身来看的日常事件成为可理解可观照的。"他又说，"它所用的日常事件不是取自自然界和动物界，而是取自人的行动和希求……"① 这种解释本身就很明显地表明隐射语是一种寓言。在此书的注脚里也说："隐射语（Die Parabel）实际上仍是一种寓言，在西方，文艺批评家把它另立了一名目。"② 这个注脚表明：它们同是寓言，只不过是另立了一个名目。那这样的隐射语是一种什么样的寓言呢？从为了表达"较高较普遍的意义"这一角度而言，它应该是哲理寓言，但从"取自人的行动和希求"这一点而言，它又应该是哲理寓言中的人物寓言。

宣教故事的解释要明快一些。黑格尔说："宣教故事也可以看作一种隐射语，它不仅以比喻的方式运用个别事例去使一种普遍的意义呈现于感性观照，而且在这个个别事例的外衣本身上就带来并且表达出一种普遍的教训……"③ 一则有"普遍的教训"的寓言，进入宗教，"去使一种普遍的意义呈现于感性观照"，即表现宗教的某一教义、教旨，那它就是宣教故事。

应该说，这一分类是不纯粹的，因为分类本身含糊了许多问题。隐射语是一种寓言是无疑的，但由于隐射语的一些特性，还需把其界定，要不一些真正为了"隐射"文字会使你的隐射语的寓言性质遭到破坏。宣教故事也一样，宣教故事都是寓言，不会引起分歧，那如果其他故事也来宣教呢？一句话，这一分类虽然在一定程度上表达了近代欧洲一些人的对寓言的见解，但这种分类肯定是不科学的。

---

① 《美学》第二卷，第112页。
② 《美学》第二卷，第112页。
③ 《美学》第二卷，第114页。

第三节 寓言的分类（一）

前边是对世界上出现的较为系统的或较为成形的四种寓言分类的探讨。希腊分类简略，中国分类不十分明确，德国黑格尔分类很不科学，德国的莱辛分类虽然精细和较为完整一些，但局限性很大，其视野也不开阔，对寓言存在的包容性也不大，特别是对今天的寓言现状更显得乏力。现代寓言在几千年寓言历史的基础上，从题材、内容、表现形式、形象角色等等方面都有较大的发展，呈现出千姿百态的现状，如果再沿用旧有的分类，显然已经很不适应了。这样的现状自然谋求新的寓言分类出现，而新的分类又以什么样的姿态和方式来包容新的寓言现实呢？任一单一角度的寓言分类都很难较全面地反映寓言现实，这种封闭式的寓言分类只能囿于自己，而过去的寓言分类最大的缺陷莫过于此。因此，我以为新的分类的基本精神应是开放式的，即从多个角度审视寓言，对寓言进行分类，力求真实的立体的反映寓言的客观存在。

这些角度大致有：以角色分，这是过去分类的起点，以内容分，以体裁分，以题材分，以读者对象分；以边缘性品种分等等。当然，这些角度不是应有的角度的全部，我们不过是选择了其中最重要的罢了。

以寓言的角色来分类，有以下几种寓言。

一、人物寓言，即以人为寓言形象的寓言。

这也就是希腊分类和德国莱辛分类中的合理的寓言，以及中国分类中的重言。这重言是假借尊老之言，自然全部是人物（只不过多是历史人物寓言），而在先秦又为“重言十七”，人物寓言也就是中国古代寓言的传统。现今的人物寓言中，包括了虚拟人物寓言、历史人物寓言、傻瓜寓言，滑稽人物寓言，人物寓言等五类。

虚拟人物寓言 如我国先秦寓言中的某些人物寓言就是。这种寓言的形象是人，但不是很明确的人，而是冠予“郑人”“宋人”等虚称的人。这种寓言在《伊索寓言》里也不少，如它的许多寓言里就有“农夫”“渔夫”“牧人”“烧炭人”“伐木人”“行人”等等。这种虚拟的人物是以职业来区分的，因而与“郑人”“宋人”相比，要稍实在一些，而当中的“行人”就与“郑人”“宋人”无二了。这与德国莱辛分类的道德的寓言中的“虚构的人”相似，但莱辛对此的表述并不明确，但他看到了“渔夫”“农夫”在寓言中的出现，与“伊索”等历史名人在寓言中出现的性质是有差异的。

历史人物寓言 就是利用过去的有名有姓的历史名人作为寓言角色的寓言。这与中国分类中的重言相同。这样的寓言利用过去历史上出现的历史人物，如中国的尧、舜、孔子，希腊的伊索，俄国的皇帝亚历山大等等，来作为寓言的主人公，以取得“为真”的效果。这种寓言在中国的先秦时代最为常见，如果说中国先秦时代的寓言以人物寓言为主，那人物寓言中又以历史人物寓言为主，而这种寓言在其他国家和地区较少，可以说是中国的“特产”。这种特产又是中国文化心态中重史心态在寓言上的直接结果。这种人物寓言与虚拟人物寓言相比，一个是“凭空”，一个是“据史”。

傻瓜寓言 即以傻、愚、拙形态的人物为寓言角色的寓言。傻瓜寓言是东方幽默的产物，在形象上它与一般人物寓言差别不大，但形象在寓言中的行为与一般人物寓言大不相同，傻瓜寓言中的主人公总是干一些傻事，并通过一系列违反常规、常理的傻事，表现普遍的人生哲理，使寓言充满傻味和愚拙味，较之其他人物寓言，别有一番情趣。这样的寓言在佛经里最多见，《百喻经》就是这种寓言的典型代表。这方面，在寓言的形象一章里我就傻瓜形象已有一定的论述，可参阅。

滑稽人物寓言 即以滑稽人物为寓言角色的寓言。滑稽人物寓言与傻瓜寓言有相似之处，但滑稽人物并不傻，反而是很聪明的人物，故而滑稽人物表演的滑稽好笑的东西往往是深有意味的。这种深有意味的东西用于表达寓言的目的时，滑稽人物自然就成了寓言的角色，中亚的纳斯尔丁·阿凡提为主人公的寓言就是这样的寓言。滑稽人物寓言在我们的寓言实践中并不很多，而且它们常常与笑话混在一起。

人物寓言 当然是指以人物为角色的寓言，但人物寓言实际上有两个概念。大概念上的人物寓言就是包括上述四个类别的人物寓言，而小概念上的人物寓言，就可以认为是除去以上四个类别的人物寓言之后的一般的常规的人物为寓言主人公的寓言。

二、动物寓言，即以动物为角色的寓言。

这种寓言在希腊分类和德国莱辛的分类中属道德的寓言那一类，它是西方寓言的传统，是世界寓言的主要构成，数量最多，质量也较高。随着寓言的发展，现在它已经有了野生动物寓言，家养畜禽动物寓言，水生动物寓言、昆虫类动物寓言等寓言的区分。

野生动物寓言 即以野生动物为角色的寓言。野生动物是寓言从古代动物故事中继承的最早的、最古老的一批寓言形象，故一般的野生动物寓言出现的时间要相对地早一些。并且由于传承关系，这一类寓言在反映古代动物习性及古朴的认识方式、思维方式等方面的味儿要足一些。

家养畜禽动物寓言 即以家养的诸类动物为角色的寓言。

这一类寓言相对野生动物寓言其出现的时间要稍晚一些，动物性不如野生动物寓言那么浓，相对的人味要足一些，更多的是为了从中寻求行为的依据，受动物习性方面的干扰很少。这一切当然与这系列的动物由野生到驯化为家畜有关。

水生动物寓言 即以水生动物为角色的寓言。这一类寓言一般的性质与其他的动物寓言没有什么区别，但它反映了一定的地域意识，即多在水泽及海边生活的人们中流行这一类寓言，而在内陆则很少见到以水生动物为寓言主角的寓言。

昆虫类动物寓言 即以昆虫为角色的寓言。以昆虫为角色的寓言在古代寓言不少见，如《伊索寓言》的苍蝇形象等，但大量在寓言中运用昆虫为角色则是在现代。这反映了我们的视野随着自然中的野生的和家庭中的家养的较大型动物的消失，而带来的不同的生活体验的变化。

应该说，动物寓言的分类，并没有给寓言带来如人物寓言中小分类那样的具有实质性内容的内涵，而是一种较单一的分类。它的主要意义在于动物形象在寓言中出现的大致过程，表现了寓言利用这些形象的历史。即野生动物是动物寓言中最早的也是传承最广泛的群体之一，家养动物则稍晚于它，并带有很足的人味，水生动物寓言表现了一定的地域意识和特色，昆虫则是一种生活体验的变化。从另一个方面，它还反映了寓言中动物形象的体型有越来越小的趋势，这也是与我们的现实生活相符的。当然，从历史的纵向来看，还有一个明显的趋势，即动物在寓言中充当角色的种类越来越多，越来越丰富，但不难看出，对动物的描述，体现了直接经验的不多，多数为间接的经验和体验。

三、植物寓言，即以植物为角色的寓言。

这种寓言是希腊分类中道德的寓言的一个组成部分。以植物为角色的寓言有很悠久的历史，早在《伊索寓言》中就有了它的身影，但它一直不为人们，特别是欧洲的寓言作家所重视。他们普遍地认为植物寓言角色比动物寓言角色缺乏活性和缺乏稳定的性格概念。在现代，植物寓言有了一定的发展，大致可分为以下几小类：林木形象寓言，花草形象寓言，稼禾形象寓言。

林木形象寓言 即以林木为角色的寓言。这是植物寓言中较早出现的一类寓言，在古代，随着人们对这类植物的认识而进入寓言，故而它在表述上一般都较为朴质。这一类寓言在植物寓言中数量最多。

花草形象寓言 即以花草为角色的寓言。这种寓言在古代绝少出现，它是现代寓言创作的产物，是随着人们环境的植物变化而产生的。

稼禾形象寓言 即以庄稼禾苗为角色的寓言。这类寓言在古代出现过，如《圣经》中的一些寓言就是如此，但较普遍地出现还是在现代。

植物寓言的这三小类的划分，同动物寓言一样，并没有给寓言本身带来什么新的内涵，不过是大致表明了植物作为寓言角色的历史。无疑的，以林木为角色的寓言的出现，先于所有的植物寓言，稼禾形象也是在一些特殊环境中出现的，而花草形象却是在现代发展起来的。

四、无生物寓言，即以无生物为角色的寓言。

这类寓言在古代亦有，但总体上的产生较晚，是近代寓言创作突破寓言角色活性等级（即人、动物、植物、无生物），打破所谓性格概念框架的产物。这种寓言可区分为人为的无生物和自然无生物，桌椅，扫帚、抹布、灯、烛等属前者，山、石、水、冰、江河、雪等属后者。另外，风、云、雷等自然现象也被拟人化为寓言的角色，有的人把这一类寓言也归属于无生物寓言。这类寓言有一个特点，即构思和寓意的结常常是建立在无生物的形态和性质上的，如长短、冷热等等。

五、混合寓言，即以以上各种寓言角色相互混合出现的寓言。

这种寓言大致可分为以下几种：

人物及动物混合寓言 这种寓言出现较早，是古代常见的混合寓言之一。在古代，其他的混合寓言较少见，因为古代人们的观念上认为人和植物以下的东西对话是很难想象的。

人物植物混合寓言 这种混合寓言在历史上出现的时间不是很早，一般次于人物及动物混合寓言。

人物无生物混合寓言 这种混合寓言就是在现代也是很少见的。

动物植物混合寓言 这种寓言是常见的，其数量次于人物及动物混合寓言。

动物无生物混合寓言 这种寓言极为少见。

植物无生物混合寓言。这种混合寓言比动物无生物混合寓言更为少见。在这些混合寓言中，有时会出现三种类别的角色同时出现在一个寓言里的情况，但这样的情况出现的时候极少。

以角色来分类的寓言总括为：

一、人物寓言

1. 虚拟人物寓言；2. 历史人物寓言；3. 傻瓜寓言；4. 滑稽人物寓言；5. 人物寓言。

二、动物寓言

1. 野生动物寓言；2. 家养畜禽动物寓言；3. 水生动物寓言；4. 昆虫类动物寓言。

三、植物寓言

1. 林木形象寓言；2. 花草形象寓言；3. 稼禾形象寓言。

四、无生物寓言

五、混合寓言

1. 人物及动物混合寓言；2. 人物植物混合寓言；3. 人物无生物混合寓言；4. 动物植物混合寓言；5. 动物无生物混合寓言；6. 植物无生物混合寓言。

从内容来分类，有以下几种寓言。

一、哲理寓言，即表达哲理内容的寓言。

在寓言中，大多数的寓言或深或浅都有一定的哲理内涵，但寓言如果寻求的是纯理性的形象认识，那这些寓言就可称为哲理寓言，如中国先秦的许多寓言就是这样的寓言。在哲理寓言中，可分为一般的哲理寓言和哲学寓言两种。一般的哲理寓言随处可见，但把它上升成为一种哲学思辨的工具时，就称之为哲学寓言，如先秦诸子的许多寓言就是。哲学寓言一般都带有浓厚的哲学思辨色彩，是哲学著作的组成部分，其寓言的寓意较为深刻、艰奥。哲学寓言是中国寓言史上的特殊产物，先秦时的诸子中以寓言为主要手段来阐明自己整个哲学思想的现象，如庄子，在世界上是非常罕见的。中国早就有哲学寓言存在，但这一名称出现的时间却比较晚，它是在严北溟先生的《中国古代哲学寓言故事选》一书出版后才开始形成并流行开来的，而这本书的出版在20世纪50年代，距今不过20年。一般的哲理寓言与哲学寓言相比，其寓意稍浅，也明朗一些，它形象地阐述某种哲理思想，就事论事，一般都缺乏像哲学寓言那样思想哲理表达的系统性。德国黑格尔分类中的隐射语有部分内容与此相似。

二、经验教训寓言，即表现日常社会生活经验教训内容的寓言。

这种寓言可分为二：即经验寓言和教训寓言，经验寓言以总结经验为主，教训寓言以总结教训为主。经验寓言是总结日常社会生活中的经验，一般是成功后的启示，使人从正面吸取寓言所表现的教益。而教训寓言则是总结日常社会生活中的教训，一般是失败后的省悟，使人从反面吸取寓言的教益，这类寓言很容易给人深刻的认识。这两种寓言是可分的，但它们常常是经验教训同时出现，或对比出现，故而在这种时候就很难截然划分它们。这类寓言世俗性很强，在民众中最喜闻乐见。《伊索寓言》就是以这种寓言为主的优秀的典型的寓言群体，它的大多数寓言就属于这一类寓言，故而它几千年，在无数个国家和地区久传不衰，就以其世俗性强及人们喜闻乐见直接相关。相对于把概念形象化的哲理寓言，一般来说，它的哲理性并不强，但有时经验教训寓言也能有深刻的哲理，特别是在优秀的经验教训寓言中更是如此，人们称赞《伊索寓言》的哲理也就是以此为基础的。由于这类寓言的生活基础雄厚，其在世界寓言中的比重很大。

三、修养寓言，即相关于求知，修身、处世、德行、交友等内容的寓言。

这种寓言着重于使人们通过寓言得到学习为人处事、德行培养等方面的教益，以达到提高人们的认识能力和道德品质的目的。这种寓言在古代，特别是中国古代寓言中数量很多，但真正对它实行划分认识，则是在当代。在当代，提到修养寓言这一名称的时候不少，但它的概念则是在祝普文先生编著出版了《中国古代修养寓言选》一书后，才正式确定下来的，最多不过几年的时间。在这种寓言中，道德方面是其中一个最重要的内容，故有时候人们也把这类寓言称为道德寓言，或者称为道德修养寓言。它们可算是修养寓言的别称。

四、劝学寓言，即劝导人们（主要是儿童）勤奋学习，以及怎样学习好为内容的寓言。

劝学寓言流布很广，各民族各地区都有类似的寓言，但相比较而言，中国古代寓言中这类寓言最多，渊源也很深，以《铁杵磨成针》这则寓言最为有名。这种寓言与修养寓言相关联，因为劝学常常是修养寓言的一个内容，只不过劝学寓言由于自身的发展，终致产生离心力，形成了自己的独立存在。这类寓言虽然古代很多，但概念的确定，仍然在当代，前几年马达先生编著的《古代劝学寓言》一书出版，劝学寓言的概念才最后确定。劝学寓言人们又把它呼之为学习寓言，故学习寓言亦可视为劝学寓言的别名。

五、训诲劝诫寓言，即关于训诫教诲内容的寓言。

这种寓言的现实性和针对性都较强，可分为训诲寓言和劝诫寓言两种。前种寓言多出现在师长训诲晚辈的情况下，一般是上对下，长对幼，口气也很严厉，自然使寓言给人一种居高临下的感觉。后者寓言着重于劝，口气委婉平和，具有一定的普遍意义，应用的范围也广一些，其针对性相对地弱于训诲寓言。

六、诙谐讽刺寓言，即具有诙谐讽刺内容的寓言。

这种寓言实际上应分为诙谐寓言和讽刺寓言。诙谐寓言与笑话、幽默相关，是它们之间相互影响的结果。这种寓言常常表现一种诙谐玩世、冷嘲热讽的思想内容。这种寓言在明清寓言中较为常见，以致成为这个时代的寓言特色。讽刺寓言一般都具有尖刻，辛辣的讽刺内容，现实性和针对性都很强，但这种寓言由于与一般讽刺作品的关联，稍不留意，即易流于一般的讽刺，失去寓言的要素。

七、政治寓言，即表达政治见解诸内容的寓言。

这种寓言政治色彩比较浓厚，叙述一般都比较庄重严肃，故相对于经验教训寓言和诙谐寓言等较为轻松的寓言，可称为严肃寓言。这种寓言中国较常见，它与“文以载道”的传统相关，故而这种寓言易失于呆板。这里，相对于严肃寓言这一称呼，其他相对立的几种寓言又可称为轻松寓言，如笑话寓言、诙谐寓言等等。

八、宗教寓言，即表达宗教教义，教理，教旨等内容的寓言。

这种寓言宗教色彩浓厚，想象较为丰富，玄怪的影响较深。这种寓言的典型代表是佛经中的寓言，《圣经》中的寓言也属此类。这些寓言随着宗教的传播，影响的面比较大。这类寓言与德国黑格尔分类中的宣教故事基本相同。

以内容来分类的寓言总括为：

一、哲理寓言

1．一般哲理寓言；2．哲学寓言。

二、经验教训寓言

1．经验寓言；2．教训寓言。

三、修养寓言（别称道德寓言、道德修养寓言）。

四、劝学寓言（别称学习寓言）。

五、训诲劝诫寓言

1．训诲寓言；2．劝诫寓言。

六、诙谐讽刺寓言

1．诙谐寓言；2．讽刺寓言。

七、政治寓言。

八、宗教寓言。

第四节 寓言的分类（二）

以体裁来分类，有以下几种寓言。

一、散文寓言，即用散文形式写成的寓言。

散文寓言与韵文寓言共同组成世界寓言，但散文寓言是世界寓言的主要部分。散文寓言是东方寓言的传统（也是古代西方寓言的传统），中国先秦时代及先秦以后的寓言，及印度的古代寓言都是以散文为主体的寓言，在它们的寓言实践中，绝大多数是散文寓言。在古希腊的《伊索寓言》时代，其寓言也大都是散文，只是在古罗马时代开始，欧洲寓言历史才由散文转向韵文。散文寓言由于文体本身的条件，其文字应用自由开阔，表现手法和表现形式多种多样，局限性较小。

二、韵文寓言，即用韵文形式写成的寓言。

它主要包括两种寓言：诗体寓言（亦称寓言诗）和赋体寓言。诗体寓言是古罗马以后的欧洲寓言的传统，世界寓言中绝大多数的诗体寓言都产生在西方，如古罗马的斐竺鲁斯寓言诗，法国的拉封丹寓言诗、俄国的克雷洛夫寓言诗等等。东方的中国和印度都有一些寓言诗，但很少，而且是古代，特别是中国古代的一些咏物诗与其夹杂，很难有准确的概念，故而中国古代的一些作品，一些人认为轮廓都比较模糊，真正有明确轮廓和概念的寓言诗还是在现当代。赋体寓言是中国人独有的韵文寓言产品，它产生于汉代，是随着汉赋的发展而形成的。这种韵文寓言产生过，但并没有对后代的寓言产生什么影响。散文寓言与韵文寓言在性质上没有什么根本的区别，只是韵文寓言，特别是诗体寓言比散文寓言更具有韵味和节奏感，遣用词句更严格一些，但诗体寓言追求诗情力量与寓言理性的有机结合，从而产生散文寓言中没有的浓郁的诗意诗味。另外，我们分类中称其为韵文寓言，但实际生活中人们很少这样称呼，再加上韵文寓言的基本主体是诗体寓言或称寓言诗，故而人们习惯称之为寓言诗或诗体寓言，因此，可视此为韵文寓言的别称或代称，如此称呼时，也能表述它的基本内涵。

三、散韵混合体寓言，即散文、韵文兼而有之并相互结合而产生的寓言。

这种寓言散韵结合，一般是故事部分由散文叙述，而教训话语部分由韵文，主要是诗歌来表述。如印度、波斯及中亚一些国家的寓言就是如此。这种寓言时常会给寓言带来灵活，多姿多彩的面目，有散文叙事的便利，也有诗歌教训话语而带来的韵味。

四、传记体寓言，即写成传记体裁的寓言。

传记体寓言是中国寓言的产物，产生于唐代。这种寓言题目一般都冠予某某传的字样，如柳宗元的寓言《蝜蝂传》《李亦传》等。这种寓言多写一个人，一只动物或其他物从生到死的过程，并通过他们死去的经历，得出寓言的道德教训，讽刺某些人和某些社会现象，揭示人生哲理，劝诫人们吸取传中人物的教训。

五、袖珍寓言。

这是一种随一分钟小说潮流出现的超小体裁的表达十分简练的寓言。这种寓言一般都只有几十个字，往往是一两次简略的对话或独白暗示情节，即叙述了故事，又得出了寓言的道德教训，所以这种寓言又称为“独白寓言”“微型寓言”“小寓言”。

六、组列寓言，即由多个形象不相同，题意相同或不相同的寓言组合而成的寓言。

这种寓言的实质是一个寓言群，它们往往在一定的要求和目的下组合了起来，如印度的《五卷书》中的每一卷都有一个中心，一群寓言就围绕着这个中心，从各个方面、各个角度以寓言的特有方式来表达它，参加这个表达群体的寓言，就可称为组列寓言。这种寓言群的题意中心可以是同一的，也可以是不同一的，其寓言群体的形象可以是一个形象表演多种寓言情节，也可以是多个形象表演一个基本类似的寓言情节，这种寓言多见于古代印度和中国的现当代。这种寓言由于体例上有一个向心，故它又称为同心圆式寓言。

七、系列寓言，即用同一种寓言形象编写不同题意的多个相关的寓言故事为系列寓言。

这是最近中国出现的新的寓言品种，如《老哲人和黑孩子》等。它有点像中国的章回体小说，有一个寓言的独立存在，但又相互关联，并且每一个寓言都有一个承前启后的话语。这种寓言是一些寓言作家力图打破寓言在时间、空间上的短暂和狭小所作出的尝试。

以体裁来分类的寓言总括为：

一、散文寓言

二、韵文寓言

1. 诗体寓言（亦称寓言诗）；2. 赋体寓言。

三、散韵混合寓言

四、传记体寓言

五、袖珍寓言（亦称独白寓言、微型寓言，小寓言）

六、组列寓言（亦称同心圆式寓言）

七、系列寓言

以题材来分类，有以下几种寓言

以题材角度来给寓言分类需要有一点说明：我们这里给寓言的题材分类，这实际上是给采用较特殊的寓言题材的寓言进行分类，因为一般现实生活题材是寓言的题材基础，这是不可分的，分之也是毫无意义的。

一、历史题材寓言 即以历史史实和历史传说等为题材而创作的寓言。这种寓言与前述的中国分类中的重言有很多相似之处。它假借历史（事件和人物）的可靠性，来使寓言的教训确凿，增加寓言的教训力量。这种寓言多出现在中国，与中国的重史传统密切相关。

二、神话题材寓言 指从神话中借用其故事和形象而创作的寓言。

这种寓言想象瑰丽奇特，故事荒诞，但很有吸引力，如庄子的某些寓言和印度的某些民间寓言就是这样的作品。

三、军事题材寓言 即以战争故事和军事器械，武器等为题材创作的寓言。

这种寓言有强烈的战争色彩，教训一般都很鲜明。这种寓言多见于中国，中国古代曾有过“战喻”的说法，这个“战喻”，与今天的军事题材寓言含义是基本相同的。《矛和盾》《五十步笑百步》是其“战喻”的典范。

四、国际题材寓言 以国际社会发生的某些事件为题，揭露和批判国际社会中的一些丑恶行径的寓言。这是寓言为阶级斗争服务的产物，多出自1973年前后的中国。郭沫若先生的《一位牧羊人》《大象与苍蝇》就是这类寓言的代表作。这类寓言实际上与一般的寓言区别不大，只有把它们置于那隐射背景之下才见其真义。这类寓言只出现一时，对后来的寓言创作无甚影响。

以题材来分类的寓言总括为：

一、历史题材寓言

二、神话题材寓言

三、军事题材寓言

四、国际题材寓言

以读者对象来分类的有以下几种寓言。

一、成人寓言，适应于成人阅读的寓言叫成人寓言。这种寓言的寓意较为深刻，哲理精微，只适合于有一定修养和水平的成人阅读，如哲学寓言等。相对来讲，这一类寓言往往又是高层次的寓言。

二、儿童寓言，适合于儿童阅读的寓言叫儿童寓言。这种寓言一般寓意浅显明了，形象感强，故事也较有趣味，语言通俗易懂，富于儿童情趣，有时还配上图画，以帮助儿童理解。

三、幼儿寓言，适合于幼儿阅读的寓言叫幼儿寓言。这种寓言比儿童寓言更简单、更浅显，往往是配合着文字训练而出现的。它的配图比例比儿童寓言的要大得多。

以读者对象来分类的寓言总括为：

一、成人寓言

二、儿童寓言

三、幼儿寓言

以各种文学种类相互影响产生的边缘性品种来分类，有以下几种寓言。

一、小说寓言　即以小说的表达方式和语言来表达的寓言。

寓言与小说的根本区别在于小说着重的是形象，需要的是属于情节本身内在要求的情节，而寓言表达的是哲理、教训等，只需要能够表达作家意图的片断情节便可。小说寓言则利用小说的形象、情节等，表达寓言的道德教训，并附带实现小说的某些目的，如马中锡的《中山狼传》，谢德林的《野地主》等作品。这样的东西是寓言在不规范情况下的产物。这样的东西也可称长寓言，有时亦称故事寓言。

二、童话寓言　即具有童话色彩的寓言。

此类寓言出现的年代不长，明显的概念的出现也就是在中国的现代。这类寓言多用童话的一些表达方式、语言、笔调来叙述寓言的故事和教训话语，表现一种适合于儿童阅读水平的稚气。这种寓言是随中国的童话的兴起而兴起的，多数为一些热心的童话作家努力的结果。

三、笑话寓言　即用笑话的表达方式及语言来表述的寓言。

这种寓言表面上很像一种笑话，但它在笑的同时，却表达了寓言的道德教训和哲理认识。这种寓言的一般感觉是轻松而富于笑话趣味的。这种寓言多见于中国的明清时期。

四、科学寓言

这是科普文学与寓言相结合的产物，是中国近几年随着科普文学的兴起而兴起的新品种，也是科普文学向寓言渗透的结果。这种寓言熔自然科学知识和寓言的道德教训为一炉，从寓言中获取教训的同时，也能获得一定的科学知识。这方面我国近来出版有《侦探与小偷》《乔装打扮的土狼》等科学寓言集。

五、知识寓言

基本内容与科学寓言相同，但它结合寓言介绍的知识包括了所有的知识。这方面出版有《知识寓言百篇》一书。

以边缘性品种来分类的寓言总括为：

一、小说寓言

二、童话寓言

三、笑话寓言

四、科学寓言

五、知识寓言

除以上诸种分类角度外，我们还可找出多种角度来对寓言进行分类，如以创作形式分，有书面寓言，口头寓言之分；进而有民间寓言、作家寓言、文人寓言之分；以语言文字分，有古文寓言、白话文寓言之分；以存在形式分，有独立寓言、附属寓言、穿插性寓言之分；再以发展分，有传统寓言、古寓言、老寓言、旧寓言、新寓言等的区分。但是，它们毕竟是较为次要的，而以上的诸种分类已经鲜明地把整个寓言呈现出来了。

整个寓言的总括为：

A. 以角色分

一、人物寓言

1. 虚拟人物寓言；2. 历史人物寓言；3. 傻瓜寓言；4. 滑稽人物寓言；5. 人物寓言。

二、动物寓言

1. 野生动物寓言；2. 家养畜禽动物寓言；3. 水生动物寓言；4. 昆虫类动物寓言。

三、植物寓言

1. 林木形象寓言；2. 花草形象寓言；3. 稼禾形象寓言。

四、混合寓言

1. 人物及动物混合寓言；2. 人物植物混合寓言；3. 人物无生物混合寓言；4. 动物植物混合寓言；5. 动物无生物混合寓言；6. 植物无生物混合寓言。

B. 以内容分

一、哲理寓言

1. 一般哲理寓言；2. 哲学寓言。

二、经验教训寓言

1. 经验寓言；2. 教训寓言。

三、修养寓言（别称道德寓言、道德修养寓言）。

四、劝学寓言（别称学习寓言）

五、训诲劝诫寓言

1. 训诲寓言；2. 劝诫寓言。

六、诙谐讽刺寓言

1. 诙谐寓言；2. 讽刺寓言。

七、政治寓言

八、宗教寓言

C. 以体裁形式分

一、散文寓言

二、韵文寓言

1. 诗体寓言（亦称寓言诗）；2. 赋体寓言。

三、散韵混合寓言

四、传记体寓言

五、袖珍寓言（亦称独白寓言、微型寓言，小寓言）

六、组列寓言（亦称同心圆式寓言）

七、系列寓言

D. 以题材分

一、历史题材寓言

二、神话题材寓言

三、军事题材寓言

四、国际题材寓言

E. 以读者对象分

一、成人寓言

二、儿童寓言

三、幼儿寓言

F. 以边缘性品种分

一、小说寓言

二、童话寓言

三、笑话寓言

四、科学寓言

五、知识寓言

第七章　寓言的创作

第一节　什么是寓言创作

往往是最简单的问题让最聪明的人犯难，我们走进了许许多多的寓言文学的“圈”或“场”，又走了出来，最终的目的是想寻求一个最简单的答案：这就是创作，寓言的创作！如果一切的文艺研究不从创作实践出发，又再回到创作实践中来，那它的文艺研究不是别有用心的，就是伪善的，这在寓言文学研究上也是如此。我不是一个聪明人，但回到这个必须回到的终极目的时，我也犯难不已，因为寓言的创作似乎说得太多了，或者说根本什么也没说，再或者没什么可说。这就有了一个不太适宜的问题：什么是寓言创作？这当然与寓言作家的实践无关，而是我们认为的寓言创作及表述的寓言创作。

我们有的“家”们说，寓言是拟人化手法表现下的一些故事，这些故事的主人公多为动物、植物，间或有人物，形象是白描手法表现的，有一定的性格。整个故事都为了塑造一个道德教训服务，包含了一定的思想和深刻的人生哲理……等。肯定寓言的拟人化手法，论述寓言的主人公，它的形象描述，最终目的等等，都是值得的，它们在一定的程度上对寓言的创作是有益的。可他们往往就此举出一系列的例子，为寓言创作开列一系列的“光明前景”的药方来，然后告知人们如何如何创作寓言，如何如何寻求创作寓言的最佳途径，为寓言创作弄出许多“创作法”来。可是，现实中有从论述寓言创作的文字中了解寓言的，但很少能从中得到什么创作上的切实的帮助。为什么呢？寓言的形象重要，寓言的故事情节重要，寓言的表现手法重要，寓言语言运用也很重要，我们过去的寓言创作论述几乎在所有的这一切都表明了自己的见解和看法，可是寓言创作的文字对于真正的寓言创作仍很陌生，仍然不得要领。实际上，我们在寓言创作的论述中，并没有找到一条主线来把握，来拧动整个寓言创作的神经，而是老在一些皮毛上唠唠叨叨，在寓言创作之外来论述我们的寓言创作。

阿弗特纽斯是世界上研究寓言的最早的研究家，但他只是一个修辞学家，对寓言的创作并没有什么涉及，因为寓言既然不作为一种独立的文学种类，还谈得上什么创作不创作呢？波捷勃尼亚从《文学理论讲稿》（他自己的著作）上论述寓言，解释和论述了许多的东西，但极少涉及寓言创作。黑格尔是从美学的角度对待寓言，也不涉及寓言的创作。只有德国的莱辛关心了寓言的发生过程，其著名的五篇寓言论文就有一篇是论述寓言创作的，叫《论寓言的写作》，但也“论”味不足，距那根神经好像还较远。在我国，较系统的论述寓言创作的文字几乎没有，只有一些零星的见解。如金燕玉就在《儿童文学初探》中那样表述寓言创作：

“因此对寓言创作的第一个要求就是思想要鲜明集中，新颖深邃。寓言作者可以把自己对国内外大事，对工作、学习，生活的感受提炼为深刻的见解，写进寓言中去……”

“对于寓言作者来说，最重要的是要有‘高深的思想’和‘敏捷的机智’。”

“寓言的寓意可以点明，也可以不点明。如果要特别说出来，就必须用哲理性的警句，用含蓄的、启迪的语言。”

再如蒋风，这位儿童文学研究家，在他的《儿童文学概论》中也有这样的文字：

“创作给少年儿童阅读的寓言，其中包含的教训要适合他们的接受水平。运用寓言这个锐利武器进行嘲笑和讽刺时，要严格区别两类不同性质的矛盾，掌握好分寸。对讽刺对象是敌人时，就要淋漓尽致，不留余地，充分揭露其反动的丑恶本质，使小读者一目了然地认清敌人的面目。当批评人民内部的错误和缺点时，就要善意地弄清是非，讲明道理，达到惩前毖后的目的，让小读者从中吸取有益的教训。

优秀的寓言所表达的道理或教训，都是作者从人民群众现实生活的经验与教训中提炼出来的某一方面具有最本质的东西。因此，我们从事寓言创作，要深入现实生活实际，运用马列主义的立场观点去研究生活，分析生活，从中提炼出最关键性的道理，通过这种譬喻形式假托的故事，去说服和教育小读者接受自己所宣传的正确观点和想法。”

即这些文字能说明什么呢？一系列的创作注意事项，条例，这对寓言创作并不说明什么，除了证实前面的一系列论述外，对寓言创作起不到什么作用。

这种情况一直到苏联的维戈茨基出现才有所改变。在维戈茨基的努力下，我们的寓言创作论述才开始拧动那根神经。维戈茨基把握寓言创作主线的精湛的认识表现在他的著作《艺术心理学》中。在《艺术心理学》中，他把寓言作为一个大系统中的一个层次上的作品，进行了认真的阐述和探讨，提出了许多真知灼见。在这部著作中，关于寓言他涉猎了许多方面，但关于寓言创作的文字却在其中占了近一半。应该指出，他关于寓言创作的论述并不是在有意为之的情况下出现的，而是在揭示寓言的艺术心理构成的过程中完成，因为一旦揭示了寓言艺术心理的过程，实际上也就在他自己的角度上论述了寓言的创作。由此，他不像别人那样大谈寓言创作如何，也不像别人那样提出一系列的注意事项和条例，及创作法等等。过去的人们只在外面谈寓言创作，而维戈茨基则深入寓言艺术心理构成，剖析寓言创作及寓言欣赏的发生机制，即寓言内部结构是怎样产生和构成的，又是怎样传递和重复原创作者的创作过程和创作意图的。他并没有在其中谈什么寓言创作，但他却实现了我们拧动寓言创作“主神经”的意图。他的这“主神经”是什么呢？维戈茨基把它称为“精致的毒药”，而表述寓言的最基本特性的方式又是“逆转”，这些，我们将在下文详细论述。

维戈茨基在他的《艺术心理学》中使用了这样一句话：“他在自己的创作中注入了精致的毒药”，这可以说是对我们的寓言创作最好的回答，因为关键在于，不是什么东西能够创作寓言，而是我们如何创作寓言，这才是属于文学艺术的创造性的规律。

第二节　创作的几种方式

我们将以与过去完全不相同的角度来论述寓言的创作，我们之所以能如此，当然应归功于维戈茨基，是他打开了寓言艺术心理机制的大门。实际上还不仅仅如此，它在对克雷洛夫一些寓言进行的一些综合性剖析中，揭示了寓言创作的几种方式，而我只不过从中做一些归纳和简单的阐述。当然，所谓的这几种方式，维戈茨基并没有这种划分的意图，它在这方面仍如以寓言心理学一样混沌地来对待寓言。

维戈茨基认为：所有的寓言的机制都是建立在寓言中对立运动的两条线上逆行的，而这种双线的运动有多种方式。我据此把它分为“性格的逆行”“情节行进的逆行”“可能与不可能之间的逆行”“前后情景的逆行”“形象对立式逆行”“好与坏对立逆行”等数种。

性格的逆行

寓言创作的第一种构建是寓言形象性格的逆行。

我们说过，寓言的性格描述有它自己的要求，它不同于一般的文学作品中的形象性格描述，不仅如此，寓言形象的性格还是我们构成寓言逆行的一种方式。《乌鸦和狐狸》是维戈茨基论述这一问题的例子，我们也不妨沿用这一例子。这则寓言的内容大家都非常熟悉，是一个关于狐狸阿谀奉承和乌鸦的虚荣的故事。这些寓言的一般教训有人认为是：“阿谀和卑鄙是有害的，这已不知向世人告诫过多少次了，但总归无效，阿谀者总能在我们心中找到一席之地。”

但多数人很少能同意这一教训。维戈茨基说：“我们始终看到，狐狸实质上不是在阿谀，而是在嘲弄，它是左右局势的人，它所说的每句奉承话听起来都像是包涵着两层意思，既是阿谀，又是嘲弄。”[①] 我们到底在描绘着一只具有什么样性格的狐狸呢？是阿谀？还是嘲弄？是阿谀则表明狐狸的卑劣和乌鸦的虚荣，是嘲弄则表明狐狸的机敏和乌鸦的愚蠢，到底是什么呢？在这则以性格为逆行的寓言中，应该说在寓言的行进中既是此，又是彼。

“亲爱的，你真美！

① 《艺术心理学》，第155页。

多漂亮的脖子，多水灵的双眸！
多美丽的羽毛！多可爱的小嘴！”

维戈茨基说：“寓言无时无刻不在戏弄我们知觉的这一双重性。这一双重性时时刻刻都在加强寓言的情趣和辛辣，可以说，没有这一双重性，寓言也就失去了它的全部魅力。”① 这就是寓言性格的逆行，即每一形象上都有性格上的两个相反方向的可能，就是它们的逆向运行，构成了我们达到寓言基本目的基本方式，也就是如前所述，它们拧动了寓言的主神经（当然只是其中之一）。有了它们之后，维戈茨基还认为：“所有其他的诗歌（因为例子是寓言诗，本质与散文寓言无二）手法、遣词等等都服从于这一基本目的。”也就是说，主神经拧动之后，一切如我们在上述看到一系列次要的东西就只是一些材料，而不必作为寓言创作的方面来论述。

寓言创作的第二种构建方式是“寓言情节进行的逆行”。

在寓言创作中，有的寓言如《乌鸦和狐狸》那则寓言，是通过寓言形象性格的逆行来实现自己的基本目的的。而通过寓言情节的逆行，也能实现寓言相同的目的。如《狼和小羊》这则寓言。维戈茨基这样评述它们：“寓言始终是在两个方面展开的：一个方面是法律上的口角，在这方面，斗争总是越来越有利于小羊。小羊显得愈益有力，它使狼的每一个新的指控都归于失败，它仿佛每次都打赢对方手里的那张牌。最后，当小羊正义凛然，而狼理屈词穷的时候，狼便在争论中吃了败仗，小羊则获得全胜。”② 可是，狼每提出一个新的论据，就向小羊逼进一步，小羊每做出一个新的回答，就越说明自己有理，就越使自己接近灭亡……至于那种在“寓言性格逆行”中出现过的场面、效果又出现了。

寓言创作的第三种构建方式是“寓言可能不可能之间的逆行”。

在这一方式上，例子是《山雀》，寓言写的是一只山雀声称要烧尽大海。维戈茨基认为这则寓言不是“弱者无法同自然抗争”与“弱者有时能战胜自然”两者之间的矛盾，而是山雀想做的事情根本办不到。但是，这明显办不到的事情上，在克雷洛夫的笔下却变成了这样的情景：

鸟儿成群地飞来；
森林里的野兽也都跑来观看，
看看大海怎么燃烧。
据说，听到这不胫而走的谣传，
猎人们带着汤匙餐具来赴宴，
最先来到大海边，
都想把那鲜美丰盛的鱼汤尝个够，
这样的鱼汤就连慷慨大度的包税商也不会给他的伙计们喝一点。
观众云集：人人都想争先把奇迹观看，

① 《艺术心理学》，第156页。
② 《艺术心理学》，第157页。

默不作声，两眼盯着大海在等，
只是偶尔有人悄悄说：
“看，大海在沸腾，马上就要烧起来了！”
不是的：大海没有烧。
至少煮开了？煮开也谈不上……

为什么要如此呢？维戈茨基认为：“寓言的辛辣处就在于，一方面，着重指出想要做的事是非常现实的事，另一方面，读者时刻想到，这种事是加倍的不可能，”① 这又是一条寓言创作的逆行线。

寓言创作的第四种构建方式是“前后情景的逆行”。维戈茨基在表现这一方式时的例子是克雷洛夫的寓言《蜻蜓和蚂蚁》。寓言写的是蜻蜓夏天不知劳动，只顾玩乐，冬天时面临死亡，而蚂蚁夏天辛苦劳动，冬天得到快乐和温饱。

维戈茨基是这样评述这则寓言的：“寓言的全部力量还是在于作为它的基础对比；一面是从前快快乐乐、无忧无虑的情景，一面是蜻蜓现在所面临的情景，两种情景互相对照，不断穿插。我们可以照以前那样说，我们总是在两个方面领会寓言的：蜻蜓总是一会儿把一张脸朝向我们，一会儿把另一张脸朝向我们，寓言中恼人的忧愁是如此容易一跃而为轻松愉快，所以寓言才能发展作为其基础的感情逆行。”②

寓言创作的第五种构建方式是“形象对立逆行”。

维戈茨基这方面的分析是通过克雷洛夫的寓言《驴和夜莺》来进行的。寓言是写一只驴对夜莺歌声的赞美，它的一开篇描绘了许多东西，写尽了驴子的无知，但表面上的驴却自以为非常聪明，用对公鸡的叫声的赞赏来尽力尽心地赞美夜莺的歌声。于是，“这两个形象经常是互相对立的，这一对立也就是事情的实质所在，而驴子不过是个陪衬人物，它必须戴着愚蠢的面具说出作者要说的话。”因而，维戈茨基又说：“这篇寓言的真正意义当然不在描写外行的评判，而仍是寓言所从中展开的两个相反方面的对抗和对比，其中一个方面的发展和增强同时加强着另一个方面的效果。夜莺的歌声描写得越细腻、越动听，公鸡在末尾所发出的叫声就越响、越刺耳。

感情逆行依然是这篇寓言的基础，只不过它进行的方法和它最后的激化在形式上略有不同罢了。”③

寓言创作的第六种构建方式是“寓言好、坏对立的逆行”。

这一方式的例子是《杰明扬的鱼汤》。这则寓言滑稽地表现了杰明扬招待客人喝鱼汤的故事。维戈茨基认为：“这里行动始终是在两个方面展开的：大名鼎鼎的杰明扬在一次宴请中越来越殷勤地招待他的客人，但是读者明白，他每上一道菜，对客人就是一次折磨，他越殷勤，对客人的折磨就越厉害。因此，他的答话就具有两种完全相反的心理意义，同时也表示两件完全相反的东西。他的每次‘请吃完’的款待话，既表现出夸张的和热情的好意，也透露出同样令人心悸的折磨。寓言的浓厚的滑稽性

① 《艺术心理学》，第160页。
② 《艺术心理学》，第163页。
③ 《艺术心理学》，第168页。

应归功于在读者面前所发生的好意变成折磨的情景。这种强烈的滑稽性就是这篇寓言的真正实质。”①

第三节　寓言的创作

上一节中所表述的数种寓言创作的构建方式，当然不是所有方式的概括，而是所有方式的代表，但这不是最重要的一点，重要的是我们看到了，寓言创作不管以那一种方式来构建其寓言，始终都在两条线上逆行。

在《乌鸦和狐狸》那里，两条线的逆行是无疑的。它的两个方面始终在人的情感上对立着，这种对立有一个最后的结，但在没有行进到结的时候，双方的某一方不能忽然占有明显的优势，如狐狸跑开时说：“啊，老鸦，你要是再长点儿脑子就好了。”或者乌鸦发誓今后不再相信阿谀者的活，都属此类。如果这种情况一出现，寓言也就失去了自己的风趣变得索然无味，并偏离了自己驶向基本目的的轨道。这种偏离在我们中国的现当代寓言创作中，几乎是一种通病，许多本来构建得不错的寓言形象性格，往往因为多余的那么几句话语，就把寓言弄得莫名其妙，如“它羞红了脸”“惭愧地低下了头”，等等。寓言形象性格的逆行，是我们在寓言创作中最经常利用的一种方式，也许他们在表现形态不尽与《乌鸦与狐狸》完全相同，但它们的基本本质不变。

在《狼和小羊》那里，我们看到这种构建方式似乎要更为纯粹明朗一些，狼和羊的这台小戏的行进向两个不同的方向发展，一个方面完成了，另一个方面也随之结束，在认识这种方式时，我们得到的东西会更强烈一些，动感更大一些。

在《山雀》那里，我们轰轰烈烈地看到一真实的又完全不可能实现的行动，这种形式几乎是一种凭空构建。极度的夸大，极度的认真，只能是使对立的一方产生更有力的反映，动物们越诚心地相信它，那寓言的表现就越有力。

在《蜻蜓和蚂蚁》那里，蜻蜓自在的无忧无虑的生活被克雷洛夫动人地描述到了极点，致使许多人像对抒情散文一样，同情蜻蜓而忘记了寓言，但蚂蚁最后告知蜻蜓，如你夏天在跳舞，那么冬天你也去跳舞去吧！这两条线的“逆行”才出现。

在《驴和夜莺》那里，公鸡与夜莺的形象对立表现得非常出色，只不过这一对立是在最后的一瞬间呈现的。这里的形象对立在寓言创作中是很有代表性的，特别是在动物寓言中尤为如此。在我们的寓言创作中，有许多动物在本身的特性的因素下，就呈相互对立的状况，如夜莺叫声美妙，与公鸡或驴的叫声难听刺耳，懒猪和勤快的牛，等等。我们的寓言创作就常常利用这种对立来构建寓言的逆行，在局部利用上就称为形象性格上的逆行，在整体上利用就算为形象上的逆行。

---

① 《艺术心理学》，第168页。

在《杰明扬的鱼汤》那里，正反两个方面的逆行在这里充满了滑稽感，在逆行中增添了新的情趣。

不管这几种方式在寓言创作内部的趋向如何，但它们都存在一条共同的逆行的线，同样，也都有一个最后的结。这个结是什么呢?《乌鸦和狐狸》中的乌鸦最后为“漂亮的脖子、水灵的双眸！美丽的羽毛！可爱的小嘴!”丢掉了嘴里的肉，《狼和小羊》中的小羊越有理就越走向死亡，狼越词穷，就越临近小羊；《山雀》中山雀掀起的风雨越大，那不可能实现它的对比就越强烈，越有趣；《蜻蜓和蚂蚁》中蜻蜓从欢乐走向必然的死亡；《驴和夜莺》中不管对公鸡的描述如何，二者的强烈对比都不可避免；《杰明扬的鱼汤》中的最有礼貌的人都最终难免一逃。《特利施卡的外套》最后必然是彻底地补好了，也彻底的毁掉了。这就是逆行的结，为此维戈茨基说：“我们同时意识到这两点，同时对这两点产生着感情，寓言加工的全部机制正是包含在这种矛盾的感情中。”① 注意“寓言加工的全部机制”这句话，它对我们的寓言创作非常重要，因为“这里的全部实质就在于两个部分在形式上互相依赖。寓言是这样构成的……所有其他的寓言无一不是如此。”②

在这里，“如果他能够用诗句和一切施加影响的风格手法引起我们两种在风格上方向和色彩完全对立的感情，然后将它们稍灭在寓言的仿佛有两股电流短路相接似的逆转之中。”③（这样就能构成寓言，但维戈茨基的这一观点是排除了散文寓言的，明显，这种做法是狭隘的，我认为，它完全可以包括一切寓言的构建）当然，“寓言的这种逆转或顶点就是它的结尾处，这时两个方面统一在一个动作，情节或句子中，充分暴露它们的对立，使矛盾达到极点，也使一直随着寓言的进程不断增长的感情上的双重性得到松缓。仿佛两股相反的电流发生短路一样，矛盾本身就在短路中爆炸、燃烧，以至被消除。”④

席勒说过，艺术家的真正秘密在于用形式消灭内容，寓言作家也莫过如此，也应该如此。这就是寓言的创作，也就是寓言立身于文学之林的最基本的东西，其他的诸如题材选择，巧妙构思、生动的文学语言，深厚的生活、敏锐的思想、结构的完善等等所谓的文学的法则，虚的不过是儿戏，实的也是围绕着这一基本的东西服务的。

---

① 《艺术心理学》，第158页。
② 《艺术心理学》，第190页。
③ 《艺术心理学》，第189页。
④ 《艺术心理学》，第191页。

结束语

世界上本无句号，当我在此书最后一章最后一节最后一段最后一个字的后面画上这个符号的时候，我就想起了这意味深长的话语。是的，这实际上并不是什么句号，我们的寓言文学在得出成品之后，还可以走出去，有寓言的欣赏、寓言的功用，寓言与教育的关系等等，还有许多令人兴奋和费解的问题在等待着我们，但我觉得那是另外的殿宇。

世界上确实无句号，但仍要在这个时候画上这个毫无意义的符号，毕竟要把时空推向另一个新的旅程，不轻松也不滞重，不可不知也没法全知，不过这时候我老想起18世纪德国寓言作家马格努斯·戈特弗里特·利希特韦的一首寓言诗。诗是这样的：

诗人的女神正漫游四方，
寓言，走向异国他乡。
那儿，歹徒成群结党，
她却单身流落街头小巷。
她交出的钱袋，
早已空空如洗。
她只好被剥去件件衣衫。
女神呵，默默地忍受这一切。

简直是飞来横财，
一件衣衫套着另一件，
全是各种各样的兽皮，
尽是些奇珍异宝。
取之不尽的衣服，从天而降。

“上帝啊，谢谢您！”
强盗们嘶喊着，
“您将一个女人送到我们的手中，
她穿着那么多的衣服，

胜过一只满满的衣柜。”

他们继续抢夺着，
透露珠光宝气的衣衫，
剥了一件又一件。
他们狂欢嘶喊着，
霎时间，
如同神话奇迹，
赤裸裸地站的，
竟是纯洁的真理！

匪徒们面面相觑，
连忙喊道：
“算啦算啦！
快把衣服还给她！
谁能看着真理
赤身裸体！”

这，好像是世界上最糟糕的结束语，只为了这苦难的寓言女神。

◆ 1994年辽宁少年儿童出版社出版

◆ 1996年获得贵州省文学奖二等奖

◆ 2014年被中国寓言文学研究会评为“中国寓言理论名著”

吴秋林文集

第一卷

世界寓言史

绪　论

世界文学作为人类精神文化的一个重要的组成部分，一直受到古今中外人们的广泛注视。人们在创造、利用、享受物质文明成果的同时，也在创造、利用和享受各种各样的精神文明成果，如文学、宗教、艺术等等。应该说，几乎所有的人都明白，人之所以成为超乎一切生物之上的灵物，自然离不开这两个方面，尤其是精神文明。人与动物之间最有效的距离大都是它拉开的。这似乎是走得很远的题外话，但话说回来，世界文学对人类的重要性却也需如此来认识。世界文学是一个庞大的整体，又有许多重要的构成和区分，小说的，诗歌的，散文的，戏剧的……同时，我们也能看到一个“个头”不大的奇特的品种——寓言。它贯穿了整个的世界文学，除了一般的自身存在以外，在小说、诗歌、戏剧里也有它的身影。寓言也像其他品种一样，拥有自己的跻身于文学家之列的文学大师，也拥有自身的发生、发展变化的历史，并且这一历史在人类精神文明进步历程的某一阶段还曾是一种标志。

寓言文学是从什么时候开始发生的呢？一般来说，寓言文学的发生与一般文学的发生原因都是同一的，按马克思主义的文艺理论思想，文学起源于劳动，这一说法也能应用于寓言，即劳动人民在劳动生产中创造了寓言。但是，寓言的发生与其他文学品种的发生又有一定的区别，它晚于蒙昧的神话时代，又早于理性色彩、人性色彩很浓的散文、小说等时代，它基本上是发生于人类从自然、神的主体走向社会、人的主体的时代。那时代，人类从普遍的对神的崇敬中走出来，走向对人自身智慧的崇敬。当然，人实现这一精神变化的因素是多方面的，但作为文学作品的寓言却最直接、最真实地反映了这一变化，完全可以作为这种变化的一种标志。这方面，在本人的拙著《寓言文学概论》（辽宁少年儿童出版社，1991 年）一书中有较详细的论述。

现今人们一般认为，寓言有三大发源地：古希腊、印度、中国。古希腊寓言，一般地认为起源于公元前 7、8 世纪；古印度寓言，一般认为它历史悠久，有公元前 11 世纪之说，但认为公元前 6 世纪佛教诞生时为最普遍的说法；中国古代寓言，有认为发生于公元前 10 世纪前后的，但最确切的是公元前 6 世纪。但是，现今有些资料表明，这三种发源并不能说明它们就产生了世界上最早的寓言，随着对两河流域的考古发掘，人们发现了写在泥板上的一些古代苏美尔人的寓言作品，这样，寓言的起源就得上溯数千年。当然，这只是对寓言历史的探索，世界寓言比较清晰、明朗的历史还是从上述的三大发源地的历史开始的。

这三大寓言自然形成世界寓言文学史上最重要的三大分支。最成体系最有继承性的是古希腊寓言之后的西方寓言。从古希腊寓言开始，以欧洲为主的西方寓言就已形成，古希腊寓言之后是完全继承古希腊寓言的古罗马寓言。由于历史的原因，以伊索为标志的古希腊寓言于此沉入历史的深渊，直到十字军东征后，带回了许多古希腊失传的古籍，又过了数百年，随着古希腊文明精神的发现，人们才从中又重新发现了《伊索寓言》，才使古希腊寓言重放异彩，并影响整个西方寓言及整个世界的寓言。17 世纪，在法国出现了完全继承伊索精神，又有所变异的拉封丹寓言，以后是德国的莱辛寓言，俄国克雷洛夫寓言的出现，使寓言走向了自己发展道路的一个新的高峰。在这一条主线以外，15 世纪在意大利还出现了与《伊索寓言》精神迥异的达·芬奇寓言，另外，还有英国寓言、美国寓言等。

世界三大寓言系统的第二个分支是中国寓言。中国寓言以中国古代先秦寓言为起始，以下有两汉寓言、魏晋南北朝寓言、唐宋寓言、元明清寓言、中国现当代寓言。这些寓言主要在中国地域内流布，对外有些影响，但不大。这些各个不同时期或历史阶段的寓言，自然有自己不同的艺术风貌，对此，陈蒲清先生在《中国古代寓言史》一书中有较详细的论述。

第三分支是印度寓言。这一分支显得零乱，缺乏很明显的贯穿至今的历史线条，我们在现今的印度极少看到继承发展了古印度寓言的文学寓言，它给予我们的仍是数千年前的那些艺术果实，并没在今天增加更多的东西，但它有一个独特的现象，即对外的影响却是非常大、非常显著的。它大致上分两个方向向外传播，一是东方，二是西方。向东方传播的大多通过佛教典籍这一载体，在东南亚、中国等地发生广泛的影响。向西方传播的主要是以《五卷书》为首的印度古代文学典籍，先经过阿拉伯世界，又渐渐进入欧洲，对欧洲构成仅次于《伊索寓言》的第二个重要的影响。

除了这三个分支以外，世界寓言中较重要的还有波斯寓言、阿拉伯国家寓言、非洲寓言等。波斯寓言现今主要留存于《蔷薇园》《果园》等书中，具有强烈的中亚民族特色和地域特色，对中亚各民族的寓言，主要是民间寓言有较广泛的影响。阿拉伯国家寓言包涵很广，所有阿拉伯国家产生的寓言都属此类，这些寓言多存在于一些故事集及笑话故事集中，带有浓厚的民间色彩和浓厚的乡土气息。非洲寓言植根于民间很深，但它是在非洲建立了现代国家之后，由一些有识之士发掘整理出来，这才引起人们广泛注意的。

保存在《圣经》中的寓言也可以与以上寓言并提。《旧约全书》中的寓言历史渊源很深，《新约全书》中的寓言却完全是来自于公元 1 世纪前后的巴勒斯坦地区。这批寓言是世界寓言中一批较为特殊的寓言，它广泛地在西方传播，但不为人重视，同时又与西方的寓言传统相悖。但不管怎么说，这批寓言在东西方寓言的交界上，有其自身的价值，也是一些不可多得的好作品。

到了现当代，寓言除了一般的常规的寓言创作在世界各国发生外，还呈一种多元发展的趋势，即常规的寓言创作处于一种平静的发展中，但向边缘发展的寓言种类却显得活跃，如科学寓言、寓言小说、系列寓言、寓言剧、寓言诗剧等等。这些寓言表现了寓言向其他种类的渗透和融合。

这就是我们面临的世界寓言的历史，这一文学溪流虽不能替代在世界文学史上占主导地位的诗歌、小说、戏剧等，但它悠久的历史和独特的存在以及自身的几乎有些怪异的艺术魅力却也是世界文学史不能抹去的一个重要的组成部分。我们不能不承认，在古希腊最辉煌的文学星座里有它的光彩；近代欧洲影响整个世界的文学大潮，也有它的身影；世界三大宗教中有两个宗教的教义和教理的传播，大都由它来承担；在中国，小说的起源有很大的功劳来自于寓言；在世界的现当代，许多世界著名的文学巨著中都能看到它的影子和精神，给小说、戏剧带来了更高一个层次的返璞归真的意义。

应该打开这一画卷，展示它的历史，印证也好，解谜也好，总是世界文学史中的一件幸事，于此世界文学史才会更真实、更生动、更丰富、更完整。

第一章　世界寓言的远古历史

世界寓言的溯源是在新的材料发现基础上对寓言历史的追述，以及对已有确认的寓言三大发源地的新的考究。一般地说来，寓言的三大发源地是一种有一定文字记载的较为肯定的说法，并且在后来的历史长河中有一定的连续性和新的发展，成为当今我们所能见到的世界寓言的主体部分。故而这些可以称为形成一定概念的寓言历史，并且在长时间内被人们所承认，也从而忽略了这三种寓言历史以前的几乎数千年的寓言文学历史。这一章的重点也就是要叙述这数千年中，由无数零星的寓言现实所呈现和所掩盖了的远古时代的寓言文学的历史。

第一节　5000年前的苏美尔人的寓言

美索不达米亚存在过世界上最早的文明，而这一地区文明的最早的创造者是苏美尔人，人们把他们创造的文明称为苏美尔人的文明，现今人们一般了解的古巴比伦文明都是在它的后面很长一段时间才出现的。在苏美尔文明创建过程中，文学自然也是其中的一个必然产物。有关的记载表明，神话、史诗是其主要的文学种类，但寓言也是稍晚于其他文学种类出现的一个非常重要的角色。

苏美尔人是什么人呢？这个问题很难回答，几乎没有人准确地回答过这一问题。在《全球通史》一书中，美国人斯塔夫里阿诺斯只猜测性地写道："最早的美索不达米亚文明的伟大创造者——苏美尔人，似乎既不是印欧人的一支，也不是闪米特人的一支，这一点很奇怪。他们的语言与汉语相似，这说明他们的原籍可能是东方某地。"① 但不管他们是什么人，斯塔夫里阿诺斯又说道："是苏美尔人在美索不达米亚南部开掘沟渠，依靠复杂的灌溉网，成功地利用了底格里斯河和幼发拉底河的湍急的河水，从而创造了第一个文明。"② 这个文明的创造时间有很多说法，一般地认为是公元前3500年时产生的，比埃及文明早约500年，我的标题采用的就是这个年代。

① 《全球通史》，上海社会科学院出版社，1988年，第119页。
② 《全球通史》，上海社会科学院出版社，1988年，第119页。

但是，根据第一次世界大战时西方人在两河流域的考古发掘，塞斯在《巴比伦人和亚述人》一书中估计，公元前6500年，苏美尔人在临近海边的埃里杠地域内发展了自己的文明。又据英国历史学家乔·韦尔斯所著的《世界史纲》认为："他们（指苏美尔人）发展了他们的文明，他们的文字和他们的航海业，这一段时间可能相当于从公元起到现在整个时期的两倍，随后，他们慢慢地在闪米特人之前垮台了。"按塞斯的说法，苏美尔人的文明距今约8000年；按乔·韦尔斯的说法，苏美尔人的文明距今约6000年。这些说法也许都有一定的依据和可能，但实际上文明的发生也是一个过程，这一过程的时间也许很长，也许很短。不管怎么说，苏美尔人文明产生，苏美尔人的文学也在文明中孕育产生，并进而成为其文明的一部分。

苏美尔人的古代神话是什么时候发生的，其状况如何，我们知之甚少，其所谓文明破晓时期产生的半神话半历史的"史诗"人们有一定的了解。现在我们知道，两河流域的吉尔伽美什史诗是迄今所知的世界上最早的史诗。在史诗出现后，一般的顺序是寓言这一文学作品的出现，史诗出现的年代大致与二位所述的年代相同，但寓言就相对晚一些，故而我以为苏美尔人的寓言出现距今约5000年，这当然是世界上最早的寓言，比三大寓言体系中最早的寓言也要早2000多年。但是，苏美尔人的寓言，在不久以前还并不为人所知，它是在考古发现苏美尔人的文字泥板，并进而解读后才在历史著作中被引述出来的。

这些寓言大致是这样的：

其一：

> 一条狗去赴宴，可是它看到另一边也有一堆骨头，就离席而去，并说："在我现在要去的地方，我将得到比这里更多的食物。"

其二：

> 有一条狼和另外九条狼一同捕杀了十条羊，这条狼就对其他九条狼说："我来给你们分羊，你们共有九个人，给你们一条羊共同分，因此，我一个人将取九条羊，这就是我的份儿。"

其三：

> 狐向恩利尔神①要求有野牛的角，于是它长上了野牛的两支角。可是不久风雨大作，它再也进不了自己的洞。到了夜快尽的时分，冷风凄雨浸透了它。它说：只要天一亮……②

以上就是我们目前所能见到的归于苏美尔人名下的寓言，对这些寓言本身的评价容后叙述，首先得确认这些寓言的确切性，以及发生的较准确的年代。如上所述，我以为这些寓言大致出现在距今5000年前，其依据有三点：一是一般的寓言发生都在

① 苏美尔人的主神，犹如希腊人的宙斯。
② 克拉墨：《历史始于苏美尔》。

神话、史诗出现之后，按上述历史学家们的判定，苏美尔人的文明出现于距今6000—8000年之间，不管这一时期苏美尔人的其他文明（主要指生产技术等方面的硬文明）的发展如何，神话、史诗的是必然的。如他们在尼普尔这地方为他们的主神恩利尔修建了一座巨大的砖塔，这个神塔的事迹在《圣经》巴别塔的故事中就有它的影子；另外，苏美尔人还有一个神话故事，说神为惩罚世人的罪恶，用洪水淹没世界，只有敬神的赛苏陀罗事先得到神示，造了大船，得以逃生。《圣经》中的洪水故事与其完全相似，是希伯来犹太人吸收这个神话的结果。在史诗上最著名的是对乌鲁克王吉尔伽美什的描述……这些神话、史诗在那时候出现，并随着其文明的辐射力向四方流传，对后来的各相关民族的神话、传说都有一定的影响。这些神话、传说产生时，苏美尔人不一定产生文字，但呈口头文学的形式也能使其存在很长的历史时期，故而说它大致产生于距今6000—8000年之间。也可以从苏美尔人公元前4000年创造了图画式文字，及至公元前3000多年时发展为“楔形文字”中得到佐证。与此同时，确定了神话、传说的大致发生时代，按寓言晚于神话传说的一般规律，苏美尔人的寓言产生时间，也可大致确认为公元前3500年。这是依据之一。

二是从苏美尔人文字的产生时间来推断苏美尔人寓言的发生。苏美尔人的图画文字产生于公元前4000年，形成“楔形文字”约公元前3000年。人类文字的形成是一种非常重要的变化和标志，也是人确立自身形象的重要的开端，不管狩猎者文明、农业文明如何发达，如果没有文字的产生，人的基本精神仍然摆不脱自然的恐惧，这时期的表现就是神话及传说。文字一旦产生，以及社会的形成，人们开始从自然的恐惧中摆脱出来，产生了有一定比重的重视人的智慧及理性认识的意识，这时候在文学上的一个表现就是寓言的产生。这时候的人们利用伴生于神话、传说的动物故事，及某些神话、传说题材，创造了寓言。故而，我们以苏美尔人的文字产生来推断他们的寓言的产生，也大致在公元前3500年，或稍晚一些，但不会晚于公元前3000年的时候。这是依据之二。

三是从苏美尔人的文明类型来确认其寓言的产生时间。在《全球通史》中斯诺夫里阿诺斯认为：“古代美索不达米亚的文明实质上还是城市文明和商业文明。城市是基本单位，每个城市都尊奉一位主神，城市被看作是属于主神的一个神圣的存在物。”① 有记载表明，在公元前3000年时，苏美尔地区已出现了12个独立的城市国家，如其中的乌鲁克，占地100英亩，人口约达五万。这里描述的情景与我们很熟悉的古希腊城邦国家文明的表现形态极为相似。正是这一类文明类型，为文学中的寓言产生提供了条件。希腊产生了《伊索寓言》，古代苏美尔人也能在这样的历史背景上产生寓言这一文学品种，只不过它的年代要大大先于古希腊。我们知道，这一时期人类的比较社会化的社会已经确立，文字已经形成，人们的理性认识开始出现，人的最初阶段的阶级对立也已经出现，故而有许多东西要求得到宣泄和表现，这时的人们就在文学中选中了或创造了寓言。这方面，从以上三则寓言中就可以窥视这些内容的一

① 《全球通史》，上海社会科学院出版社，1988年，第119页。

斑。《一条狼与九条狼》反映了阶级的对立及剥削阶级的贪婪和狡诈；《一条狗》讽刺了一些人的贪婪和见异思迁；《狐狸》则表现了苏美尔人的理性认识和苏美尔人的智慧。这些，都与城市文明阶段的表现是相符的，这也是证实寓言产生于这一时期的一个方面。这是依据之三。

这就是我提出苏美尔人的寓言出现于距今5000年前的基本依据，应该说这一见解是保守的，一般我们依据中表述的时间是公元前3500年，也就是说距今5500年，而我们剔除一些其他因素，确认为距今5000年。

距今5000年的苏美尔人的寓言，这自然是世界上最早的我们比较确知的寓言。它比公认的世界三大寓言发源地的寓言要早，比古希腊寓言早约2200年，比古印度寓言早约2300年，比中国寓言早约2400年。

从我们所见的这几则苏美尔人寓言来看，其本身是比较完整的，艺术上完全可以与现代的许多寓言相比，思想上的深刻性也让人惊奇。当然，我们不排除寓言在收集整理过程中的篡改及修饰，但一些基本的东西还是保存下来了的，这是世界寓言文学的幸运。

第二节　古代埃及的绘画式寓言

埃及文明是世界上最早的文明之一。对于它的产生时间，与苏美尔人相比，有好几种看法：一是认为埃及文明早于苏美尔人的文明，如中国的历史学家们的上古史著作中就普遍如此认为；二是认为两者几乎并行发展；三是认为是次于苏美尔人的第二个人类最早的文明。但不管怎么说，人们都肯定地认为："大约在公元前5000年或更早一些时候……真正的埃及人登上了舞台。"① 以后，几乎与苏美尔人同时，埃及人发展了自己的一套象形文字。公元前4245年埃及南、北王国首次联合，开始了埃及文明的伟大时期；公元前332年马其顿国王亚历山大占领埃及，托勒密王朝覆灭，这段古埃及的文明就此结束，人们称此为"法老文明"。

在这漫长的历史时期里，古代埃及兴起了多种多样的文学，如传记、神话、教谕文学、赞颂诗和情诗、散文故事等，当中自然也有寓言的发生，而且还发展了与众不同的寓言表述形式。按照一般的规律，神话是最早的文学作品，其次为传说，但埃及的传说由于文字的早期形成，及文学的良好发育，传说成了史实性的传记文学，如《乌尼自传》《哈尔朝夫自传》等就出现于公元前2686至前2181年的古王国时期。随后，就应该是寓言的出现，但埃及文学中并没有能提供其直接的例证，一些关于寓言的文字也是不完整的，到了中王国时期，我们才见到了一些比较明显的关于寓言的文字。

---

① 刘家和主编：《世界上古史》，吉林人民出版社，1984年，第181页。

在《世界上古史》中，我们见到了这样的文字：“还有的通过一些寓言故事，反映了一些历史事实，如在《魏斯特卡尔纸草》中，关于魔术师所作出的奇迹的故事，反映了第五王朝初年，国王与太阳神的祭司勾结，从而制造王权神授的谎言，为第五王朝统治者的合法性进行辩护。”① 作者的言下之意，即以为《魏斯特卡尔纸草》中的某些故事是寓言，而此书成书有明确的记载，说它成书于十二王朝，即公元前1991至前1786年。如果此书中的故事能最后确定为寓言，那么埃及寓言的历史也能发生于距今4000年左右的时间里。但这种可能性并不十分确切，该“纸草”大约有五个故事，如《划船聚会》《魔术师杰迪》等。这几个故事在《人类早期文明的“木乃伊”——古埃及文化求实》② 一书中明确地分类为“散文故事”，当然，寓言本身也可以作为散文故事的一种来对待，但据此书介绍的《划船聚会》《魔术师杰迪》等故事的情节，可以断定，上述的这两个故事不是寓言，而是一般的奇闻故事。这只是两个故事的情况，那另外的三个故事如何呢？它们是不是寓言？在《世界上古史》中所依据的例子并不是《划船聚会》《魔术师杰迪》这两个故事，而是关于魔术师的另外的故事，即另外三个故事中的一个。就此而言，这三个故事中有寓言存在又是可能的。如果能从三个故事中得出有寓言存在的结论，那么，它也许就是我们世界寓言文学史中，出现时间仅次于苏美尔人寓言的古代寓言。话又说回来，如果以上条件不存在，那么，埃及寓言的历史开端就得下移至新王国时期。

古埃及的新王国时期约为公元前1567至前1085年，距今3500年。这时期的寓言情况，在《人类早期文明的“木乃伊”——古埃及文化求实》一书中是这样记述的：“采用绘画形式的寓言故事，在新王国时期非常流行。这样的纸草与陶片已有发现，上面没有文字。有些图画虽然违反自然规律，显得荒诞不经，但仍能表达人们的思想感情。在布伦纳·特劳特选编的《古埃及寓言》中，就收入了不少这类寓言图画。”

对于这些图画式寓言，此书作了认真的举例转叙。现转引如下：

如群豺正在举行宗教仪式。四个祭司扛着他们神的雕像，神的手中握着权杖，前面是一只神鸟，背后是他们崇拜的象征物。神下面跪着的一位祭司，一边焚香，一边洒圣水。面对神的那位祭司手举纸草书，可能是在读经。他们沿着运河岸边行进，可能是去别的神庙访问。

（还有）前面是一头驴，弹拨一张高高的竖琴。狮子一边弹琴，一边引吭高歌。鳄鱼手里拿着一对打击乐器和一把琴。跟在后面的猴子在吹一个类似双簧管的乐器。他们弹的弹、吹的吹、唱的唱。

图画中还有小羚羊在狐狸伴奏下跳舞，狮子和山羊对弈的情景。

有的画中绘有两头狐狸挎着篮子，拿着牧羊鞭出发去寻找草地；猫挑着担子去放鸭子；河马与母猪密切配合酿酒，狐狸照料着婴儿等。

这里值得一提的是《古埃及寓言》中的“猫鼠之战”，它实际上是一本连环画，

① 刘家和主编：《世界上古史》，吉林人民出版社，1984年，第89页。
② 汉尼希、朱威烈等编著：《人类早期文明的“木乃伊”——古埃及文化求实》，浙江人民出版社，1988年。

讲述猫与鼠自古就是死对头，无法和平相处。有一幅画中的猫举刀向鼠劈去．幸亏有个中间跪着的小男孩为他们调停，否则，呆若木鸡的鼠必定一命呜呼。猫、鼠谁也不肯甘拜下风，他们请来神鸟作裁判，通过拳击一决雌雄。猫与鼠的摩擦终于导致大规模的战争。鼠部落已打到猫部落的城堡之下，两只小鼠已搭好云梯，准备攻城。另外两只鼠执矛持盾作掩护。接着一幅图的上方是两个鼠射手与一只猫射手对射。左侧是鼠王乘坐狗拉的战车殿后。猫城危在旦夕，站在城堡上的三只猫正在求神援助，其中一只猫已腹部受箭。看来猫的败局已定。于是，得胜的鼠洋洋得意地举着旗帜向猫走去。猫面对众多的鼠只好屈从，强作笑颜请求鼠对他高抬贵手。失败的猫为讨好鼠王，只得为他服务。鼠王俨然是一个胜利者……对面的猫在为他斟酒，背后的猫为他揉肩捶背，猫还得为鼠王后效劳。在最后一幅画里，一只猫为王后整理头发，前面的猫向王后敬酒，后面的猫有的抱鼠王子，另外的举面大扇保护着鼠王子。

面对这些图画式寓言，我们可以从中解答几个问题。一是这些特殊的寓言作品可以说是很确切的，它们为考古发掘及古代文献等许多证据所证明，在年代上问题不大。故而，我们以此可以第一步确认古代埃及的寓言出现时间最晚也在距今3500年的时期；这个时间是非常保守的，按一般的常规，把寓言的故事诉诸图画，应该是在文字寓言之后，并且是在文字寓言发展到一定的程度之后才会出现。这为许多寓言的发展历史所证实，我们在寓言历史上，从来没有见过寓言图画先于寓言文字的例子。就古代埃及的其他种类的文学发展来看，文字系统是很发达和富有表现力的，故而埃及的文字不会放弃对古代埃及民间寓言的记载及改造，只不过我们还没有很确切地见到其更早的文字寓言而已。这样一来，以此来推断古代埃及寓言，其年代可回溯极远，它不可能越过苏美尔人的寓言，但在它的传记文学之后产生则是完全可能的。

第二个方面的问题是，从这些图画式寓言所表示的寓言情节来看，其寓言文学的发展程度是较高的，所表现的艺术特色是显而易见的。并且从寓言中反映的古代埃及人的理性认识方式、方法及一些思想观念，智慧的判别和衡量，以及日常社会生活的内容方面，都与其他地区和国家的寓言有许多区别。

第三个方面的问题是，我们无法知道古代埃及的图画式寓言是在什么情况下产生的，但它给世界寓言史带来的这份礼物，却是十分珍贵的。在古代，我们除了在埃及的文学中看到这样的图画式寓言之外，没有在其他任何一个国家和地区发现同类的东西，更不要说像埃及那样达到编辑成《古埃及寓言》一书的规模。在当代中国有这样的东西，如黄永玉的寓言，但它是文字、图画相互配合，并且是文字多于图画，不像古代埃及的图画寓言，是用一幅幅图画来编织寓言的情节、故事等。可以说，古代埃及的图画式寓言是古代埃及文字寓言向图画渗透或变异的结果，但它为我们开出了有一种奇特外观的艺术之花，并且以其自身的存在，在世界寓言文学史上占有一定的地位。另外，这种形式的寓言出现，在其他艺术上也是有贡献的，如连环画，可以说是它开了世界连环画艺术的先河，其价值也是很大的。

埃及绘画式寓言的材料来自埃及本身，我们还能从外面的一些记载中，看到一些较早的埃及寓言。

《历史》是希腊著名历史学家希罗多德的巨著，在全世界都享有盛誉，此书中就记述了两则关于埃及古代的寓言。

其一：

在他（指领导埃及人民推翻了异族人阿普埃司统治的平民国王阿玛西斯，他当了国王后由于出身不是贵族，臣民们不愿臣服于他，于是就有了这个寓言故事）的无数的财宝中有一个金盆，他和所有与他共饮宴的客人们常常用它来洗脚。他把这个器皿打碎，用它改铸成一个神像，放到城内最适当的场所。于是埃及人便常常到这个神像的地方来，对它表示了很大的尊敬。当阿玛西斯知道市民们怎样做以后，他便把埃及人召集到一起，告诉他们说这神像是用洗脚盆的金子铸造的；他说他的臣民曾用它洗脚、呕吐东西或是小便，但是现在他们却很尊敬它。于是他进而说明，现在他的情况便和这个洗脚盆的情况相同，他以前虽是一个平常人，但现在却是他们的国王了……（《历史》第 172 节）

其二：

（阿玛西斯除了正常的公务之外，其他时间都用来与好友饮酒作乐，他的朋友劝他注意国王的尊严，希望他成天都在威严的宝座上执政，以获得好国王的名声）阿玛西斯回答他们说："要知道，有弓的人只有在需要的时候才拉开他的弓，如果弓老是拉着，它们就会毁坏，而等人们需要它的时候，它已经没有用处了。人的道理也和这个道理一样。如果他们总是从事严肃的工作，而不把一部分的时间用来消遣，他们在他们不知不觉之中便会疯狂起来或是变成傻子。这一点我知道得很清楚，因此我轮流着分配这二者的时间。（《历史》第 173 节）

这两则寓言都是以古人轶事记载下来的，虽然有一些多余的词语和不规范的地方，但寓言的基本形态是存在的，而且前一则寓言形象生动，寓意深刻，后一则寓言也反映了很深的哲理，这在世界寓言中都能称为佳品。

这两则寓言的年代，根据古希腊历史学家希罗多德本人著书时就在公元前 5 世纪来推算，它们的发生时间不会晚于公元前 5 世纪。希罗多德的记载肯定只能是前人的事迹，而阿玛西斯的统治时期与波斯的居鲁士国王在治时的时间相同，大约在公元前 6 世纪，或更早一点的时间里。以阿玛西斯为人物的寓言自然是那个时代的产物，故而它的发生时间可以肯定在公元前 6 世纪。另外，这两则寓言无疑是我们现在所能见到的古埃及最有书面味儿的寓言，但它的存在还不仅于此，因为我们从这两则寓言中推测当时的古代埃及的寓言文学状况，可能会更有意义些。首先是阿玛西斯本人，从他的平民出身及一些生活小事的记载，不难看出，阿玛西斯完全是一个来自平民的、非常聪明和有智慧的人物。从与他相关的这两则寓言可看出，在他成长的文化环境中，古代埃及的寓言已经是非常发达的了，阿玛西斯正是在这种寓言文学的环境中熏陶了自己的寓言文学修养的。阿玛西斯亦正是利用寓言的智慧，帮助了他自己。由于埃及国王的显赫地位，使得他参与的寓言得以保存至今。如果说第一则寓言是对阿玛西斯的举动记录而成的寓言，那后一则寓言则是直接对当时古埃及某个寓言的转述，转述中对弓的描述情节性不强，但不难从中看到当时此题意寓言的流布。从此也能证明当时较发达的古埃及寓言文学的存在。故而，我们完全可以推测，就是这一时期的古埃及寓言与古希腊寓言的发生时间不相上下，因为虽然这两则寓言的确认时间是公元前6世纪，但同时代寓言的时间肯定比这两则寓言要早。

由于资料及其他原因，我们所能够叙述的所谓的“法老文明”中的古代埃及寓言，以及其他相关埃及的寓言，也就只能如此。但是，“法老文明”衰微之后，还有另一些寓言发现值得一提。

1822年，人们解读了“死”去多年的古埃及文字之后，大量的埃及纸草书得到解读，人们在明了许多以前的埃及历史情况的同时，也在“莱顿世俗体纸草”第一部分第384号上发现了四个寓言故事，并认为是古埃及这类寓言文学的典型的作品。这四个寓言故事有明确的记载。是写于公元2世纪的。

这四个寓言故事有一个引子，说女神坦夫努特与其父拉神发生争吵，一气之下，从埃及出走，到了努比亚。图特神（文字之神）出面调解，说服坦夫努特返回埃及。在回埃及的途中，图特神给坦夫努特讲了几则寓言故事。

《燕子与海》：

一只燕子在海边筑巢，孵出小燕子。一天，燕子出去为乳燕寻找食物，把乳燕托给大海照看。燕子觅食归来，发现乳燕不在巢里，就去找大海，要求大海把乳燕还给她。但是，傲慢的大海对她的要求置之不理。燕子发誓向大海报仇。于是，她每天口衔沙石填海，然后再从海里吸一口海水吐到沙漠上。就这样年复一年，燕子终于战胜了大海。

《母鹫与母猫》：

母鹫与母猫是近邻，她们都有幼子，需要为各自的幼子寻找食物，但是又都害怕出去时自己的幼子被对方吃掉。于是，她们商量好一起到拉神那里去立誓，以后要做到互不侵犯。

一天，母鹫出去觅食，母猫看到一只小鹫嘴里衔着食物，就把小鹫抓出巢，抢走它的食物。小鹫与她争辩，却无济于事。小鹫无力飞回巢里，死在外面。母鹫回来后，发现母猫侵犯了她的巢，于是下决心报仇。一天，她趁母猫出去，进攻了猫的窝。母猫知道后就向拉神控告母鹫。结果，拉神用火烧了母鹫的巢，作为对她侵犯猫的惩罚。

《狮子与老鼠》《狮王》（略）。

在这四个寓言故事中，《燕子与海》与我国《山海经》中的《精卫填海》故事大致相似，也是一则意志终于战胜了强者的寓言。《母鹫与母猫》动物故事的痕迹很重，但题意倒是不多见的。《狮子与老鼠》这一寓言似乎表达了两层含义，一是批评人的残忍和狡诈；二是说明人类要不分强弱和平相处，互相帮助。《狮王》形象地表达了智慧的力量，以及对智慧的推崇，与古印度的一些崇尚智慧的寓言很相似。

这四则寓言总的来说，民间味都很重，是地地道道的来自民间的寓言故事，与作家寓言有显著的区别。

在“法老文明”衰微后，这一地区进入了多种形态的文明，叙述这些文明在这块土地上的状况不是我们的话题，但它打断了古埃及寓言延续发展的可能，使古埃及寓言像苏美尔人的寓言一样，不过是遥远的世界的过去。至于后来存在于埃及民间故事中的一部分寓言，如《时间富人》《三个真理》《猫》《青年寻找幸福》等，则是另外一个意义上的东西，不可能是古代埃及寓言的延续和发展。

第三节　古希伯来人的寓言

古代埃及人在公元前1500年以前就创造了自己的寓言文学，成为仅次于苏美尔人寓言的世界上最古老的寓言群体，但接下来仍不能归到一般人所认识析当今世界寓言鼻祖的古代希腊寓言。在公元前13世纪的时候，有一个伟大的民族在发展自己宗教和文学的时候，也产生了寓言这一文学品种，这就是古代希伯来人的寓言。

古代希伯来人的历史记载主要来自《旧约全书》，但均不十分确切和肯定。据说，公元前2000年，古希伯来人就出现在亚洲西部的美索不达米亚平原上。大约在公元前1900年，这些人离开美索不达米亚平原，辗转迁徙到迦南地（巴勒斯坦）定居。大约公元前1700年时，这些希伯来人逃荒到了埃及，400年后，因受埃及人的迫害，逃出埃及，约公元前13世纪回到了迦南地，开始了希伯来人土师秉政的时代。也就在这个时候，古希伯来人产生了寓言。

希伯来人的圣典《旧约全书》中包容了他们的历史、政治、社会、伦理、宗教、文学、艺术等所有一切可能有的内容，我们所寻求的寓言也在其中。他们最早的寓言大约是《土师记》中的《众树求王》（题目由著者所加，原文没有题目，下同）。

我们知道，《旧约全书》中的各篇章实际上是按时间顺序排列的，基本上与各历史事件的发生时间顺序相符，因此，古希伯来人最早的寓言发生在土师时代，也就是公元前13世纪，是完全可信的。也许其发生的时间比这还要早一些，原因有二：一是这则寓言完全是插入式的，即文章根据自己的需要，借用或引用了当时民间或古籍中早已存在的寓言，这样一来，推测中的古希伯来人的寓言发生时间可能就比这还要早一些，因为任何一个文学品种都要有一个发展过程，才能达到如此完整借用的程度。二是从寓言本身来看，这是一则地道的、相当成熟的寓言，本身已经表明了土师时代的古希伯来人的寓言作品已经发展到了一个相当的高度，不管那时的古希伯来人如何称呼、应用这类文学作品，其显而易见的影响是完全可以窥见一斑的。要不，如果这一类的东西不重要，影响微弱，古希伯来人也不会在如此尊重的典籍《旧约全书》中引用它们的。

另外，还有一种对《旧约全书》寓言的看法，把古希伯来人的寓言发生时间推溯得更远，即他们认为关于《创世纪》中的系列故事都是“人类的寓言”，但这与一般的对寓言范畴的认识相差甚远，最多只能是种参考。

综合下来，古希伯来人的寓言发生时间最保守也在公元前13世纪前后，这比我们今天对《伊索寓言》、古印度寓言、中国古代寓言最乐观的推测发生时间都要早一些。

除了以《众树求王》这则寓言外，我们在《旧约全书》中还能找到另外几则比较完整的寓言，它们是《富人和穷人》《大卫王哭子》《寡妇丧子》（撒母耳记）《所罗门的智慧》（列王记）等。

对《旧约全书》来说，这里列举的只是完整的规范的寓言，不包括其中一些不完整的寓言，如《两只鹰与两棵葡萄树》《香柏树》《狮子落陷阱》《葡萄树》《燃烧的林木》等等，另外还有一些寓言的片断，以及寓意性很强但不是寓言的文字，也没有包括在内。可以说，这方面如果深入挖掘，可以看出古希伯来人的寓言是很丰富的。

说以上五则寓言是至今能见到的古希伯来人的寓言，还有一个含义，即除了从《旧约全书》外，我们几乎没有在任何典籍中发现过古希伯来人的寓言。但话说回来，我们从这五则寓言所展现的古希伯来人寓言的风姿来看，也很令人欣慰了。

这五则寓言是以两种方式出现在《旧约全书》中的，第一种是根据《旧约全书》中的某个事件为背景，在人们要表达自己的见解和看法，但又不好直截了当地叙说时，而由某个人叙说出来的，即明显地从外面借用而来的寓言，可称之为记载性寓言。这种寓言也不排除作者虚构的可能性。这种引出形式与中国先秦寓言的引出形式几乎完全一样，正文正常流动，需要时穿插一个寓言进来，并使其成为文章整体的一个有机组成部分。这样的寓言如《众树求王》《富人和穷人》《寡妇丧子》。

《大卫王哭子》《所罗门的智慧》则是由《旧约全书》所记载的历史人物所经历的某些事件中的某些情节直接构成。如《大卫王哭子》说大卫王儿子病的时候，他不吃不喝，乞求耶和华；待儿子死了，他却起来又吃又喝。臣仆们感到奇怪，儿子死了应该更加伤心才对，可是……大卫王说：孩子未死，我不吃不喝是为了求上帝怜恤我，还有希望可盼，现在孩子死了，我怎能使他返回？这样的情节非常富于哲理，故这一历史事件抽出来，也就是一则地地道道的寓言。

从以上五则寓言中，我们很难确切地叙述古希伯来人在寓言文学上所取得的成就，但就这五则寓言而言，有两个方面是可以肯定的，一是对世界植物寓言创作上的贡献，二是对后来犹太人的《新约全书》寓言及其他寓言的影响。

我们知道，世界寓言创作的主流是以动物为寓言主人公的，或者是以人物为寓言主人公。以植物为寓言主人公进行寓言创作，一般出现的时间都较晚，而且总的数量比例也很少。但在古希伯来人的寓言中就有所不同，似乎以植物为寓言主人公的寓言在其中占有相当的地位。也许古希伯来人的社会生活环境对树木等植物的印象十分深刻，创作寓言时总离不开植物的影像。

《众树求王》是古希伯来人一则重要的植物寓言，似乎也是世界上最早的或者是至今所能见到的一则植物寓言。这一点已经够重要的了，但更为有意义的是，与此一脉相承的、发生在公元前后的犹太人寓言，在世界寓言中具有独特的意义。如后来的《新约全书》中的《稗子和麦子》《芥菜种子》《不结果的无花果树》《野橄榄枝》等植物寓言就是在此基础上发展起来的，并成为难得的优秀的植物寓言群体。

古希伯来人寓言对后来寓言，特别是伊斯兰寓言的影响是较大的。《所罗门的智慧》故事的影响不言而喻，它的故事基本上是后来此类故事的模式，长久未变。其"所罗门的智慧"在中亚、西亚及欧洲，早已是众所周知的著名谚语。再有《富人和穷人》这则寓言，其基本的构思和寓言精神见于古代苏美尔人的寓言《一只狼和九只狼》。这个问题可多说几句，即从这则寓言看古希伯来人寓言与古代苏美尔人寓言的相互关系，我以为苏美尔人寓言对古希伯来人的寓言是有一定影响的，除了两则寓言的关联外，我们还能从苏美尔人的神话、传说与《旧约全书》中的故事的相似性中得到佐证。这则寓言在《旧约全书》中凝固后，对后来的阿拉伯世界影响是明显的。如我们在《古兰经·萨德》中就发现了这样的寓言；"这个确是我的朋友，他有九十九只母绵羊，我有一只母绵羊，他却说，'你把它让给我吧！'"

两则寓言的基本情节没有什么不同，但前者是富人和穷人，后者则是朋友，前者的情节详细，后者简略，前者哀婉，后者多愁。

公元前1030年以色列立国。后来，所罗门王死后，国家分裂成以色列、犹太两国。公元前587年，耶路撒冷沦陷，犹太国民被流放。公元前的几个世纪里，犹太人立国后又覆灭，被世人称之为犹太人。

古希伯来人的寓言难于确定下限时间，有许多发展情况亦不明，但公元前后，被称为犹太人的古希伯来人在巴勒斯坦又创造了新的犹太人寓言，这自然是后来的历史了。

第二章 古希腊寓言

约公元前2500年以后，一批操希腊语的人大约从多瑙河流域来到马其顿，又逐渐扩展到色萨利和埃皮鲁斯，约公元前1900年至前1600年，一批希腊人从北希腊移入中希腊和南希腊……从而创造了欧洲最古老的文明。他们大致经历了爱琴、荷马、古风、古典等时期。在荷马时期及以后，他们除了在社会经济、政治、哲学、工艺等方面大大发展了自己之外，还为世界创造了至今仍闻名于世的文学艺术。在文学上，尤以史诗、戏剧最为著名，至今仍为世界文学的一个重要组成部分。散文创作也取得了辉煌的成就，其中又以寓言为最。可以说，在古代希腊的文学中，影响最大的当首推史诗和戏剧，其次就是寓言。在世界寓言史上希腊寓言不可能是最古老的寓言，但它对后来世界寓言的影响又是其他任何一种古代寓言不可比拟的。古希腊寓言在以前一直被人们认为是人类寓言文学的鼻祖，随着人们对自己过去历史的、包括文学历史的了解，这种传统的说法被打破了，世界寓言文学史的历史也因此提前了许多年。在上一章世界寓言的溯源中的叙述表明：苏美尔人的寓言和埃及人的寓言比古希腊寓言分别早2000多年和700多年，连古希伯来人的寓言也比其早500年。在这几种寓言之后，能从书面史料上确认发生时间最早的是古希腊寓言，虽然古印度寓言发生的推测时间比古希腊寓言要早，但它的确切时间很难把握，不能与古希腊寓言明确的发生时间相比。

古希腊寓言自然是古代希腊寓言的总括，但现实中还有另一个称呼与其意义基本相似，这就是《伊索寓言》。《伊索寓言》是古希腊寓言全盛时期的产物，它常常是古希腊寓言的替代称呼。古希腊寓言就其时间上下限来说，也就不过是几百年，上至公元前8世纪，下至古罗马文明兴起，古希腊文明被吸收代替。

第一节 伊索以外的其他古希腊寓言

《伊索寓言》是古希腊寓言全盛时期的寓言，但古希腊寓言发展也是有一个过程的，在伊索之前自然还有许多的寓言，这又与古希腊寓言的最早证据相关。

古代希腊的寓言，其起源的情况我们所知甚少，产生的原因、年代更是不得而知。有人认为，古代希腊寓言，早在古代希腊史诗形成的时期就已存在。如我国的陈洪文先生就是这样认为的。他说："在《伊利亚特》中，阿喀琉斯用'狮子与人之间没有信得过的盟约，狼和羊也没有共同的愿望'来比喻他与赫克托耳之间的敌对关系。这说明在史诗形成的时期，已有寓言存在，并对史诗产生了影响。"① 如果照陈洪文的说法，那古希腊寓言的存在时期约为公元前8世纪，因为《伊利亚特》这部英雄史诗一般认为是公元前8世纪左右由荷马在前人的基础上加工创作的。

这个推断是正确的，但陈洪文说寓言影响了史诗的说法却不尽然，因为最多不过是"应用"寓言而已。另外，我以为古希腊寓言的发生及存在可能比公元前8世纪要早一些，大致在公元前10世纪左右。我们知道，寓言是人类神话文学之后，人的智慧的文学产物，而《伊利亚特》则属于神话之后的英雄传说，这一时期的寓言已经基本形成。话说回来，《伊利亚特》中的这一事例，还不可能是古希腊寓言的直接证据，它的直接证据在古希腊诗人赫希俄德的《工作与时日》之中，他在他的这部著作中，使用了《鹞子和夜莺》这则寓言故事。故事说的是鹞子抓住了一只夜莺，直飞云端，夜莺在鹞子的爪子中间哀叫，鹞子对它说：

傻瓜，叫喊什么？你为强者掌握，带你到哪儿是哪儿，虽然你会唱歌；将你撕食或放生，全凭我的心愿。谁妄想和强者抗争，谁就是白痴，胜利无望，还将遭受羞辱加痛苦。②

人们一般认为，这是现存古希腊最早有记载的一则寓言。赫希俄德的年代是公元前8世纪与7世纪之交，也就是说，以《伊索寓言》为代表的古希腊寓言，可靠的出现存在时间是公元前8世纪。这与《伊利亚特》中的间接例证是相吻合的。

能有证据表明的伊索以前的寓言，还有《狐狸在鹰前报复他的错误》，这则寓言不完全地见于公元前7世纪中叶的希腊诗人阿乔洛求斯的残诗中，这则寓言经后人整理后与《伊索寓言》上所载情节等均差别不大。

这是伊索以前我们能见到的寓言作品。从这两篇寓言作品看，公元前8世纪的古代希腊寓言已经比较成熟，为后来《伊索寓言》的兴盛，打下了坚实丰厚的基础。

我们知道，古代的《伊索寓言》在很大意义上来说，是古代希腊寓言的总汇。在伊索以前，自然有许多的古希腊寓言归为这一总汇，而赫希俄德和阿乔洛求斯的寓言由于记载，使其从《伊索寓言》中得以区别，但同时肯定有许多其他的寓言我们无法区别。这在伊索年代过去后的古代希腊也是如此，但我们由于种种原因，能从中区别出来的古代希腊寓言比伊索以前的要相对多一些。

稍晚于伊索的希腊悲剧之父埃斯库罗斯所写的《鹰受伤于用自己羽毛制作的箭》就是一例。这则寓言是这样的：

老鹰站在高耸陡峭的危岩上，看着兔子在田野上奔跑，想伺机捕食

① 见《伊索寓言》，序言。
② 《工作与时日》，第208—212行。

他们。

埋伏在旁边的射手看到了，精确地瞄准后，给予了致命的一击。

老鹰看到箭已穿透了自己的心脏。在一瞥中发现箭上的羽毛正是自己的。他哀叹道：“对我来说这正是双倍的悲哀呵！我是死于自己翅膀上的羽毛做成的箭！”

当意识到由于自己的过错而带来不幸时，会更加深他们的痛苦。

这则寓言是《伊索寓言》之后非伊索所为的古希腊寓言的典型例子。像这样的寓言在《伊索寓言》之后其数量是不少的，如《伊索在造船厂》。像这样利用伊索作为寓言主人公的寓言，不大可能是伊索自己创作的，而是后人创作后编入《伊索寓言》的。

像这样的寓言还有《旅途中的第欧根尼》《公鸡和鹰》等。前者以公元前4世纪的昔尼克派哲学家第欧根尼为故事的主人公，明显地是晚于伊索时代的作品；后者则明显地打上了早期基督教的印记，肯定为后人的作品。

以上这些寓言，后来都总汇于伊索名下，成为《伊索寓言》中的一个组成部分。也许像以上这样的寓言还不少，但它们大都缺乏明显的证据证明。

也许把古希腊寓言的发展历史如此叙述是不妥的，但它的区分，能最充分地证明我们今天所认识的《伊索寓言》在古希腊时代的状况。

第二节　古代希腊的《伊索寓言》

如前所述，古代希腊的《伊索寓言》时期，是古代希腊寓言的繁荣时期。

远在英雄时代的末期，雅典实行了忒修斯[①]所规定的制度，随后是贵族统治的不断加强，“到了公元前600年左右，已经变得令人不能忍受了。”[②] 公元前594年，梭伦[③]实行改革，给了私有制以合法的地位，宣告了国家的正式诞生。也就在希腊氏族社会解体，奴隶制城邦产生的历史背景下，为适应社会的需要，于公元前6世纪产生了《伊索寓言》，也产生了与当今耶稣一样知名的伊索。

伊索是生活在公元前6世纪前半期的一名奴隶，他以其天才的寓言创作能力，创造、改编和讲述了许多优秀的寓言故事，在当时的希腊产生了广泛深远的影响。伊索一生所创作的寓言其数量应该是不少的，但在今天流传的古希腊寓言中，其真正出于伊索之手的寓言作品，却让人很难明确地辨别。以伊索为名的寓言，其范围自然应该指伊索本人所创作的寓言。可是，这一界定在这里却不适用，《伊索寓言》以其自身的艺术价值和一定的历史原因，涵盖了整个希腊的寓言。即：古希腊最漂亮的寓言是

① 古希腊传说中的英雄，雅典的奠基人。
② 见《马克思恩格斯选集》，人民出版社，1972年。
③ 著名的雅典政治家兼诗人。

伊索的，希腊的寓言就是伊索的，《伊索寓言》也就是古希腊的寓言。现今我们所说的《伊索寓言》的含义，也就在这样的文化心理演变下构成的。公元前4世纪与前3世纪之交，雅典哲学家得墨特里俄斯收集了近200个寓言，编辑成《伊索故事集成》，此书就是这一含义最直接的表现。如果我们今天得到的《伊索寓言》，完全来自于这个《伊索故事集成》（可惜它早已失传），那我们今天面对的《伊索寓言》就要简单多了，因为这个集子不过是包含了上一节中所叙的及其他的全部希腊寓言而已。但事实却并不是如此，今天我们实际上面对的《伊索寓言》要比这复杂得多。

两千多年前，罗马文明兴起，取代了希腊文明之后，希腊的许多东西，包括寓言，在罗马人的继承发展下消失了。在罗马以后的很长一段历史长河中，人们只知道斐德鲁斯的寓言，巴勃利乌斯的寓言，阿维阿努斯的寓言，和无名氏的寓言集《罗穆路斯》，古代希腊的寓言，包括伊索这个名字都被遗忘了。

14世纪初叶，拜占庭的僧侣马克习墨乌斯·普拉努得斯搜集了约150则寓言，使古希腊的《伊索寓言》重新引起人们的注意。这个寓言集于1479年首次刊行，成为后来《伊索寓言》刊印本的主要材料来源。1546年，罗伯特·史蒂芬出版的《伊索寓言》，增加了他从巴黎皇家图书馆得到的抄本上的寓言。1610年，瑞士学者耐弗莱特刊印《伊索寓言》，把从梵蒂冈图书馆得到的未曾发表过的136个寓言，阿弗托尼乌斯的40个寓言，巴勃利乌斯的43个寓言统统加了进去。这个寓言集后来刊行时，学者们又有所增删，但基本的面貌变化不大，这也就是我们今天所面对的《伊索寓言》。

对于这样的《伊索寓言》，一般的欣赏和研究人们不会涉及更多的问题，可是世界寓言文学史对于这样一个特殊的产物，却有许多问题需要解决。首先是这批寓言的真实性和代表性，这批寓言，在经过了漫长的历史长河之后，是不是那么确切可靠。对此一般有三种看法：一是完全不是古希腊寓言，近来就有人从伊索生平的探索中否定这批寓言的希腊根基；二是认为完全是古希腊时代的寓言文学珍品，但明显的来自各方影响的痕迹，又使这种见解缺乏坚定性；三是有《伊索寓言》的内核，并包容了许多世纪古代希腊所能流传至今的寓言文学作品。

第一种看法显而易见地偏狭。《伊索寓言》的存在不但在于作品本身，还在于作品以外的许多证据。第二种见解也是不正确的，它使《伊索寓言》中的许多问题难予解释。我比较赞同第三种说法，有一个《伊索寓言》内核后的包容，是比较符合《伊索寓言》客观实际的。得墨特里俄斯搜集的《伊索寓言》，是不是就完全是伊索的寓言作品，我们缺乏有力的证据；普拉努得斯搜集的，以及后来学者们搜集的众多的所谓《伊索寓言》，是否就全是古希腊伊索的寓言作品，我们也很难下定论。但有一点似乎大家都能肯定，即在这些寓言中，《伊索寓言》作品的内核是存在的，古希腊寓言也就在伊索的名义下总汇起来。

这也就是今天《伊索寓言》的含义，尽管寓言的历史似乎应该更明确一些，但古希腊的寓言历史也不得不如此叙述。

今天见到的最完整的《伊索寓言》，首推瑞士学者耐弗莱特的刊印本，总计达

379 个寓言。原民主德国出版的《伊索寓言汇编》（希腊文本），寓言的统一编号达 346 个。我国目前最完备的《伊索寓言》译本，就是根据这个希腊文本翻译的，译有 330 个寓言。

这些寓言当然包括了上一节所叙述的那一些非《伊索寓言》，以及其他一些很明显可判定区别的非《伊索寓言》。

这些全归为伊索名下的古希腊寓言，上下的时间约几百年，是几百年间古希腊寓言文学中的精华。就在伊索统领寓言文学的风骚前后，古希腊寓言文学对当时的社会生活发生了极其深远的影响。当它在 14 世纪重新被人们发现后，重新焕发了异彩，在世界范围内产生了广泛的影响。首先它影响了全世界的寓言文学，进而对戏剧、小说、散文、诗歌等独立的文学体裁、品种，也产生了不同程度的影响。

在《改变世界的名著》一书中，作者罗伯特·勃·当斯这样评价《伊索寓言》："《伊索寓言》及其前期的作品代表了文学艺术发展的最早阶段。显而易见，这些寓言在人类从野蛮人发展到博学多识的现代文明人的各个文化时期，始终具有不可抗拒的艺术魅力，其真谛在于寓言本身的简洁、明快、纯朴、敏锐以及天真与世故的奇妙结合。从某种意义上说，寓言是人类普遍经验的结晶，是人类智慧的精华。"①

第三节 伊索其人

叙述世界公认的寓言大师伊索的生平，也有一个首当其冲的问题要解决，即对伊索其人的看法。由于史料的缺乏，或者说对史料的发掘不够，对伊索其人的看法很不一致，一般的有四种看法；一是认为伊索是古希腊的寓言作家；二是认为他不是一个寓言作家，而只是一个讲述寓言的能手；三是认为"伊索"这个名字完全是后人的假托；除这三种看法以外，最近几年在世界上又出现了第四种说法，说伊索不是希腊人，而是非洲的埃塞俄比亚寓言作家陆克曼。这种说法的依据是："那么陆克曼是怎么变成伊索的呢？原来希腊人把埃塞俄比亚的寓言翻译成希腊文，以'伊索'署名，取其所含埃塞俄比亚人的意义。大约是译者将埃塞俄比亚人的寓言——Ethiop 读走了音，成了'Egop'，于是，埃塞俄比亚人寓言就成了《伊索寓言》，作者陆克曼也就成了伊索了。"另外，"陆克曼从他的寓言中透露出他是一个黑人奴隶，由于他才智过人，主人将他释放，解除奴籍，这个身世与欧洲传说的伊索的身世基本相仿。"②

第一种看法肯定伊索作为一个作家的存在，可似乎缺乏最直接的证据；第二种看法否定他是一个寓言作家，但承认其人的存在，可又因为他的身世——奴隶，而否认他能在古代希腊如此繁荣的文学中占有一席地位，成为寓言作家；第三种看法又是从后来《伊索寓言》流传中出现的大量假托现象，而反推在古代希腊并没有其人，或

① 转引自《文化译丛》，1984 年第一期。
② 转引自《文化译丛》，1984 年第一期。

者并没有寓言作家伊索。

我不同意第三种看法，因为有许多的例证证实了这位身世复杂而不幸的古希腊寓言作家伊索的存在。至于第四种看法，我以为姑妄听之，所叙的东西也不是没有一点道理的，但其所谓的证据也太脆弱了些。陆克曼的寓言，其身世确与《伊索寓言》和身世有不少的相似之处，但有两点人们难于回答，一是赫希俄德的寓言如何解释，如果否认伊索连希腊人都不是，那么希腊就不会有如《伊索寓言》那样的寓言；二是古代希腊的文献都提到伊索的名字，而且年代都在公元前 5 世纪至公元前 3 世纪，一般都比较确切，而所谓东方智者陆克曼的兴起，其年代与伊索相差数百年，乃至上千年。故而话说回来，为什么不可以推测，东方智者陆克曼是《伊索寓言》或伊索智慧传播和影响的结果呢？就如伊斯兰教与基督教、犹太教的渊源关系一样。我以为那个语词音变上的推测是后来人们的臆想，是一种狭隘的民族主义色彩浓厚的说法，不足为取。

第一种看法也许最切合实际，但它忽略了一点，即作为寓言作家的伊索在创作了不少优秀寓言的同时，也是讲述寓言的能手，并且很有可能在许多讲述的时候，既有自己创作的寓言，也有上古流传下来的作家寓言及民间寓言。

叙述伊索的生平也就是基于此观点而言的。

对于伊索生平的直接记载几乎没有，但零星的、间接的记载却散见于古希腊的各种文献中。

最早关于伊索的史料，恐怕要出自希罗多德的《历史》一书，他在该书的第二卷第 134 节中写道：

她（指妓女罗德庇司）是一个色雷斯人，是萨摩司人海帕伊斯托波里斯的儿子雅德蒙的女奴隶。她又是和写作寓言的伊索在一起的奴隶，因为他也是雅德蒙的人。这一点最主要的证据是，当戴尔波伊人遵照着一次神托的命令，做出多次声明请对伊索之被杀而要求赔偿的任何人到他们那里去的时候，则除了只有前者的孙子，另一个雅德蒙之外，并没有任何人这样做。因此，伊索当然也就是雅德蒙的奴隶了。

希罗多德是古希腊著名的历史学家，著有历史名著《历史》，史称“西方历史之父”，比中国的司马迁早数百年，其著述的史实性是大家公认的，故而他关于伊索生平的记载，向来得到人们的重视，关于伊索生平的许多问题的答案或推测大都根源于此。有明确的记载表明，希罗多德公元前 485 至前 425 年在世，与一般见解的伊索在世年代，相差不过百余年，故从时间上来说，也是符合常规的，其史实性也是相对可靠的。

在希罗多德之后的古希腊著名喜剧作家阿里斯托芬（公元前 446—前 385），也在其剧作《马蜂》第 1446—1447 行中提及伊索被戴尔波伊人诬告的事情。在《鸟》中第 471 行也有这样的词语，说庇斯忒泰洛斯挖苦歌队长说：“这是因为你无知，孤陋寡闻，没钻研过伊索。”又在后来的大哲学家柏拉图的《斐多篇》中记述，苏格拉底被判死刑，在监牢里等待服刑的时候，曾经把散文体的《伊索寓言》改写成诗。苏格拉底对前去探望他的人说：“……我把手头有过并且背熟的《伊索寓言》改写成诗体，首先是我记起的那些。”

苏格拉底是公元前469至前399年在世的希腊大哲学家，柏拉图比苏格拉底稍晚，在公元前427至前345年在世，距伊索年代都不是太远。

据传，著名的希腊雕刻家吕西波斯在公元前4世纪曾为伊索雕像，并把他竖立在雅典七贤塑像之前。

公元前4世纪与公元前3世纪之交，雅典的哲学家得墨特里俄斯收集近200个寓言，编辑了《伊索故事集成》，则是有文献记载的。

亚里士多德的作品中也有伊索的名字出现。

公元1世纪的古希腊传记作家普塔鲁克曾在《七哲会饮篇》中说，伊索是雅典政治家和哲人梭伦的朋友。

公元3世纪的拉厄耳忒斯人第欧根尼也有一些关于伊索生平的记述。

公元4世纪、5世纪，有人编成了《伊索传》，趣味性很强，真实性却值得怀疑。

1632年，一个名叫梅捷里亚克的法国人，在研究了许多古代著作之后，发表了一个伊索的生平传记。

现代，巴西剧作家菲尔格莱特创作了话剧剧本《伊索》（又名《狐狸与葡萄》），以话剧的形式表现了伊索的生平事迹，但这是文学创作，而不是传记。此剧剧本我国戏剧出版社1959年曾翻译出版，1980年又再版，并在北京演出过该话剧。

伊索的生平多年来一直就依托于这些间接的材料，大致形成了一个大家基本能接受的生平事迹。

伊索的出生地有多种说法。有说是卢地亚的首府沙地斯，它大概因为伊索曾在沙地斯受到卢地亚国王克洛索斯的信任，并留住在那里的缘故。有说是希腊半岛上的沙摩斯，这是因为他是沙摩斯岛雅德蒙家的奴隶。有说是色雷斯王国的殖民地米赛勃利亚，这是因为希罗多德《历史》中记载的与伊索为伙伴的妓女罗德庇斯是色雷斯人，故而如此推断他的出生地。伊索的出生地还有些说法，但似乎谁都难于肯定哪里是伊索的出生地，故而有人干脆说，上述的那些地方，都可能是光荣的伊索的出生地。

伊索的出生时间经多年的考证和分析，在当今世界上比较一致的看法是大约公元前620年。这是因为有史料表明，说伊索是希腊女诗人萨福同时代的人，而萨福出生于公元前612年的说法，是大致可以确定的。而曾与伊索在雅蒙德家为奴隶时的伙伴妓女罗德庇斯又因为赠送大铁签给德斐尔神庙，而使萨福在诗中痛责过她，因此在参照希罗多德的记载等材料的印证下，得出了这一出生时间。

至于伊索是奴隶这一点，似乎没有什么异议，后来得到解放也没有什么异议，因为这都是史料能够证实的，只是伊索一生下来就是奴隶，还是后来因什么原因沦为奴隶，就不甚明了。只在有一些材料中说伊索是一生下来就是奴隶的，如法国人梅捷里亚克的伊索生平传记中就有这样的字样：生下来是个奴隶，后来为了奖赏他的智慧和博学，主人赐给了他自由。

伊索凭借什么样的智慧获得主人奖赏的呢？有一个传说最为有名。说有一次，伊索和其他奴隶去埃菲苏斯的路上，驮运的物件需要分给每个人承担。他的同伴嘲弄他，因为他挑选了一个装面包等食品的比别的担子重一倍的担子，说他太傻了。伊索几乎没有反驳他们，因为他明白这是一副供奴隶们路上吃食的担子，最初挑起来很重是自然的，但不久，伊索的担子就一天天轻了下去，最后几乎就只挑了一副空担子。还有一个例子说，有一次伊索来到雅典，正值暴君庇士特拉妥统治雅典的时期。市民们无法忍受就起来反抗，伊索就说了《青蛙要国王》这则寓言，通过最先自由自在的青蛙因为没有国王，去跟宙斯要了一块“木头”来做国王，但后来它们又觉得木头国王太迟钝，要求宙斯换一个国王，结果宙斯生气地给了一条蛇来统治它们的故事，来说明更迭新统治者只能使他们的处境更糟糕的道理，从而劝阻市民们不要造反。

这两个例子大致都是伊索还处于奴隶地位的时候发生的事情，几乎都与伊索获得解放有关，特别是前一则寓言故事，有的材料中就直接认为伊索就是由于此事而获得自由的。

伊索由奴隶获得自由，这是大家公认的，但他于什么时候获得自由就很难确定。据一些史料来看，这一年代不会太早，一般要在伊索由于自己的智慧和博学，取得了一定的名声之后才可能实现。故而在法国人梅捷里亚克的伊索生平传记里，认为他是在晚些时候，摆脱了奴隶的被侮辱状态，提高到有了相当名望的地位。

伊索脱离奴隶地位以后又干了些什么，有些什么事迹，没有什么可靠的资料，但盛说他从那以后旅行到了许多国家，还说伊索的愿望是做一个从事教育工作的教育家。这可能是根据《伊索寓言》中所表现的高度智慧和《伊索寓言》在后来的希腊国民教育中所取到的明显地位而推测的，但这些推测是很有道理的。

后来，在伊索来到卢地亚的首府沙地斯的时候，得到了卢地亚国王克洛索斯（公元前560至前546年在位）的信任，定居于沙地斯，这大致也是可以肯定的历史事实。在沙地斯，伊索受聘于国王，为国家做了不少出色的工作。在这段时间里，伊索做了两个方面的事情：一是在王宫里与国王及其他智者高谈阔论，用他自己的（寓言的）方式对人生、社会哲理发表意见，风趣、幽默，又使人警醒，故梅捷里亚克的传记生平中说他的谈话使皇帝高兴。他同这些哲学家（指梭伦等）的谈吐中，是那样恰当地表达了他的警句和格言。大家公认他比谁都讲得好。有时他也能为国家的某些事务出出好主意。伊索也就是在这一时期认识希腊著名的政治家兼诗人梭伦的，后人说他是梭伦的朋友也源于此。伊索的第二件事情，就是加紧自己的学习和教别人学习，这种教别人学习又有两个方面，一是在本地，二是出访，有人认为他出访过阔林斯、雅典，并向那里的统治者和居民，讲故事和寓言。

在沙地斯的经历中，伊索为什么得到国王的信任，有一传说也广为流传，这就是关于舌头的故事。说卢地亚国王在考验伊索智慧时出了一道题：叫伊索把世界上最好的东西端出来招待国王的客人。伊索最先端出了一盘盘舌头，说这是世界上最好的东西，理由是什么花言巧语和令人心旷神怡的声音都是因为有了舌头。可后来，在端出世界上最坏的东西时，也是一盘盘舌头，国王和客人们大奇，而伊索则说，世上语言最恶毒，而它们也是舌头搬弄的结果。

对于伊索的死，人们最肯定的说法，是伊索死于戴尔波伊人手中，这一历史事实是希罗多德的《历史》记载可以证实的。至于起因，一般的说法是，有一次，伊索担任克洛索斯的使者，给戴尔波伊人送去巨款，与戴尔波伊人发生争执。争执的原因有两种说法：一是说戴尔波伊的统治者贪婪，嫌钱少，以至于伊索拒绝发放带去的款项，从而发生争执；二是在发放用途上，伊索以为要把钱发放给全体戴尔波伊人，但戴尔波伊人的统治者不以为然，伊索因此拒绝发放，从而发生争执。还有一说是，因为伊索的寓言故事刺痛了戴尔波伊人的统治者，从而他们疾恨伊索。至于与伊索发生争执的对方，一说是阿波罗神庙上的执事，二说是戴尔波伊人的统治者。发生争执后，伊索被处决的罪名有几种说法，一是说咒骂他失敬，二是干脆说他偷了阿波罗庙上的酒杯，三是说他的寓言亵渎神灵。

这几种说法大都来自后人的考证，也许是此，也可能是彼，或者兼而有之。

伊索被戴尔波伊人杀害了。有人说是为当地的居民杀害的，也有人说他是被当成国事犯加以处决的，而且对他的死是不准上告的。还有人说戴尔波伊人在伊索的灾难降临时，曾凑足了钱，准备为他赎罪，但已经晚了，后来以至形成一句有名的希腊谚语：伊索的血。意思是说，人们受到不公正的处理，辩护的证据确凿，错误的行动明显，但最后仍得受不公正的惩处。可见伊索的死在古代希腊的影响之大，以至戴尔波伊人的后代愿为伊索的死做出赔偿。

这些说法大都与法国人梅捷里亚克和巴西剧作家菲尔格莱特的《伊索传》及话剧《伊索》有关，但其源头仍在希罗多德的记载上。记载中说戴尔波伊人的赔偿行为是完全可信的，因为这事发生时，与希罗多德在世的时间相距不远，或正好是其在世的时间里。这也可以作为以上诸历史的反证。

在巴西剧作家的笔下，还有耐人寻味的不一定是史实的一笔，说伊索宁愿作为一个自由人而死去。

伊索死了，具体死于何年不详，但克洛索斯国王在位是公元前560至前546年，伊索的死肯定在这一期间，因为他是由于做了他的使者而去戴尔波伊的。根据伊索在克洛索斯国王手下工作的经历，伊索大致死于公元前455年前后。如果真是如此，伊索死时约60岁。

另外，传说中的伊索相貌奇丑无比，说他上肢短小，下肢罗圈，矮小的身材却大腹便便，皮肤黝黑，尖尖的脑袋上长着斜视眼和塌鼻子。还说他是个哑巴，只是因为行了善，艾西斯女神才赐予了他说话的能力。

第四节 《伊索寓言》的思想内容

寓言是人类从神的恐惧中摆脱出来，注重人的自身智慧的时候而产生的一种文学作品，故而寓言思想内容的首要方面，是人们的日常社会生活经验教训的总结。《伊索寓言》产生于最注重人的自身存在的古希腊文明中，故而它的这方面思想内容的表现是很显著的。其日常社会生活经验教训的内容，又有两个方面的倾向区分，一是人与自然而产生的经验教训，二是人与社会交往、人与人交往的经验教训。当然，这两个倾向的内容并不是一种截然的区分，只不过是它们有一定的倾向而已，其许多内容实际上对人与自然、人与社会都是相通的。

这方面内容的例子很多，如《鹰、穴乌和牧人》，说一只穴乌学鹰的样子，扑到公羊的背上去抓羊，结果被羊毛缠住，让牧羊人抓住拔光了羽毛。这则寓言说穴乌不自量力，一味地与优越者相比，结果招致不幸，为人耻笑。这则寓言就属于有自然倾向的日常社会生活经验教训的总结。再如《蚊子和狮子》，说有群蚊子打败了强大的狮子，而当蚊子自以为了不起，洋洋得意的时候，却又被蜘蛛网粘住了。这则寓言的教训总结是："这故事适用于那些打败过大人物，却被小人物打败的人。"这则寓言的自然倾向也很明显，它的社会人生的内涵比寓言的总结要丰富得多，但它的起因，它的最初的经验却直接来自于大自然生物的相互制约现象。

社会倾向比较明显的寓言在《伊索寓言》中的数量比较多，如《鹰和屎壳郎》《夜莺和鹞子》等。前一则寓言说鹰追兔子，兔子向屎壳郎求救，屎壳郎为兔子向鹰说情，鹰瞧不起屎壳郎，当着面吃掉了兔子，后来屎壳郎报复了鹰。这个故事利用的也是自然界动物生活，但它明显地是社会认识载体，是人编织自然动物的故事来说明社会生活的道理。《夜莺和鹞子》的意思是说明那些贪图更大的利益而把手中的东西抛弃的人是愚蠢的。这个做事的原型是一则顾此失彼、此彼都想要，最后却什么也没有得到的民间寓言故事，而这则寓言则改造为夜莺被鹞子抓住，夜莺向鹞子告饶，说鹞子吃了它根本吃不饱，不如去寻找更大的鸟儿，而鹞子则说："我如果放弃到手的现成食物，而去追求那渺茫的东西，岂不成了傻瓜！"这样一改，它的社会倾向就再明显不过了，因为这样社会化的经验，不可能来自人与自然的交往。

《伊索寓言》最广泛最丰富地总结了日常社会生活的经验和教训。如"讥笑比自己高明的人，往往会不知不觉地自寻烦恼"的寓言有《伊索在造船厂》；"有头脑的人应当事先看清事情的结果，然后才去做那件事情"的寓言有《狐狸和山羊》；说"熟识能减少对事物的畏惧"的寓言有《狐狸和狮子》；说"谁向生来作恶的人求救，谁就是傻瓜"的寓言有《狐狸和荆棘》；表明"隔行难相处"的寓言有《烧炭人和漂布人》；说"不相称总是有害"的寓言有《头发斑白的人和他的情妇们》；说"人有预见，才能避免危险"的寓言有《燕子和鸟类》；说"不可轻率从事"的寓言有《两只青蛙》；说明"说服往往比压服更有效"的有《北风和太阳》；表达"团结就是力量"的有《农夫和孩子们》；表达"对恶人即使仁至义尽，他们的本性也是不会改变"的有《农夫和蛇》；表达"患难见知己"的有《行人和熊》；表明"不应同强者竞争"的有《橡树和芦苇》等等。

这样的例子我们还可以举出不少。在《伊索寓言》里，几乎可以见到关于过去、现在人们的经验教训的全部内容，有的内容还从多角度、多层次进行趣味迥异的表达，如交友这一主题就有"不要与反复无常的人交朋友""不要与心胸狭窄的人交友”“关键时才能见到友谊的真伪”等等。《伊索寓言》之所以在全世界任何一个国家和民族都能流传，并得到各种不同文化修养和处于不同文化期人们的响应，很大程度上就决定于这一部分内容的存在。国家、民族的思想、观念、信仰、意识等等方面可以完全不同，甚而不同阶级、阶层的人的认识和信念可以完全对立，但人们在日常社会生活中的经验教训却是可以相通的。《伊索寓言》也就是在这方面内容上，使后人不得不赞誉它为人类智慧的结晶。当然，这不可能完全归于这方面内容，其他的内容也是其中不可缺少的部分。

在经社会生活经验教训上再往前走一步，走向揭示一定规律，更抽象更理性化的认识的时候，也就出现了哲理。寓言的哲理内容又是《伊索寓言》思想内容的一个方面。

如《宙斯、普罗米修斯、雅典娜和摩摩斯》① 这则寓言，说他们三个，一个造了牛，一个造了人，一个造了房子，但在爱挑剔的摩摩斯面前，什么都不尽意，于是从这则寓言中得出“没有什么东西是十全十美、无可挑剔”的理性认识。再如《蚂蚁和蝉》说“凡事都要预先有准备，才能防患于未然”；《金枪鱼和海豚》提示“看见制造灾难的人遭殃，自己受到的灾难也就容易忍受了”的哲理认识。这两则寓言的哲理内容虽然比较明显，但仍不免有经验教训内容的遗痕，大致上是有一定的经验教训意味，又有较多的抽象的哲理认识。这样的作品在属于哲理内容的《伊索寓言》中是不少的，这说明《伊索寓言》向哲理迈进的度并不很大。

《伊索寓言》中纯粹的哲理寓言自然也有不少佳品。如《小偷和公鸡》这则寓言说小偷偷了一只公鸡，公鸡请求别杀它，它可以把人们唤起来工作，对人有益。可小偷却回答说：“正因为如此，我们更要把你杀死，你唤醒人们，就是不许我们偷盗。”这则寓言几乎就是为了一个“好”与“坏”的辩证关系认识而创作的。《狮子和狐狸》是一则西方世界捧为佳品的寓言，很简略：“狐狸讥笑母狮每胎只生一子。母狮回答说：‘然而是狮子!’”寓言的教训话语是“美好的东西在质不在量”。这则寓言在表现数量与质量相互关系的认识上，其形象的鲜明和哲理的深刻，至今仍没有更好的这类寓言超过它。

属于哲理内容的寓言还有：说“外貌美好不如身体健康”的有《燕子和冠乌》，说“事物都在不断变化，你可以今天打败大人物，但明天你也许就败在微不足道的人手中”的有《蚊子和狮子》；说“强者帮助弱者，才能共同渡过难关”的有《马和驴》等等。还有《骆驼》通过人对骆驼的认识过程，形象地说明了实践出真知，认识来源于实践的道理；《年轻的浪子和燕子》告诉人们不可违背客观规律行事；《两只青蛙》等说明观察问题应该全面等等。

表述这方面内容的寓言有不少优秀篇章，但实事求是地说，《伊索寓言》的哲理内容表现并不很突出。

对社会丑恶现象的以及人性弱点和缺陷的揭露、批判，是《伊索寓言》思想内

---

① 摩摩斯是古希腊神话中夜神的儿子，专爱挑剔。

容的又一个重要方面。

公元1世纪的罗马寓言作家菲德鲁斯说过这样一句话；“受压迫的奴隶想要说出，但又不敢说出自己的感情，就通过寓言来表达，借虚构的笑话避免责难。”① 他的这句话表明，寓言是下层人民最常利用的一种文学种类。这在古希腊的另一个说法中可以印证，即那时人们普遍认为散文体的文学作品都是一种奴隶的下层的文体，而古希腊寓言正好绝大多数是散文的。这样一来，寓言这一来自底层的劳动人民中间的文学作品，自然批判性就比较强烈，对社会许多不良的丑恶现象进行揭露和批判，并同时描绘他们的悲惨境遇。如《欠债人》揭露了富人的苛刻无情和贪婪自私，同时也描绘了穷人无可奈何的悲惨境况。《赫剌克勒斯和财神》明确指出，财神（财富）总是“和恶人在一起”，这等于告诉我们，富人即恶人。《猫和鸡》等寓言勾画了恶者的伪善。《狼和小羊》等寓言则揭露了“狼”的专横和残暴，他制造种种借口坑害弱者，他的谎言一旦被揭穿，便现出了凶恶的本相。《燕子和蟒蛇》告诉我们，即使在法庭这个“受害者可以得救的地方”，弱者也会遭殃，说明在当时的社会里只有强权，没有公理。当我们读到《狼和狗》这则寓言时，我们就会理解“挨饿比戴沉重的脖套更好受”这句话的全部含义。《农夫和蛇》这则寓言使人们认识到“恶人”的本性不会改变，不应该怜惜他们。这些内容是寓言产生于下层人民的必然结果，从他们中间来的寓言作品，必然要抒发他们的某些思想认识和感情。但是，在寓言中反映他们生活状况、境遇的同时，对社会丑恶现象的批判和揭露是广泛的。揭露“城邦的政客们把祖国引向动乱的伎俩时”，有寓言《渔夫》；揭露恶棍和窃贼的有《狐狸和狗》；批判“无情主义、恩将仇报”的有《种菜人和狗》，批判“背叛祖国，投奔异邦的人”有《穴乌和大鸦》；揭露“用伪装陷害人的恶人”有《狼和羊》；嘲弄陷害伙伴的人有《驴、狐狸和狮子》；嘲弄坏心眼的人没有好下场的有《农夫和狐狸》等等。

在揭露和批判的寓言思想内容中，一般的情况下，人们很注意揭露批判社会丑恶现象的内容，对此中揭示人性弱点和缺陷的思想内容就很少留意，多数时候是一笔带过，但实际上寓言中有关于人性弱点、缺陷的批评和揭露的内容是丰富的。

如《渔夫》批评做事不合时宜的人；《狐狸和葡萄》说狐狸饿了，但吃不到架上的葡萄，就说葡萄是酸的，以掩饰自己的无能，殊不知却暴露了自己的虚伪。撒谎是人的最普遍坏品德之一，《伊索寓言》中有关这一内容的寓言就有《狐狸和猴子》《狐狸和鳄鱼》《撒谎的人》《赫耳墨斯和手艺人》《开玩笑的牧人》等数则寓言。这些寓言从各个不同角度揭示了撒谎的害处，也包含了对撒谎的批评，其中以《开玩笑的牧人》最为有名。批评人的虚荣的寓言也不少，有《赫耳墨斯和雕像者》《老鼠和黄鼠狼》等。说大话、空话、自吹自擂也受到批评，如《蚯蚓和狐狸》《人和狮子同行》《狮子和驴》《狮子和青蛙》《医生和病人》《天文学家》等寓言就是。人的贪婪也是其寓言中揭示和批评的重要内容之一，如《狼和狮子》《狼和牧人》，还有《衔肉的狗》《行人和赫耳墨斯》《骆驼和宙斯》《卖神像的人》《生金蛋的鸡》《苍

① 《伊索寓言》第三卷序诗，第34—37行。

蝇》《老太婆和医生》等等，当中又以《生金蛋的鸡》最为有名。另外，批评固执己见的有《野驴和家驴》《马、牛、狗和人》；批评揭示过分好胜的寓言有《乌龟和老鹰》《驴和赶驴人》《穴乌和狐狸》。同时，对言行不一、嫉妒、骄傲、恃才自满、胆小怕事、愚蠢、无知、谄媚等几乎人所能存在的性格弱点和缺陷都进行了无情的揭露和批评。

拥有这些内容寓言的出现，对完善人类的性格，以及人的品行修养方面贡献是很大的。众所周知，我们许多的品行营养是在童年时代就吸取了的，而童年德行的自我完善，寓言是必不可少的。

这里我们又开始触及《伊索寓言》的另一个思想内容，那就是道德修养方面的内容。实际上，批评人的性格弱点和缺陷的同时，人的道德品行修养的含义就已经具备，因为它告知你什么不可以保留，什么应该发扬，但我们这里所区分的内容则是正面的，直截了当地表明人们在品行上应该如何做。这方面内容的寓言相对而言要少一些，在很少的寓言中，有些寓言的含义还不是单一的。

《伊索寓言》在表述学习的方式方法，以及其他方面的内容上，也还有些笔墨，但这在其中微不足道。

这就是《伊索寓言》的思想内容，我们今天在世界寓言文学史中如此认真地表述它，有一个重要的原因是因为从《伊索寓言》开始，寓言思想内容的基本内涵，就大致沿袭着这些个方面，变化不大，这在拉封丹是这样，莱辛是这样，克雷洛夫也是这样。基本的素材、基本的内容不变，只不过是法国趣味、俄国趣味而已，这在世界，特别是整个欧洲全是如此。当然，这不否认各国寓言作家在题材等方面的开拓，但《伊索寓言》以来的许多内容却是寓言思想内容的永恒主干，主要方面是跳不出这个框架的，其实也用不着跳，人们对《伊索寓言》有一个评价：“人类智慧的结晶。”

故而，如此表述称之为寓言鼻祖的《伊索寓言》的思想内容是必要的。

第五节　《伊索寓言》的艺术成就

《伊索寓言》不但在题材、思想内容等方面对后世的寓言文学以及其他方面的文学产生很大影响，其艺术上也取得了多方面的成就，并对后世的文学，特别是寓言文学产生更为深刻的影响。

《伊索寓言》在艺术上所取得的成就大致有三个方面。一是开创了寓言拟人化地使用动、植物为寓言主人公的基础；二是最先成熟地使用了寓言的多种艺术表现手法；三是创造了以《伊索寓言》为特色的寓言表现形式。

在寓言中使用动物、植物等为主人公或表演者，实际上并不是古希腊《伊索寓言》的发明，也不是他们在文学作品中最早地使用这些形象。早在人类的童年时期，神话的产生之时，动物就作为一种艺术的角色进入了人类口头文学阶段的文学作品。随着后来传说的发生，人类民间口头文学丰富起来，不少的民间故事中就分解了一种专门以动物为故事主人公的民间故事——动物故事，尽管这些分类是后人、主要是现代文艺学对它们的分类，但那时确实存在着一种以动物为主人公的故事类别。它们的存在肯定早于寓言，而人们也公认，寓言，特别是以动物为主人公、主要形象的寓言，大多发源于早有的民间动物故事。

其实，《伊索寓言》也不是最早使用动物形象的寓言，如前章所述的苏美尔人的寓言、古代埃及的寓言，都有大量使用动物作为寓言形象、主人公的例子。但是，在我们还处于材料不充分（苏美尔人的寓言是当代考古的结果；19 世纪后半期古埃及文字被破译，古埃及寓言才于近期被译读）的时候，《伊索寓言》使用动物、植物作为寓言主人公，确实被人们视为创举，只是后来由于历史资料的丰富，这种说法被改变了。可话又说回来，说《伊索寓言》最早地使用了动物、植物为寓言主人公，开创了寓言文学的基本风貌，并不仅仅是因为它最早地使用了动、植物形象，而是：一、它即便不是世界上最早使用动植物形象的寓言，也是最全面地使用动植物为寓言形象的寓言，这些动植物形象的艺术性和艺术表现力是以前任何一个群体的寓言都无法比拟的。二、自从《伊索寓言》出现，由寓言形象、主要是动物形象中所表现的艺术魅力和方式方法，对后来的世界寓言形象运用，主要是欧、美寓言形象运用产生了深刻的影响，其中特别是欧洲的寓言，明显地表现了《伊索寓言》的形象运用的继承性，从古罗马到当今的欧洲各国，几乎是不用动物形象似乎就构不成寓言的基本风貌，而这种风范就直接源于古希腊的《伊索寓言》。也就是说，这方面对于后世的影响基本来自于《伊索寓言》，而不是比《伊索寓言》更早的其他寓言。这些，才是说《伊索寓言》开创了寓言拟人化地使用动植物为寓言主人公基础的基本依据。这样一来，总的就两句话，一是本身寓言形象（主要是动物形象）的完美，二是广泛影响的基础，就构成了《伊索寓言》在艺术成就上的第一个方面。

《伊索寓言》中最成功和完满地运用动物（它的形象运用最成功、影响最大的是动物形象，故后来对它的植物形象很少提及，尽管《伊索寓言》中有一些植物寓言）创造了一大批征服全世界的寓言文学作品，这是在以前任何一个寓言群体都没有出现过的情况。那么，《伊索寓言》运用动物形象的成功和完满主要表现在什么地方呢？

首先最主要的是它最为广泛地运用于动物作为寓言的形象。在《伊索寓言》里，有什么动物形象不能写入寓言呢？它几乎集聚了古希腊土地上和古希腊人所能见到、感受到的全部动物形象，如鹰、狐狸、狮子、夜莺、鹞子、山羊、猫、鸡、豹、猴子、公鸡、鱼、鳄鱼、松鸡、鱼狗、狼、燕子、狗、青蛙、屎壳郎、黄鼠狼、蛇、熊、鹿、驴、马、牛、骆驼、猪、乌龟、蝉、穴乌、大鸦、野兔、蚊子、老鼠、蚂蚁、鸽子、蝙蝠……几乎我们今天能看到和知道它们存在的动物，在《伊索寓言》里都有出现，不管是大型的野兽（如狮、熊），还是小的昆虫（如蚂蚁、苍蝇）；不管是野生的动物（如狐狸、狼），还是家禽、家畜（如公鸡、鸽子、狗、羊、猪）；不管是陆地上活动的（如猴子、马），还是水里生活的（如螃蟹、金枪鱼），等等，在寓言里都能看到。在《伊索寓言》里，当然也有几种地域特点非常明显的动物没有，如中国的老虎、熊猫，南极的企鹅，澳大利亚的袋鼠等，这是《伊索寓言》的创造者无法企及的，但也反证其寓言的地域生存的大致趋向。

寓言中使用动物形象不是《伊索寓言》最早，但对后来寓言产生这方面影响的却是《伊索寓言》，是《伊索寓言》为后来的世界寓言开辟了寓言动物形象运用的新天地，后世寓言的动物形象运用，大致均源于《伊索寓言》。这也许令人们困惑，后世的寓言为何一定要源于《伊索寓言》动物形象运用的经验呢？动物本身是过去、现在和将来都存在着。这得追述动物与寓言动物的区别，寓言动物与动物并不相同，动物是动物学上的概念，寓言动物是拟人化了的动物，寓言中的各种动物角色实际上是人在寓言中的化身，是动物性和人性的结合物。人性自然是人的情感、倾向和认识的目的等方面的内容，物性则是动物的特征、习性、行为等等。一旦动物成为寓言形象，就是一些受人的意志控制的、按动物生存方式或模拟的假想方式行动的动物，这样的寓言动物是艺术化了的动物，也就与动物学概念上的自然动物不一样了。后世的寓言动物形象运用，其吸收的也就是《伊索寓言》中艺术化了的动物形象的营养，也就是说，《伊索寓言》为后世准备了一大批艺术化了的动物形象，以及描述它们的方法、方式等方面的经验。这，也就是《伊索寓言》动物形象之于后代的主要意义。

《伊索寓言》创造的这些艺术化的动物形象，是非常有特色的，完全符合简单的，奇特的，但同时又是有个性的要求。寓言的形象不可能像小说、散文形象那么完整、从容，不求全面，但神似、白描化的简单勾勒，却还是非常讲究的，而《伊索寓言》在运用动物形象时，在这方面的努力又让后人叹为观止。

《伊索寓言》在动物形象的运用上，还为我们留下了大量的古代人类与动物交往而得来的生活经验，这些经验对我们后人运用动物形象是非常重要的。并通过动物形象的运用，为我们后来的寓言动物形象的描绘创造了一系列的动物形象性格类型，这些动物形象性格类型虽然经常变化，有时甚至在不同的场合表现出相反的性格类型，但大致的性格趋向是明显的，如狐狸的狡猾、驴的蠢笨、狼的残忍……等等。这些动物形象性格类型，有的是在《伊索寓言》中就形成了的，有的是后来逐步形成的，但不管怎么说，后世的动物性格类型都与《伊索寓言》相关。

《伊索寓言》在艺术手法、方式上很富特色的表现，也是《伊索寓言》艺术成就的一个方面。

《伊索寓言》艺术手法上表现最突出的首推拟人化手法。寓言中可以是人，也可以是动物、植物、其他无生命物等为寓言形象，但《伊索寓言》中最多的却是动物，这就使《伊索寓言》要广泛地使用拟人化手法。把各式各样的动物，植物赋予人的思想、性格和语言，让他们在故事中像人一样思考、行动、交谈，在人们面前构建一个有趣的有动物特征的又有人的思想行为的活生生的世界，这对寓言是非常重要的。如前所述，拟人化手法不是寓言的首创，也不是《伊索寓言》的首创，但《伊索寓言》如此广泛、出色地运用拟人化手法，又非《伊索寓言》莫属。《伊索寓言》中流传最广，影响最大的寓言，大多数是以动物为角色的寓言，如《狼和小羊》《乌龟和兔子》《狐狸和葡萄》《大鸦和狐狸》等等。

一般认为，寓言的拟人化是艺术处理的需要。有人认为是为了使动物新颖、奇特，以及认为它们是相比较而言的较为高级的造物，或者是为了避免不必要的激情，影响认识作用的发生而采用它们的。但大致的看法是：让人格化了的动物做寓言的主人公，可以利用它们的特点、特性，使寓言精练，主题突出。如《乌龟和兔子》，如果不让乌龟和兔子做寓言的角色，而让两个人出现，首先就得花费口舌，叙述两个人的某种才能方面的悬殊差异，然后才能进入寓言的中心情节。乌龟爬行，兔子善跑，这却是每一个稍具生活经验的人都熟知的，让它们担任行动的角色，它们在速度上的悬殊差异不言自明，作者只需交代主要情节，寓言的主题就鲜明地表现出来了。

《伊索寓言》就如此利用了拟人化手法，它的存在对后世的影响很大。拟人化手法千变万化，有许多细微的差别，真正的拟人化手法表现下的动人的形象，并不是轻而易举的，而当今世界寓言拟人化手法运用的经验大致都来源于《伊索寓言》。由于拟人化手法在《伊索寓言》中的成功运用以及后来的继承发展，以致使西方许多学者认为寓言就是动物故事，而人是不好进入寓言作为形象的。也由于《伊索寓言》大量使用了动物形象，从而决定了今天世界寓言中拟人化手法的主体地位，完全不使用拟人化手法表现寓言的几乎没有。又由于拟人化在长期的流传中，形成了一些动物形象的一般特性，如兔子的胆怯，狼的贪婪、凶残，狐狸的狡猾等等。这些特性，自从《伊索寓言》广泛地使用拟人化手法之后，一直不断丰富完善，成为世界今日寓言中动物寓言的特性表现基础。这些特性自然是以动物的生活习性、特性、有为来决定的，但也有由于拟人化带来的人的因素，而这个因素在《伊索寓言》那里就为我们准备下了。

在寓言中较出色地运用对比的手法，鲜明地突出主题，也是《伊索寓言》的艺术成就之一。在《乌龟和兔子》中，乌龟的慢和兔子的快，乌龟的孜孜不倦和兔子的恃才自负形成两组鲜明的对比；《蚂蚁和蝉》中，蚂蚁的务实，蝉的务虚，最后蚂蚁的温饱，蝉的饥寒和死亡也形成两组鲜明的对比；还有《农夫和蛇》，农夫的善良和蛇的邪恶的对比等等。在这些对比中，寓言鲜明的主题从中凸现了出来。这种对比手法，一般以为是《伊索寓言》的表现手法之一，但实际上是《伊索寓言》的基础表现手法之一，拟人化手法把动物、植物等形象人化，而真正显示寓言主旨的还是对比手法。按苏联艺术心理学家维戈茨基的说法，这种对比是寓言心理机制的基础，就像两根正、负电流的电线，随着两个方向的运行，最后“短路”就发出闪光，得出结果，也就是寓言智慧结晶的最后总结。如果按维戈茨基的说法，这对比实际上已深化为寓言表现的一种基本构架和方式，不管是拟人化、夸张、对话等手法的表现如何，落点都在这里。实际上也是如此，寓言的这种对比手法在《伊索寓言》里大量出现后，也真在很大程度上决定了后来世界寓言的这一表现手法的基本内涵。

除以上手法外，《伊索寓言》还有夸张和幻想等手法的表现，但相比较而言，其表现不普遍，特色也不十分明显。

《伊索寓言》在形式上的创建，也是《伊索寓言》艺术成就的一个方面。

所谓伊索式，即指《伊索寓言》的表现方式，这是相对子中国的先秦式而言的。伊索式寓言指的是那种寓言故事结束后，接着就是一段教训话语的寓言。如《乌龟和兔子》故事结束后就是："这故事是说，奋发图强往往胜过恃才自满。"而先秦式寓言则为寓言故事结尾处没有如《伊索寓言》那样的教训话语，只有主人公结局或解释结局的寓言。如《守株待兔》中的"而身为宋国笑"。《狗猛酒酸》中的"此酒所以酸而不售也"。先秦式寓言起始于中国先秦时代，伊索式寓言也自然起始于伊索时代，虽然有人认为现今的这种形式不尽是伊索时代的产物，但也没有可靠的证据，况且这种形式的寓言又已经随着《伊索寓言》流布了世界的很大范围，有着极广泛的影响。

《伊索寓言》中这一形式的创立，是《伊索寓言》表现上的需要，也是民族文化心理素质对寓言的反作用力的表现。中国的文化环境产生了比较含蓄、丰富的寓言表现形式，而希腊的文化环境也产生了直接、明快的寓言表现形式，相对于二者来说，都是必然的。

《伊索寓言》这一形式的产生，看似简单，但它的出现，直接影响了数千年世界寓言的创作形式，我们不能说世界寓言都写成了一个模式，还有其他如中国先秦式寓言的存在，但大多数寓言的形式都或多或少地受到伊索式的影响。讲故事千变万化，教训话语也可花样百出，但讲完故事后得有一段教训话语则是几乎无法避免的，不管是把教训话语放在故事前面先说，还是放在故事后面说，全都离不开这一模式。

大量成功地使用动物形象，艺术表现手法上的出色表现，表现方式的创立等是《伊索寓言》三个方面的艺术成就。这当然只是主要方面，《伊索寓言》艺术上留给我们后人的东西很多（比如语言运用等），有些潜在的无形的方面，对后代的寓言文学，以及其他种类的文学也发生了一定的影响，这，也是应该值得赞述的。

第六节　《伊索寓言》的传播和影响

《伊索寓言》开创了寓言多种意义上的新篇章，成为世界寓言史中影响最大的群体，几乎没有谁能与此相比。但是，《伊索寓言》是怎样从公元前 6 世纪的古希腊流播开来，影响大部分世界寓言创作的呢?

这自然得从《伊索寓言》产生时说起。虽然《伊索寓言》的核心部分并不十分明晰，但肯定核心部分是存在的，这又可在公元前 5 世纪时对《伊索寓言》的影响的描述中得到进一步证实。《伊索寓言》的主体是在公元前 6 世纪形成的，当时就有很大的影响，到公元前 5 世纪时的影响，陈洪文先生是这样描述的："然而，寓言后来所起的作用却突出地表现在奴隶主所把持的学校教育方面。在雅典，从公元前 5 世纪开始，《伊索寓言》成了儿童故事的主要来源。在学校里，低年级的学生从《伊索寓言》中学习民间的智慧，高年级的学生则利用它们进行修辞训练。公元前 1 世纪罗马的著名教育家昆提利安以希腊的学校教育为根据，提出了自己的教学计划。依照这个计划，儿童入学后首先接触的就是《伊索寓言》，然后才是荷马和维吉尔①的史诗。”②

这种影响的实例，还可在阿里斯托芬、苏格拉底、柏拉图等人著作里的描述中见到。应该说，《伊索寓言》从一种一般的文学作品，上升到与智慧相联的社会、学校教科书的地位，足见《伊索寓言》在当时社会上的影响和分量。而这种现象反溯回去，又足见当时《伊索寓言》群体思想内容之丰富，艺术表现的成熟和完善，要不，产生如此的影响是不可想象的。另外，历史上记载的戴尔波伊人为伊索的死进行赔偿一事，也证明《伊索寓言》在当时希腊人中被重视的程度，这也是在《伊索寓言》名声大盛的情况下才可能发生的。

《伊索寓言》的传播也就是这时候开始的，从公元前6世纪，到古罗马人全面胜利，取代希腊，大约有几百年时间。这几百年间，《伊索寓言》对希腊的影响是深刻的，但也仅在希腊本土，并没有对外面世界产生什么大的影响。

古罗马人兴起之后，继承了希腊文化中的许多东西，继承《伊索寓言》就是古罗马人继承古代希腊文学的一部分。具体的事例就是公元1世纪初的菲德鲁斯用拉丁韵文写的五卷寓言，这些寓言的来源就是《伊索寓言》，有人认为它就是公元前4世纪雅典哲学家得墨特里俄斯收集编辑的《伊索故事集成》（已失传）的拉丁韵文译本。确实，菲德鲁斯也没称其寓言著作是自己的创作作品，而称其为《伊索寓言》，但这是菲德鲁斯的谦虚呢，还是他的确以《伊索故事集成》而翻译的呢？就不得而知了。

公元2世纪，又出现了一个类似的寓言集，即巴勃利乌斯的希腊语寓言诗集，对这个集子，一般也认为是《伊索寓言》的诗化作品。

到公元4世纪、5世纪，古罗马出现了阿维阿努斯的寓言集，以及无名氏的寓言集《罗穆路斯》，一般认为，这是在费德鲁斯和巴勃利乌斯的影响下产生的。如果真是如此，前两个寓言集直接是古希腊寓言的翻版，或者说继承，后两个寓言集则可能是继承中的发展，但它们是否真发展成为像后来的独具自己特色的拉封丹寓言那样，成为名副其实的古罗马寓言，人们的意见就很不一致。

总的说来，古罗马的寓言接受《伊索寓言》的多为翻译等，真正自己的罗马式的寓言创作很少。但是，有一个事实却令人不快，即阿维阿努斯寓言和无名氏寓言集《罗穆路斯》出现后，即在中世纪广为流传，而古希腊的《伊索寓言》却被埋没，无人知晓。这样的状况一直保持了近1000年，直到1479年时，在人们记忆中消失了数个世纪的《伊索寓言》才被人们重新提起。

15世纪末，拜占庭的僧侣普拉努得斯搜集了150个《伊索寓言》，1479年刊行后，成为后来《伊索寓言》的主要来源。这一重新发现《伊索寓言》的契机与当时的一段历史相关。10世纪前后，十字军数次东征，从东方带来了大量的财富，也带来了大量的早在西方失传已久的古希腊典籍，发现了被古罗马文明掩盖了许多年代的古希腊文明。一些学者、思想家、历史学家、研究家对古希腊的众多门类的著作发生

① 维吉尔（公元前70—19年），罗马诗人，代表作有史诗《埃涅阿斯纪》。
② 见《伊索寓言》译本序。

了浓厚的兴趣，继而又逐渐把这些思想和科学成果介绍了出来，这也就是后来整个西方文艺复兴的思想基础。《伊索寓言》也就是在这样的背景下被发现，并很快引起人们重视的。

《伊索寓言》的最初发现是在拜占庭，其首都也就是今天土耳其的伊士坦布尔，《伊索寓言》在土耳其的出现，自然对土耳其的寓言最先产生影响。从这里，它逐步走向了欧洲各国。

1485 年，凯克斯通把《伊索寓言》译成英语出版，《伊索寓言》就此进入英国。只不过这时的英译本所译的寓言并不多，因为它是根据普拉努得斯的那 150 个《伊索寓言》的本子翻译的。

在意大利，14 世纪末就有了《伊索寓言》流行，但它们是与笑话、故事等混在一起出版的，而且数量不大。

1546 年前后，德国的马丁·路入安教授翻译了 20 篇《伊索寓言》，以后又增加了新的篇章，成为最早进入德国的《伊索寓言》。

也是在 1546 年，罗伯特·史蒂芬也出版了《伊索寓言》，并增加了他从法国巴黎皇家图书馆得到的抄本上的寓言。

以上都是《伊索寓言》被发现、但未完全走向世界的一些传播情况。到 1610 年，瑞士的学者耐弗莱特刊印了《伊索寓言》，才使《伊索寓言》以较完整的姿态走向世界。其最初的书名叫《伊索神话》，分三次印刷，第一次他在原有寓言的基础上，加进了从梵蒂冈图书馆得到的未曾发表过的 136 个寓言，第二次印刷时又加进了 40 个寓言，第三次印刷时加进了 43 个寓言。

从此，《伊索寓言》就逐步地走向全世界，并在许多国家发生影响，带动和促进这些国家寓言文学的发展。其中影响最大的要数法国、德国、俄国，另外还有中国、美国、英国等。

在法国，是《伊索寓言》最先结出辉煌果实的地方。1621 年时，法国香槟地区的沙多·蒂埃里，一个叫拉封丹的人出世了，数十年后，他从当时流行于法国的《伊索寓言》中大量吸取了其寓言精神，以及题材、思想等等，用法国的方式创作了一大批寓言，从而享誉世界。

说拉封丹寓言是《伊索寓言》的法国诗化或者大部分法国诗化，一点也不过分，因为拉封丹寓言就是在继承和发扬《伊索寓言》的基础上而构成的。我们在拉封丹寓言中，可随处找到《伊索寓言》的影像。比如拉封丹寓言的第一卷第一首寓言诗《知了和蚂蚁》，有 20 多行，与《伊索寓言》中的《蚂蚁和蝉》基本没什么区别。它们的故事情节一致，连最后的对话也大致相同，不同的地方无非是拉封丹用诗歌的形式表达，而伊索用的是散文形式表达。有人认为这是借用题材，但这种借用几近翻版，好比换了容器。这样的寓言在拉封丹寓言中俯首即拾，数量极多，几乎占了拉封丹寓言的大半以上，这种情况尤其是在拉封丹寓言的前期更为明显。在拉封丹寓言中，除了一小部分寓言是拉封丹自己构思独立创作的外，他的寓言题材有两个来源，一是《伊索寓言》，二是古印度寓言，主要是来自《五卷书》上的寓言，但在总的量上，《伊索寓言》占绝对的多数。另外，从12卷的拉封丹寓言来看，其前半部分主要是《伊索寓言》的题材，后半部分才大量出现古印度寓言的题材，这一现象说明一个问题，即拉封丹寓言的最先得益处是《伊索寓言》。实际上也是如此，他最先利用《伊索寓言》改写了不少的“法国寓言诗”，然后才是印度的“法国寓言诗”，及自己的创作寓言诗。可以说，是《伊索寓言》从精神、题材、形象、方式等方面，造就了这位法国最伟大的诗人。

从以上的例子看，《伊索寓言》对拉封丹寓言的影响是彻底的，从题意，或题材，到动物形象、表达方式等，拉封丹寓言都深印上了《伊索寓言》的印痕，题意不变，动物形象不变，表达方式不变，在某种意义上来说，是一种诗歌译写。这一点很重要，因为从拉封丹寓言一开始，其他各国受《伊索寓言》的影响方式，就基本如此。

可以说，拉封丹是《伊索寓言》重新走向世界后的第一个彻底接受《伊索寓言》方式的作家。从拉封丹以后，世界各国，特别是欧洲各国的寓言作家们，几乎是谁要跨进寓言大门，谁就要拜《伊索寓言》为师。人们说，《伊索寓言》重新在欧洲出现，几乎一笔写定了整个欧洲寓言文学的历史，这并不是夸张之词，“《伊索寓言》是奠定了在文学作品各种体裁中寓言这一块具有历史意义的基石的”。

在拉封丹之后，德国的莱辛，俄国的克雷洛夫等一大批欧洲寓言作家，大都沿着拉封丹的路子，按着拉封丹的基本方式接受了《伊索寓言》的影响，当中又以莱辛、克雷洛夫等最为有名。可以说，《伊索寓言》就是在他们的发扬光大，以及《伊索寓言》自身的传播和影响下，才在实质上走向全世界的。

《伊索寓言》在海外的传播时间上也是比较早的，几乎与欧洲的对外影响同步。但这里有一个现象，即《伊索寓言》最初在海外各国的传播不是正常的文学、文化的交流渠道，而是宗教传播的附带物。在16世纪、17世纪，欧洲的一大批基督教、天主教等传教士，纷纷涌入世界各国，他们在给当地带来宗教文化的时候，也令人难于想象地带来了《伊索寓言》，把《伊索寓言》留给了当地的人们。这样的例子很多，如在中国，17世纪以后出现的几个《伊索寓言》译本都是传教士所为或与传教士有关。这种情况我以为在世界许多国家和地区都是如此，因为起码一条，当时教育大多为教会所控制。

正常的通过文学渠道使《伊索寓言》在全世界产生影响的是18世纪、19世纪，整个的欧洲文学崛起之后的事情。只有在这个时候，《伊索寓言》，连同拉封丹、莱辛、克雷洛夫等人的寓言，汇入欧洲文学的大潮，走向全世界。教士对《伊索寓言》的传播是零星的不完整的，有时是歪曲的，而这时的《伊索寓言》传播却是成规模的完整的。在后一种传播中，《伊索寓言》的影响在不同的国家和地区有各种不同的表现方式，并不一定全是拉封丹的欧洲方式。在没有寓言文学传统的国家和地区，接受是完全的，而有寓言文学传统和丰富的民间寓言的国家和地区，则是一种相互融合的态势。这样的表现在中国最为明显和典型。中国的寓言作家们，既把握了中国古代寓言的基本精神，又深受伊索等欧洲寓言的深刻影响。

第三章　古印度寓言

从历史的角度叙述古代的印度寓言非常艰难。古代印度人可以把许许多多的故事赋予奇特的幻想，丰富多彩的外衣，可以把许多事情津津乐道地叙说几千年，但他们并不重视自己的历史。对《伊索寓言》，我们还可以从相应的历史记载中得到少许的历史记载，来证明和推断古代希腊《伊索寓言》的发生、发展，可这样的历史证据很难在古代的印度找到。但有一个事实又不容忽视，即古代的印度寓言是世界上最古老的寓言之一，我们在极难找到古代印度寓言的有一定年代可依的证据的同时，我们又在一些历史现象和历史事件中肯定它的古老存在。前者如出现在《伊索寓言》中的一些寓言，以及出现在西亚、南亚一些国家中的寓言，又有极明显地受到古印度寓言影响的痕迹；后者如佛教兴起对古代印度寓言的承载和传播，而佛教的兴起又是有一定时间依据的。

古代印度寓言的存在是肯定的，而且其寓言的瑰丽色彩又属世界寓言中最富于特色的珍品之一。另外，古代印度寓言的存在状况又是复杂的，《五卷书》为代表的谈统治论一类的书籍是一个方面，大量流传世界各地的佛经承载的寓言又是一个方面，另外还有“大林深泉”中的那部分寓言又是一个方面。还有，佛教很早就在印度本土大致消失；整个古代找不到一个有名有姓的寓言作家（完全不同于古希腊，以及中国）；现当代的印度文学虽然拥有泰戈尔这样的世界文学大师，但古代印度寓言似乎并没有在现当代形成继承发展的局面，大致呈历史断裂的状况，像欧洲现当代寓言对《伊索寓言》的那种关系，似乎并不存在。这使得我们叙述古印度寓言的历史更加艰难，但同时也显现出这种叙述的必要性。

第一节　古印度寓言的发生及概况

说起古印度寓言，首当其冲的是年代问题。我们直觉上都感觉到古代印度寓言的古老，但它产生于什么年代，却缺乏直接的证据。我前面说过，印度的典籍缺乏确切的年代记载，而载有大量古印度寓言的书籍，都大致有一个成书年代，如《五卷书》

成书于公元前1世纪，《佛本生故事》最早也只流行于公元前4世纪，但它们都距古印度寓言实际应当产生的年代很远。在古代印度的典籍中，倒是吠陀文学上的一些典籍，可见古代印度寓言文学的一些端倪。

"吠陀"一词的意思是求知，一般意指知识。这个词的含义十分丰富，有叫它吠陀文化、吠陀文明的，也有叫吠陀时代、吠陀时期的，它由一批印度古籍的存在，演变为一个时代和一种文明的称谓。这些吠陀古籍有四部：《梨俱吠陀》《沙摩吠陀》《耶柔吠陀》《阿闼婆吠陀》。第一部《梨俱吠陀》一般认为其形成于公元前1500年左右，称其为早期吠陀，其余三部吠陀，加上《梵书》《森林书》《奥义书》统称为后期吠陀，年代一般认为在公元前900至前600年之间。"吠陀"的记载是丰富的，有许多各种各样的文字内容，但就吠陀文学来说，在《高级印度史》中我们见到这样的文字：

它（指吠陀）特别指大古以来口头流传下来的文学的一支，称作神圣的知识或神的启示。

吠陀由四类不同的文学作品组成：

（1）曼特罗（谚语、诗歌和信条）构成吠陀文学最古老的部分，分四个本集，称为梨俱、娑摩、耶柔和阿闼婆本集。

（2）第二类吠陀著作叫作《梵书》，即关于祈祷和祭祀仪式的论文。《梵书》的主要内容是一些讨论祭祀的散文，也有一些关于开天辟地的神话、古代传奇和故事等。

（3）其次是《阿兰若书》，即《森林书》，一种在森林中传授的教言，或指示森林隐士的著作，是《梵书》的附录。这些论文在语言上、体裁上，甚至内容上都与《梵书》相仿。但是它们讨论的是各种仪式的喻义和各种本集原文所含的神秘意义，而不注意研究那些有关举行盛大献祭仪式时的繁文缛节。

（4）最后是《奥义书》，意为"秘密的和深奥的教理"。这个名称从语根 upa - ni—sad 引申而来，就是"坐在某人左右"的意思。意指那些可以传授给儿子或坐在老师身旁的可以信赖的弟子的教理。《奥义书》有些包括在《森林书》内，有些是《森林书》的补遗，也有些是独立的著作。《奥义书》含有哲学性质的深思冥想，这些深思冥想总是"围绕着梵天与自我这两种概念"，即宇宙灵魂、上帝和小我。一般认为最早的《奥义书》写成于佛教出现以前，但是某些冠有《奥义书》名称的论文肯定属于晚得多的时期。①

从这些情况来看，吠陀文学的第一类大致是各种各样的诗歌作品，而第二类、第三类、第四类则都有存在寓言的因素和可能性，如"古代传奇和故事""讨论的是各种仪式的喻义和各种本集原文所含的神秘意义"，以及"含有哲学性质的深思冥想"等等，其发生寓言的条件都在一定的条件下是具备了的。不敢说其中有寓言故事，但后来寓言的雏形则是存在的。

---

① R. C. 马宗达等著，张澍林等译：《高级印度史》（上），商务印书馆，1988年，第57—59页。

古代印度的寓言大概就发生于这样的年代里，说寓言产生于早期吠陀时代，几乎不可能，但产生于后期吠陀，即公元前900至前600年这一期间则是可能的，因为最晚的《奥义书》一般认为它成书于公元前600年佛教出现以前。

另外，寓言的产生多数都是处于奴隶制城邦繁荣的历史时期，如古希腊《伊索寓言》、中国先秦寓言，以及我们所知有限的苏美尔人的寓言，也都是在奴隶制城邦制度的背景下发生的，而后期吠陀，也正好是古代印度奴隶制城邦社会最繁荣的时期。

对古印度寓言的发生年代，我们还能从一些外部的历史事件、现象中帮助佐证以上的推测。

中国著名的儿童文学家陈伯吹先生在《寓言选》序言里有这样一段话；

根据一般的传说是，在公元前6世纪上下，古印度出现梵文本的《五卷书》……在《伊索寓言》《拉封丹寓言诗》以及其他的寓言和寓言诗里，都有它闪闪烁烁的“影子”，不仅是在题材内容、故事梗概等方面有所反映，连它的艺术形式——“大故事内套小故事”的手法，也极相似……

他以为《五卷书》实际上是一部最早、最古的寓言集子。所以有些学者们认为寓言的老家不在希腊，而在印度，也有见地。陈伯吹先生认为造成这种情况的情景是，长期流传在民间的口头创作《五卷书》，它开花、结果，它的种子撒落在希腊的土地上，开出了《伊索寓言》（正确地说，应该是《埃索波斯故事集成》）这朵鲜花。然后这朵鲜花的种子落在法国的土地上，出现了《拉封丹寓言诗》；落在德国的土地上，出现了《莱辛寓言》；落到俄国的土地上，出现了《克雷洛夫寓言诗》……①

这种说法很令人费解，因为《伊索寓言》的形成在公元前6世纪确切无疑，而古印度寓言的发生时间，按现今一般的说法，与《伊索寓言》的发生时间大致相近，或者稍后一些。这样一来，如果说后来或者共同在一个时间的相距遥远的空间发生的事件，能产生影响，那是不可思议的。但无可否认，《伊索寓言》中确有许多通过《五卷书》反映的古印度寓言的影子，这又是怎么回事呢？我以为出现这种情况并不像陈伯吹先生所推想的那样简单，它大致有三种可能。

一是古印度的文学、文化的形成与雅利安人的侵入相关，这与古印度寓言的形成当然相关联。而以《伊索寓言》为代表的古希腊寓言也极可能与雅利安人的文化、文学相关，因为雅利安人东进有较确切的记载或传说，南下欧洲也是如此。在这种有一定凭据的推测中，极可能雅利安人有一个民间动物故事为主的民间文学母体存在于古代，在其东进和南下后，同源双向地走向了古代的印度和古代的希腊，这样一来，所谓“闪烁的影子”就不足为奇了。

二是确实古印度寓言的产生早于古希腊的《伊索寓言》，并对《伊索寓言》产生影响，这也是有一定的历史现象可以佐证的。

三是根据目前我们所知道的《伊索寓言》的成书过程和年代，可以说我们现代

① 《寓言选》序言，上海教育出版社，1980年。

人谁也没有见过真正的《伊索寓言》典籍。公元前4世纪成书的基本真实的《伊索故事集成》早已失传，我们今天见到的《伊索寓言》一书，是以15世纪普拉努得斯搜集的约150个寓言为基础形成的，这也就存在着古印度寓言中途影响《伊索寓言》的可能。因为人们承认，现今的《伊索寓言》实际上是古希腊寓言的总集，年代跨度是很大的，故“中间影响”而造成的“闪烁的影子”也是很自然的。另外，我们在14世纪、15世纪的欧洲还可找到许多受《五卷书》影响的证据，它们完全能证明，当时的《五卷书》在欧洲很有影响，如当时的意大利，光《五卷书》译本，现今记载的就有好几种。

根据这三种可能的推测，如果第一种可能是能够存在的，那么，古印度寓言似乎是雅利安人东进印度之后，雅利安人的文学与当地的文学融合而产生的。雅利安人进入印度是公元前2000年左右，经过几百年的征服、融合，尔后才产生古印度寓言，这个推测的年代大致在公元前1500年上下，但这个推测年代似乎是不可能的。第二种可能推测的年代看起来很充分，但它的依据并不十分牢靠。第三种可能对古代印度寓言产生年代的推测并没有什么意义。

这是寻求古印度寓言产生年代的一个方面。

另一条寻求古印度寓言产生年代的路子是宗教，即印度的佛教，因为许多印度寓言是靠印度的佛教传播开来的。佛教产生于公元前6世纪。这个宗教的产生，有些类似于基督教的产生，基督教脱胎于古犹太教，而佛教也是在古婆罗门教的基础上产生的，也许人们并不能同意这种看法，但它最少也是继承和发展了许多古婆罗门教的宗教精神和思想的。基督教和佛教都是起源于下层人民之中的，两个宗教都借用了大量的寓言，或民间寓言来表达自己的宗教教理……相比较而言，佛教借用寓言的量要大得多，也要纯粹一些，借用时对寓言、民间寓言的改变也不是很大，故而我们有理由认为，佛教经书中使用的寓言，就是当时存在的古印度寓言。

这几个方面的佐证，都把我们引向一个归结，即古印度寓言发生于早于佛教产生的吠陀后期，与古希腊寓言产生的年代差不多，但古希腊寓言的明证在公元前8世纪，而古印度寓言时间上却没有如此明确的例证。

吠陀后期结束，古代印度就进入了列国时期，或称早期佛教时期，似乎古印度寓言就向两个方向发展，一是进入佛教经书，阐述它的教理、教义，如《佛本生故事》就是这个时期稍后的产物。二是在一些谋士、辩士、智者中广泛流传，像中国春秋战国时代那样，到各地演说自己的观点，为各国君王出谋献策，扩张地盘，治理国家，这就是后来的谈“统治论”的《五卷书》一类的东西。

这两条历史线形成之后，一个母体中产生的《五卷书》寓言和佛经寓言开始有了自己的发展特色。《五卷书》一类书中的寓言走向民间，或者说处于民间文学和文人文学之间游离，一会儿带来民间文学、民间寓言文学新的创造，一会儿又是文人文学新的规范。这样一来，在以后就陆续产生了像《故事海》《大故事花束》等如《五卷书》一样的书籍。这个现象有点像《诗经》的产生过程，源于民间，又规范化，而最后成为经典，但古代印度人似乎在不重视编年史的情况下，对口头的故事倒是认认真真。一丝不苟的。但这条线上的寓言发展变化好像不明显，呈现的多是一种继承，创新和发展似乎很少。

进入佛经典籍，用宗教的外衣宣扬许多寓言的深刻内涵，或者说用寓言承载宗教的某些教理、教义，利用寓言的通俗性、人民性，以及生动形象，来达到宣扬宗教的目的，这是古印度寓言的另一个发展方面。这些寓言广泛地包容在佛教的各部经书里，有《佛说义足经》《旧杂譬喻经》《譬喻经》《法句譬喻经》《百喻经》《杂譬喻经》《出曜经》《大庄严论经》等等，在佛教的经书中，几乎大多数经书中都包含着寓言，尤其以《旧杂譬喻经》《大庄严论经》《百喻经》等经书包含的寓言最多。

不管是《五卷书》之类的古代印度寓言故事，还是佛经中的众多寓言，它们都有些相同的地方。一是借用记载古代印度民间寓言的时候，不管是《五卷书》类，还是佛经类的书籍中，都尽力地保持寓言原有的面貌，特别是其情节，基本框架更为如此，不管这则寓言用于承载什么样的教理，附加多少“偈颂”“短语”“诗歌”及一些阐述、说明的东西，一般都不会随意去改造原有的故事。这样做保持了古印度寓言在其中的相对独立，给书籍带来非常浓厚的民间文学色彩，也借此使作者的作品更加贴近生活和人民。

二是都有一个发展过程。就寓言而言，它最初有一个民间寓言的主体，在后来的流传中，许多的因素就参与其中，有对原有寓言故事稍做改造的，也有少许后来新创造和从民间新发现的寓言作品。由于这些作品的不断加入，今天实际上的《五卷书》之类的书籍就包含了许多个时期的寓言作品和新的思想内容。这就像《伊索寓言》一样，是某种程度上的总汇。但《五卷书》这一类书籍的这方面发展演变的程度并不十分激烈，时间也不是很长，在不长的演变时间之后，就趋于稳定，并保持至今，故书中有明显年代差异的寓言并不多见，大多是主体寓言群的丰富和补充。

这在佛经中就不一样了。《五卷书》类的寓言群体，只是在一种文化因素或背景下的发展演变，而佛经中的寓言传播发展却随着在世界的广泛传播，遭遇了广泛的多种的文化因素，故而在这方面，佛经中的寓言群体发展演变要比《五卷书》类的寓言群体强烈得多。佛经中的寓言，在十数个世纪里，随着佛教传到了世界各国，如东南亚、南亚、中亚、中国、蒙古、朝鲜、日本等。在这些国度里，教义的弘扬等我们略而不论，就寓言而言，它深刻地影响了当地的寓言文学，也不断地吸取当地的寓言文学营养，即佛教中的寓言散入民间，而民间中的寓言又被当地的佛教徒模仿着佛经的做法，吸收借用到新的佛教经书里，成为佛教经书中新的寓言文学成分。这种情况在东南亚以泰国表现最为突出，日本、蒙古这种情况也不少，但这方面表现最突出的要数中国。人们公认，不管是汉译的《大藏经》，还是藏译的《大藏经》，一方面保存了最大量的古印度佛经中的寓言，另一方面也容纳了后来许许多多的各种各样的寓言（这些情况后面章节中还要叙述）。

这就是我们今天所面对的古印度寓言，在确认一个古代印度寓言主体的前提下，我们还得面对后来的融汇其中的一部分寓言。

当然，这样的古印度寓言还得包括一批来自民间文学的民间寓言，它们也包含了一些古印度寓言，有的古印度寓言《五卷书》一类的书籍中有，有的佛经中有，有的则是上述两类寓言中都没有的寓言。

《五卷书》类书籍中的寓言、佛经中的寓言、民间中的寓言，构成了古印度寓言的整体。

第二节 《五卷书》寓言

《五卷书》寓言是古印度寓言的一个重要组成部分。在古代印度，除了一些教派，如佛教、耆那教等喜欢用寓言故事来承载教义、教理，宣传自己的主张外，还有一些专门搜集寓言、童话等故事，并编成书籍，作为政论或统治论的启迪作品，供给帝王和他们的后代及其他阶层的人们学习。这样的书籍很多，流传很广，一直为人们所喜爱的就有月天的《故事海》，安主的《大故事花束》等等，但是，其中最著名的，流传最广、影响最大的却要数《五卷书》。我们说《五卷书》寓言，指的是与《五卷书》同样的书籍中的寓言，而《五卷书》中的寓言，则当之无愧是这类书籍中古代印度寓言的代表。

《五卷书》这类书籍的成因，季羡林先生有这样的文字：

按照印度传统说法，《五卷书》是《统治论》的一种。书的目的是通过一些故事，把统治人民的法术传授给皇太子们，好让他们能够继承衣钵，把人民统治得更好。为了达到这个目的，皇帝们就让人把人民大众创造出来的寓言和童话加以改造，加以增删，编纂起来，教给太子们读。《五卷书》就是这样产生出来的。①

这种描述是符合历史真实的。

《五卷书》最早的成书年代一般认为在公元前 1 世纪，却没有什么更直接的证据，但根据历史的动因分析，它应该是印度列国纷争后期的产物（佛教的经典中有 16 国的说法），这就如中国的春秋战国的历史动因之于中国先秦寓言一样，故而这样的年代既不保守，也非夸张。

《五卷书》的本子很多，因为年代久远，流传广，原本是什么样子，现在已经无法推断。在印度、尼泊尔等地都有不同的本子。西方的梵文学家根据本子的繁简，还区分了“简明本”“修饰本”“扩大本”等分类。所谓的“修饰本”是 11 世纪一个耆那教的和尚补哩那婆多罗编纂成的，这个本子流传很广，影响很大，我们今天利用的和叙述的《五卷书》寓言，主要依据的就是这个本子。

这部书在印度不管是简明本，还是修饰本、扩大本，都大致包括了两个部分：散文和诗歌。说故事由散文担负，而诗歌大都是分插在散文里面的，因此，这一部书既是一部寓言童话集，又是一部格言谚语集。由此，我们叙述《五卷书》的寓言，实

① 《五卷书》译本序，人民文学出版社，1959 年。

际上只是《五卷书》的一部分。从诗歌上来说，寓言与其联系不大，诗歌形式表现的寓言只有一两个，另外某些格言诗句，在其中起着寓言故事教训话语的作用。从散文上来说．寓言也不是散文部分的全部，散文故事中还有一定量的童话故事，及其他故事，虽然寓言在散文中占有很大的比重，但那种一股脑以为《五卷书》就是一部古印度寓言集是不妥的。

《五卷书》由《朋友的决裂》《朋友的获得》《乌鸦和猫头鹰从事于和平与战争等等》《已经得到的东西的丧失》《不思而行》五个部分组成，每一部分为一卷书，五卷归纳为一起，称《五卷书》。

第一卷书《朋友的决裂》，主干是写“在树林子里狮子和公牛间日益亲密的友情，给那个非常贪婪奸诈的豺狼破坏得一干二净”的全过程。这个过程本身就是一个寓言，或者是有深刻寓意的故事，只不过由于它前后贯穿包容的东西太多了，让人难于把握，反而是里面许多的小寓言故事显得更具体生动。在这一主干上，由故事主人公的各种缘由，穿插了30个故事，这就像在葫芦藤上挂了一串葫芦，这些故事中大多数都是来自于古代印度民间的优秀寓言。这些寓言故事一出现，必然先有一番引语，如第一卷书的第一个故事就是这样引起的，一只豺狼说：“亲爱的，那跟我有什么关系呢？常言道：一个人要是想去干涉与己无关的事，他就会得到毁灭，像拔楔子的猴子。”另一只豺狼说道：“这是指的什么呢？”这才出现“第一个故事”的小标题，然后是：

> 在某一个地方有一座城市。在它附近的林子里，有某一个商人雇工盖一座神庙。在那里做活的工人每天在中午的时候都进城去吃饭。有一天，一群猴子来到这座盖了一半的神庙里。这里躺着一条安阇那木的大横梁，工人才劈了一半，在顶上钉进了一个竭地洛木的楔子。猴子们开始在树顶上，在庙顶土，在木头堆上玩耍起来，愿意在什么地方，就在什么地方。有一个猴子注定要死了，它慌里慌张走到横梁上。“是谁把这楔子钉得这样不是地方呢？”它想，它就用两只手把楔子抓住，开始向外拔。因为它的睾丸夹在劈了一半的横梁里面了，楔子拔出来以后，会发生什么事情，不用说，你也会知道的。
>
> 因此，我说：“与自己无关的事，聪明人不去管。”

这个寓言故事叙述完后，才是故事的人物形象的对话，以及用格言式的诗歌表达的格言真理，有时候诗歌内容与所讲述的有关，但大多数只是天南地北地发议论，与寓言故事关系不大。在“三种人在大地上收割，遍地花开是黄金：学者、勇士和懂得怎样服侍人的人”之类的格言诗歌表达得差不多，需要停顿的时候，又另起一个缘由，又把文字引向第二个寓言故事，或者童话故事，这在大多数故事中都是如此的。

《朋友的决裂》这一卷书如此串起了30个或长或短的故事，就是用非常严格的选择标准选择，其中也能选择出情节完整、有较大独立性、形象生动、寓意深刻的寓言21个。它们是（这里寓言原没有标题，标题为笔者所加，下同）：

《拔楔子的猴子》《饿豺狼与鼓》《攒钱的和尚》《打架的公羊》《乌鸦报仇》《螃蟹和白鹭》《狮子和兔子》《婆罗门·蛇·人·虎》《蓝色的豺狼》《天鹅》《天鹅和猫头鹰交友》《蜜蜂吃花粉》《一只乌龟和两只天鹅》《狮子和公羊》《多嘴的鸟》《白鹭和蛇》《两只鹦鹉》《国王与傻猴子》。

一般来说，书中的一个故事包含一个寓言，但有时候，书中的一个故事也会包含两个寓言，如此卷书中的第四个故事、第十一个故事中就有两个寓言。第四个故事，是由什么缘由引出一个故事，本身是一个寓言，但寓言故事中又引出了另一个故事，此故事又是一个寓言，像连环套一样；第十一个故事本身是一个寓言，但在诗歌的行间还有一个寓言。还有，第十二个故事的情况与第十一个故事的情况相同。

这卷书的寓言一般由散文来呈现，其他卷的情况也一样，但诗歌的行间也能出现寓言，如《天鹅》《蜜蜂吃花粉》。

《蜜蜂吃花粉》：

当那像一团火焰似的太阳在
那太阳升起的山顶升起，
蜜蜂为了想喝莲花的花粉，
就一头钻进莲花里去，
它没有想到，到了黄昏的时候，
它就会裹在里面出不来：
一个人如果只想得到好处，
他就忘记了里面还有危机。①

在这些诗歌寓言中，故事情节、教训话语均很完备，而且寓意也很深刻，是古印度寓言中难得的诗体寓言。

《五卷书》的第二卷书是《朋友的获得》。这一卷书里有故事9个，其中有寓言6个。它们是：

《双头鸟》《野猪·猎人·狼》《芝麻的故事》《公牛和傻豺》《蛇和鼠》《老鼠和大象》。《野猪·猎人·狼》和《芝麻的故事》两个寓言同在一个故事里；《蛇和鼠》与《天鹅》一样，是诗体寓言。

第三卷书是《乌鸦和猫头鹰从事于和平与战争等等》。这一卷书里有故事17个。其中有寓言8个。它们是：

《三个流氓和一个婆罗门》《蛇和蚂蚁》《婆罗门和蛇》《金天鹅》《牛犊·罗刹》《老鼠姑娘》《饿狮》《黑蛇和蛤蟆》。

第四卷书是《已经得到的东西的丧失》。在这一卷书里有故事11个，其中有寓言7个。它们是：

① 《五卷书》，第103页。

《猴子和海怪》《失位的蛤蟆王》《傻驴子》《一对狮子与一只豺》《爱唱歌的驴子》《顾此失彼》《多嘴的鸟》。

第五卷书是《不思而行》。这一卷书有11个故事，其中有6个寓言。它们是：

《埃及礦》《四个有本事的人》《池塘中的两条鱼》《唱歌的驴子》《大麦片罐子》《猴子和公羊》。

《五卷书》一共有78个故事，但实际上的故事不只这些，它的结构是大故事套小故事，小故事中又套有故事，这里讲的78个故事是指列为标题的数目。在这78个故事中，寓言粗略地归拢约有48个（余下的30多个故事有童话故事、一般的动物故事、传奇故事及其他故事），其中寓言的比重是相当大的，可以说是《五卷书》中散文故事的主要成分。如前所述，这里指出的48个寓言都是相对独立的、完整的，而像故事中含有一定寓意的可称为寓言题意的东西还不少。如第一卷书的第二个故事中就有这样的诗句："向四面八方低垂的细草，/它们的根大风拔不起。/风只能摧折参天的大树，/大东西只同大东西角力。"这就是当今世界上最闻名的那则寓言《橡树与芦苇》的题意，至于它的原型是不是就源于此，不得而知。这样的文字不是寓言，但又有寓言的基本题意，扩写下来，就是一则好寓言。这样的文字在《五卷书》中随处可见，即《五卷书》不但拥有大量成型的寓言，同时还是寓言题材、题意的宝库。

《五卷书》中的寓言是保存得最完整、最古老、最有影响的一群古印度寓言。第一卷书中的《螃蟹和白鹭》《兔子和狮子》《蓝色的豺狼》《一只乌龟和两只天鹅》《麻雀杀死大象》《国王和傻猴子》；第二卷书中的《双头鸟》《老鼠和大象》；第三卷书中的《三个流氓和一个婆罗门》《老鼠姑娘》；第四卷书中的《猴子和海怪》《爱唱歌的驴子》《顾此失彼》；第五卷书中的《四个有本事的人》《大麦片罐子》等都是世界上最著名的寓言。从《伊索寓言》到克雷洛夫寓言，以及现代文人笔下和民间口头流传的许多寓言都有它的影子，或者干脆就是这些古印度寓言的翻版。从这里而言，《五卷书》是这一类书籍的代表，也自然是"统治论"一类的古印度寓言的代表，可以说，古印度寓言的世界声誉。很大一部分是由此书而造成的，这在西方尤为如此。

第三节　佛经中的寓言

如果说以《五卷书》为代表的"统治论"一类的古印度寓言是古印度寓言的一个重要组成部分，那么，另一个重要的组成部分则是佛经中的寓言。

佛经寓言即指包含于佛教经书中的寓言。

在公元前6世纪，乔达摩在印度创建了佛教，从那时候开始，佛教的先祖就利用寓言及其他故事对教众宣扬、解释佛教的教义、教理，后来这些东西形成文字，就成了今天的佛教经书，也就是这些经书记载保存了大量的古印度寓言，从而成为我们今天所说的佛经寓言。

佛教经书是大量的，含有寓言的经书也不少，据目前粗略地整理，有寓言的经书大致有《佛说义足经》《六度集经》《旧杂譬喻经》《杂譬喻经》《杂譬喻经》（后汉）《佛说群牛譬喻经》《法句譬喻经》《佛说大鱼事经》《天尊说阿育王譬喻经》《那先比丘经》《僧伽罗刹所集经》《大庄严论经》《大智度论》《出曜经》《众经撰杂譬喻经》《长阿含经》《杂阿含经》《杂宝藏经》《方便心经》《贤愚经》《福盖正行所集经》《说法经》《大乘宝要义经》《佛说兴起行经》《三藏法师传》《法苑珠林》《大集地藏十轮经》《元阳妙经》《佛说生经》《大方等大集经》《长者音悦经》《玉清经》《佛本行集经》《根本说一切有部毗奈耶破僧事》《诸经要集》《经律异相》等等。

在这些经书中，《就杂譬喻经》《那先比丘经》《大庄严论经》《大智度论》《出曜经》《众经撰杂譬喻经》《杂譬喻经》《长阿含经》《杂宝藏经》《诸经要集》《经律异相》等经书寓言较多一些。

《旧杂譬喻经》有寓言：《梵术》《鹦鹉救火》《鬼怕恶人》《孔雀王》《狐笑痴》《祸母》《恒河洗浴》等。

《大庄严论经》有寓言：《不种不获》《猫儿食》《种果得果》《欢迎》《婢破缸》《马推磨》《称伽拔吒》等。

《大智度论》有寓言：《狮子割肉》《好衣吃好食》《吃盐》《灯光》《群兽过河》等。

《出曜经》有寓言：《大海三鱼》《夫妇盲目复明》《伐毒掘根》《牧牛》《笼鸟减食》《骂牛》《不知死活》《驹慕猪食》《水泡花鬘》《马为啥不贪吃》等。

《众经撰杂譬喻经》有寓言：《宝瓶》《战马习磨》《见远不见近》《网鸟》《赤真珠的来处》等。

《杂譬喻经》有寓言：《演奏者和欣赏者》《木工和画工》《脚踏贵人口》《良医得重酬》《狂人国》《新王》《热马屎涂鞭伤》《蛇头蛇尾争大》《两个卖奶人》《圣医死药草哭》《捕鸟师》《取乳》《在牛身上攒奶》《瓮中影》《身香难夺》等。

《长阿含经》有寓言：《麻、棉、白银和黄金》《吹法螺》《小儿守火》《戴粪》等。

《杂宝藏经》有寓言：《派老父看门》《一鸟二头》《自业力话》《学说好话》《鹳雀衔草》《乌鸦苦肉计》《共命鸟》《山鸡王》《热釜求环》《鸟枭报怨》《婢羊共斗》《半块毛皮》《鹦鹉救火》《弃老国》等。

《诸经要集》有寓言：《王子食毒果》《象性变化》《饥狼守斋》《野狐为王》《除毒刨根》《臣买智慧》《鼠钻油瓶》《狐舔虎鼻》《恶驴之教》《替友报仇》《不食之雁》《狗食两夺》《虱依僧肥》等。

《经律异相》有寓言：《鹰啄狮目》《两舌野犴》《识宝恨晚》《舍身得珠》《鹦鹉与鸮枭》《野干破罐》《鹦鹉吞珠》等。

另外，还有些经书中虽然寓言不多，但所拥有的寓言影响却很大，如《盲人摸象》就出于《六度集经》和《佛说义足经》。

在以上的这些经书寓言中，有的寓言同时出现于好几种经书中，如《伐毒掘根》，既出现于《出曜经》，又出现于《诸经要集》；《两头鸟》也同时出现于《佛本行集经》和《杂宝藏经》中。

应该指出，我们所列举的这些寓言，并不全是古印度寓言。因为佛经随着流传，以及佛教是一个包容性的宗教，什么样的经书它都兼收并蓄，故几千年来经书越来越多，在以一个古代印度寓言为主干群体的情况下，加入了不同时代、不同民族的民间寓言。如《出曜经》卷十四的《驹慕猪食》：

昔大月支国[①]风俗常仪，要当酥煎麦食猪。时官马驹谓其母曰："我等与王致力，不计远近皆赴其命，然食以草刍，饮以潦水。"马告其子："汝等慎勿兴此意！——美彼酥煎麦耶？如是不久，自当现验。"时逼节会，新岁垂至，家家缚猪投于镬汤[②]，举声号唤。马母告子："汝等颇酥麦不于?"

这则寓言明显不是古代印度佛教兴起前的寓言，而是佛教兴起流传开来后加入进去的，因为大月支国与印度发生历史联系是印度的贵霜帝国时期，而这一时期是公元前2世纪前后，时间上的滞后是显而易见的。这是一个不同时代寓言进入佛教寓言的例子。

不同民族的寓言进入佛经寓言是在佛教大规模传向东方、东南亚各国后发生的。典型的例子在中国，佛经寓言在传入我国后，一方面影响中国的寓言创作、发展，但同时它也吸收利用了中国的一些寓言，如《玉清经》卷十二的《鱼目充珠》。出现这样的情况，当然与我们现在使用的佛经寓言的材料，大都来自于汉文佛经有关，即印度佛经汉译后，流布和充实中自然有中国的新的寓言加入。但有一点意外的收获，即印度佛教的某些古老的经书在印度早已失传，但却在汉译佛经中保存着，故可以说，我们在使用汉译佛经寓言材料时，一方面能见到一些不是古印度寓言的后来晚近的寓言，但也能看到比目前在其他方面所能见到的更多的古代印度寓言。在这些佛经经书中，能见到我们在《五卷书》上见到的许多寓言，如《法苑珠林》中的《双雁衔龟》就与《五卷书》中的《一只乌龟两只天鹅》完全一样。同时，也能见到许多在《五卷书》一类书籍中见不到的古印度寓言。如《盲人摸象》就是。这则寓言是地道的古印度寓言，影响很大，在我国几乎老幼皆知，但这则寓言却没有在《五卷书》一类的书籍中发现它的痕迹。从这个例子还可以说明，佛经中的古印度寓言包容量要比《五卷书》一类的书籍大得多，别的经书上的寓言不算，就后文要提到的《佛本生故事》《百譬喻经》中的寓言就200多个，这比《五卷书》的48个寓言要多得多。

从这个意义上讲，古印度寓言的这个部分相对来说要比"统治论"一类寓言的那个部分要更为重要一些。首先表现在寓言的数量上，"统治论"一类的寓言总起来

---

① 大月支，古代西域国名，极盛时势力达到恒河流域和葱岭东西。
② 镬，大锅；汤，开水。

不会超过两百则，而佛经中的寓言据粗略估计，至少近千则，属于其第三个方面的古印度民间寓言，数量也不会很多，且产生年代分辨起来很困难。其次在寓言内容的广泛性上，《五卷书》一类寓言谈“统治论”，讲朋友的得失、战争、和平等等，范围并不是很宽，或者说范围是有一定限定的，它不可能一股脑什么都列在书中，而是有选择地使用了古印度寓言及其他故事。而佛教经书涉及天地万物，无所不包，什么事情都要解释，所以它使用古印度寓言时选择、限定就比较宽泛，没有太多的框框，故而它能容纳更多的古印度寓言。

另外，在《五卷书》一类的书籍中，还没有纯粹的寓言集出现，而佛经中却有这样的寓言专集出现，这就是《百譬喻经》，或称《百句譬喻经》，简称《百喻经》。此书有 98 个纯粹独立的寓言故事，它与《佛本生故事》中的寓言，共同构成佛经寓言中的重要部分。

第四节 《佛本生故事》寓言与《百譬喻经》寓言

在上一节中，我们知道了许多佛经中有不少的寓言，但有一定数量并有广泛影响的佛经寓言，还存在于《佛本生故事》和《百譬喻经》两书中。

从一定意义上讲，这两本书的佛经寓言还不好说是佛经寓言的代表作，因为它们不是其他佛经寓言的重复，也不是其他佛经寓言的精练后的作品，它们是佛经寓言的一个重要部分，与其他佛经寓言共同组成完整的佛经寓言。

《佛本生故事》也可叫《佛本生经》。“所谓《佛本生故事》，巴利文叫做 Jdtaka，是从动词根 jan（降生）变来的名词，意思是释迦牟尼如来佛前生的故事。古代印度相信轮回转生。一个动物，既然降生，必有所为，或善或恶，不出两途。有因必有果，这就决定了它们转生的好坏。如此轮回，永无止息。释迦牟尼在成佛以前，只是一个菩萨，他还跳不出轮回，他必须经过无数次的转生，才能成佛，因此就产生了所谓的佛本生故事。实际上，这些故事绝大部分都是寓言、童话等等的小故事，是古代印度人民创造的，长期流行在民间。这些故事生动活泼，寓意深远，家喻户晓，深入人心。国王们看准了这一点，于是就利用它们，加以改造，来教育自己的子女。各教派也看准了这一点，也都想利用它们来宣传自己的教义。婆罗门教、耆那教都是这样，佛教也不例外。”①

《佛本生故事》的成书年代可肯定是在公元前 4 世纪前后，为此，季羡林先生说：“佛教徒利用本生故事来宣传教义，至迟可以追溯到公元前 3 世纪。在这个时候建成的婆噜提（Bharhut）大塔和桑其（Sanchi）大塔，周围的石门上都有些本生故事的浮雕，而且有的竟标出 Jataka 这个专门术语。”②

① 见《佛本生故事》，人民文学出版社，1985 年。
② 见《佛本生故事》，人民文学出版社，1985 年。

佛本生故事数目很大，仅不完全的巴利文《佛本生故事》就有547个故事。这500多个故事，长短悬殊，内容驳杂，其中有寓言、童话、短篇奇闻轶事、笑话、滑稽故事、伦理故事、圣徒故事等，各个故事的思想性和艺术性相差较大。季羡林先生认为："绝大部分的故事都与佛教毫不相干，有的甚至尘俗十足。但是，佛教徒却不管这些，他们把现成的故事拿过来，只需按照固定的形式，把故事中的一个人、一个神仙或一个动物指定为菩萨，一篇本生故事就算是制造成了。"从《佛本生故事》来看，季羡林先生的观点是符合实际的。就在这样的《佛本生故事》中，包含了相当数量的寓言。郭良鋆、黄宝生二人所译的巴利文《佛本生故事选》只选译了154个故事，是原本547个故事的篇目的三分之一弱，所译的多是一些短小的故事。

在这154个故事中，据粗略统计，能够称得上寓言的有70多个。它们是《摩尼克猪本生》《跳舞本生》（它每个故事后都有"本生"二字，故下文中略）《齐心协力》《鱼》《鸟》《苍鹭》《难陀》《竹蛇》《蚊子》《毁园》《吠陀婆》《星宿》《果子》《猴王》《鼓声》《膝下》《箴言》《树法》《骗子》《名字》《非时啼》《猫》《金天鹅》《蜥蜴》《显威》《乌鸦》《豺》《桑耆沃》《德行》《鹰》《一把豌豆》《山牙》《狮子皮》《鹿》《鳄鱼》《乌龟》《奸商》《食粪虫》《甄叔枷树》《妙生》《猫头鹰》《虎》《木匠猪》《阎浮果》《狼》《验德》《速疾鸟》《肉》《哒哒》《兽皮苦行者》《波毗噜》《挑拨》《鹌鹑》《相貌身材》《波罗奢树》《小弓术师》《公鸡》《法幢》《腕》《摩洛伽》《达薄花》《竖法王》《豹》《精通脚印青年》《德迦利耶》等等。可以说，《佛本生故事》中较引人注目的寓言在这里是基本上得到列选的，故我们可视此70多篇寓言为《佛本生故事》寓言的代表。

在《佛本生故事》中，一般是一个本生故事一个寓言，但也有例外，如《德迦利耶本生》中就不止一个寓言。这个本生故事本来讲的是一个叫德迦利耶的青年的故事，当中就插进了一个"两只山羊打架，一只鸟去劝架被撞死了"的寓言故事，以及"一只母羊获救后不赶快离开是非之地而重新遭难"的寓言。这种形式实际上与《五卷书》中的表现形式一样，是故事套故事的。另外《大隧道本生》也包含了许多个故事，其中也有多个寓言，但每个故事都是独立的，不像前一个故事是故事套故事的。

《佛本生故事》中的寓言，与其他的佛经寓言一样，有许多寓言与《五卷书》寓言是相同或者说大同小异的。如《齐心协力本生》与《五卷书》的第一卷书中的第十九个故事《天鹅》题意相同；《苍鹭本生》与第一卷书的第六个故事《螃蟹和白鹭》故事情节几乎完全一样；《金天鹅本生》与第三卷书的第七个故事中的《金天鹅》也完全相同。这样的寓言还能有不少，正如季羡林先生所说的那样，拿来，加上一头一尾，一个本生故事就构成了。一个故事被《五卷书》等一类谈"统治论"的书拿去，也被《佛本生故事》及其他佛教经书拿去，故而，《佛本生故事》中的某些寓言与《五卷书》中的寓言相同，同时也与其他佛经中的一些寓言相同。

在《佛本生故事》中的一些寓言与其他书、经中的寓言相同或相似的时候，它自然还拥有较大一部分寓言是其他书、经中见不到的寓言。如《非时啼》《名字》

《毁园》《跳舞》等，这些寓言与《五卷书》及其他书、经中的寓言一样，对后来的世界寓言都有很大的影响。《非时啼本生》说一只公鸡不分时候乱叫一气，被杀掉了，它就是现今流行的这一寓言题意的鼻祖。《名字本生》的故事在西方欧洲广为流传，但原型又在这里。《毁园本生》《跳舞本生》也在今日的寓言中时时看到它的影《佛本生故事》中的寓言不能说它们完全是佛经寓言的精华，但它是佛经寓言中一个重要的很有特色的一部分，则是准确的。

《佛本生故事》中的寓言是重要的，但佛经中的《百譬喻经》则更值得着重一提。

佛教经书的寓言运用达到一定程度的时候，人们把有关“譬喻”的一些寓言提炼出来，以求获得更多的教众，更好地宣传教义、教理的效果，结果就是《杂譬喻经》《诸经要集》《经律异相》《百譬喻经》一类经书的出现。在这些经书中要数《百譬喻经》的寓言表现最为突出，因为它基本上就是一部寓言专集，如果去掉“偈颂”及其他的宗教附加解释，就与一部寓言集没有什么区别。

《百譬喻经》一书的编辑者，在《百句譬喻经》记中有“《百譬喻经》为古天竺僧伽斯那从佛典修多罗藏十二部经中摘录譬喻事类辑集而成”字样。也就是说，《百譬喻经》是古代印度的僧伽斯那所辑。至于成书的年代，很难确定，但据佛教发展历史的大致推断，应在公元前。

公元前6世纪，佛教产生，大约经过一个多世纪的发展，教团内部在教义的理解上发生了分歧，从此，佛教内部开始出现多种部派。“经部佛派是部派佛教中产生较晚的派别，它实际上只是有部佛派的分支。由于它对小乘教义阐发弘扬较多，因而在很大程度上成了小乘佛学的代表。佛经在体例上有‘九分教’与‘十二分教’之别，经部思想与‘十二分教’联系比较密切。‘十二分教’比‘九分教’多‘因缘’‘譬喻’和‘论议’三个类别。经部循此便演绎出了不少关于因缘和譬喻类经。所谓‘譬喻经’，就是经部发展初期，一些造诣较高的法师在发明经义时不泛泛空言，而是常常引用一些生活故事或寓言作譬喻，然后进行说法的一种经。”① 从这段话里，我们不难看出，譬喻经是随着经部佛教的兴起而产生的，故而《百譬喻经》很有可能是公元前2世纪或3世纪前后形成的。这样一来，在东方，以宗教典籍的外衣出现的《百譬喻经》是继《伊索故事集成》成书后，又编成的第二部世界上最早的寓言专集。重要的是《伊索故事集成》早已失传，而《百譬喻经》却一直相传保存至今，可以说是现存的世界上最早的寓言专集。

《百譬喻经》的汉译本是魏晋南北朝时期，齐永明十年，由中天竺法师求那毗地翻译而成的，至今已经1450多年了。

《百譬喻经》称其中有100个寓言故事，实则98个，卷上50则，卷下48则，前面有一个开头，大意是说：有一天，佛住在王舍城，在鹊封竹园里聚会，有诸大比丘、众大菩萨，及诸八部三万六千人；那时会中还有异学梵志五百人，他们从座位上

① 见苇海：《痴华鬘》前言，中州古籍出版社，1987年。

站起来说："我们听说佛道比什么都宏深，所以特来请教。"佛就叫他们提出问题，一一加以解答，于是五百梵志"心开意解"，当即接受了五戒。回到座位后，佛就对他们说："你们好好听，我现在给你们说各种譬喻。"全书最后，又有偈语二十四句，指说这些譬喻为"喜笑语"，又说"如似苦毒药"，现全部抄录如下：

此论我所造，和合喜笑语，
多损正实说，观义应不应。
似如苦毒药，和合于石蜜，
药为破坏病，此论亦如是。
正法中戏笑，譬如彼狂药，
佛正法寂定，明照于世间。
如服吐下药，以酥润体中，
我今以此义，显发于寂定。
如阿伽陀药，树叶而裹之，
取药涂毒竟，树叶还弃之。
戏笑如叶裹，实义在其中，
智者取正义，戏笑便应弃。

也许就是加上开头和最后的偈语，称作100则。

在这本寓言集中，较好的和较有影响的寓言有《愚人食盐》《愚人集牛乳》《以梨打破头》《渴见水》《富翁造三层楼》《扇不凉烈火上面的糖浆》《商人杀了向导去祭天》《用甘蔗汁浇甘蔗》《吊骆驼上楼》《记牢在水里》《割肉百两补肉千两》《蠢妇人》《穷人上了当》《只会破不会做的驴子》《果子未生，树先砍了》《二百里改称百二十里》《宝箱中的镜子》《臣有一个好法子》《愚蠢的牛主人》《秃头求医碰见了秃头医师》《用大石头磨成小石猴》《呆子自怪多吃了六个饼子》《傻仆人看门》《五个主人使用一个婢女》《倒霉的是老师》《蛇头和蛇尾》《踢坏了富翁的嘴巴》《两个儿子平分财产》《背着澡盆不是为的洗澡》《在公驴身上找奶》《不愿背而愿挑》《被打的孩子和小孩》《猴子的一手把豆》《小孩杀龟》等等。

在《百譬喻经》中，也有一些寓言的题材、题意与《五卷书》及其他佛教经书中寓言的题材、题意相同。如《小孩杀龟》《傻仆人看门》《踢坏了富翁的嘴巴》《富翁造三层楼》《蛇头和蛇尾》《愚人食盐》《愚人集牛乳》等就是例证。也如其他书、经中的寓言一样，《百譬喻经》中同时也拥有一批自己独有的寓言，如《背着澡盆不是为了洗澡》《在公驴身上找奶》《用大石头磨成小石猴》《呆子自怪多吃了六个饼子》《宝箱中的镜子》《渴见水》《用甘蔗汁浇甘蔗》《只会破不会做的驴子》等等。

《百譬喻经》也是世界上年代比较古老的以人物形象为主体形象的寓言集，是人物寓言最古老极富特色的典范之一。苇海先生在其校注的《痴华鬘》前言中说："《百句譬喻经》的譬喻事类，每一则都离不开人。其中倍受揶揄的，一是愚人，一是要小聪明的人。愚人大都不明事理或缺乏生活经验，不善于思考问题，更不懂得复杂事物之间的种种相互关系，因而常常干出许多蠢事。要小聪明的人往往囿于一隅之见，一孔之得，便不知天高地厚，想入非非；或卖弄奸猾，或施玩伎俩，结果往往自食其果，洋相百出。愚人和刁黠之人之所以常常殊途同归，归根结底在于，他们都违背了事物发展的客观规律。不难看出，作者在描述这些人和事时，采用了高度的夸张手法，富有强烈的漫画意味。但这种乖悖情理的人和事，现实生活中确实是存在着的。于是，人们从这些具体的感性材料中，各自悟出了一定的人生哲理。”从这个角度来说，这个人物形象的寓言集不但是古印度寓言中较古老的寓言集，而且还是非常富有特色的寓言集。这个特色也就是寓言的愚拙味，它整个的寓言几乎都是愚人形象来表现的，这与以往古代印度寓言风格是完全不一样的。它们的区别又在于，形象上，其他的古印度寓言形象多为动物及植物等，而《百譬喻经》的寓言形象为人物，即愚人。耽于幻想的寓言风格，在这里也有了改变，变得世俗味更浓烈了些。随着寓言形象的变化，表现手法也不尽相同。另外，这本集子中的古印度寓言，改造利用的痕迹要比其他书、经中的寓言重一些。这些，对我们分析理解古印度寓言中佛经寓言的发展变化情况，都是很重要很有意义的。可以在某种意义上说，《百譬喻经》是一种佛经入汉，受汉文化变异的一种标志。当然事情不是如此简单的，但古印度寓言的形象传统是动物，中国古代寓言形象传统是人物，而在汉文佛经中又出现了《百譬喻经》这样的人物寓言集，并在中国有着极广泛的影响，这就不可能是一个简单的表面现象问题了。不过，它并不是我们在此书中一定要解决的问题。

话说回来，从《百譬喻经》的情况不难看出，它形成的时间不会太早，比之前面叙述的几部书、经大概都要稍晚一些，其中的寓言也可能比较晚些，但它仍是古印度寓言的重要部分。

第五节　古代印度寓言的思想内容

叙述古代印度寓言的思想内容非常困难，它不像古希腊寓言那样，有一个专集存在，它相对集中地呈现于人们面前，把握起来就不是十分困难。但古印度寓言就不是这样，首先是它的作品的年代，大多数作品可能很古老，但一部分作品就不尽然，公元后的一些寓言就明显地存在其中。由于时间与时代的变化，故而一般地叙述古印度寓言的思想是有很大难度的。古印度寓言的存在方式也与古希腊寓言不同，它由多个外观表现比较强烈的方面承载、包容、保存，就如上一节的“统治论寓言”“佛经寓言”等等，故而受各种各样的干扰和遮掩的情况就很严重，如人们知道教义如何，但也许并不知承载教义的寓言。如何对待这些寓言的思想内容呢？季羡林先生认为：“我们现在对这些寓言和童话进行分析，应该根据故事本身，而不应该根据编纂者强加到这些故事上的那些伦理意义。”① 我想这符合于我们面对的“统治论寓言”和“佛经寓言”的实际情况，我们在分析把握这些寓言的思想内容时，不能按书面所叙述的教训话语，以及结论等，应根据每则寓言的自身情况和内涵来判断。

按这个原则，再综合古代印度寓言的各个组成部分，它在思想内容的表现上，大致有以下几个部分。

日常社会生活经验教训的总结是古代印度寓言最普遍、数量最多、影响最大的一个部分。

有这样思想内容的寓言在《五卷书》里最多见，如《公羊和狮子》：

> 在某一个树林子里，有一只从羊群里跑出来的公羊。它就带了它那一脖子长长的鬃毛，它的角和它那结实的身子，在树林子里东游西逛。有一次，在这个树林子里，它给一只狮子看见了，狮子前后左右都是野兽。狮子以前从来没有看到过这样的动物；它身上的长毛向四下里竖着，身子究竟是什么样子，都看不清楚；狮子看了以后，心里头直哆嗦，它害起怕来，心里想：“这家伙一定比我的劲头还大！因此，它才敢大模大样地在这里逛来逛去。”它这样想过以后，就慢慢地离开这里了。过了二天，狮子看见公羊在林子里的空地上吃草，它想道：“怎么，这家伙吃草呀！那么，它的力气也应该是同草相当的。”这样想过以后，狮子立刻扑上去，把公羊杀死。

这则寓言表明，一个弱者不能在是非之地停留，不能把自己的弱点暴露给别人，特别是强者。这种社会日常生活的经验教训是人们反复多次的智慧的结晶，被如此形象化、艺术化地表现出来，给人以极鲜明、真实的印象。这样的寓言在《五卷书》中不少，如第一卷中的第 17 个故事，讲的是三条鱼，告诫人们做事情要未雨绸缪，早做准备。第一卷第 27 首诗讲天鹅与莲花梗的故事，说晚上天鹅把印在水里的星星当作莲花梗来啄，上了当，可到了白天，它又连真的莲花梗也不敢啄食，这有些如我们中国的“一朝被蛇咬，见了草绳惊”的意思。第五卷的基本故事和当中的第一个故事，都是告诉人们做事一定要调查研究，一定要谨慎仔细。第一卷的第 25 个寓言故事告诉人们不要多管闲事。第五卷第 3 个寓言故事讲的是四个婆罗门以自己各自的一技之长，盲目地使一只狮子复活……告诉人们不要专靠知识和聪明，而理智在许多时候是更为重要的。再如第一卷的第 12 个故事，讲的是天鹅与猫头鹰交朋友，从而给自己带来灾难和坏名声的故事，告诫人们交友要慎重。

在《佛本生故事》里，这一类寓言也不少，如《蚊子本生》。这则寓言说一个傻儿子用斧头帮父亲赶走头上的蚊子，蚊子没砍着，反而把父亲的头砍成两半……以此引出的偈颂是：

> 仇人倘有理智，胜似愚蠢朋友，
> 请看傻子杀蚊，砍碎父亲脑壳。

---

① 《五卷书》序言，人民文学出版社，1981 年。

这样的经验教训是古代印度先民在付出了多次血的代价后才总结出来的，在仇人与朋友、理智与愚蠢的关系表述上不但形象鲜明，而且十分深刻。像这样的寓言，在《佛本生故事》里还有许多，如《毁园本生》中的猴子是非不清，只能干坏事的教训；《非时啼本生》说明不合时宜地处事，只会给自己带来麻烦和灾难。《山牙本生》则是说一个跛子马夫喂马，国王的马以为马夫在训练它，也一跛一跛地走路的故事，从而说明一个人不能与有缺点或缺陷的人相处，把“近墨者黑，近朱者赤”的经验教训表现得十分形象。

其他佛经里这类内容的寓言也很多。如《祸母》：

> 昔有一国，五谷熟成，人民安宁，无有疾病，昼夜伎乐无忧也。王问群臣：我闻天下有祸何类？答曰：臣亦不见也。王便使一臣，至邻国求买之。天神则化作一人，于市中卖之。状类如猪，持铁锁系缚。臣问：此名何等？答曰：祸母。曰：卖几钱？曰：千万。臣便顾之间曰：此何等食？曰：日食一升针。臣便家家求针。如是人民两两三三，相逢求针，使至诸郡县扰乱，在所患毒无谬。臣白王：此祸母致使民乱，男女失业，欲杀弃之。王曰：大善！便于城外，刺不入，斫不伤，掊不死。积薪烧之，身体赤如火；便走出，过里烧里，过市烧市，入城烧城。如是过国，遂扰乱人民饥饿。坐厌乐买祸所致。[1]

这则寓言一方面宗教色彩浓厚，另一方面又非常奇特怪诞，把“坐厌乐买祸”的教训表现得如此鲜明、强烈和意味深长，是一般的寓言所不及的。在佛经寓言中，有些是表现日常社会生活经验教训的寓言，如《马推磨》[2] 说一个国王因为养了许多好战马，邻国长时间不敢侵犯。长久无事，国王见战马无事就叫马推磨，结果当外强入侵时，再拉战马上战场，战马却只会原地打转了。这则寓言把只顾眼前利益，不顾长远利益所获的教训表现得很生动。还有《伐毒掘根》[3] 总结的则是一个治标不能根除毒害，掘根才能除毒必尽的经验；《学说好话》[4] 说明了一个人如盲目从学，没有辨别，只能自找苦吃的教训，等等。

在佛经寓言专集《百譬喻经》里，《蛇头尾共争在前喻》等也属于这类内容的寓言：

譬如有蛇，尾语头言：“我应在前。”头语尾言：“我恒在前，何以卒尔？”头果在前，其尾缠树，不能得去。放尾在前，即堕火坑，烧烂而死。

蛇头和蛇尾共争在前，以致烧死，教训深刻，形象鲜明。这样内容的寓言在《百譬喻经》里还有《杀商主祭天喻》《砍树取果喻》《杀群牛喻》等等，这些寓言都是表现奇特的寓言佳作。

---

① 《旧杂譬喻经》卷上第二十二。
② 《大庄严论经》卷十五。
③ 《出曜经》卷五。
④ 《杂宝藏经》。

表现古代印度生活的哲理思想，是其另一个方面的重要内容。表现生活哲理思想的方面很多，如《佛说义足经》的《盲人摸象》。在这则寓言面前，一个全面与片面相互关系的哲理思想表达，人们还能多说一句什么呢？这一相同哲理思想的表达，我们在《佛本生故事》中也能找到，如《甄叔迦树本生》。

这则寓言的故事是这样的：古时候梵授王有四个儿子。车夫把四个儿子分头在不同的季节里带去看甄叔迦树的情况，结果各说不一，因为他们只看到了自己看到的，而树却四时不同。

这两则寓言异曲同工，表现都很生动。《佛本生故事》中这类寓言还有，如《名字本生》等等。

《五卷书》中这样内容的寓言似乎不多，但在《百譬喻经》中却不少。《三重楼喻》把没有下就没有上的哲理表现得怪诞风趣；《奴守门喻》《愚人食盐喻》《渴见水喻》《欲食半饼喻》等表明不可把事物的相互关系割裂开来对待，要不就必然走向可笑的极端；《愚人集牛乳喻》中的愚人违背自然规律，要集牛乳于牛身，惹人见笑，从而表明一切事物得遵行自然规律的重要性等等。还有《磨大石喻》：

譬如有人，磨一大石，勤加功夫，经历日月，作小戏牛（玩具牛）。用功既重，所期甚轻。

这则寓言与中国的《铁杵磨成针》寓言所喻相反，但表现的哲理同样深刻。

我们知道，寓言的大多数是源于底层的劳动人民，古印度寓言也是如此。在奴隶社会和封建社会里，作为被压迫、被剥削的奴隶和下层劳动人民的日子并不好过，故而古代的印度劳动人民肯定要以寓言为武器，表达自己的不平心声，揭露和批判统治阶级的凶恶本性和丑恶嘴脸，增强自己的信心和决心，这就构成了古印度寓言思想内容的另一个方面。这方面内容的寓言有不少，如《佛本生故事》中的《豹本生》。这则寓言说一只羊先对豹好言相劝，后又据理力争都无济于事，最后被豹吃掉的故事。它似是《伊索寓言》中“狼和小羊”故事的印度方式的表达，但它并不是源于古希腊寓言的题意，而是自己土生土长的寓言。或者更大胆地推断，它产生的年代也许比《伊索寓言》中的那则寓言要早，并极有可能是这一故事的鼻祖。不管怎么说，这则寓言对虚伪的强权者的揭露和批判的深刻，并不亚于这一题意的后来的许多寓言，并且它的表达极有印度特色。

对宗教教士和一些修行者的虚伪和无耻的揭露和嘲讽，在古印度寓言里也有，如《狼本生》。这则寓言叙述得非常生动有趣，故事上也很完备，可以说这则寓言就是这一题意寓言的先驱，它的嘲讽意味深长，狼的本性刻画得淋漓尽致。这样的寓言还有《失位的蛤蟆王》，这则寓言是《五卷书》中第四卷的第一个故事，说一个蛤蟆王失位后，丧心病狂地引来了黑蛇，报复自己的家族，用以影射那种出卖祖国人民的统治者。还有《三重楼喻》嘲讽富翁的无知和愚蠢；《人说王纵暴喻》揭露和批判了国王的残暴和蛮横无理。

在增加自己斗争信心和决心，歌颂弱者的机智、无畏和勇敢的内容上，亦有不少寓言，如《五卷书》第一卷的第 18 个故事《麻雀向大象报仇》。

这则寓言说大象自以为是，无故杀死了麻雀的孩子，使麻雀伤心极了，决心报仇，于是它就把大象的罪行告诉了它的朋友：苍蝇、啄木鸟、蛤蟆，最后靠朋友们的团结战胜了大象。这则寓言说明，弱者只要团结一心，就可以战胜强大的敌人，它对劳动人民的鼓舞是很大的。这样的主题在其他寓言中也得到不同方式的表现，《五卷书》中第一卷第7个故事《兔子和狮子》，说一只聪明的兔子如何利用计谋战胜强大的狮子，解救了森林中的同伴；第5个故事《乌鸦报仇》说一只乌鸦如何机智地报了仇；第三卷第5个故事《蛇和蚂蚁》形象地表达了一群蚂蚁战胜蛇，寓意深刻。《佛本生故事》中的《鹰本生》说小人物鹌鹑机智地战胜了老鹰；《乌鸦本生》说一只乌鸦因为自己的妻子被大海卷走，就下决心要舀干大海。这些寓言均为古印度寓言中较为人看重的寓言，对后世的影响很大，尤其是《兔子和狮子》这则寓言，几乎全世界大多数民族的寓言中，都有这样的寓言。

讽刺和揭露批驳人性中的种种弱点、缺陷是古印度寓言又一个方面的思想内容。如嘲讽贪婪，《豺本生》这则寓言说一只贪心的豺钻进象尸中大吃特吃，最后几乎送命的经历。这则寓言生活气息浓郁，地域和民族色彩都很浓厚，教训也很深刻。像贪心、贪婪这一类人的弱点，古印度寓言表达得最多，也最生动最好。《豺本生》是《佛本生故事》中的寓言，自有它的独到之处，但此题意在《五卷书》第二卷第四个故事《猪·猎人·狼》中表现得另有一番韵味：

> 在某一个地方，有一个部邻陀。他出去打猎。正当他向前走的时候，他碰到了一只猪，样子就像是摩抗阁那山的顶峰，看到了它以后，他把弓拉满，一直拉到耳朵边，念了下面这一首诗：
>
> “没有看到我的弓，没有看到我的箭，这一只大猪已经吓得浑身打战。看到了它这个样子，我心里就想：一定是阎王爷把它送到了我的跟前。”
>
> 于是他就用尖锐的箭射中了它。那一只猪大为发火，用它那像新月一样发亮的獠牙把他的肚子豁开，这一个部邻陀就倒在地上，没了气了。野猪把猎人杀死以后，它自己也因为受了箭伤，痛死了。正在这时候，有一只豺狼，也是死到临头了，东逛一逛，西逛一逛，晃里晃荡地走到这个地方来。它看到了那一只野猪和那一个部邻陀，两个家伙都死了，它心里高兴起来。想道：“我的运气不坏呀！它给我带来了这一些没有想到的食品。……我现在要怎样安排吃这些肉，使得我几天之内都有肉吃。我现在先吃弓尖土的这一些筋，我先用两个蹄子慢慢地把它抓起来。”它这样想过之后，就把弓的尖放在自己的嘴里，开始吃那一些筋。弓弦咬断了，弓的尖端穿透了它的上颚，就像是一绺头发一样，从头顶钻了出来。它也就痛死了。

因此，我说道：“过分的贪得无厌是不应该的。”像这样奇妙无比的寓言，其想象、构思、故事、教训、形象都是我们后来的寓言很难超逾的。揭示人们的贪心、贪婪的寓言还有不少，如《金天鹅》等就是。

批判人性弱点，佛经中的《我所鸟》[1] 又有一番别趣。这则寓言说一只鸟住在一草药山上，一天到晚都叫唤“我所”，说山上的药草都是它的，一有人来采药，它叫得更凶，一天到晚为山上的草药担心忧愁，很快，它也就忧愁而死。

在人类性格弱点的其他诸方面，古印度寓言也进行了嘲讽和揭示。如《食粪虫本生》嘲讽了自以为是的食粪虫；《显威本生》嘲讽了自不量力的豺；《挑拨本生》训诫人们不要轻易相信离间者的坏话，揭示了离间者的丑行；《阎浮果本生》对献媚进行了鞭挞；《树法本生》中的树神为了虚荣，让自己在暴风雨中受到无情的打击；《乌龟与天鹅》[2] 中的乌龟因为喜欢自吹自擂而遭到死亡之灾；《多嘴的鸟》[3] 中的鸟就因为惯于管不必要的闲事，遭到不必要的打击；在《大麦片罐子》[4] 中，人的不切实际的空想也受到批驳等等。

古代印度寓言的思想内容大致就是这几个方面。同样，它们在内容上也是交叉的，有的寓言内容可以单独存在，但许多寓言内容却是多方面兼备的。

第六节　古代印度寓言的艺术成就

每一种文学作品的存在和影响，均决定于它的思想内容和它的艺术表现。古代印度寓言的思想内容是丰富的、充实的，其艺术上所取得的成就也是丰厚的多方面的。

古印度寓言的艺术成就首先是它创造了一批具有世界影响的寓言形象。

形象是文学作品各种表现的承载体，每一作品首先推出的就是形象，这在寓言更为重要，因为有许多的故事行为都是在特定的形象固有行为、特征的前提下来完成的。比如狐狸的狡猾这一固有性格特征，就可能在一定程度上决定它的寓言中的行为表现，寓言也以此来构建寓言的情节。

在古代印度寓言里，出现了各种的鸟兽虫鱼：狮子、老虎、大象、猴子、豺狼、兔子、豹子、驴、牛、羊、猫、狗、麻雀、乌鸦、乌龟、蛤蟆、獴、猫头鹰、天鹅、鱼、苍蝇……五花八门，除了非洲的鬣狗、澳洲的袋鼠等地域特色动物外，几乎应有尽有。寓言的动物形象在古代印度寓言中是占主导地位的，也有少许植物形象，如树木等。除此之外，古代印度寓言中的人物形象也不少，如修行者、婆罗门等等，值得着重一提的是佛经《百譬喻经》中的愚人形象，它在寓言形象的艺术成就上仅次于古印度寓言的动物形象。正是由动物形象、人、愚人形象组成了古印度寓言的形象系列，成为其艺术表现特色之一。

古代印度寓言的动物形象，可以说是世界各国各地寓言中最富于特色的动物形象

① 见《生经》。
② 见《五卷书》。
③ 见《五卷书》。
④ 见《五卷书》。

群体，它们在拟人化手法的导引下，成为寓言最出色的角色。在它们的表演下，古代印度人的思想情感和个性，在其中得到充分的表现，由此而来的对社会、人生、世界的理性认识，显现出最明显的印度风范和色彩。在这一系列的寓言动物形象中，又要数对大象、豺狼、狮子、猴子等形象的寓言描述最充分、最生动。在古代印度寓言中，许多最有名的寓言都与它们有关，如《盲人摸象》《麻雀杀大象》《豺狼和鼓》《猴子拔楔子》《蓝色的豺狼》《兔子和狮子》《公羊和狮子》《猴子和鸟》《猴子和海怪》《国王和猴子》《饿狮》《猴子和公羊》《一对狮子和一只豺》等。另外，老鼠、蛇等动物形象在寓言中出现也比较频繁。在《伊索寓言》中，其关注得最多的形象是狐狸等，但这在古印度寓言中就很少见，许多寓言行为则多由豺狼来代替，如表现贪心等。这也应是古印度寓言艺术成就的一个方面。

古印度寓言形象上的另一艺术成就是塑造了一批愚人形象。这批寓言愚人形象以佛经中的《百譬喻经》为主体。它们在佛经寓言中是如何形成、发展的过程，我们难以追述，但它丰富了古印度寓言的形象则是历史事实。这些寓言愚人形象肯定不如动物形象的出现时间古老，但一般是佛教产生、传播时产生的，可它至少从两个方面为古印度寓言增添了新的内涵：一是一反动物为主的古印度寓言的形象传统，为古印度寓言增添了一批新的美学含义的形象。动物在利用其特性、习性构建寓言时，动物自身的形象也在愉悦人。愚人形象出现也是如此，但它表现的是傻味和愚拙味，令人喷饭，又令人深思和回味。二是为古印度寓言提供了一个新的构建寓言的方式，即利用愚人的痴、呆、愚，把一些违反常规的行为加在他们身上（就像加在动物身上一样），以构建寓言。

古代愚人形象寓言的出现，可视为古代印度寓言一个新的嬗变和发展。

古代印度寓言的形象，特别是动物形象. 在某种意义上说是世界寓言形象的宝库，它从形象性格的寓言描绘等方面，对后来的寓言都有很大影响，实际上，在不否定各地各民族对动物形象描述经验的前提下，我们现今寓言的许多描述经验均来自于古印度寓言，这在欧洲最为明显。

古代印度寓言艺术成就的第二个方面，是它创造了一批优美的，有着奇特构思和丰富想象的寓言故事。

说起故事，最具有世界性影响的当然首推《一千零一夜》的阿拉伯民间故事，但这是人的传奇故事和魔幻故事，而动物故事特别是以动物为形象的寓言故事在世界上却得以古印度寓言故事为最。

在公元前6世纪以前，一批有着明显的以理性认识为目的，有着或深或浅道德教训的动物寓言，从原始的民间的纯动物故事中脱胎出来，成为古印度故事中有着奇特光芒的组成部分，渐渐引起古印度人和其他地区和民族人们的广泛注意。这种注目，从《五卷书》《故事海》《佛本生故事》等书的形成产生，以及后来世界上各地对上述书籍的翻译中就可见其影响程度。是古印度寓言的故事吸引了大家。当然也有其他因素，但它优美奇特、想象丰富的寓言故事，则是最重要的因素。

古印度寓言故事的想象是丰富的，构思是奇特的，如《一个乌龟和两只天鹅》。

这则寓言说的两只天鹅与一只乌龟是朋友，同住一个池塘，一年天旱池塘干涸时，天鹅要迁居，乌龟要同去，于是乌龟咬住一根棍，天鹅叼住两头飞上了天空。临行前，天鹅告诫乌龟千万不可开口说话，可是轻率和虚荣的乌龟却说了话，从空中摔到地上。

一只乌龟靠一根木棍和两只天鹅的帮助，居然上了天，又因为不听忠告，或虚荣，或饶舌，从空中掉了下来，这就是此寓言的基本情节。众所周知，乌龟那样的笨家伙，别说上天，就是在地上爬也慢得要命，但富于幻想的印度人却让乌龟上了天，这样的想象在艺术上是难能可贵的。如果让乌龟凭空长上两只翅膀飞上天，不合理，也没有什么趣味可言，但印度人用一条棍子，两只天鹅，让乌龟合情合理又非常有趣地飞了起来，这就是印度人独特的构思。

敢于想象，又用独特的构思完成想象，生动、合理、巧妙，不管此故事情节的目的如何，故事确是非常优美的。这一故事情节在后来的世界寓言中，几乎是一道“寓言的必备大菜”，不管以什么方式、体裁，谁都要写写这一个寓言故事，而且是基本情节不变。天鹅可以变成鸭子、大雁，掉下去可以有侧重点不同的教训总结归纳，但一根棍子两只什么鸟带乌龟上天是不变的，在《伊索寓言》里是如此，在拉封丹、克雷洛夫那里也是如此。

这样优秀的寓言故事在古印度寓言中不是少数，它的许多故事都能有如此迷人的魅力，只不过这则寓言故事在世界影响很大罢了。

由于拥有像《一个乌龟和两只天鹅》这样的一大批寓言故事，古印度寓言故事几乎成为后世许多寓言故事情节的营养基础，以至于陈伯吹先生这样说：“在《伊索寓言》《拉封丹寓言诗》以及其他的寓言和寓言诗里，都有它闪闪烁烁的‘影子’……”① 这“影子”，主要是来自于故事，可以说古印度寓言故事由于多方面的艺术表现，对世界寓言的贡献是很大的。

古代印度寓言艺术成就的第三个方面是成功地运用了拟人化手法和创造了“枝蔓式”或“同心圆式”的寓言故事表现形式。

在古代的文学作品中，除了《伊索寓言》是较有规模的以动物为主要形象的文学作品外，恐怕以动物为主要形象的文学作品就要数古印度寓言及童话了，但《伊索寓言》只是一群像珍珠一样的短小故事的集成，而古印度寓言则是一匹连续不断的美丽的长绸，这最典型的表现就是《五卷书》《故事海》《大故事花束》《佛本生故事》等等。在《五卷书》中大部分的形象是动物，《佛本生故事》中的寓言形象也大部分是动物，动物成了表现古印度的智慧、理性认识、思想感情、性格的主要表演者。要使动物、植物等成为作品的表演者，艺术表现手法上的第一要素就是拟人化，即利用动物的某些特性、习性及特征等方面的便利，以及另一种美学意义上的追求（真理的优美），代替人在情节中的表演，以期获得最佳的艺术效果。

寓言的拟人化手法并不是古印度寓言的首创，在《伊索寓言》中，寓言的拟人

---

① 见《寓言选》序。

化手法已得到了比较出色的使用，但是相对而言，《伊索寓言》中的拟人化手法还有欠全面和精细，真正出色全面地使用寓言拟人化手法的还在古印度寓言，可以说，这里的古印度寓言把寓言的拟人化手法发展到了登峰造极的地步。

表现有三：一是拟人化动物形象的群体庞大，对许多动物形象都有涉及；二是巧妙地把这些形象集合起来，在一个大致相关联的组合中扮演各种角色，形成了相当的气势，如《五卷书》。可以说，世界上很少有如此专门的以动物为主体形象的又有如此世界影响的文学书籍；三是在拟人化的技巧、方式、方法上比任何一个时代的拟人化表现都细腻、精湛，往往在表现了寓言道德教训的同时，一些生动的寓言形象还能自立，与人的性格的参照还相当鲜明。

可以说，古印度寓言的拟人化，还没有其他时期的寓言拟人化能够赶上它。如《白鹭报仇》：

在某一个树林子里，有一棵无花果树，上面住着一群白鹭。在这棵树的树洞里，住着一条黑蛇。白鹭的小雏还没有长出翅膀来的时候，蛇把它们吞掉，就这样过着日子。有一只白鹭，因为儿女都给蛇吃了，灰心丧气，跑到一个池子边上去，流了很多眼泪，垂着头，站在那里。一只螃蟹看到它这样子，对它说道："叔叔呀！你今天为什么这样痛哭呢？"白鹭说道："亲爱的！我要怎么办呢？我这个倒霉的家伙？我自己的儿女，还有我那些亲属的儿女，都给住在这一棵无花果树的树洞里的那一条蛇吃掉了。这些不幸的事情很使我伤心，我就哭起来了。因此，请你告诉我，有没有一个办法把它消灭掉呢？"听了这话以后，螃蟹就在心里琢磨起来："这是我们这一族天生的仇人。因此，我要告诉给它一个又真实又诡诈的方法，好让其他的白鹭也都死掉。"于是它说道："叔叔呀！如果是这样的话，你就把一块块的鱼肉从埃及獴的窝门口一路丢起，一直丢到蛇洞那里；这样，那埃及獴就可以沿着这一条路走了来，把蛇吃掉。"这样做了以后，那只埃及獴果然跟着鱼肉块追踪而来，它不但把那一条恶蛇吃掉，连在树上搭窝的白鹭也都一只一只地给它吃下去了。

因此，我说道："聪明人要想到有利的一面。"① 这则寓言说的是螃蟹给仇敌白鹭出主意想到了有利的一面，而对白鹭来说：一个聪明人不能光想到有利的一面。且不说寓言道德教训的深刻和精微，就说寓言中白鹭哭诉的样子，螃蟹心怀鬼胎的心理活动，以及两者的对话，都显得生动，形象丰满，有血有肉。它一方面是日常社会生活经验教训的总结，一方面又是社会生活中某些角色的小像。

这样的寓言拟人化手法在古代印度寓言中是普遍的，并且它还在长期的实践中，创造了多种拟人化手法的表现手段和方式，有许多方面丰富了此手法的表现内涵，对后世寓言的拟人化手法有很大的影响。

① 《五卷书》第一卷，第二十七个故事。

同心圆式、枝蔓式的寓言叙述表现方式的创立，也是古代印度寓言的艺术成就之一。

所谓同心圆式的寓言叙述表现方式有两层含义，一是以某个中心为题，如《五卷书》的《朋友的获得》《朋友的决裂》等等就是，围绕着这样的中心，多个角度、层面地展开寓言。二是以某几个角色构成主干故事，然后围绕着这个主干故事，展开或者附加上若干个寓言故事。前者是内容上的，但这个中心周围的故事有些并不与中心完全一致；后者是结构上的，但主干故事下的附加故事又与主干故事有一定相互联系，并不纯是一种机械的组合。

枝蔓式是侧重于后者的一种说法，如《五卷书》的“统治论”等是大树的主干，而其中的“五卷书”是五个大枝于，大枝干上又生出另一些小枝条，从而构成一棵完整的树。这种说法也是有一定道理的，有时候就与“同心圆式”同一个意思，但二者又不完全相同，如就内容上的中心来说，它就不完全一样。

这样的叙述表现方式，自然以《五卷书》最为典型，另外一些同类的书也大致是这种叙述表现方式，但我们不能认为佛经寓言中就没有这样的叙述表现方式，如《佛本生故事》，它的故事之庞杂是少见的，但它却归为一个中心——佛的轮回来编辑的，由此它实际上也是一种大的同心圆式的叙述表现。另外，在《佛本生故事》中，我们也能看到这样的故事叙述表现方式，如《大隧道本生》《德迦利耶本生》，前者归纳了“肉、牛、项圈、棉球、儿子、黑球、车、棍子、头颅、蛇”等十九个故事；后者少些，有 5 个故事。这些故事大致上都是归在一个角色活动下出现的。

这样的叙述表现方式属古印度人首创，是对世界寓言及世界故事叙述表现方式的一大贡献。许多个世纪过去，它对后来的寓言故事，及其他故事的叙述表现方式产生了深刻的影响，许多人都从中吸取了丰富的营养，创造了许多优美的有高度思想性的文学作品。

第七节　古代印度寓言的传播和影响

在世界寓言文学史中，只有两种寓言作品产生了广泛的世界性影响，一是《伊索寓言》，二是古印度寓言。《伊索寓言》的世界性影响主要是从近代开始的，古印度寓言的世界性影响则是从公元前后开始的。

公元前 6 世纪前，古代印度人创造了许多优美的寓言，但这些寓言并没有从印度传向世界，产生应有的影响。公元前 6 世纪，佛教诞生，大量借用寓言承载、解释佛教的教义和教理，古印度寓言也由此而随着佛教的传播开始走向世界。公元后，以《五卷书》为代表的载有大量古印度寓言的谈“统治论”的书籍，先在印度各地广泛流传，在以后几百年间，又以《五卷书》开头，开始向外界传播，开创了古印度寓言走向世界的第二条道路。也就是这两个主要的方面，形成了古印度寓言走向世界的基本格局。

佛教的传播是世界性的。由于地理环境的因素，它的文化向外辐射只有两个方向，一是东方，二是西方。据有关记载，最初的佛教是向东西两个方向传播的，但西方并没有给后人留下什么，东方却取得了巨大的成功，数千年间，东方的中国、东南亚、南亚一带广大地域都是佛教盛行的地方。这些地方输入了佛教，也输入了佛教中多方面的、大量的文学营养，其中自然包括寓言文学营养。有些地方，特别是东南亚一带，由于佛教文学的传入，并与当地原有的土著文学相互融合，从而奠定了这些地区文学，特别是民间文学的基础，如泰国、缅甸等。在向东方的传播中，佛教及佛教文学影响区域最大、时间最长、结下果实最多的当然要数中国。在中国，且不说佛教对中国文化的影响如何，就其文学的影响亦是极其广泛和深刻的。

佛教什么时候传入中国？说法很多，但一般认为是西汉末年就从西域传入中国，并在东汉兴盛起来。也就是说，与佛教经书一同而来的古印度寓言及其他文学作品，在2000年前就进入了中国大地。随着佛教的传播，以及东汉、魏晋、唐三次大规模的译经，佛经中的寓言及其他文学作品在中国更为广泛地流播开来，对中国小说的产生和发展产生了直接的刺激和影响，中国戏剧也有不少的营养来自佛经文学，但这均是题外话。

佛经中寓言的到来，对中国寓言的影响就不像小说、戏剧那样，它在中国没有形成替代中国寓言文学的主体，或者在它的刺激和参与下产生新的寓言文学的局面。可以说，它对中国传统寓言的直接影响并不大，因为中国先秦以来的寓言创作并不比古印度寓言逊色多少，但它却因此而形成了另一条与中国传统寓言相并行的寓言创作道路，那就是佛经寓言创作。我们知道，中国现今的佛经寓言，其主体仍然是古印度寓言，但长期的译经写经过程中，一些把中国古代寓言改造一下的寓言作品也进入了佛经寓言行列。这样的佛经寓言长年累月不断积累，自然而然就成了中国文学的一部分，并成为古印度寓言在东方中国的传播影响的有力例证之一。

以上是对中国寓言文学的直接影响，但古代印度寓言通过佛经进入中国，对中国的传统寓言还是有一定影响的。如宋吴兴韦居安《梅硐诗话》里有一段话：

> 东坡诗注云：有一贫士，家惟一瓮，夜则守之以寝。一夕，心自惟念：苟得富贵，当以钱若干营田宅，蓄声妓；而高车大盖，无不备置。往来于怀，不觉欢适起舞，遂踏破瓮。故今俗间指妄想者为瓮算。

江盈科的《雪涛小说》中有一段话，记叙的也是同一个故事，但比较详细一些，情节也多一些、丰满一些。

两则同一内容的寓言，题材、故事都是古印度寓言的题材、故事，是佛经寓言传入中国后带来的礼物。

应该承认，佛经中的古印度寓言随佛教传来中国，对中国的寓言创作影响并不大，其程度无法与它们对其他中国文学种类的影响相比，如小说《西游记》《红楼梦》，及戏剧《灰栏记》等。

另外，进入中国的古代印度寓言主要来自于佛经，《五卷书》一类书籍中的寓言传入，则是现代的事。

由佛经传向东方的古印度寓言，在东方似乎对整体而言的寓言创作影响并不很大，但主要由《五卷书》一类的书籍传向西方的古印度寓言，却对中亚、阿拉伯、欧洲的寓言创作产生了直接的广泛的影响。

《五卷书》是什么时候传出印度，走向西方的呢？有一个最直接的说法，它见于阿拉伯语的《五卷书》译本《卡里来和笛木乃》一书的前言。书中前言文字大致是：

公元6世纪中叶，波斯国王基斯拉·艾努·施尔旺得知印度有一本奇书《五卷书》，就派了一个精通波斯文和印度文的医师白尔才到印度去，想法抄得这本奇书，并翻译成了波斯中世纪语言帕荷里维。这个波斯中世纪语言帕荷里维的本子仿佛就是第一个走向世界各国的《五卷书》译本。这个译本几乎全部去掉了原《五卷书》中的格言、诗歌部分，只留下了故事。这个译本本身也许不足为奇，但人们几乎都对它非常重视，因为正是这个译本的出现，才使《五卷书》走向了全世界。人们一般地认为，中世纪时期各种文字的《五卷书》译本，都是以这个译本为底本，或者以这个译本的译本为底本的。这种情况到了近代才有所改变，一些国家才有了直接从梵文或其他印度文翻译的本子。

这个译本出现后，据说是很受人们青睐的，约公元570年前后，帕荷里维文的译本被译成了古代叙利亚文，《五卷书》开始在西亚地区流传。公元750年前后，又从帕荷里维文产生了一个阿拉伯译本，译者是伊本·阿里·穆加发。由于穆加发创造性地翻译了这个译本，而且是在翻译过程中加进了一些新的东西，所以这个译本并不是一个纯粹的译本，但这个译本的意义并不在于此，而是另外的因素，使它成为有非常重大意义的一部书：一是由于它文字优美，一出现即成为阿拉伯古代散文的典范，在阿拉伯文学史上，是一本很重要的作品；二是它的出现时代正是阿拉伯文化兴盛的时期，随着阿拉伯文化的辐射力量，它也一同走向了世界（主要是西方及中亚），把印度古代人民大众创造的优美而又有深刻哲理的寓言和童话带到世界的各个角落。可以说，帕荷里维文的译本把《五卷书》带出了印度，而阿拉伯文的译本又把它带向了世界。

这个阿拉伯译本是什么时候进入欧洲的，时间上很难确定，但有一点可以肯定，欧洲出现《五卷书》译本是通过阿拉伯文译本而来的，并且与欧洲的十字军东征这一历史事件有关，延续好几个世纪的十数次的东征，战争是主题，但文化、文学艺术上的交流也难免，也许《五卷书》进入欧洲就是这种交流的结果之一。这一点似乎可以从两个方面得到证实：一是《五卷书》欧洲语言文字译本的出现是在欧洲十字军东征结束后的事情，我们几乎找不到更靠前的译本；二是《五卷书》最先出现在意大利的罗马，而且意大利的中世纪译本很多，现今有记载的就有数个，还有改写本等等。在意大利兴盛一时。至于欧洲其他文字的译本是不是意大利文的《五卷书》的影响，就不得而知，也许是各种情况都出现过。

在以后的数百年间，欧洲的大多数语言文字都翻译了《五卷书》。1914年，有人统计过，说《五卷书》的译本已有15种亚洲语言，2种非洲语言，22种欧洲语言，并说英文、德文、法文都有10种以上的译本。数十年过去，现今已不知《五卷书》有多少译本了。

对于《五卷书》在欧洲的影响如何，季羡林先生对此有这样的描述："只是从译本的数目上，也就可以看出《五卷书》在世界上影响之大。它的影响还表现在深入人心上。《五卷书》里面的许多故事，已经进入欧洲中世纪许多为人所喜爱的故事集里去，像《罗马事迹》和法国寓言等等；许多著名的擅长讲故事的作家，也袭取了《五卷书》里的一些故事，像薄伽丘的《十日谈》、斯特拉帕罗拉的《滑稽之夜》、乔叟的《坎特伯雷故事》、拉封丹的《寓言》等等都是。甚至在格林兄弟的童话里，也可以找到印度故事。在亚洲、非洲和欧洲许多国家的口头流传的民间故事里，也有从《五卷书》借来的故事。"① 这种影响自然不单是寓言的，还有童话、一般故事及方式等等。就寓言来说，这种影响是较大的，欧洲现今的几个具有世界影响的寓言大师拉封丹、克雷洛夫等等，都与《五卷书》相关联，这在他们的寓言中随处都有例证，如《拉封丹寓言》。他的寓言一方面受《伊索寓言》的影响，另一方面受由《五卷书》而来的古代印度寓言的影响，这一影响在拉封丹寓言的后期要明显一些。

古代印度寓言在欧洲的影响是多方面的，有题材上的、构思上的、故事情节上的，还有手法以及哲理思想认识上的，并且通过这些影响，在欧洲结出了丰硕的果实。为此，陈伯吹这样说："长期流传在民间的口头创作《五卷书》，它开花、结果，它的种子撒落在希腊的土地上，开出了《伊索寓言》这朵鲜花。然后这朵鲜花的种子落在法国的土地上，出现了《拉封丹寓言诗》；落在德国的土地上，出现了《莱辛寓言》；落在俄国的土地上，出现了《克雷洛夫寓言诗》……我这么说，请不要误解为'后者即是前者的翻版'；我只是指说着'前者给予后者的启发和影响'。"② 他这段话把表象描述得很准确，但影响的来源却错了。《伊索寓言》的情况在前一章已有叙述，要说明的是："启发和影响"并不是或者并不完全是从《伊索寓言》转发的，而是直接的，这在《拉封丹寓言诗》中就有证据。

这种情况就与古代印度寓言通过佛教经书传向东方的情况大不一样，可以说，佛经寓言并没有使任何一个国家开出像欧洲那样的寓言花朵，当然，古代印度寓言在东方的影响是另外一种方式的。

---

① 《五卷书》序言。
② 见《寓言选》序言。

第四章　中国古代寓言（一）

在人们还没有发现和认识苏美尔人和埃及寓言的时候，人们把中国古代寓言与古希腊寓言、古印度寓言共称为世界寓言的三大发源地，而且至今仍是一种很普遍的看法。确实，中国古代最早的寓言群体发生在公元前6世纪前后，与古希腊寓言、古印度寓言的发生时间大致相近。同时，中国古代寓言又是一个独立发展的有自己独特风貌的寓言群体，完全可以与世界上另两个著名的寓言群体相提并论。

中国古代寓言的概念自然是整个中国古代时期的寓言，但中国古代寓言这一概念却与古希腊寓言、古印度寓言在上、下的时间上不一样，古希腊和古印度寓言至多只是数百年间的断代史，而中国古代寓言从先秦寓言开始，却要一直延续到明清时代，时间上是很长的，即从公元前6世纪，到公元19世纪，约2500年。按理，把如此时间长度的寓言史归为相连续的两章来叙述，在世界寓言的发展变化历史上是不合适的，但是，中国古代寓言从先秦寓言奠定了中国古代寓言的基础之后，一直在一个相对封闭的系统文化和系统的文学环境中存在和发展，与外界相互联系的情况不多，没有对中国古代寓言这一系统发生什么大的影响和变革。另外，像中国古代寓言这样有如此明确的历史记载和延续发展的寓言群体，在世界上独一无二，故而稍稍打破一下时间上的顺序，不把中国古代寓言割裂对待，对世界寓言文学史的清晰的表述也是必要的。

第一节　中国古代寓言概况

叙述中国古代寓言概况，首要是解决中国古代寓言产生的年代。中国古代寓言最先的产生是什么时候呢？一般认为，说它大概萌芽于公元前6世纪。《左传》宣公11年（公元前598）记载，说当年陈国内乱，楚庄王借平乱灭陈，把陈划为楚国的县。他的大夫申叔时劝他说：“牵牛以蹊人之田，而夺之牛。牵牛以蹊者信有罪矣；而夺之牛，罚已重矣。”以此劝说楚庄王恢复陈国。有人认为这就是中国最早的寓言。

有一则故事，人们大致倾向视其为中国最早的寓言，即《左传》宣公15年（公元前594）的“魏颗嫁父妾”（即有名的“老人结草”的故事）：

初，魏武子有嬖妾，无子。武子疾，命颗曰：“必嫁是。”疾病则曰：“必以为殉。”及卒，颗嫁之。曰：“疾病则乱。吾从其治也。”

及辅氏之役，颗见老人结草以亢杜回（注：泰国力士），杜回踬而颠，故获之。夜梦之曰：“余，而所嫁妇人之父也。尔用先人之治命，余是以报。”

这则寓言说魏颗从治命而不从乱命，对后人是很有启发的。

还有一则故事被人们认为是中国最早的寓言，即《左传》昭公22年（公元前520）“雄鸡断尾”：

宾孟适郊，见雄鸡自断其尾。问之，侍者曰：“自惮其牺也。”遽归告王，且曰：“鸡其惮为人用乎？……”

如果以上述的寓言产生时间来算，那中国寓言产生的时间是公元前6世纪，如果把故事的产生与书面记载的时间差计算在内，那最多也不过是公元前7世纪的事情。可是，另外一个有争议的说法使中国寓言的产生时间上溯到公元前11世纪，这就是我国目前最古老的一部书《周易》中的某些文字是否是寓言的问题。《周易》是一部什么样的书没有定论，约产生于西周，它用卦爻辞的方式记录了很多远古的东西，其中就有很多很像寓言的小故事，使人们为此而众说纷纭。1958年，严北溟的《中国古代哲学寓言故事选》把《大壮》上六：“羝羊触藩，不能退，不能遂。”《困》六三：“困于石；据于蒺藜；入于其宫，不见其妻。凶。”等两则卦爻辞作为寓言收入其中，认为它们就是中国最早的寓言。20多年过去后，陈蒲清先生却不同意严北溟先生的看法，他以为：“这些卦爻辞还只是一种比喻，没有什么情节。前者以公羊撞在篱笆上，不能进退，比喻人们一时的艰难处境；后者连用三个比喻，形容人们的困境。这类卦爻、辞在《易》中并不罕见，把它们作为寓言是不够恰当的。”① 但是，有人在全面审视了《周易》中的这类形象比喻后认为：“卦辞、爻辞常常运田一些形象生动的比喻来说明道理，其中有不少（约四十首）具有某种情节的小故事，是寓言的雏形；有些是用歌谣的形式写成的，可视为寓言诗。”② 他接着举了三个例子说明《周易》中的寓言存在。

《履·六》：“眇能视，跛能履，履虎尾，咥人。”

《井·卦辞》：“往来井，井汽至，亦未繘井，羸其瓶。”

《丰·九》：“丰其沛，日中见沬，折其右肱。”

从以上的文字看来，作者已完全认为这是地道的寓言。这样的见解是有一定道理的，尽管这些文字对故事叙述非常简略，但在当时的书写材料限制等历史条件下，能看出一定的梗概就很不错了，其他的一些细节性的东西，可能有，但只在口头生存，

① 《中国古代寓言史》，湖南教育出版社，1982年，第9页。
② 见《寓言辞典》，山东明天出版社，1988年，第237页。

很难在当时的情况下进入书面，故而能有如此的故事情节就很幸运了。另外，故事中的寓言教训哲理等内容也是有所体现的，即寓言的一些内在因素是存在的。故而我以为《周易》中的这些所谓寓言，即便不是很纯粹的寓言，作为中国寓言的萌芽是确切的。这样一来，中国古代寓言的发生上溯至公元前10世纪前后是有根据的，它也就是《周易》一书的大致产生年代。当然，这也只能是一说，因它涉及世界寓言文学历史的发展判断，如果这一说得到公认，那中国古代寓言的确切记载年代就比古希腊寓言、古印度寓言的确切记载年代要早得多，仅次于古埃及寓言的发生年代。但是，在还缺乏更有力的证据确认之前，我们仍以一般的历史发展线索为序。

这是中国古代寓言的发生情况。

中国古代寓言的发展时期一般认为是中国的春秋战国时期，即通常所说的先秦寓言。

按历史编年，春秋为公元前770年至前475年，战国为公元前475年至前221年，春秋战国前后约有500多年，这一时期产生的寓言就是中国古代的先秦寓言。

中国古代的先秦寓言是随着诸子百家的兴起而繁荣起来的，是时代变革的产物。中国春秋战国时代巨大的社会变革产生了诸子百家，“诸子十家……皆起于王道既微。诸侯力政，时君世主，好恶殊方。是以九家之术，蜂出并作，各引一端，崇其所善，以此驰说，取合诸侯。”① 这就是对当时诸子盛况的描述。当时的诸子，“取合诸侯”，宣传自己的学说，为增强论辩效果或者避其缨锋，引进、借用一些民间故事、历史事实等，并以自己的观点加以改造，或者干脆就自己创作了一些故事，在这些故事中，就有许多是人们所称谓的寓言，因为寓言的本身，最适用于这样的运用。

就在这样的历史条件下，先秦寓言出现了，并发展成为中国古代寓言的第一个高峰，为后世所瞩目。

在先秦寓言中，由于政治哲学观点的差异，语言文字风格的不同，表现手法的取舍侧重不一样，又呈现了多姿多彩的表现。在先秦寓言初期有“墨子寓言”，墨子寓言的情节和语言都比较简单。以后较有名的寓言有孟子寓言、庄子寓言、列子寓言、韩非子寓言、《吕氏春秋》寓言、《战国策》寓言，以及《尹文子》《荀子》《晏子春秋》《管子》《商君书》《慎子》等书都有一定数量的寓言。散见在这些诸子百家著作中的寓言，就是先秦寓言的主要部分。其中，庄子寓言、列子寓言、韩非子寓言，以及《吕氏春秋》《战国策》中的寓言最为人们所注重，这些寓言也大致包含了中国先秦寓言的精华。在这些寓言中，最富于特色的寓言是庄子寓言、列子寓言、韩非子寓言，只不过后人的推崇有所偏好，或尚庄子，或尚列子，或尚韩非子。

在先秦寓言的总括上，寓言研究家陈蒲清先生有一段很为精练的评语：“先秦是中国古代寓言产生和蓬勃发展的时期。其中的战国时代是中国古代寓言创作的黄金时代。当时的寓言作品集中在诸子散文里面，为阐述不同学派的哲理和政治主张服务，可称为‘哲理寓言’。”②

---

① 见《汉书·艺文志》。
② 见《中国古代寓言史》，第9页。

先秦寓言的出现，并以其哲理性而著称，一般认为是中国古代寓言的巅峰，认为从先秦寓言之后，中国寓言的各个时期在成就上都无法与先秦寓言相比，但也有人认为，承认其巅峰的同时，各个时代的寓言特色也是先秦寓言无法取代的。

在先秦寓言之后，公元前221年至前207年，秦王朝建立中央集权的封建专制国家，采取了钳制思想、摧残和毁灭多元文化的反动措施，使思想、文学园地十分荒凉，没有留下什么有价值的著作，也就谈不上什么寓言创作了。

公元前206年至公元220年，刘邦统一中国之后，建立了汉王朝。由于经济繁荣，教育发达，思想文化政策比较开明，文学创作也是比较昌盛的。这时期除了特殊的汉赋以外，还有散文、叙事诗、历史文学等有影响的作品出现，涌现了一批很有影响的名著。在这一时期，一向与散文关系比较密切的寓言文学也有出现，并产生了含有不少寓言的故事集《说苑》《新序》。

两汉寓言大致由以下几个方面组成。一是《说苑》《新序》中的寓言。这两本书一共有近600则故事，其中一部分是寓言。二是两汉理论著作中的寓言。两汉的理论著作沿袭了先秦，没有什么独创性，但它受先秦旧制的影响，包容了一些寓言，成为两汉寓言中的一部分。另外，《全上古三代秦汉三国六朝文》收有两汉804位作者的著作，有数则寓言于其中。综合性的著作中也有一些寓言，如《风俗通》等。两汉的史学发达，著名的《史记》《汉书》就出于汉代，其中就有不少寓言。其他一些著作中也有些寓言，如《礼记》《韩诗外传》等。这些，也是两汉寓言的组成部分。

以上寓言的主要部分基本上呈一种劝诫的架式，即有一个主要的题意，然后有数个寓言故事或者单个寓言故事来叙述、辨明它，达到一定的劝诫目的。

魏晋南北朝时期（220—581）是一个动荡不宁的时代，也是一个思想比较活跃的时代。寓言创作不及先秦两汉，带有过渡的性质。寓言较多的著作有《笑林》《苻子》《刘子》《金楼子》《世说新语》《搜神记》等。其中《笑林》中的寓言影响最大，它开了中国讽刺、诙谐寓言的先河。属于理论著作的《苻子》中有些优秀寓言。《刘子》《金楼子》中有较多的寓言。笔记小说中的寓言也是魏晋南北朝寓言的一个组成部分，如《搜神记》《续齐谐记》《异苑》《幽明录》《世说新语》等书籍中的寓言。这时，古代印度的寓言随佛经在中国产生广泛的影响，汉译佛经寓言也是此间寓言的一部分。

唐宋时期（618—1279），唐朝是在隋朝统一了中国之后建立起来的统一王朝，是中国封建社会的鼎盛时期。唐代寓言创作大都发生在晚唐，颇有意于寓言创作的作家有元结、韩愈、柳宗元、皮日休、陆龟蒙、罗隐等。

宋朝也是继唐朝后的一个统一王朝。宋朝的寓言创作是随着北宋中叶古文运动的兴起而出现的，北宋古文大家欧阳修、王安石、苏轼等都有寓言作品，以苏轼寓言最杰出。另外，在唐、宋时代的散文、笔记中还蕴藏着很多寓言作品。唐宋对中国古代寓言史还有一个特殊的贡献，就是在过去禽言诗的基础上，产生了寓言诗这一品种，如王梵志、寒山子、白居易、刘禹锡等人的一些诗作就是寓言诗。

元明清时期（1279—1840）是封建社会的晚期，也是中国古代寓言的最后一个发展时期。元明寓言主要由两部分组成，一是元明之际的寓言创作，主要以刘基的《郁离子》寓言，宋濂的《龙门子凝道记》《燕书》寓言为代表。二是明代中叶至清初的寓言创作，以刘元卿的《贤奕编》、江盈科的《雪涛小说》、赵星南的《笑赞》中的寓言等为代表。另外，《叔苴子》《艾子后语》《笑林》《笑府》《古今谭概》《雅谑》等书中也有不少寓言。

清代的寓言创作不如明代，《潜书》《笑得好》《聊斋志异》等书中有一定的寓言，其他成批的寓言很少。

从中国春秋战国至清代 1840 年，中国古代寓言的历史约 2500 年（如以西周的《易经》中的寓言为起始记，当是 3000 余年）。2500 年间的中国古代寓言几经变迁，呈千姿百态之状，但一贯至今的历史线索却格外清晰，是世界任何一个国家的寓言发展都不可比拟的。

第二节　中国古代先秦寓言

中国先秦是一个广泛的历史概念，包括了春秋战国的历史时代，及以前的上古、夏、商、周等时代。其中一般公认的先秦文学，从有文字可考的材料算起，约有 1000 多年的历史，有殷商的甲骨卜辞和《尚书》的殷商文告，有诗歌和神话传说的口头传播，以及周代的诗歌（即我国的第一部诗歌总集《诗经》）和后来的文史哲浑然一体的诸子百家的著作。中国先秦时期的种种作品实际上都不是纯粹的单一的东西，有文学的、史学的、哲学的多方面的意义，文学在其中来说只是一个方面，尽管我们后代的中国文学均以此为源。而寓言又是文学的一个方面。按后人对先秦文学作品的分类，诗歌、散文为两个大类，这两个大类有时干脆就称“韵文”“散文”。诗歌一般没有什么进一步的分类，而散文就不同，当中就有一些从中分离，成为后人所说的寓言。又由于寓言以依附形式存在于诸子百家的各类著作中，与中国的哲学、史学发生广泛的联系，故而使先秦寓言不但是先秦文学散文创作的有机组成部分，是其散文作品中最富有魅力的艺术精华，而且还是哲学、史学，尤其是先秦哲学中闪光的最重要的组成部分，甚至中国最迷人的、称之为哲学天籁的庄子哲学的主要内涵大都是寓言来承载和表现的。

先秦文学是重要的，先秦文学中的寓言也是重要的，但先秦文学的历史并不是先秦寓言文学的历史。先秦文学人们认为有一千多年的历史，但先秦寓言却没有如此之长的时间，以《易经》中的某些文字为寓言算起，也只有 800 余年的时间，但这不是定论性的东西。如以《左传》中的寓言为起始，前后就只有 400 年左右的时间，这两个时间都与中国的先秦文学的时间年代不相符，即中国古代先秦寓言有自己的滞后于先秦文学的时间界定。《易经》中的寓言实质性的定论很困难，先秦寓言大量成熟的出现还是在春秋战国的时期，也就是说，中国先秦寓言的主要时期也就是数百年。

先秦寓言是丰富的，它大致由以下几个方面组成；墨子和孟子寓言、庄子寓言、列子寓言、韩非子寓言、《吕氏春秋》寓言、《战国策》寓言、其他著作中寓言等。这些寓言大都属诸子散文中的寓言，像以《左传》《国语》为代表的历史散文中的寓言较少。在诸子中，孟子宣扬“仁政”，庄子宣扬“顺应自然”，墨子阐述“兼爱”“非攻”，韩非子讲“法、术、势”，《吕氏春秋》杂陈各家，《战国策》游说纵横之术，它们反映在寓言中，就使先秦寓言丰富而多姿多彩。

《论语》中没有寓言，但叙述中国古代先秦寓言，亦得从《论语》这部称之为“东方圣经”的著作说起。《论语》是较早于《墨子》和《孟子》的一部由孔子所著的语录体经典著作，其中呈现了一些寓言色彩较浓的故事，但这是不自觉行为的结果，也不能视其为寓言。较为自觉地、经常地运用寓言来宣扬自己的主张，则为后来的墨子和孟子。

墨子是战国初期宋人，名墨翟，中国古代著名思想家。《墨子》一书为墨子的弟子及其后学者所著，以记录墨翟的思想言行为主，宣扬“兼爱”“非攻”“尚贤”“尚同”“天志”“明鬼”“非命”“节用”等主张，提倡“补偏救弊，积极救世”。《墨子》，据《汉书·艺文志》记载有71篇，但现今看到的只有53篇，约在宋以后散失了18篇。《墨子》的文章朴实，设譬取喻中有少量寓言，如《击邻家之子》[①]《多言何益》等。

《击邻家之子》：

> 譬有人于此，其子强梁不材，故其父笞之。其邻家之父举木申之曰：“吾击之也，顺于其父之志。”则岂不悖哉？（《墨子·鲁问》）

《多言何益》：

> 子禽问曰：“多言有益乎？”墨子曰：“虾蟆蛙蝇，日夜而鸣，口干舌擗（困，疲劳），然而不听。今观晨鸡，时夜而鸣，天下振动。多言何益？唯其言之时也。”（《墨子间诂·附录》）

第一则寓言喻在漂亮幌子下的侵犯者，以及名、实之间相互关系等；第二则寓言则叙“言之择时”的道理。《墨子》像这样的寓言约有多则，其他较著名的寓言还有《楚王好细腰》《公输子为雒》等。墨子寓言一般情节简单一些，也显得有些粗糙，但《墨子》中的寓言在中国寓言史中还是有地位的。

孟子（约公元前372年至前289年），名轲，邹（今山东邹县）人。中国古代著名的思想家，是孔子以后儒家学派的主要代表。《孟子》一书为他和他的弟子撰写的，以宣扬以民为本的王道学说，中心思想是仁义。《孟子》，据《汉书·艺文志》记载有11篇，东汉赵岐作注时只为内篇7篇作注，外篇4篇被疑为伪作，很快失传

① 原文字均无篇目，后人拟之。以下所叙先秦寓言皆同。

了。7 篇即《梁惠王》《公孙丑》《滕文公》《离娄》《万章》《告子》《尽心》等。

《孟子》一书寓言大致有 10 多则，主要为《五十步笑百步》《揠苗助长》《王良与嬖奚》《楚人学齐语》《攘鸡》《于陵仲子》《孺子歌》《逢蒙杀羿》《齐人有一妻一妾》《校人欺子产》《学弈》《冯妇》等。

《孟子》中的寓言数量虽不多，但都很精彩，如《五十步笑百步》《揠苗助长》《攘鸡》等。

《揠苗助长》：

> 宋人有闵其苗之不长而揠之者，芒芒然归，谓其人曰：“今日病矣！余助苗长矣！”其子趋而往视之，苗则槁矣。（《公孙丑上》）

《攘鸡》：

> 今有人曰攘（偷）其邻之鸡者，或告之曰：“是非君子之道。”曰“请损之，月攘一鸡，以待来年然后已。”如知其非义，斯速已矣，何待来年？
>
> （《滕文公下》）

这些寓言在中国寓言史中均有广泛的影响，一直传诵至今。

庄周（公元前 369 年至前 288 年），战国时蒙（今中国河南商丘东北）人。庄周的生平基本没有记载，其一些情况主要依据《庄子》一书来推测的（《史记·老庄申韩列传》也是如此）。家境贫寒，才能突出，志向坚定，生活态度放达，这是后人对他的基本描述，这也与《庄子》一书中表现的思想相吻合。

庄子是中国最著名的哲学家、思想家，他从“任自然、齐生死”出发，追求精神的绝对自由，宣扬与世无争的人生态度，主张“绝圣弃智”。

《庄子》一书，《史记》称十余万言，《汉书·艺文志》著录 52 篇，今存 33 篇，分 3 个部分：内篇 7 篇，外篇 15 篇，杂篇 11 篇。全书有寓言两百则，大都想象丰富，境界奇特，机智幽默，清拔恣肆，形象鲜明，哲理深邃，是庄子散文的艺术精华所在。

庄子寓言是中国先秦寓言中最优秀的寓言群体，拥有许多中国古代最优秀的寓言。如《庖丁解牛》《丑妇效颦》《坎井之蛙》《佝偻者承蜩》《触蛮之争》《庄周贷粟》等。

《佝偻者承蜩》：

> 仲尼适楚，出于林中，见佝偻者承蜩，犹掇之也。
>
> 仲尼曰：“子巧乎！有道耶？”
>
> 曰：“我有道也。五、六月，累丸二而不坠，则失者锱铢；累三不坠，则失者十一；累五而不坠，犹掇之也。吾、处身也，若橛株拘；吾执臂也，若槁木之枝。虽天地之大，万物之多，而唯蜩翼之知。吾不反不侧，不以万物易蜩之翼，何为而不得？”
>
> 孔子顾谓弟子曰：“用志不分，乃疑于神。其佝偻丈人之谓乎！”
>
> （《外篇·达生》）

《触蛮之争》：

有国于蜗之左角者，曰触氏；有国于蜗之右角者，曰蛮氏。时相与争地而战，伏尸数万；逐北，旬有五日而后反。（《杂篇·则阳》）

像以上这样精湛深刻的寓言在庄子寓言里俯首可拾，如《不龟手之药》《鲲鹏与斥鹅》《凿七窍》《臧与谷亡羊》《望洋兴叹》《鲁侯养鸟》《屠龙术》《〈诗〉（礼）发冢》《曹商使秦》等等。这些寓言，在某种意义上说，不但是中国古代寓言的精品，亦是世界寓言文学的佳作。

韩非（约公元前280年至前233年），是中国先秦时期法家思想的集大成者。他为战国后期的韩国贵族，据说与当时的秦国宰相李斯，都是大儒荀况的学生。韩非口吃，不善辩说，但善于写作。一些生平事迹零星见于《史记·老庄申韩列传》《战国策·秦策》《史记·秦始皇本纪》《史记·韩世家》等。公元前233年，韩非出使秦国，被昔日的同学，现时的政敌李斯逼令自杀。

《韩非子》一书共55篇，是韩非一生心血的结晶，在政治思想上，把“法”“术”“势”三者紧密结合为一体，为建立统一的中央集权的封建专制主义国家奠定了理论基础；哲学上崇尚老子哲学，并改造为“君人南面之术”，同时对《老子》哲学中的辩证法有所发展。全书约有寓言300余则。而且还相对集中，仅《储说》6篇中就有200多则。韩非子创作、改造、借用寓言，目的就是全面宣传他的法治思想，同时也因此使他在成为中国古代一个大思想家的同时，成为一个中国古代著名的寓言作家。

在韩非子的寓言群里。有许多中国古代最优秀的寓言。如《三人言市有虎》《买椟还珠》《狗猛酒酸》《自相矛盾》《守株待兔》等。

《自相矛盾》：

楚人有鬻盾与矛者，誉之曰：“吾盾之坚，物莫能陷也。”又誉其矛曰：“吾矛之利，于物无不陷也。”或曰：“以子之矛陷子之盾，何如?”其人不能应也。夫不可陷之盾与无不陷之矛，不可同世而立。（《难一》）

《守株待兔》：

宋人有耕者，田中有株，兔走触株，折颈而死。因释其耒而守株，冀复得兔。兔不可复得，而身为宋国笑。（《五蠹》）

这些寓言以其精练的故事，鲜明的形象。深刻的教训和哲理。完全可视为世界寓言中如珠玉一般的作品。

韩非子寓言多采用历史故事、人物为寓言的题材，这是先秦寓言的特色之一。韩非子寓言还有一点与众不同的贡献，就是创造了结构宏伟的寓言群。并以此为一个大的总目标服务。这种现象在《庄子》中亦有出现，但它没有《韩非子》的构建宏伟和如此明确的目的性。韩非子的寓言群结构有些类似于印度《五卷书》的寓言群体结构．但又不完全相同。韩非子的这一创造。对中国先秦寓言以小的寓言群体构建有较大的影响。

但是，就总体而言，人们对韩非子寓言的评价不一，在承认它拥有许多形象鲜明、教训生动寓言的同时，又认为他的寓言题材不广泛、手法不多样，艺术形象粗糙、单薄等，以为它不能与庄子寓言媲美。

列子寓言见于《列子》一书，有近百则。此书相传为先秦时代郑国人列御寇所作，是道家的经典著作之一。列御寇这个人物在先秦的典籍《庄子》《吕氏春秋》《尸子》中提到过。《汉书·艺文志》中有此书著录篇目。相传的《列子》篇目也与《汉书·艺文志》相符，但有人认为此书为伪书。另一些人则认为有许多材料来自先秦，不完全是伪书，故现今人们仍把此书中的寓言归为中国古代的先秦寓言。

列子寓言大致分为两个部分，一是从先秦典籍中借用或抄袭的寓言，这样的寓言是其中的少数。二是自己的创作，这些寓言的大部分又是来自于对古代神话、传说的改编。列子寓言想象丰富，构思巧妙，一些体验细致入微。一些人还认为列子寓言富于科学幻想，不可多得。列子寓言的特色在中国古代先秦寓言中是很明显的。它也以此拥有一批中国古代的优秀寓言，如《朝三暮四》《纪昌学射》《齐人攫金》等。

《朝三暮四》：

> 禾有狙公者，爱狙（猕猴），养之成群，能解狙之意，狙亦得公之心。损其家口，充狙之欲。俄而匮焉，将限其食，恐众狙之不驯于己也，先诳之曰："与若芧，朝三而暮四，足乎？"众狙皆起而怒。俄而曰："与若芧，朝四而暮三，足乎？"众狙皆伏而喜。（《黄帝》）

《齐人攫金》：

> 昔齐人有欲金者，清旦衣冠而之市，适鬻金者之所，因攫其金而去。吏捕得之，问曰："人皆在焉，子攫人之金何？"
>
> 对曰："取金之时，不见人，徒见金。"（《说符》）

以上寓言有哲理的精湛处，也有丰富的想象和奇妙的夸张，也有幽默和嘲讽的辛辣。像这样的寓言在列子寓言中为数不少，它们对后来的中国寓言文学有较广泛的影响。

《吕氏春秋》是中国古代先秦时代的一部杂家著作，是吕不韦（公元前？至前235年）召集他的门客编撰的。全书160篇，分为12纪（每纪5篇），8览（每览8篇），6论（每论6篇），它融汇当时的诸家学说，寓言的内容上也有杂家特点。

《吕氏春秋》以用寓言说理为重要手段，为我们留下了300多个寓言和故事，也是以寓言群的形式阐明一个共同的主题，组织上颇有独到之处。《吕氏春秋》寓言形象的塑造也很有特色，有些寓言形象的刻画生动鲜明。

《吕氏春秋》中的中国古代优秀寓言很多，如《荆人涉涌》《刻舟求剑》《一鸣惊人》等。

《荆人涉澭》：

荆人欲袭宋，使人先表澭水。澭水暴溢，荆人弗知，循表而夜涉，溺死者千有余人，军惊而坏都舍。

向其先表之时，可导也；今水已变而益多矣，荆人尚犹循表而导之，此其所以败也。（《察今》）

《刻舟求剑》：

楚人有涉江者，其剑自舟中坠于水，遽契其舟曰："是吾剑之所从坠。"舟止，从其所契者入水求之。

舟已行矣，而剑不行，求剑若此，不亦惑乎？（《察今》）

这些寓言多注重事物发展变化的哲理叙述，哲理性强，形象生动，是中国至今传诵不衰的佳作。

《战国策》是公元前后由中国西汉史学家刘向根据战国时代（公元前475至前221年）留下的史料编辑成书的，现有33篇，按战国时12个诸侯国分类编纂。《战国策》善于运用生动的寓言和巧妙的比喻，为其陈述辩论服务，为我们留下了数量不多，但很有特色的一批寓言，约50则。这些寓言大多取材于民间故事和历史故事，也有策士们自己编造出来的作品。

《战国策》寓言大多数流传众口，影响广泛，拟人化手法有长足的进步，侧重于世俗的经验教训的总结，教训鲜明、深刻，并且很精湛，拥有很多中国古代的优秀寓言，如《画蛇添足》《狐假虎威》《鹬蚌相争》等。

《画蛇添足》：

楚有祠者．赐其舍人卮酒。舍人相谓日："数人饮之不足，一人饮之有余，请画地为蛇，先成者饮酒。"

一人蛇先成，引酒且饮之，乃左手持卮，右手画蛇曰："吾能为之足。"未成，一人之蛇成，夺其卮曰："蛇固无足，子安能为之足？"遂饮其酒。为蛇足者，终亡其酒。（《齐策二》）

《狐假虎威》：

虎求百兽而食之，得狐。

狐曰："子无敢食我也！天帝使我长百兽。今子食我，是逆天帝命也。子以我为不信，吾为子先行，子随我后，观百兽之见我而敢不走乎？"

虎以为然，故遂与之行。兽见之皆走。虎不知兽畏己而走也，以为畏狐也。（《楚策一》）

这些寓言故事优美风趣，精练旷达，给人的印象很深，让人读之爱不释手，是世界寓言珍品。

除了以上诸家著作中有较大量的寓言外，其他诸子著作中也有一定数量的寓言，只不过不如它们集中、数量大罢了。在这些著作中，也有很多的优秀寓言。

《尹文子》相传为战国时尹文著（尹文，战国时齐人)。《尹文子》讲名实关系，中有十多则寓言，以《庄里丈人》最为有名。

《庄里丈人》：

> 庄里丈人，字长子曰“盗”，少子曰“殴”。“盗”出行，其父在后，追呼之曰：“盗！盗！”吏闻，因缚之。其父呼“殴”喻吏，遽而声不转，但言：“殴！殴！”吏因殴之，几殪。（《大道下》）

这则寓言讲的是名实之间的关系，形象地表明“误名”的危害性。由于夸张得体，令人喷饭又不失其庄。

《荀子》是中国战国时著名思想家荀况（公元前313年至前230年）的著作。荀子是儒家的一位大师，宣扬“隆礼尊贤”，肯定“重法爱民”。《荀子》在《汉书·艺文志》中著录三十三篇，今存三十二篇。荀子善用比喻，但只有少数几则寓言，以《蒙鸠为巢》为最佳。

《蒙鸠为巢》：

> 南方有鸟焉，名日蒙鸠。以羽为巢，而编之以发，系之苇苕，风至苕折，卵破子死。巢非不完也，所系者然也。（《劝学》）

《晏子春秋》托名春秋时代著名政治家晏婴所作，全书八卷，分内外篇，凡二百一十五篇。全书观点近墨家，书中故事风趣，有些为寓言，其中《挂牛头卖马肉》影响较大。

另外，《慎子》《鹖冠子》《魏文侯书》《宓子》《景子》《胡非子》《尸子》《阙子》《于陵子》等著作中也有少量的寓言。其中还不乏佳品，如《胡非子》的《弓与矢》：

> 一人曰：“吾弓良，无所用矢。”
> 一人曰：“吾矢善，无所用弓。”
> 羿闻之曰：“无弓何以往矢；非矢何以中的?”令合弓矢，而教之射。

中国先秦寓言在数量上约有800则至900则之间。由于受各人寓言界定观点的影响，或宽泛，或狭窄，故总的数量上难于确定，而且还有同一个寓言或简或繁地出现在不同著作中的情况，又增加了先秦寓言总数量的不确定性。但是，先秦寓言中至少有500多则的寓言是被人们广泛确认了的，这当中的大多数寓言又属具有明显艺术特色的优秀寓言，是中国寓言史中最辉煌的篇章，在中国文学史上也有很显著的地位，与当时的《诗经》《楚辞》共称“三璧”。

第三节 中国古代先秦寓言的思想内容

中国古代先秦寓言的存在规模及对后世（主要要中国、朝鲜、日本）的影响都是很大的，其表现的思想内容也是十分丰富的，但由于相对地依存于先秦诸子散文中，又受诸子思想、思维方式的影响，其思想内容又是纷繁复杂的。这使得我们在综合评述中国先秦寓言的思想内容时，不得不有所说明。

众所周知，几乎所有的中国先秦寓言都是为了表现诸子的思想、见解而服务的，不管是成系统的哲学思想；还是策士的某个计谋的策划说明，都是如此，也就是说，寓言在这种状况中实际上是一种思想的载体，是利用寓言形象地说明某种思想内容，或某个道理，而这种思想内容并不是这些寓言本身所表现的思想内容。在寓言从这些著作中分离出来的时候，寓言自身所包含的思想内容虽然要受来自于各种思想体系的影响，但它所表现的思想内容已不能与诸子著作中所表现的思想内容同日而语，即我们所评述的先秦寓言的思想内容是纯指作为文学作品的寓言而言的，当然，这也不否认某些寓言本身与诸子思想内容完全相吻合的情况。

内容十分丰富的先秦寓言中，总括起来大致可分以下三类，一是对自然、社会、人生的哲理认识；二是对统治阶级和社会丑恶现象及人性弱点的揭露和批判；三是对日常社会生活经验教训的总结。

春秋战国时代，随着社会生产力的发展，人们对自然和社会认识的进一步加深，各种思想空前活跃起来，各个时期的思想家、哲学家，在总结前人思想成果的基础上，都想以自己一定的思想建树，来解释和认识世界，这样一来，就在诸子中产生了大量的对自然、社会、人生进行哲理认识的寓言作品，并且成为先秦寓言的主要部分。人们因此称先秦时期的寓言为哲理寓言，就是从所表现的思想内容方面而言的，实际上这方面的思想内容亦是先秦寓言最主要的方面。

在这类思想内容的寓言中，表现纯哲理的认识内容又要多一些。如表现听任自然，不可穿凿附会的哲理认识有《凿七窍》：

> 南海之帝为倏，北海之帝为忽，中央之帝为浑沌。
>
> 倏与忽，时相遇于浑沌之地，浑沌待之甚善。倏与忽谋报浑沌之德，曰："人皆有七窍，以视、听、食、息，此独无有。尝试凿之。"
>
> 日凿一窍，七日而浑沌死。（《庄子·内篇·应帝王》）

这则寓言表面看来很好解释，但深究起来它的哲理内涵是很深邃的，它是庄子哲学思想的一个重要的说明和显现。

在对自然大小之间相互关系生动形象的描述上，庄子的《望洋兴叹》最出色。这则寓言的一般解释是"闭目塞听，不善于向外界学习，就会目空一切，盲目骄傲”。但实际上这是人对宇宙空间认识过程的描述，深有意味。

另外，庄子的《庖丁解牛》也是一则著名的哲理寓言。它形象地表明了认识和理解自然规律的重要性，其“游刃有余”的哲理认识，是众多一般文字难以表述的。

在先秦其他的诸子寓言中，《吕氏春秋》的《荆人涉澭》《刻舟求剑》反映了先秦时代人们对自然、社会不断发展变化的哲理认识，告诫人们不能僵化地对待发展变化中的事物。《孟子》中的《揠苗助长》表明不遵循客观规律，只凭主观愿望办事的人是要坏事的。《尹文子》的《庄里丈人》使人们形象地看到名、实之间相互关系，是一则典型的名实寓言。

《列子》的寓言《多歧亡羊》。也是具有深刻哲理内涵的寓言。

这则寓言用独特的寓言方式，表达了一个人的人生道路和社会道路，其形象鲜明准确，其哲理认识是深刻的。

在先秦寓言中，表现事物矛盾对立统一、相反相成的哲理寓言不少，它们反映了辩证逻辑在先秦时期的发展，如《韩非子》中的《自相矛盾》，以及《棘刺母猴》等。这些寓言都表示世上的事物不是绝对存在的，都是相对的，相反相成的，也表明某些没有条件直接验证的东西，可以根据彼此事物存在的必然联系，用推理的办法予以证明。这些都涉及很深的哲学原理，先秦的寓言至于此。可见其哲理寓言的发达。

在先秦寓言中，还有一部分批判唯心思想和鬼神观念的寓言。如《荀子》中的《涓蜀梁》，以及《庄子》的《画孰最难》，它们都否定了鬼的存在。

《列子》中的《鲍氏之子》批驳了天有意志的唯心说法。《墨子》的《上帝杀龙》揭穿了占卜者的虚妄；《染丝》强调了环境对人的影响。《吕氏春秋》中的《宋王与使者》《掩耳盗钟》《亡铁》等寓言则是从不同角度对自欺欺人的主观唯心主义的揭露和嘲讽。

可以说，在先秦寓言中属于这一类思想内容的寓言是很多的。这里所评述的不过是其中的一小部分。这些寓言从许多个方面形象地表达了先秦时期人们对各个方面的哲理认识，很难一一叙全。在某种意义上讲，这一类思想内容的寓言实际上是先秦诸子思想表现的形象展示。

先秦寓言第二方面的思想内容是对统治阶级和社会丑恶现象，及人性弱点的揭露和批判。

揭露、批判兼并战争的有《庄子》的《蜗角之战》《唇亡齿寒》等。在前一则寓言中，极度夸张地把人们争城略地的战争推到一个极大的宇宙空间中去。蔑视和嘲讽了战争的渺小和毫无意义。

又有《吕氏春秋》的《竭池求珠》的揭示也很鲜明。

《竭池求珠》：

宋桓司马有宝珠，抵罪出亡。王使人问珠之所在，曰：“投之池中”于是竭池而求之，无得，鱼死焉。

这则寓言揭露了剥削者的吸血本性和强盗行径。

《列子》的《朝三暮四》的揭示也是深刻的。这则寓言揭示了统治者的欺骗行径，说他们很多时候只是换个方式统治人民，而实际上什么也没改变。

先秦寓言对人性弱点的嘲讽和批驳也是多方面的。《尹文子》中《田父得玉》鞭挞了人的损人利己行为；《庄子》的《诗礼发冢》则揭露了一些人的假道学和伪善。讽刺献媚者最辛辣的要数《庄子》的《曹商使秦》。这则寓言的影响较大，以致后来形成了“舐痔结驷”这个成语。

讽刺不学无术和欺世盗名者，最佳的莫过于《韩非子》的《南郭吹竽》：

> 齐宣王使人吹竽，必三百人。南郭处士请为王吹竽，宣王说之，廪食以数百人。
>
> 宣王死，湣王立，好一一听之，处士逃。
>
> （《内储说上》）

这则寓言的影响也是很大的，常是现今一些寓言美术片的题材。

《列子》的《得遗契》讽刺人的惰性和不想劳动就获得财富的丑陋心理。这则寓言是：

> 宋人有游于道，得人遗契者。归而藏之，密数其齿。告邻人曰：“吾富可待矣。”

这则寓言很简练，但内涵完全可以与流传世界的那则同题意的寓言媲美。

这方面内容的寓言具有很强的现实意义，虽然是几千年前的寓言，我们今天仍可在生活中找到寓言所揭露、批判和讽刺的对象。

先秦寓言第三方面的思想内容是对日常社会生活经验教训的总结。

这方面的寓言内容是一般寓言较注重的，虽然先秦寓言中哲理内容占了主导地位，但其中这方面的内容还是比较丰富和多方面的。

《墨子》的《多言何益》总结了人们在语言运用上的教训和经验，认为“言之中的”为最佳，而多言无益。

《庄子》的《一狙现巧》说一个人不能仗技逞能，惹来无端祸事，就像狙的死那样。

《一狙现巧》：

> 吴王浮于江，登乎狙之山。
>
> 众狙见之，恂然弃而逃，逃于深蓁。有一狙焉，委蛇攫搔，见巧乎王。王射之，敏给搏捷矢。王命相者趋射，狙执死。（《杂篇·徐无鬼》）

《庄子》的《屠龙术》则表明一个人学技要切合实际，否则“无所用巧”。

在先秦寓言对社会生活经验教训总结方面的内容中，总结学习方面的经验又是其一个重要的内容。这样的寓言很多，涉及的诸子也不少，如《孟子》中的《学弈》《庄子》中的《佝偻者承蜩》《邯郸学步》《列子》的《纪昌学射》《薛谭学讴》《造父学御》《吕氏春秋》的《列子学射》等。

《学弈》：

> 弈秋，通国之善弈者也。使弈秋诲二人弈：其一人专心致志，惟弈秋之为听；一人虽听之，一心以为有鸿鹄将至，思援弓缴而射之，虽与之俱学，弗若之矣。为是其智弗若与？曰：非然也。（《告子上》）

这则寓言和《佝偻承蜩》都是讲学习要专心致志，最后才能有所得的道理。寓言生动警醒，是传诵至今的名篇，成为中国广大学人的至理名言。

《纪昌学射》说明学习上要有精深的造诣，必须经过长期的苦心探索和锻炼的道理。

《薛谭学讴》：

> 薛谭学讴于秦青，未穷青之技，自谓尽之，遂辞归。
> 秦青弗止，饯于郊衢，抚节悲歌，声振林木，响遏行云。
> 薛谭乃谢求反，终身不敢言归。（《汤问》）

这则寓言深刻的"终身不敢言归"的学之至理，意味深长。

以上寓言例子只是这类寓言的九牛一毛，还有许多寓言从各个不同的方面谈论学习的经验教训。

除了学习方面的寓言内容外，先秦寓言中日常社会生活经验教训总结方面的内容也很多，如《战国策》中的《南辕北辙》说明做任何事情虽然客观条件重要，但更重要的是方向。《韩非子》中的《买椟还珠》总结出办事要分清主次，主次颠倒，就不能达到预期的目的。《扁鹊见蔡桓公》告诉人们要善于看清事物发展的苗头，及早地解决问题。

这些经验教训都是古代人民在长期的反复实践中总结出来的，是人类智慧结晶的重要部分，对人们后来的生活实践都有很大的现实意义和指导意义，深受人们的欢迎。在先秦寓言中，这方面的表现不如《伊索寓言》那么突出，但也有很多脍炙人口的寓言，比如在学习方面的经验教训总结，就是世界其他国家和民族寓言中所不具备的。

以上三个部分基本上概括了先秦寓言的全部内容。但有的方面并不能简单归属，因为先秦寓言内容是很丰富的，并不是简略的分类就能详尽的。另外，这几个方面的内容也不是截然分开的，它们间还有许多相互联系，有的寓言可以是经验教训总结方面的寓言，但又完全有可能是一则精湛的哲理寓言。

第四节　中国古代先秦寓言的艺术成就

中国先秦寓言，是中国古代寓言的巅峰，在世界寓言中的地位是显著的，而这一切均与先秦寓言所取得的艺术成就分不开。

先秦寓言记录整理了中国古代人们的智慧，启迪了一代又一代的后人，人们从中吸取了丰富的精神、知识的养分。同时，先秦寓言在艺术方面取得的成就，又深刻地影响了后来的中国文学。先秦寓言是中国古代散文的一个重要组成部分，而中国的古代小说、戏剧，从题材、形象、表现手法等方面都受先秦寓言的影响。可以说，没有先秦寓言从故事到形象描述手法的准备，中国古代小说发展很难想象，这是所有中国小说史研究都不回避的一笔。

先秦寓言的艺术成就是巨大的、多方面的，但归纳起来，最重要的应该是三个方面：一是创造了世界最早的一批完美的以人物为主人公的人物寓言；二是创造了与希腊伊索式迥异的先秦式寓言表现形式，并成为世界寓言两大表现形式之一；三是多种多样艺术表现手法对后世寓言文学及其他文学的贡献。

创造出一批以人物为主人公的人物寓言，是先秦寓言艺术成就的第一个方面。

翻开先秦寓言的任何一个集子，人们便感到来到了一个与教训鲜明的《伊索寓言》、优美生动的古印度寓言同样精湛，但艺术趣味截然不同的艺术天地里。这个“不同”，最显著的一点，就是寓言扮演者或角色的与众不同，它的扮演者基本上是人物，而不是惯常的如《伊索寓言》及古印度寓言那样是动物或植物。以人们最熟悉的那些先秦寓言为例，《墨子》中的《楚王好细腰》；《孟子》中的《五十步笑百步》《揠苗助长》《攘鸡》《学弈》；《庄子》中的《不龟手之药》《庖丁解牛》《佝偻者承蜩》《匠石运斤》《诗礼发冢》《屠龙术》《曹商使秦》；《列子》中的《杞人忧天》《愚公移山》《纪昌学射》《齐人攫金》；《尹文子》中的《庄里丈人》；《荀子》中的《涓蜀梁》；《韩非子》中的《扁鹊见桓公》《三人言市有虎》《南郭吹竽》《买椟还珠》《郢书燕说》《自相矛盾》；《吕氏春秋》中的《列子学射》《唇亡齿寒》《荆人涉澭》《刻舟求剑》《一鸣惊人》《掩耳盗钟》；《战国策》中的《画蛇添足》《南辕北辙》等等。

这些寓言中，全部是人物作为寓言主人公的。

当然，在先秦寓言中，动物和人共同担任寓言主人公，以及动物担任寓言主人公的寓言也有。如动物和人一起出现的寓言有，《庄子》的《鲁侯养鸟》；《列子》的《朝三暮四》《杨布打狗》；《韩非子》的《狗猛酒酸》《守株待兔》；《战国策》中的《管庄子刺虎》《惊弓之鸟》等，但是这些寓言严格地说仍属人物寓言，因为其中情节的基本依据是人的行为，动物只不过是一个道具而已。

纯是动物为寓言主人公的寓言数量很少，如《庄子》的《鲲鹏与斥安》《坎井之蛙》《庄周贷粟》；《荀子》中的《蒙鸠为巢》；《韩非子》中的《老马识途》《三虱食彘》；《战国策》中的《狐假虎威》《鹬蚌相争》等。这些数量不多的动物寓言，在先秦寓言中大都是质量很高的作品。历来被后人所看重。

另外，还有一种寓言也应该归属于人的寓言，如《庄子》的《望洋兴叹》《凿七窍》等，寓言中的河伯、中央之帝等形象，实际上是人的形象的变形。

我们从以上的比较中不难看出，先秦寓言中的人物寓言是其绝对的主流，这正如《伊索寓言》中的动物寓言是其主流一样。

这些寓言的人物形象大致有几个方面的来源，一是历史传说和历史事件中的人物，如《楚王好细腰》中的楚王，《越王见怒蛙》中的越王，《列子学射》中的列子，《鲁侯养鸟》中的鲁侯，《纪昌学射》中的纪昌，《夸父追日》中的夸父，《齐桓公好服紫》中的齐桓公等等。

另外一种来源是民间传说中的人物，如《南郭吹竽》中的南郭，《庖丁解牛》中的庖丁，《薛谭学讴》中的薛谭，《杨布打狗》中的杨布，《愚公移山》中的愚公等等。

还有一种来源是作者或改编者虚拟的人物，如《守株待兔》中的“宋人”，《自相矛盾》中的“楚人”，《攘鸡》中的“有人”，《齐人有一妻一妾》中的“齐人”等等。这些虚拟人物寓言在先秦寓言中为数不少，是先秦寓言中最多出现的人物寓言，对后代中国寓言有很大的影响，今天人们创作的人物寓言仍常沿用“某人”这种表现方式。

在先秦寓言中大量出现人物寓言，原因是多方面的，但最重要的一点可能是中华民族文化中重视历史的观念使然，有这样的文化背景，人们就很难接受大量的飞禽走兽在寓言中的出现。中国人非常重视历史，这是举世公认的。以某一历史事件、历史人物、民间传说或者假托一些事件、人物来创作寓言，就可增加这些事件的合理性和可信程度。当然，这也与数百年或上千年间培养起来的寓言欣赏习惯，以及我们先秦寓言所依附的著作都是一些思想、哲学、社会等方面的经典著作，而不是一般简单的读物，不无相关。

先秦寓言给世界寓言文学奉献的就是这样一批优秀的独一无二的人物寓言。可以说，世界的其他国家、地区没有，中国秦代以后的历史中也再没有出现过这样成批的高质量的人物寓言。这批寓言的出现，丰富了世界寓言的宝库，也为后来的人物寓言创作在题材、形象、哲理教训、表现手法等方面提供了最宝贵的经验。

先秦寓言艺术成就的第二方面是它在艺术表现形式上的贡献。

《伊索寓言》的出现，创立了伊索式的寓言表现形式，而先秦寓言也创造了具有同等价值和意义的先秦式的寓言表现方式。

如《守株待兔》和《狗猛酒酸》，这种寓言只有一个部分，即故事。它不像伊索式寓言那样有所谓的身体（故事）和灵魂（教训话语）等区别。寓言的道德教训是通过主人公的结局或解释结局来表现的（《守株待兔》是主人公结局型、《狗猛酒酸》是解释结局型，但精神实质是一样的）。

先秦寓言最多见的就是这类寓言，所以先秦式寓言就以此而得名。但是，有一点要说明，先秦式这一概念只是一个狭义的概念，因先秦寓言的形式是多种多样的，如《佝偻者承蜩》这则寓言故事，讲完后就有“用志不分，乃凝于神”的教训话语表明的一个道德教训，这与典型的伊索式寓言没有什么区别。再如《学弈》这则寓言的教训话语：“今夫弈之为数，小数也，不专心致志，则不得也。”是放在故事前面来说的，这是伊索式寓言的翻新式样，而这种式样在西方最早出现的是克雷洛夫寓言。另外，先秦寓言中还有些形式似乎介于先秦式与伊索式之间的寓言。这一切都表明，先秦寓言在有一个基本形式的同时，还有其他的表现形式。

我们知道，伊索式一出现，几乎一笔写定了整个欧洲几千年的寓言形式的历史，先秦式的出现，也构成了东方寓言形式的基本面貌。实际上，东西方寓言的风格、特色上的不同，都与此相关联，西方寓言的直接、明了，东方寓言的含蓄、生动、形象，有许多东西都可以从中找到答案。

先秦式与其他表现形式的优劣不是这里的话题，但它从在先秦寓言中出现的时候开始，就影响了中国及其他地区的寓言表现形式，代表着整个东方寓言的基本风貌，在寓言艺术上的贡献是很大的。

先秦寓言艺术成就的第三个方面，是创造了多种寓言表现手法，其中最主要的是拟人化手法、夸张手法、对比手法。

一般说来，先秦寓言是以人物寓言为主的寓言群体，拟人化表现手法似乎并不是特别重要，但先秦寓言中的拟人化表现手法一是表现突出，二是书面散文表现手法的开创意义，却使它地位突出。

我们知道，拟人化手法，是把人的性格、特点等加于外界事物，使之人格化，并让人格化了的事物充当艺术作品中的一系列角色，表达一些不便直接描述的内容，或者以此追求审美意义的某些目的。寓言是采用这一手法最充分的艺术作品之一。先秦寓言在中国最早，也是最出色地运用了这一表现手法。

首先是拟人化形象的塑造。在拟人化手法中，不管是利用动物、植物，还是无生命物，并不是物性和人性的简单混合，而是巧妙有机的融合，这样的寓言形象才可能是生动鲜明的，而这方面先秦寓言在不多的动物寓言中表现最为突出。如《坎井之蛙》中的井蛙和东海之鳖的形象，其心理描述细致入微；《狐假虎威》中，虎的强暴愚蠢，狐的狡诈卑劣全都跃然纸上。这些寓言形象的描述，形成了一定寓言动物的基本性格特征，对后来寓言有相当的影响，就像《伊索寓言》中动物的既定性格描述对后代欧洲寓言动物性格描述的影响一样。

其次是拟人化手法的运用对寓言情节的构建提供有利的条件。寓言使用拟人化手法，一方面固然是为了形象的塑造，但更重要的是利用其动、植物形象的特征、特性来构建寓言的情节。或者说，以拟人化塑造某个形象时，寓言情节的构建也就在其中了。这方面先秦寓言表现最为典型不过了，如以上两个例子，在《坎井之蛙》中，塑造井蛙和东海之鳖形象时，寓言的情节就自然而然产生了；在《狐假虎威》中，形象一塑造，寓言的情节就是注定了的。再如《土偶与桃梗》：

> 有土偶人与桃梗相与语。
>
> 桃梗谓土偶人曰："子西岸之土也，挺子以为人。至岁八月，降雨下，淄水至，则汝残矣！"
>
> 土偶曰："不然！吾西岸之土也，土则复西岸耳。今子东国之桃梗也，刻削子以为人。降雨下，淄水至，流子而去，则子漂漂者将何如耳？"
>
> （《战国策·齐策三》）

从这则寓言不难看出，选择这两者作为寓言的形象，其基本情节就早是其中的既定因素。可以说，先秦寓言中的这种表现，在某种意义上超过了《伊索寓言》，是后世中国及其他地区动物寓言比较重视故事、形象的描述的重要起因。

拟人化手法在中国的起源很早，中国的神话以及很早时期的民间动物故事、民间诗歌中都有它的足迹。但拟人化手法较多地出现在散文作品中，还得归属于先秦寓言。另外，还有一点可以肯定，先秦寓言在中国最早使用了寓言拟人化手法。

先秦寓言中有突出表现的另一个艺术手法是夸张。

先秦寓言中的想象之丰富，夸张之大胆是举世闻名的，至今仍为后人所不及。如《鲲鹏与斥安》中的描写："背若泰山，翼若垂天之云。搏扶摇羊角而上者九万里，绝云气，负青天……"极言鹏之大，其夸张的气势非凡，古今绝有。再如《齐人攫金》中用只见金不见人来夸张表现攫金者财迷心窍失去理智的心理状态。《触蛮之争》中讽刺兼并战争的可笑和毫无意义，都极为生动。

这种种夸张都是在事物固有的本质特征基础上进行艺术的扩大、缩小，极度的渲染，给人以强烈的、奇特的艺术感染力。这在世界寓言文学史上也是不多见的。

对比手法是先秦寓言表现手法有突出表现的第三个方面。

对比手法的要素是贴切、可比、有趣、强烈，而先秦寓言中对比手法的表现几乎是淋漓尽致的。如《坎井之蛙》中井蛙之浅见与东海之鳖的博大之间的对比；《鲲鹏与斥安》中鲲鹏的大志与斥安的卑小之间的对比；《触蛮之争》的战争场面与人类战争场面的对比；《土偶和桃梗》之间的对比；《五十步笑百步》中五十步与百步之间的对比，等等。

从以上的例子我们不难看出，先秦寓言中的对比表现手法的采用，与寓言情节的构建关联最大，以上例子中的寓言情节莫不是在对比中出现的。对比，也是先秦寓言构建寓言情节的重要手段之一，这对后世的影响也很大。

以上三方面是先秦寓言的主要成就，同时它在寓言概念（如"寓言""储说"等概念）的建立，寓言理论上的叙述（如庄子著作中对寓言的分类），寓言专集性质著作的出现（如《韩非子》中的"储说"部分），以及以专题归属的"寓言群"方式的创立（如韩非子、庄子等人的寓言）等方面，其贡献亦是很大的。

第五章　中国古代寓言（二）

在先秦寓言之后，中国的古代寓言历史就进入了一个完善、补充和进一步开拓发展的阶段，但不管是两汉的劝诫寓言，还是唐宋时期的讽刺寓言，元明清时期的诙谐寓言，其整体成就上，都没能赶上或超过先秦寓言。当然，魏晋南北朝时期印度寓言随着佛教兴起在中国的传播，唐代寓言诗的出现，唐代作为类似于《伊索寓言》的独立文体的寓言创作作品的出现等，在中国寓言文学史上都是很有意义的事件，但这都只是外延上的扩展，很难说它们能拥有与先秦寓言相媲美的高峰。

话又说回来，中国先秦寓言之后的寓言历史也并不是一片荒漠，它在外延上扩展寓言的同时，各个历史时期都出现了一批质量很好的寓言，先秦寓言是“河汉”，各个时代也有自己的星辰。另外，这些后来寓言的历史，也毕竟继承和发扬了中国寓言文学的传统，让寓言之花在几千年的时间里久开不败，成为世界寓言文学史上唯一持续发展的寓言历史，这在世界寓言文学史中也堪称一大幸事。

第一节　中国古代两汉寓言

两汉即指中国历史上的西汉、东汉，从公元前206年到公元220年，前后400多年。这是中国封建社会繁荣向上的时期，经济繁荣，教育先进，文学昌盛，出现了由楚辞演变而来的汉赋，它介于诗文之间。还出现了成熟的叙事诗，如《陌上桑》《孔雀东南飞》。散文创作十分发达，如司马迁的历史散文等。叙述两汉寓言的历史，当首推《说苑》《新序》中的寓言。这两本故事集为刘向所编辑。

刘向（公元前77年至前6年），字子政，本名更生。属汉皇室的后裔，著有《别录》一卷，这是中国最早的分类书目。另外还著有《洪范五行传论》《列女传》等书，及三十多篇赋。《汉书·艺文志》在“诸子略”中只著录了刘向《所序》67篇，没有提到《说苑》《新序》，后人认为《所序》可能包括了《新序》和《说苑》。现今的《说苑》20篇，有423个故事，《新序》10篇，有167个故事。此二书的目的是宣传封建政治道德主张，其中有不少可贵的政治见解，也由此而收集整理、改编保存了不少的寓言。在这些寓言中，有不少的佳品，如《反裘负刍》《叶公好龙》《晏子逐高缭》《螳螂捕蝉》《枭东徙》等。

《反裘负刍》：

魏文侯出游，见路人反裘而负刍，文侯曰："胡为反裘而负刍？"对曰："臣爱其毛。"文侯曰："若不知其里尽而毛无所恃邪？"

（《新序·杂事二》）

《叶公好龙》：

叶公子高好龙，钩以写龙，凿以写龙，屋室雕文以写龙。于是天龙闻而下之，窥头于牖，施尾于堂。叶公见之，弃而还走，失其魂魄，五色无主，是叶公非好龙也，好夫似龙而非龙者也。 （《新序·杂事五》）

《反裘负刍》《叶公好龙》这几则寓言都短小隽永，发人深省，深得先秦寓言的余韵，不愧为时代的佳作。现今的"皮之不存，毛将焉附""螳螂捕蝉，黄雀在后"等名言均源于此。

两汉寓言的第二部分是两汉理论著作中的寓言，如《新语》《新书》《淮南子》等。

《新语》为汉初政论家陆贾（生卒年不详）所著，是汉人最早的理论著作之一，目的是为了总结经验，以求汉王朝的长治久安。《新语》在文中用了很多前代典故，有少数寓言，如《指鹿为马》等。

《新书》为贾谊所著，汉初重要的理论著作之一。贾谊（公元前201年—前169年），河南洛阳人，西汉初年杰出的政治家和辞赋家。《新书》全书有故事30多则，中有不少寓言，如《一岁之麦》就较为生动。这是一则古代人物的哲理寓言，辩证地看问题是深刻的，只说教味浓了些，不如先秦寓言来得生动，但《新书》中的寓言在创作的目的、题材特点等对后代都有影响。

《淮南子》是刘安及宾客所著。刘安（公元前179年至前122年），是汉高祖之子淮南厉王刘长的长子。《淮南子》今存21篇，思想倾向接近黄老，在叙论人事关系时喜欢用寓言，其中有些较好的寓言，如《塞翁失马》《螳臂挡车》等。

《塞翁失马》：

近塞上之人有善术者，马无故亡而入胡。人皆吊之。其父曰："此何遽不为福乎？"居数月，其马将胡骏马而归。人皆贺之。其父曰："此何遽不能为祸乎？"家富良马，其子好骑，坠而折其髀。人皆吊之。其父曰："此何遽不为福乎？"居一年，胡人大入塞，丁壮者引弦而战。近塞之人，死者十九。此独以跛之故，父子相保。 （《人间训》）

这则寓言亦为一个时代的杰作，其故事生动自然，哲理味十足，后代的成语"塞翁失马"就源于此。

其他著作中的寓言是两汉寓言的第三部分。这些著作庞杂，书中的寓言不多，但也不乏些好寓言，如《法言》一书中的《羊质虎皮》：

羊质而虎皮。见草而悦，见豺狼而战，忘其皮之虎也。　（《吾子篇》）

这则寓言题材不新鲜，但如此简洁流畅还是令人醒目的。

《汉书》的《曲突徙薪》《史记》中的《卞庄刺虎》《风俗通义》中的《东食西宿》《申鉴》中的《一孔之见》等寓言，也都在两汉寓言中有自己的历史地位。它们拥有简洁明快，教训、哲理熔为一炉等优点不说，还均是中国古代成语的源头。《曲突徙薪》源于第一则寓言，“坐山观虎斗”源于第二则寓言，“东食西宿”源于第三则寓言，“一孔之见”源于第四则寓言。

这是两汉寓言的基本概况。这些寓言创作都有明确的目的，即总结前人的统治经验，劝诫今天的统治者要吸取前人教训，故而形成了一种风格特色，被人们认为是“劝诫寓言”。两汉寓言大多是利用先秦的题材，沿袭先秦的表现手法，基本上是因循守旧，很少在寓言上有什么创新，在艺术上也不能与先秦寓言相比较。但两汉寓言还是承袭了先秦寓言的余韵，为自己时代创作了一批好寓言，如以上各例。

第二节　中国古代魏晋南北朝寓言

中国古代魏晋南北朝时期（220—581），前后350余年，是一个动荡不宁的时代，也是一个思想比较活跃的时代。这个时期佛教开始盛行，给中国的文学、艺术、哲学等都注入了新的血液。这一时期文学理论著作繁荣，如曹丕的《典论·论文》、陆机的《文赋》、刘勰的《文心雕龙》、钟嵘的《诗品》等。这一时期重视诗文的技巧，追求语言的华美，产生了一批著名诗人，如曹植、谢灵运、陶渊明等。中国古代小说在这一时期产生，如《搜神记》等。魏晋南北朝的寓言创作，跟当时的社会风气和文学思想关系密切。

魏晋南北朝散文著作中寓言较多的作品有《笑林》《苻子》《刘子》《金楼子》《世说新语》《搜神记》等，但总的寓言数量不是很大。

《笑林》的作者叫邯郸淳，又名邯郸竺，字子叔，东汉末年颍川人。《笑林》今存故事三十三则，有不少精彩寓言，如《截竿入城》《食笋煮箦》等。

《截竿入城》：

鲁有执长竿入城门者，初竖执之，不可入；横执之，亦不可入。计无所出。

俄有老父至曰；“吾非圣人，但见事多矣。何不以锯中截而入。”遂依而截之。

《笑林》是我国的第一部笑话专集，这些笑话既是笑话，又是幽默深刻的寓言。

《苻子》是氐族作家苻朗的著作。《苻子》是魏晋南北朝理论著作之一，中有寓言数十则，题材多托春秋遗事，但多有创造。如《与狐谋皮》《羿射不中》等。

《与狐谋皮》：

> 周人有爱裘而好珍羞，欲为千金之裘而与狐谋其皮；欲具少牢之珍而与羊谋其羞。言未卒，狐相率逃于重丘之下，相呼藏于深林之中。故周人十年不制一裘，五年不具一牢。何者？周人之谋失之矣！

这几则寓言也都在后来的演化中成为有名的成语。

《刘子》是刘昼写的一部说理杂著。刘昼（514—565），字孔昭，渤海阜城（今河北交河）人，北齐文学家。《刘子》全书共五十五篇，好用寓言，《石牛粪金》《刻凤凰》较佳。

《金楼子》是梁元帝肖绎所做的一部理论著作。肖绎（508—555），字世诚。现有《金楼子》六卷传世，有较好的寓言，如《富者乞羊》：

> 楚富者，牧羊九十九，而愿百。尝访邑里故人。其邻人贫有一羊者，富拜之曰："吾羊九十九，今君之一成我百，则牧数足矣。"

魏晋南北朝时期的笔记小说中也有一些寓言，如干宝的《搜神记》中的《焦尾琴》，刘义庆的《世说新语》中的《望梅止渴》等。

在魏晋南北朝的其他一些著作中还能见到一些寓言，如《弘明集》中的《对牛弹琴》，史书《魏书》中的《阿豺折箭》《南史》中的《杯弓蛇影》等。这些寓言大都寓意深刻，是中国古代寓言的佳品，影响较大。

魏晋南北朝的寓言创作题材来源很杂，有师法先秦的，有受古印度寓言影响的，如《截竿进城》。也有来源于其他方面寓言题材的，如《富者乞羊》，这是广泛流传于世界各地的一则寓言，同样也出现在中国的魏晋南北朝。其题材来源不甚清楚，但中国的《富者乞羊》的描述角度不同，有自己的特色。

在艺术上，魏晋南北朝寓言并没有什么突出的表现，陈蒲清先生认为这时期的寓言呈一种过渡性质，是有一定道理的，但是，这时期寓言还是有一定成绩的，以上例子中的寓言大多是不愧于时代的好寓言。

魏晋南北朝寓言上还有两个现象值得注意，一是以《笑林》为代表的笑话专集的出现，开了后世讽刺寓言和诙谐寓言的先河。这一点影响是深远的，因为以此开头，中国就出现了一批笑话专集，如隋代的《启颜录》，宋代的《艾子杂说》，明代的《艾子后语》《笑赞》《雪涛谐史》《应谐录》，清代的《笑得好》等，这些作品大都继承了《笑林》的传统。

第二个方面值得注意的是佛经中的寓言随佛教在魏晋南北朝兴盛后的传播和影响。佛经寓言本是汉代传入，但是在魏晋南北朝才广为传播。佛经寓言笔者已归为古印度寓言的章节中叙述，这里不便展开。但可以说，从魏晋南北朝时期起，印、中两大国的寓言文学开始广泛接触，古印度寓言通过佛经对中国古代寓言发生影响（题材风格的影响在前面文字中已有涉及）。当时的史书《宋书》中有这样一则寓言，《狂泉》：

昔有一国，国中一水，号日“狂泉”。国人饮此水，无不狂。唯国君穿井而汲，独得无恙。

国人既并狂，反谓国主之不狂为狂。于是聚谋，共执国主，疗其狂疾，火艾、针、药，莫不毕具。国主不任其苦，于是到泉所酌水饮水。饮毕便狂。君臣大小，其狂若一，众乃欢然。（《袁粲传》）

这是一则在印度很有名的古印度寓言，如此完整地出现在《宋书》中，古印度寓言对中国当时寓言文学的影响可见一斑。这则寓言还是古印度寓言中最早见诸中国书籍的寓言，在中国古代寓言史上是很有意义的。

第三节　中国古代唐宋寓言

魏晋南北朝之后，隋文帝统一了中国，建立了隋朝（581—618），结束了汉末以来近400年的分裂战乱。随后唐朝建立（618—907），它是中国封建社会的鼎盛时期。唐朝是经济发达、文化思想比较开放的时期，这一时期文化繁荣，文学艺术特别是诗歌得到大发展，与宋代的词并称为中国文学史上的“唐诗宋词”。宋代（960—1279），这是中国统一王朝最软弱的一个朝代。在唐诗之后，宋代数百年间的词创作奇峰迭起，出现了许多闻名于后世的优秀词篇。唐宋时期前后600多年，不但出现了世界闻名的大诗人如杜甫、李白、白居易，以及王勃、高适、陈子昂等大批著名诗人，另外，还出现了以苏轼、欧阳修、晏殊、柳永、李清照等一大批优秀词人。在这一时期，中唐的古文运动和北宋中叶的古文运动对文学，特别是散文创作，以及寓言创作的影响很大。笔记在此间进入了空前繁荣的局面。传奇是唐宋文苑中的又一支色彩绚丽的鲜花，它标志着中国文言短篇小说在艺术上的成熟。

唐宋时期寓言创作的繁荣时期，是在唐代的中、晚期，宋代的中期和晚期出现的。唐宋时期较为有名的寓言作家有柳宗元、皮日休、罗隐、陆龟蒙、苏轼、欧阳修、王安石等。

这一时期还产生了中国的诗体寓言。

这一时期较之魏晋南北朝时期，中国古代寓言创作出现了复兴。

唐代的寓言创作是从中唐的古文运动开始的。中唐的著名诗人、古文运动的先驱者元结（719—772），是较早用古文写寓言的作家，有少量的讽刺性很强的寓言。

后来的韩愈、柳宗元是唐代寓言创作的代表作家。

韩愈（768—824），字退之，河阳（今河南孟县）人，唐代著名的文学家，古文运动的领袖人物，其寓言《老不中书》，即《毛颖传》最为著名。这则寓言通过毛笔的一生，寓意了人生沧桑的悲凉和哀伤，讽刺统治者的冷酷无情。这则寓言亦人亦笔，又有一定的传奇色彩及传奇小说的意味，开了中国传记寓言的先河。

柳宗元（773—819），字子厚，祖籍河东（今山西永济），人称柳河东，唐代著名的思想家、文学家，古文运动的领袖人物。他是唐代成就最大的寓言作家，寓言作品的数量不很大，但他继承了先秦寓言的优秀传统，借鉴佛经寓言的讽刺手法，寓言形象典型鲜明，讽刺性强，深植于唐代社会生活的土壤，生活气息浓郁，影响很大，后世评价甚高。他最著名的寓言要数《三戒》。《三戒》是由《临江之麋》《黔之驴》《永某氏之鼠》三则寓言组成的一组寓言。

《黔之驴》：

> 黔无驴，有好事者船载以入。至则无可用，放之山下。虎见之，庞然大物也，以为神。蔽林间窥之，稍出近之，慭慭然莫相知。
>
> 他日，驴一鸣，虎大骇，远遁，以为且噬己也，甚恐。然往来视之，觉无异能者。益习其声，又近出前后，终不敢搏。稍近，益狎，荡、倚、冲、冒。驴不胜怒，蹄之。虎因喜，计之曰："技止此耳！"因跳踉大㘎，断其喉，尽其肉，乃去。
>
> 噫！形之庞也类有德，声之宏也类有能。向不出其技，虎虽猛，疑畏，卒不敢取。今若是焉，悲夫！

这组寓言故事优美生动，讽刺意味强烈，亦有较深刻的哲理，文笔很优美，长期被人们示为范文阅传，在唐代寓言文学史上有自己独特的地位。

柳宗元的另一些寓言也很有特色，如继承韩愈的传记寓言风范的《蝜蝂传》就写得有声有色。《蝜蝂传》写的是一种善于背东西的小虫，见什么就背什么，背上就不放下来，而且还喜欢往高处爬，就是摔死了也不会放松背上的东西。这则寓言名为传，但实际上说的只是一只虫的故事，讽刺贪婪成性，恐怕要超过过去和现今的大多数讽刺贪婪的寓言，并通过细致入微的描述，给人深刻的印象。

柳宗元还用写祭文的口吻创作了不少寓言，使寓言另具一番意味，讽刺更为强烈，教训更为凝重。这样的寓言较出色的有《哀溺文》等。

柳宗元的寓言创作，还有另外一个意义，即按中国的另外一种说法（认为中国独立成篇的寓言始于唐代，寓言在此才摆脱了依附地位）而言，柳宗元就是实现这一转变的最有成绩的寓言作家。也许这种说法不尽正确，寓言的独立性早在战国晚期就已获得，但独立成篇并独立拟定篇名，还是始于唐代，而这方面柳宗元功劳最大。也许有人说柳宗元之前的韩愈就创作了些寓言，这是事实，但有意为之自觉地写作寓言，并有一定数量寓言的还当数柳宗元，即唐代寓言文学史的这一变化是由柳宗元来完成的。

作为中唐寓言代表作家柳宗元寓言的出现，确实给中国古代寓言带来了一些显著的变化。一是存在形式的变化，在唐代以前的中国寓言基本上是存在于其他性质的著作中，不管独立性如何，都没有以寓言自己的名目存在于文中，而这在唐代柳宗元寓言创作中得到了实现。二是寓言创作角度和起点的变化，原来的寓言大多数是为了阐述某一个道理，从自己的需要上来创作或改编寓言，而不是为了创作寓言本身。这一点在柳宗元寓言里就得到了划时代的改变，柳宗元创作寓言是为了寓言本身，不是以寓言服务于什么，而是以寓言本身独立地表达什么，如柳宗元的上乘之作《三戒》就是。三是寓言本身的变化，由于能够不受什么服务对象限制（如庄子以其服务于哲学观念等），唐代柳宗元的寓言更能自由地伸展自己，其寓言故事的描述就比唐以前的寓言故事描述要细致、完善一些，故事要相对丰满一些，思想内容也要相对地充分一些，语言也要精细和华美一些。也就是，在过去不容易得到重视的东西，或无条件重视的东西在唐代得到了重视。

当然,以上的三个变化应该泛指为是整个唐代的寓言创作变化,但柳宗元是唐代寓言文学最杰出的代表作家,这三个变化基本上是他首先完成的,故如上叙述亦不为过分。

柳宗元之后，在晚唐的小品文中有一些讽刺寓言，以皮日休、陆龟蒙、罗隐等人的小品文中的寓言为最优秀。

皮日休（834—883），字逸少，襄阳人。其寓言在《皮子文薮》中，较好的有《挚兽》。

陆龟蒙（？—约881），字鲁望，吴郡（今江苏苏州）人。他的寓言以《蠹化》最为生动辛辣。

罗隐（833—909），字昭谏，新登（今浙江新登）人。著作有《罗昭谏集》，较好的寓言是《说天鸡》。

晚唐时还有一本书叫《无能子》，书中亦有不少寓言，约20余则，较好的有《鸩蛇之毒》等。

与无能子同时代的还有一个伸蒙子。伸蒙子名林慎思（？一880），生于福建长乐。著有《伸蒙子》《续孟子》二书，有数则寓言，《路旁打井》较好。

进入宋代，与唐代相似，也是北宋古文运动的领袖人物在寓言创作上较有成就，如欧阳修、苏轼等，以苏轼的成就最大。

欧阳修（1007—1072），字永叔，庐陵（今江西吉安）人。北宋著名的文学家。有《欧阳文忠公集》，收散文两千多篇，诗词千首，还有《新唐书》《新五代史》等专著。寓言方面写了一些好寓言，如《归田录》中的《卖油翁》。除此之外，他早年的《伐树记》《养鱼记》也是较成功的寓言作品。

在宋代，寓言创作上最有成就的是苏轼。苏轼（1037—1101），字子瞻，号东坡居士。四川眉山人。北宋杰出的散文家、诗人和词人，书法、绘画也自成一家。

苏轼的寓言主要在《东坡全集》《东坡志林》《艾子杂说》中。《东坡全集》中的寓言以《日喻》最为有名。

《日喻》：

> 生而眇者不识日，问之有目者。或告之曰："日之状如铜盘。"扣盘而得其声。他日闻钟，以为日也。或告之曰："日之光如烛。"扪烛而得其形。他日揣龠以为日也。日之与钟龠亦远矣，而眇者不知其异，以其未尝见而求之人也……

这则寓言显然是受佛经寓言“盲人摸象”的影响，但富于创造性，寓言本身亦生动活泼。

《东坡志林》是苏轼的笔记，中有不少寓言，较好的有《三老语》《桃符与艾人》等。

《艾子杂说》是一本寓言故事集，托名于苏轼，共有故事39则，有人认为全是寓言，但最少也是大多数属寓言。有《蛤蟆夜哭》《鬼怕恶人》《齐王赐药》《以凫为鹘》《辛垣衍》《冢宰奇画》《公孙龙夸事》等多篇，以《以凫为鹘》《蛤蟆夜哭》最为有名。

苏轼的寓言创作在宋代的地位与唐代的柳宗元相似，且二者的基本精神都大致相同。

托名于苏轼的《艾子杂说》值得一提，有人认为这是中国第一本寓言专集，认为《笑林》是以笑话为主的集子，而《艾子杂说》则是以寓言为主的集子。不管怎么说，《艾子杂说》的出现，对后来明代诙谐寓言的影响很大。另外如《艾子后语》《艾子外语》《谐史》《雅谑》等书均受其影响。

以上作家寓言是唐宋寓言的重要组成部分，但唐宋传奇、笔记、类书中的寓言也是其中的一个组成部分。如《太平御览》的《乘凉》《蒲元识水》；《资治通鉴》中的《请君入瓮》；《梦溪笔谈》的《恃胜失备》；《冷斋夜话》的《痴人说梦》《草书大王》；《程史》的《更渡一遭》；《田间书》的《墨鱼自蔽》《钓鱼》；《事林广记》的《秦士好古》；《醉翁谈录》中的《眉眼口鼻争能》《伯牙琴》《越人遇狗》《亡赖附鬼》等。当中较出色的有《乘凉》《恃胜失备》《更渡一遭》等。这些寓言都有各自的长处和优点，《乘凉》不看变化，弄巧成拙；《恃胜失备》叙述一个物不可常恃的道理；《更渡一遭》刻画一伪君子入木三分。这些寓言均可谓时代的佳作。

唐代的寓言诗也是唐宋寓言文学的一个部分。

寓言诗这一种类在国外出现的时间很早，但在中国似乎对它并不热心，到了唐代，这才出现了寓言诗。在唐以前，远至《诗经》就有了禽言诗的出现，它的出现为寓言诗的出现作了艺术上的准备。唐初，受佛教寓言偈颂诗的启发，以及原有的寓言诗发生发展因素，有一个叫寒山子的和尚诗人，开了唐代寓言诗创作的先河。他作的《狗争骨》（原诗无题），寓言情节完整，语言明朗，完全是一首成形的寓言诗。

《狗争骨》：

我见百十狗，个个毛狰狞；
卧者渠自卧，行者渠自行。
投之一块骨，相与啀喍争；
良由为骨少，狗多分不平。　　（《寒山子集》）

以后，杜甫、白居易、刘禹锡等著名诗人，都创作有一定的寓言诗，如杜甫的《义鹘行》。

在寓言诗的创作中，以刘禹锡为最有成绩。刘禹锡（772—842），字梦得，彭城

（今江苏徐州）人。《养鸷词》《昏镜词》是其优秀的寓言诗。

《养鸷词》：

养鸷非玩形，所资击鲜力。
少年昧其理，日日哺不息。
探雏网黄口，旦暮有余食。
宁知下鞲时，翅重飞不得，
培思止林表，狡兔自南北。
饮啄既已盈，安能劳羽翼？

寓言诗在唐代的出现，是中国古代寓言文学史的一件大事，它在外延上丰富了中国古代的寓言文学，但应该实事求是地说，唐代的寓言诗并不十分成熟，也不是诗人有意为之的作品，故而不可能在艺术上有什么大的成就。另外，对中国古代寓言诗的认识，总的概念上是不稳定的，或宽或严，对作品本身的认定也都很含混。还有中国的古诗歌形式和语言，也使中国古代寓言诗的风格、情趣与世界其他的寓言诗不一样。这些都限制了中国古代寓言诗的发展和对中国古代寓言诗的认识。

以上是唐宋寓言的基本面貌。

很明显，唐宋寓言吸收了先秦寓言与印度寓言的创作经验，并把寓言从先秦时代的重哲理转向了重世俗经验教训和讽刺，并取得了显著的成绩和许多成功的经验。唐宋寓言中，多数寓言在具有一定哲理内涵的基础上，把锋芒转向了对社会丑恶现象和人性弱点的揭露和批驳上，还掺进了诙谐幽默的成分，成功地显示了唐宋讽刺寓言的时代特色。作家独立拟名、独立成篇创作寓言，《艾子杂说》寓言故事专集的出现，寓言诗的出现等在中国古代寓言文学中都具有开创意义。

第四节　中国古代元明清寓言

从元代到清代中叶（1279—1840），历经三个朝代，近 600 年。这时期已是封建社会的晚期，封建经济的高度发展，曾几度出现社会的繁荣景象，但这一时期的封建专制统治黑暗，言论极不自由。这一时期又是一个文学思潮发生巨大转变的时代，出现了以关汉卿、王实甫等人及作品为代表的元人杂剧；以汤显祖、洪昇、孔尚任等人及作品为代表的传奇（长篇戏剧）；以“三言”“二拍”为代表的短篇白话小说；以《三国演义》《水浒》《西游记》《金瓶梅》《儒林外史》《红楼梦》为代表的长篇章回小说，是中国文学史上的重要历史时期。

这一时期的寓言创作，由于社会背景和人们精神状态等原因，比之唐宋寓言有了一定的变化。这一时期寓言创作的成绩不十分显著，但其中也出现了两个高潮，一是元明之际，二是明朝中叶至清初。第一个高潮以刘基（刘伯温）、宋濂的寓言为代表，第二个高潮以刘元卿、江盈科等一批人的寓言为代表。

元朝作为一个统一的封建王朝在历史上时间不长，文学除了元杂剧外，大都不发达。元代的寓言创作极少，只有少许寓言出现，如白埏（1428—?）《湛渊静语》中的《囫囵吞枣》，虞韶编《日记故事》中的《铁杵磨针》。

《铁杵磨针》：

> 李白，少读书，未成，弃之。道逢一老妪，磨铁杵。白问："将欲何用?"曰："欲作针。"白感其言，遂还卒业。

这些寓言已现诙谐风采，其寓言亦十分精干练达，具有深意，为后人所喜爱。

元末明初，寓言创作才突起一个以刘基、宋濂寓言为代表的高峰。

刘基（1311—1375），字伯温，生于浙江处州青田县。他聪明过人，有后世诸葛亮之称，是元末明初最杰出的政治家，也是先秦以后最有成就的寓言作家之一。刘基的著作很多，编为《诚意伯文集》。他文学上成就最大的要数寓言，其寓言作品又主要集中在《郁离子》中。

《郁离子》一书分为18章，共159条，大部分为寓言故事，书中有一个贯穿全书的人物郁离子，其如《艾子杂说》中的"艾子"。

《郁离子》中高质量的寓言很多，略举一则于后。

《千里马》：

> 郁离子之马，孳得駃提焉。人曰："是千里马也，必致诸内厩。"郁离子悦从之。至京师，天子使太仆阅方贡，曰："马则良矣，然非冀产也。"置之于外牧。（《千里马篇》）

刘基寓言是在先秦寓言及以后历代寓言作家多方开拓、为继艰涩的情况下出现的，它综合了先秦的哲理寓言及后世的讽刺寓言特点，创造出了自己独有的思想、艺术风格，开创了中国古代寓言的新局面。刘基寓言题材大多托于古人、古事，又有所改造发展；艺术追求上呈现了寓言与笑话进一步合流的趋势。

《郁离子》明显受《艾子杂说》的影响，并继承了它的传统，但规模要比《艾子杂说》大得多。

另外，在吸收佛经寓言营养方面也有表现，如《九头鸟》的故事，就显然来自佛经。

与刘基同时的另一个元末明初的著名寓言作家是宋濂。宋濂（1310—1381），字景濂，号潜溪，浙江金华浦江人（原籍潜溪），是明代重要的散文家。明代编有《宋学士全集》，清代编有《宋文宪公全集》，收文章1263题。他的寓言作品主要见于《龙门子凝道记》和《燕书》中。《龙门子凝道记》分三卷二十四篇，中有寓言、故事数十则，以龙门子贯穿始终，如同《郁离子》中的"郁离子"。《燕书》有寓言、故事40则，寓言颇多，也有些一般的故事。二书中较好的寓言有《具区白雁》《乌鸫同啄》《矢人自得》《剜股藏珠》等。

《具区白雁》：

具区之泽，白雁聚焉。夜必择栖，恐人弋已也，设雁奴环巡之；人至则鸣，群雁藉是以瞑。泽人熟其故，爇火照之，雁奴戛然鸣，泽人遽沉其火。群雁皆惊起，视之无物也。如是者四三，群雁以奴绐己，共啄之。未几，泽人执火前，雁奴不敢鸣，群雁方寐，一网无遗者。（《燕书》）

这几则寓言均是故事性强、形象生动、教训鲜明的佳作，对后代都有一定的影响。如《具区白雁》，这则寓言也叫“雁奴”，当中表现的思想内容深沉，激起很多人的共鸣，以致出现许多以此为题材的寓言和其他文学作品。另外《剜股藏珠》以其鲜明的教训，成为后人传诵不已的典故。

宋濂寓言从总的来说，题材因袭前人，独创性少一些，不如刘基寓言那么新颖大胆，但其生活气息浓厚，教训鲜明，为明初的一大寓言作家。并由他与刘基的寓言为代表，形成了元明清寓言的第一个高潮，对元明清寓言的发展，他是有相当贡献的。

元末明初还有一些著名的寓言，如陶宗仪《辍耕录》中的《寒号虫》，方孝孺《逊志斋集》中的《指喻》《吴士》，薛碹《薛文清集》中的《猫说》等。其中以《寒号虫》影响最大，这则寓言一出现，历代都被人看重，并以此改编为多种形式的故事。

明代的寓言主要以刘元卿寓言和江盈科寓言为代表。

刘元卿（1544—1609），字调文，江西安福南溪（今莲花县南坡村）人。著作有《诸儒学案》《刘聘君全集》等。刘元卿的寓言主要在《贤奕编》中。《贤奕编》是一本笔记故事集，共收历代小故事333则，中有不少优秀寓言，主要集中于《警喻录》《应谐录》中。较好的寓言有《争雁》《猫号》。

《争雁》：

昔人有睹雁翔者，将援弓射之，曰：“获则烹。”其弟争曰：“舒雁烹宜，翔雁燔宜。”竞斗而讼于社伯。社伯请剖雁烹、燔半焉。已而索雁，则凌空远矣。

今世儒争异同，何以异是？（《应谐录》）

这则寓言表明刘元卿的寓言创作观察细致，注重细节的描述，很有余味。《争雁》明显受古印度寓言的启发，但较之同题意的那则古印度寓言更为简洁明快。

江盈科（1555—1605），字进之，自号绿萝山人。湖南桃源人。他的寓言主要见于《雪涛小说》《雪涛谐史》《谈言》中。较好的寓言有《任事》《造酒》《虎畏化缘僧》等。

《任事》：

盖闻里中有病脚疮者，痛不可忍。谓家人曰：“尔为我凿壁为穴。”穴成，伸脚穴中，入邻家尺许。家人曰：“此何意？”答曰：“凭他去邻家痛，无与我事。”

又有医者，自称善外科。一裨将阵回，中流矢，深入膜内。延使治。乃持并州剪，剪去矢管，跪而请谢。裨将曰：“簇在膜内者须亟治。”医曰：

"此内科事，不意并责我！"

……今日当事诸公，见事之不可为，而但因循苟安，以遗来者，亦若委痛于邻家，推责于内科之意。（《雪涛小说》）

这则寓言讽刺意味之强烈，在寓言中少见，对某些人的刻画很充分，亦有很强的现实感。

江盈科的寓言多取材于民间，民间文学味颇足，是这时期较优秀的寓言作家。

同时，赵南星的寓言创作也较突出。赵南星（1550—1627），字梦白。号侪鹤，高邑（今河北元氏县）人。著作有《赵忠毅集》《笑赞》等。其寓言主要在《笑赞》中，如《鹞子追雀》《瞽者好》等。

《鹞子追雀》：

鹞子追雀，雀投入一僧袖中。僧以手搦定曰："阿弥陀佛，我今日吃一块肉。"雀闭目不动，僧只说死矣；张开手时，雀即飞去。僧曰："阿弥陀佛，我放生了你罢。"

赵南星的寓言自觉地把笑话与寓言有机结合，在明代"诙谐寓言"创作中有突出的地位。

以上是元明清寓言的第二个高潮中代表作家的寓言创作情况，很明显，这一高潮中的寓言作家虽多于上一个高潮，但总体上不如前一个高潮那么浑厚有力，对后世的影响也不如前一个高潮那么大。

除此之外，明代的其他一些著作中还有些寓言。如杨慎的《艺林伐山》、庄元臣的《叔且子》、耿定向的《权子》、郎瑛的《七修类稿》、陆灼的《艾子后语》、浮白主人的《笑林》、浮白斋主人的《雅谑》、冯梦龙的《笑府》《广笑府》《古今谭概》、张今夷的《遇仙别记》等笑话集、故事集中都有一定的寓言。这些集子中，较著名的寓言有《按图索骥》《探玄球》《一毛不拔》《川字》等。

《川字》：

一蒙师只识一"川"字。见弟子呈书，欲寻"川"字教之。连揭数页，无有也。忽见"三"字，乃指而骂曰："我着处寻你不见，你倒卧在这里！"

（《笑府》）

这些均是这一时期典型的诙谐讽刺寓言，夸张地表现了人们的愚、痴、呆、贪和不明事理，把人类人性中的某些缺陷和弱点嘲讽到无以复加的地步，以警醒和教育人们。

在明代，还有一个作品值得说明，这就是马中锡的《中山狼传》，很多人都认为它是一篇著名的寓言作品，但实际上并不是如此，它应该属于寓言小说的范畴，故而不能将它作为寓言对待，我们的寓言史也没有必要叙述它。

清代的寓言创作成就不大，其寓言大致由以下几个方面组成，一是笑话集中的寓言；二是文言小说中的寓言；三是文集中的寓言。

笑话集中的寓言以石成金的《笑得好》为代表。《笑得好》有笑话200则，有人认为是一本诙谐寓言集，但笑话成分太重。其中较好的寓言有《麻雀请宴》《方蛇》等。

《方蛇》：

> 有曾遇大蛇的，侈言阔十丈，长百丈。闻者不信，其人遽减二十丈。人犹不信，迭减至三十丈、二十丈，遂至十丈。忽自悟其谬，曰："蛇竟长方了。"
>
> 世有虚语，未有不被人识破。奈不能自悟何？

从这则寓言不难看出，清代寓言笑的成分加大，但教训、哲理，甚而嘲讽等内容都淡化了，使寓言流于浅淡。

清代其他笑话集，如独逸窝退士的《笑笑录》、方飞鸿的《嘻谈录》、小石道人的《嘻谈续录》、程世爵的《笑林广记》、游戏主人的《新镌笑林广记》、俞樾的《一笑》等都有些寓言。

文言小说中的寓言以蒲松龄的《聊斋志异》为代表。《聊斋志异》是著名的中国古代短篇小说集，中有不少好寓言，如《螳螂捕蛇》：

> 张姓者，偶行溪谷，闻崖土有声甚厉。寻途登觇，见巨蛇如围，摆扑丛树中，以尾系柳，柳枝崩折。反侧倾跌之状，似有物捉制之。然审视殊无所见。大疑。渐近临之，则一螳螂据顶上，以刺刀攫其首，攧不可去。久之，蛇竟死。视额上革肉，已破裂云。

另外，沈起风的《谐铎》，袁枚的《子不语》，纪昀的《阅教草堂笔记》中也有些寓言。

清人的文集很多，有寓言的大致有唐甄的《潜书》、戴名世的《南山集》、钱大昕的《潜研堂文集》、龚自珍的《龚定庵全集》等。较著名的寓言如《镜喻》。

清末寓言创作中有一本寓言故事集叫《俏皮话》，这本书值得着重一提，因为它就好像中国古代寓言文学史的"句号"一样，是中国古代寓言的最后一个寓言故事集①。

此书为吴趼人所著。吴趼人（1866—1910），名沃尧，原字茧人，广东南海人，为晚清著名小说家。《俏皮话》共126篇，有不少晚清的优秀寓言，是古代寓言向现代寓言过渡的作品，但太过扩张寓言讽刺作用，理性色彩很淡漠。

元明清寓言已没有中国先秦寓言的哲理性和深刻性，大多受笑话的影响很深，表现了诙谐玩世、冷嘲热讽的特色。但这时期的讽刺又不同于唐宋寓言的讽刺，为此陈蒲清先生说得最好。他说："唐宋寓言对社会的讽刺是希望能改革社会弊病，那么元明清寓言对社会的嘲弄则是对社会绝望的表现。为了区别于唐宋讽刺寓言，我们把元明清寓言称为'诙谐寓言'。"② 这一见解把握了元明清寓言的基本特征。

---

① 1840年的划分只是一个历史概念，实际上中国古代寓言文学历史上的概念自然包括了19世纪后半期寓言，《俏皮话》就是。

② 《中国古代寓言史》，第211页。

第六章　古罗马、以色列、犹太人寓言

公元前3世纪前后，古罗马人以意大利为中心，建立了古罗马帝国，发展了继希腊文明之后的古罗马文明。由于古罗马文明自身的成就，及它与古希腊文明的关系，和它们对后世欧洲的影响，被后人并称为古希腊、罗马文明。

古罗马在一般的划分中是指公元前3世纪至公元5世纪的罗马，亦称西罗马帝国时期（以后的东罗马，即拜占庭帝国则是另外的范畴），这一时期前后约800年。古罗马文学也指的是产生于这一时期的文学。古罗马的文学是在广泛模仿和吸收希腊文学的基础上发展起来的。它的文学分期大致有五个时期：一是早期文学（公元前3世纪中叶以前）；二是共和国繁荣时期文学（公元前3世纪中叶至公元前1世纪中叶）；三是奥古斯都时期（公元前27年至公元14年）；四是帝国前期文学（公元1至2世纪）；五是帝国后期文学（3世纪至5世纪）。古罗马文学在诗歌、戏剧、散文等方面都取得了相当的成就？涌现了一大批作家、诗人、剧作家。如李维乌斯·安德罗尼库斯所译的《奥德修记》，普劳图斯、泰伦提乌斯的戏剧，奈维乌斯的史诗《布匿战纪》，恩尼乌斯的史诗《编年纪》，恺撒的《高卢战记》《内战记》，奈波斯的《名人传》，卢克莱修的《物性论》，维吉尔的《牧歌》《农事诗》、史诗《埃涅阿斯纪》，贺拉斯的《歌集》《诗艺》，奥维德的《变形记》，李维乌斯的《罗马史》，佩特罗尼乌斯的小说《萨蒂利孔》，奥索尼乌斯的《莫塞拉河》等等。

古罗马的寓言文学也是其文学的一部分，出现了以费德鲁斯为代表的以模仿、翻译古希腊寓言，进而自己创作的一批寓言作家，如巴勃利乌斯、阿维阿努斯等。古罗马寓言创作本身的成就不大，但它在古希腊寓言与后世的欧洲寓言文学之间，起着承先启后的作用，意义也是很大的。

在古罗马帝国的统治时期，其地域内还有一个独特的、源远流长的寓言文学在兴起，这就是包容在《新约全书》中的犹太人寓言。

《新约》中的寓言是在公元前后，罗马统治下的巴勒斯坦土地上，随着基督教的诞生而出现的。它的存在由于宗教的迷雾，长期被人们忽视，对它的独特的存在和在寓言创作中所取得的成就长期不为人们所认识。

第一节 古罗马寓言

真正的古罗马文学是从模仿继承希腊文学开始的，古罗马文学中的寓言文学，更是如此。也许就在公元前的某一个时候，古罗马人，或者更准确地说，一些沦为罗马人的奴隶后又获得解放的希腊人，向罗马人展示了古希腊的《伊索寓言》，这也就是古罗马人的寓言文学的开始。

在此之后，古罗马的作家齐利乌斯、杰卢斯写过这类寓言作品，但作品基本没有保存下来，只在贺拉斯的《讽刺诗集》和《信札》中还可看到一些片断或较完整的寓言。故而，古罗马出现真正的有据可考的寓言作家还得从费德鲁斯算起。

费德鲁斯（公元前1世纪末至1世纪中叶），古罗马寓言作家。希腊北部的皮埃里亚人。曾在罗马宫廷为奴，后被释放，著有《寓言集》五卷，现存130多首。

这就是古罗马文学中最早提到的寓言作家和作品。一般来说，这肯定不是古罗马寓言的真正起始，因为费德鲁斯正值古罗马的奥古斯都时代，而这时候的古罗马文学已进入开始摆脱模仿，自己进行文学创作的阶段，并取得了辉煌的成就。这时候的费德鲁斯寓言，自然也不能是古罗马寓言文学的初始，它的存在要与整个文学的大气候相符。这从费德鲁斯寓言中也能得到证实，即当时的费德鲁斯寓言也并非全是借用《伊索寓言》的题材，虽然他们自称是《伊索寓言》，但后世公认他同时也注意从现实生活中取材，或利用神话传说、民间故事、历史笑话等进行寓言创作。对此，我们今天在寓言作品中还能较清楚地把它们分开，如《乌鸦和孔雀》。故事说，一只乌鸦用捡来的五彩羽毛插在身上，混进了孔雀群中，结果孔雀识破了它的伪装，不但拔掉了它身上伪装的羽毛，连身上的天赐黑衣也破烂不堪了。这个拼命想抬高自己的乌鸦，连乌鸦群里也回不去了。很明显，这则寓言的故事和题意全部来自《伊索寓言》，是《伊索寓言》的拉丁化或者拉丁表述。

但在以下的这则寓言中就不一样了。

《秃头和苍蝇》：

有只苍蝇老围着一个人的秃头转。这个人用手一拍，苍蝇就飞走，但一会儿又飞回来，惹得这个人很恼火。他生气地又一次向苍蝇拍去时，仍没能拍住它。苍蝇便嘲笑这个秃脑袋的人，并继续捉弄他，使他更加生气。最后，这个人非常气愤地说：“你这个小丑，为什么嘲笑我？仅仅是因为我为了抓你而打了自己吗？你想一想：即便我在自己头上拍十次，对我来说一点也没有什么；但是，我只要有一次打中你，你就会当场死去。”

这则寓言题材既不源于《伊索寓言》，也不源于民间故事、传说等，而是取材于日常生活，是作家深刻地观察和体验生活的结果。也正是由绝大多数的取材于《伊索寓言》的寓言，利用其他故事、传说改编的寓言，以及作家自己构思创作的寓言等三部分，共同构成费德鲁斯寓言。

费德鲁斯的寓言最初都是用拉丁韵文写成的，即写成了寓言诗，但后来人们又把他的一些寓言改写成散文寓言，这里引用的也就是他的散文寓言。

费德鲁斯的寓言创作成就在古罗马寓言中当推首位，在继承和发扬《伊索寓言》的传统上很有贡献。在利用《伊索寓言》题材创作的寓言中，其文笔流畅、生动，故事较为丰满，描述更为细腻。在自己独创的寓言中，也同样显示了他在寓言创作上的才华，如《秃头和苍蝇》这则寓言，仅就一个很普通的生活细节，就挖掘出了一个很深刻的世俗真理："勿玩火"，并且生动形象，亦很自然流畅。总的说来，费德鲁斯寓言朴实自然，现实感强，生活气息浓厚，对后代的影响很大。

另外，费德鲁斯虽然不是第一个把寓言写成诗体的人（古希腊的苏格拉底也曾把伊索的散文寓言改写成诗体寓言），但他却是世界上最早的真正大量用诗歌创作寓言的人。故而，可以说欧洲后代的诗体寓言和散文寓言并举，头功实属费德鲁斯。

在费德鲁斯之后，另一个较著名的寓言作家是巴勃利乌斯。

巴勃利乌斯生平难考，只知道他是公元2世纪用希腊语写寓言诗的人。人们猜测他可能是一个罗马诗人。他用抑扬格诗体写了寓言共10卷，现存抄本保存了他140首寓言诗，散文寓言60篇。他的寓言大多是根据当时流行的《伊索寓言》改写的，其哲理性强，运用当时口语，叙述生动。

3世纪初，古罗马有寓言作品的作家还有艾利安。

艾利安（约170—约235），罗马作家，原名克劳狄乌斯·艾利安努斯，曾任修辞学教师。精通希腊文，能运用希腊文写作。他的著名作品有《论动物的本性》。书中记述鸟、兽的奇异故事，形式为民间传说、轶事和含有道德教训的寓言。他的其他著作还有《杂史》等。

另外，据记载，3世纪的小提蒂阿努斯也创作过不少散文寓言，但均散佚。

5世纪，阿维阿努斯的寓言出现。阿维阿努斯，古罗马寓言作家，生平不详，约生活在5世纪前后。有寓言集传世，收有寓言42篇，用挽诗体写成，但后来有人把它改为散文体寓言。他的寓言题材主要来自于《伊索寓言》，如《两只罐子》《两个伙伴》等。我们在他的寓言中也发现并非《伊索寓言》题材的寓言，如《青蛙大夫》《孔雀和鹤》等。

以上几则寓言例子均是散文体，很明显，这是转述后的寓言作品，但从中不难看出，这些根据阿维阿努斯的作品转述后的作品，仍然是流畅自然的。这些寓言注重状物描写，重讽刺效果。故中世纪时，阿维阿努斯的寓言集子广为流传，对保存和传播古希腊寓言是有贡献的。

古罗马帝国5世纪末灭亡，但到10世纪，还有一个用拉丁语写作寓言的人与古罗马寓言文学相关，并且还有一定的地位，这就是《罗姆路斯寓言》。在它的名下，保存了大量的《伊索寓言》。

从《罗姆路斯》寓言来说，尽管人们认为它在很大程度上是费德鲁斯拉丁文诗体寓言的改写，但其本身是很有特色的，当中有不少较好的寓言，如《狮子的答谢》《蝙蝠的背叛》《狼、牧人和猎人》等。

这些寓言谈不上什么创新，但在叙述的自然、生动等方面也应该是时代的佳作。

在古罗马，费德鲁斯、巴勃利乌斯、阿维阿努斯都是很有贡献的寓言作家，但古罗马寓言影响后世的欧洲，却在很大程度上依赖于《罗姆路斯》的传布和影响。

费德鲁斯、阿维阿努斯的诗体寓言、巴勃利乌斯的部分诗体寓言，以后来的《罗姆路斯》改写的诗体寓言等三个方面，共同构成古罗马的诗体寓言，并对后世产生影响，如法国的寓言诗人拉封丹等；而巴勃利乌斯和罗姆路斯的散文寓言，又共同构成古罗马的散文体寓言，亦对后世产生影响，如法国的寓言作家玛丽等。

费德鲁斯改写了大量《伊索寓言》，巴勃利乌斯又同时大量改写了费德鲁斯和《伊索寓言》，阿维阿努斯又根据巴勃利乌斯的寓言，创作自己的寓言，罗姆路斯则最后以费德鲁斯等人的寓言为主，创作保存了大量的“罗马式”《伊索寓言》，并从此把罗马式的《伊索寓言》传播于整个欧洲大地。因而，在某种意义上来说，罗姆路斯的许多寓言就是古罗马费德鲁斯等人的寓言。

除开罗姆路斯的寓言外，还有生平不详的罗马寓言作家里米齐乌斯的寓言值得一提，归在他名下的寓言不少，较好的有《鹰、小羊羔和乌鸦》《放羊娃的故事》等。

古罗马寓言总的来说，艺术上、思想内容上都没有在以《伊索寓言》为龙首的欧洲寓言文学史上，有什么大的影响和成就，它很大程度上是古希腊寓言文学的影子。但是，它在继承、保存和记录古希腊寓言方面，贡献是特殊的。可以说，如果没有古罗马寓言的出现，欧洲文学能不能重新注意古代希腊的《伊索寓言》，并把它挖掘出来，发扬光大，从而赢得世界性声誉，就很难预料了。

第二节　犹太人寓言的发生和概况

在第一章里，我们记述了古希伯来人的寓言，十多个世纪以后，希伯来人的后裔，又在巴勒斯坦这块土地上，用一种特殊的方式，发展了自己的寓言文学，这就是犹太人的寓言。

在世界上，很多地方的寓言都是以地区、国家来题名的，而我们这里却使用既有种族又有民族意味的字眼题写节名，这自然与这批寓言的发生、生存状况有关。古希伯来人的叫法来源有好几种，但以色列人这种叫法是在他们征服迦南地前后出现的，以后对这一民族就叫以色列人。公元前6世纪，犹太国灭亡，国民被大量流放，在流放过程中，他们的民族意识和宗教感情因为受压迫而愈益强烈，生活习惯与当地人迥然有别，开始被称为犹太人，这一称呼普遍流行至今。

我们今天所说的犹太人寓言，当然是指那时犹太人的寓言文学作品。这样称呼也是很有意味的，因为这些寓言在犹太人中间产生时，其时的国度并不是犹太人的，各种势力风去云来，巴比伦人、波斯人、罗马人都曾是这块土地的主人。他们的政治力量、军事力量的到来，必然也有思想意识、社会组织、文学艺术的到来或产生。这样，在犹太人中产生的文学，也就无法以地区、国家题名。

犹太人的寓言文学，我们是在这一时期出现的《新约全书》中见到的。犹太人也像古希伯来人一样，把自己的思想、哲学、宗教、文学、艺术等等全都融会在一部《新约全书》中。由于无法得到其他典籍对寓言的印证，对犹太人寓言的发生溯源也只能从《新约全书》的出现来着手。

犹太人的寓言实际上是一种宗教寓言，是依靠宗教典籍的产生、流传而产生、流传开来的。

基督教是什么时候产生的，谁也无法很轻易地回答。是一系列神迹的结果？是一场长期的大规模的犹太革命的结果？是古犹太教中一些先进分子对旧犹太教改革的结果？……好像都不能一概而论。关于基督的神迹发生可上溯到古罗马奥古斯都时代，革命也好，变革也好，都是前后时间约几个世纪的事情。但不管怎么说，公元前后，基督教作为一种宗教肯定已经出现，并在这一过程中产生了《新约全书》的中心篇章“福音书”，而犹太人包容在《新约全书》中的寓言又大多包容在《四福音书》里。

我以为这是犹太人寓言发生的确切时期，即犹太人寓言产生于公元前后，并在后来得到一定的补充。这是在苏美尔人寓言、古埃及寓言、古希伯来人寓言、古希腊寓言、古印度寓言、中国先秦寓言、古罗马寓言之后的，又一批比较古老的寓言。

由于包容这一寓言的《新约全书》与《旧约全书》被后世的人们合称为《圣经》，故古希伯来人的寓言和犹太人寓言又被合称为“圣经寓言”。但是，二者由于产生的年代不一样，属于不同时代的文学，意义也不同。

犹太人寓言主要分布于《四福音书》中。由于历史、宗教等方面的原因，这些寓言极少有人整理过，本人初步整理了一下，约有近30则。

《马可福音》有：《撒种》（篇名为笔者所加，下同）《稗子和麦子》《芥菜种子》《面酵》《藏珠地》《寻珠》《撒网在海里》《九十九只羊和一只羊》《算账》《财主进天堂比骆驼穿过针眼还难》《葡萄园做工》《两个儿子》《家主和园户》《王的娶亲筵席》《拿灯的十个童女》《三个仆人》等。

《路加福音》有：《新衣服和旧衣服》《新酒和旧皮袋》《一个财主积财》《不结果的无花果树》《首位和末位》《妇人申冤》《两个祷告的人》等。

《约翰福音》有：《谁没有罪》《一粒麦子》《羊》等。

《罗马书》有：《野橄榄枝》。

这里所列举的寓言，一般都是比较典型的较为完整的寓言，而有争议的类寓言、准寓言似的故事并没有列入，以及可猜测出其寓言概貌，实际上记载不太完整的东西也没有计算在内。

另一方面，《四福音书》中的许多寓言是多次重复出现的，如《撒种》这则寓言就是。

《马太福音》的《撒种》：

> 当那一天，耶稣从房子里出来，坐在海边。有许多人到他那里聚集，他只得上船坐下，众人都站在岸上。他用比喻对他们讲许多道理，说有一个撒种的出去撒种，撒的时候，有落在路边的，飞鸟来吃尽了。有落在土浅石头地上的，土既不深，发苗最快，日头出来一晒，因为没有根，就枯干了。有落在荆棘里的，荆棘长起来，把它挤住了。又有落在好土里的，就结实，有一百倍的、有六十倍的、有三十倍的。

《马可福音》《路加福音》也有差不多的《撒种》。

这三则寓言的文字或详或略，或多一些小细节，或少一些小细节，叙述的顺序也不完全一样，但它们的基本构架却完全是一致的。像这样的情况，在各福音书中随处可见，如《芥菜种子》这则寓言就是如此，《马太福音》和《马可福音》中都有它。

以上只是相同的寓言，另外题意、故事大致相同，但得出的教训又不相同的寓言也有不少。

由此可见，如果把这些寓言算上，其寓言的数量是很可观的。还有，我们今天这一整理是很粗略的，如果详尽地整理，还能有不少的寓言。

犹太人寓言依附于宗教典籍，是在基督教广泛利用生存于巴勒斯坦这块土地上的民间寓言、故事，以及其他寓言故事，来宣扬其教义、教理的情况下被保存下来的。宗教的典籍对它很重要，但其寓言对宗教的教义、教理则更为重要。

犹太人寓言与自己的祖先希伯来人寓言相比，思想上、艺术上都要成熟得多，取得的成就也要大得多。二者之间一般来说并没有什么太大的继承发展关系，可以说，犹太人寓言并不是在希伯来人寓言的基础上发展起来的。但是也不可否认，希伯来人的寓言故事对犹太人寓言还是有一定影响的。如《一只羊和九十九只羊》：

> 一个人若有一百只羊，一只走迷了路，你们的意思如何？他岂不撇下这九十九只，往山里去找那只迷路的羊么？若是找着了，我实在告诉你们，他为这一只羊欢喜，比为那没有迷路的九十九只欢喜还大呢。
>
> （《新约·马太福音第十八章》）

这则寓言深刻的宗教理性含义我们暂且不管。我们读毕这则寓言，很难不想起《旧约全书》中的《富人和穷人》这则寓言来。《富人和穷人》固然讲的是富人的贪婪，而《一只羊和九十九只羊》则说的是“浪子回头金不换”的理性认识，但二者的基本构架太相似了，同是九十九只羊与一只羊的对比关系，二则寓言都以此来结构寓言的寓意。这不可能是巧合，而是后一则寓言得到前一则寓言的启发，并出新而用之。

犹太人寓言是成熟的，它广泛地反映了巴勒斯坦犹太人日常社会的经验教训。

犹太人寓言在艺术等诸方面是取得很大成就的，是世界寓言不可多得的一个组成部分。

第三节　犹太人寓言的内容、来源及其对教义的重要性

犹太人寓言我们目前所能见到的数量不算很多，但其内容是丰富的。这里有一点要说明，即这里叙述的寓言内容是拂去了宗教色彩，以其寓言的本来内蕴来叙述的。因为《新约全书》不过是利用了这些寓言作为它的某些宗教思想和教义的载体而已，而这样做也并不损害犹太民族文学的这一智慧花朵，反过来还有助于人们认识犹太人寓言的本来面目。

犹太人寓言的内容大致可分为以下几类：

一是日常社会生活中经验教训的总结，如《撒种》《稗子和麦子》《财主进天国比骆驼穿过针眼还难》《拿灯的十个童女》《首位和末位》《妇人申冤》等。

《撒种》（见前例）说的是有一个撒种的人把种子撒在不同的地方，得出了不同的结果，形象地表达了环境的影响对于人的重要性。《稗子和麦子》这则寓言则说不必因为稗子而损伤麦子，到了最后，稗子将捆成捆留着烧，唯有麦子要收在仓里，表明一切事物最后的结局才是真正的结局。这与“谁笑在最后，谁笑得最好”的民间格言不谋而合。

这类寓言在所见的犹太人寓言中并不是很多，但它闪烁的人们智慧的光芒是强烈的，犹太人民在日常生活中许多智慧的启示，在寓言中得到了一定的表现。

二是一般哲理的表达，如：《新衣服和旧衣服》《新酒和旧皮袋》《一个财主积财》《不结果的无花果树》《一粒麦子》《羊》《野橄榄枝》等。

《一粒麦子》：

> 我实实在在地告诉你们，一粒麦子不落在地里死了，仍旧是一粒。若是死了，就结出许多籽粒来。爱惜自己生命的，就失丧生命。在这世上恨恶自己生命的，就要保守生命到永生。（《约翰福音·第十二章》）

这则寓言把生与死、死与生相互关系的一般哲理表现得如此形象和生动，可以说是生命哲理最妙的一则寓言。另外的《不结果的无花果树》也是如此，它表明，一个人的存在如果不奉献，不对自己周围的世界贡献点什么，那除了被砍掉外没有什么结果，因为这样的生存是没有意义的。犹太人寓言中的这一类寓言不少，但它常常与一些宗教思想内容相融合。

三是纯粹的宗教理性概念的形象表达，如《芥菜种子》《面酵》《藏珠地》《寻珠》《撒网在海里》《葡萄园做工》《王的娶亲筵席》《三个仆人》《谁也没有罪》等。

《芥菜种子》寓喻天国就像一粒芥菜种子，很小，但只要人们心中有天国，就会长成大树，让天上的鸟儿都来宿在上面。《面酵》《葡萄园做工》等寓言都是对天国的形象的叙述。基督教给人们最重要的东西就是天国，天国是什么？这一系列的寓言

就试图作出解答。

四是一般思想见解的表达。如《九十九只羊和一只羊》《算账》《两个儿子》《两个祷告的人》等。

《九十九只羊和一只羊》表明在“浪子回头金不换”的前提下，这一只羊带来的喜悦超过那九十九只羊对于一个人精神上的重要性。

《两个祷告的人》这则寓言虽有浓厚的宗教色彩，但辩证地对待一个人的言行却是再精辟不过的了，自以为是的人往往什么也不是！

五是对一些丑恶嘴脸和丑恶社会现象的揭露和批判。如《富人和穷人》《家主和园户》等。

应该承认，这些寓言从内容上的分类只是大致的，不能分割它们相互间的联系，它们在多数时候都是相互交融和多层次的。另外，这些寓言内容的分类是根据寓言本来面目而言的，实际上作为宗教思想和教义的载体之后，其内容有许多方面是难于把它们区分开来的。

《新约全书》在其中使用了如此多的寓言，表现了寓言中的社会生活和宗教的思想和教义，但这些寓言是从什么地方来的呢？我们肯定许多寓言是外来的，而不是随着《新约全书》创作而一起创作的，但这些借用寓言的本来性状如何呢？

我们还从《新约全书》中较完整的数十则寓言说起。

《撒种》《稗子和麦子》《芥菜种子》《面酵》《算账》《葡萄园做工》《家主和园户》《王的娶亲筵席》《拿灯的十个童女》《三个仆人》《不结果的无花果树》《首位和末位》《妇人申冤》《两个祷告的人》《野橄榄枝》等都是来自民间的寓言故事，虽然作者在把它们引进来的时候，大都做了一些小的加工，但变化不大。

属于根据民间寓言的蓝本加工改造的寓言大约有以下几则：《撒网在海里》《九十九只羊和一只羊》《两个儿子》《一个财主积财》《羊》等。这类寓言都是在民间有一定的流传蓝本，但人们借用时都根据自己的需要进行了相应的改造。

在《新约全书》中，也有一部分作者自己创作的寓言，如《一粒麦子》《新酒和旧皮袋》《新衣服和旧衣服》《寻珠》《藏珠地》等。这一类寓言都是在长期借用寓言故事的同时，为了表达更为生动、直接的寓言企图，而由作者自己创作出来的。

这些寓言还有一个明显的生存环境，即巴勒斯坦北部的加利利地区。这一地区的经济建立在农业和加利利湖渔业的基础上，而这些寓言正好切合了这一地区的农业和渔业的现状。也就是说，这块土地产生了这样一批寓言，呈现了浓郁的生活气息。农业味和渔业味均是这批寓言的基本特色。更为有意义的是：耶稣就生活成长在这一地区，而寓言的反映正好与此相合。《撒种》《稗子和麦子》《芥菜种子》等都是农村常见的故事和事物；《家主和园户》反映的是当时农庄生活；《撒网在海里》充满渔业生活的气息。

这些寓言大致就有这几个方面的来源。

《新约全书》中的寓言对于《新约全书》所表现的宗教思想和教义是重要的，在其寓言本身存在的意义上，犹太人寓言还表现了另一种意义上的重要性。

就实际情况而言，这些寓言的存在很大程度上决定了这一宗教思想和教义的存在。可以说，“（基督教最初）没有独立的教义，基本是袭用犹太教的经典《旧约全书》，只不过作了一些新的解释而已。”① 这些解释，在某种意义上来说是新约教义的起点，而这些解释的许多内容，又是在寓言和一些比喻的帮助下呈现的。基督教的诞生是犹太教革命的结果，寓言是其“催化剂”之一。

《撒种》是《新约全书》中的第一则寓言。这则寓言原来无非是社会日常生活中经验教训的总结，它说的是种子种到不同的地方，因为环境的影响，长出来的果实不一样。可耶稣却把它利用起来，寓意种子就是天国的道，比喻说明应该根据实际情况传播好此道。所以每当耶稣讲完这则寓言之后，都要作这样的解释：“你们不明白这比喻吗，这样怎能明白一切的比喻呢。撒种之人所撒的，就是道。那撒在路旁的，就是人听了道，撒旦立刻来，把撒在他心里的道夺了去。那撒在石头上的，就是人听了道，立刻欢喜领受，但他心里没有根，不过是暂时的。及至道遭了患难，或是受了逼迫，立刻就跌倒了。还有那撒在荆棘里的，就是人听了道，后来有世上的思虑，钱财的迷惑，和别样的私欲，进来把道挤住了，就不能结实。那撒在好地上的，就是人听道，又领受，并且结实，有三十倍的，有六十倍的，有一百倍的。”② 这则寓言在这种背景下是深刻的，它使耶稣最早那些门徒惊奇万分，但许多的门徒都很难理解它的全部内涵，故而有此解释。这则寓言可以说是耶稣宣说神国奥秘的起点，也是“新的解释”的起点。耶稣也就从这里开始，用寓言（当然也有其他方法）对天国的奥秘作了一系列形象的解释。在《稗子和麦子》中他说：“天国好像……”在《芥菜种子》里他说：“天国好像……”在《面酵》《藏珠地》里也是如此。近 30 则的寓言中，差不多有 10 多则直接用于天国的解释，而且这些解释实际上就是基督教的核心教理。这是一个令人惊异的事实，因而在某种程度上说，犹太人的寓言可称为“天国的寓言”。

其中值得一提的还有《一粒麦子》这则寓言。这则寓言在《新约全书》中并不是最重要的寓言，但它表达的对永生的认识，形象生动。不仅如此，我们还看到它包含了一个更大的思想果实。永生是死亡的复活，这是犹太教、基督教历来的重大主题，但过去许多表述都是很含混的，《一粒麦子》则非常明晰地表现它。一粒麦子死了，但明年发芽生根实现了永生……使用这个寓言也许并不十分重要，但它揭示了所有的宗教“永生”这一思想模式的原始起源，不过是对自然生命现象的一时的奇想。

世界上佛教采用了最多的寓言，基督教次于佛教，但对于教义、教理的重要性，基督教寓言和佛教寓言不相上下。

---

① 见《世界七大宗教》，重庆出版社，1986 年。
② 见《新约 · 马可福音》，第四章。

第四节　犹太人寓言的主要成就

在当今的世界寓言中，对中国先秦寓言的深刻的哲理性，印度寓言的想象的丰富和奇丽多姿，古希腊寓言及整个欧洲寓言的哲理性和世俗性，非洲寓言的神秘感以及民族和地域特色，我们都有所了解，可是，当犹太人寓言，这一常在我们身旁，又被宗教色彩掩盖和我们忽略了的寓言群体出现在我们面前时，人们仍然感到无比的新鲜和惊奇。人们从这些寓言看到，这群寓言拥有浓郁的与众不同的艺术特色，这是它艺术成就的第一个方面。

犹太人寓言产生在西亚，尽管基督教是地道的西方宗教，但犹太人是地道的亚洲人，所创造的寓言文学也是亚洲的寓言文学范畴。犹太人寓言自然有着东方寓言的基本素质，它只有一个故事，包含了“灵魂”与“身体”两个部分，即让寓言的道德教训自然地从寓言故事中呈现，没有人为的指示。因而西方寓言那种身体与灵魂分割的现象在它那里从未出现过。犹太人寓言表现含蓄、深刻，故事性也较强。它与阿拉伯人的寓言不一样，它庄重自然，很少有阿拉伯人寓言的诙谐和轻松感。

犹太人寓言富于民族特色，它表现了犹太民族的精神气质和他们的日常社会生活，以及他们的智慧，他们的经验教训，他们对人生、社会、自然观念上的把握。这些寓言从题材、构思到表现手法都是来自本民族自身的追求和努力的结果，很少有与外民族寓言雷同的现象，你不管把它们放在任何地方，它特有的气质就不会让人错认。如《拿灯的十个童女》：

> 那时，天国好比十个童女，拿着灯，出去迎接新郎。其中有五个是愚拙的，五个是聪明的。愚拙的拿着灯，却不预备油。聪明的拿着灯，又预备油在器皿里。新郎迟延的时候，她们都打盹睡着了。半夜有人喊着说：“新郎来了，你们出来迎接他。”那些童女就都起来收拾灯。愚拙的对聪明的说：“请分点给我们，因为我们的灯要灭了。”聪明的回答说：“恐怕不够你我用的，不如你们自己到卖油的那里去买吧。”她们去买的时候，新郎到了。那预备好了的，同他进去座席，门就关了。其余的童女，随后也来了，说：“主阿，主阿，给我们开门。”他却回答说：“我实在告诉你们，我不认识你们。所以你们要警醒，因为那日子、那时辰，你们不知道。”
>
> （《马太福音·第二十五章》）

这则寓言是借助犹太人古代的风俗习惯而创作的，而这种拿灯迎接新郎的习俗却是犹太人独有的，富于民族的生活气息，是其他地区、民族的寓言无法置换的。

这样说来，它又在一定程度上表明犹太人寓言的发展是独立的，也是封闭的，不像欧洲的拉封丹寓言和克雷洛夫寓言那样明显带有古希腊寓言和古印度寓言的影子，但它的发展是成功的，这种独立发展带来的独特魅力更加迷人和有价值。犹太人寓言来自巴勒斯坦的乡村，富于清新的乡土气息，虽然经过耶稣的提炼和加工，以及马太、马可、路加、约翰等人的记录整理，使寓言布满一层神秘的宗教色彩，但仍掩不住浓郁的令人神往的乡土气息。你一读这些寓言，那个久远年代的农人播种、渔人打鱼、园主和园户的争斗，葡萄园、无花果树、面酵等一个个生活细节和景物就会生动地呈现于你的眼前。

犹太人寓言的哲理性是很强的。虽然不是每篇寓言都能归于深刻的哲理，但在用寓言总结他们生活中的哲理方面是相当成功的。犹太人寓言的表述是细腻的，它在承载宗教教义时可能会出现一定的含混，但作为单独的寓言，它们大都能详明地精确地表现自己。

犹太人寓言构思上是巧妙的，如《九十九只羊和一只羊》的出新能力之奇；《拿灯的十个童女》通过构思所隐寓的见解之生动鲜明，包含的宗教见解的深刻，都让人佩服不已。总之，犹太人寓言在艺术上是很有特色的，它从题材、构思、艺术表现手法等方面确立了自己在世界寓言中的形象。

犹太人寓言给世界带来了一批优秀寓言，这是它主要成就的一个方面。除了以上举例的那些寓言可称为优秀寓言外，还有《新衣服和旧衣服》《一个财主积财》《首位和末位》《野橄榄枝》等。

《新衣服和旧衣服》：

> 耶稣又设一个比喻，对他们说："没有人把新衣服撕下一块来，补在旧衣服上。若是这样，就要把新的撕破了，并且撕下来的那块新的，和旧的也不相称。"
>
> （《路加福音·第五章》）

总的而言，这些寓言以其自然流畅，韵味悠长，给世界寓言带来一股清新空气。

另外，犹太人寓言中植物寓言的大量出现，也是其成就之一。完整的植物寓言最早出现于犹太人的祖先——希伯来人寓言中，古希腊寓言中也有少量的植物寓言，但都不十分成熟，而犹太人寓言在这方面大大丰富了以植物为主人公的寓言，如《撒种》《稗子和麦子》《芥菜种子》《不结果的无花果树》《一粒麦子》《野橄榄枝》等。待整理的犹太人寓言中还有一批植物寓言。

犹太人寓言中的植物寓言相比较以往各个时期的植物寓言都要成熟得多。犹太人似乎比其他地区的民族更注重植物，或者说他们的农耕文明的生活环境中，很少有什么大形体的野兽及其他野生的动植物，只是日常农村常见的景物，从而影响了他们的寓言创作，并成功地利用了这批寓言形象。这在寓言形象运用上及某些题材上无疑是一种开拓，并为后来的植物寓言发展，提供了许多成功的经验。

第七章　阿拉伯—伊斯兰地区寓言（一）

公元6世纪至7世纪之际，处于西亚的阿拉伯半岛上出现了对至今世界仍有影响的一件大事，即阿拉伯人穆罕默德（570—632），创立了一神的伊斯兰教，统一了阿拉伯半岛。随后，四大哈里发和倭马马亚王朝百余年间并吞西亚，席卷埃及，横扫北非，囊括西班牙，进兵药杀水，饮马印度河，建立了一个横跨亚、非、欧三洲的大帝国。13世纪以后，蒙古帝国、奥斯曼帝国的兴起，阿拉伯帝国走向衰亡。但是，数百年的帝国历史，使阿拉伯人在自己的固有文化、伊斯兰教文化的基础上，广泛吸收了波斯、希腊、印度、罗马等外族文化，从而创造了灿若明星的阿拉伯—伊斯兰文化，深刻地影响了欧、亚、非广大地区的文化历史。

在这一历史时期里，阿拉伯人在创造其他文明果实的同时，也同样创造了朝霞般的阿拉伯文学。

阿拉伯文学在历史上一般分为四个时期：一是贾希利时期（即蒙昧时期，又称伊斯兰以前时期）（475—622）；二是伊斯兰初期和伍麦叶朝时期（622—750）；三是阿拔斯朝时期（750—1258）；四是土耳其人统治时期（1258—1798）。除了最后一个时期外，阿拉伯各个时期都拥有自己的著名诗人、作家和文学家，以及文学著作。

阿拉伯人在创造自己历史的同时，其阿拉伯—伊斯兰化也对各地区的历史产生深刻的影响，直接影响这些地区的历史，并与当地的历史文化传统融合，当然也同样创造了多种多样的伊斯兰化的文学，如伊斯兰的波斯文学等。这种影响至今犹存，不管今天的国家分属如何，他们仍属于信仰伊斯兰教的伊斯兰国家。

这样的历史影响这一地区的文学，也同样影响这一地区文学中的寓言文学。阿拉伯文学中的阿拉伯寓言，自然是伊斯兰化各国最早的寓言文学。尔后的是12世纪前后的波斯文学中的波斯寓言，再后土耳其人的寓言也能归属于这个范畴，现当代的阿拉伯—伊斯兰各国的寓言也是这一伊斯兰化寓言文学的延续。

第一节 阿拉伯—伊斯兰地区寓言概况

描述阿拉伯—伊斯兰地区数个世纪中的寓言文学，可能是所有寓言史中描述最为困难的一部分，因为这一地区国家、民族众多，各种历史的交错叠印，各种文化、文学因素影响纷杂，维系的主线仅为伊斯兰，因而，整个文学的发展线索不很明朗，其寓言文学更是如此。在这种情况下，我们只能在伊斯兰的主线维系下，尽力地展示这一地区的寓言历史。

阿拉伯—伊斯兰地区的寓言文学自然得从阿拉伯人的寓言起始。在公元7世纪以前，在世界上最有意义的寓言文学的产生当然是罗马人寓言和之后的犹太人寓言（但是，犹太人寓言封存于《新约全书》之后，并没有什么文学上的发展和太大的影响），在犹太人寓言之后，产生的最有意义和影响的就算阿拉伯人及以后的伊斯兰地区的寓言了。

在阿拉伯人的文学中，人们一般把它分为四个时期。这四个时期中的第一个时期叫贾希利时期，文化史上也称蒙昧时期，或伊斯兰以前的时期。这一时期半岛上的阿拉伯人处于原始公社制阶段，各氏族过着游牧生活。彼此常因争夺水草、牲畜而互相仇杀，血亲复仇非常盛行，这些都是当时诗歌、散文描写的主要内容。当时的战争大多在白天进行，人们称之为“日子”。阿拉伯人的文学（主要是民间文学）就产生在这一描述“日子”的时期。伊斯兰教在公元610年前后开始传播，人们迄今所知的最早的阿拉伯诗歌约在此前150年，约公元460年前后，这是阿拉伯人文学的源头。这一时期同时存在一些谚语、演说词、故事和卜辞等散文作品，阿拉伯人的一些不很成熟的寓言作品就出现在这一时期，这正好在年代上与古罗马人及犹太人寓言的年代相连接。

这一时期的寓言之所以不成熟，是因为它并不是作为一种文学作品被收集的。蒙昧时期的阿拉伯人很喜欢和重视谚语，搜集整理很多谚语集，如《迈伊达尼谚语集》《艾布·雪兰谚语集》《木方才尔谚语集》等。但一些近代的阿拉伯学者则认为阿拉伯蒙昧时代的文学史还有两种与谚语相似的东西，一是谜语、隐语，二是禽兽寓言。这些所谓的“禽兽寓言”[①] 是蒙昧时代的阿拉伯文学最接近寓言的文学成分，我们即便在故事中也没有找到这样的东西，这些将在后一节详述。

蒙昧时期的阿拉伯寓言文学，还有一个值得人们注意的人物，就是鲁格曼，以及一本《鲁格曼格言集》。关于鲁格曼有很多传说和记载，《古兰经》中就有“鲁格曼”章，他几乎在阿拉伯人的印象中是阿拉伯人智慧的化身。《鲁格曼格言集》不管是否真有其书，但其中的内容肯定与寓言相关，近代有好事者就编撰过《鲁格曼寓言

① 《阿拉伯—伊斯兰文化史》，第74页。

集》，并扬言与古代希腊的《伊索寓言》相关云云。

伊斯兰教初期和伍麦叶朝时期是阿拉伯文学的第二个时期，其时为7世纪至8世纪中叶。这一时期政治诗非常流行，有著名诗人艾赫泰勒（640—约708）、法拉兹达格（641—733）、哲利尔（653—733）等。这时期的散文最辉煌的成就是巨著《古兰经》的出现。它是6世纪末至7世纪前半期阿拉伯人思想、道德、情操的记录，其语言流畅有致，在修辞、音韵等方面成为后世散文的典范，对阿拉伯文学、东方文学等都有很大的影响。这一时期阿拉伯人的寓言也包含在此书中，并且是这一时期阿拉伯寓言文学的代表作。

这一时期的寓言因为是包容在《古兰经》一书中的，故而受宗教的影响很大。表现在故事的完整性不强，这里所说的完整性不强是指寓言的故事本身受到宗教叙述的削弱，而不是寓言故事的缺陷。

这一时期的寓言题意、故事明显地受犹太人《新约全书》《旧约全书》中寓言故事的影响，可以说是阿拉伯人在这一时期继承了犹太人的部分寓言传统。

这一时期可以认为是阿拉伯人寓言基本成熟的阶段。

接下来是阿拉伯文学的阿拔斯朝时期。这一时期是阿拉伯帝国政治、经济和文化发展的鼎盛时期，是伊斯兰文化发展的黄金时代。由于帝国疆域的扩展，阿拔斯朝的文学包括了巴格达的阿拔斯人的文学、波斯的布威希人的文学、叙利亚的哈姆丹人的文学，以及埃及、西非的法帖梅人的文学等等。阿拔斯朝文学又分初期、中期和晚期。

这一时期阿拉伯—伊斯兰地区出现了众多的诗人、作家，诗歌仍占突出地位，散文发展很大，特别是故事方面取得了令人瞩目的世界性声誉，这就是故事集《一千零一夜》和《卡里来和笛木乃》。

这一时期阿拉伯寓言的成就主要体现在阿拔斯朝文学初期产生的寓言和童话集《卡里来和笛木乃》中。这部著作虽然是译著，是源于印度《五卷书》的阿拉伯文译本，但它创造性地译述了这部著作，并增加了许多阿拉伯的内容，故而这部书的出现仍可视为阿拉伯人寓言创作的表现。《一千零一夜》中也有不少寓言，这些寓言是在众多的文化因素融合下的伊斯兰文化背景下产生的，不是一种纯阿拉伯的寓言，但这时期的寓言是成熟的，亦是阿拉伯寓言的另一种表现形式。

这一时期由于《卡里来和笛木乃》，以及《一千零一夜》中寓言的出现，可以说是阿拉伯寓言取得最大成就的时代，并对后世欧洲及世界寓言的发展做出了特殊的贡献。从此以后，阿拉伯—伊斯兰地区的寓言创作转向了以波斯为中心的其他伊斯兰地区，阿拉伯寓言创作就再也没有出现有影响的寓言创作了。

在阿拉伯寓言之后，伊斯兰地区的寓言创作较有影响的就要算波斯寓言创作了。

波斯寓言当然是波斯文学的一部分。

波斯文学，即指的是以波斯语（达里语）创作的文学。9世纪初，伊朗的东北部霍拉桑地区最早出现了波斯语文学作品。以后，在不同的历史时期，以伊朗为中心，在前苏联的高加索和中亚地区，阿富汗、印度北部以及地中海东岸都有著名的波斯语诗人和作家。

波斯文学深受古代波斯的影响，如10世纪菲尔多西创作的史诗《王书》的基本素材就来源于失传的古巴列维语的《列王纪》，另外，《一千零一夜》也是渊源于巴列维语故事集《一千个故事》。可以肯定，古代波斯就有寓言存在，并对后世波斯文学中的寓言有一定的影响。

波斯文学在历史上出现过众多的诗人、作家和著名的作品，如诗人菲尔多西（940—1020）、昂萨利（卒于1039年）、法罗西（卒于1038年）、欧玛尔·海亚姆（1048—1122）、昂瓦里（卒于1187年）、哈冈尼（约1126—1198）、内扎米（1141—1209）、哈菲兹（1320—1389）、贾米（1414—1492）等。贾米是波斯文学时期的最后一个诗人，从此，波斯文学的繁荣时期就一去不复返。波斯文学中的著名作品很多，如《王书》《五卷诗》《七美人》《果园》《蔷薇园》《七卷诗》《巴赫蒂亚尔故事》等等。

波斯寓言的产生与波斯散文的发展关系密切。波斯散文是从9世纪初开始的。波斯文学中散文的内容可分三类：一是帝王、英雄故事；二是爱情传奇故事；三是道德教训故事。最后一类故事中不可能都是寓言，但其寓言蕴含相当丰富，因为这一类故事的代表作之一就是从阿拉伯语翻译过来的《卡里来和笛木乃》。《卡里来和笛木乃》大约是9世纪晚些时候被翻译成波斯文的，这应该是波斯寓言产生之时。11世纪，出现了《马尔支邦记》《资政书》《君王的忠告》等道德训诫故事集，在这些书里，我们就能见到一些属于波斯自己创作的寓言作品，它自然有别于译著中的寓言，无疑是一个发展。

13世纪初，波斯寓言兴盛起来，代表作就是萨迪的《蔷薇园》和《果园》中的寓言。《蔷薇园》中的一系列故事和训诫，无疑是波斯散文中第三类故事的发展，但它当中出现的寓言，教训鲜明，生活气息浓郁，风格清新、自然。《果园》是萨迪一长篇叙事诗，但分专题由众多的小故事组成，其中不乏寓言佳品，或者干脆说是精湛的诗体寓言。

另外还有《君王的礼品》、寓言诗《百鸟朝凤》《故事集萃》等作品中存在不少波斯时代的优秀寓言。

《蔷薇园》《果园》等书中为代表的波斯寓言，是传至今日的波斯最优秀的寓言作品，又以其自身的特色，成为世界寓言中不可多得的一部分。

14世纪后，波斯各个时期都有自己的优秀寓言作品出现，如14世纪的欧贝德·扎康尼著作中的寓言；16世纪的《老人星之光》中的寓言；17世纪的《意中人》中的寓言；19世纪《波斯成语典故》中的寓言。另外，我们在产生年代不清楚的《波斯趣闻》中还能见到一些波斯时期的寓言，如今日的《波斯趣闻》和《波斯幽默》中的寓言就是。这当中的寓言短小精悍，讽刺性强，有很重的诙谐、笑话色彩，这说明，波斯寓言中还有一个方面，即一部分寓言在“趣闻”中得到发展，只不过没有得到文学史的重视而已。

波斯寓言之后，伊斯兰地区的寓言文学就基本没有什么突出的表现，只在土耳其文学中有少些寓言出现。

土耳其文学是在小亚细亚（安纳托利亚）定居的土耳其人的文学。土耳其语属突厥语系，11 世纪，由西突厥分化出去的一支突厥人西迁伊拉克境，在巴格达建立了塞尔柱汗国。14 世纪初，由此分出的突厥族的一个首领奥斯曼，征服了小亚细亚等地，建立了奥斯曼帝国，故土耳其文学也称奥斯曼文学。

土耳其文学的古典文学时期约 13 世纪至 19 世纪，有宫廷和民间文学之分，其历史中出现许多诗人和作品。其寓言主要见于民间哲人纳斯列丁·霍加的笑话中，寓言的基本特色不显著。过分的嘲讽和笑，即使笑话这一文学品种在中亚一带占有重要的地位，具有广泛的影响，但作为寓言则不尽然。

第二节　阿拉伯寓言的起源及《古兰经》寓言

阿拉伯寓言自然是阿拉伯—伊斯兰地区最早出现的寓言部分。

460 年前，还处于蒙昧时期的阿拉伯就产生了自己的不太成熟的寓言作品，它们来自于阿拉伯文学中的格言和谚语。在阿拉伯文中谚语叫“麦桑”，最初的含义是“比喻”的意思，后来成了“谚语”的专名。又有人认为，这个字眼原是希伯来语“麦珊”一字转变而来的。“麦珊”的意思很广泛，凡流行于民间的格言和谚语，以及简短有趣的传说故事，都叫作“麦珊”。这两种说法不管如何，都有一个前提，即“麦桑”的内涵中可能包含寓言，我们知道，比喻与寓言是相近的。很长一段时间及现在，都有很多的人认为比喻就是寓言，或者说寓言是比喻的最高形式等等。故而在阿拉伯人的蒙昧时期，谚语、格言中都多多少少地包含了一定的寓言作品。但应该承认，这些寓言只是一些原始状况下的存在，可这是阿拉伯人最早的寓言。在古代流传下来的阿拉伯谚语集、格言集中到底有多少集子中有寓言作品存在，我们很难有确切的答案，但有一个已经失传的格言集值得人们认真对待，这就是《鲁格曼格言集》。

关于鲁格曼其人其作品，艾哈迈德·爱敏的《阿拉伯—伊斯兰文化史》中有这样的记叙：“在阿拉伯蒙昧时代，有个叫鲁格曼的很著名的人，后人尊之为哲学泰斗，凡考不出作者来的谚语，都说是他作的。《古兰经》里也有《鲁格曼章》，有些历史学家说，阿拉伯有两个鲁格曼，一个是哲学家鲁格曼，一个是阿德地方的鲁格曼。两个鲁格曼都有很多关于他们的谚语留传于世，譬如：‘鲁格曼的一个姘头’‘某人的饭量比鲁格曼还要大些’这些谚语，便是指阿德的鲁格曼而言。关于哲学家鲁格曼的谚语则非常的多，流传也很广。伊本·西沙米在《穆罕默德传》里曾有这样的记载：苏威德·撒米特前往麦加‘朝圣’或‘小朝’，他有着高贵的世系，为人刚强，族人誉之为‘全知者’。有一次苏威德到麦加朝山，先知穆罕默德去访问他，劝他信奉安拉、崇拜伊斯兰教。苏威德说：‘你所知道的或许和我所知道的是一样罢！’穆圣问他道：‘你知道什么？’苏威德答道：‘我知道鲁格曼谚语。’穆圣说：

‘请你讲些给我听听！’苏威德便讲述了一些格言。穆圣听后说道：‘这确是很好的言词，但是我所知道的比这还更好；我知道的是安拉的默示……’然而哲学家鲁格曼究竟是什么人呢？是哪一族的人？他的格言反映出什么文化？他是什么时代的人？关于这些问题，人言人殊，到现在还没有可靠的考证；有的说他是努比亚人，有的说是埃塞俄比亚人，有的说是埃及的黑人；而瓦赫布·木南比甚至说他是犹太人，是先知大卫的外甥；又有人说他是大卫的姨表弟，与大卫同时……总之，由上面的话看来，鲁格曼并非阿拉伯人，这是各家一致的说法。然而，他虽不是阿拉伯人，却把另一个民族的谚语、格言传入了阿拉伯。研究阿拉伯文学的人，大多认为鲁格曼的谚语都是希伯来传去的。‘鲁格曼’一语也是希伯来文‘贝勒安’一字的转音。贝勒安就是前面所说的犹太人巴伍拉之子。……”① 鲁格曼其人的存在是否确切难以确证，但鲁格曼在整个伊斯兰地区被人们奉为智慧的化身则是历史事实。《鲁格曼格言集》确有一定的史料证明历史上曾出现过，可此格言集中有多少寓言很难确知，但其中必有寓言这是肯定的。这又使得后人推断它的格言集中均是寓言，称之为《鲁格曼寓言集》云云，故此在伊斯兰地区就出现过《鲁格曼寓言集》一书，并以此来推测它与《伊索寓言》的关系等等。这本寓言集有寓言 41 篇，据考证可能是《伊索寓言》的译作或仿作，出现的时间约 14 世纪至 15 世纪，因为该书的法译本是 1615 年出版的。该书文笔俚俗，缺乏修辞及想象力，《阿拉伯—伊斯兰文化史》是这样评价这本书的："有人并将鲁氏寓言收集起来，编成一本《鲁格曼寓言集》，然而其文笔拙劣，词句肤浅，语法错误很多，这些都足以证明是近代人的赝品。据我们所知，阿拉伯的古籍里，从没有人提及这本书。"② 我以为，这样的评价是很可信的。但即便是赝品，则足以证明古代的阿拉伯格言中产生了不少寓言。

格言是产生阿拉伯寓言的渠道之一，其蒙昧时期来自于古代动物故事的方面，也是产生阿拉伯寓言的重要渠道。在阿拉伯文学中，分清了格言、谚语之后，又发现了两类他们以为近似谚语的东西：一是谜语、隐语，二是禽兽寓言。这当中的禽兽寓言也许是古代阿拉伯人最接近寓言的文学成分。举数例如：

"鸵鸟要寻找两支角，反失去两只耳。"

"乌鸦学竹鸡走路，没有学会，反而忘了自己原来的步法，所以只能跳着走了。"

"青蛙原来是有尾巴的，后来被壁虎咬去了。"

"戴胜鸟的母亲死了，他顶着母亲的尸体寻找葬地。后来，母亲的尸体陷入他的头中，他的头顶成了母亲的坟墓，从此他的头毛便腐臭不堪了。"

从这些所谓的禽兽寓言来看。它们肯定是来自于阿拉伯人古代的动物故事，在某种程度上算是寓言，但又不完全是。第一则完全可以窥见它有一个来自远古的口头性很强的寓言故事，但这里凝缩成为一句格言式的东西，当然这不能作为寓言，也不能

---

① 纳忠译：《阿拉伯—伊斯兰文化史》，商务印书馆，1982 年，第 66 页至 68 页。
② 见《阿拉伯—伊斯兰文化史》，商务印书馆，1982 年，第 68 页。

作为像今天人们所说的“袖珍寓言”，因为人们无法依托于某个具体的故事，从而得出或领悟出它的寓意。第三则也是如此。

第四则应视为一个概略的动物故事，没有寓言的基本内涵，但不可否认，在一定的阿拉伯人文化背景中，传诵此故事，也是有所指的。第二则就很像一则地道的寓言了，虽然文字不多，语意简略了些，但它所蕴含的寓言主旨是明晰的。可以说，这则与中国古代的“邯郸学步”同样题意的寓言，是有自己独特韵味的。

从以上看来，这些来自动物故事的所谓禽兽寓言，不能理解为今天的动物寓言，因为二者之间还有一定距离。但其中有阿拉伯人最早的寓言则是肯定的，如那第二则故事就是。这些禽兽寓言来自于公元450年左右的阿拉伯人中间，可以说，《乌鸦和竹鸡》这则寓言是我们至今能见到的最早的阿拉伯寓言。

这是阿拉伯人寓言的最早的时期，但这一时期的阿拉伯人对寓言并没有什么明确的认识，禽兽寓言中归类就是一个明证，这样也就谈不上对寓言的所谓发展等等。事实上后来的阿拉伯人寓言也没有从中得到太多的营养，如《古兰经》寓言及《卡里来和笛木乃》寓言就是。

7世纪初，伊斯兰教在阿拉伯人的土地上开始兴起，一部震惊世界的经典著作在众多阿拉伯人的共同创造下产生，这就是《古兰经》。这部典籍表现了宗教、政治、文学等众多方面的价值，也呈现了阿拉伯伊斯兰初期和伍麦叶朝时期最主要的寓言文学成果。事实上，《古兰经》上的寓言，既是那一时期最主要的寓言文学表现，同时也是我们今天能够见到的那一时期阿拉伯寓言的唯一表现，我们几乎在以外的著作中找不到那一时期的其他寓言作品。

由于种种原因，人们对《古兰经》中的寓言了解极少，对它的整理也很少。经过笔者的粗略整理，《古兰经》中的寓言虽然在数量上和质量上赶不上佛教寓言和《圣经》寓言，但它的存在仍是丰富的，也是有一定特色的。

《古兰经》中的寓言，较完整的约有近20则，它们是《狗的舌头》（篇名为笔者所加，下同）《顺风和暴风》《云中降雨（一）》《用手喝水》《浮渣》《两棵树》《启示蜜蜂》《奴隶和自由人》《两个男人》《自夸的葡萄园主》《云中降雨（二）》《蜘蛛造屋》《两个海》《九十九只母绵羊和一只母绵羊》《两个奴隶》《云中降雨（三）》《云中降雨（四）》。这里所列的寓言自然不是《古兰经》寓言的全部，它还有不少其他的寓言文字，有的虽然只出现一两句话，但完全可以窥见在经文外的人们生活中这是一个完整的寓言，如《古兰经》第六十二章第5节的“譬如驮经的驴子”，这就是一个没有完全引出的寓言，后来的民间流传故事中有此故事也可明证。另外，还有些文字亦很有寓言的寓意，但情节不明显，也没有归为此类。

《古兰经》寓言的内容不很复杂，大概分以下几类（当然指寓言本身的内容而言，而不是外在的宗教教义、教理的赋予）：

一是来自于社会日常生活的经验教训总结，这一类寓言有《用手喝水》《渣滓》《自由人和奴隶》等。

《用手喝水》：

……但他们好像一个人，把两只手掌伸向水中，以便水达到他的口，其实，水绝不会达到他的口的。（第十三章第 14 节）

这些寓言源于社会生活，认识简单明晰，反映了当时的一些社会生活情况。

第二类的寓言内容是来自自然启示的宗教哲理认识，这类寓言有。

《云中降雨（一）》：

今世的生活，就像是从云中降下雨水，地里的禾苗，即人和牲畜所吃的东西——就因之而繁茂起来。直到田地穿上盛装，打扮得很美丽，而农夫猜想自己可以获得丰收的时候，我的命令在黑夜或白昼降临那些田地，我使五谷只留下茬儿，仿佛新近没有种过庄稼一样。我为能思维的民众这样解释许多迹象。（第十章第 24 节）

《云中降雨（四）》：

今世生活，只是游戏、娱乐、点缀、矜夸，以财产和子孙的富庶相争胜；譬如时雨，使田苗滋长，农夫见了非常高兴，嗣后，田苗枯槁，你看它变成黄色的，继而零落。（第五十七章第 20 节）

这两则寓言都用的是自然界万物生长变化的题意，通过不同的表现，寓意现实虚无、短暂、变化无常，来世永恒、欢乐的宗教哲理。这一寓言在《古兰经》中反复出现（实际文中不止此两则寓言），就像《圣经》中的“撒种”那则寓言一样，得到伊斯兰教创始人们的格外看重。

这样的寓言还有《蜘蛛》《蜜蜂的启示》等。

这些寓言也是从某个自然现象中所得到的启示，从而赋予它一定的宗教内涵。这些，显然是其中宗教色彩最浓的部分寓言。

另一个方面的寓言内容是对人的贪欲、背信弃义的嘲讽和揭露，这类寓言有《狗的舌头》《顺风和暴风》《九十九只母绵羊和一只母绵羊》等。

《古兰经》中寓言主要方面当然来自阿拉伯民间，阿拉伯民间不少的寓言和寓意很强的故事在这里得到大量的借用和改造利用。另外一个方面是来自于《圣经》（“古兰经”中称它为“天经”）寓言的影响，可以说它从《圣经》寓言中吸取了不少的寓言营养，丰富了自己。这方面我在“犹太人寓言”的叙述中已有所叙述，如对《九十九只母绵羊和一只母绵羊》就在其中列例对比过，这则寓言实则是从《圣经》寓言中而得来的。这种影响的痕迹还不少，如《古兰经》第七章第 40 节中的“他们不得入乐园，直到缆绳穿过针眼”，就与《新约全书》中的“比骆驼穿过针眼还难”的寓意完全相同。正是这两个方面，组成了《古兰经》寓言，这实际上也就是伊斯兰初期和伍叶麦朝时期的寓言。

《古兰经》寓言在艺术上是有一定特色的，它的寓言寓意简单、硬朗，启示意味很浓，注重对自然现象的观察，并赋予深刻的宗教内涵。这些寓言故事性不强，但生活气息是浓厚的，寓言中反映出的阿拉伯人简单虔诚的沙漠生活很生动。在沙漠中，水是第一位的，水就是生命，水引起狂热血腥的战争，也引起人们的无限遐想，水对沙漠中生存的民族印象是无比深刻的。这一生活反映在寓言中，就使《古兰经》中的寓言有许多与水，特别是云中降雨有关。

从这些还可以看出，这些源于阿拉伯人现实生活的寓言是真实生动可信的。这也说明，刚从蒙昧时代过来的阿拉伯寓言，在《古兰经》寓言中得到进一步的发展。可惜的是，这种基本独立的发展并没有继续向前，随着阿拉伯帝国的大扩展，伊斯兰化的大规模铺展，外面的较为先进的各种文化、文学，包括寓言文学，大量涌进阿拉伯人的视野，取而代之的是对外民族寓言的翻译，进而使阿拉伯寓言走上了融汇发展的道路，故后来阿拉伯人的寓言创造隐现于这些翻译寓言中，不见了如《古兰经》寓言独立的寓言身影。但话又说回来，这些寓言也是阿拉伯—伊斯兰地区寓言的一部分，只不过表现方式不一样罢了。

第三节　《卡里来和笛木乃》寓言

《古兰经》寓言之后，阿拉伯的寓言文学也随着阿拉伯的其他文学进入了另一个时期，即阿拔斯朝时期。这一时期最大的寓言文学成就也就是《卡里来和笛木乃》的出现，以及《一千零一夜》中的寓言。这时期的阿拉伯寓言是阿拉伯人寓言文学最辉煌的时期。《卡里来和笛木乃》虽然是古代印度《五卷书》的阿拉伯译本，但它的改造性的翻译中，夹进了一定的自己的寓言，一定程度上体现了阿拉伯的寓言文学精神，再加之翻译本身就是一种创造，从这个意义上来说，说这一时期寓言辉煌并不为过。

《卡里来和笛木乃》一书源于印度的《五卷书》。公元6世纪中叶，一个叫白尔才外的医生，把《五卷书》译成了波斯中世纪语言巴列维语，后又被译成古代叙利亚文。公元750年左右，有一个叫伊本·穆格法的阿拉伯作家，把巴列维语的《五卷书》译成阿拉伯语。

伊本·穆格法（724—759），生于波斯朱尔村（今伊朗设拉子南部）。幼年受到波斯文化教养，信奉袄教，又改奉伊斯兰教。后到文化都城巴士拉，获得广博的阿拉伯文化知识，曾为一些王公贵族当过文书。他宗教观念淡薄，不满当时社会和阿拉伯统治者对麦瓦利人（信奉伊斯兰教的非阿拉伯人）的歧视和压迫，主张改革社会，培养新的社会风气，后来以“伪信罪”被哈里发杀害。他一生中著作颇多，如《大礼集和小礼集》《波斯诸王传》《波斯风俗和文化》等。他译的寓言童话集《卡里来和笛木乃》，是根据巴列维语的《五卷书》而译出的。在翻译时，他对全书进行了艺术加工和再创作，增删了一些章节。现今的阿拉伯语的《卡里来和笛木乃》共15章（有的版本为16章），以几十种动物的活动，组成大小50多个故事，每个故事表达一种哲理或教诲。伊本·穆格法是阿拉伯文学中首先运用寓言形式描写社会生活、表达哲理的作家。

《卡里来和笛木乃》这一名称来源于书中两只狐狸的名字，书中的第一章是说黄牛与狮子友谊的故事，而狮子有两个聪明的狐狸侍从，一个叫卡里来，一个叫笛木乃，它们常常出现，为故事的进行穿针引线。

在《卡里来和笛木乃》一书中，又说此书是古代印度婆罗门首席哲学家白得巴为印度国王大布沙林所写的，故而世人又把这称为白得巴寓言。

《卡里来和笛木乃》共15章，中有寓言，也有童话，其中的寓言大约有近60则。其寓言的来源是很复杂的，一般认为它是阿拉伯人寓言创造和《五卷书》寓言故事相融合的产物，但实际上的情况并不是这样简单。《五卷书》中的寓言、故事自然是其书的主要部分，但《卡里来和笛木乃》一书中还有来自印度的非《五卷书》寓言故事，以及古波斯的寓言，甚而还有古希腊的《伊索寓言》。自然，本土的阿拉伯寓言亦是一个组成部分，这些就构成今天的《卡里来和笛木乃》一书的寓言整体。

属于《五卷书》寓言的翻译部分，对阿拉伯寓言是重要的。在《卡里来和笛木乃》一书中大致有以下《五卷书》寓言：《画眉和大象》（篇名为笔者所加，下同）《多事的猴子》《狼和大鼓》《老鸦报仇》《鸬鹚和螃蟹》《兔子战胜狮子》《三尾鱼》《虱子和跳蚤》《月影和真鱼》《骆驼和雄狮、狐狸、狼》《海鸥》《野鸭和乌龟》《多嘴的鸟》《傻子和聪明人》《铁和小孩》《团结的鸽子》《贪心的狼》《换芝麻》《乌鸦和猫头鹰》《兔子和大象》《黄雀和兔子的争执》《教士牵羊》《魔鬼和盗贼》《嫁鼠女》《青蛙和黑蛇》《狮子和傻驴子》《教士的蜜罐》《国王和芳泽鸟》等等。

这一类寓言故事本身来源于古印度的寓言，但这些寓言在经过翻译之后，其寓言故事相比《五卷书》要疑练简洁得多了。这，一是因为去掉了《五卷书》中的格言、警句，归拢了故事，二是阿拉伯译者在翻译时浓缩简练了，或改造了原有的故事，这种改造无疑是对其寓言的艺术加工和提高，确实也达到了这种目的，故《卡里来和笛木乃》中的寓言相对来说，比《五卷书》中的那些寓言要更吸引人一些。

这样的例子如《国王和芳泽鸟》等寓言就是。这则寓言见于《五卷书》《五卷书》中此题意说的是一条蛇和农夫的故事，题意、情节完全一样，但在《卡里来和笛木乃》中，农夫成了国王，蛇成了鸟，故事也简练集中多了。这一变化发生在巴列维语译本，还是发生在阿拉伯语译本，无法断定，但在阿拉伯译本中存在着这样创造性的译述，则是肯定的，这可以在以下例子中得到进一步的证实。

在《五卷书》里《朋友的决裂》的第11个故事中有这样一段诗文：

在水池子里，反反复复地啄着星星的影子，摸来摸去，
一只天鹅，夜里什么也看不见，就这样找寻着莲花的梗蒂；
到了白天，它就不再啄食白莲花，因为它怀疑那是星星：
那些被骗子骗过的人们，即使在诚实人面前也是戒慎恐惧的。

这虽是一首诗，但实际上已经叙述了一个寓言故事，是一则地道的寓言，但这一题意在《卡里来和笛木乃》一书中，却变成了这样的散文形式的文字：

> 正像傻鸭子一样，把水中的月影误认为鱼，煞费苦心地走进水里去捞鱼；结果徒劳无功，才知道水里走动的是月影。到了第二天，看见一尾真的鱼在水里来往，它又以为是月的影子，并不是真鱼，因此放过了机会。

它们二者人物不同，故事一样，寓意的取舍方向不同，前者说的是被骗者骗怕了后的怀疑，后者则是对经验的滥用。还有一点有趣的是，在《五卷书》中的天鹅，在《卡里来和笛木乃》中就变成了鸭子，大概是古波斯人不知道有天鹅和鸭子的区别，这在那则著名的《乌龟上天》的寓言中也是如此。不难看出，《卡里来和笛木乃》改造了这则寓言，使它的艺术趋向更阿拉伯化，故而在某种意义上说，这则寓言和其他类似的寓言都可视为阿拉伯寓言。当然，这样的寓言在这类寓言中不是很多，大多数的寓言还是译述为主的。

这些译述为主的寓言，从题材、思想、艺术成就上肯定属于古印度寓言范畴，属于古印度的寓言在前面章节中已有叙述。

《卡里来和笛木乃》成功地译述了大量的《五卷书》寓言，但有一个现象值得注意，即书中有的寓言肯定来自于印度，但又不见于《五卷书》，而是来自于其他方面的寓言。

如《猴子找豆》：

> 有一个人，头上顶着一篮豆，经过一座山林中。因为他走得大疲乏了，便把那篮豆卸下来，略微休息一会。这时，树上有一只猴子，看见了这篮豆，连忙下来偷了一把，捧着转上树去，一不小心，手里的豆子，落了一粒在地上，猴子于是又捧着那一把豆，下树来找那失去的一粒豆。结果，失去的那一粒豆没有找到，反把手中的豆子如数撒落在地上。

这则寓言存在于印度的佛经中或流传在民间中，很有名气，但它并不见于《五卷书》，而是译者把它们归于《卡里来和笛木乃》之中的。从这个意义上讲，《卡里来和笛木乃》的译述，可以说是在《五卷书》的基础上，也归纳融汇了其他古印度寓言。

这两则寓言是《卡里来和笛木乃》的正文中的，这种融汇，在正文前的一些文章中还可得到佐证。如在布祖尔吉米亥尔·伊本·巴海丹写的白尔才外传一文中就有这样一则寓言，它叫《掉在井里的人》。

这则寓言是借巴列维语译本的译者白尔才外的口说出来的，以此来形容他翻译《五卷书》的目的和心境。这则寓言自然不是《五卷书》中的寓言，而见于古代印度史诗《摩珂婆罗多》，这也就证明了白尔才外到印度去学习翻译《五卷书》时，也吸取了一定的《五卷书》以外的印度寓言，并把其中的少部分融入《五卷书》译本《卡里来和笛木乃》中。

《卡里来和笛木乃》是根据波斯巴列维语的译本转译的，自然也就带来了一些波斯寓言，形成了《卡里来和笛木乃》寓言的又一个来源。这类寓言以书中白尔才外传中的寓言最为确切，如《轻信的小偷》《商人雇工》。

《商人雇工》：

> 相传某商人有一粒珍贵的宝石，他以一千元的代价请一位匠人用一天的工夫把这颗宝石琢磨成器，答应完工后给匠人一千元。商人带匠人到家里工作，走到门口，看见地上有一副铜钹。商人问匠人会不会玩这铜钹。匠人说会。（原来这匠人玩钹玩得很好）商人说："你奏一曲我听一听。"匠人坐在地上奏了几曲，音节抑扬顿挫异常悦耳。商人被乐声陶醉，手舞足蹈。时间过得快，不觉太阳渐渐落下西山，匠人起身向商人索取一千元的工价。商人说："你做了什么要一千元的代价？"工匠说："我是你的雇工，你叫我做什么我做什么，我们预先约定，一天的工资是一千元。"商人无话可说，只得照付一千元的工资，但是他的宝石仍然没有琢磨。

这则寓言与波斯重视创作人物寓言，城市、商业味足的生活现实是相符的。并且就其寓言来说，也是汇入阿拉伯寓言的优秀作品。

不但《卡里来和笛木乃》正文前的文章中有波斯来源的寓言，在《卡里来和笛木乃》一书的正文中也有这样的寓言，这就是《假医生的下场》《耳朵听的和眼睛看的》。特别是《假医生的下场》，这则寓言我们在印度寓言找不到它的影子，也不具备阿拉伯寓言的韵味，倒与波斯寓言的传统风格十分相近，是地道的波斯寓言，是白尔才外或者是其他人的作为。这也表明，巴列维语时的《五卷书》译本的翻译，就经历了阿拉伯译本翻译时的增删改造的过程。

这些寓言不是印度寓言，是肯定的，不是阿拉伯人的寓言还有另外一个例子可以佐证，这就是白尔才外外传中出现的《伊索寓言》。这则寓言是《贪心的狗》。

这则寓言与《伊索寓言》中的《衔肉的狗》（罗念生等人的中译本第65页）几乎没有什么区别。白尔才外是波斯6世纪人，他的外传是与书籍同时出现的，白尔才外借用这则希腊寓言也就在公元6世纪。波斯人接触希腊寓言当是很早的，这在古代波斯王居鲁士时就有明确的证据（待后节叙述）。在历史上，古波斯人接触希腊人是有明确记载的（见希罗多德的《历史》），不管是战争还是和平，双方的文化、文学艺术的交流是存在的，而古阿拉伯人在公元6世纪时还处于阿拉伯半岛中的封闭蒙昧状况中，基本没有接触希腊的机会。这也是证实这些寓言来源于波斯的有力证据。当然，阿拉伯人兴起后也有接触希腊文化及寓言的机会和记述（容后述）。不管怎么说，波斯来源的寓言亦是《卡里来和笛木乃》这一阿拉伯译著中寓言的组成部分。

《卡里来和笛木乃》寓言的另一个重要组成部分，是译本中的基本属于阿拉伯人自己创作的寓言。

这些寓言分为两个部分，一部分在《卡里来和笛木乃》一书的正文中，一部分在阿拉伯译者伊本·阿里·穆格法的"序言"中。在正文中的这类寓言有《母狮》《客人吃枣》《乌鸦学竹鸡走路》《太子·商人·美少年和农夫》《鸽子·狐狸·白鹤》《一对鸽子》等。其中以《客人吃枣》《乌鸦学竹鸡走路》《一对鸽子》最简练和富于特色。

《乌鸦学竹鸡走路》：

> 有一只乌鸦，看见竹鸡走路活泼，举止漂亮，非常羡慕，天天学竹鸡走路，处处模仿竹鸡的举动。过了不少时间，乌鸦觉得浑身发痛，相距学会竹鸡走路的目的还差很远，便决意不学了，想恢复原来的习惯。但是，乌鸦的脚，已经不似当日的灵活了。走动起来，很觉困难，而且姿势非常难看。所以，大家都嘲笑乌鸦。

《乌鸦学竹鸡走路》在古老的阿拉伯格言、谚语里早就存在（见第一节），到此书中时，就完全展示了它作为一则古老阿拉伯寓言的风范（同时也证明这批寓言阿拉伯属性的可靠）。这则寓言精悍短小，教训鲜明，与中国的《邯郸学步》在艺术上可为伯仲。另外的《一对鸽子》的故事优美动人，教训深刻，很吸引人，后来成为《一千零一夜》中的故事之一。

以上寓言当是阿拉伯人的土产，而《母狮》的故事则在表现方式及形象等方面对古印度寓言有所借鉴。《太子·商人·美少年和农夫》说各个人在劳动中所得的差异极大的收入情况，借以讽刺分配的不合理和上天对人的不公平，及阿拉伯人对金钱的认识，是一则地道的土产寓言。《鸽子·狐狸·白鹤》这则寓言较长，故事性也比较强，在古印度有相似的故事，但把它改造成寓言的还在于此书。这则寓言对后世的影响很大，可以说后代寓言创作经常借用的这一故事就源于此。

阿拉伯创作寓言的另一部分在伊本·阿里·穆格法的序言中，有《挖财宝》《黄纸书》《小偷进屋》《两个商人》《两只缸》《渔夫打鱼》等。这些寓言出现在译者的序言里，序言的大致意思是告知人们《卡里来和笛木乃》是一本什么样的书，要如何来读、读好、读懂这本书等。不过他的表达不是一般的表达，而是用一连串的寓言来表达他的见解和看法。劝人们读此书要认真领会，不要贪多，他用了《挖财宝》这则寓言，说一个掘宝人忙活了半天，财宝全是别人的，自己一无所获。在劝人们不要死记硬背时用了《黄纸书》。

《黄纸书》：

> 这就和那学习修辞学的学生一样：他拜了一位修辞学的名师，老师给了他一本黄书，书上写着华丽的文辞和使用这些文辞的方法。学生得了这本书，日夜死背，却不设法了解其中的意义。后来有一天，他同学者们坐在一起谈论修辞，他说错了一个字，有人给他指出说，你说错了，这跟你说的不是一回事。他回答说，我怎么会错呢？我是照黄纸本上背下来的，黄纸书还在我家里哩。他说这话，正足以证明他是外行，并不懂修辞学。

在告诫人们领会了此书含义之后，还要会用时用了《小偷进屋》，这则寓言说一个人知道小偷进屋了不采取对策，结果错过良机。劝人们不要损人利己做诚实的人时用了《两个商人》《两只缸》。

最后，译者以为读者读完此书还得领会主旨，别像《渔夫打鱼》一样。

《渔夫打鱼》:

> 渔夫每天划着小船到湖上打鱼。这一天，他看见水底有个蚌壳，闪闪发光；他认定是件值钱的珍宝，便把打得的鱼连渔网一起扔在湖里，自己跳下水去把蚌壳捞了上来。谁知道仔细一看，那蚌壳并不是他想象中的珍宝，他只得后悔自己过于贪心，竟把已经得到的东西丢掉了。第二天，他仍旧到原来的地方去打鱼，撒下第一网，只网到一尾小鱼，这时，已看见旁边水底下有个闪闪发亮的东西，他心想一定也是蚌壳，不去理会。另外一个渔人走过，把那发亮的东西捞起来，竟是一颗值钱的珍珠。

这可能是世界上最奇特的序言，而且穆格法在序言中所使用的寓言均不是正文中寓言的重复，而是另外的属于阿拉伯人的寓言。从这几则寓言看，穆格法不但是《五卷书》一书的译者，而且还是一位成熟的阿拉伯寓言作家。这些寓言的艺术表现等方面都是很成熟的，尤其是《黄纸书》《渔夫打鱼》这两则寓言最为突出。这也表明穆格法时代的阿拉伯寓言已经基本成熟，并形成了自己一定的风格和特色，只是现今能见到的这一时期其他的阿拉伯寓言不多。

这就是我们所叙述的《卡里来和笛木乃》寓言，它自然是阿拉伯人寓言的重要组成部分，但它的出现，对世界寓言文学还有一个极其特殊的意义。《五卷书》成书年代很早，但很长一段时间没有直接翻译介绍出去，到了公元6世纪，好不容易被译成巴列维语，后来又译成古代叙利亚语，但都没能传向世界。到了公元8世纪，它被“改头换面”地译成了阿拉伯语的《卡里来和笛木乃》，并借助阿拉伯帝国的扩张等原因；《五卷书》这才走向了世界。

在过去很长的一段时间里，全世界的《五卷书》译本几乎都源于阿拉伯人的《卡里来和笛木乃》，这无疑是对世界寓言的一个特殊贡献。

第四节　《一千零一夜》寓言及其他

穆格法的《卡里来和笛木乃》寓言以后，阿拉伯寓言随之而来的是对各地各民族寓言文学的大融汇，并在此基础上进一步发展。这种融汇发展，使阿拉伯寓言走向了全盛时期，具体的表现就在《一千零一夜》的寓言中，但在这之前，我们还能找到一些对阿拉伯人寓言的影响。

印度寓言对阿拉伯人寓言的影响是不言而喻的，波斯寓言对阿拉伯人寓言的影响也是存在的。它早期的影响，后来都融汇在伊斯兰文化中了。除此之外，我们还能寻到希腊寓言对阿拉伯人寓言影响的例子。

阿拉伯人喜欢古希腊文学中的格言，但格言中有少量的寓言，阿拉伯人在收集这些格言时，也就带进了少量这样的寓言。如：

有人去对荷马说："我不配求你的歌颂，我愿求你的重辱以为荣!"荷马不肯。那人说："如果你不肯辱我，我必把你的怯懦宣扬于众首领之前。"荷马毅然答道："我听得有一只犬，欲与塞浦路斯岛的狮子决斗，狮子不屑一顾。犬说，如果你不肯，我就要把你的怯弱遍告群狮。狮子说，我宁愿受群狮的耻笑，而不愿意淋你的血以污我的爪。"

这是一则道地的寓言，道地的《伊索寓言》。

据《阿拉伯—伊斯兰文化史》一书介绍，阿拉伯人介绍翻译搜集希腊的格言，是有专书出现的，而且年代完全可以肯定出现在公元9世纪。自然，这类格言中有少量的寓言。

就这样经过长时间的融汇、吸收、发展、借鉴，阿拉伯寓言迎来了它的全盛时期，《一千零一夜》寓言。

众所周知，《一千零一夜》是一部民间色彩极其强烈的故事集。《一千零一夜》的名称，出自这部故事集的引子。相传古代印度与中国之间有一萨桑国，国王山鲁亚尔因痛恨王后与人有私，将其杀死，以后每日娶一少女，翌晨即杀掉。宰相的女儿山鲁佐德为拯救无辜的女子，自愿嫁给国王，用每夜讲述故事的办法，引起国王兴趣，免遭杀戮。她的故事一直讲了《一千零一夜》，终使国王感化。

《一千零一夜》的故事来源有三：一是波斯和印度，与波斯的故事集《赫左尔·艾夫萨乃》（意为"一千个故事"）关系最为密切；二是来自以巴格达为中心的阿拔斯王朝（750—1258）时期流行的故事；三是埃及麦马立克朝（1250—1517）流传的故事。它是几百年间整个阿拉伯伊斯兰地区各族人民聪明才智的结晶。

《一千零一夜》最初的编者已难确考，但多数学者认为它出自于阿拉伯人之手。后来，据载，10世纪中叶，巴格达的作家哲海什雅里（卒于公元942年）从当时流传的各类故事中选取了一千个故事，每个故事为一回，一回称一夜。他只写了480夜就因病逝而中断。这可能是阿拉伯人编纂《一千零一夜》一类故事的最初尝试，以后又有许多作家从事此项工作。12世纪，随着伊斯兰的政治中心转向埃及，埃及的许多故事又加了进去。据埃及历史学家马格利齐（1364—1442）记载，一个生于法帖梅王朝阿迪德哈里发时期（1148—1171），被称作"古尔蒂人"的埃及文学史家，第一次使用了《一千零一夜》这个书名。

《一千零一夜》的成书上限，早期的手抄本大约在公元8世纪、9世纪之交，下限到15世纪末才基本定型。

《一千零一夜》的故事包括神话传说、寓言、童话、婚姻爱情故事、航海冒险故事、宫廷趣闻和名人轶事等等。此书其他类别故事的世界性声誉早有定论，不是此处的话题，我们面对的自然是其中丰富多彩的寓言。

《一千零一夜》中的寓言很多，突出的有《水牛和毛驴的故事》《猎人和油商的故事》《一对鸽子的故事》《猫和老鼠的故事》《修行者和奶油罐的故事》《鱼和蟹的故事》《乌鸦和蛇的故事》《狐狸和野驴的故事》《乌鸦的故事》《耍蛇者和妻室儿女的故事》《蜘蛛和暴风的故事》《瞎子、瘫子和果园主人的故事》《猎人和狮子的故事》《渔人的故事》《小孩和匪徒的故事》《狐狸和狼的故事》《牧人和恶棍的故事》《松鸡和乌龟的故事》等。

《一千零一夜》中的寓言来源是多方面的。《修行者和奶油罐的故事》《鱼和蟹的故事》《乌鸦和蛇的故事》《乌鸦的故事》等大致上来源于印度；《水牛和毛驴的故事》中有希腊故事的影子；《一对鸽子的故事》《猎人和油商的故事》等又与阿拉伯人的故事相关；波斯的故事在里面的影响更不用赘言。但是，这些方面的显现并不清晰，完全是似是而非的东西，也就是说，不管从什么方面来的寓言故事，在阿拉伯人的改造加工下，原有的东西均都模糊，其时的寓言，是大融汇后的产物。

《一千零一夜》中的寓言，其内容是多方面的。

表现阿拉伯—伊斯兰地区人们日常社会生活经验教训的总结，为第一个方面的内容，如《猎人和狮子》《水牛和毛驴的故事》《狐狸和狼的故事》《乌鸦的故事》《一对鸽子的故事》《猫和老鼠的故事》《耍蛇者和妻室儿女的故事》《松鸡和乌龟的故事》《小孩和匪徒的故事》等等。较好的有《猎人和狮子》《乌鸦的故事》《松鸡和乌龟的故事》等。

《猎人和狮子》：

> 相传从前有个猎人捕获了一只野兽，剥下他所需要的兽皮，而把兽肉扔在一旁。有一只狮子经过那里，发现兽肉，不劳而获，饱餐了一顿。此后狮子接连上那儿去吃堆在地上的兽肉，跟猎人见面。经过多次接触，狮子和猎人从接近而彼此亲密起来。于是猎人挨到狮子跟前，伸手抚摩它的肩和背，狮子便摇摆它的尾巴。猎人眼看狮子一动也不动，显得很驯服，跟自己混得很亲密，便暗自说："这只狮子叫我给驯服了，为我所占有啦，这该我骑在它背上，像剥其他野兽那样剥它的皮了。"猎人终于鼓起勇气，一跃跨上狮背，妄图如法炮制它。狮子眼看猎人的举动，野性突然发作，举起前爪，猛击猎人一掌，打得他腹破肠流，继而把他摔在脚下，撕成碎片，使他得到一个粉身碎骨的下场。

《乌鸦的故事》篇幅较长，略。

《松鸡和乌龟的故事》讲的是松鸡与乌龟交朋友，盲目听信乌龟的话，拔掉了自己的羽毛而遭难的故事，故事篇幅较长，故略。

这些寓言从交友、说话、不要多事、不要轻易动怒、要讲信誉等方面总结了阿拉伯—伊斯兰地区日常社会生活的经验教训，许多内容与其他民族的这方面寓言内容一样，以及与全人类的智慧表达也都是一样的，但具体的在阿拉伯—伊斯兰寓言中的方式有所差异。

第二个方面的内容是对人们性格缺陷的嘲讽和揭露，如《牧人和恶棍的故事》《渔人的故事》《修行者和奶油罐的故事》等。较精彩的有《渔人的故事》：

> 相传从前有个打鱼为生的人，有一天带着渔网照例到河里去打鱼。他到达河边，走在桥上，看见河中的一尾大鱼，便暗自说："我不应待在这儿

了，我要追随这尾大鱼，直至捉住它为止；因为把这尾大鱼逮到手，我就可以休息几天才打鱼了。”于是他脱掉衣服，下到河中，顺着急流，只顾跟踪追鱼。

过了一阵，他虽然胜利地把大鱼捉到，可是回头一看，自己离河堤已经有很长的距离。眼看急流冲击的结果，他还不扔掉大鱼，赶快游往岸边，却死心塌地抱着大鱼不放，拿生命冒险，坚持漂浮着，任急流冲击。这样一来，急流不停地冲击他，终于把他冲到漩涡之中。跌到那样的漩涡里的人，是无法脱险得救的。

这则寓言嘲讽贪婪可谓是少有的淋漓尽致。

第三个方面的内容是对宗教理性见解的表达，如《蜘蛛和暴风的故事》《乌鸦和蛇的故事》《鱼和蟹的故事》《狐狸和野驴的故事》等。

这些寓言故事本来都有自己原来的独立的寓意，但一经改造后，就成了表达宗教教理的寓言。几则寓言的侧重点不同，但有一点相同，即要人们信奉安拉，要安宁，一切都有自己的份，一切都有上天安排，伊斯兰教的宗教味十足。

这是《一千零一夜》寓言思想内容的主要方面，它由于来源广泛，自然也还有其他的一些内容。

这就是《一千零一夜》的寓言，也是阿拉伯人寓言的最高阶段的寓言。应该说，这时期的寓言（具体是《一千零一夜》的寓言），艺术上的成就是很大的。

首先是这一时期的寓言摆脱了以往阿拉伯寓言的依附存在状况，自己作为一种独立的寓言故事出现在文学作品中。在《古兰经》时代的阿拉伯人寓言，是依附于《古兰经》及其他《格言·谚语集》而存在的；到了伊本·穆格法的《卡里来和笛木乃》寓言时期，阿拉伯人的寓言有了相当大的发展，但其寓言仍然见不到独立生存的证据，而是依附于翻译的寓言、童话集《卡里来和笛木乃》中，到了《一千零一夜》，这种现象才最后宣告结束。

其次是艺术表现的发展上，《一千零一夜》是阿拉伯人寓言艺术上的高峰。《古兰经》时期，阿拉伯人的寓言还较零星，故事不完整，形象、寓意上也没有什么太上乘的表现。到伊本·穆格法时期，寓言的表现力大大增强，故事、题材、形象等方面都有很大的发展，完全有可能出现专门的寓言作家，可惜找不到确切的证据。但有一批较为生动、教训深刻、形象鲜明的寓言出现，这却是事实，它们也就是依附于《卡里来和笛木乃》中的那些阿拉伯寓言。正是这些寓言，使阿拉伯人的寓言发展到了一个新的高度。到了《一千零一夜》寓言时，阿拉伯人的寓言艺术表现达到了顶点，树立了阿拉伯寓言在世界寓言中的确切形象，并相当完整地表现了阿拉伯人寓言的特色和风格。

这一时期的寓言艺术表现是充分的。其优美、迷人的故事是其寓言特色的第一个方面。在《一千零一夜》中表明阿拉伯人注重故事是不言而喻的，所有的文学品种后面都要有“故事”二字，神话如此，传说如此，趣闻如此，童话如此，寓言也是如此，如我们以上列举的所有寓言，在题目上都有“故事”二字。阿拉伯人的故事天才和他们在世界上所取得的世界性声誉，自然也要影响阿拉伯人的寓言，他们希望讲好长篇故事，也希望讲好短小的寓言故事。《一千零一夜》中最长的寓言约两千多字，如《松鸡和乌龟的故事》，最短的只有两百多字，如《一对鸽子的故事》，但不管长短，对其要求都是一致的。即故事性强，叙述生动优美，简洁明快。如《猎人和猪油商的故事》，故事虽然只有300多字，却用洗练的笔触，写出了因一滴蜂蜜而引起的一连串的情节变化，如果这样的情节铺展开来，一部中篇小说也很难收住，但它就用此简洁的笔触，完成了寓言所需要的情节叙述。

教训的鲜明深刻，形象的生动是这一时期寓言的第二个方面；不管寓言故事的叙述如何，都应最后落在形象的理性认识上，认识的深浅，当然有赖于形象的生动、教训的深刻，这方面这一时期寓言表现是充分的。如《乌鸦的故事》中因自己的不团结，结果让老鹰当了自己的王，受尽了虐杀；《猎人和狮子的故事》中，说猎人利用别人的信任，加害于人，结果落得个粉身碎骨的下场；《渔人的故事》更让我们鲜明地看到一个因为贪婪而迷住心性至于惨死的教训。

语言的洗练、简洁也是此寓言特色的一个方面。另外，它的人物寓言创作上也是很有特色的。

这些也可以说是阿拉伯人寓言的基本特色和风格。

《一千零一夜》中的寓言自然也就拥有阿拉伯人寓言中最多的优秀寓言，当然，也不否认，在《古兰经》寓言时期和伊本·穆格法寓言时期，也有不少优秀寓言。但阿拉伯人寓言由于种种原因，在世界上并没有产生较大的影响，人们知道有一个阿拉伯语的《五卷书》，却并不知道阿拉伯也有不少的好寓言。

《一千零一夜》的故事横跨时间年代很长，其中的寓言也大致是汇集了各个时代的寓言精华的结果，但人们一般倾向于其中的寓言是公元10世纪前后几个世纪的产物，而不像其中的故事，滞后到公元15世纪、16世纪。这个下限时间约在12世纪，一般也不会超过13世纪。

10世纪前后的《一千零一夜》寓言是阿拉伯寓言的全盛时期，但这一时期也还有其他的寓言存在，它们在某种程度上丰富了这一时期的阿拉伯寓言。它，就是出现于公元10世纪的《朱哈笑话集》中的寓言。谁是《朱哈笑话集》一书的编著者不详，只是在10世纪时，巴格达著名的目录学者纳迪姆编辑的《图书目录》中，就有此书。朱哈是书中的人物，据说朱哈是个阿拉伯人，出身库法（现今伊拉克境内），他留下的笑话不少，对后来的土耳其纳斯列丁笑话影响极大。在《朱哈笑话集》中有少量寓言，如《朱哈上街》《失驴》《石头和金币》都可说是阿拉伯寓言的佳品。

《失驴》：

> 朱哈的驴被人偷走了，朋友们都关心地来看他。朱哈请朋友们帮助他寻找小偷。朋友们听了朱哈叙述的失盗的细节后，一个朋友首先发言说；“你应该在驴棚的门上锁把锁。”另一个说：“你当时死了吗？小偷是把驴从大门赶出去的，又不是放在胳肢窝里带出去的。”第三个说：“我在夜里都把牛棚锁上，钥匙放在枕头下面。”朋友们越说越激动，都是责备朱哈疏忽大

意的。朱哈实在忍耐不住了，气急地说："先生们，难道都是我的不对，而小偷就一点错也没有吗?"

这些混杂在笑话中的阿拉伯寓言，读来别有一番风味，笑之余，又引出一些精湛的生活哲理，让人思索。它们，是这一时期另外一种风格的阿拉伯寓言。

除《朱哈笑话集》中的寓言外，阿拉伯还有一本书中的寓言值得一提，这就是《鹦鹉书》中的寓言。

《鹦鹉书》的产生年代、编著者均不详，只能大致肯定它为阿拉伯—伊斯兰地区产生的书籍。此书的规模、体系也不甚了解，只从其他一些书籍中得知此书中有不少寓言，如《猫的悔恨》《哈里发和苍蝇》《狮子和羊》《豺和生疥癣的骆驼》《山猫和狮子的故事》《狼和豺》《本性难改的驴子》《硬是要跳舞的樵夫》等。

从这些寓言看，此书大概出自于印度的伊斯兰地区，因为其中的寓言故事带有印度寓言故事的韵味，是多种文化因素融汇的产物。

12世纪以后，阿拉伯帝国走向衰微，阿拉伯人的文化、文学受到外来力量的挤压，发展到《一千零一夜》寓言的最高阶段的阿拉伯寓言，也在此打了句号。从此以后，我们就很少看到阿拉伯人在寓言创作上的作为了。但是，在以波斯为主的伊斯兰化地区，以伊斯兰文化为背景，在原有文化、文学的基础上，发展的阿拉伯—伊斯兰地区的寓言文学，倒是在世界寓言文学中产生了较大的影响。

第八章　阿拉伯—伊斯兰地区寓言（二）

叙述以波斯寓言文学为主的伊斯兰各国的寓言，是阿拉伯—伊斯兰地区寓言的第二个部分。在《一千零一夜》寓言以前，阿拉伯寓言的主线代表了整个伊斯兰地区的寓言成就，但这在12世纪阿拉伯帝国衰微后，情况就不一样了。这时的伊斯兰地区各种本地民族文化复苏，文学也在伊斯兰背景下掺进了地方和民族色彩，波斯寓言也就是在这样的历史条件下，以其深厚的寓言文学土壤，率先冲出来，并取得了相当的成就，成为伊斯兰化地区寓言文学的代表。波斯寓言最杰出的代表又是《蔷薇园》寓言和《果园》寓言。

波斯寓言之后，土耳其寓言也是伊斯兰地区寓言的一部分。另外，现代一些伊斯兰地区的作家寓言，也可归属于这一寓言文学范畴。

第一节　波斯寓言（一）

波斯寓言自然是波斯文学的一个组成部分。波斯寓言一般来说是从9世纪对阿拉伯语的《卡里来和笛木乃》的翻译开始的。之后，13世纪初，波斯寓言兴盛起来，代表作品就是萨迪的《蔷薇园》和《果园》中的寓言，萨迪也就是波斯寓言杰出的代表作家。

话说回来，这里指的是波斯伊斯兰时期的寓言文学状况，与古代的波斯相去甚远。但是，我们别忘了，伊斯兰化的波斯仍然在许多方面与古代的波斯相联系，特别是文化和文学。这在寓言文学上也不例外，我们从一些古籍中仍能见到一些最早的波斯寓言及相关的寓言，它反映出伊斯兰化的波斯寓言的发展与古代的波斯相关联，最起码也证明，这里的过去不是寓言的荒漠，古代的波斯，人们对寓言是熟悉的。

与此相关联的最早的古籍当提到《波斯古经》。《波斯古经》亦称《阿维斯陀》，它是古波斯琐罗亚斯德教（即袄教或拜火教）的圣书。约在前6世纪至前4世纪陆续编成，共21卷，35万字，写在1．2万张羊皮上，后被战火焚毁，现只存五分之一。这本圣书与《古兰经》《圣经》一类的书籍相同，内容十分庞杂，对伊斯兰时期的波斯文学产生过明显的影响，波斯诗人菲尔多西的《王书》中的一些神话故事和历史传说都源于《波斯古经》。同样，《波斯古经》很可能也包含有道德教训故事等一类寓意性很强的故事或寓言，并对伊斯兰时期的波斯寓言发生影响，但由于资料方面的问题，缺乏较直接的证据。

古代波斯寓言的证据倒是在另外一个地方见载。

《历史》是西方最古老的一部历史名著，为公元前5世纪的希腊历史学家希罗多德（约前484年至前430~420年）所著。此书在第一卷第141节上记载了波斯国王居鲁士的事迹，其中有这样的文字：

在波斯人征服了吕底亚人之后，伊奥尼亚和爱奥里斯的希腊人立刻派遣使节到撒尔迪斯的居鲁士那里去，请求他以与克洛伊索斯相同的条件接受他们为自己的臣民。居鲁士倾听了他们的建议并且给他们讲了一个寓言作为回答。他说，有一次一个吹笛的人在海边看到了鱼，于是他便对它们吹起笛子来，以为这样它们就会到岸上他的地方来。但是当他最后发现自己的希望落空的时候，他便撒下了一个网，而在合网之后打上了一大批鱼来；他看到鱼在网里跳得很欢，就说：

“我向你们吹笛子的时候，你们既然不出来跳，现在你们也就最好不要再跳了。”居鲁士所以这样答复伊奥尼亚人和爱奥里斯人，是因为当他派使者到他们那里去敦促他们背叛克洛伊索斯的时候，他们拒绝了；但现在，当他已经大功告成的时候，他们却又来表示归顺之意。

居鲁士是古代波斯帝国最有名的国王，在他治下的波斯帝国最为强盛。他大致是与古希腊的伊索是同一时代的人，现今的《伊索寓言》中也有《渔夫》这则寓言。这两则寓言完全一样，这一记载证实现今的《伊索寓言》的寓言生成年代是可靠的，或大多数寓言是可靠的。但这则寓言属于古代波斯呢，还是属于古代希腊？我以为归属于希腊的居多，完全有可能是居鲁士等波斯人向希腊寓言学习的结果。即便如此，有一点完全可以肯定，古代的波斯人是知道什么是寓言的，而且非常重视寓言，君王居鲁士都如此应用寓言，民间的文学风气就可想而知。当然，在这种情况下的波斯，有没有就此而创造、借用改造出自己的优秀的寓言文学，就不得而知了。但有一点可以肯定，即古代波斯人是有寓言文学存在的，这在后来的阿拉伯人搜集的《波斯格言集》中，也可见到一些寓言的影子。不管古代波斯的寓言文学情况如何，它对后来伊斯兰时期的波斯寓言，直接的影响是很少的，或者说后来的人们，包括波斯人对古代波斯的寓言直接了解很少，有比较直接的影响也难于识别。

公元9世纪时，随着阿拉伯伊斯兰文化的大潮过去，伊斯兰波斯文学开始兴起（其他的文学方面在前一章第一节中已有所叙述），随着《卡里来和笛木乃》翻译成波斯语，丰富的多姿多彩的波斯寓言也出现在波斯大地上。

最早的有关寓言著作当属《马尔支邦记》。这本书的作者叫埃斯帕赫德·马尔支邦·本·鲁斯塔·本·沙尔文，是公元10世纪波斯大不里斯坦地方巴万迪王朝的一位王子。他用古大不里斯坦语写成此书。全书十一章，借飞禽走兽、精灵鬼怪的故事，阐述人生的哲理和古波斯人的道德观，里面有诸多引人入胜的古代波斯寓言。距他生年最近的一位历史学家伊本·埃斯凡迪亚尔在《大不里斯坦史》一书中，称赞《马尔支邦记》比《卡里来和笛木乃》更为引人入胜。认为该书的道德说教中，完全遵循着古代波斯人的观念，未受伊斯兰文化的影响。从伊本·埃斯凡迪亚尔的评价来看，《马尔支邦记》中的寓言，当是古代波斯寓言的集汇，在波斯文学兴起时出现，对后来的波斯寓言发生影响，但这又是在此书译成波斯语后产生的。这个时间在13世纪初，并且是伊斯兰化的译述。

《马尔支邦记》的原文版本已经散佚，传世的是两部波斯语译本。一是穆罕默德·本·伽吉·马尔塔维所译。他曾任罗姆塞尔柱王朝的宫廷书记官，以后遵国王萨里曼沙赫·本·法尔吉·阿尔斯兰的御令将此书译为波斯语，易名为《智慧的花园》，成书于公元1201年。该译本增加了一些阿拉伯的谚语与诗句。二是萨德尔丁·维拉维尼所译的译本。萨德尔丁·维拉维尼是塞尔柱王朝时期阿塞拜疆的地方偏王，本·穆罕默德·本·伊尔德维支的廷臣。这个译本沿用了《马尔支邦记》原名，但删去了两章，与上一个译本相比，寓言先后次序不一样，故事情节小有差异，略有增删。这个译本约成书于公元1210年至1225年，译文风格优美、流畅，比上一个译本更有名气，影响更大。

11世纪，霍加特·穆罕默德·加宰里·土斯用波斯语编撰了一本名叫《君王的忠告》的书，传说此书是为塞尔柱王朝桑伽尔王而写的，用以指导帝王及其廷臣治理国家。这是一本在宗教思想指导下，进行道德说教的著作，中有一定数量的寓言。

在11世纪，波斯诗人、学者纳赛尔·霍斯鲁（1004—1088）的作品中也有些比较有名的寓言作品。

纳赛尔·霍斯鲁家住巴尔赫城附近的长巴迪扬（今阿富汗境内）。曾在塞尔柱宫廷任文书。43岁辞去文书职务，外出游历，长达七年，到过许多地方。他一共写了6万余行诗歌，传世的有2万多行。他的诗歌涉及宗教、哲学、伦理等多方面的内容。他的一些哲理诗中，善于用一段寓言故事，然后讲述哲理，如《咎由自取》《七月风中识英雄》等。

《七月风中识英雄》这首寓言诗批判了那些趾高气扬、不可一世，而实则并无真实本领的人。后来成为谚语，广为流传。

11世纪时，波斯还出现过叫《长布斯集》的道德训诫故事集，其中有些寓言作品。

这时，还有一本书中有一定的寓言，就是塞尔柱王朝时的一位宫廷大臣、学者哈只·内扎姆·麦尔克所著的《资政书》。全书共分50章，以他自己在宫廷的观察与经验，用不同的故事加以表述，意在劝诫国王宽厚仁爱，秉公办事，知足节俭，以保证国运长久。故此书又名《君王的行止》。

进入12世纪，波斯寓言作品和寓言作家极少，但阿塔尔的寓言哲理诗《百鸟朝凤》却负盛誉。阿塔尔（1145—1229），即：法拉德丁·穆罕默德·阿塔尔，波斯诗人，生于内沙布尔附近。《百鸟朝凤》描写百鸟为寻找鸟中之王——凤凰，所经历的种种艰难险阻。此诗构思奇特，对后世影响较大，有许多寓言哲理诗的仿作。

13 世纪，大约在萨迪前后，被人们视为寓言故事集的《君王的礼品》较有影响。此书作者不详。全书共分 15 章，包括智慧、学识、愚昧、言谈、交友、树敌、忍耐、焦急、贪心、效命君王、恪守机密、品行之优劣、习性之好坏、箴言与哲理、给王儿的忠告等。从书中的内容看，此书深受《卡里来和笛木乃》的影响，还引用了它的诗句。同时，此书还利用了《古兰经》经文、圣训、至理名言，以及名家诗句和谚语等。其内容丰富多彩，语言流畅生动，一直为波斯学者看重。

此书中的寓言不少，如《蚂蚁和夜莺》。此寓言的大意是说：花园中有棵树，夜莺在上面筑巢，蚂蚁在下面挖窝。春、夏的时候，夜莺在欢乐的歌唱、游乐，蚂蚁却在忙着搜集食品，藏于窝中。肃杀的秋天到了，夜莺找不到吃的，来向蚂蚁乞讨。蚂蚁说：我的邻人，你应该知道：春天过去，将是秋天。世上没有哪一条路没有尽头，怎好不作退步的准备！

这则寓言与《伊索寓言》的《蚂蚁和蝉》题意相同，都说明“凡事都要预先有准备，才能防患于未然”。

9 世纪兴起波斯文学，10 世纪出现波斯寓言文学。经过几百年的发展，波斯出现了不少的寓言作家和寓言作品，但是，真正使波斯寓言达到高峰，赢得世界性声誉的还在于 13 世纪萨迪的寓言创作。他的寓言主要在他的两部成名作里，即《蔷薇园》和《果园》，这两部作品中的寓言作品是那个时代的代表作，也是波斯寓言的代表作。

萨迪（1208—1292），波斯诗人、寓言作家，出生在设拉子，父亲是个清贫的传道士。他早年在设拉子求学，14 岁时父亲去世，家境贫困。经人相助，到巴格达尼扎米耶神学院攻读文学和经学。学习期间，便能用波斯文、阿拉伯文写作，创作了许多优美的抒情诗。后中途辍学，离开巴格达。蒙古军入侵，迫使萨迪背井离乡，开始长达 30 年的托钵僧的生活。他跋山涉水，沿街化缘，聚众布道，足迹西至埃及、马格里布、埃塞俄比亚，东达巴尔赫、印度和中国的喀什噶尔。他当过雇工，曾被十字军俘虏，并服过苦役。

萨迪结束漂泊生活返回设拉子后，蛰居乡里，潜心著述，公元 1292 年 12 月在故乡逝世。

萨迪的作品保存下来的有 600 多首抒情诗，以及一些鲁拜诗、颂诗等。使他成名的是他的《蔷薇园》和《果园》。

《蔷薇园》用散文写成，由一个个小故事和韵文诗句组成，有记帝王言行、记僧侣言行、论知足常乐、论寡言、论青春与爱情、论老年昏愚、论教育的功效、论交往之道等八个篇章。这部著作深刻地反映了时代风貌，广泛地记述了城乡劳动人民的生活，以及他们对于真理、正义、自由和幸福生活的追求。他从实际生活中获取哲理和题材，人物的刻画真实生动、准确，语言纯朴、明朗、简洁，在中亚的文学中评价是非常高的。

《蔷薇园》的寓言不少，它们夹杂在一个个的小故事里。《蔷薇园》中大致有寓言 50 多则，较突出的有《“谎言”和真话》（篇名为笔者所加，下同）《乘船的奴隶》《有病的国王》《暴君修行》《山猫和狮子》《国王狩猎》《穷人藏石》《骄傲的徒弟》《法师摔跤》《远和近》《被豹咬伤的圣徒》《卢格曼的礼貌》《每日拜望穆圣》《旗子和幔子（诗）》《贵人的两个儿子》《受伤的勇士》《托钵僧》《炒米面和珍珠》《赤脚者和没脚者》《国王与农民》《贪心的商人》《金子写的蹩脚文字》《最初的光荣》《双重的灾难》《被关在一起的鹦鹉和乌鸦》《傻儿子读书》《害眼病求医》《力大胆小的生手》等。

这些寓言注重对人生、社会经验教训的发掘，其内容单一，但令人警醒深刻，大致上主要有两个方面的内容：一是对人生、社会经验教训的总结，二是对生活哲理的认识。

对人生、社会经验教训的总结的寓言内容，虽然只是一个方面，但内涵也是比较丰富的。如谈到聪明的人臣之道时，用了《山猫和狮子》：

> 有人问一只山猫："为什么你要服侍狮子？"他回答说：
>
> "我可以吃他剩下的食物，又可以借着他的威风躲过我的敌人。"那人又说："你既受他保护，得他恩惠，为什么不更加接近他，使他对你更加器重，把你看作一个心腹呢？"他回答说："我害怕他那喜怒无常的性情。"

揭示人们贪心不足时用了《贪心的商人》。总结揭示社会风气起源，用了《国王狩猎》。告诫人们怎样对待自己的损失和失败时用了《两重灾难》。对偶然的幸运不可自夸，则用了《最初的光荣》。

聪明人、愚蠢人，各有各的见地，多数人想到了聪明人不愿和愚蠢人相处，而只有像萨迪这样的少数人想到了愚蠢的人也讨厌和聪明人相处。这时他用了《被关在一起的鹦鹉和乌鸦》：

> 有人将鹦鹉和乌鸦关在同一个笼子里。鹦鹉觉得乌鸦面目可憎，深以为苦，说道："这模样怎么长得这样丑陋，难看、可恶，粗蠢？这野地里的老鸹子！但愿我们能隔开像东方和西方那样远就好了！"
>
> 说也奇怪，那乌鸦和鹦鹉相处，也觉得是在受罪，厌烦得要死。他呼天抢地地嚷着"老天开恩"，一力抱怨自己命苦，捶着手说："我的命怎么这样苦，这样坏，这样不济！像我这样有身份的，正应该和别的乌鸦一起趾高气扬地在花园的墙头上散步呀。我不知造了什么孽，要受这样的惩罚？和这么一个愚蠢无聊而又盲目自大的家伙关在一起！"

这方面内容的寓言还可以举出许多很好的例子来，但这些寓言已足够证实萨迪或萨迪时代的波斯人是怎样崇尚智慧，并善于从一些平凡的生活中总结社会、人生诸方面的经验教训，启迪人们的智慧。

《蔷薇园》寓言内容的第二个方面是对生活哲理的认识。在对社会、人生经验教训总结的基础上，经过进一步的升华，但又达不到把抽象的概念和理性认识形象化的高度，形成寓言的哲理内容时，这部分内容就是这里所说的寓言的生活哲理内容。寓言的生活哲理内容大致是摆脱了如经验教训总结的具体事件，就一般生活现象所用寓言表达的，人们对社会、人生的某些看法和见解。

这方面内容的寓言《蔷薇园》中也很多。如《“谎言”和真理》《金子写的蹩脚文字》《每日拜见穆圣》等。

《金子写的蹩脚文字》：

> 我看见一个肥头胖耳的蠢人，穿了一身华贵的袍子，骑着一匹阿拉伯骏马，头上还戴着一条埃及细布的头巾。有一个人说道：“萨迪，你看，这样名贵的缎子竟裹在这样愚蠢的畜生身上，不知你做何感想？”我说道：“这等于用金子写出来的蹩脚文字。”

《金子写的蹩脚文字》形象恰当地描绘了一些人的外表和内心。这些例子所表示的内容，大都是异乎寻常的绝顶聪明的认识。《蔷薇园》这样的寓言还有不少。这类寓言实际上与前一类内容的寓言区别不是很大，它们中有的是可以区别的，有的则无法区别。

《蔷薇园》的寓言除以上两个方面的内容外，还有一些其他方面的内容，如揭露批判统治者的残酷和离心离德等内容就有《国王修行》《国王和士兵》等。

《国王修行》：

> 有一位暴君问一位圣徒：“怎样的修行才最有价值？”他回答说：“你最好每天睡午觉。因为这样你就不会危害人类了。”

这则寓言短极，但却一针见血，痛快淋漓。

《蔷薇园》的寓言在内容上偏向世俗生活，但其艺术成就却颇引人注目。它的艺术成就是多方面的，我以为有四。

一是有特色、有新意地开拓了寓言世俗生活题材，在《伊索寓言》之后，把世俗哲理的寓言创作提高到如此的引人注目的高度，是很少见的。事实上来自于社会生活的这些普遍事件并不新鲜，在《伊索寓言》时就表现得淋漓尽致，但萨迪在伊斯兰时期的波斯，或者是在整个伊斯兰地区的生活基础上，又用寓言翻出了新意。

二是一反西方的《伊索寓言》和东方的印度寓言，在二者影响之间树立了人物寓言创作这面大旗。西方的《伊索寓言》，以及整个的西方寓言，还有波斯东面的印度，都以动物寓言为主，而萨迪却创作出了与其迥然不同的一群优秀的人物寓言。《蔷薇园》中有50多则寓言。但动物寓言只有数则，如《被关在一起的鹦鹉和乌鸦》《山猫和狮子》等。人物寓言本是中国寓言创作的传统，但它们却与此无甚联系，是自我发展的结果。

三是艺术表现上的独有特色。《蔷薇园》中的寓言一是构思上的超凡脱俗，联想奇特；二是寓言的少有的精悍，许多寓言寥寥几笔，真相毕显；三是浓郁的主观色彩，表现为对寓言题意、情节发展的随心所欲地控制，使它们均按作者的创作意图，变形到恰到好处。这些，都是许多寓言群体中少见的，并且，这些表现充满了浓郁的伊斯兰情调和生动的波斯的生活气息，富于特色。

四是对源于印度散韵结合的寓言表现形式的发展。散韵结合的寓言表现形式源于印度，即用散文叙述故事，韵文（诗歌、格言、警句）表达寓言的道德教训。这种寓言形式介于西方的伊索式和东方的先秦式之间，形式并不十分稳定，也没有太大的世界性影响，但在《蔷薇园》的寓言中，我们却见到了如此整齐的散韵结合的寓言表现形式，不能不说是对散韵结合的寓言表现形式的一种贡献。

以上虽只是《蔷薇园》中寓言所取得的艺术成就，但在某种意义上来说，是波斯寓言，主要是波斯散文寓言的艺术成就。萨迪是波斯寓言代表作家，《蔷薇园》寓言又是波斯寓言的杰出代表作。他另外一部名著《果园》中，也有不少波斯的优秀寓言，但《果园》是用韵文（诗歌）写成的。

第二节　波斯寓言（二）

萨迪的另一部著名著作是《果园》。

《果园》又名《萨迪集》，创作于公元1257年，是一部叙事长诗，包括正义和治世的道理、善行、真正的爱、陶醉与激情、谦虚、乐天知命、知足长乐、论教育、感恩、悔过与正道、向主祈祷与结束语等10章及一篇很长的序诗。

这是萨迪游历回乡后的第一部著作，人们一般认为《蔷薇园》是对现实世界的美与丑、光明与黑暗、堕落与灾难的描绘；而《果园》则是对善良、纯洁、正义与光明的礼赞，是萨迪理想与愿望的体现，可以把这部著作称之为萨迪的“理想国”。在萨迪创造他的“理想国”时，大量援引了历史人物故事及其他故事，从而得出他的结论。萨迪也就在这种援引中，包含了许多寓言。

《果园》的寓言大致有70多则，其中较突出的有《一个官吏失足落井》（篇名基本上按文中所拟故事篇名所录，但一个故事中有数则寓言时，篇名即为笔者所拟，另外，原故事的篇名太长或不合适者，笔者亦予改拟）《人救狗》《青年和羊》《没有眼的狐狸》《善人的亲吻》《哈台姆的施舍》《石子中的宝石》《一个怜惜马蜂的妻子》《石头与金银》《萤火虫》《灯蛾和蜡烛》《一滴雨珠》《明白人与酒鬼》《游牧人被狗咬》《兀鹰和乌鸦》《赊买甘蔗》《秘密》《贤哲多言》《会唱好歌的鸟儿》《贼和奸商》《圣徒挨打》《旅人伤心》《一个信徒拾得黄金》等。

在《果园》寓言中，其内容与《蔷薇园》中寓言的内容大致相同。人生、社会经验教训的总结仍是其内容的一个方面，这方面较好的寓言如《一个怜惜马蜂的妻子》《兀鹰和乌鸦》《会唱好歌的鸟儿》等。

《一个怜惜马蜂的妻子》是一个老题材，但它是鲜明的伊斯兰波斯表达方式，颇为生动。这一类的寓言还在《哈台姆的施舍》《赊买甘蔗》等。这方面内容的寓言仍是《果园》寓言的主要方面。

第二个方面的表达生活哲理的内容，在《果园》寓言里，明显比《蔷薇园》寓言要显著得多。《果园》中的许多寓言脱离了一般的经验教训的总结，相对地跳了出来，表达对人生、社会的认识和评价。这类寓言较好的有《青年和羊》《没有腿的狐狸》《游牧人被狗咬》等。

《青年和羊》：

我在路上遇到一个青年，
他走在前，一只羊跟在后面。
我说："这羊全凭一条绳索缚牢，
你走在前，羊随着你奔跑。"
青年听后立即解开拴羊的绳扣，
然后他跑将起来，时左时右。
这时，那羊依然跟随他奔跑，
因为他供给那羊饲料水草。
当他停止了表演站到原地，
说："聪明的朋友，我有一言请你听取，
缚住羊的并不是这条细绳，
而是对羊的关照与怜爱之情。"
愤怒的大象感念对它的恩情，
就不向驯象人袭击进攻。
善良的人啊，对小人也要礼遇，
狗吃了你给的食也为你效力。
一个人若给豹子两天吃食，
那吃食就磨钝了豹子的牙齿。

这则寓言表现的生活哲理，平静而不虚浮，在生动的描述中把日常生活的哲理折射出来。

在《果园》这方面的寓言中，哲理性比《蔷薇园》寓言要强烈，有的寓言已超出了一般生活哲理的描述，走向了描述纯粹哲理的道路，这方面寓言如《石头与金银》《一滴雨珠》等。

《石头与金银》这则寓言题意与《朱哈笑话集》中的《石头和金币》一样，但它的诗情力量与理性认识的有机结合，使其叙述要生动有趣得多。

《一滴雨珠》：

一滴雨珠从云端高处下坠，
见了浩瀚大海不禁自惭形秽。
在大海面前我算是什么？
有大海在此我自觉相形见绌。
当它自怨自艾感到自卑，

一个海蚌把它吸入体内。
造化变幻乃是神工鬼斧，
小小水滴变成为一颗珍珠。
这真是至卑至贱幻生出显贵尊荣，
置之死地然后才获得永生。

前一则寓言讲至用的哲理认识，后一则寓言说至卑至贱与显贵尊荣的关系，说明这一切都不是一成不变的。这都是抽象哲理的形象表述，哲理性很强，不同于一般生活哲理的寓言。实际上《果园》中的这类寓言已构成了寓言的哲理内容方面。在这方面内容上，《果园》又在伊斯兰教义、教理的纯理性的寓言形象表述中，要比《蔷薇园》走得远得多。这些寓言如《人救狗》《明白人与酒鬼》等。

《明白人与酒鬼》：

我听说有个无赖酒后撒疯，
伸手抓住一个明智信徒的衣领。
那蠢汉把那明智人打了一顿，
那信徒一言不发不与他理论。
有人对信徒说你也算个男子汉，
甘心受此侮辱因何不发一言？
那心地纯洁的人如此回答：
“你快住口，我不愿听你这话。”
醉汉发起酒疯撕碎别人的衣领，
雄狮在前他也敢厮斗拼争。
但是如若明白人抓住醉汉衣领，
那可并不证明他真正聪明。
生活中真正明智的人不计前嫌，
受了委屈能够以德报怨。

这则寓言劝诫人们要以德报怨，这都表现了伊斯兰教的教义和教理。实际上，有这类内容的寓言在《果园》中很多，不但专门表述的寓言如此，就连其他方面的寓言也多多少少寓意了伊斯兰教的许多教理和教义，如《青年人和羊》《没有腿的狐狸》《石头和金银》等。

在《蔷薇园》寓言中，揭露、嘲讽、批判社会不良现象和某些人丑恶嘴脸的内容不多，而《果园》寓言中这方面却强烈而辛辣。这方面内容的寓言有：《善人的吻》《贼和奸商》等。

《果园》在艺术成就的表现上，大致与《蔷薇园》寓言相同。《果园》寓言仍然以优秀的人物寓言为主，但动物寓言的创作却强于《蔷薇园》寓言，如《萤火虫》《会唱好歌的鸟儿》《兀鹰和马鸦》《灯蛾和蜡烛》等。

《果园》寓言自然谈不上什么对散、韵结合寓言表现形式的发展，因为它本身就是诗歌，但是，它又给我们带来另一个方面的意义，即对中亚地区诗歌体寓言，即寓言诗的发展的贡献。《果园》中寓言诗除了有前一节叙述的波斯寓言的优点外，在诗歌诗情力量与理性认识的相结合上，有较上乘的表现，许多寓言诗既哲理深刻，又韵味悠长。可以说，《果园》中的寓言诗是中亚中世纪最突出的一个寓言诗群体。

在萨迪同时代，在寓言创作上有所作为的还有诗人莫拉维。

莫拉维（1207—1273），即贾拉罗丁·穆罕默德·莫拉维，波斯诗人。生于巴尔赫。他在文学、哲学、语言学等方面有较高修养。在波斯诗坛上，与菲尔杜西、萨迪、哈菲兹齐名，有“诗坛四柱”之称。他的诗以丰富的想象、优美的诗句、发人深省的哲理，为后世盛赞。他的主要作品有叙事诗《玛纳斯维诗》，亦称《玄诗》，分为6卷，诗中有大量的民间故事、寓言、神话传说等。

另外，13世纪中，努尔丁·穆罕默德·本·穆罕默德·欧菲·布欧里的《故事集萃》（波斯散文集）中亦有不少寓言。此书的作者是13世纪波斯的一位著名学者。他曾长期生活在河外地区、呼拉桑及印度的桑德等地。《故事集萃》的内容分为4个部分，各部分又分为25章，4部分分别为：造物、先知、古君王与哈里发所创造的奇迹；美好的品德与值得赞美的作为；该诅咒的习性与动物的恶习；海外奇谈与人的由来。本书包含了各类传说、故事与寓言。内容广泛，异彩纷呈，后代引用此书内容的散文作品颇多。此书有土耳其、阿拉伯、英、德等多种译本。

《蔷薇园》和《果园》寓言是波斯寓言文学最明亮的部分，但在萨迪之后，波斯的寓言不是就此暗淡，而是相应的延续和发展，出现了一些作品和作家。

14世纪，萨迪去世后，欧贝德·扎康尼的寓言作品就称誉于那个时代。

欧贝德·扎康尼，14世纪时的伊朗著名学者和作家。他生活的时代恰值蒙古伊尔汗国在伊朗进行残暴统治之时，在作品中，他大量应用寓言的形式，入木三分地揶揄、讽刺社会道德的沉沦，淋漓尽致地鞭挞封建主的种种罪恶。他的主要作品有《贵族的道德》《开心集》《阿拉伯故事》《胡须集》《百格言集》《比喻集》及《诗集》等。其中寓言较多的要数《开心集》《阿拉伯故事》《胡须集》。《开心集》又在其中最为引人注目，它的寓言短小，幽默感强，寓意鲜明，如《误进寺院的狗》。

《阿拉伯故事》是一部用波斯文加阿拉伯文写成的故事集，其中的寓言故事妙趣横生，对伊斯兰教中许多虚伪的、形式主义的东西作了辛辣的讽刺，如《真主之家》。

在以后的几个世纪里，波斯的寓言作家仍在继承发展波斯的寓言文学，使波斯文学中的寓言创作一直没有中断过。在此期间，16世纪的故事集《老人星之光》、17世纪的伦理故事集《意中人》、19世纪的《波斯成语典故》等书中都出现大量的波斯寓言，对波斯寓言文学贡献显著。

《老人星之光》这本古代波斯寓言故事集为穆拉·侯赛因·瓦埃茨·卡什菲（？—1532）所著。他曾打算将阿拉伯文的《卡里来和笛木乃》译成波斯语，去掉阿布·马奥里的阿拉伯文译本中的阿拉伯文诗句，以成为流畅的波斯作品。但因感觉到阿拉伯文原本的语言堆砌、晦涩（这不是伊本·穆格法的译本，是阿布·马奥里的译本，这个译本一定是加译了《五卷书》的格言、谚语、诗歌部分，又加进了更多的阿拉伯内容的繁译本），于是将此书重新改写，删去了原书第一、第二章，又从《蔷薇园》等书籍中选择了一些优美的故事，译成流畅的散文体，编成一部波斯寓言故事集，冠以《老人星之光》书名。该书一出，人们争相传抄，风靡一时。后被译成土耳其、印地等语言。19 世纪，又在伦敦、柏林出版了该书的英文、德文译本。

17 世纪的《意中人》，作者是密尔扎·穆罕默德·土尔康·法拉希，他曾为伊朗沙法维王朝的（17 世纪）宫廷书记官。全书以故事阐述伦理思想，共有五章，一章论交往之道、谦虚与诚实；二章论行善与回避恶人；三章论顺境与逆境中的作为；四章论推崇朋友的谈吐及谴责与恶人恶声相通者；五章论述知足常乐的好处以及勤奋、嫉妒与贪婪的不同结果，另外还有一个序言和尾声。其中的寓言风趣动人。

19 世纪末、20 世纪初，伊朗作家德胡达主编的《波斯成语典故》是一本拥有众多寓言作品的著作。

德胡达（1879—1956），伊朗作家，生于德黑兰。早年在德黑兰政治学院学习。他是伊朗立宪运动（1905—1911）时期影响最大的作家。曾任《天使号角》杂志主编。他的主要作品有散文集《无稽之谈》《波斯成语典故》《法波词典》《德胡达大字典》（未完成）和《阿尔·雷杭·比仑尼评传》等。晚年曾任德黑兰大学教授、伊朗科学院院士。他编集的寓言全在《波斯成语典故》一书中。

《波斯成语典故》共有 4 册，达数百万字，收集了大量的谚语故事、民间故事，以及作家的创作寓言和民间寓言等，而且各种故事均围绕着某一谚语、格言等。在这些故事中，有不少的寓言作品，如《如今轮到我撒欢儿》《戒人者必自戒》等。

《戒人者必自戒》故事大致为：

> 从前有一个当妈妈的，一天带着自己的孩子去见至圣的先知穆罕默德，请他规劝一下自己的孩子不要吃生枣子。先知回答说：请你明天再来一趟。次日，这个妈妈带着孩子又来拜见先知。这时，先知对孩子好言相劝了一番。临了，孩子的妈妈问先知说："这番话您昨天对我的孩子不是也可以讲吗？"先知说："你知道，昨天我自己也吃了枣子，我讲出的话是没有作用的。"

这则以先知为形象的寓言故事，流传中早已成为"戒人者必自戒"的谚语，在波斯语中广泛使用。

除以上波斯各个时代的寓言作家和作品外，隐身波斯笑话、趣闻中的寓言，也是波斯寓言文学中一个有趣的部分。

波斯的趣闻、笑话是波斯文学中的一朵奇葩，在文学史上一直受到好评。这些趣闻、笑话来源复杂，口头的、书面的，年代、作者都不甚清楚，但不管如何，大多数趣闻都表现了来自久远的韵味。其中的寓言也是如此，而且某些寓言的年代可以得到印证。如《肚子和眼睛》：

> 病人来找医生，说："我肚子疼，给点药吧。"
>
> 医生问："今天你吃过什么东西？"

病人回答："几只发了霉的面饼。"

医生打算替他点眼药水，病人感到迷惑不解，忙问："我是肚子疼，跟眼睛有什么关系？"

医生回答说："先得治好你的眼睛。只要你眼清目明，就不会去吃发霉的面饼了。"（《波斯趣闻》）

这则寓言明显地与《蔷薇园》中的那则治眼睛的寓言题意相近，但有所变化。由此可以推测，这些寓言大致是13世纪之后流行于世的。

这些寓言并没有引起人们的注意，收集整理者绝少，经笔者初步收集，不过数十则，其中较出色的有《骆驼和狐狸》《改名》《被狗咬了以后》《真主和鞋子》《少见多怪》《最大的傻瓜》《高高的位置》《结交大人物》《傲气》《骨头》等。

《改名》：

有一次，亚历山大·马其顿听别人说，有个年轻战士改名叫亚历山大了。他就把这个战士唤来，对他说："我不反对你改名，但是，希望你上了战场也不要忘记，你的名字叫亚历山大！"

《高高的位置》：

羊站在高高的房顶上，下面走过一只狼。

羊对狼破口大骂，狼却这样说：

"别自以为你勇敢得很。骂我的不是你，而是你所占着的高高的位置。"

这些寓言构思巧妙，风趣幽默，短小精悍，寓意深刻，不失为波斯寓言的佳品。

伊斯兰地区11世纪以前是阿拉伯人的寓言时代，12世纪以后就是波斯寓言时代，这两个寓言高峰，正好是公元初的犹太人寓言之后，至15世纪欧洲文艺复兴，这一称为中世纪黑暗时代的，世界寓言文学史上的颇为响亮的一环。这一时代里，伊斯兰文化兴起，伊斯兰地区的寓言文学也在世界寓言文学的舞台进行了出色的表演，又正值这一时期世界各地的寓言文学并没有更多值得彰显的地方，故它们在世界寓言文学史上的地位是特殊的不可替代的。

波斯寓言之后，伊斯兰地区的寓言实际上只有些余音了，这余音也就是14世纪时的土耳其寓言。

第三节　土耳其寓言

土耳其语属突厥语系。11世纪，由西突厥分化出去的一支突厥人西迁伊拉克境，在巴格达建立了塞尔柱汗国。14世纪初，由此分出的突厥族的一个首领奥斯曼，征服了小亚细亚等地，建立了奥斯曼帝国。土耳其文学也就是在小亚细亚（安纳托尼亚）定居的土耳其人的文学，有时也称奥斯曼文学。

土耳其的书面文学，和许多突厥语系语言的文学一样，与早期的突厥书面语的文学有渊源关系。现今人们把中国新疆、中亚到西亚的突厥语诸民族的文学，按照语言特点分为三个部分：一是察合台文学（通行于中国新疆、中亚、埃及和莫卧儿王国）；二是阿塞拜疆文学；三是小亚细亚奥斯曼突厥文学。

第三部分，就是土耳其文学的前身。从13世纪开始，先有塞尔柱文学，后有奥斯曼文学。自此以后，土耳其在吸收融汇了来自阿拉伯、波斯的词汇、文学成分后，逐渐形成了自己的文学，成为伊斯兰地区文学的一个组成部分。

13－19世纪，人们称为土耳其“古典文学”时期。这一时期里，有著名的诗人鲁米（1207—1273）、苏尔坦·韦莱德（1226—1312）、阿舍克·帕夏（1272—1333）等，其中阿舍克、帕夏所著的《异乡流浪者的故事》被奉为伊斯兰的百科全书。14世纪诗人苏莱曼·切莱比（1344—1422）创造了穆圣诞辰诗体裁——梅夫利德。16世纪是宫廷文学黄金时代的开始，这个世纪中产生了最出色的宫廷诗人富祖里、巴基。17世纪中叶宫廷文学发展到高峰。纳比（1642—1712）的教谕诗《仁爱集》、内菲（1572—1635）的讽刺诗集《命运之箭》，以及埃弗利亚·切莱比（1611—1682）的散文《旅行札记》等都是土耳其文学史上的不朽之作。18世纪中叶宫廷文学走向衰落，但后来也出现了不少的著名诗人。

应该说，来自于主流上的土耳其文学在寓言文学上的关照极少，倒是流行很早的《纳斯列丁的笑话》中拥有一定的寓言。这也就是称之为伊斯兰地区寓言余音的土耳其寓言最早的部分。

霍加·纳斯列丁的笑话很早就在世界引起广泛注目，产生了很大的影响，在“笑话”这一文学体裁上的世界性声誉是很高的。霍加·纳斯列丁是人的名字，是土耳其人的阿凡提（阿凡提：土耳其语意思为教训），是土耳其人崇敬的智慧人物，就像阿拉伯人的鲁格曼一样。只不过鲁格曼的智慧主要在格言里，而霍加的智慧主要在笑话里。

霍加·纳斯列丁，到底历史上有没有这个人？学术界有种种说法，一般倾向于有，大约是13世纪前后的人，但后来成了土耳其人智慧的化身了。

至于霍加·纳斯列丁的笑话，其源于阿拉伯人的笑话集《朱哈笑话集》，这是纳斯列丁笑话的原型，后经演变和发展，纳斯列丁笑话就丰富了起来。纳斯列丁的笑话最初的记录者是16世纪的著名作家和诗人拉米伊（1471—1531），后经不断地发展，逐渐形成今天的规模。

现今《纳斯列丁的笑话》有笑话400多则，这些笑话已有公认的评价，涉及于此的只是其中的寓言。此书中的寓言有20多则，较突出的有《皮大衣赴宴》（篇名为笔者所加，下同）《霍加砍树枝》《霍加和小偷》《兔子汤的汤》《四十年陈醋》《霍加种树》《春天》《霍加养驴》《照别人指示造房》《先处罚》《霍加射箭》《小偷没有罪》等。

在这些寓言中，有些寓言同它的笑话一样，我们可以在《朱哈笑话集》中找到原型，如《皮大衣赴宴》《霍加射箭》《兔子汤的汤》《先处罚》《小偷没有罪》等寓言都是如此。

另外，土耳其笑话寓言中的一则寓言又与《卡里来和笛木乃》中的一则阿拉伯寓言很相似，这就是《霍加和小偷》。两则寓言故事相比较，这则寓言只不过比那则寓言简略一些，只多了些笑话色彩和语气，其基本的故事是一样的。这说明，土耳其的笑话寓言是建立在吸收多方营养基础上的。

我以为，以上没有涉及的寓言，应属于土耳其本土的寓言，其中较好的有《霍加砍树枝》《四十年陈醋》《霍加养驴》《照别人的指示造房》等。

《霍加砍树枝》：

> 有一次，霍加爬到树上去，开始砍他坐着的那个树枝。有个人从下面看见这种情形就叫道："喂，你在干什么？要知道，你会掉下来的。"但霍加丝毫也没有重视他的话。树枝突然咔嚓一声折断了，霍加一个跟头跌了下来。

这就是14世纪以后的土耳其寓言。这些寓言出自于笑话中，给寓言加进了一定的笑话色彩，使寓言融进了幽默，似乎更为风趣一些。另外，就以上几例寓言来说，叙述生动形象，教训鲜明，不失为时代的佳作。但总的来说，这时期的寓言说不上什么艺术上的成就和影响。

土耳其寓言除此之外我们还能另外见到一些寓言，如在王世颖译的《土耳其寓言》中就有。这个译成中文的土耳其寓言集子，是1929年3月由开明书店出版的，其中有寓言46则。如《狮和人》：

> 一只狮子与一个人像朋友似地一块儿走路，他们大家轮流地自己赞扬着各自的功绩。他们向前走的时候，遇着一个宏大的陵墓，上面有用大理石雕刻着的一个人，脚下踏着一只狮子。
>
> 人指着这个雕刻，叫狮子注意，他说："我不必再多说，单看这个，便可以证明人的膂力大可以征服狮子了！"
>
> 狮子回答："凿子在人的手里，他可以随心所欲地在石头上雕刻。假如我们能像你们那样举起凿子，你便可以看出我们工作出来的人物是什么东西了！"

这些寓言的确切年代、作者等情况不得而知。但从这些寓言的风格来看，仍有土耳其笑话的幽默诙谐感，属于其古代笑话寓言的发展是可以说得过去的。另外，从这些寓言的艺术表现来看，还是比较有特色的。

第四节 现代伊斯兰地区寓言与纪伯伦的哲理寓言

进入现代，阿拉伯—伊斯兰地区的文学都有了很大的变化，明显受到外来世界的影响和冲击，一些思想敏锐的作家、诗人深深感到，现代世界的伊斯兰地区文学要适应新时代的发展，表现新的社会生活、社会关系和矛盾。如伊朗19世纪下半叶文学上的启蒙者密尔扎·法塔赫·阿里·阿洪德扎德（1812—1878）和密尔扎·玛利库姆汗（1833—1908）二人就认为：《蔷薇园》的时代已经一去不复返，在新的时代应该创作适合人民要求的戏剧和小说。现代伊斯兰地区的寓言文学也就是在这样的情况下生存的，但实际上这种生存是很微弱的，除了黎巴嫩的纪伯伦之外，现代世界其他伊斯兰地区并没有什么出色的寓言文学，只有几朵零星的火花。

这几朵火花主要出现在伊朗、土耳其、黎巴嫩等地。

帕尔温·埃特萨米（1906—1941），伊朗女诗人。生于大不里士，1924年毕业于德黑兰美国女子学校。她的作品主要有颂诗、叙事诗，以及寓言诗。她的寓言等作品深受萨迪的影响，大多采用拟人手法，运用对话、问答的形式，语言优美，描写细腻，寓意深刻，其《眼泪的旅行》《晨曲》等作品被人们誉为优秀之作。

伊朗另一个编著有寓言作品的是德胡达，他横跨于新旧两个时代，本章第二节已有叙述，此处略。

另外，现代无名氏的《伊朗寓言故事》中也有些伊朗寓言，但明显受外来寓言题材的影响较大。

在土耳其，土耳其小说家萨巴哈丁·阿里（1907—1948），创作了一些寓言，并与人创办了幽默杂志《马尔科·帕夏》，发表讽刺诗和寓言，在一定程度上推进了现代土耳其寓言文学的发展。

在现代，真正使现代伊斯兰地区寓言文学放射自己光芒的是黎巴嫩的纪伯伦哲理寓言。

黎巴嫩的文学原属于阿拉伯文学的一个部分，16世纪黎巴嫩被土耳其人征服后，文学衰弱，直到19世纪才又复兴。19世纪有一些自己的著名作家、作品出现。20世纪初，黎巴嫩侨居美洲的一些作家，以“笔会”为中心，逐渐形成阿拉伯文学史上第一个重要的文学流派“叙利亚—美洲派”。主要代表人物有黎巴嫩人艾敏·雷哈尼（1876—1940），纪伯伦·赫利勒·纪伯伦和米哈伊勒·努埃曼（1889—1988）以及阿拉伯女作家梅·齐娅黛（1886—1941）等。当时纪伯伦是笔会的主席，他此间在创作了大量的小说、散文诗的同时，也创作了现代伊斯兰地区最出色的寓言作品。

纪伯伦·赫利勒·纪伯伦（1883—1931），黎巴嫩著名作家、诗人、画家，生于黎巴嫩北部山乡下舍里。12岁时随母去美国波士顿。两年后回到祖国，进贝鲁特“希克玛（睿智）”学校学习阿拉伯文、法文和绘画。1908年发表小说《叛逆的灵魂》，激怒当局，被逐，再次前往美国。1912 年迁往纽约长住，直到逝世。他的主要作品有：小说集《草原上的新娘》《叛逆的灵魂》，长篇小说《折断的翅膀》，散文《音乐短章》《疯人》，散文诗《泪与笑》《暴风雨》《行列圣歌》《珍闻与趣谈》《与灵魂私语》《先驱者》《先知》《沙与沫》《人之子耶稣》《先知园》等。《先知》被认为是他的代表作品。他是阿拉伯近代文学史上第一个使用散文诗体的作家，对阿拉伯文学有重要贡献，并有很高的世界声誉。

他的寓言作品主要收集在《流浪者》一书中，另外，《泪与笑》《先知》等散文诗集中，也包含了些寓言。《流浪者》一书有 52 则寓言，加上其他诸散文诗集中的寓言，约有近 70 则寓言。《流浪者》寓言是纪伯伦晚年的作品，他以寓言的方式，表达了对生活哲理的提炼，以及作家对生命、天地、肉体和灵魂、美与丑、生与死、世界本质等一系列哲理的思辨，也全都以寓言形象来表达。

纪伯伦寓言的思想内容总体上说是一个整体，这就是对世间万物的哲理的形象表达和认识，但细分下来，也有些小的差异，即一般生活哲理的表达、对社会生活不合理现象的深刻揭露，以及抽象哲理概念的形象表达等。后者也可以说类似中国先秦的某些哲学寓言。

一般生活哲理的表达，纪伯伦寓言有许多漂亮的例子，如《白鸽和黑鸽》《在集市上》《隐士和野兽》《雕像》《在沙滩上》《黄金腰带》《石榴》等。

《白鸽和黑鸽》（题目为编者所加）：

> 七百年以前有七只白鸽，从幽谷里飞上高山的雪峰。七个看到鸽子飞翔的人中，有一个说："我看出第七只鸽子的翅膀上，有一个黑点。"
>
> 今天这山谷里的人们，就说飞上雪山顶峰的是七只黑鸽。（《沙与沫》）

《白鸽和黑鸽》嘲讽生活中的以讹传讹，但寓言不仅仅限于此，它还带有对人性弱点的哲理思索。

对社会生活不合理现象的揭示方面，纪伯伦寓言表现得又深沉又深刻，如《造桥者》《圆月》《节杖》《法律和立法》《泥土》等。

《圆月》：

> 圆月光华灿烂地在城镇上空升起来了，城镇里所有的狗儿都开始吠叫起来了。
>
> 只有一只狗不吠不叫，它用庄严的声调对其余的狗儿说道："别吵得寂静从睡眠中醒来，也别用你们的吠声把月光唤到大地上来。"
>
> 于是所有的狗儿都肃静无声，停止吠叫了。但，那只叫大家不要吠叫的狗儿，却因寂静而彻夜吠叫。《圆月》很形象地表达了强权的本质。别的狗不得吠一声，换上来的就是它自己彻夜不停地吠叫，很有现实意义。

纪伯伦寓言第三个方面的内容，是其哲理思辨的形象表达，这也是他寓言最重要的一个方面。在这里面，又可以分为好几个小的方面，一是对抽象概念的形象表达；

二是对某种事物的哲理见解表达；三是对整个生命意义的哲理思索。

抽象概念的形象表达如《贪婪》《哲学家和清道夫》《衣衫》《一神和多神》等。

对某种事物哲理见解表达的寓言也不少，如《珍珠》《舞蹈家》《两首诗》等。后两则寓言实际上是两篇文艺评论，表达作家对诗歌和舞蹈家的见解，如他在《舞蹈家》故事后面写下的话语："哲学家的灵魂居住在他的头脑里，诗人的灵魂深藏在他的内心里，歌唱家的灵魂回荡在他的喉咙里，可是，舞蹈家的灵魂流贯于她的全身。"有什么表达比这更精辟呢？又有谁选择过如此独特的寓言表达方式呢？

当然，《珍珠》这则寓言的精妙也不让于它们。

《珍珠》：

> 一只蚌跟它附近的另一只蚌说："我身体里边有个极大的痛苦。它是沉重的，圆圆的，我遭难了。"
>
> 另一只蚌怀着骄傲自满情绪答道："赞美上天，也赞美大海，我身体里边毫无痛苦，我里里外外都很健全。"
>
> 这时有一只螃蟹经过，听到了两只蚌的谈话，它对那只里里外外都很健全的蚌说："是的，你是健全的，然而，你的邻居所承受的痛苦，乃是一颗异常美丽的珍珠。"重复它对人说了什么是多余的，我只觉得这则寓言就像它的名字一样。

对整个生命意义的哲理思索是纪伯伦寓言中最让人惊心动魄的一部分。这些寓言如《肉体和灵魂》《两位王妃》《先知和孩子》《国王》《疯子》《途径》《大河》《另一个流浪者》等。

在另外一些寓言里，如《国王》中表达了纪伯伦的理想国的追求；《途径》和《大河》又让我们认识人在天地间的地位，倾听到来自遥远世界的那个声音。

谁也不相信有什么具体的上帝，但人最深处的灵魂和思想总希望与遥远的什么东西对话，这确是千真万确的，而纪伯伦这方面的寓言中让我们看到了这样的情景，这在世界寓言文学史上，还是绝无仅有的。

纪伯伦寓言的思想内容虽然有以上几个可分的方面，但不应该忘了，这些都是在他的寓言哲理化的前提下的区分，即不管是以上哪个方面的内容，都要体现寓言的哲理认识，这才是其寓言总的目的。

纪伯伦寓言在思想内容上为现代伊斯兰地区的寓言文学耸立了一座纪念碑，其寓言内容的哲理深刻性，在现代世界寓言文学中也是首屈一指的。当然，这一切离不开它艺术成就上的贡献。

首先，他一扫过去阿拉伯—伊斯兰地区寓言的一般经验教训的纠缠，把伊斯兰地区的寓言带进了一个新的更高的殿堂，即纯哲理寓言的境界，表现了阿拉伯—伊斯兰寓言思想的深邃。可以说，他的寓言纯哲理的表达，有些类似宗教寓言，但又没有宗教色彩和宗教气氛。其寓言表现了阿拉伯人的精神追求和哲学思辨，其意义是非凡的。

二是完全摆脱了阿拉伯寓言的一般表现形式，不拘泥于成规，挥洒自如，自由豁达，既不注重于动物形象，也不禁锢于人物形象；寓言的寓意全部内蕴，根本不谈什么道德教训的归纳，但寓言都表达了一个巨大的隐约的寓言内核。这几乎违反了寓言简洁明了的规律，但难读的同时又觉得深刻和意味无穷，其内容是多层次的，很丰富。

三是散文诗式的表达使寓言走向了美文学的边缘。这些寓言都是用散文诗化的笔调来创作的，文字上都很优美，每则寓言都可是一章优美的散文诗，但冷凝的核心都在，表现为如别林斯基所说的诗情力量与哲理相结合的“理性的诗歌”。采用这种方式进行寓言创作，在世界寓言文学史中，纪伯伦尚属首创，并取得了瞩目的成果。

也就是这些方面的艺术成就，使现代世界没有忘记有光荣历史的阿拉伯—伊斯兰地区的寓言文学。

第九章　英国、西班牙、意大利寓言

英国、西班牙、意大利是欧洲大陆边缘上的几个有名的国家，其文学发展历史都有各自的条件和历史背景，属于相对独立的文学历史系统。英国文学的起源可追溯到5世纪；西班牙最早的文学作品是10世纪时的史诗；意大利文学最早可追溯到5世纪，但意大利民族语言“俗语”，是7世纪在拉丁文的基础上演变而初步形成的，12世纪时即出现了用意大利文写作的诗歌。

这三个欧洲国家的文学，在后来数百年的发展中，都取得了相当的成就，盛时的文学都为世界文学创造了大批优秀的文学作品和优秀的作家、诗人。在这些文学历史中，其寓言文学亦在不同的程度上是其文学历史的一个不可分割的组成部分。这几个国家的寓言约有以下几个特点，使它们在叙述欧洲寓言文学时，得到人们的最先关注。一是这几个国家的寓言是欧洲寓言文学形成世界性潮流（即指以拉封丹寓言开始的，以莱辛、克雷洛夫寓言为主线的寓言文学潮流）之前的寓言文学；二是英国寓言中的最早的寓言，是欧洲（除古代的希腊、罗马寓言）最早见的寓言；三是英国、意大利数百年间形成了自己的寓言作家群和自己优秀的有特色的作家和作品，但多年人们极少对它们进行相应的估价；四是西班牙、意大利等国的寓言明显受《卡里来和笛木乃》寓言及《五卷书》寓言的影响，形成了与欧洲伊索式传统寓言不完全相同的寓言，带有明显的东方色彩。

就是这些寓言，在阿拉伯—伊斯兰地区寓言由盛转衰后，成为中世纪欧洲寓言文学的先声，并在后来的发展中汇入欧洲世界性的寓言文学潮流。

第一节　英国寓言（一）

5世纪，原住在北欧的三个日耳曼部落—盎格鲁、撒克逊、朱特侵入了英格兰岛，在此基础上逐渐建立了英国，也开始了英国的文学历史。英国的文学历史大致分六个时期：一是中世纪文学；二是文艺复兴时期文学；三是17世纪文学；四是18世纪文学；五是19世纪文学；六是20世纪文学。中世纪文学中又分古英语文学和中古英语文学。

古英语文学可上溯到5世纪，早期居住在英格兰岛的凯尔特人和其他部族没有留下什么书面的文学作品，倒是侵入的三个日耳曼部落有史诗《贝奥武甫》传了下来，这就是英国最早的文学作品。6世纪末，基督教传入英国，出现了宗教文学。

中古英语文学是在1066年诺曼人的入侵后形成的，一批说法语的贵族，从语言和文学风尚上影响和改变了英国的文学。14世纪后半叶是中古英语文学的高峰，有乔叟的《坎特伯雷故事集》和兰格伦的《农夫皮尔斯》等著名作品和作家。

16世纪，英国国力充实，民族主义高涨，以重新发现古希腊、罗马的古典文化为起点，开始了自己的文艺复兴时期的文学。出现了著名的诗人斯宾塞、剧作家马洛、基德、格林、查普曼、德克、米德尔顿、马斯顿、海伍德，直至世界最伟大的剧作家莎士比亚。重要的作品有《仙后》《帖木儿》《浮士德博士的悲剧》，以及莎士比亚的37部剧本。这时期还有丰富的散文作品。

17世纪的英国文学著名作家有弥尔顿、班扬等，著名作品有《失乐园》《复乐园》《力士参孙》《天路历程》等。

18－20世纪的英国出现了大量的有世界影响的作家和作品。如蒲柏的诗歌，笛福的《鲁滨孙漂流记》《摩尔·福兰德斯》，斯威夫特的《格列佛游记》，理查逊的《克拉丽沙》，华兹华斯的诗歌，拜伦的《唐璜》，雪莱的诗歌，司各特的《艾凡赫》等数部著名小说，奥斯丁的《傲慢与偏见》，卡莱尔的《法国革命》，罗斯金的《威尼斯之石》，狄更斯的《大卫·科波菲尔》《荒凉山庄》，萨克雷的《名利场》，夏洛蒂·勃朗特的《简·爱》，威廉·莫里斯的《乌有乡消息》，哈代的《还乡》，艾略特的《四个四重奏》，戈尔丁的《蝇王》等等。

如此丰富多彩和雄厚的文学，自然是英国寓言文学辉煌的文学天幕，这天幕下的英国寓言一方面是有深厚背景的，一方面也是英国文学的一个组成部分。只可惜这个部分长期被人们忽视，欧洲的寓言动则拉封丹、莱辛、克雷洛夫，实则英国寓言是古老悠久的和值得称赞的。

英国的文学始于5世纪，但寓言文学发生于什么时候呢？似乎我们没有发现它9世纪前的任何寓言，古代的英国在此之前没有给后世留下什么寓言作品。英国最早的寓言约出现在9世纪，有两件事大致可以得出这样的结论。一是12世纪的在英格兰长期居住的法国女诗人、寓言作家玛丽，曾提到过9世纪时领导英国人奋力抗击丹麦人入侵的阿尔弗德雷大帝就译过《伊索寓言》，不知此事究竟如何？但可以肯定，作为有名的历史人物的作为，是很容易被人们记载和流布开来，并有一定确切性的。这一说法还能有著名的古文物拜育绣毯上绣的动物寓言图案为佐证。

二是现存的最详尽的一本古英语诗集中有一则可作为寓言的作品《长生岛》。这诗集大约抄于公元975年，手稿由利奥弗里克主教交给埃克塞特大教堂保存，故此得名叫《埃克塞特诗集》。诗集中有宗教长诗《基督》，两首关于圣古思拉克的诗，若干宗教短诗，一些一般的抒情诗和挽歌，还有95则谜语及一些格言诗。《长生岛》是英国最古老的寓言作品，也许人们对《长生岛》是否真属寓言还有争议，但据此有一点可以肯定，公元9世纪，至迟在盎格鲁、撒克逊后期，寓言的发生是存在的。

这可说是欧洲大陆诸国所能见到和说起的最早的寓言文学史实和事件，但这只是最早的事件而已，不知为什么，此后几个世纪的英国却没有出现什么真正的寓言作品和作家。

11世纪，诺曼人入侵英国，时尚法语，英语转入下层人民中间，此时的英语文学称为俗语文学。俗语文学中的寓言作品，有《猫头鹰与夜莺》这一长篇寓言诗值得一提。这一寓言长诗大约写于12世纪末、13世纪初，说的是夜莺和猫头鹰碰在一起，先是相互恶意谩骂，后又辩论谁的歌唱对人类最有用。猫头鹰指责夜莺用情歌引诱男女犯罪，夜莺说猫头鹰是凶兆的化身，它的歌只能给人类带来灾难。二鸟争执不下，请诗人裁决，但遭谢绝。这篇所谓的寓言长诗实际上不是寓言，而是寓意化了的诗歌作品，但同时说明，这样的作品，也只有在广泛的寓言文学的氛围下才能产生。

13世纪，英国出现了一本叫《罗马故事》的故事集。这本书的编者已不得知，只知道它由拉丁文写成，其中包括骑士故事、圣徒传说和大量源自东方的寓言。它的故事大都是为一个道德教训服务的，如第七十九则故事通过描写一头蠢驴，嘲讽谄媚者奉承不得其法反而误己的现象；第一百七十四则故事通过叙述一条蛇咬其恩人之事，说明忘恩负义终遭恶报的教训。当中有许多以历史人物为题材的故事，但非记述史实，而是着意表现抑恶扬善的说教主题。这部故事集是东方故事（包括寓言故事）和基督教宗教故事综合的结果，在中世纪的欧洲有广泛影响，被译成多种文字，对后来的许多著名作家的创作都有影响。

这部故事集自然包含了来自东方及基督教的一部分的寓言故事，对英国寓言的影响是无疑的。可以说，它是阿尔佛德雷大帝时期《伊索寓言》影响英国之后，又一强有力的寓言文学影响，正是这一时期东方寓言的大量介入，才形成了英国独立发展自身寓言文学的动因和条件，并为14世纪英国寓言的发展准备了充足的条件。

14－16世纪，英国寓言才真正走进了自我发展的时期，这一时期的特点是大量介绍和模仿外国寓言文学。最先出现的寓言作家是乔叟和兰格伦。

乔叟（约1343—1400），英国诗人，有“英国诗歌之父”之称。出生于富商家庭，当过贵族侍从、廷臣和官吏。曾游历法、意等国，深受意大利人文主义思想的影响。早期创作仿效欧洲文学中的优秀作品，翻译了法国叙述诗《玫瑰的故事》。之后，他创作了《禽鸟的议会》，这是他走向成熟的寓言诗。他利用梦幻结构，嘲讽小市民阶层的爱情观。

人们一般认为他的寓言代表作是《坎特伯雷故事集》中的寓言。此书中的现实主义描写和人物刻画，无疑是当时英国社会的真实写照。此书中乔叟利用了大量的东方寓言故事，如“伙食司的故事”。这个故事说的是有一只乌鸦，长着黑白相间的羽毛，聪明伶俐，能模仿人说话。有一次它发现主妇奸情，遂将此事告诉主人，主人盛怒之下，杀死爱妻，可事后懊悔，便将乌鸦的白毛拔光，并伤其舌头，使之永远不能说话。这则寓言的教谕是，无论任何情况下，最好保持缄默，聪明人的舌头往往是倒霉的根源。这则寓言故事的教训是鲜明的，但乔叟并不是为了写作寓言创造了《坎特伯雷故事集》，而是为了写作故事而利用了东方的寓言故事，它的许多故事实际上是一个在一般的寓言故事上丰富扩展了的故事，不是一则纯粹的寓言。但是，后人对他在英国寓言创作上的评价很高，认为他是英国寓言创作的先声，实际上并不如此，他用故事和小说推进了寓言，而不是创作了寓言。

对寓言创作更进一步深入的作家是同时代的兰格伦。

兰格伦（约1330—约1400），英国诗人，《农夫皮尔斯的幻想》的作者。他出生于英国西部赫里福德—伍斯莫尔文山附近，据说是一个贵族的私生子，一说他的父亲是自由农。他幼年受过经院教育，后来移居伦敦，任教会低级职务。

《农夫皮尔斯的幻想》是一部用中古英语西中部方言写的押头韵的寓言长诗。现存的抄本不下50部，抄本分A、B、C三类，B类最完整，是今天的通行本。此书采用中世纪梦境寓言形式，主要由三大梦组成。第一个梦记述了诗人在梦中所看见的世人奔忙于罪恶与真理之间而不知险恶的幻景，劝告人们崇尚真理。第二个梦通过描述"奖赐"夫人的婚事，揭露教会的腐败与社会的堕落。第三个梦讲人们为寻求真理而求助于农夫皮尔斯，可皮尔斯却先让大家参加劳动，从而肯定只有劳动才能找到正义和真理。这些都是《农夫皮尔斯的幻想》的重要内容，但其中穿插了一些象征寓言和动物寓言，如《七大罪恶的忏悔》和《老鼠挂铃》等。

所谓的象征寓言并不一定是真正的寓言，但动物寓言确是货真价实的英国寓言，如《老鼠挂铃》。这则寓言故事说的是某处一群老鼠遭到一只猫的百般蹂躏，生命朝不保夕，于是集会共商对策。一只老鼠建议给猫的脖子上挂个铃铛，这样老鼠们就可根据铃声的响动随时采取预防措施。建议获得一致通过。但铃买来之后，谁也没有勇气把铃铛挂到猫脖子上去，因此计划落空。这时另一只老鼠站出来安慰大家，说即便摆脱了这只猫，也还会有别的猫来的，唯一的办法是："随这只猫去吧！"

这则寓言在当时的社会背景下讽喻是深刻的，但一般的道德教训亦让人难忘。"给猫挂铃"几乎是这一有广泛影响的寓言题材的最早作品。

15世纪，英国寓言有了进一步的发展，出现了凯克斯顿，以及三位苏格兰寓言作家亨利森、邓巴、道格拉斯。

凯克斯顿（约1421—1491），英国印刷商，翻译家。早年经商，曾在法、德等国生活过一段时间。1476年首次将印刷术引入英国，开办了英国第一家印刷厂，印刷出版了大批经典作品，其中包括他的许多译著，有力地推动了人文主义在英国的传播和发展。1481年他出版了《列那狐的故事》英译本，1484年出版了《伊索寓言》英译本，这都是他从一个法译手稿本转译的，后一本寓言集保存丁罗姆路斯和阿维阿努斯编写的《伊索寓言》，以及一些当时才发现的寄托在伊索名下的古希腊寓言。这两个译本对后来英国寓言创作产生了相当的影响，并至今仍被视为英语儿童文学的经典。

亨利森（约1420—1490），苏格兰著名诗人，寓言作家。生平不详，传说曾从事与法律有关的职业。文学创作上受乔叟的影响，有"苏格兰乔叟派"之称。主要的作品是《克丽西德后传》。《伊索道德寓言》是其主要的寓言作品集，此书约写成于

1460 年，亨利森广泛取材于中世纪流行的《伊索寓言》体系，其创作表达了对当时社会的理解和认识。

如仿《伊索寓言》改写的《乡村耗子和城镇耗子》，就摆脱了原来的寓意，影射了资本主义初期苏格兰新兴的城市社会和封闭的农村的对立。在《公鸡与玉石》中，他进一步强调和讽刺了实用主义态度带来的鼠目寸光，但这则寓言又有双重的寓意，为衣食而忙碌的普通人，玉石对他们又有什么用处呢？《狮子与老鼠》写弱小的老鼠救了大象；《狼和小羊》强烈地表现了现实社会的不公平。

亨利森的这部寓言作品，是我们目前所见到的英国最早的自己创作的作品专集之一。

道格拉斯（1474—1522），英格兰诗人。出生于显赫贵族家庭。做过主教，在苏格兰历史上一段纷乱时期的政治事件中曾起过重要作用。现存的作品有四部：长诗《良心》《埃埕阿斯纪》，以及两本道德寓言集《国王哈特》《荣耀之宫》。这两本所谓的道德寓言集不一定是如亨利森那样的《伊索道德寓言》，但梦幻寓言的形式则是具备的。

邓巴（约 1460—约 1530），苏格兰诗人，出身于贵族家庭，1504 年成为牧师，受王室重用。他多才多艺，擅长写作颂歌、圣歌、挽歌、道德剧、喜剧、讽刺诗和寓言。一般认为，他的梦幻寓言《金色的盾牌》寓意巧妙，形象生动。

总的说来，这一时期的英国寓言处于起步状态，真正的有较大成就的寓言作家少见。到了 17 世纪、18 世纪，英国寓言在整个欧洲寓言的大氛围下，进入了自己的繁荣时期，出现了一批寓言作家。如德莱顿、勒斯特伦奇、斯威夫特、盖依、柯珀、曼德威尔等，其中尤以盖依的寓言成绩最为显著。

德莱顿（1631—1700），英国诗人、剧作家、批评家。曾受封为桂冠诗人，并任过史官。一生著述丰富，开英国古典主义文学之风。主要诗作《牝鹿与豹》，赞美天主教。创作有戏剧 27 部。论著有《论戏剧诗》和《悲剧批评的基础》等，对后世的影响较大。晚年致力于翻译。后期最重要的作品是《古今寓言集》。这是用诗体改写的奥维德、薄伽丘、乔叟等人所著的一些故事，但许多故事并不是寓言，只有极个别的可称为寓言，这是作者认为带有教诲性质的作品都是寓言的认识所致，这种观点在当时有一定的代表性。

包含有较多寓言的是其长诗《牝鹿与豹》。这篇长诗人们认为本身就是寓言诗，但实际上并不尽然。此长诗约写于 1667 年，旨在攻击英国国教，歌颂罗马天主教。作品分三章。第一章以不同的动物形象来描写各种教派，如以纯洁、不朽的牝鹿喻罗马天主教，以凶残肮脏的豹喻英国国教。第二章是牝鹿和豹之间的辩论，涉及许多宗教问题。第三章则借动物之口宣扬作者关于政教合一反对自由党人的政治主张。对于寓言文学重要的是，诗中穿插的体制短小并可独立成篇的寓言，如第三章中豹子讲述的燕子不愿越海迁徙的寓言，以及牝鹿反唇相讥所讲的鸽子的寓言，都是较为有名的作品。

第二节　英国寓言（二）

斯威夫特是以《格列佛游记》闻名于世的作家，但同时也是一位寓言作家。

斯威夫特（1667—1745），生于爱尔兰，毕业于都柏林三一学院，当过私人秘书、牧师、报纸主编，逝世前为爱尔兰的一教堂教长。有著名的政论文《布商的书信》《一个温和的建议》。代表作是长篇小说《格列佛游记》，它暴露了英国社会的种种不合理现象，讽刺英国上层社会的腐败。

《格列佛游记》被世人认为是寓言小说，它采用了寓言的表现手法，但这并不是他的寓言创作。他的寓言创作代表作是《一个木桶的故事》。这个故事说，一个父亲临死时留给三个儿子每人一件外衣，嘱咐他们好好保存。儿子们很快就违背了父亲的遗训，根据时尚在各自的外衣上缝上各种饰物，使之完全变样。后来两个弟弟企图恢复外衣的原样，但外衣已经被破坏而无法复原了。这篇寓言有十分明显的社会背景，如三兄弟象征的是三个教派等，借以用寓言来表达作者对宗教的见解。这篇寓言象征性很强，但寓言的教训是深刻而强烈的，对普遍的社会现象的揭示也是鲜明的。"为时尚而毁坏衣物"，舍本逐末，追求虚饰，这样的现象在社会的各个角落都有表现，而斯威夫特却把它的教训用寓言表达了。

斯威夫特的寓言作品不多，但如《书籍之战》等书中也有些寓言，如此书中一个蜘蛛和蜜蜂争吵的故事就是一则寓言，书中用它来证明古、今作家的优越。

与斯威夫特同时代的寓言作家较著名的还有曼德威尔，他以《蜜蜂的寓言》一书著称于世。

曼德威尔（1670—1733），诗人，散文作家，哲学家。生于荷兰，后定居英国。他 1705 年出版寓言诗《嗡嗡蜂房》，1714 年和 1723 年再版时加进了一些散文部分，最后定名为《蜜蜂的寓言》。这本书犹如中国庄子的著作，是为了哲学的目的而创作的。作者为了反驳同时代哲学家莎夫茨别利关于仁爱为人性之本和社会基础的观点，用寓言的形式，认为人类社会犹如一个庞大的蜂群，其中每个成员都出于自己的目的才不得不同其他成员结合起来，在这里所谓德行不过是自爱的掩盖形式，只有允许每个成员根据自己的目的自然本能行事，社会才能正常工作；社会的个别组成部分不一定是好的，但合起来却促进了社会发展。

把人类社会比作蜂群，这是它总的寓意，但在这个总体的寓意中，其散文部分中又含有许多可独立的哲理寓言，以表现其各个方面。此书一出，在引起哲学界的论战之外，还为英国寓言文学留下了许多佳作。

在曼德威尔之后，英国的寓言文学中，出现了一个以寓言诗创作著称的寓言诗人柯珀。

柯珀（1731—1800），是英国感伤主义代表诗人。生于牧师家庭，早年当过职员。他的诗歌表现了启蒙主义的自由、博爱等主题。诗歌的代表作是《任务》，这是英国诗歌的著名篇章。他在创作一般诗歌的时候，因受 17 世纪一些英国寓言作家的影响，创作了一些寓言诗。其中较有名的有《菠萝和蜜蜂》《夜莺和萤火虫》《被诅咒的世界的爱》等。这些作品均收在他 1782 年发表的《诗集》里。这些寓言诗一般比较短小，文字质朴率真。

17 世纪、18 世纪是英国寓言创作的黄金时代，寓言创作是其主流，但在以创作为主的这一寓言文学时期中，有一位英国作家却以编译了集大成的《寓言集》，而获得广泛的赞誉。这个作家叫莱斯特伦奇。

莱斯特伦奇（1616—1704），英国散文作家、翻译家、政治家。政治上倾向于保王党，写有大量政论文章。内战期间逃离英国，王政复辟后被封为男爵。他一生翻译过许多作品，最有名的作品是《寓言集》。

《寓言集》共约 500 篇，收有《伊索寓言》、阿维阿努斯寓言，以及后来寓言作家的作品，是当时寓言编纂的集大成者，人们对它评价甚高。

另外，17 世纪的班扬也值得一提。

班扬（1628—1688），英国作家。生于农村劳动人民家庭，受教育甚少，早年当补锅匠，后成为传教士，曾两次入狱。代表作品有《天路历程》《培德曼》等。《天路历程》被认为是英国继《农夫皮尔斯的幻象》之后最优秀的梦境寓言作品，对后世有很大的影响。西方学者常把此书看成宗教寓言，但这已不是一般意义上的寓言了，可以说，此书只不过是寓言小说之类与寓言相关而又不是寓言的作品。

以上是英国寓言文学的诸方面，各位作家、诗人在英国寓言文学史中都有自己一定的地位，但摘取最高荣誉的寓言桂冠者是盖依。

盖依（1685—1732），英国寓言作家、戏剧家、诗人。出生于德文郡。17 岁赴伦敦，做绸缎商学徒。先后当了蒙茅斯夫人和昆斯伯里公爵夫妇的秘书，又与蒲柏、斯威夫特和阿巴斯诺等结成“涂鸦社”。有诗集《乡村游戏》《牧羊人的一周》《琐事》等，又著有《乞丐的歌剧》《波莉》等五部喜剧。

他 1727 年出版了《寓言集》，收寓言诗 50 篇。《寓言》的第二集是在他死后出版的，收寓言诗 16 篇，后人合二为一，名为《盖依寓言》。

《盖依寓言》在思想内容上涉及广泛，但一般都是以作者表达其对社会、人生、伦理、政治等观点和见解为基点的。如《死神的朝廷》，其故事为：死神召集臣子们开会，要选举一位总理大臣。臣子们争相夸耀各自的本领。“痛风病”说自己威力无比。“狂热病”说自己是暴力的使者。“忧郁症”说自己能摧毁人的欢乐，毒杀爱情。“结石病”和“肺病”毫不示弱，宣称能将人长期折磨致死。“瘟疫”则夸口可以在一小时内毁灭一个国家。然而死神最后却选中了在一旁沉默不语的“放纵”。因为死神认为其他朝臣都是人类的敌人，人类对他们存有戒心。唯独“放纵”被人类视为朋友，这才是真正高明的杀手，并且也只有他才能让其他朝臣在人类社会充分发挥才能。

这是对社会、人生的深刻见解，人类在许多时候不是败于公开的敌手，而正是在以为最平常的地方被打败，“放纵”就是。这是对人类社会命运的关心。

像这一类的寓言还有《牧羊狗与狼》《牧人与哲人》《野猪和羊》《猫头鹰和农夫》等。

《牧羊狗与狼》的故事是：狼吃了羊后逃回森林里藏起来，但仍然被牧羊狗找到了。牧羊狗先不与狼打仗，想用大道理来感化狼，让它以后别再吃主人的羊。狼却反驳说，它只是偶尔才吃羊，而且是为了填饱肚子，这是大自然的法则所允许的：可是作为羊的保护者的人却把成千上万的羊吃掉，人才是真正的暴君。狼最后得出的结论是：公开的仇敌应该受诅咒，但伪装的朋友却更坏。

《牧羊狗与狼》的最后落点好像是一般的教训，但实则是对人类的虚伪作了生动的揭示。另外的寓言《牧人和哲人》以一个很巧妙的构思，展示了自然学识的奥秘。这则寓言是放在《盖依寓言》首篇的，用意在于确定寓言这一文学品种的认识和教育价值，认为人可通过观察和描写动物世界，学会对德行的珍爱和对邪恶的憎恨，达到自我完善。这是哲理认识，又是作者对寓言文学见解的表达。《野猪和山羊》这则寓言最后点明的教训是：追求暴力的人最终将自食其果，明显地表达作者反对暴力和无休止争吵的认识。

这几则作品的创作，在当时大多是有所指的，如《牧羊狗和狼》反对人们的暴行；《野猪和公羊》批评英国法律制度和抨击大英帝国的黩武政策；《猫头鹰和农夫》用意则在讽刺当时的英国新闻界那些自视高明的时事政论家。像这一类寓言在《盖依寓言》中是最多见的，它总要把寓言的题意与现实结合起来，增强其现实感和讽刺意味。但是，在他大多数都有所指的寓言中，不管作者是否愿意如此，他的作品却总有一些普遍性较强的、一般日常社会生活经验教训总结的寓言，这样的作品如《杂种狗、马与牧羊狗》《捕鼠者与猪》等。

《杂种狗、马与牧羊狗》的故事是：一只杂种狗自以为噪音动人无比，终日在路边，见谁都大吠一阵，乐此不疲。一天有一匹马从这儿经过，杂种狗照此办理，惹得马性起，一脚将它踢个半死。这时一只牧羊狗见状说：这是饶舌的下场。

这几则寓言与以上的几则寓言一样，在当时也是有所指的，但它的立足点是一般的经验教训，故而更有普遍意义。由于这类寓言有深厚的社会生活基础，盖依寓言中这类寓言的教训话语，有很多已演变成英国有名的成语。

盖依寓言艺术上的成就和特色是显著的，表现也是多方面的。大致区分下来，有以下几个方面：一是独特的题材和风格；二是巧妙的构思和出新能力；三是深厚的生活基础和强烈的现实意义。

在独特的题材和风格方面，盖依寓言的表现是最为突出的。英国寓言文学自然是欧洲寓言文学的一个组成部分，盖依寓言作为英国寓言最杰出的代表，它却在题材和风格上与众不同。欧洲大陆的寓言，在总的线索上，《伊索寓言》故事是欧洲各国寓言创作的基本题材，拉封丹利用《伊索寓言》故事，莱辛也利用《伊索寓言》故事，克雷洛夫及其他许多人等也是。这些著名不著名的寓言作家都是如此，故而他们在题材上难免雷同和陈旧，但在英国的盖依寓言中就不存在这一问题。我们举例的数则寓言中，其题材基本没有对《伊索寓言》题材的借用，绝大多数都是源于本地生活的寓言故事。这也就是盖依寓言与众不同的重要方面。《伊索寓言》的题材对它影响不大，其基本风格的影响也不大。在欧洲寓言中，伊索式的寓言是主流，但盖依却未循此旧轨，而是走了一条自己的路。它的故事较为完善，不像伊索风格的寓言简略；有教训话语出现，但又不是固定的模式，有时候故事本身就说明了问题，在风格上似乎更倾向于东方。这方面还能从其浓烈理性色彩与伊索风格寓言的世俗性的区别中，得到进一步证实。正是这两个主要方面，才形成了其“独树一帜”风格，有别于其他寓言。这对丰富欧洲的寓言文学，无疑是一个贡献。

巧妙的构思和出新能力方面的表现也是突出的。一般说来，寓言的新意大致来自于寓言的构思，而盖依寓言的构思却是极尽其能的，许多寓言在巧妙的构思下，使一般常见的事和物陡现出深刻的寓意。如《捕鼠者与猫》的人猫相争；《牧人与哲人》的牧人学习方法；《好斗的狗》的狗插手打架挨揍等等。正是这些巧妙的构思，才使许多一般的故事在盖依的笔下显出了深意，并服务于寓言的创作目的。可以说，人们称赞的盖依寓言的出新能力，多来自于作者的构思。

深厚的生活基础和强烈的现实意义是盖依寓言艺术表现的又一显著方面。盖依寓言的深厚生活基础表现在它作品深深地植根于英国社会生活的土壤上，如《好斗的狗》《杂种狗、马与牧羊狗》《捕鼠者与猫》这些寓言，如果没有强烈的生活感受和细致的观察，以及深刻的思索，要想创作出来，并且吸引人、征服人是很困难的。但是，盖依在总结一般社会生活经验教训的同时，又赋予寓言强烈的现实性，使其寓言在社会生活中都有所指，在表现普遍意义的同时，又增强了寓言的现实意义，使寓言更贴近生活。就是这些来自于生活中的诸因素，使我们在众多的寓言中，错认不了英国的盖依寓言。

盖依寓言也就是依凭以上几个方面，获得了“英国的伊索”的美称，使英国这一有悠久寓言历史国度的寓言，在盖依时代走向了自己的高峰，成为英国寓言文学的代表。

盖依之后，19 世纪英国的寓言文学基本没有什么较出色的寓言出现，只有盖蒂（1809—1873）的故事集《大自然的教喻》，吉卜林（1865—1936）的《林莽之书》《原来如此的故事》等故事集中有些有寓言色彩的故事。

第三节　西班牙寓言

西班牙最早的文学是 10 世纪出现的史诗，其中流传到现在比较完整的《熙德之歌》约写成于 1140 年。另外还有《桑乔二世与萨莫拉之围》《拉腊王子之歌》《龙塞斯瓦列斯》等史诗都是长期口头流传，后来才用文字记录下来的。

在摩尔人统治时期，西班牙文学受阿拉伯文化的影响，出现了一些著名的散文作家。

15 世纪，西班牙驱逐了摩尔人，完成了光复运动，迎来了西班牙历史的转折点，也出现了众多的诗人。到 16 世纪中叶至 17 世纪，西班牙文学创作繁荣，人才辈出，文学史上称为“黄金世纪”。这时出现了世界著名的小说《堂吉诃德》，米格尔 · 德 · 塞万提斯 · 萨维德拉还有短篇小说集《训诫小说》，以及悲剧《努曼西亚》等。

以后的西班牙也出现了不少的作家和作品。

西班牙的寓言文学自然不像欧洲其他国家那样发达，而且大都与 15 世纪前统治西班牙的摩尔人有关，但正因为如此，西班牙寓言才有了自己特殊的意义。

西班牙寓言文学最早的作品是《教士戒律》。

《教士戒律》是一部寓言故事集，为西班牙作家贝特鲁斯 · 阿尔丰西所作。贝特鲁斯 · 阿尔丰西生平不详，只知他为西班牙的犹太人，约于 1106 年改信基督教。《教士戒律》一书约作于 12 世纪早期，是用拉丁文写成的。素材多源自传入西欧的阿拉伯文学。作品以一个老人给儿子进行道德教育为总的叙述框架，用每个故事来阐明一种道德原则和伦理规范。全书 32 则故事，主要为动物寓言，也有人物寓言，还收有许多东方传统的成语和格言。

此书的寓言在独创性以及表现西班牙地方和民族特色等方面，也许没有什么特别的表现，但这一作品作为阿拉伯人登上欧洲大陆，其文学直接影响欧洲文学的结果，却得到了广泛流传，因而影响很大，对欧洲短篇小说的发展有相当的影响。它从印度那里移植的大故事套小故事的结构方式，也有重要的影响。这种结构方式传人欧洲，这里不一定是唯一的渠道，但是非常重要的渠道之一则是肯定的。这种结构方式一传入，为后来的许多欧洲作家所模仿。

这是西班牙最早的寓言文学，不难看出，这是在阿拉伯人传入东方文学后产生的，像这种直接由东方文学传入而影响的寓言文学，除了英国寓言文学的一部分、意大利寓言文学外，再就是西班牙寓言文学，而欧洲其他地区这种情况极少。

14 世纪初西班牙寓言文学另一个较早的寓言作品是《卢卡诺尔伯爵》一书中的寓言。这本故事集为西班牙最杰出的散文作家胡安 · 曼努埃尔所作。

胡安 · 曼努埃尔（1282—1348），西班牙中世纪杰出的散文作家。出身王族，是国王阿耳封索十世的侄子，少年时曾与摩尔人作战，累建战功。在斐迪南四世和阿拉贡国王在位期间任摄政王。政治上主张平等博爱和世界大同；个人处世方面提倡勤奋。后期退出政界，隐居从事文学创作。主要作品有致力于教诲的《各国故事》，和以故事与对话形式描述骑士制度形成的《骑士和持盾侍从之书》以及写给他儿子的《训子集》。他作品的代表作则是《卢卡诺尔伯爵》。胡安 · 曼努埃尔的散文语言精练，情节生动，对后世有相当的影响。

胡安 · 曼努埃尔的寓言在《各国故事》等书中有少量存在，但主要的在《卢卡诺尔伯爵》一书中。

《卢卡诺尔伯爵》一书有人认为是散文故事集，但有的人认为是寓言故事集，笔者认为，此书的故事不能全作为寓言。

这本书又名《帕特罗卡尼奥之书》，是以卢卡诺尔伯爵和他的老师帕特罗卡尼奥之间的对话体裁写成的。伯爵就各种道德、社会和政治问题向老师提问，老师以一个故事来解答，其中的许多故事就是寓言。每次谈话末尾都用一首短诗形式的箴言作结，全书有51个故事，寓言又主要是人物寓言，有名的有《费尔南·同萨莱斯对他的将士们的回答》《三个流氓的故事》等。前一则寓言说的是荣誉和安逸肯定不能并存的道理；《三个流氓的故事》以后来的相类故事影响很大，如安徒生的童话《皇帝的新衣》就是。

此书还有些生动的动物寓言，如讲两匹马联合起来战胜一头狮子的故事，说明了弱者团结起来就能战胜强者。还有乌鸦和狐狸的故事，讲狐狸如何骗取乌鸦的奶酪，这个故事是来自于《伊索寓言》传统故事的改写。

这本书的结构方式和创作意图与《五卷书》或《卡里来和笛木乃》相似。

在《卢卡诺尔伯爵》一书的同时，还出现了一本教士诗的杰作《真爱诗集》，其中也有一定的寓言诗。《真爱诗集》为胡安·卢易斯所著。

胡安·卢易斯（1283—1350），又叫伊塔大主教，西班牙诗人。生于阿尔卡拉城，在托来多求学，受东方文学和希伯来文学的影响，曾任教职，因泄密被判刑13年，一生写过不少民谣和诗歌，但流传至今的只有《真爱诗集》。

《真爱诗集》约写成于1343年，内有12篇连续性的叙事涛。情节主线围绕一个青年教士自叙的恋爱经历，并穿插了许多其他情节，旨在揭露教会的黑暗，抨击禁欲主义等。作品中有抒情诗、讽刺诗、叙事诗，其中穿插32个寓言故事，多数根据欧洲中世纪流传的拉丁文寓言集《罗姆路斯》中的作品改写而成，起讽喻和教谕作用，同作品的叙事融为一体。

14世纪，在西班牙广泛流传的书籍《狡猾人的故事》也值得一提。这本书的作者不详，后人认为可能是把一个英国修士的作品译成西班牙语的著作。这是一部说教性的故事集，里面多为动物寓言和道德寓言，其寓言的现实意义较强，在一定程度上反映了文艺复兴时期的人文主义思想。这些寓言也是西班牙寓言文学的一部分。

以上就是中世纪的西班牙寓言，或者说是西班牙寓言的代表，它带有明显的东方色彩。《教士戒律》全是来自东方文学的故事，《卢卡诺尔伯爵》中的寓言《三个流氓》的故事原型显然来自《五卷书》的“三个骗子和一个婆罗门”。另外，此书的结构形式和创作意图也与《五卷书》相似。

这些影响，我们还可以寻找到一个有力的例证，即至今在西班牙广泛流传的一个寓言故事《机灵的捕鸟者》。

这则寓言的故事与印度佛经中的同类寓言基本没有什么区别，不管各自的取舍如何，西班牙人的这则寓言故事，就是在原来同类故事上建构的。

当然，这一时期来自古希腊、罗马寓言故事的影响也是不小的，如“狐狸和乌鸦”的故事，以及《真爱诗集》中大量的来自《罗姆路斯》寓言故事的寓言等。可见，西班牙中世纪的寓言是在两种寓言文学的直接影响下产生的，但仍以东方色彩见长。

我们从西班牙寓言文学各个时期的几个著名寓言作家作品的发展来看，不难得出这样的结论。即12世纪前，西班牙文学中的寓言就有存在，但很大程度上是阿拉伯人带来的寓言文学。12世纪时，《教士戒律》的出现，标志着模仿东方寓言创作的成功。这时的寓言主要受以阿拉伯文学为主的东方文学的影响，因为我们在《教士戒律》一书的寓言中基本看不到来自西方传统寓言故事的影响。到了14世纪初的《卢卡诺尔伯爵》一书时，虽然故事基本来自东方，东方味很足，但西方传统的寓言故事已在其中见到了影响，如"狐狸和乌鸦"的故事就是。之后不久的《真爱诗集》中的寓言出现，来自于古罗马的《罗姆路斯》寓言故事就在其中占了完全的优势，可以说，这时的西班牙寓言的欧洲化已占了统治地位。这一历史过程，与摩尔人进入西班牙和退出西班牙的历史大致相符。15世纪摩尔人退出西班牙以后，西班牙的寓言文学也基本上走上了与欧洲寓言同一的轨道。

15世纪以后，没有多长时间西班牙强大起来，16世纪、17世纪出现了西班牙文学史上的"黄金世纪"，但几个世纪中的寓言文学却没有什么可以称道的寓言作家和作品。到了18世纪，才产生了一些值得一提的寓言作家，如伊里阿尔堤和萨马尼埃戈等。

伊里阿尔堤（1750—1791），西班牙寓言作家、诗人、剧作家。生于卡纳里亚群岛，少年时到马德里投靠在学术界颇有声望的叔父，获得了良好的教育。后继其叔父任国务部官方翻译。主要作品有叙述诗《乐曲》、戏剧《宠坏了的公子哥》《没家教的小姐》《人类的财富》，反映了作者的启蒙思想。

他的寓言代表作为《文学寓言》，其中寓言诗76篇。这些寓言的内容不是表达道德教训的，而是用作文坛论战工具，阐明他的文艺观的。其中的许多寓言实则是诗论文章，如第六则推崇简约的风格，第八则说诗应将美与实用结合起来，第三则谈文学批评的重要性，第四则强调研究古典文学的必要等等。这种方式，对欧洲寓言创作有一定的影响。

人们认为，伊里阿尔堤是西班牙最杰出的寓言作家。

在伊里阿尔堤的同时代，另一个寓言作家是萨马尼埃戈。

萨马尼埃戈（1745—1801），西班牙寓言作家。生于阿拉瓦省贵族家庭，曾游历法国，深受法国启蒙主义思潮的影响。回国后任某学校校长。他的寓言名作是《道德寓言》（又称《用卡斯蒂亚语韵文而作的寓言集》），最初是献给他的学生的，于1781年和1784年分两卷出版。

《道德寓言》中的寓言多系根据伊索、费德鲁斯、拉封丹和盖依等人的作品改写而成，也有部分是自己创作的。内容大多是道德说教，但也着意表达他的启蒙主义民主思想。《道德寓言》中较著名的寓言有《青蛙要求上帝给他们一个国王》《老人和死神》《青年哲学家和他的伙伴》等。

萨马尼埃戈在西班牙寓言文学中的地位次于伊里阿尔堤，他的文笔不及伊里阿尔堤洗练，但在淳朴和流畅上则过之。他的寓言曾长期作为西班牙学校中的必读教材。

这两位寓言作家之后，19世纪、20世纪的西班牙就极少有值得一提的寓言作家和作品了。

第四节　意大利寓言

意大利是一个历史悠久的半岛国家，古代的罗马也就在这里为中心兴盛和衰亡，但意大利作为一个国家和民族的存在，却是罗马帝国衰亡后的事了。意大利文学的开端，可以追溯到中古时期。476 年，西罗马帝国覆灭，各蛮族在罗马帝国的废墟上建立了许多国家，相继开始了封建化的过程。8 世纪末，意大利完成了向封建所有制的转变。10 世纪逐渐形成了许多人口稠密、经济繁荣的城市。在这一发展过程中，从帝国时代拉丁语中分化出来的通俗拉丁语，逐渐向意大利民族语言演变。7 世纪，古意大利文初步形成，12 世纪上半叶，出现了用意大利文写的诗歌。

在意大利历史上，宗教文化起着特殊的作用，宗教文学在意大利文学中也有着重要的位置，如圣芳济谷（1182—1226）的《太阳兄弟的赞歌》、雅科波内·达·托迪（约 1230—1306）的《赞歌》等均较为有名。

意大利最早的文人诗歌是 13 世纪前半叶西西里王和神圣罗马皇帝腓特烈二世宫廷的西西里派的抒情诗。

以后，随着社会经济的发展，意大利文学取得了世界瞩目的成就，各个时代都出现了一批有世界性影响的作家和作品，并以升起欧洲最早文艺复兴的曙光，在世界文学中占有极其特殊的地位。

在以后的数个世纪中，最著名的作家（诗人）、作品有布鲁内托·拉蒂尼的《宝库》、马可波罗的“游记”，但丁·阿利吉耶里的《神曲》、弗兰契斯科·彼特拉克的《歌集》、乔万尼·薄伽丘的《十日谈》、波利齐诺亚的《比武篇》、阿里奥托斯的《疯狂的罗兰》、马基雅维利的《佛罗伦萨史》《君主论》、塔索的《被解放的耶路撒冷》、朱泽培·帕里尼的长诗《一天》、卡尔洛·哥尔多尼的喜剧、维柯的《新科学》，以及 18－20 世纪众多的作家和作品。

意大利文学中的寓言似乎没有什么特别的印痕和地位，以寓言文学知名的作家极少，寓言文学的历史也很简略，但在大艺术家达·芬奇笔下出现的寓言，却使其在欧洲寓言文学中有较为特殊和突出的地位。

意大利文学史上与寓言最早关联的作家是薄伽丘。

薄伽丘（1313—1375），意大利文艺复兴时期的作家，人文主义思想的杰出代表。其名著《十日谈》对欧洲的短篇小说创作有巨大的影响。而这《十日谈》中却有些故事与《五卷书》《卡里来和笛木乃》中的故事相关联，《十日谈》中有些故事借用或部分借用了它们的故事。这个事实也许对寓言没有什么说服力，因为这都是写小说、故事而使用的，但它能说明一个问题，14 世纪时，意大利已经受到东方寓言的影响，寓言创作也可能是在这种情况下已经开始。后来的菲伦佐拉和达·芬奇的作品亦证明如此。

15 世纪，大艺术家达·芬奇创作了一批寓言，但这些寓言并没有于当时面世。当时的寓言作品有影响的是菲伦佐拉的《五卷书》的改写著作《动物谈话的最初表现形式》。

菲伦佐拉（1493—1543），意大利文学家，出生在佛罗伦萨。他本姓乔万尼，原籍菲伦佐拉，家族在几代人以前就已迁居佛罗伦萨。16 岁进入锡耶纳大学学法律，1516 年大学毕业后，加入瓦隆布罗萨修士会，任修士会驻教廷的代理人。1526 年，教皇克雷门特 7 世解除了他的僧侣誓约，准许他还俗后保留优厚的俸禄。1538 年移居普拉托，后来死在那里。主要作品有译作《金驴记》，以及用对话形式写的《谈女性美》。1541 年写有《动物谈话的最初表现形式》，这是根据《五卷书》改写的，书中保留了原来的故事内容，改换了国名、人名、动物名称。此书布局匀称合度，文雅明快通畅，是他最优秀的作品。

这是意大利文学中最早见到的寓言译写、改写作品。

这是东方寓言对意大利寓言文学影响的例证，但在此稍后的时期，《伊索寓言》，这一欧洲传统的寓言也进入了意大利，这就与一个特殊的人物利玛窦相关联。

利玛窦（1552—1610），意大利耶稣会传教士。生于意大利安科纳州马切诺城一官员家庭，自幼聪慧过人，16 岁赴罗马学习法律和神学，转而研究数学、天文学和地理学，1571 年入耶稣会，1582 年（明万历八年）8 月来广东香山澳，后到肇庆，开始传教。1608 年，他写了一部叫《畸人十篇》的著作，论及比较宗教、哲学、文学研究，但当中介绍和翻译了一部分《伊索寓言》，成为中国第一部译介伊索言行和寓言作品的著作。利玛窦是一个传教士，基本与意大利文学无缘，但他在 17 世纪译介了部分《伊索寓言》，从而也就能间接证明，他在罗马生活的时期，《伊索寓言》对人们并不是陌生的，《伊索寓言》进入了意大利。

如果仅是以上的寓言历史，或者说达·芬奇的寓言创作不被人们发现，那意大利的寓言文学恐怕是欧洲各个国家寓言文学最贫乏的一页，但达·芬奇在 15 世纪创造了这些寓言，并在几百年后被人们发现。

达·芬奇（1452—1519），意大利的艺术家、科学家、文艺理论家，同时也是出色的寓言作家。在佛罗伦萨度过青少年时代，当过学徒。1516 年，达·芬奇因进行解剖学试验遭到阻挠，便接受法国国王的邀请，离开罗马，侨居法国，直到 1519 年逝世。

达·芬奇自幼刻苦钻研科学，在天文、地理、力学、数学、解剖学、植物学等领域成就卓著。在技术方面也有许多重大发明和革新。达·芬奇是世界上划时代的艺术家，他的绘画，如《最后的晚餐》《蒙娜丽莎》等，是意大利文艺复兴时期最优秀的艺术作品。他还建立了完整的绘画理论，著有《绘画论》。在后来发现的大量的笔记中，他还广泛地探讨了艺术的规律和特点，以及哲学、科学等方面的问题。也就在这些笔记中，发现了他用“镜体”写下的大量寓言作品。

近年，意大利出版家布鲁诺·纳尔迪尼翻译整理了达·芬奇的笔记手稿，将其中的寓言故事选辑出来，并把古代意大利文译成现代口语，出版了《达·芬奇寓言集》和《幻想动物》两书。前书收有寓言 37 则，后书收有寓言 73 则，两书共计 110 则。

达·芬奇寓言的思想内容是多方面的，但达·芬奇侧重的是对理想追求和人生见解的表达，这方面的寓言如《雪团》《天鹅之歌》《高傲的孔雀》《鹰王的遗嘱》等。

《雪团》：

> 高高的山巅上有一块孤单单的巉岩。岩石的顶上，有一撮白雪。
>
> 那雪花望着周遭茫茫的宇宙，开始沉思默想对自己说："人们会说我太自以为是放肆了，这是真的！像我这样一小撮白雪，纯然只是雪花罢了，怎么能高高在上地停留在这儿而毫不害臊呢？任何人抬头望着这座高山，都可以看出其他的雪都比我低下得多的。像我这样一小撮白雪是没有权利攀上这使人昏眩的顶峰的，要是太阳像昨天对待我的同伴那样对待我，一眼把我望融，那也是我罪有应得的。不过我将躲开太阳公正的愤怒，逃到一处更适合于像我这种卑微的雪花停留的地方去。"这样说着，这小撮雪花，冷得又僵又硬，从岩石上往下一跃，打山峰上直滚下去，但他越往下滚，就变得越大，很快它就变成了一个大雪球，接着引起了一次大雪崩。它最后停在一座小山上，那大雪球已变得像小山一般巨大了。
>
> 因此，到了夏天，这片雪花成了被太阳融化的雪中最后的一片。

《雪团》不仅仅是"谦受益"的古训，而且是完完全全的达·芬奇一生奋斗的最深切的感受，昂首在人生的最高处，又落实到人生的最低处，这样的人才能是最伟大和最坚实的。另外的《天鹅之歌》是庄严高尚的寓言式生命吟叹调，更大的程度上不是寓意，而是寓志。《鹰王的遗嘱》是达·芬奇个人理想性格追求的寄托和写照，是鹰，"我绝不死在巢里，我要飞上苍穹，飞到双翅能把我带到的天空，我要飞向太阳。"

像这样的寓言还有不少，在他的寓言中有很重的分量，如《大象和龙》《石头和道路》等等。前者表现了作者自我修养的追求目标，后者则是它旅居法国的生活感受。

达·芬奇是善于创作以上这类寓言的，但他对日常社会生活经验教训总结方面的寓言，创作也是很成功的。他往往以人们意想不到的角度，把一则寓言写得生动、自然，创新而颇有风趣，出现了不少优秀的寓言，如《白鼬》《鹰和猫头鹰》《蝴蝶和火焰》等等。这些寓言中《白鼬》写白鼬为了次要的外表，而犹豫不决，最终失去了一切。《蝴蝶和火焰》说的是蝴蝶为了疯狂的梦想，而葬身于看上去是幸福归宿的火焰。这些本来也只是日常生活的常见的教训，但一揉进作者的人生体验，也就显得深刻形象生动。

表现一般的哲理也是达·芬奇寓言思想内容的一个方面，如《幼苗和木棍》。在这则寓言里，一些我们平时很容易忽略的道理得到形象生动的表现。这方面内容较好的还有《游隼和野鸭》等。

达·芬奇寓言的思想内容主要有以上几个方面，当然，其他方面的寓言内容在其中也有。

达·芬奇作为一个出色的寓言作家，其寓言作品富有特色，艺术上也取得了多方面的成就。

首先从总体上来说，达·芬奇寓言是一个有别于任何欧洲寓言群体的寓言。在欧洲历史上的寓言主要有两种模式，一是在东方寓言故事基础上创作的带有东方色彩的寓言；二是以《伊索寓言》故事为基础而创作的西方传统式寓言，前者如英国、西班牙部分作家的寓言，后者如法国等国家的一大批寓言作家所创作的寓言，并且各国的自我创作的寓言也是建立在这两个基础上的。这几乎在欧洲极少有例外，但意大利15世纪时的达·芬奇寓言就与众不同。在他的寓言里，我们既看不到来自东方的故事，也看不到来自西方的故事，题材的来源一是民间的，二是作家自己的生活观察、体验和认识，这在欧洲寓言中有非常独特的意义，因为这卓越的独创性超过了所有的欧洲寓言作家。与此同时，也不能说达·芬奇寓言在东西方寓言之间没有一定的倾斜，因为他的寓言表现形式是东方式的，即一般都是以主人公的结局表现寓言寓意的，而不是通常的欧洲寓言需要有教训话语总结于后。这又是一个区别和特色表现，这不能不说是达·芬奇寓言的一个贡献。

达·芬奇寓言另一个对欧洲寓言文学的艺术贡献是创作了一批以植物为主人公的寓言。在《伊索寓言》里我们看到极少的几则植物寓言，公元前后的犹太人寓言里也有一批优秀的植物寓言，但大量如此成熟的植物寓言仍只见于达·芬奇寓言。达·芬奇有100多则寓言，而用植物作为主人公的寓言有数十则，如《幼苗与木棍》《栗子和无花果》《核桃和钟楼》《桃树》《无花果》《蜘蛛和葡萄》《月桂树、爱神木和梨树》《雪松和它的伙伴》《葡萄藤和老树》《柳树和南瓜》《核桃树》《榆树与无花果树》等等。这些寓言大都是成熟的有分量的寓言。这与达·芬奇是一个植物学家不无相关，植物学家加上思想家和哲学家，在植物寓言的创作中自然是无与伦比的。在一个作家的笔下，独立地出现如此之多的植物寓言，对欧洲乃至世界寓言都是一个贡献，对一直以动物寓言为主的欧洲寓言来说，尤为有意义。

达·芬奇寓言在艺术上的表现也是突出的，大致有以下几个方面，一是对生活的观察细致入微；二是特有的艺术感觉；三是把寓言的哲理表现得很精微；四是笔调优雅，故事完整动人。

达·芬奇寓言的题材大部分来自于他的生活，这就需要作家对生活深入细致地观察和思考。在达·芬奇寓言中有这样一则寓言，叫《钥匙眼里的蜘蛛》。这则寓言写的是蜘蛛自以为是地选择锁孔为避难所，结果反而让开门的钥匙顶死了。这一寓言题意上没有多少新意，但被达·芬奇放到钥匙眼里来做文章，就显得生动，情趣盎然，而这一结果的起因就是对周围世界的观察。可是，蜘蛛并不是什么大动物，钥匙眼也不是什么大场景，没有细致的观察是见不到什么的，同时如果对此不进行思考，也不会从中悟出什么来的。由此可见，作为大艺术家的达·芬奇，其寓言的目光也是敏锐和细致的，这可是他创作如此大量寓言的先决条件。

达·芬奇寓言的哲理表现是很精微的，一则寓言读下来，往往觉得余味无穷，让人可以从中领悟很多东西。寓言的教训自当是第一位的，然后是生活的哲理，及人生的体验和感觉。

达·芬奇寓言艺术表现的第三个方面是特有的艺术感觉。按一般的寓言题意和一般的寓言思路，寓言当是这样或那样的，但当某个一般的题意一落在达·芬奇笔下，完全就出乎于人们的想象，它不是这样，也不是那样，而是达·芬奇样的。如《惩办自己的狼》：

> 万籁俱寂，寒冷孤独的黑夜。食物的气味吸引着狼，使它离开了森林。
>
> 狼一边十分小心地向前迈步，一边自语：
>
> “见鬼！我嗅到的气味不能是别的，只能是羊群的香味。我还从来没尝到过这种东西哩！”
>
> 狼谨慎地继续向前走。它怕弄出声响，连草都不惊动，每迈一步都考虑脚的分量。爪子落地之前，也要琢磨一番，微弱的声音也可能把看守羊群的恶狗弄醒哩！
>
> 尽管狼这样小心，哎，还是踩到了一块木板上，木板一动，木板附近的狗就吠个没完。
>
> 狼不得不溜之大吉。这次宴会完全落空了。对自己要求严格的狼举起一只爪子——闯出乱子的罪魁祸首，把它咬得鲜血淋淋。

寓言轻松地嘲讽了狼对香气的敏感，继而又是对狼的把过错全推给爪子的揶揄。它有一般的道德教训，但又不纯粹；有讽刺，也不完全是为了讽刺……一般的思路肯定会通过嗅香气写狼的贪婪，可达·芬奇不是这样的，他以他独特的艺术感觉，把这则寓言写活了，又跳出了一般化的俗套。这就是达·芬奇寓言的艺术感觉。许多欧洲寓言作家在处理传统的常见的寓言题意时，是以优雅生动的民族语言来弥补对传统故事的呆滞，而达·芬奇则以自我特有的良好艺术感觉弥补了这一点。

笔调优雅，故事完整动人也是达·芬奇寓言艺术表现的一个方面。与其他寓言作家一样，达·芬奇创作寓言的一个重要目的是为了表达自己的见解和哲理思想，但他却以少有的优雅的文笔和完整的生动故事来叙述这一切，以致成为他寓言艺术特色的一个方面。如《独角马和少女》是有深刻哲理的，但它也表现为一个很美的悲哀的故事；《国王和仙鹤》中赞美了忠诚，但忠诚却写得如此动人，它是寓言，又不失为一篇优美的散文佳作；《蝴蝶和火焰》实际上是用诗一样的语言叙述了蝴蝶毁灭的全过程；《天鹅之歌》是寓言的同时，很难不把它当作一曲高尚的生命咏叹调……像这样的寓言在达·芬奇寓言中是常见的，可以说，追求语言的优雅贯穿了他整个的寓言创作过程。

以上是达·芬奇寓言诸方面的表现。以他在寓言艺术上的成就，可以说他是欧洲较早的杰出的寓言作家。英国的盖依寓言发生在17世纪，法国的拉封丹也比他为晚。虽然他的寓言东方味很浓，也没有在当时汇入欧洲寓言的潮流，但他在意大利寓言文学及欧洲寓言文学上的功绩是比较大的，他的风格迥异的寓言作品，在欧洲寓言文学中亦有光辉的一席。

本章叙述的三个国家的寓言文学历史差异极大，但有一点相同，都是处于欧洲大陆边缘的国家，其寓言文学在一定的历史时期都受到来自东方寓言文学的影响，都多多少少带有一些东方味和东方色彩，形成与欧洲其他国家不尽相同的寓言文学史。

第十章　法国寓言

法国有着自己辉煌的历史和文化。法国人的祖先是法兰克人，公元5世纪末，在今天法国的土地上就出现了法兰克人的王朝，但以法兰西命名的独立王国，则是公元9世纪中叶的事。法兰西王国的建立，标志着法国民族统一体的形成，同时也标志着民族语言，即罗曼语的形成。罗曼语就是现代法语的前身，是拉丁语与当地方言融和而成的民间语言。法国最早的文学就是用这种罗曼语创作的。法国文学史起源的第一个标志是《斯特拉斯堡盟约》。这不是文学作品，而是官方文件，但这是罗曼语的第一份珍贵文献，这一时间是842年。

842－1515年的中世纪是法国文学的第一编。11世纪后的史诗《罗兰之歌》、小说《玫瑰传奇》《列那狐的故事》、拉伯雷的《巨人传》等是这一时期的重要作品。

16世纪的法国文学最著名的有蒙田的《随感录》；17世纪是现代法语文学的开创时期，重要作家有高乃依、拉辛、莫里哀、帕斯卡尔、博叙埃、布瓦洛等。18世纪，法国“光明世纪”中的文学重要作家有孟德斯鸠、狄德罗、伏尔泰、卢梭等，作品有《波斯人信札》《爱弥儿》《忏悔录》《拉摩的侄儿》《费加罗的婚礼》等一批世界名著。19世纪最著名的作家作品有拉马丁的《沉思集》、巴尔扎克的《人间喜剧》、雨果的《惩罚集》《悲惨世界》、乔治·桑的《康素爱洛》、斯丹达尔的《红与黑》、福楼拜的《包法利夫人》、左拉的《小酒店》《萌芽》、波特莱尔的《恶之华》、莫泊桑的中短篇小说等。20世纪最著名的作家作品有罗曼·罗兰的《约翰·克利斯朵夫》等。数百年的法国文学由于法国文学家们的天才贡献，成为世界文学中最重要的一部分。

法国文学中的寓言文学，就是在这样的历史背景中产生的。一般认为，法国寓言文学从12世纪开始的，有两个源头，一是来自于古希腊、罗马寓言文学的影响，一是民间的系列动物故事《列那狐的故事》。前者以12世纪时法国第一位有影响的寓言作家玛丽为标志，后者是12世纪开始流传的列那狐的故事，故事中包含了许多寓言。这以后是16世纪的诗人马罗写了些寓言，以及拉伯雷的《巨人传》中运用了一些寓言。

17世纪，是法国寓言文学的高峰期，拉封丹寓言的出现，是欧洲寓言文学继古希腊罗马之后，又一次新的崛起，并成为后来现代世界寓言潮流的第一个高峰。继拉封丹之后的法国寓言作家，以费纳隆和呼达尔最为出色。18 世纪的费罗里昂的寓言创作亦很有特点。另外，丰特奈尔的《论寓言之起源》，以及丹纳的《拉封丹及其寓言》，是寓言研究领域的重要著作。

第一节　法国寓言概况

按一般的说法，法国寓言起始于 12 世纪，12 世纪流传于民间的《列那狐的故事》就是其寓言的源头之一。

后经文人整理的《列那狐的故事》分 27 篇，共 2．2 万多行，讲的是一个名叫列那的狐狸的故事，是一本典型的动物故事书。但有的人认为，它以此衍出一系列的民间寓言故事。在这本书中，确实有一些寓言的故事和情节，如《爱听吹捧的乌鸦》就是一个寓言故事，基本情节就是原本寓言的情节。可仔细一看，《列那狐的故事》不是在创作寓言，或者在故事中镶嵌寓言，而是利用寓言的故事来叙述故事，或者说塑造列那狐的形象和性格。这样一来，我以为《列那狐的故事》为首的所谓民间的寓言系列是不存在的，此书总的来说只是一个社会味儿很浓的动物故事，故而这个所谓寓言文学的源头并不存在。当然，当中的一些故事情节对后来法国寓言文学的影响也是存在的。

法国寓言文学的开端，在 12 世纪下半叶的寓言作家玛丽那里。

玛丽，法国 12 世纪下半叶女诗人、寓言诗人，出生于法国，长期生活在英王亨利二世纪的宫廷，英国人称她为“玛丽·德·法兰西”，即法国的玛丽。一生多创作以不列颠骑士爱情为题材的故事诗，但她采用的样式是短小精练的“籁歌”。现存的这类中世纪短篇故事诗 20 首，其中有 12 首出自她的手笔。她之所以成为法国第一个有影响的寓言诗人，是因为她根据民间故事及其他一些题材写成了一部寓言诗集，并题为《伊索》。

这些寓言表达了作者对社会现实的认识和政治观点，表明她虽身为宫廷诗人，却不满现实。寓言中含有同情市民阶级和劳动人民的因素，讽刺了狼、狮、鹰等形象的贪婪和残暴，以此譬喻封建贵族领主、地方行政长官和司法官，称他们为“富有的盗贼”。而以惨遭欺压，只知哭求、不敢反抗的绵羊象征平民。她的作品注重现实，但只奉劝强权者节制，反抗意识不强。

这就是最早的法国寓言，法国寓言文学的历史要明显地晚于其他一些欧洲国家。但这只是文学史上的记录，可能实际上的法国寓言比此还要晚一些，原因是玛丽只不过是一个法国籍的作家，在某种意义上讲，她是在英国土地上创作的，以后的寓言对法国的影响不大，故而从玛丽之后的几个世纪，我们几乎没有在法国文学史上发现有影响的寓言作品。直到 16 世纪拉伯雷的《巨人传》出现时，我们才在法国的土地上看到一些寓言的影子。

拉伯雷（1493或1494—1553），法国作家，人文主义者。生于法国中部都兰省施农城，受过修道院教育，因学习希腊文、拉丁文，与人文主义者交往，被教会视为异端，受到迫害。他1532年开始出版作品，所著作品为长篇讽喻小说《巨人传》，共五卷。《巨人传》采用夸张手法塑造了理想君主巨人卡冈都亚父子的形象，讽刺封建制度，揭露教会黑暗及经院哲学和中世纪教育的腐朽，宣传人文主义者对政治、教育、道德的主张，反映了资产阶级个性解放的要求。一般认为这部著作中采用了大量的讽喻和寓言，在法国文学史上与寓言文学有一定的关系。但实际情况并不是如此，使用大量的讽喻是不容置疑的，说采用了大量的寓言却不是事实。

《巨人传》里有五处联系到欧洲历史上的寓言，其中有3处最为明显。一是第三部第15章说到《伊索寓言》中关于连褡的寓言；二是第三部第37章关于用钱的声音付肉味钱的寓言故事；三是第四部第46章讲聪明的农夫如何与魔鬼合伙种庄稼的民间寓言故事。

第一处很简略，几乎连情节也没有，算不上什么引用，也没有什么创造；第二、三处完全是用民间寓言故事改造自己所需的小说情节和故事。就是这三处最为明显的地方，也不能构成《巨人传》对寓言创作有所贡献的事实，只说明《巨人传》利用了一些个别的寓言情节和故事，不是在创作或保存寓言。但《巨人传》有一点可以证明，即拉伯雷时期法国文学中的各种外来寓言作品影响是存在的，伊索的、其他作家的、民间的都有，正是他们，孕育了后来的法国寓言文学。

在拉伯雷时期，有一个真正写了些寓言诗的诗人，叫马罗。马罗（1496—1544），法国诗人，“修辞派”宫廷诗人让·马罗之子。主要有《赞美歌》30首、《致理昂·雅梅的诗简》等作品。他著名的寓言诗叫《地狱》。

16世纪，法国寓言文学史上出现具有世界影响的大事，这就是拉封丹寓言的出现。拉封丹寓言是法国寓言文学高峰，现代欧洲寓言兴起的开始，但在16世纪的法国，这一寓言高峰却表现得很突兀，即在拉封丹之前，很少见有过渡性质的寓言作家出现。我以为这不是当时法国寓言文学的现实，可能由于史料的散失等，使我们不得而知，但拉封丹寓言光辉的掩映也是一个因素。

拉封丹寓言将在后文中论述。

这时期倒有一个不是文学家的人值得一提，这就是来中国传教的法兰西教士金尼阁。金尼阁（1577—1628），1610年（明万历三十八）来中国传教，由他口授，张赓笔录的《况义》1925年在西安刊行。此书收《伊索寓言》22则，故金尼阁可视为对寓言翻译有贡献的人。

在拉封丹之后，出现了一批寓言作家，成就最显著的是呼达尔和费纳隆。

呼达尔（1672—1731），法国诗人，剧作家和评论家。生于帽商家庭，长期瘫痪并患严重眼疾，但时常出入沙龙，接触当时的文人学士。著有《颂歌集》《戏剧集》和一系列的悲剧论文和诗歌论文。他的寓言创作是一本《寓言集》；这不是他最重要的作品，但作为寓言还是有一定影响的。

费纳隆（1651—1715），法国作家，18世纪启蒙运动先驱之一。生于贵族家庭，在巴黎神学院学习，毕业后曾任修道院院长，后被任命为王孙太傅，1693 年被选入法兰西学院。费纳隆的著作有《论子女教育》《忒勒马科斯历险记》《死者对话录》《致学院书》等。1689 年，他被任命为王孙太傅之后，写了许多散文故事对学生进行启蒙教育。这些作品在他死后才结集出版，称为《寓言集》，其中包括了寓言和童话。这些寓言多为仿作和改作。作品叙述清新简洁，文字优美畅达，在法国儿童文学中有一定的地位。较好的作品有《狼与小羊》《野鲁选国王》《两只狐狸》等。

在这一时期，法国作家丰特莱尔对寓言研究有一定的贡献。

丰特莱尔（1657—1757），法国作家、学者。文学作品主要是歌剧剧本。学术论著有《死者的新对话》《婆罗洲岛纪行》《论宇宙的多元性》等。1724 年，他发表了《论寓言之起源》一书。书中主要论证了相似的寓言可以独立地出现在不同的文化之中。这是近现代较早一部研究寓言的专著，尽管它的最后基点不在纯粹的寓言文学上，但仍是寓言研究领域的一部重要著作。

法国寓言文学进入 18 世纪至 20 世纪，有影响的寓言诗人、作家就极少了，文学的天地多为法国文学史上一系列文学家的著名作品的光芒照耀。但这时的弗洛里昂仍以作家和诗人的名声立于世。

弗洛里昂（1755—1794），法国作家，寓言诗人。生于加尔省一贵族家庭。年轻时当过宫内侍从，曾接触上层社会和文学界人士。他在炮兵学校受过训练，后在龙骑兵部队当过下级军官。雅各宾专政时被控与流亡贵族有联系而入狱。热月政变后被释放，不久死去。1779 年后开始发表作品，主要有喜剧、短篇小说和诗歌等。1792 年，他发表了 100 多篇寓言作品，这 100 多篇寓言作品随即成为他最著名的文学作品。

这些寓言作品多取材于《伊索寓言》，以及英国、德国、西班牙等国寓言作家和诗人的作品，他经过加工、提炼，重新创作。作品对法国封建社会的等级制度，对贵族的自私、贪婪、凶残和伪善都有所揭露。在《猴子和豹》中，作家把豹作为贵族的化身。它口头上表示一切动物平等，但爪子却沾满了猴子的鲜血。他的寓言也歌颂了正义、友谊、互助和劳动；有些也流露出消极思想。他的其他名篇有《放幻灯的孩子》《瞎子和瘫子》《大鲤鱼和小鲤鱼们》《老马和小马驹》等。他的寓言立意较新，文笔朴实、简洁、流畅，对大自然有生动的描写。

费洛里昂是法国寓言文学史仅次于拉封丹的寓言诗人，这是人们通常的评价。

19 世纪，法国有一位著名人物在寓言研究上的活动值得一提，这就是丹纳关于拉封丹寓言的研究。丹纳（1828—1893），法国哲学家、史学家、文学评论家。生于阿登省。自幼聪明好学，最初专攻哲学，后向文学评论方面发展。论著有多卷本的《英国文学史》《论智慧》《历史与批评文集》《艺术哲学》等。他在寓言研究上的活动是《拉封丹及其寓言》。这是丹纳 1853 年的博士论文，名为《论拉封丹的寓言诗》，1860 年作为专著出版时更名为《拉封丹及其寓言》。专著侧重讨论了法国古典主义和拉封丹的寓言创作，这种对某一作家作品的专论性著作在寓言研究中是不多见的。

第二节 拉封丹寓言

法国寓言的世界性声誉主要来自于拉封丹寓言。欧洲的近现代寓言走向世界的第一步，也是由拉封丹寓言迈出的。

让·德·拉封丹（1621—1695），是法国古典主义时期的代表作家之一。

他生于香巴涅一个小官吏的家庭里，父亲当过沙多—蒂埃里的水泽森林管理人和狩猎官等职。拉封丹是在农村长大的，对大自然和农民的生活相当熟悉。19岁时他到巴黎去学神学，一年半后又改学法律，并获得巴黎最高法院律师头衔。他耳闻目睹法院的黑暗腐败，十分厌弃这种职业，不久又回乡过着安闲的乡绅生活。他不能胜任父亲遗留给他的水泽森林管理的职务，也不善于管理家业，仅潜心于创作，不得不于1653年和1656年出卖土地，最后跑到巴黎投靠了当时的财政总监富凯，为其写诗剧，富凯给他年金。1661年富凯被捕，他写诗向国王请愿，得罪了朝廷，不得不出奔里摩日。这件事对他思想有深刻的影响，从此对朝廷怀有戒心。1663年返回巴黎，一年后投靠了奥尔良公爵夫人，在那里待了8年，于此，常常出入沙龙，对上流社会和权贵有了更多的接触和观察的机会。六十年代初他结识了莫里哀、拉辛和波瓦洛，促进了他艺术观的形成。这一时期，是拉封丹观察、体验和学习积累的阶段。

1668年，他发表了《寓言诗》第一集，共6卷，引起了很大的反响，立即蜚声文坛，建立了他的文学声誉。《寓言诗》第二集（7至8卷）于1678年发表；《寓言诗》第三集（9至11卷）于1679年发表；《寓言诗》最后一集（12卷）直到1694年才问世。他1684年被选入法兰西学院。

拉封丹的其他作品有《故事诗》第一集、第二集、一部韵文小说《普西赫和丘比德的爱情》，以及一些科学诗，如《金鸡纳霜》（1682）等。晚年的拉封丹向朝廷靠拢，同贵族来往密切。在“古今之争”中，他写诗攻击贝洛的进步观点，同保守派站在一起，维护崇古守旧的文艺思想。这一时期他的思想发展到否定自己的过去，承认自己的作品是“有害”的。1693年他72岁时健康情况开始恶化。本堂神父要他忏悔，并亲手烧毁了他正在写作的喜剧。1693年2月进行临终圣体的仪式时，他当着法兰西学院派来的代表的面，公开承认他的作品产生过不良影响，作品里对宗教及贵族等的讽刺批判是“错误的”，他感到“终身遗憾”，并表示不再犯。后来，他于1695年4月13日在巴黎去世，安葬时发现他穿着一件修行人的苦行衣。

拉封丹的寓言作品全部见载于他的《寓言诗》，他在1668—1694年间，共计发表了寓言诗244篇，先后分12卷出版。1694年他最后一卷寓言诗问世时寓言数量是234篇，有5篇寓言诗是后来的版本加进去的，如第11卷最后的《太阳和青蛙》和《鼠类的勾结》就是。

拉封丹寓言的题材大部分来自于《伊索寓言》、古希腊罗马和印度《五卷书》为主的寓言作品及一些民间故事。这是通常的见解，但人们很少说及拉封丹作为一个寓言作家，根据自己的观察和感受独立构思创作的寓言，实际上这一过程是贯穿了整个拉封丹寓言创作的。当然，拉封丹寓言的题材大部分来自《伊索寓言》和印度寓言这是无疑的，但这也有一个先后过程。在拉封丹寓言诗的前6卷，外来的题材主要是从《伊索寓言》而来的，这一点有一个事例可以为证，即这一集6卷寓言出版时，书名不是现在的书名，而是由拉封丹先生用韵文写成的《伊索寓言》这一书名。这部分寓言一共124则，习惯称为拉封丹寓言的第一部分，它除了极少数寓言外，大多确是《伊索寓言》的诗化，但这一诗化是创造性的，并不是简单的复述。这一部分寓言中，题材上也有些东方寓言故事的影子，但这是《伊索寓言》本身的事情，是从中而来的，这说明，当时流传在法国或者更早的《伊索寓言》，与今天的《伊索寓言》相差无几。

拉封丹的第二集寓言诗是1678—1679年间出版的，在这一集寓言诗里，题材有了变化。他在这一集寓言的“卷头语”中说：“在前一集的两个部分里，大家熟悉的许多情节多来自《伊索寓言》。为了避免重复，我在这后一集的两个部分里就用得比较少，因为这些情节并非是用之不尽的，我必须寻求另一种方式来丰富作品的内容，更好地描写和发展这些故事的情节，这样做是非常必要的。只要读者稍加注意，他就不难认识到这一点。因此我以为没有必要再在这里详述这样做的理由。只是出于感激之情，我想指出，这里大部分题材应当归功于印度圣贤比尔贝（传说中的《五卷书》作者）。”[①] 这里指的就是印度《五卷书》的阿拉伯译本《卡里来和笛木乃》中的寓言故事，而不是原本中的寓言故事。

《五卷书》和阿拉伯译本《卡里宋和笛木乃》不完全相同，这是人所共知的，因为8世纪阿拉伯人翻译这一著作时，进行了创造性的劳动，他们在译述古印度寓言的时候，又融和了不少的阿拉伯寓言（情况见本书有关章节），是一个二者兼而有之的东西。故而，拉封丹运用《卡里来和笛木乃》寓言题材时，同时必然受到一些阿拉伯寓言题材的影响，但这一点一直没有被人们注意到，差不多所有的人都是就《五卷书》而言的。

拉封丹寓言的思想内容是丰富的。它继承和发扬了人类智慧结晶的诸多方面，广泛地反映了当时的社会现实生活。传统的世俗人生哲理认识及日常社会经验教训的总结仍是其寓言思想内容的一个主要部分。第二个部分是对人性弱点和缺陷的嘲讽。第三个方面是对封建统治阶级的强权、残酷和专横及社会不合理的丑恶现象的揭露和批判。另外，他的寓言诗中还夹杂着诸如学术讨论、应酬、个人的感受等方面的思想内容。

拉封丹寓言第一个方面的思想内容在寓言中分量最重。这方面的寓言如《知了和蚂蚁》《猎狗和她的伙伴》《马和驴子》等。

《猎狗和她的伙伴》：

① 远方译：《拉封丹寓言诗》，人民文学出版社，1982年，第219页。

一只猎狗快要分娩，/她不知道该在哪里卸下如此紧迫的重负。/她也真有办法，竟使她的伙伴同意/把草屋借给了她。猎狗在那里就此闭门不出。/过了些时候她的伙伴回来了，/猎狗请她再延期十五天，/她说她的孩子们刚刚会走路，/说得简单一点，她得到了准许。/第二次的期限又到了，对方又向她讨还/她的房子，她的卧室，她的床。/这次猎狗露出了她的牙齿说：/“我准备撤出我的全部兵马，/只要你有能力把我们赶到外面。”/原来她的孩子已经都很强健。

谁要给坏人东西谁一定会后悔，/要向他们讨回借给他们的东西，/那就必须诉诸武力，/要控告，要斗争，/只要让他们在你那里占上一寸，/他们马上就会进一尺。

这几则寓言主要是日常生活经验教训的总结，题材应该说并不是什么新鲜的题材，但被拉封丹诗化为一则法国寓言后，就与法国日常社会生活发生广泛的联系。应该说这一类寓言在拉封丹寓言中是很多的（它们多数题意来自伊索，但也有自己生活现实的写照），自然这里的举例不可能全部反映经验教训总结的诸多内容。

在把寓言的经验教训总结进一步升华，揉进一些人生哲理的思索的时候，就产生了一些人生哲理认识的寓言，这方面寓言如《两头骡子》《庄稼人和他的孩子们》等；

《庄稼人和他的孩子们》：

劳动吧，受累吧，/这是最不能缺的本钱。/一个富裕的农民，感到自己的死期已近，/他把孩子们都叫到跟前听他讲话，/没有旁人在场。/他说：“你们不要卖掉家产，/土地是我们的父辈留给我们的，/而且还有珍宝埋藏在里面。/我不知道藏在哪里，你们要鼓起勇气，/这样就能达到目的，找到东西。/秋收过后你们就在地里翻腾，/你们要挖啊，掘啊，锄啊，不让任何一个地方不经过你们的手的发掘。”/父亲死了，儿子们把地都翻遍了，/这里，那里，到处都找遍了，/一年以后地里的收成比往常多得多，/但是钱，一点也没有埋在里面。/不过父亲的考虑很周到，用意很深，/在他死之前就向他们指出：/劳动就是财富。

《庄稼人和他的孩子们》形象地表明：真正的财富在于不停地劳动，以及对土地是真正藏金之地的哲理认识。这几则寓言都与表现经验教训的寓言关系密切，有许多时候好的表现经验教训总结的寓言，在得出一般经验教训的时候，其人生哲理的形象认识也是生动的。

拉封丹寓言第二部分思想内容是对人性格弱点的嘲讽。这方面寓言是多方面的，如嫉妒、谎言、空话、自大、狂妄、自欺等等在寓言中都有揭示。这些寓言如《群鼠的会议》《狐狸和葡萄》《山的分娩》等。

《狐狸和葡萄》：

一只加斯科涅的狐狸，/有的说是只诺曼底的狐狸，[1] /几乎快要饿死了，他看见在一个/葡萄架上葡萄好像已经熟了，/它的皮红得十分鲜艳，/这刁滑的家伙很想饱尝一顿，/可是那葡萄架高不可攀，/于是他就说："葡萄大青，只有/下贱的人才去吃它。"

《狐狸和葡萄》这则寓言名气很大，表现了人在满足不了自己欲望时，自欺地自我安慰和掩饰，情形可笑；《山的分娩》说的是雷声大雨点小，吹牛说大话，强烈的对比，情趣盎然。以上这些都是人的性格弱点和缺陷，有先天的，也有后天的人的文化因素，人们极力避免，但仍然难免在这些方面犯错误。

拉封丹寓言思想内容的第三部分是对强权、专横及社会不合理、丑恶现象的揭露和批判。人是社会生活的一员，对社会上的种种难免有自己的见解和看法，作为一个寓言作家，也就难免用寓言表达自己的认识。拉封丹寓言在这方面内容的表现是很多的，表现专横的有《野兔的耳朵》；批判"强权胜于一切"的有《狼和小羊》；揭露巧取豪夺者的有《牡蛎和诉讼者》……以上这些寓言对封建统治阶级的揭露讽刺是深刻鲜明的，它深深切入了社会现实生活，在当时的影响很大。

应该承认，不管以上几个方面的寓言内容表现方式如何，但有一点是相同的，即古代的人们用寓言嘲讽、揭示、批判和进行智慧、经验教训总结的东西，拉封丹也如此办理。《狼和小羊》是古代批判"强权胜于一切"最有名的一篇寓言，这在拉封丹寓言中也是如此。但拉封丹继承古代寓言思想内容的时候，利用这些寓言题材，切入了法国17世纪的现实生活，题材是古代的，方式方法也变化不大，但富于时代气息。《进入仓库的黄鼠狼》反映了当时社会上一桩众所周知的财政人员贪污案；《群鼠的会议》影射"投石党"的叛乱；《蝙蝠和两只黄鼠狼》反映了宗教战争时期人民为了往来各地要随时改变起通行证作用的肩带的颜色。另外，还有些以真人真事为背景所创作的寓言，也与现实生活扣得很紧。所以人们说他的寓言多方面的反映了当时法国社会生活，比同时代的一些作家作品能更好更真实地反映当时的现实，大多就是据此而言的。

拉封丹寓言的思想内容除以上三个主要方面外，还有不少其他方面的内容，如描写劳动人民不幸的有《死神和樵夫》；反对迷信的有《江湖骗子》《算命女人》《占星术》等。还有进行学术讨论的如《变成少女的耗子》等。

第三节　拉封丹寓言的艺术成就

作为使希腊、罗马等古代寓言文学遗产，最成功地走向现代社会的拉封丹寓言，艺术上的成就是显著的。

---

① 法国有加斯科涅人好吹牛，诺曼底人比较狡猾的说法，拉封丹就据此而言。

归纳下来，大致有以下几个方面：一是在题材上突破了古代寓言题材的局限；二是把寓言从传统的注重于“智慧结晶”的一般普遍单调的描述中解放出来，投入深广的现实生活，使寓言富于时代气息；三是以流畅、自然、优美的文笔，真正打开了现当代寓言诗化的大门。

在突破古代寓言题材的局限上，人们感受最深。当你认真地读完拉封丹寓言时，第一个感觉是：在拉封丹的笔下，有什么不能写成寓言的呢？在拉封丹寓言中，古代希腊《伊索寓言》、古代印度寓言、阿拉伯寓言所常用的题材得到充分的利用和发挥，这是无疑的。但如果拉封丹寓言仅限于对古代寓言题材的简单复述，那他也就不可能取得如此之大的寓言文学成就。故而，他的寓言成功的第一个条件，是他在传统题材充分发挥和利用的基础上，广泛地开拓与法国现实生活密切相关的题材。

拉封丹在写下众多借用伊索等寓言题材的寓言的同时，我们还看到他根据法国现实生活，自己创造的寓言，如《多头龙和多尾龙》和《狼在猴子面前控告狐狸》等。

《多头龙和多尾龙》这则寓言是根据当时德国和法国的情况而创作的，讽喻德国皇帝为多头龙，而把法王路易十四喻为多尾龙。这则寓言不一定是拉封丹最好的寓言，但多尾龙和多头龙的寓言想象是生动的，使这则启发于“蛇头与蛇尾相争”古代故事的寓言鲜明地表达了拉封丹的思想。

像这样的寓言，在拉封丹寓言中颇多，如《苍蝇和蚂蚁》《酒鬼和他的老婆》《客车和苍蝇》等。

在描述婚姻、爱情方面，过去的寓言几乎是一个谁也不关照的方面，拉封丹以其独特的寓言手法，描述了他的感受和认识。这就是《纠纷女神》。

这则寓言描述的是他的不幸婚姻给他带来的痛苦和感受，虽然“男女婚姻是留给纠纷女神住的不吉宅院”的人生哲理认识，难免有失偏激，但世上的人们也很难否认。应该承认，这则寓言的描述是成功的。

用寓言表达自己在理性认识上的内容，也是寓言的任务之一，拉封丹似乎在这些方面走得很远。拉封丹在《教育》中，明白无误地表现了他对于教育的见解和认识。

这则寓言通过对两种狗的描述，辛辣地讽刺了自喻为有英雄祖先的法国人，以及对后天教育重要性的理性认识。

拉封丹在寓言《算命的女人》中，抨击了江湖骗子，反对迷信，说那个算命的女人：

“她的成就全在于机智：
嘴里叨着一些算命的行话，
大胆地揣摩着心意，
再加上几次巧合，
这一切加起来，
常常使大家嚷嚷命算得真准。”

这样的寓言还有《江湖骗子》《月亮里的动物》《占星术》等。

拉封丹还用寓言进行学术讨论，用寓言表达自己的见解和观点。在拉封丹的第10卷寓言诗出版前，一次，拉封丹的保护人玛格丽特·德·拉萨白莉爱尔夫人(1636—1693)与她的朋友多次谈及伊壁鸠鲁派的学说，讨论了动物究竟有没有灵魂，于是，参加了这一讨论的拉封丹就创作了《和德·拉萨白莉爱尔夫人谈话》《两只老鼠、狐狸和蛋》等一系列寓言，来表达他对此问题的看法。

《和德·拉萨白莉爱尔夫人谈话》说了很长的开场白之后，说了数个关于动物的故事。从这些故事上看，拉封丹是明显倾向于动物有灵魂的。

另外，拉封丹还在《变成少女的耗子》中批判了婆罗门教的轮回托生说。

以上这些做法，似乎有些脱离寓言的一些要求，但这样也并不影响他的总的寓言意识，而且他寓言题材上的如此扩展，突破了古代寓言的局限，其表现令人新奇和敬佩，尽管他的一些作法已过了头。

拉封丹还在寓言中表达自己的一些心声，如：

啊！要是我的心还能重新热恋！
我不再会被那迷人的容貌蛊惑了吗？
难道我那和人相爱的时候已经一去不复返了吗？

（《两只鸽子》）

这种流露在寓言中有些游离，但并不影响寓言正常情节的流动。另外，这类诗句的流畅自然和优美的韵味，倒像是寓言的一种美好的装饰。

有些寓言作家通过寓言表达了对寓言创作的认识，但像拉封丹这样多方表达的却少之又少，而且他通过诗句表达的寓言创作的种种见解和认识，还不失为一种重要的寓言内容。这些诗句如：

假如我生来就具有加里奥普这位诗神许给她情人的那份才华，
我就把它献给伊索的寓言，
因为诗和寓言从来就有着密切的关系。（《反对爱挑剔的人》）

艺术的发明就像长子的特权一样，
我们要把寓言的发展归功于古希腊。
这块园地的收割进行得那样好，
以至于后来人就没什么落穗可拾。

（《磨坊主人、他的儿子和驴子》）

还有《牧人和狮子》《樵夫和麦丘利》《献给德·蒙黛丝邦夫人》等寓言中的有关内容。这些内容过去的作家们极少在寓言中表现，但拉封丹大胆地开拓了它。当然，拉封丹在力图使寓言题材丰富多彩的同时，也带来了一些不足之处，如在他晚期的寓言创作中，大量无聊的应酬诗句出现了，有时候这样的“开场白”和“结束语”超过了叙述寓言故事诗句的数倍。

拉封丹寓言就是在对这些寓言题材的广泛开拓中，形成了自己独具的丰富多彩的寓言表现。

拉封丹寓言艺术成就的第二个方面是把寓言从传统的注重于“智慧的结晶”的一般普遍单调的描述中解放出来，投入深广的生活，使寓言富于时代气息。

作为寓言来说，如果没有人类几千年通过寓言总结的智慧的结晶部分，寓言是难于长久的，而没有与现实生活的密切联系，那又使你的寓言创作走入单调的重复的陷阱。拉封丹寓言在艺术上就特别注重这方面的处理，并且取得相当的成效，并影响后来整个欧洲的寓言创作。

在拉封丹寓言中，拉封丹力图把每一篇寓言都与现实生活联系起来，他始终记住了自己是一个法国的寓言作家，而不是一个只会翻叙古代寓言故事的拙劣的法国翻译家。

比如《进入仓库的黄鼠狼》这则寓言，不过是一则古代寓言故事的诗化和法国化，原本的寓言含义只是普遍上的哲理，即不是自己的那一份儿，吃进去还得吐出来。但他最后的一句话：“你也不必过于深究，把你的事和他们的事混为一谈。”就把这则寓言与当时财政大臣的一件贪污案比较含蓄地联系了起来，从而获得寓言的双重效果。

再如《群鼠的会议》，故事似乎并不新鲜，但最后话锋一转：

> “我见过很多这样的会议，不仅是老鼠，也包括教士，
> 甚至是主教顾问的，
> 都开得没有效果，毫无意义，
> 如果只是讨论，
> 宫廷里倒有的是顾问，
> 如果说到执行，
> 那就不见一个人影。”

寓言这么一转，就直接对准了当时法国的现实生活。这样一来，既有哲理认识，又有现实生活的背景和时代气息，而不是简单地复述这一故事中的哲理认识。

拉封丹寓言这方面的突破，还体现在他对古代寓言题材的创造性利用上。很多题材，拉封丹并不是简单地复述，而是根据法国人的现实生活来进行加工、改造，使之更符合法国人的认识方式和审美情趣。而这种作为在《伊索寓言》之后很少有人成功，古罗马寓言是希腊寓言的翻版，拉封丹以前的《伊索寓言》译写者也是如此，但拉封丹走出了这成功的一步。如《公鸡和狐狸》，这则寓言诗近40行，是一个非常的成功的例子。这本来是《伊索寓言》中很著名的一则寓言，它在拉封丹的手中除了更加流畅和细腻外，寓意的落足点还有一定的变化。原来的公鸡只到狐狸跑了为止，而拉封丹却加上了“使骗子上当那真是加倍的快乐”把寓言中老公鸡的足智多谋表现得更为充分，也更符合法国人的审美情趣。

这方面的突破与前一个方面紧紧相连，因为题材的奉富多样化从外部上具有使传统的寓言模式被突破的意义，即创造开拓新的不同于原有的“智慧的结晶”的题材。

但同时也能创造性的利用旧有寓言题材，以使题材从内部上获得丰富多样化的效果，而且这二者的联系是密切的。正因为如此，拉封丹寓言在注重传统的“智慧的结晶”的描述的同时，又以此打破了寓言的单调和僵滞，丰富了寓言。而这样的寓言比以上许多的寓言更富于时代气息，没有“炒冷饭”的感觉。

拉封丹寓言第三个方面的艺术成就是以其流畅、自然、优美的笔调，真正打开了现当代寓言诗化的大门。

按西方寓言鼻祖《伊索寓言》的传统，寓言文学的最初形式是散文，即它的文体传统是散文。在伊索稍后，有记载表明，苏格拉底在狱中曾把他所能记住的《伊索寓言》写成了诗歌，但后来人们没能见到他的这些作品。到了古罗马时代，最著名的寓言作家的作为也是把《伊索寓言》写成了拉丁文诗歌，但他们作品的功绩仅是保存拉丁古代的《伊索寓言》，建树很少，对后世的影响也不是很大。可以说，这以前的《伊索寓言》诗化的创造性很少，真正成功的《伊索寓言》及其他寓言诗化是拉封丹的寓言诗，因为拉封丹的成功“表演”，影响了后来的整个欧洲寓言创作的主流。拉封丹以后的几百年间，“寓言”几乎就是寓言诗的代名词。

拉封丹寓言艺术表现上的流畅、自然、优美的最佳例子比比皆是，如《狮子和小苍蝇》。这则寓言很自然、醒目地开了头，然后是相互“战争”的描述，苍蝇和狮子的形象得到最生动的描写。

> 不幸的狮子把自己抓伤了，
> 他挥动尾巴，拍打着四周无辜的空气，
> 发出了一片嗖嗖之声。
> 暴怒使他疲乏，使他倒下，使他筋疲力尽。
> 战斗的苍蝇现在光荣地收兵，
> 像他吹冲锋号那样，他吹出了凯旋号，
> 到处去宣布他的胜利。
> 哪知在半路上他中了蜘蛛的埋伏，
> 他的生命就到此结束。

这样的诗句洗练、精确，还十分优美，比之原来的散文体寓言有更大的艺术感染力。

拉封丹寓言不但在诗歌的叙事上显现出非凡的艺术才能，而且在一些抽象事物的议论上也表现了他高超的技巧。用寓言进行学术讨论就是一例。他在《和德·拉萨白莉爱尔夫人的谈话》一则寓言中，开场白是这样的：

> 伊丽丝，要我赞美您这太容易了，
> 但您上百次拒绝了我们的礼拜。
> 这一点和其他妇女相比真是大不相像了，
> 她们每天都乐意听到新的赞颂之词。
> 没有一个妇女不被阿谀逢迎之词所陶醉。

我一点也不责备她们。这种性格我还能容忍
这和神、君王和美人的性格是一致的。

这纯粹是一些应酬和多余的文字，拉封丹在晚年的寓言创作中最喜欢如此，但这些诗句不管你知不知道它们距寓言文字有多远的距离，你都能为他优美的诗句而叫好。在他有的寓言里，如《猴子、狮子和两头驴》，前后的议论或故事起因共有 53 行诗句，而真正的故事叙述只有 24 行诗句，可你并不觉得它前后的诗句本身有什么不好。从此可见，拉封丹寓言的诗化达到了相当的境界。

以上是拉封丹寓言取得的三个方面的艺术成就。拉封丹的寓言艺术上的成就自然不仅是这些，如他的作品是法国文学，特别是法国古典主义时期文学的重要作品，拉封丹的创作实践，对法国古典主义文学的形成是有很大贡献的。

正像所有的文学家、作家一样，拉封丹的寓言也有不少不足之处。最大的不足莫过于后人如德国的莱辛批评的“拉封丹矫饰了寓言”，即认为拉封丹给寓言以太多的装饰，影响了某些寓言的天然质朴。这是拉封丹寓言强调诗化、优美、流畅过分而导致的，这种现象在拉封丹寓言创作的后期尤为如此。

另外，后期的拉封丹寓言议论太多，故事少，作势的腔调多，而质朴的语言少。人们对拉封丹寓言创作后半期的评价不甚高，主要就是这一原因，这与拉封丹后期跨入了法国的上流社会，与底层的劳动人民接触少有极大的关系。

第十一章　德国寓言

德国文学的历史可追溯到古日耳曼时期。据古罗马历史学家塔西佗所著的《日耳曼志》等记载，古日耳曼人曾创造了自己的文学，但经后人记载保存下来的只有《梅尔塞堡咒语》和《希尔德布兰特之歌》，这些叙事歌曲及战歌是德国文学最早的文献。

德语的正式文字是8世纪时，基督教传入，为了翻译宗教文献而产生的。这时的僧侣也用这种文字写作，也就产生了如《德索布隆创世歌》《世界末日》等文学作品。

10世纪，奥托一世即位，全部改用拉丁文，古日耳曼人的文学中断。百多年后，11世纪中叶才又开始了新的发展，继而德国进入了以宫廷史诗为主要形式的骑士文学时期。与此同时，还产生了一种“民间史诗”，以《尼贝龙根之歌》（约1198—1204）最为著名。

13世纪下半叶骑士文学衰微。15世纪，德国文学进入了文艺复兴和早期市民文学时期。此后，德国文学经历了17世纪文学，以及启蒙运动，“狂飚突进”运动，古典文学、浪漫主义、资产阶级民主主义革命文学，以及19世纪末期印象主义、新浪漫主义、新古典主义、象征主义、唯美主义等文学时期、运动和流派，出现了一大批世界有名的作家和作品。如马丁·奥皮茨的《德国诗论》，维兰德的《阿伽通的故事》，莱辛的《拉奥孔》《汉堡剧评》，歌德的《少年维特之烦恼》《浮士德》，席勒的《强盗》《阴谋与爱情》等剧本，格林兄弟的童话，霍夫曼的《小查克斯》等小说，海涅的诗歌，凯勒的《绿衣亨利》等等。

德国的寓言文学是15世纪出现的。有人认为是布兰特的《愚人船》开了先河，但这一说法理由不充分，因为《愚人船》不是寓言，而是有寓意的小说，但德国寓言大致也出现在这一时期。也有人认为是著名的宗教改革家马丁·路德的寓言最早，但事实上不是如此，现今可以肯定的在马丁·路德前或同时还有布尔夏德·瓦尔迪斯寓言、埃拉斯穆斯·阿尔贝鲁斯寓言，还有格斯塔·罗马诺鲁姆、约翰内斯·盖勒、乌尔里希·博内尔等人也有寓言作品。这些人的寓言具体出现时间不很确切，因为他们的出现是当代德国人收集整理的结果。这些作家、作品在出现不久，就很快被人遗忘，而马丁·路德的寓言却以他在宗教改革上的名声保留了下来。

马丁·路德的寓言是15世纪末、16世纪初出现的，接着是萨克斯的寓言。17世纪的德国应该有许多作家作品，但现今许多情况不明。18世纪初盖特勒的出现，有人认为是他奠定了德国寓言，但实际情况也许不尽如此。稍后一些莱辛寓言的出现，标志着德国寓言的发展高峰。这一时期其他寓言作家有哈格多恩、克劳迪乌斯、黑贝尔、利希特韦等，另外格林兄弟、稍后一些的吕克特等人也有一些寓言作品。

德国寓言的世界性影响远不如法国寓言，但由于莱辛等人的努力，仍被人们认为是连接拉封丹寓言与现代寓言的另一个高峰，是19世纪俄国克雷洛夫寓言的中间站，从而得到应有的尊重。

第一节　德国寓言（一）

15世纪，德国寓言出现。根据当代德国寓言作家巴尔巴拉·格尔茨对德国寓言的收集整理，在马丁·路德之前，就出现了不少的寓言作家、作品，如胡戈·冯·特林贝格的《忏悔》、格斯塔·罗马诺鲁姆的《胡效乱仿》、约翰内斯·盖勒的《狐狸智斗狮大王》、乌尔里希·博内尔的《吹破肚皮的青蛙》等。其中亦有好作品，如《胡效乱仿》等。

在这些寓言作家、作品中，谁是德国寓言的初创人和作品，很难确切地得出答案，因为我们只知道他们是先于马丁·路德的作家、作品，确切的情况知之甚少。但是，在他们中间，有两个人的寓言创作是有一定成就的，则可以肯定，这就是布尔夏德·瓦尔迪斯和埃拉斯穆斯·阿尔贝鲁斯。

布尔夏德·瓦尔迪斯生卒年月不详，大约是15世纪时的德国寓言作家。他在德国文学史上并没有什么声名，其作品情况后人也知之甚少，但在格尔茨整理出版的寓言集中，却有瓦尔迪斯的14则寓言。这14则寓言是《种葡萄的老人》《国王和他的猴子》《蚂蚁的感谢》《苦难的驴子》《蜘蛛和燕子》《狮子、驴子和狐狸打猎》《下金蛋的鸭子》《马和驴子》《狼和羊的战斗》《孔雀的抱怨》《鹿和马》《狐狸和鹳请客》《高傲的马》《公鸡战》等。

这些寓言的题材大都来自于《伊索寓言》，在寓意上也大多是重复，新的创造少，但当中有几则寓言的题材却与《伊索寓言》并不相干，而且形象生动，寓意鲜明，不失为德国早期较好的寓言。它们是《苦难的驴子》《蜘蛛和燕子》等。

《蜘蛛和燕子》：

从前，有只毒蜘蛛，它心中对燕子满怀妒忌和憎恨，因为燕子经常吃掉苍蝇。蜘蛛认为，苍蝇只是属于它一个人的。由于它对此总是耿耿于怀，便一直存心想害燕子。

有一天，蜘蛛把网织在燕子经常进出的窗口，它指望燕子会落入自己的网中，然后杀死它。一会儿，燕子像箭似地穿过窗户，一下把蜘蛛连网一起带到屋顶上去了。

蜘蛛眼看自己活不成了，便说道："唉，这真是自作自受，罪有应得！现在我终于由于憎恨和嫉妒受到了应得的报应。我甚至连一只大苍蝇都无法治服，竟妄想杀死一只鸟。我过高地估计了自己，终于受到了应有的惩罚。"

这则寓言构思巧妙，哲理性强，不失为一篇佳作。

埃拉斯穆斯·阿尔贝鲁斯稍后于布尔夏德·瓦尔迪斯，情况与瓦尔迪斯差不多，也是因后人对其寓言的整理，才使人们得知其名的。现今我们所见到他的寓言有5则，分别是《野猪和狼》《黄鼠狼的建议》《公牛和老鼠》《衰老的狮子》《老耕牛和小肉牛的故事》等。阿尔贝鲁斯的寓言亦大多取材于《伊索寓言》，但他更注意故事的完整性，注重于人生哲理的认识。其寓言也有取材于现实生活并且描述比较生动的，如《公牛和老鼠》。

在他们之后，也就是马丁·路德的寓言。

马丁·路德（1483—1546），德国宗教改革家，生于图林根一农民家庭，曾任维滕贝格大学神学博士和解释《圣经》的教授。1517年发表《九十五条论纲》，抨击教皇，标志着宗教改革的兴起。因受迫害，不得不改名换姓，逃避藏匿。随着宗教改革的深入，农民革命运动趋向高涨，路德的观点转向保守乃至反动。1525年之后，他所创立的基督教新教成了封建贵族的工具。

路德的文学作品很多，有演讲词、论辩文，有布道词、歌词，也有寓言。他还花了12年时间将《圣经》译成德文。他遵循通俗、明了，能使人民普遍接受的原则，创编了第一部《民众的圣经》。恩格斯评价他说："路德不但扫清了教会这个奥吉亚斯的牛圈，而且也清扫了德国语言这个奥吉亚斯的牛圈，创造了现代德国散文，并且撰写了成为16世纪《马赛曲》的充满胜利信心的赞美诗的词和曲。"（见《自然辩证法》导言）。他的努力，为德语的发展和统一起了很大作用。

他的寓言作品不是其最重要的文学作品，但也得到人们的重视。他的寓言是散见的，经后人收集整理的。我们今天见到他的寓言有7则，分别为《狼和小羊羔》《鹤和狼》《狗和羊》《狐狸是怎样骗乌鸦的》《狮子的份额》《家鼠和野鼠》《狐狸和松鼠是怎样互相欺骗的》等。

马丁·路德寓言的题材跟其他同时代的寓言作家一样，也是大部分取材于古希腊的《伊索寓言》，很少自己的创见，但当中也有几则寓言，对现实生活有一定的发掘，情节的安排也有自己新的东西，如《狗和羊》《狐狸和松鼠是怎样互相欺骗的》等。

《狗和羊》：

有一回，狗突然来找羊，向它讨还一块面包，狗硬说羊曾向它借过。羊不承认有这回事。狗便去找了几个证人来作证。第一位证人是狼，它说："我知道，狗确是借过面包给羊。"第二位证人是鸢，它说："当时，我也在场的。”第三位证人是兀鹰，它对羊说：“你真不知羞耻，怎么胆敢赖起账来了？”这下羊真是有口难辩。于是，当众判决：羊必须立即将面包归还给狗。

羊不得不提前去把羊毛剪掉，赔偿那笔根本没欠过的债务。

这则寓言情节上有自己的情趣，叙述也较为生动。

15 世纪末、16 世纪初的马丁·路德是那一时期最著名的寓言作家。

进入 16 世纪，德国的寓言作家极少，汉斯·萨克斯是当时较有名的作家。

萨克斯（1494—1576），德国诗人、剧作家、寓言作家。16 世纪德国市民文学的代表。出身于裁缝家庭，本人是鞋匠。业余从事创作，早年写有长诗《维滕贝格的夜莺》，歌颂马丁·路德，反对教皇，因而受到迫害。其作品多达 6000 余篇，有歌曲、格言诗、笑话、寓言，还有将当时的宗教剧改写成讽刺剧。他的寓言后人所见很少，多数也是伊索等寓言的仿作，其《老鼠和青蛙》较为生动一些。

这时期其他的寓言作家、作品甚少，大致还有约翰·菲沙尔特的《老鼠妈妈和它的孩子》还能给后人一些印象。

17 世纪的德国寓言在文学史上几乎没有什么记录，给人一种空白的感觉，但这个时候却有一本名为《德国的伊索》的寓言诗集，收集了一批寓言，是这个时期难得的寓言作品。这一寓言集中较突出的作品为《青蛙》《孔雀和鸽子》《刺猬》《狐狸和猫》《草堆里的青蛙》等。在这些寓言中我们不难看出，17 世纪的德国寓言同以前的寓言有了一些显著的变化。首先是寓言中出现了来自现实生活的自我感受和观察而构思的寓言，如以上寓言就是。同时，利用伊索题材的寓言相对地减少。可以说，16 世纪以前的德国寓言基本上是《伊索寓言》的翻版，而 17 世纪德国有了源于自己生活的寓言，这对 18 世纪德国寓言全盛时期的到来，无疑是一个极其重要的准备。

进入 18 世纪，哈格多恩是德国第一个在此世纪出现的寓言作家。

哈格多恩（1708—1754），德国诗人。其父曾是丹麦驻汉堡大使。他本人也曾担任过外交使节，以爱情诗和饮酒诗闻名。他最重要的作品收集在《诗体寓言与故事试作》及《颂与歌》等书中，其中有不少的寓言诗。这些寓言诗及叙事诗，受到了法国寓言诗人拉封丹的影响，叙述简洁流畅，情调灵巧优雅，词句富于节奏感。但只可惜其寓言诗对后来的影响不大。

这一世纪初期寓言创作上最著名的寓言作家是盖勒特。

盖勒特（1715—1769），德国作家。生于萨克森的海尼兴，父亲是牧师。1729—1734 年在迈森的贵族学校“圣·阿富拉”求学，1734—1738 年在莱比锡大学学习神学，1741 年又继续在莱比锡大学学习神学，后又继续学习了文学和哲学。1744 年起在莱比锡大学任教。

盖勒特是德国启蒙运动的作家，他的作品主要是宣传理性，劝人戒恶从善。盖勒特写过不少喜剧，主要有《专心祈祷的女人》《打彩中的运气》等，对德国戏剧的发展起了促进作用。他还写有小说《瑞典伯爵夫人 G 的生平》以及《宗教颂歌和歌曲》等。

盖勒特是“不来梅同仁”的重要成员，他的作品突破了戈特舍德的局限，为文学的新发展做好了准备。他是德国启蒙运动从戈特舍德阶段向莱辛阶段发展的重要过渡人物。

寓言创作上，盖勒特出版有一本《寓言故事集》，与他的宗教歌曲一道，是其文学创作中成就最高的部分。他的寓言取材于日常生活，多讽刺揭露贪婪吝啬、吹牛撒谎、高傲自负、伪装虔诚等人类的人性弱点。如《瘸子之乡》《会跳舞的熊》等。

《瘸子之乡》：

> 很多年前，一个小小地区里的居民说起话来没有一个不口吃，走起路来没有一个不瘸腿；更奇怪的是，这两种缺点竟被视为才能。一个外地人看到了这种弊端，一心以为这儿的居民定会羡慕他的走路方法。于是他按照人类通常的走路方式，不瘸不拐，走来走去。当地人都停下脚步来看他，谁看了谁都笑起来。他们捧腹大笑地喊道：“教教这位外地人该怎样走路吧！”
>
> 这位外地人认为有责任驳斥他们：“是你们又瘸又拐，不是我。”他高呼：“你们必须戒除这种不雅的习惯！”当地人一听到他这样说话，就更加起哄，因为他说话居然不口吃，这就够他丢脸了。他走遍这地区，到处受嘲笑。
>
> 习惯会使我们从小看惯了的缺陷变成美好的事情，外人欲使我们承认自己犯错误只会枉费心思。

这则寓言全是对人们性格缺陷的揭露和嘲讽，这样的寓言内容是其寓言的主体。当然，同时他的寓言也揭露贵族的不劳而获和卑鄙高傲，如《拉车的马》，反对普鲁士的掠夺战争；如《英雄和马夫》等，以及一些其他的内容。

盖勒特的寓言不是道学家的说教，他注重构思和故事情节的完整性和情趣，从而进行善意的规劝，辛辣的讽刺味少，幽默的嘲讽多。其全部的寓言最初是用韵文写出来的，语言朴实明快，通俗易懂。

在盖勒特的寓言中，我们已很少见到15世纪、16世纪的仿古风，甚而比17世纪的《德国的伊索》寓言，更纯粹地取材于现实生活。盖勒特不是德国那一时期最早的寓言作家，但人们对他的评价很高，认为是他奠定了德国寓言的基础。这一评价是很有道理的，虽然盖勒特不是德国的第一个寓言作家，但德国寓言只有到了盖勒特这里，才较完整地显露了自己的特色，完全从过去的模仿中摆脱出来，朝建立民族寓言文学的方向发展，为德国寓言的兴盛吹响了前奏曲。

第二节　德国寓言（二）

在盖勒特之后不久，为德国寓言取得世界性声誉的寓言作家莱辛出现了，在他的带动下，德国寓言在18世纪进入了它的全盛时期。

莱辛寓言容后专门叙述。

在18世纪，稍晚于莱辛的寓言作家是克劳迪乌斯。

克劳迪乌斯（1740—1815），德国诗人、评论家、寓言作家。生于莱因费尔德（荷尔斯泰因地区），父亲是牧师。1759—1763年在耶拿学习神学、法学和政治经济学。1764—1765年在哥本哈根任荷尔斯泰因一伯爵的私人秘书。1768年移居汉堡附近的万茨贝克，从事编辑和创作。主要以编辑杂志和撰写评论在文学界赢得声望，结识了莱辛、歌德、赫尔德等一批著名作家。他还创作了一批诗歌，诗歌风格朴素、幽默，感情真实，其内容和语言易为下层人民所接受。此外，他还翻译了法国作家圣马丁和费纳隆的作品。他的寓言作品流传下来的不多，如《大狗和小狗》《狐狸和马》。这两则寓言并不十分出色，但在俚俗、通俗易懂上超过了其他的寓言作家，而且是取材于现实生活的寓言，能汇入18世纪德国民族寓言的大流。

18世纪还有些作家创作了一些寓言作品，如路德维希·海因里希·冯·尼拉克的《驴子当大臣》、弋特利布·康拉德·普菲费尔的《阶梯》等。这当中的马格努斯·戈特弗里德·利希特韦值得着重一提。

利希特韦，18世纪的寓言作家，生平不详，其寓言作品对后世的影响也不大。但他有一则对寓言描述的寓言《被劫掠的寓言》却有一定的影响。这则寓言说寓言女神遭到歹徒劫掠，她脱下了衣衫，无数件兽皮，最后站在歹徒面前的是纯洁的真理。……利希特韦以其特有的手法表达了他对寓言本质的认识和见解，既有寓言趣味，又生动形象。

利希特韦的其他寓言也有些佳作，如《猎枪和兔子》等。

18世纪末、19世纪初，连接两个世纪德国寓言文学的一个寓言作家是约翰·彼德·黑贝尔。

黑贝尔（1760—1826），德国作家。生于瑞士的巴塞尔。父母早亡，童年和少年时代生活贫苦。18岁时经人帮助进入埃朗根大学学习神学，毕业后在黑尔廷根当家庭教师和副牧师，后又任勒拉赫神学院教师，并开始文学创作，后担任过中学校长，及教会一些高级职务。1811年出版了他的故事，形式短小精悍，幽默风趣，洋溢着劳动人民的智慧和乐观精神，带有启蒙思想色彩。《莱因家庭之友的小宝盒》是一部至今仍脍炙人口的名著，后世作家如卡夫卡、布莱希特和魏斯科普夫等都受到过它的影响。黑贝尔另外的文学作品是用南德方言写的《阿勒曼方言诗集》。

黑贝尔的寓言作品主要见于《莱因家庭之友的小宝盒》一书，因为这些作品中的许多故事，实际上就是寓言，如《合算的午餐》《一个东方国家的故事》《不孝》《赛格林纳的八哥鸟》《鹌鹑》等。在这些寓言中，较突出的有《合算的午餐》。黑贝尔的寓言多取材于民间流传的故事，叙述生动，教训鲜明形象，有自己一定的特色。

在这一时期，德国的著名诗人、剧作家、思想家歌德（1749—1832），与德国的寓言文学有一定的关系，因为他翻译改写了《列那狐的故事》。

19世纪，德国寓言文学的全盛时期已经过去，但也有不少的寓言作家和作品，如吕克特的寓言、威廉·海的寓言、格林兄弟作品中的寓言、路特维希·贝希施泰因寓言等。

吕克特（1788—1866），德国诗人。生于税务官员家庭，先后在海得尔堡大学和维尔次堡大学学习法律和语言学。担任过中学教员、报纸编辑。1817 年旅游意大利。1818 年在维也纳学习阿拉伯、波斯和土耳其的语言和文学。1826 年任埃朗根大学东方语言学教授。1841 年应普鲁士国王之召至柏林任教。1848 年后退居庄园。吕克特是德国后期浪漫主义诗人。主要作品有诗歌集《顶盔带甲的十四行诗》、政治讽刺诗剧《拿破仑》、诗集《东方玫瑰》《婆罗门的智慧》等。吕克特同时也创作了不少的寓言，如《狐狸得救》等。

威廉·海的生平不详，所著寓言传世的不多，有《松鼠和风》《麻雀和马》等。

格林兄弟最主要的文学作品是童话，但其中的一些作品亦是德国 19 世纪不可多得的寓言佳品。

格林兄弟：雅科布·格林（1785—1863）、威廉·格林（1786—1859），德国民间文学研究者。雅科布·格林和威廉·格林分别于 1785 年 1 月 4 日和 1786 年 2 月 24 日生于哈瑙一官员家庭，经历相似，兴趣相近，合作研究语言学和民间文学，并搜集民间童话和传说，文学史上称为格林兄弟。他们多年搜集整理的民间故事和传说，编成《儿童与家庭童话集》，亦称《格林童话》。此书共收入 216 个故事，其中有童话，也有寓言，作品表达了若干世纪以来人民的心灵、想象和信仰。其中《灰姑娘》《小红帽》《勇敢的小裁缝》《不来梅的乐师》成为全世界儿童喜爱的作品。格林兄弟编写的童话形式有趣易懂，却不失民间文学的特点，成为收集民间文学作品的范例。格林兄弟还有两卷《德国传说集》和《德国英雄传说》。此外，作为日耳曼语言学的奠基人，他们还编写了《德语语法》《德国语言史》等书。

《格林童话》中到底有多少故事属于寓言，还没有一定的定论，但以下这些故事属寓言则是无疑的，它们是《狐狸和狼太太》《钉子》《狐狸和猫》《老祖父和孙子》《三个懒儿子》《猫和老鼠交朋友》等。其中最好的寓言是《钉子》和《狐狸和猫》。

《钉子》：

一个商人在市场上赶上好生意，所有的货物都卖完了，钱包里装满了金子和银子。他现在要回去，想在天黑之前赶到家。他把钱包装在旅行袋里，放在马上，骑着走了。

中午，他在一个城里休息；他又要走的时候，家仆把马牵到他面前说："主人，马的左后脚的铁掌缺了一个钉子。"

商人回答说："让它缺着吧。我只要再走六个钟头，铁掌一定不会掉的。我很忙。"

下午他又下了马，叫把饲料给马的时候，仆人到栈房里来说："主人，你的马左后脚缺一块铁掌。我是不是把它牵到铁匠铺里去钉一只？"

主人回答说："让它缺着吧，还剩不几个钟头，马一定能够坚持住。我很忙。"

他骑着走了。没有多久，马开始跛行；跛行未久，就开始颠仆；颠仆未久，就倒下去，折断了一条腿。商人只得让马躺在那里，解下旅行袋，扛在肩上，步行回家，夜里很晚才到家。他自言自语地说："所有的不幸都是可恶的钉子搞出来的。"

《钉子》构思之巧，形象之鲜明，教训之深刻，是寓言中难得的佳品。

19 世纪的德国寓言作家路特维希·贝希施泰因的生平不详。现在所见到的寓言有《狼之死》《狼和野猫的故事》等。

《狼之死》这则寓言说有一只贪婪的狼发现了一个死了的猎人、一匹死熊、一匹死鹿，但狼贪婪地认为这都是它的财产，并对猎人的弓弦感兴趣，打算从弓弦啃起，可紧绷的弓弦突然一弹，射死了这只狼。很明显，这是一则来自印度《五卷书》的故事。《狼和野猫的故事》则说一群野猫如何团结起来，撕碎了强大的狼。

这两则取材于古印度故事的寓言，描述是生动的，没有什么创新，但从此不难看出，15 世纪德国寓言着重模仿《伊索寓言》，而 19 世纪，古代印度的寓言故事开始直接影响德国寓言。

进入 20 世纪初期的德国几乎很难找到有很突出成绩的寓言作家，但活跃在 20 世纪 80 年代前后的德国寓言作家巴尔巴拉·格尔茨却有很显著的成就。我们所见到的他的寓言有《想当天鹅的白鹅》《蝗虫和青蛙》《小公鸡克雷赫尔》《金甲虫和萤火虫》。较突出的是《想当天鹅的白鹅》。

格尔茨的寓言比较注重寓言故事的流畅和完整，因而故事性很强，童话味儿很足，其寓言的教训亦很形象鲜明。这种寓言的出现，可以窥见欧洲国家当代寓言从简洁明快走向细腻繁复的一个方面的趋向。

第三节　莱辛寓言

戈特霍尔特·埃弗赖姆·莱辛是德国寓言文学全盛时期的代表作家，也是世界上著名的寓言作家。

莱辛（1729—1781），德国剧作家、文艺理论家、寓言作家。1729 年 1 月 22 日生于劳西茨地方的卡门茨，父亲是教堂主持牧师，母亲也出身于牧师家庭。拉丁文学校毕业后，被推荐入迈森"圣阿芙拉公爵学校"求学，精通希腊文、拉丁文、英文和法文，涉猎了宗教、哲学、数学等学科，爱好希腊、罗马古典文学和德国文学。1746 年 6 月提前从该校毕业，同年 9 月赴莱比锡进入大学学习神学，后改学医学；但他的兴趣在文学和哲学上。1748 年 11 月来到柏林，他父母以他"不务正业"停止了对他的经济援助，故莱辛从此成为德国文学史上第一个靠写作维持生活的职业作家。

1759 年到 1760 年秋，莱辛共写了 55 篇关于当代文学的评论，写了悲剧《斐拉托斯》。他的《文集》（6 卷，1753—1755）包括诗歌、寓言、剧本和评论，也于这一时期出版；他还在此时期翻译了《狄德罗先生的戏剧》，介绍狄德罗的戏剧理论和作品。1760 年 10 月至 1765 年 5 月，莱辛在布雷斯劳任普鲁士将军陶恩钦的秘书。1766 年撰写著名美学著作《拉奥孔，或论画与诗的界限》。1767 年 4 月，担任汉堡“民族剧院”艺术顾问，写成《汉堡剧评》。1770 年到不伦瑞克公爵的沃尔劳比特尔图书馆当管理员。1781 年 2 月 15 日因脑溢血在不伦瑞克逝世。

莱辛的一生主要作品有：箴言诗 200 首左右，1771 年发表《箴言诗和箴言诗人散论》，探讨箴言诗的渊源。戏剧多部，主要有《年轻的学者》《犹太人》《信仰自由者》《智者纳旦》《萨拉·萨姆逊小姐》《明娜·封·巴尔赫姆》《爱米丽雅·伽洛蒂》等。文艺理论和美学著作方面代表作为《关于当代文学的通讯》《拉奥孔》《汉堡剧评》。论战文集、宗教和哲学文献的重要文集有三种：《给萨默埃尔·戈特弗德·朗格先生的入门手册》《关于古文物的通讯》《反葛茨》。

莱辛最初用韵文写寓言，有诗体寓言 15 篇，后改为用散文，有散文体寓言 90 篇。诗体寓言都收入他 1753 年出版的《文集》第一卷中，题名《故事》。1759 年莱辛发表了用散文写的寓言和论文《寓言三卷·附关于此类文学体裁的几篇论文》。他的两种寓言共计 105 篇，是莱辛一生的全部寓言作品。

莱辛寓言的思想内容大致由几个方面组成：一是对人生哲理的揭示；二是讽刺和批判社会现实生活中的种种丑恶现象及事物；三是对人性弱点的批评等。

对人生哲理的揭示，是莱辛寓言最主要的思想内容。在他的寓言中，有很大一部分寓言是对人生哲理的认识和揭示，这方面较突出的寓言有《夜莺和孔雀》《宙斯和绵羊》《山羊》等。

《夜莺和孔雀》：

> 一只喜欢交际的夜莺在森林中的歌手们中间，所遇到的是一群嫉妒者，连一个朋友也没有找到。或许我能在另一种鸟类中找到朋友，她这样思忖，于是很自信地飞到孔雀那里。
>
> “美丽的孔雀！我真羡慕你。”——“我也羡慕你，可爱的夜莺！”——“那让我们做朋友吧，”夜莺继续说道，“我们俩是不会相互嫉妒的；你使人得到眼福，有如我使人得到耳福一样。”
>
> 夜莺和孔雀成了朋友。
>
> 克耐勒和蒲伯成了好朋友，好得比蒲伯和艾狄生①之间还要亲密。

《夜莺和孔雀》揭示了“相互补充，而不是相互矛盾的双方最容易成为好朋友，因为他们没有什么利害冲突”的人生哲理。像这样的寓言在莱辛寓言中是不少的。就是为了其他目的而创作的寓言，大都能够从中得出相应的哲理认识，或者把对现实生活的讽刺和哲理的总结结合起来。

---

① 克耐勒（1646—1723），德国肖像画家；蒲伯（1688—1744），英国诗人；艾狄生（1672—1719），英国作家。

讽刺和批判社会现实生活中的种种丑恶现象及事物，是莱辛寓言思想内容的另一个方面。这样的寓言较突出的有《黄蜂》《荆棘》等。

《黄蜂》：

> 溃烂和腐败毁掉了一匹战马的高贵躯体，它是在勇敢的骑手身下被射杀的。永远在运行的大自然需要借一种动物的毁灭使另一种动物生存。正是这样，一群幼蜂从这个被抛弃的尸体中飞了出来。"噢，"黄蜂们喊道："我们的出身多么神圣啊！这匹最漂亮的战马，俄普顿①的宠儿，是我们的祖先！"

心神专注的寓言作家听到这种稀有的自吹自擂，就联想到今天的意大利人，他们自以为绝不是什么卑贱的人，而是不朽的古罗马人的后裔，因为他们是在罗马人的坟墓土诞生出来的。

《黄蜂》讽刺了自以为有辉煌历史的民族某些自以为是的丑恶心态，其形象之鲜明，教训之深刻，是不多见的。

莱辛寓言第三个方面的思想内容是对人性弱点的批评。这方面较突出的寓言有《好斗的狼》《乌鸦》等。

莱辛寓言的思想内容是丰富的，以上三个方面不过是一个大致的归纳。作为一个时代的著名寓言作家，其寓言自然力求在最广阔的面上反映现实生活，特别是当时德国的社会现实生活。

莱辛寓言中有15篇诗体寓言，艺术上赶不上散文体寓言的创作成就，但也有些较好的寓言，如《麻雀和田鼠》。

莱辛寓言是德国寓言文学全盛时期的代表作品，之所以如此，根本原因是莱辛寓言取得了多方面的艺术成就，最成熟地反映了德国寓言的民族特色。

莱辛寓言的艺术成就大致有以下几个方面：一是最彻底地摆脱了《伊索寓言》题材对德国寓言的统治；二是注重人生哲理寓言的创作，从精神上把握了《伊索寓言》，展示了富于德国特色的《伊索寓言》精神；三是对寓言表现形式的探索。

第一个方面。我们知道，来自古希腊的《伊索寓言》对德国寓言有极深刻的影响，以至于从15世纪开始以后的几个世纪，人们几乎无一不从其中获取寓言的题材及其他营养。几个世纪以来，人们除了把《伊索寓言》的故事情节从简单变为繁复之外，所做的事情很少。后期这种情况有了变化，但真正打破这种统治，完全成熟地表现自己独有的民族特色的寓言，还在于莱辛。在莱辛寓言中，我们看到的大多数的寓言题材源于现实生活，利用或借用《伊索寓言》题材的不多，有，也不是以前那种简单地复述，而是改造后的应用。如《水蛇》：

> 宙斯又给青蛙派去了一个新的国王，用一条贪吃的水蛇代替一段温和的木头。
>
> "你要做我们的国王，"青蛙都喊叫起来："那你为什么还要吞食我

① 俄普顿，罗马神话中的海神。

们?"——"就因为你们把我请来了。"蛇回答说。

"我没有请你来!"有一只青蛙喊起来,水蛇用眼睛狠狠地盯着它。——"没有?这就更坏!"蛇说:"我必须吃掉你,因为你没有请我来。"

这则寓言故事见于《伊索寓言》,但莱辛把原来的意思全变了,把原来落后存旧的寓意,改造为对强权者嘴脸的刻画,而且相当成功。

第二个方面。在莱辛寓言中,注意对人生哲理的揭示,从精神上把握《伊索寓言》。人们一致认为《伊索寓言》是一部世俗的人生哲学著作,认为从中学到的世俗哲学,比从任何一本哲学著作中学到的都要多。莱辛认为这是寓言的精神,并在寓言中致力表现它。在其寓言里,莱辛非常注意对哲理的挖掘和阐述,使其寓言中到处都散发着哲理认识。在这方面,其哲理认识的深刻和广泛,超过了所有的德国寓言作家,我们在前面所述的许多寓言就是这方面最好的例子。

第三个方面。莱辛在寓言创作中,对寓言的表现形式进行了探索。莱辛寓言与其他德国寓言作家的寓言相比,其故事简洁明快,短小精悍,寓意深刻,不像一般寓言那样有较完整的故事,有更多的叙述和描述。莱辛师法的是古希腊《伊索寓言》的表现形式,并且是相当成功的。在故事和教训话语的配置上,灵活多样,有前置的,也有后叙的;有格言式的,也有解释阐述议论式的。

在系列寓言这种表现形式上,他也有成功的尝试。在他的90则寓言中,有系列寓言3个,一是《群兽争长》,共计4则寓言;二是《一只老狼的故事》,共计7则寓言;三是《恩惠》,共计2则寓言。《一只老狼的故事》最为成功,其第一则寓言是:

一头凶狠的狼上了年纪,于是打定主意要同牧羊人友好相处。它上了路,先到羊群离它洞口最近的牧羊人那里去。

"牧羊人,"它说:"你把我称作嗜血的强盗,可我事实上并不是。当然,我饿了的时候,也不得不去捕食绵羊;饥饿是不好受的。只要我不挨饿,只要把我喂饱了,那你对我会真的感到满意的。当我饱了的时候,我实在是个最和顺、最温柔不过的动物。"

"当你饱了的时候?这也许可能吧,"牧羊人回答说:"可你什么时候才会饱呢?你的贪欲从来是不知饱足的。滚开!"

这7则寓言非常生动巧妙地写了一只老狼的7个寓言故事,但每个寓言故事的寓意都不相同。更可喜的是,这7则寓言看不出哪一则有凑数的感觉,几乎7则寓言的质量都在一个不低的水平上,这在系列寓言中非常不容易。无疑,它们是系列寓言的上乘之作。

就是这些方面的艺术成就,加之其他方面的上乘表现,使莱辛寓言在德国取得了崇高的地位。

莱辛在寓言创作上成就是很大的,同时他的寓言理论研究也在世界寓言文学中有相当的地位。

他的寓言理论文章有5篇，作为“散文寓言”卷的附件，发表于1759年。这5篇文章是《论寓言的本质》《论寓言中采用动物》《论寓言的分类》《论寓言的写作》《论寓言在学校中的特殊功用》。

《论寓言的本质》一文中，莱辛叙述了过去存在的许多观点，并一一做了批驳，最后得出对寓言本质的认识的结论。

要是我们把一句普遍的道德格言引回到一件特殊的事件上，把真实性赋予这个特殊事件，用这个事件写一个故事，在这个故事里大家可以形象地认识出这个普遍的道德格言，那么，这个虚构的故事便是一则寓言。

《论寓言中采用动物》一文中，他认为之所以在寓言中大量采用动物，不是为了新颖，而是为了众所周知的性格，不用过多的笔墨进行形象性格的描述。在《论寓言的分类》一文中，他对寓言进行了分类，认为寓言有“合理的寓言”“道德的寓言”（当中又分“道德式的神话寓言”“道德式的超自然寓言”），“混合前二者的寓言”（又分“合理的神话寓言”“合理的超自然寓言”“超自然的神话寓言”）等类别。在后两篇论文中，他分别对寓言的写作、寓言的教育功用等问题进行了探讨、论述。

英国的赫尔德称这组论文，是“亚里士多德时代以来，人们对这一种文艺形式所做的最简洁明晰，而且也是最富哲学意味的理论”（贝赫尔德《论绘画、诗歌和寓言》一文），对后来的寓言研究有较为广泛的影响。

第十二章 俄苏寓言

988 年，基督教在基辅被定为国教，俄国的民族和国家意识开始觉醒。15 世纪，在莫斯科大公伊凡三世的领导下，莫斯科摆脱了蒙古人，并奠定了近代俄罗斯帝国的基础。

俄罗斯文学可分古代、18 世纪、19 世纪三个阶段。古代文学（10 世纪末至 17 世纪），重要作品有《往年故事》《伊戈尔远征记》等。15 世纪，俄罗斯帝国崛起，俄罗斯文、乌克兰文形成，全国性的文学代替了过去地区性的文学。17 世纪下半叶，俄国文学才开始突破中世纪格局。18 世纪，俄国文学开始兴盛，19 世纪、20 世纪涌现了大量的有世界性声誉的作家、作品。如普希金的《高加索的俘虏》《叶甫盖尼·奥涅金》，莱蒙托夫的《诗人之死》《当代英雄》，果戈理的《死魂灵》，赫尔岑的《谁之罪》，屠格涅夫的《猎人笔记》，奥斯特洛夫斯基的《大雷雨》，陀思妥耶夫斯基的《死屋手记》《罪与罚》，托尔斯泰的《战争与和平》《复活》，谢德林的《一个城市的历史》，契诃夫的短篇小说等等。

1917 年十月革命后的俄罗斯苏维埃文学也有一大批著名的作家、作品。如高尔基的《母亲》、法捷耶夫的《毁灭》、马雅可夫斯基的诗歌、肖洛霍夫的《静静的顿河》、马卡连柯的《教育诗》等等。

俄苏文学中的寓言文学是伴随着俄罗斯新文学的出现从 18 世纪初开始的。18 世纪初有罗蒙诺索夫、苏马罗果夫、马依科夫寓言，稍后又有赫姆尼采尔寓言、德米特里耶夫寓言。18 世纪末、19 世纪初，俄国寓言走向了全盛时期，这一时期除了世界著名的克雷洛夫寓言之外，还有伊兹马依洛夫寓言、维亚泽姆斯基寓言、瓦·普希金寓言。另外那希莫夫等人也有不少寓言作品。在克雷洛夫之后，又有谢德林寓言、苏哈诺夫寓言、列夫·托尔斯泰寓言等。19 世纪至 20 世纪，又有别德内依寓言、马尔夏克寓言、米哈尔科夫寓言，陀罗雪维奇、爱罗先珂、斯米尔诺夫等人也创作不少寓言。

俄国自从 18 世纪以来，就建立了深厚的寓言文学传统，各个时期都有富有特色的寓言作家出现。到克雷洛夫寓言出现时，不但是俄国寓言文学的高峰，也是继拉封丹寓言之后世界寓言文学中的又一高峰。

另外，20 世纪的俄苏寓言文学研究也取得了瞩目的成果，如对克雷洛夫寓言的研究，以及维戈茨基对寓言文学理论的创见等。

第一节　18 世纪的俄国寓言

俄国走向全新的文学是在 18 世纪，而寓言，就别林斯基所说的那样："寓言在神圣的俄罗斯特别走运。"[①] 从新的俄罗斯文学出现的时候，寓言就成为其中一个重要的文学部分。其重要的程度，别林斯基也有描述，他说："就连俄罗斯文学之父罗蒙诺索夫，也穿着他那抒情、叙事、戏剧的厚底靴，纡尊屈贵地写起寓言——《披着牧羊衣服的狼》来了。"[②] 可见，俄国的寓言文学一开始就得到了最高度的重视。

俄国寓言也正是从罗蒙诺索夫等作家开始的。俄国人 19 世纪就认为："俄国寓言是从他开始的，——光是这一点，就可以算得是他的一大光荣了。"这个他指的是赫姆尼采。赫姆尼采在那个时代创作了不少寓言，但最早的寓言并不出自他的手，说俄国寓言从他开始，可能是就创作上的特色和成就而言的，并且也只是一种说法。

俄国最早见的寓言实际上应归属于康捷米尔。

康捷米尔（1708—1744），俄国的讽刺诗人，出身贵族，受过良好的家庭教育。1730 年参加反对贵族限制君权的阴谋活动，次年调任驻伦敦大使，后调任驻巴黎大使，最后卒于巴黎。

他翻译过法国作家丰特奈尔的《宇宙万有谈》、孟德斯鸠的《波斯人信札》。写有不少讽刺诗，是俄国古典主义和近代讽刺诗的奠基人。他的寓言诗《火与蜡像》约写于 18 世纪 30 年代。

《火与蜡像》：

> 技艺不同凡响，蜡匠浇塑忙。/塑成了一尊蜡像，/四肢俱备，/五官端详，/眉清发亮。/人人见了，/都说它活灵活现，/和真人一模一样。/万事大吉，/只是一时疏忽，忘却了要事一桩：/没把蜡像放到/远离烟火的地方。/热烘烘的火焰/使蜡融化，/人像变成蜡一滩。/可怜此蜡匠，/白辛苦一场！
>
> 意欲创伟业，切需避凶邪。

这则寓言出现在罗蒙诺索夫寓言之前，可视为俄国寓言文学中最早的寓言作品。

被视为俄国文学之父的罗蒙诺索夫，晚于康捷米尔三年出生，他在康捷米尔之后也写了些寓言。

罗蒙诺索夫（1711—1765），俄国科学家、诗人、学者，生于农民家庭。通过顽强的学习获得渊博的知识，在自然科学中有许多开创性的建树。著有《论俄语诗律

---

① 见《克雷洛夫寓言》（短评）。
② 见《克雷洛夫寓言》（短评）。

书》《俄语语法》等书，为革新俄语做出了重大贡献。他还创作了许多颂诗，抒发爱国之情。在他相当成名的时候，也写了些寓言，如《披着牧羊人衣服的狼》《请听我把一位老人的事对你言讲》等。

这之后是苏马罗果夫寓言。

苏马罗果夫（1717—1777），俄国诗人、剧作家、寓言作家。出身于贵族家庭。一生创作了9部悲剧和12部喜剧，较著名的有《霍列夫》《席纳夫和特鲁沃尔》《母亲，女儿的对手》《泼妇》等。同时代人认为：他的悲剧和罗蒙诺索夫的颂诗，标志着俄罗斯新文学的真正开端。他创作的寓言诗有400多首，主要嘲讽官僚的飞扬跋扈，揭露贪污受贿及揭示生活哲理等。如《鼠与象》《狼与仙鹤》《庄稼人与猴子》等。

人们认为苏马罗果夫是俄国文学史上第一个产生重大影响的寓言作家。确实，他创造了寓言的自由诗形式，艺术手法上注重生动的生活场景的描绘，突出小型道德喜剧的特点，但这不是寓言的要素，故而他的寓言常流于浅淡和粗俗。别林斯基当时是这样评价他的寓言的："多产而又无聊的庸才苏马罗果夫使他当时的文坛充斥着不成体统的讽喻。"① 这样的评价也许太过苛刻和不实事求是，但也反映出苏马罗果夫寓言就其艺术成就而言是不很高的。

几乎与他同时的寓言作家是马依科夫。

马依科夫（1728—1778），俄国诗人、寓言作家。出生于地主家庭。主要作品有长诗《伊格罗克·洛姆别拉》、喜剧《叶利谢》、悲剧《费姆斯特和耶罗尼玛》。1766—1767年间，他著有《道德训诫寓言集》。其题材主要来自于《伊索寓言》和俄国民间故事，比较注重对贵族的专横、人们的愚昧、迷信等人性弱点的讽刺。较突出的寓言有《山羊和贝壳》《棒小伙子和马》《喜鹊、寒鸦和松鸡》《迷信》《良机》《父与子》等。

《山羊和贝壳》讽刺了张狂的山羊，说它并没有什么大的贡献，而默默无声的贝壳奉献的却是珍珠，构思巧妙，寓味深长。马依科夫寓言有自己一定的特色，但总的来说还不是十分成熟。

在苏马罗果夫、马依科夫前后，还有一些寓言作家、作品。

特列基阿科夫斯基（1703—1769），生平不详。著有《公鸡和珍珠》《狮子郎君》等寓言。这些寓言题材大都来自于《伊索寓言》，模仿痕迹很重。

赫拉斯科夫（1733—1807），生平不详。著有《喜鹊披上了美禽的羽毛》《乌鸦与狐狸》等寓言。其寓言与特列基阿科夫斯基的寓言一样，多是模仿之作，并无什么创见。

这时期的冯维辛值得一提。冯维辛（1745—1792），俄国剧作家，出身于莫斯科一贵族家庭。主要作品有讽刺喜剧《旅长》《纨绔少年》，还有许多讽刺诗和讽刺散文。冯维辛也创作了一些寓言，如《精明的狐狸》，但他在寓言文学上的贡献是将丹

---

① 见《克雷洛夫寓言》（短评）。

麦作家霍尔堡（1684—1754）的《寓言集》译成俄文，于1763年出版。与苏马罗果夫、马依科夫同时的另一个著名作家是赫姆尼采尔。

赫姆尼采尔（1745—1784），俄国诗人、寓言作家。生于军医家庭，多年在军队服役。退伍后在矿产局供职，并从事写作。1779年出版了《诗体寓言和童话》。同年被任命为俄国驻土耳其领事，后因病死于任所。

赫姆尼采尔在俄国并不是著名的作家，而且作品也不多，除一部分诗歌外，就是其三卷集的《寓言和童话》。在这些寓言作品中，较具特色的有《战士》《狮子受贿》《别人的灾祸》《楼房》《两个狮子做邻居》《人与果实》《作家》《一棵树》《侏儒和巨人》《楼梯》《傻瓜和影子》《工匠》《字母》等。

《侏儒和巨人》：

> 矮人们在河里洗澡，/一位巨人过来了，/他也想在河里泡一泡。/他看见，这地方的水浅不及腰，/就向矮人间道：/“哪儿水深？我也想洗个澡。”/“就在那儿，/那儿的河水可深哪！/矮人们回答，/把那深处指给了他。/但在巨人眼下，/那儿只不过是个浅永洼。/他又去向矮人们问深浅。/“喏，”他们异口同声指点，/“就在那边，/真是无底深渊。/我们游了大半天，/好容易才来到这边。”/遗憾的是：/矮人所谓的深渊，/巨人仍嫌它太浅。/对于某些人来讲，/一片小水洼就是海洋。

这则寓言生活气息浓厚，揭示的人生哲理也很生动。但最重要的是它们体现了赫姆尼采尔寓言的两个方面：一是从中可以看出寓言的题材完全来自社会现实生活，而不是沿用古代寓言题材，这不能说不是一个进步。这种寓言在赫姆早采尔寓言中数量很多，表明这时的俄国寓言已经开始摆脱对古代传统题材的依赖。二是说明了赫姆尼采尔寓言较为注重对社会生活哲理的揭示。

赫姆尼采尔寓言内容是丰富的，如《楼房》《人与果实》谴责了非正义战争；《作家》嘲讽了贵族的迂腐；《工匠》《字母》还反映了作家的哲理思辨等等。

对于赫姆尼采尔寓言，别林斯基有一定的评价。他说：“赫姆尼采尔还写了两篇或三篇以当时看来是良好的语言和某种素朴而戏谑的才智著称的寓言；后来，还制作了两篇或者三篇具有同样优点的寓言，可是已经勉勉强强，远不如以前了；最后，还写了二三十篇寓言，除了恶劣的语言和缺乏才能等特点之外，里面已经什么东西也没有了。”① 很明显，别林斯基对赫姆尼采尔的前期寓言创作是赞许的，对其后期的寓言创作的评价就很不以为然了。但不管怎么说，别林斯基最后还是把“俄国寓言是从他开始的”这顶桂冠给了他。这个开始的含义自然是“民族寓言”的含意，即从赫姆尼采尔开始，俄国寓言才具有了一定的民族特色。也就是说，赫姆尼采尔以前的寓言总的处于一种模仿、借用的状况中。这是对的，但这一功绩不能全归于赫姆尼采尔，这种努力从俄国寓言出现的最早的一天起就出现了的。

---

① 《克雷洛夫寓言》（短评）。

赫姆尼采尔寓言出现后，当时的影响不小，对后来的俄国寓言影响也不小，19世纪四十年代就在俄国出现过赫姆尼采尔寓言热，彼得堡和莫斯科两地都刊行了他的寓言集。

本来俄国寓言的发展没有一定的比较明显的界线，但如果要有一定的时期划分，那么在赫姆尼采尔这里就可以告一段落，因为从这以后，俄国寓言就开始走向它的全盛时期。

第二节 18 世纪末与 19 世纪初的俄国寓言

进入 18 世纪 19 世纪之交，俄国的寓言文学进入了一个非常重要的阶段。这就是一批起点、水准都比较高的寓言作家的出现。首位的自然是克雷洛夫寓言，其次是德米特里耶夫寓言、瓦·普希金寓言、伊兹马依洛夫寓言，另外，那希莫夫、达维多夫等也有一些寓言，稍后一些还有苏哈诺夫寓言、维亚泽姆斯基寓言等。

克雷洛夫寓言我们将于下节专门叙述。

如果说赫姆尼采尔寓言是俄国新文学出现时最优秀的寓言作品，那么在他的寓言之后，俄国寓言第一个时期结束了，并迎来了第二个更为光荣的时期，而这一时期开始时著名的寓言作家就要算德米特里耶夫了。

德米特里耶夫（1760—1837），俄国诗人、寓言作家。出生于西伯利亚一地主家庭。俄国感伤主义诗歌的代表人物。主要作品有诗集《仿杂吟集》《袖珍歌曲集》。在探索俄罗斯诗歌形式，促进诗歌语言趋向朴素自然方面有所贡献。翻译过法国诗人拉封丹和弗洛里昂的寓言。他创作了大量的寓言诗，较有名的有《灰蓝色鸽子在呻吟》《两只鸽子》《过路人》《两只狐狸》《猞猁和鼹鼠》《毛驴和野猪》等。

德米特里耶夫寓言多取材于现实生活，对日常社会经验教训的总结和对生活哲理的揭示是比较注重的。

对德米特里耶夫寓言的艺术表现，别林斯基亦有精彩的评价。他说：“德米特里耶夫的寓言，是我们文学中的人造的假花。这是一些显然从故乡的土壤上移植到异乡来，在暖房里培养起的植物。它们显示出 18 世纪的沙龙式的才智；在它们里面，我们的语言向前迈了一步。”[①] 当然，德米特里耶夫寓言也像赫姆尼采尔寓言一样，尽管它对他那个时代有不少的贡献，也有不少的人对他的作品大为赞赏，但他们都没有获得永久的荣誉，随着时间的推移，也就被淡忘了。

在德米特里耶夫之后，出现两个以模仿赫姆尼采尔和德米特里耶夫寓言为能事的寓言作家——瓦·普希金和符·伊兹玛依洛夫。

符·伊兹玛依洛夫所叙的寓言不多，对后代的影响也不大，倒是瓦·普希金的某

① 《克雷洛夫寓言》（短评）。

些寓言并不逊色于德米特里耶夫。

瓦·普希金（1770—1830），俄国诗人。生于贵族家庭。俄国大诗人普希金是他的侄子。他从小受到良好教育，会四门外语，能用法语写作。曾在彼得堡禁卫军团任职，后退职迁居莫斯科，从事文学创作，作品主要有诗歌和寓言。

瓦·普希金的寓言今天我们所见不多，较出色的有《狮王和它的宠信》《土拨鼠和小金翅雀》《狼与狐狸》《猫与哈巴狗》《两只老母猫》《老美人》等。

瓦·普希金寓言的主要内容是对世间人情冷暖、世态炎凉的哲理描述，《狮王和它的宠信》这则寓言就是典型。它对比描述了狗的遭遇，揭示了人们趋炎附势的丑恶心态。像这样的寓言很多，以上所列举的寓言几乎都是这一内容。《土拨鼠和小金翅雀》揭露人间种种丑闻；《狼与狐狸》警示人们注意“病中是一只羊，恢复健康后是一只狼”的行为；《猫与哈巴狗》说暗中使坏的朋友，比明处的敌人更可怕；《两只老母猫》批驳人们的薄情和负义。

亚历山大·伊兹马依洛夫是瓦·普希金后的一个后人评价较高的寓言作家。

亚历山大·伊兹马依洛夫（1779—1831），俄国诗人、寓言作家。出生于没落地主家庭，曾任职于财政部；写过小说和抒情诗，但以寓言作品著称。从1805年起发表寓言，1814年出版第一部寓言集，生前再版五次之多。

伊兹马依洛夫寓言较为出色的有《两只虾》《两只猫》《牡蛎和两个行人》《抱蛋鸡》《快死的狗》《酒徒》《撒谎的人》《牧师和农民》《秃尾狐》等。伊兹马依洛夫的寓言直接描述俄国当时现实生活的丑恶和弊端及社会的不良行为，《两只虾》是这样的内容，《抱蛋鸡》也是这样的内容，还有《撒谎的人》《酒徒》《快死的狗》等也是这样的内容；故此，伊兹马依洛夫寓言的现实性和针砭性都是十分强烈的，也充满了辛辣的讽刺和批判精神。也正因为如此；别林斯基给予了他较高的评价，他说：“他（指伊兹马依洛夫）却创作一种自成一格的寓言，其中的主人公是退职的警察局长，喝醉了酒的男女乡下人，或者是香草酒、白酒、啤酒、黑色咸鱼子，葱，咸鲤鱼肉；出事地点是茅屋、小酒店和酒饭馆。虽然他的寓言中有许多是陈腐可厌得使审美感觉受到激怒的，但也有一些显示着真正的才能，能以某种略带些粗俗的独创味道来俘获人心。”①

伊兹马依洛夫寓言之后是维亚择姆斯基的寓言，但在他们之间有两个人的寓言值得一提，一是达维多夫寓言，一是那希莫夫寓言。

达维多夫（1784—1839），俄国诗人，长于寓言创作。出生军官家庭，年轻时在军队中任职。从事文学创作，经常写寓言和讽刺诗，因此而开罪于上司，被派往白俄罗斯兵团服役。1823年退出军界，居住乡间从事创作。普希金对他的诗歌颇为称赞。

他的寓言我们所见不多，唯以《头与足》《河流与镜子》最为有名，当时曾以手抄本广为流传。

那希莫夫（1782—1814）俄国诗人。出生于地主家庭。年轻时在军队服役，退

① 《克雷洛夫寓言》（短评）。

役后在彼得堡供职。24 岁进入哈里科夫大学，毕业后从事文学创作和教学工作。他长于创作讽刺诗和寓言。

他较著名的寓言是《幸运的毛驴》《大老鼠和秘书夫人》等。以《幸运的毛驴》为最佳。

这个时候，还有一个著名的俄国诗人有寓言值得一叙，这就是茹科夫斯基（公元 1783—1852 年）的寓言《秃老之争》：

> 两位老秃——/老亲家一起赶路，/看见有个东西/在草丛里闪闪忽忽。/“呶，”他们想，/“我们可发现了宝物。”/“该归我！”/“你胡说！”/两位亲家/争得面红脖子粗，/推背搡腰动起了武。呜呼，/拔掉了头上仅有的毛一束，/只剩下一片光秃秃。/他们这是何苦，/为何争个你死我活/互不让步？/为的只是/一把羊角梳。

这则寓言嘲讽了毫无意义的争论，题意不是新创，但揭示还是很深刻的。

维亚泽姆斯基寓言出现在 19 世纪初，也是俄国寓言全盛时期的产物。

维亚泽姆斯基（1792—1878）俄国诗人、批评家、报刊编辑。出身于贵族家庭，参加过 1812 年卫国战争。1825 年参与编辑《莫斯科电讯报》，与普希金和 12 月党人接近。生前出版有诗集《旅途和家居》，写过一些评论文章，创作了不少寓言。

维亚泽姆斯基寓言重要的有《两只黄雀》《两只狗》《挨打的狗》《墨水壶和羽笔》《湍流与河水》《两个画匠》《驴与公牛》《鹅》等等。

维亚泽姆斯基的寓言内容一是对人性弱点缺陷的批评；二是对生活哲理的揭示，巧妙地呈现一个个凝聚了的生活画面，生活气息浓厚。

维亚泽姆斯基的寓言短小精悍、寓意深刻，形式上很有特点。我们以上列举的寓言，全部是在两个动物形象对比，或一个形象的两个情节的对比下形成的。

苏哈诺夫也是这一时期较重要的寓言作家之一。

苏哈诺夫（1801—1843），俄国诗人，出身于农奴家庭，靠自学获得了文化知识。24 岁到了彼得堡，为贵族官吏当管家，翌年开始文学创作。1828 年出版了《寓言和诗歌集》，这本书获得了俄国科学院的银质奖章。他的其他作品有《我的乡下时光》《光明充实》《孩子们的新年礼物》。他还收集整理出版了《古俄罗斯歌谣集》。此书受到别林斯基的高度评价。

苏哈诺夫寓言的主要内容是对社会不平的抗议，以及对社会丑恶现象的揭露和讽刺，也有日常社会经验教训的总结。较主要的寓言有《乌龟》《熊》《火焰与桦树皮》《薄荷》《熨斗和礼服》《农夫和干酪》等。《乌龟》重讽刺，而且形象、深刻；《火焰与桦树皮》是总结经验教训，教训鲜明。两则寓言都是佳品。

这时俄国著名的大诗人普希金（1799—1837），也用其精湛的笔法，创作了一篇叫《鞋匠》的寓言。

这则寓言风趣幽默、讽刺强烈，使这位 19 世纪批判现实主义文学的奠基人，在寓言文学天地里也不失为一大家的风采。

第三节 克雷洛夫寓言

在18世纪末到19世纪初，俄国的寓言文学进入一个鼎盛时期，而这个胜利的实现却在于克雷洛夫寓言的出现。别林斯基这样说道："寓言之所以在神圣的俄罗斯取得真正的胜利，应该归功于克雷洛夫。他在我们这里是唯一的一位真正的、伟大的寓言作家：一切其余的寓言作家，甚至是才能卓著的寓言作家，和他相形之下，正犹如美文学家和艺术家之间的关系一样。"① 这就是克雷洛夫寓言在俄国寓言文学中的地位。

伊凡·安德烈耶维奇·克雷洛夫（1768—1844），俄国著名寓言作家、杂志编辑。1769年2月13日生于莫斯科一个清寒的军医官家庭。9岁丧父后就开始当小职员，1782年到彼得堡市税务局任小职员。他自学了法语、意大利语和数学，并开始接触文学。1783年写成喜剧《用咖啡渣占卜的女人》。1786年接触戏剧界，其间创作了悲剧《克里奥佩特》《菲洛梅拉》；喜剧《疯狂的家庭》《前厅的作家》等。1789年创办《精灵邮报》。1792年创办《观察家》。1793年创办《圣彼得堡水晶》。1806年，他又创作了《摩登铺子》《训女》《伊利亚勇士》，并在彼得堡上演，赢得了很大的声誉。1812年克雷洛夫开始在新开办的彼得堡公共图书馆供职，他在那里一直工作了近30年。1844年11月21日逝世。

克雷洛夫的寓言创作是1804年在莫斯科开始的，发表了他最早的两则寓言《橡树和芦苇》《爱挑剔的姑娘》。这两则寓言译自拉封丹的寓言。1807年在彼得堡又创作了《乌鸦和狐狸》《小箱子》《青蛙和牯牛》《神谕》《隐士和熊》《农夫和死神》等寓言。

克雷洛夫的第一本寓言集是1809年4月问世的，并以此开始建立其作为俄罗斯最优秀寓言作家的声誉。

1811年，克雷洛夫当选为俄国科学院院士，这一年《克雷洛夫寓言集》（修订本）和《克雷洛夫新寓言集》出版。1819年《伊·安·克雷洛夫寓言》（六卷集）出版；1825年《伊凡·克雷洛夫寓言》（七卷集）出版；1830年《克雷洛夫》（八卷集）出版；1843年12月《伊·克雷洛夫寓言》（九卷集）出版。克雷洛夫一生共创作了寓言203篇。

克雷洛夫寓言的思想内容是丰富的，但它最主要的思想内容，仍然是日常社会生活方面的经验教训及智慧的显现。这方面的寓言很多，如《树林与篝火》《木桶》《老狼和小狼》《猴儿》《蚊子与牧人》《驴子和农夫》，等等。

《木桶》：

---

① 《克雷洛夫寓言》（短评）。

有一个人把木桶借给朋友使用，/这事不容推辞，友情为重。/一只木桶实在值不得什么，/要是借钱，自然又当别论。/三天以后木桶如期归还，/主人用它运水，一如从前。/可是，糟糕，怎么会想到，/木桶里烧酒气味冲天。/原来借桶的朋友是位酒商，/他曾用这桶把烧酒装。/三天，烧酒已把木桶浸透，/主人却还拿它把水桶当。/于是，啤酒、格瓦斯、一切食品/都统统把烧酒气味染上。/主人把木桶整治了一年，/用汽蒸，用风吹，都是枉然。/无论用它装上什么东西，/总有烧酒的气味发散。/最后，主人实在无可奈何，/便把木桶丢弃在一边。

《蚊子与牧人》：

牧人仗着牧犬在旁守卫，/在树荫下面安然大睡。/毒蛇从草丛中亮着毒牙爬来，/眼看这牧人便要受害。/好心的蚊子连忙前来营救，/它狠狠地叮了牧人一口。/牧人被叮醒了过来，/打死了毒蛇免了灾。朦胧中他还拍了蚊子一掌，/可怜的蚊子丧命身亡。/弱者对强者可别去刺伤，/否则难免这蚊子般的下场。/这样的事情世上多有，/休说什么你是好心帮忙。

这一内容的寓言是任何一个寓言作家都无法避免的，但要写得出众，同一题意出现新奇的给人印象深刻的情节构思，是非常不容易的，而克雷洛夫寓言做到了这一点。《木桶》中装酒和装水的木桶是俄国人生活中最常见的物品，而克雷洛夫赋予了它什么，寓言中好像什么都没说，可一切都在言中了。《蚊子与牧人》是一出精巧无比的人间悲剧，渺小的善良的人常常为了一些“伟大的人”付出惨重的代价，但却永远不为世所重，这是不公平和令人心酸的，它似乎告知人们不必去和一些与他们毫不相干的伟人发生关联。

可以说，克雷洛夫这俄国式的智慧是人们印象最深的一个部分，他继承了传统的前人的智慧，又丰富和发展了它。

克雷洛夫寓言思想内容的另一个方面是对人性弱点的批判和揭露。这方面寓言较突出的有《青蛙和犍牛》《大象得宠》《公鸡和杜鹃鸟》等等。

世界上有两种抬高自己的办法，一是压别人，二是抬高别人以求相似的回报。克雷洛夫的《公鸡和杜鹃鸟》把后一种人的阴暗之处表现得如此生动和鲜明。《青蛙和犍牛》是一篇夸张极致的又非常形象的名作，把人的自以为是、想入非非、狂妄自大刻画得淋漓尽致。

对生活哲理认识方面的内容，克雷洛夫也有相当的篇幅，如《天鹅、虾子与梭子鱼》《行人与狗》《橡树和芦苇》等等。

《行人与狗》：

两个行人夜间走路，/一边走着，一边闲谈吐。/忽然一只狗叫起来了，/接着便是第二、第三、第四只。/以后各院儿的都跑了出来，/总数目不下三十、五十。/一个人捡起了石块欲掷，/另一个急忙把他劝阻：/“狗生来要叫，你何必多此一举？/你一打，反会激起众怒。/狗的脾气我十分熟悉，/我们只管走我们的路。”/果然不出五十步。狗吠渐息。/最后听不见了，寂静如初。/好忌妒者有个癖好，/他见什么都爱喊叫。/你自不搭理他，/叫上一阵，也就算了。

《行人与狗》是长期观察理解生活的结果，这是克雷洛夫作为一个智慧老人强烈的外现，因为里面的生活现象太平凡了，但一经他的思索，就发现了生活中的金矿。

对统治阶级的讽刺、揭露和对祖国的热爱、关注，亦是克雷洛夫非常重要的寓言内容。讽刺和揭露这方面的寓言很多，多数人熟悉的有《狼和小羊》《杂色羊》《蛙国求王》《诸农夫与大河》《公众大会》等等。

《狼和小羊》是世界上讽刺强权者最有力的一则寓言，各个时代的寓言作家都写有这样的寓言，但以克雷洛夫这则寓言写得最出色。《公众大会》的揭露和讽刺是深刻的，世界上确实有这么些人，吃喝着人民，并召开会议，以人民的名义决定一切，可所有的会议中并没有人民的席位。但是，以上两则寓言在题意上都不是新的，《诸农夫与大河》才真正显示出了克雷洛夫于此的才智。这则寓言是这样的：

春天，条条小河小溪泛滥，/于是农夫们受尽了水患。/他们实在忍无可忍，/便跑向大河去申冤。/小河、小溪都归大河管，/他们的罪行桩桩件件。/冲走了磨坊，冲坏了田园，/淹毙的牲畜无法清算。/淼淼大河平静又深远，/河上的市镇栉比相连。/从未听说谁把大河抱怨，/大河定会把小河小溪严管。/然而走近大河身旁一看，/河里漂着农夫财物的一半。/他们叹着气，扫了大河一眼。/可明白了，何必自找麻烦！/互相望了一望，摇着头把家还。/临走时他们留下了话几句：/“如果上级与下级平分利益，/不要到上级那里控告下级。/否则，你将白费时间与力气。”

这则寓言揭示、讽刺之深刻，是少见的。官僚阶级的网络，以及它们之间内在的相互关系，全部在农夫对小河与大河的追叙中得到形象生动的再现，令人产生极丰富的联想。

对祖国热爱和关注方面的寓言也不少，如《运货车队》《乌鸦与母鸡》等，但最著名的是《狼落狗舍》。这则寓言大家很熟悉，寓言取材于1812年的卫国战争，在俄国产生了极其广泛深远的影响。像这类寓言题材一般是很难处理的，但克雷洛夫却处理得很出色。

当然，克雷洛夫寓言中也有些迎合官方的内容，如《麦穗》《潜水者们》《马与骑士》，等等。

克雷洛夫寓言极大地丰富了俄国寓言文学及俄国文学，这首先表现在内容上，其次就是在艺术成就上。

无可否认，克雷洛夫寓言所表现的艺术方面的成就，无疑也是俄国寓言文学的最高成就。他的寓言艺术成就主要表现在两个方面：一是其寓言的诗意；二是其寓言的民族性。

在寓言的诗意上，别林斯基说："如果它是一篇好的、富有诗意的寓言的话；但它必须是短小的故事、戏剧，具有诗意地勾勒出来的面貌和性格。就连寓言中的拟人化，也必须通过生动的、诗意的形象。"① 别林斯基还说："在这一切里面（指寓言），显然可以看出理性和实际才智占着优势，而理性和实际才智之所以带有诗意，是因为这些东西散发着机智的光辉，闪耀着戏谑和讥嘲的烟火的缘故。不用说，这一切自有其诗意，正像在关于不管什么样的真理（纵然是实际的）的直接的、形象化的传达中包含着诗意一样。"② 别林斯基认为克雷洛夫寓言是这方面的典范，对其寓言的诗意作了高度的评价。他评价说："在伪古典主义的时代，人们把寓言视为最重要的诗歌体裁，决不把拉封丹看得比荷马低劣。人们在谈论修辞学和诗学的时候，从寓言吸取下等、中等和高等文体的典范，——人们这样做，显然是因为当时认为存在着下等、中等和高等文体的缘故。现在时代不同了。然而，即使在现在，也没有任何人怀疑寓言是诗情的作品，寓言作家是诗人，他有时甚至可以超越寓言的狭隘的特点，发展成为高度的诗意……"③

别林斯基是100多年前说这番话的，但100多年后他对克雷洛夫寓言的评价仍不过时。

克雷洛夫艺术成就的第二个主要方面是其寓言民族性的充分表现。在这个问题上，别林斯基亦有最为精辟的论断。他说："我们讲的是他的寓言的民族性。他在这些寓言里面充分地汲取了、并充分地表现了俄罗斯民族精神的一个方面：他的寓言，像一面洁净的、光滑的镜子一样，反映出俄国的实际才智，连同它的表面上的迟钝，以及咬起来很痛的尖锐的牙齿；连同它的敏捷、锋利以及温厚而带点讥讽的嘲弄；连同它的与生俱来的对事物的正确看法，以及简洁、清楚，同时又是辞藻富丽地加以表达的本领。它们里面包含着全部俗世的智慧，自己的，以及从祖先一代一代传下来的实际经验的果实。这一切都是用这些独创的、俄国的、不能翻译成世界上任何一国语言的形象和句法表现出来的；在这一切里面，可以看到这样无比丰富的成语以及用以构成语言的民族面貌的俄罗斯语法、语言的独特的手段，独具风格的④，自然的特点。因此，就这一点说来，如果没有克雷洛夫，连普希金都将是不完备的。"他又说："他是我们文学的荣誉、光荣和骄傲，他有权利说：'我知道俄罗斯，俄罗斯也知道我。'虽然他从来没有说过，也不会说这句话。在他的生活里，反映出整个民族的精神的一个方面；在他的生活里，反映出千百万人的生活的一个方面。"⑤

---

① 《克雷洛夫寓言》（短评）。
② 《克雷洛夫寓言》（短评）。
③ 《克雷洛夫寓言》（短评）。
④ 《克雷洛夫寓言》（短评）。
⑤ 《克雷洛夫寓言》（短评）。

第四节　谢德林寓言和19世纪俄国其他寓言

在俄国的寓言文学中，克雷洛夫寓言这一俄国寓言文学的顶峰一过，其寓言创作似乎进入了一个新的低谷，直到19世纪中期谢德林寓言的出现，才又迸发出了寓言文学上新的光彩。故谢德林成为19世纪俄国寓言创作中最有名的寓言作家。

萨尔蒂科夫（1826—1889），俄国作家。笔名尼·谢德林，后署名萨尔蒂科夫·谢德林。1826年1月27日生于特维尔省卡里雅津斯基县一个地主家庭。10岁进莫斯科贵族学校。两年后成绩优异，被保送入皇村学校。1841年开始文学创作，1849年4月因写小说揭露沙皇的黑暗统治，被流放维亚特卡。主要的文学作品有《外省散记》《纯洁的故事》《一个城市的历史》《戈罗夫略夫一家》《生活琐事》《波谢洪尼耶遗风》等。在创作的同时，1868年到1884年间主编了闻名全俄的《祖国纪事》。

他的寓言作品有32篇，大都写于20世纪80年代。这些作品也有人认为是童话，因为它们的篇幅一般都较长。这些作品的主要篇目是《一个庄稼汉养活两个将军》《良心丢了》《野地主》《熊都督》《壮士》《鮍鱼干》《忘我的兔子》《信奉理想主义的鲫鱼》《不闭之眼》《老马》等等。

从这些作品的篇幅来看，并不是严格意义上的寓言，如《良心丢了》约近9000字，《鮍鱼干》约9000多字，完全是短篇小说和较长童话的规模；另外，32篇作品中，1000字以下的篇目几乎没有，最短的一篇是《果子羹》也有1000多字。

从篇幅上讲，这则故事可以容忍其为寓言。另外《壮士》也可同样对待，但都嫌太长了。许多人把他的作品作为童话看待的同时，也有许多人把它作为寓言看待，并把他说成是克雷洛夫之后的又一个有自己个性和艺术特色的寓言作家。为什么会出现这种情况呢？在认真研读了他的这些作品后，你会觉得这些作品实际上是一批宝贵的怪物：不是讽刺小说，但其框架和讽刺味都很相似；不是纯粹的童话，但童话的形象和表述方式又全都在；不是纯粹的寓言，但构思、寓意和寓言的基本精神十足。我想，这恐怕就是引起如此含糊区分的主要原因。这些作品，拥有小说的框架，又拥有童话的形象和表述方式，同时又无处不在地表现寓言的基本精神，故而它值得归为讽刺小说中叙述，又值得归为童话中叙述，更应该在寓言中得到应有的叙述。

说到寓言的基本精神，也许人们还不能很快理解和接受，但你只要看看作品，谢德林的作品几乎每篇都有一个讽刺味特浓的寓意性的东西，或称为寓言性质的内核，如《鮍鱼干》的开场白：

一条鮍鱼被捉住了，挖掉了内脏（只留下精腺以便繁殖），用绳子挂起来在太阳下晒。鮍鱼挂了一天，又挂了一天，到了第三天，肚腹的皮皱了，脑袋干了，脑袋里面的脑髓也风干了，变得软绵绵的。

鮍鱼却一天天活了下来。

“这太好了，”鲅鱼干说：“我已经办过手续啦！现在我没有多余的思想了，也没有多余的感情，更没有多余的良心，——今后这类东西一点也没有啦！我的一切多余之物都风干了，挖掉了，干瘪了，今后我谨小慎微，平平安安，走自己的路！”

这是最典型的寓言式的表述方法，其寓意的深刻和生动是一般人难于达到的。当然，《鲅鱼干》从这里又向远处延伸开来，似乎把原属于寓言的东西，作了巨大的变形处理，但变形后精神实质不变。故而可以这样说，除了较短的几则故事外，其余的应为典型的寓言小说。这样，与其说他是一个寓言作家，不如说他是一个出色的寓言小说作家为好。但不管怎么说，谢德林的这批作品是优秀的值得赞扬的作品，作为寓言也是如此。

作为寓言，它最引人注目的是寓言式的讽刺和揭露，无论是对沙皇专制政府的实质，还是对统治阶级的伪善和残暴，以及某些阶层人士的怯懦和自私等等，都有辛辣而深刻的讽刺和揭露。他的作品的讽刺性，引起了后来许多人的关注，说他是俄国的现实主义讽刺大师。

同时，人们还把谢德林称为笑的巨匠，说他创造了许多生动的形象，这些形象妙趣横生，幽默诙谐，引人发笑。他作品的这种笑是“带着鄙视和愤怒的笑”，这些笑让你有所爱憎，理解社会，理解生活。

另外，谢德林还是克雷洛夫之后，用散文写作寓言的作家，对诗体寓言的一统局面，也是一种突破。

以上所述，不管从内容、形式、艺术表现等方面来看，都完全不同于克雷洛夫时代，不能说谢德林开创了寓言创作上的新局面，但他确给俄国的寓言文学带来了一股怪味十足的新风，并对后代的寓言作家产生了一定的影响。

也就在谢德林寓言出现前后，俄国19世纪还有一些寓言作家，及创作寓言的其他作家，如列夫·托尔斯泰、阿康·托尔斯泰、陀罗舍维奇等人。

列夫·托尔斯泰（1828—1910），俄国伟大的批判现实主义作家。1828年9月9日出生于图拉省克拉皮文县的亚斯纳亚·波利亚纳。他自幼接受典型的贵族家庭教育，1844年考入喀山大学东方系。他的文学创作是1851年前后在高加索开始的。最重要的举世闻名的作品有《战争与和平》《安娜·卡列尼娜》《复活》。他是以鸿篇巨制驰名世界文坛的大作家，但也为儿童编写了不少故事，这些故事大多都是寓言作品，这些作品收入他的《启蒙课本》和《新启蒙课本》中。

列夫·托尔斯泰的这些故事有89篇，其中约有60多篇是寓言，其他的是童话、动物故事等。这些寓言大多数并不是列夫·托尔斯泰的创作，而是他为启蒙儿童，根据印度、希腊及民间寓言随意转述的。故事有简有繁，但全都是用通俗易懂、流畅的语言讲述的，很适合儿童阅读。这些，虽然在创作上的意义不大，但对于丰富儿童文学是很有意义的。当然，其中也不乏一些创作的佳品，如《母鸡和燕子》《狼和山羊》《谷仓底下的老鼠》《兔子和青蛙》等。

列夫·托尔斯泰的寓言，我们差不多都能找到出处和来源，但这几则寓言例外。

《狼和山羊》是在转述了许多寓言之后创作的，《谷仓底下的老鼠》是通过自己的观察和艺术构思而创作的。这两则寓言都有较鲜明的形象和深刻的寓意。

列夫·托尔斯泰不愧为一个文学巨匠，这在他的这些寓言中也同样表现了出来。在这里他完全不用苦思冥想，只有亲切慈祥的、轻声慢语的讲述，像一位老爷爷与孙子们的唠叨一样，在这样的过程中，产生出一些在俄国也能算不错的寓言。

几乎就在列夫·托尔斯泰的同时，有一署名为科齐玛·普鲁科特夫的作者，在19世纪50—60年代发表了一系列的寓言、讽刺作品和喜剧、格言，其寓言作品有一定的影响。

这个科齐玛·普鲁科特夫实际上是俄国作家阿康·托尔斯泰、亚·热姆楚日尼科夫、瓦·热姆楚日尼科夫兄弟合用的笔名，但后世的人们往往把这些寓言作品归为阿康·托尔斯泰名下。

阿康·托尔斯泰（1817—1875），俄国诗人、小说家、剧作家。出身于贵族家庭，曾在外交部和沙皇宫廷中任职，20世纪30年代末开始文学创作。主要作品有《谢刘勃良内公爵》《伊凡雷帝之死》《沙皇鲍里斯》等。他的诗歌富于民族特色，很多被谱成歌曲。他一生创作了多少寓言作品不详，我们今天见到的较突出的寓言有《口味各有不同》。

在这一时期，有一个不是以作家，而是以教育学家闻名于俄国的人创作了不少的寓言，并对后来的寓言文学有一定的影响，这就是康·德·乌申斯基。

康·德·乌申斯基（1824—1871）。1844年毕业于莫斯科大学法律系，后来长期在高等院校任教，一度主编《国民教育部杂志》，晚年在瑞士等国潜心研究教育，回国后不久逝世。乌申斯基是俄国近代教育学的奠基人，他强调教育的人民性，重视祖国语言、历史、现实和自然在教育中的作用。1864年，他出版了文集《祖国语言》，收集了他所有的文学作品，是一部独特的儿童百科全书，主要用于对农村幼儿进行初步教育。在这些作品中，包含了一定数量的寓言，其中较好的寓言有《两张犁》《风和太阳》《两只小山羊》《外表不美，但很实用》《狐狸和山羊》《主意》等；

他的寓言多取材于民间，虽然题意上创新的不多，但文字生动流畅，通俗易懂，如《两张犁》《外表不美，但很实用》。

《外表不美，但很实用》：

> 毛皮雪白光滑的小兔子向刺猬说：
> “老弟，你的衣服真难看，上面尽是刺！”
> “不错，”刺猬回答：“不过我的刺能救我免遭狗和狼咬；
> 你这张漂亮的皮能这样为你效劳吗？”
> 小兔子没有回答，只叹了口气。

这则寓言表述得生动简洁，读起来感到自然亲切。乌申斯基的作品在中国很早就引起了人们的注意，1957年就出版了他包括小说、童话、寓言在内的《乌申斯基故事集》。

19世纪末期，俄国的寓言文学还有一个有影响的作家，这就是陀罗舍维奇。

陀罗舍维奇（1864—1922），俄国剧作家、评论家、新闻记者。19世纪90年代以小品、寓言、讽刺喜剧驰名文坛。主要作品有《东方传说和神话》《库页岛》《童话集》。他笔下的许多传说、神话、童话往往也是寓言。1927年中国开明书店将其寓言翻译出版，名为《东方寓言集》，后又更名为《猪的故事》。

《猪的故事》中最著名的寓言是《寓言的寓言》。这则寓言中说赤裸的真理是一个赤裸的美女，故事就讲这赤裸的真理去见国王，最初怎么也进不去，还差点被关了起来。后来真理穿上了五彩斑驳的寓言衣服，安然径直地走进了宫殿里，见到了国王。这则寓言在欧洲有广泛的影响，陀罗舍维奇把它写得十分生动。

由于他的寓言较早地介绍到中国，中国的儿童文学家陈伯吹对他的评价较高，认为他是谢德林之后又一个有特色的寓言作家。

第五节　20世纪苏联寓言与米哈尔科夫寓言

进入20世纪，俄国的政治经济发生了深刻的变化，其文学上的发展也有了一定的变化，这就是俄国文学和苏联文学的分越，但是，其民族的文学精神变化并不十分明显，这在寓言文学的发展中更是如此。20世纪初，别德内寓言出现，并且产生一定的影响和新的变化，这时期的寓言文学比之19世纪后半期的寓言文学也有了自己新的发展。

别德内（1883—1945），苏联诗人。出生于贫苦农民家庭。1908年毕业于彼得堡大学历史语文系。1911年开始在布尔什维克的报刊上发表诗作，1912年加入共产党。他运用各种诗歌体裁，特别是寓言，揭露地主、资本家、官僚、神父的罪行。他较有名的其他作品有诗体小说《关于土地、关于自由、关于工人的命运》、政治讽刺诗《尤登尼奇的宣言》，以及抒情诗《共产主义马赛曲》，另外还有长诗《大街》等。他1918—1921年间共写了诗集45本。他的寓言作品主要见载于他1913年出版的《寓言集》。他的寓言主要反映工人、农民的心声，揭露统治阶级及其走狗的反动本质，以及赞扬苏联人民的爱国主义精神。这些方面较重要的寓言有《树皮鞋和靴子》《击中要害》《仁慈的熊》《车轱辘和马》《以客相待》等等。日常社会生活的经验教训也是其寓言的主要内容，较好的如《援助》《瞎子和灯笼》等。

别德内的寓言继承了克雷洛夫寓言的传统，但更通俗、俏皮和尖刻一些。从俄国文学和苏联文学这个分越上讲，别德内是苏联寓言文学中第一位有影响的寓言作家。

比别德内稍后一些时候，作家马尔夏克创作的寓言也有一定的影响。

马尔夏克（1887—1964），苏联诗人、儿童文学家。出生于技师家庭。自少年时代起写诗，受到高尔基赏识。后留学英国，回国后从事儿童福利工作和儿童文学创作。主要作品有长诗《无名英雄的故事》、儿童诗《军邮》《色彩斑斓的书》《一年四季》、儿童剧《十二个月》、自传体中篇小说《生活的开端》。他的作品曾两次获得斯大林奖金，评价很高。马尔夏克还创作有不少的寓言，较好的寓言如《钉子》《鼓与号》《关于瓦夏的笑话》等。

马尔夏克的寓言生活气息浓郁，讽刺性强，但寓言的寓意也很鲜明，二者结合得很好，如《钉子》。从寓言内容看这则寓言很有现实意义，而且最后的多层意义上的点题，也显得很别致，是苏联寓言文学的佳品。

这时候有名的苏联盲人作家爱罗先珂（1889—1952），也写有些寓言作品，其中较有名的寓言有《老鹰的心》《鱼的灾难》《纸灯的故事》等。

苏联的白俄罗斯作家克拉皮瓦于此时期为苏联的寓言文学创作了不少寓言作品。

克拉皮瓦（1896—?），出身于农民家庭，参加过卫国战争，以擅长创作讽刺文学作品闻名。主要作品有讽刺喜剧《谁笑在最后》《云雀在歌唱》、幻想喜剧《长生之门》。获得过两次斯大林奖金和一次白俄罗斯国家奖。他 1927 年出版了《寓言集》，1946 年又出版了诗歌和寓言合集《欢笑与愤怒》。同时，他还把克雷洛夫寓言译成了白俄罗斯语出版。

乌克兰的奥列依尼克亦是这一时期有贡献的寓言作家。

奥列依尼克（1896—?），苏联乌克兰诗人，寓言作家。出身于农民家庭，1934 年毕业于敖德萨师范学院。主要作品有《我的同乡》《我们的熟人》《我们说的准实现》《讽刺与幽默》等。

1963 年他出版了《寓言集》。其寓言主要讥刺游手好闲的寄生虫，自私自利的伪君子，怕负责任的官员等。受到好评的名篇有《好心的太太》《没有得到指示》《猎犬和罕见的耗子》等。

20 世纪 60 年代有影响的寓言还有斯米尔诺夫。

斯米尔诺夫（1913— ），苏联诗人、寓言作家，1940 年毕业于高尔基文学院。他主要作品有诗集《朋友们》《坦率的谈话》《作客和在家》《快活的性格》，长诗《俄罗斯美人儿》《斯维特兰娜》等。

他的寓言集《短篇寓言诗百首》于 1959 年出版后产生了一定的影响。

于后一年，1960 年，苏联加尔梅克族作家别姆别耶夫（1930—）出版了寓言诗集《宝物》。

以上是苏联寓言文学历史中主要的寓言作家和作品情况，这些寓言作家、作品对这一时代的苏联寓言文学都有相应的贡献，但创造全新的苏联寓言，形成苏联寓言的基本时代特色的是米哈尔科夫的寓言。

米哈尔科夫（1913—），苏联诗人、剧作家、寓言作家。出生于职员家庭，中学毕业后当过工人、勘探队员，卫国战争时期任军事记者。他素以创作儿童诗著称，曾先后获斯大林奖金、列宁奖金、苏联国家奖金。米哈尔科夫于 1940 年起任苏联作协理事，1959 年起任俄罗斯联邦作协书记处书记。1965—1970 年为莫斯科作协第一书记。曾获得俄罗斯功勋艺术家和社会主义劳动英雄称号。他的主要作品有儿童诗《三个公民》《儿童诗集》、儿童剧《红领巾》《我要回家》、话剧《泡沫》等。

他的寓言创作是从20世纪40年代开始，出版了好几个寓言集，较有名的是《快乐的兔子》。1984年，苏联文学艺术出版社出版了《米哈尔科夫寓言》，精选了他1945年至1983年期间创作的寓言诗170余首。

米哈尔科夫的各种寓言现今有数百则，其寓言的思想内容主要有以下几个方面：一是对人性弱点的批评和揭示；二是对苏联社会不良风气的讽刺；三是一般的日常社会生活哲理的总结。

第一个方面的寓言是其寓言中最优秀、最重要的一部分。较好的寓言有《狼打错了主意》《驴和海狸》《兔子的悲哀》《虚张声势的公鸡》《回答》《老鼠不得罪猫》《不值得一谢》等。

《狼打错了主意》：

> 从前有一只狼，他有一个窝。狼从来都不收拾自己的房子，它又脏又破，眼看就要塌了。
>
> 有一次. 一头大象从狼的家门口走过。大象刚刚碰了一下屋顶，屋顶就歪了。
>
> “对不起，好朋友，”大象对狼说。“我可不是故意的！我马上就给你修好！”
>
> 大象门门在行，干活他可不怕，他拿起锤子、钉子，很快就把屋顶修好了。现在屋顶比以前结实多了。
>
> “噢，”狼想，“原来大象怕我，他先是向我道歉，然后又亲自动手给我修屋顶。干脆我让他给我盖间新房子吧！既然他怕我，他准得听我的！”
>
> “别忙！等等！”狼对大象高声喝道。“怎么？你以为就这么容易把我糊弄过去了？你撞坏了我的房子，你这么三下两下钉钉就想溜走了？你得给我盖间新房子！快点，不然我就要好好收拾你，把你打得稀巴烂！”
>
> 听了狼说的这些话，大象什么也没说。他毫不费力地把狼拦腰一下卷起，扔到脏水坑里去了。然后大象往狼窝上一坐，把窝压塌了。
>
> “瞧吧，这就是我给你的新房子！大象说着大模大样地走了。
>
> “我真是一点儿也弄不明白，”事情过后狼觉得很奇怪，“大象那么怕我，明明是向我求饶，可是后来怎么又这样干呢？真叫人弄不明白。”
>
> 老乌鸦看见了刚才发生的这一切。老乌鸦说：“你真是傻瓜！连什么是胆小怕事，什么是文明礼貌你都分不清啊！”

《狼打错了主意》取材于一个简单的生活现象，但把有些人得理不让人，分不清礼貌与软弱的无赖嘴脸表现得淋漓尽致。

第二个方面的思想内容也是其寓言的一个重要部分，较突出的寓言有《谁硬得过谁》《分析家》《称号的威力》《海火鸡》《没有领到的奖赏》《有病的猪》《兔子和乌龟》等。

第三个方面的内容是对社会生活哲理的总结和认识。较出色的寓言有《错误》

《献殷勤的兔子》《兔子桥》《不祥之兆》《梦幻》《狗和驴的故事》等。

以上是米哈尔科夫寓言思想内容的主要方面，从中不难看出苏联寓言文学在内容上较之俄国寓言文学所发生的变化。过去日常社会生活经验教训的总结，人类智慧的结晶和纯粹的哲理认识等方面的内容基本没有在米哈尔科夫寓言中出现，他完全转向苏联的当代社会生活，并非常偏重于对现代生活中人性弱点的揭示，并构成其寓言的主要内容。加之用新的叙述方式揭示和讽刺人们生活中的生活哲理及苏联社会中的不良现象，使其全面创新苏联寓言有了坚实的基础。实际上这一目的也是达到了的，虽然米哈尔科夫肯定继承发展了克雷洛夫寓言的基本精神，但他并不是模仿，而是创造出了时代自己的寓言，树立了自己的形象，让人耳目一新。

米哈尔科夫寓言艺术表现上的特色有三个方面：一是题材的现实性（这方面前面已有所叙述），读罢他的寓言，苏联现实生活一幅幅流动的画面就会浮现眼前，生活气息非常浓厚。二是情节的戏剧性，在米哈尔科夫的寓言中，大多数寓言的情节都戏剧性很强，读起来很耐读。这又与构思的巧妙相关，如《虚张声势的公鸡》中最后公鸡吞吃蚯蚓的情节，《分析家》中最后羊把狼气走的情节安排，都让人忍俊不禁捧腹，其构思上令人称绝。米哈尔科夫寓言第三个方面的特色则是讽刺的尖锐性，在整个米哈尔科夫寓言中，尖锐的讽刺贯穿其中，不管是什么方面的内容表现，字里行间的讽刺意味都很强烈，有些篇章中的讽刺称得上入木三分。

另外，米哈尔科夫在拥有大量动物寓言的同时，人物寓言在其寓言中比例也不小，这也是与传统的欧洲寓言有区别的。还有，其寓言行文朴实明快，语言诙谐、活泼，富有魅力。

米哈尔科夫就是从以上诸方面创造了全新的寓言风貌，成为苏联寓言文学新时代的代表作家和新时代寓言的代表作品。

这对俄苏寓言，乃至世界寓言都是有所贡献的。

米哈尔科夫寓言之后的近年，苏联还有一些寓言作家、作品，其中巴乌姆沃莉的寓言值得一提。其的作品很有特色，较突出的有《皱纹》《无头兽》《红辣椒和西瓜》《拾到的东西》《半狼半羊》《橙子和苹果》等等。

《皱纹》：

> 皱纹走到一个人的跟前，对他说：
>
> “如果你笑，我就留在你的嘴边；如果你哭，我就躺在你的眼边。”
>
> 这人灵机一动，决计智胜皱纹。
>
> “我既不笑，也不哭，”他对皱纹说：“我什么都不做，看你怎么办？”
>
> 然而他不能不思考。
>
> 结果他在思考的时候，皱纹便爬上了他的额头。接着出现在他的两眼旁和嘴边。因为在思考的时候，他既有哭，也有笑。

这则寓言不管从哪方面讲都是很独特、很有味道的，表明作家的创作势头很好。

在本章的最后一节里，俄苏寓言文学还有一个值得一叙的问题，这就是俄苏、主要是苏联寓言文学时期对寓言的研究。

俄国寓言研究的最初阶段主要是围绕着克雷洛夫寓言而出现的。1847 年有《伊·安·克雷洛夫的生平和著作》一书出现；1870 年《克雷洛夫寓言评介和历史注释》在彼得堡出版。20 世纪 50—60 年代间，克雷洛夫寓言研究出现高潮，出版了十数种专著。对一个寓言作家有如此规模的研究活动，在世界寓言文学史上是少见的，其中许多见解、认识、观点对世界寓言文学是有贡献的。

在寓言文学的理论认识上，别林斯基、波捷勃力亚、托马舍夫斯基等人均有所涉猎，但最成熟的寓言文学理论认识见于苏联的心理学家维戈茨基。

列夫·谢苗诺维奇·维戈茨基（1896—1934），苏联杰出的心理学家、苏联心理学奠基人之一。1917 年毕业于莫斯科大学法律系和沙尼亚夫斯基大学历史哲学系。他青年时代对文学有浓厚的兴趣。他是由艺术心理学的研究而逐渐过渡到科学心理学研究的。他 1934 年因肺病逝世，终年 38 岁。他在艺术心理学、儿童心理学、发生心理学等多个领域均有卓越的贡献。一生著述达 186 种，最主要的有《教育心理学》《高级心理机能发展》《思维和言语》等。

他的寓言文学理论认识见于《艺术心理学》一书。《艺术心理学》是其 1925 年完成的一部早期著作。

此书以论述艺术心理机制的运行为目的，但其论述则是以寓言这一文学种类为起点而开始的。其中有许多章节论及寓言，其篇幅约为全书的三分之一。在这些论述中，维戈茨基较系统、全面地陈述了自己对寓言文学的认识，理论色彩、系统性都是较强的。

第十三章　欧洲其他各国、地区寓言

从古希腊起，欧洲寓言文学的历史发展主线，包括了古罗马寓言，英国、意大利、西班牙寓言，法国寓言，德国寓言，俄国寓言，但在这条主线以外的欧洲各国和地区，也有不少的寓言作家和作品。虽然这些国家和地区的寓言作品不如主线上国家寓言作品那么辉煌，但也产生了不少好的寓言作品，丰富了整个欧洲的寓言文学。

除开寓言历史主线上的国家外，欧洲其他国家和地区很多，但不是每个国家和地区都拥有自己的寓言作家和作品，拥有自己的作家和作品的大致有葡萄牙、奥地利、匈牙利、罗马尼亚、比利时、阿尔巴尼亚、波兰、丹麦、瑞典、立陶宛、亚美尼亚、爱沙尼亚、塞尔维亚、摩尔达维亚等国家和地区。

第一节　葡萄牙、奥地利、匈牙利、比利时、阿尔巴尼亚、波兰、丹麦、捷克寓言

葡萄牙文学最早可追溯到12世纪，主要是歌谣和诗歌，14世纪后期其他各种体裁的文学作品才相继出现。以后几百年间，涌现了无数的作家、诗人、戏剧家，出现了不少很有影响的文学作品，在欧洲文学史上有自己的一席地位。但葡萄牙的寓言很不发达，见记载的只17世纪的梅洛有一些寓言作品。

梅洛（1608—1666），葡萄牙作家。里斯本人，西班牙皇族后裔。他多才多艺，既是诗人，也是历史学家、伦理学家和喜剧作家。主要作品有伦理著作《夫妻生活指南》、历史著作《再谈葡萄牙历史片断》、诗集《韵文诗》、戏剧《学习当贵族》等。他的寓言作品主要见载于《对话体寓言》一书中，此书于1721年出版。

奥地利位于巴伐利亚地区的东部边陲，一般认为它的文学始于10世纪。它与其他欧洲国家文学一样，也经历了大致相似的文学历史发展阶段，各个历史时期都拥有自己的作家和作品。19世纪末是奥地利文学流派纷繁、人才辈出的时期，出现了一批举世瞩目的作家和作品。奥地利的寓言作家和作品不多，19世纪著名作家创作了些寓言。

卡夫卡（1883—1924），奥地利小说家。出生于布拉格的一个犹太家庭，1901 年进入布拉格大学学习文学，后转修法律，1906 年取得法学博士学位。他的主要作品有《美国》《审判》《城堡》《变形记》等。他的作品争议很大，但引起了社会的广泛共鸣，成为具有时代意义的杰作则是肯定的。

他除了小说外，还创作了一些寓言。他的寓言完全不同于欧洲传统的寓言，不是关于道德教训和生活经验的总结，而是类似于《新约》宗教寓言的关于精神世界的启示。其较突出的寓言有《一个小寓言》《罢了》《还乡》《树木》《普罗米修斯》《夜》等。

《一个小寓言》：

“唉，”老鼠叹道：“这世界一天比一天变得更小了。起先它是那么大，大得叫我骇怕。我只有跑，不断地跑，当我终于远远看到左右两堵墙时，我是多么高兴，但是这两堵长长的墙却迅速地变得狭窄起来，以至于如今我身陷在此最后的一间小屋里了，角落里还设了一只我不得不奔进去的捕鼠机。”

“你只需改变你的方向。”猫说道，同时吃掉它。

这则寓言呈现了人们对其寓言的基本评述，他的寓言像他的小说一样，有一股孤独与浓厚的神秘气息。

在卡夫卡之后，当代作家玛丽·冯·埃布纳—埃申巴赫也创作有寓言。其《树叶》是很精美的一则寓言。

匈牙利最古老的文学是 12 世纪时的宗教文学。匈牙利各个文学时期都有一批知名的作家和作品，但第二次世界大战期间的文学在匈牙利文学史占有重要地位。匈牙利文学本身几乎没有寓言见载，但经著名的世界语作家卡洛齐的努力，使其文学中也有寓言出现。

卡洛齐（1891—?），匈牙利现代著名的世界语作家、诗人和翻译家。职业是医师、教授。编著有《世界语插图大词典》和《世界语语法大全》。他的寓言著作是用世界语译写的寓言集《伊索的智慧》。此书 1956 年出版，共收寓言诗 68 首，是《伊索寓言》最新近的选辑。卷首有一首长诗叙述了伊索的生平事迹，赞颂了伊索的智慧；卷尾有《关于 <伊索寓言>》一文，较详细地阐述了《伊索寓言》产生的时代背景，及其流传和影响。作品本身语言精练，节奏优美，但其真正的意义是使古老的《伊索寓言》翻译成为世界语诗体寓言。

比利时长期处于异族统治下，1830 年革命宣布独立，从此比利时的民族文学才获得了蓬勃的发展。比利时通用两种语言——法语和佛兰芒语，比利时的文学主要由这两种语言组成。比利时的寓言作品存在于比利时法语文学中，这就是 19 世纪的斯塔萨（1780—1854）的作品。他 1818 年出版了《寓言集》，有一定的影响。

20 世纪初著名的比利时法语作家梅特林克（1862—1949）的六幕梦幻剧《青鸟》，人们认为这是一部优秀的寓言剧。

阿尔巴尼亚古代文学约始于16世纪，最初有浓厚的宗教色彩。19世纪三四十年代，随着民族复兴运动的蓬勃发展，开始了民族复兴时期的文学。其中诗歌占有很重要的地位。19世纪末、20世纪初的恰佑比，是阿尔巴尼亚的寓言诗人。

恰佑比（1866—1930），阿尔巴尼亚诗人、剧作家。原名安东·扎科，生于一爱国烟商家庭。1890年毕业于日内瓦一所高等学校的法律系。他是阿尔巴尼亚戏剧的创始人。诗集《父亲—托莫里山》是他的代表作品。这部著作由《祖国》《爱情》《真假童话》三个部分组成。《真假童话》这一部分是诗人根据法国拉封丹作品改编的和自己创作的113则寓言。这些寓言也是阿尔巴尼亚寓言的代表作。

波兰建国于10世纪。第一篇波兰文文学作品《圣母歌》出现在13世纪。此后的波兰文学各个时期都有自己的作家和作品，有的作家和作品还具有世界声誉。波兰的寓言文学作品主要见于18世纪的克拉西茨基等人的作品中。

克拉西茨基（1735—1801），波兰诗人、作家。出生贵族，曾担任主教，后成为自然神论者。代表作有长诗《群鼠》、长篇幻想小说《米科拉·多斯瓦德琴斯基历险记》。他分别在1779年和1802年出版了《寓言故事》和《新编寓言》两本寓言集。他的寓言精警俏皮，形象鲜明，叙述流畅，着重揭露社会风气的腐败。

稍后一些的聂姆策维奇也创作了一些寓言。聂姆策维奇（1757—1841），波兰诗人、作家。代表作为《议员还乡》《历史之歌》等。聂姆策维奇的寓言见文学史记载，但作品世人少见。

丹麦的文学渊源可上溯到公元4世纪。以前主要文学形式是民谣和诗歌，18世纪时才发生重大转变。丹麦的各文学时期都有些有影响的作家、诗人和作品。霍尔堡是丹麦启蒙运动的先驱，以喜剧蜚声欧洲文坛。丹麦的寓言文学创作也是从他开始的。

霍尔堡（1684—1754），丹麦作家。出生于卑尔根，毕业于哥本哈根大学。他的主要作品是长诗《颇德·鲍斯》、剧本集《丹麦舞台》《丹麦王国史》、随笔《道德思想》《书信》等。他的寓言主要内容是嘲讽浮华、愚昧、盲目崇外以及伪善和野心，有《寓言集》行世。

霍尔堡之后是安徒生。安徒生（1805—1875），丹麦著名作家。他的主要文学成就是童话，并具有世界性声誉。在他一系列的故事、童话和小说中，有部分作品人们认为是寓言，如《笔和墨水壶》《一枚银毫》等。

19世纪末、20世纪初，丹麦诗人克劳森的寓言在丹麦亦较有影响。

克劳森（1865—1931），丹麦诗人。出生于一个议员家庭。主要作品有诗集《大自然的孩子》《柳笛》《恶魔》《丹麦诗歌》《英雄》《朝圣》等。其《寓言集》是1917年出版的。他的作品对后来的一些诗人产生了重要影响。

20世纪初，捷克的小说家恰佩克也创作了一些风格别致的寓言。

恰佩克（1890—1938），捷克小说家、剧作家。生于波希米亚北部。主要作品有科学幻想剧《罗素姆万能机器人》，科幻小说《专制工厂》《炸药》，长篇幻想小说《鲵鱼之乱》《第一救生队》，剧本《母亲》《白色病》等。他的寓言作品不多，但很别致，如他的小寓言，形式上是有创见性的，对中国的寓言创作有一定的影响，中国的一些评论家对它的评价甚高。

第二节　罗马尼亚、立陶宛、亚美尼亚、爱沙尼亚、塞尔维亚寓言

罗马尼亚书面文学产生于约 15 世纪，最初散见于宗教书籍和编年史中。16 世纪，《福音全书》和《使徒行传》使用罗马尼亚民间口语出版。17 世纪，罗马尼亚语在各国普遍使用，世俗文学也发展起来，并在许多方面超过宗教文学。以后的几个世纪里，罗马尼亚出现了许多著名的作家、诗人和作品。

罗马庐亚寓言文学产生较早，18 世纪初，编年史家迪・康特米尔（1673—1723）所著的《象形文字史》一书中，就包含了罗马尼亚人最早的寓言作品。

迪・康特米尔之后有成就的寓言作家是阿萨基。

阿萨基（1788—1869），罗马尼亚作家，启蒙主义者。在 19 世纪，对发展罗马尼亚民族文化有杰出的贡献。他组织了第一批民族戏剧的演出，出版了《罗马尼亚蜜蜂》报，还创办了第一所摩尔达维亚语学校和民族音乐戏剧学院。文学作品主要有《诗歌集》、历史小说《卢克萨娜郡主》《白色的峡谷》。1836 年他出版了《寓言选集》，在罗马尼亚有相当的影响。

阿萨基同时代的寓言作家还有潘恩。

潘恩（1796—1854），罗马尼亚诗人、民间文学家。原名安东尼耶・潘托里昂・彼特罗维亚努，出生于保加利亚斯利文城一个铜匠家。1806—1812 年俄土战争期间随母亲来到罗马尼亚定居，当过教师、印刷工等。他收集、整理出版了许多民间创作，如《独特的诗或人们的歌》《寓言和故事》《谚语集或民间故事》《乡村晚会或白胡子老头儿讲的故事》等。在以《寓言和故事》为主的诸书中，他收集编写了大量的罗马尼亚民间寓言，在罗马尼亚很有影响。

在潘恩稍后的一个时期，罗马尼亚的亚历山德雷斯库使原来横跨于民间口头与作家书面的罗马尼亚寓言，完全走向了作家的创作寓言。

亚历山德雷斯库（1810—1885），罗马尼亚诗人、寓言作家。出身于小官吏家庭，中学毕业后当过职员、编辑、宫廷官吏。早期创作浪漫主义诗歌，1835 年发表处女作《深夜》，同年出版诗集《诗集》。他著名的诗歌有《米尔恰的影子》《在科齐亚》《月出》等。在寓言创作上他也创造了自己的天地。他的寓言思想内容主要是揭露上层社会的贪婪、伪善，并影射当时的黑暗社会。《老牛和小羊》《斧和树林》《自由派的狐狸》《老狗和小狗》《道貌岸然的狼》等寓言是他的名篇，深受人们的欢迎和喜爱。

立陶宛民间文学十分丰富。17 世纪至 18 世纪出现宗教著作及一些反映人民生活

的作品。18 世纪，诗人多涅拉伊蒂斯创作的描写立陶宛农奴生活和大自然景色的长诗《一年四季》出版后，才奠定了立陶宛民族文学的基础。尔后，立陶宛的民族文学出现不少诗人、作家和作品。立陶宛的寓言创作不多见，但多涅拉伊蒂斯却创作了数篇寓言。

多涅拉伊蒂斯（1714—1780），立陶宛诗人。出身于农民家庭。主要作品是《一年四季》，约有 3000 行。他的其他著作还有一首叙述诗《普里奇库斯，一个立陶宛婚礼的故事》和六篇寓言。其中《自吹自擂的橡树》《狼法官》等，有力地揭露和嘲讽了农奴主对农民的残酷压榨与剥削。

亚美尼亚文学最初主要是流传的古代神话、传说、故事等。亚美尼亚的文字创立于 5 世纪，各时代都有自己的作家、诗人。亚美尼亚民间寓言出现的时间可能较早，但书面作家寓言的出现则在 19 世纪，阿博维扬是第一位寓言作家。

阿博维扬（1805—1848），亚美尼亚作家、教育家。出生于破落的贵族家庭。曾在爱沙尼亚杰尔普特大学学习。1836 年起从事教育工作。他的文学作品主要有长篇小说《亚美尼亚的创作》、科学文艺作品《美洲的发现》以及《短篇小说》等。他的寓言集《消闲集》是 1864 年出版的。同时，他还翻译了《克雷洛夫寓言》，以及其他世界著名作家、诗人的作品，对亚美尼亚的寓言文学贡献最大。

在 20 世纪，亚美尼亚的著名作家伊萨克扬也创作有寓言作品。

伊萨克扬（1875—1957），亚美尼亚诗人。主要作品有诗集《诗歌与创伤》，长诗《阿布尔・阿拉・马里》《我们的祖先》。他创作的寓言不多，但受到外界的重视，尤以《熊与蛇》《撒旦和他的女儿们》最引人注目。

爱沙尼亚的民族文学是 19 世纪中叶诞生的，随即出现了自己的作家和作品。拉乌德是对爱沙尼亚寓言文学贡献最大的作家。

拉乌德（1903— ），爱沙尼亚诗人，出身于农民家庭。主要作品有诗集《新桥》《唱不完的歌》《金秋》，长篇小说《斧子与月亮》《集市》等。他出版了两本寓言诗集《两个家伙》《条条道路》，前者为 1946 年出版，后者为 1953 年出版。同时，他还是爱沙尼亚文《克雷洛夫寓言集》的译者。

塞尔维亚文学有自己悠久的历史，但寓言文学却很单弱。奥布拉多维奇是其第一个寓言翻译者。

奥布拉多维奇（1739—1811），塞尔维亚作家、启蒙教育家。主要作品有小说《迪米特里・奥布拉多维奇的生平奇遇》、文集《醒世良言》。他在寓言上的贡献是翻译出版了一本《寓言集》。

塞尔维亚 19 世纪的诗人兹马伊（1833 — 1904）也写过一些寓言作品。

第十四章　非洲寓言

非洲从地理上说包含了众多国家，但这些国家的文化表现却不尽相同。埃及所表现的北非文明是世界上最古老的文明之一，后来兴起的是阿拉伯语文学。马格里布一般指北非的阿尔及利亚、突尼斯和摩洛哥三个国家，即这三个国家的作家们使用阿拉伯语创作，而不是非洲本身的民族语言创作。在马格里布，不但有阿拉伯语文学，还有马格里布法语文学。

非洲的另几个语种文学概念是“黑非洲英语文学”“黑非洲法语文学”和“非洲葡萄牙语文学”。黑非洲英语文学出现地域在西非、南非、加纳、尼日利亚、肯尼亚、乌干达；黑非洲法语文学出现地域在塞内加尔、几内亚、索马里、象牙海岸、上沃尔特、多哥、贝宁、尼日尔、乍得、加蓬、刚果、扎伊尔、喀麦隆、中非、卢旺达、布隆迪、毛里塔尼亚、马达加斯加、毛里求斯、塞舌尔等；非洲葡萄牙语文学出现地域为安哥拉、莫桑比克、几内亚比绍、佛得角、圣多美、普林西比等。不难看出，非洲的书面文学几乎全是外来语言文化所构成，而且总的来说，发生时间也不很长，一般只在19世纪、20世纪时；这些书面文学才出现。

以非洲语言创作的书面文学，唯一见载的是非洲斯瓦希里语文学。斯瓦希里语属非洲班图语系，是坦桑尼亚、肯尼亚的国语，亦通用于东非、中非等地。

以上这些以语种划分的文学就是整个的非洲文学，在其或长或短的文学历史中，各语种文学中都有各自的诗人、作家和作品。非洲书面文学中的非洲寓言文学是极不发达的，除了斯瓦希里语文学中有两个作家与此相关外，几乎没有什么寓言文学作家和作品。但是，人们在对非洲各地、各民族，尤其是非洲本土民族的民间寓言收集整理中，又发现了丰富的非洲民间寓言，这才是非洲寓言文学的本体。也就是说，我们在此章面对的非洲寓言，在某种意义上是非洲的民间寓言，论述的主要也是非洲民间寓言。

这里有一个问题需要解释，世界寓言文学史的历史发展线是以书面寓言为主的，体例上的民间寓言将留待最后专章叙述，但数个非洲的寓言文学发育状况基本处于民间寓言阶段，而且又很丰富，故在叙述上只好尊重历史事实，以此扣上世界寓言文学史的链环。

第一节　非洲寓言（一）

民间寓言是非洲寓言历史的生存状况，即整个非洲寓言的发展程度就是如此，也由于这个现状使寓言的叙述在这里缺乏时间上的历史感。从时间上来说，我们无法弄清这些非洲民间寓言产生于什么时代，也许很久远，也许很晚近，但你无法分辨，它们全都形成一个平面推到你面前。另外，这些寓言大多伴生于民间故事，特别是民间动物故事，流传地区也许是一个国家，也许是一个地区数个国家，有的就干脆只能辨认为非洲寓言，这又决定了各个非洲国家的寓言归属只是一个大概的。但不管怎么说，非洲寓言是世界寓言中非常富有特色的一群寓言。

非洲有数十个国家和地区，按目前所收集到的资料来看，约有20多个国家和地区有寓言作品，它们是突尼斯、乍得、莫索托、留尼汪、苏丹、刚果、赤道几内亚、贝宁、索马里、卢旺达、乌干达、坦桑尼亚、尼日利亚、阿尔及利亚、埃塞俄比亚、科特迪瓦、埃及、多哥、中非、西非、东非等。这有一点要说明，即非洲寓言中的某一寓言归属于某个国家只是相对的，因为有许多寓言流传范围是广泛的。

突尼斯：突尼斯属马格里布阿拉伯语文学区，它的民间寓言不少，是寓言作品比较丰富的国家。较好的寓言有《豺与刺猬》《吝啬人与宝藏》《母鼠的丈夫》《园丁杀龟》《国王和老农》《达奴的门》等。《吝啬人与宝藏》《国王和老农》最出色。

《吝啬人与宝藏》：

从前有一个贪财的人，他有数不清的土地和金钱。一个夏天的下午，他去寻找埋在田野里的宝藏。一路上，他口渴得要命。好不容易遇到一个卖柠檬水和利口酒的商贩，一问价钱，又觉得太贵了。

他自言自语地说：

“这太贵了，我要快点赶路，等找到宝藏后回到家里去喝水，这样就一个生丁也不用花了。”

他继续赶路，口渴不停地折磨着他，等到了埋藏宝藏的地方时，他已经渴得快要死过去了。

等他挣扎着把宝藏挖出来时，已经不能动弹了。他把金子放在面前，向苍天哀求把它们变成一滴水给自己解渴。可是，唉！他已经死了。

这则寓言揭示的哲理简洁明了而深刻，属非洲寓言中较好的寓言。其他的寓言也各有千秋。

突尼斯寓言故事与印度和伊斯兰地区的寓言故事有明显的血缘关系。如《吝啬人与宝藏》中的故事与流传在波斯中亚一带的一个民间故事相似；《豺与刺猬》也是利用一个长期流传在中亚地区的民间故事改造而成的；《母鼠的丈夫》《园丁杀龟》

《达奴的门》等寓言故事明显来自印度；《国王和老农》也是源于一个流传许多地区的民间故事。但是，这种吸收利用是成功的，并可以说是突尼斯及周围地区寓言的特色。

阿拉伯语文学地区还有一个国家有寓言，这就是阿尔及利亚。较出色的寓言是《牢笼与自由》，故事讲的是在笼子里的画眉和在外面的黄莺谈论关于舒适与自由的问题，寓意是深刻的。

在黑非洲英语文学区内，乌干达、尼日利亚、南非、西非等国家、地区有寓言。乌干达的《鹧鸪和乌龟》、尼日利亚的《公鸡和狐狸》是这两个国家寓言中比较精练的寓言。

《鹧鸪和乌龟》：

鹧鸪对乌龟说："我比你的境况要好得多。我既能快走，也能高飞。"乌龟回答说："我祝贺你。我走得很慢，但我总是尽我的力量去做。"

一天，碰巧有人去打猎，在草原上放了一把火。大火越烧越近，鹧鸪和乌龟的活动余地也越来越小。危险迫在眉睫，它们肯定不能逃脱了。这时，乌龟慢慢地爬到一个被象脚踩成的、又深又湿的洞里，躲过了这场火灾。鹧鸪试图飞走，但浓烟烈火把它笼罩住了。结果，它坠在地上被火烧死了。爱吹嘘的人在考验的面前总是要失败的。

这则寓言故事叙述生动，生活气息浓厚。

南非寓言中《鬣狗和月亮》《羚羊和乌龟》比较出色。

《鬣狗和月亮》：

有一条鬣狗找到了一根骨头，用嘴衔着走。这时候月亮出来了，把影子投在静静的水面上，照得很清楚。鬣狗看见了，以为水里是块猪油，就扔下骨头，钻到水里去捉月亮。它甚至连头也钻了下去，可是什么也没有找到，因为河水浑浊了，月亮的影子消失了。鬣狗回到岸上，坐在那里等。水静了下来，水面上又出现了月亮的影子。鬣狗又跳到水里去，可还是什么也没有捉到。它这样做了许多次，始终没有结果。

这时候又来了一条鬣狗，看见扔在那里的骨头，衔起来就跑了，让第一条鬣狗继续捞月亮。第一条鬣狗一个劲地捞，直捞到月亮落山，月亮的影子在水面上消失为止，可是什么也没有捞到。第二天晚上，这条鬣狗又回到老地方继续在水里捞月亮，但是结果还是那样。

因此，人们常常对那些做事跟这条鬣狗差不多的人说：

"你很像那条鬣狗，看见了水里的月亮，扔掉骨头，结果什么也没得到！"

这则寓言有明显的地方特色，构思上显得与众不同，故事也是很生动的。

《羚羊和乌龟》说的是一个用集体智慧战胜优越个体的故事，这个故事全世界流传，但这则寓言的动物形象、叙述方式都有自己的特色。

在黑非洲英语文学区内，寓言较多的是西非。主要有《野兔和土地》《乌龟和世界的智慧》《跳鼠智胜狮子》《忘恩负义》等。

《野兔和土地》：

有一天，野兔对土地夸口说：

“我能跟风一样跑得快，而你连动都不能动一下。你干嘛老待在一个地方啊?”

“只是你这么感觉吧，我并没有待着。”土地回答野兔说：“我比你还跑得快。”

“我倒要领教领教。”野兔说着就跑了起来。它跑呀，跑呀，跑得上气不接下气，可是等它停下来一看，发现脚下仍然是土地。它又开始起跑，又一个劲儿地跑呀跑呀，可是脚下的土地和它跑得一样快。

就这样，可怜的野兔一直跑到死，也没有跑到土地的前面。

我不敢说《野兔和土地》这则寓言有多新鲜，但奇特的构思，深刻的思索，充分反映了古老非洲人的才智。另外的《乌龟和世界的智慧》这则寓言，实际上是一则奇特的民间传说，完全可以从中看出非洲人对于智慧的思索和认识，以及对人的智慧的明智看法，极富哲理性。两则寓言都可以说是世界寓言中最具有非洲特色的寓言。

另外的《跳鼠智胜狮子》，与一般传说的兔子战胜狮子的故事差别不大，但它非洲化了，这也是非洲民间寓言成功地吸收外来故事的范例。《忘恩负义》的故事在印度佛教寓言中出现过，但它外来的痕迹并不太重。

黑非洲法语文学区有寓言的国家和地区有乍得、刚果、赤道几内亚、贝宁、索马里、卢旺达、象牙海岸、多哥、中非等。

乍得的《粗心的猎人》表达的是非洲一个成语：“不要去抓豹的尾巴，你一抓住，就不能放了！”这则寓言的题意各地传说中大致都有，但它的叙述和故事都很出色。

刚果的《骄傲的蝴蝶》，赤道几内亚的《蠢女人》表现了这两个国家寓言的洗练和教训的鲜明。

《骄傲的蝴蝶》：

一只非常漂亮的蝴蝶在飞。它看见一条毛毛虫，就以不屑一顾的神气说：

“你这丑陋的毛毛虫，滚开吧！你只知道在地上爬。可是我，像大阳一样光彩夺目，我的两个翅膀把我带到高高的天空上。”

毛毛虫回答说：

“你骄傲个屁！你骂我，就是在贬低自己，你过去也是像我一样的毛毛虫，你的孩子也要当毛毛虫的。”

《蠢女人》：

世界上有个蠢女人。有一天，她竟蠢得烧了自己的房子。最后，还是邻居们赶来帮助救火。

火扑灭了，但房子全烧了。人们开始陆续回家了，那女人却请求说：

“你们不要告诉我的丈夫，说是房子烧了。”

“我们不说，”邻居们说：“但他自己找不到住所，难道不知道吗？”

《骄傲的蝴蝶》的寓意也许并不新鲜，但简练，而《蠢女人》却用一个简单的生活现象来表现了一个鲜明的教训。

贝宁的《要靠自己的智慧生活》，故事如印度的《三个小偷和一个婆罗门》，但它的叙述却特色显著和有更明确的寓意。

索马里的《马和牛的争论》也是一则不错的寓言。马和牛的争论好多地区故事中都有，但它最具有寓言味儿。

卢旺达较好的寓言是《三头牛和一只狮子》。

科特迪瓦的寓言《富人和死亡》探讨了死亡意义。故事说一个富人与死神约定，死神来临时请先通知富人，以便准备。后来富人的羊群死了，孩子、妻子也死了，但富人还不醒悟，死神来临时责怪死神不守约，死神说先前的那些羊和你的孩子、妻子死去，不是一种告知吗？这则寓言哲理精微，细细体味很有深度，几乎超越了一般民间寓言的哲理开拓程度。

多哥的《什么东西最重》也是一则较好的哲理寓言。这则寓言不但哲理性强，还风趣幽默。

中非的寓言主要有《懒惰的青年人》《你生在哪里》等。

《懒惰的青年人》：

天黑了，所有的青年人都聚在茅舍里睡觉。其中一个对另一个说：“朋友，把门关上。”

可是那个青年人回答说：“你在干嘛呢？为什么你自己不关啊？”

大家都不吭声了。后来又有一个青年人说：“朋友，把门关上！”

有人回答说：“算了，就这样睡吧。谁走运，谁就能保住性命！”

半夜里来了一只狮子，把躺在靠外边的一个青年拖走了。这时候有一个青年人又说：“朋友们，咱们把门关起来吧！狮子已经拖走了一个伙伴啦！”

但是其他的人都说；“你自己去关吧！”

于是他们又照老样子睡觉了。结果狮子一个接一个的，把所有的青年人都给拖走了。

世界上写懒惰的寓言不少，但像如此夸张的还极少见，由此可见非洲民间寓言中夸张手法的应用特色。

第二节 非洲寓言（二）

莫索托、留尼汪、苏丹等国也有一定的寓言，如莫索托的《虎仔和羊羔》，留尼汪的《聪明的小乌鸦》，苏丹的《勇士用小针胜强敌》《此一时彼一时》等。

《聪明的小乌鸦》：

老乌鸦对小乌鸦说，“孩子，你要当心人哪！”

“人是什么样的？”

“他们的头是黑的，长满了头发，白的牙齿，他们非常聪明。你看见人弯腰，他就是想拿石头打你，这时，你要快逃。”

小乌鸦说：

“母亲，人可以把石头藏在身体后面，他们的办法无穷无尽。所以，你一看见人，就要马上逃，一点也不能等。”

老乌鸦说：

“孩子，我看我不用为你操心了，你自己飞吧，随你飞到哪里去，我没有什么可以教你的了。”

《聪明的小乌鸦》这则寓言简洁深刻，把一个简单的生活哲理表达得韵味十足。《勇士用小针胜强敌》故事优美生动，童话味足，教训也十分鲜明。

埃塞俄比亚和埃及的寓言比之其他国家要多一些，埃塞俄比亚出色的寓言有《忠告》《礼物》《三个小偷》《鬣狗和小驴子》等；埃及较好的寓言有《猫》《时间富人》《青年寻找幸福》等。

《礼物》：

有一个农民，十分勤劳。他有一个菜园。有一天，他发现地里长了一个大南瓜。由于他从来没看见过那么大的南瓜，所以又惊奇又高兴。他想了想后，决定把这个大南瓜送给国王。

于是，他带着礼物去见国王了。国王很满意，赠给农民一匹马以示感谢。农民大喜，接受了礼物，谢了恩，就回家了。

全城都知道了这个消息。一个富人想：农民送了一个南瓜，就得到那么丰富的礼物，那么我送给国王一匹骏马，他会赠给我什么呢？

于是，富人选了一匹最好的马，牵到王宫里，送给国王。

国王明白了富人的奸计。他接受了礼物，道了谢，接着叫仆人来，说：“就是这个人给了我一匹好马，我决定回赠他农民送来的一个大南瓜。”

这则寓言看了让人发笑，寓意于笑中表达，是一则有本地特色的寓言。另外的

《忠告》《三个小偷》《鬣狗和小驴子》却明显受外来故事的影响。《忠告》说老鼠出主意要给猫戴铃铛，但没一只鼠敢去，说的是“一个好主意还只是事情的一半”。《三个小偷》的故事流传的地方很多，他们借用后地方化了。《鬣狗和小驴子》的故事同《伊索寓言》中的“狼和小羊”差不多，但也有些创新。这些都说明了埃塞俄比亚的民间寓言是多方故事影响下的产物。

前边提到的那三则埃及寓言都是哲理寓言。《猫》讲有智慧的人的强大；《时间富人》形象地表达了时间不是永恒的，是变幻不定的，寓意人世也是如此；《青年寻找幸福》叙述的是“幸福就在自己身边”的哲理。这几则寓言故事性都很强，哲理也很深刻。

非洲斯瓦希里语文学区中的诸寓言是非洲寓言中一个重要部分。这里指的是斯瓦希里语文学区中的民间寓言，这本来是个多余的说明，但斯瓦希里语文学中，出现了非洲最初的以其为代表的作家书面寓言，故以此说明相区别。

斯瓦希里语文学区中的坦桑尼亚有寓言，如《老猎人》。故事说老猎人怜惜敌人老虎，差点被老虎吃掉，最后是老鼠救了老猎人，并希望他“以后千万不能怜惜我们的敌人”。故事不新鲜，但此寓言有它自己的表达方式。

东非这个地区的寓言最丰富。较出色的寓言有《山羊和狼》《森林中的狮子》《野兔模仿公鸡》《野兔掉头记》《狗和豹》《瘫子和瞎子之争》《犹疑不决的鬣狗》《山羊杀死了豹》《傻公牛》《没有尾巴的野猫》等。其中《犹疑不决的鬣狗》和《山羊杀死了豹》最有非洲特色。

《犹疑不决的鬣狗》：

> 一天，鬣狗先生实在饿得难受，就出去找食。走到村子附近，它闻到一股扑鼻的烤肉香味。它不由纳闷，香味是哪儿飘来的呢？它决定沿着通往密林的一条小路去寻找。
>
> 鬣狗沿着小路走了一段，前边出现了岔路，原来的小路分成两支。这时，烤肉的香味越来越浓。鬣狗站在岔道口想：“到底哪条路能把我带到那美好的地方去呢？”它闻闻这条路，又闻闻那条路，决定不下究竟应该走哪条路。最后，它决定先试一下，自言自语地说：“我还是走左边这条吧，看来这条路能把我带到有烤肉的地方。”试走一段之后，它想，“这条好像不对，我必须走右边一条。”他灰心丧气地走回来，又有些担心：自己还没有走到头儿，万一那里有烤肉，被别人吃完了怎么办？考虑来考虑去，究竟是沿左边那条小路走下去，还是重新走右边那条，半天拿不定主意。后来，它忽然心生一计，决定沿着两条小路同时走。它得意地说：“看来只有这样，我才能走到那烤肉的地方。”
>
> 鬣狗把四条腿横跨在两条小路上，前两条腿站在左边，后两条腿站在右边。就这样，它起步出发了。刚开始，它觉得还比较容易走，但走了一段路之后，两条小路之间的距离越来越宽，前后腿之间的距离也不得不越张越大。后来，大得简直难以忍受，好像它那饿扁了的肚子随时都可能被撕成两

半。它气喘吁吁地呻吟着，步子越来越小，但它仍然盼望着能达到目的地。

最后，它感到实在坚持不住了，颓然栽倒在地上。烤肉香，它也吃不上了。

《犹疑不决的鬣狗》的想象之丰富让人惊奇，故事不足为奇，但如此构思，在世界寓言文学中少见，很有特色。

东非寓言最注重日常社会生活经验教训的总结。《山羊和狼》说不可轻信敌人；《森林中的狮子》说千万不要与伪君子为友；《野兔模仿公鸡》《野兔掉头记》两则寓言都描写了野兔的傻，揭示了“盲目模仿有害无益”的生活哲理，教训鲜明，形象生动，故事风趣。《狗和豺》表达的是一种社会生活的经验总结；《瘫子和瞎子之争》揭示了人的许多无谓的争论是没有丝毫意义的道理；《傻公牛》描述了公牛与豺狼交朋友，最后被吃掉的教训；《没有尾巴的野猫》嘲笑了野猫的自私和愚蠢。

东非寓言的许多故事也明显受外来影响，但其借用消化得很好，几乎都用自己的语言，形象地叙述了故事，表现了自己的地方特色。

在非洲寓言中，还有一些寓言由于一些原因，只能归属于总的非洲寓言概念之下。这些寓言突出的如《狗和猫》《兔子和狼的故事》《创伤和欺骗》《公鸡、猎狗和狼的故事》等。

以上是非洲寓言文学的主体，从总体上来说，它从内容上表现了原始非洲黑人的古老智慧和他们的思维和认识世界的某些方面，很有价值，从中也不难证明，非洲人在古代的理性认识水平是不低的。

从艺术表现上，它的形象是较独特的，与其他地区相比有明显的区别，形象很有特色，表现方法、方式也有许多地方与众不同，想象、夸张等给寓言文学带来了有益的新奇。由于这些表现，整个寓言就有了显著的地区特色，使你在众多的寓言中不会错认非洲寓言。也由于此，使非洲寓言涌现一批在世界寓言文学中都可称为佳作的作品。

第三节 非洲的作家寓言与夏班·罗伯特寓言

我们在叙述非洲寓言时是以非洲的民间寓言为主要对象的。经过上百年对非洲民间寓言的关注（如在黑非洲的法语文学中，法国人罗歇 1828 年就收集整理出版了《从沃洛夫语收集的塞内加尔寓言集》），非洲民间寓言早就引起了一批有识之士的重视。许多人也就从丰富的非洲民间寓言中吸取营养，形成了一些初始的，还没有完全脱离民间味的书面作家寓言。如埃塞俄比亚的作家赫莱、象牙海岸的达迪耶，以及非洲作家寓言的代表人物夏班·罗伯特等人的寓言。

赫莱（1878—1938），埃塞俄比亚作家、政治家，曾任国家出版社社长和外交大臣等职。1936 年意大利法西斯侵占埃塞俄比亚以后，流亡英国。主要作品有长篇小说《内心的沉思：伯约尼和赛扬·摩加萨的婚礼》《新世界》、传记《约翰尼斯王小传》。

他的寓言作品收于《我的朋友，我的心灵》一书中。赫莱的寓言影响不大，但这是作家自己创作的寓言。

现代象牙海岸的著名诗人、散文家和剧作家达迪耶也创作了不少的寓言。

达迪耶（1916— ），生于阿西尼，从塞内加尔蓬蒂师范学校毕业后，留在塞内加尔工作。1947 年回国，参加和领导本国的反殖民主义斗争。主要作品有诗集《昂然挺立的非洲》《时日的交替》《五洲的人们》，书信体小说《一个黑人在巴黎》，长篇特写《纽约的老板》，剧作有历史剧、闹剧和讽刺剧等。达迪耶是非洲民间故事"蜘蛛系统"的代表作家，出版有《非洲的传说》《黑色的缠腰布》。另外，他还写了自传体小说《克兰比埃》。在以上三书中，应用了一定数量的寓言，这也是达迪耶寓言创作上的表现。

在非洲书面寓言初始状况中，取得成绩最大的是东非著名的斯瓦希里语文学家和诗人夏班·罗伯特。

夏班·罗伯特（1909—1962）。出生于坦桑尼亚坦噶市南的维巴尼村，1962 年 6 月 22 日在坦噶逝世。夏班·罗伯特是一个爱国主义者，他热爱和平，向往独立和自由，反对殖民主义侵略和压迫，反对种族歧视。他的不少作品反映了进步思想，对东非人民政治觉醒和争取独立的斗争，起了启蒙和推动作用。他的主要作品有叙事诗《自由之战》，小说《众生平等之日》《可信园》《幻想国》《农夫乌突玻拉》，传记《我的生涯及半百之后》《希替·萨阿德传》等。

他的寓言作品见于他的《寓言集》一书。

夏班·罗伯特寓言的思想内容与一般的寓言思想内容相似，即社会日常生活经验教训的总结，也有些哲理教训的表现。在这些寓言中，较为出色的有《蟾蜍和马陆》《一棵大树》《太阳鸟和大象》《星球》《鬣狗》《蚊子和大象》《小灰兔和它的朋友》《两只蠢山羊》《两只螃蟹》等。

《蟾蜍和马陆》：

有一次，蟾蜍问马陆①："我总是在水中生活，为什么身体却不如你干净？"

马陆回答说："我出生的时候，妈妈烧了一锅开水……"

蟾蜍性情急躁，没等马陆说完，就打断了它的话，问道："水烧开以后，你跳进去了吗？"

马陆原本想说，等开水晾温后，妈妈给它洗了澡，然后又给它身上抹了一层油，因此它的身体总是干净的。

但是，蟾蜍根本没让马陆说下去，接着就追问道："你跳进去了吗？"马陆无可奈何，只好回答："是的，跳了！"

蟾蜍回到妈妈那里，要热水洗澡。炉子上的水一开，它就急不可待地跳

① 马陆：俗称香油虫。

进锅里了，烫得它痛不可忍，随即蹿出锅来，可是身体已差不多全被烫伤。伤愈后，它变得满身斑斑点点，疙疙瘩瘩了。

《蟾蜍和马陆》的描述生动而富于机趣，教训也鲜明。另外的《一棵大树》故事优美，构思巧，有较深的哲理内涵。这些寓言都可谓有浓厚非洲特色的寓言。

夏班·罗伯特的寓言基本上是利用非洲的动物故事和民间寓言，作为创作的题材和源泉的，而且这种利用很成功，如《蟾蜍和马陆》这则寓言就是。它引进了固有的非洲动物故事，又巧妙地改造成寓意深刻的寓言。这种寓言占夏班·罗伯特寓言的大多数，但也有他自己构思创作的寓言，如《星球》。

这则寓言故事完全是作者对于时空的幻想和感觉，他把它诉诸寓言，也就成为一则不错的寓言。这样的寓言还有如《舌鳎与黑鲨》《刺蝇和蜜蜂》《小灰兔和它的朋友》等。

夏班·罗伯特寓言创作中还有一类作品，即明显受来自亚、欧地区寓言影响的作品，他或借用，或受其影响创作了这些作品，如《霸道的狮子》《鸽子》《猫头鹰与伯劳》《三条鱼》等。

从总体上讲，夏班·罗伯特寓言是非洲作家书面寓言的初始表现，即整个非洲的作家寓言还刚刚起步，但夏班·罗伯特的寓言艺术表现是突出的，起点很高。

显著的非洲特色是夏班·罗伯特寓言艺术表现的一个主要方面。其寓言从形象、故事、教训和哲理，都植根于浓厚的非洲民间土壤中，是非洲土地上生长出来的一朵寓言文学之花。

夏班·罗伯特寓言特色的第二个方面是令人新奇不已的非洲动物故事的巧妙运用。世界上寓言故事的主体是动物故事，但在夏班·罗伯特的寓言中，却不是一般意义上的动物故事，而是传统的非洲动物故事，这些动物故事与其他地区的动物故事有显著差别，使人们感到十分新奇，好像来到另外一个王国。这些动物故事的运用，又带来了非洲民间文学、文化的风韵，给人的印象很深。

另外，夏班·罗伯特寓言的表现技巧上也有些值得称道的地方。

使用非洲民族语言创作寓言文学，并有成就的作家，在夏班·罗伯特之后还有尼日利亚的哈吉·阿布巴卡·伊芒。

哈吉·阿布巴卡·伊芒（1912—），尼日利亚教授、著名作家。出生于尼日利亚北部的扎里亚山区。豪萨族人，使用豪萨族文字写作。曾从事过教员、报纸主编等工作。主要作品有小说《一洼圣水》、系列故事《非洲夜谈》等。

伊芒的寓言创作主要表现在《非洲夜谈》中。《非洲夜谈》为一部系列故事集，由来源广泛的非洲及其他地区的民间故事、神话、传说、童话、寓言、风俗等组成。该书 1937 年至 1939 年间出版，出版后立即成为尼日利亚的全国畅销书，再版 11 次，被认为是“黑非洲文学的杰作”。在此书中，寓言虽然只是一个不很重要的组成部分，并且是穿插其中，但它也说明伊芒的寓言创作。

这些穿插的寓言较出色的有《乌龟和仙鹤》《弱者智胜强者》《猎人和蛇》等。

第十五章　美洲寓言及世界其他国家寓言

美洲实际上是一个地理上的概念，像欧洲文学那样的概念是不存在的，故而我们所说的美洲文学中的美洲寓言文学也不是从文学概念中来的，而指的是美洲地域内的寓言文学。

在南北美洲的诸国家里，都有各自的文学历史，而且有许多国家的文学家和文学作品还享有巨大的世界声誉，可以认为，这一地区的文学是继欧洲文学巨匠辈出之后最有成果的地区。但是，这一地区各国的寓言作家和作品则很少。

在美国，19 世纪末就有寓言作品出现，在以后的各个文学时期里，较著名的寓言作家有比尔斯、艾德、哈里斯、瑟伯、伯劳尔等，这些作家无疑拥有一批有一定影响的寓言作品。

美洲出现寓言作品和作家的国家不多，在乌拉圭有基罗加、秘鲁有梅尔加、哥伦比亚有庞波、阿根廷有希里、墨西哥有阿雷奥拉。他们中有的寓言作品在美洲很受欢迎，有一定影响。

世界其他国家寓言跟美洲寓言文学并没有什么关系，只因为这些国家个别的寓言作家、作品影响不大，不成篇章，故作为附录性质附在这里。这些国家大致有现代印度、日本、蒙古、尼泊尔等。

第一节　美洲诸国寓言和世界其他国家寓言

秘鲁是美洲大陆上出现寓言作家和作品最早的国家。

秘鲁文学是印第安文化和西班牙文化相互渗透后的结果，大致分古典主义、新古典主义、浪漫主义等几个文学时期，各个时期都有自己的代表作家和作品。秘鲁的寓言文学出现于新古典主义时期，作家就是秘鲁民族诗歌的开创者马里亚诺·梅尔加。

马里亚诺·梅尔加（1791—1815），秘鲁诗人、寓言作家。毕业于教会学校，参加了 1814 年的印第安人反抗西班牙殖民统治的民族解放武装起义，不幸被俘遇害。他的诗歌大多描写和反映印第安人的生活，如《海的创造者之歌》《自由颂》。梅尔加还以寓言著称，他的寓言在秘鲁广泛流传，是秘鲁杰出的寓言作家。他的寓言注重表现社会矛盾，大胆嘲讽殖民主义统治，具有民主性和战斗性。艺术上平易流畅，注重书面语言与口语的有机结合，构思也较新颖。

哥伦比亚文学始于18世纪。19世纪随着独立运动的兴起，出现了众多有成就的作家作品。二十世又因为马尔克斯的《百年孤独》而使哥伦比亚文学享有世界声誉。

哥伦比亚的著名寓言作家是庞波。

庞波（1833—1912），哥伦比亚诗人、寓言作家。哥伦比亚浪漫主义诗歌的杰出代表人物。1854年参军为祖国的自由和解放作战，1855—1861年任哥伦比亚驻美国外交使节。回国后任众议院秘书。主要作品有诗集《黑暗的时刻》，长诗《海盗》《罗伯特·利》《艾利特立·特拉西》《十二月之夜》。庞波的《寓言集》是1871年出版的，在哥伦比亚和美洲拥有广大读者，受到普遍欢迎。

乌拉圭文学中也有些寓言作品。乌拉圭文学产生于18世纪中叶，有诗歌、散文、小说、戏剧等品种。乌拉圭的寓言主要见于作家基罗加的《林莽的故事》一书中。

基罗加（1878—1937），乌拉圭作家。生于萨尔托城。主要作品有诗文集《珊瑚礁》、短篇小说集《别人的罪行》《受迫害的人》，长篇小说《浑浊的爱情史》等，是拉丁美洲杰出的短篇小说家。他的寓言作品主要见于他的短篇小说集《爱情、疯狂和死亡的故事》《林莽的故事》中。他的寓言形象鲜明，情节生动，揭示资本主义社会的矛盾，很有影响。

墨西哥文学16世纪就已出现，是美洲文学比较发达的国家之一。各个时代都有自己的知名作家、作品。墨西哥文学中的寓言作家是阿雷奥拉。

阿雷奥拉（1918— ），墨西哥小说家。主要作品有短篇小说集《几种臆想》、独幕喜剧《众人的时刻》、长篇小说《集市》等。他的《寓言集锦》于1952年出版。

阿根廷文学比较发达，受欧洲文学影响大。各时期有很多作家、作品。阿根廷创作有寓言的作家是希里等。

希里（1919— ），阿根廷诗人。主要作品是《孤寂的海滩》《期待的加冕礼》等十多部诗集。他除写诗外，还创作了一些动物寓言，但影响不大。

阿根廷创作有寓言的作家还有科塔萨尔。科塔萨尔（1914— ），阿根廷小说家。主要作品有诗剧《国王们》，短篇小说集《兽笼》《游戏的结局》《秘密武器》《一切都是火》《仪式》《故事》等。在这些小说集中，有的作品就是寓言或者寓言小说。

在世界其他国家，主要是亚洲国家，除了中国、印度、阿拉伯伊斯兰地区以外，还有些国家的文学中有寓言作家和作品出现。

日本有很悠久的文学历史，约4—5世纪就有口头文学流传，8世纪就进入了书面文学的发展阶段。其文学历史上先后出现过“奈良”“平安”“镰仓”“南北朝”“室町战国”“江户”“近代”等文学时期，以及多种多样的思想派别文学。各个时期都取得了一定的文学成就。

日本寓言文学的历史在东亚仅次于中国。8世纪时的《古事记》中就有少量寓言，或寓言雏型。到10世纪以后，日本寓言就已走向成熟，如十四世纪时散文作家吉田兼好散文作品中的一些寓言就是代表。

吉田兼好（1283—1352），镰仓末期著名歌人、散文家。著有散文《徒然草》和歌集《兼好法师集》等。《徒然草》一书内容驳杂，有人生观、处世训、自然观、传说等，其寓言就见于此书，如《某人学射箭》《仁和寺的一个和尚》等。

《某人学射箭》：

> 某人学射箭，拿着两支箭去射靶。他的老师对他说："初学的人，不要带两支箭，因为会产生依赖后一支箭、而对前一支箭不用心的心理。每次射箭一定不要有哪支能射中、哪支不能射中的想法。应该有决心一箭必中。"按理说，仅带两支箭，又是在老师面前，怎么会产生其中一支箭无关紧要的想法呢？然而本人虽然不认为会产生松懈的念头，但老师却懂得这一点。这个教诲，可适用于一切事上。
>
> 学习某项本领的人，以为除了今晚，还有明朝，到了早晨，还有晚上，总想到那时再认真地学。更何况，他哪里知道在极短的一瞬间也会产生松懈的念头呢。看起来，在立志发奋的一瞬，能立即见之实行，该是多么难的一件事啊。

人们评价这些寓言是"夹叙夹议，准确传神，耐人寻味"，是有相当风范的寓言作品。但是，日本古代的寓言创作实际上并不发达，除了吉田兼好外，就很难找到古代日本的寓言作家了。

到了日本现代，也未出现著名的寓言作家，人们只认为芥川龙之介（1892—1927）和尾崎一雄（1899— ）的某些作品可视为寓言小说，与寓言文学相关。

古代印度的寓言文学成就辉煌，但到了现代，这个传统并没有得到相应的发扬。18 世纪，用乌尔都语写作的作家阿门（1745—1806）的创作活动与寓言相关。在其代表作《花园与春天》穿插了一些寓言，但影响不大。

到了现代，泰戈尔的散文诗有少许哲理寓言。

泰戈尔（1861—1941），印度诗人、作家、艺术家。一生创作了许多作品，有小说、剧本，但最著名的是他的散文诗。他的寓言作品不是有意为之的，是在创作散文诗中的无意之作，这样的作品有数则，较好的有《乞丐的女儿》《最后的买卖》等。

《乞丐的女儿》：

> "你们中间有谁愿意行善赈济饥民？"希拉伐斯蒂城饥荒严重，释迦问他的信徒们。
>
> 银行家拉特纳卡耷拉着脑袋说："我的全部财产远远不够赈济饥民所需要的巨大的财富。"
>
> 国王的军队司令贾伊斯说："我乐意献出我生命的鲜血，我家里吃的东西也不够。"
>
> 达马帕尔广有良田，他叹了口气说："旱魃已经把我的田亩都吮干啦，我不知应该怎样向国王交纳税赋呢。"

这时，乞丐的女儿苏普里雅站了起来。

她向大家弯身致礼，谦卑地说："我愿意赈济灾民。"

"啊！他们惊呼道，"你怎样才能实现你的誓言呢?"

"我比你们谁都穷，"苏普里雅说，"这就是我的力量。在你们每一个人的家里，有我的钱箱和仓库。"

这些寓言文笔优美，哲理精深，耐人寻味，虽不是有意之作，但亦是寓言中的上品。

20 世纪初，尼泊尔诗人鲍德雅尔（1884—1965）也创作了一些寓言诗，如《萨迪亚和卡丽相会》《笼中鹦鹉》《少年苦行僧》等。他的寓言具有鲜明的现实性，通俗易懂，语言优美流畅。

蒙古的达木丁苏伦（1908—），也是现代蒙古文学中创作寓言的作家。他的寓言诗《棕色的小山羊》讽刺了某些人一旦权在手就为非作歹的丑恶，写得生动、活泼，发人深思。

第二节　美国寓言

美国文学的历史不长，它几乎是和美国自由资本主义同时出现，较少受封建贵族文化的束缚。美国文学又由于多民族文化的影响，显得很庞杂。又由于许多美国作家来自下层，总体上显得开朗、豪放。美国文学大致分殖民地、独立革命至南北战争、南北战争到第一次世界大战、两次世界大战之间、第二次世界大战后等文学时期。美国文学由于诸多因素，拥有众多的流派文学。美国文学的成就也是很显著的。

美国的寓言文学也是随它的文学发生而发生的，与美洲其他国家相比，它的寓言文学是比较发达的。

最初的美国寓言作家已难断定，18 世纪的富兰克林写过一些寓言，但无法断定他就是美国最早的寓言作家。19 世纪，兰尼根也创作寓言，有《寓言集》问世，但无甚影响。

美国寓言文学第一个有成就的寓言作家当推比尔斯。

比尔斯（1842—1914），美国作家。生于俄亥俄州，早年当印刷厂学徒，内战时期当兵，后从事新闻工作，曾旅居欧洲，1913 年赴战事纷起的墨西哥，后即下落不明。他的主要作品有短篇小说集《军人与平民的故事》《这种事可能吗?》等。他的寓言集《奇幻寓言集》1899 年出版。当中的寓言立意新颖，笔调辛辣，短小精悍，如《乐天派》《三个哲学家》等。

《乐天派》：

蛇肚子里的两只青蛙在考虑改变了的处境。

“咱们的运气真坏，”一只青蛙说。

“别贸然下结论，”另一只说：“我们离开了那潮湿的地方，这儿却有吃有住。”

“有住，这一点不假，”第一只青蛙说，“可是我没看到有什么可吃的。”

“你真是个悲观派，”另一只青蛙解释道：“我们就是食物啦。”

这些寓言大多是抨击美国当代的经济、制度和政治生活的，属讽刺寓言的佳作。除了以上两则寓言外，《议员自杀》这则寓言也很有意义。这则寓言说议员们得知被世人视为世界上最卑劣的小偷时，遂决定集体自杀；当他们正在磨用来割脖子的剃刀时，准备好的盖尸布却被人偷走了，于是他们认为世上还有更卑劣的小偷，便从此心安理得地生活下去了。

几乎在比尔斯的同时，哈里斯大量吸取黑人民间寓言营养的基础上，创作了不少的优秀寓言。

哈里斯（1848—1908），美国作家。生于乔治亚州一个小城镇，曾从事报刊杂志的编辑工作。1878 年开始在杂志上发表雷姆大叔寓言故事，1887 年结集出版，取名《雷姆大叔的歌谣和言谈》，成为他的代表作。他的其他著作还有《雷姆大叔夜话》《雷姆大叔和朋友》《兔子先生在家》等，这都是美国黑人民间文学的精品。另外他还有些地方色彩浓郁的短篇小说集。他的寓言故事，多是通过雷姆大叔的讲述而出现的。寓言最集中的是《雷姆大叔的歌谣和言谈》。

《雷姆大叔的歌谣和言谈》是作者根据美国黑人的民间文学素材加工而成。有的故事为散文体，有的保留了韵文形式，故事的叙述者雷姆大叔是个黑人仆人，通过讲述本民族的传统寓言故事，给小主人以启蒙教育。从这一形式上说，此书有些类似于印度的《五卷书》，但自然没有《五眷书》的深邃和严密。此书的斗智是故事的叙述中心，故讲究智慧和故事，说教味不浓。书中的故事多以动物形象为主，基本保留了民间动物寓言的特点。与其他一些故事一起，哈里斯的寓言创作在保存和发展美国黑人文化方面有积极的作用，是美国黑人民间文学中最早和最重要的作品之一。也因此哈里斯成为风格独特的在 19 世纪最有影响的寓言作家。

20 世纪初，美国寓言文学在艾德的努力下，掀起了一个高潮，艾德也就是此时美国寓言创作的代表作家。

艾德（1866—1944），美国的寓言作家、剧作家。印第安纳州人，出生于中产阶级家庭。当过记者、编辑。主要作品有剧作《学院寡妇》《刚出校门》，音乐喜剧《苏禄的苏丹》等。他的寓言创作是 1897 年开始的，先后出版了《俚语寓言集》《寓言续集》《现代寓言 40 则》《艾德寓言》《手工寓言》等。《俚语寓言集》是其寓言的代表作。这些寓言的角色多来自美国中下层社会，是以人物为角色的寓言作品。这些作品表达了对美国社会、文化、价值观的见解和批判，充满机智、诙谐等特点，但又流于玩世不恭。他的寓言主要用方言俚语创作，带有浓郁的美国地方色彩，是最优秀的美国方言作品。

在艾德之后，美国一个被视为“现代英语寓言创作的代表，并对现代西方寓言创作很有影响”的作家瑟伯出现。

瑟伯（1894—1961），美国的幽默作家、寓言作家、画家。俄亥俄州人，大学毕业。早年当过记者、编辑，晚年执教于耶鲁大学。20 世纪 20 年代开始文学创作，发表小说、寓言、杂文等，著述颇丰，作品多次获奖。1940 年，他的第一本寓言集《当代寓言集》（全名《插图当代寓言续集》）出版，收进了他前期主要的寓言作品。1956 年《当代寓言续集》出版，代表了他寓言创作的高峰。

《当代寓言续集》有寓言 47 篇，多为动物寓言。寓言的一些题意、题材并不新鲜，但作品却极力地表现了现代西方知识分子独特的社会感受。如《蝙蝠外出》，这则寓言描写一只蝙蝠在出行至陌生环境时赶紧逃回自己洞穴的故事，表现了人与生存环境的不协调和受盲目命运支配的忧患。整个寓言在幽默风趣的语言后面隐藏着作者对人生的深沉忧思。如《海与岸》的篇末教谕点明了这样的话语：“每个人都应在生命完结之前尽力弄清楚，从哪里来？到哪里去？为什么？”

瑟伯的寓言基本遵循伊索传统，多为短小的动物故事，篇末警句点明寓意，富于哲理性。作品叙述简洁，行文轻松俏皮，并自配幽默寓言画，别具一格，对现代西方有一定影响。

活跃在五十年代的美国连环画家克利（1913—1973），人们认为他的连环画作品实际上是独具风格的寓言，说他以漫画形式丰富和发展了古老的寓言艺术，但这只能是一家之言。

稍后一些时候的美国现代诗人穆尔值得一提・穆尔（1887—1972），美国现代女诗人。生于破产商人家庭，毕业于布林摩尔学院。重要作品有《观察集》《穿山甲集》《何为年华》等。她的诗常以动物为题，诗末留下一定的教益结论，寓言色彩浓厚。她在美国寓言文学上的主要贡献是 1954 年翻译出版了《拉封丹寓言诗》。此译本文体典雅明快，被誉为拉封丹风格在现代诗坛的忠实再现，受到高度评价。

进入当代，美国创作比较活跃的寓言作家是阿诺尔德・劳伯尔。

劳伯尔寓言的思想内容主要是日常社会生活经验教训的总结，但这些经验教训却大都来自于现代的生活现实．如《龙虾和螃蟹》《母鸡和苹果树》《鹈鹕与仙鹤》《黑熊和乌鸦》《坏袋鼠》《狒狒的雨伞》《鸭子和狐狸》等。

《鹈鹕与仙鹤》：

一天，仙鹤请鹈鹕吃茶点。

“您真是太好了！”鹈鹕对仙鹤说，“哪儿也不会有人请我吃饭。”

“我是非常高兴请您的。您的茶里要放糖吗？”仙鹤递上一缸糖给鹈鹕。

“谢谢，”鹈鹕边说边把半缸糖倒进了他的杯子，另一半都撒在地上了。

“我几乎没有朋友！”鹈鹕又说。

“您茶里要放牛奶吗？”仙鹤问道。

“谢谢，”鹈鹕说着又倒了一半牛奶在杯子里，其余的全泼在桌子上了，把桌子搞得一塌糊涂。

“我等啊等啊，没有一个人来请我。”鹈鹕又接着说。

"您要小甜饼吗?"仙鹤又问道。

"谢谢。"鹈鹕说着拿起小甜饼就往嘴里填，饼的碎屑撒了一地。

"我希望下次您再请我来。"鹈鹕又说。

"或许我会再请您的，不过这几天我太忙了。"仙鹤说。

"那么下次见。"鹈鹕说着又吞下了几个小甜饼，然后用餐巾擦了擦嘴走了。

鹈鹕走了以后，仙鹤又是摇头又是叹气。他无可奈何地叫女仆来打扫这狼藉的餐桌。

可见，当一个人失去一切朋友的时候，就该在自己身上找找原因了。

《鹈鹕与仙鹤》把一个简单的现实生活中的坏习惯用寓言表述得生动活泼，是一种现实生活经验教训的总结，有浓厚的现实生活气息。另外的《狒狒的雨伞》表现的是一个传统的生活教训，但又使用的是现实生活中的细节，教训很鲜明，也很富有生活气息。

劳伯尔寓言最注重的是现实意义很强又很风趣的故事。有的故事构思很巧妙，读之让人喷饭，充分反映美国人的幽默、风趣和辛辣，如《大狮子和甲虫》。这则寓言用大小的对比，和最后的大狮子滚了一身泥水的结果，嘲讽了某些人的不可一世。

总体上看，劳伯尔寓言故事性强，生活气息浓厚，教训鲜明，充分表现了美国人的轻松、机趣和智慧，是典型的美国寓言的现代风格。

第十六章　中国现代寓言

中国现代文学是从1917年的“五四”运动起，到1949年中华人民共和国成立止，大致分为“五四运动”“第一次国内革命战争”“第二次国内革命战争”“抗日战争”“解放战争”五个时期。中国现代文学各个时期都有一些作家、作品出现，小说、诗歌、戏剧、杂文都取得了一定成绩。中国现代寓言文学也就是在这样的文学背景中产生的。中国的现代寓言是在上述第一个时期中，以半文半白的寓言起步的。后来，经过茅盾、鲁迅、郑振铎、周玉群、白丹宁、程阉如、张天翼、贺宜、冯雪峰等人的努力，基本上完成了中国寓言文学从旧体裁向新体裁的转变，即实现了从古文寓言创作到白话文寓言创作的转变，并同时形成了这一时期的寓言文学，取得了一定的成就，与其他文学种类一样，构成了中国现代文学中寓言文学的发展基础。在以上的寓言作家、作品中，以冯雪峰的寓言创作成就最大，他的作品是中国现代寓言文学的顶峰和代表。

第一节　中国现代早期寓言

中国现代文学中，在“五四运动”前后就出现了新的白话文寓言。茅盾是中国现代最著名的文学家之一，他年轻时创作了一批寓言，并为中国现代寓言之首创。近代的吴趼人等人的寓言大都属半文半白之类，最先完全用白话文创作寓言，当归功于茅盾。

茅盾（1896—1981），中国现代最优秀的革命文学家之一，同时也是现代寓言作家。原名沈德鸿，字雁冰。1896年生于浙江省桐乡县义乌镇。1914年中学毕业。1916年到上海商务印书馆编译所任职，从此开始文学创作活动。1921年与朱希祖、周作人等人发起组织“文学研究会”。1949年7月当选为全国文联副主席和全国文协（中国作协前身）主席。后又任文化部部长。1981年3月在北京逝世。主要作品有小说《蚀》《虹》《子夜》等。

他在1917年时编选了中国第一部中国古代寓言选集《中国寓言初编》，有较大的影响。

他的寓言创作主要在1918年前后，这一时期他一共创作了《狮骡访猪》《狮受蚊欺》《傲狐辱蟹》《学由瓜得》《风雪云》《平和会议》《蜂蜗之争》《鸡鳖之争》《金盏花与松树》《以镜为鉴》《兔娶妇》《鼠择婿》《狐兔入井》等13则寓言。

在这些寓言中，《狮骡访猪》《平和会议》等6则寓言明显是对中国民族民间故事的再创作；《傲狐辱蟹》《狮受蚊欺》等寓言又是受外国寓言影响而来；《学由瓜得》《鼠择婿》等完全是对外国寓言故事的中国叙述；属于自己构思创作的寓言是《金盏花与松树》《以镜为鉴》。较突出的寓言也是这两则。

茅盾寓言总的来说生活气息浓郁，现实感强，对世俗社会的现实生活十分关注；形象、叙述都较生动流畅，教训也很鲜明，但童话味较重，故事的独立构思不多，创新有，但模仿也较多。茅盾寓言的出现对中国现代寓言有如下几个方面的意义：一是茅盾是中国第一个用白话文创作寓言的作家；二是茅盾的这种基本处于模仿和转变中的寓言创作，真实地反映了中国现代寓言创作最初阶段的风貌；三是他的创作为后来的寓言文学发展，在艺术表现上做了部分准备工作，如寓言的改写等。

比茅盾稍后一些时候，另一个伟大的文学家鲁迅也在他的文学生涯中创作了不少的寓言。

鲁迅（1881—1936），文学家、思想家、中国现代文学的奠基人。本名樟寿，字豫才，后又取名树人。浙江绍兴人。1898年到南京水师学堂学习，1902年赴日留学。1908年回国，先后在杭州、绍兴任教。1918年参加改组后的《新青年》编委会。1920年后，他一面创作，一面在北京大学、北京师范大学教书。1930年上海成立中国左翼作家联盟，他是领导人之一；1936年10月19日在上海逝世。他的主要作品有小说《狂人日记》《呐喊》《故事新编》《彷徨》，杂文及散文诗《野草》《朝花夕拾》《而已集》《南腔北调集》《准风月谈》《且介亭杂文》等，论著《中国小说史略》《汉文学史纲要》等。鲁迅的寓言作品也就夹在以上杂文集、散文集和散文诗集中。

主要寓言作品有《桃花》《聪明人和傻子和奴才》《立论》《狗的驳诘》《影的告别》《战士和苍蝇》《螃蟹儿》《古城》等。较为出色的寓言有《螃蟹》《狗的驳诘》《桃花》等。

鲁迅的寓言大多不是刻意为之的，他的寓言简练旷达，讽刺辛辣，对社会凶险和人间丑陋的揭示是深刻的，不失为冷峻峭拔的大家风范，只可惜鲁迅没有在寓言方面有更多的关注。不过，这些作品，也使中国现代初期的寓言创作感到欣慰了。另外，他捐资刊刻佛经寓言集《百喻经》一事，在中国现代寓言文学中也有影响。

在鲁迅之后，郑振铎的寓言实践有一定影响。

郑振铎（1898—1958年），诗人、著名学者，诗、散文、小说创作及翻译、中国古籍整理上均有较大成就。他的寓言实践主要在对印度寓言翻译上。另外，他的配图寓言及儿歌寓言创作也有一定成绩，较好的配图寓言有《熊和鹿》《象和猴子》等，较好的儿歌寓言有《小鱼》等。

在这一时期，在寓言创作上较有成就的寓言作家还有周玉群、白丹宁、程阉如等三人，遗憾的是此三人生平不详。

周玉群在《朋友寓言》一书中有寓言48则。作者在该书的《例言》中写道："大半系自出心裁，非专事乞灵于伊索者可比。”从这句话中可看出两点：一是周玉群大约是个当时不知名的业余作家；二是从中可见中国现代寓言创作已出现了一定广泛性，看重的人渐多。这48则寓言中，除有8则属改写外，余均为创作。在这些作品中，较好的寓言有《猫与鼠》《渔翁张网》等。他的寓言对社会弊端有一定的针对性，注重寓言的讽刺性。

白丹宁在《孩子们的寓言》一书中有寓言39篇；其作品短小精悍、语言清新、故事优美，很有儿童文学特色，较出色的寓言有《群鹊逐鸠》《泥娃娃》等。

程阉如编辑的《小小寓言》是一本小学执教用的实验教材，有寓言34则。全书寓言文笔洗练，故事性强，哲理明晰，思想深邃，较好的寓言有《蛇吃鸽蛋》《猫骗雀》等。

在这一时期，还有些寓言作品值得一提，如陈伯吹的《粗心大意的小公鸡》，蒋仁毅的《狮子与蚊子》，李绍同的《老虎和狐狸》，齐乐三的《无鼠邑》等。

第二节　中国现代后期寓言

中国现代寓言文学经过早期的发展后，在20世纪40年代的时候，以冯雪峰、张天翼等人的寓言创作为中心，形成了一个小小的高潮。

在他们两人之前，贺宜的寓言值得一提。

贺宜（1914—1987），中国现代儿童文学家、寓言作家。主要作品有《真实的故事》《野小鬼》《木头人》等。他的寓言作品主要散见于当时的各种刊物中，有诗体寓言和散文寓言，在这些寓言中，以《人的考验》最为有名。它叙述生动，思索深刻，很有感染力。另外，他在寓言研究上也有所建树。

中国现代寓言创作中，最明确、最认真创作寓言，并有相当成就的寓言作家是张天翼和冯雪峰。

张天翼（1906—1985），中国现代寓言作家、著名儿童文学家、作家。原籍湖南湘乡，生于南京。1924年在杭州读完中学，曾学绘画，进过一年大学。后当过小职员、记者和教员。新中国成立后，历任中国作协书记处书记，中国文联全国委员会委员。1958年任《人民文学》主编。主要作品有：小说集《从空虚到充实》《小彼得》等10多种，长篇小说《鬼士日记》《一年》《在城市里》等，儿童文学作品有《大林和小林》《秃秃大王》《金鸭帝国》《宝葫芦的秘密》等。他的寓言作品主要散见于四十年代末期在香港等地出版的《小说月刊》《文艺生活》等刊物上。

这些寓言主要有《猪》《一条好蛇》《狐》《画眉和猪》《屠户发愿》《犬训》《狼和蚊子》《蛆》《野牛》《孔乙己考》《龙船》等。

张天翼的寓言作品数量不是很多，但却很精湛，较出色的有《一条好蛇》《画眉和猪》等。

这两则寓言都有一个共同特点，就是浓烈的讽刺意味和对社会生活中人的虚伪的深刻揭示，这正好是张天翼寓言的基本特点。至于文笔的精练和简约，形象的鲜明，以及对动物心理的细腻刻画，也是其寓言创作的良好表现。另外，在张天翼寓言里，我们还看到寓言创作的明确目的，即张天翼是为创作寓言而创作它们的。

坦率地说，中国现代寓言如果没有冯雪峰寓言的出现，那必然是中国寓言历史中最苍白的一页。雪峰寓言把现代寓言提升到一定的高度，奠定了现代寓言的基础，是现代寓言文学中最重要的代表作家作品，他使现当代寓言从他开始走向成熟，可以说他的寓言可代表中国现代寓言的基本风貌。

冯雪峰（1903—1976），中国现代著名的寓言作家、诗人、文学翻译家、文艺理论家。笔名雪峰、画室、吕克玉、成文英、何丹仁等。浙江义乌县人。1921 年在杭州参加朱自清等人组织的“晨光社”。1922 年与汪静之、应修人等组织“湖畔诗社”。1927 年加入中国共产党。1928 年编辑《萌芽》月刊，并与鲁迅共同编辑《科学的艺术论丛书》。1929 年参加“左联”筹备工作，曾任“左联”党团书记。参加过长征。1941 年皖南事变后被捕，在上饶集中营被关近两年。后又到上海工作。1951 年至 1957 年间历任人民文学出版社社长兼总编辑、《文艺报》主编、中国作协副主席。主要作品有：译作《社会的作家论》《艺术与社会生活》《文学评论》《夏天》；论著《乡风与市风》《有进无退》《鲁迅论及其他》；剧本《上饶集中营》等。

冯雪峰的寓言创作是 1946 年后在上海开始的，主要的作品集有《今寓言》《冯雪峰寓言三百篇》上卷、《雪峰寓言》《寓言》等。另外，他还改写了《百喻经》，题名为《百喻经故事》。

冯雪峰寓言基本上是新中国成立前创作的，新中国成立后极少创作寓言，到了 1975 年，也就是他去世的前一年，他写了他一生中最后的一则寓言。这则寓言叫《锦鸡与麻雀》：

> 有一只锦鸡到另一只锦鸡那儿做客。当他们分别的时候，两只锦鸡都从自己身上拔下一根最美丽的羽毛赠给对方，以作纪念。这情景当时给一群麻雀看见了，他们加以讥笑说：“这不是完完全全的相互标榜么？”
>
> “不，麻雀们，”我不禁要说：“你们全错了。他们无论怎样总是锦鸡，总是漂亮的鸟类，他们的羽毛确实是绚烂的，而你们是什么呢，灰溜溜的麻雀！”

这则寓言也许本身并没有什么，但它反映了作家垂暮之年平和善良和悲凉无比的心境，以及寓言创作对其人生的重要性。

冯雪峰有许多文艺评论、理论、杂文等方面的作品，也有不少的文艺创作作品，但寓言作品占其文艺作品的三分之一，是其文艺创作的二个重要方面。可以说，冯雪峰的艺术才华、世界观、人生观、哲学思想、文艺思想、人生经验等等，在寓言中都得到了大量的表现。

冯雪峰寓言总起来有 200 多篇，在这些作品中，有一大批优秀作品，如《两盗与商人》《老妖妇与美女》《两个菩萨》《野猪、蟒蛇们的和平会议》（《今寓言》）；《类人猿的音乐会》《旅行家与海潮》《柳树和落水的人》、（《雪峰寓言三百篇》上卷）；《猴子和养猴子的人》《十个老鼠的大团圆舞》《乌鸦养儿子》《水牛和货车》《两个鹿》（《雪峰寓言》）；《蛇和音乐》《朝霞》《乌鸦是一只有趣的鸟》《兔儿们》《熊和虎狼们》《狮子和羔羊》《猫和空罐》《雪地上的鸟》《鸟和烂苹果》《鸟儿们和吹笛的人》《牛和绳子》（《寓言》）。

以上寓言，是雪峰寓言的代表作，也是时代的珍品。

也就在以上的寓言中，有对反动政权以及种种无耻嘴脸的无情抨击和揭露；有其世界观、人生观、理想追求的表现；也有对哲学理性的形象认识，以及对世俗日常智慧及生活经验教训的总结等等，其寓言内容包容量是很大的。

就以上几个寓言集子而言，抨击和揭露型寓言的代表是《今寓言》，这是谢德林式的寓言。由于斗争的需要，寓言的讽刺、影射作用过分夸张，使这时的许多作品走上了“禽言兽语故事”或“动物故事”的路子。如《虾蟆国的议员们》《可尊敬的田鼠族长久》《黄鹊鸽的不幸遭遇》，等等。在承认其作品巨大斗争作用的同时，应该说这时的雪峰寓言不是很成熟的。

《雪峰寓言三百篇》（上卷）和《雪峰寓言》多侧重于世界观、人生观，以及哲学理性的形象认识，有许多成熟的精品。

《寓言》是其寓言创作的精华，其内容多为世俗日常智慧、经验教训的总结。这部寓言集是冯雪峰寓言最有影响的一部。

这些内容表现，大都可在以上的列举中找到印证，当然，这样的内容分类只是大致的。

冯雪峰寓言的艺术特色，简略地讲有以下几个方面：

一是时代特色。冯雪峰是个认真、严肃的寓言作家，他把笔下的一切禽兽、人、无生物置于鲜明的历史背景下来进行它们的活动，力求与现实紧紧相连，力求寓言的目的与时代的进步潮流合拍。这使他的寓言成为献给时代的礼物，带有很浓厚的时代色彩。

寓言的深刻性，是雪峰寓言第二个方面的特色。寓言最忌肤浅，而雪峰寓言基本上都准确地把握了这一点。他创作的寓言，讲究把深刻的思想渗透进浅显易懂的故事情节之中，讲究内容与形式的统一。

寓言目的的单一、明了，是雪峰寓言第三个方面的特色。他的许多寓言寓意明确，恰到好处，他把寓言整个故事巧妙地组织起来，表述了赋予这则寓言的目的，让一个寓言的教训鲜明凸现，既不多一点，也不少一点。

另外，他寓言的故事、语言运用、各种表现手法、理性与诗情力量的有机结合等方面，还有许多突出的地方。

最后，冯雪峰对《百喻经》的译写也值得一提。《百喻经》是在我国流传十分广泛，影响较大的佛经寓言故事集，它的存在早就引起了人们的注意，但像冯雪峰这样把它译述、改写出来还是首次。他的译写，一是同样表现了冯雪峰在寓言文学上的卓越才华，二是推进了佛经寓言的影响和大众化。

中国现代文学之后，是中国当代文学时期，寓言文学在这一时期取得了较大成就，但这是后话了。

第十七章　世界民间寓言

以上各章节叙述的寓言历史，基本上是作家书面寓言的历史，或者说是与常规的文学史相呼应的寓言文学历史，但是，也正如一般书面文学之外还有一种口头民间文学存在一样，寓言文学中也有民间寓言的存在。

民间寓言与作家寓言相比较而言有自己的特点。首先是作家书面寓言一般都有确切的产生时间，而民间寓言就很难确认它的最终年代，特别是各个不同时代寓言相混的时候，这样的确认就更为困难，也就是说，我们叙述世界民间寓言历史的时候，只能分辨各个国家、地区、民族间不同的寓言，无法按其寓言产生的时间顺序来叙述它。其次是它的基本艺术风貌与书面作家寓言不同，尽管它经过了文人的整理，但强烈的民间文学意味却难以抹掉，使其成为世界寓言文学中一束永开不败的鲜花。另外，民间寓言的口语特色，与民间故事，特别是动物故事千丝万缕的联系，以及民间寓言与作家寓言交流和利用等方面，也使民间寓言在世界寓言文学中有着自己的特殊地位。

这里有一点要说明，以下各节中没有非洲民间寓言，它已经在前面叙述了。另外，整个印度寓言民间色彩都很重，前面叙述的印度寓言注重的是有关书籍中的寓言，现在论述的印度民间寓言主要来自于民间的收集整理，但二者的寓言有些时候是交叉的。

第一节　印度、阿拉伯伊斯兰地区民间寓言

印度民间寓言是极其丰富的，从历史上看，它产生的时间很早。在它产生之后，一方面自身不断发展，另一方面又为印度的书面寓言文学提供了丰厚的基础。

印度民间寓言数量很大，对现实生活的关注也是多方面的，有经验教训的总结，有对生活哲理的形象阐述，有嘲讽社会丑恶现象等。这些寓言如《骆驼和猪》《两个旅行的人和他们捡到的东西》《鹿和狐狸》《一双鞋的故事》《节哀》《“聪明”的村长》《狼和羊》等。

《骆驼和猪》就是中国当代最著名的寓言《骆驼和羊》的蓝本，情节都差不多。就寓言本身而言，它故事完整生动，注重对生活哲理的形象认识，完全可以代表印度民间寓言艺术表现的一个侧面。

《一双鞋的故事》：

从前有兄弟俩，谁也买不起鞋，所以两人只好凑钱合买了一双鞋。他们商定，白天哥哥穿，晚上弟弟穿。

白天，哥哥穿上鞋到处跑，什么也不干。他想，只有一刻不停地走，才不吃亏。白天已经走得很累了，到傍晚他还穿着鞋走。

晚上，该弟弟穿了。弟弟想，这鞋自己也花了一份钱买的，所以应当充分利用。他从傍晚到黎明，穿上鞋到处转悠，不要说睡觉，连坐都不坐一会儿。因为天天不睡觉，不久，弟弟的身体就垮了。

由于兄弟俩日夜不停地走，不让鞋闲着，没多久，鞋就坏了。

哥哥建议买双新鞋。弟弟说："哥哥，现在你自己买，自己穿吧，我要打赤脚走路了。这样至少晚上我可以睡觉。"两人都怀着私心，是不会合作好的。

这则寓言既是说明某个哲理，又是对这类人的嘲讽，很辛辣，但又很风趣和富于幽默感，构思上也很大胆自然，是印度民间寓言艺术表现的一个方面的代表作。

总的来说，印度民间寓言的艺术特色与前述的印度寓言的艺术特色有很多相近之处，也是故事优美生动，想象丰富奇特的，但其故事性更强，口语化和民间味儿更浓。

紧邻印度的阿拉伯伊斯兰地区的民间寓言，艺术风格又与印度民间寓言大不相同。在这块广大的土地上，拥有民间寓言的国家并不多，大致有：土耳其、巴基斯坦、伊拉克、波斯（伊朗）、阿富汗及阿拉伯等，其中又以波斯和阿拉伯的民间寓言最多。这些寓言大都短小精悍，风趣幽默，常常与笑话相携而出，显得轻松自然，但其哲理深刻，令人回味不已。

阿拉伯的民间寓言较出色的约有数十则，如《买驴与上学》《花根》《学者和水手》《三个画师》《自己害自己》《懒惰的木匠师傅》等。

《懒惰的木匠师傅》：

有个人十分高兴，因为他得了一个孩子，他决定给婴儿买个摇篮。这一天，他高高兴兴地到木匠那里去，给了订钱，说："给我孩子做个摇篮吧。"

木匠回答道："好吧，你到下星期五来拿。"

当天是星期四，就是说，订货的人要过八天才能来拿。

订货八天后，那人又来找木匠了："请给我摇篮吧。"

"还没做好。"木匠答道。

木匠就这么一次又一次拖着。后来，孩子会走路了；后来，孩子长大结婚了，并且养了孩子。他对老父亲说：

"我要买个摇篮，给自己的孩子。"

"你到木匠家里去拿吧，"老头说，"我向他定做的摇篮已二十年了。"

儿子去找木匠，说："我的父亲向你定做了一只摇篮，你已收了订钱，现在你快把摇篮给我吧。"

"你要得急，你就把订钱拿回去吧。"木匠说："我不想急急忙忙做事情。"

这则寓言嘲讽一个人的懒惰可以说是夸张到了极致，但你仍觉得它真实可信，并从中体味到阿拉伯人的幽默感，是他们的优秀作品。

波斯的民间寓言数量也不少，并且与作家寓言有密切的联系。其寓言较突出的有《骄傲的徒弟》《一半的快乐》等。

土耳其的民间寓言不多，但也不乏佳作。如《狮和人》这则寓言同样注重的是哲理表达，并包含了人自身的某些反思内涵，用寓言达到这样的表现是难得的。

巴基斯坦的民间寓言书面味儿重，反映了他们寓言的外来影响强烈和作家寓言与民间寓言的相互交融。比较好的寓言有《驴学狗跳》《觉悟》等。

伊拉克的民间寓言《穷人的幸福》表现了很深刻的哲理。

阿富汗的民间寓言较好的有《聪明的美人》《贤人》等。

第二节　中国民间寓言

中国的寓言文学历史悠久，各个时代都有自己著名的寓言作家和作品，其寓言文学的土壤是极其丰厚的。与书面的作家寓言一样，中国的民间寓言也十分丰富和多姿多彩。中国的民间寓言只是一个大的概念，它的内涵包容了中国各民族民间寓言。中国是一个多民族的国家，有一个中心的华夏文化，但各民族又有自己独特的地域色彩强烈的区域性文化。而中国民间寓言也就是这种文化前提下的组合体，故我们叙述中国民间寓言时，是以各民族民间寓言来分类的。

在中国这块土地上，据官方的统计，有 56 个民族，经过中国专家、学者们数十年对民间寓言的发掘整理，约有近 40 个民族拥有民间寓言。

蒙古族是寓言土壤比较丰富的民族之一，也是收集整理其民间寓言最有成就的民族之一。1960 年出版一本《蒙古寓言故事集》，1983 年又出版了《蒙古族寓言故事》。蒙古族民间被收集整理出来的寓言数量很多，仅《蒙古族寓言故事》一书就有寓言 108 则。蒙古族民间寓言的代表作有《空心树》《小骆驼的遭遇》《水獭和鸿雁》《骑驴赴宴的老灰狼》《小猫钓鱼》《瞎子和瘸子》《六个强盗》《白狮》《雄鹰和乌鸦》等等。蒙古族民间寓言是中国民间最优秀的寓言群之一，它拥有许多中国民间寓言的佳品，如《小猫钓鱼》《空心树》等。

《小猫钓鱼》：

小猫和大猫在一起钓鱼。

小猫看见了一只蜻蜓，扔下钓鱼竿就去追蜻蜓。蜻蜓飞走了，小猫空着手回来了。这时大猫已经钓上来一条大鱼。

过了一会儿，小猫又看见了一只蝴蝶，扔下钓鱼竿又去追。蝴蝶飞走了，小猫又空着手回到河边，它看见大猫又钓上来一条大鱼。

小猫非常着急："真奇怪，鱼为什么不上我的钩呢?"

大猫看了一眼小猫，耐心地说：

"你想钓鱼呀，必须集中精力。一会儿追蜻蜓，一会儿追蝴蝶，怎么能钓上鱼来呢?"

小猫听了大猫的教导，把注意力都集中在钓鱼上，什么蜻蜓呀，蝴蝶呀，青蛙呀，它连看都不看了。很快，一条又肥又大的鱼上了小猫的鱼钩，小猫高兴极啦!

蒙古族民间寓言的主要特色是题材广泛，内容丰富，从一般的日常生活经验教训总结，到最深刻的哲理认识都有涉及。在丰富的内容中，又是前一个方面表现得最充分、最为重要，而且某些深刻的哲理认识也是建立在这一基础上的，如《空心树》这则寓言就是如此。

形象生动鲜明是其又一艺术特色，如《小猫钓鱼》，其中小猫形象之生动、鲜明，让亿万中国少年儿童铭记不忘，成为小学语文课本中的课文多年未变。某种意义上讲，蒙古族民间寓言首先是在鲜明的形象上取胜的，其概念的形象化已达到了一定的高度。蒙古族民间寓言的道德教训明晰而不浅显，这也是它艺术上的特色之一。蒙古族民间寓言的道德教训普遍看起来，大都是明晰的，很少艰涩的寓意和象征，但也不是一览无遗地，因为最一般的教训与最深刻的哲理常常是有机结合在一起的。另外，语言精练，善于加工外来的寓言故事也是其寓言的特点。

汉族是中国，也是世界上人口最多的民族，其文化发展的程度很高，几千年前就进入了书面文学阶段。书面寓言在很早就十分发达，是中国最古老的文体之一，同时口头创作的民间寓言也是很丰富的。汉族民间寓言被收集整理出来的数量并不很多，但也有相当的数量，其代表作有《穷神和财神》《五指吵架》《脚和眼睛》《寒号鸟》《自投罗网》《狗和鹿》《乌鸦找窝》《乌鸦为什么不会唱歌》等。

《脚和眼睛》：

脚对眼睛说："你高高在上，一点不着地，我要不走，你一步都动不了!"

眼睛对脚说："没有我看清道路，你能走吗?"说着，闭上了眼睛。

脚大步向前走去，因为看不见路，一下跌到刺蓬下，把脚骨跌断了，眼睛也被刺伤了。

各自行事，不团结互助，是没有好下场的。

这则寓言不一定是汉族民间寓言中最优秀的寓言，但它也真实地反映了汉民族民间寓言的基本风格。

汉族民间寓言在丰厚的汉文化、汉文学的相形之下，是小之又小的，但它的存在也有自己的个性和特色。汉族民间寓言的发展阶段是较高的，很少有一般动物故事追求习性解释和善恶观念解释的痕迹。

汉族民间寓言在艺术风格上自然随和，生活气息浓厚，气质上很少有其他民族民间寓言的“野味”，表现很醇和，动物形象多是一些小动物和驯化动物，地域特色很浓烈的动植物形象也没有。在内容上注重对生活哲理的表达和人们心理的刻画，并由此创造了许多优秀的民间寓言。汉族民间寓言受书面寓言的影响，也是其特点之一。一般的规律是口头寓言到书面寓言，但汉族民间寓言却有“逆转”现象存在，即书面寓言又重回民间寓言中，如《寒号鸟》等。

维吾尔族民间寓言众多，在维吾尔族民间文学中占有重要地位，其影响仅次于民间故事。已收集整理出来的维吾尔族民间寓言数百则，有两本民间寓言专集出版，一是1963年出版的《维吾尔族寓言故事》，一是1986年出版的《维吾尔族寓言选》。维吾尔族民间寓言的代表作有《狐狸的死》《牧羊人的等待》《青蛙与田鼠》《孔雀和乌鸦的寿命》《它骂你也是一只狼》《麻雀猎绵羊》《少管别人的事》《聪明的青蛙》《斧把》《善人》《没乘过船的王子》《骄傲的徒弟》《狐狸的分配》，等等。

《少管别人的事》：

从前，有个人常给朋友们说：“少管别人的事。”有一天，他从集市上买了一口袋大米往回背，谁知，口袋上开了个小洞，大米不断地向外漏。这时，在他后面跟着的邻居问他：“哎，你看我们应不应该关心别人的事？”

“别人的事，你少管！”那人回答说。

邻居只好闭着嘴不再说什么。那人只管背着大米往前走，可是口袋里的大米仍在往外漏。当他回到家里时，一口袋大米只剩下了半口袋。他生气地责怪邻居说：“你在我身后看到口袋漏了，为什么不给我讲讲呢？”邻居回答说：“你不是对我讲过‘少管别人的事’吗？”

维吾尔族民间寓言的质量是较高的，有许多寓言堪称中国民间寓言的珍品，我们从以上这则寓言中就可窥见一斑。

维吾尔族民间寓言的内容世俗性很强，日常社会生活的经验教训总结比重很大，它表现了人们的聪明和智慧，辛辣地讽刺了统治者的卑劣和人的某些性格缺点。

维吾尔族民间寓言哲理深刻，教训鲜明，概念形象化的程度很高。一般的寓言均简洁精练、幽默风趣。另外，其寓言的动物故事痕迹很少，人物寓言的比重大，故而其寓言的理性思维表现强烈。维吾尔族民间寓言民族特色显著，在思想内容和表达方式上带有与众不同的中亚民族的韵味，其某些寓言与波斯寓言是同一母体，如《没乘过船的王子》《鲁克曼》等。另外，维吾尔族民间寓言中还有一部分寓言诗，质量也较高，是中国不多几个拥有民间寓言诗的民族。

藏族民间寓言的土壤很厚，寓言众多，但发掘整理出来的民间寓言并不太多。

藏族民间寓言的民族色彩非常鲜明，如《兔子逃“喳儿”》（也就是广泛流传于中国的著名寓言《咕咚》）。这则寓言很生动，寓言中的高原动物按藏民族特有的形式表演着寓言的喜剧。像这样的寓言还有《金腚、银腚、氆氇、藏靴和粮食的争执》《锦鸡、兔子、猴、象吃果图》等。这些寓言以特有的方式显著地表现了藏民族的心理意识和气质，从认识方式、观念上构成了藏民族民间寓言民族色彩的基质。

藏族民间寓言的故事优美生动，想象瑰丽，如《六个东西的活路》。这则寓言说的是针、土饼子、陶罐、青稞头子等六样东西，各人分到的活路都不适合，结果出尽洋相……情节非常生动有趣。

以这则寓言为例，藏族民间寓言故事一般都比较完整，情节生动有致，语言叙述优美，人们从中得到道德教训的时候，同时也感到了来自故事的愉悦感。

藏族民间寓言是幽默和风趣的，这也能在以上的例子中见到，在这些寓言中表现的幽默和机敏让人难忘。藏族民间寓言中的一些寓言还如一幅幅意义深刻的民间风俗画，不过它是连续的跳动的，如《锦鸡、兔子、猴、象吃果图》的情节就被画在西藏寺庙的壁画上。另外，藏族一些民间寓言明显受佛经寓言影响，带有相当的佛经寓言的痕迹。

藏族民间寓言以其显著的民族特色为中国寓言贡献了不少珍品，以上列举的是其代表作，另外还有《胡豆雀和凤凰蛋》《爱虚荣的乌鸦》《狐狸学老虎》等。

壮族的人口众多，其民间寓言也较丰富，寓言地域特色比较明显，植根于社会现实生活之中，故生活气息浓厚。代表作有《大鹏与龙虾》《老虎和金竹》《请教吹笛》《狼和天鹅》《莫笑邻居起火》《石匠和木匠》等。

《莫笑邻居起火》：

> 从前，有一个很自私的人，见人家失掉东西就很喜欢。
>
> 一天，邻居房子着火了，他幸灾乐祸，待在家里暗笑。救火的人向他喊道：“还不快救火！”
>
> 他说：“火不是烧我的房子，救什么？”
>
> 但是，话未说完，火苗就烧到他的房顶了。

壮族寓言一般来说都是短小精悍的，哲理的形象表达也很鲜明。其寓言在一系列的动、植物形象的运用上，显示了较为鲜明的地域特色，如龙虾、金竹形象的运用等等。

哈萨克族民间寓言是哈萨克阿肯（歌手）的产物。阿肯用歌讲述远古的故事，表达男女之间的爱情，也用歌创作了寓言。哈萨克族民间寓言总数并不多，《明净的泉水》《狗熊和农夫》《狼和猫》《自作聪明的小兔》《芦苇和橡树》《狐狸和小鸟》等是其代表作。

《自作聪明的小兔》：

> 这则寓言说有三只小兔，一只白、一只黑、一只黑白花，都以为自己毛色好、会唱歌、会跳舞，于是一商量好它们三个同时表演，让所有的动物都

来评定。小白兔说："树林里太窄，我跳不开，咱们到原野去表演吧。"三只小兔来到平原，开始各自的表演。最先来参加评定的是三只老鹰，在蓝天上盘旋观察。

小白兔在原野上不停地转圈，小黑兔放大喉咙大声歌唱，小花兔边唱边跳，都恨不得把自己的本领一下子全部显示出来，好把天上最先来的观众迷住。正在三只兔子唱得跳得忘乎所以的时候，三只老鹰一齐扑下来，各抓住一只兔子飞走了，而在地上只留下了几根白色和黑色的碎毛。

写虚荣有害的寓言不少，但这则寓言给人的印象之深，又是一般寓言无法达到的。

哈萨克族民间寓言有本土寓言与外来寓言的区别，《明净的泉水》属前一种，《芦苇和橡树》属后一种。哈萨克族是中国同时拥有散文寓言和诗体寓言的民族之一，散文形式中有不少好寓言，诗歌形式中也有不少好的寓言，相比较而言，其寓言诗更富于智慧，和对人生、社会的理性认识，在语言上更机智和风趣。哈萨克族民间寓言一般说来故事都较优美，教训鲜明，如以上例子中的三只小兔的死就惊心动魄。

彝族民间寓言是其民间文学的重要组成部分。其寓言教训明朗轻快，寓意深刻，故事性强，故事清新柔和，富于机趣和整体感。内容上不尖刻，表现形式上不陡峭，语言平和不俗。多用身边常见的体型较小的动物、昆虫等为寓言形象，在一定程度上反映了彝民族的心门性状和性格特点。

其寓言的代表作有《智慧果》《蛐蛐》《小鸡报仇》《蜗牛和蚂蚁》《骗子与牧童》《乌鸦与喜鹊》等。

布依族民间寓言是其民间文学的重要内容之一。寓言不多，但质量较高，较好的有《雄狮和小兔》《水珠和大海》《狐狸洗澡》《梨树与青石》《是一头牛》等。

布依族民间寓言比较规范，故事与寓言的宗旨紧紧相扣，旁枝蔓叶的东西很少，故而给人的概念形象很完整。其寓言的结构也很别致，散韵结合，与印度寓言的结构非常相似，但又肯定是土生土长的结果。如《雄狮和小兔》这则寓言的故事之后，就是这样的诗句："醒着的山雀，/不易捉得到；/睡着的山鹰，/容易被射倒。"另外，布依族民间寓言大量地使用无生命物、植物形象也很有特点。

苗族民间寓言在其丰富的民间文学中有一定地位，其寓言叙述生动活泼，故事性强，形象上多用老虎，内容上多是概念形象的表达。但其寓言的动物故事痕迹重，对其寓言有一定影响。寓言的代表作有《黑头羊的故事》《孔雀的尾巴》《老虎换马掌》《山羊和老虎》等。

佤族民间寓言短小精悍，善于用寓言表达人们的某些信念和向往。代表作有《草房和太阳》《风和白露花》《潭水和小溪》等。

《潭水和小溪》：

潭水羡慕地问山泉："为什么你永远那么明亮，那么清澈？"

山泉笑着说："因为我总是不停地朝前走，不贪图一时的热闹与欢乐，不受轻浮的柳条的纠缠，也不受娇媚的小花诱惑。我只记住奔向水田，奔向寨子，奔向人们需要我的地方。”

这则寓言颇具佤族民间文学的韵味，显示的哲理也生动自然。

傣族民间寓言想象丰富，故事优美，与临近的泰国民间寓言有一定的渊源关系。较好的寓言有《点水雀的故事》《大象和毒蛇》《爱护主人的大象》《见肉说肉见鱼说鱼的故事》等。

景颇族民间寓言注重对人生哲理的揭示，较好的寓言有《斑鸠和蚂蚁》《大拇指夸本事》《有勇无谋的狮子》等。

高山族民间寓言原始味很浓，寓言中隐含了某种神秘力量对坏习惯、坏品格的惩罚，通过一个个教训，以警诫人们，达到民族道德教育的功用，这在民间寓言中是少见的。其寓言简洁，故事完整，但有的寓言还未完全从民间一般的动物故事中摆脱出来。较出色的寓言有《懒女人变老鼠》《鲸》《乌鸦与翠鸟》《虹》等。

乌孜别克族民间寓言较丰富，有寓言专集面世，较好的寓言有《两只山羊》《狐狸吃肉》《贪婪的狗》《自作聪明的毛驴》《饿狼》等。

乌孜别克族民间寓言故事性强，故事的线条清晰明朗，很少象征性描写。其寓言善于吸收加工外民族的寓言故事，属本土寓言的则构思较巧，如《两只山羊》等。

除以上各民族民间寓言外，其他民族也还有些较好的寓言，如侗族的《小鹿遇虎》、土家族的《五老庚种茶》、独龙族的《老虎同火赛跑》、朝鲜族的《风和太阳》、毛南族的《蚂蚁和蚯蚓》、白族的《黑熊与引饵》、傈僳族的《懒汉的故事》等等。

第三节　亚洲诸国民间寓言

亚洲除中国和印度，以及阿拉伯伊斯兰地区外，其他各国也有一些民间寓言，其中以泰国和日本的民间寓言最为突出，东南亚和南亚的一些国家民间寓言也不少。

泰国几乎没有什么书面作家寓言可言，但其民间寓言却很发达，并且已发展到相当水平。泰国民间寓言除了一般散见的资料外，还有专书，这就是《泰国民间寓言选》。此书有泰国民间寓言数十则。

泰国民向寓言的思想内容主要是世俗社会生活的经验教训总结，而且这些总结多来自民间，很富于生活气息。这些寓言较出色的有《小傻兔》《错误难免要暴露》《象和蛇》《野猪和大象》《狐狸和乌鸦》《狐狸和刺猬》《躺在牛槽里的狗》《神仙和车夫》《捉蚱猛的小孩》《驴和蟋蟀》等。

《象和蛇》：

几千年前，象和蛇是朋友。它们很骄傲，认为自己了不起，不需要依赖任何人，多交朋友并无好处，只会给自己增添麻烦。所以除它俩外，一概不和别的动物往来。

后来象对蛇也开始讨厌起来了，觉得蛇随便到哪儿都是爬来爬去的，看着怪不舒服，遇到危险还经常要自己帮助，就奚落蛇说："瞧你这么丁点儿个子，身子又细又长，经常要我帮你逃命，讨厌死了。"

蛇听了很生气，说："你自己也好不了多少，又肥又笨，一副蠢样。而我呢，既有本事，又有毒液，比你强多了。"

象听了大怒："你虽然有毒，但没啥本事。我今天倒要和你比试比试。"说完，象抬起脚想把蛇踩死；蛇灵活地躲来躲去，正巧附近有个洞，就钻进洞里藏起来。象不肯罢休，躺下去用身体将洞口堵住，企图将蛇闷死。

蛇知道象要把自己害死，就在象堵在洞口的身体上咬了一口，毒液迅速渗透象的全身，象躺在洞口死去了。蛇因为没有空气，也窒息而死。

这则寓言教训鲜明，寓意也很深刻，丰富的想象和构思来源于民间，反映了泰国人的机智和风趣，其寓言也很成熟，是民间寓言的优秀作品。

总的说来，泰国民间寓言故事优美，教训鲜明，寓意深刻，富于生活气息，较之其他民间寓言，艺术表现上是很出色的。

日本的作家寓言有一些，但也不多见，—而日本的民间寓言却是很丰富的。日本的民间寓言从故事上讲大都非常精湛，从内容上则非常注重哲理的深刻表达，艺术上则风趣、轻松自然，很大程度上表现了日本人敏锐的观察能力和机敏的智慧表现。这样的寓言如《弃老山》《野鸡也不叫的话》《孩子和螃蟹》《蜈蚣请医生》《报告失火》《山老鼠和城老鼠》《鹳鸟、龙虾、鲸鱼》《青春泉水》《名字和绰号》《搭帮稻草神》等。

《名字和绰号》：

很早以前，一个村庄里有个傲慢的地主。他有一长串好听的名字。他很喜欢这些名字，可是，村里人偏偏不用这些名字称呼他，而是尽给他起绰号。

他家花园里种了一丛梗树，人们就给他起了个绰号，叫作"梗树地主"。

他知道了这个绰号，认为这是对他的嘲弄，便把梗树丛全部砍掉，以为这样一来就不会再有这样一个讨厌的绰号了。

可是，树丛砍掉了，还有树桩呢！人们又开始称他为"树桩地主"。

这个绰号也传到了他的耳朵里，火冒三丈，吩咐立刻把树桩连根刨掉。可是，树桩没有了，地上还留有一个大坑呢！于是，人们又叫他"树坑地主"。

这个傲慢的地主虽然给自己起了一长串、好听的名字；但是，人们却一直在叫他的绰号。

这则寓言的哲理形象之生动，是不言自明的，故事精美无比，令人思索的余地也很大。以上寓言只是日本民间寓言的一个代表，而像这样的寓言在日本民间寓言中还很多，可以说，日本民间寓言的总体质量在世界各国民间寓言中是很高的。

与印度毗邻的缅甸、尼泊尔亦有一些民间寓言，较好的有《失言的驴子队长烧胡子的人》《鸟儿们是怎样交成朋友的》《陶工》《坏朋友的故事》等。

《陶工》这则寓言说一个陶工希望他的精美陶器永远摔不坏，神答应了他的请求，但叫他不要后悔。于是他摔不坏的陶器最初很好卖，但时间一长谁也不用买他的陶器了，因为陶器摔不坏，他也就只有陷入困境了。后来神又答应他的请求，陶器又像从前一样容易摔坏了……

这则寓言触及的主题思想是很重大的，有很深的哲学内涵，即非常形象地表达了人不可有违反自然规律的非分之想的深刻哲理。缅甸、尼泊尔两国的寓言中有不少这样的寓言。另外，一般经验教训总结也是其表达的寓言内容。

朝鲜的民间寓言基本上还淹没在一般的民间故事中，故民间寓言很少，较成型的寓言有《捧着空花盆的孩子》《贪得无厌的朴先生》等。

老挝的民间寓言所见不多，但民族特色和地域特色是很鲜明的。较好的寓言有《熊和山猫》《水獭与狼的故事》等。

柬埔寨民间寓言有一些佳品，如《蚂蚁和斑鸠》。这则寓言流传的地区很广，叙述是很生动的。

斯里兰卡民间寓言注重对生活哲理的发掘，形象生动富于哲理，较突出的寓言有《螃蟹母子》《观星迷》《不干活的别吃饭》等。

菲律宾的民间寓言多批评人们的贪心、自夸、一知半解等性格缺点。其寓言的故事性很强，形象鲜明，生活气息也很浓郁。较好的寓言有《朱安与竹笋》《鹿和蜗牛赛跑》《贪心的乌鸦》等。

马来西亚的民间寓言是较为丰富的，其寓言也是较注重对人性缺点的批评，如《明天和今天》《老鼠和铁条》《老虎、猴子与鼷鼠》《金链》等。

在这些寓言中，尤以《明天和今天》这则寓言最有特色。这则寓言说猴子和癞蛤蟆在一棵大树下，天天晚喊冷，说明天一定要搭棚子，可到第二天温暖的太阳一出来，又把事情推向明天；

这则寓言故事优美生动，哲理形象十分完整，给人的印象很深。用寓言表达如此哲理的很多，但在民间寓言中它却表达得很成功，很有特色。

印度尼西亚民间寓言土壤是很丰厚的，注重对一些理性认识的表现和探求。其寓言故事较长，但教训及哲理形象很鲜明。较好的寓言有《聪明的皇帝》《当过猫、狗和老虎的老鼠》《树根的不满》《鳄鱼和狒狒》等。

《树根的不满》这则寓言说的是一棵芒果树的树根、树干、树叶等相互抱怨说命运对它们不公平，都以为自己做出了如何大如何大的贡献等等。篇幅很长，但哲理形象是鲜明的，只是过于注重故事的叙述了。不过，这也表明民间寓言的原始生存状况，不可强求与今天的现代寓言相比较。

第四节　欧美各国民间寓言

欧洲有深厚的寓言文学传统，其作家寓言发达，民间寓言也有较普遍的表现，一些主要国家都有民间寓言。但各国所见的民间寓言均不多，这些寓言不一定能反映一个总的欧洲民间寓言的全貌，但它们的表现却使欧洲寓言更加异彩纷呈则是真实的。

英国的民间寓言童话味儿很重，故事性较强，也很优美生动，如《狐狸和小面包》《一件衬衫》等。

西班牙民间寓言还未完全从一般的传说故事中摆脱出来，但它的一些寓言，其教训还是很鲜明的，如《放高利贷的都没有灵魂》《机灵的捕鸟者》等。

希腊的书面寓言是世界闻名的优秀作品，其民间某些寓言也很不错，如《求辱者与荷马》《真理与谎言》《弓箭手和号手》等。

《弓箭手和号手》：

> 一个弓箭手和一个号手在野外同行，弓箭手提出要和号手比一比武艺。号手回答说："不行，我只会吹号，在战场上鼓动武士们冲锋陷阵。"
>
> "我有百步穿杨的本领，谅你也不敢比。"弓箭手话音未落，忽然发现树上一只老鹰在盘旋．于是他张弓对准老鹰，射击，老鹰被箭射穿，栽到地上。这回弓箭手更得意了："任何敌人我也不怕，就拿这只老鹰来说，它并不比人弱，可也逃不出我的手心。像你这样不中用的人．敌人来了只好束手待毙。"
>
> 这时，不知从哪里出来一伙强盗直向两人扑来，弓箭手射倒了为首的一个后，还来不及射第二箭，就被赶上前来的其他强盗绑了起来。
>
> 由于号手没有带武器，强盗没有抓他，只是把他的钱袋和行李抢走。
>
> 当强盗要把弓箭手抓走的时候，号手急中生智，对强盗施礼说："你们待我真够朋友，我用铜号吹一支曲子给你们听好不好?"
>
> 强盗同意后，号手便大声吹起来。附近皇家的卫队听见了号角的声音，立即赶来把强盗团团围住，强盗寡不敌众，一个个束手就擒。
>
> 弓箭手得救松绑，对号手感激不尽："朋友，今天我才知道你的铜号比我的弓箭还厉害。要不是你，我的性命恐怕也难保住啦!"

这则寓言故事生动，教训鲜明，把一个老寓言题材赋予了活泼的艺术生命。

阿尔巴尼亚民间寓言注重故事，但其哲理表现是深刻和生动的，如《三头牛和狼》《猫和老鼠》等。

保加利亚民间寓言较为丰富，民间味也较为纯正。内容上多注重一些哲理的表达，也有对不良现象、事物的嘲讽，如《两个人打架；第三者得利》《狼和它的猎物》《木桶的故事》《“需要”会给人添智慧》等。

《两个人打架，第三者得利》：

> 有两个人，一个贿赂法官100元，另一个暗中送了200元，然后一起来见法官，要求裁决。他们说：
>
> “我们在听到布谷鸟叫后，就产生了争论：布谷鸟是对谁叫？是对他叫？还是对我叫？”
>
> 法官收了钱，说：
>
> “布谷鸟既不对你叫，也不对他叫。我怀里有了300元，布谷鸟是在对我叫！”

这则寓言的题意不新，但却是地道的民间表现方式，让人仍觉得是一则生动的寓言。

南斯拉夫民间寓言富于生活气息，大都短小精练，较突出的寓言有《狼的洗礼》《狗和大肥猪》《机灵的小山羊》等。

苏联的布里亚特地区民间寓言土壤深厚，民间寓言的艺术表现相当成熟，有不少佳作，如《两只老鼠偷奶喝》《狼、马驹和猪》《老鼠和骆驼看太阳》等。

亚美尼亚民间寓言风趣生动，较好的寓言是《顾客和工匠》等。

立陶宛民间寓言童话味足，故事优美，教训深刻，如《两只小鸡的故事》等。这则寓言说有两只小鸡，一只叫小唧唧，它被狐狸抓住后，一叫“小唧唧被抓住了”，尸狗、猪、山羊闻讯赶来就救了她。另一只小鸡受到妈妈宠爱，名叫“我们的小姣姣蓝眼睛绿嘴壳红冠子飞毛腿机灵的脑袋乌黑的羽毛爸爸妈妈的小宝贝”，她被狐狸抓住后，名字还没喊完，狐狸早把小鸡吞吃了。

这则寓言构思很巧妙，想象也很丰富，是少见的符合儿童趣味的民间寓言佳品。

俄罗斯和乌克兰的民间寓言注重对生活哲理的认识，以及对人性缺陷的批评，这样的寓言如《气球、稻草和草鞋》《不仅靠力气，还要靠智慧》《狐狸和仙鹤》《人间真理》《泥鳅和梭鱼》等。

芬兰的民间寓言不多，较好的有《松鼠、针和手套》等。

罗马尼亚的民间寓言形象鲜明，富于哲理，较好的有《牧羊人和磨坊主》《聪明的盲人》《狐狸和松鼠》等。

《聪明的盲人》：

> 有一个盲人，晚上走路时，总是一手拿着蜡烛，一手拿着拐棍。
>
> 迎面走来一个人，好奇地问：
>
> “哎，拐棍为的是探路，蜡烛起什么作用？你没听说过瞎子点灯白费油吗？”
>
> 盲人回答道：
>
> “蜡烛不是给我用的，是给你这样的冒失鬼用的。我要是手里没有蜡烛，还不让你给撞倒了！”。

这则寓言很简洁，但揭示的生活哲理却让人回味不已。

美洲各国和澳洲的民间寓言不多，但却强烈地表现出民族特色和地域特色。这些国家的民间寓言由于与民间故事关系密切，一般故事都较长，如美国的《辛普森太太和她做的汤》、墨西哥的《彬彬有礼的兔子》、阿根廷的《自作聪明的猫头鹰》等。

加拿大的《狮子和熊》是一则很不错的民间寓言。这则寓言利用各种动物的长处，说明它们都有发挥自己才能的地方，并以此生动地叙述了一个生活哲理，显得很完整，这样的民间寓言在美洲并不多见。

澳大利亚的民间寓言不多见，但《苍蝇和蜜蜂》却显得很有特色。

《苍蝇和蜜蜂》：

本亚尔和何伦娜原来是亲戚，住在一个帐篷里。何伦娜非常勤劳，在收获季节里成天劳动，采集食物，并且储藏起来，以备过冬，防止饥荒。本亚尔却不想着将来，常常围着垃圾堆游戏玩耍，浪费时间，从不想贮存一些食物。

一天何伦娜对本亚尔说："和我们一起去寻花采蜜吧。不久冬风一吹，花凋谢了，就采不到蜜了。"

"不，"本亚尔说："我要在这里看看玩玩。"它独自飞到垃圾堆，围着垃圾打转，浪费了许多时间。它想何伦娜搜集到食物，总会同自己分享的。何伦娜只好自己去了，本亚尔在垃圾堆上乱转着。何伦娜采了花，藏了蜜，但不再回来和本亚尔一起住了，因为何伦娜不愿意再为本亚尔效劳。

从此，何伦娜变成了勤劳的小蜜蜂，懒惰的本亚尔成了令人厌恶的苍蝇。

这则寓言有极浓厚的原始动物故事色彩，显现了寓言产生地的民族和地域特色，但同时又不失为一则道地的民间寓言。

后　记

我读书从来不看人家的后记，可没想到自己今天要来提笔写这样可能别人也从来不看，而且自己老以为非常重要的不得不写的后记，真是“怪圈”！不过，我也只有在今天才体味到一本书的后记的重要性，对书的，对书的作者的，对书的后面好多好多不能写入书、但又不能忘怀的人和事的！

《世界寓言史》历时数年，全在每日晚 9 点至深夜 1 点的时间内工作的。几年来苦了我的妻子和孩子，苦的第一条就是 9 点后不能看电视……友人们老称赞妻儿早睡的好习惯，我只好苦笑，苦到不能再苦！就这样实际上也不能每天如此，我是个记者，每月还有好多公差，去写一些本职工作上的文章……这样断断续续地能把此书连缀起来，我以为是个奇迹。

《世界寓言史》几易其稿后，30 余万字，实际上它包含着我许多师友的心血和热情。好些老师、朋友们给我提供了许多资料；我的同学张志新和新中国成立前老天津南开中学毕业的 70 多岁的张老先生，还有屠明国、肖昌洪、林昭楠、吕选达、刘辉、董绍龙等几位朋友，以及辽宁少年儿童出版社的同志，都给予了我大力的支持和鼓励，可以说，仅仅致谢是难以表达我内心感激之情的。

关于此书，还有一件让我终生难忘的事情，这就是此书的“序”。我著书就著书，不大习惯请人写什么序，而这本书却请了。某出版社的一位朋友曾对我说：你去请钱钟书写个序来，我们就报选题。我神差鬼使，大马金刀地应承下来，其实我心里直发毛。我与钱钟书这个令人尊敬的“大魔头”百分之零点一的关系都没有，况且当时《围城》的种种“古怪”刚刚平息，干这事，我想都不敢想。但是最后信还是写了，资料也寄了，信很短，全文如下：

钱钟书老狮：您好！有人说我是一只兔子，要我借你头上的狮毛一用，请写个序！兔子：吴秋林。

钱老可能“魔颜一展”，居然回信如下：

秋林同志：来函奉悉。我因老病，遵医嘱久罢笔墨之役。尊著范围广阔，尤非我所熟悉。“作序”之事，实不胜任。原稿你手写，故特挂号寄还。即致！钱钟书。

我捧着这封钱老晚年的亲笔回信，简直不敢“热泪盈眶”，但我由此而坚信人间的至诚至真！

此书由于资料缺乏及本人水平有限等原因，肯定存在许多不足和缺陷，敬请各位专家学者批评指正！

吴秋林

1997 年 6 月于贵州省六盘水市

◆ 1999 年福建教育出版社出版
◆ 2011 年海峡出版集团再版(分上下册)

吴秋林文集

第一卷

中国寓言史

引　言

中国历史画卷的丰厚历史感和一贯至今的历程是举世无双的，伟大的两河流域文明和伟大的埃及文明很早就淹没在异族文化的尘埃中，只留下了无数的传说和古迹；同样伟大的古希腊文明也只留下了她的所谓精神，成为欧洲世界另一种文化的养料；还有印度文明，还有其他的历史悠久的但早已消失了的文明……只有中国的历史被一种奇异的“重史”观念，和一种古老的文字完完全全地保存了下来。这种现象是世界文化史的幸运，也是中华民族的骄傲，她让我们今天有条件和有可能窥见久远的历史文化，也有可能对它的面貌和历史进行一定的叙述，这在中国的历史上如此，在中国的文学艺术的历史上也是如此。寓言作为一种文学体裁，体型很小，可它在中国的文学史上也有自己的一贯至今的历史，也能在一定的努力下展现它的历史面貌。这在世界寓言文学史上也是独一无二的。古希腊在公元前七、八世纪时创造了自己辉煌的寓言文学，可现今的希腊，却基本没有“伊索智慧”的表现了，我们根本无法在它今天的文学史中看到这方面的任何光芒。“伊索”渗进了世界寓言文学的机体中，今天的希腊人反而于此一无所有了。同样，印度在公元前 7 世纪或更早的时间里创造了寓言文学的高大而丰厚的形象，可在现今的印度文学中，却很少见到它的寓言文学的传承、发展关系。作为公认的世界寓言文学的三大发源地，希腊和印度都失去了寓言文学的连贯发展的历史，只有中国保持了这样的历史状况。在这样的历史状况中，一部严谨的、科学的、系统的“中国寓言史”，不但在中国文学中，而且在整个的世界文学中，都有其独特的意义。

中国的寓言产生于什么年代现今有许多种说法，有公元前三千年的说法，有公元前 11 世纪的说法，也有公元前 6 世纪的说法等等。不管是什么说法，人们都在中国的历史文化中找到一定的文字证据或依据，每一种说法都有自己的立论基础和叙述角度，都用不着对过去的历史进行不着边际的猜测和想象，尽管某些说法是不正确的，是寓言“寓意”的无限制的推演，但都能有自己的“依托”。这也应该是中国寓言文学现象的奇迹，如果我们去看看古希腊和古印度的寓言，也就会理解这“奇迹”的意义，可以说它们的寓言大都是“某种意义”上的历史，即它们只能有一个大致的历史方位，根本不可能有中国编年史的确切感。

对中国寓言，不管你是持何种观点，都不会把中国寓言的最直接的历史从中国的春秋战国时代往下推移，因为不管从什么意义和什么论点上说，这时候的中国寓言都明确地大量地出现了，这个时代按纪元算，正好是公元前6世纪。这以后便是战国时代，中国的富于生机和多姿多彩的寓言群体产生了。它的出现，深刻地影响了中国的文学、哲学、军事、政治等诸多方面，成为中国寓言文学的第一高峰，或者说是中国寓言文学的黄金时代。在历史的概念上，人们把这一时期称为“春秋战国时代”或“先秦时代”，故这时期的寓言文学也就称为“春秋战国寓言”或“先秦寓言”。

在春秋战国末期，中国文化历史上出现了一个大的转变，有一个强大的力量梳理了战国时代的政治、经济、军事、文化……这就是秦王朝的出现，但这个朝代时间很短，王朝做出艰苦努力获得的果实，却扎根于后来的汉王朝……这是历史，但中国的寓言文学也就从春秋战国寓言走向了“两汉寓言”。随后，中国的寓言文学也就随着中国历史的变化而变化，发展而发展，并在各个历史时代都有自己的表现，被人们分别称呼为“魏晋南朝寓言”“唐宋寓言”“元代寓言”“明清寓言”，等等。

到了现代，中国在西方文化和文学的强烈的冲撞下，从文化到文学都表现了强大的复苏力量，在人们借助西方文化进行中华民族新一轮文化构建的时候，文学中的一些仁人志士，也在努力构建新的中国寓言文学。一系列的翻译、整理、介绍、研究寓言的努力之后，中国的寓言文学开始了新一轮的寓言文学诸方面的创造活动，这里面不但有一般的寓言作家，也有中国现代文学的巨匠……这一切努力的结果是中国的现代寓言和中国当代寓言的出现。其中，尤以中国当代寓言最富于活力，其成果完全可以与中国春秋战国时代的寓言相比，但它又不是那个时代寓言的重复，它在自己的时代中，拥有自己特有的时代意义，至于成就和影响如何，可以有良好的愿望，但未来的情形却是现今无法预料的。

这就是中国寓言文学史的大线索。

在中国的寓言史中，还有两个方面的特殊的寓言存在，这就是中国的汉译佛经寓言和中国的民间寓言。

汉译佛经在中国东汉（1世纪）时就已出现，从那时起，不断有佛经翻译过来，后来又有魏晋南北朝时期和唐朝的两次大规模的译经活动，从此，就基本奠定今日中国的所谓汉译佛经的主体，并构成了中国文化的重要组成部分。就在这些汉译佛经中，蕴含了大量的寓言作品，这就是今天人们所说的“佛经寓言”。对这部分寓言，中国的寓言文学史一直没有予以相应的重视，并一直视为一种异己的存在，但是，佛经寓言的存在很早就对中国的寓言文学发展产生了一定的影响。这部分寓言的主体自然与印度的古代寓言相关，但它们融入中国寓言文学潮流后，已经在寓言史中发挥了应有的作用。另外，佛经的译述过程还有相当数量的中国民间寓言进入了佛经寓言，使佛经寓言的构成发生了相应的变化，理应是中国寓言文学史上的一个组成部分，应该得到寓言文学史的关注。

中国的民间寓言是相对于中国的文人或作家创作寓言而言的。民间寓言有自己很悠久的历史，并一直作为一种“养料”滋养着历代的寓言创作，虽然这种消沉在历史后面的东西是不可复述的（即我们无法复述某个时代的民间寓言状态），但现今有大量的作品作为各个历史时期的积淀而存在着。这，也应该得到寓言史的描述。当然，今天中国民间寓言的包容是广泛的，它除了汉族这一主体民族的民间寓言外，大量的还是来自中国西北部、北部和西南部的各少数民族的民间寓言，故而，这一寓言构成亦是丰富而多姿的。

在这一寓言史的关照中，今天的寓言译介、整理和研究等内容，也得到相应的注意。另外，香港和台湾的寓言文学我们也纳入了中国寓言的叙述，因为它也是中国寓言文学的构成部分。

第一章　中国寓言的溯源

叙述任何一种历史遇到的第一个难题都会是“溯源”，即任一事物展现它的全貌时，都得追溯它的起源，这在叙述中国寓言文学的历史中也不会例外。不言而喻，追溯中国寓言的发生的源头，自然得在古代的种种遗存中寻找与寓言相关的证据和依托。这个问题当然对中国寓言史的叙述很重要，但它的重要性也是在最近数十年间由于当代许多文艺理论家和学者的关注后才显现的。在现当代，由于希腊的《伊索寓言》的传入，而引起了人们对中国古代寓言的重视，由此，春秋战国寓言被人们作为寓言的文学重新看重，这样，它的寓言的起源问题也就进入了一些学者的视野……

对中国寓言起源问题的认识，至今已经有很多的努力和拓展，同时也有很多的争论。实际上中国寓言史的叙述也得从这里开始——也只有通过争论，才能打开展示中国寓言最早状态的大门，得出我们之所以称之为中国寓言史的最根本的依据。

第一节　中国寓言的产生年代

中国寓言存在的历史是悠久的，但人们真正关注中国寓言的起源问题时间并不长。“五四”新文化运动兴起之后，经过茅盾、鲁迅等人的努力，中国古代寓言才在中国文学中取得了自己的地位，表现了一种与以伊索为主的欧洲寓言相对应的关系。在人们注意到了它的存在之后，也就开始关照中国古代寓言的诸方面的学术问题，其中的起源问题也得到关注。1930 年，中国现代的古典文学专家胡怀琛出版了一本《中国寓言研究》，第一次触及中国寓言的起始问题。此书一共有八章，其中的第四章为“中国寓言产生的时代”，他在此章对中国寓言的起始提出了他的看法：“中国的寓言，究竟产生于什么时候？一般的人，都说产生于战国时候，产生于庄子、孟子的时候，因为在庄子、孟子的书中，才看到寓言。其实不然，中国的寓言，在墨子的书中，已经有了。”

胡怀琛的依据是《墨子》一书中的几则寓言。墨子大约是公元前 468 年至公元前 376 年时在世的人，那么，在胡怀琛的观点中，中国寓言的产生，也就在公元前 4

世纪的时候。胡怀琛的观点在今天已经很陈旧了，现在有很多新的关于中国寓言起始的观点和证据，但是，胡怀琛在20世纪30年代就提出了他对中国寓言起源的看法，无疑具有开创性，正因为他对此问题提出自己的看法，人们对中国寓言起源问题的探寻才进入实质性的阶段。在当时人们的观念和印象中，一般人大都认为中国寓言产生、出现于战国时期，认为春秋时期没有寓言，所以，当时的中国古代寓言就不能在年代上与欧洲的《伊索寓言》争雄，相应的历史地位就不高。在这样的情况下，胡怀琛提出了墨子中的寓言，把中国寓言的出现年代提前了近100年，这在当时无疑是很有意义的。但是，由于中国当时的现实和国情（如抗日战争），包括寓言文学在内的所有的文化和文学都退到了次要地位，故而他的这一观点并没有产生太大的影响。

一直到1949年后的中国寓言文学学术界，仍认为中国寓言最早出现于战国时代。如在中国当代文学初期中对中国古代寓言很有研究、成就很大的王焕镳先生就说："寓言不出现于春秋时代，而层见叠出于战国时代，这和当时贵族世卿的没落以及士阶层的兴起是分不开的。"① 很明显，这是他在叙述其他问题时涉及中国寓言的起始，其实此书并没有在中国寓言的起始时间上着笔，王焕镳先生的说法也就反映了当时人们对这一问题的一般意见而已。从这里还能看出，在中国当代文学的初期，中国寓言起始问题也没有受到相应的重视，这可以从这一时期的寓言文学研究论文目录上得到证实，论文中，论及中国寓言起始问题的基本没有。

"文革"是中国文化的一个灾难性的时期，自然谈不上对寓言文学的重视与否问题。到1980年以后，寓言文学与其他文学一样得到了相应的重视，中国寓言，特别是中国古代寓言的许多学术问题被一些学者、专家触及，中国寓言的起始问题也得到了广泛的探讨和研究，对中国寓言的起始时间出现了许多观点、看法，大大拓展了人们对中国寓言起始问题的认识。在这一时期对中国寓言的起始的观点主要有以下几种。

第一是陈蒲清的观点。他在《试论中国古代寓言的发展及特色》一文中写道："中国古代寓言大概在公元前5世纪便产生了，他和希腊寓言作家伊索生活的时代差不多。我们目前见到的最早资料可能要算《左传·昭公二十二年》（前520）宾孟向周景王说的《雄鸡断尾》的故事。"②

宾孟适郊，见雄鸡自断其尾。问之，侍者曰："自惮其牺也。"遽归告王，且曰："鸡其惮为人用乎？"

陈蒲清认为中国寓言的起始也就在公元前5世纪，但他在其《中国古代寓言史》中对此又有新的说法。他认为《左传·宣公十一年》（前598）的"牵牛蹊田"和《左传·宣公十五年》（公元前594年）的"魏颗嫁父妾"（即有名的"老人结草"的故事）是中国古代最早见的寓言。

《魏颗嫁父妾》：

① 《先秦寓言研究》，古典文学出版社，1957年，第11页。
② 《求索》，1981年第4期。

> 初，魏武子有嬖妾，无子。武子疾，命颗曰："必嫁是。"疾病则曰："必以为殉。"及卒，颗嫁之，曰："疾病则乱，吾从其治也。"及辅氏之役，颗见老人结草以亢杜回（注：秦国力士），杜回踬而颠，故获之。夜梦之曰："余，而所嫁妇人之父也。尔用先人之治命，余是以报。"

陈蒲清在寓言之后说："魏颗从治命不从乱命，对于人们如何看待某种权威的意见是很有启发作用的。这则故事可算中国最早的寓言，可惜迷信色彩太浓了一些。"①从这里看，中国寓言的起始接近于公元前6世纪。

这时期关于中国寓言的起始年代的见解不少，但陈蒲清的观点却证据最有力，影响也最大。

第二是朱俊芳等人的观点。

朱俊芳在《说〈周易〉寓言》一文中认为："《周易》是一部以寓言为主的古籍。"他说："那么，早在公元前7世纪到11世纪我国就有了第一部寓言集，它比《伊索寓言》还要早2—5个世纪。"② 朱俊芳认为《周易》中能视为寓言的有近百则。由此他又说："如果从《周易》寓言故事的史料来源上再上溯，则可推测到殷商、夏后、英雄时代（'禅让'时期）末，依稀可见早期寓言的影子。"

持这种观点的还有严北溟先生，他在《中国古代哲学寓言故事发展的历史观》一文中认为："这里值得一提的是，在《诗经》之前，萌芽于殷周之际而相传'伏羲画卦，文王作辞'的《周易》一书，虽然内容不离卜筮迷信，但它强调'阴阳相推'，以推测自然和社会的变化，不仅在神秘主义外衣下蕴含着灿烂的朴素辩证法思想，而且观制器，象征吉凶，往往取譬于具体事物，其中某些卦爻辞，如'羝羊触藩''窒井碎瓶'等等，有人物，有情节，有主题思想，词旨简练，哲理深隽，将它们看作古代哲学寓言故事的权舆，不为过分。可以说，我国古代哲学寓言故事初具雏形的时期，是在3000多年前，较公元前6世纪古希腊《伊索寓言》产生的年代，还要早过五百多年。"③

很明显，严北溟先生也是以《周易》中的寓言为依据，说中国寓言产生于公元前11世纪前后，这是以《周易》中的寓言为立论依据的观点，在当今也有很大的影响。

第三种观点是白本松先生的观点。

白本松先生在《试论中国寓言的产生及其早期的发展》一文中指出："多年来，人们在谈到中国古代寓言时，总是从战国时代讲起，在编选中国古代寓言集时，也总是从战国诸子散文选起。这无形中就给人造成一种印象：好像中国古代寓言是从战国时代才产生的。这当然是一种错觉。"④ 他通过对《尚书》等古籍的研究，作出判断说："我认为中国寓言至少在殷商中后期即公元前13世纪左右就产生了。"

① 《中国古代寓言史》，湖南教育出版社，1983年，第7页。
② 《沈阳师范学院学报》，1982年第4期。
③ 《中国古代哲学寓言故事选》，上海人民出版社，1980年，第6页。
④ 凝溪著：《中国寓言文学史》，云南人民出版社，1992年，第526页。

白本松举出的寓言证据是《尚书·盘庚中》的一段文字：

尔惟自鞠（穷）自苦，若乘舟，汝弗济，臭厥载（指舟）。尔忱（沉）不属（独），惟胥（皆）以沉。不其或稽（考察），自怒易瘳（愈、益）。①

另外，白本松先生还举出了一则年代更早的寓言：

古人有言曰："牝鸡无晨。"牝鸡之晨，惟家之索。

这就是"母鸡打鸣"的故事，周武王兴兵伐纣时用这一故事来讽喻商纣王宠幸妲己致使朝政昏乱。

白本松的这一观点认为，中国古代寓言产生的最早时期为前15世纪到前13世纪。

第四种最具有挑战性的观点是凝溪先生最近提出的。

凝溪在《中国寓言文学史》一书中认为甲骨文中的一些文字是所谓的"单字寓言"。他写道："这些单字寓言的单字，古人在发明它的时候，刻写它的时候就没考虑过、思索过它内在的含意（寓意）吗？不可能。那么这些具有深刻寓意的字又产生于何时呢？这便是要突破和证实的问题关键。但可以肯定的一点是，这些字的问世，有的不会晚于前30世纪。这也说明，中国古代具有深刻寓意的单字寓言早于前30世纪泥板书中的苏美尔人神话寓言。"②

这是凝溪的观点之一，在同一书中，他还提出了另一种关于中国寓言起始年代的观点。他说："以上谈到的只能说是书面上记载的中国古代寓言。至于中国古代寓言（包括民间口头寓言）产生于何时，据现有的文字记载，可追溯到至少是前26—前21世纪的五帝时代。如《山海经》中的'夸父逐日'和《淮南子·本经训》中的'羿射九日'，至少可以说是五帝时第四帝尧时就流传下来的民间神话寓言。"③

他这一种观点的寓言证据是《羿射九日》：

> 尧之时，十日并出，焦禾稼、杀草木，而民无所食。猰貐、凿齿、九婴、大风、封豨、修蛇，皆为民害。尧乃使羿诛凿齿于畴华之野，杀九婴于凶水之上，缴大风于青丘之泽，上射十日，而下杀猰貐，断修蛇于洞庭，擒封豨于桑林。万民皆喜，置尧以为天子。

凝溪评论道："虽是篇神话，其寓意甚深，可以说是篇中国古代杰出的神话寓言。"

从凝溪的观点看：他不仅同意《尚书》寓言和《周易》寓言的说法，还把中国寓言的起始推到了极其久远的年代。

---

① 殷商朝的历史约公元前17世纪到公元前11世纪的600年间，共17代30王，盘庚为9代19王。
② 《中国寓言文学史》，云南人民出版社，1992年，第528页。
③ 《中国寓言文学史》，云南人民出版社，1992年，第29页。

第二节 中国寓言产生年代认定

在第一节里，我们列举了中国当代寓言学界主要的四种关于中国寓言起始的观点。这些观点的确立，在中国寓言史上都会带来一系列的影响和变化。如陈蒲清先生观点的确立，那么他的《中国古代寓言史》就是建立在这种观点基础上的，认为中国古代寓言起始于春秋时期，与《伊索寓言》产生的年代相近，整个的中国寓言史也就从春秋起始，至今有2700年左右的历史。

在朱俊芳等人的观点中，认为中国古代寓言起始于《周易》中的寓言，年代最早可达前11世纪，那么，在这种观点下的中国寓言史也就有3100年左右的历史。另外，在中国古代寓言史中，不但有"春秋战国寓言"及以下的各代寓言，同时还有"周易寓言""周寓言""西周寓言""晚周寓言"等一系列的说法和寓言史年代。

在第三种白本松先生的观点中，认为《尚书》中就有寓言出现，那么，中国寓言史的最早年代当为前15—13世纪，比第二种观点又提早二百年到四百年。这样，中国寓言的历史至今也就有3300—3500年，在当中，除了"周寓言"外，又得往前加上"殷商寓言"的历史年代。

凝溪的第四种观点实际是两种，第一种观点认为甲骨文中的某些文字就是所谓的"单字寓言"，最晚出现年代不会低于前30世纪，并且，他把这些"单字寓言"称之为"上古殷商寓言"。这样一来，中国寓言历史前后可达5000年。凝溪的第二种观点是从对上古时期民间寓言的研究推测而来的，认为至少在前26世纪和前21世纪时，中国的民间寓言就产生了，并举出《羿射九日》的神话，作为民间神话寓言的证据。照这种观点，中国寓言史前后也有4600年左右的历史。

以上是在论著中表现的对中国寓言起始的认识，这样的认识又同时表现在对中国古代寓言的选辑上。在中国现当代，有许多中国历代贯通的古代寓言选辑，现今流行的规模较大影响也较大的有数种，每种选辑都有一个中国古代寓言的上限。

选注者为蓝开祥、胡大浚的《先秦寓言选》① 的第一篇寓言，是《管子·小问》中的"傅马栈最难"。管子（？一前645），春秋初期杰出的政治家。这里，中国寓言的起始为前7世纪前后。

编写者为严北溟的《中国古代哲学寓言故事选》② 第一篇寓言，是《周易·大壮》中的"羝羊触藩"。《周易》的卦爻产生的年代最早可上溯到前11世纪。这里，中国寓言的起始也就在前11世纪前后。

选释者为兆文、云波、怀玉的《中国历代寓言选》③ 的第一篇寓言，是《左传》

① 《先秦寓言选》，人民文学出版社，1983年。
② 《中国古代哲学寓言故事选》，上海人民出版社，1980年。
③ 《中国历代寓言选》，山西人民出版社，1980年。

的“牵牛蹊田”。这里，中国寓言的起始年代为前5世纪前后。

马达、白本松、鲍延毅选编的《中国古代寓言诗选》① 的第一首寓言诗，是《周易》的“眇人之死”。这里的起始年代与严北溟的选本相同。

刘国正、马达、戴山青编选的《寓林折技》② 的情形与《先秦寓言选》相同。

陈蒲清等四人编选的《中国古代寓言选》③ 中的第一篇寓言，是《论语》中的“闻斯行诸”。《论语》是孔子（前551—前479）言行的记录。这里中国寓言的起始也是前5世纪前后。

公木、朱靖华选注的《历代寓言选》④ 第一篇寓言，也是《管子》的“傅马栈最难”。

仇春霖主编的《古代中国寓言大系》⑤ 第一篇寓言，是《周易》中的“潜龙”，但同时此书中还有年代相近或较早一些的《尚书》和《山海经》中的寓言。故在这里，中国寓言的起始年代仍可以为是前11世纪前后。

对中国寓言，特别是中国古代寓言的辑录、整理、选释、编选，也是对中国寓言史的一种研究和探寻。从以上的情况看，这种行为得出的成果与学者在各自的论著中得出的结论大致相似，即在各种选本中都有相应的表现。这里，只有凝溪的第四种观点没能在各种选本中得到表现。

作为一本中国寓言的通史，我们应该怎样来认识这个问题呢？即我们这本中国寓言史应该采取什么样的寓言起始年代？这自然需要一个经过一番研究和探索得出正确的科学的见解，为本书的叙述打下一个至关重要的基础。

首先从凝溪的观点说起。他的观点是，在前3000年前，中国古文字甲骨文兴盛时，中国的寓言就已经出现。他认为，某些甲骨文中的字，本身就是一则寓言，他把这样的字认为是一种“单字寓言”。这一“推想”很奇特，也很大胆。中国的甲骨文产生于前5000年前后，最晚出现的甲骨文字也在前3000年，故“单字寓言”的提出，中国的古代寓言就得上溯到距今5000—7000年以前的时代。凝溪在《中国寓言文学史》中采用的上限，把中国古代寓言历史的起始定位在前5000年。这样一来，古希腊的《伊索寓言》在历史时间上就不足为奇，连历史更为久远的古埃及寓言和古希伯来人的寓言（这两者的寓言可较肯定地认为是前20世纪前后的表现）也不能相比，即便是苏美尔人的寓言历史，也比它晚两千年。如果这是确切的事实，那中国寓言史无疑是世界寓言文学最辉煌的历史，可惜这只是一种愿望或一种观点。凝溪这样的寓言历史观的依据是“单字寓言”。那么他的“单字寓言”是一个什么样的概念呢？凝溪在该书中写道：

汉字是表意体系的意音文字。汉字通过它的形体的特殊结构，表示出它内含的意

① 白本松、鲍延毅：《中国古代寓言诗选》，新疆人民出版社，1988年。
② 刘国正、马达、戴山青：《寓林折枝》，北京出版社，1984年。
③ 陈蒲清等：《中国古代寓言选》，湖南教育出版社，1983年。
④ 公木、朱靖华：《历代寓言选》，中国青年出版社，1983年。
⑤ 仇春霖：《古佣工中国寓言大录》，山西教育出版社，1984年。此书为三卷本，是目前国内规模最大，收录寓言最多的选本。

义。有的内含意义本身就有着很深的生活哲理。这种哲理也就是寓言寓意里常有的日常生活经验的总结。我们先分析一下先辈们创造的黍字……冬字、春字。

黍去皮后称大黄米，可以酿酒，是古人主要的粮食作物。在甲骨文中最常见。黍字由禾字和水字两部分组成。黍字甲骨文写为，金文写为，它告诉人们，禾（苗）必须栽在水（甲骨文“水”字为）边。尤其是甲骨文的黍，禾（苗）在水边有根有须，无比茂盛。我们反过来问，要是禾（苗）不栽在水边，而栽在没有水的地方如何呢？这不是一个寓言是什么？它的寓意清楚地告诉人们：什么事不能违反自然规律。这个字的结构本身，古人为什么这么想，这么考虑，这么写？它的目的就是用这个字把字中的寓意告诉世人。

我们将冬字和春字结合起来看才更有意思。甲骨文的冬字为，金文的冬字为；甲骨文的春字为、，金文的春字为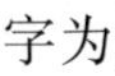、。冬天，两颗种子在地下静静地等着、等着，春天终于来了，在原来光秃秃的大地上长满了绿油油的树木。这不是寓言是什么？①

他在以上叙述的基础上，提出了自己的看法：“中国寓言的起源，应为前50—前30世纪中国远古汇音、形、意为一体的象形文字发展时期之间。”②

不难看到，凝溪认为某些甲骨文字是所谓的“单字寓言”的基点是甲骨文字的“寓意”，即在这些单字的形态中是有寓意的，正是寓意使它们成为凝溪所认为的寓言。寓意确实是寓言的一个重要的理论概念，今天所认定的寓言的寓意的确也与甲骨文表现的寓意有很多内在的联系，但是，如果我们仅以“寓意”来认定寓言，那么，在表意、象形为基础的中国文字中，哪一个字的最初形态没有“寓意”呢？这在甲骨文字中表现更是如此。故如果按凝溪的观点，今天已出土的5000余的甲骨文字，每字都可以成为所谓的寓言了。再进而推演之，那中国的所谓寓言就可以无处不在，因为人们的任何一个符号行为都可能是有寓意的，也都可以成为所谓的寓言，只不过在前面加一个形态限制的冠词而已。这，显然是不现实的，不符合寓言文学的客观实际的。实际上，寓言文学上的寓意是一个文学上的特定概念，不能推而用于一般的表意行为。这方面，凝溪无疑是失误了的，但凝溪的这一论点对我们研究寓言文学仍然有巨大的启发性，即中国传统的表意的语言系统，为中国寓言文学中的寓意提供了最深厚的语言根基和智慧表述传统。可以说，中国的这一种群文化，最具有寓言表述行为的传统色彩，是最善于用寓言这种方式表达思想、经验教训、智慧和理想的种群文化。但是，这方面的思考在当今的寓言文学界很少想到，而凝溪却打开了我们这方面的视野。

“单字寓言”不应该是寓言，但它提醒我们，中国古代的语言已经为我们准备了关于寓意的基础性结构。

① 见《中国寓言文学史》，第33—35页。
② 见《中国寓言文学史》，第528页。

接下来的是凝溪的第二种观点。这种观点认为前2000余年时就产生了中国的民间神话寓言，例证是“羿射九日”。很明显，这是一种寓意的扩展，神话就是神话，寓言就是寓言，虽然有时也有二者交错的现象，但“羿射九日”则是一则地道的神话。另外，他同时推测的中国古代民间寓言的存在，也仅仅是推测。

认为中国寓言始于前13世纪前后的，有白本松等人，例证就是《尚书·盘庚》中的那段文字，以及“古人有言曰：‘牝鸡无晨’，牝鸡之晨，惟家之索”这则所谓比盘庚还早的寓言。《尚书》是先秦时期的第一部历史散文集，主要记叙商、周的历史传闻。此书中被认为是寓言的除了上面两段文字外，还有《尚书·高宗肜日》。这些文字是不是寓言，以及与寓言是否相关，下面还将论及，但白本松以此认为中国寓言起始于前13世纪，肯定是很勉强的，因为我们这里即便是不讨论这些文字的寓言属性，也能肯定地说，《尚书》中的这些文字的内容，主要是一些怪异事情的描述和解释。

之后的观点立论证据是《周易》中的所谓寓言。如果《周易》中的文字作为寓言，那中国寓言的起始最早也就在前11世纪，但是，这样的观点仍然勉强。不可否认，《周易》中的某些文字的寓言性质是比《尚书》中的文字要强烈得多，应该进行相应的讨论，给予一定的说法，但我以为，把《周易》中的某些文字作为寓言，许多问题没法解答。

那么，真正能进入中国寓言历史的起点在哪里呢？于此，我以为真正的寓言文学的起始应该从《左传》中的寓言开始算起（这是陈蒲清先生的观点），从《左传》中的寓言开始，寓言才有了它的文学意味和历史意味，至于之前的有寓言性质的文字，或者是寓言萌芽状态的事物，也就只能作为寓言史前的某种形态来对待了。以这个观点而言，中国寓言史当从前6世纪算起。

我们说中国的寓言史从前6世纪算起，并不是一个简单的综合和认定，而是得到寓言发生学的佐证的。

在《古代人文进程中的一个重要文学标志——从世界各民族寓言文学的发生看古代人类文化意识的一次觉醒》[①] 一文中，笔者探讨了世界寓言的发生。古埃及寓言、古希伯来人寓言，以及古苏美尔人寓言因有许多的史事不清，无法认识它们寓言的完全确切的历史，但在现今世界三大寓言发源地（古希腊、印度、中国）寓言发生的研究中，笔者发现了几个深刻的相似。

三种寓言都大致发生在前8—前6世纪前后。

古希腊寓言我们可以认定它的发生时间是在公元前8世纪。这一时期被史学家们称之为“古风时期”，基本的特征是古希腊各奴隶制城邦的形成。这在史籍中的描述是这样的：“公元前8—6世纪期间，希腊人不仅在其本土和小亚细亚西海岸先后建立起许多奴隶制城邦……（这一时期）希腊的经济有了新的发展。希腊本土开始采铁矿、铜矿。农业上有了铁制的犁铧、锹等，手工业上有了斧、锤、刀、锯等。农业和

① 《贵州社会科学》，1990年第12期。

手工业都有了迅速的发展。……农业、手工业和航海技术的发展促成商业的发展。金属铸币在各地纷纷出现了。”①

古印度寓言的发生时间是前900—前600年的后期吠陀时代。这一时期，雅利安人的奴隶制城邦发生，经济有了发展。“这时期，农业、手工业和商业也都有发展。农业在经济中已居主导地位。耕地使用重犁，往往用许多头牛牵引。农作有畦沟，并已利用粪肥。农作物主要有小麦、大麦、燕麦、水稻、谷类、芝麻等。手工业方面出现了许多专门的工匠，如铁工、木工、织工、陶工、金工、珠宝匠等等。商业也发展起来，出现了商人和放债牟利的人。”②

中国古代的寓言发生时间在公元前6世纪以前，属中国的春秋时期。春秋时期（前770—前576年）的社会状况，人们是这样描述的，说它是奴隶制社会向封建社会转变的时代，也是社会经济和文化走向大发展的时代。其显著的进步是铁器的使用和牛耕等农业技术的推广。手工业和商业发生了剧烈地变化，出现了私营手工业主，私营商业开始兴盛起来。在春秋初期，见于记载的诸侯国大约有170多个。

就在这互不相干的历史中，我们发现了它们许多的惊人的相似之处。归而言之有三：一是社会结构形式相似，也就是城市、城市国家、城镇等等，即以手工业、商业等为内凝聚力的相对独立的社会组织……二是经济发展阶段相似，这里面又有四个因素，铁的广泛使用；农业技术、经济的发展；手工业；商业。三是时间的相似。

为此，笔者认为，寓言就发生于这不同的历史的相同背景中，这似乎就证明，寓言文学是城市、手工业、商业为象征物的历史阶段的必然产物。

笔者经过分析认为，寓言发生前的主要文学形式是神话和传说，它的存在代表了人类的神文化意识，而寓言是在人类的经济文化发展到一定程度上出现的富于人文意识的文学作品。

在这一时期，人们崇尚自己的智慧和能力，神的不存在的超自然能力受到冷遇，这在寓言文学中得到充分的体现。不言而喻，我们从寓言文学的发生中看到了由于生产能力的发展，这时的人们的思想意识正在经历一种觉醒，即人在自己的文化意识上摆脱了上万年来的神的影响，建立起了人的自信，人的形象，以及一个由人的智慧和才能来统领的王国。寓言文学正是顺应了这一历史的潮流，从多方面表现了人类的人文化意识。主要有：一、注重对人类自然、社会日常生活的经验教训的总结；二、对人类智慧的推崇；三、对神的嘲讽和轻视，对人的能力的肯定。

从以上对世界寓言发生的考察来看，中国寓言的发生也就只能在春秋时期，也只有在这样的历史时期，中国寓言才具有发生发展的条件和意义。

---

① 刘家和主编：《世界上古史》，吉林人民出版社，1984年版，第224页。

② 刘家和主编：《世界上古史》，吉林人民出版社，1984年，第178页。

第三节　中国寓言萌芽期“寓言”

在上一节中，白本松先生主张中国寓言起始于公元前13世纪，其所叙的观点这里没有接受，但他在文中所划分的那几个寓言的时期却很有见地。他认为：一、殷末周初，这是寓言的孳乳时期：二、西周成康之后到春秋中期，是寓言的发展时期；三、春秋末年到战国末年，他认为是寓言发展的高潮时期。在他的见解中，“孳乳”这个概念用得很好，它很形象地表现了中国寓言文学发生前的情景。

在任何一种历史中，历史都不会凭空而降，它都有一个类似孳生和哺乳的时期，这在中国寓言史发生之前，也有这样的一个时期，可以称为中国寓言的史前史，也可以表述为中国寓言萌芽期“寓言”。在前一节追寻中国寓言起始的叙述中，我们否认它们作为寓言史寓言的存在，但它们却实在地与中国的寓言相关联，值得作为中国寓言的萌芽来看待。它们的存在，实际上为后来寓言发生做好了许多准备。

凝溪的所谓“单字寓言”是一种“寓意”的有些任意的“扩张”，与后来的寓言谈不上什么关联，但他的第二种观点中谈到的所谓神话寓言却能发生一定的联系。比如《山海经·北山经》中的“精卫填海”：

> 发鸠之山，其上多柘木，有鸟焉，其状如乌，文首，白喙，赤足，名曰精卫，其鸣自詨，是炎帝之少女，名曰女娃。女娃游于东海，溺而不返，故为精卫，常衔西山之木石，以堙于东海。

故事说发鸠山上有一只头有花纹、白嘴、红脚的奇鸟，叫精卫。她原本是炎帝的小女儿，游泳时淹死在东海，后变成了这只鸟，并长年累月口衔西山上的木石，决意填平东海。

这是一则神话，但有时人们又把它作为一则寓言看，并且后世的许多寓言作家都从它的故事中汲取了营养，结构了新的寓言。从寓意上而言，它是一种精神理想的寄托（这也是寓言可能表现的思想内容之一），但它实在并不是一则寓言，而是人们在后世的寓言中看到了与它相关联的成分，就推而论之把它的归为寓言，这是一种“寓言的扩张”。它不是寓言，可它却以自己的形态与后世的寓言发生联系，为后世的寓言“孳乳”。这是中国寓言萌芽期所谓“寓言”的一种表现形式。像这样的文字还有“刑天舞干戚”“夸父追日”等等。

《尚书》中的所谓的寓言文字除了“尔惟自鞠自苦”之外，还有“雉升鼎耳”：

> 高宗肜日，越有雊雉。祖己曰：“惟先格王，正厥事。”
>
> 乃训于王曰：“惟天监下民，典厥义。降年有永有不永，非天夭民，民中绝命。民有不若德，不听罪，天既孚命正厥德，乃曰其如台？呜呼！王司敬民，罔非天胤。典祀无丰于昵。”

这则所谓的寓言说的是什么呢？无非是记述了高宗祭祀时遇见的一件怪异之事：一只野鸡飞上了装满祭品的鼎耳大声怪叫，于是大臣祖己借此发了一通议论，训诫君王。

这则文字不能算是一则寓言，但它之所以被人们认为是“寓言”正是因为它的训诫。这里的训诫从内容到形式都对后世的寓言有影响和关联，如果我们的春秋战国寓言不讲训诫，不议论政事和史事，也就无法体现春秋战国寓言的特色。从这个角度而言，它也是为后世的寓言“孳乳”。

这样的文字还如“牝鸡打鸣”（见前例）。

这则被认为是寓言的文字实际上也是一次怪异事件的记述，被认为是寓言也是因为含有经验教训总结的意味，它不是寓言，但寓言需要这种表述方式和意味。

接下来，这方面《周易》中的相关文字最令人迷惑。《周易》的成书年代紧接着后来的春秋时期，时间的关联最近，相关寓言文字的表现也最密切。在《周易》中，人们认为它拥有许多寓言，有人还为此进行了疏理，认为有上百条卦爻、贞辞就是寓言。现以几本重要的中国古代寓言选集中选录的《周易》“寓言”为例，就不难看出人们对此的一般见解。在较早的《中国古代哲学寓言故事选》中，收有“羝羊触藩”等五则“寓言”；《中国古代寓言诗选》收有“眇人之死”等二则；在《古代中国寓言大系》中收有“潜龙”等六则。另外，还有许多的卦爻辞被认为是“寓言”，在许多文章中被作为例证引用，如《随·六二》：“系小子，失大夫”；《贲·初九》：“贲其趾，舍车而徒”等等。究竟这些文字是不是寓言？人们肯定的多，否定的少，并且说它们是寓言的人则又有许多的论证，比如凝溪就把《周易》中的以上两则寓言与中国当代一些寓言作家的小寓言（或称袖珍寓言和微型寓言）相比。

“贲其趾，舍车而徒”其意是一个人觉得他的鞋子漂亮，为了显示他漂亮的鞋子，他竟弃车而步行。

“系小子，失大夫”其意是一个士兵捉到两个俘虏，做事缺乏考虑，用绳子绑小的时，大的却跑掉了。

对比中的几则当代寓言是这样的。

《蚌》：“软弱的主人，只能依靠坚硬的门面。”①

《臭虫》：“我喝着血那么香，怎么到我肚子里就臭了？”②

《兔》：“怎么我把眼睛都哭红了，还得不到豺狼的宽恕？”③

确实，对比之下，很难说《周易》中的这些文字与现今的这些公认的寓言有什么区别。

对于《周易》“寓言”对后来春秋战国寓言的影响，朱俊芳进行了深入的对比研究。他认为：

1. 韩非子寓言《秦伯嫁女》《买椟还珠》在题材和主题上受了《周易》“帝乙

---

① 黄永玉：《罐斋杂记》，生活·读书·新知三联书店，1985 年。
② 胡树化：《弄蛇者与眼镜蛇》，山东文艺出版社，1984 年。
③ 《许润泉寓言选》，奥林匹克出版社，1989 年。

归妹”的启示。

2. 韩非子寓言《纣为象箸箕子怖》是《周易》“箕子之明夷”的引申发挥。

3.《孟子》寓言《缘木求鱼》《战国策》寓言《南辕北辙》受到了《周易》“井谷射鲋”和“困于石”的影响。

以上实际上是《周易》“寓言”与春秋战国寓言相关联的几种方式。

朱俊芳在《说<周易>寓言》一文中说：《周易》寓言基本上还处在寓言文学的低级阶段，它刚刚经过了由民间口头流传转变为文字记录的初级阶段。由于书写工具简陋、困难……《周易》寓言是简古、艰涩的……然而《周易》寓言是战国寓言的一个基础。它在题材、主题和表现方法几个方面都为日后的寓言开阔了视野，积累了创作经验。”

以上都是从多个角度和方面来肯定《周易》“寓言”的“作为”。为此，更有甚者是严北溟先生，他干脆据文编写起《周易》“寓言”来了。现引述两则如下：

《羝羊触藩》：

> 一头公羊，长得体格雄壮，一对粗大的犄角神气地挺立在头上。公羊骄傲地踱着步，看见前面有一道竹木编成的篱笆。公羊斜着眼睛看看，便弯下脖子，呼一声撞上去，想把篱笆撞倒。结果篱笆纹丝不动，倒是把它的犄角碰伤了。如果它的犄角坚硬，没有碰伤，这头公羊还会一个劲地撞下去，甚至向车轮的辐条上撞去，直到头破血流为止。如果这头公羊没有碰见马车，它会继续撞篱笆，非要一决雌雄不可。结果呢？它的犄角将被篱笆夹住，进也进不得，退也退不得，只能“咩咩”地叫唤。

《驾车顶牛》：

> 有一个汉子，赶着一辆牛车，经过岔路口，老牛只顾低着头朝前走。汉子连忙跳下车子，想叫牛车朝后退几步。本来，他只要一手牵住牛鼻子上的缰绳，一手晃动鞭子，老牛就会乖乖地向后退。可是他不，他很生老牛的气，就只管用双手扳住车子向后拖。而牛呢，却拼命朝前走。于是，一个向后拖，一个朝前走，就在大路上顶起牛来。这个汉子这样笨拙，这样蛮干，结果不免要闯祸，说不定将来还要吃刺头额、割鼻子的官司呢。①

第一则“寓言”的原文是“羝羊触藩，羸其角……藩决，不羸，壮于大舆之辐……羝羊触藩，不能退，不能遂。”全文不过数十字，却让严北溟改写成数百字有情节、细节，有教训的寓言。

第二则“寓言”的原文是“见舆曳，其牛掣，其人天且劓。”其文字前后不过11字，编写下来，已达180多字，衍生出许多相关的情节和叙述。

严北溟先生的这一努力很有意思，也很能说明问题。他说明了朱俊芳描述的情形

---

① 以上二则寓言见《中国古代哲学寓言的故事选》，上海人民出版社，1980年。

确是如此，是有许多内容和情节在记述中限于当时条件，不能全部记述，现在依据记述的文字却又可以恢复过去久远省略了的部分内容和情节。同样，它也说明了《周易》“寓言”的阶段性和局限性，即不管人们如何努力，《周易》中的这些文字也不能有更多的寓言性质上的提升。

另外，《周易》中人们认为是“寓言”的文字究竟是不是寓言，我们还可以从《周易》一书自身的性质得到答案。

《周易》一书最初的动机不过是一系列卦爻辞的记录整理，在成百上千年的人类活动中找出一些能相互关联和影响的规律、方法来，以求在“趋利避害”中有所作为，取得一定的主动权。这样的动机实际上也就无形中开动了人们对社会现实生活经验教训的关注，因而在许多认真而莫名的卦爻中就包含了一定量的这一类内容的文字，既用于卦爻的行进，又表现一定的认识。实际上，最接近于寓言的，也就是这一类的文字。确实，《周易》中的许多文字与后世我们认为的寓言非常相似，但仔细分析起来，《周易》中的这些文字要成为真正的寓言，还缺少许多的因素和环节。

还有，我们从文字的应用上也能表述清楚这一问题，《周易》的卦爻首先是卦爻，不管什么时候它都是卦爻，一切的文字都是为占卜服务的。应该说，不是《周易》一书为了寓言（或应用寓言）而作（像春秋战国时诸子著作那样），而是后人在其中发现了相似的寓言文字和它与后世寓言的关联。其实，这种题材、内容、形式上的关联是很正常的，《周易》中来自现实生活中很有经验教训总结意味的文字和内容，自然也是春秋战国寓言需要汲取的东西。如此叙述它对春秋战国寓言的影响是不错的，但如此推演出完全意义上的《周易》“寓言”则是多走了一步。当然，我们也不能否认《周易》对后世寓言的“孳乳”是大量的直接存在的。

正是这些称之为萌芽的“寓言”，为中国的寓言进入真正的历史发展阶段做了大量的准备，使它们在发生、发展中有较为广阔的空间和充分的依托。

第二章　春秋战国寓言（一）

这里所说的“春秋战国寓言”也就是人们常说的“先秦寓言”。之所以不用“先秦寓言”这一说法，是因为“先秦”虽然是一个约定俗成的概念，在一般的文学历史中不会造成什么误会，但在寓言文学中就不一定合适了，因为仅仅是用先秦来概括秦以前的寓言文学会流于太宽泛，不利于人们对中国古代寓言萌芽期和发生时期及发展时期的认识。故而，今天的学界更多的趋同于“春秋战国寓言”的说法。本来，“春秋”和“战国”又是两个不同的历史概念，按理可分述为“春秋寓言”和“战国寓言”，但实际中在年代上能归为春秋时代的寓言作品很少，似乎不能支撑一个时代寓言的基本框架。而在战国时代却完全相反，大量优秀的寓言作品出现在战国时代，单单叙述“战国寓言”的历史根本没有任何问题，但是，人们似乎觉得，二者寓言又有着某种密切的联系和一定的因果关系，不能把它们分而述之。故在叙述这一时期的寓言历史时，我采用了“春秋战国寓言”的说法。

应该说，春秋战国寓言有它自己的发生时期和发展时期，发生时期自然在春秋，发展时期自然在战国时期，并在战国时期取得了辉煌的成就，成为中国寓言的第一个高峰期和黄金时代。在这一时期中，寓言成就最大的是庄子寓言和韩非子寓言。

第一节　时代概况

春秋战国寓言至今仍是中国寓言文学最值得骄傲的一个部分，任何一个关注中国寓言，乃至世界寓言文学的目光，都不会从它头上越过，都会认真对待它的一切。春秋战国是中国寓言史上一个重要的历史时期，它的寓言成就被人们看重，同时产生寓言的时代背景及土壤，也得到人们的重视，因为这些时代背景和土壤，对形成春秋战国寓言是至关重要的。

对这一历史时期最正统的描述是这样的：春秋战国时代正处于中国古代封建制社会的转型期，是中国历史上一个社会大变革的时代。在这个时代，学术和文艺所呈现出的五光十色、绚烂多姿的万千气象，必须从当时的整个伟大历史变革中求其根源。

从纯粹历史的角度而言，春秋战国时代状况与周朝的井田制直接相关。在中国，原始社会到阶级社会有一个漫长的历史阶段，有许多历史发展和演变的过程……到了周朝，农奴制成为主要的生产方式，从而使“渊源甚古”的井田制度在这一时期定型。据《孟子·滕文公上》所载：“方里而井，井九百亩，其中为公田，八家皆私百亩，同养公田。公事毕，然后敢治私事，所以别野人也。”这是孟子理想化了的关于井田制的描述。在这样的土地制度下，农民只有土地的使用权，没有所有权，土地还需要轮流休耕，大致三年重新分配一次。这样的土地是不能买卖的，土地连同耕种者都分成份额，分封给大大小小的贵族领主，以供养他们，正如《诗·小雅·北山》所载：“普天之下，莫非王土，率土之滨，莫非王臣。”正是在这样的基础上，周王朝行封建，立宗法，定礼仪，建立起了宝塔式的统治系统，并且把政治和宗教结合起来，家事就是国事，鬼事就是人事，富者就是贵者，治者就是智者，实行着严格的等级制度。

从文化人类学的观点出发，正是这种中国式的人文制度建设方式，把中国的人文建设推向了一个新阶段，使中国人的文化真正有能力从原始公社化的“浑沌”中摆脱出来，使人的文化构建从以前的具象化的事物中抽象出来，有了人事、国事、治者、智者的实践和发展。周朝的这种生产关系和生产方式在很长一段时间里是相适应的，但到了周朝的末期，各种矛盾随着生产力的提高和发展，变得尖锐起来。带来这一变化的原因是多方面的，但有一个原因却是十分重要的，即铁的广泛使用。铁的使用使人们有可能组织起较大规模的生产和提高生产效率。在青铜时代，青铜促进生产工具的进步是有限的，但铁的出现使耕作工具的进步成为现实。那么，与木制和青铜工具相适应的井田中的一百亩土地显然不够耕作，于是，在乎王东迁后，开始进入春秋战国时期，规整划分的井田制度便逐渐被突破，出现了“经界不正，井地不均，谷禄不平，是故暴君污吏必慢其经界。”① 的现象。后来，三年重新分配一次土地的办法有了改变，改变为在一块土地上划分成两片或三片实行轮耕的“辕田制”，使农民长期在耕地上固定下来，向土地的私有制迈进了一步。到了前594年（鲁宣公十五年），鲁国实行“初税亩”，开始了从力役地租向实物地租的改变。春秋末年，工地的买卖现象出现了，周朝的井田制濒于崩溃。到秦孝公用商鞅变法时，“改帝王之制，除井田，民得买卖。”② 完全确立了土地私有制，农村公社基本瓦解了。

这一历史的变化前后演进了400多年，不仅经济上的变化巨大，政治、军事、文化、学术思想、社会风气上的变化也是剧烈的。

以上是简略得不能再简略的历史背景，但就当时的寓言文学而言，还有如下的具体事物与此相关，即随着历史的变革，春秋战国时代手工业和商业得到较大发展，兴起了许多大都市。工商业的发展带来的影响是多方面的，但最直接可见的却是城市的出现。在《先秦寓言概论》中有这样的文字：“正由于交换和商品经济的发展以及人口的增加，城市也相应地发展起来。……古时‘城虽大，无过百丈者，人虽众，无

① 《孟子，滕文公上》。
② 《汉书·食货志》。

过三千家者’，而今呢（指战国时），‘千丈之城，万家之邑，七里之廓’，已成为普遍现象；‘万家之都’‘万家之县’，也到处存在。象齐国的首都临淄就有七万户，‘车毂击，人肩摩，连衽成帷，举袂成幕，挥汗成雨。’余如‘燕之涿，蓟、赵之邯郸，魏之温、轵、韩之荥阳……三川之二周（指洛阳、巩二城）富冠海内，皆为天下名都’……这些大城市不只是工商业的中心，而且也是政治文化的中心。这种由于生产力提高和分工精细化所形成的都市生活，使人与人的联系更加密切，使社会更加复杂化，使矛盾更加尖锐化。大大丰富了的现实，不只给学术思想提出了更多问题，给文学艺术（当然包括寓言）提供了更多的题材和表现领域，而且也相应地提高了人们的认识能力和表现能力。因此，春秋战国时代文化的发展，思想的活跃，文艺的多彩，是和这许多大城市的风起云涌紧密关联着的。寓言的繁荣自然也发生于这一生活现实的基础上。”正是由于这些社会条件才导致了辉煌的春秋战国寓言的出现。但是，我们也应该承认，中国的春秋战国寓言发生还有它自身特殊的地方，这就是中国这一时期的阶级斗争的激化和阶级关系的改组，以及“士”这个阶层的出现。

在春秋战国时代，由于经济基础的变化和社会矛盾的加剧，整个社会结构、阶级关系都引起了激烈的变动和分化。这主要表现为领主的没落，地主的兴起，商人的抬头，农民的破产以及奴隶的挣扎等等……在激烈的矛盾斗争中，中国春秋战国寓言的“重史、重政”色彩是注定的，无疑，生存于这种复杂的社会关系中的寓言，不关注和投入这样的生活也是不可能的。

至于“士”这个阶层在春秋战国的出现，对中国的春秋战国寓言就更为重要。古代的希腊有伊索这样的人物“承载”它的寓言，而春秋战国中“承载”寓言的却是当时的各种类型的“士”。一般认为：“士阶层的出现，是变官学为私学，‘竹帛下庶人’的结果，亦即由领主经济转化为地主经济；由封君政治转化为官僚政治的产物。”

在春秋战国时代，有代表着贵族领主思想的士，有出身子工奴农民队伍中的士，也有产生于工商市民环境的士，而更主要的则是地主阶级代言人的士。他们是相当庞大的政客群，也是官僚的后备军，又是争鸣的百家和横议的处士。当时的士，大体可分为四种类型：

第一是学士，如儒、墨、道、法、名等学派，这是具有各种不同倾向的思想家，标志着整个时代的学术造诣和文化水平。

第二是策士，即所谓纵横家、说客，洞达时务，长于辩才，有权谋，无原则，他们的说辞政论，也记录了历史面貌，反映了时代精神。

第三是方士或术士……

第四是“养士”，也就是食客……

在这四类士中，显然，一、二类士与寓言的关联最大。

春秋战国寓言与时代背景的关系，公木先生作了很精彩的概括：

因此，我们说先秦寓言文学的发生发展，是和先秦学术与文化的昌盛紧密结合着的。它的发生发展过程，既是当时社会发展过程的反映，又为当时社会的发展所制约和决定。具体来说，春秋战国时代的社会大变革和政治斗争的白热化，是先秦寓言得以发生和发展的肥沃土壤；工商业的发展和都市生活的复杂化，决定了先秦寓言内容、题材的广泛性和丰富性；“百家争鸣”的盛况和思想界的活跃，为寓言文学的孕育和繁荣提供了的优适的气候和条件；士阶层的崛起，则为寓言文学的大量创作，提供了主体。”①

第二节　文学背景

作为一种文学体裁，寓言文学拥有一定的时代背景，但同时也与当时整个文学体系相关联。春秋战国寓言文学在中国寓言史上地位很重要，故了解它的文学背景对理解这时期的寓言文学也是非常必要的。

先秦文学是一个逐渐形成的概念，最早见于汉代。《汉书·河间献王传》：“献王所得书，皆古文先秦旧书。”这里的先秦是“前秦”的概念，后来人们逐渐把它指定为“远古至秦统一以前的全部文学。这就包括“远古口头文学”“奴隶社会文学”“封建社会初期文学”等部分。

远古口头文学发生在上万年以前，这时候，中国人的祖先在长江、黄河、珠江等流域中发展了自己的文化，包括自身的进化、语言的产生、思维的发展等等。这时期已经出现很有审美意义的造型艺术，比如雕塑，反映了人们的审美趣味。音乐、美术已分化独立，歌舞也有了较充分的发展，语言文学也产生了。这时期主要的口头文学作品是神话，以及随之而来的传说，它主要反映了人与大自然的斗争。最著名的神话作品有：女娲补天、羿射九日、大禹治水、精卫填海等。神话传说主要出现在原始社会后期，重要的作品有黄帝战蚩尤、舜逐三苗、共工怒触不周山等。它们反映了氏族部落间的激烈战争。中国的古代神话传说是丰富的，但后世的记载却相当简略和模糊。

称为“奴隶社会文学”的阶段指的是夏禹到商、周时期的文学。这时期的文化发展是多方面的，但文字的进步和推广使用则对文学的影响最大，最直接的后果就是书面文学的出现。《周易》《尚书》是最有影响的两部作品，它们从中反映了书面语言由句到章，由章而篇的形成过程。诗歌的兴盛是周代文学的主要成就。周代金文中已多用韵文，《周易》三分之一为韵语，多采录与效仿民间歌谣，记叙了世情风俗。《诗经》是一部诗歌总集，是周代最伟大的作品，也是中国文学最经典的著作。《诗经》中的内容和形式是多样和丰富的，有史诗内容的篇章，有叙事的篇章，也有抒情言志的篇章……

与春秋战国寓言文学直接相关的是所谓“封建社会初期文学”，对这一时期的文

① 《先秦寓言概论》，齐鲁书社，1984年，第17页。

学简况，《中国大百科全书》中有最为整洁的文字：

春秋末年，铁器和牛耕的使用大大提高了劳动效率。地主经济逐渐发展起来，社会向封建社会转化。士作为知识分子阶层而兴起，是奴隶贵族统治衰败后文化下移的产物，他们中涌现了不少政治家和思想家，代表着不同的阶级、阶层、集团，主张各异，互相辩难，至战国时期形成一个学术文化繁荣的百家争鸣的局面。汉朝时，人们把他们划分为儒、墨、道、法、农、阴阳、名、纵横、杂、小说等不同学派。他们现存的主要著作有《论语》《孟子》《墨子》《庄子》《荀子》《韩非子》《吕氏春秋》等。这些政治家、思想家，有的同时也是当时主要的散文家。他们在争鸣中，把论说文从简短的语录推进到对话式的论辩，再进而为专题性的论文，并且很重视语言技巧的研究，除了逻辑性日益严密外，还大量运用比喻、排比、映衬、夸张等修辞手法。特别是战国中期孟轲、庄周、韩非等人都善用寓言说理，增强了文章的形象性和感染力。有的篇章甚至把寓言扩展成篇，近似于后代的小说。

诸子散文以外，还有历史著作，或以年为序，或以国为别。历史家们旨在总结各个国家成败之理，对历史事件作某种评价，但也对散文做出了贡献。《春秋》还只是简略的大事记。到《左传》《国语》，就有了具体的情节、逼真的对话，有了人物的音容笑貌，形象地展现了历史画面。到《战国策》，则更多地作人物个性描写，常以夸张的笔法，巧妙的情节，写出人物的神态。这些历史散文著作，开创了真实性与形象性相结合的史笔传统，为后代散文创作积累了重要的经验，也为小说、戏剧创造提供了丰富的题材。

《诗经》此时已被作为教科书广泛地应用，由此而引起对《诗经》的评价和研究，孔、孟、荀的诗论，对文学的性质、目的、社会作用的研究，是中国文学批评的开端。

这时，屈原作为中国第一位伟大的诗人出现了。屈原是楚国的一个年轻的政治家，在他决心实现的“美政”理想破灭后，他以清白修好的品格，九死不悔的坚强意志，在逆境中写下了与日月同辉的诗篇。

在楚国，早就存在与中原不同的诗歌——楚歌，或称南音。屈原长期沉浸在楚国文化中，又受过《诗经》及齐鲁诸国文化的影响。他以楚民族的语言、音乐、舞蹈为基础，汲取了江汉淮泗间的文化精粹，完成了由四言诗体到骚体的变革。他以惊人的才华与创造力写出文学史上第一篇富于崇高理想和政治激情的长篇抒情诗《离骚》，创作了组诗《九歌》等，大大提高了诗歌的表现力，开创了与《诗经》的写实精神相辉映的富于浪漫气息的新诗派。屈原之后，楚有宋玉、唐勒、景差等人，都学习屈原的从容辞令。他们“好辞而以赋见称”，把配乐的歌辞演化为脱离音乐，“不歌而诵”的文学体裁——赋。他们虽“终莫敢直谏”，在思想、勇气方面不能同屈原相比，但从宋玉现存的作品来看，较善于铺陈描绘，对文学的发展起了良好的作用，故后世多以“屈宋”并称。

先秦文学在中国文学的地位是非凡的。先秦文学不仅是中国文学的开端，而且是中国文学的基石。《诗经》《楚辞》是公认的古代诗歌写实和浪漫两类创作方法、艺术风格的源头，“风骚”的传统影响深远，泽及百代。

从散文方面说，这一时期的作品思想深刻丰富，有个性而又各成体系。尤其儒、道二家，后代作家几乎无不受他们的影响。春秋战国社会大变革时期的作者，尽管思想观点是那样分歧对立，但有两点大致相同：一是敢于正视当时的社会现实，以治世为出发点。如《史记·太史公自序》所言：“夫阴阳、儒、墨、名、法、道德，此务为治者也，直所从言之异路，有省不省耳。”二是对“民”十分重视，或言邦本，或称神主，甚至提出民贵君轻的主张，诸子多以为民请命的姿态上下游说。这两种精神，成为中国文学的优良传统，后世许多杰出的作家，总是关注着国运民生，与人民的命运息息相关。

这一时期作品的形式风格多样。诗分风、骚，文有史、论。《论语》警策，《墨子》谨严，《孟子》雄畅，《庄子》恣肆，《荀子》淳厚，《韩非子》犀利，《春秋》隐约，《左传》富艳，《战国策》夸饰，都可资后人借鉴。后世各种文体也多被认为导源于先秦。正如刘勰所说：“故论说辞序，则《易》统其首；诏策章奏，则《书》发其源；赋颂歌赞，则《诗》立其本；铭诔箴祝，则《礼》总其端；纪传盟檄，则《春秋》为根：并穷高以树表，极远以启疆。所以百家腾跃，终入环内者。”①

先秦文化到后期，各家由对立转向融和。从齐稷下学官到秦吕不韦门下，都集中了上千的文士门客，相互琢磨切磋，相互吸收……到秦统一中国后，社会变革基本告一段落，文学也将进入新的阶段②。

春秋战国的寓言文学也就是在这样的文化背景中发生、发展起来的。归而言之，春秋战国的寓言文学与这一时期的诸子散文和历史散文的关联要密切一些，而与诗歌的联系则相对弱一些。这时的诸子散文和历史散文，大量地使用寓言增强自己文章的辩说能力和形象感，也就大力生发和发展了寓言文学。寓言是叙事的，寓言也正是这一时期诸子散文和历史散文最富于活力和生机的叙事部分。

第三节　春秋战国寓言的渊源

前章第三节的“中国寓言萌芽期‘寓言’”，叙述了春秋战国寓言史前的寓言萌芽期状况，是一种“物态”的关照。前二节叙述的是春秋战国寓言的历史背景和文学背景，即此寓言的生存空间和文学空间。这些都是寓言文学发展的外在因素，在这些条件出现后，寓言文学还得有自己内在的产生和发展动因，即从语言、形式、内在构成上获得发生、发展的条件，通俗点说，即春秋战国寓言自身的历史渊源。

春秋战国中后期的寓言文学，从形式到内容都已经非常成熟，各方面的发展可以说是比较完善，但是，这种状况并不是一下子就达到的，它有一个长期发展、酝酿的

---

① 《文心雕龙·宗经》。

② 以上文字参见《中国大百科全书》（中国文学），中国大百科全书出版社，1986 年，第1018 页。

过程。这方面，公木先生有很全面和透彻的论述，他在《先秦寓言概论》一书中认为，它的方法和表现形式上的历史渊源有三个方面，一是赋诗；二是设譬；三是谐隐。

“赋诗”是春秋之世士大夫们学习诗歌、美化自己语言的一种形式，以丰富其政论或外交辞令。为此，孔子对他的儿子孔鲤说：“不学诗，无以言。”① 孔子为此还说：“诵诗三百，授之以政，不达，使于四方，不能专对，虽多，亦奚以为?”② 这里的诗指的是《诗经》，即不学习《诗经》中的语言，在许多场合你就说不上话。《诗经》在那时完全可以说是一种语言的教科书。但是，这种“赋诗”又不是通常意义上的赋诗，而是对《诗经》某些章句的应用，往往是“赋诗断章，余取所求焉”③，即不管诗句的原意如何，而是按照赋诗言志，或称诗喻志的要求，来断章取义，达到政论和学术辩论的目的。这样一来，这种语言的学习应用也不是通常意义上的学习应用，往往是一种语言表达方式的学习，也就是把“赋诗”当作一种述古、论理、暗示、譬喻的工具。

在当时社会，称诗喻志已成为一种修养的标志，尤其在外交场合，更是一种最普遍的方法，以致达到这样的程度：“古者，诸侯卿大夫交接邻国，以微言相感；当揖让之时，必称诗以喻其志。盖以别贤不肖而观盛衰焉。”④ 可见，当时的称诗喻志影响的深刻和广泛，如果谁不能赋诗和不懂赋诗，必然贻笑大方。

随着这种赋诗方式的演进，就发生了向寓言方式的转化。公木是这样论断的：“这样引诗虽然是断章取义，这样解诗虽然是牵强附会，但自春秋以来所通行的这种赋诗言志的风尚，断取古人诗篇的形象，寄托自己内心的情意，人无定诗，诗无定指，差不多把一般抒情诗当作寓言使用了。只因为它还终不免有些扑朔迷离，不明显，不确切；而且愈往后，懂得赋诗的士大夫愈少；而现实生活日益复杂，有限的诗篇也不敷应用；因此，才进一步生发创造，编制出一种新的文学形式，用它来加强语言的说服力，提高语言的感染力，这便是寓言。因此，‘赋诗断章，余取所求焉，恶识宗?’——这种做法，可以看作是已开了寓言的先河。”⑤

“赋诗”这种表达方式的出现和演进，为后来的寓言开拓了这种表述的空间环境，为寓言这一形式的出现作了社会交流需求的准备。另外，这一形式本身对寓言形式的出现也具有开拓性。

在中国古代，“设譬”在某种程度上已成为绝大多数文人学士基本的思维方式和表述方式。比喻是人类表情达意的重要手段，是使语言具体化、形象化的一种表现手法，也是人类哲理思维与具体形象思维相结合的产物。中国的语言系统是表意系统，对比喻的应用更是其语言表达的本色。比喻最初大都是一种语言表述的方式，但在许多时候，比喻又被组合和按一定方式结构起来，成为具有相同性质，但又比一般的语

① 《论语，季氏》。
② 《论语·子路》。
③ 《左传·襄公二十八年》。
④ 《汉书·艺文志》。
⑤ 《先秦寓言概论》，第26页。

言比譬更进一步的比喻形式，既用于语言中，又相对地独立于单纯的语言表述。中国古代广泛存在的比喻也就是后一种形式的比喻。语言是表达一定含义的符号，但设譬的形式和能力出现，无疑是在一般的语言能力上，极大地扩展了语言表述的空间。可以说，中国古代从一般记事文字中升起的华彩辞章，多数就根源于设譬的行为表现。关于设譬，刘向的《说苑·善说篇》中有这样一段精彩的故事：

客谓梁王曰："惠子之言事也，善譬。王使无譬，则不能言矣。"王曰："诺。"明日见，谓惠子曰："愿先生言事则直言耳，无譬也。"惠子曰："今有人于此，而不知弹者，曰：弹之状何若？应曰："弹之状如弹。则谕乎？"王曰："未谕也。"于是更应曰："弹之状若弓，而以竹为弦，则知乎？"王曰："可知矣。"惠子曰："夫说者，固以其所知谕其所不知而使人知之。今王曰无譬，则不可矣。"王曰："善。"

故事表明，设譬是"说者"以其所知谕其所不知的基本表达方式，是设譬现实需要和情境的真实鲜明的写照。

中国人善于生动设譬的传统，和春秋战国时期这种设譬环境，给寓言带来了思维方式和形象化语言的深刻的影响，可以说，有些有一定情节的设譬，实际上就距寓言不远。比如《周易》中的许多被认为是寓言的文字，实际上也被人们认为是比喻。我们认为《周易》中的所谓寓言，只是中国寓言史前萌芽期的一些类似寓言的文字，部分根据也就是比喻。另外，比喻对于寓言还有一个思维习惯养成的问题，即如果中国的文学及文字历史中没有比喻的表现手法，人们也就不会懂得"言此及彼"的寓言方式，正是寓言汲取了比喻的思维方式，又发展了它的文学形式，寓言才有了生成、发展的可能。

在春秋战国时代，"谐隐"也对寓言有相当的影响。在中国古代除了比喻以外，还有"隐语"的形式，隐语也作度语和代语，类似于后世的谜语。用于诗文中，就是修辞学上的代用格。也就是说，谜语是把一件事藏起来，只露出一些线索，让人可以猜中所隐藏的是什么。在中国古代的诗歌里，使用隐语是一种普遍的现象，例证在《诗经》中随处皆是。隐语最初的运用是修辞学上的行为，但后来就超出了这个范围，使一些巧妙隐语，闪烁着智慧的光芒。

正是古代隐语的发展，为寓言准备了隐寓、指代、借代、影射等一系列的"言此即彼"方式。

有了以上这些方面的存在，寓言的内结构基础才得以形成，但是，仅有这些形式还不能构成中国的春秋战国寓言，它还得有一个重要的方面，即有关内容方面的养料。

作为春秋战国寓言生存发展的材料或养料，大致有四个方面，一是古代神话；二是历史传说；三是民间故事；四是文人自己的生活体验。

寓言是继神话之后出现的又一种古代艺术形式，这是文学历史上的定论。神话是人类童年幻想的产物，其根本是虚妄的，但是同时也包含了那一时期人们的思想认识、经验和智慧，而这些内容，又正好是寓言的不可多得的思想内容。这正是许多神话内容稍一改变，就成为具有神话色彩的寓言的原因。另外，神话在艺术的根本上是浪漫的，而一些寓言就一同继承了它的浪漫色彩。

春秋战国寓言另一个重要的素材来源是历史传说。“撷取一些有深刻教育意义、有鲜明故事性的历史传说作寓言，便成为先秦寓言中较为普遍的现象。这一现象是不同于西方寓言的，可谓中国古代寓言的一大特色。”①

以历史传说作为寓言的题材，几乎是春秋战国寓言的主体，寓言作家差不多采取这种方式。一些一般性的历史传说，经寓言作家的转述，再加上教训目的，一则寓言就出现了。如《孟子·滕文公下》的“王良与嬖奚乘”：

> 昔者，赵简子使王良与嬖奚乘，终日而不获一禽。嬖奚反命曰：“天下之贱工也。”或以告王良。良曰：“请复之。”强而后可，一朝而获十禽。嬖奚反命曰：“天下之良工也。”简子曰：“我使掌与女乘。”谓王良，良不可，曰：“吾为之范我驰驱，终日不获一；为之诡遇，一朝而获十。诗云‘不失其驰，舍矢如破’，我不贯与小人乘，请辞!”

寓言说王良按规范为嬖奚驾车，整天射不到一只禽兽，被嬖奚认为是天下最差的车夫；而后来王良不按规范为其驾车，一个早晨就射到十只禽兽，于是又被称为天下最好的车夫。最后要王良专为嬖奚驾车时，王良说他不愿为这种只讲利、不讲原则的小人驾车。这是一则历史故事，经孟子一加工，就成了一则地道的寓言。

正是如此大量利用改造加工历史故事，形成了中国春秋战国以人物寓言为基本特征的寓言，并给这一时期的寓言带来了一系列的重大影响。

春秋战国寓言的另一个来源是对民间故事的加工改造。公木说：“古代神话和历史传说固然也是民间故事的来源，而民间故事的产生更主要的还是人民大众对现实生活体验和认识的结果。这些民间口头创作，往往是包括阶级斗争和生产斗争的社会实践经验的综合反映，闪烁着集体智慧，充溢着乐观精神，富于诙谐情趣和幽默感，具有清新刚健的特色。这对先秦寓言的形成和发展有着极为深刻的影响。可以说，我国先秦寓言的现实主义精神，大多是从民间故事发展而来的。”②

在春秋战国时期或更早，社会中就有一种专门讲故事的人，如在《孟子·万章上》和《庄子·逍遥游》中就有这样的记载：

> 咸丘蒙问曰：“语云，‘盛德之士，君不得而臣，父不得而子。’舜南面而立，尧帅诸侯北面而朝之，瞽瞍亦北面而朝之。舜见瞽瞍，其容有蹙。孔子曰：‘于斯时也，天下殆哉，岌岌乎!’不识此语诚然乎哉?”孟子曰：“否。此非君子之言，齐东野人之语也。” （《孟子·万章》上）

> 齐谐者，志怪者也。谐之言曰：“鹏之徙于南冥也，水击三千里，抟扶

① 《先秦寓言概论》，第48页。
② 《先秦寓言概论》，第53页。

摇而上者九万里，去以六月者息也。” （《庄子·逍遥游》）

“齐东野人”“齐谐者”“志怪者”也就是这样的讲述者和创造者。春秋战国寓言就大量汲取了它们的故事作为养料。

在寓言的加工、改造到一定程度后，文人自己编造的寓言也就应运而生。这些寓言大多是为了把思想加以形象化的作为，这样，寓言自身的另一个创造方式出现了，即寓言的虚构。这方面，《庄子》寓言表现得最充分。如《鹓鶵与鸱》：

> 惠子相梁，庄子往见之。或谓惠子曰：“庄子来，欲代子相。”于是惠子恐，搜于国中，三日三夜。庄子往见之，曰：“南方有鸟，其名为鹓鶵，子知之乎？夫鹓鶵，发于南海而飞于北海，非梧桐不止，非练实不食，非醴泉不饮。于是鸱得腐鼠，鹓鶵过之，仰而视之曰：‘吓！’今子欲以子之梁国而吓我邪？” （《庄子·秋水》）

寓言中的事理是现实的，但鹓鶵和鸱的故事却是虚构的，可这故事却更为真实地表现了寓言的旨意。总括起来而言，“先秦寓言是在赋诗、用譬、谐隐的基础上，进一步创造性格与形象，增加故事性，来寄托教训或阐发哲理而形成的。它是比喻的同级形态，是具有性格形象和故事情节的比喻。它往往取材于古代神话、历史传说、民间故事，有的则是文人创作。虽然这些不同的来源已难截然判分，但寓言在表现手法上的许多特点则仍可从这里找到根源。总之，它是我们先人在从事自然斗争和社会斗争的过程中所逐步积累起来的知识和智慧的艺术概括，是一种讽刺故事。它的来源构成与艺术表现，既有着与世界其他民族寓言相同的地方，又有着自己独具的特色……”①

第四节　春秋战国寓言概况

春秋战国寓言应该从《左传》中的寓言为起始。《周易》中近似寓言的文字只是一种寓言的滥觞和萌芽，因为它文字出现的基本目的是卦爻辞，只有在《左传》中的某些文字，才有寓言有意为之的动机和意味。

在《左传》中，除了前面已引述过的寓言外，被作为寓言对待的文字还有“虞叔献玉”“内蛇与外蛇”“卫懿公好鹤”等近20则。在认真看待这些文字之后，应该承认，我们过去认为《左传》中没有寓言，或认为其中的文字只是春秋战国寓言的滥觞或早期形态的看法是偏颇的。在《左传》中，不只是如前举例的寓言，还有一批较成形的寓言，如“唇亡齿寒”等。如果我们把它与《韩非子》中的相同寓言比较，就可看出，《左传》中的寓言是春秋战国早期寓言，而不仅仅是早期形态。

---

① 《先秦寓言概论》，第63页。

《唇亡齿寒》：

> 晋侯复假道于虞以伐虢。宫之奇谏曰："虢，虞之表也。虢亡，虞必从之。晋不可启，寇不可习之。一之谓甚，其可再乎？谚所谓'辅车相依，唇亡齿寒'者，其虞、虢之谓也。"公曰："晋，吾宗也，岂害我哉？"……弗听，许晋使。
>
> 宫之奇以其族行，曰："虞不腊矣，在此行也，晋不更举矣！"
>
> 冬十二月丙子朔，晋灭虢，虢公丑奔京师。师还，馆于虞，遂袭虞，灭之，执虞公及其大夫井伯。（《左传·僖公五年》）

《唇亡齿寒》：

> 晋献公以垂棘之璧假道于虞而伐虢。大夫宫之奇谏曰："不可。唇亡而齿寒，虞、虢相救，非相德也。今日晋灭虢，明日虞必随之亡。"
>
> 虞君不听，受其璧而假之道。晋已取虢，还，反灭虞。
>
> （《韩非子·喻老》）

两则寓言都是说虞国借道给晋国，去讨伐相邻的虢国，而不明白"唇亡齿寒"的道理，最后虢国亡，虞国也随之灭亡了。这两则寓言对比下来，它们有多大区别呢？我以为后来经过所谓加工的韩非子的《唇亡齿寒》并不比《左传》的"唇亡齿寒"在思想内容、表现方法、艺术性等方面有更大的作为，反而是《左传》的"唇亡齿寒"在各方面表现得更好一些。

这样的情形在另外两则寓言的对比中，更能说明《左传》中的寓言表现并不比后来的寓言差。

《子罕不受玉》：

> 宋人或得玉，献诸子罕。子罕弗受。
>
> 献玉者曰："以示玉人，玉人以为宝也，故敢献之。"
>
> 子罕曰："我以不贪为宝，尔以玉为宝。若以与我，皆丧宝也，不若人有其宝。"（《左传·襄公十五年》）

《子罕不受玉》：

> 宋之鄙人得璞玉而献之子罕，子罕不受，鄙人曰："此宝也，宜为君子器，不宜为细人用。"子罕曰："尔以玉为宝，我以不受子玉为宝。"
>
> （《韩非子·喻老》）

故事说宋人得了一块宝玉，要献给子罕，子罕不受，并说我以不贪为宝，你以玉为宝，我一受玉我们的宝就都失去了。这两则寓言对比下来，更能说明问题，其故事情节等姑且不言，就最后两句相比，就能分出高下，我以为，反而是《左传》中的"子罕不受玉"更富于生活气息，更有机趣和韵味一些。

《左传》寓言作为春秋战国发展阶段中产生的寓言，基础是很坚实的。从这里，春秋战国寓言开始了自己的历史行程。当然，春秋战国寓言也有一个发展、形成高潮的过程，在自己近400年的历史长河中也有一定的起伏和阶段性。这方面，公木先生把整个春秋战国寓言分成了三个阶段，大体上体现了这一时期寓言发展的轮廓。公木先生对这几个阶段的叙述是这样的。

第一阶段，从春秋末年一直到战国中期的孟子寓言。这一阶段的寓言，明显地尚未脱尽从比喻发展而来的痕迹；它的形态基本是以零散单篇出现在诸子散文中；其特点都是作为散文一个极次要的组成部分，有之如锦上添花，去之也无伤大雅；其作用主要是“以其所知，喻其所不知，”即以此喻彼，意在使人明白；其性质则为比喻的扩大形态，可谓一种解释性的寓言。因此，每当引述故事之后，作者都要有较长的议论，借此说明寓意，使故事只成了对象事理的形容。有些故事，离开了作者的说明，就会变得令人费解。

第二阶段，继孟子之后到战国后期的韩非子之前，主要以庄子寓言为代表。这一阶段的寓言，无论从思想和艺术上都已达到了相当成熟的地步。其表现形态基本是相对集中，成组地出现于诸子散文中，显示出从母体散文逐渐分化出来的独立趋势，但终究没有发展成为一种独立的文字样式。其特点是寓言在文章中占据着相当重要的位置，已由第一阶段的“小片断”跃居为全文的“主体”，离开它们，有的文章就难以存在；其作用已不单纯是以此喻彼，意在人明，而主要是作为理论的例证和论据，即“藉外论之”，以此证彼，意在人信，可谓一种证明性质的寓言。

第三阶段，战国末年至秦统一，以韩非子寓言为主要标志。韩非子寓言具有一种集先秦寓言之大成的特点。这一阶段的寓言，不但较好地汲取了先前寓言的思想和艺术成果，而且在表现形态上，有的已开始脱离散文母体，取得了独立存在的形式①。

用这三个阶段来描述春秋战国寓言的大致轮廓，是非常准确和客观的，表明公木先生对春秋战国寓言有很深刻的理解和研究，实际上的春秋战国寓言也是在这样的意义上发展自己的历史的。只是在第一阶段的起始年代上，我以为应该是春秋中期，即公元前7世纪末、公元前6世纪初到战国中期公元前4世纪，这段时间为春秋战国寓言的第一阶段。对这一阶段寓言特点和现象的解说是正确的，但却忽略了这一阶段寓言的另一面，即一些比较成熟的寓言也同时存在其中。“解释性的寓言”确实是这阶段寓言的主要部分，但同时它也存在许多无须解释的寓言。这方面，我们在后面还将叙及。

春秋战国寓言的第二阶段是以《庄子》寓言为标志形成的，年代为公元前4世纪。根据庄子寓言的表现，公木把它称为“证明性质的寓言”。这一阶段的寓言在年代上基本承接第一阶段的孟子寓言，但他们之间却根本没有任何传承关系，而是在另一条线上融汇了时代的寓言精神而形成的，故年代上实际上是交叉而上，又延续而下的。春秋战国寓言发展到这里，已经是洋洋大观，正如公木所说，已经成为文章的主

① 《先秦寓言概论》，第67—71页。

体部分，并且在寓言故事的构造上创造了许多新的手法。

第三阶段的寓言的形态大致有两点最重要，一是“集大成”的状态出现；二是寓言表现形态的发展，即寓言在代表作家韩非子那里获得了独立存在的寓言形式。在这一阶段，时间上完全可以认定为公元前3世纪。在公元前3世纪末，随着秦在全国取得决定性的胜利，建立王朝，春秋战国时代也随之结束，寓言文学的历史又转入了另一种历史状况的天地里，有了另一种意义的存在。

以上的叙述主要观照的是各阶段的有代表性的寓言。实际上，各阶段还拥有其他一些相关的寓言，它们共同构成各阶段的寓言。在第一阶段中，除了《左传》寓言、《墨子》寓言、《孟子》寓言，还有《国语》《慎子》《尸子》等寓言。

第二阶段中，除了《庄子》寓言外，还有《尹文子》寓言、《荀子》寓言、《列子》寓言、《晏子春秋》寓言等。

第三阶段中，除了《韩非子》寓言外，还有《吕氏春秋》寓言和《战国策》寓言等。

以上寓言，实际上都各具特色，在每一个时代总的寓言趋势下，又充分地表现了自己的寓言文学的个性，都拥有许多春秋战国时代的优秀寓言。

对春秋战国寓言发展变化的总的评语，公木先生是这样下的：“……其发展的线索是由散文的附庸趋于独立，其故事由浅显简约趋于生动完整，其表现形式由散篇单篇趋于汇编集成。这除了有其众所周知的社会原因之外，还由于寓言文学本身越来越以其雅俗共赏、机智锋利、诙谐幽默的风韵，引起了强烈的社会反响（尤其是博得了一些诸侯君主的青睐），这种社会需要，势必会刺激诸子创造生产寓言的极大兴趣和对寓言内容与形式的切磋创新。而这样一来，又势必反转影响这种文体的成熟和思想艺术的提高。……这就是二、三百年间诸子竞相创作寓言的一个直接动因。正是在这种动力下，寓言这种精神产品才日趋完善、成熟，以至由散文的附庸一跃而进入辉煌瑰丽的文学殿堂，成为先秦艺苑的奇葩。”①

第五节　春秋战国早期的寓言

春秋战国的早期寓言当以《左传》寓言和《国语》寓言算起。《左传》又名《春秋左氏传》或《春秋左传》，简称为《左传》。《春秋》是鲁国的官修历史，按照鲁国十二君主的次序，简略地记录了公元前722年到公元前481年的史事。《左传》是一个叫左丘明的鲁国史官对《春秋》的解释，和对史事作的详细叙述。左丘明人们一般认为他生活在昭公、定公、哀公时代（约前541—前467）。《左传》的寓言当产生于这一时期，或稍早一些时期，与前一节的公元前7世纪末至前6世纪时间上是

① 《先秦寓言概论》，第72页。

相符的。《春秋左氏传》在先秦的历史散文中占有重要的地位，它开创了史传文学写作的先河，对后世的文学影响深远。

《左传》中有不少寓言，但在长时间以来，人们受到“滥觞”和“早期形态”观点的影响，对它的寓言并不十分重视，认为《左传》中只有陈蒲清等人列举的那几则所谓的寓言。对其他的寓言也就没有进行认真的辑录和整理，中国当代许多有影响的中国古代寓言选本中，大都没有《左传》寓言的选录就是例证。实际上，《左传》中的寓言不但有，而且为数还不少，在目前国内最大规模、最权威的选本《古代中国寓言大系》中，就一下子选辑了它19则寓言。在前一节行文中，它的两则寓言与后世寓言的对比，已从一个角度说明了问题。在这里，它的另外的一些寓言同样说明，它在具有早期的发展形态的同时，在主观的寓言意味和完整、成熟的形态等方面有了出色的表现。以《卫懿公好鹤》和《庆封之车》为例。

《卫懿公好鹤》：

> 冬十二月，狄人伐卫。卫懿公好鹤，鹤有乘轩者。将战，国人受甲者皆曰：“使鹤！鹤实有禄位，余焉能战？”……及狄人战于荧泽，卫师败绩，遂灭卫。
>
> （《左传·鲁闵公二年》）

《庆封之车》：

> 齐庆封来聘，其车美。孟孙谓叔孙曰：“庆季之车，不亦美乎？”
> 叔孙曰：“豹闻之：‘服美不称，必以恶终。’美车何为？”
> 叔孙与庆封食，不敬。为赋《相鼠》，亦不知也。
>
> （《左传·襄公二十七年》）

前一则寓言说卫国的国君喜欢鹤，并让鹤乘坐只有大夫以上官员才能乘坐的车子。士兵们为此很愤怒，当狄人来攻打卫国时，士兵们说：“让鹤去打仗吧！”后来，卫国的军队在叫荧泽的地方被打败，卫国因此灭亡。后一则寓言说齐国大夫庆封出使鲁国，坐的车很华美，但他在席间行为很没礼貌，人们奏《相鼠》乐章讽刺他，他也不知道。这一切都与他的华服、美车不相称。前一则寓言说卫懿公好鹤而丧失了自己的国家，教训是鲜明而深刻的，如果一个人为了自己的爱好而忽略了其生存的根本，那他的下场是明显的。这则寓言从寓言的语言到艺术表现都是很富于寓味，完全是引述或作者的自在行为，即有意识地使用寓言来说明行文的主题和思想。在后一则寓言中，这种寓言的寓意表现得更为充分，愚蠢的人穿上金子的外衣也改变不了其愚蠢的本性，只会显得更丑，所以庆封得到了《相鼠》的“恭维”。这些，都完全是为了寓言自身而言的。还应该说，这几则寓言，在春秋战国早期的寓言中是上品，它们显示了早期寓言的另一方面的性状。当然，像公木先生所说的这一时期寓言的基本特点，在一定程度上是正确的，但他认为它们只是一种“比喻的扩大形态”，就总体而言却有偏颇。至于公木先生所描述的引述寓言的“议论现象”也是真实存在的，比如寓言《美疾与恶石》就是如此。

> 孟孙恶臧孙，季孙爱之。……己卯，孟孙卒。……臧孙入，疾甚哀，多涕。出，其御曰：“孟孙之恶子也，而哀如是。季孙若死，其若之何?”
>
> 臧孙曰：“季孙之爱我，疾疢也；孟孙之恶我，药石也。美疢不如恶石。夫石犹生我，疢之美，其毒滋多。孟孙死，吾亡无日矣!”
>
> （《左传·襄公二十三年》）

这则寓言的情节是有限的，只说孟孙批评臧孙，而季孙赞美臧孙，但当孟孙死时，臧孙却哭得很伤心，接着就是一通解释。也就是说，形成的“寓味”不是寓言情节自身的结果，而是通过一通议论来表现的，虽然它也能作为寓言，但它也就真有些处于“比喻的扩大形态”的味道了。

对《左传》寓言，我以为应该如此来认识它，即《左传》寓言自身在中国寓言史中有较特殊的地位，作为有文字辑录的可靠历史，是从它这里开始的，这一点得到人们的公认。但它在具有早期寓言发展形态的同时，其寓言的存在比人们想象的还要成熟一些。在春秋战国的早期寓言，从墨子以降，到孟子寓言结束，这之间存在着一些发展真空，而对《左传》寓言的认真看待，正好填补这一真空，要不然，从“不大成熟”的墨子寓言，一下到非常成熟的孟子寓言，有很多问题不好理解。

说到《左传》寓言，自然免不了叙及《国语》寓言，因为相传《国语》也是左丘明所作，可与《春秋左氏传》相参证，故又有《春秋外传》之称。

《国语》是我国最早的一部国别体史书，它上起西周周穆王，下至战国初年的鲁悼公，分别记载了周、鲁、齐、晋、郑、楚、吴、越等国的史料，其中《晋语》的史料最丰富。《国语》也是春秋时文史结合的名著，它注重记言，但也有生动的记事，在史传文学的发展上有重要的地位和影响。《国语》中有不少生动的故事，有些就是寓言。

《国语》中的寓言遭遇与《左传》差不多，历来也不为人重视，只有个别选本辑录了它的个别寓言。“大系”中共辑录了它的10则寓言，它的寓言才得到相应的重视。在《国语》寓言中，较好的寓言有：《鲁人祭海鸟》《祁奚荐子》《董叔娶妻》等。

《董叔娶妻》：

> 董叔将娶于范氏。叔向曰：“范氏富，盍已乎?”曰：“欲为系援焉。”
>
> 他日，董祁诉于范献子曰：“不吾敬也。”献子执而纺于庭之槐。叔向过之。曰：“子盍为我请乎?”叔向曰：“求系既系矣，求援既援矣，欲而得之，又何请焉?”
>
> （《国语·晋语九》）

寓言说一个叫董叔的为攀权贵，娶妻范家，但他根本得不到尊重，一点小事就被吊在槐树上，被人们嘲笑。这则寓言教训是鲜明的，寓意也很明确形象，可视为一则较好的寓言，但其中反映了春秋战国早期寓言的发展形态，即寓言从一般的历史故事向寓言过渡的痕迹还很重。像这样的寓言或者寓味更差一些的寓言，在《国语》寓言中占大多数。可见《国语》寓言的早期发展形态比《左传》寓言痕迹更重，除了《董叔娶妻》等寓言外，其他所谓寓言的寓言性要弱一些，但《国语》中的寓言文字距寓言的距离，也不如原先想象的那么大。

在《国语》寓言之后，一般的历史叙述就涉及墨子寓言，但据实际的考察，这期间还应涉及一些后人在年代上有争议的作品，比如《管子》和《晏子春秋》寓言。

《管子》相传为春秋初期齐国著名政治家管仲撰写，但一般认为是后人托名为之，成书大约在战国末年。

在《管子》中辑录的寓言不多，以《傅马栈最难》为最好。

> 桓公观于厩，问厩吏曰："厩何事最难?"
>
> 厩吏未对，管仲对曰："夷吾尝为圉人矣，傅马栈最难：先傅曲木，曲木又求曲木；曲木已傅，直木无所施矣。先傅直木，直木又求直木；直木已傅，曲木无所施矣。" （《管子·小问》）

寓言以讲解编圈马栅栏的难处，寓意了曲、直起始的深刻哲理，错误和真理一经起始，影响都是深远的。这则寓言应该说是一则较好的寓言，与早期寓言的表现有相当距离，应是战国末期的作为。

《晏子春秋》是战国时人根据晏婴生平事迹的记载及遗闻轶事写成的。晏婴是春秋后期齐国的一位大政治家，历事齐灵公、齐庄公、齐景公三朝。《晏子春秋》由《内篇谏》《内篇问》《内篇杂》《外篇》四个部分组成，里面有许多短小风趣的故事，有不少的寓言。

对于《晏子春秋》寓言，人们有很多争议，有的把它归为早期寓言，有的又把它归为战国寓言，原因就是年代上的所持观点不同。据对其中寓言的考察，我认为，即便此书成书于战国时代，但它是以晏婴的传闻写成的，并不完全是凭空的托言寄事，应该有一定的年代真实性。另外，据它的寓言看，虽然有许多精彩的篇章，但并没有脱去"解释性寓言"的性状，整体上来说还是"解释"的多，纯寓言的构建少，与墨子寓言仍有许多相同的性质。我以为可视为墨子寓言之前的一个寓言组成。

《晏子春秋》寓言在《古代中国寓言大系》中收录有28则，较出色的有《景公求雨》《景公出猎》《社鼠》《猛狗》《景公得金壶》《晏子之御》《悬牛头卖马肉》《晏子使楚》《桔与枳》等。

《晏子春秋》寓言在注重议论中有自己上乘的表现，如《社鼠》和《猛狗》。

《社鼠》：

> 社，束木而涂之，鼠因往托焉。熏之，则恐烧其木；灌之，则恐败其涂。此鼠所以不可得杀者，以社故也。
>
> 国亦有焉，人主左右是也。 （《晏子春秋·内篇问上》）

《猛狗》：

> 人有酤酒者，为器甚洁清，置表甚长，而酒酸不售。问之里人其故。里人云："公之狗猛。人挚器而入，且酤公酒，狗迎而噬之，此酒所以酸而不售也。"

国亦有猛狗，用事者是也。

“社鼠”说的是老鼠躲在用木头和泥涂的社庙里，烧也烧不得，灌也灌不得，故称为“社鼠”，而国王的左右就如社鼠一样。“猛狗”说的是一酒家有好酒卖不出去，原因是门口有一只猛狗把买酒的人都吓跑了，而国家的一些办事者就如猛狗一般。这两则寓言故事情节完整，形象生动，教训也深刻鲜明，但这一切却是在一种议论中说出来的，是为了议论而安排的情节。其实这些情节和形象完全可以脱离议论而单独存在，因为它并不像其他寓言那样，议论与寓言连接紧密，脱离开来也就无从依凭。不过，这一类寓言在《晏子春秋》寓言中数量很少。

《晏子春秋》寓言是议论成分很重的寓言，但有的议论性寓言却也在有限的表现条件下，显示了它的精湛，如《景公得金壶》：

景公游于纪，得金壶，乃发视之，中有丹书，曰：“食鱼无反，勿乘驽马。”

公曰：“善哉，如若言！食鱼无反，则恶其鱢也；勿乘驽马，恶其取道不远也。”

晏子对曰：“不然，食鱼无反，毋尽民力乎！勿乘驽马，则无置不肖于侧乎！”

公曰：“纪有此书，何以亡也？”

晏子对曰：“有以亡也。婴闻之，君子有道，悬之间；纪有此言，注之壶，不亡何待乎！” （《晏子春秋·内篇杂上》）

寓言说景公游历纪国故地时，得到一金壶中的丹书。晏子解释丹书说，这是治国的良方。景公问：纪国有此良方，为何亡国？晏子说治国的规章应写成文字，挂在里巷的门上供人遵守，而纪国却把它装在金壶里，不亡国才怪呢！这则寓言表面上是议论一只装有字的金壶，却充分地利用议论的手段把寓言的深刻寓意显示了出来，很富于启示性，也充满了智慧，可视为“解释性寓言”的精品。

在《晏子春秋》寓言中，还有《二桃杀三士》等寓言值得一提，虽然此中的寓味不很强，但这个故事的影响很大。另外《桔与枳》《晏子之御》等寓言对后世的影响也较大。

从以上的寓言看，《晏子春秋》寓言是议政型的寓言，不管什么题目，都要把它与朝政、国家的大事联系起来，就像《社鼠》《猛狗》这样的寓言，后面也有“国亦有……”的字眼。

《晏子春秋》寓言还有一个现象值得着重一提，即晏子在寓言中的角色，很有些像充满智慧的机智人物故事中的人物，几乎每一篇寓言都有晏子议论解释、演进寓言情节的情况。可以说他是中国古代寓言中最早的“阿凡提”，只不过阿凡提是智慧和风趣、笑话的结合，而晏子是智慧和严谨、认真、教训的结合。《晏子春秋》对后世寓言智慧人物的构建，影响是很大的。

在早期寓言中，《春秋公羊传》《春秋穀梁传》和《孙子》中也有少量寓言，以

《孙子》的两则寓言更能显示这一类著述中寓言的风貌。

《常山之蛇》：

> 率然者，常山之蛇也。击其首，则尾至；击其尾，则首至；击其中，则首尾俱至。
>
> 敢问兵可使如“率然”乎？曰：“可。”

《同舟共济》：

> 吴人与越人相恶也，当其同舟而济，遇风，其相救也，如左右手。
>
> （《孙子·九地篇》）

这是孙子无意中的作品，但仍简洁生动，还显得几分精巧。

第六节　早期寓言中的墨子寓言和孟子寓言

春秋战国早期寓言到了《墨子》寓言，其发展状态更加明显，在《墨子》寓言中所带有的多重表现，很早就为寓言界的学人所看重，认为他的寓言是春秋战国寓言走向成熟的接力站。

墨翟（约公元前468—公元前376年）春秋战国之际的思想家、政治家，墨家学派的创始人。相传原为宋国人，后长期住在鲁国。他早年曾学习儒术，后另立新说。他的政治主张有“尚贤”“尚同”“兼爱”“非攻”“节用”“节葬”“天志”“明鬼”“非乐”“非命”等，“兼爱”“非攻”是其学说的基石。战囤时，儒、墨两家影响大，同称为“显学”。

《墨子》是墨翟及其门徒著作的总汇。《汉书·艺文志》著录71篇，现存53篇。《墨子》善于推理，逻辑性强，其中有不少寓言。

一般来说，墨子的寓言是春秋战国时期从年代和成就上第一个受到关注的寓言作品，在一些认为《左传》《国语》中不存在寓言作品的选辑者那里，墨子寓言就是他们的“开篇”。这是由几个方面因素造成的：一是墨子作为“诸子”出现的年代较早；二是其著作中的寓言数量较多；三是墨子作为思想家，其思想体系也是“诸子”思想体系较为重要和著名的一家。在《古代中国寓言大系》中，墨子寓言收录有近30则，是被作为早期重要的寓言作家来对待的，也基本包含了《墨子》中的寓言。其中，较著名的寓言有《染丝》《楚灵王好细腰》《轮人与匠人》《行譬狗豨》《乐与室》《劝学》《邻家之父》《公输为鹊》《多言何益》等。

这时期的墨子寓言，一般故事情节都较单一，形象也谈不上什么生动和性格表现，但寓意还是深刻的。如《邻家之父》：

> 有人于此，其子强梁不材，故其父笞之。其邻家之父，举木而击之，

曰："吾击之也，顺于其父之志。"则岂不悖哉！ （《墨子·鲁问》）

寓言说一个人打自己不听话的儿子，一个邻居就拿木棍帮着打，说这是按他父亲的愿意干的。这则寓言情节很简单，形象也不生动，但"则岂不悖哉?"的一个反问，把一个较为深刻的寓理就带到人们面前，让人们深思。像这样的寓言，较好的还有《多言何益》：

子禽问曰："多言有益乎?"

墨子曰："蛤蟆蛙蝇，日夜恒鸣，口干舌擗，然而不听。

今观晨鸡，时夜而鸣，天下振动。多言何益？唯其言之时也。"

这则寓言的形象性就要比他的其他寓言强得多，也生动得多。世上的话的确不在多，公鸡的一声啼叫天下震动，青蛙的叫声无休无止，又有什么意义呢?

墨子寓言质朴无华，情节少而简单，多数的都是以寓理的深刻取胜，但是作为寓言文学本身还有许多不足，严格地说他的寓言有许多只是一种从譬喻中走出来的类比，比如《染丝》：

子墨子见染丝者而叹曰："染于苍则苍，染于黄则黄。所入者变，其色亦变。五入必，而已为五色矣。故染不可不慎也。"

非独染丝然也，国亦有染。

这样的寓言没有依靠寓言自身的故事情节和生动的形象，来把寓理形象化，而是用简单的"非独染丝然也，国亦有染"来达到这样的"过渡"。实际上，这样的"过渡"很多时候人们并不能明了，这时，也就只好靠前后行文的大段议论来议其不足了。《染丝》故事之后，也就出现了这样大段的议论文字："舜染于许由、伯阳，禹染于皋陶、伯益，汤染于伊尹、仲虺，武王染于太公、周公：此四王者，所染当，故王天下，立为天子，功名蔽天地，举天下之仁义显人，必称此四王者。夏桀染于干辛、推哆，殷纣染于崇侯、恶来，厉王染于厉公长父、莱夷终，幽王染于传公夷、蔡公穀：此四王者，所染不当，故国残身死，为天下谬，举天下不义辱人，必称此四王者。"靠这样的议论补充，整个"染丝"话题的提出，其意义才表达完整了。根据这种情况，人们认为墨子寓言是那种"解释性寓言"，或者说"议论性寓言"，去掉这些东西，它的很多寓言就与一般的比喻相差不远，但这也是春秋战国早期寓言的发展性状。就是这样的性状，使得这一时期的寓言在文章中处于"譬也者，举他物而以明之也"的地位，只是一种次要的依附物，不像后期寓言那样，进入思想体系成为文章的核心结构。

另外，把墨子寓言与《左传》寓言，以及《晏子春秋》寓言相比较而言，它们都是议论、解释性状的寓言，但前者是议政、议史，而后者是议理。这应该成为后世春秋战国寓言的两个方面的源头：一是诸子散文中的哲理寓言；二是历史散文中的政论寓言，它们应该说从两个方面对后世发生一定的影响。

过去，解说春秋战国早期寓言状况的主要落点就在墨子寓言，说它是早期寓言状况的代表者，但现今经深入研究看来，墨子寓言只能是主要代表者，前面有《左传》

寓言和《国语》寓言，以及《晏子春秋》寓言也表现了相同的性状。同样，在墨子寓言后面，也还有胡非子寓言、慎子寓言、尸子寓言等作为过渡，这样才能达到所谓成熟的孟子寓言。

胡非，墨家创始人墨翟的弟子，生卒年不详，撰《胡非子》。《汉书·艺文志》著录三篇，已佚。宋人李昉等编的《太平御览》中有佚文，其中有寓言《弓与矢》：

一人曰："吾弓良，无所用矢。"一人曰："吾矢善，无所用弓。"羿闻之曰："非弓，何以往矣？非矢，何以中的？"令合弓矢，而教之射。

寓言说一个人的弓好，找不到可用的好箭；一个人的箭好，也说找不到可用的好弓，最后一个叫后羿的把他们的弓箭相合，教他们射箭。这则寓言同样注重议论、寓理，但却比墨子中的寓言更具有情节性和寓言寓味了。说明胡非寓言在继承中又有所发展。

慎子的年代比胡非子要晚，但比孟子要早。

慎到（约前390—约前315），又称慎子，战国时法家人物。他是赵国人，曾为齐国"稷下学官"的著名学者，与邹衍、淳于髡、田骈、环衍等人并称于时。慎子的法家思想注重于"势"。《慎子》相传为慎到所著，《汉书·艺文志》著录42篇，已失传。现仅存辑录七篇，其中有较隽永的寓言。

慎子的寓言哲理性很强，已走上了由寓言自身的情节演进形象哲理路子。比如《定分》《腾蛇与飞龙》等。

《定分》：

一兔走街，百人追之，贪人具存。人莫之非者，以兔为未定分也。积兔满市，过而不顾。非不欲兔也，分定之后，虽鄙不争。

《腾蛇与飞龙》：

腾蛇游雾，飞龙乘云。云罢雾霁，与蚯蚓同，则失其所乘也。

（《慎子·威德》）

前者说一只兔子跑上街，大家都追，并且人们的贪心没人谴责，原因是兔子没有归属；而市场上的兔子多得很，但人们看都不看，则是因为兔子都有主人。后者则说龙、蛇乘云驾雾，非同一般，可一旦云收雾散，它们落到地上，却与蚯蚓差不多，缘由是它们失去了依托。慎子寓言数量不多，大都说的是相对而言的哲理，强调条件与表现的关系，认为许多事情的性状都是相对而言的。在这两则寓言中，寓言的独立成分就已经相当大，它们已经基本不需要另外议论和强调，其寓意就能显示，最多只是一些简单的提示也就够了。

几乎与慎子同一时代的尸子寓言也有这样的表现。

尸佼（约公元前390年—约公元前330年），又称尸子，战国时代法家人物，鲁国人。商鞅曾拜尸子为师，参与过商鞅变法的策划。商鞅被杀后，他逃入蜀地避难。尸佼的著作《尸子》《汉书·艺文志》著录20篇，将他列入杂家。原书已佚，现存辑录本。《尸子》有少量精美寓言，如《鹿》《医竘》等。

《鹿》：

> 鹿驰也，无顾，六马不能望其尘。所以及之者，顾也。

《医竘》：

> 有医竘者，秦之良医也。为宣王割痤，为惠王治痔，皆愈。张子之背肿，使竘治之。谓竘曰："背非吾背也，任子制焉。"治之遂愈。
>
> 竘诚善治疾也，张子委制焉。夫身与国亦犹此也，必有所委制，然后治矣。

在尸子寓言里，已经相当善于组织寓言的情节了。《鹿》这则寓言，虽然文字不多，但其中有两组简洁的情节：一是鹿无所顾忌地奔跑，而六匹马都追不上的场景；二是相反的一组情节，即鹿四顾之而被马追上。这两者对比而言，"顾也"的教训总结就出现了。《医竘》这则寓言也是善于组织情节的，而且还出现了虚拟的寓言人物"宣王"。但同时我们也看到，议论和解释在这则寓言中也还有一定的遗迹，如"夫身与国亦犹此也，"就是。

另外，这一时期的《商君书》《申子》等书中的寓言也值得一提。如《商君书》中的"东郭敞多愿"和《申子》中的"叶公好龙"。

《东郭敞多愿》：

> 齐人有东郭敞者，犹多愿，愿有万金。其徒请赒焉，不与，曰："吾将以求封也。"其徒怒而去之宋。 （《商君书·徕民》）

《叶公好龙》：

> 叶公子高好龙，钩以写龙，凿以写龙，屋室雕文以写龙。于是天龙闻而下之，窥头于牖，施尾于堂。叶公见之，弃而还走，失其魂魄，五色无主。
>
> 是叶公非好龙也，好夫似龙而非龙者也。 （《申子》）

前一则寓言说一个叫东郭敞的人有很多愿望。一次他希望得到万两金子，他的徒弟来借，他不肯，说是要用愿望中的钱去买官，他的徒弟一气之下就跑到宋国去了。后一则寓言则说叶公喜欢龙，到真龙来时又吓得五色无主，说他并不喜欢真龙，而是喜欢似龙非龙的东西。两则寓言一幽默一旷达，揭示都较深刻。

商鞅（约前390—前338），战国时法家人物，入秦为相后，辅佐秦孝公变法，奖励耕战，为秦统一打下了坚实基础。《商君书》相传是商鞅及其信徒所撰。《汉书·艺文志》著录29篇，今存24篇。全书质朴无华，有极少数寓言。

申不害（约前385—前337），又称申子，战国时代法家人物，郑国人。他的法家思想重"术"。在韩昭侯时，任韩相15年。相传为其编撰的《申子》《汉书·艺文志》著录六篇，今存辑录的《大体》一篇。

商鞅、申不害二人几乎是同时代的人，两人书中的寓言所见不多，但从以上两则来看，其寓言是较为成熟的、完整的，而且还富于寓言的情趣和机智。实际上，这两则寓言都是春秋战国寓言的名篇。

春秋战国时期是从前8—前3世纪，春秋战国寓言的起始一般为公元前8世纪末到前6世纪初。经过约300年的发展变化，到前4世纪时的孟子寓言出现，我们所谓的春秋战国早期寓言结束。

孟轲（约前372—前289），字子舆，战国时邹人。是继孔子之后的儒学大师，有“亚圣”之称。其政治主张的核心是“仁政”，哲学思想的基础是“性善论”。曾周游各诸侯国，一度仕齐为卿。因主张不见用，退而聚徒讲学。晚年与弟子共同编纂《孟子》一书。

《孟子》是儒家经典著作。该书记载了孟子的言行和学说，还保存了当时某些学派、人物的言行和学说。《汉书·艺文志》著录11篇，现存7篇。《孟子》基本上是一部对话语录集，但文学色彩浓郁。其文观点鲜明，气势磅礴，感情充沛，语言畅快，善用比喻说明事理。《孟子》中寓言不多，但得到的评价甚高。

相比较而言，春秋战国中儒家学派在寓言文学中的贡献不大，地位也不高，远远赶不上道家、法家、纵横家等在寓言文学上的贡献，而儒家学派在寓言文学上最有影响的也就是孟子寓言。

孟子的思想和文学方面早已有许多论叙，就其寓言而言，也有许多可称道之处，他的十数则寓言，可谓篇篇珠玑。对于《孟子》寓言，人们的辑录是很认真的，大凡寓言均已辑录之。在这些寓言中，著名的寓言是《五十步笑百步》《拔苗助长》《王良与嬖奚》《楚人学齐语》《攘鸡者》《齐人有一妻一妾》《弈秋》等。这些寓言在后世被广泛传颂，可列为春秋战国最优秀的寓言。

孟子寓言现实主义精神强烈，几乎每一则寓言都有对社会现实的揭露和批判。如《五十步笑百步》尖刻地揭露了梁惠王的伪善；《攘鸡》和《齐人有一妻一妾》更是辛辣地揭示了攘鸡者和齐人的丑恶嘴脸，讽刺性很强。孟子寓言在具有强烈的批判精神的同时，并不是为了讽刺而讽刺，而是把辛辣的讽刺与哲理的深刻发掘相结合，使你不光从中看到现实生活中的种种丑态，而且还能引起人们深深的理性思索。

孟子寓言艺术上的特色是很显著的，简洁明快，又形象生动。在他的寓言中，是以“语约而辞尽”的笔法取胜的，常常简略几笔，情节、画面就鲜明而生动。如《弈秋》《攘鸡》《拔苗助长》中就表现得非常充分。

《弈秋》：

> 弈之为数，小数也，不专心致志，则不得也。
>
> 弈秋，通国之善弈者也，使弈秋诲二人弈，其一人专心致志，惟弈秋之为听；一人虽听之，一心以为有鸿鹄将至，思援弓缴而射之。虽与之俱学，弗若之矣！
>
> 为是其智弗若与？曰：非然也。（《孟子·告子上》）

《攘鸡》：

今有人日攘其邻之鸡者。或告之曰：“是非君子之道。”曰：“请损之，月攘一鸡，以待来年，然后已。”如知其非义，斯速已矣，何待来年？

（《孟子·滕文公下》）

《拔苗助长》：

宋人有闵其苗之不长而揠之者，芒芒然归，谓其人曰：“今日病矣！予助苗长矣！”

其子趋而往视之，苗则槁矣。（《孟子·公孙丑上》）

《弈秋》这则寓言的形象哲理是无论学习什么，都得专心致志，聚精会神，否则就一事无成。《攘鸡》则告知人们，知道错了就应该立即改正，拖延只是一种掩饰，没有意义。《拔苗助长》则表明了不按客观规律办事，只能把事情办糟的哲理。

三则寓言在《孟子》中都是为了叙论某个道理或揭示某种现象而言的，但把它们作为纯粹的寓言也富于人生哲理。这三则寓言包含的情节、画面、哲理可谓是很丰富的，但语言却简约、生动、准确，有“一字不易”之美。

孟子寓言哲理深隽，但读之却很通俗亲切。他的寓言所选取的题材都是日常生活中的常见的小事，一经他铺陈成篇，再加上点染，就巧妙地把一些复杂深奥的哲理鲜明地显现了，既生动又耐人寻味。如《校人烹鱼》：

昔者有馈生鱼于郑子产，子产使校人畜之池。校人烹之，反命曰：“始舍之，圉圉焉；少则洋洋焉；悠然而逝。”

子产曰：“得其所哉！得其所哉！”

校人出曰：“孰谓子产智？予既烹而食之，曰：‘得其所哉！得其所哉！’”

故君子可欺以其方，难罔以非其道。（《孟子·万章上》）

寓言说郑子产得到一条活鱼，就叫管池塘的小吏放在池中，可是小吏却把鱼烹吃了，还花言巧语说鱼游到深水中去了。这则寓言要表现的主旨是“故君子可欺以其方，难罔以非其道”。这样的哲理一般人是很难理解的，但经寓言一铺陈，如此深刻的哲理就简单而鲜明，即：对于君子，你可以用合乎人情的方法欺骗他，但不能用违反道理的诡诈欺罔他。当然，人们还能从中引申出另外的形象意义来，如做君子不可老是心中无数，让人“欺其方”等等。

孟子其人刚直不屈，往往“说大人则藐之，勿视其巍巍然”。[①] 所以他的寓言还有感情激烈、词锋如刀的一面，读他的寓言，大有火味。如《齐人有一妻一妾》：

齐人有一妻一妾而处室者。其良人出，则必餍酒肉而后反。其妻问所与饮食者，则尽富贵也。

① 《孟子·尽心下》。

其妻告其妾曰："良人出，则必餍酒肉而后反，问其与饮食者，尽富贵也。而未尝有显者来，吾将瞷良人之所之也。"

蚤起，施从良人之所之，遍国中无与立谈者，卒之东郭蟠间，之祭者，乞其余；不足，又顾而之他。此其为餍足之道也。

其妻归，告其妾曰："良人者，所仰望而终身也，今若此！"与其妾讪其良人，而相泣于中庭。而良人未之知也，施施从外来，骄其妻妾。

由君子观之，则人之所以求富贵利达者，其妻妾不羞也，而不相泣者，几希矣！（《孟子·离类下》）

寓言说一个齐人每天出去乞食，回来后告诉自己的妻妾，说与富贵者一起饮食，后被妻发现真情还不自知。寓言描写了齐人的一系列的行为，并且让他在众人都真相大白的情形下，仍然做出一付骄狂的样子……其讽刺性之强烈在春秋战国中少见，这里包含了作者对这些卑劣的利禄之徒极大的鄙视和憎恶。

春秋战国早期寓言在孟子寓言这里画上了一个圆满的句号，按理，春秋战国寓言的另一个时期，即中期寓言就得在时间上相接而下，但实际上并不是如此。孟子可考的年代是前 372—前 289 年，而作为中期寓言的代表作家的庄子，可考的年代是前 369—前 286 年，只稍后孟子数年，也就是说，他们几乎是同时出现在战国时期的，从年代上不能相接，也没有承袭关系。故从寓言文学历史的关系而言，可以这样理解，即在孟子创造自己寓言的同时，庄子以另一种寓言风格，形成了春秋战国寓言的第一个高峰。也就是说，庄子寓言发生的时间与孟子寓言相同，但孟子寓言在一条时间线上结束一个时期，而庄子寓言在另一条时间线上开始了它的另一个时期，两条时间线在相当长的时间内是并列的。

第七节　春秋战国中期的庄子寓言

正如前节所叙，正当孟子寓言为春秋战国早期寓言画句号的时候，春秋战国中期寓言已经以另外一种风格的寓言拉开了它们的篇章，其中最突兀的高峰就是庄子寓言。按理，庄子寓言这一高峰的前面应该有一定的过渡和发展过程，就像早期寓言的发生、发展一样。早期寓言这样的发展当然也很不明显，但大致的脉络还是有的，还能看得出它们前进的阶梯，可这在中期寓言的历史描述中很难，几乎找不到这样的东西。这跟历史上发生在秦的"焚书"事件相关，也跟后来的流转轶失有关，正因为这样的原因，这一时期一开始呈现在人们面前的也就是庄子寓言了。历史的本来面目在后人的眼中是很难完全复述的，因为我们依据的也只有这些年代留存下来的作品。

庄周（约前 369—前 286），战国时宋国蒙人。他继承和发展了老子"道法自然"的观点，是战国时道家的主要代表人物。其家贫，住陋巷织鞋为生。曾为蒙漆园吏。著有《庄子》十余万言。

《庄子》又称《南华经》，为道家经典之一。《汉书·艺文志》著录52篇，现存33篇，分内篇7篇，外篇15篇，杂篇11篇。内篇为庄周自著，外篇和杂篇除庄周自著者外，还有庄周后学追记庄周学说的作品。庄周自称其书“寓言十九”，文章汪洋恣肆，想象丰富。在《庄子》中，寓言约有200余则，主要是为了庄周的哲学思想的形象表述。

对庄子寓言的思想内容，人们的说法多种多样，但大致有两种最有代表性，一是以公木先生为代表的强调批判现实的思想内容，如反对残害人民的战争，抨击统治者的残暴、昏庸、虚伪，揭露他们的假仁假义，还蔑视传统的陈腐观念，痛恨追求名利的无耻之徒等。另外一个是以陈蒲清先生为代表的认为庄子寓言的思想内容主要是为了宣扬他的哲学政治主张。我以为后一种观点比较符合作者的创作意愿，但同时也不可否认，公木所说的那些内容在寓言中确也有较多的表现。话说回来，后一种对庄子寓言内容的看法似乎太简单了些，而且寓言中出现的如公木所说的那种寓言目的思想内容，与陈蒲清认为是宣扬哲理也不是相对立的，它们有着一定的联系，应该融合起来看待它们。

庄子寓言的思想内容我以为应该从他的表现其远大志向的篇章说起。在庄子表现他一系列的哲理思想的时候,他时时在寓言中表现出这方面的内容。比如《鲲鹏和斥安》:

穷发之北有冥海者，天池也。有鱼焉，其广数千里，未有知其修者，其名为鲲。有鸟焉，其名为鹏，背若泰山，翼若垂天之云，抟扶摇羊角而上者九万里，绝云气，负青天，然后图南，且适南冥也。

斥安笑之曰：“彼且奚适也？我腾跃而上，不过数仞而下，翱翔蓬蒿之间，此亦飞之至也，而彼且奚适也?”

寓言说北面深海上有一条大鱼变成的巨鸟，一飞起来就直上九万里天空，背负着青天，向南方飞去。一只小鸟斥安嘲讥说，我在草丛中一飞几丈高不也飞得很好吗？它要飞哪里去呢？这则寓言庄子的主旨是对“小大之辩”的表现，但它却衬托出了庄子的远大志向和抱负，也证明庄子的精神体系建树的巨大背景，这也就是人们所说的非凡的宇宙感觉和宇宙背景。在这样的背景下，庄子以一种特有的起点和大气势来观照生人、社会，并从这里建设他的哲学体系和相应的社会、政治观点。像这样表现庄子志向和抱负的寓言还有《任公子钓鱼》《惠子相梁》《庄子钓于濮水》等。

庄子正是把自己立于这样的大背景，以非凡的想象和非凡的与天地融而为一的人格力量，用以寓言为主的方式，宣扬自己的“任自然”的思想观点。也就是说，庄子寓言的思想内容，从庄子的本意上来说，基本是围绕着“任自然”而言的，故而表现“任自然”的思想内容是其最主要的部分，但“任自然”到什么才是真正的“任自然”呢？这就是“齐生死”，这又衍生出关于此的另一部分的思想内容。再而，庄子的思想本性，必然与当时社会流行的各种观点相悖，产生激烈的对抗，应该说是最根本的哲学思想的对抗，这又激起了庄子的“对应”反击，这就是他提出的“绝圣弃智”，反对“机心”等。在寓言上就有一大批批判揭露各类人物嘴脸和现象本质的寓言出现，它们表现的就是如公木先生听说的强烈的批判现实的寓言思想内容。

在表现“任自然”的哲理思想内容方面，其寓言数量最大，好的寓言篇章俯首即拾。如《罔两问景》：

罔两问景曰：“曩子行，今子止，曩子坐，今子起。何其无特操与？”

景曰：“吾有待而然者邪！吾所待，又有待而然者邪！吾待蛇蚹蜩翼邪！恶识所以然？恶识所以不然？　　（《庄子·齐物论》）

这则寓言说影子的影子问影子为什么不能独立地行动，引出影子的一席话来说明我们人处于自然社会中某种意义我们并不知道为什么这样和为什么不这样的哲理，即自然自在状态人是难于窥测的。

那什么是自然呢？那就是“浑沌”，最有名的寓言就是《浑沌之死》：

南海之帝为倏，北海之帝为忽，中央之帝为浑沌。倏与忽时相遇于浑沌之地，浑沌待之甚善。倏与忽谋报浑沌之德，曰：“人皆有七窍，以视听食息，此独无有，尝试凿之。”日凿一窍，七日而浑沌死。

（《庄子·应帝王》）

寓言说倏和忽得到浑沌的好招待，故要报答它，就为浑沌凿七窍，以便能视听食息，可待七窍凿完，浑沌却死了。这则寓言表明为浑沌者不能为之窍，窍之则死。要归真，而无为。

又如《鲁侯养鸟》：

昔者海鸟止于鲁郊，鲁侯御而觞之于庙，奏九韶以为乐，具太牢以为膳。鸟乃眩视忧悲，不敢食一脔，不敢饮一杯，三日而死。

此以己养养鸟，非以鸟养养鸟也。

寓言说一只海鸟飞到鲁国，国王就摆上宴席让海鸟吃喝，并为海鸟奏音乐，而海鸟吓得昏头昏脑，不敢吃，不敢喝，三天就死了。人们说国王是以养自己的方式来养鸟。庄子在这里告诉人们：做事要顺自然，鲁侯不顺自然结果把鸟养死了，但怎样才能顺自然呢？也就是无为。

在表现“齐生死”的思想内容上，最著名的寓言就是《髑髅》：

庄子之楚，见空髑髅，髋然有形、撽以马捶，因而问之，曰：“夫子贪生失理，而为此乎？将子有亡国之事，斧钺之诛，而为此乎？将子有不善之行，愧遗父母妻子之丑，而为此乎？

将子有冻馁之患，而为此乎？将子之春秋故及此乎？”

于是语卒，援髑髅，枕而卧。夜半，髑髅见梦曰：“子之谈者似辩士。视子所言，皆生人之累也，死者无此矣。子欲闻死之说乎？”

庄子曰：“然”。

髑髅曰：“死，无君于上，无臣于下；亦无四时之事，从然以天地为春秋，虽南面王乐，不能过也。”

庄子不信，曰：“吾使司命复生子形，为子骨肉肌肤，反子父母妻子闾里知识，子欲之乎?”

髑髅深矉蹙额曰：“吾安能弃南面王乐而复为人间之劳乎!”

（《庄子·至乐》）

寓言说庄子一次到楚国去，遇到一个髑髅，并以髑髅为枕而卧。夜里梦见髑髅说死之快乐如“南面王乐”。庄子不信，说可以让其复生，髑髅则说它不愿再去受人间忧愁和劳苦了。这则寓言把生与死、苦与乐都相对而言之，最极致地表现了生与死同一的思想。

庄子的无为思想应该认真来理解它，它绝不是一般意义上的无所作为，而是有哲学目的的无为，他的这个无为的目的也就是为了达到“养生”这一哲学和人生的境界。因而，他的寓言思想内容的一部分表现的就是“养生”和“养生”的理想。其《庖丁解牛》就是这方面寓言的代表。

庖丁为文惠君解牛，手之所触，肩之所倚，足之所履，膝之所琦，砉然响然，奏刀骑然，莫不中音。合于《桑林》之舞，及中《经首》之会。

文惠君曰：“嘻，善哉！技盖至此乎?”

庖丁释刀对曰：“臣之所好者道也，进乎技矣。始臣之解牛之时，所见无非全牛者。三年之后，未尝见全牛也。方今之时，臣以神遇而不以目视，官知止而神欲行。依乎天理，批大却，导大窾，因其固然，枝经肯綮之未尝，而况大軱乎！良庖岁更刀，割也；族庖月更刀，折也。今臣之刀十九年矣，所解数千牛矣，而刀刃若新发于硎。彼节者有间，而刀刃无厚；以无厚入有间，恢恢乎其于游刃必有余地矣。是以十九年而刀刃若新发于硎。虽然，每至于族，吾见其难为，怵然为戒，视为止，行为迟，动刀甚微，谍然已解，如土委地，提刀而立，为之四顾，为之踌躇满志，善刀而藏之。”

文惠君曰：“善哉！吾闻庖丁之言，得养生焉。” （《庄子·养生主》）

这是中国文学史上带有经典性的文字，描述庖丁解牛的精湛技艺，其境界至今仍难企及。其中庖丁解说的解牛之道，其理性认识的深度和形象感至今仍为极宝贵的精神遗产。它虽为一则寓言，但它已超出一则寓言的意义。寓言表现的是“顺应自然”而“无为而治”，其“游刃有余”就是其“治”之最高的理想。

有所提倡就得有所反对，表现什么是无为的思想，自然也会相应表现什么不是无为的思想，以及“不可为”而“强为之”的严重后果。表现这方面的寓言也不少，如《胠箧探囊》《望洋兴叹》《丑女效颦》《邯郸学步》《东野稷之御》《狙搏矢》《汉阴丈人》等。

《狙搏矢》：

吴王浮于江，登乎狙之山。众狙见之。恂然弃而走，逃于深蓁。有一狙焉，委蛇攫搔，见巧乎王。王射之，敏给搏捷矢。王命相者趋射之，狙执死。

王顾谓其友颜不疑曰：“之狙也，伐其巧，恃其便以傲于，以至此殛也！戒之哉！嗟乎，无以汝色骄人哉！”（《庄子·徐无鬼》）

寓言说吴王登上猴山时，猴子们都逃走了，只有一只猴子在吴王面前卖弄灵巧。吴王用箭射它，它把箭都接住了，于是吴王命令随从一齐射，把猴子射死了。这则寓言说猴子显“巧”而受害，是“为之”而受害的深刻教训。在这方面，庄子还把这一类的“为”喻为“机心”来反对，如《汉阴丈夫》：

子贡南游于楚，反于晋，过汉阴，见一丈人方将为圃畦，凿隧而入井，抱瓮而出灌，搰搰然用力甚多而见功寡。子贡曰：“有械于此，一日浸百畦，用力甚寡而见功多，夫子不欲乎？”

为圃者仰而视之曰：“奈何？”曰：“凿木为机，后重前轻，挈水若抽，数如溢汤，其名为槔。”为圃者忿然作色而笑曰：“吾闻之吾师：有机械者必有机事，有机事者必有机心。机心存于胸中，则纯白不备；纯白不备，则神生不定；神生不定者，道之所不载也。吾非不知，羞而不为也。”

（《庄子·天地》）

寓言说子贡见一老人用瓦罐浇水很费劲，就劝他用机械。老人说，有机械必有机事、机心等，并影响心的纯洁，故而不用。寓言的哲学理性表现很精微，也很深刻。这则寓言说明人为的东西，会使自己在获实利的同时，也会反作用地妨碍自已。

庄子寓言围绕着“任自然”等一系列的题意，以各种方式和角度大量的在寓言中表现了这一内容，有许多是非常精彩的，比如对“无为”修养的境界描述的寓言《纪省子养斗鸡》：

纪省子为王养斗鸡。

十日而问：“鸡已乎？”曰：“未也，方虚骄而恃气。”

十日又问，曰：“未也，犹应响景。”

十日又问，曰：“未也，犹疾视而盛气。”

十日又问，曰：“几矣。鸡虽有鸣者，已无变矣，望之似木鸡矣，其德全矣，异鸡无敢应者，反走矣。”（《庄子·达生》）

寓言说纪省子为国王养斗鸡，十天时，有骄气，不行！又十日，反应太快，不行！又十日，气太盛，不行！再十日，已“呆若木鸡”。这样的鸡，别的鸡见了反身就逃。它描述了庄子“无为”境界的一种。这样的寓言还如《庄子妻死》：

庄子妻死，惠子吊之，庄子则方箕踞鼓盆而歌。

惠子曰：“与人居，长子老身，死不哭亦足矣，又鼓盆而歌，不亦甚乎！”

庄子曰："不然。是其始死也，我独何能无概然！察其始而本无生，非徒无生也而本无形，非徒无形也而本无气。杂乎芒芴之间，变而有气，气变而有形，形变而有生，今又变而之死，是相与为春秋冬夏四时行也。人且偃然寝于巨室，而我噭噭然随而哭之，自以为不通乎命，故止也"。

（《庄子·至乐》）

这则寓言说庄子妻子死了不哭，反而鼓盆唱歌，庄子说，人生死的运行与春夏秋冬四时的变化没什么不同。我若哭不是表明不通达天命吗？前一则寓言描述的"呆若木鸡"实为大智若愚的最形象的叙述，没有另外的寓言能表现得像它这么好了。后一则寓言的生死观描述，也超然物外，是一大境界的描述。

庄子的这一系列的思想内容表现，受到来自各家学派的抨击，庄子也进行了一定的反击，特别是对无谓的争战的批判和对儒家虚伪的揭露和批判最为辛辣，如《蜗角之争》《儒以诗礼发冢》等。

《蜗角之争》：

有国于蜗之左角者日触氏，有国于蜗之右角者日蛮氏，时相与争地而战，伏尸数万，逐北旬有五日而后反。"

（《庄子·则阳》）

《儒以诗礼发冢》：

儒以诗礼发冢。大儒胪传曰："东方作矣，事之何若？"小儒曰："未解裙襦，口中有珠。""《诗》固有之曰：'青青之麦，生于陵陂。生不布施，死何含珠为？'接其鬓，压其顪，而以金椎控其颐，徐别其颊，无伤口中珠！"

（《庄子·外物》）

前则寓言说蜗牛角上的两个国家为争地盘而打仗，打死数万人，并往北追击了半个月才回来。后则寓言说两个儒生，把所学的诗礼用于盗墓，并振振有词。这两则寓言都用极其夸张的手法，极尽讽刺之能事，深刻地揭示了他们的丑恶嘴脸。这两则寓言以其辛辣的讽刺，一直是后世最为称道的寓言。

庄子寓言的思想内容是很丰富的。在寓言中他所表现的内容主要是他所崇尚的哲学思想，并且用他最为广泛和深刻的理解，表达了思想内容的各个方面。现今人们认识他的思想内容，最根本的起点也就是他的寓言，可以说如果能完全地准确地把握其寓言的内容，那么理解他的哲学思想也就容易得多了。庄子的思想内容是大智大慧的，但又多半来源于对日常社会生活经验教训的总结，虽然庄子把这些"总结"多用于哲理的形象化，是一种哲学局度的内容，但它的基础和细节仍多是世俗生活的。

庄子寓言可谓是春秋战国最典型的哲理寓言。庄子寓言的文学历史意义很重要，它对春秋战国寓言的贡献是多方面的。归而言之，可以有以下几个方面：一是把寓言发展成为其著述的主体构成，使寓言不再像墨子寓言那样，在文中是可有可无的；二是最成熟最完整的寓言形象是庄子来完成的；三是寓言创作中的多种方式的建树和创造等等。

第三章　春秋战国寓言（二）

春秋战国寓言是中国古代寓言最繁盛的时期，用一章篇幅叙述会过于庞大，故分成两章列之，但实际的分节仍沿上章。

第八节　庄子寓言的艺术特色与成就

说庄子的文学艺术特色，最逼人而来的东西就是他奇特丰富的想象。在哲学思想的建树、政治观点的阐述，以及各种表现形式的创造、组织等方面，人们都可能有自己的独到之处和创造表现的可能，但在丰富奇特、瑰丽无比的想象方面，却很少有人能赶上他和超过他。这也就是庄子艺术特色和艺术成就的起点，庄子正是从这个起点上建立了自己的“独步的文笔。”① 这是对庄子文学而言的，实际上也可说是对其寓言文学而言。因为庄子的文学艺术方面的色彩，十之八九都是其寓言表现的。对此，两千年前的司马迁早有定论，即“其著书十余万言，大抵率寓言也。”②

总括起来，庄子寓言立意异想天开，奇巧自然，形象多姿多彩，感情丰富深沉而又激越奔放；诗意浓郁，结构开阖自如，自然旷达；语言无端生景，奇崛超拔；描述简洁生动，刻画细致人微。

理性和奇想的有机和谐统一是庄子寓言艺术最显著的特点。庄子的著述的根本是叙理的，但往往用一些“奇思怪想”而来的寓言故事和形象来表现，让文章显得超妙异常，因为这两者在庄子的笔下得到了最和谐的统一，如《望洋兴叹》《浑沌》《鲲鹏和斥安》《坎井之蛙》等。

《坎井之蛙》：

子独不闻夫坎井之蛙乎？谓东海之鳖曰：“吾乐欤！出跳梁乎井干之上，入休乎缺甃之崖；赴水则接腋持颐，蹶泥则没足灭跗；还奸蟹与科斗，

① 郭沫若：《闻一多全集序》。
② 《史记·老庄申韩列传》。

莫吾能若也。且夫擅一壑之水，而跨踌坎井之乐，此亦至矣，夫子奚不时来入观乎!”东海之鳖左足未入，而右膝已絷矣。于是逡巡而却，告之海曰：“夫千里之远，不足以举其大，千仞之高，不足以极其深。禹之时十年九潦，而水弗为加益；汤之时八年七旱，而崖不为加损。夫不为倾久推移，不以多少进退者，此亦东海之大乐也。”

于是坎井之蛙闻之，适适然惊，规规然自失也。（《庄子·秋水》）

寓言说一只住在浅井里的青蛙向东海的大鳖夸耀它的浅井是多么大，多么快乐的地方，并请大鳖参观。大鳖左脚还没有伸进浅井，右脚就绊住了，于是大鳖向青蛙描述了东海有多么大，弄得青蛙手足无措，若有所失。这则寓言在中国寓言史乃至世界寓言史上都有一定的影响。后人有许多仿作，但没有一则能与之相比，原因就在于它的奇想和理性的有机的结合。东海之鳖的大和坎井之蛙的小，这样的夸张和对比的描述，在中国庄子是第一人，像这样的寓言想象，也只有庄子能为之。这些都显出庄子别出心裁的创造和构思的奇伟大胆。寓言的哲理融入这样的构建中，理性使形象陡生光芒，形象也使理性的单调、枯涩变得丰润，鲜明生动可现。

感情丰富深沉而激越，是庄子寓言艺术的又一特色。庄子作为一个古代哲学家，他根本的是把“任自然、齐生死、求养生”作为一种思想的浪漫来追求，这样一来，其寓言在其深刻的理性构建中，就蕴含了庄子丰富深沉的情感表现。在他的寓言中，每一则寓言都与他的哲学大厦的建立相关，但也随处都可感觉到他丰富深沉的情感。如《庄子妻死》，它在显示他的“无为”境界时，也表达了他的生死、观，但也可说是为了抨击那些“作伪”数千年的伪态，推崇一种自然之态。寓言认为，整个的人情在某种意义上说都是伪态，尤其是与“自然之态”相比时更是如此。像这样的寓言还有《涸辙之鲋》：

庄周家贫，故往贷粟于监河侯。监河侯曰：“诺，我将得邑金，将贷子三百金，可乎?”

庄周忿然作色曰：“周昨来，有中道而呼者。周顾视，车辙中，有鲋鱼焉。周问之曰：‘鲋鱼来！子何为者耶?’对曰：‘我，东海之波臣也。君岂有斗升之水而活我哉?’周曰：‘诺。我且南游吴越之王，激西江之水而迎子，可乎?’鲋鱼忿然作色曰：‘吾失我常与，我无所处。吾得斗升之水然活耳，君乃言此，曾不如早索我于枯鱼之肆!’”（《庄子·外物》）

寓言说庄周因家贫借贷于监河侯，监河侯不借，只拿好听的话打发他，庄子忿然讲了一个关于车辙中鲋鱼受困的故事来讽刺他。这则寓言的立足点是讽刺说空话、大话的人，但其中的感情色彩是浓烈的，读之，庄周慷慨愤然的形象跃然纸上。像这样的寓言还有不少，理性的冷凝中，又常有那份情感的激越，实为千古的性情中人。

有时候，这份“激越”强烈时会像火一样的喷发，射向敌人，变为讽刺的尖刀。如《曹商使秦》：

宋人有曹商者，为宋王使秦。其往也，得车数乘；王说之，益车百乘。反于宋，见庄子曰："夫处穷闾厄巷，困窘织屦，槁项黄馘者，商之所短也；一悟万乘之主而从车百乘者，商之所长也。"

庄子曰："秦王有病召医，破痈溃痤者得车一乘，舐痔者得车五乘，所治愈下，得车愈多。子岂治其痔邪，何得车之多也？子行矣！"

（《庄子·列御寇》）

寓言说一个叫曹商的为宋王出使秦国，讨得秦王欢心，得赏了许多乘车，他由此来嘲笑庄周，庄周就用一个故事来反击，讽喻他所得车乘是靠舐痔所得，并不光彩！在这则寓言里，庄子对利禄之徒的讽刺是多么尖刻，尖刻得有几分霜寒之气。

在庄子寓言里，浓郁的诗意也是其艺术的特色之一。语言的生动自然是一个层面上的意义，但要有诗意就得有"心意"。庄子寓言在叙述寓言形象哲理时，就较充分地表现了它，使他的寓言不但有哲理的美，还有诗意的"味"。如《真人》：

古之真人，其寝不梦，其觉无忧，其食不甘，其息深深。真人之息以踵，众人之息以喉。……古之真人，不知说生，不知恶死；其出不䜣，其入不距；翛然而往，翛然而来而已矣。不忘其所始，不求其所终；受而喜之，忘而复之，是之谓不以心损道，不以人助天。是之谓真人。若然者，其心忘，其容寂，其颡頯；凄然似秋，暖然似春，喜怒通四时，与物有宜而莫知其极。

（《庄子·大宗师》）

这样的文字，不管它表现的哲理深浅如何，都可以作一篇散文诗来读，同时，这样的诗意还并不妨碍寓言的理性表达。

庄子寓言的结构自如旷达，语言无端生景，奇气逼人也是其艺术特色的表现。他的寓言故事的结构大多为多层次，一波三折，纵横跌宕，从来没有生涩之感。正如高似孙所说："如长江大河滚滚灌注，泛滥乎天下。又如万籁怒号，澎湃汹涌，声沉影灭，不可控抟。"[①] 如寓言《鲁少儒》：

庄子见鲁哀公。哀公曰："鲁多儒士，少为先生方者。"

庄子曰："鲁少儒。"

哀公曰："举鲁国而儒服，何谓少乎？"

庄子曰："周闻之，儒者冠圜冠者，知天时；履句屦者，知地形，缓佩玦者，事至而断。君子有其道者，未必为其服也；为其服者，未必知其道也。公固以为不然，何不号于国中曰：'无此道而为此服者，其罪死'"！

于是，哀公号之，五日，而鲁国无敢儒服者，独有一丈夫儒服而立乎公门。公即召而问以国事，千转万变而不穷。

庄子曰："以鲁国而儒者一人耳，可谓多乎？"（《庄子·田子方》）

① 见高似孙《子略》。

寓言说庄子见鲁国国君，说鲁国少有儒生。鲁君说，举国都有人穿着儒服，怎么儒生少呢？庄子说，穿儒服的人不一定是儒生。鲁君为此下了一道号令，不懂儒道而穿儒服者死罪，结果整个鲁国只有一个穿儒服的。这则寓言叙说的哲理是“面上的东西不一定是真的东西。”表明流行的东西多数是作伪者所为，是一种虚假。故事一层相关一层，最后是只有一个真儒者。如果仅仅为表现哲理而言，那只需前后两层结构就行，但这样的寓言故事趣味寡薄，寓言的哲理形象也不会丰满、鲜明、生动。

这是字数较多的寓言故事，但庄子寓言中字数较少的寓言在结构上也不是单一的。如《相呴相濡》：

泉涸，鱼相与处于陆，相呴以湿，相濡以沫，不如相忘于江湖。

（庄子·大宗师》）

这则寓言很短小，但它仍有两层结构，一是如何“处于陆”，二是“不如相忘于江湖”。这样的故事形象仍然让人感到生动、奇特、有趣。

简洁生动的描述，刻画的细致人微也是庄子寓言的艺术特色之一。在庄子寓言中，不管长篇的巨制，还是十数字的故事，简洁生动的语言都贯穿如一。长的故事不需多叙，前例中有许多长故事的寓言就可为证。短小的寓言更充分地表现着他的这一特色，并且这样的寓言很多，好作品也不少，如《大冶铸金》：

今之大冶铸金，金踊跃曰：“我且必为莫邪。”大冶必以为不祥之金。

（《庄子·大宗师》）

这则寓言写的对象是大冶所冶之金，却奇想中借金跃而言之，奇趣无比，其中给人的感触难以言说。并且，这二十余字的寓言，有故事，有情节，有哲理表述，动感十足。

在刻画细致方面，庄子寓言的表现更为充分。庄子在寓言文学大的结构上有很多建树，同时在“细部”的努力也是前无古人的。如他写人物的心理，“颜阖将傅卫灵公太子，而问于蘧伯玉曰：‘有人于此，其德天杀。与之无为方，则危吾国，与之有方，则危吾身。其知适足以知人之过，而不知其所以过。若然者，吾奈之何。”这样的一席话，把一个要去做太傅人的忧心和为难活灵活现地表达了出来，让人为之动容。

再如写人物，“縕袍无表，颜色肿哙，手足胼胝，三日不举火，十年不制衣，正冠而缨绝，捉衿而肘见，纳履而踵决，曳縰而歌商颂，声满天地，若出金石，天子不得臣，诸侯不得友”①。前后不过数十字，曾参其人的服、色、体、性、心等情态全跃然纸上，令人弥久难忘。

再如写神人：“肌肤若冰雪，绰约若处子，不食五谷，吸风饮露，乘云气，御飞龙，而游乎四海之外。”② 着墨不多，可形象美俊飘逸，呼之欲出，尤显其白描手法

---

① 《庄子·让王》。
② 《庄子·逍遥游》。

的精妙。

庄子的寓言成就是多方面的，除了以上的表述外，他在寓言中创造的一系列的寓言人物形象值得一提。这些寓言形象大致有：神的形象、动植物的形象、历史人物形象、劳动者形象、庄子本人的形象等。

在神的形象上，庄子对古代神话人物的加工自由度很大，完全根据自己的旨趣和寓言哲理的需要信手捻来，自由创造，而不是单纯地借用和加工。故而，庄子寓言中的神的形象多数是创造性的新的神的形象，如河伯、黄帝、海若、藐姑射神人、支离疏、真人等都是经过高度夸张而塑造出来的寓言形象。这些形象，有的还有个旧的神名，有的干脆连名字也是新的。至于以表现“德有所长，形有所忘”的“德充符”的神，更是庄子自己的发明。

现今的一般人认为，中国春秋战国寓言主要是人物寓言，因而有中国古代寓言不擅长动植物寓言的感觉。这至少在庄子寓言中是一个错误。在庄子寓言中，动物、植物寓言形象随处可见，蛇、龟、蚌、鳖、海鸟蜗牛；鱼、猴、羊、鼠、树、木、菌子、虫子等等都有，并且，这些形象描述的都是基于作者缜密的观察和深刻的体验，其形象意义一点也不比其他寓言形象差。

历史人物形象在庄子的利用和改造下，已在很大程度上脱离了历史故事的依附，大致上只是一个名字的借用，或者是对一个历史人物某些既成形象的应用，如孔子讲“仁”，那么孔子就成了仁的形象的人物代号。即如人们所言，是托古人、圣人之名，而行道家学派之实。这也完全是寓言形象的借用、应用，已经没有这些古人应有的形象特性了。这方面，在春秋战国寓言中有很大的意义，因为寓言，特别是中国的人物寓言如果不走出这一步，那寓言创作的天地是狭窄和受限制的，那寓言文学自身的发展就很难。在这一意义的开拓上，庄子寓言做得最好和最有影响力。

劳动者形象也是庄子寓言形象创造的一个重要方面，解牛的庖丁，谈读书的轮扁，承蜩的痀偻丈人，削木为镓的梓庆等。这些形象大都是被理想化了的形象，但正因为夸张了他们的某一方面，才赋予了他们寓言的形象意义，才成为丰满、生动、富含哲理的寓言形象。这些形象完全是庄子根据对现实生活的理解和观察而创造的，极大地丰富了春秋战国的寓言形象。

庄子本人的形象。在《庄子》寓言中，作为一个寓言形象的庄子多次出现，不管是庄子本人所为，还是后人所为，这都是一个创造。庄子这一形象在寓言中的应用性质与历史人物差不多，但它的存在还能有深一些的含义，即《庄子》一书的写作本身就是一种“寓言行为”，庄子本人作为寓言中的人物确也大有寓言中的味儿。在自己的寓言中出现自己的形象，可以说始于庄子，并对后来的寓言文学产生影响，如《郁离子》中的“郁离子”以及《艾子杂说》中的“艾子”等就是。

对庄子寓言的艺术成就，还有一件事情值得一提，即庄子的篇章组织形式。他的寓言，多是围绕着一个方面，组织多个寓言，行成一个中心，进行多方面、多角度的中心表达，故他的寓言很有气势。他的近200则寓言就是如此分门别类地组织在各篇之中。这也是《庄子》寓言的一个创举，对后来的韩非子的“储说”有明显影响。

总起来说，庄子寓言是春秋战国寓言的一个重要组成部分，对后代的影响是深远和多方面的。

第九节　中期的列子寓言及其他寓言

把列子寓言放在春秋战国寓言中颇有争议，原因是《列子》一书的真伪众说不一。现今的《列子》一书是东晋张湛等人整理、补遗作注的本子，不是西汉末年刘向校定的《列子》，所以有人认为《列子》是伪书，不能作为春秋战国时的著作；有的也认为此书不是伪作，可以视为春秋战国时的诸子著作；有的认为它部分伪作，部分是有据而依的，应区别对待。如果是伪作，那么列子寓言得归为魏晋寓言的范畴；如果不是伪作，并全盘肯定的话，那列子的寓言又应该放到庄子寓言之前来叙述，因为列子在世的年代先于庄子；如果是认为其部分不属伪作，区别对待之，那列子寓言的叙述年代就可灵活一些，可按哲学思想相近，而放到庄子寓言之后来叙述。这也是历史上人们的一般作法。本书就是采用的后一种看法，把列子寓言放到庄子寓言之后来叙述。

列子，名御寇，也作圄寇或圉寇，约前450—前375年间在世，战国初期宋国人。被当时人称为“有道之士”，从学者甚多。《庄子》在《逍遥游》等多篇章中都提到他，还专写有《列御寇》一篇。在《尸子·广泽篇》说“列子贵虚”，一般人认为列子的学说是接受了孔子学派的“正名”主张和老子的“清静无为”观点而建立的新学说。张湛的《列子序》论道：“其书大略明群有以至虚为宗，万品以终灭为验，神惠以凝寂常全，想念以著物为表，生觉与化梦等情，巨细不限一域，穷达无假智力，治身贵于肆仕。顺性则所之皆适，水火可蹈，忘怀则无幽不照，此其旨也。然所明往往与佛经相参，大归同于老庄。”

《列子》全书共八篇，即《天瑞》《黄帝》《周穆王》《仲尼》《汤问》《力命》《杨朱》《说符》。这是西汉末年经刘向校定、整理过的《列子》篇目，《汉书·艺文志》中著录的也就是刘向的校定本。后来，班固著录的《列子》在东汉末年和三国大动荡以及西晋永嘉之乱后，又再次散失，后经东晋张湛收集整理，得今日行世之本。

《列子》一书中的寓言颇丰，有百余则，是诸子文集中寓言较多者。在这些寓言中，有许多是春秋战国寓言的精湛之作，并以其特殊的表现在春秋战国中拥有相当的地位。但是，他也有些寓言与其他诸子寓言重复，虽然重出者中也不乏佳作，可是人们对这些重复的东西评价不高。

《列子》一书宣扬的哲学政治思想是“主正、贵虚”，其寓言也自然为其服务，“贵虚”的哲理思想也就是《列子》寓言必然的思想内容之一。应该说，“主正”“贵虚”是其所有寓言故事、寓言形象都要表现的东西，其表现应该如《庄子》寓言。但《列子》一书的寓言却有所不同，即它的寓言故事不像庄子那样是与其哲学思想融为一体的，他的寓言可以相对分离，这样一来，其寓言的思想内容表现也就相对游离于他的哲学主题。如《焦螟》：

江浦之间生么虫，其名曰“焦螟”。群飞而集于蚊睫，弗相触也；栖宿去来，蚊弗觉也。离朱、子羽方昼拭眦扬眉而望之，弗见其形；䚡俞、师旷方夜擿耳俛首而听之，弗闻其声。唯黄帝与容成子居空峒之上，同斋三月，心死形废，徐以神视，块然见之若嵩山之阿；徐以气听，砰然闻之若雷霆之声。（《列子·汤问》）

寓言说有一种虫叫焦螟，它们小得可以群集于蚊子的睫毛上，来去自如，不会相碰，人们很难看到它们的样子，听到它们的声音。只有黄帝和容成子在空峒山上同斋三个月后，心死形废，才看到焦螟如山一样，其声音如打雷一般。焦螟的形象在诸子著作中多次出现，但列子的描述却别有风趣。寓言用极其夸张的手法，十分生动形象地阐明了列子贵虚的思想，“虚”到什么样的境界呢？视“焦螟为丘山”，闻“其声如霹雷”。“虚”贵如此，可谓无以复加了。庄子寓言中表现的“无为”，讲究处于“材与不材之间”，在这点上它们有相通之处。

“主正”也是《列子》思想内容的一个方面，表现它的寓言不少，以《歧路亡羊》最为有名：

杨子之邻人亡羊，既率其党，又请杨子之竖追之。杨子曰：“嘻！亡一羊，何追者之众？”邻人曰：“多歧路。”既反，问：“获羊乎？”曰：“亡之矣。”曰：“奚亡之？”

曰：“歧路之中又有歧焉，吾不知所之，所以反也。”

杨子戚然变容，不言者移时，不笑者竟日。

门人怪之，请曰：“羊，贱畜，又非夫子之有，而损言笑者，何哉？”

杨子不答。门人不获所命。（《列子·说符》）

寓言说许多人追一只丢失的羊没有追到，因为歧路多，歧路中又有歧路，杨子听了猛悟到循正道之难，所以好长时间不讲话，数日不言笑。后人认为这则寓言的哲理是：学习要专一。要是不经意走入歧路，就会失去正确的方向。这个意义上的寓言教训也是正确的，并且非常生动形象，但列子的本意是“主正”哲学思想的表达，二者不矛盾，视点却不同。

以上二则可视为表现列子哲学思想内容的寓言，是有名的寓言佳作。但他另外有一批寓言更引人注目，这就是一批表现自然规律认识方面的寓言。在庄子寓言中，追寻的多是人生、社会的哲理，而列子却从另一个角度，着重追寻自然界事物规律的认识，这样，他的这方面的寓言就带有一定的科学色彩，形成其独有的特色。这样的寓言数量很大，有许多是列子寓言的著名篇章，如《杞人忧天》《两小儿辩日》《扁鹊换心》《偃师造人》等。

《杞人忧天》：

杞国有人忧天地崩坠，身亡所寄，废寝食者。又有忧彼之所忧者，因往晓之。曰："天，积气耳，亡处亡气。若屈伸呼吸，终日在天中行止，奈何忧崩坠乎？"

其人曰："天果积气，日月星宿，不当坠耶？"

晓之者曰："日月星宿，亦积气中之有光耀者，只使坠，亦不能有所中伤。"

其人曰："奈地坏何？"

晓之者曰："地，积块耳，充塞四虚，亡处亡块。若躇步跐蹈，终日在地上行止，奈何忧其坏？"其人舍然大喜，晓之者亦舍然大喜。

（《列子·天瑞篇》）

寓言说，有一个人老担心天要掉下来，地要坠下去，自己没有住处，弄得觉也不睡，饭也不吃。有个人去劝解，讲了一通天、地不会掉下来、坠下去的道理，好不容易才使之高兴起来。这则寓言反映了古代人对宇宙的观察和认识，虽然后来演化成了"杞人无事忧天倾"的寓言教训，但它给人的印象是新奇鲜明的，也开启了一扇思考的大门。

《两小儿辩日》：

孔子东游，见两儿辩斗，问其故。一儿曰："我以日始出时去人近，而日中时远也。"一儿曰："我以日初出远，而日中时近也。"

一儿曰："日初出大如车盖，及日中，则如盘盂，此不为远者小而近者大乎？"

一儿曰："日初出沧沧凉凉，及其日中，如探汤，此不为近者热而远者凉乎？"

孔子不能决也。两小儿笑曰："孰为汝多知乎？" （《列子·汤问》）

这则寓言被认为是讽刺儒家的先师孔子的无知，但寓言似乎并非仅仅如此，可以肯定地说，它反映了人类童年对自然的探索，具体为辩日之远近的问题，也说明从不同的角度去看待同一现象，肯定会有差距的道理。

《扁鹊换心》：

鲁公扈、赵齐婴二人有疾，同请扁鹊求治。扁鹊治之，既同愈，谓公扈、齐婴曰："汝曩之所疾，自外而干府藏者，固药石之所已。今有偕生之疾，与体偕长，今为汝攻之，何如？"

二人曰："愿先闻其验。"

扁鹊谓公扈曰："汝志强而气弱，故足于谋而寡于断。齐婴志弱而气强，故少于虑而伤于专。若换汝之心，则均于善矣。"

扁鹊遂饮二人毒酒，迷死三日，剖胸探心，易而置之，投以神药，既悟如初。

二人辞归。于是公扈反齐婴之室，有其妻子，妻子弗识，齐婴亦反公扈之室，而有其妻子，妻子亦弗识。二室因相与讼，求辨于扁鹊。扁鹊辨其所由，讼乃已。（《列子·汤问》）

《偃师造人》：

周穆王西巡狩，越昆仑，不至弇山。反还，未及中国，道有献工人名偃师。穆王荐之，问曰："若有何能？"偃师曰："臣唯命所试。然臣已有所造，愿王先观之。"穆王曰："日以俱来，吾与若俱观之。"

翌日，偃师谒见王。王荐之，曰："若与偕来者何人邪？"对曰："臣之所造能倡者。"穆王惊视之，趋步俯仰，信人也。巧夫！领其颐，则歌合律；捧其手，则舞应节。千变万化，惟意所适。王以为实人也，与盛姬、内御并观之。技将终，倡者瞬其目而招王之左右侍妾。王大怒，立欲诛偃师。偃师大慑，立剖散倡者以示王，皆傅会革、木、胶、漆、白、黑、丹、青之所为。王谛料之，内则肝、胆、心、肺、脾、肾、肠、胃，外则筋骨、支节、皮毛、齿发，皆假物也，而无不毕具者。合会复如初见。王试废其心，则口不能言；废其肝，则目不能视；废其肾，则足不能步。穆王始悦而叹曰："人之巧乃可与造化者同功乎！"诏贰车载之以归。（《列子·汤问》）

前一则寓言说两个人让扁鹊换了心之后，互相跑到对方家里去了。后一则寓言说的是一个叫偃师的人造了一个假人，能歌善舞，还能调戏国王左右的侍妾……这两则寓言都是中国古代典型的科学幻想寓言，前则寓言是医学上的幻想，后则寓言是制造上的幻想，两者都表达一种智慧的理想。也许它们纯粹的寓言教训很弱，但它们的寓言意义是新奇和特异的。

以上四则寓言表明，列子在寓言中追寻的是一种自然规律的发现和认辩，并得到形象的哲理认识。故事中不带一点迷信色彩和神秘色彩，而是利用了当时的一些科技成果，发挥自己的想象，展开对自然哲理的论辩，对自然哲理进行认真严肃的探索。这在当时是非常尖端的和先进的，因为"忧天"问题，日之远近的问题等，都是古代自然哲学中争论不休的问题，而列子利用寓言中人物的不同表述，表现了当时的各种各样的观点。列子这些寓言内容，自然是为他的哲学观点服务的，但他却给寓言带来了独特的具有深远影响的寓言话题。这样的寓言还有《阳里华子病忘》：

宋阳里华子，中年病忘，朝取而夕忘，夕与而朝忘；在途则忘行，在室则忘坐；今不识先，后不识今。

阖室毒之，谒史而卜之，弗占；谒巫而祷之，弗禁；谒医而攻之，弗已。

鲁有儒生，自媒能治之。华子之妻子以居产之半请其方。儒生曰："此固非卦兆之所占，非祈请之所祷，非药石之所攻。吾试化其心，变其虑，庶几其瘳乎!”于是试露之而求衣;饥之而求食;幽之而求明。儒生欣然告其子曰:“疾可已也。然吾之方密,传世不以告人。试屏左右,独与居室七日。”从之,莫知其所施为也,而积年之疾一朝都除。(《列子·周穆王》)

寓言说一个人得了健忘症,多方治疗都无效。一儒生前往,说这是心病,与病人住了七天,就化解了此人的心病。这则寓言的性质与前面的寓言相同,只不过它表现的是关于医治健忘症的幻想。

列子寓言思想内容的另一个引人注目的方面,这就是在于一组表现“学习”的寓言,它们是《薛谭学讴》《师文学琴》《纪昌学射》。

《薛谭学讴》:

薛谭学讴于秦青,未穷青之技,自谓尽之,遂辞归。秦青弗止,饯于郊衢,抚节悲歌,声振林木,响遏行云。薛谭乃谢求反,终身不敢言归。

(《列子·汤问》)

《师文学琴》:

瓠巴鼓琴而鸟舞鱼跃,郑师文闻之,弃家从师襄游。柱指钩弦,三年不成章。

师襄曰:“子可以归矣!”

师文舍其琴,叹曰;“文非弦之不能钩,非章之不能成。文所存者不在弦,所志者不在声。内不得于心,外不应于器,故不敢发手而动弦。且小假之,以观其后。”

无几何,复见师襄。师襄曰:“子之琴何如?”

师文曰:“得之矣。请尝试之。”

于是当春而叩商弦,以召南吕,凉风忽至,草木成实。及秋而叩角弦,以激夹钟,温风徐回,草木发荣。当夏而叩羽弦,以召黄钟,霜雪交下,川池暴冱。及冬而叩徵弦,以激蕤宾,阳光炽烈,坚冰立散。将终,命宫而总四弦,则景风翔,庆云浮,甘露降,澧泉涌。

师襄乃抚心高蹈曰:“微矣子之弹也!虽师旷之清角,邹衍之吹律,亡以加之。彼将挟琴执管而从子之后耳!” (《列子·汤问》)

《纪昌学射》:

甘蝇,古之善射者,彀弓而兽伏鸟下。弟子名飞卫,学射于甘蝇,而巧过其师。纪昌者,又学射于飞卫。

飞卫曰:“尔先学不瞬,而后可言射矣!”纪昌归,偃卧其妻之机下,以目承牵挺。二年之后,虽锥末倒眦,而不瞬也。以告飞卫。

飞卫曰:“未也。必学视而后可。视小如大,视微如著,而后告我。”

昌以牦悬虱于牖,南面而望之,旬日之间,浸大也;三年之后,如车轮焉，以睹余物，皆丘山也。乃以燕角之弧、朔蓬之簳射之，贯虱之心，而悬不绝。以告飞卫。

飞卫高蹈拊膺早曰："汝得之矣！"（《列子·汤问》）

"薛谭学讴"说薛谭跟秦青学唱歌。薛谭以为学得差不多了就向秦青告辞，秦青于是在郊外为他饯行，并唱歌送薛谭，这歌震动林木，天上的云彩也不动了。薛谭即向老师认错，要求留下，终身不敢再说要走。"师文学琴"说一个人弹起琴来鸟会跳舞，鱼会飞跃，于是师文就跟他学琴。可是，三年了师文还不能弹奏完整的乐章，师傅只好对师文说，你可以回家了。师文说，我并不是不能弹奏乐章，而是我心里没有灵感，乐器也没有反应，所以不敢放手弹奏，你看我以后的表现吧。不久，师文就给师傅弹琴，春天弹出秋天的感觉，秋天弹奏又能使人觉得春风徐徐，冬天弹五月音律时让人可感到炽热的阳光，夏天弹十一月音律江河会骤然冻结……"纪昌学射"说纪昌跟飞卫学射，飞卫令其先学不瞬，再学视。不瞬学二年，视学三年，而后纪昌用一根牛毛系一只虱子，用一支大箭射去，直中虱心，而牛毛未断。

这三则寓言在春秋战国表现学习哲理的寓言中是无与伦比的，可以说是人生关于学习技艺的至理。《薛谭学讴》这则寓言很精炼，但它表达的学习是没有尽头的道理令人叹喟不止，从某种意义说是最形象地表达了人们对"学无止境"认识和理解，"终身不敢言归"至情至理。《师文学琴》这则寓言故事优美生动，哲理即讲学习中"心"与"形"的关系，一个人学习什么技艺，如果无心，哪怕你是把手而教，也仍是"三年不成章"；如果学在心上，效果就会完全相反。《纪昌学射》则说的是要学习好只有勤学苦练的哲理。这则寓言用极夸张的手法，把苦练的情景表现得惊心动魄，给人印象很深。

像这样的寓言还有《列子问射》《造父学御》等。如果说列子寓言中那些带有科幻色彩的寓言不可替代，那这些表现学习哲理的寓言也是如此。并且在这方面寓言的影响下，列子寓言中还出现了表现乐舞极境的两则寓言，这就是《高山流水》和《曹娥善歌》。

《高山流水》：

伯牙善鼓琴，钟子期善听。伯牙鼓琴，志在高山，钟子期曰："善哉！峨峨兮若泰山！"志在流水，钟子期曰："善哉！洋洋兮若江河！"伯牙所念。钟子期必得之。

伯牙游于泰山之阴，卒逢暴雨，止于岩下。心悲，乃援琴而鼓之。初为霖雨之操，更造崩山之音。曲每奏，钟子期辄穷其趣。伯牙乃舍琴而叹曰："善哉，善哉！子之听夫志，想象犹吾心也，吾于何逃声哉！"

《曹娥善歌》：

曹娥东之齐，匮粮，过雍门，鬻歌假食。既去，而余音绕梁欐，三日不绝，左右以其人弗去。过逆旅，逆旅人辱之。曹娥因曼声哀哭，一里老幼，悲愁垂涕相对，三日不食，遽而追之。娥还，复为曼声长歌，一里老幼，喜跃抃舞，弗能自禁，忘向之悲也。乃厚赂发之。故雍门之人，至今善歌哭，放娥之遗声。（《列子·汤问》）

“高山流水”说伯牙善于弹琴，而钟子期善于听琴。伯牙弹琴表现高山，钟子期会叹之，妙呀，泰山！表现江河时，钟子期会说，妙呀，荡荡江河。伯牙在琴里弹什么钟子期就能感受到什么。“曹娥善歌”说曹娥善于歌唱，歌声会在梁上萦绕三日都不会散去。这两则寓言的影响很大，成为人们追寻的学习的理想境界，不管人们从什么样的角度来理解这两则寓言，都会被寓言中表述的景象所感动。由这两则寓言而衍生的“高山流水”“余音绕梁，三日不绝”已成为成语活在人们的语言中，并成为“知音”和歌之境界的最高范本。

列子寓言注意在自然规律的探寻面里表现深刻的认识和理解，而表现日常社会生活经验教训内容的寓言也不少，如《孙叔敖戒子》：

孙叔敖疾，将死，戒其子曰：“王数封我矣，吾不受也。为我死，王则封汝。汝必无受利地！楚、越之间有寝丘者，此其地不利而名甚恶。荆人畏鬼而越人信禨，可长有者其唯此也。”

孙叔敖死，王果以美地封其子，而子辞，请寝之丘，故至今不失。

（《列子·说符》）

寓言说孙叔敖死时诫训其儿子，不要接受国王的好封地，只接受楚、越之间一个叫寝丘的地方，这里地不好，地名也不好听，而楚人信鬼，越人讲迷信，你能长久拥有的就只有此地了。后来，果如其言。这则寓言是“匹夫无罪，怀璧其罪”的另一种写法，但要有寓言中孙叔敖的远见卓识，如果没有很丰富的日常的社会生活经验教训总结和体会是办不到的。

列子寓言中富于讽刺的寓言内容也不少，如《藏契者》《田夫献曝》等。

《藏契者》：

宋人有游于道，得人遗契者，归而藏之，密数其齿，告邻人曰：“吾富可待矣!”（《列子·说符》）

《田夫献曝》：

宋国有田夫，常衣缊黂，仅以过冬。暨春东作，自曝于日，不知天下之有广厦隩室，绵纩狐貉。顾谓其妻曰，“负日之暄，人莫知者，以献吾君，将有重赏!”（《列子·杨朱》）

前则寓言说一个人在路上拾到别人丢弃的契据，就回家藏起来，并告诉邻人，他要富起来了。后一则寓言说宋国一个农夫没有衣服，春天去晒太阳感到很暖和，于是觉得晒太阳好，他要把这一发现献给国王，以为肯定会得到重赏。这两则寓言短小精炼，把生态世象刻画得入木三分。

在列子寓言中，还有一则寓言值得一提，这就是《愚公移山》。这则寓言说的是北山愚公下决心移去太行、王屋二山的故事。故事虽带有一定的神话色彩，但描述的是一种人的不屈精神，并凝聚在愚公这个具体形象上，成为一种精神象征，被历代的中国人所敬仰，故而这则寓言的影响也是很大的。

列子寓言的来源是多方面的，有来自民间故事的，也有来自神话传说的，但作家自己创作的寓言也不少。列子寓言一般篇幅都较长，故事情节都较完整，形象性格也很鲜明；也许想象不如庄子寓言那么瑰丽，但也很丰富；在描摹人物的心理上细致入微，语言上也很简洁质朴。

读列子寓言，人们会感到他一个最与众不同的色彩，这就是对各种理想境界的描述。如对科幻性质的寓言的描述，这可以说至今科学想象都没能完全超越过它；再有对某些技艺极境的描述；再如对人们不屈的精神理想的描述和赞扬等等。而且，这一类寓言一直是列子寓言名篇的主要部分。从这方面说，列子寓言可谓是一种理想主义的寓言，他对人的各方面理想境界的追寻，许多至今仍是最高典范。当然，列子寓言的富于特色的表现是多方面的，也是特异的，比如他寓言的科学幻想色彩，以及对学习哲理教训的总结，和对学习方法的探讨等。这些方面的表现在春秋战国寓言中可以说是绝无仅有的。列子寓言的艺术成就应当是很高的，但后来的历史对他的寓言肯定不够，实际上，他的某些方面的成就，不低于庄子寓言，或者说，他是春秋战国中特色最显著的寓言作家。

春秋战国的中期寓言除了列子寓言，我们还能见到尹文子等人的寓言。

尹文，又称尹文子，生卒年不详。战国时名家学派的思想家，他先于公孙龙子，与宋钘齐名。他的思想强调名实要一致。《汉书·艺文志》著录《尹文子》一篇，今存《大道上》《大道下》两篇。

《尹文子》一书中的寓言不多，有十几则，但人们对他的寓言一向很看重，认为是春秋战国寓言中的名家寓言代表。确实，其寓言的表现大都是为了名家的“名”与“实”的思想表达服务的，具有名家特色，这样的寓言较有名的是《三石之弓》《黄公好谦卑》《盗与殴》等。

《三石之弓》：

> 宣王好射，说人之谓己能用强也。其实所用不过三石，以示左右。左右皆引试之，中关而止，皆曰：“不下九石，非大王孰能用之？”宣王悦之。
>
> 宣王用不过三石，而终身自以为九石。三石实也，九石名也，宣王悦其名而丧其多。（《尹文子·大道上》）

《黄公好谦卑》：

> 齐有黄公者，好谦卑。有二女，皆国色。以其美也，常谦辞毁之，以为丑恶。丑恶之名远布，年过而一国无聘者。
>
> 卫有鳏夫，失时冒娶之，果国色，然后曰：“黄公好谦，故毁其子不姝美。”

于是争礼之，亦国色也。

国色实也，丑恶名也，此违名而得实矣。　　　　（《尹文子·大道上》）

《盗与殴》：

庄里丈人，字长子曰："盗"，少子曰："殴"。"盗"出行，其父在后追呼之，曰："盗！盗！"吏闻，因缚之。

其父呼"殴"喻吏，遽而声不转，但言："殴！殴！"吏因殴之，几殪。（《尹文子·大道下》）

"三石之弓"说宣王喜欢射箭，所用弓不过三石的力量，但周围的人都讨好他说是九石，故宣王一生用三石弓，而以为是九石。

"黄公好谦卑"说黄公因为喜欢谦卑，自己有两个女儿很漂亮，却硬说很丑恶，弄得女儿过了年龄都嫁不出去。"盗与殴"说庄里丈人给大儿子取名为盗，小儿子取名为殴，一次误会，大儿子差点没让人打死。这三则寓言都是为了辨名、实而言；宣王重九石的虚名，终身只获三石之实，是"虚名"之误；黄公谦卑过分，失却实名，结果差点让自己的美貌女儿嫁不出去，是不敢面对实名之差；庄里丈人更可笑，为一个不必要的"误名"，差点把儿子打死，是失名之错。这三则寓言表现了尹文子名实思想的三个方面，富于哲理性，并从名家的角度，把社会生活中的经验教训鲜明地呈现了出来，为春秋战国时代贡献了一批很有特色的寓言。另外，这些寓言在艺术表现上较为突出，极具情趣，让人捧腹不已，也是春秋战国中不可多得的优秀寓言。

这一时期，还有另外一些寓言值得一提，如宋玉的《曲高和寡》、公孙龙子的《楚人遗弓》《公孙龙子与孔穿》、鹖冠子的《孰最善医》等。

第十节　春秋战国晚期的韩非子寓言

在庄子、列子等人寓言之后，春秋战国寓言就进入了晚期。在这一时期里，寓言文学有了一系列的变化，寓言从个人的特色寓言走向了汇集、归纳、整编与创作相结合的过程，明显有总结前人寓言成果的历史倾向。故而，这一时期的寓言显得色彩斑斓，多种多样，被人们称之为"杂色"，但这一时期的"集大成"的历史动因，把春秋战国寓言推向一个新的高峰，成为春秋战国寓言的一个重要时期。在这一时期中，著名的有《吕氏春秋》寓言，《战国策》寓言、《韩非子》寓言，其中以韩非子的寓言成就最大，是春秋战国晚期寓言文学的代表。

韩非（约前280—前233），战国末期思想家、政治家、法家的主要代表人物。他出身于韩国贵族世家。早年与李斯同以荀况为师。曾建议韩王变法图强，未被采纳。他学识渊博，但口吃，不善说道，却善著书。他接受了荀卿、老子、申不害、公孙鞅等人的学说，形成了自己系统的刑名法术之学，成为杰出的法理学家，是春秋战国时期最后的一位大思想家。他著有《孤愤》《五蠹》《说难》等十余万言，引起秦王重视，被邀请到秦国，不久为李斯、姚贾所陷害，自杀于狱中。

《韩非子》一书今存55篇，与《汉书·艺文志》的著录相同。多为韩非自撰，仅有少数可能为后学者补之。韩非子的文字犀利尖锐，严峻峭刻，咄咄逼人，曾被誉为战国文学的四大家之一。

在诸子散文中，一般的价值评判有二：一是思想价值；二是文学价值。对其他诸子，其文学的价值，既显示在寓言中，也显示在一般的行文中，而《韩非子》的文学价值却更多地显示在他的寓言故事中，故寓言文学在《韩非子》一书中的地位尤为重要。有人甚至说，《韩非子》在某种意义上就是一部寓言集。

在诸子书中，《韩非子》一书的寓言故事最多，据粗略统计，总共近400则，如除去重现的那部分寓言故事，以及一事两记标出"一曰"的寓言，还有340余则。

对韩非子寓言的思想内容，公木先生是这样来把握的。他说："韩非子寓言故事的一个最明显特征，就是比较全面而又系统地反映了韩非子的历史观、社会观、文艺观以及方法论和认识论。可以说，读韩非子的寓言故事，几乎等于读了一部法家思想辑要。……它说明韩非子寓言是典型的政治哲理寓言。"① 这样概括基本上是准确的，但"政治哲理寓言"只是韩非子寓言的外壳，更多的寓言内容是可以从这样的躯壳中脱离出来的，司马迁对它的评价："引绳墨，切事情，明是非"② 则可能更准确一些。

韩非子寓言思想内容虽然是围绕"法术、法理"而言，但它的表现是多方面的。

反对泥古，揭示事物发展的必然规律，极尽讽刺之能，对泥古者进行嘲讽和揶揄，是其寓言思想内容的一个重要方面。

在揭示托古者的虚妄上，最有名的寓言是《郑人争年》：

> 郑人有相与争年者。一人曰："吾与尧同年。"其一人曰："我与黄帝之兄同年。"讼此而不决，以后息者为胜耳。（《韩非子·外储说左上》）

这则寓言尖锐地指出了法先王者的所托愈古，愈无实质的虚妄本质。

对泥古、法先王者，韩非子在寓言中进行了最无情的讽刺和批驳，如人们很熟识的《尘饭土羹》《假越救溺》《卜妻为裤》《郑人买履》《守株待兔》等。

《卜妻为裤》：

> 郑县人卜子，使其妻为裤。其妻问曰："今裤何如？"夫曰："象吾故裤。"妻子因毁新令如故裤。（《韩非子·外储说左上》）

《郑人买履》：

> 郑人有欲买履者，先自度其足，而置之其座。至之市，而忘操之。已得

① 《先秦寓言概论》，第129页。
② 《史记·老庄申韩列传》。

履，乃曰："吾忘持度"。反归取之。及反，市罢，遂不得履。

人曰："何不试之以足?"

曰："宁信度，无自信也。" （《韩非子·外储说左上》）

《守株待兔》：

宋人有耕田者，田中有株，兔走触株，折颈而死。因释其耒而守株，冀复得兔。兔不可复得，而身为宋国笑。 （《韩非子·五蠹》）

第一则寓言说卜子叫老婆做一条裤子，老婆问做什么样的，卜子说做成旧裤子的样，卜子妻于是把新布毁损弄成一条如旧裤子的裤子。第二则寓言说一个人量了脚的尺寸去买鞋，到了市场发觉未带尺码，又回去取尺码，结果再赶回去人们已散场了。第三则寓言说有一个耕田者，见一只兔子跑来，撞死在树桩上，他因此把工具放下，等在树桩前，希望再有兔子撞树桩而死。这几则寓言的教训都是同一的，都是对泥古不化的讽刺和揭示，让人从嘲笑他们的愚蠢行为中认识到"变法"的重要性。同时也形象地表明了世界上的事物没有一成不变的真理，告诫人们要正确对待历史的变化和发展。

反对泥古，要求变法，顺应社会历史的变化，但同时又要认清时世社会的新的社会关系和新的观念，故表现社会关系，揭示新的生活本质，又是韩非子寓言思想内容的另一个方面。如《卫人教女》《蝇有两口》《夫妻祷者》等。

《卫人教女》：

卫人嫁其子而教之曰："必私积聚。为人妇而出，常也；其成居，幸也。"

其子因私积聚。其姑以为多私而出之。其子所以反者，倍其所以嫁。其父不自罪于教子非也，而自知其益富。

今人臣之处官者，皆是类也。 （《韩非子·说林上》）

《蝇有两口》：

虫有蝇者，一身两口，争食相龁也。遂相杀，因自杀。人臣之争事而亡其国者，皆蝇类也。 （《韩非子·说林下》）

《夫妻祷者》：

卫人有夫妻祷者，而祝曰："使我无故，得百束布!"其夫曰："何少也?"对曰："益是，子将以买妾。" （《韩非子·内储说下》）

"卫人教女"说一个人嫁女儿时教女儿要多积私房钱，后女儿因积私房钱过多被休了，回家时带回来的钱财比嫁时还多，父亲不但没有检讨自己教育失误，反而很高兴。"蝇有两口"说虫中有一种一个身子两个嘴巴的毒蛇，它们为争食物，互相咬杀，最后自己把自己咬死了。"夫妻祷者"说夫妻俩去祷告，妻说保佑得一百串钱，夫说为什么只要这么点么，妻说多了你就会拿钱去买小老婆。

随着社会和时代的变化，旧的社会关系和观念，已为经济利益和政治上权势所代替，人与人之间的关系变成了以“利”为中心的关系，对这样的现实人们要有清醒的认识。当然，韩非揭示这样的新型关系并不是为了完全否定它们，而是说明社会中以“利”为中心的结构关系，正好是“术”和“势”法家观点治理国家的基础。这样，韩非子寓言中又有很多寓言内容是宣扬“术”和“势”的。如“术”方面有：《涸泽之蛇》《扁鹊见蔡桓公》《詹何之术》《争买璞玉》等。

《涸泽之蛇》：

泽涸，蛇将徙。

有小蛇谓大蛇曰：“子行而我随之，人以为蛇之行者耳，必有杀子者；子不如相衔负我以行，人必以我为神君也。”

乃相衔负，以越公道而行。人皆避之曰：“神君也！”

（《韩非子·说林上》）

《扁鹊见蔡桓公》：

扁鹊见蔡桓公，立有间，扁鹊曰：“君有疾在腠理，不治将恐深。”桓侯曰：“寡人无疾。”扁鹊出，桓侯曰：“医之好治不病以为功。”

居十日，扁鹊复见，曰：“君之病在肌肤，不治将益深。”桓侯不应，扁鹊出，桓侯又不悦。

居十日，扁鹊复见，曰：“君之病在肠胃，不治将益深。”

桓侯又不应。扁鹊出，桓侯又不悦。

居十日，扁鹊望桓侯而还走。桓侯故使人问之，扁鹊曰：“病在腠理，汤熨之所及也；在肌肤，针石之所及也；在肠胃，火齐之所及也；在骨髓，司命之所属，无奈何也。今在骨髓，臣是以无请也。”

居五日，桓公体痛，使人索扁鹊，已逃秦矣，桓侯遂死。

故良医之治病也，攻之于腠理，此皆争之于小者也。夫事之祸福亦有腠理之地，故圣人蚤从事焉。（《韩非子·喻老》）

《争买璞玉》：

宋之富贾有监止子者，与人争买百金之璞玉，因佯失而毁之，负其百金，而理其毁瑕，得千溢焉。（《韩非子·说林下》）

“涸泽之蛇”说因泽干涸蛇要迁徙，小蛇对大蛇说，我们就这样走，人们定以为是一般的蛇，会来杀我们，如果你背负着我，人们定以为是神而避开。后来果然如此。“扁鹊见蔡桓公”说名医扁鹊拜见蔡桓公，对蔡桓公说，君王有病了，蔡桓公不信，说医生喜欢为没有病的人治病，以显其高明。十天后，扁鹊见到蔡桓公又说，君王的病已经到了肌肉，桓公很不高兴。又十天后，扁鹊见到蔡桓公又说，病已到了肠胃……桓公更不高兴。又过了十天，扁鹊见了蔡桓公掉头便走了，说病已到了骨髓没法治了。五天后，蔡桓公浑身疼痛派人去找扁鹊，扁鹊早逃走了。不久，桓公便死了。“争买璞玉”说两人争着买一块璞玉，一人故意失手打坏了它，赔了百金，得了璞玉，后来他修理好摔坏的地方，卖得了千金。

《涸泽之蛇》这则寓言一般人认为它是说利用诈骗手段蒙混过关，但它实际表达的是一种“术”的应用，法家人物赞成用一定的手段达到目的。《扁鹊见蔡桓公》这则寓言也是从“术”的角度而言的，讲治世要从早从小处做起。但它也表现了一个普遍的哲理，即防患于未然，及早消除不利因素，这则寓言在后世有很大的影响，是春秋战国寓言的名篇。《争买璞玉》这则寓言的一般的哲理教训是，用小的牺牲换取大的收获，但韩非子在其中表达的不止这些，讲的还有“佯而毁之”的手段。

说“势”的寓言有《目不见睫》：

楚庄王欲伐越，杜子谏曰：“王之伐越何也?”曰：“政乱兵弱。”杜子曰：“臣患智之如目也。能见百步之外，而不能自见其睫。王之兵自败于秦、晋，丧地数百里，此兵弱也；庄跻为盗于境内，而吏不能禁，此政之乱也。王之弱乱非越之下也，而欲伐越，此智之如目也。”王乃止。

故知之难，不在见人，在自见。故曰：“自见之谓明。”

（《韩非子·喻老》）

寓言说楚庄王想去讨伐越国，理由是越国政乱兵弱。大臣杜子说，我们就像眼睛看不到睫毛一样，同样也是政乱兵弱。故自知之明是很难的呀！这则寓言表面上说的是识己之明，但韩非子寓言的主旨是“储说”为君者要审时度势，要认清自己，以求“明”，这样才能依“势”而行，治理好国家。

在如此强调法、术、势的情况下，实和用又是其寓言必然要表现的思想内容，实际上的韩非确也有大量寓言表现了这方面的内容。如《王寿焚书》《鲁人徙越》《滥竽充数》《谢稽之讴》等。

《鲁人徙越》：

鲁人身善织屦，妻善织缟，而欲徙于越。或谓之曰：“子必穷矣!”鲁人曰：“何也?”曰：“屦为履之也，而越人跣行；缟为冠之也，而越人被发。以子之所长，游于不用之国，欲使无穷，其可得乎?”

（《韩非子·说林上》）

《王寿焚书》：

王寿负书而行，见徐冯于周涂。

冯曰：“事者，为也，为生于时，知者无常事。书者，言也，言生于知，知者不藏书。今子何独负之而行?”

于是，王寿因焚其书而舞之。

故知者不以言谈教，而慧者不以藏书箧。（《韩非子·喻老》）

《滥竽充数》：

> 齐宣王使人吹竽，必三百人。南郭处士请为王吹竽，宣王说之，廪食以数百人。
>
> 宣王死，湣王立，好一一听之。处士逃。　　（《韩非子·内储说上》）

《鲁人徙越》说有个鲁国人很会织麻鞋，妻子很会织生绢，而他们却要迁居到越国去，而越国的人光脚不穿鞋子，披发不戴帽子，人们说他们到越国肯定得受穷了。《王寿焚书》说王寿背着书走路，路上遇见徐冯，徐与他说了一通"聪明人不用箱子藏书"的道理，王寿就高兴地把书烧了。《滥竽充数》说齐宣王喜欢听人吹竽，并且要三百人一齐吹，南郭处士冒充自己能吹竽，宣王很高兴也给了他一份吹竽人的工资。到宣王死后，湣王也喜欢听人吹竽，但喜欢一个一个地听，于是处士只好逃走了。

《鲁人徙越》这则寓言说的是有用的技艺才是实在的技艺，如果无用之技艺也就不算什么技艺了。像鲁人这样离开用得着自己手艺的环境，那他的手艺就没有什么价值了。《王寿焚书》是一则强调实际重要的哲理寓言，反对教条和死啃书本。《滥竽充数》这则寓言很有名，教训没有真才实学的人跟着混混是可以的，一旦要真本领时，就只好逃之夭夭。从这几则寓言看，大致都讲的是一个道理，就是讲究"实"和讲究"用"。

韩非子寓言表现的思想内容是多方面的，除以上几个方面外，还有些思想内容方面，比如《石邑深涧》表现"明刑"，《曾子杀猪》表现君王的"信"等等。

这些寓言在为韩非子法家思想的表现服务时，有许多精妙之处，但这些寓言的思想内容又能够从日常社会生活经验教训上来认识，或者说，这些寓言的经验教训本来就来自于生活，是寓言作家或哲学家、思想家应用了它，用它们来表现各自的思想体系。不管怎么说，这些寓言都包容了一些最一般的生活哲理，有许多方面对日常生活的本质揭示，形象、深刻和常见。《画鬼最易》就是这样的寓言：

> 客有为齐王画者。齐王问曰："画孰最难者？"曰："犬马最难。""孰最易者？"曰："鬼魅最易。夫犬马，人所知也，旦暮罄于前，不可类之，故难；鬼魅无形者，不罄于前，故易之也。"　　（《韩非子·外储说左上》）

寓言说人们画狗和马最难画，因为早晚都能见到，知道它们是什么样子，而画鬼最容易，因为鬼谁也没有真正见过。

这则寓言描述的是一个很常见的生活现象，可作者却从中揭示了很深刻的生活哲理，说明越是说不清楚的东西越能糊弄人，越是最常见的事物却最难描述。寓言的本意是为了批驳"托古之伪"，却同时揭示一种生活的真理。这方面，韩非子寓言也与其他寓言相同，他们寓言的形象、智慧都大于它们表现的思想本身。

第十一节　韩非子寓言的艺术特色

春秋战国寓言在中期的庄子寓言那里，是神采飞扬的寓言，但到了晚期的韩非子寓言这里，却走向了社会的实际生活，从理性的智慧变成了世俗的平实的智慧，虽然追寻的东西性质是一样的，但机趣趋向却不相同，但这正是韩非子寓言的艺术特色的主要表现。公木先生说："读庄子寓言，使人感到宏深玄妙，诙诡谲怪，汪洋恣肆，大有'涉太虚，而游惚恍之庭矣'之奇想；寓言也仿若那个不为世事所扰者手中的'拂尘'，以嘻笑怒骂之情，挥掸着人世的尘垢。而读韩非子寓言，则使人感到抉剔世情，深入隐微，真切通俗，辩悍峭奇，大有'心骇而神动''绝有气力光焰'的实感；寓言也犹如那个冲杀氛围'救世者'手中的长枪短剑，以'刻暴寡恩'之锋刃，为创建统一的专制帝国而开道。如果把庄子寓言表现出的这种特色，称为富有诗意的浪漫主义风格，那么，韩非子寓言所显现出的这种特色则可概括为……现实主义风格。"①

公木先生真切地划出了春秋战国两大寓言代表作家的艺术表现分越，虽然某些观点上可以商榷，但基本的旨趣是正确的，韩非子寓言的艺术特色确也得如此来认识。

最成功地加工改造历史故事，以及完整地包含春秋战国寓言创作的所有来源，显现其集大成者的风貌，是韩非子寓言艺术上的第一特色。

在韩非子的340余则寓言里，源于神话题材的5则，动物题材的4则，改造加工历史故事成为寓言的260多则，引述民间故事和把谚语、格言故事化的70多则……在这里，改造加工历史故事成为寓言的比例，约占总数的76%，每10则寓言里，有7则源于此。这在春秋战国寓言中是少见的，可以说正是韩非子最多地体现了春秋战国寓言重史的特色，也充分体现了他寓言的现实主义风格。

韩非子寓言中来源于神话的寓言很少，但在现实理性精神弥漫的北方国度中，已经是很可贵的了。他纯粹引神话的寓言大概只有一则，是《好音穷身》，另外的经过夸张拟人化手法创造的神话系统的寓言有《涸泽之蛇》《蚘有两口》《三虱争彘》《鸟有啁啁者》等。在这方面，韩非子明显受庄子寓言的影响，如果把《三虱争彘》与庄子的相同寓言相比，就可得出结论。

《三虱争彘》：

> 三虱食彘相与讼，一虱过之，曰："讼者奚说?"三虱曰："争肥饶之地。"一虱曰："若亦不患腊之至而茅之燥耳，若又奚患?"于是乃相与聚嘬其身而食之。彘臞，人乃弗杀。　　　　（《韩非子·说林下》）

---

① 《先秦寓言概论》，第136页。

《濡需者》：

濡需者，豕虱是也。择疏鬣，自以为广宫大囿；奎蹄曲隈，乳间股脚，自以为安室利处。不知屠者之一旦鼓臂布草，操烟火，而已与豕俱焦也。

（《庄子·徐无鬼》）

《三虱争彘》说三只虱在一头肥猪身上争吵，要占肉肥血多的地方，一只虱过来说，难道不怕杀猪祭祖的茅草烧死你们，何必计较。于是三只虱拼命吸血，猪因此变瘦，最后没有被杀。《蠕需者》说猪身上的虱子，在毛稀疏之处，以为是大宫殿、大花园；在猪乳间与猪腿间，又以为是安居的好地方，殊不知一旦屠夫挽起袖子，一把茅草就把虱子和猪一起烧焦了。这两则寓言相比较下来，情节、故事区别不大，不过应用不同，前者还明显带有从后者蜕化而来的痕迹，只不过韩非子寓言要具体形象些。

如前所叙，历史故事是韩非子寓言故事的主要来源。在韩非子之前，这种利用改造历史故事在诸子中是常事，但毕竟是涓涓细流，可到了韩非子就汇成了江河湖海。首先在涉及的历史人物上，可谓蔚为大观，有百余，早的有尧、舜、汤、文、武诸先王；近者有齐桓公、赵勾践、韩昭侯、晋文公、楚庄王等明君智主；忠者有伊尹、管仲、周公、百里奚等；奸者有李兑、竖刁、费仲、易牙、优施、田桓、子罕等；士则有孔子、墨翟、惠施、商鞅、吴起、申不害、张仪、苏秦……可谓三教九流，无所不包。

在故事上更是广采博收，无所不为，只要符合寓言要求的故事，韩非都囊而括之。这不仅确立了中国古代寓言取材于历史故事的优良传统，还加强了寓言故事的真实性和可信性，拓宽了春秋战国寓言题材的领域，在创作手法上也有很大的贡献。

韩非子大量使用历史故事作为其寓言的题材，除了他本人的创作趋向外，还与当时的历史相关。在韩非子所处的战国后期，中国的历史学已经非常发达，并取得了重要的成就，已有《春秋》《左传》《竹书纪年》等编年史，又有《尚书》《国语》《战国策》等国别史，另外还有晋之《乘》，楚之《祷杌》，鲁之《春秋》等，这些浩繁的史书，为韩非子利用历史故事改造加工寓言，提供了大量的素材。据统计：韩非子寓言故事有39则来自《左传》，近40则来自《战国策》，或与《战国策》故事相同。就连距韩非死前6、7年成书的《吕氏春秋》中的故事，在韩非子寓言中也有借用或称引。可以说韩非子是最大限度地利用了这一有利条件，相对而言，春秋战国早期的诸子就没有这样的条件。

如此用寓言方式总结历史的经验教训，一是“储说”方面，二是借古、托古，容易得到人们的，特别是君王的信任（这一手法与今日的“伪纪实”手法相同），用历史纪实的手法，增加寓言的可信度。韩非子正是利用这些，以及自己所具有的渊博的学识和文学修养，在这类寓言的创作上，创造出了远远高于其他诸子的卓越成就。

利用富于哲理性的谚语、格言赋予具体的形象并加以故事化，这又是他寓言来源和创作的一个方面。韩非子在寓言创作中，非常注重对格言、谚语的利用，而且利用很广泛，他不但从《老子》《左传》《尚书》中吸取这样的营养，还从《周易》中也吸取这样的营养。

《扁鹊见蔡桓公》（见前例）这则寓言表现的就是“图难于其易，为大于其细”的格言。再如《老子》六十四章曰：“圣人欲不欲，不贵难得之货；学不学，复众人之所过。”的格言。此文辞深奥难解，而韩非就据此而创作了《王寿焚书》等两，个寓言来具体形象地表现其内容。再有像《释车下走》的依据就源于《周易》的“贲其趾，舍车而徒。”①

齐景公游少海，传骑从中来谒曰：“婴疾甚，且死，恐公后之。”

景公遽起，传骑又至。景公曰：“趋驾烦且之乘，使驺子韩枢御之。”

行数百步，以驺为不疾，夺辔代之；御可数百步，以马为不进，尽释车而走。

以烦且之良，而驺子韩枢之巧，而以为不如下走也。

（《韩非子·外储说左上》）

寓言说景公到渤海巡游，使者告知宰相晏婴病重，要死了。景公立即驾上一匹好马，用一个好车夫往回赶，没走几步景公觉得车太慢，夺过鞭子自己赶起来；一会儿又觉马跑得慢，于是自己下车跑起来。这则寓言借取了前者的形式，并形象化、故事化、具体化。

韩非子借用谚语、格言的寓言创作，在其总的寓言创作中有较大的意义，即大部分属韩非子自己创作的寓言均源于此。另外，这一部分寓言在韩非子寓言中约占22%，是除利用历史故事加工改造寓言之外的又一个重要的寓言组成部分。

韩非子寓言的故事虽然富于智慧和教训深刻，但故事从总体上不如庄子等人的寓言故事那样优美动人，他有的寓言故事从结构到情节都很合理、很生动，总体上来讲却平实了些，但他寓言的人物形象、论辩气势，语言运用等却有很鲜明的特色。

首先是他寓言中拥有一批性格鲜明的寓言形象，如愚人形象、坏女人形象、孔子形象等。其中最有影响，最成功的是愚人形象，主要有宋人、郑人、鲁人、卫人等，尤以宋人和郑人刻画最成功。这些郑人、宋人形象着墨不多，却均活灵活现。这样的寓言有《郑人争年》《郑人买履》《颍水纵鳖》《买椟还珠》《得车轭者》《守株待兔》等。

《颍水纵鳖》：

郑县人卜子妻之市，买鳖以归。过颍水，以为渴也，因纵而饮之，遂亡其鳖。

（《韩非子·外储说左上》）

寓言说郑人卜子之妻到市场上买了一只鳖，过河时，以为鳖渴了，就放进水里让其喝水，结果鳖逃跑了。这则寓言描写了一个四六不懂，傻乎乎的郑人卜子之妻的形

① 《周易·贲·初九》。

象，令人哭笑不得。《郑人争年》和《郑人买履》（见前例）中的郑人也是傻得很可爱的愚人；《守株待兔》（见前例）中的宋人更显得可笑，把一种偶然的因素当成一种规律来幻想，真是傻得可以。

有人说韩非子把郑人作为愚人描写的模特，有国家偏见的因素，因为郑国是被韩国灭掉的，但我以为不是决定因素，而是寓言性格形象要求使然，即某某人在这里只是一个“愚”的符号而已。寓言中的愚人形象是一个全世界都有的现象。如西亚的寓言，以及欧洲的某些寓言就有这种情况。印度的佛经寓言就更突出，《百喻经》大致就是一部愚人寓言集。本来，人们中间的“愚”和“聪明”都是可作寓言文章的，何愚何明有时本身就是寓言，故用愚人作为寓言形象在寓言中是很正常的现象。只不过韩非子在春秋战国把这样的形象“固化”了，这在中国寓言史上是一个贡献，也对后世的笑话、小品文等发生了广泛的影响。

在韩非子寓言里，还带有孤郁怨愤的情感色彩，并因此使一些寓言在艺术上有相当的感染力。如《和氏之璧》：

> 楚人和氏得玉璞楚山中，奉而献之厉王。厉王使玉人相之，玉人曰：“石也。”王以和为诳，而刖其左足。
>
> 及厉王薨，武王即位，和又奉其璞而献之武王。武王使玉人相之，又曰：“石也。”王又以和为诳，而刖其右足。
>
> 武王薨，文王即位，和乃抱其璞而哭于楚山之下，三日三夜，泣尽而继之以血。王闻之，使人问其故，曰：“天下之刖者多矣，子奚哭之悲也？”和曰：“吾非悲刖也，悲夫宝玉而题之以石，贞士而名之以诳，此吾所以悲也。”
>
> 王乃使玉人理其璞而得宝焉，遂命曰：“和氏之璧”。
>
> （《韩非子·和氏》）

寓言说楚国有个叫和氏的人在楚山中得到一块玉璞，献给厉王，玉工说是石头，厉王命人砍去了他的左脚。后又献给武王，又说是石，又砍去了他的右脚。到文王即位时，和氏抱璞在楚山下哭了三天三夜，哭出血来，文王派人问他，被砍脚的人很多，你为何哭成这个样子？和氏说，我不是哭脚而是哭宝玉无人识呀！文王派人剖开这块璞，果然得到宝玉，并命之为“和氏之璧”。寓言中蕴含着多少强烈的孤愤之情，只有韩非子最心切了，于此联想到他借此作喻的吴起肢解、商鞅车裂，就更令人怆然。这样一来，“和氏之璧”实际上是一种富于精神象征的形象，世代闪烁着它的光芒。这里面，除了对真理的不屈信念外，就是忧切孤愤的强烈感情了。像这样表达韩非子的情感色彩，并使之成为寓言的一种表现特色的寓言在韩非子寓言中是不少的，在这些寓言中，他的情感强烈地涌动着，但表达却常常又是理性的、克制的，表面静如潭水，暗里却湍湍奔流。

在春秋战国时期，“论辩”是寓言一种最经常的应用，故而，其寓言的论辩如何，常常影响寓言的质量和生存，因此，论辩的力量是寓言作家追寻的重要表现。在春秋战国，很有说服力的寓言比比皆是，但韩非子寓言表现的“悍辩”和令人折服的逻辑力量，却是很少有人及的。这样的寓言最著名的是《矛盾》：

楚人有鬻盾与矛者，誉之曰：“吾盾之坚，物莫能陷也。”又誉其矛曰：“吾矛之利，于物无不陷也。”或曰：“以子之矛陷子之盾，何如？”其人不能应也。

夫不可陷之盾与无不陷之矛，不可同世而立。（《韩非子·难一》）

这则寓言不但故事风趣如然，而且其逻辑力量鲜明有力。为此梁启超有言：“其文最长处，在壁垒森严，能自立于不败之地以摧敌锋，非深于名学者不能为也。”①

俗而巧的构思，寓精奇于平淡的语言是韩非子艺术表现的又一方面。韩非寓言的题材多为常见的“俗事”，这样的题材如不出“巧”的构思，是很难取得良好效果的，故韩非在此方面奉行了“奇而不怪，巧而不虚”的方法，与庄子的寓言形成鲜明的对照。如寓言《梦灶》：

卫灵公之时，弥子瑕有宠，专于卫国。侏儒有见公者曰：“臣之梦践矣。”公曰：“何梦？”对曰：“梦见灶，为见公也。”公怒曰：“吾闻见人主者梦见日，奚为见寡人而梦见灶？”对曰：“夫日兼烛天下，一物不能当也；人君兼烛一国，一人不能壅也。故将见人主者，梦见日。夫灶，一人炀焉，则后人无从见矣。今或者一人有炀君者乎？则臣虽梦见灶，不亦可乎？”

（《韩非子·内储说上》）

寓言说一个人见到了卫国的君王时说，他的梦应验了，梦见灶就见到了卫灵公。灵公不高兴，说别人见君王的梦是日，你何为灶。这人说，日的光亮是挡不住的，而你的光亮却让人挡住，像灶中的光亮一样，梦见灶不是正好吗？这则寓言从“梦”就平中见奇，悬念亦起，最后解开梦底，使寓言的深刻含义陡然而现，兴味无穷。这样的故事在现实生活中不能再平实了，但一经韩非子一番巧妙构思，就光彩四现。

韩非子寓言的语言是以精炼生动、朴质隽永而著称，有人说他是“言近而旨远，辞浅而义深。”韩非子语言的奇峭和形象化、个性化都是为人称道的，并且这样的语言个性贯穿了他的整个寓言文学，以上的诸例寓言都能见到这样的表现。

另外，韩非子寓言还比较注意通过对话来展示寓言的情节，结构故事，如《避悍》：

有与悍者邻，欲卖宅而避之。人曰：“是其贯将满矣，子姑待之。”答曰：“吾恐其以我满贯也。”遂去之。（《韩非子·说林下》）

寓言说一人有一凶恶的邻居，要搬家，人们劝他，说悍邻将贯满，这人说，怕他以我为满贯呢！这则寓言字数不多，但情节、形象、哲理都得到较完整的表现，并且

① 见《要籍题解及其读法》。

这些都是在对话中展开实现的。

韩非子寓言除了以上的艺术表现和成就外，还有一个对中国寓言史的重大贡献，这就是它的“寓言群”的结构。这方面，陈蒲清先生有充分的肯定之辞。

《韩非子》寓言的体制是相当宏伟的。它首创了独立的“寓言群”这种结构方式。《储说》六篇便是包括两百多则故事的一个巨大的寓言群。每篇又是一个中群，中群下分小群。《内储说上》是第一个中群，共有寓言49则，说明君主驾驭臣下的权术；其中又按“七术”分为7个小群，每群用几个故事说明一种权术。《内储说下》是第二个中群，共有寓言50则，其中又按“六微”分为6个群。《外储说左下》也分6个小群，有寓言32则；《外储说右上》分3个小群，有寓言19则；《外储说右下》分5个小群，有寓言16则。6个中群共包括33个有独立主题的小群。这么有系统的结构宏伟的独立的寓言群，在中外寓言史上都是一个创举。在《韩非子》以前，《墨子》《孟子》等书的寓言数量较少，而且完全夹杂在论说之中，没有独立的地位。到了《庄子》，每篇文章都有几个寓言故事用来说明主旨，具有了寓言群的雏形。但是，这些寓言仍夹杂在论说之中，没有独立的地位。《韩非子》的“储说”就不同了，其中的两百多则寓言既是有系统有组织的，又是各自独立成篇的。还有《说林》上下两篇，共有独立的寓言故事66则。不过，《说林》还没有组成有系统的“寓言群”，也许只是韩非搜集的一些素材，还没有按照他的思想体系进行整理吧。然而《说林》这样独立成篇的寓言，在《韩非子》以前的古书中也是没有见到的。总之，我们可以说，在中国寓言史上寓言作为一种独立的文体是从《韩非子》开始的。①

这样的寓言组织结构体系，对后世的寓言编撰方式有很大的影响，如《说苑》《新序》《贤奕编》轼受其组织形式的启示。

最后“储说”一词也值得一提，可以说这是韩非给寓言下的一个恰当的定义，是对寓言认识的一个贡献，虽然没有如《庄子》“寓言”的定义那样作为一种寓言称呼流布开来，但这一对寓言的认识，应该得到认真对待。

第十二节　晚期中的《吕氏春秋》寓言

前3世纪时，偏居中原西北部的秦国渐渐强大起来，政治上、军事上在各国中称雄，无国能比，但秦国的宰相吕不韦却觉得秦国在文化上远远赶不上中原各国。那时，魏有信陵君、楚有春申君、赵有平原君、齐有孟尝君等文人名士，而秦国却没有。为了改变这种状况，于是，吕不韦用丰厚的待遇，招揽了天下的诸多文士，为其著述一部辑合百家九流之说的巨著，这样，春秋战国时期唯一的一部以“智略士”集体创作的《吕氏春秋》便出现了。

---

① 《中国古代寓言史》，第58页。

《吕氏春秋》为八览、六论、十二纪，共有20多万字，以为备天地万物古今之事，是当时之世杂家的代表著作。

吕不韦（？—前235年），战国末年时卫国濮阳人，原为大商贾，后帮助人质于赵的秦公子异人（后改名子楚）回国继位，是为庄襄王，被任为相国。庄襄王卒，秦王政年幼继位，他继任相国，秦王政亲政后，被免职，流放蜀地，途中自杀。

《吕氏春秋》又称《吕览》，全书纲举目张，条分理顺，在当时是一个创举。但是，因为内容出自诸人之手，形式上虽有系统，但思想上却不成一家，故《汉书·艺文志》把它列为杂家者流，说："盖出于仪官，兼儒墨，合名法"，这种说法是切实的。

《吕氏春秋》中的文章，短小精悍，简劲朴素，叙述说理都很生动，并吸取了很多的神话传说和历史故事作为寓言，以表现道德教训、喻讽世事和形象地表现各家各派的思想和观点。据统计，《吕氏春秋》中的寓言故事有200多则。在寓言故事的组织形式上，是提出一个论点和命题，就依次引述一至数则故事或寓言加以论证，使春秋战国寓言文学发展的独立性得到更进一步的发展。

《吕氏春秋》寓言的思想内容与其书的情形相同，也是庞杂的，正如前述的那样，它包容了各家的故事和艺术上的表现，故要把它的寓言内容分而叙之是很困难的。但话说回来，《吕氏春秋》在寓言上包容的同时，也还是有所创新的，正是融和创新才产生了《吕氏春秋》寓言的主体。这些与其他既相同又不相同的寓言也有一批很有艺术价值的优秀寓言，同样也如闪亮的珍珠，为春秋战国寓言增光溢彩。这些寓言最著名的有《割肉相啖》《循表涉澭》《刻舟求剑》《引婴投江》《掩耳盗钟》等。

《割肉相啖》：

> 齐之好勇者，其一人居东郭，其一人居西郭。卒然相遇于途，曰："姑相饮乎？"
>
> 觞数行，曰："姑求肉乎？"一人曰；"子，肉也；我，肉也；尚胡革求肉而为？于是具染而已。"因抽刀而相啖，至死而止。
>
> 勇若此不若无勇。（《吕氏春秋·仲冬纪·当务》）

寓言说两个勇士为了显示其勇，故割自己身上的肉下酒，到死时才停止。这则寓言故事很惊人，教训十分鲜明，把无谓之勇的情形表现得淋漓尽致，当时和后世之相同题意的寓言，没有超过它的。这则寓言从诸方面来说，均是很完美的寓言。

《循表涉澭》：

> 荆人欲袭宋，使人先表澭水。澭水暴益，荆人弗知，循表而夜涉，溺死者千有余人，军惊而坏都舍。
>
> 向其先表之时可导也，今水已变而益多矣，荆人尚犹循表而导之，此其所以败也。（《吕氏春秋·慎大览·察今》）

寓言说荆人要去袭击宋国，就先派人去澭水设渡河标记，后水涨了许多，楚人不知，故淹死了许多军士。这则寓言说明人们在处理事情时应从实际情况出发，情况变化了，方法也要随之变化，不要寻“旧表”办事。这则寓言表明的教训也是鲜明的，它的题意不新，但组织情节和叙述应是第一流的，因而它的形象感非常强。

《刻舟求剑》：

楚人有涉江者，其剑自舟中坠于水，遽契其舟，曰：“是吾剑之所以坠。”舟止，从其所契者入水求之。

舟已行矣，而剑不行，求剑若此，不亦惑乎？

（《吕氏春秋·慎大览·察今》）

这则寓言是批评墨守成规最著名的寓言，“刻舟求剑”早已成为成语进入了人们的语言，在中国寓言中是最优秀的篇章之一。

《引婴投江》：

有过于江上者，见人方引婴儿而欲投之江中，婴儿啼。人问其故，曰：“此其父善游。”

其父虽善游，其子岂遽善游哉？以此任物，亦必悖矣。

（《吕氏春秋·慎大览·察今》）

寓言说一个人提着个婴儿就往水里扔，婴儿哭，人问为什么，这人说婴儿的父亲会游泳……这则寓言演示一个荒唐可笑的情节，再得出一个形象的哲理，让人从中悟到一个深刻的教训，其寓言的构思看似简单，但却很机巧，并约而简之，点到为此，让人们最集中地注意到“以此任物，亦必悖矣”的思索上。可以说寓言最标准地表现了寓言的基本模式，这也是春秋战国寓言最成熟的标识之一。

《掩耳盗钟》：

范氏之亡也，百姓有得钟者。欲负而走，则钟大不可负以椎毁之，钟况然有音。恐人闻之而夺己也，遽掩其耳。

恶人闻之可也，恶己自闻之，悖矣。（《吕氏春秋·不苟论·自知》）

这则寓言也是中国最有名的寓言之一，“掩耳盗钟”已成为成语，并且差不多已是“自欺欺人”的同义词。

以上这几篇寓言都是春秋战国寓言的名篇，它们的故事简小精干，哲理形象生动，教训鲜明，还很富于生活气息，给人的印象很深。这些寓言故事对后世寓言创作影响很大，历代都有改写、改编的作品出现，至今亦然。

以上是《吕氏春秋》中表现世俗生活经验教训的寓言，这也是它思想内容的一个方面。这个方面在《吕氏春秋》寓言中是很重要的，其许多著名的寓言篇章也就出于此，另外，《吕氏春秋》寓言的特色很多方面也与此相关。但是，《吕氏春秋》中也还有些纯粹哲理的并且表现十分精微的寓言，如《以不解解之》：

鲁鄙人遗宋元王闭，元王号令于国，有巧者皆来解闭。人莫之能解。兄说之弟子请往解之，乃能解其一，不能解其一，且曰："非可解而我不能解也，固不可解也。"问之鲁鄙人，鄙人曰："然，固不可解也，我为之而知其不可解也。今不为而知其不可解也，是巧于我。"故如兄说之弟子者，以不解解之也。（《吕氏春秋·审分览·君守》）

寓言说有个乡下人打了个连环结，许多人打不开，一个叫兄说的弟子打开了其中一个，并说其中一个是不能解开的，这个乡下人说，你知道这些，比我聪明，你以不解来解开了这个死结。这则寓言表面上好像是一般的喻理，但细想一想，这则寓言里包含的哲理之精微高妙，让人叹服。"解"是解能解之事理，但对"不能解"之事理呢？想方设法解吗？不！如果这样做就不聪明，而且错了，应以"不解解之"，这是何等的真知和精湛的哲理！

在《吕氏春秋》寓言中，简洁还是其追求的重要方面，故其寓言大都简洁异常，这样的寓言如《竭池求珠》《臭味相投》等。

《竭池求珠》：

宋桓司马有宝珠，抵罪出亡。王使人问珠之所在，曰："投之池中。"于是竭池而求之，无得，鱼死焉。（《吕氏春秋·孝行览·必己》）

《臭味相投》：

人有大臭者，其亲戚兄弟妻妾知识，无能与居者。自苦而居海上。海上人有说其臭者，昼夜随之而弗能去。（《吕氏春秋·孝行览·遇合》）

前则寓言说为捞池中之珠，珠未捞到池鱼却死光了。后者则说有人身上臭味太大，只好居于海中，但偏偏有喜欢他臭味的人，白天黑夜跟着他不离开。这两则寓言表现的世俗生活的经验教训都很生动鲜明，尤其是《竭池求珠》更为如此。在这两则寓言，其语言均是非常简洁的，不长的数十字里，寓言的情节、寓意、形象都交代得干干净净，并无任何缺失。

总归而言，《吕氏春秋》寓言在艺术上虽然有自己的独到之处，并包容了一大批优秀的春秋战国寓言，但在总体上基本上没有大的建树。《吕氏春秋》寓言在归纳、精炼、运用上均很熟练，但独创性的寓言少，故后世对《吕氏春秋》寓言本身评价不高，但对此书在"集大成"的功用上却有相当高的评价。

这时期的《吕氏春秋》寓言，有两个方面的表现是肯定的，也是其他寓言不可替代的，这在春秋战国寓言中非常重要。这两个方面：一是在秦国即将统一全中国，学术上的百家争鸣渐渐结束，调合统一是一种历史文化的基调，这时候，寓言文学本身也处于总结、批判、发展的阶段，《吕氏春秋》寓言的出现，正好顺应了这样的历史要求。二是为春秋战国寓言创造了一座"寓言大花园"。这方面，公木先生有很好的评价。他说："细检其书，就不难发现：反映儒家思想的寓言有之，道家更有之，法家、名家亦有之，甚至连反映墨家、阴阳家思想的寓言也不乏所见。一部《吕览》，真堪为一座春光满目的寓言大花园，不仅令读者流连忘返，更使人有幸窥见先秦寓言的‘概貌’。这种现象，在先秦史籍中是独一无二的。即或在集大成的韩非子寓言里也很难见到。因为韩非子虽采撷众芳，却自成一体；而吕书则汇集百花，任其开放，即有斫削，也不伤筋骨，较为真实地保存了诸花之本色。因此，《吕氏春秋》又似一座诸子百家寓言的陈列室和展览馆。”①

以上两个方面，对春秋战国时代的寓言文学有较大的影响，也奠定了《吕氏春秋》寓言在其中的特殊地位。

第十三节　晚期中的《战国策》寓言

《吕氏春秋》作为一本集体创作的作品，因其倡导者、主持者为吕不韦，故虽有《吕氏春秋》寓言的称呼，但仍有吕氏可归。可是，这在第二个以书名为寓言归属的《战国策》寓言那里，情形又不同了。

《战国策》是一本按国纪事的历史散文集，记叙从战国初年至秦并六国约240年间的史事，以游说之士的策谋及言论为主要内容。最初可能是战国末期至秦汉间人汇集的有关史料，后经西汉刘向编为33篇。《汉书·艺文志》著录：“《战国策》三十三篇。乃汉刘向所校定。”魏以后其书散佚，宋代曾巩访求原书，重新校订，成为今传本。

《战国策》三十三篇，东周、西周、中山各一篇，秦五篇，齐六篇，楚、赵、魏各四篇，韩、燕各三篇，宋、卫合为一篇。这些文章大部分出自战国时期的游说之士之手，故它的风格趋于敷张扬厉，并崇尚巧譬善喻。《战国策》中有寓言50多则。这些寓言多来自民间故事和历史故事，也有策士们即兴编造者。这些寓言长期在众口流传应用，故而大多生动活泼，文字简练，含义深刻，很有风趣，富于机敏和智慧，是一批比较整齐的寓言。对这些寓言，公木先生说：“《战国策》中的寓言，与其他子书中的寓言，如《孟子》《庄子》《韩非子》和《吕氏春秋》等寓言，有着明显的区别。诸子书中的寓言虽亦各有自己的特色，但有一点是共同的，它们大都是用来阐述诸家思想学说体系的工具，附印着各家学派鲜明的思想色彩，而《战国策》中的寓言，却往往是一些游说之士在政治和外交场合顺口说出来的即兴之作。这可能与纵横家的思想特点相关。纵横家在当时是一个很少受儒家思想影响的学派。他们当中的许多人，在政治上朝秦暮楚，随机应变，没有什么坚定的立场和原则，更不拘于为一国的君主尽忠，也谈不上有自己一套完整的思想体系，因而其寓言在思想内容上，也就较之其诸子远远缺乏系统性和彼此的内在联系。这些寓言的被引用和编造，则完全是为了加强其游说之词的生动性、趣味性、新奇性，以便巧譬善喻，打动君主。所以

① 《先秦寓言概论》，第158页。

这类寓言具有很强的形象性和说服力。”① 在这样的历史条件下，《战国策》中的策士们，为春秋战国锤炼了一批十分精湛而优秀的寓言，如《两虎相斗》《画蛇添足》《狐假虎威》《惊弓之鸟》《南辕北辙》《鹬蚌相争》等。

《两虎相斗》：

有两虎诤人而斗者，管庄子将刺之，管与止之曰：“虎者，戾虫；人者，甘饵也。今两虎诤人而斗，小者必死，大者必伤。子待伤虎而刺之，则是一举而兼两虎也。无刺一虎之劳，而有刺两虎之名。”

（《战国策·秦策二》）

寓言说有两只虎在争吃一个人，管庄子要刺杀它们，管与在一旁劝止，说两虎必为此而打起来，当中的小虎必死，大虎必伤，你到时再刺杀伤虎，就可得到刺死两虎之名。这则寓言出现后，一系列相关的智谋之说都与此相关，如“坐山观虎斗”“两虎相争必有死伤”以及巧妙地利用敌对方面的矛盾，以较小的代价获取更大的利益，等等。小小的寓言，包容了很大的智慧容量。

《画蛇添足》：

楚有祠者，赐其舍人卮酒。舍人相谓曰：“数人饮之不足，一人饮之有余，请画地为蛇，先成者饮酒。”

一人蛇先成，引酒且饮之，乃左手持卮，右手画蛇，曰：“吾能为之足。”未成，一人之蛇成，夺其卮曰：“蛇固无足，子安能为之足？”遂饮其酒。

为蛇足者，终亡其酒。 （《战国策·齐策二》）

这则寓言说明做事要有一定限度，否则适得其反，同时也讽刺了自作聪明弄巧成拙的人。《两虎相斗》说的是用少力获多利，讲究事半功倍，而这则寓言讲究的是恰到好处，不可为奢，这也表现的是另一种智慧，不过一个是“得”之经验，一个是“失”之教训，角度不同。

《狐假虎威》：

虎求百兽而食之，得狐。

狐曰：“子无敢食我也！天帝使我长百兽，今子食我，则逆天帝之命也。子以我为不信，吾为子先行，子随我后，观百兽之见我而敢不走乎？”

虎以为然，故遂与之行。兽见之皆走。虎不知兽畏己而走也，以为畏狐也。 （《战国策·楚策一》）

寓言说老虎抓到一只狐狸，狐狸说，天帝让我当兽王，你不能违命吃我！你若不信则跟我走一趟，看群兽们怕不怕我？于是狐在前，虎在后，群兽一看见它们就跑开

① 《先秦寓言概论》，第146页。

了……这则寓言一般认为是讽刺那些凭借别人权势招摇撞骗的人，但最初寓言的本意并非如此，它表明的是一种利用别人力量使自己摆脱困境的方法，也是一种生活的智慧。不管我们怎样认识这则寓言，寓言自身表现的机敏和风趣都给人很深的印象。另外，它作为以人物寓言为主的中国古代寓言中的优秀动物寓言，又格外引人注目。

《惊弓之鸟》：

> 异日者，更羸与魏王处京台之下，仰见飞鸟。更羸谓魏王曰："臣为王引弓虚发而下鸟。"魏王曰："然则射可至此乎?"更羸曰："可。"有间，雁从东方来，更羸以虚发而下之。魏王曰："然则射可至此乎?"更羸曰："此孽也。"王曰："先生何以知之?"对曰："其飞徐而鸣悲。飞徐者，故疮痛也；鸣悲者，久失群也。故疮未息而惊心未去也，闻弦音，引而高飞，故疮陨也。"
>
> （《战国策·楚策四》）

寓言说一个叫更羸的人对魏王说，他能只弹响弓而射下飞鸟来。后一只大雁从东方飞来，他一弹响弓，大雁就真的掉下来了。更羸说，不是我的箭术高明，而是我见这只大雁飞得慢，是受过伤的，叫得悲切，是离开雁群久了，故它伤未好，惊魂未定，一听弓响就拼命高飞，旧伤复发就掉下来了。这是经过仔细观察和体验才得出的一种经验总结，由于把"惊弓"这一情态揭示得既生动又形象，故"惊弓之鸟"又成了这一情态表现的固定词语，连同故事一起为人们传颂。从另一个角度而言，能认识这样深的情态，也是一种智慧表现。

《南辕北辙》：

> 魏王欲攻邯郸。季梁闻之，中道而反，衣焦不申，头尘不去，往见王，曰："今者臣来，见人于大行，方北面而持其驾，告臣曰：'我欲之楚。'臣曰：'君之楚，将奚为北面?曰：'吾马良。'臣曰：'马虽良，此非楚之路也。'曰：'吾用多。'臣曰：'用虽多，此非楚之路也。'曰：'吾御者善。''此数者愈善，而离楚愈远耳。'今王动欲成霸王，举欲信于天下，持王国之大，兵之精锐，而攻邯郸，以广地尊名，王之动愈数，而离王愈远耳。犹至楚而北行也。"
>
> （《战国策·魏策四》）

这是大臣季梁给魏王讲的一个故事，说他在大路上见到一个人往北面赶车，并告知，他要到楚国去，还说，他的马很好，车夫驾车水平也很高，旅费也很足。季梁说，可你方向不对，这几样东西条件越好，你不距楚国越远吗!？这则寓言的故事性很强，同时论辩说服力也很强，所表现的教训现实感很突出。方向错了，条件再好也不能达到目标，这揭示的是一个具有普遍意义的真理，世俗哲学的意味很浓。这是春秋战国最优秀的寓言之一，如此的世俗真理的表达，没有相同的寓言超越它。

《鹬蚌相争》：

> 蚌方出曝，而鹬啄其肉，蚌合而钳其喙。鹬曰："今日不雨，明日不雨，即有死蚌!"蚌亦谓鹬曰："今日不出，明日不出，即有死鹬!"两者不

肯相舍，渔者得而并禽之。（《战国策·燕策二》）

寓言说蚌张开壳晒太阳，鹬鸟伸嘴啄蚌肉被蚌夹住。两者相争不下，最后被打渔人把两个都抓住了。这则寓言是那则最著名的成语："鹬蚌相争，渔人得利"的源头。这是一个根源于生活的深刻教训，经过寓言的总结，推及社会生活，就有了非凡的意义。这则寓言也是春秋战国著名的动物寓言之一。

这样的寓言还能有许多，如《求千里马》《三人成虎》《土偶人与桃梗》等。《求千里马》表明只要心诚，并有恰当的表现，在世上何愁寻不到千里马；《三人成虎》说的是假话说多了也难免让人不相信，这一现象的揭示在这里是很深刻的，其意义肯定大于寓言本身；《土偶人与桃梗》说的是故土是立身之本的人生哲理或经验。

以上这些寓言，也许每则寓言都有自己的独特表现，但它们却都有一个共同的特点，即表现了人类智慧的结晶。以前诸子的寓言，多为了一种思想或观念的表达，既是一种寓言的创造，也是一种寓言的应用，但寓言的根基还在于日常的社会生活中。在《吕氏春秋》寓言中，已有寓言回还生活本身的倾向（这样的倾向韩非子寓言也有），但真正回还生活本身，为了寓言而创作寓言，还在于《战国策》寓言。可以说，以前诸子的寓言智慧是思想的智慧、哲学的智慧和纯理性的智慧，但《战国策》寓言则是世俗生活的智慧。它的性质有如《伊索寓言》。这是春秋战国寓言一个宝贵的组成部分，应得到相应的重视。

《战国策》是后人整理辑录的春秋战国时期的著作，因而，在春秋战国寓言文学中，一般都把《战国策》寓言作为"结束语"来叙述，此书也是这样认为的。但在春秋战国晚期寓言中，还有一些寓言值得一提，如《宓子》一书中的寓言"阳桥与鲂"；《景子》一书中的寓言"任人与任力"；《阙子》一书中的寓言"金钩桂饵""燕石珍藏"等。《宓子》和《景子》是孔门弟子的著作，《阙子》是纵横家的著作。

在春秋战国晚期寓言里，荀子寓言也是一个特殊的存在。荀子是战国晚期的思想家，但他的寓言情节却较为简单，寓意也不是很深刻，有些文字还不能算是寓言，只是一种似寓言似比喻的东西。而在这一时期，各家寓言都表现了非凡的成熟，只有荀子例外。

荀况（约前313—前238），又称荀子、荀卿，战国后期的思想家、教育家，他是儒家，又兼有法家的思想。他是赵国人，曾多次到齐国"稷下学宫"讲学，是德高望重的学者。《汉书·艺文志》著录有荀况的论文汇编《孙卿子》三十三篇，即今传世的《荀子》三十二篇。荀子的论述十分广泛，有哲学、政治、军事、法学、音乐等。《荀子》的文章具有浑厚的风格。

荀子喜欢比喻，但《荀子》中的寓言不多，约十数则。在这些寓言中，较有名的寓言有《蒙鸠为巢》《射干》《涓蜀梁》等。

《蒙鸠为巢》：

南方有鸟焉，名曰蒙鸠。以羽为巢，而编之以发，系之苇苕。风至苕折，卵破子死。

巢非不完也，所系者然也。　　（《荀子·劝学》）

《射干》：

西方有木焉，名曰射干，茎长四寸，生于高山之上，而临百仞之渊。木茎非能长也，所立者然也。　　（《荀子·劝学》）

《蒙鸠为巢》说南方有种叫蒙鸠的鸟把自己的巢系在芦苇花上，风一吹来，花穗一断，就卵破子死。这并不是它巢不结实，而是依托的地方不牢靠。“射干”说一种叫射干的树只有四寸长，可它长在高山顶上比谁都高。这不是它长得高，而是它长的地方高。这两则寓言精炼、朴实，也较生动。这是荀子寓言中最好的寓言，但这样的寓言并不多，多数都是一些似是而非的东西，故而人们对荀子的寓言评价不高。

第十四节　春秋战国寓言的意义和影响

按春秋战国的纪年算，春秋战国时期前后600余年，但按公元前7世纪末、前6世纪初中国寓言产生算起，那春秋战国寓言文学的历史时期有400余年。经过400余年的产生、演进、发展，春秋战国寓言在战国中晚期取得了辉煌的成就，树立起了中国寓言文学史上的第一块丰碑。对待这一时期的寓言，从根本上说，人们是以其寓言文学的本体来认识和评价它的，但是，春秋战国时期的寓言文学本身，肯定大大超过了它作为寓言这样一种文学品类所具有的意义，要不，历代就不会有那么多各色各类的人，都以自己的视点来审视、研究、探讨它。不管从什么样的角度而言，春秋战国寓言文学都有着多方面的意义和影响。我以为，中国春秋战国寓言文学的意义应该从文化、思想、文学、语言、寓言文学本身的意义来认识它。

文化上的意义。

众所周知，在中国寓言文学发生前，中国的文学历史中的主要群体是以神话传说为主的文学群。一般认为，古老神话主要产生于新石器时代，但它的发展演变却横亘整个其见诸文字之前的历史时期。人类在萌发最初的文明萌芽，以及在创造最初的文明的时候，其文学、文化的天地里，充满了神话的光辉或神话的阴影，在人们的精神文明中，有什么不使用神话，不作神话的解释呢？神话就是那个漫长时代最主要的文学标志，从中反视的人的文化思想意识，乃是一种以神文化意识为主流的文化意识。……这个过程最明显的特征是看不见人的精神、人的自身形象。

随着经济的发展，人类对大自然、社会认识的不断深入，后期的神话的神文化意识受到削弱，它在文学上的表现是“传说”这一文学种类的出现。……它表明，这时候人们的以神文化意识为主流的文化意识已经有了变化，人作为人们文化思想意识上的角色，已经有了自己的地位。这半人半神的传说经历了一个相当长的时期，虽然后期的传说神化现象越来越弱，人化现象越来越强，但传说的出现，并没有完成从神化到人化的历史转折性的变化。

谁最后完成了这一历史转折性变化呢？是寓言！在寓言发生的时代，人们的智力开发达到相当的程度，社会分工进一步划分，人们发现可以凭自己的技艺和组织配合，创造和完成前人想都不敢想的业绩，人的过去的许多幻想在自己的手中得到实现，回首这一切，没有神，但却有无数的经验教训和智慧的发现，于是，人们选择了寓言来表达这一切。谁知这一表达使文学走向了自己全新的道路，人们又从这一文学品种的反视中，看到了以神文化意识为主的文化意识已经完全改变，寓言中看不到上演了上万年的“神的游戏”，而转到了“人的游戏”上来，即以人文化意识为主流的文化意识登上了文学的历史舞台。

春秋战国寓言文学正好就体现了中国文化历史进程中这方面的意义。

在这一时期，人们崇尚自己的智慧和能力，神的超自然能力受到冷遇，这在寓言文学中得到充分的体现，不言而喻，我们从寓言文学的发生中看到了由于生产能力的发展，这时的人们的思想意识正在经历一种觉醒，即人在自己的文化意识上摆脱了上万年来的神的影响，建立起了人的自信、人的形象，以及一个由人的智慧和才能来统领的王国。

在神话里，我们看到人类从旧石器时代的个人幻想中走出来，进入了有共同的“社会意识、集体意识、民族意识、部落意识”的神话时代。无可否认，这是人类的一次最伟大的进步，但从此神文化意识的阴影笼罩了人类许多个世纪。青铜文化没有打破它，铁文化才产生了这种觉醒。

寓言文学正是顺应了这一历史的潮流，从多方面表现了人类的人文化意识。主要有：一、注重对人类自然、社会日常生活的经验教训的总结；二、对人类智慧的推崇；三、对神的嘲讽和轻视，对人的能力的肯定。

中国春秋战国的寓言文学实践，正好就是这个意义上的表现了从这个时期寓言文学中所表现的文化意义，对中国的历史文化的影响是深远的。不能说寓言文学的历史就完全决定了这样的变化和发展，但它至少表现和促进了这样的变化。实际上，我们中国人的“人文觉醒”就是从春秋战国开始的，并且对中国几千年的精神文化体系的构建是决定性的。在寓言发生之前，没有任何一种叙事的文学体裁能取代神话和传说，在寓言发生时，同样也没有任何一种叙事的文学体裁能取代寓言，可以说，春秋战国寓言文学是中国人在文化上又一种全新意义的文学的开创。

思想上的意义。

前面所说的是整体而言的文化上的意义，但具体而言，春秋战国寓言的意义却得首先与思想意义联系起来。

寓言是一种理性与感性不分化的文学作品，它本身的性质是相对特殊的，作为寓言，它是形象的、故事的，同时又是理性的，这也就决定了它虽然作为一种文学作品，却常常是直接的理性思想的承载者，甚而是哲学思想体系的建树者、参与者、表现者。这种情况全球皆然，《伊索寓言》很早就被人称赞为最精湛的世俗哲学读本；

《五卷书》被古代的印度人公认为“智慧之书”；《蔷薇园》是中亚地区一系列智慧的结集……人们在称赞好的寓言时，有一个最为常用的词语就是“智慧的结晶”。这在中国的春秋战国寓言中更是如此。在中国春秋战国时代，寓言几乎已不是单纯的经验教训总结，而是一系列的哲学思想的组成或主体部分，也几乎没有任何一个国家的人像春秋战国时期的哲人那样，能如此熟练地运用寓言来表现和建树自己的思想和思想体系。比如庄子的寓言。庄子的“任自然、齐生死”“绝圣弃智”“无为”等一系列的思想，全都是一个个形象生动的寓言表现的，他的思想体系也是建立在一个又一个的寓言故事上的。在这里，寓言不仅作为一种文学作品存在，实际上已成为庄子思想构成的主要部件了，可以说，如果在庄子的十余万言中，弃除其中的寓言，那庄子的哲学思想体系，及一系列的政治观点，就基本上是一个干瘪的躯壳，或者躯壳本身也不存在。这样的情况在春秋战国寓言中还不是个别的，这种情况在庄子身上最典型，但在后来的韩非子寓言、列子寓言、尹文子寓言中也都是如此，只不过程度不同而已。就即便是寓言比较少的《墨子》里，寓言也是重要的。

从以上我们可看到，中国春秋战国的寓言对思想的承载是广泛的，道家的、法家的、名家的、墨家的、儒家的、纵横家的……它都有承载，并且其“度”是世界上任何一种寓言都不能相比拟的。在春秋战国中，很多时候，寓言著作就是哲学著作，政治学说著作，即便不能如此，往往寓言也是其最生动的部分。

这种寓言对思想的承载意义是重大的，春秋战国寓言不仅对文学有贡献，而且对中国古代哲学思想的保存和发展也有巨大的贡献。可以说，如果没有寓言，中国春秋战国时期的哲学思想和其他种种思想的果实，在很大程度上难以“言说”，以及难于找到更好的表达方式，也更难于得到广泛的传播和认识。在寓言那里，它们得到最有效和直观的表达，既有所晓喻，又有所升华。

另外，春秋战国哲学思想和其他思想果实的寓言表达方式，对中国哲学思想的形成以及特色表现，都是有很大影响的。人类思想的建设和对真理的追求根本上是同一的，但思维的方式和外在色彩却又是不同的，而中国思想的特色就与这一时期的寓言相关。

文学上的意义。

春秋战国寓言在中国文学史上的意义是一种本体上的意义。寓言的出现本身就是中国文学史上一次叙事体文学大转变的主要标志，它构成了一种新的叙事的文学体裁，开创了中国叙事文学的一个新纪元。正因为寓言是作为一种新的视野和方法的叙事文学体裁而出现的，也就为后世创造了一系列的叙事文学的规范，其本身的开拓意义是很大的。

形式的开拓重要，其内容、题材的开拓也是一个重要方面。在寓言之前，神话、传说是叙述的必然内容（就即便是社会的、人文化的事件，也是“神话化”的叙述方式），在寓言这里，大量的新的人生、社会的内容、题材进入了寓言，为后世的叙事文学在某种意义上打开了其描述对象的天地。这，我们在后世的许多各类作品中，常常会看到其对这时期寓言表现的题材借用和应用。

在形式和创作方法上，春秋战国寓言也有多方面的开拓。中国寓言的表现形式是在春秋战国寓言中生发和成熟起来的，它的寓言形式对后来的中国寓言文学影响是决定性的。如“先秦式”① 的表达方式，就一直影响中国寓言文学的表达方式几千年，至今仍是与“伊索式”相提并论的寓言上的两种主要方式之一”。在寓言的创作方法上，春秋战国寓言对后世的影响也很大。如寓言的拟人化方法，正是春秋战国寓言为其奠定的基础。另外，在寓言中注重对心理的描述，精心组织语言对话等方面，对后世的影响也较大。

春秋战国寓言注重哲理、重议政、偏好历史故事的改编，也对后世寓言文学的影响深广。

寓言的形象相当重要，春秋战国寓言就为中国的寓言文学创造了第一批寓言形象，意义非凡，对中国寓言的影响亦较大。特别是它的寓言人物形象，这当中又以傻瓜形象表现最为出色，后世的模仿者最多。

在春秋战国寓言中，还为中国的寓言文学乃至中国文学，创造了大量的生动的语言，这也成为后世文学的文学语言的一种范本。

春秋战国寓言中的故事也是非常重要的对后世影响较大的部分。故事范本的作用，故事结构和表述的方法，等等，影响一直绵延不断。另外，故事凝结的成语词组也有多方面的意义。

春秋战国寓言对中国文学的影响和意义是多方面的，可以说，它是中国叙事文学的重要源头，对后世的小说、散文、诗歌、小品文、笔记等都产生了广泛而深远的影响。也正因为如此，中国春秋战国寓言出现之后，很少有哪个时代的寓言文学逾越它或者说接近它。

---

① “先秦式”指的是那种寓言故事结尾没有教训话语，只有主人公结局和解释结局的寓言。“伊索式”指的是那种寓言故事结束后，接着是一段教训话语的寓言。它的意义请参见拙著《寓言文学概论》。

第四章 两汉寓言

“两汉”这个词在史学上指的是中国秦王朝灭亡后，一个有400多年历史的朝代，这个朝代对中国封建社会的建立有极其重要的意义。

秦王朝（前221—前207）在统一六国、结束了数百年的混战局面，建立了一个有真正意义上的社会控制系统的中央集权的封建专制国家之后，却没有使它的王朝“果实”传承下去，而在不久之后爆发的农民起义中，让这个统一王朝的“果实”，落入了西汉王朝的开创人手里。历史上统一的秦王朝时间不过十多年，一般来说，人们对它的历史评价很高，但对它思想和文学上的评价却很差。特别是它在前212—前211年间的“焚书坑儒”，更是臭名昭著，故于此的评价大多是“钳制思想，摧残文化”“文学园地一片荒芜”等等。历史、思想、文化的功过且不论，在秦时的文学园地里，确实也没有什么属于王朝自己的文学。当时的杂家巨著《吕氏春秋》完成于前239年，李斯的《谏逐客书》也完成于前237年……这些都产生于秦国，但却属于战国晚期的作品，不属于秦王朝的著作，故而在中国文学史上秦王朝是没有什么文学史迹载录的，这样，当然也就谈不上什么秦的寓言文学了。

前206年，西汉的创始人刘邦打败了对手项羽，建立了西汉王朝；200余年后，刘秀又建立了东汉王朝，西、东汉王朝前后400余年，为历史上的两汉时期。这一时期，是中国社会最具有活力和生机的社会时期之一，文学上有它独有的表现，寓言文学也是这一时代文学潮流中的组成部分。这个朝代在政治、社会制度等方面利用了秦朝的果实，文学上却拓展了属于自己的天地，其间，赋和散文的创作相当繁荣。

这一时期的寓言文学与“汉文学”的散文联系密切，并以此为依托形成了自己的寓言文学。但是，两汉的寓言文学虽然也有自己的一定的特色，可它承袭利用春秋战国寓言文学的多，自我创新的少。

第一节 文学背景

两汉文学实际上包括“西汉文学”和“东汉文学”，但一般概念上这样的区分很少，大都是统而言之的说法，称之为“汉文学”。

西汉初年，刚建立的汉王朝汲取秦王朝短期覆灭的教训，在政治上恢复了分封同姓侯王制度，以巩固自己的统治基础；在经济上采取了一系列减轻农民负担的政策和措施，发展生产，休养生息。黄老的“无为而治”的思想是当时的主导思想，相对于秦王朝的严格控制，社会正好获得了一个松动和发展的契机。

在文化政策方面，惠帝时“大收典籍，广开献书之路”①，使西汉的思想文化环境大为改观，加上战国以来百家学术的思想、风气的影响，各地的王侯也仿效战国公子的办法，广罗人才于门庭，这使汉初的哲学和社会思想比较活跃自由，促进了汉代的学术文化发展。

在汉朝初期，得到较显著发展的是散文和辞赋。这时期的散文主要是政论散文。这些政论文注意总结秦王朝由弱变强、政权得而复失的经验教训，表达对如何巩固汉王朝的统治，完善中央集权的政治制度的见解。这些政论文大多议论宏阔大度，说理畅达，情感丰沛，很有文采，对后代的唐宋散文创作有明显的影响。这些政论文的作者以贾谊、晁错为最有名。

汉初的辞赋，一般认为是楚辞的余绪，但它们缺乏屈原那样的情感气质，模仿痕迹重，多有其形无其实，只有现存的淮南小山的《招隐士》是其中的佼佼者。汉文景时期，出现了汉朝的第一个真正的辞赋作家枚乘，他最著名的作品是《七发》。他的《七发》在写法和格局上被认为是汉代新体赋——汉大赋的第一篇作品。

汉武帝时期，西汉进入了全盛时期，汉王朝的封建集权统治，得到极大的发展。这时，有一重大事件发生，它几乎影响了中国的文化和文学数千年，这就是“罢黜百家、独尊儒术”。这一政策的推行，似乎是秦“焚书坑儒”的历史对应，一个结束“百家争鸣”的局面，一个是毁灭文化。“罢黜百家，独尊儒术”，使儒家思想居于正统，对封建统一帝国的形成和巩固都起着很大的促进作用，但它让后世的中国文化发展付出了沉重的代价。这一事件，可以说深刻地影响了汉朝文学的诸方面。

汉武帝时期至西汉末年，这百余年的时间里，汉朝文学上的成就主要表现在几个方面：一是汉乐府机关的设立、扩展；二是辞赋创作的繁荣；三是司马迁《史记》的出现。

汉朝初时，为了“皇帝之贵”，制礼作乐，建立封建王朝的秩序，成立了“乐府”，但此时的“乐府”职能主要是为了管理郊庙、朝会的乐章。到汉武帝时，乐府

---

① 见《汉书·艺文志》。

的职能和规模得以扩展，大规模地收集各地民间歌谣，以丰富朝廷乐章。这样一来，使各地的民歌有了记录、集中和提高的条件，它在中国文学史上有划时代意义，对中国古代诗歌的发展有着深远的影响，因为后来历代都有这样或相似的机构，造成了中国文学的一个奇特的生存现象。

辞赋是汉代最具有时代特色的作品，有与“唐诗”“宋词”同样的名分。但汉赋由于显著的宫廷文学特色，多为歌功颂德之词，是“润色宏业”的需要，在艺术上的价值并不很高，历代并不为人们所看重。司马相如是汉赋创作最有成就的作家，他的《子虚》《上林》赋最为有名。另外，东方朔、枚皋等也创作了不少的赋。其他辞赋作家还有王褒、张子侨、刘向、华龙等。杨雄是西汉末年最著名的辞赋家，以《甘泉》《河东》《羽猎》等辞赋著名。

汉赋是西汉经济、政治、文化高度发展的产物，但这只是其文学的一个方面，真正体现这个时代历史文化、文学最高成就的是司马迁的《史记》。

《史记》的出现，被认为是“网罗天下放佚旧闻，考之行事，稽其成败兴坏之理”“究天人之际，通古今之变，成一家之言”① 的大创举，它为中国古代历史文化的发展树立了一块丰碑。《史记》以人物传记为中心，不仅开创了“纪传体”史学，也开创了历史传记文学，鲁迅称之为“史家之绝唱，无韵之《离骚》”，确切地评价了司马迁在历史学和文学发展上的贡献。《史记》一出，对整个中国的史学和文学都产生了广泛深刻的影响。

东汉在政权性质上是西汉的延续。东汉初年，刘秀为了使自己的统治合法化，曾推崇西汉末年兴起的谶纬之学，它与古代经学合流，成为思想文化领域内的统治思想，在它的影响下，东汉文学有了一些新的变化。

班固的《汉书》是东汉史传文学的代表作，它开创了中国断代史的先例，旧有“史、汉”或“班、马”并称。

东汉的政论文作家作品以王符的《潜夫论》、崔寔的《政论》、仲长统的《昌言》、王充的《论衡》等最为有名。其中尤以王充的《论衡》影响最大，在文学上他批判了当时“华而不实，伪而不真”的文风，并正面提出了一系列的文学主张。

东汉的辞赋模拟因袭之风盛行。班固的《两都赋》只在题材上有所突破。

东汉中叶后，赋风开始转变，张衡的《归田赋》是这一时期的代表。此赋以清丽的语言，表现了归隐田园的恬静心绪。这类抒情小赋成为魏晋六朝抒情赋的先导。

东汉文学的另一个重大收获应该是文人五言诗的形成，这是在汉乐府民歌影响下的结果，代表是《古诗十九首》。这些诗歌既保持了乐府民歌的特色，又借鉴了《诗经》《楚辞》的艺术手法，极大地提高了诗歌的表现力和抒情性，对后世的影响很大。乐府诗中的叙事诗也有一定影响。《陌上桑》《孔雀东南飞》都是有名的篇章。

两汉寓言文学也就依存于这样的文学背景之中。相比较而言，两汉寓言也如春秋战国寓言一样，与散文的关系最为密切，而与汉赋、汉乐府的关联不大。两汉寓言的

---

① 见《报任安书》。

生存形式仍然如春秋战国寓言一样，有很大的依附性，并主要依附于理论著作和史传文学中。但是，其情形已有了很大的变化，寓言的哲理性大大降低，已变成了一种世俗的寓言应用，并且这种应用不是建立在民间的智慧和机趣上，而是建立在宫廷性质的政治权术的应用上。在某种意义上可以说，两汉寓言是政治寓言，是为统治阶级服务的寓言。陈蒲清先生在评价两汉寓言的特色时曾说："两汉寓言有两个显著特色；一是劝诫性突出：汉代寓言侧重于总结过去历代王朝兴亡的历史教训，为统治者设计长治久安之道，或者宣扬封建道德规范，叫人们适应封建社会的要求。《说苑》《新序》便是一个突出代表。因此，我们可以把两汉寓言称之为'劝诫寓言'。二是题材上多沿袭先秦……"[①] 陈蒲清先生的评价是有一定道理的，但"劝诫"恐怕太看重汉代的寓言作品了，倒不如说它是一种宫廷特色，是汉代寓言作家迎合汉朝统治者的一种表现。另外，说题材上沿袭先秦也不尽然，实际上两汉的寓言题材面很狭小，某种意义上可以戏称它们为讲"君、臣故事的寓言。"

两汉寓言相对而言是缺少生机和发展的，主要原因有二：一是安定的强盛的大一统的汉朝，一时间并不需要寻求"哲理的智慧"，而且春秋战国时留下的巨大的精神文化遗产影响，一般情况下是很难摆脱的；二是汉武帝时的"罢黜百家，独尊儒术"，形成了一统的思想和"正人君子"式的思想方式，也压抑了寓言的生机和活力，因为思想理论的萎缩，就影响了智慧之花的开放。

在两汉创作有寓言的作家是众多的，较有成就的有贾谊，韩婴、刘安、刘向，桓谭，应邵等，尤以刘向的《说苑》《新序》中的寓言艺术成就最高，这两本书中的寓言，被认为是两汉寓言的代表作。

两汉寓言按其依附的著作性质，又可分为几个方面：一是理论著作中的寓言；二是史书和其他著作中的寓言；三是如《说苑》《新序》这样以故事为主的著述中的寓言。

第二节　两汉理论著作中的寓言

两汉寓言在其理论著作中出现的数量最大，两汉寓言年代最早的作品也出现在理论著作中。虽然它们不是两汉寓言的最高水平，但亦是两汉寓言重要的部分。

一般论及两汉寓言，最早见的寓言当属陆贾的名下。

陆贾，汉初著名政治活动家和政论家。生卒年不详，出生楚地，以门客身份随汉高祖刘邦平定天下。善于辞令，曾两度出使南越，说服南越王赵佗归顺汉朝。刘邦死后，劝丞相陈平深结太尉周勃，后来合谋消灭诸吕，迎立汉文帝。这一切都表现了他的政治才能和洞察力。有《新语》十二篇传世。其创作的原因是他与刘邦发生"马

① 《中国古代寓育史》，第95页。

上得之，宁可以马上治之乎”的争论后，刘邦对他说：“试为我著秦所以失天下，吾所以得之者何，及古成败之国。”《新语》具有黄老之说和儒家学说相结合的倾向，喜欢用典，有少量的寓言。

《新语》可谓是汉人最早的理论著作之一，当中一些相应的典故就是寓言故事，如《指鹿为马》和《扁鹊与灵巫》等。

《指鹿为马》：

> 秦二世之时，赵高驾鹿而从行。王曰：“丞相何为驾鹿？”高曰：“马也。”王曰：“丞相误也，以鹿为马。”高曰：“陛下以臣言不然，愿问群臣。”臣半言鹿，半言马。当此之时，秦王不能自信自，而从邪臣之说。
>
> （《新语·辨惑》）

《扁鹊与灵巫》：

> 昔扁鹊居宋，得罪于宋君，出亡之卫。卫人有病将死者，扁鹊至其家，欲为治之。病者之父谓扁鹊曰：“吾子病甚笃，将为迎良医治，非子所能治。”退而不用。乃使灵巫求福请命。对扁鹊而咒，病者卒死。灵巫不能治也。
>
> 夫扁鹊天下之良医，而不能与灵巫争用者，知与不知也。
>
> （《新语·资质》）

前一则寓言就用的是刚刚灭亡的秦朝的事例作为故事的题材，寓言的警诫是相当鲜明的。后一则寓言用的是春秋战国的寓言故事，但进行了一定的加工改造翻新，赋予了新的含义。

《新语》中的寓言是很少的，但这两则寓言已鲜明地表现了汉寓言对春秋战国寓言的承袭性，以及在其中表露的汉寓言的某些性质和特点。它们对汉以后的寓言创作有一定的影响。

贾谊的《新书》亦是汉初重要的理论著作之一。

贾谊（公元前200年—前168年），河南洛阳人，西汉初年著名政论家。18岁即以博学能文著名。汉文帝时任博士，掌文献典籍。后任文帝之子刘揖的太傅。刘揖上朝坠马而死，贾谊忧伤自责，不久去世，年仅33岁。《汉书·艺文志》记载，贾谊散文有58篇，赋7篇。后人将他的文章辑为《贾谊集》，包括《新书》10卷。贾谊散文见解透辟，才气充溢，具有战国纵横家的风格，善于运用历史故事和对比手法来说明政治哲理，具有很强的说服力与感染力。

贾谊《新书》中的寓言与其著作的基本目的完全吻合，是典型的政治哲理寓言。如《厚薄二璧》就是用历史故事来宣扬为政应该宽厚的道理；《宋就灌瓜》宣扬的也是以德报怨的仁厚思想。应该说，贾谊的寓言一般都注重寓言哲理的表达，如《一岁之麦》《福反为祸》《妖反为福》《胡亥践履》等都是如此，它们都利用历史故事显现一定的哲理，并归为对政治道德的形象表达。

贾谊的寓言故事有的短小精干，很有意味，如《胡亥践履》：

二世胡亥之为公子，昆弟数人。诏置酒飨群臣，召诸子赐食先罢。胡亥下阶，视群臣陈履状善者，因行践败而去。诸侯闻之，莫不太息。及二世即位，皆知天下必弃之也。（《新书·春秋》）

寓言说胡亥还是公子的时候，一次走下台阶，见台阶上群臣的鞋子排列得整整齐齐的，就上去踏得乱七八糟才离去，大家听了此事后，莫不叹息……这则寓言哲理是很精微的，里面有很值得玩味的东西。贾谊的寓言还很重视故事情节，如《先醒、后醒和不醒》：

故世主有先醒者，有后醒者，有不醒者。

昔楚庄王即位，自静三年，以讲得失。……大克晋人，会诸侯于汉阳，申天子之辟禁，而诸侯说服。庄王归，过申侯之邑，申侯进饭，日中而王不食。申侯请罪曰："臣斋而具，食甚洁。日中而不饭，臣敢请罪。"庄王谓然叹曰："非子之罪也！吾闻之曰：其君贤君也，而又有师者，王；其君中君也，而有师者，伯；其君下君也，而群臣又莫若者，亡。今我下君也，而群臣又莫若不穀，恐亡无日也。吾闻之，世不绝贤。天下有贤，而我独不得，若吾生者，何以食为？"故庄王战服大国，义从诸侯，戚然忧恐，圣智在身而自错不肖，思得贤佐，日中忘饭，可谓明君矣。此之谓"先寤所以存亡"。此先醒也。

昔宋昭公出亡至于境，喟然叹曰："呜呼！吾知所以亡矣！吾被服而立，侍御者数百人，无不曰吾君丽者；吾发政举事，朝臣千人，无不曰吾君圣者。外内不闻吾过，吾是以至此，吾困宜矣。"于是革心易行，衣苴布，食䴭馂，昼学道而夕讲之。二年，美闻于宋。宋人车徒迎而复位，卒为贤君，谥为昭公。既亡矣，而乃寤所以存。此后醒者也。

昔者虢君骄恣自伐，谄谀亲贵，谏臣诘逐，政治踳乱，国人不服。晋师伐之，虢人不守，虢君出走，至于泽中。曰："吾渴而欲饮。"其御乃进清酒。曰："吾饥而欲食。"御进腶脯、梁糗。虢君喜，曰："何给也？"御曰："储之久矣。"曰："何故储之？"对曰："为君出亡而道饥渴也。"君曰："知寡人亡邪？"对曰："知之。"曰："知之何以不谏？"对曰："君好谄谀而恶至言，臣愿谏，恐先虢亡。"虢君作色而怒。御谢曰："臣之言过也。"为间，君曰："吾之亡者，诚何也？"其御曰："君弗知耶？君之所以亡者，以大贤也。"虢君曰："贤，人之所以存也。乃亡，何也？"对曰："天下之君皆不肖，夫疾吾君之独贤也，故亡。"虢君喜，据式而笑，曰："嗟，贤固若是苦耶！"遂徒行而于山中居，饥倦，枕御膝而卧。御以块自易，逃行而去。君遂饿死，为禽兽食。此已亡矣，犹不寤所以亡，此不醒者也。

故先醒者，当时而伯；后醒者；三年而复；不醒者，枕土而死，为虎狼食。呜呼！戒之哉！（《新书·先醒》）

寓言讲了历史上三个君王的故事，一是楚庄王，二是宋昭公，三是虢君。庄王时时清醒认识自己，所以“会诸侯于汉阳”。宋昭公失国后清醒过来，重新认识自己，故三年后又复国。虢君则至死不清醒，最后枕土而死。这实际上是三个故事连接而成的寓言故事，故事本身的并列就产生了鲜明的印象，哲理的内涵在对比中丰富而有层次感。这样的寓言表现形式是引人注目的，可以说是寓言表现形式上的翻新。

从以上的寓言看，贾谊的寓言从题材的利用到创作动机都较完整地完成了春秋战国寓言到两汉寓言的转变，形成了两汉带有劝诫性质的政治哲理寓言。这些，可以说都为后来的寓言作家所继承。

贾谊之后，是刘安的《淮南子》，这是汉代一部规模宏大的理论著作。

刘安（前179—前122），汉高祖的孙子，袭父爵为淮南王。爱养士，曾招致宾客方术之士数千人。武帝元狩元年，被告谋反，下狱自杀。有《淮南子》一书传世。《淮南子》又名《淮南鸿烈》，是刘安主持编写的一部哲学著作，参与者有术士苏飞、李尚、左吴、伍被及儒生小山、大山等人。《淮南子》有《内书》《外书》《中篇》，今仅存《内书》21篇。全书“荟萃诸子，旁搜异闻”，在哲学上以黄老学说为主旨，而出入儒墨名法诸家。“异闻”中有丰富的神话传说与寓言故事，特别是《道应训》《人间训》两篇，就有故事100多则。

刘安的《淮南子》寓言与贾谊等人的寓言相比，有一些差别。刘安的寓言里，政治、政论的色彩明显减弱，哲理性相应加强，大多数寓言是为了表达他的哲学主张和哲理形象而言的。如《知雄守雌》：

> 赵简子以襄子为后，董于阏曰：“无恤贱，今以为后，何也？”简子曰：“是为人也，能为社稷忍羞。”异日，知伯与襄子饮，而批襄子之首，大夫请杀之，襄子曰：“先君之立我也，曰能为社稷忍羞，岂曰能刺人哉？处十月，知伯围襄子于晋阳，襄子疏队而击之，大败知伯，破其首以为饮器。”
>
> 故老子曰：“知其雄，守其雌，其为天下谿。”（《淮南子·道应训》）

寓言讲襄子在知道自己比别人强的情况下，仍能示其弱，忍受羞辱，而最终战胜敌人。这则寓言完全可以视为一则政治寓言，里面明显地表现了政治的某种术的道理，但它的落点却最后落到了“知其雄，守其雌，其为天下谿”的哲理形象认识上。如果说，贾谊他们的寓言是政治哲理寓言，那么刘安的寓言就可称为哲理政治寓言。

在刘安的寓言里，春秋战国寓言的哲理性得到了相当的继承，题材、表现形式上也继承了春秋战国寓言的诸多方面，因而他的寓言的艺术上的成就比贾谊寓言相对要高一些，并且出现了一些在中国寓言史上都可称作名篇的寓言，其中以《塞翁失马》《鹊巢扶技》《螳螂搏轮》最为知名。

《塞翁失马》：

> 近塞上之人有善术者。马无故亡而入胡，人皆吊之。其父曰：“此何遽不为福乎？”居数月，其马将胡骏马而归。人皆贺之。其父曰：“此何遽不能为祸乎？”家富良马，其子好骑，堕而折其髀。人皆吊之。其父曰：“此

何遽不为福乎?”居一年，胡人大入塞，丁壮者引弦而战，近塞之人，死者十九，此独以跛之故，父子相保。 (《淮南子·人间训》)

《鹊巢扶枝》:

夫鹊先识岁之多风也，去高木而巢扶枝。大人过之则探彀，婴儿过之则挑其卵。知备远难而忘近患。 (《淮南子·人间训》)

《螳螂搏轮》:

齐庄公出猎，有一虫举足将搏其轮。问其御曰:“此何虫也?”对曰;“此所谓螳螂者也。其为虫也，知进而不知却，不量力而轻敌。”庄公曰:“此为人而必为天下勇武矣。”回车避之。勇武闻之，知所尽死矣。

(《淮南子·人间训》)

这三则寓言各有特色。《塞翁失马》这则寓言把“福祸相转而相生”的哲理表现得少有的深刻和鲜明，致使“塞翁失马，安知非福”也成为定型的成语。《鹊巢扶枝》这则寓言则以表现生活哲理见长。《螳螂搏轮》这则寓言寓意深刻，形象对比强烈生动。

两汉寓言多为政治哲理寓言，一般不在寓言中表现讽刺意味，但刘安的寓言《郢人鬻母》却不失一则绝妙的讽刺寓言。

郢人有鬻其母，为请于买者曰:“此母老矣，幸善食之而勿苦。”此行大不义而欲为小义者。 (《淮南子·说山训》)

寓言说有个人把他母亲卖了，但他对买的人说，他母亲老了，饮食要好一些，不要让他受苦。这则寓言的讽刺和揭露之深刻是后世很多专事讽刺的寓言所不及的。

在两汉，其理论著作中有寓言的还有董仲舒、戴德、戴圣、桓谭、王充、王符、荀悦等。以董仲舒的《枣与错金》、戴德的《每变不止》、戴圣的《嗟来之食》、荀悦的《一目之罗》最为可观。

董仲舒（前179—前104)，西汉哲学家，代表作有《春秋繁露》。此书分八十二篇，把阴阳五行、天人感应和“三纲五常”的政治伦理学说结合在一起。书中有少量的寓言。《枣与错金》这则寓言就是他著作里不多几则寓言中较为优秀的一则。其寓言亦反映了其哲学思想的某些见解。

《枣与错金》:

今握枣与错金，以示婴儿，必取枣而不取金也；握一斤金与千万之珠，以示野人，野人必取金而不取珠也。故物之于人，小者易知也，其于大者难见也。今利之于人小而义之于人大者，无怪民之皆趋利而不趋义，固其所暗也。 (《春秋繁露》)

寓言说拿枣子与金钱给小儿，必取枣，拿一斤金钱与值千金的珠宝给山里人看，山里人必取金钱，这是因为小者易知，大者难见，这样民众趋利轻义就没什么可奇怪的。

戴德，字延君，西汉著名的经学家，生卒年不详。宣帝时，任信都王太傅。与弟戴圣同时向后苍学习《礼》。他集录古代各种有关礼仪的记述，编成《礼记》85 篇，也称《大戴礼记》。今存 39 篇。其中的寓言《每变不止》很富于机趣，故事性强，所叙的道理让人玩味，是这类寓言中较好的篇章。

《每变不止》：

> 晋平公问于祁傒曰："羊舌大夫，晋国之良大夫也。其行何如？"祁傒对，辞曰："不知也。"公曰："吾闻女少长乎其所，女其阖知之。"祁傒对曰："其幼也恭而逊，耻而不使其过宿也。其为侯大夫也悉善而谦，其端也。其为公车慰也信而好直，其功也。至于其为和容也，温良而好礼，博闻而时出其志。"公曰："向者问女，女何曰弗知也？"祁傒对曰："每位改变，未知所止，是以不知。" （《大戴礼记·卫将军文子》）

寓言说晋平公问大夫祁傒，羊舌大夫行为如何？祁傒说不知道，晋平公说你少年时在他家长大的，你一定深知他的行为，于是祁傒讲了羊舌大夫少时如何，长大如何……晋平公说，那么我刚才问你，你说不知道，祁傒说，现在他的职位改变，不知他如何要求自己，所以说不知道。

戴圣，字次君，西汉著名经学家。生卒年不详。删定《大戴礼记》为 49 篇，成《小戴礼记》，即今儒家十三经之一的《礼记》，其中有些故事可视为寓言。《嗟来之食》这则颂扬节气的寓言可说是这类寓言的极品之一，向来为人们所推崇，可以说，凡品德修养方面寓言的归类必少不了这则寓言。

《嗟来之食》：

> 齐大饥。黔敖为食于路，以待饿者而食之。
>
> 有饿者，蒙袂，辑屦，贸贸然来。黔敖左奉食，右执饮，曰："嗟，来食！"扬其目而视之，曰："予唯不食嗟来之食，以至于斯也！"从而谢焉。终不食而死。 （《礼记·檀弓下》）

寓言说齐国闹饥荒，富人黔敖在路上施食于饥饿者，一个饿得发慌的人走过来，黔敖说："喂，来吃吧！"那人抬头看着他，说："我就是不吃这种嗟来之食，所以才饿成这个样子。"于是谢绝食物，饿死了。

荀悦（148 年—209 年），字仲豫，汉末政论家、史学家。著《申鉴》一书。此书共 5 篇，主张德刑并重。这则寓言的题材来源于《佛经》寓言故事，但其变化得十分巧妙，不露痕迹，且哲理生动形象，为后人所看重。从这则寓言我们得知，来自印度的佛经寓言故事，于此已开始影响中国的寓言创作了，《一目之罗》就是最早的寓言例证。

《一目之罗》：

有鸟将来，张罗待之，得鸟者一目也。今为一目之罗，无时得鸟矣。

（《申鉴·时事》）

寓言说张开一张网捕鸟，网住鸟的只是一个网眼，如果只用这个捕住鸟的网眼张开捕鸟，决不会捕住鸟的。

第三节　史传文学寓言及其他寓言

在汉朝，对中国文化贡献最大的不是哲学思想，也不是政治权术，更不是文学，而是史学，其中两个最有成就的史学家就是司马迁和班固。

司马迁（前145—前87），西汉时伟大的史学家、文学家，也可说是中国最伟大的史学家。他用毕生精力写成了中国第一部通史《史记》。《史记》共130篇，上起传说中的五帝，下迄汉武帝，囊括了几千年的史事。全书以人物为纲，塑造了很多历史人物形象，为“史家之绝唱”（鲁迅语），“百代而下，史官不能易其法，学者不舍其书”①。为后代的文学创作提供了宝贵的经验和丰富的素材。《史记》问世之后，影响巨大，首先是汉代的学者竞相“续补”，其中最大的成果就是东汉时班固的《汉书》的出现。

班固（32—92），东汉著名的史学家。他创作的《汉书》是中国的第一部断代史，成就上赶不上《史记》，但也有其自身显著的特色，所以后人往往以“史汉”并称。我们所说的两汉史传文学中的寓言，指的就是以“史、汉”为主的史学著作中的寓言。在这两部历史著作及其他一些杂史中，都有一些寓言，尤以“史、汉”中的寓言最引人注目。《史记》《汉书》的寓言，一般以两种方式存在于著作中，一是史书中引证的寓言；二是历史故事中情节符合寓言故事要求的片断。

第一种寓言如《史记》的《持狭欲奢》和《卞庄子刺虎》，以及《汉书》的《曲突徙薪》。

《持狭欲奢》：

威王八年，楚大发兵加齐。齐王使淳于髡之赵请救兵，赍金百斤，车马十驷。淳于髡仰天大笑，冠缨索绝。王曰：“先生少之乎？”髡曰：“何敢？”王曰：“笑岂有说乎？”

髡曰：“今者臣从东方来，见道旁有禳田者，操一豚蹄，酒一盂，祝曰：‘瓯窭满篝，污邪满车；五谷蕃熟，穰穰满家。’臣见其所持者狭而所欲者奢，故笑之。”

于是齐威王乃益赍黄金千溢，白璧十双，车马百驷。髡辞而行，至赵。

① 郑樵：《通志，总序》。

赵王与精兵十万，革车千乘。楚闻之，夜引兵而去。（《史记·滑稽列传》）

《曲突徙薪》：

客有过主人者，见其灶直突，傍有积薪。客谓主人："更为曲突，远徙其薪，不者且有火患。"主人默然不应。俄而家果失火，邻里共救之，幸而得息。于是杀牛置酒，谢其邻人。灼烂者在于上行，余各以功次坐，而不录言曲突者。人谓主人曰："向使听客之言，不弗牛酒，终亡火患。今论功而请宾，曲突徙薪亡恩泽，焦头烂额为上客耶？"主人乃寤而请之。

（《汉书·霍光传》）

《持狭欲奢》说威王八年，楚国进犯齐国，齐国用很少一点礼物叫淳于髡去赵国请救兵。于是淳就讲了一个故事。说一个农夫用一只猪蹄和一碗酒，祈求山神要给他满屋的粮食。笑他献的东西那么少，企求得到的报酬那么多。《曲突徙薪》说一个客人对主人说，你家烟囱要改成弯曲的，把柴草搬开，要不会有火灾的。主人不听，果然不久他家遭了火灾。众邻里帮他扑灭了火，他杀牛请客，却忘了请这个客人。

《持狭欲奢》的故事说是"所求和所舍"要相当的道理，并嘲笑了齐王的小家子气。《卞庄子刺虎》的故事是直接从《战国策》中引用而来的，在《战国策》中是被用来劝说秦王要利用矛盾，选择时机，从中取利。《曲突徙薪》的故事却有具体的事件背景。汉朝时，霍光家的势力大，很显赫，有一个徐生上书给宣帝说："霍家权力过大，气焰太盛；陛下若关心爱惜霍家，就应该及时抑制他家的骄奢，以免使他发展到非法而走向灭亡。"后来，霍光的子孙因谋反被诛，很多告发的人都受到了重赏，于是有人上书写了这个故事，为徐生请赏。

以上的几个寓言都是为具体的历史事件而发，都言在此而意在彼，但是，其客观的寓意都大于当时的具体寓意，上升为普遍哲理的认识，并且都很生动形象。

从以上的寓言我们看到，这些寓言大都出现在人物的语言中，由于某种需要被利用出来的，它们来源于民间故事，也来源于其他典籍，也有人为编造的情况。这种方式早在《左传》中就已存在，《战国策》更是大量地如此应用和记录寓言，是史书引用寓言的高峰，这明显是史事中的言论记载。《史记》《汉书》中这类寓言数量不如《战国策》，但也有不少的优秀作品，以上的几则寓言就是例子。

《史记》《汉书》中第二种寓言也不少。《学皆不精》《夜郎自大》就是这方面的典型例子。

《学皆不精》：

项籍少时，学书不成，去；学剑；又不成。项梁怒之。曰："书，足以记名姓而已；剑，一人敌。不足学。学万人敌。"于是项梁乃教籍兵法。籍大喜。略知其意，又不肯竟学。（《史记·项羽本纪》）

《夜郎自大》：

滇王与汉使言："汉孰与我大？"乃夜郎侯亦然。各自以一州王，不知汉广大。（《汉书·西南夷传》）

这两则寓言都是列传中摘取的人物故事片断，但它们的寓言性质很强，故事相对完整，不失为寓言的佳作。《学皆不精》说的项羽所学不精，似是为项羽之败的寓言教训解说，寓意不新，但给人的教训是醒目的。《夜郎自大》带有很大的讽刺意味，但揭示的形象哲理不亚于庄子的《井底之蛙》，是一篇很有影响的寓言作品。这些故事大都有一定的传说性质，但经过一定的整理加工，似更能得出生动的教训道理。

《史记》《汉书》为代表的两汉史传文学寓言，对后代此类的寓言有相当的影响，以后的史传文学中的寓言大致也就是这两个类别。

在两汉这类寓言中，除了《史记》《汉书》中的寓言外，其他的史书中也还有些寓言，如《后汉书》中的《白头豕》：

往时，辽东有豕，生子白头，异而献之。行至河东，见群豕皆白，怀惭而还。（《后汉书·朱浮传》）

这则寓言嘲讽的是少见多怪，见识贫乏，辽东有白头猪出现就以为是宝，一到河东，见白猪到处都是。寓言思想虽不深刻，但新颖。

除以上理论著作和史传文学这两个方面的寓言外，两汉另外一些著述中也有一些寓言，其中最引人注目的是韩婴的注释训诂学著作《韩诗外传》和应邵的考释著作《风俗通义》，这两部著述中都拥有一批很有兴味的寓言。

韩婴，《诗经》"韩诗学"的开创者，世称韩生。生卒年不详。汉文帝时为博士，景帝时官至常山王太傅。他钻研《诗经》《周易》，在燕赵一带传授学业。著作有《韩诗内传》《韩诗外传》等，今存《韩诗外传》。其书今本 10 卷，310 章，每章先讲故事或引用一些材料，然后以《诗经》的诗句作结。这些故事中有不少寓言。

韩婴的寓言生活气息浓郁，对生活哲理的发掘很深，虽然它用的题材和表达方式也与其他两汉寓言相同，但他寓言的政治气和宫廷色彩很淡。寓言的内容有道德修养方面的，如《不式降民》《志士仁人》；有日常社会生活经验教训的，如《束蕴请火》《以屠知女》；也有发表治国之道意见的，如《四肢无心》等。在这些寓言中，较好的有《相人之友》《所树非人》《能听微言》等。

《相人之友》：

楚有善相人者，所言无遗。美闻于国中。庄王召见而问焉，对曰："臣非能相人，能相人之友者也。"（《韩子外传》）

《所树非人》：

魏文侯之时，子质仕而获罪焉，去而北游，谓简主曰："从今已后，吾不复树德于人矣。"简王曰："何以也？"质曰："吾所树堂上之士半，吾所树朝廷之大夫半，吾所树边境之人亦半。今堂上之士恶我于君，朝廷之大夫恐我以法，边境之人劫我以兵，是以不复树德于人也。”简主曰：“噫！子之言过矣。夫春树桃李，夏得阴其下，秋得食其实。春树蒺藜，夏不可采其叶，秋得其刺焉。由此观之，在所树也。今子之所树，非其人也。故君子先择而种也。”（《韩诗外传》）

前者说一个人很会看相，名声传到庄王那里，庄王召问他，他说不是我看相貌判断他好坏，而是看他交了什么样的朋友。后者说魏国的子质犯了罪后说，我以后不再对人施恩惠了，这魏国朝廷上做官的有一半是我提拔培养的，守边疆的也有一半是我培养的，可他们都使我的坏。赵简子说，你种桃李就可乘凉吃果实，如果种蒺藜，那么得到的就只有刺了，由此看来是提拔的人不对，自食其果。

《相人之友》很简洁，却意味深长，非对生活有较深的认识，是写不出这样寓言的。《所树非人》的故事性强，揭示的哲理生动而又出人意料之外。从这些寓言中我们还可看到，韩婴寓言的智慧火花四处闪烁，与两汉庄重严肃的政治寓言有一定的区别。

应劭，字仲远，东汉汝南郡南顿县人。生卒年不详。灵帝时举孝廉，献帝时任泰山太守，后投奔袁绍。著作有《风俗通义》《汉官仪》传世。《风俗通义》以考释议论名物、时俗为主，不名一体，亦自有见地。今存十卷。

此书中的寓言数量不多，但都风趣盎然，多为两汉寓言中的上品，如《鲍君神》《东食西宿》就是其中的名篇。

《鲍君神》：

有于田得麏者，其主未敢取也。商车十余乘，经泽中行，望见此麏著绳，因持去。念其不事，持一鲍鱼置其处。有顷其主往，不见所得麏，反见鲍鱼，泽中非人道路，怪其如是，大以为神。转相告语，治病求福，多有效验。因为起祀舍，众巫数十，帷帐钟鼓。方数百里，皆来祷祀，号鲍君神。其安数年，鲍君主来，历祠下寻问其故，曰：“此我鱼也，当有何神？”上堂取之，遂从此坏。（《风俗通义·怪神》）

《东食西宿》：

齐人有女，二人求之。东家子丑而富，西家子好而贫。父母疑不能决，问其女定所欲适，难指斥言者，偏袒令我知之。女便两袒。怪问其故。云：“欲东家食，西家宿。”（《风俗通义》）

《鲍君神》这则寓言如一则构思精奇的小说，说了一个奇异的故事，把所谓神的形成过程最鲜明地表现了出来，其反迷信的深刻寓意不言自明。《东食西宿》嘲讽揭示的是世人的卑劣心态，有直指人心之劲力。应劭的寓言不仅风趣如此，还讽刺辛辣，以上的两则寓言如此，另外的《杯弓蛇影》等寓言也是如此。应劭的寓言与正统的劝诫寓言相比，它更接近于民间和生活，在两汉寓言中是较有特色的。

在两汉寓言中，牟融的寓言《对牛弹琴》值得一提。

公明仪为牛弹清角之操，伏食如故。非牛不闻，不合其耳也。转为蚊虻之声，孤犊之鸣，即掉尾奋耳，蹀躞而听。（《牟子理惑》）

牟融（？—79），字子犹，东汉时人，少博学，通《尚书》。这则寓言为后世的《弘明集》所收。这则寓言形象地说明了办事要从客观实际出发的道理，牛只能为蚊虻之声奋耳，绝不会为清角之操动心的，故“对牛弹琴”是可笑的。这则寓言给人印象很深，“对牛弹琴”已演化成为一成语了。

第四节 刘向的《说苑》《新序》寓言

两汉寓言的构成是多方面的，但唯有刘向的寓言成就最大。他所编辑创作的《说苑》《新序》中的寓言，是两汉寓言的代表作。

刘向（前77—前6），字子政，本名更生。他是汉高祖弟楚元王刘交的后裔。宣帝时任散骑谏议大夫给事中。元帝时因反对宦官被下狱。后改名为向。成帝即位后任光禄大夫，负责校阅经传、诸子、诗赋等书籍，并写成《别录》。这是我国最早的分类书目。《汉书·艺文志》著录刘向“所序六十七篇”，人们认为就是其《说苑》《新序》《列女传》。今本《新序》仅存10篇，《说苑》20篇。《新序》10篇为：杂事（五）、刺奢、节士、义勇、善谋；《说苑》20篇为：君道、臣术、建本、立节、贵德、复恩、政理、尊贤、正谏、敬慎、善说、奉使、权谋、至公、指武、丛谈、杂言、辨物、修文、反质。它们利用历史上的奇闻轶事，经过一定加工组织，以宣传政治道德教训，希望社会上人士与当权者效法。两书共有故事600多则，其中有很多寓言。

《新序》中的寓言最为人们看重的有《埋两头蛇》《子奇治阿》《射石饮羽》《郭氏之墟》《反裘负刍》《渔者献言》《天下有五墨墨》《虎会不推车》等。其中最精彩的寓言当数《反裘负刍》《子奇治阿》。

《反裘负刍》：

魏文侯出游，见路人反裘而负刍，文侯曰：“胡为反裘而负刍？”对曰：“臣爱其毛。”文侯曰：“若不知其里尽而毛无所恃邪？”

《子奇治阿》：

昔子奇年十八，齐君使之治阿。既行矣，悔之，使使追之：“未到阿及之，还之；已到，勿还也。”

使者及之而不还，君问其故，对曰：“臣见所以共载者白首也。夫以老者之智，以少者决之，必能治阿矣。是以不还。”

前者说路人反穿着皮衣，问其原因，路人说爱惜其毛。可是，如果皮破了毛还长在哪里呢？后者说齐王派18岁的子奇去治理阿这个地方，后来又觉得不妥，即派使者追他回来，但使者追上子奇，见同车的是白头老人，认为以老人的智慧，年轻人的决断，阿地是可以治好的。

《反裘负刍》是中国古代比较著名的寓言之一，寓言的主旨是告诫统治者不要忘记他们依托的根本，但它却很形象地表现本与末的哲理关系。《子奇治阿》这则寓言见于《艺文类聚·职官部·令长》引的《新序》，不见今本《新序》，它说明年轻人的决断与老年人的智慧应结合起来，互补短长，这样就可成就事业，其揭示是很新颖深刻的。

《新序》中的寓言主要是为了总结历史上的经验教训，提出自己的政治见解和主张服务的，是很典型的劝诫性寓言，所以《新序》中的寓言严正有余，趣味不足。

《说苑》中的寓言要比《新序》中的寓言多一些，同时有名的篇章也很多。如《愚公谷》《四维能直》《秉烛而学》《六翮与毛毳》《螳螂捕蝉》《追女夫妻》《白龙鱼服》《黄口尽得》《惠施善譬》《枭将东徙》《危如累卵》等。其中以《螳螂捕蝉》《追女失妻》《枭将东徙》最为上乘。

《螳螂捕蝉》：

> 吴王欲伐荆，告其左右曰："敢有谏者死。"舍人有少孺子者，欲谏不敢，则怀操弹于后园，露沾其衣，如是者三旦。吴王曰："子来，何苦沾衣如此？"对曰："园中有树，其上有蝉。蝉高居悠鸣饮露，不知螳螂在其后也；螳螂委身曲附欲取蝉，而不知黄雀在其傍也；黄雀延颈欲啄螳螂，而不知弹丸在其下也。此三者皆务欲得其前利，而不顾其后之有患也。"吴王曰："善哉。"乃罢其兵。

《追女失妻》：

> 赵简子举兵而攻齐，令军人有敢谏者罪至死。被甲之士名曰公卢，望见简子大笑。简子曰："子何笑？"对曰："臣有宿笑。"简子曰：有以解之则可，无以解之则死。"对曰："当桑之时，臣邻家夫与妻俱之田，见桑中女，因往追之，不能得，还反。其妻怒而去之。臣笑其旷也。"简子曰："今吾伐国失国，是吾旷也。"于是罢师而归。（《说苑·正谏》）

《枭将东徙》：

> 枭逢鸠。鸠曰："子将安之？"枭曰："我将东徙。"鸠曰："何故？"枭曰："乡人皆恶我鸣，以故东徙。"鸠曰："子能更鸣可矣；不能更鸣，东徙犹恶子之声。"（《说苑·谈丛》）

《螳螂捕蝉》这则寓言几乎是现今中国读书者人人皆知的寓言，形象地揭示"见眼前之利，而忘背后之患"的经验教训，恐怕没有第二则寓言能赶上它。《追女失妻》这则寓言在佛经中有相似故事，但这《追女失妻》则是中国式的智慧。《枭将东徙》的寓言精达干练，生活气息浓郁，揭示鲜明生动。

这些寓言，当然也是为了服务于当时的政治而言的政治哲理寓言，题材、手法上也传承于春秋战国寓言，可以说《说苑》的寓言很得春秋战国寓言的风骨，至少比同时代所有的两汉寓言作家都更显春秋战国寓言风骨。正因为刘向的寓言大多得益于春秋战国寓言，故而他的寓言成就最大，也由此直接影响到人们对两汉寓言特色的评价。以上的几则寓言在艺术上的表现是精湛的，完全可以与春秋战国的优秀寓言相比。以上寓言从题材到表现方式得益于春秋战国寓言，刘向的较好的寓言大多是这样的寓言，但也有属自己独创的一些好寓言，如《黄口尽得》《白龙鱼服》等。

《黄口尽得》：

> 孔子见罗者，其所得者，皆黄口也。孔子曰："黄口尽得，大爵独不得，何也？"罗者对曰："黄口从大爵者不得，大爵从黄口者可得。"孔子顾谓弟子曰；"君子慎所从，不得其人，则有罗网之患。"

《白龙鱼服》：

> 白龙下清冷之渊，化为鱼。渔者豫且射中其目。白龙上诉天帝。
>
> 天帝曰："当是之时，若安置而形？"白龙对曰："我下清冷之渊，化为鱼。"天帝曰："鱼，固渔者之所射也；若是，豫且何罪？"

前者说孔子见一个人用网捉鸟，捉到的全是刚出窝的小鸟，一个大鸟都没有，就问捉鸟人。捉鸟人说，如果小鸟跟大鸟，一个也捉不到，如大鸟跟小鸟走，就可捉到它们了。后者说白龙变成鱼被渔者射伤了眼睛，白龙告到天帝那里，天帝问它被射时是什么形状，白龙说是鱼。天帝说，渔者就是射鱼的，有什么罪？

《黄口尽得》这则寓言说的是选择师从者的重要性，如果跟从的人不对，就会像从黄口者，为自己带来网罗之祸。《白龙鱼服》说明身份对人的重要，是龙为鱼而遭鱼之祸也就没什么可说的。这两则寓言的故事和形象，以及深刻的哲理都是刘向在时代生活中的深切感受，独创性很强，虽然还含有春秋战国寓言的精神，但已基本上是时代独创的寓言了。这样的寓言也是刘向寓言的重要组成部分。

相比较而言，《说苑》中的寓言作为要比《新序》的多。《说苑》的寓言比之也要活泼得多，生活气息要浓郁得多，艺术成就也比《新序》的寓言要高。

《说苑》《新序》寓言无疑是两汉寓言的代表作品，但它也如其他著作一样，模仿沿袭前人的东西，难免有陈陈相因的感觉。两书的故事很多，如《新序》中的"节士""义勇""善谋"大都是从史书上抄下来的人物传记，没有一则寓言，另外各题的寓言也有多有少。

总归起来，《说苑》和《新序》是两汉最大的故事专集，保留了许多古老的故事传说，而且编排精心，有一定的加工，叙事简约，说理通畅，故事大都有教育意义。它们对后来的小说、故事有重大的影响。

第五章 魏晋南北朝寓言和隋唐寓言

中国历史上的魏晋南北朝时期指的是“三国时代”“两晋时代（西晋和东晋）”“南朝（宋、齐、梁、陈）”“北朝（北魏、北齐、北周）”，统称为“魏晋南北朝时期”。这个时期前后三百多年（220—581），是中国历史上最为动荡的时期之一。

在公元3世纪初，汉末的大动乱开始，一直到隋文帝统一中国，长达数百年之久。这一时期里，经济严重破坏，人口急剧减少，是一个灾难深重的时期。但是，这个时期又是一个思想比较活跃的时代，随着汉王朝的解体，传统的儒学失去了维系人心的力量，受到巨大的冲击。在曹操当权后便尚刑名，讲通脱，一反儒家的治世观点。随后。老庄的思想学问又风行一时，结合外来的其他思想，发展成了旷达放荡为特征的玄学，士林之风为之一变。时世诸士的“放达”之行为，对儒家学说，传统的道德礼教大举叛道，同时也表现了他们的遁世逃避的心理。这之后，佛教在中国大地上兴盛起来，引导人们追求“虚幻”的彼岸。但随着中国第二次大规模翻译佛经的活动展开（第一次佛经翻译活动在东汉），又促进了中印文化的进一步交流，给中国的古代音韵学、哲学、文学（包括寓言）艺术都注入了新的血液。

时代的文学也就是在这样的背景下展开的。文学上，有三个方面对后代有巨大的影响：一是文学理论著作的繁荣；二是诗文的艺术技巧的追求和提高；三是小说的诞生。两汉前，中国的“文、史、哲”不分，两汉时，“史”独立了出来，但文、哲仍不分，到了这一时期，文学与哲学才真正分了开来，产生了“纯文学”的文学。这一时期文学中的寓言文学与其他时期的寓言文学不可比，但却创造了新的寓言形式，开了后世讽刺、诙谐寓言的先河。

在魏晋南北朝之后，隋文帝统一了中国，建立了隋朝（581—618），结束了汉末以来将近四百年的分裂战乱。在618年时，李世民建立了唐朝（618—907）。这时期是中国封建社会最为强盛的时期。这一时期前后约三百余年，历史上俗称为隋唐时期。

唐朝初期，李世民采取了一系列的适应社会发展的政策，同时改革吏治，改革机构，人民的负担较轻，经济发展，国力增强，思想文化也较开明，儒、释、道三家并举，思想比较活跃，为文学艺术的繁荣创造了条件。

这一历史时期的文学创作成就是巨大的，尤其以诗歌的创作最盛，唐朝诗歌登上了中国古典诗歌创作的高峰，后无来者。这时期被认为是一个寓言创作复兴的时代，总的寓言文学创作成就超过了魏晋南北朝时期，并完成寓言文学体裁的完全独立，即拟题单独成篇的寓言的出现。

第一节　魏晋南北朝文学背景及寓言概况

这一时期的文学分期与它的历史分期相吻合，也分为“三国两晋文学”“南朝文学”“北朝文学”。

三国两晋前后两百余年。三国时魏国的文学最盛，主要的作家有“三曹”（曹操、曹丕、曹植）和“七子”（孔融、陈琳、王粲、徐干、阮瑀、应玚、刘桢）等，“观其时文，雅好慷慨，良由世积乱离，风哀俗怨，并志深而笔长，故梗概而多气也。”[①] 他们的文学时代特征，被后人称为“建安风骨”或“汉魏风骨”，为后人所推重。

这时期作家的主要作品是大量的诗歌和散文。曹丕的《典论论文》是饮誉至今的文艺理论著作。诸葛亮的出师表也是著名的散文名篇。

到了西晋时期，最著名的作家有张载、张协、张亢、陆机、陆云、潘尼、潘岳等，这些人多长于诗歌、辞赋、散文等，但他们的艺术成就一般都不高，对后世的影响都不大，当中只有陆机的《文赋》至今仍在中国文学批评史上占有地位。

东晋时，文坛上流行的已是玄言诗赋，是那个时代清谈务虚的产物。这一时期最有成就的诗人是陶渊明，他的诗亲切朴素，接近田家口语，蕴含着淳朴高尚的思想和较高的美学价值。东晋除诗文外，小说创作开始兴盛，志怪小说、轶事言情小说大量出现，并出现了一批影响较大的小说名作，如干宝的《搜神记》、张华的《博物志》，还有称为轶事小说先驱的裴启的《语林》。葛洪的《西京杂记》《抱朴子》也颇为可观。

南朝文学指的是宋、齐、梁、陈四代的文学。这时期的主要文学形式是诗歌和骈文，但内容多单薄而空虚。这一时期的著名作家有谢灵运、鲍照、颜延之、谢眺、沈约、江淹、何逊、吴均等。

这时期的小说创作有所发展，轶事小说的代表作是刘义庆的《世说新语》，志怪小说的代表作有刘义庆的《幽明录》，刘敬叔的《异苑》，吴均的《续齐谐记》。

文学批评在南朝时期得到充分发展，对文学体制的辨析和文学性质的探讨更加系统和深入。这时候，出现了文学批评史上划时代的巨著，这就是《文心雕龙》。它系统完整、论述严密，全面地讨论了文学创作中各方面的问题。这时候还有一部重要的诗论专著，即钟嵘的《诗品》，其书对五言诗的思想艺术标准，作家流派等有许多精

① 《文心雕龙·时序》。

辟的见解。这两本文艺理论著作，把中国古代的文艺理论和文艺批评提升到一个新的高度。

北朝文学指的是北魏、北齐、北周三代的文学。北朝文学的诗、赋、骈文成就小，但散文方面却出现了《水经注》和《洛阳伽蓝记》等名著。

魏晋南北朝的寓言也就依据于以上的文学背景。

魏晋南北朝的寓言多出现在《笑林》《符子》《刘子》《金楼子》《世说新语》《搜神记》等书籍中，寓言的数量远不及两汉，整体的寓言成就也不大，应该是中国寓言创作比较低潮的时期。

魏晋南北朝的寓言作品形式与两汉寓言相比，仍然没什么大的变化，其依附性仍然很强，但也有些变化，即两汉寓言多数是夹在散文或理论文章的叙述中，而魏晋南北朝寓言却有一部分已成为单列的故事，比如《笑林》中的寓言。此书中的笑话，就完整地是一则寓言，不用从行文中把寓言分离出来。另外，这时候的寓言存在还有一个变化，即不但在散文的著作中有寓言，新兴的小说中，也有寓言存在。这使寓言在一定程度上又受到小说创作的渗透，又使寓言出现子小说化的倾向，并对唐代的寓言创作产生影响。

魏晋南北朝寓言也可按寓言的依附存在的情况，分成几个方面，一是《笑林》中的寓言，这是魏晋南北朝最有影响和特色的寓言部分，是魏晋南北朝的主导寓言；二是理论著作中的寓言，当中以符子寓言为代表，有许多中国传统意义上的优秀寓言，是魏晋南北朝寓言的重要组成部分；三是笔记小说中的寓言，这是寓言存在的一个新的方面。

在魏晋南北朝时期，中国寓言史上还有一件非常重要的事件，即印度佛经寓言在这一时期以一种完整、独立的姿态进入中国寓言史，并从此成为中国寓言史上的一个重要的寓言组成部分。如果说东汉时佛经寓言已经对中国的寓言文学发生影响，但真正进入中国，并融入中国寓言文学的时间还在魏晋南北朝时期。“南朝四百八十寺，多少楼台烟雨中”，说的是佛寺之盛，但佛寺之盛就是佛教之盛，佛教之盛就必然带来佛经文学的兴盛，佛经文学兴盛中的重头戏也就是佛经寓言。汉译佛经寓言在一定意义上说，并不完全是古印度的民间寓言，它们有共同的源头。但它通过佛教经书的应用翻译，成为汉文佛经寓言之后，自然也就发生了许多变化……这方面，于后还有专章叙述它。

第二节　《笑林》寓言、符郎寓言及其他寓言

魏晋南北朝的寓言创作总体上是中国寓言历史的低潮，寓言作家也不是很多，成就不大。在这些寓言和寓言作家中，首先应提及的是邯郸淳的《笑林》寓言。

《笑林》历史上首先被人们认为是笑话一类的故事集，但实际上它也是一本寓言

集，并且是魏晋南北朝寓言中最有特色的寓言，是一种有别于其他寓言的寓言，是魏晋南北朝寓言的代表作品之一。

邯郸淳（132—?），三国魏文学家。一名竺，字子叔，或作子礼，颍川人。东汉献帝初，客居荆州。博学多才。曹丕即位为魏文帝时，任博士给事中。与曹植友善。原有集二卷，今佚。汉桓帝时所作《孝女曹娥碑》最有文名。《隋书·经籍志》著录三卷，《笑林》是其小说集，又是我国最早的笑话专集。其中多借嘲讽愚庸人之行径，讽刺现实，当中包含了一批机智隽永的寓言。《笑林》一书已佚，今存二三十则，散见于《艺文类聚》《太平广记》等书中，鲁迅在《古小说钩沉》中有辑本较完备。

寓言中的"笑"应该是中国寓言乃至世界寓言故事的特性之一，特别是用人的愚蠢行为和方式来结构寓言情节时，寓言故事的笑也就存在了。这样的例子在春秋战国寓言中就很多，如寓言中的有"郑人"和"宋人"出现的寓言就是，只不过那时是"哲理的笑"。从春秋战国到两汉，寓言的"笑"都是附加的，但发展到魏晋时，寓言中的笑的特性被放大了，或者说与纯粹的笑的故事融和了，于是，这个时代就出现了邯郸淳的《笑林》。当然，其时的社会背景也是其重要因素，由于封建专制的日益加强，寓言直接干预政治生活和宣传非正统的思想，已经不可能或不合时宜，于是，"笑"出现了，扩大了，再加上笑的讽刺意味，象《笑林》这样"笑的哲理"就出现了。

在《笑林》中，其所谓的笑话，大多是精彩的寓言。如《一叶障目》《截竿入城》《汉人煮床箦》《善治伛者》《胶柱鼓瑟》等。

《一叶障目》：

楚人居贫，读《淮南子》："得螳螂伺蝉自障叶，可以隐形。"遂于树下仰取叶。螳螂执叶伺蝉，以摘之。叶落树下，树下先有落叶，不能复分别。扫取数斗归，一一以叶自障，问其妻曰："汝见我不？"妻始恒答言："见。"经日乃厌倦不堪，绐云："不见。"嘿然大喜，赍叶入市，对面取人物，吏遂缚诣县。县官受辞，自说本末，官大笑，放而不治。

《截竿入城》：

鲁有执长竿入城门者，初竖执之，不可入；横执之，亦不可入。计无所出。俄有老父至曰："吾非圣人，但见事多矣。何不以锯中截而入？"遂依而截之。

《汉人煮床箦》：

汉人有适吴，吴人设笋，问是何物？语曰："竹也。"归煮其床箦而不熟，乃谓其妻曰："吴人轫辘，欺我如此！"

《善治伛者》：

平原人有善治伛者，自云：“不善，人百一人耳！”有人曲度八尺，直度六尺，乃厚货求治。曰：“君且卧。”欲上背踏之。伛者日：“将杀我？”曰：“趣令君直，焉知死事？”

《胶柱鼓瑟》：

齐人就赵人学瑟，因之先调胶柱而归，三年不成一曲，齐人怪之。有从赵来者，问其意，方知向人之愚。

《一叶障目》说的是一个人用一片树叶遮着自己去偷人家东西，是以笑的方式来讽刺自欺欺人的行为，可谓是批驳自欺欺人的极致之作，几乎把自欺行为写到家了，是笑中启迪人的佳品之一。《截竿入城》的故事原型是民间广泛流传的故事，但作者把它进行了加工和发挥，让自谦为“圣人”的老父，截竿而入，还自鸣得意，使这愚不可及的形象给人的印象极深，笑其“愚”中又有许多回味。《汉人煮床箦》《善治伛者》也是民间传说中的笑话故事，但一经过加工，就寓味深长了。前者嘲笑的是一知半解的行事者，后者讽刺的是主观片面的形式主义。《胶柱鼓瑟》更以奇特的构思，讽喻了拘泥不知变通的人，其夸张之大，笑中有几分苦涩。

应该说，邯郸淳的笑话寓言的创作从内容、题材、思想性上成就并不大，但它却开了一代寓言之风气，创造了笑话寓言这一新的寓言表现风格，并对后代的寓言创作产生了广泛的影响，使中国的文坛上出现了一批笑话专集。它们在不同的程度上都继承了《笑林》的传统，举以下书名，其影响就可见一斑。如隋代的《启颜录》、宋代的《艾子杂说》、明代的《艾子后语》《雪涛谐史》《应谐录》《笑赞》《笑府》，清代的《笑得好》，近代的《俏皮话》等，绵延上千年，这在中国的文学史上是少见的。

邯郸淳创作开创了笑话寓言的风气，但他的努力却没有在魏晋南北朝中得到响应（一直到了隋朝，才有了《启颜录》的出现），故在魏晋南北朝中同类的寓言并不多见，也没有什么上好的作品，反而是另外一种风格的寓言作品有许多佳作。这些作品中，以符朗的寓言品位最高。

符朗，字元达，南北朝时前秦文学家。氐族人，是前秦苻坚的从兄子，历职镇东将军、青州刺史。后降东晋，官至员外散骑常侍，因忤怒权臣王国宝而被杀害。著有《符子》六卷，原书已佚，清代马国翰有辑本，载《王函山房辑佚书》中。该书杂录传说故事，颇多寓言。

《符子》中的寓言有数十则，题材、风格承继于春秋战国寓言，并特别“钟情”于《庄子》的风貌，但他的寓言却深得春秋战国寓言之“精气”，富于创造性。在他的寓言中，尤以《与狐谋皮》《郑人逃暑》《万金之患》最佳。

《与狐谋皮》：

周人有爱裘而好珍馐，欲为千金之裘而与狐谋其皮，欲具少牢之珍而与羊谋其馐。言未卒，狐相率逃于重丘之下，羊相呼藏于深林之中。

《郑人逃暑》：

郑人有逃暑于孤林之下者，日流影移，而徙衽以从阴。及至暮，反席于树下，及月流影移，复徙衽以从阴，而患露之濡于身。其阴逾去，而其身逾湿。是巧于用昼而拙于用夕矣。

《万金之患》：

夏王使羿射于方尺之皮，径寸之的。乃命羿曰：“子射之，中，则赏子以万金之费；不中，则削子以千邑之地。”羿容无定色，气战于胸中，乃援弓而射之，不中；更射之，又不中。

夏王谓傅弥仁曰：“斯羿也，发无不中，而与之赏罚，则不中的者，何也?”

傅弥仁曰：“若羿也，喜惧为之灾，万金为之患矣。人能遗其喜惧，去其万金，则天下之人皆不愧于羿矣。”

《与狐谋皮》说一个人喜欢皮衣和美食，于是他去与狐狸商议要剥它的皮；又去找羊商量割它的肉，狐和羊话还没听完就逃走了。《郑人逃暑》说郑人白天在树荫下躲太阳，树影移动，他也移动。到晚上，他也跟着月亮照出的树影移动，结果身上全让露水弄湿了。《万金之患》说羿是天下第一射手，但他心中有了得失和喜悦、恐惧时，他一箭也射不中了。

《与狐谋皮》可说大得春秋战国寓言的神韵，奇想天成，构思之精道少有，如与《狐假虎威》等名篇相比，也毫不逊色。《郑人逃暑》这则寓言故事，在中亚流传的笑话故事中也有类似故事，还不清楚谁受谁的影响，但它说明的寓言哲理和情趣都是鲜明的。《万金之患》可说是春秋战国相类寓言故事成功的翻新，经过作家的巧妙构思，开拓出了另一片哲理天地，并把人心有得失之患就不能平静的哲理发掘得很深。

符朗的寓言大都形象生动，富于浪漫色彩，也很有气魄，不但是魏晋南北朝寓言的代表作品之一，其许多作品也是中国寓言的优秀之作。

除了符朗的《符子》外，魏晋南北朝理论著作中有寓言的还有刘昼的《刘子》，肖绎的《金楼子》，阮籍的《大人先生传》，蒋济的《万机论》，孙绰的《孙子》等。在这些著作的寓言中，也有不少可观者，如《刘子》的《公输刻凤》；《金楼子》的《盈成我百》；《大人先生传》的《群虱》等。

刘昼（514—565），字孔昭，北齐时渤海阜城（今河北交河）人。著有《刘子》一书，是一部杂学著作，其中的故事有的可视为寓言。

《公输刻凤》：

公输之刻凤也，冠距未成，翠羽未树，人见其身者，谓之蝇鸱；见其首者，名曰鸲鹨，皆訾其丑而笑其拙。及凤之成，翠冠云耸，朱距电摇，锦身霞散，绮翮焱发。翔然一翥，翻翔云栋，三日而不集。然后赞其奇而称其巧。

（《刘子·知人》）

寓言说公输班刻凤凰，无爪、无冠、无羽毛时，说是白鹞鹰，后来又贬它是鹈鹕，待凤凰刻成后，人们才称赞它的奇巧。这则寓言告知人们，在事物还未全部展现它们面目时，千万别妄断和非议。其哲理形象丰满而生动。《刘子》中的《贪小失大》等寓言也不失为佳作。

肖绎（508—554），字世诚，小字七符，自号金楼子。为南朝梁武帝肖衍第七子。后即帝位，是为梁元帝。原有集五十卷，小集十卷，均散佚，明人辑有《梁元帝集》。所著《金楼子》是一杂著，略见寓言。

《盈成我百》：

楚富者，牧羊九十九而愿百，尝访邑里故人。

其邻人贫有一羊者，富拜之曰："吾羊九十九，今君之一盈成我百，则牧数足矣。"（《金楼子·杂记》）

寓言说一个富人有 99 只羊，他却对只有一只羊的穷人说，把你的一只羊给我，正好凑足 100 只。此故事明显源于游牧人的民间故事，《古兰经》里就有这样的故事。这则寓言讽刺贪婪，辛辣而深刻。

阮籍（210—263），字嗣宗，陈留尉氏（今属河南）人。建安文学家阮瑀之子。慕老庄哲学，工诗文，受屈原影响，是当世有名的"竹林七贤"之一。有 82 首的《咏怀》五言诗，及赋体散文《大人先生传》。他的寓言《群虱》，讽刺意味很强，但也不乏理性认识，只不过有乃已。

《群虱》：

群虱之处裈中，逃乎深缝，匿乎坏絮，自以为吉宅也。行不敢离缝际，动不敢出裈裆，自以为得绳墨也。然炎丘火流，焦邑灭都，群虱处于裈中而不能出也。

君子之处域内，何异夫虱之处裈中乎？（《大人先生传》）

在魏晋南北朝，笔记小说中的寓言也是其寓言的一个组成部分。在这类寓言中，成就最大者当数刘义庆。

刘义庆（403—444），南朝宋彭城（今江苏徐州）人。乃宋武帝刘裕的兄弟，长沙王刘道怜之次子。生性简素，爱好文学，著述很多，有《世说新语》《宣验记》《集材》《幽明录》等。《世说新语》是一本笔记小说集，所记皆为汉末至东晋间士族阶层人物的逸闻轶事，是六朝志人小说艺术成就较高的一种。此书有不少故事可为寓言。

《世说新语》的寓言数量不多，但艺术上的表现不凡，如品德修养上的寓言佳作《急不相弃》：

华歆、王朗俱乘船避难。有一人欲依附，歆辄难之。朗曰："幸尚宽，何为不可？"后贼追至，王欲舍所携人。歆曰："本所以疑，正为此耳！既已纳其自托，宁可以急相弃邪？"遂携拯如初。

世以此定华、王之优劣。（《世说新语·德行》）

这则寓言推崇的是人的品质，描述很细致，揭示也很生动，给人启迪。这一类的寓言还有《支公好鹤》《鹦鹉救火》等，也是刘义庆《世说新语》寓言的一个组成部分。但他的寓言还有另外的表现，如《王蓝田性急》《望梅止渴》等。

《王蓝田性急》：

王蓝田性急，尝食鸡子，以箸刺之，不得，便大怒，举以掷地。鸡子于地圆转未止，仍下地以屐齿蹍之，又不得。嗔甚，复于地取纳口中，啮破即吐之。（《世说新语·忿狷》）

《望梅止渴》：

魏武行役，失汲道，军皆渴。乃令曰："前有大梅林，饶子，甘酸，可以解渴。"士卒闻之，口皆出水，乘此得及前源。（《世说新语·假谲》）

《王蓝田性急》这则寓言极尽夸张之能事，把王蓝田的性急刻画得惟妙惟肖，说明感情用事，急躁简单，于事无补。

《望梅止渴》这则寓言知名度很高，寓意有，但主要给人的是生动的寓言形象感受。"望梅止渴"早已成为成语，喻可望而不可即之事理。

在魏晋南北朝寓言中，还有见于史书中的《阿豺折箭》，这则寓言是人们公认的名篇：

阿豺有子二十人。阿豺谓曰："汝等各奉吾一支箭，折之地下。"俄而，命母弟慕利延曰："汝取一支箭折之。"慕利延折之。又曰："汝取十九支箭折之。"延不能折。

阿豺曰："汝曹知否？单者易折，众则难摧，戮力一心，然后社稷可固！"（《魏书·吐谷浑传》）

这则寓言阐发的是众人拾柴火焰高，团结一心力量大的哲理。寓言以鲜明的形象哲理，一直为后人所传颂。

另外，这一时期刘敬叔（390—470）的《山鸡舞镜》，颜之推（约 530—591）的《博士买驴》，干宝的《桑中生李》也是较好的作品。

第三节　隋唐的文学背景及寓言概况

隋唐是中国历史上封建社会的中期，是封建经济文化获得高度发展的时期。

隋唐文学可分两个时期，一是隋朝，二是唐朝。

隋代的文学基本上是承魏晋南北朝文学的余绪，但谈不上什么成就，是一个文学的过渡时期。故隋唐的文学实际是唐文学。

唐创立后，经过太宗贞观到玄宗开元年间100多年的发展，唐朝的经济高涨，国力空前强大。唐代的文化也获得了巨大的发展，取得了相当大的成就。经学、史学、书法、绘画、建筑、音乐、舞蹈都极其繁盛，文学更是光彩绚烂。经过“初唐四杰”陈子昂等人的努力和奋斗，诗歌创作的韵律、表现手法体现了唐代新的精神和风格，被后人称之为“唐音”。盛唐诗坛上出现了杜甫、李白，以及王维、孟浩然、高适、岑参等大诗人，形成了中国古代诗歌创作的高峰。

“安史之乱”后，唐由盛转衰。文学上出现了韩愈、柳宗元倡导的古文运动，以及白居易、元稹等人倡导的新乐府运动，产生了大量反映社会现实生活、有很高艺术价值的诗文，形成了又一个文学高潮。同时，由于城市经济的发展，市民阶层的兴起，传奇小说、曲子词、变文等文学样式兴盛起来，文学向多方面拓展。

唐朝没落的晚唐时期，杜牧、李商隐的诗歌已有感伤色彩，皮日休、陆龟蒙等人的诗文还有古文运动和新乐府运动的传统。传奇、曲子词很活跃，温庭筠、韦庄创作了大量曲子词，促进了曲子词的发展。

唐代的佛教极盛，玄奘、义净从印度带回千部佛经，掀起了中国第三次大规模翻译佛经的高潮。佛经的思想、文学作品在这一时期都对唐朝的文学产生了很大的影响。

唐代的文学在中国文学史上占有重要的地位。它标志着中国封建社会的文学已发展到成熟阶段。诗歌、散文、小说、戏曲等各种基本的文学形式在唐代都已出现。

唐代的寓言文学自然是唐代文学的一个组成部分，当然，把寓言作为一种文学样式与唐代其他文学样式的成就相比是不可比的，但它作为中国寓言史的一环仍有自己的意义。

隋唐的寓言应该从隋的《启颜录》中的寓言说起。隋朝的文学是魏晋南北朝文学的余绪，它的寓言文学也是这样的性质，正如前所叙，《启颜录》是受《笑林》的影响而来的，同样，所谓的隋寓言文学也不会有什么特别的表现。

进入初唐，寓言文学的开拓和展现还不多，只有一些散文中的作品可以称之为寓言。宽泛地看待寓言者，认为王绩的《醉乡记》、刘伶的《酒德颂》就是寓言，但这样的作品与其说是寓言，不如说是有寓意的小说和散文。能作为寓言对待的是武后时裴炎（？—648）写的《猩猩铭·序》。故事是说一个聪明的猩猩因为贪酒、受屐而被人擒获，说明贪欲可以使人利令智昏。寓言是成功的，但唐初这样的寓言都极少。

“安史之乱”后，唐朝的诸方面变化很大，总的趋势是由盛向衰。文学上出现了古文运动，在古文运动中出现了寓言，唐朝真正有意义的寓言创作才于此出现。这时，寓言创作成就最突出的作家是柳宗元。韩愈也创造了一些寓言佳作。到了唐末，进行寓言创作的作家有皮日休、罗隐、陆龟蒙、无能子等。

唐朝的寓言创作，由于政治的、社会的、文学的种种原因，既没有表现继春秋战国以来的政治哲理寓言的面貌，也没有表现魏晋南北朝笑话寓言的风趣和幽默，而是在注重寓言故事的完整和趣味的前提下，把笔触转向了日常的社会生活，构建了讽刺味较浓的社会讽刺寓言。唐代寓言的讽刺性、社会性和完整的故事性，应该是其寓言的普遍表现或时代特色。但是，唐代的寓言，除了柳宗元这一唐代寓言的顶峰作家外，却没有形成一个相应的寓言作家群，也没有相互辉映的作品群体。郑振铎先生在《寓言的复兴》一文中有这样的文字评述这一时期的寓言创作，我以为郑振铎先生的观点是切合实际的。他说："中国的寓言，自周秦诸子之后，作者绝少……儒家的统一思想，帝政之桎梏人才……足以使作者情思枯熄，无复有活泼的生气。后来印度的寓言虽在六朝时输入，却亦不复能燃着中国寓言的美的光辉，受其影响者，仅有一部分的佛教中人，今其所作大部见于《法苑珠林》中。韩愈、柳宗元诸作家，似亦颇有意于著作寓言。柳宗元尤为努力。他所做的永氏鼠、黔驴之类亦还有趣。在中古时代而见这种作品，有如在北地见几株翠柳绿竹临风摆摇，至可珍异。让我们读这些作品，总觉得他用力太多，不大有自然的风趣。"①

唐代寓言文学，除了为中国寓言史创造了一批有特色的寓言外，它还有一个较大的贡献，就是完全意义上的独立体裁的寓言是在唐代出现的。在唐以前，不管历代的寓言多么精湛，绝大多数都是在一系列的文字组合中存在，基本没有作为独立的拟题的文章体裁看待。

在唐代，佛经寓言的存在和影响是广泛的，也是唐代寓言的一个方面，这将在佛经寓言中叙述。

在唐代的散文、笔记中，一如传统的存在方式，也存在一些寓言。传奇是唐文学中的奇葩，标志着中国文言短篇小说在艺术上的成熟，它的讽刺性与寓言的讽刺性关联密切。另外，唐寓言的小说化、故事化也与其有关。

在中国，有许多人认为：春秋战国前的一些诗作可视为寓言诗，并且历代都有寓言诗出现，到了唐代是中国古代的寓言诗兴盛时期。对此，我以为应持慎重的态度，虽然所举例的所谓寓言诗确有许多是有寓意的诗歌，但大多是咏物诗和寄情言志的诗，与我们现今所认识的世界文学中普遍存在的寓言诗差别太大。不过，这只是我本人的一孔之见，仅供参考。

第四节　柳宗元寓言

说到唐代寓言，恐怕最先提到的当是柳宗元的寓言。可以说，唐代的寓言创作成就与这个时代取得的巨大文学成就是不相符的，但是，如果在唐代没有柳宗元寓言的存在，那唐代的寓言创作许多方面，寓言历史将"无话可说"。

柳宗元（773—819），字子厚，河东（今山西永济县）人。世称柳河东。他自幼勤学，21岁中进士。贞元期间，授校书郎、调蓝田尉，升监察御史里行。柳宗元对

① 《中国文学研究》。

朝政黑暗及宦官专权极为不满，参加了王叔文政治集团，以求改革时政，以利国民，但改革不到8个月就失败了。柳宗元被贬永州，10年后又贬柳州，4年后病死在柳州，时年47岁。柳宗元是唐代著名的思想家、文学家和古文运动的领袖人物。柳宗元政治上失势后，便集中精力写作，在思想文化及文学上做出了杰出贡献。柳宗元的著作很多，后经友人刘禹锡编纂成《柳河东集》。此集共收其作品700多篇，著名的有哲学政治论文《封建论》《非国语》等，山水游记则以“永州八记”为代表。

柳宗元是我国寓言文学史上最早有意识地创作寓言的作家。他的寓言在艺术上富于独创性，笔锋锐利，富有强烈的战斗精神。

柳宗元寓言创作成就是突出的，但他主要的仍是一个散文作家，在某种意义上来说，寓言只是其散文中的一个品种而已。

公认为柳宗元寓言的有《三戒》《罴说》《鞭贾》《蝜蝂传》《哀溺文》《憎王孙文》《骂尸虫文》《谪龙说》《东海若》《宥蝮蛇文》《鹘说》等。另外，还有人认为《种树郭橐驼传》《梓人传》等篇章也是寓言……不管人们对他的散文作品中的寓言认识如何，被公认为寓言的作品是确切的，柳宗元最优秀的寓言也就在其中。

《猎者吹竹》：

> 鹿畏貙，貙畏虎，虎畏罴。罴之状，被发人立，绝有力而甚害人焉。
>
> 楚南有猎者，能吹竹为百兽之音。寂寂持弓、矢、罂、火而即之山。为鹿鸣，以感其类，伺其至，发火而射之。貙闻其鹿也，趋而至。其人恐，因为虎而骇之，貙走而虎至。愈恐，则又为罴，虎亦亡去。罴闻而求其类，至，则人也，捽搏挽裂而食之。（《柳河东集·罴说》）

寓言说兑、一个猎人善于吹出各种声音来诱杀野兽。在他模仿鹿叫时，豺来了，猎人害怕，吹出虎的声音把豺吓跑了，可又把虎引来，他又模仿罴的叫声，把虎吓走了，可罴又被引来了，罴一见人，就把他吃掉了。这则寓言嘲讽的是“不善内而恃外”者的虚弱的本质。没有真实的本事，巧言令色可以蒙骗一时，但最终却只能招致毁灭。应该说，这则寓言表现的形象的哲理认识是很有力的，但它又不是追求的纯粹的哲理，而是一种嘲讽中的批判。

《蝜蝂传》：

> 蝜蝂者，善负小虫也。行遇物，辄持取昂其首负之，背愈重，虽困剧不止也。其背甚涩，物积因不散，卒踬仆不能起。
>
> 人或怜之，为其去负。苟能行，又持取如故。又好上高，极其力不已，至坠地死。（《柳河东集·蝜蝂传》）

寓言说有一种叫蝜蝂的小虫子，喜欢把路上遇到的东西抓来背在背上，常被背上的东西压趴在地上。人们可怜它帮它取下东西，它能行动后，又照样见什么背什么，以致“坠地死”。这则寓言里，讽刺的意味达到了空前的地步，把世上名利之徒的贪婪本性揭示得入木三分。应该说，讽刺可以用多种方式，但这里运用的是寓言的方式。另外，有人认为这是中国寓言史上的“传记寓言”品种的创新，但我却认为这个“传”是一个名目而已，并不是所谓的“传”，只是一个普通的为了讽刺而言的寓言。

《溺者之死货》：

> 永之氓咸善游。一日，水暴甚，有五六氓，乘小船绝湘水。中济，船破，皆游，其一氓尽力而不能寻常。其侣曰：“汝善游最也，今何后为?”曰：“吾腰千钱，重，是以后。”曰：“何不去之?”不应，摇其首。有顷，益怠。已济者立岸上，呼且号曰：“汝愚之甚！蔽之甚！身且死，何以货为?”又摇其首，遂溺死。（《柳河东集·哀溺文》）

寓言说永州人都善游泳。一次几个永州人乘船渡湘江，至江中时船破了，大家都下水往岸上游，其中有个人老落在后面，别人问他，他说身上有一千大钱，人劝他扔掉，他不干。别人上岸后呼叫，你命都没有了，还要钱干什么，那人摇摇头，一会儿就被淹死了。这则寓言的故事在世界很多地方都有出现，如阿拉伯的《一千零一夜》中就有类似的故事。这是一个极具广泛性的民间传说故事。可能柳宗元也是利用的民间传说故事，但它的寓意更鲜明，故事更生动。

以上三则寓言，是柳宗元寓言的上乘之作，也是唐代寓言的精品。但还算不上是柳宗元寓言的最高成就。在这些寓言里，还多是为发议论而为之的，如《溺者之死货》就是《哀溺文》中的一段，文章除了这则寓言故事外，前后还有些议论的文字。当然，也应该承认，这里的寓言故事已经是其文的主题，如果寓言故事不存在，其文也无存。从这里我们看到，柳宗元寓言还没有从旧的寓言创作习惯中完全摆脱出来，一直到了柳宗元的“三戒”，寓言的完全自在的文体形式才真正确立。

柳宗元的“三戒”分别称为《临江之麋》《黔之驴》《永某氏之鼠》，是三则完全独立成篇的寓言。

《临江之麋》：

> 临江之人，畋得麋麑，畜之。入门，群犬垂涎，扬尾皆来。其人怒，怛之。自是日抱就犬，习示之，使勿动，稍使与之戏。
>
> 积久，犬皆如人意。麋儿稍大，忘己之麋也，以为犬良我友，抵触偃仆，益狎。犬畏主人，与之俯仰甚善，然时啖其舌。
>
> 三年，麋出门，见外犬在道甚众，走欲与之戏。外犬见而喜，且怒，共杀食之，狼藉道上，麋至死不悟。（《柳河东集·三戒》）

《黔之驴》：

> 黔无驴，有好事者船载以入。至则无可用，放之山下。虎见之，庞然大物也，以为神。蔽林间窥之，稍出，近之，慭慭然，莫相知。
>
> 他日，驴一鸣，虎大骇，远遁，以为且噬己也，甚恐。然往来视之，觉无异能者，益习其声。又近出前后，终不敢搏。稍近，益狎，荡倚冲冒。驴

不胜怒，蹄之。虎因喜，计之曰："技止此耳！"因跳踉大㘎，断其喉，尽其肉，乃去。（《柳河东集·三戒》）

《永某氏之鼠》：

永有某氏者，畏日，拘忌异甚。以为己生岁直子，鼠，子神也，因爱鼠，不畜猫犬，禁僮勿击鼠。仓廪庖厨，悉以恣鼠，不问。

由是，鼠相告，皆来某氏，饱食而无祸。某氏室无完器，椸无完衣，饮食大率鼠之余也。昼累累与人兼行，夜则窃啮斗暴，其声万状，不可以寝，终不厌。

数岁，某氏徙居他州。后人来居，鼠为态如故。其人曰："是阴类恶物也，盗暴尤甚，且何以至是乎哉！"假五六猫，阖门，撤瓦灌穴，购僮罗捕之。杀鼠如丘，弃之隐处，臭数月乃已。呜呼！彼以其饱食无祸为可恒也哉！（《柳河东集·三戒》）

这三则寓言是被人们评说得最多的寓言。《临江之麋》说以"猛狗"为良友的麋，糊里糊涂地死了还不知道是怎么回事，可哀又可悲。《黔之驴》说"庞然大物"虚有其表，也同时表明对不熟悉的事物人们都很谨慎，一旦熟悉，就可以"使其性"了。《永某氏之鼠》说世上没有永恒不变的道理，恶物终究会受到惩罚的。我们在这里评说柳宗元的"三戒"实际上很"贫乏"，不如寓言自身来得鲜明生动。这三则寓言明显地是形象大于思维，里面的道理和讽刺意味，是深刻而丰富的。柳宗元的"三戒"是他寓言的代表作，也是唐代寓言的代表作，寓言的思想和艺术表现形式都呈一种较为完美的状态。故而，这三则寓言对后世的影响较大，给人的印象很深。

柳宗元其他的寓言也有些可观者，但与"三戒"及举例的那些寓言相比，差距较大，也有郑振铎先生所说的那种"用力太多，不大有自然的风趣"的感觉。

总的来讲，以"三戒"为代表的柳宗元寓言，形象性强，讽刺性强，深植于唐代社会生活的土壤，有很强的现实意义。

第五节　隋唐的其他寓言

在隋唐，除了若"丘山"一般的柳宗元寓言外，各个时期都还有一些寓言和寓言作家，他们的寓言，也是隋唐寓言重要组成部分。

在继魏晋南北朝文学余绪的隋代，侯白的《启颜录》是寓言最多的笑话集。

侯白，隋初人。字君素，魏郡临漳人。举秀才，为儒林郎。隋文帝时卒。他机敏善辩，性诙谐。著有《旌异记》《启颜录》。

在《启颜录》里，较突出的寓言有《傍河牵船》《钝槌利锥》《遭见贤尊》等，以《遭见贤尊》最有寓味和情趣。

《遭见贤尊》：

> 有一大虫，欲向野中觅食，见一刺猬仰卧，谓是肉脔，欲衔之。忽被猬卷着鼻，惊走，不知休息。直至山中，困乏，不觉昏睡。刺猬乃放鼻而走。
> 大虫忽起欢喜，走至橡树下，低头见橡斗，乃侧身语云：
> “旦来遭见贤尊，愿郎君且避道。” （《启颜录》）

寓言说一只老虎在田野中觅食时，被一只刺猬卷着鼻子，吓得没命地逃跑。后来，老虎到橡树下看见毛栗子，赶紧躲一边，说，今天早上我见着你父亲，贵公子请让路吧！这则寓言的道理是常见的，但它如此叙来情趣盎然。这些寓言是隋唐最早见的寓言之一。

在隋代的《南史》《北史》等书中，也记录了当时的一些寓言。以《千万买邻》《越凫楚乙》最深刻和有理趣。

《千万买邻》：

> 宋季雅罢南康郡，市宅，居僧珍宅侧。僧珍问宅价，曰：“一千一百万。”怪其贵。季雅曰：“一百万买宅，一千万买邻。”
> （《南史·吕僧珍传》）

《越凫楚乙》：

> 昔有鸿飞天首，积远难亮，越人以为凫，楚人以为乙。人自吴楚，鸿常一耳。 （《南齐书·顾欢传》）

《千万买邻》说一个叫季雅的人在僧珍家旁边买了一所房子，僧珍问花了多少钱，季雅说一千一百万。其中一百万用来买房子，一千万用来买个好邻居。《越凫楚乙》说大雁飞高后，越人说是鸭子，楚人说是燕子，但大雁还是大雁。这两则寓言表现的人生哲理各有所长，但都精干简练，有一定的情趣，可谓是时代的名篇。

《南史》和《北史》的作者李延寿，字遐龄，相州人。生卒年不详。他费时16年，撰《南史》80卷，《北史》100卷，对史学的贡献很大。

进入初唐，总的寓言创作少，但也有一些寓言出现。如：王绩的《五斗先生传》，张鷟的《朝野佥载》中的寓言，裴炎的《猩猩铭》等。《朝野佥载》的寓言多一些，《执（马经）以求马》是其中较好的作品：

> 伯乐令其子执《马经》画样以求马，经年无有似者。归以告父，乃更令求之。出见大虾蟆，谓父曰：“得一马，略与相同，而不能具。”伯乐曰：“何也？”对曰：“其隆颅跌目脊郁缩，但蹄不如累趋尔。”伯乐曰：“此马好跳掷，不堪也。” （《朝野佥载》）

张鷟（约660—740），字文成，深州陆泽（今河北深县）人，著有传奇小说《游仙窟》，轶事文集《朝野佥载》等著作。《执〈马经〉以求马》这则寓言说的是伯乐的儿子拿着“马经”去找好马，结果却找到了一只大蛤蟆，寓言的讽刺意味强烈。

与柳宗元同时的韩愈，在寓言创作上也有些作品，尤以其《毛颖传》最为有名，但我以为《毛颖传》实则是一篇标准的寓言小说，虽有很深刻的意义，形象也很生动，但它是小说而不是寓言。当然，韩愈也写了另外一些寓言作品，其中以《马说》最有寓言风采：

> 世有伯乐，然后有千里马。千里马常有，而伯乐不常有。故虽有名马，只辱于奴隶人之手，骈死于槽枥之间，不以千里称也。
>
> 马之千里者，一食或尽粟一石。食马者，不知其能千里而食也。是马也，虽有千里之能，食不饱，力不足，才美不外见，且欲与常马等不可得，安求其能千里也。
>
> 策之不以其道，食之不能尽其材，鸣之而不能通其意，执策而临之，曰：“天下无马。”呜呼！其真无马邪？其真不知马也？
>
> （《韩昌黎文集校注》卷一杂说四）

这篇文字可以作为较有特色的寓言看待，但也不难看出，韩愈于此并不完全是为了寓言而作的，它的议论多于形象本身。

韩愈（768—824），字退之，河阳（今河南孟县）人。古文运动的倡导者，“唐宋八大家”之首，是唐朝著名的作家和诗人。

中唐的真正的寓言创作除了柳宗元外，实不多见。其时的李华、元结等人的一些文字被认为是寓言，但我不以为然。至于说《枕中记》《南柯太守传》也是寓言就宽泛了，它们实则是一些有寓意的或有寓言色彩的小说。

晚唐时，罗隐、陆龟蒙等人的一些文字，其寓言创作的意味才真正有所体现。

罗隐（833—909），本名横，字昭谏，自号江东生，新城（今浙江富阳）人。擅长杂文，笔锋犀利，有《谗书》，皆“愤懑不平之言……”其中有不少有抗争精神的寓言佳作。其另有诗集《甲乙集》十卷传世，清人辑有《罗昭谏集》八卷。

罗隐寓言较好的有《说天鸡》《荆巫》《越妇言》《槎客喻》等，以《说天鸡》为最佳。

> 狙氏子不得父术，而得鸡之性焉。其畜养者，冠距不举，毛羽不彰，兀然若无饮啄意。洎见敌，则他鸡之雄也，伺晨，则他鸡之先也。故谓之天鸡。
>
> 狙氏死，传其术于子焉。且反先人之道：非毛羽彩错，嘴距铦利者，不与其栖。无复向时伺晨之俦、见敌之勇，峨冠高步，饮啄而已。
>
> 吁，道之坏矣，有是夫！　（《馋书》卷二）

寓言说一个养鸡人养的鸡毛色不好，一副呆鸡样，但此鸡打架时没有对手，报晓也在所有鸡的前面，人们叫它天鸡。后来，他儿子养的鸡却只是些毛色好看做样子的鸡，跟他父亲养的鸡完全相反。这则寓言讽刺的是浮华之风，隐隐而见唐社会衰微的景象，具有一定的现实意义。

陆龟蒙（？—约881），字鲁望，苏州人。陆龟蒙与皮日休为齐名好友，以诗歌及散文著名。有《甫里集》20卷。散文作品有《笠泽丛书》4卷，内有一些寓言。

陆龟蒙的寓言故事性强，较好的篇章是《招龙》：

昔豢龙氏，求龙之嗜欲，幸而中焉。得二龙而饮食之。龙之于人固异类，以其若己之性也。席其宫沼，百川四渎之不足游；甘其饮食，洪流大鲸之不足味。弛弛然，扰扰然，其爱弗去。

一旦值野龙，奋然而招之曰："尔奚为者？茫洋乎天地之间，寒而蛰，阳而升，能无劳乎？诚从吾居而宴安乎！"

野龙矫首而笑之，曰："若何龊龊乎如是耶！赋吾之形，冠角而被鳞；赋吾之德，泉潜而飞天；赋吾之灵，嘘云而乘风；赋吾之职，抑骄而泽枯。观乎无极之外，息乎大荒之墟，穷端倪而尽变化，其乐不至耶？今尔苟容于蹄涔之间，惟沙泥之是拘，惟蛭螾之与徒，牵乎嗜好，以希饮食之余，是同吾之形，异吾之乐者也。狎于人，咱其利者，扼其喉，截其肉，可以立待。吾方哀而援之以手，又何诱吾纳之陷阱耶？尔不免矣！"

野龙行，未几，果为夏后氏之醢。（《笠泽丛书》）

寓言说两条龙贪图安逸而受人喂养，成为家龙，一条野龙来劝说它们离开，说受人喂养不是龙的本性，并告诫家龙，如此久了必受所害。家龙不听，后来果然被人们吃掉了。这则寓言有克雷洛夫那著名的"狼和狗"的寓言的韵味，但又有所不同，是中国式的表达。

在这一时期，林慎思的《申蒙子》中有一些寓言。

林慎思（？—880），号伸蒙子，福建长乐人。唐懿宗咸通十年进士。著有《伸蒙子》3卷8篇40章，及《续孟子》14篇，两书有少量寓言。《凿井路傍》一则饶有兴味：

凿井于路傍，用济路人之渴。车有堕之者，则罪凿井焉。

（《伸蒙子·书误》）

这则寓言的讽喻是深刻的，对人心的把握很准，为一练达之作。

这一时期，皮日休，以及无名氏的《无能子》中也有一些寓言。

第六章　宋元寓言

按照通常的中国文学史分期来说，一般不会把宋朝与元朝并列，只会把唐、宋相联系，这在中国寓言史一般的认识上也是如此分列的，如陈蒲清先生的《中国古代寓言史》一书就是如此，但在我的史述中却打破了这一常规。上一章把魏晋南北朝与唐朝并列，现在又把宋、元相连，这实际上是寓言作为一种特殊的文学体裁在各个时代的表现而决定的。宋代以苏轼的寓言为代表的寓言存在是无疑的，可元代却在传统的认识上是没有寓言创作的，但实际这是一种认识中的差异，即产生于元末的刘基和宋濂的寓言被认为是明初的寓言，而我以为应该把它划归到元代来叙述更为符合客观实际。

960 年，宋太祖统一中国，建立了宋朝，至 1279 年南宋灭亡，前后 200 余年。元朝的历史不长，前后 96 年，两个朝代相加，300 余年。这是两个差异性极大的朝代，宋朝是中国最贫弱的一个朝代，而元朝则是武力强大、开疆最广的朝代。

宋代的历史大多是在战争、失败、求和、送礼、割地中度过的，改革与保守，爱国与卖国是宋代思想斗争的主题。文学上深受唐代文学的影响，宋中叶出现了与唐代相同的古文运动。宋朝文学上主要的成就是词，有“唐诗宋词”之称。寓言文学上也有自己的作家和作品，以及自身的时代特色。

元代是中国历史上第一个非汉族统治的时代。虽然元朝的统治者重武轻文，但中国的文学还是得到相应发展的，诗文虽成就不显著，但相继如斯，同时又育出了“戏曲”方面的果实。元曲是元代文学对中国文学史的最大贡献，有“唐诗、宋词、元曲”之称。元代的寓言文学在元初和元中叶基本没有什么成果，但元末却突起了一个高峰，这就是刘基和宋濂的寓言。

第一节　宋代文学背景和元代文学背景

宋代两百余年，分北宋和南宋。宋代文学自北宋初年从唐代文学的影响下走出来后，就在自己社会、思想、历史等诸方面的影响下，在继承发扬前代文学的基础上，发展了具有宋代特色的文学。

宋代文学习惯上分四个时期：一是北宋前期文学；二是北宋后期文学；三是南宋前期文学；四是南宋后期文学。

宋初文学中的诗歌基本上是对唐代诗歌的模仿，没有形成自己的风格。诗人有王禹偁、杨亿、刘筠、林逋、魏野等。到梅尧臣、苏舜钦、欧阳修等诗人出现，宋诗才开始显现了自身的特色。北宋初期的散文，仍承袭五代浮靡之风。柳开、王禹偁、穆修、尹洙、石介等相继倡言“革蔽复古”，提出重道、致用、崇散、尊韩的观点，他们对宋代的古文运动各有贡献。欧阳修成为宋代古文运动的领袖，团结曾巩、王安石、苏洵、苏轼、苏辙等人，开创了一代文风，使宋代的散文有了空前的发展。

北宋前期其古文运动已取得成功，呈现出自己的文学风貌。

北宋后期，在文学上成就最大的是苏轼，他继欧阳修之后领导古文革新运动，并取得了完全的胜利。苏轼是北宋最杰出的大作家。他的散文，论辩滔滔，气势雄伟，纵横变化，汪洋恣肆。他的赋是叙事、描绘、哲理的结合，情韵相生。他的小品，富于诗情画意，有丰富的想象力。他的诗，才情奔放，曲折变化，无不达之意，并“出新意于法度之中，寄妙理于豪放之外”（《书吴道子画后》）。他的词，打破了诗词的界限，以诗为词，风格多样，给词开辟了新的境界。苏门四学士是黄庭坚、秦观、张耒、晁补之。黄庭坚是江西诗派的开创者，张耒是著名诗人。秦观是当时婉约派词的杰出者。随后的周邦彦词名也很高，李清照的词则是此时婉约派的正宗，她是中国历史上最著名的女词人，她的词工于抒情，姿态百出。

南宋时，由于国难家仇，爱国主义是文学的主导思想，这时期文学上取得杰出成就的是陆游和辛弃疾。陆游是南宋最杰出的诗人，散文也很有成就。辛弃疾是南宋前期最杰出的爱国词人，他的词在苏轼以诗为词后“别开天地，横绝古今……”。这时的辛派词人还有刘过、陈亮等。

南宋后期格律派词人兴起。这一派以姜夔最为有名。另外的词人吴文英、张炎等人的词也很有名，对后代有一定的影响。

宋代文学还有白话短篇小说的话本和平话。这种话本是白话短篇小说的开端，对后代白话短篇小说有深远的影响。

宋代文学中的寓言文学与宋代的古文运动直接相关联，从作家到作品都是如此，在古文运动中作家们取得成就时，其寓言创作也就在其中了。但是，宋代对寓言创作有意为之的作家不多，除了苏轼有专门的较为集中的寓言作品集外，其他的人在寓言创作上多是偶尔为之。苏轼的寓言创作一如唐代的柳宗元寓言，如果没有苏轼寓言，那么宋代的寓言文学也有如唐代寓言的忧虑，当然，这种“忧虑”程度不会多于唐代，因为宋代作家的寓言创作是强于唐代的。

13 世纪时，蒙古人在中国的北方兴起，连年的征战开始得很早，但蒙古人真正建立起属于中国的朝代是在 1271 年。这一年，忽必烈将蒙古王朝改国号为大元，这才标志着中国的元朝在中国历史上正式出现。元朝是中国历史上时间较短的一个朝代，从 1271 年立国，到 1368 年灭亡，只有 90 多年。

元朝的文学的初始有多方面多源头，一有它自己的蒙古文学的因素；二有它统一北方后受辽、金文学的余绪影响，以及汉文化固有的文学因素等。元代文学对中国文学史最突出的贡献是“元曲”，人们把其与“唐诗”“宋词”并称。而这一时期的诗、词、散文等文学样式相对衰微。

清朝顾嗣立的《元诗选》，收元人的诗340家；席世臣补《元诗选祭集》也搜罗元诗数千首。另外的未见于《元诗选》的集子还有50家之多。元统一北方后，元好问（金代诗人）是这一时期的著名诗人，此外还有麻革、张宇、陈庚、段克己、段成己、李俊民等诗人。蒙古贵族重武轻文，不重视文士，根本不重用汉族文士，故这时期的诗歌中怀才不遇的感叹和进而隐居的情思是主调。到元大德后，诗人们才相对活跃起来，写一些模仿汉魏的古诗。诗人有姚遂、元明善、马祖常等。随后，元代四大家虞集、杨载、范椁、偈徯斯的兴起，元代诗歌创作进入了“盛世之音”，四大家就是代表人物。元代的诗歌亦反映了一些时代的社会生活，但总的艺术成就不大。

元代的词与宋代无法相比，作家不多，好的作品也少。

杂剧和散曲是元代最伟大的艺术作品，是元代产生的新的文学体裁，可称之戏曲。戏曲一般又分为杂剧和散曲。散曲今存小令3800多首，套数450多套。由于散曲的基础是金代北方的俗谣俚曲，所以大多数是北曲，留下姓名的作家200多人。散曲有成就的作家前期有关汉聊、马致远、白朴、卢挚、贯云石等；后期有乔吉、张可久、睢景臣、张养浩及刘时中等。

元人杂剧包括元、明之际的无名氏作品，见诸记载者737种，今尚存218种。杂剧最初流行在山西河北一带，元初发展到其他地区。这个剧种是在宋杂剧、金院本及诸宫调等前代戏剧、曲艺基础上建立起来的。

杂剧除艺术形式新颖外，内容上也有时代特色。首先是它广泛地反映了元代各阶层的生活，其中中下层人民的生活和感情更占据了重要地位，商人和妓女的形象最引人注目。商人和妓女是城市的产物，杂剧的生存环境主要是城市。

元代前期的杂剧作家有白朴、史敬先、石子章、李文蔚、关汉卿、王实甫、马致远、杨显之、李时中、张国宾等。一时人才辈出，杂剧创作繁荣。关汉卿的成就最大，他的《窦娥冤》《救风尘》《望江亭》《拜月亭》《调风月》《单刀会》都是杰作。关汉卿与白朴、马致远、郑光祖等被后人称为“元曲四大家”。四大家外，王实甫的成就也很高，《西厢记》被后人誉为“天下夺魁”。

元代除兴盛一时的杂剧外，在南方尚有南曲戏文，称为南戏。当时，南戏有160多种剧本，今存16种。《荆钗记》《拜月亭》《白狗记》《杀狗记》合称南戏四大名剧。元顺帝时高明的《琵琶记》的出现，标志着南戏的发展高峰。

元代散文多为继承宋代创作，很少创新，成就不大，也没有什么特色。

元代的小说有《三国志平话》为可观者。

元代寓言文学由于一些原因，人们对它的评价甚低，基本不予关注，加上又把在元末出现的两大寓言作家宋濂和刘基划归明代，这就使元代的寓言文学几近空白，不了了之。这种见解在许多中国历代寓言选中有所表现，在一些论叙中国古代寓言的著述中，元代就几乎没有寓言可言，这大致已成“定论”，但这种看法是欠妥的。元代有自己时代的寓言文学，关键是对宋濂寓言和刘基寓言的认识。我以为，宋、刘二人确是元末明初的人物，他们的文学实践也许在明代有许多其他方面的良好表现，但他们的寓言确实是元末的产物，是元末政治、社会生活的反映，故它们理应归为元代。这样一来，元代末期的寓言文学由于刘基和宋濂寓言的出现，形成了中国寓言史上又一个寓言创作的高峰。

这样划分，从寓言的时代特色表现上来看也是相符的，明清的寓言有它们独具的特色，与宋、刘二人的寓言风貌是有相当差距的，而宋、刘二人的寓言在风格上与元代另外的一些寓言却有更多的相似之处。

第二节　苏轼寓言

苏轼寓言的意义，犹如柳宗元寓言之于唐代寓言一样，宋代寓言正因为有了苏轼寓言才有了光大的可能。当然，宋代各个方面出现的寓言比之唐代，则相对要多一些，寓言的质量和品位也要高一些。

苏轼（1037—1101），字子瞻，号东坡居士，眉山（今属四川）人，自幼好学，才气横溢，奋励有当世志。22 岁时中进士，受到欧阳修的赏识，名满京师。他是宋代最杰出的散文家、诗人和词人，书法、绘画也能自成一家。如前所叙，他在诗词、散文上都对宋代有重大贡献：文为“唐宋八大家”；诗为“别开生面……继李杜后为一大家”①；词为宋代豪放派的开创者。

苏轼的思想和政治态度比较复杂。政治上以儒为主，生活上又往往深受佛老的影响，还吸收过法家、名家、纵横家的某些观点。他早年提出过一些变法主张，王安石变法时，他又表示反对，甚至因此而被捕入狱，贬官在外。而司马光执政，废除一切新法，他又有所反对……这一切都与他的出身有关系。他出身一个士大夫家庭，受儒家思想熏陶较深，科举上少年得志，久居朝廷任职，又与老成世故的韩琦、司马光等交往密切。

我们今天所能见到的苏轼寓言主要见于《艾子杂说》，此书有寓言故事 39 则，在他的另外一些散文里，还有一些质量较高的寓言，如《日喻》《南方多没人》等。另外，《东坡志林》中也有不少寓言。

苏轼的诗、文、词是很有特色的，其寓言也与众不同。读苏轼寓言，既没有春秋战国寓言那么强的哲理性和哲学意味，也没有两汉寓言那么深的政治性，也没有魏晋南北朝寓言的笑话趣味，更没有唐代寓言的社会化、故事化和讽刺意味。他的寓言是独特的。陈蒲清先生在《中国古代寓言史》中把他的寓言特色评价为“诙谐幽默”

① 赵翼：《瓯北诗话》。

是有几分道理的。造成苏轼寓言如此表现的，一般认为是他的寓言创作受《庄子》寓言、柳宗元寓言，还有佛经寓言的影响，这是不言而喻的，但我以为苏轼寓言接受影响的方面似乎还应多一些，因为他的寓言在某种意义上说也是“别开生面”的，只是上述的三个方面的影响比较明显罢了。

苏轼早年读《庄子》时叹道：“吾昔有见于中，口不能言；今见《庄子》，得吾心矣。”他的文章确有“汪洋恣肆”的风格。中年以后，由于政治上的挫折，与和尚佛印等交往，又深受佛经寓言的影响。这两种影响在他寓言中的例证是《日喻》《南方多没人》这两则寓言。

《日喻》：

> 生而眇者不识日，问之有目者。或告之曰：“日之状如铜盘。”扣盘而得其声。他日闻钟，以为日也。或告之曰：“日之光如烛。”扪烛而得其形。他日揣龠，以为日也。
>
> 日之与钟、龠亦远矣，而眇者不知其异，以其未尝见而求之人也。

《南方多没人》：

> 南方多没人，日与水居也，七岁而能涉，十岁而能浮，十五岁而能没矣。
>
> 夫没者岂苟然哉？必将有得于水之道者。日与水居，则十五而得其道。生不识水，则虽壮，见舟而畏之。故北方之勇者，问于没人，而求其所以没，以其言试之河，未有不溺者也。故凡不学而务求道，皆北方之学没者也。

《日喻》这则寓言的故事构架明显是从佛经寓言《盲人摸象》那里借来的。他们都是盲人，所犯的错误都是主观片面，拘于一隅，但二者所行途径不同。《日喻》先是以听代视，已为片面了，又进而以触代视，更进一步做出错误的类推，情节的构建上比《盲人摸象》更有层次感和故事性。《盲人摸象》喻世人皆盲也，而苏轼寓言的意图则是说明“道可致而不可求”的道理，提倡《论语》所说的“君子学以致其道”，即通过长期刻苦的学习便会自然地得到“道”，也就是功到自然成的意思。寓言的目的是批判唐人的“杂”和宋学的空疏，可以说，寓言旨趣与变化了的寓言故事情节是相得益彰的，证明这种影响是“借而化之”的影响，没有任何生搬硬套的感觉，是大手笔的作为。

《南方多没人》与《庄子》的寓言《吕梁丈夫》《轮扁斫轮》等相类，甚至语气都很相似。这则寓言是配合《日喻》宋强调“君子学以致其道”的，二者可谓相得益彰。

像《日喻》这样的寓言还有《稼说》《论二生说》等。

柳宗元的讽刺寓言对苏轼寓言的影响更是直接的，最有说服力的是苏轼的寓言《二说》。

《河豚鱼说》：

河之鱼，有豚其名者。游于桥间，而触其柱，不知远去，怒其柱之触己也，则张颊、植鬣、怒腹而浮于水，久之莫动。飞鸢过而攫之，磔其腹而食之。

好游而不知止，因游而触物，不知罪己，妄肆其忿，至于磔腹而死，可悲也夫！（《二说》）

《乌贼鱼说》：

海之鱼，有乌贼其名者。响水而水鸟戏于岸间。惧物之窥己也，则响水以自蔽。海鸟视之而疑，知其鱼而攫之。

呜呼！徒知自蔽以求全，不知灭迹以杜疑，为窥者之所窥，哀哉！

（《二说》）

这两则寓言与柳宗元的《三戒》形式上十分相似，苏轼本人也说明了它们之间的关系，他在《又读柳子厚〈三戒〉》一文中说："予读柳子厚《三戒》而爱之。又尝悼世之人，有妄怒以招祸，欲盖而彰者。游吴，得二事于水滨之人，亦拟之，作《二说》；非有意乎续柳子厚者也，亦聊以自警。"这里"非有意"已很说明问题，《二说》是化而为之之作。这两则寓言教训是鲜明的，亦有"戒说"的意味，但与《三戒》相比，艺术上有一定的差距，内容上也不如《三戒》那么富于战斗性。

苏轼寓言正是在接受了以上几个主要方面的影响，结合自己的经历、人生感受和理解，以及社会环境、个人旨趣的使然，像他的诗、词、文那样，创造了他独具特色的寓言，形成了他深入反映宋代社会生活的一个方面。

苏轼的寓言，写什么，无所不为，所意不定，随形而趣。即他的寓言在内容表现上并不专注，而是面对宋代的社会生活，嬉笑怒骂，随心所欲，多为了言语风趣，在幽默中有所旨意就可，并不特别追求哲理的形象深刻和讽刺的辛辣。苏轼寓言如此，决定于他的身世。他一生在政治上屡遭挫折，数次被贬，几乎送命。59 岁高龄时，又被贬到被称之为"天涯海角"的琼州……如此的生活经历，形成了他旷达的游戏人生的态度，也助长了他诙谐幽默的性格。如他的寓言《傍人门户》：

桃符仰视艾人而骂曰："汝何等草芥，辄居我上？"艾人俯而应曰："汝已半截入土，犹争高下乎？"桃符怒，往复纷然不已。门神解之曰："吾辈不肖，方傍人门户，何暇争闲气耶！"（《调谑编》）

这则寓言表面上说不要"争闲气"，却讽刺了不学无术、专闹纠纷、争地位的庸人。这寓言中可看到，苏轼的旷达、游戏是真，但不时地诙谐幽默你一番也无不可，故常常把自己放于争与不争之间。

苏轼寓言大多见于《艾子杂说》一书。对于此书，有人疑是伪作，认为是宋人假托或明人假托；而反对这种怀疑的人则说，宋代已相传苏轼作《艾子》，明代已经是“世皆知《艾子》为坡翁戏笔”①，因此伪作之说难以成立。况且，《艾子杂说》的文风与苏轼的杂文集《东坡志林》相近。我们认为，《艾子杂说》应当是苏轼的著作。

《艾子杂说》是一本独具风格的寓言笑话集，也是中国的第一本笑话与寓言成功结合的作品集，是中国最早的寓言专集。把它与《笑林》相比，尽管《笑林》中有许多寓言，也表明了一种寓言表达方式，但它仍是一本笑话集，而《艾子杂说》则是地道的寓言集。

苏轼的寓言作品数量在宋代是最多的，其中的寓言佳作也很多，如《日喻》《南方多没人》《以一牛易五羊》《措大吃饭》《傍入门户》《螺蚌相语》《方轨八达之路》《鸭搦兔》《诛有尾》《鬼怕恶人》《食肉之智》《秦土好古》等。

《鸭搦兔》：

赵以马服君之威名，擢其子括为将以拒秦。而适当武安君白起，一战军破，掠赵括，坑其众四十万，邯郸几败。

艾子闻之曰：“昔人将猎而不识鹘，买一凫而去。原上兔起，扬之使击，凫不能飞，投于地。又扬之，投于地，至三四。凫忽蹒跚而人语曰：‘我，鸭也，杀而食之，乃其分，奈何加我以提掷之苦乎？’其人曰：‘我谓尔为鹘，可以猎兔耳，乃鸭耶？’凫举掌而示，笑以言曰：‘看我这脚手，可以搦得他兔否？”（《艾子杂说》）

《诛有尾》：

艾子浮于海，夜泊岛峙中，中夜闻水下有人哭声，复若人言，遂听之。

其言曰：“昨日龙王有令：‘一应水族有尾者斩。’吾鼍也故惧诛而哭。汝虾蟆无尾，何哭？”

复闻有言曰：“吾今幸无尾，但恐更理会科斗时事也。”（《艾子杂说》）

《秦士好古》：

秦士有好古者。一日，有携败席造门者，曰：“鲁哀公命席以问孔子，此孔子席也！”秦士大喜，易以负郭之田。

又有携枯竹杖者，曰：“太王避狄去邠所操之棰也！先孔子数百年矣。”秦士罄家之财，悉与之。

又有持漆碗至者，曰：“席、杖皆周物，未为古也；此碗乃纣作漆器时所为。”秦士愈以为古，遂虚所居宅而与之。

三器得而田宅资用尽去矣。好古之笃，终不舍三物。于是，披哀公之席，托纣之碗，持去邠之杖，丐于市，曰：“衣食父母，有大公九府钱，乞一文。”（《艾子杂说》）

---

① （明）陆灼：《艾子后语序》。

这三则寓言与前面举例的几则寓言，都是对后代产生广泛影响的寓言。《鸭搦兔》说一个猎人把一只鸭子当隼，用它来猎兔子；《诛有尾》叙述了一种令人触目惊心的情境，这就是"株连"；《秦士好古》讽喻的是崇古不化的风气。这三则寓言可说都有深刻的社会背景和苏轼本人深刻的人生感受，应该讽刺的东西可以更辛辣，应该揭示的东西也是能更深刻的，但他苏轼全转化为幽默和诙谐了。可以说，苏轼寓言大都如此，都是有社会现实背景的有感而发，但他不重于批判，不重于揭露，不重于深刻，而是都幽默去了的。

苏轼寓言从内容到题材及艺术风格上都对后来的寓言创作影响很大。如明陆灼写《艾子后语》，仍以艾子为主人公，声明是其续作。其他的如《艾子外语》，以及《谐史》《雅谑》，明《笑林》《笑赞》都与他直接相关。可以说，苏轼在寓言中的"智慧的苦笑"在一定程度上决定了明清寓言"笑的方式"，其影响值得深入探讨。

另外，《艾子杂说》中的寓言人物形象"艾子"，从形式上给后代的影响也很大。

苏轼寓言艺术上是很有特色和成就的，但他寓言上最辉煌的并不是这些，而是他在中国寓言史上承前启后的地位。这一历史地位受到特别的重视，因为从苏轼寓言之后，中国古代寓言就产生了根本性的变化，追寻寓言理性光辉的动机和努力大致消失，讽刺性、笑、嘲讽，批判等特性得到放大、扩展，体现寓言的另一种意义去了。

第三节　宋代其他寓言

苏轼寓言是宋代寓言的代表，闪烁着耀眼的光芒，但除苏轼寓言外，宋代的各个时期都有些寓言创作，它们是宋代寓言的另一个重要的组成部分。

在北宋前期，古文运动是宋代具有非凡影响的事件，在文学上的意义深远而重大，宋代的寓言创作也出现在这里。宋祁、欧阳修、司马光、王安石都是这一时期有影响的人物，他们在创作其他文学作品的同时，也创作了一些寓言。

宋祁（998—1061），字子京，雍邱（今河南杞县）人。天圣间举进士，曾官翰林学士史馆修撰，与欧阳修共修《新唐书》十余年，书成，官至工部尚书。原有集，后散佚。现存的《宋景文集》为清人所辑。

宋祁所做的寓言不多，但有的篇章却是很优秀的寓言，如《雁奴》：

> 雁奴，雁之最小者，性尤机警。每群雁夜宿，雁奴独不瞑，为之伺察。或微闻人声，必先号鸣，群雁则杂然相呼引去。
>
> 后乡人益巧设诡计，以中雁奴之欲。于是先视陂薮雁所常处者，阴布大网，多穿土穴于其傍。日未入，人各持束组并匿穴中，须其夜艾，则燎火穴外，雁奴先警，急灭其火。群雁惊视无见，复就栖焉。
>
> 于是三燎三灭，雁奴三叫，众雁三惊；已而无所见，则众雁谓奴之无验也，互唼迭击之，又就栖然。

少选，火复举，雁奴畏众击，不敢鸣。乡人闻其无声，乃举网张之，率十获五。　　（《宋景文集》）

这可能是宋代最早的寓言。有人认为比宋祁年代更早的文莹《湘山野录》中的《自来旧例》是寓言，但我以为其故事有寓言性，但不强，更应属笑话。在《雁奴》这则寓言中，其形象的寓意鲜明丰润，除了讽喻经验主义的意义外，隐隐还有“醒世者”的悲哀。这则寓言对后世有一定的影响，改编者甚多。

欧阳修（1007—1072），字永叔，庐陵（今江西吉安市）人。号醉翁，晚号六一居士，卒谥文忠。宋仁宗天圣八年举进士甲科。欧阳修是宋代古文运动的领袖人物，是宋代的散文大家。他的诗、词、文的风格朴实平淡，流畅简练，平易近人，富有情感。著有《欧阳文忠公集》及《新唐书》《新五代史》等书，另有《归田录》二卷、《六一笔记》一卷，前者为笔记散文集，后者为杂记著述。

他的《归田录》和《六一笔记》中都有寓言，如《熟能生巧》《钟莛说》《鸣鸠》等，尤以《熟能生巧》写得最漂亮。

《熟能生巧》：

陈康肃公善射，当世无双，公亦以此自矜。尝射于家圃，有卖油翁释担而立，睨之，久而不去，见其发矢，十中八九，但微颔之。

康肃问曰：“汝亦知射乎？吾射不亦精乎？”

翁曰：“无他，但手熟尔！”

康肃忿然曰：“尔安敢轻吾射？”

翁曰：“以我酌油知之。”

乃取一葫芦置于地，以钱覆其口，徐以杓酌油沥之，自钱孔入而钱不湿。因曰：“我亦无他，惟手熟尔。”

康肃笑而遣之。

此与庄生所谓解牛、斫轮者何异？　　（《归田录》）

这则寓言说的是一切技巧都不过是耐心加汗水，用不着自矜傲人。这则寓言明显受春秋战国寓言影响，古风犹存，并且揭示形象深刻，一直与中国古代著名的寓言篇章并列。

司马光是著名的《资治通鉴》的编撰者，他也创作了一些不错的寓言，如《请君入瓮》《虿祝》《拾樵》《饭车》等。

司马光（1019—1086），字君实，陕州夏县（今山西闻喜）涑水乡人。宝元初举进士，历仕仁宗、英宗朝，时为士大夫中颖脱不群的人物，享有盛名。主持编撰《资治通鉴》。著有《司马文正公集》《稽古录》等。

在他的寓言中，《虿祝》最富于哲理情趣：

迂夫夜立于庭，拊树而虿螫其手，捧手吟呼，痛彻于心。家人呼祝师祝之。祝师曰：“子故勿以虿为惨烈，以为凡虫而藐之，曰‘是恶能苦我哉’，则痛已矣。”从之，少选而痛息，乃谢祝师曰：“尔何术而能攘虿之毒，如是其速也?”祝师曰：“虿不汝毒也，汝自召之；余不汝攘也，汝自攘之。夫召与攘者，非我术之所能及也，子自为之也。”

于是，迂夫叹曰：“嘻！利害忧乐之毒人也，岂直虿尾而已哉！人自召之，人自攘之，亦若是而已矣。” （《司马文正公集·迂书》）

寓言说一个人手被蝎子蛰了一下，痛得钻心，于是请祝师来之为祈祷。祝师说，你别以为蝎子的毒厉害，你只把它当成一个普通小虫就不会痛了。一试果然应验。这人问祝师用的什么法术，祝师说，你招惹了蝎子，蝎子才毒你的，现今毒也是你自己排除的……这则寓言虽然作者出面所叙太多，但所叙精当，仍是一则寓言佳作。这样的寓言还有《饭车》等。司马光的寓言一般都故事性不足，理叙者多，但文笔流畅，理趣很足。

王安石（1021—1086），字介甫，号半山，抚州临川（今属江西）人。庆历进士。其散文雄健峭拔，诗歌遒劲清新。著述颇丰，多散佚，今存《临川集》《临川集拾遗》《三经新义》残卷等。他的寓言很少，但今天所见的《阖门与子市》，精炼而深刻：

今阖门而与其子市，而门之外莫入焉，虽尽得子之财，犹不富也。

（《与马运判书》）

寓言说一个人关起门与儿子做生意，虽然把儿子的钱财全部得了，可却没能富起来。这则寓言十分精练，但哲理很深刻，并且还富于生活气息，情趣盎然。

除这时期的散文作家外，博学多才的科学家沈括，在他的重要名著《梦溪笔谈》中亦包含了一些寓言作品。

沈括（1031—1095），字存中，杭州钱塘（今浙江杭州）人。嘉枯进士，累官翰林学士，后谪秀州卒。博学多才，精研科学，对数学、天文、物理、地图、地质、药物等均有贡献。据《宋史·艺文志》载，其著作有22种，155卷之多，现传刻本只有《梦溪笔谈》26卷，《L笔谈》一卷、《续笔谈》一卷及《长兴集》19卷等。

沈括的寓言以《乘隙》《恃胜失备》《作贼心虚》最为有名。

《恃胜失备》：

有人曾遇强寇，斗。矛刃方接，寇先含水满口，忽噗其面，其人愕然，刃已揕胸。

后有一壮士，复与寇遇，已先知噗水之事。寇复用之，水才出口，矛已洞颈。盖已陈刍狗，其机已泄。恃胜失备，反受其害。

（《梦溪笔谈·权智》）

这则寓言的哲理不新颖，但却十分鲜明形象，是几乎所有的寓言选辑本都要关注的优秀寓言。

在宋代，除了常规的寓言外，也还有些带有魏晋南北朝《笑林》寓言色彩的讽刺寓言出现，并作为宋代的讽刺笑话寓言，成为宋代寓言文学的又一组成部分。属于这种寓言的作家有范正敏、岳珂等。

范正敏，号遁翁。生卒年不详。北宋末年曾任福州长溪县令。有《遁斋闲览》14 卷。

他的寓言常为人所叙及的有《应举忌落》《对偶亲切》《刘氏白守》等。以《对偶亲切》最有特色。

> 李廷彦献百韵诗于一上官，其间有句云："舍弟江南殁，家兄塞北亡。"上官盏然哀之曰："不意君家凶祸重并如是！"廷彦遽起自解曰："实无此事，只图对属亲切耳！" （《遁斋闲览·谐噱篇》）

这则寓言是对片面追求艺术形式，背离生活真实的嘲笑，但这种嘲笑已很辛辣，讽刺味已很强了。

岳珂（1183—1234），岳飞的孙子，岳霖的儿子。字肃之，号倦翁，汤阴人。官至户部侍郎、淮东总领制置使。著作有《金陀粹编》《吁灭辩诬集》《天定录》《愧郯录》《桯史》《玉褚集》《棠湖诗稿》等。《桯史》属历史笔记小说，是宋人说部书中之佳作，内中颇多寓言佳作。

《桯史》中的寓言，在讽刺笑话寓言中是具有代表性的，是这类寓言创作成就的最高者。他的寓言讽刺有力，也有笑，但一般笑得很苦，这正是宋代这一类寓言的特征表现。《桯史》中的著名寓言有《富翁五贼》《看命司》《猫噬鹦鹉》《更渡一遭》《售胝足之药》等。

《富翁五贼》：

> 昔有一士邻于富，家贫而屡空，每羡其邻之乐。旦日，衣冠谒而请焉。富翁告之曰："致富不易也！子归斋三日，而后予告予以其故。"
>
> 如言，复谒，乃命待于屏间。设高几，纳师资之贽，揖而进之，曰："大凡致富之道，当先去其五贼，五贼不除，富不可致。"请问其目。曰："即世之所谓仁、义、礼、智、信是也。"
>
> 士卢胡而退。

《更渡一遭》：

> 昔有人得一鳖，欲烹而食之，不忍当杀生之名。乃炽火使釜百沸，横筱为桥，与鳖约曰："能渡此，则活汝。"鳖知主人以计取之，勉力爬沙，仅能一渡。主人曰："汝能渡桥，甚善！更为我渡一遭，我欲观之。"

这是岳珂最引人注目的两则寓言。前则寓言对所谓富翁的嘲讽可谓入木三分，后一则寓言讽刺的是强权者的伪善，都是无可重复的佳作。岳珂的寓言大都切人社会生活，对生活的理解很透彻，故读之令人深思。

罗烨的《面皮安放》也是此类寓言的精品。

罗烨，庐陵（今江西吉安）人。生平事迹不详。著有《酸翁谈录》。其卷二丁集为《嘲戏绮语》，是笑话寓言集。

《面皮安放》：

眉、眼、口、鼻四者，皆有神也。

一日，口为鼻曰：“尔有何能，而位居吾上？鼻曰：“吾能别香臭，然后子方可食，故吾位居汝上。”

鼻为眼曰：“子有何能，而位在我上也？”眼曰：“吾能观美恶，望东西，其功不小，宜居汝上也。”

鼻又曰：“若然，则眉有何能？亦居我上？”眉曰：“我也不解与诸君相争得失，我若居眼鼻之下，不知你一个面皮，安放哪里？”

这则寓言故事与民间的“口耳鼻眼争功”的寓言故事大同小异，其故事的来源有可能来自佛经寓言，也有吸收中国民间故事的可能，但不管如何，它都是这一题材的寓言首次在书面寓言中出现，有一定价值。另外，寓言本身也简练旷达，是宋代寓言的代表作之一。

这样的寓言较有趣的还有陆游的《州官放火》、宋无名氏《道山清话》中的《画工传神》，惠洪的《好草书而不工》等。

在宋代的寓言文学中，还有陈傅良的寓言《怒蛙说》，姚镕的寓言《三说》，林昉的寓言《墨鱼自蔽》值得一提。

林昉，字旦翁，一字景初，号石田，晚号莫莫翁。他所著的《田间书》是一本杂著，内见寓言，以《墨鱼自蔽》为最有名。寓言写墨鱼吐墨汁自蔽，谁知反而暴露了自己，为渔人所获。他另外的寓言《赴火虫》等也有文名。

姚镕，南宋人，生平事迹不详，在《南宋文录录》卷二十中录有其文《三说》。《三说》为仿柳宗元“三戒”而作的寓言，其中以《淮北蜂与江南蟹》为最佳。

陈傅良（1137—1203），字君举，号止斋，温州瑞安人。为南宋学者，有《止斋文集》等著作。他的寓言不多，但《怒蛙说》却不失南宋寓言中独具特色的作品。

《怒蛙说》：

日有乌，月有蛙。蛙与乌相遇，乌戏蛙曰：“若，脔肉耳。跃之，高不咫尺，焉能为哉！”蛙曰：“吾已矣，若无靳我！”乌曰：“若亦能怒邪？”蛙曰：“吾翘吾腹，翳太阴之光；呀吾颐，啗其壤，瞠吾目，列星不能辉，奚而不能怒！若不吾信，月于望，吾怒以亦若。”其望，月果无光。

他日，蛙遇乌曰：“曩吾怒，得毋惕乎？”乌曰：“若焉能惕我哉！吾振吾羽，翳太阳之光；肆吾味，啄其壤，徐以三足蹴之，天下不敢宁而居。吾视若之怒，眇矣，奚以若惕为！若不吾信，月于朔，吾怒以示若。”其朔，日果无光。啬人伐鼓，驰且走焉。

又他日，乌遇蛙曰：“吾怒也，何如？”蛙曰：“始吾谓极威矣，而不知子之威震于我也。”日之驭日羲和，傍闻之曰：“噫，何谓威！吾疾其驱，六龙不敢稽吾斩；吾赫其燥，云不敢云，雨不敢雨，风不敢风；八土之埏，吾能赫其肤；万壑之阴，吾能秃其毛；百川之流，吾能杜其液；且彼与若敢言怒哉！若不吾信，吾怒以示若。”于是，果旱暵者半载，凡天地之间，病之。

他日，羲和遇乌曰：“吾怒也，何如?”乌吒然曰：“始吾谓极威矣，而不知子之威震于我也。”飞廉、丰隆、屏翳者闻之，相与造羲和，诮焉曰：“若矜而怒邪！吾当威示若。吾三人者，嘘其气，足以幂乾坤之倪；噗吾沫，足以赭嵩华之峰；啸吾声，足以簸四海掀九州而覆之也。果尔，若乌能威！”言未既，丰隆嘘焉，屏翳噗焉，飞廉啸焉。莫昼莫夜，弥山漫谷者，亦半载。

呜呼！司造化之权而私以怒竞，民物奚罪哉！（《南宋文录录》）

寓言说月蛙、日乌、义和、飞廉、丰隆、屏翳等几位天神比赛发怒，看谁厉害，结果弄得天下灾祸横行。此则寓言有深刻的社会现实意义，如此的“司造化之权而私以怒竞”的现象很多，大人物们的“怒竞”，而受害的却是百姓和小人物，寓言的寓意是很深刻的。此则寓言故事很长，但叙述流畅，故事也优美自然，寓言的教训亦发人深省，很有兴味。

第四节　宋濂寓言

元代是一个特殊的时代，这在寓言文学上也是如此。在元代的各个时期，虽然也有一些寓言存在，但它们在数量和成就上没法形成元代寓言文学的构架。元代寓言到了元代末年，才在两位哲学家和政治家的笔下形成了寓言创作的一个大的浪潮，而且这个浪潮在中国寓言史上具有很大的影响。这两位基于哲学家和政治家的寓言作家就是刘基和宋濂。刘基寓言和宋濂寓言就如元代寓言的双峰，屹立在元代末年，辉映元代的文学，也承启明清的寓言文学。

宋濂（1310—1381），字景濂，号潜溪，浦江（今属浙江）人。元末至正中，曾被荐为翰林院编修，他以亲老为借口，辞不赴召。1360 年，接受了朱元璋的征聘，任江南儒学提举，授太子经。明开国后，曾奉命主修《元史》，官至翰林学士承旨知制诰，被称为“开国文臣之首”，后年老辞官归田，不久因长孙宋慎获罪被牵连，全家谪迁茂州，中途在夔州病死。

宋濂是元末明初的思想家、史学家和文学家。他的散文作品有许多名篇，特别是一些传记文和记叙文，如《王冕传》《胡长儒传》《秦士录》《杜环小传》《记李歌》《李疑传》，以及《桃花涧修禊诗序》《看松庵记》等。宋濂作为文学家在当时的国内外很有影响。《明史》称他“于学无所不通，为文醇深演迤，与古作者并”。朝鲜、日本、越南国人出重金争购其文集。

宋濂作为一个文学家的活动应该分为两个部分：一是元末，以人龙门山著书十余年为一个部分；二是入明后，主修《元史》，及撰写“郊社宗庙山川百神之典，朝会宴享律历衣冠之制，四裔贡赋赏劳之仪，旁及元勋巨卿碑记刻石之辞”为一个部分。

宋濂作为一个中国文学史上优秀的寓言作家，其寓言作品多在《龙门子凝道记》《燕书》等著作中，而这些作品则完全是宋濂元末入龙门山著书十余年中完成的。我们今天所能见到的宋濂寓言共约90余篇。《龙门子凝道记》中的寓言主要是借“龙门子”的言行，设喻寄讽，阐明政治观点。《燕书》书名取义于韩非子的“郢书燕说”故事，意在说明所叙述的虽系穿凿附会之说，却可寻求治国之道。

宋濂的寓言是一种带有复古倾向的寓言。从春秋战国的哲理政治寓言以来，寓言的创作大都走向了纯粹的政治性、讽刺、笑话、幽默、诙谐及一般的社会日常生活。中国寓言史的各个历史时期寓言的风格和特色都有很大的变化，似乎距春秋战国的寓言色彩和风格有些遥远了，但这种情况在元末宋濂等人的寓言中有了变化，我们在宋濂寓言中看到了这种复古的努力。这种努力实际上就决定了宋濂寓言的思想内容和艺术表现，故宋濂的寓言可称为带有元末时代特色的政治寓言。表述作者的政治理想和述说政治见解、观点就成了他寓言的主要内容。这样的寓言最典型的例子就是《驯鹯》：

> 楚放宜咎者善为鹯，学未三月皆驯，纵之扬则扬，呼之降则降，指鹙鸧凫鹄使之击，则击无不如志。西邻有终利之伊争能宜咎，欲学之，求鹯于太阴山，使调鹰奴囚之，七月有鸧过焉，命鹯搏之。鸧惊坠，鹯亦坠，对立站枝上。招之，矫矫然逝矣。余者瘦死过半。终利之伊甚惭，往恬宜咎曰：“子何术而使鹯训也？”宜咎曰：“吾亦何术哉？予初得之也，冠以笼胄，束之以绦旋，严之以鼓鼙，承之以韝帣，振之以銮和，使其目无邪视，神无外驰。时其饥也，和水肉以炙之；廉其餍也，咽羽毛以泄之，于是其天者全，不知有人。人亦鹯比，故命击则击，命止则止。今子畜之以人不以禽，乖戾其性情，动摇其筋骸，逆乱其血劳，紊伤其羽翮，不适其饥饱。神既不完，天者皆丧矣，又乌能如人志哉？唯恐其不纵也，纵则扬去尔。吾亦何术哉？所用与子异尔。”终利之伊再拜曰：“吾因问调鶬而得驭将之术也。”
>
> 君子曰：“岂惟驭将哉？治民亦犹是尔。” （《燕书》）

寓言讲一个叫放宜咎的人很会养鹯。他的邻居终利之伊争强好胜也养鹯，但他怎么也养不好鹯，最后去请教放宜咎，放宜咎由此讲了通如何养鹯的经验和道理。这则寓言讲的是如何驯鹯，但主旨很明朗，结尾明确地说：“岂惟驭将哉？治民亦犹是尔。”这样阐明治民、权术思想的寓言很多，如《治国之要》《楚王索珠》《郑人爱鱼》等都是。宋濂一般时候还能用形象的故事的寓言的方式来表述他的治术和权术，急切时也就会更直白地在寓言中表述他的“经国之要”，如《治国之要》。这则寓言味儿不足，但解说的民本思想却很充分。应该说，宋濂表现他政治理想和见解的这一类纯政治性的寓言，艺术价值并不是很高的。

宋濂处在元末乱世，在龙门子“凝道”，目的自然是以求“治乱”，故对元末社会的批判揭露，也是他寓言内容的一部分。揭露、批判、讽刺是这些寓言的主调，这一类寓言就出现了许多精彩的篇章。这方面的寓言有《争宠》《列宗子泓》《西王须》《悔盟》《牛尾狸》《郑人爱鱼》《子缪慎妃耦》等。

《郑人爱鱼》：

郑人有爱惜鱼者，计无从得鱼，或汕、或涔、或设饵笱之。列三盆庭中，实水焉。得鱼即生之。鱼新脱网罟之苦，惫甚，浮白而硷喁，逾旦，鬣尾始摇。郑人掬而观之曰："鳞得无伤乎！"未几，糁摘而食，复掬而观之曰："腹将不厌乎！"人曰："鱼以江为命，今处以一勺之水，日玩弄之，而曰：'我爱鱼，我爱鱼'，鱼不腐者寡矣！"不听，未三日，鱼皆鳞败以死，郑人始悔不用他人之言。

君子曰："民犹鱼也，今之治民者，皆郑人也哉！"（《燕书》）

《子缪慎妃耦》：

子缪慎妃耦，十年不遂，恒郁郁离居。曲逆有丑女，眇左目，疹瘢如丛珠，且黑而羸。曲逆人过而不睨。丑女怒，去，从师学击筑、弹坎篌，三年精其技，又善为北里之舞以惑人。子缪一见大悦，致厚币聘以归，字曰"元姬"。朝筑焉，暮坎篌焉，嬖之甚。子缪稍出游，归必熟视其面，无不妍者，反笑世人多一目云。

其人宛爰都怜之，为致赵女，光艳暾暾照人，世谓闾须白台不能似之。子缪逐出，曰："何物丑类，敢侪吾元姬！"（《燕书》）

《郑人爱鱼》说一个人爱鱼，抓了很多鱼来"关怀"，但没"关怀"几天，鱼都死光了。《子缪慎妃耦》说一个人娶了又黑又丑的只有一只眼睛的丑女人，人们为他不平，于是为他又找一个漂亮的女人，他不要，反说其如何赶得上他的独眼丑女人。前一则寓言注重的是揭示，后一则寓言注重的是讽刺，都在寓言中巧妙地反映了元代末年社会的虚伪和是非、丑美的颠倒。这一类寓言大都触及当时元代末年社会生活的某些个方面，因之一般有较强的现实意义和现实感。社会是人的社会，衰败没落的社会必然是人性中的缺陷大暴露的年代，故这一类寓言内容中也包含了这样的寓言。比如《真假汉鼎》《奔走求首》等。

《真假汉鼎》：

洛阳布衣申屠敦，有汉鼎一，得于长安深川之下，云螭斜错，其文烂如也。西邻鲁生见而悦焉，呼金工象而铸之，淬以奇药，穴地藏之者三年，土与药交蚀，铜质已化，与敦所有者略类。一旦持献权贵人，贵人宝之，飨宾而玩之。敦偶在座，心知为鲁生物也，乃曰："敦亦有鼎，其形酷肖是，第不知孰为真耳。"权贵人请观之，良久曰："非真也。"众宾次弟咸曰："是诚非真也。"敦不平，辩数不止，众共折辱之，敦噤不敢言。归而叹曰："吾今然后，知势之足以变易是非也！（《龙门子凝道记·司马微》）

《奔走求首》：

> 人有奔走而求首者，或告之曰：“尔首不亡也！”指以示之，泠然而悟。学者之于道亦然。（《宋文宪公全集·萝山杂言》）

前一则寓言可说是批判元末社会的一种世风，但同时也揭示了人性在社会中的丑恶变异。后一则寓言精悍无比，又滑稽风趣，很富想象力。寓言喻的是“道”的所在，也揭示了人性的使然。

宋濂寓言中最重要的内容还是反映社会人生哲理教训的方面，这样内容的寓言是宋濂寓言的基础，也是他追寻寓言复古倾向最有力的表现。在这些寓言中，集中了宋濂大部分的优秀寓言，如《钻燧说》《乌鸦与蜀鸡》《越人溺鼠》《养豹捕鼠》《剜股藏珠》《焚鼠毁庐》等。

《钻燧说》：

> 宋子闲居，见家人夏季改火，不用桑柘，取赤粘二尺中析之。一剜成小空，空侧开以小隙；一剞圆，大与空齐，销锐其两端，上端截竹三寸冒之，下端置空内，以细绚缠其腰，别藉卉毛于隙下。左手执竹，右手引绚，急旋转之。二栅相轧，摩空木成尘，烟辄起，尘自隙流毛上，候其烟蓊勃，以虚掌覆空，郁之则火焰焰生矣？
>
> 宋子叹曰：“火在木中，不钻则火不见；万善具于人性，不学则善不明。人何可不学哉？”（《宋文宪公全集·卷三十六》）

《钻燧说》可谓是表现学习、修养哲理最生动、最深刻的寓言之一。确实人最初不过“木”尔，只有“钻”之，才能有所作为。这样内容的寓言不少，但有如此新颖联想的却极少。

《乌鸦与蜀鸡》：

> 豚泽之人养蜀鸡，有文而赤翁，有群鶵周周鸣。忽晨风过其上。鸡遽翼诸鶵，晨风不得捕，去。已而有乌来，与鶵同啄。鸡视之兄弟也，与之上下甚驯。乌忽衔其鶵飞去。鸡仰视怅然，似悔为其所卖也。
>
> 夫巫峡之险不能覆舟，而覆于平流；羊肠之曲不能仆车，而仆于剧骖。此无他，福生于所畏，祸起于所忽也！（《燕书》）

《乌鸦与蜀鸡》是一个老题材的寓言，但在这里的表现却更为成熟和老辣。

《越人溺鼠》：

> 鼠好夜窃粟。越人置粟于盎，恣鼠啮，不顾。鼠呼群类入焉，必饫而后反。越人乃易粟以水，浮糠覆水上。而鼠不知也，逮夜，复呼群次第入，咸溺死。（《燕书》）

《养豹捕鼠》：

> 猗于皋闻尾勺氏畜豹，善捕兽，以双白璧易之，且肆筵召所与游者饮，出豹于庭而蝇其能。于是，治金为绳，系之文罗，日割牲啖之。居无何，有硕鼠过宇下，急解豹嗾之，豹视鼠若不见。猗于皋怒，詈之。他日，又有鼠过焉，猗于皋复纵之，豹遇鼠如初。猗于皋怒，鞭之，豹辄嗥，猗于皋愈鞭之。易以缧线，置之牛羊栈中，日餔以糟，豹丧欲泣。猗于皋之友安期子佗闻之，诮曰："吾闻巨阙虽利，补履不如利锥；锦绮虽丽，供醋不如尺布，文豹虽鸷，擒鼠不如狸独。子何愚也，曷不用独搦鼠而纵豹捕兽哉?"猗于皋说，如其言，狸捕鼠且尽，豹获獐、鹿、麏、麂以归，无算者。（《燕书》）

《越人溺鼠》和《养豹捕鼠》都是社会日常生活经验教训的表达，它肯定来源于对生活的细致入微的观察和理解，并且有最成功和鲜明的寓言形象哲理。

《剜股藏珠》：

> 海中有宝山焉，众宝错落其间，白光煜如也。海夫有得径寸珠者，舟载以还。行未百里，风涛汹簸，蛟龙出没可怖。
>
> 舟子告曰："龙欲得珠也，急沉之，否则连我矣。"海夫欲弃不可，不弃又势迫，因剜股藏之，海波遂平。至家出珠，肉溃而卒。
>
> （《龙门子凝道记·秋风枢》）

《焚鼠毁庐》：

> 越西有独居男子，结生茨以为庐，力耕以为食。久之，菽粟盐酪，具无仰于人。尝患鼠，昼则累累然行，夜则鸣啮至旦。男子积憾之。
>
> 一日被酒归，始就枕，鼠百故恼之，目不得瞑。男子怒，持火四焚之。鼠死，庐亦毁。次日酒解，伥伥无所归。（《龙门子凝道记·尉尺枢》）

《剜股藏珠》和《焚鼠毁庐》是对两种不顾后果，抓不住生活本质的作法的哲理认识。只不过前者是顾小利而剜开大腿藏珠致死；后者是冲动，只顾一时痛快，结果烧了自己房子，都失去了自己不该失去的东西，教训十分鲜明。

这些寓言，说它们是一般的哲理寓言也行，把它们应用到政治和哲学表述上也是能起到深刻的认识和揭示作用的。实际上，宋濂寓言的内容包容上远远大于寓言的本身，对社会生活的理解和表达也是广泛的。

宋濂寓言是元代最优秀的寓言群之一。他的寓言出现可以说是对春秋战国哲理政治寓言传统的继承，从哲学角度来叙说寓言的形式，寓言的哲理基础，到寓言的政治哲学致用，以及叙述的方法等都继承了春秋战国寓言的传统。

春秋战国寓言是中国寓言史上最辉煌的历史时期，从它以后的寓言，虽然各个历史时期都取得了一定的寓言文学成果，但总体而言，还是相对衰落的。故宋濂等人寓言的复古努力是很有意义的，实际上，经过宋濂、刘基等人的努力，元末寓言已是中国寓言史上一个公认的寓言创作的高潮。当然，宋濂等人的寓言与春秋战国寓言的成就是不能完全比拟的，原因是哲学思想基础薄弱，题材、艺术表现形式上也没有什么大的突破。但就是如此，宋濂寓言的成果也是丰硕的。宋濂寓言是元末寓言的重要方面，声名与刘基寓言同，在有些评论家眼里，还更看重宋濂寓言。

宋濂寓言故事性强，富于想象力，哲理亦较深刻，无疑是元代社会现实生活的一面镜子。长期以来，文学上人们比较重视他的传记、散文一类的文学成果，对他的寓言重视不够，但后来人们才发现，他真正有文学价值和思想价值的作品多是在元末人龙门山著书时创作的，而人明的文章，虽文采有余，但多“官样文章”，思想性和艺术性都较差。在宋濂人明前的作品中，又以其寓言最见其思想光华和艺术表现能力，故人们认为，宋濂的寓言是其文学的精华所在，对宋濂文学本身就有很大的意义。可以说，说文学上的宋濂，不可不言其寓言。

另外，宋濂寓言的内涵是丰富的，但我们对它的关注和研究较少，有许多方面值得更为深入地探讨。

第五节 刘基寓言

刘基寓言和宋濂寓言是元末寓言的双峰，但刘基寓言却历来被人们看重，最先被公认为中国文学史上杰出的寓言作家，其寓言也是元末最优秀的寓言群体。刘基在其他方面获得荣誉的同时，在寓言文学上也获得了极大的荣誉。

刘基（1311—1375），字伯温，浙江青田人，元末进士。先后担任过江西高安县丞、江浙儒学副提举等职，因受排挤而弃官归隐。1360 年时，应朱元璋的固请，到南京向朱元璋陈述了“时务十八策”，成了朱元璋的主要谋士。明开国后，他担任御史中丞兼太史令。洪武三年封诚意伯，第二年就告老还乡。刘基少时聪明过人，又非常好学。他博览群书，精通天文、气象、历法、军事等。

刘基主要是一个政治家，也有许多著述，最富于文学成就的是他的寓言。他的著作编有《诚意伯文集》。他的寓言主要集中在《郁离子》中。《郁离子》一书是刘基在元末退处青田山中时写的，是一本杂文合集。

《郁离子》全书分十八章，《千里马》《鲁般》《玄豹》《灵丘丈人》《瞽聩》《枸橼》《螇螰》《天地之盗》《省敌》……共 195 条，大部分是寓言故事。书中有一个贯穿全书的人物——郁离子，既是故事主人公，又是故事的评论者。全书系统地反映了作者的哲学、政治、经济、文化、伦理观点。“郁”意思是有文采的样子，“离”是八卦之一，代表火，“郁离”有人说是政治教化光明的意思，但更是启迪智慧、追寻光明的意思。

刘基的寓言创作于元末，元末的社会现实生活在寓言中自然有相当分量的反映。这样的寓言如《蜀贾》《瓠里子择舟》《狙公》等。

《瓠里子择舟》：

瓠里子自吴归粤，相国使人送之曰：“使自择官舟以渡。”送者未至，于是舟泊于浒者以千数，郁里子欲择之，而不能识。

送者至，问之曰："舟若是多也，恶乎择。"对曰："甚易也，但视其敝蓬、折橹而破飘者，即官舟也。"从而得欤。

郁里子仰天叹曰："今之治政，其亦以民为'官民'与！则爱之者鲜矣，宜其敝也！"（《郁离子》）

《狙公》：

楚有养狙以为生者，楚人谓之狙公。旦日必部分众狙于使老狙率以之山中，求草木之实，赋什一以自奉。或不则加鞭箠焉。群狙皆畏苦之，弗敢违也。一日，有小狙谓众狙曰："山之果公所树欤？"曰："否也，天生也。"曰："非公不得而取与？"曰："否也，皆得而取也。"曰："然则吾何假于彼而为之役乎？"言未既，众狙皆寤。其夕，相与伺狙公之寝，破栅毁柙，取其积，相携而入于林中，不复归。狙公卒馁而死。

郁离子曰："世有以术使民而无道揆者，其如狙公乎！惟其昏而未觉也，一旦有开之，其术穷矣。"（《郁离子》）

《瓠里子择舟》对元代社会的讽刺是显而易见的，寓意也是深刻的，完全是一幅元末没落破败的缩影，很有影射意味。《狙公》这则寓言说养猴人奴役猴子，猴子醒悟后，则逃之夭夭，养猴人由于没有猴子的贡献，不久便饿死了。这则寓言对元朝社会统治者的性质揭示是直接形象的，实际上它已预示了元代社会大变化的来临。如此对元代社会生活的描述，在他的寓言中实际上是经常作为背景而呈现的，因为他的另外一些寓言的思想内容，也是基于对元代社会生活的观察和思考而来的，比如刘基一些重讽刺的寓言就是如此。

《千里马》：

郁离子之马，孳得马驶骏焉。人曰："是千里马也，必致诸内厩。"郁离子悦，从之至京师。天子使太仆阅《方贡》曰："马则良矣，然非冀产也。"置之于外牧。（《郁离子》）

这则寓言是对世间只重名不重实的风气的批驳，但同时也能体味到对元朝统治者的种族政策的愤慨和揭露。

《僰人养猴》：

僰人养猴，衣之衣，而教之舞，规旋矩折，应律合节。巴童观而妒之，耻己之不如也，思所以败之，乃袖茅栗以往。筵张而猴出，众宾凝咛，左右皆蹈节。巴童伯然挥袖，而出其茅栗，掷之地。猴褫衣而争之，翻壶而倒案。僰人呵之，不能禁，大沮。

郁离子曰："今之以一制之师战者，蠢然而蚁集，见物则争趋之，其何异于猴哉？"（《郁离子》）

这则寓言从一般的寓意上来说，可谓一个人的本性如此，就怎么也斯文不起来，但寓言却在当时有极大的针对性，即对元朝军队纪律松弛，鱼肉百姓现象的披露。这样的寓言既服务于寓言的一般寓意，又对社会现实有很强的讽刺意味。

在刘基寓言中，数量最多，质量最高的当数表现社会生活经验教训的寓言。这些寓言的基本故事情节源于作者对现实生活的观察和思考，通过对社会生活深刻理解和认识，把其中的最具有智慧火花的内涵揭示出来，点燃文明和智慧之火，这实际上也就是“郁离子”的主旨。

这样的寓言在刘基寓言里俯首即拾，如《洛巫起蚊》《道士救虎》《蒙人遇虎》《句章野人》《若石防虎》《郑人学为盖》等。

《洛巫起蛟》：

汉愍帝之季年，东都大旱，野草皆焦，昆明之池竭。洛巫谓其父老曰：“南山之湫，有灵物，可起也。”父老曰：“是蛟也，弗可用也，虽得雨，必有后忧。”众曰：“今旱极矣，人如坐炉炭，朝不谋夕，其暇计后忧乎！”

乃召洛巫，与如湫，祷而起之，酒未毕三奠，蛟蜿蜒出，有风随之，飕飕然，山谷皆殷。有顷，雷雨大至，木尽拔，弥三日不止，伊、洛、瀍、涧皆溢，东都大困。始悔不用其父老之言。（《郁离子》）

《道士救虎》：

苍莨之山，溪水合流于江。有道士筑于其上以事佛，甚谨。一夕，山水大出，漂室庐，塞溪而下。人骑木乘屋，号呼求救者声相连也。道士具大舟，躬蓑笠，立水浒，督善水者绳以俟。人至，即投木、索引之，所存活甚众。

平旦，有兽身没波涛中而浮其首，左右盼若求救者。道士曰：“是亦有生，必速救之。”舟者应言往，以木接上之，乃虎也。始则噱噱然，坐而舐其毛，比及岸，则瞠目舐道士，跃而攫之，仆地。舟人奔救，道士得不死，而重伤焉。

郁离子曰：“哀哉！是亦道士之过也。知其非人而救之，非道士之过乎？虽然，孔子曰：‘观过，斯知仁矣。’道士有焉。”（《郁离子》）

《洛巫起蛟》这则寓言表明只顾眼前有利的一面，不顾随之而来的另外一面，那就只有招致更大的祸患。《道士救虎》的教训更为鲜明，滥施恩惠是再愚蠢不过的行为了，如果对恶人施恩那就更危险了。这则寓言寓意不新，人们以此寓意创作的寓言很多，但这则寓言却表达得很自然、很有特色，是刘基寓言的名篇之一。

《句章野人》：

句章之野人翳其藩以草，闻嘈喈之声，发之而得雉。则又翳之，冀其重获也。明日往，聆焉，啃啃之声如初，发之而得蛇，伤其手以毙。

（《郁离子》）

《郑人学为盖》：

郑之鄙人学为盖，三年艺成而大旱，盖无所用，乃弃而为桔槔。又三年而大雨，桔槔无所用，则又还为盖焉。未几而盗起，民尽改戎服，鲜有用盖者。欲学为兵，则老矣。（《郁离子》）

《句章野人》说的是野人一成不变地看问题而招致死亡的教训。寓言简洁明快，通达自然。《郑人学为盖》说的是一味赶时髦，随大流，变来变去，结果一事无成。

很明显，以上寓言都表现的是日常社会生活的经验教训，并从中升发出或浓或淡或深或浅的人生哲理，具体开来是“生活”升华上去是智慧，是思想。这样的寓言还能列举很多，它们大致构成刘基寓言的主要方面。

注重讽刺，也是刘基寓言内容的一个方面，如《噪虎》《郁离子居山》等。

《噪虎》：

女几之山，乾鹊所巢。有虎出于朴蔌，鹊集而噪之。鸲鹆闻之，亦集而噪。鹎鶋见而问之曰：“虎行地者也，其如子何哉，而噪之也?”鹊曰：“是啸而生风，吾畏其颠吾巢，故噪而去之。”问于鸲鹆，鸲鹆无以对。鹎鶋笑曰：“鹊之巢木末也，畏风故忌虎。尔穴居者也，何以噪为?”（《郁离子》）

《郁离子居山》：

郁离子居山，夜，有狸取其鸡，追之弗及。明日，从者攫其入之所以鸡，狸来而絷焉。身缧而口足犹在鸡，且掠且夺之，至死弗肯舍也。

郁离子叹曰：“人之死货利者，其亦犹是也!”（《郁离子》）

两则寓言都是以讽刺为主要目的的，前者讽刺的是盲从、人云亦云的坏习性，后者是对一个贪财不要命者的形象刻画，前者的意味悠长，后者刻划入木三分，很有“齐人攫金”的韵味。这两则寓言都有浓郁的生活气息，教育意义也很大。

刘基的寓言也与宋濂寓言一样，是对春秋战国寓言传统的继承，故而刘基寓言也表现了春秋战国寓言的古风。就题材而言，多为借托历史人物故事，有时就是对春秋战国寓言故事的借用和改造，如《狙公》显然是受了庄子寓言的影响，但故事变了，思想内容也变了。再如《千里马》，更是在前人寓言中关于千里马叙述的基础上构建故事的，《列子》中有《九方皋相马》《战国策》中有《骥遇伯乐》等。另外，在叙述方式上也深受春秋战国寓言的影响。刘基寓言虽然从许多方面已有了变化，但他的叙述却一如往昔，取一个故事，阐明某种道理，并服务于一个理性的目的，或哲学观点表达，或政治方术议论，或社会生活某种认识等等。

与宋濂寓言相比，刘基寓言似乎更稳重和成熟一些，更注重对日常智慧的关注，政治性也不如宋濂寓言那么明显。这也许就是刘基寓言比宋濂寓言对后世影响大的原因之一，因为这样一来的寓言的局限性就相对的小，试想一个普遍意义的哲理认识，后世的借鉴和应用的障碍就要少得多。

刘基寓言和宋濂寓言都承袭于春秋战国寓言的传统，但刘基寓言比宋濂寓言还多有些变化，比如刘基寓言中有许多与笑话合流的寓言，而宋濂寓言中就没有。刘基的这些寓言在表述寓言哲理教训的时候，加进了笑话的内容，让人在笑中获得启示，这当然有别于在思考中获得启示的寓言。试举两例如下。

《医缓》：

赵王之太子病，召医缓。医缓至，曰："病革矣！非万金之药弗可。"问之，曰："是必得代之赭、荆之玉、岣嵝之沙，禺同青岭之空曾青、昆仑之紫白英、合浦之珠、蜀之犀、三韩之宝龟、豎无闾之珣玗琪，合汞铅而练之。一年而和，二年而成，三年而金粟生。则取而埋诸土中。又三年而服之。斯可以起矣。"淳于公闻而笑之日："诚哉，所谓医缓矣。"（《郁离子》）

《齐人好诟食》：

齐人有好诟食者。每食必诟其仆，至坏器，投匕箸。无空日。馆人厌之，忍弗言。将行，赠之以狗曰："是能逐禽，不腆以赠子。"行二十里而食，食而召狗，与之食。狗嗥而后食，且食而且嗥。主人诟于上，而狗嗥于下。每食必如之。一日，其仆失笑，然后觉。

郁离子曰："夫人必自侮而后人侮之。"（《郁离子》）

前者说一个庸医为人看病，所用药是东南西北四方难寻的物品，并要三年做药，三年养药，再吃三年才能治好病。后者说一个人吃饭时喜欢骂人，像狗吃东西一样，汪汪叫唤。前一则寓言中描述的医缓的作为，不忙理解寓言的寓意，就先得哑然失笑了，"诚哉，所谓医缓矣"。寓言利用庸医的名字巧妙构思，使寓言笑中见真。后一则寓言用类比的方法，把一个吃饭时喜欢骂人的人与吃东西喜欢吠叫的狗并而列之，产生了强烈的喜剧效果，让人忍俊不禁，进而讽刺了这种人的恶习。

把笑话引进寓言，在元代前就早已有之，但刘基寓言中的笑话与寓言的合流却是最成功的例子之一，因而对后来明清寓言产生影响也是很自然的。

刘基寓言以其极强的思想性，犀利的文笔，生动的故事和流畅自然的叙述，在中国寓言史上占有重要的地位。刘基寓言和宋濂寓言一起，在元代末年为中国寓言史掀起了一个较大的寓言创作高潮，对发扬春秋战国寓言的优秀传统有重要的意义。

第六节　元代的其他寓言

在过去的见解中，人们把刘基寓言和宋濂寓言归为明代寓言后，通常的看法是元代也就基本没有什么寓言创作了，但实际上这种看法是错误的，元代寓言除了作为寓言双峰的刘基寓言和宋濂寓言外，元代的各个年代里，也有一些可观的寓言。

在元代初年，一些由宋入元的思想家、文学家、作家就留下了一定的寓言。所以人们认为，元代的寓言文学，当以邓牧的几则寓言为起始。随后是王恽的《鱼叹》、戴表元的《猫议》等寓言也有自己的表现。但是，有相当影响的寓言当推白埏的《囫囵吞枣》、陶宗仪的《寒号虫》、虞韶的《铁杵磨针》等。

邓牧（1247—1306），字牧心，钱塘人。宋元之际的思想家。宋亡，终身不做官、不娶妻，人称文行先生。著有《白牙琴》一书，中有少量寓言。《二戒学柳河东》就是不错的寓言。《二戒学柳河东》一共两则寓言，其《越人遇狗》为最佳。

《越人遇狗》：

> 越人道上遇狗，狗下首摇尾人言曰：“我善猎，与若中分。”越人喜，引而俱归，食以粱肉，待之以人礼。狗得盛礼，日益倨；猎得兽，必尽啖乃已。
>
> 或嗤越人曰：“尔饮食之；得兽，狗辄尽啖，将奚以狗为？”越人悟，因为分肉，多自与。狗怒，啮其首，断领足，走而去之。
>
> 夫以家人养狗，而与狗争食，几何不败也。
>
> （《伯牙琴·二戒学柳河东》）

这是模仿柳宗元“三戒”而作的寓言，其艺术上不算上乘，但其中的亡国之痛让人深深感之。这是元初的寓言作品，实际上也是一个朝代寓言文学的承继。

白埏（1248—1328），字廷玉，钱塘人。精通经史，善诗文。入元，官至儒学副提举。著有《湛渊静语》《湛渊集》。

《囫囵吞枣》：

> 客有曰：“梨益齿而损脾，枣益脾而损齿。”一呆弟子思久之，曰：“我食梨则嚼而不咽，不能伤我之脾，我食枣则吞而不嚼，不能伤我之齿。”狎者曰：“你真是囫囵吞却一个枣也。”遂绝倒。（《湛渊静语》）

寓言的故事告诫人们学习时不能生吞活剥。这则寓言具有笑话色彩，是嘲笑中让人领悟到我们应该怎样对待学习的道理，是这类题材的名篇，对后世的影响很大。

《寒号虫》：

> 五台山有鸟，名寒号虫，四足，有肉翅，不能飞，其粪即五灵脂。当盛暑时，文采绚烂，乃自鸣曰：“凤凰不如我。”比至深冬严寒之际，毛羽脱落，索然如鷇雏，遂自鸣，曰：“得过且过！”（《南村辍耕录》）

这则寓言是中国寓言史上影响最大的寓言之一。它以故事的新颖奇特，和一定的讽喻，成为后世许多改编寓言的题材。这则寓言还有浓郁的民间寓言气息。

这则寓言作者为陶宗仪，字九成，号南村，黄岩人。生卒年不详。著有《南村辍耕录》《说郛》《史书会要》等书。

《铁杵磨针》：

李白，少读书，未成，弃去。道逢一老妪，磨铁杵。白问：“将欲何用？”曰：“欲作针。”自感其言，遂还卒业。（《日记故事》）

这则寓言是元代虞韶编的《日记故事》中的一则，有明显的民间传说故事的味儿，但寓言以其深刻的哲理认识，成为中国劝学寓言的名篇之一。

以上三则寓言从某种意义上讲，是寓言大于作者，是寓言比作者有名。

以上三则寓言大致都是劝学的寓言，说明元代这类题材的寓言创作是有一定成绩的。

除以上的寓言外，这时期还有一个人的寓言值得一提，这就是陈高的寓言。

陈高（1314—1366），字子上，号不系舟渔者，温州平阳人。元至正间进士，授庆元路录事，未三年去职。著作有《不系舟渔集》。其中有些寓言，如《钓说》《虎恃勇》等。

《钓说》：

世有慕得鱼而业于钓者，其始也，曲针以为钩，断蚓以为饵，投竿洲渚之中，而鲂、鲫、鳊、鳜日充乎庖厨矣。

既而闻有钓于江湖者，其所得之鱼乃有大于此焉。于是乎以锥旋为钩，以鳅、鳝为饵，投竿于江湖之上，而鲭、鲈、鲲、鲤日满乎舟车矣。

既而又闻有钓于溟渤者，其所得之鱼复有大于此焉。于是乎悬数尺之钩，用全辖之饵，投竿于万顷之波而垂纶于千丈之流，掣吞舟之巨鳞，引横山之修鳍，然后知夫昔日之钓其所得者微矣！（《不系舟渔集》）

这则寓言勉励人们不要为小有成就而自足不前，要有大志向，才能在事业上有大成就。寓言说理明晰，形象生动，是一篇很有特色的寓言。

这些寓言之后，元代寓言文学的主角当是已有专节叙述的刘基寓言和宋濂寓言，但元末寓言也不只是刘基和宋濂寓言，与其同时的还有苏伯衡也创作了一些寓言。

苏伯衡，字平仲，金华人。宋苏辙的后裔。1360 年与宋濂、刘基一起被征聘到南京，后乞省亲归。著有《苏平仲文集》，其中的《空同子瞽说》是寓言体散文集，中有不少精美的寓言。如《大树与茑萝》《东郭氏之猫》《锦鸡吐绶》等。

《大树与鸟萝》：

曲沃之奥有神丛，丛，大木也，茑与女萝附焉。神恚茑萝之滋蔓也，欲去之，乃谓茑萝：“古人有言曰：‘大木之下无美草。’伤于阴之多也。今木之干且数围，而尔蔓不满寸，则其枝叶实尔蔽也。”茑与女萝，亦自见其蔓不如木之硕也，疾之，见梦于里人曰：“不祥非神之为，惟木之怪。”里人遂伐木。木之既伐，茑萝莫傅，是以亦瘁。（《空同子瞽说》）

《东郭氏之猫》：

东郭氏之猫，群聚于庭，首以相枕，足以相拊，尾以相戏，舌以相舐，甚相狎也。

投之腐鼠，皆铤而起，得者驰而去，不得者或逐其后，或据其前，或号其右，或攫其左，相与斗且噬矣。（《空同子瞽说》）

《锦鸡吐绶》：

楚王入于云泽，若虎兕，若雄猩，若鹿豕，若鸿雁，若鶬鸹，若鹙鸧，若鹈鹕，见王，无不恂然决起，翔者奋飞，走者遐窜，高者入云霄，下者伏灌莽。有锦鸡焉，方吐其绶，而王适至，收绶而后作。王见其绶，五彩竞明，悦焉。左右关弓再欲射之，王再止之，命虞人曰："其生致之。"虞人得之，已乃纵猎者。凡鸟兽之属，或殪于鹰犬，或陨于锋刃，或伤于网罗，而鸡独免焉。

明日，王谓宋玉曰："之鸡也，得全其生以绶，见樊于笼亦以绶。然则士将奚处？"宋玉对日："此鸡有绶，藉使深藏，矫乎其飞冥冥，大王何见焉？彼虞人且乌乎取哉？故者无逃于樊笼之间，非绶实为之，吐则使之也。嗟乎，士无以材自眩哉！"（《空同子瞽说》）

《大树与茑萝》《东郭氏之猫》是两则叙述生动，教训鲜明的优秀寓言。一则寓言说依附大树的茑萝设计让人砍了大树，自己失去依托死了，一则寓言说群猫平时亲热，一旦有利益之争就争斗不已。两则寓言的题材和故事都不很新，但对其中教训哲理的表述是自然和准确的。

《锦鸡吐绶》讲的锦鸡因吐绶而得以保全，但同时也因此被关进笼子。这则寓言故事优美，哲理亦深刻丰润，是苏伯衡最好的寓言之一。

从以上寓言看，苏伯衡寓言的故事优美生动，比较注重于哲理教训的表达，文笔也练达自然，艺术表现上比较成熟，亦是元代末年比较有特色的寓言和寓言作家。

苏伯衡有人也把他列为明代的文学家看待，但实际上他的情形与刘基和宋濂相似，大部分作品，特别是寓言作品，大致都是元末时创作的。

苏伯衡的寓言主要见于《空同子瞽说》，前人就很重视这本书中的寓言，把此书与宋濂的《龙门子凝道记》《燕书》，刘基的《郁离子》并称为元末的"四书"，对其寓言的评价是很高的。相比较而言，它们寓言上的承袭基本上是相同的，只是苏伯衡的寓言更偏重于哲理性一些。当然，就实际的寓言成就而言，苏伯衡寓言是有相当差距的，但他仍可谓元末比较突出的寓言作家。

第七章 明清寓言

明清（1367—1840）是中国历史中两个重要的朝代，属于中国封建社会的晚期。它年代一般从1367年明立国开始，到1840年清代中叶，前后近500年，从1840年后，进入中国近代时期。但在寓言文学史的叙述中，实际上没有近代寓言历史的划分，而是直接叙述到现代寓言发生前为止，故明清寓言就包含了所谓近代寓言的内容。

在明清这个时期里，封建经济高度发展，如明开国后的近百年的繁荣和清代的所谓康熙、乾隆盛世等。但是，这一时期的封建社会各种固有矛盾也达到了空前的激化程度，另外，新的矛盾因素也开始形成，如明代出现的具有资本主义萌芽性质的工商业与固有的传统的小农经济的矛盾。

在明清这一时期里，有两个方面的表现最为显著。一是封建专制的控制比任何一个时期都要严厉，而且许多措施是相当残酷和反动的……体现在文化控制上的是大兴"文字狱"，它对文化和文学艺术的摧残很大；二是城市的发育比任何时候都好，在数千年的以乡村特色为主的文化中，生发了新的文化成分和因素，对时代的诸方面发生了相应的影响，如手工业的繁荣和文学艺术有浓厚的城镇特色的种种变化。

由于黑暗的专制社会，言论极不自由；以及城市的兴起，市民阶层的出现，它们作为社会背景，直接影响到文学艺术的发展。这时，玩世、诙谐几乎已成为一种人生态度和文学主流，对社会现实人们是普遍绝望的。这些反映到寓言上就是寓言与笑话的合流，因为寓言的哲理性、政治性，以及社会性表现几乎是不可能的。在这时期里，戏曲和小说这种市民特色的世俗文学十分繁荣，并取得辉煌成果。

明清的社会在许多方面都表现了向现代的发展变化，社会的，文学的，包括寓言的。不过，明清的寓言文学是一杯带笑的苦酒，或者说是另外一种用寓言关照社会现实的方式。

第一节 文学背景

明清的文学，当分为明代文学和清代文学两部分来叙述。明文学起始于14世纪，是一个小说、戏曲等世俗文学昌盛而正统的诗文相对衰微的时期。明代文学一般分为前后两期，前期从明初到正德年间，后期从嘉庆年间到明亡。

明代前期的文学在明初有从元末而来的刘基、宋濂、高启等人①，他们是明初重要的诗文作家，有一定的成就。另外，刘东生、贾仲明、杨景贤等人创作的许多杂剧，也是较好的作品。但是，明初最高的文学成就当是《三国演义》和《水浒传》的出现，这实际上也是整个明代文学的最高成就。这两部巨著都是作者在民间长期流传的三国、水浒故事的基础上加工写成的。对这两部巨著人们评价很高，对后代的历史演义和英雄传奇小说的大量产生有着巨大的影响。

随着政权的稳定，明王朝政治上和文化上的控制加紧，开始大兴文字狱。文学成了歌功颂德、消遣娱乐的工具，成为推行封建教化的教材。这时的正统诗文创作形成了雍容典雅、词气萎弱的台阁体，代表人物是杨士奇、杨荣、杨溥。这时的康海、王九思的杂剧《中山狼传》《杜甫春游》值得一提。这时的传奇创作有所发展，出现了《连环记》《精忠记》等作品。

明代后期，从嘉靖以后，小说、戏曲得到迅速发展，创作繁荣，诗文创作也在发生变化。这时期的长篇小说创作数量很大，留传下来的就有五六十部之多，它们大致可分为四种类型：一是讲史小说，有名的作品有：余邵鱼的《列国志传》，甄伟的《西汉通俗演义》，谢诏的《东汉通俗演义》等；二是神魔小说，最早出现的是吴承恩的《西游记》，另外较著名的有罗懋登的《三宝太监西洋记通俗演义》，无名氏的《封神演义》等。这类小说成就最大的是《西游记》和《封神演义》；三是世情小说，最著名的是《金瓶梅》，另外《吴江雪》《玉支玑》等才子佳人小说也有文名。四是公案小说，这类小说没有产生成就较高的作品。

话本创作在这时期也有很大的发展，著名的有冯梦龙的《喻世明言》《警世通言》《醒世恒言》，凌濛初的《初刻拍案惊奇》《二刻拍案惊奇》等，形成了白话短篇小说创作的繁荣局面。这些小说大量反映的是市民社会生活。

明代后期的戏曲创作是继元杂剧之后中国戏曲史上又一个繁荣时期，产生了杰出的剧作家汤显祖，出现了大量优秀作品。有以下几个方面的剧作：一是现实时事剧，以《鸣凤记》首开文风，后来较有名的作品有木石山人的《金环记》等；二是讽刺剧，以孙钟龄的《东郭记》，王衡的《郁轮袍》等最为有名；三是爱情剧，这类剧作最为丰富多彩，艺术上的成就也最高，著名的有《牡丹亭》《玉簪记》等。由于戏曲的繁荣，戏曲理论也有较大的发展，如徐渭的《南词叙录》，王世贞的《曲藻》，吕无成的《曲品》，王骥德的《曲律》等较为有名。

明代文学以小说的成就最高，戏曲次之，诗文相对衰微。明代文学对后世的影响很大，有很重要的文学史地位。

紧接明代的是清代文学，这是中国古代文学史的最后一个重要阶段，诗、词、散文、小说、戏曲都取得重要成就。

清初的散文以黄宗羲、顾炎武、王夫之三人的成就最高。当时重要的诗文作家还

① 刘基、宋濂二人是元代著名的寓言作家，但二人入明后也有许多重要的诗文作品。

有归庄、杜溶、吴嘉纪、阎尔梅等。

清代的戏曲在明代戏曲的基础上又有所发展。著名的作品有李玉的《牛头山》《清忠谱》等，当中以洪昇的《长生殿》，孔尚任的《桃花扇》成就最高。清初的长篇章回小说著名的有陈忱的《水浒后传》，钱彩的《说岳全传》等。艺术成就最高的是蒲松龄的短篇小说集《聊斋志异》。

雍正、乾隆时期，诗说、诗派活跃，有格调说的沈潜、性灵说的袁枚等。散文上产生了以方苞、刘大槐、姚鼐为代表的桐城派散文。长篇小说在这时期大放光彩，出现了吴敬梓的《儒林外史》和曹雪芹的《红楼梦》。《儒林外史》是中国古代成就最高的长篇讽刺小说。《红楼梦》以其思想和艺术的伟大成就而成为中国古典小说的高峰。另外，短篇文言小说笔记有袁枚的《新齐谐》和纪昀的《阅微草堂笔记》。

嘉庆、道光时期，清文学已没有多少亮丽色彩。散文上较著名的作家有恽敬、张惠言、李兆洛、梅曾亮、管同等。作诗的著名作者有王昙、孙原湘、舒位等。这时期，迎接新时代曙光的代表作家是龚自珍，他是近代文学的先锋。

纵观明清文学，可以说是小说和戏曲的世纪，对中国的文学有很大的贡献。

明清文学中的寓言文学总体上已进入了讽刺文学的范畴，其哲理性和日常社会生活经验教训总结的功能已很微弱，嘲笑和讽刺已是这时期寓言文学的主调，这自然与社会的高压和黑暗环境分不开。这时期里，揭露社会矛盾、针砭时弊、表现苦闷无奈的心境，自然就成了寓言、笑话最好的内容了。在明代，寓言作品多存于一些笑话、诙谐故事集中。寓言最多的有刘元卿的《贤奕编》、江盈科的《雪涛小说》，赵南星的《笑赞》等。到了清代，其寓言也有许多可喜之作，如石成金的《笑得好》、吴趼人的《俏皮话》等寓言，也还有许多未刊行于世的寓言作品，如董德镛、孔昭甫的《可如之》、李世熊的《物感》等。另外，《聊斋志异》等小说、笔记中也有不少可观的寓言。

第二节　明初到明中叶的寓言

在把刘基、宋濂等人的寓言归为元代寓言文学范畴之后，明初的寓言文学不说是空白，至少也是一个低潮。在明初，寓言作品很少，且多不是专门的寓言作品，大多是文集中偶尔为之的文章，如方孝孺、薛瑄、刘球、李贤等明代文学家的笔下，都有少许称之为寓言的东西。李贤（1408—1466），著有《古穰集》，其中的《捕鱼者说》讽刺贪心不足，导致毁灭，影射官场取利的凶险。刘球（1392—1443），著有《两溪文集》，其中的《南歧瘿者说》，讽喻的是一种以丑为美的现象。薛瑄（1392—1462），著有《薛文清集》，其中的《猫说》说的是一只不捉鼠只捉鸡的猫，以此喻用人之道的见解。在这些所谓的寓言中，大都是一些生硬的借喻，有喻哲理的形，而无哲理的光辉，既没有中国古代寓言的古朴风气，也没有显现时代和自身的特色，在这一类所谓的寓言中，较有寓言味儿的是方孝孺的作品。

方孝孺（1357—1402），字希直，又字希古，浙江宁海人，宋濂的学生，明太祖洪武年间任汉中府教授，建文时任侍讲学士。著作有《逊志斋集》。他的寓言数量不多，较好的有《越巫》《蚊对》《越车》等。

《越车》：

越无车，有游者得车于晋楚之郊，辐朽而轮败，輗折而辕毁，无所可用。然以其乡之未尝有也，舟载以归而夸诸人。观者闻其夸而信之，以为车固若是，效而为之者相属。他日，晋楚之人见而笑其拙，越人以为绐己，不顾。及寇兵侵其境，越率敝车御之。车坏，大败，终不知其车也。

学者之患亦然。（《逊志斋集》）

这则寓言说明的哲理教训应该是鲜明的，但却让人觉得一般化，没有寓言的个性。他的《蚊对》《越巫》也是这样的作品，而且更显得冗长和枯燥。应该说，明初的寓言在这里还没有找到自己应有的表现方式和内容，只有一个很勉强的开端。

明政权稳固之后，文网甚密，社会环境和条件大变，与文学一起，寓言在这样的新环境中寻找和催化自己新的表现形式和内容。这就是上承《笑林》而来的笑的形式，加上明代人无奈中的诙谐，开始形成自己注重讽刺、嘲笑和诙谐的寓言风格。寓言的内容也有很大的变化，“喻理”的传统已成为永远的过去，因为社会现实已不是可以用道理来“理喻”的世界。与“喻理”同一的经验教训总结也没有必要，因为人的命运在这样黑暗的社会中也是莫测的。因而，在寓言内容上也转向了人性缺陷和相关现象的讽刺、嘲笑和揭露上，这就在总体上完全改变了寓言的风貌。

在明代中叶，这样的寓言就开始出现了。如王琦（1432—1499，明代文学家，著有《寓圃杂记》）的《芝麻通鉴》、陆容（1436—1494，著有《阿留传》《式斋集》等）的《矮榻缺足》等。

《芝麻通鉴》：

吴人爱以芝麻点茶，鬻家必以纸裹授之。有一鬻家藏旧书一卷，旋摘为用。市人有得所授，积至数页，视之，乃《通鉴》也。遂取一熟读，每为人谈。或叩其蕴，则曰：“我得之芝麻纸上，仅此而已，余非所知也。”

（《寓圃杂记》）

《矮榻缺足》：

矮榻缺一足，使留断木之歧生者为之。持斧锯，历园中竟日。及其归，出二指状曰：“木枝皆上生，无下向焉！”（《阿留传》）

这两则寓言都已偏向了寓言的讽刺作用，但仍有一些“喻理”的痕迹，如后一则寓言中我们还能看到对僵化和形式主义认识的“理喻”成分。

这样带有一定过渡性的寓言还有吕柟（1479—1542，著有《泾野集》等）的《西邻五子》，陈皋模（嘉靖进士，著有《薄游》《北游》等）的《祛盗》，王维桢

(1507—1555，明文学家，著有《王氏存笥稿》）的《三人行贾》等。

《西邻五子》：

西邻之人有五子焉。一子朴，一子敏，一子矇，一子偻，一子跛。乃使朴者农，敏者贾，矇者卜，偻者绩，跛者纺，五子者皆不患于衣食焉。（《泾野集》）

《祛盗》：

一痴人闻盗入门，急写“各有内外”四字，贴于堂上。闻盗已登堂，又写“此路不通”四字，贴于内室。闻盗复至，乃逃入厕中，盗踪迹及之，乃掩厕门咳嗽曰：“有人在此。”（《一夕话》）

《三人行贾》：

今有三人行贾，渡江失舟，所载俱没。二者哭货亡，竞倚岸毁瘠而死。一人掉头不顾去，复积蓄数岁。货既俱，仍贾于四方，遂赢利十倍，称大贾焉。（《古今名喻》）

第一则寓言讲的是因材施用，人尽其才的道理。第二则寓言虽然讽刺的是对强盗讲理的迂腐，但也是为了说理而言的。第三则寓言也说的是遭到挫折，灰心丧气无益，要振作奋斗才有出路的道理。这几则寓言可说都是不错的寓言，它们虽已有明代寓言的风气，但骨子里仍有寓言的传统意味。另外，这些寓言的内容也有很大的变化，多为“世理”“政理”已经看不见了。这些寓言也正好体现了明中叶寓言的这种变化。

在明中叶，明式寓言有较为成熟表现的应该是耿定向和庄无臣两人的寓言。

耿定向（1524—1596），字在伦，号天台，湖北黄安人。嘉靖进士，曾任刑部左侍郎、户部尚书等职。著作有《耿天台文集》等。耿定向的寓言多见于他的《权子》中，《权子》是一部寓言笑话集。在这里，寓言和笑话得到较好的融合。《权子》中的文字不一定都是寓言，但许多可视为较有特色的寓言，如《慕道学者》《吾失足容》《孔雀爱尾》等。

《慕道学者》：

曾有人士歆道学之声而慕学之者。日行道上，宾宾张拱，跬步不逾绳矩。久之，觉惫，呼从者：“顾后有行人否？”从者曰：“无”乃弛恭率意以趋。（《权子》）

《吾失足容》：

一人足恭缓步如之。偶然雨至，疾趋里许，忽自悔曰：“吾失足容矣！过不惮改可也。”乃冒雨还始趋处，纡徐更步过焉。（《权子》）

《孔雀爱尾》：

孔雀雄者毛尾金翠，殊非设色者仿佛也。性故妒，虽驯久，见童男女着绵绮，必趁啄之。山栖时，先择处贮尾，然后置身。天雨尾湿，罗者且至，犹珍顾不复骞举，卒为所擒。（《权子》）

这三则寓言都深刻地揭示和批判了一种只注重其形，不注重其实的学风，以及人性中的虚伪，是对世上假道学的愤慨，嘲讽中满是辛辣，而诙谐中又满是苦涩。在这里，明寓言找到了一种关注社会的方式，因为“学风”和人性的扭曲也是社会现实的间接反映。

庄元臣，字忠甫，号鹏池主人，松陵人。著有《叔苴子》。《叔苴子》分为内篇和外篇，共八卷。其内容多为阐发“义理”的杂著，里面有许多寓言。庄元臣生卒年不详，大概与文学家杨慎是同时代人。庄元臣的《叔苴子》是为阐发“义理”，其寓言也与此相关，如《自出机杼》《赤水玄珠》等。

《自出机杼》：

昔王丹吊友人之丧，有大侠陈遵者，亦与吊焉，赙助甚盛，意有德色。丹徐以一缣置几而言曰：“此丹自出机杼也。”遵大惭而退。

今学士之文，其能为王丹之缣者几何哉？（《叔苴子》）

《赤水玄珠》：

昔人闻赤水中有玄珠也，相与泳而探之。维时，有探得螺者，有探得蚌者，有探得石卵与瓦砾者，各自喜为获玄珠也。

象罔闻之，掩口失声而笑。人攻象罔，象罔逃匿黄帝所，三年不敢出。

吁，今学士之测经索理，皆是类也。（《叔苴子》）

这两则寓言都是阐发“义理”，故在文后都有所指“今学士之……”但同时也不难看出，寓言仍然是从嘲笑讽刺而来的，是讽刺诙谐而致“理”的。这样，庄元臣寓言在这时期的寓言中又体现了自己的特色。

在这一时期里，还有一些人的寓言值得一提，这就是郎瑛（1487—?），著有《萃忠录》《七修类稿》等）的《虎伥》，戴豪的《东西村的牧羊人》等。

“虎伥”已演化为成语“为虎作伥”。“伥”是被虎咬死的人的鬼魂，但它反附在虎身上，助虎害人。

这时期的马中锡的《中山狼传》是一个特殊的存在。《中山狼传》的作者到底是谁有许多说法，马中锡所作是较通行的一种，这里亦暂取用这一说法。

《中山狼传》故事很长，讲的是一只狼受了伤而求救于东郭先生，东郭先生救了它，但狼在脱险后反而要吃掉东郭先生，最后是杖藜老人救了东郭先生，打死了狼。故事反映的是“恩将仇报”这一主题。这个故事在中国的影响很大，人们对其艺术成就评价很高，如陈蒲清先生就是这样说的：“《中山狼传》在寓言创作中是一篇别开艺术生面的作品。作者将小说刻画人物形象的方法（如丰富的细节描写）、童话的幻想方式和寓言以此喻彼的特点，三者紧密结合在一起，收到了显著的艺术效果。它的宏伟的篇幅，在寓言史上也是空前的。”① 陈蒲清先生的评价是公允的。《中山狼传》在某种意义上说并不是寓言，而是寓言的一种变体——寓言小说，与其说它在寓言上的意义不如说它在一种边缘文体开拓上的意义。从明代至今，是有不少这类意义上的作品存在着，它们的意义与寓言肯定不尽一致，它们的意义有待深入的认识。

第三节 赵南星、刘元卿寓言

明代寓言文学进入中期后，其形式和内容都基本成熟，在这一时期里，出现了两个有代表性的寓言作家，这就是赵南星和刘元卿。

赵南星（1550—1627），字梦白，号侪鹤，别号清都散客。高邑（今河北元氏）人。万历进士，官至吏部尚书。为东林党著名人物。著有《赵中毅集》《味檗斋文集》《芳茹园乐府》《史韵》《学庸正说》《笑赞》等。

他的寓言主要见于《笑赞》。对《笑赞》的创作目的、体例，其书前有这样的题词：“书传之所纪，目前之所见，不乏可笑者。时所传笑谈，乃其影子耳。时或道及，为之解颐，此孤居无聊之一助也。然亦可以谈名理，可以通世故，故染翰舒文者能知其解，其为机锋之助，良非浅鲜。漫录七十二则，各为之赞，名《笑赞》云。”在这样的指导思想下，明确了笑的意义，并把笑话和寓言有机地结合在一起，使明代寓言的诙谐性发生了根本的变化，如果以前的幽默诙谐是无意识的成分多，在这里则变成了有意识的诙谐了。按这样的体例，《笑赞》中的故事一般由两个部分组成，前部分是故事，后一部分是作者的评赞。如《一生读别字》：

> 一儒生以“太行山”作“代形山”。一儒生曰：“乃秦杭耳。”其人曰：“我亲到山下，见其碑也。”相争不决。曰：“我二人赌一东道。某学究识字多，试往问之。”及见学究问之，学究曰：“是代形也。”输东道者怨之。学究曰：“你虽输一东道，却教他念一生别字。”
>
> 赞曰：学究之存心忍矣哉！使人终身不知“大行山”；又谓天下人皆不识字。虽然，与之言，必不信也；盖彼已见其碑矣。

这则故事前半部分是一个故事，后半部分是一“赞语”，前边的故事不管作为笑话还是寓言，或者笑话寓言合一，都是一个故事，没有多大的区别。而赞语则是赵南星创作的一种形式表现，即借题发挥议论，用多种方式就事而言，把题意和内涵展开或深化，形式上就如《伊索寓言》的教训话语。但这里的赞语又不相同，它并不完全是点明题意和发挥寓意，有时完全就是借题发挥。含沙射影，并且不管是笑话、还是寓言他都是如此。这种形式前代的寓言创作中也有，但《笑赞》中发挥得最为彻

① 《中国古代寓言史》，第238页。

底。话说回来，人们对待《笑赞》中寓言时，并不十分看重他的赞语，而是看重他的故事，因为仅其故事就能明了地表现寓言的寓旨了。

《笑赞》中的寓言故事多反映的是社会、人心的各种病态，以及道德风尚堕落等。如《屁颂》《鹞子追雀》《瞎子好》等。

《屁颂》：

一秀才数尽，去见阎王。阎王偶放一屁，秀才即献《屁颂》一篇曰："高竦金臀，弘宣宝气。依稀乎丝竹之音，仿佛乎麝兰之味。臣立下风，不胜馨香之至。"阎王大喜，增寿十年，即时放回阳间。十年限满，再见阎王。这秀才志气舒展，望森罗殿摇摆而上。阎王问是何人，小鬼说道："是那做屁文章的秀才。"

《鹞子追雀》：

鹞子追雀，雀投入一僧袖中，僧以手搦定曰："阿弥陀佛，我今日吃一块肉。"雀闭目不动，僧只说死矣；张开手时，雀即飞去。僧曰："阿弥陀佛，我放生了你罢。"

《瞎子好》：

二瞽者同行，曰："世人惟瞽者最好。有眼人终日奔忙，农家更甚。怎得知我们清闲一世？"适众农夫窃听之。乃假为官人，谓其失于回避，以锄把各打一顿，而呵之去。随后，复窃听之。一瞽者曰："毕竟是瞽者好。若是有眼人，打了还要问罪。"

赞曰：北方瞽者，叫做先生，自有好处。世人欺天害理，行凶作霸，俱是有眼人，无一瞽者。

《屁颂》的讽刺意味可谓是无以复加了，它反映的官场腐败，拍马成风，人与人的关系大扭曲。《鹞子追雀》表面上是揭露僧侣的伪善，但它的背景也是很深刻的，说明连僧侣都那么假，那世风的堕落就可想而知了。《瞎子好》嘲讽的是一种阿Q精神，"自我安慰"到这一步的人无论如何都是很悲哀的了。

对人性的缺陷和弱点的批判也是赵南星寓言的重要内容，如《秀才买柴》《众笑亦笑》等。

《秀才买柴》：

一秀才买柴曰："荷薪者过来！"卖柴者因"过来"二字明白，担到面前。问曰："其价几何？"因价字明白，说了价钱。秀才曰："外实而内虚，烟多而焰少，请损之。"卖柴者不知说甚，荷柴者而去了。

《众笑亦笑》：

一瞽者与众人坐，众有所见笑，瞽者亦笑。众问之曰："何所见而笑？"

瞽者曰："你们所笑定然不差。"

前一则寓言讽刺的是装腔作势和咬文嚼字，后一则寓言讽刺的是盲从，这些都是畸形文化带来的无形的文化楚痛，触动它常常是明代寓言的主题之一，但赵南星寓言使用了特有的方式。

赵南星是明中叶很有特色的寓言作家，多方面对明代寓言有贡献。

与赵南星同时的另一个代表作家是刘元卿。

刘元卿（1544—1609），字调父，江西安福人。万历中，曾官至礼部主事。其后病归，居家著述。著有《诸儒学案》《刘聘君全集》《贤弈编》等书。《贤弈编》乃作者分类编纂的一部笔记小说，共分16类。内中"譬喻""应谐"两类收录的寓言最多。刘元卿的寓言多在他的笔记小说，如果说赵南星的寓言是"笑话集"中的佼佼者，那刘元卿寓言则是明笔记小说中的代表。

刘元卿是一个知名的儒家学人，其寓言不失为明代风范，并用其寓言阐述他的学术思想，如《画像与真父》和《争雁》等。

《画像与真父》：

> 歙俗多贾。有士人，父壮时贾秦陇间，去三十余载矣。独影堂画像存焉。一日，父归。其子疑之，潜以画像比拟，无一肖。拒曰："吾父像肥皙，今瘠黧；像寡须，今髯多，鬓皤。乃至衣冠履綦，一何殊也！"母出，亦曰："嘻！果远矣！"已而，其父与其母亟话畴昔，及当时画史姓名，绘像颠末，乃愜然阿曰："是吾夫也。"子于是乎礼而父焉。
>
> 夫、父，天下莫戚者也。乃一泥于绘像，致有妻、子之疑。彼儒者独有知经、史亦帝王圣贤之绘像也，专泥经史而忘求圣人之心，是即所谓泥绘像而拒真父者也！（《贤弈编·警喻录》）

《争雁》：

> 昔人有睹雁翔者，将援弓射之，曰："获则烹。"其弟争曰："舒雁烹宜，翔雁燔宜。"竞斗而讼于社伯。社伯请剖雁，烹、燔半焉。已而索雁，则凌空远矣。
>
> 今世儒争异同，何以异是？（《贤弈编·应谐录》）

前则寓言主旨批判的是当时社会的一些不正之风，把"食古不化"的寓意表达得很尽意。第二则寓言的寓意更为鲜明，直指"今世儒争"。这两则寓言在应用上应该说它们是很恰当和有力的，它们表达的思想与刘元卿的《诸儒学案》是可以对应的，但同时这两则寓言故事本身可以独立出来，成为寓言的上乘之作。这两则寓言是刘元卿寓言的一种风格，即明诙谐寓言下犹存古之寓言风骨。当然，刘元卿更多的是另一种在明代普遍出现的寓言，如《孙子翰不受砚》《搔痒》《奈何姓万》等。

《孙子翰不受砚》：

孙子翰，人尝与一砚，直三十千，孙曰，“砚有何异而如此之价也?”客曰：“砚以石润为贵，此石呵之则水流。”孙曰：“一日呵得一担水，才值三钱。”竟不受。(《贤弈编》)

《搔痒》：

昔人有痒，令其子索之，三索而三弗中。令其妻索之，五索而弗中也。其人怒曰；“妻子内我者，而胡难我?”乃自引手，一搔而痒绝。

何则？痒者，人之所自知也。自知而搔，宁弗中乎？　(《贤弈编》)

《奈何姓万》：

汝有田舍翁，家资殷盛，而累世不识之乎。一岁，聘楚士训其子。楚士始训之搦管临朱，书一画训曰“一”字，书二画曰“二”字，书三画训曰“三”字。其子则欣欣然掷笔，归告其父日：“儿得矣，儿得矣！可无烦先生，重费馆谷也。请谢去。”其父喜从之，具币谢遣楚士。

逾时，其父拟召烟友“万”氏姓者饮，令子晨起治状，久之不成。父趣之，其子恚曰：“天下姓字伙矣，奈何姓万？自晨至今，才完五百画也。”

(《贤弈编》)

《孙子翰不受砚》这则寓言表现的孙子翰的愚蠢让人只有苦笑，与其说是对孙的愚蠢的嘲讽，不如说是对文化的悲哀。《搔痒》是一件日常生活小事的描述，读来却富于机趣，也衬出我们自以为是的某些繁文缛节的毫无意义。《奈何姓万》是一有名的篇章，这里讽刺的已经不是一知半解了，而是更为人骨的东西。

以上的这些寓言最能反映出刘元卿寓言的写作特色，即对生活的观察和理解，他把这些在日常生活中的细节和传闻一综合，寓言中的讽刺和笑也就深化了，故这些来源于现实生活的寓言，很富于生活气息。

刘元卿寓言创作还善于从民间寓言中汲取营养，《猫号》就是。

齐奄家畜一猫，自奇之，号于人曰：“虎猫”。客说之曰：“虎诚猛，不如龙之神也，请更名曰‘龙猫’。”又客说之曰：“龙固神于虎也，龙升天，须浮云，云其尚于龙乎？不如名曰‘云’。”又客说之曰：“云霭蔽天，风倏散之，云固不敌风也，请更名曰‘风’。”又客说之曰：“大风飚起，维屏之墙，斯足蔽矣，风其如墙何？名之曰‘墙猫’可。”又客说之曰：“维墙虽固，维鼠穴之，墙斯圮矣，墙又如鼠何？即名曰‘鼠猫’可也。”

东里丈人嗤之日：“嘻嘻！捕鼠者故猫也，猫即猫耳，胡为自失本真哉?”　(《贤弈编》)

这则寓言是在许多地区民间流传的寓言之一，有多种形态，刘元卿拿来改造后，显得更精致而生动。

在赵南星和刘元卿前后，有数位作家的寓言中也有上好的作品，如张羽中（嘉靖三十二年进士，明代文学家，著有寓言体散文集《浑然子》）的《以爵饮嬖》、谢肇淛（万历进士，著有《五杂俎》）的《钉铰为业者》等。

《以爵饮嬖》：

昔者，赵王制于阗之玉以为爵，日以饮有功者。邯郸之围解，王以爵为魏公子寿，公子拜嘉焉。故当时将士，皆欲得爵饮，甚于得十乘之禄。

后嬖人舐痈者，有宠于王，王以其爵爵之。秦伐赵，李牧西却秦，王复取以饮将士，将士皆怒而不饮。何者？人皆以舐痈者贱之矣。（《浑然子》）

《钉铰为业者》：

有人以钉铰为业者，道逢驾幸郊外，平天冠偶坏，召令修补。讫，厚加赏赉。归至山中，遇一虎卧地呻吟，见人举爪示之，乃一大竹刺，其人为拔去，虎衔一鹿以报。至家语妇曰："吾有二技，可立致富。"乃大署其门曰："专修补平天冠，兼拔虎刺。"（《五杂俎》）

两则寓言都能以笑中见深刻，对生活的揭示很透彻，亦是明代难得的好寓言。

第四节　江盈科、浮白斋主人、《艾子后语》寓言

在赵南星、刘元卿之后，有代表性的寓言作家当数江盈科和浮白主人。

江盈科（1555—1605），字进之，自号绿萝山人。湖南桃源人。万历二十年中进士，历任长洲县令、吏部考功主事、大理寺正、四川提学副使。著有诗文集《雪涛阁集》，以及笑话寓言集《雪涛小说》《雪涛谐史》《谈言》等。

江盈科的《雪涛小说》，共有笔记 14 则，大多是寓言，《雪涛谐史》（笑话集，160 则）和《谈言》（11 则）中也有不少寓言。

对明代社会腐败现象的揭露和批判，仍然是江盈科寓言的主要内容，只不过江盈科寓言的揭露和批判要比别人大胆和猛烈得多。如《脚痛委邻》《内外之别》《虎畏化缘僧》等。

《脚痛委邻》：

盖闻里中有病脚疮者，痛不可忍。谓家人曰："尔为我凿壁为穴。"穴成，伸脚穴中，入邻家尺许。家人曰："此何意？"

答曰："凭他去邻家痛，无与我事。"（《雪涛小说》）

《内外之别》：

又有医者，自称善外科。一裨将自阵回，中流矢，深入腹内。延使治。乃持并州刀剪，剪去矢管，跪而请谢。裨将曰："簇在腹内者须亟治。"医

曰："此内科事，不意并责我！" （《雪涛小说》）

《虎畏化缘僧》：

一强盗与化缘僧遇虎于涂。盗持弓御虎，虎犹近前不肯退。僧不得已，持缘簿掷虎前，虎骇而退，虎之子问虎曰："不畏盗，乃畏僧乎？"虎曰："盗来，我与格斗，僧问我化缘，我将什么打发他？" （《雪涛谐史》）

官僚政治的特有的腐败现象就是不负责任和互相推诿，《脚痛委邻》可谓是推诿到家了，寓言用突发奇想的构思把推诿讽刺得体无完肤。《内外之别》对推诿的批驳揭示更直接、鲜明，还同时深化了对不负责任行为的揭露。《虎畏化缘僧》读来更让人触目惊心，而僧侣的腐败正是社会政治腐败最丑恶的一面。像这样的寓言还有《催科》。这则寓言与三国时邯郸淳《笑林》中的"治伛"情节大同小异，但江盈科却用它来尖锐地斥责了横征暴敛的官吏，在寓言故事后有这样的文字："呜呼！世之为令，但管钱粮完，不管百姓死，何以异于此医也哉！虽然，非仗明君躬节省之政，宽恤之诏，即欲有司不为驼医，可得耶？"这样的言语在当时是很激烈和大胆的。

对世俗社会一些不良风气和见解的批判也是江盈科寓言的重要内容。这样的寓言如《姜还树生》《傅士家风》《北人食菱》等。

《姜还树生》：

楚人有生而不识姜者，曰："此从树上结成。"或曰："从土里生成。"其人固执己见，曰："请与子以十人为质，以所乘驴为赌。"已而遍问十人，皆曰："土里出也。"其人哑然失色曰："驴则付汝，姜则还应树上生成。"

（《雪涛小说》）

《博士家风》：

有学博者，宰鸡一只，伴以萝卜制馔，邀青衿二十辈飨之。鸡魂赴冥司告曰："杀鸡供客，此是常事，但不合一鸡供二十余客。"冥司曰："恐无此理！"鸡曰："萝卜作证。"及拘萝卜审问，答曰："鸡你欺心！那日供客，只见我，何曾见你？"

博士家风类如此。 （《雪涛谐史》）

《北人食菱》：

北人生而不识菱者，仕于南方，席上啖菱，并壳入口。或曰："啖菱须去壳。"其人自护所短，曰："我非不知，并壳者欲以清热也。"问者曰："北土亦有此物否？"答曰："前山后山，何地不有！" （《雪涛小说》）

《姜还树生》讽刺的是固执己见的不良心态；《博士家风》用一个巧妙的构思把吝啬进行了极夸张的刻画；《北人食菱》把一个不懂装懂，错了又文过饰非的形象描述得十分生动。这三则寓言都情趣盎然，生活气息浓郁，在艺术表现上很有自身的特色。“固执己见”“吝啬”“不懂装懂”等题意都是寓言创作中常见的题意，但其表现却与众不同，很有巧思和兴味。

另外，江盈科的寓言除了取材于生活和民间文学外，还从佛经寓言中汲取营养，如《算计鸡卵》这则寓言的题材就直接来源于佛经寓言，但这则寓言故事在江盈科的笔下平添了民间文学的幽默和风趣。这则寓言还表明，明时，佛经寓言与中国寓言文学的融和与交流已有一定的程度了，因为像这样的例子在明代其他寓言作家那里也有所见。

对江盈科的寓言，后人对它的评价很高。江盈科是明代公安派的一员健将，其文论和诗文与三袁兄弟接近，其寓言创作也被人们看重。

一些由自称为“浮白斋主人”所述的寓言也是明代较有代表性的寓言之一。

《雅谑》是一本笑话集，原题为“浮白斋主人述”。浮白斋主人，生平姓名均不详。有人认为“浮白斋主人”是明代的许自昌。许自昌，字玄祐，吴县人，生卒年不详，约万历中期在世，有传奇《水浒记》《桔浦记》《灵犀佩》等，其他有《樗斋漫录》《诗钞》等。另有《笑林》一书也题为“明浮白主人选”。浮白主人，疑即浮白斋主人。

浮白斋主人的寓言多在《雅谑》和《笑林》中，虽然其寓言的作者不十分明确，但却别有一番寓味。在其寓言中较突出的有《葺屋遇霁》《矮坐头》《囊萤映雪》《猴》等。

《葺屋遇霁》：

久雨屋漏，一夜数徙床，卒无干处，妻儿交诟。迂公急呼匠葺治，劳费良苦。工毕，天忽开霁，竟月晴朗。公日夕仰屋叹曰：“命劣之人！才葺屋便无雨，岂不白折了工费也?”（《雅谑》）

《矮坐头》：

家有一坐头，绝低矮。迂公每坐，必取片瓦支其四足。后不胜烦，忽思得策，呼侍者，移置楼上坐。及坐时，低如故。乃曰：“人言楼高，浪得名耳。”遂命毁楼。（《雅谑》）

《囊萤映雪》：

车胤囊萤读书，孙康映雪读书。一日，康往拜胤，不遇。问何往，门者曰：“出外捉萤火虫去了。”已而胤答拜康，见康闲立庭中，问：“何不读书?”康曰：“我看今日这天，不像个下雪的。”（《笑林》）

《猴》：

一猴，死见冥王，求转人身。王曰：“既欲做人，须将毛尽拔去。”即唤夜叉拔之。方拔一根，猴不胜痛叫。王笑曰：“看你一毛不拔，如何做人?”（《笑林》）

《葺屋遇霁》讽刺那种只看眼前，根本不看长远利益的人；《矮坐头》讽刺的那种不言自己不是，反说别人不行的行为；《囊萤映雪》嘲讽的是做形式摆样子的虚伪；《猴》实际上就是一个形象的借寓，讽刺那种一毛不拔的利己主义者。从以上几则寓言看来，这些寓言都是愚人寓言，基本上都是写一个人如何愚蠢，再从他们愚蠢的行为中发掘出深意来，这有如《百喻经》中的寓言，应该说这两者之间是有一定联系的。

浮白斋主人的愚人寓言是明寓言中很有特色的。寓言中的“笑”是多种多样的，而浮白斋主人笑的则是“愚”和“痴”。

在浮白斋主人的寓言内容中还有一个倾向。即批判揭露社会丑恶和腐败的内容极少，关注的对象与其他人的寓言有所不同。

在明代，与浮白斋主人寓言一样，作者不甚明确，但却有些较好的寓言作品的还有《艾子后语》寓言。

一般来说，《艾子后语》作者被认为是陆灼。陆灼，长州人（今苏州），生平事迹不详，可能是流落民间的士人。《艾子后语》标明是他学习苏轼的《艾子》而作的。

在《艾子后语》寓言中，仿苏轼寓言的痕迹很重，有的寓言为讽刺而讽刺，虽有一定意义，但寓意谈不上什么深刻。如《大言》就是讽刺吹牛、说大话的人，《神相》也是如此。而真正体现《艾子后语》寓言特色的还是如下几则寓言，如《预哭》《牡羊》等。

《预哭》：

齐宣王问淳于髡曰：“天地几万岁而翻复？”髡对曰：“闻之先师，天地以万岁为元，十二万岁为会，至会而翻复矣！”艾子闻其言而大哭。宣王大讶曰：“夫子何哭？”艾子收泪而对曰：“臣为十一万九千九百九十九年上百姓而哭。”王曰：“何也？”艾子曰：“愁他那年上，何处去躲这场灾难？”

（《艾子后语》）

《牡羊》：

艾子畜羊两头于囿。羊牡者好斗，每遇生人，则逐而触之。门人辈往来，甚以为患，请于艾子曰：“夫子之羊，牡而猛，请得阉之，则降其性而温驯矣。”艾子笑曰：“你不知今日无阳道的更猛些。”（《艾子后语》）

前则寓言讽刺的是庸人自扰，虽不及著名的春秋战国寓言《杞人忧天》，但它很有自己的特色。这则寓言与《杞人忧天》相比，似乎更注重诙谐和嘲讽，是把“自忧”的无聊推到极端后，就自显其荒唐，而《杞人忧天》是直叙其“理”，表现方式不相同。后一则寓言明显是明代的产物，它尖锐地讽刺了明代宦官的专横和猖獗，艺术性虽不高，但有现实意义。

第五节 冯梦龙寓言及其他明代寓言

寓言文学在明代几乎没有大起大落的情形，每个时期都有些寓言和寓言作家出现，这在明代寓言文学的后期也不例外。明代后期寓言成就最大的也就是冯梦龙寓言。

冯梦龙（1574—1646），字犹龙，亦字耳犹，别号龙子犹、顾曲散人、墨憨斋主人等，长州（今江苏吴县）人。一生科场不得志，于崇祯三年才补为贡生。冯梦龙是明代最著名的通俗文学家，是“三言”（即《喻世明言》《警世通言》《醒世恒言》）的编著者。除了“三言”之外，另外还有《挂枝儿》《山歌》《古今谭概》《笑府》《广笑府》等。冯梦龙的“三言”对后世小说创作的影响很大，人们对他在通俗小说创作上的评价很高。在创作编著通俗小说等其他通俗文学作品的同时，冯梦龙还非常注重笑话和寓言的编著。他的寓言多在《古今谭概》《笑府》《广笑府》中。

在冯梦龙的其他文学作品中，其内容大量的是对社会政治腐败的揭露和批判。在冯梦龙寓言里，对社会政治的腐败揭露，仍然是其寓言的主要方面，但较之前人的寓言，则显得更为直接和无所顾忌，也更有趣味。这样的寓言如《抱鸡养竹》《吏人立誓》等。

《抱鸡养竹》：

> 唐新昌县令夏侯彪之，初下车，问里正曰：“鸡卵一钱几颗？”曰：“三颗。”彪之乃遣取十千钱，令买三万颗，谓里正曰：“未便要，且寄鸡母抱之。遂成三万头鸡，经数月长成，令县吏与我卖，一鸡三十钱，半年之间，成三十万。”又问：“竹笋一钱几茎？”曰：“五茎。”又取十千钱付之，买到五万茎。谓里正日：“吾未需笋，且林中养之，至秋成竹，一茎十文，积成五十万。”
>
> （《古今谭概》）

《吏人立誓》：

> 一吏人犯赃致罪，遇赦获免。因自誓：“以后再接人钱财，手当生恶疮。”未处，有一人讼者，馈钞求胜。吏思立誓之故，难以手接。顷之，则思曰：“你既如此般，且权放在我靴筒里。”
>
> （《广笑府》）

《抱鸡养竹》这则寓言比一般的寓言更注重故事趣味，因而讽刺揭露贪官的巧取豪夺就更为深刻；《吏人立誓》讽刺那种自欺欺人的官吏。这两则寓言都直指官家，没有隐讳和曲折的安排，只是换了年代而已，故讽刺起来更直接、更现实一些。这也表明了明代晚期寓言的一些小变化。

对人情世态的讽刺也是冯梦龙寓言内容的一个重要方面。这样的寓言数量较多，较好的有《生子容易作文难》《合本作酒》《有钱者生》《牛膝鸡爪》等。

《生子容易作文难》：

一秀才将试，日夜忧郁不已。妻乃慰之曰："看你作文，如此之难，好似奴生产一般。"夫曰："还是你生子容易。"妻曰："怎见得?"夫曰："你是有在肚里的，我是没在肚里的。"（《笑府》）

《合本做酒》：

甲乙谋合本做酒。甲谓乙曰："汝出米，我出水。"乙曰："米都是我的，如何算账?"甲曰："我决不欺心，到酒熟时，只还我这些水便了，其余都是你的!"（《笑府》）

《有钱者生》：

目翁种茄不活，每以为患。因问计于老圃，老圃曰："每茄苗一株，旁埋铜钱一文，则活矣!"园翁问何故? 答曰："汝不闻有钱者生，无钱者死?"（《广笑府》）

《牛膝鸡爪》：

有初开药肆者，一日他出，令其子守铺，遇客买牛膝并鸡爪、黄连。子愚不识药，遍索筥中无所有，乃割已耕牛一足，斫二鸡足售之。

（《广笑府》）

《生子容易作文难》这则寓言对比手法用得很巧妙，使"作文者"的腹中空空不言而喻；《合本做酒》把一个损人利己的形象暴露得很充分；《有钱者生》和《牛膝鸡爪》都是在文字的字上做文章，显得很夸张，但情趣自在。这几则寓言都显示了冯梦龙寓言在艺术表现上的巧思奇言、夸张有致的特点。他的寓言仍不离明代寓言的诙谐讽刺范畴，但意趣自然，活泼大胆，较前代寓言少了些拘泥气，艺术上的表现水平也是较高的。

冯梦龙寓言受佛经寓言的影响较深，如《劝虎行善》：

昔者菩萨身为雀王，慈心济众。有虎食兽，骨挂其齿，因饥将终。雀王入口啄骨，日日若兹，骨出虎活。雀飞登树，说佛经曰："杀为凶虐，其恶莫大。"虎闻雀诫敕声，勃然恚曰："永始离吾口，而敢多言!"雀速飞去。

（《古今谭概》）

这则寓言冯梦龙采取了《佛本生故事》中的形式，综合了民间故事构合而成，已有他自己新的创造。

另外，冯梦龙寓言的民间文学色彩很浓，如《神仙酒》：

渐东桐庐县，旧有酒井。相传有道人来一酒肆饮酒，饮毕辄去，酒家亦不索值。无以报，乃从渔鼓中泻出药二丸，投井中。明日，井泉腾沸，挹之皆甘醴，俗呼为“神仙酒”。其家人用此致富。后道人复来，酒家妇人曰：“酒则美矣，奈乏糟粕饲猪，亦一憾事。”道人叹息，以手探井中，药即跃出，置渔鼓中。井复如旧。（《古今谭概》）

讽刺贪婪是全世界都流布的寓言主题，但各地的意味不同。这则寓言的民间传说味很浓，但很有中国方式的意味，如“道人”“药”“妇人憾无糟”等是不可替代的。这样经过改造的故事寓意深刻，很有自己的色彩，有人说它是可以和“渔夫和金鱼”相比的同题故事，当然故事相对简略一些，只加强了讽刺的辛辣。

在冯梦龙寓言前后，明代的其他一些作家也创作了不少的好寓言，如潘游龙（生平不详，著有《笑禅录》）的《静坐有益》和《时尚笑谈》中的寓言《厚面皮》《博笑珠玑》中的寓言《富人为贼》等。

《静坐有益》：

一禅师教一斋公屏息万缘，闭目静坐。偶一夜，坐至五更，陡然想起某日某人借了一斗大麦未还，遂唤醒斋婆曰：“果然禅师教我静坐有益，几乎被某人骗了一斗大麦！”（《笑禅录》）

《厚面皮》：

两人相与语曰：“天下何物最硬？”曰：“铁硬”。曰：“见火就烊了，焉得为硬？”曰：“然则何物？”曰：“莫如髭须。”曰：“髭须安得为硬？”曰：“若干的厚面皮都被他钻了出来！”（《时尚笑谈》）

《富人为贼》：

昔一人出外为商，不识字。舡泊于江心寺边，携友游寺，见壁上写“江心赋”三字，连忙走出唤舡家曰：“此处有‘江心贼’，不可久停。”急忙下舡。其友人曰：“不要忙，此是‘赋’，不是‘贼’。”其人摇头答曰：“富便是富，有些‘贼’形。”（《博笑珠玑》）

这几则寓言讽刺的对象各不相同，但各有特色，其中尤以《静坐有益》更有滋味，更出人意料，且还很有情趣和令人回味。

在晚明，还有两个方面的寓言值得一提，一是醉月子《精选雅笑》中的寓言和李世熊《物感》中的寓言。

醉月子，豫章（今南昌）人，生平不详。《精选雅笑》有68则，是醉月子选辑的《雅俗共赏》的一种，其中有些故事就是寓言。

醉月子的寓言民间味较重，大概与他广泛的选辑有关。他的寓言数量不多，但都较有特色，如《迁居》《盗牛》等。

《迁居》：

有中邻于铜铁匠者，日闻锻击声，不堪忍闻，因浼人求其迁去。二匠从之。其人甚喜，设酒肴奉饯。饯毕，试问何往，匠同声对曰："左边迁在右边，右边迁在左边。" （《精选雅笑》）

《盗牛》：

有盗牛而被枷者，熟识过而问曰："汝何事?"答云："晦气撞出来的。前在街上闲走，见地上草绳一条，以为有用，拾得之耳!"问者曰："然则罪何至此?"即复对云："绳头还有一小小牛儿。" （《精选雅笑》）

《迁居》这则寓言是民间广泛流传的笑话寓言的精粹，它的寓意是换汤不换药的生活经验认识，但它似乎又不是单为了"认识"，还有笑的机趣，显得更有情致。《盗牛》用生动的叙述和故事，写了文过饰非的行为，但它的情态描述很生动，讽刺和诙谐味儿很别致。这两则寓言可谓是明寓言的佳作。另外，醉月子的其他一些寓言也写得较有情致，如《亡锄》《腌鱼》等。

李世熊（1602—1686），明代文学家，字元仲，福建宁化人。明诸生。明亡后入山削发，号寒友道人。晚年居檀河，世又称其檀河先生。著有《寒支集》《物感》等。

李世熊的寓言大致有20余则，可能其另一失传的著作《狗马史记》中也有些寓言。他的现存的20余则寓言全部在他的寓言集《物感》中。这是一本完全以动物为寓言形象的动物寓言集，这在明代是很特别的，但其寓言创作的成就并不高，有数则寓言明显是"借来"的，而不是他的创造。另外，《物感》中的寓言来源也较广泛，大致有受佛经寓言影响的寓言，也有受《伊索寓言》影响的寓言，前者如《效獒》，后者如《肉影》。

《效獒》：

主人来归，祺轰迎之。昂首矫足，冲冒荡倚，主人狎而与嬉。驴见主人之嶙祺也。异日，伺其归，荡倚；中冒，亦复如祺。主人以为不祥，亟屠之。

《肉影》：

一犬衔肉而跑，缘木梁渡河。下顾水中肉影，又复云肉也，急欲啖之，口张，而原衔者堕河矣。河上群儿抚掌大咕，世之为肉影而丧所怀来者，宣但此龙战。

前者是佛经寓言中最常见的一个故事，即驴学狗娇人，终致身亡。后一则寓言也是欧洲《伊索寓言》中最常见的寓言故事。它们故事未变，但旨趣上有所变动，也仍是一则好寓言。

李世熊有创造性的寓言当以《蝙蝠》《效雕》为最佳。

《蝙蝠》：

鸳谓蝙蝠曰："汝似我而又捷于我，乌翼而鼠身，所谓两头人非耶。"

对曰："吾亦犹人耳。今弄笔墨者习刀剑；口山人者身衔署；顶僧伽者膏妻肉；被袈裟者连缙绅；司民牧者兼商贩；治戎旅者掌衍院；事两姓者谈忠义；皆两头人也。吾亦犹人耳，汝何怪焉？"

《效雕》：

南山有雕，铁翎金睛，羽中之雄也。穿林贯薮，搏樱同类无遗。有鸱鸮毕佐其虐，巢无宁羽矣。于是，诸禽同谋效之。海上元鸟，饰为雕；泽中鸿雁，化为雕；藩篱斥鹅，习为雕；处堂燕雀，勉为雕。野鸡邀乌而谋曰："举世皆为雕，我与若得不雕乎？"乌曰："以君性耿介，又多文采，更学为雕，谁可撄其锋者？小人有母，须反哺，恐贻慈氏忧不能效也。"

《蝙蝠》的左右倚墙已成为此题材寓言创作的"定式"，但这则寓言却笔锋一转，开出了另一片天地，借蝙蝠习性的由头，辛辣地讽刺了社会一系列的丑恶现象，很有新意。《效雕》这则寓言也从人们想不到的地方开拓挖掘，把一种世风讽刺得很透，也很深刻。从这些寓言看，李世熊寓言注重题材的开拓和发掘，很有自己的特色。

李世熊寓言虽然艺术上的成就并不是很高，但他的寓言存在有两个意义：一是寓言专集的出现，而且是专门的动物寓言专集，这在明代及明以前的各个时代是不多见的，有开创意义；二是他的寓言中第一次显现了中国寓言文学接受多元影响的情况，这对中国寓言史有一定的意义。佛经寓言的传人自不待言，而《伊索寓言》明显是明万历年间才传进来的，《物感》就是一个方面的物证。

第六节　石成金、吴趼人寓言

明以后，进入清代，其寓言文学就大不如明代，在寓言作品的质量和寓言作家的出现都可谓中国寓言文学史上最衰微的一个时代。这也是与其文学的基本状况相符的。在清代寓言里，一方面继承明代诙谐讽刺寓言的传统，出现了石成金、吴趼人这样比较成功的寓言作家，以他们为代表的寓言作品，是清代寓言文学的一个重要组成部分。

清代寓言的另一个组成部分是笔记、小说、文集中的寓言，这些寓言与明代的诙谐讽刺寓言主流有一定的区别，它们既没有明代寓言那种诙谐和讽刺意味，又没有中国传统寓言的风骨和深刻的哲理性，多是一些以动物或人物历史为题的故事和简单的类比、影射。在这一类寓言中，蒲松龄的寓言最成功最有特色，但像蒲松龄寓言这样的作品在清代是不多见的。

清代寓言大致是由上述这两个部分组成。石成金、吴趼人等人的寓言是第一部分寓言的代表。

石成金，字天基，号惺斋，扬州人，死于乾隆初。著作有《传家宝》四集。《传家宝》多记叙的是一些家常小事，其《笑话集》也收在其中，其中有不少精彩的寓言。

石成金的寓言是清初最优秀的诙谐讽刺寓言，它完全承袭了来自明代诙谐寓言的传统，又有一定的发挥。有人认为他的《笑得好》是笑话集，也有人认为是诙谐寓言集，但不管如何评价，《笑得好》中有不少的笑话寓言，并且这批笑话寓言是清代寓言文学的代表作之一，这是人们都不会否定的。

《笑得好》中的寓言有很多很精湛，尤其是他那些利用动物特性和语言双关构建的寓言，给人的印象很深。如《麻雀请宴》《让鼠蜂》等。

《麻雀请宴》：

> 麻雀一日请翠鸟、大鹰饮宴。雀对翠鸟曰："你穿这样好鲜明的衣服，自然要请在上席坐。"对鹰曰："你虽然大些，却穿这样坏衣服，只好屈你在下席坐。"鹰怒曰："你这小人奴才，如何这样势利？"雀曰："世上哪一个不知道我是心肠小，眼眶浅的么？"（《笑得好》）

《让鼠蜂》：

> 鼠与蜂结为兄弟，请一秀才主盟，秀才不得已而往，列之行三。人问曰："公何以屈于鼠辈之下？"秀才答曰："他两个一个会钻，一个会刺，我只得让他些罢！"（《笑得好》）

这两则寓言一则讽刺势利眼，一则讽刺无耻的钻营者。这两则寓言都巧妙地利用了动物自身的习性，以及语言的双关来使人惊醒，有一定的艺术渗透力。

在这些寓言中，揭露官场的腐败和贪婪仍然是重要的内容之一。这样的寓言如《有天没日》《夫人属牛》等。

《有天没日》：

> 夏天炎热，有几位官长同在一处商议公事，偶然闲谈天气酷暑，何处乘凉？有云："某花园水阁上甚凉。"有云："某寺院大殿上甚凉。"旁边许多百姓齐声曰："诸位老爷要凉快，总不如某衙门公堂上甚凉。"众官惊问何以知之？答曰："此是有天没日头的所在，怎么不凉！"（《笑得好》）

《夫人属牛》：

> 一官寿诞，里民闻其属鼠，因而公凑黄金铸一鼠，呈送祝寿。官见而大喜，谓众里民曰："汝等可知道我夫人生日，只在目下，千万记着夫人是属牛的，更要厚重实惠些；但牛像肚里，切不可铸空的。"（《笑得好》）

前一则寓言直指官场的黑暗，虽是一种嘲弄和诙谐，但很有力度。后一则寓言是清代讽刺贪官最好的寓言，揭露是很深刻的。

对人情世态、不良习性的讽刺在石成金寓言中也有很多佳品，如《莫砍虎皮》《方蛇》等。

《莫砍虎皮》：

一人被虎衔去。其子要救父，因拿刀赶去杀虎。这人在虎口里高喊："我的儿，我的儿！你要砍只砍虎脚，不可砍坏了虎皮，才卖得银子多！"

（《笑得好》）

《方蛇》：

有曾遇大蛇的，侈言阔十丈，长百丈，闻者不信，其人遽减二十丈；人犹不信，递减至三十丈、二十丈，遂至十丈，忽自悟其谬曰："阿呀，蛇竟长方了！"

（《笑得好》）

前一则寓言尖锐地讽刺了要钱不要命的人，后一则讽刺的是夸夸其谈的人。这两则寓言都很有情趣，让人在笑中有所获。

总而言之，石成金寓言展示了清代前期诙谐讽刺寓言的风貌，是这一时期最好的寓言作品。在他的寓言之后，清代这一类寓言的发展不大，这种情况一直持续到晚清。在晚清，这一类寓言由于吴趼人寓言的出现，才算有了一定的成果。

吴趼人（1866—1910），名沃尧，字小允，原字茧人，后改趼人，广东南海人。笔名为我佛山人。20余岁时寓居上海，一度客山东，游日本。他是晚清著名的谴责小说家。曾写小说30多种，现存20多种，代表作品为《二十年目睹之怪现状》。吴趼人又是晚清很有成就的寓言作家，他的寓言作品《俏皮话》共有126篇，先零星发表于光绪年间各报刊，后经作者辑录、修订，连载于作者主编的《月月小说》。1909年出版了单行本，后佚散。

现今的《俏皮话》是卢叔度所辑。

吴趼人的寓言内容是多方面的，对官场的黑暗和腐败无能所用的笔墨甚多，许多寓言可谓痛快淋漓，如《虫族世界》：

昆虫部中，也有一世界。其世界之中，也有朝廷，也有国家，也有郡县，也有官吏，也与别部交涉。昆虫皇帝先是令粪蛆执政，久之国权尽失，国势不振。昆虫皇帝大惧，下诏求贤。争奈蛆既当国，所汲引者无非是其同类。皇帝不得已，亲拔蠹鱼，置于政府，而逐粪蛆。久之，国之腐败如故，委靡如故。皇帝叹曰："吾初见蠹鱼，出没于书堆之中，以为是饱有学问的，不期试以政事，竟与那吃屎的一般。"

（《俏皮话》）

这完全是一幅清廷日暮途穷的景象。像这一类的寓言很多，如《走兽世界》《人种二则》《外国人不分皂白》《虾蟆操兵》《辱国》等等。但这些所谓的寓言已经走得很远，只有其寓言之形了。在吴趼人寓言中，真正好的很有寓言寓味的寓言当然也不少，如《狗》《蠹鱼》《火石》《狼施威》等。

《狗》：

狗最善媚人，而又极欺贫重富，故见衣衫褴褛者，则必恣其狂吠也。

一日独行郊外，四顾无人，忽遇一金钱豹，迎面而来，狗遥见之大喜曰："此金钱被体者，必富家郎也，吾当承迎之。"遂疾趋而前，摇尾作种种乞怜状。行既近，豹突起搏之，张口欲噬，狗大惊，返身狂奔，幸得脱，然已魂不附体矣。

遇一牛，问狗何来，狗告以故。牛笑曰："汝自不通世故，岂不闻近来世上，愈是有钱之辈，愈要吃人耶！"（《俏皮话》）

《蠹鱼》：

蠹鱼蚀书满腹，庞然自大，以为我天下饱学之士也。遂昂头天外，有不可一世之想。出外游行，遇蜣螂，蜣螂欺之；遇蝇虎，蝇虎侮之。蠹鱼忿急，问人曰："我满腹诗书，自命天下通儒，何侮我者之多也？"人笑之曰："子虽自命为满腹诗书，奈皆食而不化者，虽多何用？"（《俏皮话》）

《火石》：

火石与火镰相撞相击而生火。火石曰："此我蕴蓄之火也，于镰无与焉。"火镰亦曰："此我去撞而出之火也，于石何与焉？"于是镰与石各自以为是，背道而驰。

一日，石欲得火，撞于他物之上，百撞不得火也。镰欲得火，击于他物之上，其不得火也亦如石。于是知相依之可贵，相与言和，复归一处，寸步不离，以为如是，则随时可得火矣。火绒闻之，趋而远避。镰与石相撞相击，火星四射，而旋起旋灭，有如电光，卒不得燃。君子于此，叹刚柔相济之功也。（《俏皮话》）

《狼施威》：

狐笑猪曰："汝蠢然一物，焉能及我？"猪曰："汝何必笑我，汝亦不见得能立功于世。"狐曰："我之皮，能衣被苍生，如何言无功？若汝则无功耳。"猪曰："我之肉，能供人果腹，如何言无功？"羊贸贸然来，曰："汝等不必争，我能兼汝二者之长，又当如何？"语未竟，狼突如其来，尽扑杀而食之，笑曰："这一班奴隶性质的畜生，动辄言功，只合做我的牺牲也。"（《俏皮话》）

在这些寓言里，批判的烈火仍然很猛烈，但它们给人的寓言教训也很鲜明。《狼施威》把一群奴才的自以为是，满是奴性的情形批驳得体无完肤；《火石》说的是相互配合重要的生活哲理，这是其寓言中少见的题材；《蠹鱼》寓言的揭示是深刻而新鲜的；《狗》也极富于诙谐寓言的情趣。

对吴趼人《俏皮话》寓言，人们的评价是较高的。陈蒲清先生就说："《俏皮话》具有鲜明的时代气息，对封建制度的鞭挞比前人更泼辣、更大胆，在中国寓言史上有其独特的思想价值。""《俏皮话》在艺术上也有新的成就。它一方面继承了明清诙谐寓言的传统，另一方面又吸收了西方寓言的影响，将两者熔为一炉，开创了新的局面。”这个评价有过誉之嫌，但对其寓言特色的评述是确切的。

正是吴趼人寓言与石成金寓言在清代的前后的呼应，才有了明清同称诙谐寓言的称谓。

另外，吴趼人一般又被作为明清最后一个著名的寓言作家来看待，故在陈蒲清先生的评价中，既有继承上的意义，同时也有开创的意义。但应该承认，《俏皮话》寓言艺术上较粗糙，对随之而来中国现代寓言影响并不大。

在清代，除了石成金、吴趼人这样继承明清诙谐讽刺寓言传统较著名的作家寓言外，还有另外一些作家在各个不同的时期，也创作了一些这样的寓言。如：黄图秘（生平不详，著有《看山阁集》）的《画钱孔》；小石道人（真实姓名及生平不详，纂辑有《嘻谈录》）的《恍惚》；独逸窝退士（生平不详，著有《笑笑录》）的《前途亦雨》；程世爵（生平不详，著有《笑林广记》）的《瞎子吃鱼》；俞樾（1821—1907，清末文学家、语言学家，著有《春在堂全书》）的《戴高帽》；方飞鸿（生平不详，撰有笑话集《广谈助》）的《错死了人》等等。

《画钱孔》：

一官爱钱，每收呈状，如稍有隙可乘者，即以笔于词脚画一钱孔。久而民皆知之，凡有缘事者，相聚告曰：“吾父母铜钱眼里做工夫也！”

（《看山阁闲笔》）

《恍惚》：

一个人错穿靴子，一只底儿厚，一只底儿薄，走路一脚高一脚低，甚不合适。其人诧异曰：“今日我的腿，因何一长一短？想是道路不平之故。”或告之曰：“足下想是穿错了靴子。”忙令人回家去取。家人去了良久，空手而回，谓主人曰：“不必换了，家里那两只，也是一厚一薄。”（《嘻谈续录》）

《前途亦雨》：

有徐行雨中者，人或迟之，答曰：“前途亦雨。”（《笑笑录》）

《瞎子吃鱼》：

众瞎子打平伙吃鱼，钱少鱼小，鱼少人多，只好用大锅熬汤，大家尝尝鲜味而已。

瞎子没吃过鱼，活的就往锅里扔，小鱼蹦在锅外，而众瞎不知也。大家围在锅前，齐声赞曰：“好鲜汤！好鲜汤！”哪知鱼在地上蹦，蹦在瞎子脚上，呼曰：“鱼没在锅内！”众瞎叹曰：“阿弥陀佛，亏得鱼在锅外，若在锅内，大家都要鲜死了！”（《笑林广记》）

《戴高帽》：

俗以喜人面谀者曰“戴高帽”。有京朝官出仕于外者，往别其师。师曰："外官不易为，宜慎之。"其人曰："某备有高帽一百，逢人则送其一，当不至有所龃龉也。"师怒曰："吾辈直道事人，何须如此！"其人曰："天下不喜戴高帽如吾师者，能有几人欤？"师颔其首曰："汝言亦不为无见。"其人出语人曰："吾高帽一百，今止九十九矣。" （《一笑》）

《错死了人》：

东家丧妻母，往祭，托馆师撰文，乃按古本误抄祭妻父者与之。识者看出，主人大怪馆师。馆师曰："古本是刊定的，如何会错？只怕是他家错死了人。" （《广谈助》）

这些寓言以各自不同的方式，把形形色色的社会认识和人性弱点批评都诙谐了去，完全是明清传统意味上的寓言。《画钱孔》是利用双关语的诙谐和讽刺；《恍惚》是一个愚人形象的诙谐；《前途亦雨》有一定的哲理认识，但也是诙谐性的，这则寓言很短，但包容却多；《瞎子吃鱼》对一种心态的揭示很生动；《戴高帽》很有情趣，趣笑中就见了真义；《错死了人》是对诿过于人的刻画，很有新意，构想也大胆。

这些寓言是清代各个时间里诙谐寓言的火花，有的寓言可谓清代诙谐寓言的佳作。

第七节　蒲松龄寓言及其他清代寓言

在清代，笔记小说和文集中的寓言是其寓言创作的另一个方面。在这一类寓言中，没有诙谐讽刺寓言那种简洁和深刻，而对寓言的故事形态却较为看重，即常常把一般的动物故事或者历史人物故事，以及传说故事展开来，赋予一定的教训意义和说教内容，构成一个故事。比如张履详（1611—1674，字考夫，号杨园，清初理学家，有《杨园先生全集》）的《鄙叟说》；吴庄（1624—?），清代文学家，有《无罪草》《吴鳏放言》等著作。这些所谓的寓言实际上在很大程度上是作者利用动物故事来言情、喻志和说明某种事理的故事，并不是严格意义上的寓言，但由于它们又拥有一定的教训意义和哲理，与寓言又有极密切的关系，故许多时候它们又被作为寓言对待。

这样的"寓言"在清代很多。它们由于注重故事性和故事的生动和趣味，一般篇幅较长。这样的所谓的寓言一般多为说理的内容，与诙谐讽刺的笑话寓言很不相同。在这一类故事性很强的故事寓言中，当然也有一些真正的属于寓言的佳品，如汪琬（1624—1690，字苕文，号钝翁。清代文学家，著有《钝翁前后类稿》等）的《鸲鹆》和吴庄的《紫燕与黄鹂》。

《鸲鹆》：

里人有畜鸲鹆者，导之使习人言，久而能言矣。性且慧黠。主人笼诸堂庑间，鸲鹆日伺其女仆之惰者、窃食者、妄相诟者，以告主人予扑扶焉。主人喜，饲以肉食有加。

他日，其爱妾乘间与所私者狎，鸲鹆窥见之，复以告。主人入，妾谗，以为绐也，捩其首，磔诸庑下。

君子曰：多言数穷，不如守中。此鸟以言见宠，亦以言被祸。悲夫！

（《钝翁前后类稿·二禽戒》）

《紫燕与黄鹂》：

紫燕与黄鹂交飞。黄鹂曰：“子安归?”紫燕曰：“吾归堂。”紫燕曰：“子安归?”黄鹂曰：“吾归柳。”紫燕曰：“柳固不若堂之安也。”黄鹂曰：“不然，夫柳者天也，堂者人也。吾昼游乎柔枝，夕荫乎茂叶；吾飞翔自如，而不知夫为人之为拒与闭也；吾鸣吾天籁，而人乃，以吾为笙簧为睍睆也；吾游乎柳，而吾有时而去，柳无日而不存也。若夫堂有户有限，而子且为人之拒之闭之也；子噪而哗焉，而人且憎子也；堂之中有盛有衰，有兴有废，其盛也兴也，子不得而与焉，其衰也废也，吾忧子之共之也。而子顾沾沾焉以处堂自幸，宜乎子之与雀同讥也!”紫燕曰：“善。”（《吴鳏放言》）

从这两则寓言我们不难看出，这样的寓言与石成金等人的寓言风格上是很不相同的，他们的寓言属于那种注重故事，注重哲理形象表达的寓言。从这一点上说，清代的寓言比明代的寓言表现的方面要多样化一些。

这样的寓言较好的还有唐甄的《楚人患眚》《韩生料秦王》等。

唐甄（1630—1704)，初名大陶，字铸万，号圃亭，四川达州人。清代思想家。著有《圃亭集》《潜书》等。他的寓言多在《潜书》中，多注重哲理思想的叙述，有自己的特色，一些寓言较精湛。

《楚人患眚》：

楚人有患眚者，一日谓其妻曰：“吾目幸矣，吾见邻屋之上大树焉。”其妻曰：“邻屋之上无树也。”祷于湘山，又谓其仆曰：“吾目幸矣，吾见大衢焉。纷如其间者，非车马徒旅乎?”其仆曰：“所望皆江山也，安有大衢?”

夫无树而有树，无衢而有衢，岂目之明哉？目之病也！不达而以为达，不贯而以为贯，岂心之明哉？心之病也！（《潜书·自明》）

《韩生料秦王》：

昔者秦王好猎而扰民。下令猎于北郊。前日，民皆徙避之。有韩生者止之曰：“王之爱子病三日矣，王心忧之，必不出。”已而果然。或问之曰：“吾宿卫王宫，且不知王之爱子病也。子何以知之?”韩生曰：“吾闻王之爱子好纸鸢，吾登而望王宫之上，三日不见纸鸢矣，是以知之。”

天下之物，见形可以测微，智者决之，拙者疑焉。料敌者如韩生之料秦王，可谓智矣。（《潜书·五形》）

前一则寓言有一些讽刺的意味，但落点是在说理上；后一则寓言是智慧的一种表现。这两则寓言可谓是用寓言表现思想的典范，也是唐甄寓言的代表作和清代较好的寓言。

在这一类寓言中，较好的还有钱大听（1728—1804年，清代学者，字晓征，一字辛楣，号竹汀，江苏嘉定人，著有《廿二史考异》《潜研堂文集》等）的《镜喻》；崔述（1740—1816年，清代文学家，字武承，号东壁。有《崔东壁遗书》）的《伪鹿胎》；刘熙载（1813—1881年，清文学家，字伯简，号融斋，著有《艺概》《昨非集》《寤崖子》等）的《海鸥》；方濬颐（1815—1889年，字子箴，号梦园，著有《二知轩文存》）的《云和风雨》等。

《镜喻》：

客有任目而恶镜者，曰："是好若我。吾自有目，乌用镜为？"久之，视世所称美人，鲜当意者；而不知己面之黑子，奏然，谓美莫己若。左右匿笑，客终不悟，悲夫！（《潜研堂文集》）

《伪鹿胎》：

有晋中客以识药知名，过内黄，止药肆。或以纸裹羊胎示之，给曰："鹿也。"客睨之而笑曰："是乃羊耳，是区区者而能欺我耶！"其人归，过其友，其友裹以帛，囊以锦，贮以箧，复持示之。客两手捧之，谛视良久，曰："此真鹿也已！此岂曩羊胎之所能伪者！"

故均一羊胎也，徒手示之则掩口而笑，裹以帛，囊以锦，则见者改容而礼之矣。今天下之不改容于帛与锦者几人？而虽持真鹿胎以求知于世，安在其能遇哉？（《崔东壁遗书》）

《海鸥》：

鸥于海渚遇巷燕。燕谓鸥曰："我至子所，而子不至我所，何也？"曰："吾性傲以野，不乐依人焉故也。"曰："我以依人而处，故飕风得所障，冻雨得所蔽，炽日得所护。以是观之，子其病矣。"曰："吾病而有不病者存，不若子之昧于病而未见也。"曰："我之得以依人者，以人不之憎且爱之也，于之病我者，忮其爱乎？"曰："子谓人之于我，爱乎？憎乎？"曰："皆无之。"曰："吾以傲野自适，人之憎爱，非所论也。即以人论，吾以不见爱，故不见憎，然而，见爱者其危哉！"

燕不喻而去。其后巷人方食，燕泥污其羹，因怒而逐燕。燕于是始思鸥言。（《寤崖子》）

《云和风雨》：

云笑风曰："吾能出能归，不似子之一发无余，终日化为乌有也。"嘲雨曰："子非我障空蔽日，则奚由垂线翻盆？天下戴子之泽，而忘我之功，我将诉诸昊穹。"箕伯叹曰："子能自出欤？子能自归欤？微吾引子以出，导子以归，子为痴云，子为顽云，山灵且厌之矣。"屏翳诃曰："阴霾天宇，滓秽太清，子未必为彼苍所眷也。有我润物，以盖子之愆，不然，羲和奋鞭来逐，汝何以御之哉？"于是云与风斗，雨弗得降。

天公忧之，乃使神龙扬鬐鼓鬣而至。云将不觉从之以趋，而跋扈将军来助。箕伯曰东，则不敢西；曰西，则不敢东；絜听其擘，慢听其张。斯时，屏翳乘权，沛然下注，滂沱既足，风送还山下土。黔黎咸翘首而颂曰："夫云之力也！"（《二知轩之存》）

这几则寓言都注重对人生哲理的表述。《镜喻》说的是恶镜者拒绝批评的后果，面上生了黑斑还自以为美，让人耻笑，寓言的故事精炼，很有寓味。《伪鹿胎》批驳了重其虚表，不重其实的风气；寓言故事生动，生活哲理的表述也很鲜明。《海鸥》的哲理精湛，把"见爱"与"见憎"的关联巧妙地联连一起，得出的教训是深刻的。《云和风雨》在题材上是一个突破，在清代寓言中，很少有写云、风、雨等自然现象为题的寓言，方溶颐的《云和风雨》应该是首创。这样的题材，对后世的寓言有一定的示范作用。这则寓言故事性强，把相互配合才能做好一件事情的哲理表述得很充分，但寓言不仅于此，笔锋一转又嘲讽了世风的愚钝。

这样的寓言作为清代寓言的一个组成部分，在众多的作家的笔下，有各自不同的表现。除了以上的寓言表现外，较著名的要数以蒲松龄寓言和纪昀、龚自珍等人的寓言。

纪昀（1724—1805），字晓岚，又字春帆，号云石、河北献县人。著作有《纪文达公遗集》《阅微草堂笔记》。《阅微草堂笔记》是一文言小说集，其中有不少寓言。纪昀是清代纂定《四库全书总目提要》的大学者，其寓言亦有相当的笔力，特别是写鬼的寓言最有影响，如《不言怕字》《田不满叱髑髅》等。

《田不满叱髑髅》：

客作田不满，夜行失道，误经墟墓间，足踏一髑髅。髑髅作声曰："毋败我面，且祸尔！"不满憨且悍，叱曰："谁遣尔当路？"髑髅曰："人移我于此，非我当路也。"不满又叱曰："尔何不祸移尔者？"髑髅曰："彼运方盛，无如何也。"不满笑且怒曰："岂我衰耶？畏盛而凌衰，是何理耶？"髑髅作泣声曰："君气亦盛，故我不敢祟，徒以虚词恫喝也。畏盛凌衰，人情皆尔，君乃责鬼乎？哀而拨入土窟中，君之惠也。"不满冲之竟过。惟闻背后呜呜声，卒无他异。（《阅微草堂笔记》）

这则寓言影射的人世间的"畏盛凌衰"的现象，也歌颂了敢于斗争的精神，是纪昀寓言的佳品。纪昀注重教训的寓言佳作也不少，如《狼子野心》和《虎化美妇》等。《狼子野心》题意不新，但他表述得简洁鲜明。《虎化美妇》很有民间传说的韵味，为后人所看重。

龚自珍（1792—1841），一名巩祚，字瑟人，号定直，浙江仁和（今杭州）人。他是清代著名的启蒙思想家和文学家，是中国主张启蒙和改革的先驱。他的思想和作品在中国近现代很有影响，其寓言也受到人们的关注。他的著作有《龚定直全集》，其中的寓言以深刻的思想而著称，如《疗梅》《忧木》《群神朝天》等寓言就是这样。

《忧木》：

> 网摩氏树木，七年而不华，或忧之。智者曰："毋忧！华参于天。"
>
> 胥摩氏亦树木，三日而中柱；其荄也，一日而英，三日而华，七日而华参天。或忧其早成。圣人曰："子以桃、李、柞、柘之爱，爱吾木也。子弟以网摩氏之木爱吾木，且犹不可。"
>
> 越十旬，胥摩氏犹屏营忧而木，自忧其不成，其成也，必弗可识也。
>
> （《龚定直全集》）

《群神朝天》：

> 群神朝于天，帝曰："觞之。"帝之司觞，执简记而簿之，三千秋而簿不成。帝问焉，曰："皆有舁之舆者。"帝曰："舁者亦簿之。"七千秋而簿不成，帝又问焉，乃反于帝曰："舁之舆者，又皆有其舁之者。"帝默然而息，不果觞。
>
> （《龚定直全集》）

前一则寓言是龚自珍"不拘一格降人才"的形象表述，思想性很强。后一则寓言用极夸张的手法嘲讽了清朝官僚机构的臃肿庞大。寓言说群神去朝天，天帝要赏酒叫登记，结果光是登记群神三千年也登不完，原因是每位神都有一帮抬轿子的；连抬轿的也登录，七千年也登不完，因为抬轿子的又有抬轿子的……

龚自珍寓言最有名的是《疗梅》。这则寓言说天下人以病梅为美，要疗天下之病梅，表达的是他的政治理想追求。这则寓言对后世的影响很大。

在清代，虽然这一类寓言体现了一定的未来时代的气息，但普遍的艺术成就并不高。在这些寓言里，最成熟、最有特色的当是蒲松龄的寓言。

蒲松龄（1640—1715），字留仙，别号柳泉居士，山东淄川（今属淄博市）人。早年就很有文名，但屡试落第。后多数时间在乡间当塾师。著作有《聊斋志异》《聊斋文集》《聊斋诗集》《聊斋俚曲》等。

《聊斋志异》共有作品491篇，虽然此书是以其短篇小说而著称于世，但其中还包括了志怪笔记、寓言等体裁的作品。蒲松龄的小说享有盛名，其寓言也有"地道"的功夫。

对蒲松龄的寓言，人们一直有着多种看法，宽泛者多把一些属寓言性质的小说也归为寓言，如《画皮》《崂山道士》。很明显，这样的文字虽有寓意，但它是属于小说的。不管怎么说，蒲松龄的《聊斋志异》也真正有许多寓言，并有许多是优良篇章，如《龙》《螳螂捕蛇》《骂鸭》等。

《龙》:

北直界有堕龙入村。其行重拙，入某绅家。其户仅可容躯，塞而入。家人尽奔。登楼哗噪，铳炮轰然。龙乃出。门外停贮潦水，浅不盈尺。龙入，转侧其中，身尽泥涂；极力腾跃，尽余辄堕。泥蟠三日，蝇集鳞甲。忽大雨，乃挐空而去。（《聊斋志异》）

《螳螂捕蛇》;

张姓者，偶行溪谷，闻崖上有声甚厉。寻途登觇，见巨蛇围如碗，摆扑丛树中，以尾击柳，柳枝崩折。反侧倾跌之状，似有物捉制之。然审视殊无所见，大疑。渐近临之，则一螳螂据顶上，以刺刀攫其首，撷不可去。久之，蛇竟死。视额上革肉，已破裂云。（《聊斋志异》）

《骂鸭》:

邑西白家庄居民某，盗邻鸭烹之。至夜，觉肤痒。天明视之，茸生鸭毛，触之则痛。大惧，无术可医。夜梦一人告之曰："汝病乃天罚，须得失者骂，毛乃可落。"而邻翁素雅量，生平失物，未尝征于声色。某诡告翁曰："鸭乃某甲所盗，彼深畏骂焉，骂之亦可警将来。"翁笑曰："谁有闲气骂恶人!"

卒不骂。某益窘，因实告邻翁。翁乃骂，其病乃已。（《聊斋志异》）

《龙》是个旧题材，但作者叙为寓言却很简洁明快；《螳螂捕蛇》是在一奇闻基础上加工而成的寓言，显现弱小战胜强大的精神；《骂鸭》也是用民间奇闻轶事构思而成的寓言，奇妙而新颖。

这三则寓言的寓意都很鲜明，并且故事生动流畅，是同代寓言作家不可比的。其故事叙述老辣简练，也充分显现他作为一个小说作家的笔力。

在清代，文人的文集可谓汗牛充栋，1910 年沈粹芬等人编成的《清文汇》，便收录了 1300 多家的一万多篇作品。但我们对清人文集的整理研究很不够，当然对其寓言作品的认识和把握的也是很有限的。以上我们虽然叙及很多的寓言作家和作品，但实际上是很不全面的。这方面，有待进一步的深入研究。

以上说的是能够进入人们视野的作品，这些寓言我们只有一定的把握，但对于寓言作品来说，恐怕那些不能"记名"的文集中的寓言，以及散在民间不能刊行进入寓言文学潮流的寓言也不少。比如一本叫作《可如之》的动物寓言集就是如此。

《可如之》约成书于 1816 年，是在民间流传的抄本。书上署名的是董德铺、孔昭甫合著，但二人的生平已无可考。《可如之》分为三卷，一卷、二卷为"羽类"，三卷为"毛宗类"。《可如之》是一本有强烈反清情绪的寓言集，故而寓言也表现的是"节""忠""义""御侮"等方面的内容。如《秦吉了》《象》《鸦》《燕》《虎》等。

《秦吉了》：

泸南畜有秦吉了者，能人言。贡夷将以钱叁拾万鬻焉以归。主人告之曰："吉了，我贫愿卖汝为夷。"吉了曰："我汉禽也，不欲入夷。"主人业收其值矣，听其絜之行。遂绝食数日死。（《可如秦吉了·崇节》）

《象》：

唐明皇每赐酣御楼，引大象班阙下拜舞，动中音律。及西幸蜀，禄山尽掠入洛阳。一日，大设宴乐，幽燕戎王，番胡酋长，皆与坐。禄山因给之曰："近南海数象奔至，以吾有天命，虽异类莫不拜舞。"令左右驱来，再三顿抑，象皆怒目不动。禄山惭怒，尽坑杀之。（《可如象·著忠》）

《鸦》：

晋安帝永熙三年，有群鸦聚集龙骧将军朱猗寿阳邸。一猎狗咋杀两鸦，群鸦因共翔集，啄杀此狗，食其肉惟余骨存。（《可如鸦·御侮》）

《燕》：

嘉靖间，栋塘陈氏郁七公堂有燕将雏，巢忽泥烈欲堕，双燕彷徨，飞绕不已。俄顷，邻燕成群衔泥而入，来去如织，少刻巢成如初。次日，遂育数雏巢中。乃知群燕以事急而助力焉，义哉！"（《可如燕·扶危》）

这些寓言的题意是很明显的，是对"节""忠""御侮""义"等意义的寓言形象解释。这些寓言情节生动，形象鲜明，寓意精湛，与清代其他寓言相比，有自己鲜明的特色。只可惜它在清代没能刊行，所以对后世的影响也不大。

就此可见，清代的寓言创作可能比我们今天预料的要丰富多彩得多。

对《可如之》寓言，有人对它评价很高，但这是一个值得商榷的问题。

总归而言，清代寓言是中国寓言史一个特别年代的寓言，这个时代寓言文学的结束，就标志着中国寓言文学"古代部分"历史的结束。在它之后，就该是具有现代意识和现代特征的寓言文学历史了。

从清以来，传统的诙谐讽刺寓言发展实际不大，而其文集、笔记、小说中的另一类寓言倒有一定的发展。它们总的艺术水平不高，但许多方面对后代的寓言多有开启意义，尤其是文集、笔记、小说中的寓言更是如此。这一类寓言，影响到中国现代文人的寓言创作，它们在叙述上、题材上、形象上都为中国现代寓言的创作做出了一定的准备。

第八章 佛经寓言

这里的佛经寓言指的自然是汉译佛教经书中的寓言。它应是一个较为特定的概念，即它不仅是印度佛教经书中包含的寓言，而且也是中国寓言文学的一个组成部分。

前6世纪，释迦牟尼在印度创立了佛教，并且很快在印度的宗教中取得了辉煌的地位，但几经起落，于公元前后，佛教在印度本土衰微了。有幸的是，在公元前3世纪的印度孔雀王朝阿育王时代，佛教就开始了它四处传播的历史，几乎同时在西北、东北、东南三个方向获得了发展，特别是在东移至中国后获得了最大限度的开拓，以致在政治、思想、文学、艺术、语言等多方面影响了中国的文化。

西汉年间，汉朝人成功地打通了通往西方的陆上通道，建立了与西域各国多方面的广泛联系和交往，开始了中西文化的第一次大交流。在众多的交流中，佛教对中国的影响最大。孔雀王朝的阿育王大力传播佛教，汉朝“交通西域”时，佛教在西域各国正值盛期，中国人也就在西域各国最先与佛教文化相遇了。也就在此时期，佛教开始传入中国。有历史记载表明，西汉哀帝元寿元年（前2年），西域大月氏国使臣伊存来朝，而这个使臣伊存本身就是一个佛教传播者。他来朝后，朝廷就派了一个叫景卢的博士弟子跟随他学习佛经，伊存也就口传了一些简短的佛经经句给景卢。到东汉明帝时代（58—75），朝廷开始大力提倡佛教。约一百年后，出现了中国文化史上的一件大事，也就是古代安息国的太子安清（安世高）从西域被请到洛阳，为中国人翻译了第一批佛教经书。这打开了印度佛教文化进入中国文化的大门，是中国人历史上第一次大规模的译经活动。安清到达洛阳是东汉桓帝建和二年，即公元148年。

随后，中国的历史进入魏晋南北朝时期，佛教经过了一些反复，达到了它最辉煌的时期，呈现出对中国文化全面渗透之势。这时，中国的佛教又进行了第二次大规模的译经。进入唐代，中国又进行了第三次大规模的译经活动。通过这三次大的译经，及历代零星的翻译，就基本形成了现今我们所见到的汉译佛经大典《大藏经》。

汉译佛经寓言也就基本包含在这一系列的译经里，主要出现在魏晋南北朝第二次翻译的佛经里。从东汉开始，即公元纪年前后，汉译佛经寓言就进入了中国寓言文学的体系，不过那时的翻译成份稍重，交融相对地少。到了魏晋南北朝，佛经寓言的故事和哲理已经在语言特色和叙述应用上，完成了“汉化”，即“中国人的佛经故事”。

其中大部分的寓言，就如欧洲的拉封丹、莱辛、克雷洛夫对《伊索寓言》故事题材的应用一样。到了唐代大规模译经时，情况也如是，但译经中的寓言相对要少得多。明代后，也就出现了中国人辑录的佛经寓言故事集。

在评述佛经寓言上，有一点要说明，佛经寓言从一开始就不是一种纯粹的“译”，而是一种“译述”，即译述中不但有源于经书中本来存在的古印度寓言，也包含了其他方面的多来源的寓言，其中自然有中国自身的故事。这实际上也是许多宗教在异国宣喻教理、教法的基本方式。从这个意义而言，佛经寓言更是中国寓言文学的组成部分。但是，中国的寓言文学史却并没有如此对待佛经寓言，一直把它视为“异类”。原因有二：一是中国有自身丰厚的传统的寓言文学的底蕴；二是佛经寓言一开始就进入了俗文学的圈子，而俗文学本身就不受正统文学的重视，故而，它“大林深泉”的状貌就一直到今天才得到人们的青睐。

第一节　佛经寓言的译述概况

佛经寓言在这里指的是汉译佛教经书中的寓言，之所以说“汉译佛经寓言”这里有特指的意义，因为在中国的版图上，我们至少还有用藏文、傣文、蒙古文翻译的佛经，至于其他相关文字翻译的佛经就更多了，而它们都是中国翻译的佛经。非汉语翻译的佛经中的寓言文学情形如何，目前还不太明了，但可肯定地说，汉译佛经寓言是中国寓言文学这方面的主流者。

要了解和叙述这部分特殊的译述性质的寓言，就得先了解中国汉译佛经的基本概况，因为这是汉译佛经寓言存在的基础。

如前所述，伊存来朝口传的佛经短句，是佛经传入中国最早的记载。这之后，约150年间，译经情况不得而知，但汉译佛经肯定极少，直到东汉桓帝建和二年(148)，安清来到洛阳，为中国人翻译了《安般守意经》之后，中国的汉译佛经才真正开始。

安清在洛阳前后翻译了《安般守意经》《阴持入经》《人本欲生经》《大十二门经》《小十二门经》《道地经》等34部40卷经书。他的译经被誉为“义理明晰，文字允正，辨而不华，质而不野。”① 安清的这次译经活动，被认为是中国历史上第一次大规模的译经活动。从此开始，中国对佛教经书的翻译、译述，持续不断，连绵不绝。

进入魏晋南北朝，由于历史的种种原因，佛教在中国更深层次和更广泛地兴盛起来，对佛经的翻译也达到了空前的繁盛。这个时期里，翻译、译述佛经的人很多，其中影响最大，所译经书最多的是两个人：一是龟兹国的僧人鸠摩罗什；二是天竺优禅

① 《高僧传》卷一。

尼国的僧人真谛。龟兹国位于新疆库车一带，其僧人鸠摩罗什是后秦弘始三年（公元401年）被迎至长安的。他和他的弟子们在长安待了8年，共译出了《大品般若经》《法华经》《维摩诘经》《阿弥陀经》《金刚经》等74部384卷。故鸠摩罗什是当时的中国北方最主要的译经者。

在鸠摩罗什译经后145年，南朝的梁武帝于中大同元年（546）时，从印度本土的优禅尼国请来了僧人真谛，为其翻译了《十七地论》《金光明经》《无上依经》等经论纪传64部278卷。真谛当时是中国南方最主要的译经者。

正是以鸠摩罗什和真谛为主的译经，构成了中国历史上第二次大规模的译经活动。

中国历史上第三次大规模的译经活动在唐朝。唐朝译经的主要有两人：一是玄奘，二是不空。

玄奘于贞观三年（629）西行取经，17年后回到长安，带回了大小乘佛教的经、律、论520箧，657部。从贞观十九年开始，20年间他译出了《大般若经》《大菩萨经》《解深密经》等75部1335卷经书。在玄奘以后，北部印度的僧人不空又来到洛阳，译出了《金刚顶经》《金刚顶瑜伽中发阿耨多罗三藐三菩提心论》等7部120卷经书。

为此，鸠摩罗什、真谛、玄奘、不空被称为中国佛教历史上的四大译经家。

以上诸人所译的经卷，只是其译经的主要部分，实际上自汉朝佛教传入，每个朝代都有新译出的佛教经书，只不过没有他们那么集中，那么具有影响罢了。经过历代对佛经的翻译，到了宋朝，汉译佛经已呈洋洋大观之态，出现了“总汇”或“总集”性质的东西，这就是《大藏经》。汉译的《大藏经》一般有两个本子：一是宋代印制的《大藏经》，称“宋藏”，它汇集了宋以前所译的佛教经书，总计为528部2175卷。二是元代印制的《大藏经》，简称“元藏”，它汇集了元以前所译的佛教经书，总计为1422部6017卷。

这些经书规模很大，范围很广，涉及的方面很多，但并不是每一卷汉译佛教经书里都包含有寓言，而是那些用“譬喻”的方式，向人们晓喻教义、教理、教法的经书中才包含一定量的寓言。并且，在这一类经书中，也有包含寓言多少的区别，因为经书中有许多的譬喻本身就不是寓言。在这些经书中，寓言较多的有《六度集经》《旧杂譬喻经》《天尊说阿育王譬喻经》《那先比丘经》《众经撰杂譬喻》《大庄严论经》《大智度论》《杂譬喻经》《生经》《出曜经》《长阿含经》《杂宝藏经》《贤愚经》《法苑珠林》《根本说一切有部昆奈耶破僧事》《佛本行集经》，以及《百喻经》等。在这些富于寓言的经书中，以《百喻经》表现最突出，它一共有98个寓言故事，完全是用寓言故事组成的理喻教义和教理的佛教经书。

在这些与寓言直接相关的经书中，或者说在汉译佛教经书中到底有多少寓言？这一直是一个大难题，因为汉译佛经浩如烟海，根本没有人穷尽过它的寓言，故至今为止，从佛经中辑出的寓言故事选集已有数十种，但仍不能确知其中有多少寓言，知道的只是大概而已。

对佛经寓言，鲁迅有一句名言："尝闻天竺（印度）寓言之富，如大林深泉，他国艺文，往往蒙其影响。即翻为华言之佛经中，亦随在可见也。"① 汉译佛经寓言，毋庸赘言，肯定其主体来自于古代的印度，但同时也应看到，佛经寓言，特别是汉译佛经寓言又不能等同于古印度寓言。在现今的印度寓言文学中，我们所知的寓言有三个方面：一是印度一般古籍中的寓言，如《五卷书》《嘉言集》《故事海》《大故事花束》等一系列的古籍。这些书籍大量运用寓言故事的智慧，来作为他们世俗社会的人生经验教训的总结，以使他们的王子及一般的臣民变得聪明一些；二是至今流传在印度民间的民间寓言故事；三是佛经中的寓言故事，当然也包括汉译佛经中的寓言。这三个方面的最早本源是一致的，但应用和传播、承袭的方向、方式不同，现今就表现了很大的差异性。它们中的寓言故事，有完全相同的，也有不完全相同，或者根本不同的，即有部分寓言三个方面都有，但每个方面又有完全独具的寓言故事，表现了完全不同的特色。这方面的情况，我在拙著《世界寓言史》中已有相应的叙述，这里列举它们只想说明一个问题，即我们这里所叙的汉译佛经寓言，并不是古印度寓言在中国的复制和翻版，而是佛经寓言这一小部分"中国化"或与中国寓言故事及其他寓言故事相融合后的寓言，它自然不包括《五卷书》系列及印度民间的寓言部分。还有，像《佛本生故事》这样介于"经书"和一般世俗故事书之间的书籍中的寓言，也不在叙述之内。

从以上的叙述中我们知道，佛经的汉译始于汉代，并且这种译经的历程一浪赶一浪，一直延续到唐以后……汉译佛经寓言也随着这些经书的译述而形成。并且在这样的历程中，也表现了汉译佛经寓言的历史走向。以现今两本有相当权威性的汉译佛经寓言集为例，一本是常任侠选注的《佛经文学故事选》②，一本是张友鸾选注的《古译佛经寓言选》③，这两本选集是许多相同种类选集中的代表，显现了现今寓言选辑的基本框架，故反映的历代佛经寓言的译述状况是相对确信的。在这两本书中，来自于东汉所译的佛经寓言不多，只有近十则，来自于唐宋时期所译的佛经寓言也不多，只有数十则。前者是汉译佛经的开始，佛经中的寓言少是正常的；但唐宋所译的佛经非常之多，而出现的寓言却相对地少，原因大概是唐代真正译经的多，而编写、译述譬喻类经书的少。

出现寓言最多的是魏晋南北朝时期所译的佛经，在两上述书中有百余则，如果加上这时译述的《百喻经》，就有200余则寓言。也就是说，现今被人们关注的佛经寓言，绝大部分出现在魏晋南北朝时期，即魏晋南北朝时的佛经寓言是整个佛经寓言的主体。

这里有一点要说明，今天从《大藏经》中辑录整理出来的寓言，只是其中一部分，而以上两书中的寓言也只是一个代表，实际中的汉译佛经寓言，也许比我们想象的还要多。

---

① 《集外集·痴华鬘题记》。
② 常任侠：《佛经文学故事选》，上海古籍出版社，1987年。
③ 张友鸾：《古译佛经寓言选》，人民文学出版社，1988年。

对于把汉译佛经寓言纳入中国寓言文学体系来叙述，这是由其寓言自身的性质决定的。

汉译佛经寓言主要来源自然是古印度，故其寓言相当大的一部分是印度古代寓言的译述，这部分寓言对于中国寓言文学的意义也就如拉封丹寓言、克雷洛夫寓言之于《伊索寓言》，是寓言故事通过译述的民族化的意义。这种意义上的寓言也是其民族寓言的组成部分，佛经寓言的汉译也是如此。但是，除了这样一部分完全源于印度的寓言外，汉译佛经中的寓言还有很大部分属于佛教中人的译述寓言，它们的故事或源于中国，或源于其他什么地方，或者就是佛教中人自己的创造，这个意义上的寓言，那更是中国寓言文学的构成了。可以说，这些佛经中的寓言译述者，有时就是中国寓言文学史上在佛经中创作寓言的作家。对这个问题，郑振铎先生就有他独到的见解，他说："……后来印度的寓言虽在六朝时输入，却亦不复能燃着中国寓言的美的光辉，受其影响者，仅有一部分的佛教中人，今其所作大部分见于《法苑珠林》中。"①《法苑珠林》亦是佛经中的一种，但郑振铎先生明确指出，其中有的寓言是佛教中人受其影响而自己创作的作品。《法苑珠林》是唐代的僧人道世编撰，共120卷，说是采取前人译经中的故事纂集而成，这当中，有一定量的寓言是"佛教中人"所为。另外，所谓的纂集，也就与直接的翻译大不相同了。

也就是如此的情形，决定了汉译佛经寓言与其他印度寓言的差异。当然，实际中的情况可能很复杂，多种多样的情况都可能存在，但有一点可以肯定，汉译佛经寓言的这些情况，在魏晋南北朝时就已经出现了，译述的佛经寓言中，已包含了大量的非印度的寓言故事，显现了浓厚的异样色彩。如《出曜经》中的寓言就是。

《出曜经》旧题为"法救菩萨造"，姚秦（凉州）竺佛念译。很明显，此经的作者是法救菩萨，他写此书的目的是采众经之要藏，以演说布现以训将来，故名"出曜"。译述的情况不必多言，单是弄清此书的作者就很费心思，在魏晋南北朝，著名某某造的经书不少，而且多数都是有很多寓言故事的经书。这样的经书是谁造的？哪儿造的？采用的经论要义自不必说，肯定源于佛经要典，但故事就不一定了，这些经书中有很多寓言，可是在古代印度的寓言源头那里找不到相应的故事。《出曜经》在张友鸾先生的选集中，选有《大海三鱼》《夫妇盲目复明》《伐毒掘根》《牧牛》《笼鸟减食》《骂牛》《不知死法》《驹慕猪食》《水泡花环》等九则寓言。这九则寓言中，除了《驹慕猪食》《水泡花环》有明显的印度故事的源头外，其余的寓言多是似是而非的，如《骂牛》：

> 出言柔和，为人所爱念；出言粗犷，为人所憎恶。——昔有二人，各畜力牛。一人自夸，欲得与彼牛角力，若不如者，要金钱五百。试牛并耕。一牛力实胜之。其牛主骂曰："弊牛，努力！"牛闻其骂，即便卧地。输金钱五百枚。复至后日，主责牛曰："名汝为'快牛'，乃使我失钱，令我惭愧。"牛报其主曰："更可试之，当尽我力，当还倍得彼钱。"即复更耕。如

① 见《中国文学研究》中的《寓言的复兴》。

牛所言，倍得彼钱。

（《出曜经》卷十一）

这则寓言自有它的哲理，但这“恶言”和“善语”的叙述，很有中国世俗智慧认识的趣味，说的是佛理，但实际是中国式的经验教训总结，中国味很浓。而且，这样的寓言很可能就是法救菩萨出于布教需要，借用中国民间的某些故事，加工创作的。

这样的例子，还有一例更为明显，即《生经》中的《傀儡戏》：

时第一工巧者，转行至他国。应时国王，喜诸技术。即以材木，作机关木人，形貌端正，生人无异。衣服颜色，黠慧无比。能工歌舞，举动如人。辞言：我子生若干年，国中恭敬，多所馈遗。国王闻之，命使作技，王及夫人，升阁而观。作伎歌舞，若干方便，跪拜进止，胜于生人。王及夫人，欢喜无量。便角睮眼色视夫人。王遥见之，心怀忿怒；促敕侍者，斩其头来。何以睮眼视吾夫人。谓有恶意，色视不疑。其父啼泣，泪出五行，长跪请命。吾有一子，甚重爱之，坐起进退，以解忧思；愚意不及，有是失耳。假使杀者，我共当死。唯以加哀，原其罪过。时王怒甚，不肯听之。复白王言：若不活者，愿自手杀，勿使余人。王便可之。则拔一肩榍，机关解落，碎散在地。王乃惊愕，吾身云何恨於材木。此人工巧，天下无双，作此机关，三百六十节，胜於生人。即以赏赐亿万两金。（《生经》卷三）

这是一则令人惊讶不已的寓言，又很眼熟，因为它的故事与《列子·汤问》中的那则寓言《偃师造人》基本相同（参见第三章第九节）。

我们不用评说两则寓言的优劣，但这两个故事是基本相同的，很明显它们有不可分割的相互联系。如何来理解这一现象呢？有人认为《列子》一书是伪书，是后人的作伪、假托，而不是先秦诸子中的《列子》，其证据之一也就是这则寓言，即认为《列子》一书成于魏晋时期，借用了《生经》中的寓言，是佛经寓言影响了所谓的《列子》寓言。但是，这一观点又不能解释《列子》中一些问题，故不同的观点一直存在着。其实，如果我们把话反过来说，是佛经寓言译述利用了《列子》中的寓言，这个问题也就迎刃而解了。我是赞同后一种观点的。因为魏晋时佛经寓言的创造译述利用春秋战国时的寓言故事的做法，并不是只有前面所说的一例，在佛经寓言中这样的情形所见甚多，其最明显的例子就是《刻舟求剑》。这则寓言大家都熟悉，且所载著作年代确证不虚，而佛经寓言就借用了它的故事，变化成了《画水求钵》这则寓言：

昔有人乘船渡海，失一银釪，堕于水中。即便思念：“我今画水作记，舍之而去，后当取之。”行经二月，到狮子诸国，见一河水，便入其中，觅本失钵。诸人问言：“欲何所作？”答言：“我先失钵，今欲觅取。”问言：“于何处失？”答言：“初入海失。”又复问言：“失经几时？”言：“失来二月。”问言：“失来二月，云何此觅？”答言：“我失钵时，画水作记。本所画水与此无异，是故觅之。”又复问言：“水虽不别，汝昔失时乃在于彼，今在此觅，何由可得尸尔时，众人无不大笑。（《百喻经》卷上）

这则寓言见于《百喻经》，把它与《刻舟求剑》相比，其形式和意义都相同，不同的只是一为失剑，一为失釪；一为刻舟，一为画水。《刻舟求剑》载于《吕氏春秋》，年代和典籍均无任何可以怀疑的地方，不会存在《列子》获疑的情况，另外，古印度寓言中也没有相似的故事，这，无疑是汉译《百喻经》对中国春秋战国寓言故事的借用。从这个对比看，《列子》中的寓言故事被佛经寓言利用，造成故事与故事之间的相似，都是正常的。

我们以上所说的是佛经寓言译述的状况和性质，说明佛经寓言汉译后，已经与中国寓言发生相当程度的融合，产生了较大的变化。

第二节　佛经寓言的思想内容

佛经寓言，自然是为了表达佛教的法理而言的，几乎每一则寓言都有它的偈句，以表述此寓言故事代表的是什么，以及叙说了什么样的教理和对佛法的理解等等。这种“应用”所表述的内容有时与故事的内涵是一致的，有时则是风马牛不相及的，但不管如何，这些应用于佛经中的寓言故事，绝大多数都有自己独立的思想内容，即寓言故事本身的内容。人们在诵经时可能关心的不是故事，但大多数的人在欣赏寓言故事时，对故事所代言的佛理、佛法也并不关心，而关心的是故事的智慧和寓意。我们这里所说的佛经寓言的思想内容，指的是寓言故事自身的内容。

佛经寓言的故事来源如上所叙，是多向性的，这样，其思想内容表现也就相对丰富复杂一些。归结起来，佛经寓言的思想内容大致有以下几个方面：一是寓言中表达的古印度的智慧认识；二是具有古印度色彩的哲理形象认识；三是对人的品德修养的表达和赞颂；四是日常社会生活的经验教训总结等等。

佛经寓言中的古印度智慧，是其寓言内容的一个显著方面。智慧是日常经验教训提炼而来的行为方式和认识的精华，它表现了人们处事的敏捷和灵活机智的反应。古代的印度是非常崇尚智慧的，这在他们的寓言中有不同凡响的反映，是他们文化的一个优秀传统。这个传统也在一定的程度上传给了汉译佛经寓言，故汉译佛经寓言中有不少这方面内容的寓言，如《三瓮盛水》《麻、棉、白银和黄金》《猫儿问食》《大火烧城》《羹味》《一捧水比大海多》等。当中最具有智慧色彩的又是《三瓮盛水》、《猫儿问食》《一捧水比大海多》等。

《三瓮盛水》：

如世人有三种瓮：有一水瓮，坚完不损，无有孔裂，亦无渗漏；其第二瓮，亦完不破，无有孔裂，少有渗漏；第三瓮者，亦破亦漏。“彼人注水，应先何器？”对曰：“先于不破漏者；完器满已，注第二器，其第二器，虽完不破，然小渗漏；其第三瓮，虽复漏破，亦应注水，为未漏间暂得用。”

（《杂阿含经》卷十五）

《猫儿问食》：

猫生儿。以小渐大。猫儿问母，当何所食？母答儿言：人自教汝。夜至他家，隐瓮器间。有人见已，而相约敕：酥乳肉等，极好覆盖；鸡雏高举，莫使猫食。猫儿即知，鸡酥乳肉，皆是我食。（《大庄严论经》卷十五）

《一捧水比大海多》：

时有贾客大人，名曰波利，与五百贾人入海求宝。时海神出掬水，问波利言：“海水为多？掬水为多？”波利答曰：“掬水为多。所以者何？——海水虽多，无益时用，不能救彼饥渴之人；掬水虽少，值彼渴者，持用与之，以济其命。”（《法句譬喻经·华香品》）

《三瓮盛水》所叙的盛水的顺序中，就蕴含了古代印度人的生活智慧。先盛好瓮，最后盛破瓮，以求在破瓮没有漏完前还能有所致用，这种智慧的发现看似很简单，但人们在现实中往往缺少这种联想。《猫儿问食》这则寓言更为奇妙，这也是一种跳跃很大的思维连接，这个认识角度也是在人们的生活中很不容易被点破的。《一捧水比大海多》实际上是对多与少的辨证认识，表面罩着一层薄雾，挥之即去，但知道“挥”的人并不多。这样的寓言在汉译佛经中数量不是很多，但它给人的启迪很大。

汉译佛经寓言中的哲理思想认识，是其内容的又一个重要方面。古代印度的理性思维有许多被形象地表达在寓言故事中，故汉译佛经寓言中就有许多这方面的思想内容。这样的寓言在汉译佛经中数量不少，因为佛理也是一种理性的思维，故而许多佛经中有重要影响的寓言也就在其中。最引人注目的寓言有《瞎子摸象》《夫妇盲目复明》《恶雨》《我所鸟》等。

《瞎子摸象》：

过去久远，是阎浮利地有王，名曰镜面，时敕使者：“令行我国界无眼人，悉将来至殿下。”使者受敕即行，将诸无眼人到殿下，以白王。王敕大臣：“悉将是人去，示其象。”臣即将到象厩，一一示之，令捉象。有捉足者、尾者、尾本者、腹者、胁者、背者、耳者、头者、牙者、鼻者。悉示，便将诣王所。王悉问：“汝曹审见象不？”对言：“我悉见。”王言：“何类？”中有得足者言：“明王，象如柱。”得尾者曰：“如扫帚。”得尾本者言：“如杖。”得腹者言：“如锤。”得胁者言：“如壁。”得背者言：“如高岸。”得耳者言：“如大箕。”得头者言：“如臼。”得牙者言：“如角。”得鼻者言：

"如索。"便复于王前共诤讼："象，谛如我言！"。

（《佛说义足经·镜面王经》）

《恶雨》：

外国时有恶雨，若堕江湖、河井、城池水中，人食此水，令人狂醉，七日乃解。时有国王，多智善相，恶雨云起，王以知之，便盖一井，令雨不入。时百官群臣，食恶雨水，举朝皆狂，脱衣赤裸，泥土涂头，而坐王厅上。惟王一人独不狂也，服常所著衣，天冠璎珞，坐于本床。一切群臣，不自知狂，反谓王为大狂："何故所著独尔？"众人皆相谓言："此非小事！"思共宜之。王恐诸臣欲反，便自怖惧，语诸臣言："我有良药，能愈此病。诸人小停，待我服药，须臾当出。"王便入宫，脱所著服，以泥涂面，须臾还出。一切群臣，见皆大喜，谓法应尔，不自知狂。七日之后，群臣醒悟，大自惭愧，各著衣冠，而来朝会。王故如前，赤裸而坐。诸臣皆惊怪而问言："王常多智，何故若是？"王答臣言："我心常定，无变易也。以汝狂故，反谓我狂。以故若是，非实心也。"（《杂譬喻经》）

《瞎子摸象》几乎是中国稍有些文化的人都知道的一则寓言故事，它以其鲜明的哲理形象和优美生动的故事，成为中国寓言中最优秀的哲理寓言之一。在叙述揭示以偏概全的错误认识的寓言中，几乎没有哪一则寓言超过它。《恶雨》的哲理认识也是极深刻的，当众人都疯时，独醒者被认为是疯者，当众人都醒来时，独醒者却又不想"醒"过来，这里面的体味和思想认识很值得玩味。"众人皆醉我独醒"，话不难理解，但总觉得很飘浮，用《恶雨》一表达，其思想就非常的形象和鲜明了。

这两则寓言的哲理思想包容较大，有很大的普遍性，能适用于人们对多种事物的认识。

表达品德修养也是汉译佛经寓言内容的一个方面。任何一个宗教都要树立人生修养的要求，佛教也不例外，故而它借用了一定数量的关于人的品德修养的寓言，来宣扬佛教的修身养性。这样的寓言如《狮子割肉》《群兽过河》《鹦鹉救火》等。

《狮子割肉》：

狮子在林中住，与一猕猴，共为亲友。猕猴以二子寄于狮子。时有鹫鸟，饥行求食，值狮子睡故，取猴子而去，住于树上。狮子觉已，求猴子不得。见鹫持在树上，而告鹫言："我受猕猴寄托二子，护之不谨，今汝得去，辜负言信。请从汝索。我为兽中之王，汝为鸟中之主，贵势同等，宜以相还。"鹫言："汝不知时！吾今饥乏，何论同异！"狮子知其叵得，自以利爪剐其胁肉，以贸猴子。《大智度论》卷三十三）

《群兽过河》：

祇劫有大林树，多诸禽兽。野火来烧，三边俱起；唯有一边，而隔一水。众兽穷逼，逃命无地。我尔时，为大身多力鹿，以前脚跨一岸，以后脚踞一岸，令众兽蹈脊上而渡。皮肉尽坏，以慈愍力，忍之至死。最后，一兔来，气力已竭，忍令得过。过已，脊折，堕水而死。

（《大智度论》卷二十六）

《鹦鹉救火》：

昔有鹦鹉，飞集他山中。山中百鸟畜兽，转相重爱，不相残害。鹦鹉自念："虽尔，不可久也，当归尔。"便去。却后数月，大山失火，四面皆然。鹦鹉遥见，便入水，以羽翅取水，飞上空中，以衣毛润水洒之，欲灭大火。如是往来往去。天神言："咄！鹦鹉！汝何以痴；千里之火，宁为汝两翅水灭乎？"鹦鹉曰："我由知而不灭也。我曾客是山中，山中百鸟畜兽皆仁善，悉为兄弟，我不忍见之耳！"天神感其至意，则雨灭火也。

（《旧杂譬喻经》）

《狮子割肉》讲的是信义，狮子为了守住对母猴的信诺，用自己身上的肉，换回了被俘的猴子；《群兽过河》讲的是"舍身"救众，这是对献身精神的推崇；《鹦鹉救火》表达的是一种不屈不挠的精神。三则寓言中，《群兽过河》的故事完全源于古代印度，没有什么疑问，但另两则寓言在中国却都有大致相似的故事，特别是《鹦鹉救火》更为明显，而且，寓言故事的中国意味也更浓厚，大有中国人品德修养的意蕴。

日常社会经验教训的总结是许多寓言内容的主要方面，这在汉译佛经寓言中也不例外。这方面的思想内容的寓言，其数量是很多的，如《二头鸟》《共命鸟》《战马推磨》《山鸡王》《狐笑痴》《伐毒掘根》《头尾争大》等等。

《共命鸟》：

昔雪山中有鸟，名为共命，一身二头。一头常食美菜，欲使身得安隐。一头便生嫉妒之心，而作是言："彼常云何，食好美菜，我不曾得。"即取毒菜食之，使二头俱死。（《杂宝藏经》）

《战马推磨》：

西方有一国王，素无马。减损国藏，四出推求，买五百匹马，以防外敌，足以安国。养马既久，国中无事。王便思惟："五百匹马，食用不少，饲养烦劳，无益国事。"便敕所典："掩眼令磨，可得自食，不损国藏。"马磨既久，习于旋迴。忽然邻国兴兵入境。王便约敕："被马具庄。"勇将乘骑，如战斗法，鞭马向阵，欲直前入。诸马得鞭，尽旋迴走，无向敌意。邻贼见之，知无所能，即便直前，大破王军。（《众经撰杂譬喻》卷上）

《伐毒掘根》：

有守园人瞻守官园。当园中间，生一毒树。诸有男女入园游观，停息此树下者，或头痛欲裂，或腰脊疼痛，或即于树下便命终者。时守园人知为毒树，复见众人遭诸苦难，即施锛柯。柯长一丈余，遥斫毒树。未经旬日，即生如故。然彼毒树，枝叶团足，树中之妙，众人见者无不欢喜。其中众生，不知忌讳，未遭此难，共往奔彼，自荫其身，影未移间，复遭苦戾。时守园人复于异日以锛往斫，树生如故，倍复殊妙。如是数斫，生生如旧。彼守园人宗族、五亲、妻息、仆使，贪乐树荫，尽取命终。其人单子一己，昼夜愁忧，号悲而行。路遇智者，自陈酸苦，其痛万端。是时，智者告园人曰："此众苦恼，卿自为耳！夫欲止流莫若高堰，欲伐树者当尽根原；卿所施功，但种生栽，何言伐树？汝今速往掘出根本！" （《出曜经》卷五）

《头尾争大》：

昔有一蛇，头尾自相与诤。头语尾曰："我应为大！"尾语头曰："我亦应大！"头曰："我有耳能听，有目能视，有口能食，行时最在前，是故可为大。汝无此术，不应为大。"尾曰："我令汝去，故得去耳；若我——"以身绕木三匝，三日而不已，头遂不得去求食，饥饿垂死。头语尾曰："汝可放之，听汝为大。"尾闻其言，即时放之。复语尾曰："汝既为大，听汝在前行。"尾在前行，未经数步，堕火坑而死。 （《杂譬喻经》）

《共命鸟》和《头尾争大》的题意大致相似，都是因为内部的纠纷而导致毁灭的教训，两者的构思都奇，故事奇形异色，教训很鲜明。《战马推磨》的故事也很有意味，说国王贪平时的小利而在战争中失去了自己的国家，故事自然生动，教训也很鲜明。《伐毒掘根》说的是除恶务尽的道理，教训深刻而鲜明。这些寓言都是日常社会生活经验教训的总结，具有浓烈的生活气息，是佛经寓言内容的重要方面。佛经中行譬喻而致寓言，都是为了"方便法门"，以便向芸芸众生传解佛理、佛法，从人们生活中总结而来的这类寓言，又是最贴近社会生活的，所以被大量借用，成为佛经寓言的重要部分。这部分寓言由于强调经验教训，给人的印象较深，有许多寓言的精品，并且还有较强的世俗生活色彩。

第三节 《百喻经》寓言

据现今的了解，拥有一定寓言故事的佛教经书不下数十种，有的经书中的寓言多一些，有的少一些，但能集成《百喻经》这样的专门的寓言集者却不多见，大概就只有《百喻经》。佛经是比较善于比喻的，在其经书的分类中就有"譬喻"这一类，而譬喻类的经书寓言，得以《百喻经》寓言为代表。正如鲁迅所言："佛藏中经，以譬喻为名者，亦可五六种，惟《百喻经》最有条贯。”①

《百喻经》全名为《百句譬喻经》，又称《痴华鬘》。据南朝梁时的《出三藏记集》所述②，此书为古印度僧人伽斯那从《修多罗藏》12 部经中抄出来的譬喻，汇编成一部譬喻的经书，说 100 个故事，以方便新学者学习。在齐永明十年，即公元 489 年，由伽斯那的弟子——求那毗地法师把它译成了汉语。这就是《百喻经》的来历。《百喻经》译出到现今，已经 1500 余年了。

从以上的情形看，以伽斯那为首的一群印度僧人在 5 世纪时来到南朝时的齐朝，开始了他们的传教生涯，但梵文原文经书很难为中国的教众理解，于是伽斯那也就编撰了《百句譬喻经》，后来又由他的弟子把此经直接译成了汉文。这个过程是值得注意的，即“编撰”面对中国教众的譬喻经，难免不参阅相同的中国寓言故事，这种情形也能同时出现在他的弟子的译述中，这样，其中如《画水求钵》故事的存在也就不难理解。

也就是这样性质的佛经寓言集，集聚了一大批佛经中的优秀寓言，使它成为佛经寓言的重要组成。当然，这个寓言集也没能包括佛经寓言的所有优秀者，比如《盲人摸象》《恶雨》《祸母》等一批优秀寓言就没有进入它的集子中。这种情形与此集的编撰目的相关，编撰者是有目的地选择一系列表现痴人、愚夫的故事，来教化人们，因而，对另外一些虽优秀，但不符合“痴华鬘”要求的寓言故事也就舍而弃之，而大力地搜罗、编写了一批痴人、愚夫的故事（包括中国的）来解释、宣扬它的佛理、佛法。如《愚人食盐喻》的故事之后就有这样的偈颂语：“愚人无智，便空食盐，食已口爽，反为其患。譬彼外道，闻节饮食，可以得道，即便断食，或经七日，或十五日，徒自困饿，无益于道。如彼愚人，以盐美故，而空食之，致令口爽，此亦复尔。”此书编撰者的最初目的很明显，并不是为了这些寓言故事意义如何，而是借此宣扬他们的佛法。为此，在《百喻经》中就有这样的话语：“如阿伽陀药③，树叶而裹之。取药涂毒竟，树叶还弃之。戏笑如叶裹，实义在其中。智者取正义，戏笑便应弃。”在这里，寓言的故事不过是“万灵药”般教义的树叶，外面是戏言，实义在故事里面。但就是这些“戏言”，在后来的历史中，对中国的寓言文学产生了多方面的深远的影响。

过去的时代里，人们对待《百喻经》的历史情形不明，难于记叙。实际上我们今天能如此面对《百喻经》寓言和对《百喻经》寓言有相当的重视，与二十世纪 20 年代鲁迅等人对它的关注相关。1914 年，鲁迅不知出于什么目的和原因，捐资 60 块银圆，刻了一百本《百喻经》散发；1926 年，语丝社的社员王品青点校了这个刻本，并“除去教诫，独留寓言”，同时还请鲁迅写了书序，这就是《〈痴华鬘〉题记》。此书由北新书局出版，更名为《痴华鬘》。于此，“重要”的“阿伽陀药”被抛弃，而

① 《〈痴华鬘〉题记》。

② 《出三藏记集》，南朝齐梁时僧佑编著，共 15 卷，记载了东汉至梁时所译佛教经典：经、律、论三藏的书目、序跋以及译经人的传记等。

③ 阿伽陀，梵语音，Asoda，意为万灵药、不死药。

“树叶”——佛教文学，反而得到看重。后来，有人称此书为“东方的《伊索寓言》”。《百喻经》由此而真正成为一本独立的寓言集，受到现代中国人的广泛重视，如1948年时，冯雪峰就译写了它的全部的“树叶”。

《百喻经》虽称百喻，但实际只有98个故事，把它的“卷首之引”和“卷末之偈”也算作二事，故称之为百。

《百喻经》的寓言故事一般表现为两类，一类是一般的哲理教训故事，如《治秃喻》《老母捉熊喻》《口诵乘船法而不解用喻》等。

《治秃喻》：

> 昔有一人，头上无毛，冬则大寒，夏则患热，兼为蚊虻之所唼食，昼夜受恼，甚以为苦。有一医师，多诸方术，时彼秃人往至其所，语其医言：“唯愿大师为我治之。”时彼医师亦复头秃，即便脱帽示之，而语之言：“我亦患之，以为痛苦。若令我治能得差者，应先自治以除其患。”

《口诵乘船法而不解用喻》：

> 昔有大长者子，共诸商入海采宝。此长者子善诵入海捉船方法。若入海，水漩洑洄流矶激之处，当如是捉，如是正，如是住。语众人言：“入海方法我悉知之。”众人闻已，深信其语。既至海中，未经几时，船师遇病，忽然便死，时长者子即便代处。至洄澓驶流之中，唱言：“当如是捉，如是正。”船盘回旋转，不能前进至于宝所。举船商人，没水而死。

《治秃喻》说明自己做不到的事情也不能推及别人的哲理，很形象，哲理性很强。《口诵乘船法而不解用喻》说明光有嘴上说的知识没有实际的本领是做不好事情的教训，故事风趣，教训也很鲜明。《百喻经》中的这类寓言数量不多，它亦如一般的寓言意义一样说明它蕴含的哲理，与《百喻经》中主流的“傻瓜寓言”有一定的区别。

《百喻经》中的第二类寓言，就是表现痴人、愚夫种种违反常规的愚蠢言行的“傻瓜寓言”，这是《百喻经》寓言的主要部分，也是它寓言的特色表现。可以说，其他佛教经书中也有些类似的“傻瓜寓言”，但《百喻经》寓言绝对是其“傻瓜寓言”的集大成者。此书98个故事，绝大多数都是傻瓜寓言。这些寓言大多数是其书寓言的精品，也是佛经寓言的佼佼者。这些寓言在书中俯拾即是，如《尝庵婆罗果喻》《雇请瓦师喻》《贫人烧粗褐衣喻》《治鞭疮喻》《煮黑石蜜浆喻》《欲食半饼喻》《杀群牛喻》《砍树取果喻》《妇女欲更求子喻》《就楼磨刀喻》《灌甘蔗喻》《婆罗门杀子喻》《三重楼喻》等等。

《尝庵婆罗果喻》：

> 昔有一长者，遣人持钱至他园中，买庵婆罗果而欲食之，而敕之言：“好甜美者，汝当买来。”即便持钱往买其果。果主言：“我此树果，悉皆美好，无一恶者。汝尝一果，足以知之。”买果者言：“我今当一一尝之，然

后当取。若但尝一，何以可知?”寻即取果一一皆尝，持来归家。长者见已，恶而不食，便一切都弃。

《治鞭疮喻》:

昔有一人，为王所鞭。既被鞭已，以马屎傅之，欲令速差。有愚人见之，心生欢喜，便作是言：“我快得是治疮方法。”即便归家，语其儿言：“汝鞭我背，我得好法，今欲试之。”儿为鞭背，以马屎拊之，以为善巧。

《煮黑石蜜浆喻》:

昔有愚人煮黑石蜜。有一富人来至其家。时此愚人便作是念：我当今取黑石蜜浆，与此富人。即著少水用置火中，即于火上以扇扇之，望得使冷。傍人语言：“不下止火，扇之不已，云何得冷?”

《欲食半饼喻》:

有人因其饥故，食七枚煎饼。食六枚半已，使得饱满。其人恚悔，以手自打而作是言：“我今饱足，由此半饼。然前六饼唐自捐弃。设知半饼能充足者，应先食之。”

《就楼磨刀喻》:

昔有一人，贫穷困苦，为王作事，日月经久，身体羸瘦。王见怜悯，赐一死驼。贫人得已，即便剥皮。嫌刀钝故，求石欲磨。乃于楼上得一磨石，磨刀令利，来下而剥。如是数数往来磨刀。后转劳苦，惮不能数上，悬驼上楼，就石磨刀。

《灌甘蔗喻》:

昔有二人，共种甘蔗而作誓言：“种好者赏，其不好者当重罚之。”时二人中，一者念言：“甘蔗极甜。若压取汁，还灌甘蔗树，甘美必甚，得胜于彼。”即压甘蔗，取汁用溉。冀望滋味，反败种子。所有甘蔗，一切都失。

这些寓言让人读了都禁不住地笑出声来，但它给人的不只是笑，这一系列的愚行展示了生活哲理的方方面面，让人深思，受到启迪。《尝庵波罗果喻》的愚行揭示出机械理解问题的荒谬性；《治鞭疮喻》表现了把一种非常规、不得已而为之的情形弄到正常生活中的可笑；《煮墨石蜜浆喻》是不去除源本，光就表面不解决问题的哲理表达；《欲食半饼喻》说的是割裂地看待问题的愚蠢；《就楼磨刀喻》嘲讽的是一种僵化和死板；《灌甘蔗喻》说的是一种自以为是想当然的可笑。可以说，这些寓言都是具有广泛影响的寓言。这样的寓言在《百喻经》中还有许多，几乎每一则寓言都有自己的影响面，显而易见，《百喻经》中的这些寓言大都是经过锤炼的精品。

这些寓言在特色上是很鲜明的，它们都是以各种各样的愚痴行为来组织结构寓言的情节，揭示现实社会生活中的人生哲理、教训等等，表现方式有相当的独特性。当然，在中国春秋战国寓言中，也应用了这种愚人的表现方式，如《南辕北辙》《守株待兔》《拔苗助长》等等均是此类，但都不如《百喻经》寓言那样广泛和富于特色。《百喻经》的“傻”可说是独具的。春秋战国的这类寓言的“傻”是有形的，是为了叙理的傻，有它自己的味儿，但并不十分浓烈；可这在《百喻经》寓言中，这种“傻”是忘形的，是非常自然的，也是很深刻的，并且傻味悠长、浓烈。它们可说是中国及世界寓言中“傻”得最好的一群寓言。

《百喻经》寓言以它的集中和独具的特色，在汉译佛经寓言中占有重要地位，如果汉译佛经寓言去掉《百喻经》寓言，那其“江山”就会失去一半。《百喻经》寓言还以其拥有大量优秀的寓言，成为汉译佛经寓言的主要代表。还有，《百喻经》出现在公元五世纪，如果我们毫无争议地把它也归为中国寓言文学正统的历史中，那么以它那完整的寓言集形式，和早已单篇存在的寓言形式，应该在历史上也能书上一笔。

第四节　佛经寓言的艺术成就和影响

佛经寓言，特别是汉译佛经寓言出现的最初目的，肯定不是为了寓言文学艺术上的创造和作为，而是为了宣扬佛理和佛法。众多的僧人编撰它们，译述它们，都是把它们作为一种工具来使用的，就如《百喻经》所说的，它们只是包东西的树叶而已。这是历史，但这一历史却无意间为我们中国寓言文学创造了一批具有印度色彩的又极其中国化了的寓言作品，并表现了它自身的独具的特色。

汉译佛经寓言在艺术上是很有成就的，它在艺术上的创造，对中国的寓言文学及其他文学的影响都是较大的。说佛经寓言的艺术成就，可以从以下几个方面来认识：一是它创造了一批特色显著的寓言，为中国的寓言文学平添了几分异样的光彩；二是利用来自印度的寓言故事，为中国寓言文学创作拓展了极富想象的空间；三是在艺术表现方式上把愚人式寓言发展到了相当的高度。

佛经寓言的生成从历史而言，它是一种异域文化背景下的横向切入，自然带着它那个文化背景浓烈的色彩，这种色彩对于中国传统的寓言文学色彩，必然是异样的，但它却是光彩夺目的。这些佛经寓言一旦在中国这块土地上生根以后，也就渐渐与中国的寓言文学合为一体了。这方面，我们从佛经寓言的评述变化上就可看出。最初的翻译佛经是严谨的，也较完整，并有许多前因后果的附件，后来，渐渐地故事得到突出，再进而得到精炼。如那则最著名的《瞎子摸象》寓言就是如此。这则寓言源自《佛说义足经》，在其之前还有《六度集经》更完整地翻译了这则寓言，到后来，《摄大乘论》《涅槃经》都译述了这则寓言故事。最后，在《弘明集·释三破论》中，寓言故事就演变成了如下文字：

> 或有三盲摸象：得象耳者，争云：“象如簸箕”；得象鼻者，争云“象如舂杵”。虽获象一方，终不得全象之实。子说尼洹是死，真摸象之一盲矣。

从以上情况可见佛经寓言化入汉语寓言的历程。汉译佛经寓言与中国的寓言文学合为一体还有一个方面，也就是中国寓言故事的移人和佛经寓言故事的借出，这个意义上的佛经寓言中出现的优秀寓言，自然是其最重要的艺术成就了。

佛经寓言艺术成就和贡献的第二个方面是它的寓言故事和随之而来的奇异、丰富的想象。古代印度的故事的奇妙和想象的瑰丽，可以说是无与伦比的。前面的例子已很有力地表现了它故事的想象特色，但以下几则寓言却更说明它故事想象的奇异，它们是《祸母》《我所鸟》《牧牛》等。

《祸母》：

> 昔有一国，五谷熟成，人民安宁，无有疾病，昼夜伎乐无忧也。王问群臣：“我闻天下有祸何类?”答曰：“臣亦不见也。”王便使一臣，至邻国求买之。天神则化作一人，于市中卖之。状类如猪，持铁锁系缚。臣问：“此名何等?”答曰：“祸母。”曰：“卖几钱?”曰：“千万。”臣便顾之问曰：“此何等食?”曰：“日食一升针。”臣便家家发求针。如是人民两两三三，相逢求针，使至诸郡县扰乱，在所患毒无愕。臣白王：“此祸母致使民乱，男女失业，欲杀弃之。”王言：“大善!”便于城外，刺不入，斫不伤，掊不死。积薪烧之，身体赤如火，便走出，过里烧里，过市烧市，入城烧城。如是过国，遂扰乱，人民饥饿。坐厌乐买祸所致。（《旧杂譬喻经》）

《我所鸟》：

> 乃往过去无数世时，有大香山，生无央数荜拨诸药及胡椒树。荜拨树上，时有一鸟，名曰我所，止顿其中。假使春月药果熟时，人皆采取，服食疗疾。时我所鸟，唤呼悲鸣：“此果我所，汝等勿取。吾心不欲令人采之。”虽叫唤呼，众人续取，不听其声。彼鸟薄福，愁忧叫呼，声不休绝，缘是命过。佛言：如是如是。比丘于是之间。愚骏之子为下士，治行求财。或正或邪，积累财宝。一旦命尽，财不随身，由如彼鸟名我所者。（《生经》）

《牧牛》：

> 昔有一人，多牧群牛。舍己群牛，数他群牛以为己用。己所有牛，或遇恶兽，或失草野，日有损耗，不自知觉。便为众人所见嗤笑：“世之愚惑莫甚于卿，认他群牛以为己有。”（《出曜经》）

《祸母》对“祸母”的构想独特而奇妙，反映了人世间如此的深刻哲理，令人称奇!《我所鸟》也许只是对某种鸟儿声音的一种猜度，但它进入寓言构思后，就变得深有寓味了。《牧牛》的情节简洁，但构想得很机巧：自己的牛不管，去数人家的牛，让自己的牛一只只损失……这样的故事风趣，又很富于生活气息。

这几则寓言故事都不见于印度另外两个体系的寓言故事中，是佛经寓言故事独有的，但它们仍有浓郁的印度风格，当然，其中也有些中国化的痕迹了。

这些在寓言上的努力和成就，确实让中国寓言获益匪浅。

以《百喻经》为主体的佛经愚人式寓言也是佛经寓言艺术成就的一个方面。通过《百喻经》等有关寓言实践的努力，佛经寓言把愚人式的寓言推向了一个新的高度，为中国的寓言创作提供了一个鲜活的表现形式。这方面的表现在前一节里我们已有叙述。

佛经寓言主要出现在魏晋南北朝时期，它一出现，就对中国的寓言文学发生相当的影响。这种影响主要有两个方面，一是故事的借用；二是创作方式的渗透。

佛经寓言一出现，新颖、奇妙的故事首先引起人们的广泛的兴趣，于是，不少的寓言作家争相借用佛经寓言的故事来编写、创作自己的寓言故事，比如《梵术》这则寓言就是明显的例子。

在《旧杂譬喻经》中的《梵术》是这样的：

昔有国王，持妇女急。正夫人谓太子："我为汝母，生不见国中，欲一出。汝可白王。"如是至三。太子白王，王则听。太子自为御车出。群臣于道路奉迎为拜。夫人出其手开帐，令人得见之。太子见女人而如是，便诈腹痛而还。夫人言："我无相甚矣!"太子自念："我母尚如此，何况余乎!"夜便委国去，入山中游观。时道边有树，下有好泉水。大子上树。逢见梵志，独行来入水池浴；出饭食，作术，吐出一壶，壶中有女人，与于屏处作家室，梵志遂得卧。女人则复作术，吐出一壶，壶中有年少男子，复与共卧，已，便吞壶。须臾，梵志起，复内妇著壶中，吞之，已，作杖而去。太子归国白王，请道人及诸臣，下持作三人食，著一边。梵志既至，言："我独自耳!"太子曰："道人当出妇共食!"道人不得止，出妇。太子谓妇："当出男子共食!"如是至三，不得止，出男子共食。已，便去。王问太子："汝何因知之?"答曰："我母欲观国中，我为御车。母出手，令人见之。我念女人能多欲，便诈腹痛还。入山，见是道人藏妇腹中，当有奸。如是女人奸不可绝。愿大王赦宫中自在行来。"王则敕后宫中，其欲行者从志也。

这则寓言故事是三国时吴国的康僧会译出的，但不久后，在南朝的梁时，吴均撰的《续齐谐记》中，就出现了相同的寓言故事。故事是这样的：

东晋阳美许彦，于绥安山行。遇一书生，年十七八，卧路侧，云："脚痛"，求寄彦鹅笼中。彦以为戏言，书生便入笼。笼亦不更广，书生亦不更小，宛然与双鹅并坐，鹅亦不惊。彦负笼而去，都不觉重。前息树下，书生乃出笼，谓彦曰："欲为君薄设。"彦曰："甚善!"乃于口中吐一铜盘奁子。奁子中具诸馔肴，海陆珍羞方丈。其器皿皆是铜物。气味芳美，世所罕见。酒数行，乃谓彦曰："向将一妇人自随，今欲暂邀之。"彦曰："甚善!"又于口中吐一女子，年可十五六，衣服绮丽，容貌绝伦，共坐宴。俄而书生醉卧，此女谓彦曰："虽与书生结好，而实怀外心，向亦窃将一男子同来。书生既眠，暂唤之，愿君勿言。"彦曰："甚善！"女人于口中吐出一男子，年可二十三四，亦颖悟可爱，仍与彦叙寒温。书生卧欲觉，女子吐一锦行障，书生乃留女子共卧。男子谓彦曰："此女子虽有情，心亦不尽，向复窃将女人同行，今欲暂见之，愿君勿泄言。"彦曰："善！"男子又于口中吐一女子，年二十许，共宴酌，戏调甚久。闻书生动声。男曰："二人眠已觉。"因取所吐女子，还入口中。须臾，书生处女子乃出，谓彦曰："书生欲起。"更吞向男子，独对彦坐。书生然后谓彦曰："暂眠遂久，君独坐，当悒悒耶？日已晚，便与君别。"还复吞此女子。诸铜器悉内口中。留大铜盘，可广二尺余，与彦别曰："无以藉君，与君相忆也。"

这则故事与前一则故事基本相似，没有多大区别。于此可见故事影响的一斑。在《旧杂譬喻经》中的另一则寓言故事，情形也如此，这就是《鬼怕恶人》：

昔有五道人具行，道逢雨雪，过一神寺中宿。舍中有鬼神形象，国人吏民所奉事者。四人言："今夕大寒，可取木人烧之用炊。"一人言："此是人所事，不可败！"便置不破。此室中鬼常啖人，自相与语，言："正当啖彼一人，是一人畏我，馀四人恶，不可犯。"其呵止不敢破像者，夜闻鬼语，起呼伴："何不取破此像用炊乎？"便取烧之，啖人鬼便奔走。（《旧杂譬喻经》）

这则寓言的故事也同样被借用到苏轼的《艾子杂说》中去了。这故事是这样的：

艾子行水，涂见一庙，矮小，而装饰甚严。前有一小沟。有人行至水，不可涉。顾庙中，而辄取大王像，横于沟上，履之而去。复有一人至，见之，再三叹之曰："神像直有如此亵慢！"乃直扶起，以衣拂饰，捧至坐上，再拜而去。须臾，艾子闻庙中小鬼曰："大王居此为神，享里人祭祀，反为愚民之辱，何不施祸患以遣之？"王曰："然则祸当行于后来者。"小鬼又曰："前人以履大王，辱莫甚焉，而不行祸；后来之人，敬大王者，反祸之，何也？"王曰："前人已不信矣，又安祸之！"

以上两则寓言的例证是古代的，实际上这种影响至今也仍存在，如《僧祇律》中的《井中捞月》就是。

过去世时，有城名波罗奈，国名伽尸。于空闲处有五百猕猴，游于林中，到一尼俱律树下。树下有井，井中有月影现。时猕猴主见是月影，语诸伴言："月今日死，落在井中，当共出之，莫令世间长夜暗冥。"共作议言："云何能出？"时猕猴主言："我知出法。我捉树枝，汝捉我尾，展转相连，乃可出之。"时诸猕猴，即如主语，展转相捉。树弱枝折，一切猕猴堕井水中。（《僧祇律》）

这则寓言流传至今，它在小学课本中题为《猴子捞月亮》，而其故事就来源于此。

这样的例子很多，魏晋南北朝以后的寓言创作，在故事的借鉴上，有许多作家都从中得到启发和提示。

至于其写作方法，对魏晋南北朝以后的寓言创作的影响是多方面的，也多是无形的。其中影响最大的当是其愚人式寓言的表达方式。可以说，魏晋南北朝时期及以后的诙谐、讽刺寓言的出现，一方面是寓言历史发展和历史状况的使然，另外也与佛经寓言这方面的影响分不开。比如后来的《截竿进城》这一类的寓言，与《百喻经》中的愚人寓言表现形式并没有多少区别。

还有，佛经寓言的体裁形式大多是散韵结合，即故事为散文体，教训总结为诗体。这种体裁形式对中国后来的一些寓言创作也是有影响的。

第九章 现代寓言

1840年鸦片战争爆发，封闭的中国被西方列强用大炮打开了国门。从这时起，整个中国就陷入了一种异常艰难的岁月，国人仿佛在一夜间才发现，中国距世界文明的距离已经很远了。于是乎变革、求新、图强，就逐渐成为近现代中国社会的主潮。这种变革在“五四”新文化运动中表现得最为彻底，因为它触及了文化的最深层的结构变革，即语言文字的变革，这就是“白话文运动”的兴起和展开。在中国的白话文运动兴起的同时，中国的新文学运动也开始兴起，人们在新的语言表达方式的基础上，力图建立自己新的文学。这个新文学与其他新的变革一样，也是在西方文化思想参与下构建的，即这个新的文学也是在西方的文学艺术和文艺理论思想的参与下构建的。这个新的文学既蕴含了中国传统的文学精神，也广泛吸收了西方文学的表述方式和文学思想。这个新的文学也就是人们所称的中国现代文学，它的起始年代一说从1919年的“五四”运动开始。迄今又有两种说法：一种说法是从“五四”开始到1949年的新中国成立，这段时间为中国现代文学的时期，而1949年后至今的时间为中国当代文学的时期。另一种说法是从“五四”开始至今，均称为中国现代文学时期，没有现代文学和当代文学的划分。我们采用的是前一种说法，即1919—1949年为中国现代寓言文学时期。

中国的现代寓言文学也与中国的现代文学一样，是在西方寓言文学广泛而深刻的影响下产生的，也是中国新文学的一个组成部分，是一种有别于中国传统寓言文学的具有新风格、新面貌的寓言。中国现代寓言是中国新寓言文学的起始阶段，除了冯雪峰这样比较成熟的寓言作家外，专门的寓言作家为数不多，但是，中国现代文学上的许多巨匠都对寓言给予了很大的关注，如鲁迅、茅盾、郑振铎等，他们的推崇和努力，极大地促进了中国现代寓言文学的发展。

第一节 文学背景

中国的现代文学是中国现代寓言文学的大背景，中国现代寓言文学也就是在它的背景下产生和发展起来的。对于中国的现代文学，《中国大百科全书·中国文学卷》是这样描述的："现代文学是在中国社会内部发生历史性变化的条件下，广泛接受外国文学影响而形成的新的文学。它不仅用现代语言表现现代科学民主思想，而且在艺术形式与表现手法上都对传统文学进行了革新，建立了话剧、新诗、现代小说、杂文、散文诗、报告文学等新的文学体裁，在叙述角度、抒情方式、描写手段及结构组成上，都有新的创造，具有现代化的特点，从而与世界文学潮流相一致，成为真正现代意义上的文学。"

现代文学发端于"五四"新文化运动和文学革命。但这之前，中国的先进知识分子，早就在西方文学和思潮的影响下，提出了改革文学以唤醒民众的启蒙要求，并在理论、诗歌、小说、戏剧、散文等方面进行了文学改良的尝试，为后来的文学革命做了思想与文学的准备。随着社会的发展变化，中国发生了具有划时代意义的"五四"运动。其文学革命以反对封建蒙昧主义和专制主义，提倡科学与民主，反对文言文，提倡白话文为旗帜，向封建旧文学展开了猛烈的进攻，使中国文学从内容到形式都发生了巨大的变革，开始了文学现代化的历史进程。这个历史进程随着新中国的建立，完成了自己的一个历史阶段，区别于中国当代文学，称之为中国现代文学。

由于中国现代文学的发生是伴随着巨大的文学革命而来的，故它有其自身特有的表现和历史特征。这些特征表现如下：一是中国现代文学的主流是人民的文学。"五四"的文学革命与进步的社会思潮和民族解放、人民革命运动是自觉联系或连为一体的，并形成了它文学的历史传统。在这一总的历史潮流下，中国现代文学在国内战争和民族战争的各个阶段中，都有自己的多种表现。

二是中国的现代文学是一种多流派、多种创作方式并存的文学。中国的新文学是一种从革命的运动中诞生的文学，故最初的阶段中，文学革命的争论多于文学的实践，使什么是文学的革命和什么不是文学的革命，以及什么是文学革命的最好方式，什么不是文学革命的最好方式等，反而成为中国现代文学起始阶段最重要的内容。西方文学各种思想流派的传入，使中国现代文学的创作方式各异，各种派别纷呈，并盛行文学派别成员的结社活动，如"文学研究会""中国左翼作家联盟"，以及"创造社""新月社""南国社""语丝社""湖畔诗社"等。并且，围绕着这些文学社团出现了一批有影响的作家，如鲁迅、叶圣陶、冰心、朱自清、郭沫若、郁达夫、闻一多、徐志摩、田汉等，也产生了一批有影响的作品，如《呐喊》《彷徨》《阿Q正传》《女神》《沉沦》《死水》等。

在中国现代文学起始阶段，关于革命文学的争论本身虽然没有直接给当时的文学实践结成什么实质性的果实，但随后不久却使一大批作家进入新一轮的文学创作实践，出现了一大批作家、诗人和戏剧家，如茅盾、巴金、老舍、曹禺、丁玲、张天翼、沙汀、艾芜、吴组缃、李劼人、叶紫、萧红、萧军、殷夫、蒲风、艾青、臧克家、夏衍、沈从文、戴望舒、施蛰存、何其芳等。他们为中国现代文学带来了各种风格和特色的小说作品、诗歌作品、散文作品、戏剧作品，形成中国新文学的第一个高潮期。

中国的现代寓言，也就是在这样的文学历史背景中发生、发展的。

从中国古代寓言而来的中国寓言文学，到了近代时，实际上已经相当衰微，人们已经在很大程度上不知道如何对待自己的寓言文学历史了。故在以《伊索寓言》为主的西方寓言文学对中国现代文学发生影响时，人们才回首认识到自己光辉的寓言文学传统，并在寻找与西方寓言文学对应的中国古代寓言文学时，开始了自己创造时代新的寓言的努力。根据现有的资料看，中国现代寓言文学中第一个寓言作家当数茅盾，因为他在1917年10月就编纂出版了《中国寓言初编》。这个集子是中国古代寓言的选集。第二年，也就是1918年，茅盾出版了中国现代文学史上的第一本寓言集《狮骡访猪》，有寓言5篇。其后，他又出版了另外的寓言集。这也就是中国现代寓言的发端。

茅盾之后，鲁迅也在有意无意间创作了一批寓言，成为中国现代寓言的重要组成部分。

进入20世纪20年代，郑振铎、林语堂等一批文学家对寓言创作亦有一定的涉及，出现了一些寓言佳作。

20世纪30年代，中国的现代寓言文学有了自己的表现。周玉群著的《小朋友寓言》、白丹宁著的《孩子们的寓言》、程阁如编的《小小寓言》等寓言集，表现了寓言为儿童服务的倾向，是从儿童文学角度的寓言表现。另外，这一时期，丰子恺、陈伯吹、郭沫若、贺宜等人也创作了一定的寓言作品，贺宜、陈伯吹是他们的代表。这时，还有一件寓言文学史上的事值得一提，也就是胡怀琛的寓言文学论著《中国寓言研究》[①] 的出版，它是中国现代第一本寓言文学论著。

20世纪40年代，中国现代寓言文学走向自己的兴盛时期。这一时期，出现了一批真正意义上的寓言作家，参加寓言创作的作家亦很多，以冯雪峰、张天翼、天戈、莫洛、仇重、何公超为最有名。冯雪峰、张天翼等是这一时期的代表作家，他们创作了一大批堪称中国现代寓言文学中最优秀的寓言，其中又以冯雪峰的寓言创作成就最大，他是中国现代寓言文学当之无愧的集大成者。冯雪峰的寓言集《今寓言》是1947年出版的，之后他又出版了数本寓言集。另外，张天翼、仇重等人的寓言创作亦有各自的特色。

就以上的中国现代寓言而言，这一时期的寓言创作不是很显著，除了冯雪峰外，很少有以寓言创作著称的寓言作家。茅盾、鲁迅、张天翼、郑振铎、贺宜等人在寓言上的努力都是兼而有之的事情。总归而言，这一时期的寓言文学还处于模仿、学习的阶段，还没有形成比较统一的认识。另外，在中国新文学的开创时期，小说、戏剧、散文、诗歌等许多天地都有待开拓，相对地，寓言天地的开拓就并不太引人注目和急迫。但是，中国现代寓言在冯雪峰等人的努力下，其寓言创作已完成了把中国古代寓言精神及表现形式，同外国——主要是《伊索寓言》精神及表现形式的融合、贯通，树立了作为中国新文学中的寓言文学的基本形象，完成了中国寓言文学的现代化。

---

① 胡怀琛：《中国寓言研究》，商务印书馆，1930年。

第二节 茅盾、鲁迅、郑振铎、林语堂寓言

中国的现代寓言文学历史，是以“五四”新文学运动为起始的，而最早提笔为这一历史开篇的，是中国现代文学的大家茅盾先生。茅盾是中国现代最著名的文学家之一，他的文学上的成就是辉煌的，对中国的寓言文学，他也有很大的贡献。

茅盾（1896—1981），中国现代最优秀的革命文学家之一，同时也是现代的寓言作家。原名沈德鸿，字雁冰，“茅盾”是他1928年发表第一部小说《幻灭》时用的笔名。1896年生于浙江省桐乡县乌镇，1914年中学毕业，1916年到上海商务印书馆编译所任职，从此开始文学创作活动。1921年与朱希祖、周作人等人发起组织“文学研究会”。1949年7月当选为全国文联副主席和全国文协（作协前身）主席。后又任文化部部长。1981年3月在北京逝世。主要作品有小说《蚀》《虹》《子夜》等，尤以《子夜》的影响为大。他在1917年编选了中国第一部中国古代寓言选集《中国寓言初编》。

茅盾的寓言创作主要在1918年的下半年，这一时期他一共创作了《狮骡访猪》《狮受蚊欺》《傲狐辱蟹》《学由瓜得》《风雪云》《平和会议》《蜂蜗之争》《鸡鳖之争》《金盏花与松树》《以镜为鉴》《兔娶妇》《鼠择婿》《狐兔人井》等13则寓言。

在这13则寓言中，《狮骡访猪》《平和会议》等六则寓言明显是对中国民族民间故事的再创作；《傲狐辱蟹》《狮受蚊欺》等寓言又是受外国寓言影响而来；《学由瓜得》《鼠择婿》等完全是对外国寓言故事的中国叙述；属于自己构思创作的寓言是《金盏花与松树》《以镜为鉴》，比较出色的也是这两则寓言。

《金盏花与松树》：

> 金盏花是山上的野花，颜色如火一般红，每逢春日盛开，漫山遍野。金盏花得意极了，常常夸口自己族大人多，非他花所及。
>
> 单表有一丛金盏花，和小松树生在一处，两家做了邻居，同受上天的雨露阳光，没有个你多我少，自然和气度日。那金盏花每年四月里开，七月里谢，一年一度，年年红颜灼灼，美丽动人。他见小松树挨寒忍暑的过了一年，却不过长得寸许，因笑他道：“你这样蓬松松，像草一般的绿针儿，有什么好看呢？如何能一年四季，不凋不谢。”小松树听了，不答一言。
>
> 数年之后，小松树变成了大松树。金盏花春开秋谢，也不知经历了多少春秋。两家虽仍在一处，却已一高一卑，不如从前那样并肩齐头了。一日，金盏花仰头对松树说道：“喂，老邻居呀，我们两家同居已久，本来各过各的日子，彼此都无闲话。这几年来，你竟越长越大，你的叶儿，又密又多，罩在我们头上，犹如一幅绿油布帐。老天的雨露阳光，原是普施大众的，却被你凭空截住，没半点儿到我们身上，你看我们都憔悴欲死，这都是受你的

害，你总得替我们想个法子才是。”

松树听了，只有飕飕的微吟，不答一言。金盏花气极了，脸涨得血一般红。喊道：“你好不讲理！常言道物各有主，你看这山上是你的族人多，还是我的族人多？我们族人，山上山下，到处都有，分明是此山的主人。你不过在此作客，如何倒欺凌主人起来？我劝你不如换个地方去住吧。”

松树至此，实在耐不住了。低头答道：“这山上究竟谁是主人，我们两个总之都不是，不必说他了。你说我拦住了阳光雨露，使你不能吸受，果然果然。但这不是我故意欲和你为难，天生成如此，我也没法。”金盏花听到此处，接口说道：“你倒说得好听，你是没法，我们性命关头，也好任他没法么？不必多说，还请你快快搬场为是。”松树仍旧冷冷地说道：“我的根入土也深，躯干也重，枝叶也多，搬场很不方便。你一年一枯，身子也小，搬场很容易，没奈何只好屈你另居。谁教你生得这般矮小，又谁教你住在我旁边呢？”金盏花听了，始知势力不敌，徒争无益，竟依了松树之言，悄悄儿躲开去了。

在下还有几句话道：“凡人总有一个分际，身份高的和身份低的同在一起，是合不来的。身份低的再想和身份高的强争，更是无益，须要估量着自己的力量，原谅别人的难处。若是一味倔强，终究是自己吃亏。金盏花和松树一段故事，命意只是如此，看官不要看错了才好。”

《以镜为鉴》：

张先生一天买了一面大着衣镜，放在书房中间，那镜子好不晶莹可爱，走过的人，没有一个不喜欢照照。张先生的儿子，才得四岁，生得粉团玉琢，十分可爱，也来照这镜子。

那孩子一到面前，见镜中也有一个孩子，嬉眉笑脸地向自己走来，心中大喜。不知是自己之影，认作另是一人。唤道：“你来同我玩么？”镜中的人竟不回答。又向他招手道：“你跟我来，只管躲在那里做什么？”镜中人也招招手，却总不开口。张家孩子心想：“他听不到么？等我走近些，再和他说。”便走前两步，只见镜中人也走前两步。他不动了，镜中人便也不动。

张家孩子此时诧异极了，心想：“这个怪人到底是谁呢？怎样只顾学我呢？好意儿同他说话，他竟不回答，敢是不愿意同我玩么？可恼可恼。”他心里这么一想，小脸儿上早放出一副怒容。再看看镜中的怪人，也是怒容满面，睁着眼对自己，很有寻气的样子，不禁心中大怒，用手向镜子打击。拍的一声，反把小手儿打痛了。于是带哭带喊，逃出了房。一见张先生，便告诉他如此这般。

张先生道：“你见的是你的影子。哪里真有人呢。但是借此你可学些乖，你从此以后，再不要装出怒脸给别人看了，你要怒别人，别人亦就怒你；再不要举手打人了，你要打人，反打了自己。我的儿呀，对人总要和气。镜子里的是假人，尚且不可怠慢，真人更不必说了。”①

《金盏花与松树》这则寓言文笔老练，故事形象生动，教训质朴鲜明。《以镜为鉴》这则寓言故事风趣，构思很巧妙，令人回味。

茅盾寓言总的来说生活气息浓郁，现实感强，对世俗社会的现实生活十分关注，形象、叙述都较生动流畅，教训也很鲜明，但童话味较重，故事的独立构思不多，创新有，模仿痕迹重。茅盾是中国最早创作新寓言的人，他的寓言的出现对中国现代寓言有以下几个方面的意义：一是标志着中国新的白话文寓言，亦即新文学寓言创作的开始；二是茅盾这种基本处于模仿和转变中的寓言创作，真实地反映了中国现代寓言创作最初阶段的风貌；三是他的创作为后来的寓言文学发展，在艺术表现上作了部分准备工作，如寓言的改写等。

茅盾先生开创了中国现代寓言创作的篇章后，就再也没有于此有过什么新的努力了，但中国现代寓言创作之路却由此而来。在茅盾稍后，另一个中国的伟大的文学家鲁迅也在他的文字生涯中创作了不少的寓言，亦为茅盾同时代著名的寓言作家。

鲁迅（1881—1936），文学家、思想家，中国现代文学的奠基人。本名樟寿，字豫才，后又取名树人。“鲁迅”是他发表《狂人日记》时开始用的笔名。浙江绍兴人。出身于破落的封建士大夫家庭。1898 年到南京水师学堂学习。1902 年赴日留学，1908 年回国，先后在杭州、绍兴任教。1918 年参加改组后的《新青年》编委会。1920 年后，他一面创作，一面在北京大学、北京师范大学教书。1926 年赴厦门大学任文科教授，1927 年到广州中山大学任教。1930 年上海成立中国左翼作家联盟，他是领导人之一。1936 年 10 月 19 日在上海逝世。他的主要作品有《狂人日记》《呐喊》《故事新编》《彷徨》《野草》《朝花夕拾》《而已集》等，以及《中国小说史略》《汉文学史纲要》等论著。鲁迅的寓言作品也就夹杂在他的杂文集和散文集中。

鲁迅最早的寓言作品当推《集外集》中的寓言诗《桃花》。

《桃花》是这样的：

春雨过了，太阳又很好，随便走到园中。桃花开在园西，李花开在园东。

我说，“好极了！桃花红，李花白。”（没说，桃花不及李花白）。

桃花可是生了气，满面涨作“杨妃红”。好小子！真了得！竟能气红了面孔。我的话可并没得罪你，你怎的便涨红了面孔！

哎！花有花的道理。我不懂。

这则寓言嘲讽了人性的弱点，写得轻松自如，但内涵却很深刻。

这则寓言写于 1918 年，与茅盾的寓言创作起始时间相仿，但这并不是鲁迅的有意创作，而是他为了创作散文诗偶尔得之的。鲁迅这种不是有意为之的寓言还出现在

① 以上两则寓言均见《童话》，上海商务印书馆，1918 年。

他的杂文、散文集中，如《聪明人和傻子和奴才》《立论》《狗的驳诘》《影的告别》《战士和苍蝇》等。这些寓言大多创作于1925年，它们和新近发现的1919年8月21日的《国民日报》上的《螃蟹》《古城》《波儿》等，一起构成鲁迅的寓言创作。另外，在鲁迅的其他作品的文字中，还穿插了一些寓言，以及一些属于寓言的文字，比如在《一点比喻》中的“一群豪猪”，在《新药》中的“药渣”等。从这些作品看来，不管是否为有意创作，大多数作品还是寓言味十足，能称得上是现代寓言较出色的作品，其中尤以《螃蟹》《狗的驳诘》为最佳。

《螃蟹》：

老螃蟹觉得不安了，觉得全身太硬了。自己知道要蜕壳了。

他跑来跑去的寻。他想寻一个窟穴，躲了身子，将石子堵了穴口，隐隐的蜕壳。他知道外面蜕壳是危险的。身子还软，要被别的螃蟹吃去的。这并非空害怕，他实在亲眼见过。

他慌慌张张的走。旁边的螃蟹问他说：“老兄，你何以这般慌?”他说：“我要蜕壳了。”

“就在这里蜕不很好么？我还要帮你呢。”

“那可太可怕人了。”

“你不怕窟穴里的别的东西，却怕我们同种么?”

“我不是怕同种。”

“那还怕什么呢?”

“就怕你要吃掉我。”

《狗的驳诘》：

我梦见自己在隘巷中行走，衣履破碎，像乞食者。一条狗在后面叫起来了。我傲慢地回顾，叱咤说；“呔，住口！你这势利的狗!”“嘻嘻!”我气愤了，觉得这是一个极端的侮辱。“我惭愧：我终于还不知道分别铜和银，还不知道分别布和绸；还不知道分别官和民；还不知道分别主和奴；还不知道……”

我逃走了。

“且慢！我们再谈谈……”他在后面大声挽留。

我一径逃走，尽力地走，直到逃出梦境，躺在自己的床上。

这两则寓言简练旷达，讽刺辛辣，对社会的凶险和人间丑陋的揭示是深刻的，不失为冷峻峭拔的大家风范。只可惜鲁迅没有在寓言方面有更多的关注，要不他的寓言风格也是自成一家的。但就是这些作品，也使20年代的寓言创作令人感到欣慰。

茅盾、鲁迅的寓言创作，是中国现代寓言起始阶段的重要表现。这一时期还有些文学家在寓言创作上的努力值得一提，如叶圣陶、胡适等。1921年时，叶圣陶发表了《一粒种子》，这篇作品后人有认为是童话的，也有认为是寓言的，归结起来此作品应该是童话式的寓言。这样的所谓寓言起始后，对后来现代寓言创作影响是很大的。胡适被公认为寓言作品的是《差不多先生传》，以及《尝试集》中的个别作品，如《老鸦》等。

胡适（1891—1962），原名洪骍，字适之，安徽绩溪县人。早年肄业上海中国公学，接触新学，信奉进化论。1910 年赴美留学，1917 年 7 月回国，任北京大学教授。参加编辑《新青年》，发表《文学改良刍议》……主要著作有《中国哲学史大纲》（上卷）、《白话文学史》（上卷）、《胡适文存》等。

胡适的寓言作品很少，但都能称为精品。

《差不多先生传》：

你知道中国有名的人是谁？提起此人，人人皆晓，处处闻名，他姓差，名不多，是各省各县各村人氏。你一定见过他，一定听别人谈起他。差不多先生的名字天天挂在大家的口头上，因为他是中国全国人的代表。

差不多先生的相貌和你我都差不多。他有一双眼睛，但看的不很清楚；有两只耳朵，但听的不很分明；有鼻子和嘴，但他对于气味和口味都不很讲究；他的脑子也不小，但他的记性却不很精明，他的思想也不很细密。

他常常说："凡事只要差不多，就好了。何必大精明呢？"

他小的时候，他妈叫他去买红糖，他买了白糖回来，他妈骂他，他摇摇头道："红糖白糖不是差不多吗？"

他在学堂的时候，先生问他："直隶省（现今河北省）的西边是哪一省？"他说是陕西。先生说，"错了。是山西，不是陕西。"他说："陕西同山西不是差不多吗？"

后来他在一个钱铺里做伙计，他也会写，也会算，只是总不精细；十字常常写成千字，千字常常写成十字。掌柜的生气了，常常骂他，他只是笑嘻嘻地赔小心道，"千字比十字只多一小撇，不是差不多吗？"

有一天，他为了一件要紧的事，要搭火车到上海去。他从从容容地走到火车站，迟了两分钟，火车已开走了。他白瞪着眼，望着远远的火车上的煤烟，摇摇头道："只好明天再走了，今天走同明天走，也还差不多。可是火车公司，未免太认真了。八点三十分开，同八点三十二分开，不是差不多吗？"他一面说，一面慢慢地走回家，心里总不很明白为什么火车不肯等他两分钟。

有一天，他忽然得一急病，赶快叫家人去请东街的汪先生。那家人急急忙忙地跑去，一时寻不着东街汪大夫，却把西街的牛医王大夫请来了。差不多先生病在床上，知道寻错了人，但病急了，身上痛苦，心里焦急，等不得了，心里想到："好在王大夫同汪大夫也差不多，让他试试看吧。"于是这位牛医生大夫走近床前，用医牛的法子给差不多先生治病。不上一点钟，差不多先生就一命呜呼了。

差不多先生差不多要死的时候，一口气断断续续地说道："活人同死人也差……差……差……不多……凡是只要……差……差……不多……就……好了……何……何……必……太……太认真呢?”他说完这句格言，方才绝气了。

他死后，大家都很称赞差不多先生样样事情看得破，想得通，大家都说他一生不肯认真，不肯算账，不肯计较，真是一位有德行的人，于是大家给他取个死后的法号，叫他做圆通大师。

他的名誉越传越远，越久越大。无数无数都学他的榜样。于是人人都成了一个差不多先生——然而中国从此就成了一个懒人国了。

这则寓言大约创作于1918年，亦是中国现代寓言中较早的寓言之一。这则寓言篇幅较长，但对中国国民性的寓言式的揭示是深刻的。作者以流畅、自然、风趣的叙述，把“差不多”寓意表现得淋漓尽致，既有一般的普遍意义上的人生哲理的揭示，也有很强的社会现实意义，另外，寓言还表现了浓郁的生活气息和一定的时代特色。

中国现代寓言发端之后不久，没几年也就进入了20世纪20年代。1922年前后，郑振铎几乎是紧随茅盾、鲁迅之后，就很快展示了他在寓言创作上的努力，成为这一时期基本上是有意而为寓言的作家。

郑振铎（1898—1958），中国现代文学史上著名的文学家、翻译家、考古学家，我国新文化运动的积极倡导者。笔名西谛、郭源新。福建长乐人。生于浙江永嘉县。1917年在北京铁路管理学校学习。“五四”时期在北京与瞿秋白、耿济之等创办《新社会》，宣传新思想。1921年与茅盾、王统照等组织文学研究会，并主编会刊《文学周刊》。1922年主办《儿童世界》周刊。1923年后就长期主编《小说月报》。1927年旅居巴黎，1929年回国。1931年起先后在燕京大学和复旦大学任教授，致力于学术研究，曾在生活书店主编《世界文库》。抗日战争期间留居上海，坚持进步文化工作。新中国成立后，历任全国政协委员、中国社会科学院文学研究所所长、中国考古研究所所长、文化部副部长、全国文联主席团委员、中国作家协会理事等。1958年出访阿富汗等国，途中飞机失事遇难。主要著作有《文学大纲》《插图本中国文学史》《中国俗文学史》《中国文学论集》等。

他的寓言文学活动大致是从1921年前后开始的，有两个方面：一是把大量的外国寓言翻译介绍了进来，在1921年后的《小说月报》里，频频出现郑振铎所译的俄国寓言、德国寓言、法国寓言、印度寓言。二是他对寓言的创作和改编，这方面他做出了相当大的努力，成绩卓著。他创作改编的寓言形式多样，有散文体寓言、诗体寓言，还有配画寓言等。

他的配画寓言大多是一种改编后的寓言，但同样表现了他文学创作上的功力，如有10幅图画的配画寓言《熊和鹿》。图略，文字如下：

①熊与鹿是表兄弟，平日很亲热。

②有一天，熊出去打猎，打了两只兔回来。

③熊请鹿吃兔肉。鹿因向来是吃素的，不敢开荤。

④熊大怒，以为鹿有意看不起他，想把鹿捉住，鹿惊逃。

⑤鹿腿长，跑得快，熊追不上。

⑥鹿跑到林中，角被树枝拦住了，大声呼救。狼闻声走出，问鹿何事。鹿告之，狼允为调停。

⑦熊追上了。正要捉鹿，被狼挡住了。狼再三劝熊息怒，要鹿向熊赔罪，并请熊吃饭。他们都答应了。

⑧熊应鹿约，偕狼赴宴。熊见席上的菜都是素的，又发怒不吃。

⑨狼对熊说道："熊兄不要生气！鹿兄向来是吃素的，所以没有肉请客。他之不会吃肉，正如兄之不能吃素，各人的性情不同，熊兄不能怪他。"熊无话可答，自觉惭愧。

⑩自此熊鹿和好如初。他们同游的时候也各不相妨。鹿在道边吃草，熊追逐白兔于白兔之后，他们各吃各的东西，知道各人嗜好不同，再也不会因误会而生气了。 （1922 年《儿童世界》第三卷）

这则寓言故事明显有故事原型，但郑振铎却从中作了较大的改动，使其故事性得到加强，教训亦更为丰满形象，不看图画，读之也很有韵味。

像这样的较好的配画寓言还有《象和猴子》。这则寓言有六幅画，表现的是团结协作的重要性。故事是在一则民间寓言故事基础上改写的，但距原来的故事已较远。

郑振铎在创作寓言时是极富童心的，很注重故事的简洁和易读易记，以及故事兼顾儿童的情趣，其儿歌般的寓言诗就大显其这方面的风貌。比如他的《可怜的鼠子》和《小鱼》就是。

《小鱼》：

小鱼出游，
上了渔翁的钓钩。
渔翁一手捉住，
放入鱼篓。
小鱼好不心急，
只在篓里哭泣。
写信寄他的亲朋：
"你们要小心出入！" （1922 年《儿童世界》第一卷）

如这一类的寓言的寓意一般很浅白，但却童趣十足，易为儿童接受。

以上寓言，包括郑振铎的翻译寓言，是郑振铎寓言的重要组成，但在创作上最显其能力和风采的，是他的所谓散文体寓言。郑振铎散文体寓言，以《兔子的故事》一组四则寓言最为引人注目。由于郑振铎在寓言创作上比较注重儿童趣味和故事性，故这几则寓言故事都较完整，童话味儿较重。在这组寓言中，又以《兔子与狐狸》最为出色：

兔子在一般森林的兽类中，算是最狡猾、最淘气的小东西。他诡计多端，又是善跑，上他当的不知道有多少。许多邻人几乎没有一个人不曾吃过他的亏，一个个都恨他透骨，想把他捉住，但是想去捉住他却实在是一件极不容易的事。因为他太机灵了。无论他们用什么巧妙的计策，都会给他识破。

有一天狼对狐狸说道："小兔子太可恶了。今天晚上我们没有晚饭吃，不妨把他骗到你家里来。我们一同把他捉住打死了，不惟我们吃了一顿饱饭，也替大家除了一个害，你看如何？"

狐狸道："好极了，但是怎么才能把这个小东西捉住呢？"

狼道："我有好法子。你照我所说的做去就是了。你现在赶快跑回家去，睡在床上，假装已经死了。你千万不要动，也不要说什么话，等到兔子到你家里来看你，走到你床头时，你立刻就跳起来捉他。我在外面接应你，如此，兔子不愁捉不到，如果这个计策失败了，我一生一世，不再做狼，只好吃草过日子了。"狐狸听了狼的话，立刻跑回家去，照他的话做去，躺在床上，盖了一条被，假装已死。

同时狼也动身向兔子家里走去。到了门外，狼敲门道："不好了，亲爱的兔子，可怜的狐狸，今天正午的时候，忽然死在家里了。我正要去替他料理后事，你也赶快来帮忙罢。"他说完了话，不等兔子开门出来，就匆匆忙忙地走了。兔子把狼的话当作真的。他想假装好人到狐狸家里去吊丧，但他究竟是机灵的，当他到了狐狸家门口的时候，先不进去，只在门口再三探望，看看有没有危险，他看见狐狸躺在床上，两膝弯着，身上盖了一条被，一动也不动的躺着，好像真是死了。兔子叹息道："唉！可怜的狐狸呀，你真是死了么？可怜可怜！但是你如果真是死了，我也是喜欢的。因为你平素是很恨我的。我最好坐在门口，等邻居都来了再进去，也许他还没有死呢？"兔子说到此，忽然起了疑心，故意高声地说道："狐狸兄，你还没有死呢。我常听人说，狐狸虽然是死了，他的两条后腿，还是伸屈不止，为什么唯独你这样安静地躺着呢？"

狐狸不知是计，只当兔子的话是真的，心想装死一定要装得像些，便把后腿伸屈不止，兔子一看狐狸的腿忽然动了，知道他是装死的，立刻转身就跑，一口气跑到家里，不敢再出来。狼与狐狸想追去捉他已是来不及了，狼只好把狐狸埋怨了一顿，狐狸叹道："小兔子真是不容易骗！"他们想吃兔肉吃不着，晚上只好饿一顿。（1922 年《儿童世界》第二卷）

这则寓言的故事性是很强的，赞赏的是兔子的机智和聪明，对寓言的寓意和教训观照不够，但仍能是这类寓言的上品。另外，郑振铎这类寓言对中国现当代寓言创作的影响是很大的，中国现当代寓言的童话化一直都有表现，而这种表现的源头就在于郑振铎及其他作家的这一类寓言。

总归而言，郑振铎的寓言创作大多是为了儿童而作的，对他的寓言，凝溪的评价很确切。他说："郑振铎的寓言创作，不管什么文体，其特点是有着浓郁的儿童文学特色。十分适合儿童们阅读。他的创作总是从儿童的心理特点出发，培养孩子们的道德情操，使孩子们读后能明白一些事理。他的寓言几乎没有接触政治题材和社会题材，因为那些政治题材、社会题材的寓言，孩子们不易理解。"①

郑振铎除寓言创作外，还在寓言的研究和组织编辑方面做了大量工作，前者如收入《中国文学论集》中的论文《寓言的复兴》；后者是郑振铎在编辑组织《儿童世界》中所做的工作。

中国现代寓言的初始阶段及20世纪20年代，除茅盾、鲁迅、郑振铎的寓言创作外，还有一个人的寓言创作值得一提，这就是林语堂的《增订〈伊索寓言〉》。

林语堂（1895—1976），中国现代散文家、小说家。原名玉堂，福建龙溪（现属龙海市）人。毕业于圣约翰大学。1919年赴美国留学；后转到德国留学，获哲学博士学位。1922年归国，任北京大学英文教授。曾参加"语丝社"。1926年去厦门大学任文科主任。次年，任国民党武汉政府外交部外交秘书。1932年起，编辑《论语》《人世间》《宇宙风》等刊物。抗战开始，赴美国任教，1976年逝世于香港。他提倡"闲适幽默"的小品文，是"论语派"的主要代表。主要著作有《剪拂集》《大荒集》《我的话》等。

他的《增订〈伊索寓言〉》一共四则，是根据《伊索寓言》等故事改编创作的寓言，故事虽有依凭，但改写后面目全非，全部从多重和相反的意义上来理解故事寓意，很有创造性。这四则寓言为《龟与兔的赛跑》《太阳与风》《大鱼与小鱼》《冬天的豪猪》。

《龟与兔的赛跑》：

> 有一天，龟与兔相遇于草场上，龟在夸大他的恒心，说兔不能吃苦，只管跳跃行乐，长此以往，将来必无好结果。兔子笑而不辩。
>
> "多辩无益，"兔子说，"我们来赛跑，好不好？就请狐大哥为评判员。"
>
> "好。"龟不自量力的说。
>
> 于是龟动身了，四只脚做八只脚跑了一刻钟，只有三丈余。于是兔子不耐烦，而有点懊悔了。"这样跑法，可不要跑到黄昏吗？我一天宝贵的光阴，都牺牲了。"
>
> 于是兔子，利用这些光阴，去吃野草，随兴所之，极其快乐。
>
> 龟却在说："我会吃苦，我有恒心，总会跑到。"
>
> 到了午后，龟已精疲力竭了，走到荫凉之地，很想打盹一下，养养精神，但是一想昼寝是不道德的，又奋勉前进。龟背既重，龟头又小，五尺以外的平地，便看不见。他有点眼花缭乱了。
>
> 这时兔子，因为能随兴所之，越跑越有趣，越有趣越精神，已经赶到离路半里许的河边树下。看见风景清幽，也就顺便打盹，醒后精神百倍，却把

① 《中国寓言文学史》，云南人民出版社，1992年，第329页。

赛跑之事完全丢在脑后。在这正愁无事可做之时，看见前边一只松鼠跑过，认为怪物，一定要去追上他，看看他尾巴到底有多大，可以回来告诉他的母亲。

于是他便开步追，松鼠见他追，也便开步跑，奔来跑去，忽然松鼠跑上一棵大树。兔子正在树下翘首高望之时，忽然听见背后有声叫道："兔兄弟，你夺得锦标了？"

兔回头一看，原来是评判员狐大哥，而那棵树也就是他们赛跑的终点。那只乌龟呢，因为他想吃苦，还在半里外匍匐而行。

（一）凡事须求性情所近，始有成就。

（二）世上愚人，类皆有恒心。

（三）做龟的不应同人家赛跑。

这则寓言叙述上风趣自然，教训总结上又新颖特异，是自己的一番创造，他把故事的三层寓意一一罗列，很有新意。他的第一个教训说的是要顺乎自然才能有所成就；第二个教训讽刺愚人的"恒心"不是一种美德，而是一种顽固和愚蠢；第三个哲理则说为人要有自知之明，不要去与不可能取胜的对手竞争，要避其之短。

寓言这种写法很有意思，面目一新，文笔上也显出散文大家的风范，实际上，这则寓言可以说是他"闲适幽默"的形象宣言，大得其在散文上的精神追寻，是中国现代寓言颇具特色的佳品。

林语堂所创作的寓言不多，但都很精炼，《龟与兔的赛跑》和《太阳与风》是改写《伊索寓言》故事的优秀作品，但它用其他故事写的寓言也很出色，如《大鱼与小鱼》：

某池中，生鱼甚多。大鱼优游其中，随便张开嘴，便有十几条小鱼顺水游入口中，大鱼吃来毫不费力。

一天，一条小鱼，看了心上如同火烧，只目凸出，向大鱼说："这太不平等！你大鱼为什么吃小鱼？"

大鱼很和气地说："那么请你吃吃我看，如何？"

小鱼张开嘴，来咬大鱼的肚子，咬了一片鳞，几乎鲠死，于是不想再咬下去。大鱼乃一句话不说，扬翅而去。

世上本没有平等。

这则寓言故事很生动，形象很鲜明，教训确切明了，是一篇难得的寓言佳作，只不过思想表现上欠妥。

林语堂是中国现代著名的散文作家，作品有鲜明的特色和主张，他不多的几则寓言作品也是如此，故而他的寓言有自己的独到意义，表现了另一种寓言创作的倾向。

中国现代寓言在以茅盾、鲁迅为代表的初始阶段中，有其自身的特色。发展到20世纪20年代，郑振铎以童话化和儿童趣味为寓言创作染色，而林语堂又以自己的散文，表现了寓言创作的另一个侧面，但相比较而言，20世纪20年代的寓言创作已有相当程度的发展，并开始展示各自的个性了。

第三节 周玉群、白丹宁、程闾如、陈伯吹、贺宜寓言

中国现代寓言进入20世纪30年代，其创作上除了承袭原有的传统和影响外，已有了自己的表现，最显著的是有一定规模的作家寓言集的出现。在这一时期，一些以从事儿童文学为主的作家仍在按他们的理解来创作寓言，另外一些作家也只是偶尔为之，但专门的寓言作品集出现了，专门的寓言作家也出现了。20世纪30年代的寓言创作情况，限于资料，其面目不十分明晰，但有一点可以肯定，周玉群、白丹宁、程闾如三人的寓言创作，是这一时期的代表。这三人都是中国现代文学史上名不见经传的作者，生平均不可考，但三人都为我们留下寓言作品集。

周玉群的寓言集为《小朋友寓言》，此书有寓言48则。作者在书中的《例言》写道："大半系自出心裁，非专事乞灵于伊索者可比。……本书《国王与狐狸》《父子俩》《老燕子》《商人与猫》系译述，《两愚人》《车夫与乘车者》《懒惰的老人》《稻草人》系改作以外，其余均为创作。"这样一来，该书属其创作者有40则。

周玉群的寓言注重对社会弊病的针砭，并对其进行揭露和批判，如《渔翁张网》《猫与鼠》。

《渔翁张网》：

渔翁整理他的渔网，预备捉鱼。

渔翁把网放在河里，鱼跑来问："老公公，你张这网做什么？"渔翁说："我要拦水草。"接着鱼又问："我走过来没有事吗？"渔翁一笑说："没有事。"鱼于是大胆游来；渔翁即忙双手举网，鱼被他捉住了。

鱼骂渔翁说："好，你说谎！"

渔翁说："谁叫你自投罗网的！"

鱼只得叹一口气，说："他如果一点也不说谎，哪里有人去上他的当呢？"

《猫与鼠》：

老鼠怕猫，猫怕狗。

有一次，猫捉到一只老鼠，要想吃它，老鼠也知道必死，索性同猫辩论。

"我和你，都是同样寄食于别人，为什么你要捉我呢？""不要细问，我自有我的权力。""你只会欺侮我，不敢欺侮狗，羞不羞？"猫哈哈大笑说："小东西，你真不懂事理。现在的时代，谁不是欺软怕硬的呢。"

这两则寓言应该是带有一定讽刺意味的表现生活哲理的寓言，但作者并没有从这方面入手，而是把寓言的寓意放在对社会不良现象的批判和揭露上，亦显现了寓言某个方面的情趣。不过，其寓言却显几分生涩，在创作的把握上并不十分成熟。

白丹宁的寓言集是《孩子们的寓言》，其书有 39 则寓言。这些作品一般都短小精练，语言浅显而清晰，故事在叙述上很注意儿童情趣。其中较好的寓言有《泥娃娃》《群鹊逐鸠》等。

《泥娃娃》：

泥娃娃要学皮球姑娘跳舞。皮球姑娘说："——不能，不能！泥娃娃！你是不能跳舞的！"

泥娃娃不相信她的话，立刻就在书桌上学皮球姑娘那样的跳起舞来。她跳得非常高兴，一跳两跳，跳到书桌边，"哗啦"一声，跌在地板上，跌成粉碎了。皮球姑娘很伤心的说："——谁教你，做你不能做的事呢！"

泥娃哭丧着脸，躺在地上，懊悔也来不及了。

《群鹊逐鸠》：

山鹊太太衔泥衔草，辛辛苦苦在树上做了个窝。不到几天，就被凶暴的鸠鸟强占去了！

鸠鸟先生非常凶暴，当时山鹊太太敌他不过，只好忍气吞声被他驱逐出来。可是，她心里并不服气，一定要想法子来报复。她飞到山林里，把鸠鸟先生凶暴的行为，告诉一群山鹊们。山鹊们都不服，大家跑来，你一嘴，我一嘴，把凶暴的鸠鸟啄得四处乱窜。山鹊太太很高兴地说：

"——你只能欺我一个人呀！大家一起来，你也就怕了！"

凶暴的鸠鸟，终于被鹊鸟们驱逐出去。

《泥娃娃》这则寓言构思好，很富于生活气息，教训也很鲜明：是那个时代寓言的优秀之作。《群鹊逐鸠》是利用已有的故事改写而成的寓言，但它表现得很凝练，把团结起来力量大的哲理表现得很富于儿童情趣。可以说，白丹宁的寓言是那个时代较好的儿童寓言，很有自己的特色。

《小小寓言》一共有 34 则寓言，该书在《卷头语》中写明是编写来为小学教学用的一种实验性教材，其编辑者是程誾如。该书的寓言文笔练达，哲理性强，很有思想性，故事也很优美，其中较好的寓言有《蛇吃鸽蛋》《猫骗雀》等。

《猫骗雀》：

李家的猫真顽皮，它不好好地在家里捉老鼠，却整天在院子里悄悄地走着，想捉几只雀子来吃吃。

有一天，一只雀子正在树下找食，狸猫看见了，就伏在草丛里，预备等它走近了，才扑过去走近它。

小雀子无意中望见了草丛中的一双猫眼，惊慌得了不得，连忙"了么"

的一声飞起，停在树枝上。

狸猫知道已经不能捉到它了，就从草丛里跑出来，对树上的雀子说：“好朋友，你为什么要突然飞上树去呢？我在这里替你找食啊！这里有一群虫，刚好是你最爱吃的，你快下来拿吧！”

雀子嘻嘻地笑了笑，说道：“猫先生，你的意思我都明白！你叫我下来，不是为我的食料，却是为你自己的食料。”

这则寓言明显是受同类寓言的启发而作的，但它却富于自己的创造性，有自己的生动叙述和独特的故事，寓言哲理深刻鲜明，也能是时代最优秀的作品之一。

从以上三人的寓言来看，20 世纪 30 年代的中国寓言文学仍处在一种汇会、碰撞中，有很成熟的优秀作品，但多数作品仍显得稚嫩，有待进步，明显呈一种过渡和发展状态。但其中有一点最令人欣喜，即 20 世纪 30 年代的这些寓言作家，在西方翻译寓言的广泛冲击和影响下，已经注意到摆脱对西方现代寓言的模仿，以及对《伊索寓言》等寓言故事的创意依赖，注意在寓言创作中寻求中国寓言创作的独立性了，比如周玉群就在《例言》强调“自出心裁”，而反对“专事乞灵于伊索”，这对中国现代新寓言的发展是很重要的。

在三个人的寓言中，总体上都受儿童文学的浸染，但各有千秋，已注意到对中国现代寓言基本形象的追寻。

以上三人的寓言是专门的为寓言而作的作家寓言，这在 20 世纪 30 年代寓言中是主要部分，但同时，如鲁迅、林语堂、胡适等作家有意无意为之而创作的寓言，亦同样存在，且有相当的影响。在这方面，这一时期有寓言创作、并有佳作呈现的作家还有丰子恺、陈伯吹、郭沫若、续范亭、贺宜等等，其中又以贺宜、陈伯吹两人的寓言最有特色，影响最大。

丰子恺（1898—1975），浙江桐乡县人。早年曾从艺术教育家李叔同（弘一法师）学习绘画、音乐。1921 年到日本留学，回国后在上海、浙江、重庆等地从事美术和音乐教育。“五四”时进行漫画创作，影响颇大。新中国成立后曾任上海中国画院院长，中国美术家协会上海分会主席等。主要著作有散文集《缘缘堂随笔》《车厢社会》《率真集》，以及音乐理论《音乐入门》，译著《西洋画派十二讲》《源氏物语》《猎人笔记》等。

他偶尔为之的寓言作品却仍然有上乘的表现，比如他作于 1933 年的《羊奸》：

一个开羊行的朋友为我谈羊的话。据说他们行里有一只不杀的老羊，为它颇有功劳：他们在乡下收罗了一群羊，要装进船里，运往上海去屠杀的时候，群羊往往不肯走上船去。他们便牵这老羊出来。老羊向群羊叫了几声，奋勇地走到河岸上，蹲身一跳，首先跳入船中。群羊看见老羊上船了，便大家模仿起来，争先恐后地跳进船里去。等到一群羊全部上船之后，他们便把老羊牵上岸来，仍旧送回棚里。每次装羊，必须央这老羊引导。老羊因这点功劳，得保全自己的性命。

我想，这不杀的老羊，原来是该死的“羊奸”。

这则寓言揭露了那种不惜出卖同胞，苟且偷生者的嘴脸，并告诫人们：强大的敌人并不可怕，可怕的是内部出现的奸贼。这一题材鲁迅也曾在杂文中应用过，而丰子恺先生却直接用于寓言，并以生动练达的笔力表现了它的意义，效果虽不如鲁迅的同题杂文，但揭示同样是深刻的。

丰子恺除了《羊奸》外，他的《明心国》等也是不错的寓言。

郭沫若（1892—1978），中国现代杰出的作家、诗人、戏剧家、历史学家、古文字学家和社会活动家。原名郭开贞，号尚武，四川乐山县人。1914 年赴日本留学。1918 年开始创作新诗，出版《女神》，成为中国新诗的奠基人。后弃医从文，倡导革命文学，1926 年南下广州，任中山大学文学院院长。新中国成立后任全国文联主席、政务院副总理、中国科学院院长、中国科技大学校长、全国政协副主席等职。主要著作有：《中国古代社会研究》《甲骨文字研究》《屈原》《甲申三百年祭》等。他在文学方面的贡献是多方面的，在寓言创作上他也表现了他的才华。

他的寓言作品不多，主要有 1936 年 4 月发表于上海《文学丛报》诞生号上的《齐勇士比武》，以及 1962 年创作的《一位牧羊人》《大象与苍蝇》等。《齐勇士比武》是根据《吕氏春秋》上的故事改编的，故事分为七段，有深刻的社会背景，故事的寓味不是很足，但现实意义却很强，是很能警醒人的。这是他 20 世纪 30 年代的寓言创作，有一定的意义，但真正体现他寓言创作大家风范的是后来的那两则寓言。

《大象与苍蝇》：

林场里有一只大象，在辛勤地搬运木材。不少的苍蝇无数次飞来干扰他，吮吸他身上的汗，甚至飞到他的眼角上去，飞到他的鼻孔边上去。大象只好扇扇耳朵。

当大象在休息的时候，苍蝇也飞来干扰。这时大象便用他的柔而长的鼻管去驱逐他们。但驱逐也不抵事。驱逐了这一边的，又飞到另一边去了，驱逐了这一群，又飞来另一群。

大象的鼻管动得频繁了，终于打死了几只苍蝇。于是苍蝇哗噪起来了。

——你这暴徒，你使用了暴力，你妨碍了我们的自由，你干犯了我们的主权，你侵占了我们的领域……

——侵占了你们的领域？还是请你们回茅坑里去吧！

——哼，我们高兴到哪里，就到哪里，我们的领域是整个世界，我们从来不干犯人，今天遇到你的暴力，我们要惩罚你，我们的友军遍天下，霍乱菌、鼠疫菌、赤痢菌、破伤风菌……都是我们的支持者。我们要消灭你们，就和你们打一千年、一万年也好，总要把你们驱逐干净！

于是苍蝇的朋友们也哗噪起来了，他们的发言和苍蝇差不多。

这则寓言把一种鲜明的对比赋予无言之中，很形象，又深有寓味。《大象与苍蝇》和《一位牧羊人》的写作都是有深刻背景的，是被称为对国际争端发言的政治寓言，确实，这寓言式的揭示深刻而又有独特的魅力。

续范亭（1893—1947），名培模，山西崞县（今原平市）人。高小毕业后入太原陆军学校，参加同盟会，辛亥革命时，任革命军山西远征队队长。后来一直在军中任职。1935 年因痛恨国民党政府卖国投降政策，在南京中山陵剖腹自杀，获救未死，一时震动全国。

续范亭实际上不是一个作家或文人，而是抗战时一个有名的将领，但他写的一些寓言却令人玩味。他的寓言作品《故事演义二则》，是根据古书上的故事加工改写而成的，大约是 1937 年在延安养病时写作的。这两个故事分别为《颜渊偷粥》和《车夫解围》，都写得自然，颇有几分新意。

《车夫解围》：

> 孔夫子周游列国，子路子贡随从，走到一个地方，驾车的马惊了，碾了老百姓的麦地，好些老百姓挡住去路，提出抗议，子路勇敢，子贡会说，两人同去解围。子贡说："吾夫子周游天下，欲拯斯民于水火……"话未说完，老百姓更加吵闹起来说："什么夫子斯民，我们不懂，只是碾了我们的麦地，你们不能随便前去。"子路虽很生气，也无办法，两人回来报告夫子，夫子说："唉！赐也，能说千乘之君，而不能说农夫！由也，可率三军之众，而不能施于老百姓！"孔子又想了想说："车夫你去吧！"车夫走到老百姓跟前说："老乡们！对不住，耽误你们锄地了。"农民们看见车夫行动和他们差不多，又听他说话也很入耳，这时已经有了三分同情了。车夫笑着说："你们不在南海种地，不在东海种地，种到这大路边上，难免有人踩了你们的麦地，这事闹到官里也没什么大罪，不要耽误了你们的宝贵功夫，还是你们好好锄地。"农民们听完他的话，想了想说："这个人倒说的有些道理，好，看你的面上，让他们去吧。"孔夫子脱难之后，又大大地叹了一口气说："种地吾不如老农，行路吾不如车夫，人皆我师也！人皆我师也！"

这则寓言故事利用旧有的故事基础进行加工改造，以求新的意义，真切地反映了人皆有我师的人生哲理，故事自然生动，形象鲜明。

以上寓言在 20 世纪 30 年代中有自己的表现，但影响都不如陈伯吹和贺宜。

陈伯吹（1906—1997），上海宝山县人。大夏大学教育学士。教过中小学。曾任国立复旦大学副教授，后又在大夏大学、北京师范大学等大学任教授。曾任国立编译馆、中华书局等处编审，以及少年儿童出版社副社长等。主要著作有《阿丽思小姐》《波尔乔少爷》《华家的儿子》《礼花》《儿童文学简论》等。

陈伯吹是中国现当代著名的儿童文学家、翻译家，在儿童文学上有很大的贡献，在寓言创作上也很有影响，是 20 世纪 30 年代另一个意义上的寓言创作的代表。他的寓言多发表于 1931 年儿童书局出版的《小朋友寓言》里，其中以《粗心大意的小公鸡》《小鱼遇险》《爱生气的小蟹》等最为优秀。

《粗心大意的小公鸡》：

你再不要到那井口边去窥探了，儿子！千万别那样，危险啊！”

“为什么？”

“儿子，你还不知道自己多么粗心，又多么急躁啊！”

“真的吗？”

“母亲从来都是夸她儿子，不会贬她儿子的。”

“我知道”。

头几天，小公鸡果然不再到井口边去窥探了。

一天，两天，三天……小公鸡终于怀疑起来了。

“无论怎么样，我不相信那里是个危险的地方！可不是么？这些天来，没看见什么怪异出现！不过，母亲的话总该听从。”

小公鸡便把要到井口边去窥探的念头遏住了。

不久，小公鸡又在想了。

“即使那里确是个危险的地方，只要看一看，大概是不妨的吧？——但是，母亲叮嘱我不要去。”

小公鸡又把要到井口边去试探的念头遏住了。

一次，二次，三次……小公鸡终于忍不住了。

“母亲的话，没有多大意思，只是太顾虑我做儿子的……只要我自己小心点儿，什么危险也没有！……”他一步一步地走近井口边，伸长头颈，往下一望，只见亮晃晃的圆圈子中，站着一个什么东西，板起面孔，怪相难看。

小公鸡的心里头不自在，不知不觉，也自然而然地燃起一股怒火。

“你是什么东西？谁同你怄气？装什么鬼脸？你这瘟东西！……”

井里起了一种微细的回声。

这使小公鸡更误会了，难道是个不相识者在辱骂他。于是，他气更大了，无名火高三千丈，心一横，大叫一声，翅膀一拍，立刻飞下井去，要和他仇敌分个高低。

“唉！唉！糟糕！我错了，太粗心大意了！……”

小公鸡等到发觉自己的错误，时候晚了，井水已经浸透了他全身。

从这则寓言看，陈伯吹的寓言表现了他对生活的细致观察和对儿童性情的准确把握，描述也非常生动和细腻，寓言的教训亦鲜明形象和富于情趣。这样的寓言还较多，比如《爱生气的小蟹》。这则寓言说有只小蟹是个爱生气的家伙，金鱼、小鳅、乌龟、鲈鱼、鳗鱼等都来劝他不要生气，生气会败事的，可是小蟹却不听大家的规劝，它说：“你们胡说八道！我不信！我要生气会怎么样？”小蟹执意不肯领受大伙儿的规劝。可是有一次，小蟹在河里横着爬的时候，渔翁的竹竿碰着了它，它马上生气了，把竹竿夹得紧紧的。结果是渔翁把它提起，扔进了竹篓里。在这则寓言里，故事显得很优美，把爱生气的小蟹刻画得活灵活现。

陈伯吹是个著名的儿童文学作家，故他的寓言亦有浓厚的儿童色彩，并且表述是很生动的，他在不影响寓言基本表现的同时，在故事和叙述上都向儿童文学下了功夫，其寓言是那一时期富于特色的寓言作品。

贺宜也是这一时期的著名的儿童文学作家，他在儿童文学创作各方面做出贡献的同时，寓言创作也是其创作的一个方面，并且以其卓越的表现，成为这一时期重要的寓言作家。

贺宜（1914—1987），原名朱莱园，上海市金山县人。1934 年当小学教师，开始儿童文学创作。1935 年主编上海的文艺月刊《生生》。1938 年在难童中学任教，抗战胜利后回上海。1946 年在上海第一师范教书，加入中国共产党，负责中国儿童读物作者联谊会的组织工作，主编《童话连丛》，担任中国少年剧团团长。1948 年到解放区石家庄。1949 年随军南下，后回上海，历任上海市团市委少年儿童部副部长、《新少年报》社长、总编，团中央《中国少年报》副总编、上海文艺出版社副社长等职。主要作品有《贺宜文集》5 卷。

他的寓言一般故事较长，注重对现实的批判和揭露，这样的寓言如《同盟者》《慈善的白蚂蚁》《牛喂大了母鸡》等等，这些寓言一般都有极强的讽刺性和很直接的现实意义。他的另一类寓言是对生活哲理的形象表达，这样的寓言如《两只织布娘》等。这一类寓言表现了相当童话化的故事性。贺宜是个儿童文学作家，但在寓言创作中多是一些严肃的题材，故事的叙述上没有显露如陈伯吹寓言那样的儿童情趣，是另一种特色表现的寓言。在贺宜寓言中，较好的寓言有《装甲乌龟》《慈善的白蚂蚁》等，但它们故事都较长。故事较短小的有《不爱恭维的狮子》：

> 狮王坐在宝座上。他对于臣民的恭维已经听厌了。
>
> “真讨厌！他们每天对我说一长篇恭维的话，我的耳朵听得都快要生老茧了！他们真愚蠢，以为我是一个喜欢受人恭维的狮王！”
>
> 这时候，一只装饰得很华丽的狗走到宝座前面，他一边摇尾巴，一边战战兢兢地献他的颂词：
>
> “统治万兽的王啊！没有您。我们如何能安居乐业啊？我们全体兽国的臣民都誓死忠于您。为了您，就是牺牲自己的生命也愿意。”
>
> “滚开！”狮王咆哮着，从宝座上跳起来，“你不要到我这儿来拍马屁！我顶不喜欢人家的奉承话！”
>
> 狗夹着尾巴走开以后，来了一只温文儒雅的狐狸。他装饰得很高雅，显出他是一个极有修养的学者。他对狮王行了一个不亢不卑的礼，然后对那只狗看了一眼，轻声说：“王啊，您何必生气呢？您是最明白的，像狗那么无聊的家伙，他会说出什么聪明的话！他真是糊涂透顶了！连您是世界上最不爱受人恭维的也搞不清！但是这也难怪，世界上不喜欢恭维的是多么少呀！像您这么聪明正直，我敢发誓，我还是第一次看到呢！”
>
> “你说得很对。”狮王眉飞色舞地说，“来，让我赏你一只肥大的母鸡！”

这则寓言虽然是一个老而又老的题材，但作者仍赋予了它故事的新意，爱恭维这一人性的弱点我们难以永远戒除，也就值得我们永远警醒，作为一则寓言，它较好地表达了它的寓意。

贺宜创作寓言的同时，对寓言的研究也有一定的贡献，除他的《散论儿童文学》中有研究寓言的文字外，1957 年在《人民文学》上发表的《智慧的语言，锐利的武器——试论寓言》一文就很有影响。

第四节　张天翼、仇重、莫洛、天戈及其他寓言

20 世纪 40 年代，是中国现代寓言创作获得较大发展的年代。在这一时期，出现了许多寓言作家和许多寓言作品，寓言创作出现了前所未有的好局面。在这一时期，出现了一批至今都有相当影响的寓言作家和作品，有冯雪峰、张天翼的寓言，另外还有仇重、莫洛、天戈等人的寓言等等，其中尤以冯雪峰的寓言创作最为突出，他的寓言形成了中国现代寓言的顶峰，是中国现代寓言当之无愧的代表（关于冯雪峰的寓言，下面将专节叙述）。

20 世纪 40 年代寓言创作是中国现代寓言创作最兴盛的时期，这里除了冯雪峰的贡献外，张天翼、仇重、莫洛、天戈等人的寓言创作也很出色。

张天翼（1906—1985），中国现代寓言作家、著名的儿童文学家、作家。原籍湖南湘乡，生于南京。1924 年在杭州读完中学，曾学绘画，进过一年大学。后当过小职员、记者、教员。新中国成立后，历任中国作协书记处书记，中国文联全国委员会委员。1958 年任《人民文学》主编。主要作品有：小说集《从空虚到充实》《彼得》等 10 多种；长篇小说《鬼士日记》《一年》《在城市里》等；儿童文学作品《大林和小林》《秃秃大王》《金鸭帝国》《宝葫芦的秘密》等。他的寓言创作主要出现在 1948 年前后，数量不少，他的遗著编有《张天翼寓言》，但现今人们能见到的主要是于 20 世纪 40 年代末在香港出版的《小说月刊》《文艺生活》等刊物上发表的那些寓言。

这些寓言主要有《老虎问题》及续篇、《猪》《一条好蛇》《狐》《画眉和猪》《屠户发愿》《犬训》《狼和蚊子》《蛆》《野牛》《孔乙己考》《龙船》《耗子吃鸡》等等。

张天翼的寓言与冯雪峰及同时代的寓言作家作品一样，大致分两类，一类是指斥现实社会的丑恶，即揭露国民党政治的腐败和黑暗，以及他们的丑恶本质；一类是寓言的哲理、日常社会经验教训总结的常规题材。《老虎问题》及其续篇就属于张天翼的第一类寓言的代表。

《老虎问题》一共四则，分本篇、续篇、再续、三续。本篇揭露的是反动统治者的帮凶的丑恶嘴脸；续篇批驳的是恬不知耻地为反动统治者辩护的行为，揭露他们假公正、真欺骗的本质；再续强烈地讽刺了奴才的本性；三续表明对恶人不能怜悯，形

象地表达了“帮助罪恶者，即损害了善良”的道理。这样的寓言有一定的时代性和现实意义，是对寓言的某一特性的运用。然而，张天翼寓言创作的主要部分还在于寓言的常规题材上。在这一方面，他的寓言很多，并有不少精美的篇章，如《一条好蛇》《画眉和猪》《屠户发愿》《耗子咬鸡》等。

《一条好蛇》：

> 一条心地很好的蛇抓到一只麻雀，想要把她一口吞掉，于心又不忍。于是把她盘得紧紧地，谆谆善诱地，劝她服从命运，还劝她拿出牺牲精神来献身于他。讲完之后，才客客气气要动手吞吃，并且说：
>
> “你看，我不像别的蛇那样不讲理，我和他们是毫无共同之点的。”

讽刺强权者的伪善是《伊索寓言》及西方寓言经常的话题，张天翼这则寓言却表现了中国的风趣和语言，以及自己的故事。

《画眉和猪》：

> 一只画眉在一棵树上歌唱，看见斜对面猪圈里的猪们对他的歌声非常冷淡，他觉得很不舒服，他就决计把自己要唱的全部丢开，专门来模仿猪叫。
>
> 几个月之后，他叫得很像猪了，于是在猪圈里当众表演，猪们大为激赏，喝彩之后，立即开了个会，议决颁发这画眉一笔奖金，以示鼓励。
>
> 这画眉觉得自己地位陡然增高了。每逢他听见树林里他同类的大合唱，他就看不起：“到底不是正宗，只配在此闹闹、上不得台盘的。”

这则寓言讽刺对低劣者的迎合。丢掉自己的本性，去逢迎低劣者已经很可怜了，如果还以此为荣就更可悲了。寓言对此的揭示是深刻的，讽刺也是强烈的，并且所用的这一比拟形象也是新颖的。

《屠户发愿》：

> 一个屠户听了“放下屠刀，立地成佛”的道理之后，不再担心堕地狱了。他好好打算着：“既然如此，那么我就再干他些时候，等孩子们长大，娶了亲，生了孙儿孙女，替他们各人留份家私好养重孙子——到那时候我再成佛吧。”

这份讽刺已经有些幽默得发黑了，但它的教训是鲜明的，揭示也很深刻，还有些风趣如然，是一则精炼生动的优秀寓言。

《耗子咬鸡》：

> 一大早，孩子们跑去放鸡，发现有一只被咬死了，就嚷了起来。
>
> 大人们也跑来看，研究这到底是被什么咬的。狐狸？野猫？黄鼠狼？——可是都不像。后来爸爸看出来了：“你看，只是咬穿了肚皮，吃掉了里面的谷食。这一定是耗子干的。”
>
> 祖父就说：“哼，我还当是什么猛禽恶兽呢，原来不过是你！你既然只

有这么一点儿胃口，那又何必糟蹋人家一只鸡呢？”

这则寓言完全以奇特巧妙的构思取胜，并且还富于生活气息，其教训也是鲜明的。这则寓言极富创造性，是一则令人耳目一新的寓言。

总归而言，张天翼的寓言都有一个共同的特点，就是浓烈的讽刺意味和对社会生活中人的虚伪的深刻揭示。另外，他的寓言文笔简约精炼，形象鲜明，还有对动物心理的细腻的刻画，也是其寓言的良好表现之一。张天翼寓言对题材的开拓是比较成功的，寓言表现的艺术也较为成熟，在20世纪40年代是除冯雪峰之外的又一个优秀的寓言作家。

在20世纪40年代，除张天翼之外，另一个较为重要的寓言作家是仇重。

仇重，原名刘重，生卒年不详，浙江人。1926年夏参加共产党领导的读书会，1931年又参加左联领导的文学组。大学师范专科毕业后，在各地当过9所学校的中小学教师，以及报刊的编辑及其他职业。1947年加入中国共产党。1951年起在团中央工作，1957年时被划成“右派”，下放劳动。“文革”时又遭关押、游斗，被逼走山西，后不久就下落不明。他是中国现当代的一位儿童文学作家，主要作品有《苹儿的梦》《歼魔记》等中篇童话；《稻田里的小故事》《半边树》等短篇童话集，以及《仇重童话选》等。

仇重的寓言作品主要见于《稻田里的小故事》一书中①，有《大家比本领》《贪便宜的蚯蚓》《蜗牛的旅行》《三只猪》《小木桥》等篇章。

《大家比本领》：

蚱蜢和螟蛾，各自在夸说自己的本领。

蚱蜢说：“我的本领大得很，一株稻子，不够我吃一顿，我就连叶带茎，都把它吃光了。”

螟蛾说：“你的本领还没有我的儿子大。我的儿子螟虫，钻在稻茎的中心，不消半天，就把茎中的稻汁吸光，稻就枯死了。”

这时候，旁边一只青蛙听了他们的谈话，只是冷笑。蚱蜢和螟蛾说：“你笑什么？你这绿皮鬼！你有什么本领，也说出来听听，大家好见个高低！”

青蛙笑笑说：“我是没有什么大本领的，哪里可以和你们两位比高低。不过我也有一点小本领，就是，我只要把舌头一伸，就可以把你们两个吹牛的坏蛋，一齐吞到我肚子里去了。”

青蛙说完话，就扑向前去。舌一吐，就把蚱蜢和螟蛾两个祸害稻子的坏蛋，一口吞到肚子里去了。

《贪便宜的蚯蚓》：

① 仇重：《稻田里的小故事》，商务印书馆，1947年版。

长、短两条蚯蚓，同在稻田旁边，很辛苦地掘土打洞。一只田螺从旁边经过，问他们道：

“你们忙忙碌碌干什么啊？”

短蚯蚓回答说：“我们身体太软弱了，我们要打个洞，钻进洞里去，才能保护自己不被别人杀害。”

田螺说：“何必这样辛苦呢？我的妈妈去年死了，还留着一个壳。你们何不就钻到我妈妈的硬壳里，不是比钻在地洞里更安全、更舒适吗？”

短蚯蚓想想不错，就停止工作，再不想打洞了。

长蚯蚓劝阻他说：“老弟，这不大妥当。我们还是自己找个安身的地方好，不要贪图现成的便宜！”

但是，短蚯蚓不接受同伴的劝告，却听从了田螺的意见，一钻就钻进田螺妈妈的壳里去。他觉得住在田螺壳里，的确又安全又舒适。

这时，一只鸭子，呷呷呷叫着来了。鸭子看到第一只小田螺，不由分说就一口吞到肚子里去了。在小田螺的后面，鸭子又看到第二只田螺，鸭子原以为这是死的田螺壳，但用鼻子一嗅，却嗅出里面有肉味，就对自己说：“这也吃得！”就再吞了一口，把这只田螺壳连同躲在里面的蚯蚓，一起吞到肚里去了。

《大家比本领》是一则有较好构思的寓言，在带有一定倾向的前提下，其故事优美、精干、富于生活气息，教训也很鲜明。《贪便宜的蚯蚓》这则寓言也同样，但比《大家比本领》还要更细腻和富有情趣一些。仇重的《三只猪》和《仙、木桥》也是非常好的寓言。这些寓言故事性都非常强，但教训也很深刻，给人深深的回味和深思，有很强的现实意义。

总归而言，仇重的寓言富于乡村生活气息，故事优美，教训深刻，有自己鲜明的艺术特色，是20世纪40年代有成就的寓言作家作品。

莫洛亦是这一时期的寓言作家。

莫洛（1916—），中国现当代作家、诗人。原名马骅，字瑞蓁，浙江温州人。20世纪30年代参加革命。主编过：《暴风雨诗刊》《战时商人》月刊和《浙江日报》副刊。新中国成立后历任《浙南日报》副刊《新民主》主编、温州市文联主席等职。为中国作家协会会员、中国散文诗学会会员、中国寓言文学研究会会员。主要著作有《叛乱的法西斯》《渡运河》《生命树》《陨落的星辰》等。

莫洛的寓言作品大部分是1942年前后在《浙江日报》副刊《江风》上发表的。他的寓言时代气息浓厚，《鹰和鹅》是一曲对奋争者的赞歌，同时也揭示慵懒和依赖别人就必然任人宰割的道理。《英雄与苍蝇故事二则》题意同鲁迅的“战士与苍蝇”，但莫洛的故事更加寓言化，深刻揭露苍蝇的丑恶和卑劣。

莫洛的寓言构思一般都是很富于机趣的，常常在一般的对比中出新出奇，给人的印象很深，比如《雁给乌龟言论自由》：

雁严密地统治着整个国家。作为人民一分子的乌龟，非常气愤，到处活动，天天在争言论自由。

雁想，假如百姓们都联合起来反对我，那就糟糕；何况乌龟这小子天天在煽惑群众。于是，他苦苦地想办法。办法有了。雁贴出堂皇的布告，宣布开放言论，给人民充分的言论自由。

雁请了乌龟来，客客气气地叫他用牙齿咬住一根竹竿；同时又请来水鸭兄弟，叫他俩衔住竹竿的两端。

雁告诉乌龟说："这叫作民主……"雁命令水鸭飞起来，乌龟便吊在半空中享受"民主"。雁于是大声地宣言道："现在实行民主了，开放言论了。凡是我国人民，都有言论、出版、集会、结社的自由。"

乌龟拼命咬住竹竿，瞪着眼睛。——乌龟虽然是"莠民"，但他却也得懂这个道理：若一开口，便立刻会丧生失命。

这则寓言故事是以那则著名的"天鹅与乌龟"的故事为原型的，但莫洛却赋予了它新的题意，既风趣幽默，又有深刻的揭示。

天戈亦是与莫洛同时出现的寓言作家，在寓言创作上的影响和成就也大致相同。

天戈，即黄天戈（1918—），广东和平县人。1947 年毕业于国立社会教育学院社会学系，1949 年在南京市军管会文艺处工作，1950 年起为南京市文联文学部副总干事、总干事，后为创作员。1956 年起为江苏人民出版社等社编辑、副编审。中国作家协会、中国寓言文学研究会、中国俗文学学会等会会员。中国现当代作家、诗人。主要著作有《睡谷的传说》《白额牛》《绿水青山》《婚事》《先锋部队》等。

黄天戈的寓言主要创作发表于 20 世纪 40 年代的各家报刊，后收入他的童话寓言集《睡谷的传说》中。他较主要的寓言有《问路》《聪明的法官》《假使三分钟》《好心肠的花公鸡》《一个从未照过镜子的人》等。

黄天戈的寓言有一股强烈的批判现实的精神，比如《聪明的法官》连死人的审讯和定罪都不放过；《野猫岛的故事》嘲讽和揭示了法律的虚伪等，都是直指当时腐败的国民党统治的黑暗和腐败的社会现实。这些方面的寓言表现了一定的时代性和社会意义，但显现他寓言才华的还有人生哲理寓言方面的表现。他的哲理寓言一般都很风趣，结尾出人意料，比如《好心肠的花公鸡》和《问路》等。

《问路》：

一个从未跨过门槛出外的人，一天，打算去旅行。在离家不到五里远的地方，便迷路了。于是，他向人问路。然而回答他的是不同的说法。

一个 13 岁的孩子说："你朝着你的鼻尖所向的地方走去，那里可以发现你应走的道路！"

一个 25 岁的青年说："随你的便！最好你能每一条路走一走，走不对时，再走回来，择另一条路试一试，最后你总会走对的！"

40 岁的大人说："这，我不能说得准，不过，我有本地图，一本交通指南，还有一本游记，你如果能读熟了，再往前走，大约不会走错的。”

60多岁的老头说：“你要问路吗？那简单得很，你只要看前面那路碑就明白了。路碑上面什么都写好了的。但是，无疑的，你必须选择靠近河边的一条路走！”

出门人问：“那条路是对的吗？”

60多岁的老头回答：“一点也不会错的，我的祖父，我的父亲，都是从这条路走过去的，我自己也正要向那条路走过去。”

出门人又问：“你的祖父，你的父亲，现在走到哪里去了呢？”

60多岁的老头回答：“他们嘛？唔，我几乎忘记告诉你，他们早已走到目的地，在坟墓里休息着哩。”

出门人大骇，因而彷徨多时。最后，忽然发现自己竟有现存的两只光滑的脚掌。且喜且呼道：“我找到我的路了，我的路，在我自己的脚上！”

这则寓言有很深刻的哲理性，在中国现代寓言中，能注重寓言哲理性的追求的不很多，而天戈寓言不但追寻了它，而且相当成功，不失为哲理寓言的上乘之作。

总归而言，天戈寓言虽同样带有时代的印迹和倾向性，但他的寓言哲理性的追寻，使他的寓言在那一时代有他自身的特色。

在这一时期，除了以上诸位寓言作家的寓言作品外，其他一些作家、儿童文学家也创作了不少寓言，同样汇入20世纪40年代寓言创作的潮流。他们当中值得提及的是严文井的《红嘴鸦和小鹿》、方轶群的《公正无私的太阳》、包蕾的《石头人的故事》、吕漠野的《狐狸吃鸡》严大椿的《一条贪吃的小蟒蛇》，以及何公超的《仙人和老树》《勇敢的小笋》等等。这些寓言各有各的表现和特色，各自都显示了一定的风采，当中又以《仙人和老树》等为最突出。

《仙人和老树》：

一个仙人在山里走，看见一棵老树，躯干高大，枝叶茂盛，旁边一个伐木工人，把斧头靠着树根，却并不砍他，仙人问：“这棵树总有几百岁了吧？为什么不砍他？”

“没有什么用！既不能造屋，又不能造船。”伐木工人回答。

“这棵树因为质地差，不中用，所以能享长寿。”仙人感慨地说，“可叹世人，勤勤恳恳，忙忙碌碌，耗尽精力，丧尽天年，真是可怜，可笑！还不及这棵树浑浑噩噩，得享长寿哩！”

“好仙人，这样的长寿，我并不愿意哩！”老树回答说：“我的同伴一棵棵被人砍去，有的做了栋梁，巍巍大屋，住着人，有的做了桥梁，横跨江河，渡着人。有的做了车轮，千里万里地奔跑着。他们带给人们的安定、方便、美丽、快乐，却是无穷无尽的。像我这样，即使活上一万年，到头来，还是要死的。但，临死的时候，如果自己回想：一生中白白享受了阳光的照射，雨露的滋润，却对这世界，竟没有一丝一毫的用处，真要羞愧得难以形容哩!”

仙人对于老树的这番议论，目瞪口呆，想不出半句答辩的话。

老树又对伐木工人说：“大哥，行行好，把我砍下来当柴烧也可以。当人们烧着木柴的时候，那辉煌的光……那炽烈的热……在光和热里我会含着笑死去……”

“你当作柴烧，倒是好的。”伐木工人举起了斧头。

仙人呢，含羞带愧地走了。他觉悟到自己不过是一个长生不老却没有发出一丝光、热的废物罢了。

这则寓言的故事源自庄子寓言，但其寓意正好相反，表现了致用、人世的思想观念。何公超的这则寓言从故事到叙述语言依然显现了童话的色彩，比较注重故事和儿童情趣。

何公超（1903—1986），原名何味辛，江苏松江县人。中国现当代作家、儿童文学家。中国作家协会、中国民间文艺家协会等会会员。主要著作《快乐鸟》《丑小鸭》《小金龟》《兽国记》《龙女三郎》《何公超童话寓言选》等。

第五节　冯雪峰寓言

中国现代寓言的历史起始于“五四”运动前后，并在以后的数十年中，有一定的发展。但坦率地说，如果中国现代寓言没有冯雪峰寓言的出现，就会失色得多。冯雪峰寓言的出现，奠定了中国现代寓言的基础，把中国现代寓言提升到一定的高度，是现代寓言文学中最重要的代表作家作品。他使中国现代寓言从他开始走向成熟，可以说他的寓言表现了中国现代寓言的基本风貌。

冯雪峰（1903—1976），中国现代著名的寓言作家、诗人、文学翻译家、文艺理论家。笔名雪峰、画室、吕克玉、成文英、何丹仁等，浙江义乌县人。1921 年在杭州参加朱自清、叶圣陶等人组织的“晨光社”，1922 年与汪静之、应修人、潘漠华组织“湖畔诗社”。1927 年加入中国共产党。1928 年编辑《萌芽》月刊，并与鲁迅共同编辑《科学的艺术论丛书》。1929 年参加“左联”筹备工作，曾任“左联”党团书记。参加过长征。1941 年皖南事变后被捕，在上饶集中营被关近两年。后又到上海工作。1951 年至 1957 年间历任人民文学出版社社长兼总编辑、《文艺报》主编、中国作协副主席。1958 年被划为右派，1976 年 1 月 31 日病逝于北京。主要作品有：译作《社会的作家论》《艺术与社会生活》《文学评论》《夏天》；论著有《乡风与市风》《有进无退》《鲁迅论及其他》；诗集《湖畔》《春的歌集》《真实之歌》；剧本《上饶集中营》等。

冯雪峰的寓言创作是 1946 年后在上海开始的，主要的作品集有《今寓言》《冯雪峰寓言三百篇》上卷、《雪峰寓言》《寓言》等。另外，他还改写了《百喻经》，题名为《百喻经故事》。

冯雪峰寓言基本上是新中国成立前创作的，新中国成立后极少创作寓言，到1975年，也就是他去世的前一年，他写了他一生中最后的一则寓言。这则寓言叫《锦鸡与麻雀》：

> 有一只锦鸡到另一只锦鸡那儿作客。当他们分别的时候，两只锦鸡都从自己身上拔下一根最美丽的羽毛赠给对方，以作纪念。这情景当时给一群麻雀看见了，他们加以讥笑说："这不是完完全全的相互标榜么？"
>
> "不，麻雀们，"我不禁要说："你们全错了。他们无论怎样总是锦鸡，总是漂亮的鸟类，他们的羽毛确实是绚烂的，而你们是什么呢？灰溜溜的麻雀？"

这则寓言可能表达的只是一种心境，对某种人生历史的见解，寓言本身并没有什么，但一个垂暮之年的老右派把他的善良平和及悲凉无比的心情寄寓于寓言，可见寓言创作对其人生的重要性。这则寓言是他的一则美丽的挽歌，恐怕也是一生中最后的作品。

冯雪峰的文学实践是多方面的，有文艺评论、理论研究等方面的作品和著作，也有诗歌、杂文、寓言、戏剧等方面的文学创作作品。在文学创作上，尤以他的寓言创作最为突出，是其文艺创作的主要方面。他的诗歌、杂文、戏剧在中国现代有一定影响，但文学创作上给他带来决定性声誉的则是他的寓言创作。冯雪峰不但用大量的寓言作品表现了广泛的社会生活，总结了带有时代印记的日常社会生活的经验教训，发掘了生活的哲理智慧；同时还在寓言中表现了他的艺术才华、世界观、人生观、哲学思想、文艺思想等等。可以说，一定程度而言，我们不了解他的寓言创作，就很难了解他文学创作的面貌。

冯雪峰寓言总共有200多篇，在这些作品中，有中国现代寓言的一大批优秀作品，如《两盗与商人》《老妖妇与美女》《两个菩萨》《野猪、蟒蛇们的和平会议》（见《今寓言》）；《类人猿的音乐会》《旅行家与海潮》《柳树与落水的人》（见《雪峰寓言三百篇》上卷）；《猴子与养猴子的人》《十个老鼠的大团圆舞》《乌鸦养儿子》《水牛和货车》《两个鹿》（见《雪峰寓言》）；《蛇和音乐》《朝霞》《乌鸦是一只有趣的鸟》《兔儿们》《熊和虎狼们》《狮子和羔羊》《猫和空罐》《雪地上的鸟》《鸟和烂苹果》《鸟儿们和吹笛的人》《牛和绳子》（见《寓言》）等。以上寓言，是雪峰寓言的代表作，也是时代寓言的珍品。

《野猪、蟒蛇们的和平会议》：

> 野猪、蟒蛇、狼、老虎等等，在森林里集会，它们轮次一遍一遍地发言，都主张和平，要成立一种和平的规约。它们并且一遍比一遍说得更热心。但是忽然间，它们又都凶暴地相互指摘着别个的缺乏诚意了，因为它们无论谁发一次言就都露一次牙齿，而那越主张和平、说话得越多和越热烈的，也把牙齿露得越多和越厉害。所以它们谁都感到威胁，而它们相互的指

摘是完全不错的。

但它们却也谁都没有办法不露出牙齿来说话，这样，和平会议也就失败了。

这则寓言的构思是奇妙的，形象也很鲜明，确实，长着吃人牙齿的越开口讲和平，那吃人牙齿露出的次数就越多，寓意也就在鲜明的形象中表现得很充分。这则寓言是一则政治寓言，讽刺和揭露的是那些所谓和平倡议者的嘴脸。这则寓言时事感很强，也是这方面的寓言的代表作。它巧妙地利用了动物形象性状，揭示很深刻，但又是道地的寓言式的表述，对如何用寓言来表现这类时事性很强的题材很有启示。

《类人猿的音乐会》：

有一个类人猿，在一道轰轰鸣响的瀑布旁边，选了一个岩穴做它的新居。因为类人猿自己是古代悲剧的一个拿手演员，又是山中一个音乐队的队长，所以它乔迁的第一个晚上，山上的所有歌者都来到它的新住宅，举行一次音乐会，以作庆贺。

类人猿自己任指挥，猩猩拉大提琴，狼吹笛，猫头鹰击鼓，夜莺唱古歌，野驴扮作大花脸直着喉咙对唱，牡鹿则绕着圈子跳舞。它们通力合作，拼命演唱，一直到天亮；可是，它们越唱越不响亮，就连它们自己也听不明白它们到底叫唱的什么。最后，类人猿摔掉指挥棒，揉着酸痛的手臂说：

“还是休息休息罢，假如没有办法停止我们旁边的洪流，那我们的音乐无论怎样的美妙，也是白白的。”

我的意见可是：我并不停止我的细小的声音，而是力求我的声音消融在人民大众的轰响中。

这则寓言把丰富的哲理内涵与现实生活有机地结合起来，并紧扣时代的脉搏，让人叫绝。另外，这则寓言的构思之精巧，教训之鲜明，可称为现代寓言的典范。

《猴子与养猴子的人》：

据说有一个人养了几百只猴子，却对待得很不好，又没有给它们吃饱；猴子们很不满意，相率逃亡了许多。那个人发觉了以后，就跳了起来恐吓那些没有逃走的猴子说：“我要把你们都捆起来，一个一个杀死，免得你们再逃走!”猴子们一听，全都一哄逃散了。

这则寓言的故事在春秋战国寓言中有原型，但冯雪峰的故事却是少有的明快形象、简练，表现了冯雪峰寓言老练文笔的一个方面。

《狮子和羔羊》：

一只羔羊，怪可爱的，却不幸被狮子捉住。羔羊哀哭着求饶，狮子看他可怜，就饶放了他。但羔羊并不马上走开，他想，狮子是这样的慈悲，并且还加倍地爱怜羔羊呢。他就放大了胆子，留在那里等狮子收他做干儿子。不料狮子绕了一个圈子，看看羔羊还没有走，又把他一口吃掉了。

《雪地上的鸟》：

有一只鸟，在雪地上散步。他一脚一脚地把脚印印在雪地上，一面不停地自己称赞说："好文章！好文章！但他的尾巴，又当作一把勤快的扫帚，连忙把好文章扫得不留痕迹了。总之，他是一面写，一面自己拍案叫绝，一面又马上抹得干干净净，不让别人看见一个字。

这两则寓言都描述的是现实生活中一些很平常的事件，但也就在这些生动的描述中，作家挖掘了生活后面的最深刻的哲理，即用寓言的方式揭示人之所未见之物。《狮子和羔羊》是强弱对比最常见的题意，一般的寓言描述的是狮子的强暴，而此寓言却写了羔羊自以为是的天真，使寓意陡然一变，很有机趣和兴味。《雪地上的鸟》则是对孤芳自赏者最形象的描述，且表述的形象和方式非常新颖独特，想象此鸟性态不禁让人发笑。总起来这两则寓言都写得轻松自如，练达精湛，显示了冯雪峰的大家风范。

像这样的寓言还很多，如已举列的寓言都表现了冯雪峰寓言创作许多良好的方面，惜不能于此一一评述。

在冯雪峰以上一系列的寓言创作中，有对国民党统治下腐败黑暗社会的批判，也有对统治者种种无耻嘴脸的无情抨击和揭露；有其世界观、人生观、理想追求的表现，也有对哲学理性的形象认识，以及对世俗的日常的智慧、生活经验教训的总结……其寓言的内容包容量是很大的。

就冯雪峰的几个寓言集子而言，抨击和揭露型寓言的代表是《今寓言》①，这是谢德林式的寓言。在寓言历史的发展过程中，由于某些特殊的历史时期的需要，寓言的讽刺、影射作用过分夸张，故处于这种状况下的许多作品也就走上了"禽言兽语的故事"或"动物故事"的路子。《今寓言》是冯雪峰1947年出版的寓言，他这时期的寓言也正好处于这样的"斗争的需要"的特殊时期，故《今寓言》中出现了许多这样的所谓寓言，如《虾蟆国的议员们》《可尊敬的田鼠族长》《黄鹊鸽的不幸遭遇》等等。在承认其作品的巨大的斗争作用的同时，应该说这时的雪峰寓言不是很成熟或者是相对变异的，但后来不久，冯雪峰的寓言创作就走上了传统的常规的轨道。

《雪峰寓言三百篇》（上卷）② 和《雪峰寓言》③ 中的寓言比之《今寓言》中的寓言，就有很大的发展和变化，注重讽刺和影射的寓言在两个寓言集作品中还有存在，但已很注重寓言的表述方式了。在这两个集子里，表现世界观、人生观，以及哲学理性的形象认识等，已成为其作品的主体部分，里面有许多成熟的精品。

《寓言》④ 是其寓言创作的精华，其内容多为世俗的日常的智慧和经验教训的总

---

① 冯雪峰：《今寓言》，上海作家书屋，1947年。

② 《雪峰寓言三百篇》，上海作家书屋，1949年。作者原计划还要创作出版此书的下卷，但未能如愿。

③ 《雪峰寓言》，人民文学出版社，1952年。此书基本上是"三百篇上卷"的翻版。

④ 《寓言》，作家出版社，1956年。

结。这部寓言集是冯雪峰寓言最有影响的一部，这实际上是冯雪峰寓言创作的精选本，从1956年出版后，就一直是冯雪峰寓言的定本，20世纪80年代后出版的《雪峰寓言》就是以它为底本的。

这些内容的表现，我们都可以在以上的列举中找到印证，当然，这样的以各个集子的主要作品构成来分类也只是大致的。

冯雪峰寓言的思想内容是多方面的，可以说是中国现代寓言思想内容的集大成者，其思想内容表现的广泛性和思想内容的深刻性都是中国现代其他寓言作家作品不可比拟的。但除思想内容外，其寓言在艺术表现上的贡献上也是很大的。

冯雪峰寓言的艺术特色，简略而言，有以下几个方面。

一是时代特色。冯雪峰是个认真、严肃的寓言作家，他的寓言创作均把他笔下的一切禽兽、人、无生物，置于鲜明的历史背景下来进行它们的活动，展开故事的情节，力求与现实紧紧相连，力求寓言的目的与时代的进步的潮流合拍。这使得他的一些寓言在某种程度上成为献给时代的礼物，带有很浓厚的时代色彩。

寓言的深刻性，是雪峰寓言的第二个方面的特色。寓言最忌肤浅，而雪峰寓言基本上都准确地把握了这一点。他创作的寓言，讲究把深刻的思想渗透进浅显易懂的故事情节之中，讲究内容与形式的统一。

寓言目的的单一、明了，是雪峰寓言的第三个方面的特色表现。他的许多寓言寓意明确，恰到好处。他把寓言的整个故事巧妙地组织起来，表述了赋予这则寓言的目的，让一个寓言的教训鲜明地凸现，既不多一点，也不少一点。

另外，他的寓言的故事，语言运用、各种表现手法、理性与诗情力量的有机结合等方面，还有许多突出的地方。

最后，冯雪峰对《百譬喻经》的译写也值得一提。在冯雪峰致力于创作寓言的同时，还译写了全部的《百譬喻经》故事。《百譬喻经》是一本佛经寓言集，在中国流传广泛，影响久远，它的存在很早就引起了人们的关注，特别是文学上的关注，如鲁迅就是，他从此书中就得出了印度寓言“大林深泉”的著名评语。但是，像冯雪峰这样把它从古汉语译写成纯粹的白话寓言故事，还是第一次，冯雪峰的译写本改成了《百喻经》，一共有98个寓言。这，某种程度上也是雪峰寓言创作的一个部分。《百喻经》的译写总归而言有两个方面的意义；一是同样表现了冯雪峰在寓言文学上的卓越才华；二是推进了佛经寓言的影响和大众化。

第十章　当代寓言（一）

1949年，新中国成立后，时代走上了一个新的阶段，意义是多方面的，有政治的、社会的、文化的和文学艺术的。至此，中国的现代文学也进入了一个新的阶段，这就是中国的当代文学时期。中国的当代文学从1949年至今，已近50年，在这近半个世纪的历史中，进入新中国的文学有自己的辉煌，也有自己的悲哀和惨淡的时光，这，就是十年的“文革”时期。1966年“文革”发生前，中国的当代文学已有许多灾难发生，但它也还能在相应和允许的地方展示自己的姿态，可是“文革”一到，中国当代几乎所有的文学艺术都遭到摧毁性的打击，文学艺术的“字眼”已剩不下几个，大致只有“鲁迅走在‘金光大道’上”“八亿人民看八个戏”等等，以致于人们只好给这段历史时期的文学一个字眼——几乎空白。到1978年，“三中全会”后，中国进入了一个新的时期，中国的当代文学才获得了全面的复苏和发展，并且在很短的时间里，取得了相当辉煌的成果。

如此而来，中国的当代文学一般都分为当代文学的前期、“文革”时期、新时期等三个时段，每个时段现今大致都是十余年的时间。中国的当代寓言文学也有这样的历史分期，“文革”前称为中国当代寓言的前期，时间从1949年到1966年止。“文革”时期也是一个时期，但“文革”时期的寓言创作是真正的空白，可忽略不计。1978年后，中国的新时期到来，也就称为中国当代寓言的后期，时间从1978年至今。

在当代寓言的前期，有金江、湛卢等为主要代表的寓言作家作品。在当代寓言后期，中国的当代寓言创作进入了一个空前繁荣的时期，先期出现了黄瑞云、凝溪为主要代表的寓言作家作品，继而又出现了一批有代表性的各具特色的寓言作家作品，使中国的寓言文学呈现了能与中国春秋战国寓言文学繁盛相比拟的状况。另外，这一时期的寓言研究、翻译、整理等方面亦呈前所未有的昌盛局面。

第一节　文学背景与寓言概况

中国的当代文学从基本精神上无疑是中国现代文学的继续。新中国的成立，标志着在中国现代文学中只是主流的革命文学取得了决定性的地位，因为人民的文学和革命的文学从某种意义上说已转向了社会主义文学。这样一来，在中国现代文学中的多流派和多风格已有了很大的改变，变得单一和纯粹起来。在这一时期里，其他文学创作的原则和方法受到压抑，而革命现实主义既社会主义现实主义的创作原则与方法成为最根本的方法。从中国现代文学中走过来的作家，要么放弃了写作，要么在新的单一的创作原则和方法中适应或自觉地把其作为创作的追求原则。故在中国当代文学的前期，也出现了一批时代的优秀作品，如《红旗谱》《创业史》《红岩》《茶馆》等。

1966 年，“文化大革命”发生，之后如上的很单色的文学也受到彻底的摧残，粉饰和歪曲现实的文学逆流得到恶性发展，文学和文化上都造成了灾难性的后果。

“文化大革命”结束后，随着社会政治上的拨乱反正，文学的正常的天地也进行着艰难而苦涩的恢复。文学的革命现实主义在新时期的初期仍然制约和影响着这时的文学，但题材的广阔性，揭露生活矛盾的深刻性和塑造人物性格的丰富性，已构成了这一时期文学的主要特征。当时的时代优秀作家作品有蒋子龙的《乔厂长上任记》，高晓声的《陈焕生上城》《陈焕生转业》，湛容的《人到中年》等。

到新时期文学的后期，文学的创作精神和创作原则发生了很大的变化，某一种既定的文艺原则已经不能完全控制文学的局面，许多新的外来的文艺原则和精神已经广泛地影响着中国的文学创作，同时来自民族自身的文艺和文化的思索也形成了许多新的认识和新的观念，它们汇合起来，使中国当代新时期后期的文学创作呈一种多元发展的局面。在这时期，一大批作家表现了他们的良好势态，如王蒙、贾平凹、周梅森、池莉、余华、苏童、格非等人的作品就包含了许多中国文学的新的发展因素，能不能迎来中国文学的世界声誉，还是未知数，但多方的努力是存在的，也可以说是中国文学新一轮的现代化已经出现。

总归而言，中国当代文学除了新时期的后期外，讲“论争”和讲原则、口号的注意力，多于对作家作品的注意力。

与中国当代的其他文学种类相比，寓言文学创作的命运是相对幸运的。50 年代，中国当代的寓言创作就出现了。在当代，最早的寓言作品集当数上海文艺出版社 1951 年出版的两本配图寓言集《狡猾的狼》和《农夫和蚯蚓》，由何公超撰文，方洞绘图。1953 年华北人民出版社和山西人民出版社各出了一册寓言集，分别叫《猎人和狼》和《凤凰的生日》。但以上这些寓言集都不是纯粹的寓言创作作品，而是改编配图作品。真正的创作作品出版是《雪峰寓言》，时间为 1952 年，但它并不是当代的作品，而是冯雪峰现代寓言作品的汇集。

在当代寓言初期，真正的当代寓言创作是从 1953 年开始的。最早冲出来的寓言作家是金江，他 1954 年 1 月 30 日在《大公报》上发表了四则寓言，从这以后，中国当代前期的寓言创作就日益兴盛，出现了众多的作家和作品，出版了许多寓言作品集。其中的代表作家有金江、湛卢、林植峰、仇春霖、申均之、鲁芝、吕德华、韶华、刘征等。

这一时期的寓言的翻译和研究也较活跃。

“文革”十余年，寓言创作等也几乎是空白。

1976年后，寓言创作得到恢复，1978年后渐渐兴盛，在后来十余年的历史中，中国当代前期出现的老寓言作家恢复了寓言创作的青春，新的寓言作家不断涌现，总的是在一个更高水平上不断发展。这一时期较著名的寓言代表作家有黄瑞云、凝溪，盖壤、黄永玉、吴广孝、许润泉、陈乃祥、胡树化、海代泉等。徐强华、李延枯、鲁兵、崔亚斌，叶永烈、卢培英等人也对寓言创作做出了一定的贡献。

这一时期较著名的寓言作品有《黄瑞云寓言》《凝溪寓言选》《凝溪寓言2000篇》《中国俗语故事集》《芥末居杂记》《无药的药方》《狐狸的生日》《猫头鹰的疑问》《狐狸的“真理”》《老驴推磨》《寓言百篇》《狐狸审案》《怕羞的画眉》《风筝和雄鹰》《海燕戒》《喜鹊嘲牡丹》《西郭先生》《鸭子开会》《寓言的寓言》《侦探和小偷》《弄蛇者与眼镜蛇》《知识寓言百篇》《袋鼠请客》《向狮子挑战的青蛙》《春风燕语》《伊索与国王》《许润泉寓言三百篇》《许润泉寓言选》《得意的狐狸》《吴广孝寓言选》《将军换马》《黄莺与鹦鹉》《鹦鹉的诀窍》《驴的忧虑》，等等。

这一时期出版了一些关于中国现当代寓言的大型的总揽性的寓言选集。较著名的有《中国现代寓言集锦》《中国新时期寓言选》《当代中国寓言大系》，以《当代中国寓言大系》规模最大。其他的各类型中国现当代寓言选集近百种。

这一时期的寓言翻译也向大型、全面发展，几乎世界上所有的比较重要的寓言都有全面的翻译，有的有数种译本。

寓言研究在这一时期也取得了重大进展，如陈蒲清著的《中国古代寓言史》《世界寓言通论》，公木著的《先秦寓言概论》，鲍延毅、谷恒东、吴秋林主编的《寓言辞典》，陈蒲清主编的《中国寓言鉴赏辞典》，吴秋林著的《寓言文学概论》《世界寓言史》，薛贤荣著的《寓言概论》，凝溪的《中国寓言文学史》等等。这种规模的寓言研究，除了在苏联某个时候有类似的情况外，其他任何国家和地区都未出现过。这种彻底的、全方位的寓言研究，不管最后的成果影响如何，都是对世界寓言文学历史的大贡献。

对中国古代寓言及民间寓言的发掘、整理在这一时期也是空前的。贯通整个中国古代寓言史的大型的中国古代寓言选本，大约有十多种。20世纪六七十年代的台湾作家、学者也于此作了不少工作，这样的选本也有数种。至于其他的多种多样角度的中国古代寓言选本就层出不穷。另外民间寓言的整理发掘也有相当成绩，如吴秋林主编的《世界民间寓言大全》等。

这一时期，人们在对传统寓言进行不断发展的同时，还在寓言的外延上展示了作家的才华，如对寓言剧、科学寓言、知识寓言、袖珍寓言、系列寓言等一系列寓言品种的追求等等。总的说来，这一时期的寓言文学，是中国现当代寓言文学发生以来的鼎盛时期，它的表现在于全面地反映了寓言文学各个领域中的成果，展示了中国现当代寓言文学的风貌。这对世界寓言文学也是很有意义的，因为自欧洲的寓言文学在上两个世纪里风行全世界之后，世界范围内的寓言文学发展并不很显著，故而在中外各种寓言风格和精神共同影响产生的中国当代寓言，其成就是很引人注目的。

第二节 当代寓言前期诸寓言

1949 年，全国解放，建立了中华人民共和国，国家和民族都进入了一个新的时代。整个以现代文学为基础的文学也在新的历史中发展，寓言文学亦然，它也由此进入当代寓言文学的新时期。在第一节中，我们知道了当代寓言文学起始的情况，并以为真正的属于当代的寓言文学的发生是在 1953 年前后，也就是金江寓言创作的出现，稍后又是湛卢寓言的出现。这两人的寓言将于另节专门叙述。除开这两位著名的寓言作家外，这一时期还涌现出不少的有成就的寓言作家，如吕德华、林植峰、仇春霖、鲁芝、申均之、刘征、韶华等。

吕德华（1927—），中国当代寓言作家、儿童文学作家。曾用笔名翁亦童、正方、端木青枝、吕华等。河北晋县人。新中国成立前中师毕业，1949 年 6 月，参加革命工作，同年开始儿童文学创作，现为中国作家协会会员、中国寓言文学研究会常务理事。主要作品有长篇《铁根和他的伙伴》，童话集《神秘的蝴蝶谷》《白莲花瓣儿》《镜子内外》。寓言作品主要有《蜗牛搬家》《莲花姐妹》《独木桥上的狐狸和狼》《月亮为什么害羞》等寓言集。

吕德华是跨越当代寓言前期和后期的寓言作家，但他奠定自己的寓言作家的地位是在前期，1958 年前后，他除了在各种刊物上发表寓言外，还在中国少年儿童出版社出版了寓言集《蜗牛搬家》。他的寓言现总计约有 300 多篇，较多的还是在当代寓言文学后期发表的，如寓言集《莲花姐妹》《独木桥上的狐狸和狼》等都是。

吕德华的寓言温和，童趣十足。他不注重对哲理的深刻性和对生活的讽刺、挖掘，他的寓言面对的永远是一群孩子，永远是把一些生动的、有情趣的、浅显明了的道理和美、恶观念叙述给他们。故在很多时候，过分注重故事的叙述和完整性，寓言的理性内涵反而退居其次，因而他的寓言故事一般都较长，很像一些短的有教益内容的童话，可以说，他是不注重童话和寓言区别的寓言作家的一个代表。引述他的较短的两则寓言如下。

《宽容的修鞋匠》：

> 一个修鞋匠正在修鞋，他捡起一只长筒靴，见靴筒里卧着一条毒蛇。
>
> 修鞋匠吓了一跳，这时只要他一锤砸下去，毒蛇就没命了。可修鞋匠的手颤抖了，心想：毒蛇可不是好惹的，若是我不惹它，想他也不会犯我，遇事退一步想总是稳妥的……
>
> 当修鞋匠犹豫的时候，毒蛇探出身子，狠狠在修鞋匠的手上咬了一口。
>
> 修鞋匠为了保住性命，不得不将臂膀锯掉。可修鞋匠对此仍感到庆幸，心想：幸亏自己没有主动攻击毒蛇，那毒蛇要是受到攻击，它绝不会只咬我的手，肯定会咬住我的头不放，可头是万万不能锯掉的呀……

《恩怨不分的乌鸦》：

狮子常把它吃剩的猎物赏给乌鸦，一点残渣碎末也足够乌鸦享用几天。乌鸦颂扬狮子慷慨，是个好心的慈善家。

一次风雪中，乌鸦被冻僵，松鼠将它安排在一个树洞里避风取暖，每天仅仅给它一两粒松子，乌鸦终于得救了，但它埋怨松鼠吝啬小气。

松鼠说："狮子对你的施舍，只是它吃剩下的一些残渣，而我给你的松子，却是尽我所有啊！"

前一则寓言不长，但也反映了他寓言创作的特点。后一则寓言本来是一则有深刻生活哲理的寓言，但疏于挖掘。

林植峰（1936 年—），中国当代寓言作家、童话作家，湖南安化人。1959 年毕业于中山大学中文系，之后在广西日报社、玉林地区大众报社任记者两年多。从 1962 年起，先后在玉林高中、沙田高中、玉林师专、衡阳师专任教，及主编衡阳师专学报。他的主要作品有童话集《智斗天牛》、故事集《奇异的琴声》；寓言集有《笼中狮》《怕羞的画眉》《晚归的蜂》等。他与吕德华相同，前期创作有相当影响，结集出版却在后期。

他的寓言作品主要收在《笼中狮》《怕羞的画眉》中。其寓言故事性强、语言流畅，一部分寓言哲理深刻，富于形象感，后期的寓言重讽喻，有现实意义，民间故事风味浓郁，但故事的一般类比和寓意化的现象较多。

较好的寓言有《射手的真功夫》《一片树叶》《八哥妈妈和大雁爷爷》《穿山甲》《猴子帮忙》《两犬共猎》《刺猬下山》等。

《射手的真功夫》：

雁行排成"人"字形，在高高的空中飞动。蓦地，听得一阵弓弦发响，一支支箭如流星般"嗖嗖"划过空中，"笃笃"地落在远处的箭靶上。

一只心气高傲而又眼光敏锐的小雁，忍不住"嘎嘎"嘲笑道："他射得多低矮啊，瞧，几支箭统统只能落在一块木牌的红点点上，再射远一步也不行了。"

"住嘴！"领头的老雁断然喝道，"你知道什么？支支箭射中靶心，这是地地道道的硬功夫。如果射手瞄住我们当中任何一个，我们谁都要变成他的活靶而栽下地。大伙加倍小心，给我使劲飞快点！"

这则寓言哲理深刻，简洁明快，还风趣幽默，不失为佳作。

仇春霖（1930—），中国当代寓言作家和科普作家，笔名舸夫、陌上葵，江苏盐城人。中国作家协会会员、中国寓言文学研究会会长。仇春霖寓言创作开始于 50 年代，1960 年出版了寓言集《猴子刺虎》《无花果》，1964 年出版《帆和舵》。他的其他著作还有《简明美学原理》《简明文学原理》《智慧的花朵》等书。

他的寓言作品数量不多，但影响较大。其寓言清新自然，生动有趣，教训鲜明，形象感很强，富于生活哲理。较出色的寓言有《浮云》《镰刀》《流水和浮萍》《帆和舵》《草籽和树籽》《老猫喂小猫》等。

《草籽与树籽》：

一粒草籽和一粒树籽，一道落在土里，他们都希望自己能长成一株高大的植物，但是他们的长法却不一样。

草籽一发芽，就拼命往上蹿，他很快就长成了一枝细长的嫩苗，树籽发芽以后，却一直往下钻，很久了，他只在土里生了一簇很长很长的根须。于是草籽带着轻视的口吻责备树籽说："真是个笨蛋！像你这样长法，一辈子也难得出头！"

"不！朋友，正是为了将来长得又高又壮，我才把根扎深哩。"树籽冷静地回答说。

果然，由于树籽有一簇长长的根须，不断给他输送水分和养料，他不久就长得又高又壮，就是在狂风暴雨里，他还是笔直地挺立着。但是草苗呢，他那支瘦弱的茎老是那么一点儿高；飘来一阵轻风。他就得弯下腰来，一会向东倒，一会向西歪，几下就被折断了。

这则寓言对生活哲理有所发掘，很形象，对儿童的启发性很强。

鲁芝（1927—），中国当代寓言作家、作家，山东烟台人。1946 年参加革命，1948 年毕业于华北联合大学文艺学院文学系，1956 年转业到第一机械工业部，1962 年调山东省栖霞县工作。为中国作家协会会员、中国民间文艺家协会会员、中国寓言文学研究会会员。主要作品有小说《铁锁链的故事》、中篇小说《战士们》。他的寓言创作兴盛于当代寓言前期，至后期才结集出版《狐狸和狐狸》一书。此书收集了他的大多数寓言作品。

他的寓言故事性强，生活气息浓郁，注重对生活中的某些哲理的发掘。较好的寓言有《小白狗》《大象和蚂蚁》《一个平淡的故事》《鸡和鸭子的争执》《乌鸦配色记》《泉水·大方石》《两块哑方石》《鸡毛掸子》等。

《两块哑方石》：

两块方石是一对石狮子的底座。很久以前，这两块方石会说话。它两总是没完没了的打嘴架。

"啧啧"，这边的方石说，"你那儿算啥？我清楚，你驮着的那头狮子不是石头的，是竹子扎的，纸糊的……你看我，压得都喘不过气来！我上面的石狮子赛过一座山！我怀疑它是灌了铅的……"

"我真替你害羞！"那边的方石哈哈一笑。"吓死我了！没听说石狮子还灌铅！可以比较嘛，你那个狮子的前爪下是个小小的石绣球！我这边狮子下面却是个大的小狮子！"

这种无休无止的争吵令人心烦。有一天，一个聪明人想出个办法：把那对石狮子互相调换了一下。方法很灵，从换狮子那天起，两块方石不会说话了。

这则寓言的哲理很含蓄，但回味无穷，为时代的佳作。申均之亦是那一时代的寓言作家。

申均之（1912—1988），中国现代作家，当代寓言作家。原名王锡宣，山东烟台市人。少年时期在家乡求学，1930 年到东北当小店员，1931 年回家自学。1938 年赴延安受阻回乡，翌年到珠玑小学任教导主任。1943 年到抗日根据地任中学教师，1946 年调胶东文艺界抗敌协会，任《胶东大众》《胶东文艺》编辑兼记者。新中国成立后调山东省文联，先后任编辑、组长、副主编等。主要作品有小说《冬天的故事》《成绩》《大事情》《红果子》等。他的寓言创作始于 50 年代中叶，1962 年出版寓言集《高山与洼地》，1983 年出版寓言集《西郭先生》。

申均之的寓言叙述生动，富于儿童情趣，寓言的教训及所叙述的道理通俗形象。较好的寓言有《高山与洼地》《蚂蚁和蜜》《西郭先生》《两只蟋蟀》《麻雀长征》等。

《高山与洼地》这则寓言说的一座巍峨的高山与一片低下的洼地为邻，高山居高临下，见多识广，摆大架子瞧不起人，结果自己很寂寞，要与高山旁边的两条小河做朋友，小河说高攀不上，而奔去与洼地做了朋友，使洼地变成了一个湖，游动着鱼虾和映着白云。这故事以此说明"谦受益，满招损"的道理。

这则寓言当时很有影响，它以形象的叙述，把一个简单而又深刻的道理描述得很生动。

当代寓言作家韶华的寓言创作也是在当代寓言前期形成他自己天地的。

韶华（1925—），中国当代寓言作家、作家。原名周玉铭，笔名韶华，河南滑县人。自幼家贫，只读过四年半书。1940 年参加革命，1946 年调东北做《白山》文艺杂志编辑、《西满日报》记者。1950 年调东北文协专业作家，1951 年在《东北文艺》任编辑、副主编，1960 年后历任辽宁省委宣传部文艺处长、中国作协辽宁省分会副主席、主席、中国寓言文学研究会副会长等职。主要作品有：短篇小说集《战斗的友谊》《荆棘路》《巨人的故事》《浪涛滚滚》《燃烧的土地》等。1962 年前后开始发表寓言，并很快形成了自己的风格，成为当时有名的寓言作家之一。1980 年出版有寓言集《风筝与雄鹰》。

他的寓言短小精炼，哲理形象生动活泼，对生活哲理的发掘很有成效，这在他的后期创作上更是如此。另外，他的寓言说古道今，很有余味，亦是特色之一。他的寓言较突出的有《风筝与雄鹰》《捉老鼠》《青蛙与蚯蚓》《天鹅和仙鹤的争论》《干涸的河流》《狼进庄院》等。

《狼进庄院》：

黄狼走进村子里，对一个农夫说："亲爱的邻居，你养的这些小鸡太美丽了，肥实实，毛茸茸的；那些山羊也不错，只看那把胡须，就证明它有老成持重的性格，真真令人尊敬；还有，那些猪崽个个腰满肚圆，天真可爱。请让我进去吧，我多么愿意和它们交个朋友。我敢保证：我照顾它们，一定胜过它们的爹妈！”

农夫说：“那好吧，请进来吧！”说着，便打开了大门。黄狼走进院子，农夫立刻把大门反扣起来，从房子里放出一群猎狗。猎狗把黄狼围起来。黄狼向农夫抗议说：“你就这样对待你友好的邻居吗！这太不讲信义了！况且，我已经声明……”

农夫向猎狗们说：“去和它辩论一下，看看它的‘友好’‘信义’能值几个钱！”

这则寓言较充分地表现了他寓言的基本特色，不失为佳作。在当代寓言前期，大多数寓言作家走的都是散文寓言创作的路子，但当中有一个作家却以诗体寓言创作而著名，这就是寓言诗人刘征。

刘征（1926—），中国当代寓言诗人、作家、语言教育家。原名刘国正，曾用笔名牛小白，北京市人。新中国成立前夕在北京大学读书时，曾参加反独裁、反内战的学生运动。长期坚持业余创作。1979 年加人中国作家协会。主要作品有诗集《蒺藜集》《友声集》等。他的寓言创作开始于 50 年代中期，寓言诗创作则在 1962 年前后，并以此成名。他亦是横跨前期和后期的寓言诗人，后期出版有寓言诗集《海燕戒》《春风燕语》《花神和雨神》。

刘征的寓言诗叙述生动活泼，教训鲜明，寓意深刻，在叙事和总结寓言的教训方面有自己的独到之处，多数寓言是寓言理性与诗情力量有机结合的佳品。如《三戒》《山鸡和火》《猴子和网》《自命不凡的跳蚤》《木偶探海记》《枕头和梦》《马说》等。

《三戒》由《山泉戒》《天鸡戒》《海燕戒》组成，现录《山泉戒》：

一道亮晶晶的山泉，
从千尺青峰上飞下来，
像一柄劈天的刀剑，
像一道穿云的虹彩。
他用沉雷般的吼声发誓：
“一定要奔入大海。
哪怕千山万岭拦路，
哪怕一路风吹日晒！”
于是他向山脚流去，
看见一堆堆宝石晶莹可爱。
他想：“白白放过多可惜，
不妨随身带上几块。”
他满满地捧了几捧，
有翠绿有海蓝有朱红有乳白。
在那风尘仆仆的征衣上，
系上一条五彩缤纷的锦带。

又朝前匆匆走了一阵，
地面渐渐平坦起来。
他猛抬头看见一片沙滩，
像一块线绒还没有剪裁。
他想："山里的打扮多寒伧，
做件金色丝绒外衣倒也不坏。"
于是他在沙滩上换了装束，
雍容华贵，很有些绅士气派。
他还是不停地向前奔走，
但已经不像下山时那么轻快。
忽然遇到一个歇脚的地方：
一池漂亮的荷花正在盛开。
"天哪"他暗暗惊叹：
"让我遇见她是命运的安排！"
于是他柔顺地伏在荷花脚下，
连最细的波纹也完全静止下来。
他睡在绣着鸳鸯的锦被里，
饮一杯花露，清香满怀。
过去滚滚滔滔的生活，
早已抛到九霄云外。
鲤鱼问："难道忘了誓言？
大海还远在千里之处。"
"唔，誓言当然要履行，
但不妨解释为这里就是大海。"
于是他一天天胖得发肿，
身上布满黑色的霉苔，
没过多久就完全腐臭，
一阵黄沙把他最后掩埋。
为了穿山跳峡奔流到海，
奔腾的雪浪不能染上一点尘埃。

《三戒》是刘征的主要成名作之一。这三首寓言诗仿柳宗元的"三戒"形式而作的，它一发表，即引起人们的注目，并以其清新、明朗、深刻的风格，成为当时寓言诗的代表作。刘征也正是以此为起点，成为中国当代著名的寓言诗人。

以上是当代寓言前期的诸位较有名的寓言作家和作品情况。除开他们之外，吴丈蜀的《买凤凰》、李保均等人的《比牛大的蛤蟆》、余毅忠的《鲤鱼告状》、王弘道等人的《叫猫和老虎比武》、刘饶民的《害羞草》、陈永安的《字典博士》、王树功的《墨色的智慧》等寓言集中也有不少好的寓言作品。

第三节　金江寓言和湛卢寓言

中国当代寓言的前期时间上是从1949年以后到“文化大革命”发生时止。1953年金江的寓言创作出现后，当代寓言的前期出现了一批寓言作家，并以他们的努力，创作了一，批寓言作品，为中国当代文学增添了异彩。在这些寓言作家中，又以金江的寓言创作和湛卢的寓言创作表现最为突出，是当代寓言前期的主要的代表作家。

金江（1923—），中国当代著名的寓言作家，儿童文学家。原名金振汉，又名金洛华。浙江温奶市人。幼年家贫，求学时辗时续。小学五年级时开始在《小朋友》杂志上发表习作。1938年入温州中学读书，1912年任小学教师，一年后考入英士大学医学院读书，后辍学。1982年加入中国作家协会。曾任《小花朵》的主编，浙江人民出版社编辑，中国寓言文学研究会副会长。主要作品有诗集《生命的画册》、童话集《白头翁的故事》《不“及格”的朋友》《“小飞马”的待遇》《会飞的公鸡》等。金江在40年代写了不少好诗，但真正使其成名的是他的寓言创作。他的一生寓育创作颇丰，先后出版了《小鹰试飞》《乌鸦兄弟》《知道了》《好好先生》《狐狸和螃蟹》《狐狸的“真理”》《老驴推磨》（与人合集）《寓言百篇》《鸭子开会》《猫的画像》《猴子吹哨子》《老鼠理论家》等寓言作品集。另外，他还编选了《中国现代寓言集锦》《中国现代寓言选》《外国寓言选》《世界寓言精品500篇》等寓言集。

他的寓言一出版，即引起人们的关注和重视，在当代寓言前期就获得好评，初步奠定了他作为中国著名寓言作家的基础。“文革”中其寓言创作完全停止，但“文革”结束，中国文学复苏时，金江即迅速恢复了他的寓言创作。他的寓言作品在前期和后期都为人赞颂，并在国内多次获奖。

金江最早发表寓言作品是1954年初，为中国当代寓言文学最早的寓言作品之一。

金江寓言全部有400多则，其创作根据当代寓言的分期，也可分为前期和后期。前期约有百余则寓言，先后出版了《小鹰试飞》等五本寓言集；后期有近300则寓言，出版有《狐狸的“真理”》等七本寓言集。金江后期的寓言作品比前期多，但他成名则在前期。他的寓言集中，代表作为《乌鸦兄弟》《寓言百篇》《鸭子开会》等。

金江寓言的思想内容主要有两个方面：一是日常社会生活经验教训的总结；二是对社会及人们中不合理现象的讽刺和揭露。总结经验教训的内容在金江寓言中占主导地位，全部400余则寓言中，约有三分之一属于此内容，前期的寓言基本属于此内容，如《乌鸦兄弟》中的20则寓言全部是此内容。讽刺与揭露的内容，最多多出现在后期的寓言中。由于这个区别，金江寓言前期作品比较平和，而后期作品则比较辛辣。

在金江的寓言中，堪称为优秀寓言的作品很多，给人印象最深的是：《乌鸦兄弟》《三只老鼠》《猴子总管》《跪在地上的人》等。

《乌鸦兄弟》:

乌鸦兄弟俩同住在一个窠里。

有一天，窠破了一个洞。

大乌鸦想:“老二会去修的。”

小乌鸦想:“老大会去修的。”

结果谁也没有去修。后来洞越来越大了。

大乌鸦想;“这下老二一定会去修了，难道窠这样破了……它还能住吗?”

小乌鸦想:“这一下老大一定会去修了，难道窠这样破了，它还能住吗?”

结果又是谁也没有去修。

一直到了严寒的冬天，西北风呼呼地刮着，大雪纷纷地飘落。乌鸦兄弟俩都蜷缩在破窠里，哆嗦地叫着:“冷啊！冷啊!”

大乌鸦想:“这样冷的天气，老二一定耐不住，它会去修了。”

小乌鸦想:“这样冷的天气，老大还耐得住吗？它一定会去修了。”

可是谁也没有动手，只是把身子卷缩得更紧些。

风越刮越凶，雪越下越大。

结果，窠被吹到地上，两只乌鸦都冻僵了。

《三只老鼠》:

三只老鼠一同去偷油喝。到了油缸边一看，油缸里的油只有底下一点点，可是缸身太高，谁也喝不到。

于是它们想出办法，一个咬着另一个的尾巴，吊下去喝。第一只喝饱了，上来，再吊第二只下去喝……并且发誓，谁也不许存半点私心。

第一只老鼠最先吊下去喝，它在下面想:“油只有这儿一点点，今天总算我幸运，可以喝一个饱。”

第二只老鼠在中间想:“下面的油是有限的，假如让它喝完了，我还有什么可喝的呢？还是放了它，自己跳下去喝吧!”

第三只老鼠在上面缸边想:“油很少，等它俩喝饱，还有我的份吗？不如早点放了它们，自己跳下去喝吧!”

于是，第二只放了第一只的尾巴，第三只放了第二只的尾巴，都管自抢先跳下去。

结果它们都落在油缸里，永远逃不出来。

《猴子总管》:

猴子被派为森林总管。上任后，他什么都要管，甚至树上落下枯叶来，它也要一张一张地数过。一天到晚，忙得满头大汗。

刺猬看见了，对猴子说："你这样做不是太辛苦了吗？而且，又有什么意义呢?"

猴子说："为大家服务呀，辛苦点算什么？我是总管，当然什么都要管。"

刺猬忍不住批评他："十足的事务主义者!"

猴子被批评后，心灰意冷，什么都懒得管了。

一天，森林失了火。兔子跑来对猴子说："不好了，森林失火了，快发动大家去救火呀!"

猴子摇摇头说："难啊！管不了啊!"

兔子说："你是森林总管，这样重大的事为什么不管?"

猴子说："难啊！你要管，你去管吧!"

兔子忍不住批评他："十足的官僚主义者!"

兔子说了就跑去喊大家一起去救火了。

猴子叹息道："工作真不容易呀！我多管一些，被称为事务主义者；我不管，又成了官僚主义者!"

《跪在地上的人》：

一个人跪在地上，看见所有的人都比他高，觉得很悲凉，而且很自卑，"唉呀！我在人群里面总是最矮的。"

另一个人对他说："你站起来嘛！你老是跪在地上看人，当然别人都比你高。"

这个人摇摇头说："我跪惯了，还是让我跪着吧!"

这些寓言都短小精悍，是时代的优秀作品，显示了金江在寓言文学上的基本风貌和艺术才华。前两则寓言是金江前期的作品，后两则是他后期的作品，从它们的内涵中不难看出他前后期寓言的变化。

金江能为中国当代最著名的寓言作家之一、主要原因是他寓言显著的、独具一格的艺术表现。

金江寓言艺术特色的第一个方面是其明晰而不浅淡的表现。金江的寓育一般都很明晰，一目了然，但这明晰不是浅淡的代名词。他的某些优秀寓言，第一印象与最后效果的空间距离很大，但同时又是统一的，从而构成了寓言的明晰而不浅淡的多层次和深度，使其寓言耐凑。

闪光的形象感是金江寓言的另一特色。说教是世界上最令人厌恶的一件事，但属于说教的一个部分的道德格言，一穿上寓言的鲜艳的外衣之后，则立即为人们爱不释手，这便是寓言形象感的重要所在。如何处理好二者的关系，金江的寓言创作有上乘的表现，他的寓言形象感都很强。

儿童韵味深长是金江寓言的第三个方面的特色。金江的寓言多数故事性都很强，十分重视儿童情趣。他的寓言均贯穿一个有趣的儿童易懂和喜爱的，并且是有教训和寓意的故事，使寓言在不失去本身特征的同时，适当变形，以适应于儿童对故事的嗜好和愿意从形象的故事中吸取教益的儿童心理，表现了充分的动人的儿童情趣。

另外，语言的清新优美也是其寓言特色的一个方面。

湛卢是与金江同时出现在文坛的中国当代著名的寓言作家，是当代寓言前期的两个代表作家之一。

湛卢（1922—1987），中国当代著名寓言作家。原名王文琛，四川夹江人。青少年时代在四川省乐山中学、上海法学院报业专修科读书。1945 年在万县与友人合编《诗前哨丛刊》，后到重庆任《职业青年》月刊编辑。新中国成立后曾编《川北日报》副刊和《川北农民报》。1953 年调重庆新华日报社任编辑和组长，1954 年人重庆出版社任编辑、主任等，1955 年加入中国作协西南分会。1957 年被错划为右派，1984 年为中国寓言文学研究会理事。主要著述有曲艺集《三不管》。寓言作品集有《猴子磨刀》《狐狸审案》《审判伊索的寓言》《乌鸦开画店》等。

湛卢的寓言作品总约近 300 则，也有前期创作和后期创作的区分。他的成名作《猴子磨刀》是 1956 年出版的，此书一出，即受到广泛欢迎，被译成多种文字，是当时最有名的寓言书籍之一。

湛卢寓言的前后两个时期寓言创作的风格均不相同，前期轻松明快而直率，后期深沉有力而含蓄。前期的代表作是《猴子磨刀》，后期的代表作是《狐狸审案》《审判伊索的寓言》。

前期较好的寓言有《黄豆和松籽》《公鸡和猫头鹰的争论》《驴子看书》《小老鼠眼里的猫》《猎人和老虎》《猴子磨刀》等。

《小老鼠眼里的猫》：

> 小老鼠的哥哥被猫抓走了，它的妈妈非常着急，不准它朝外面跑。它只好躲在洞里偷看。
>
> 以前，听到猫的名字，小老鼠是害怕的。现在，它觉得猫的样子并不凶恶，而且还笑咪咪地，显得很和气。它还看到，猫不但没有咬死它哥哥，还高高兴兴地和它哥哥一道玩哩：猫一会把老鼠放走，一会又把它拖了回来，有时用嘴去亲，有时用脚爪去抚摸，甚至还把它抛得高高的，又立刻接在手中，像是玩把戏一样，玩得十分有趣。小老鼠看着，心里痒痒的，真想出去和它们一道玩玩。妈妈就是不答应，说去了会遭到危险。小老鼠有些想不通，嘀咕道："会遭到什么危险？我在洞里亲眼看到猫在和哥哥玩哩！"
>
> 在危险面前看不到危险，以天真的眼光去看待敌人，最终只能使自己吃亏上当。

这则寓言精于想象，采取顾左右而言它的方式，很有余韵。

后期湛卢较好的寓言有《鲤鱼的追求》《老鼠改名》《四不像》《鹿的出路》《熊妈妈赶路》《红公鸡和狐狸》《空手回家的猎人》《山猫借伞》《猫相信老虎曾拜猫为师》等。

《鹿的出路》:

在一场规模很大的围猎中，鹿群正好在包围圈里。断断续续的枪声，人们的呐喊声和猎犬的吠叫声，使鹿群惊慌失措了。它们聚集在森林的一个角落，有的四蹄不断打抖；有的眼里发出恐怖的光；有的东张西望，想悄悄溜掉。

“怎么办?”许多鹿望着领头的公鹿，似乎在怀疑它能不能够负起这个艰苦的责任。

领头鹿伸直脖子，听了听，叫道：“跟我来，冲！”

“怎么，你发疯了?”一头鹿跟着跑了几步，停下来指责说，“往喊声最大的地方冲！你会使我们全都遭到毁灭的呀！”

领头鹿叫道：“别废话，快跟上吧！如果我们被那虚张声势的呐喊吓住，那才难逃厄运！”

鹿群果然从喊声最大的地区，胜利冲出重围。

脱离了危险后，领头鹿告诫道：“记住！大喊大叫并不可怕，倒是表面显得宁静的地方，危险往往埋伏在那里。头脑简单而又内心怯懦，就一定要吃亏！”

《猫相信老虎曾拜猫为师》:

猫对狗说：“我听到人们讲了一个有趣的故事。”狗问：“什么样的故事?”“我们猫和老虎的故事。”猫津津有味地说开了：“说是很久很久以前，老虎什么也不会，便去拜猫为师。猫教给了它许多本领，抓、咬、扑打、腾跳等等。老虎学会后，就黑了心，想害老师。幸而猫留了一手，没把上树的功夫教给它，老虎一追，猫就上了树，老虎干瞪眼，拿猫没办法。你看，这多有意思！”

狗想了想说：“不过是个故事罢了！”

“不，”猫说：“我倒是相信的。你看，老虎现在还不会上树呀！”

狗反驳道：“那有什么奇怪的！譬如牛呀，马呀，还有大象呀，它们也都不会上树。”“但是，”猫坚持说：“人们都那么讲，总有道理。”狗说：“我只知道，你那么坚持，有你的道理。”“是吗?你说说看！……”猫很感兴趣地说。

“渺小者总爱拉扯强大者来抬高自己！”狗说：“你难道不是这样?”

前一则寓言写得很巧，一反表现空喊的一般写法，从新的角度切入，给人印象很深。后一则寓言则刻画得很细腻，构思上也较巧妙，还富于幽默感。两则寓言都哲理深沉，教训鲜明。

在湛卢寓言中，其寓言内容的第一个方面是表现学习、生活、斗争中的经验教训，以及作者对这些教训的见解。第二个方面的内容是对社会的种种丑恶现象和嘴脸，以及人们的普遍的性格弱点和缺陷的揭示和批驳。第一个方面的内容主要表现于《猴子磨刀》中，第二个方面的内容主要表现在《狐狸审案》等寓言集中，人性弱点和缺陷的批评则贯穿于湛卢的整个寓言创作。

湛卢寓言的艺术特色在中国当代前期的寓言创作中亦是非常显著的。

寓言的完整和规范是湛卢寓言最主要的艺术特色。在他的寓言中，绝大多数寓言基本上都遵循了一个寓言意义上的完整的故事，从故事中得到相应的一个教训，即身体——灵魂“伊索式”传统寓言的规范，并生动地把这种大家熟识的形式有机地与寓言内容相结合起来，使他的寓言工整完善，规范而不僵硬死板。他的这一特色在《猴子磨刀》中表现得最为完全。

寓言中大量采用动物形象是湛卢寓言的又一特色。湛卢的多数寓言形象都采用了动物，人物、植物和无生物形象的寓言数量很少。动物的活性等级，固有的类型性格概念等，给湛卢寓言带来了生动性、趣味性及其诸方面的好处。

另外，湛卢寓言的现实意义，新鲜的时代背景，以及后期创作直接介入社会历史现象和事件的勇气都是很有特色的。

湛卢还是一个寓言诗人，创作发表过一批质量不低的寓言诗。

第十一章 当代寓言（二）

当代寓言的第一个组成部分是中国当代的前期寓言，这第二个更为重要的组成部分，自然是当代寓言的后期寓言。时间大致从1976年至今(当时为1990年)，明显这一时期的寓言文学是一种动态的发展中的历史，故有部分寓言作家作品的评述有相对的时效性。另外，这一时期的寓言叙述，是跨过了“文革”十年的空白时期的，在“文革”中，除1972年前后出现几则所谓“国际题材”寓言外，几乎一无所有。

这部分寓言虽分章叙述，但仍是前章的延续，故分节仍延续上章。

第四节 当代寓言后期诸寓言（一）

1976年，“文化大革命”结束，寓言与其他文学作品一样，在经过十多年的空白历史之后，开始了自己的新的历史时期——中国当代寓言后期。

在这一前后十多年的时期里，前期的老作家们恢复了青春，同时又不断涌现了一大批很有特色的寓言作家。如黄瑞云、凝溪、盖壤、黄永玉、吴广孝、许润泉、陈乃祥、胡树化、海代泉，还有徐强华、李延柘、鲁兵、崔亚斌、叶永烈、彭万洲、周冰冰、方崇智、卢培英、李继槐、吴树敬、叶澍、邝金鼻、邱国鹰等。其中以黄瑞云、凝溪的成就最大（将以专节叙述），盖壤的奇特的寓言描述角度，黄永玉大反常规的寓言实践，使其成为中国当代寓言的两朵奇葩（将以专节叙述），吴广孝、许润泉、陈乃祥、胡树化、海代泉等人的寓言创作相对而言较为突出，其他诸位作家在各个领域里都有所建树。

吴广孝是一位在短期内取得众多寓言创作成绩的作家。

吴广孝（1936—），中国当代寓言作家，中国寓言文学研究会会员，山东人。1960年毕业于北京外国语学院，之后任国防部外事局和南京军事学院翻译。1969年到长春第一汽车制造厂当工人，1978年调国际旅行所长春分所任翻译。1978年开始创作寓言，数年间出版寓言集《猴吃辣椒》《骄傲的红玫瑰》《猫法官》《鹅女皇》《熊博士》《吴广孝寓言选》等。另外，他还翻译出版了《达·芬奇寓言》。他的其他译著还有《在底层的人们》《丛林中的故事》等。

吴广孝的寓言总的数量现有400多则，他的寓言集大多是在1980年至1985年间出版的。他的寓言文字优美，故事性强，叙述生动，富于儿童情趣。他的寓言内容多注重对一般生活哲理的揭示，其中的一些具有深刻哲理的寓言让人注目，如《可怜的园丁》《生命泉边》等。尤其是《生命泉边》更为突出。

这则寓言说丛林里有一个大湖是生命之泉，千百种鸟兽都来饮此水。鸟兽一多就发生了争斗，于是人们想起了选一个国王来管理泉水，一只猴子趁机自荐为国王，管理大家。猴子一上任：就叫大家排队喝水，每位三碗，由他分发，河马、鳄鱼喝三碗水不够润口，而蚂蚁的三碗水几乎淹死了它……鸟兽们这才发现，自由自在地享受生命之泉多好，干嘛弄个什么猴子国王来摆弄自己?！它们最后醒悟道："我们也够可笑的了！生命之泉是碧波万顷的大湖，到处可以喝水，我们为什么要忍受猴子的摆弄?"

这则寓言有着非凡的现实意义和严肃而深刻的哲理思想，是人的生命形式的思索。这样的寓言是很少见的，这样的寓言也不好写，写好则更不容易，但吴广孝却成功地驾驭了它。当然，不是他的每一则寓言都如此，但许多一般的寓言有数则这样的寓言，那他的作品就是"含金"的。

在吴广孝的寓言中，有不少时代的佳作，如《海鸥和乌龟》《小猴吃辣椒》《绵羊和山羊》《罐子》《必定滑倒》《亚历山大图书馆》《政客》《金脚》《泛滥》《铃兰花》等。

《罐子》：

一只秃头骆驼把脑袋钻进罐子。它费许多时间和力气才从那空洞无物的陶瓷罐里挣扎出来。骆驼蹲在地上喘着粗气，一双眼睛仍不习惯强烈的光线，不停地眨动着。奇怪的是，一群骆驼却争先恐后地往罐子里钻，甚至大声叫骂，互相扬着沙子……

"哈哈哈！"黑孩子拍着双手，说："爷爷，您快来看！这多么滑稽！"

"滑稽，也不滑稽。那头老骆驼费了不少工夫才摆脱了束缚啊！"老哲人说："可惜，好多怪事总是不断地重复，这些可怜的骆驼们仍把束缚当成时髦，正在拼命追求哩！"

黑孩子露出洁白的牙齿，说："谢天谢地，我可不去追求时髦，把罐子套在自己的脑袋上！"

《泛滥》：

大雨倾盆，雷电交加，可怕的浪头拍打着大理石的堤岸，威胁着城市的安全。

老哲人和黑孩子走在堤岸上，发现一处漏水，急忙四处找人，呼救。可是，大街上空无一人，找不见半个人影！原来，全市居民都在市民议会大殿开会。大殿里灯火通明，热气腾腾。人们慷慨激昂地发表演说和辩论，就抗洪的伟大历史意义各抒己见。至于如何抗洪，有哪些具体措施，对不起，还没有列上日程！可惜，洪水不用开会，也不用征求市民议会的批准，就闯进大街，横扫了城市。那些有幸不死的市民，坐在救生艇里，仍在开会，一个个指手画脚，争论不休。

“孩子，你已经知道不少事情了，你讲一讲你的感受！”老哲人一边划着小船，一边对黑孩子说。

“洪水并不可怕。”黑孩子回答：“空谈才能真正地淹没一切哩！”

《罐子》把人们的某种无聊的永恒的重复揭示得淋漓尽致，前一个进罐子的骆驼，空空如也地出来后，决不会把它的愚蠢告知后者，还故作高深，让新的骆驼重复，大家都愚蠢就好办了，也就有面子了。这就是此则寓言的哲理的深刻性。《泛滥》在深刻的哲理揭示上，又增添了几分讽刺意味，哲理又深刻又简单，但说出“空谈才能真正地淹没一切”，是很不容易的。

吴广孝创作的这类名叫“老哲人和黑孩子”的系列寓言，其表现是很出色的。它是中国当代较早出现的较长的系列寓言，有一定的影响，形式上有许多可取的地方，寓言中有不少佳品。

许润泉也是在短时间内出版了数个寓言集的作家。

许润泉（1939—），中国当代寓言作家。江苏泰县人。1963 年毕业于湖北大学，曾做过中学教师、大学教师，报纸和杂志编辑，中国作家协会会员，中国寓言文学研究会理事。20 世纪 60 年代开始文学创作，发表有小说、诗歌等，但使他成名的主要是寓言创作。他近几年间先后出版了《伊索与国王》《小刺猬种庄稼》《寓言诗百首》《许润泉寓言三百篇》《许润泉寓言选》《海螺和海虾》《浮萍的哲学》等数本寓言集，同时还编选了数种寓言作品选集，受到好评。他的寓言、寓言诗合起来有近 600 首（则），是近年创作势头较猛的作家。

他的寓言思想内容主要有两个方面：一是道德品质的形象表述，如团结、集体主义精神，要谦虚，不要骄傲，要诚实不要虚伪……注重品质的修养。二是对日常社会中的种种丑恶和不合理现象的揭露。

许润泉寓言的好作品不少，主要有《狐狸的谎言》《开会》《评论人》《猪总管发奖》《两只鸟儿》《猴子获奖》《陷阱和黑熊》《不肯养猫的人》《望远镜和跑鞋》《青蛙与蛤蟆》，等等。

《评论人》：

花猫、山羊、公鸡、白鹅四个伙伴出门同游，路上遇见一个人，它们就品头品足起来。

花猫说：“我看这个人长得不赖，就是屁股后面少了一条尾巴。”

山羊说：“这个人长得不错，如果头上再添两只角，就更美丽了。”

公鸡说：“我赞同二位的意见，不过还差一双漂亮的翅膀。”

白鹅说：“我还要补充一点，就是颈颈长得再长点儿就更好看啦。”

人，毕竟是人，如果像这四个畜生所说的那样，那会变成什么样子呢？

《小猴子获奖》：

猴爸爸对它的三个孩子说："你们要讲究个人卫生呀。星期六，咱们来一次捉虱子比赛，看谁虱子捉得多，优胜者奖励。"

大猴子开始注意卫生，每天洗澡。

二猴子每天用梳子梳身上的猴毛，不让沾灰尘。

唯独小猴子老样子，既不洗澡又不梳理，身上更脏更臭了。

比赛那天，大猴子和二猴子虱子都捉得很少很少，小猴子捉的虱子最多，荣获冠军，还获得两只蜜桃的奖励。

这两则寓言都短小精悍，构思上都很精巧，人视角度亦很好，是许润泉寓言的代表作。

许润泉寓言在艺术特色表现上也是突出的。生动简练的情节叙述和形象感是他寓言的第一艺术特色。一般来说，他的寓言都是从情节的流动开始的，并且叙述简练，富于形象感，寓意一定的道理，又很有趣味。短小精炼、简洁明快是许润泉寓言的又一特色。他有很多寓言很短小，但百来字中把寓言的主体全部呈现，又还很有回味余地。他的寓言还构思巧妙，如上两则寓言就是。

许润泉还有不少的寓言诗作，一般说来，这些寓言诗的韵味是很足的。

陈乃祥是中国当代寓言后期拥有众多寓言作品的作家。

陈乃祥（1932—），中国当代寓言作家。浙江诸暨人。1952 年毕业于华东师范大学，之后在苏州工农速成中学任教。1958 年后曾在江苏师范学院、《新华日报》社、江苏人民出版社等单位工作。1984 年任《祝你成才》杂志主编，中国作家协会会员，中国寓言文学研究会理事。他从 1978 年后专门从事寓言创作，数年间出版有寓言集《老驴推磨》《喜鹊嘲牡丹》《大磨二拖和三糊》《猴子献眼镜》《戴项链的花猫》《将军换马》《骑驴将军》《牧师与猎人》等。

陈乃祥数年间发表的寓言约有近 500 则。这些寓言故事性强，语言自然流畅，还有一定的诗情画意。某些寓言的哲理还是比较深刻的，但他的大多数寓言只叙述一般的生活现象，只把一般故事叙述，很少对生活的事件和现象进行更深一步的挖掘，当然，他的寓言在平淡无奇中也表现了他的寓言的平和、娟秀和儿童情趣，以及对真、善、美的赞颂，对假、丑恶的嘲讽等，另外，他的寓言对花鸟、树木等形象比较偏爱，也使得他的寓言色调比较柔和清新。

他的寓言的内容与他的寓言风格是相吻合的，即大部分是一般的生活的道理的叙述，以及对某些事件的真与伪、美与丑的褒、贬的对比描述。

他的寓言较好的有《蜗牛的请求》《石狮子请封》《南瓜藤找靠山》《猩猩种麦》《建筑师的感叹》《矮脚虎卖手杖》《四个和尚没水吃》《战马和石马》《受骗的狗熊》《金菊的不幸》《两只空罐子》《猴子造塔》等。

《建筑师的感叹》：

近代的一个权威建筑师，负责在某地建造一座高塔，由于他一时的疏忽，搞错了一个数据，致使这塔落成不久，就往西倾斜了。建筑师造了一座“斜塔”的消息，一下子传遍了全国。成千上万的游客纷纷赶来观赏。斜塔的奇特形状，牵动了许多游客的诗情，他们纷纷在塔身上题词赞美，有的赞美它是“中国的比萨斜塔”，有的赞美它是“建筑界的惊人杰作，”有的赞美它是“建筑史上的旷古奇迹”，有的……数不清的赞词颂语，把塔身写得密密麻麻。

建筑师看了这些颂辞，焦急得吃不下饭，睡不好觉，整天绕着塔基转来转去。

妻子看到建筑师情绪反常，关心地问道：“人们对你的建筑物都在一致赞美，你怎么反倒焦虑不安呢?”

“唉!”建筑师长叹一声，“塔身的倾斜，是我的过错啊！理应受到谴责才是。可现在人们却把我的错误当作奇迹来歌颂，还说这是我的‘杰作’，这足以说明，他们对权威，已经迷信到了何等严重的地步啦!”

这则寓言基本展示了其寓言的风貌，属于对寓言的哲理昭示较深刻，生活气息也很浓郁的好寓言。

胡树化的寓言总的数量不多，但他却在寓言创作中给当代寓言带来一股清风。

胡树化（1936—），中国当代寓言作家。原名刘德垠，江苏省铜山人。自幼在家乡上学，1953 年入青岛铁路职工子弟中学读高中，1956 年入山东师范学院中文系学习。1957 年被错划为“右派”，1977 年先后在惠民县二中、地区师范任教师。现为中国寓言文学研究会会员。他的寓言创作是1956 年读书时开始的，但很快因此而被打成现行反革命，饱受牢狱之苦。1984 年，出版了集其数十年思索之精华的寓言集《弄蛇者与眼镜蛇》，这本寓言拥有寓言 180 多则，大致上也是其寓言创作的主体。

胡树化的寓言创作道路坎坷艰辛，作品的数量虽不算多，但他的寓言一出，就得到人们的高度评价。认为他的寓言以其寓言题材的多方面的开拓和旧有寓言题意的发掘和创新，加之现实意义与永恒哲理的有机结合，以及清新、明丽、生动活泼的艺术风格，较完整的艺术形式，浓郁的生活气息，别开生面，为中国当代寓言带来了一股清风。

要在世界的寓言文学的汪洋中升起自己的桅杆，相当不容易，但胡树化做到了这一点，并尤以他的对寓言的新的题材的开拓和对旧的寓言题意的发掘与创新表现得最为突出。对寓言题材的开拓的例子有《惩治老鼠的人》《乌云与太阳》《肥猪和猎犬》《倒地的白杨树》《放大镜与猫》《苦李树的埋怨》《气象学家、牧童、渔民》等。

《气象学家、牧童、渔民》：

一个气象学家在夜间赶路，因为只顾观察夜空中的云相而跌进了一个枯井里。牧童听见呼救，便把他救了上来。

“你算什么气象学家啊!”牧童伶牙俐齿地耻笑他说，“你连地上的事儿都摸不清楚，还想懂得天上的事情吗？”

一个老渔民走过来喝住牧童道：“小孩子懂得什么！先生虽然不熟悉我们这儿的地理，可并不妨碍他精通奥妙的气象呀！”

气象学家很受感动，就告诉老渔民说：“三天之内，将有一场台风经过，要他千万不要出海捕鱼。”过了两天，果然刮过来一场大风暴，老渔民因为听了气象学家的话，便避免了一场灾难。

这则寓言拾起了我们现实生活中被一般人视而不见的东西，道出了一个与常规理解相悖的客观真理，这是可贵的。

从生活中见人所未见，并用寓言表达出来，不能不说是一种开拓。

在开拓寓言题材的同时，胡树化对旧的寓言题意的发掘和创新也不同凡响。这样的寓言有《别扭的马》《公鸡与太阳》《盆花》《绵羊和狼》《野鸭的儿子》《地球和航天飞机》《野草的苦斗》等。

《公鸡与太阳》：

“喔，喔，喔，我叫太阳出。喔，喔，喔，喔，我叫太阳出。”

骄傲的公鸡每天早晨总是站在高墙上朝东方喊叫，似乎没有它，太阳便不出来似的。它狂妄地说：“没有太阳就没有我；没有我就没有太阳！”

东海对太阳说：“让那只不知天高地厚的小公鸡喊叫去吧，你别让地球转动了！”

但是太阳却说：“不管公鸡喊叫什么，我总是要按时间与地球见面的；我虽然能够给人类送去光明，但我的一切也是伟大的宇宙决定的，我没有权力随便更改自己的行径。太阳不过是宇宙中一颗微不足道的小星，我只是尽着自己的义务而已。”

说着，太阳便依旧升上来了。（当然，实际上它并没有动。）

“咯嗒，咯嗒！”公鸡拼命拍打着翅膀，恨不得向全世界宣布：“你们大家看见了吗，伟大的太阳听到我的呼唤，驾临了。呵，我是伟大的太阳的伟大使者！”

不平凡的人总觉得自己平凡；而平庸的人总觉得自己很不平凡。

这则寓言的常规含义人们是非常熟悉的，但这个结果却使人感到意外，意外之余又不得不拍案叫好。这则寓言说明胡树化于寓言创作上的卓越才华，也表明寓言题材的陈旧不是绝对的，关键在于“发现”。

在把握寓言的深刻的带普遍意义的哲理与现实意义方面内容的矛盾性上，胡树化寓言的表现也是突出的。故而他的许多寓言即有特指又有普遍意义，不脱离时代，又超越时代。

胡树化寓言的情节大多十分完整、适当，很符合寓言情节的基本要求，使其寓言简洁、明快，寓言情节常处于一种动势中，如“弦上黄莺鸟”。另外，其寓言的形式、语言运用、构思等方面都有相当功力。

海代泉也是致力于寓言创作，发表了众多寓言作品的作家。

海代泉（1936—），中国当代寓言作家。广西柳州市人，回族。1958 年开始文学创作，有数百篇小说、诗歌、散文发表。中国民间文艺家协会会员、中国寓言文学研究会会员。他的寓言创作是在中国当代寓言前期开始的，但取得较大成绩是在当代寓言后期。出版有寓言集《猫头鹰的疑问》《鹦鹉的诀窍》《驴的忧虑》等。他的寓言现有 700 多则。

海代泉寓言思想内容最主要的也是对日常社会生活经验教训的总结，还有对社会不合理现象、不良风气的批评也是其寓言的重要内容。海代泉也就是从这两个主要方面人手，来进行他的寓言表述的。

海代泉寓言一般说来语言自然流畅，短小精炼，现实感强，注重对生活的切入和对民间故事的吸收及利用，因而也带有一定的风趣幽默和讽刺的辛辣。

他的较好的寓言有《愚蠢的野猪》《雪花和梅花》《地上的一片枫叶》《赞歌》《落叶的风格》《大雁和浮云》《牛车和风》《寻找伯乐的马》《铅字与报纸》《采药》《桥的不平》《驴的忧虑》等。

《驴的忧虑》：

> 有一头驴，它每天一圈一圈地推磨，好不容易磨得一袋面粉。
>
> 一天，它的邻居小马跑来告诉它，主人已经买回一台小钢磨，今后就不再用驴推磨了。
>
> 驴儿听到这个消息，反而心事重重，小马便问：“驴兄，你碰到什么不如意的事情了？”
>
> 驴儿叹了口气说：“有了钢磨就不用我再推磨了，那我又去干什么呢？”
>
> 小马为它高兴地说：“你从此再也不用蒙着眼兜转圈子了，可以帮主人搞运输嘛。”
>
> 驴儿连连摇头说：“那样每走一步都会碰到新情况、新问题，多可怕呀！我还是乐意蒙着眼睛走老路，虽然辛苦一些，可那是多么稳妥啊！”

这则寓言完全体现了海代泉寓言的风格，不一定有非凡的构思和巧妙的描述，但其现实感强，对生活哲理的揭示还是形象鲜明的，亦有一定的机趣。

第五节　当代寓言后期诸寓言（二）

上一节叙述的主要是寓言创作上较为突出的诸作家寓言，这一节叙述有所建树的寓言作家。

徐强华是中国当代寓言后期在系列寓言创作上找到自己突破口的寓言作家。

徐强华（1929—），中国当代寓言作家。浙江永嘉县人。从事教学工作 30 多年，为温州师范学院中文系副教授，中国作家协会会员、中国寓言文学研究会会员。有寓言数百则，出版有寓言集《黄莺和鹦鹉》《床下钓鱼》《谈狗色变》，编有《中国科学寓言集》。

他的寓言注重对某些生活现象、生活哲理的讽喻和认识，故事性强，也比较精干。较好的寓言有《先打哪一只》《巧妙的自我夸耀》《砻糠里拣白米》等。

《巧妙的自我夸耀》：

云雀特别受别人的喜爱。鸟儿们不知道这是什么原因，就聚集在一株大树上，纷纷地猜测起来了。

老鹰说："一定是它有勇猛的性格。"

孔雀说："一定是它有非凡的仪态。"

黄莺说："一定是它有美妙的歌喉。"

啄木鸟说："一定是有替树治病的本领。"

鸽子说："一定是……"

"别再扯下去了，朋友们！"一头站在树下啃草料的老黄牛听得不耐烦了："听起来，你们似乎在赞美云雀；其实，都是在歌颂自己。呵，多么巧妙的自我夸耀！"

这则寓言乍一看一般化，但认真一读还是比较精巧的，同时也还生动形象。

徐强华创作寓言的时间较长，但真正使其突破自己的还是近年对系列寓言的创作，如前面所列的后两个寓言集就是系列寓言集。他的系列寓言创作，有效地扩展了寓言的叙述空间，把故事的连贯性与寓言的寓意相互关联，使其更具备寓言的深刻思索和故事描述的趣味和形象，对寓言创作是一种发展。这些系列寓言中较好的作品有《富翁买画》《铸剑兄弟的故事》《高尔夫球的历程》等等。

李延祜（1936—1993），中国当代寓言作家、文学评论家。山东省菏泽市人。1956 年考入北京大学中文系，1963 年后于北京语言学院任教。中国作家协会北京分会会员。发表过许多文艺评论、诗歌、散文等。其寓言创作是 1976 年开始的，共出版了《猫头鹰戴眼镜》《得意的狐狸》《忘掉了奔驰的野马》等。

李延枯的寓言故事性强，形象生动，教训鲜明，注重对生活中经验教训的总结，有的寓言故事还富于机趣。其中较好的寓言有《"父子"对刺》《忘掉了奔驰的野马》《腿举杠铃》《"齐步走"的要领》《保鱼丢米》等。

鲁兵是寓言创作上的"老兵"，寓言不多，但给人印象很深。

鲁兵（1924—），中国当代寓言作家、儿童文学家。原名严光化，浙江金华人。1945 年进入浙江大学学习，1951 年参加抗美援朝，1955 年转业到少年儿童出版社，历任编辑、科长、主任等职。为中国作协上海分会会员。主要作品有童话集《桥的故事》《昨天的童话》；散文《泥巴孩子》；诗歌《今天的诗》。他的寓言作品主要收入寓言集《寓言的寓言》之中。另外，他主编的《365 夜》中有许多是寓言故事。

他的寓言篇幅短小，文笔犀利简练，幽默风趣、哲理性强，最善于运用猴子为寓言形象。其《寓言的寓言》别具一格，熔寓言、对寓言的认识、寓言的历史、寓言的遭遇为一体，在当时颇有影响。

他较突出的寓言有《歪脖子树苗》《牛眼和鹅眼》《知了》《酸的？甜的?》《高的只是你的那个架子》《乱出主意和不拿主意》等。

崔亚斌（1941—），中国当代寓言作家、作家。河北省衡水县人。当过工人、统计员、报道员、科长。1976 年调沈阳市文联从事专业文学创作。中国作家协会会员、中国寓言文学研究会会员。主要作品有长篇小说《宽宽的车场》《雾锁镇海楼》；长篇传记文学《神眼》《解剖刀下的迷案》；中篇小说《我们是同行》《我不是骆驼祥子》等多部；中篇儿童文学《背小皮兜的阿姨》《挂钥匙的孩子》等。他的寓言作品主要是寓言集《毛驴的行程》《袋鼠请客》。

崔亚斌寓言嘲讽了生活中的丑陋言行，形象地揭示了生活的某些道理，叙述简洁。他的动物寓言写得最好，这些寓言短小精悍，文字简洁，趣味盎然，把自然界动物的知识与寓言的教训有机地结合在一起，使人们在获得教益的同时，又能得到许多动物知识，这在当时有一定影响。

他的寓言较出色的有《蟋蟀》《蜈蚣和蛇的争论》《道路和压道车》《蚂蚁爬山》《雁阵》《海洋里的绑架》《狼的建议》《乌鸦和鸵鸟》等。

叶永烈、吴树敬是中国当代以科学寓言创作著称的寓言作家，另外，彭万洲在这方面也有一定建树。

叶永烈（1940—），中国当代寓言作家、著名的科学文艺作家。曾用笔名叶艇、叶舟、叶杨、久远、杨青、勇烈、肖勇、阿烈。浙江省温州市铁井栏人。11 岁开始发表作品。1957 年考入北京大学化学系，1963 年在上海一科学研究所工作，后为上海科学教育电影制片厂编导。为中国作家协会会员、世界科幻小说协会会员、中国科普创作协会常务理事等。主要作品有科幻小说《乔装打扮》等 60 多部；科学小品集《碳的一家》；科学童话集《烟囱剪辫子》《谁的脚印》；发表文章 1000 多篇，编导电影 20 多部。他的寓言作品主要是科学寓言集《侦探与小偷》。

叶永烈的科学寓言构思巧妙，寓意深刻，形象地说明哲理，发人深思，知识丰富，富于时代感，但更重要的是，他的科学寓言创作实践，开了中国当代科学寓言创作的先河。

其中较突出的寓言有《小猫刮胡子》《牙齿和角》《骄傲的铅笔》《小不点儿本领大》《森林旅馆关门啦》等。

《小猫刮胡子》：

> “咯吱，咯吱”主人的两腮满是白花的肥皂沫，他正对着镜子，聚精会神地刮胡子。
>
> 小花猫在一旁翘着脑袋，用碧绿碧绿的大眼睛一眨也不眨地看着主人刮胡子。
>
> 主人刮完胡子，走了。
>
> 小花猫觉得自己的胡子老长老长的，太难看，就学着主人的样子，把胡

子刮得干干净净。

晚上，小花猫追捕老鼠。老鼠很狡猾，从一个小墙洞里钻了过去。

小花猫追了过去，撞在墙洞上，撞得鼻青脸肿。

猫妈妈见了，很生气地对小花猫说道："你的胡子好比一把尺。你能不能从小墙洞钻过去，先要用'尺'量一量。你把'尺'刮掉了，当然就会碰得头破血流！"

从那以后，小花猫再也不把胡子刮掉了。它懂得了：做什么事情都得想一想，不能看到什么就学什么！

这则寓言不是最好的科学寓言，但其表现的寓言教训和知识仍是鲜明有趣的。

吴树敬（1947—），中国当代寓言作家。浙江温州人。1965 年应征入伍，1971 年转业到地方工作。为中国作协浙江分会会员、中国寓言文学研究会会员。主要作品有儿童读物《碧海长虹》《成语故事》《哈、哈哈》《嘿嘿嘿》等十余册。另有些诗歌等作品发表。他的寓言作品前后发表约 400 则，主要成就则在科学寓言集《乔装打扮的土狼》。

他的科学寓言哲理性强，教训鲜明，寓言与科学知识的结合较好，展示了这一寓言品种的新面貌。较好的寓言有《锡的自我安慰》《乔装打扮的土狼》《爱看人学样的铁》《狐狸和海豚》《受到礼遇的舵》《啮叶蚁和益蚁》等。

在科学寓言的创作上，彭万洲也有一定的建树。彭万洲（1939 年—）中国当代寓言作家。四川省达县人。为中国作协四川分会会员、中国寓言文学研究会会员。出版有童话《"了不起"的画家》、童话寓言集《白鹅赶路》。他的科学寓言集叫《闹笑话的小花狗》。此书一共 33 则科学寓言，中有佳品。

卢培英是开创中国当代知识寓言新天地的作家。

卢培英（1945—1974），中国当代寓言女作家。生于浙江省嘉善县。1970 年初中毕业后到黑龙江大兴安岭地区插队，曾任教师，后调阿木尔林业局工作。后被害，年仅 30 岁。主要作品有中篇童话《大兴安岭夏天的童话》、童话广播剧《梅花鹿与灵芝草》、知识寓言集《知识寓言百篇》。

她的知识寓言清新别致，饶有风趣，以其精湛的寓言教训和丰富有趣的动植物知识，令人耳目一新。她较突出的寓言有《蚼鹬为什么会吃亏》《蝴蝶和蜜蜂的辩论》《热水鱼》《漂亮的蘑菇》《"胎生"的红树》《猪笼草的引诱》等。

《猪笼草的引诱》：

在潮湿闷热的热带森林里，有一种会吃虫的草，叫猪笼草。它的叶顶上生着像瓶子一样的捕虫囊，囊盖下有喷香的蜜，专门引诱贪吃的昆虫。囊里有消化液，昆虫掉进去就没命了。一只飞虫闻到猪笼草蜜腺散发出来的香味，匆匆飞来了。它绕着猪笼草飞来飞去。又是喜又是怕，眼睛紧紧盯着囊盖下的蜜。它多么想立刻飞过去饱饱地吃一顿呀，可是不敢。不久以前，另一只飞虫就是因为贪吃猪笼草的蜜，死在捕虫囊中的。它又舍不得离开。绕着猪笼草飞了一圈又一圈，鼻子使劲地吸着香气。“味儿真香啊！这蜜一定很甜很甜，我过去舔一下就飞开，也许不要紧的。”它一边安慰自己，一边颤颤抖抖地向笼草靠近。它猛地舔了下蜜马上飞开了。“这蜜实在是甜哪，我再去舔一次吧。”它又飞了过去。正当飞虫美滋滋地吸了一大口蜜时，脚底一滑，跌进捕虫囊里去了。

意志薄弱的人总是经受不了美好东西的诱惑。他明明知道前面是陷阱，却还抱着侥幸的心理想试一试。事情的结局往往很惨。

这则寓言的骨干自然是表述寓言的道德教训，但它同时又把猪笼草这种植物的知识介绍给读者，并且二者结合得很自然，叙述生动，引人注目。

除以上的寓言作家之外，还有周冰冰、方崇智、李继槐、邱国鹰、余毅忠、叶澍、邝金鼻等人的寓言创作较引人注目。

周冰冰（1958—），中国当代寓言女作家。沈阳人，满族，笔名虞冰。为中国作协辽宁分会会员，发表小说、论文、寓言等数十万字。其寓言作品主要见其寓言集《向狮子挑战的青蛙》。此寓言集一出，受到人们好评。她的寓言故事生动，讽刺辛辣，对现实中某些人的嘴脸揭露很深刻。有的寓言耐人寻味。她较好的寓言有《向狮子挑战的青蛙》《水与火的友谊》《动物的团结大会》等。

方崇智（1940—），安徽合肥人。1960 年毕业于上海师范学院中文系，长期在上海从事教育工作。中国作协上海分会会员。发表过诗歌、童话等。方崇智是一位注重儿童趣味的寓言作家。创作寓言近 200 则，寓言集有《懒汉吃鱼》《数学家的魔箱》。他的寓言故事诙谐有趣，寓意浅显一些，但一般含而不露，具有儿童趣味。较好的寓言有《他的脸红到耳根》《影子的心理》《金子和铜》《粗心的人》等。

李继槐（1941—），中国当代寓言作家。河南省济源县人。1966 年毕业于河南大学中文系。中国作协河南分会会员、中国寓言文学研究会理事。主要作品有历史剧《褒姒》、长篇叙事诗《神力》、报告文学《震惊世界的人生探险》（与人合作）等。他的寓言多集于《百篇寓言集》一书中。

他是一个既写作散文体寓言，又写作诗体寓言的作家。其寓言立意较新，富于哲理，故事性强，诗意浓郁，寓言诗的结句很精炼，常常使寓言产生出人意料的效果。他较好的寓言有《冷落的桥》《收获》《谁能当选》《稻与稗》《竖琴的疑问》《跛者与长跑健将》《碑的悲哀》等。

邱国鹰（1944—），中国当代寓言作家。浙江省洞头县人。1963 年毕业于温州师范学校，为中国民间文艺家协会会员。多年来从事民间文学的采录、整理和研究工作。出版著作有《东海鱼类故事》《海洋动物故事》《神鱼》《虾子学艺》《西施贝》等。有寓言集《大象和蚂蚁》《狐狸打猎》等。

其寓言故事性强，注重对生活哲理的表现。寓言的形象多为动物，尤其是水生鱼类形象的描述最为生动，并包含了许多鱼类知识，有不少科学寓言的佳作。另外，他在系列寓言的创作上也作了探索，扩展了寓言的空间，富于生活气息。其较好的寓言有《孔雀学飞》《上钩带鱼的经验》《跳过龙门的鲤鱼》《谁该得第一》等。

余毅忠（1931—），中国当代寓言作家。广东中山市石岐人。1957 年毕业于北京师范大学，为中国作协广西分会会员、中国民间文艺研究会会员、中国寓言文学研究会理事。主要作品是寓言集《鲤鱼告状》《老猪吹唢呐》等。余毅忠是横跨当代寓言前期和后期的寓言作家，1957 年出版的《鲤鱼告状》有一定影响。

他的寓言注重儿童情趣和故事性，教益十分温和，同时还注重介绍一些知识性的东西。较好的寓言有《举重比赛》《鲤鱼告状》《蚂蚁和老鹰》《马的亲戚》等。

叶澍（1941—），中国当代寓言作家。原名叶万昌，安徽黄山人。1966 年毕业于贵阳师范学院外语系，后任教师多年。为中国作协贵州分会会员。发表寓言作品数百则，出版寓言集《梧鼠的桂冠》。

其寓言风格和体裁多样。作者把自己的寓言分为“现代寓言”“仿古寓言”“儿童寓言”“贝壳寓言”等。现代寓言注重对现实生活的关注，现实感和讽刺意味浓；仿古寓言巧妙地利用已有的寓言形象和题意，哲理发掘较深；儿童寓言则注重儿童情趣和故事的叙述；贝壳寓言则是一种袖珍寓言，较精湛。这些寓言中较出色的有《黄狗的得与失》《以街取士》《夜郎自小》《善于配合的狒狒》《宰鸡与偷鸡》《井绳装蛇》，等等。

邝金鼻（1939—），中国当代寓言作家。广东斗门县人。做过教师、创作员等。为中国作协广东分会会员。50 年代开始发表作品，有戏剧、曲艺等，以寓言、童话创作成就最大。有童话著作出版。其寓言集为《长颈鹿和上帝》。

其寓言构思巧妙，有不少时代的好故事，形象生动，故事富于机趣，生活气息浓郁，并在寓言中注意对科学知识的介绍。较突出的寓言有《山羊替狐狸送寿礼》《泥塑烤鸡》《谁跑得最出色》《猴子和老学者》《聪明人》《魔鬼和上帝》，等等。

在当代寓言后期，还有一位作家值得一提，这就是寓言诗人高洪波。当代寓言的前期以刘征的寓言涛最出色，当代寓言后期则以高洪波的寓言诗创作最突出。

高洪波（1951—），中国当代寓言诗人、作家。1969 年参军。1978 年转业至《文艺报》任编辑、记者。为中国作家协会会员。出版诗集《大象法官》《鹅鹅鹅》《吃石头的鳄鱼》《喊泉的秘密》，还有评论集《鹅背驮着的童话》。其《大象法官》《吃石头的鳄鱼》绝大部分是寓言诗。

其寓言诗清新流杨，生动括泼，富于儿童情趣。寓言的教训浅显而不平淡，有一定的哲理性，很适合少年儿童阅读。较好的寓言有《吃瓜》《可笑的辩论》《野猪和竹林》《大肚子蜘蛛》《小白兔穿铁鞋》《车厢里的苍蝇》《乌龟和刺猬》等。

在当代寓言后期，中国有不少著名的诗人、作家、儿童文学家也加入了寓言创作的行列，写了少许寓言作品，如艾青的《养花入的梦》《画鸟的猎人》；严文井的《习惯》《回声》《三只蚊子和一个阴影》；郭沫若的《一位牧羊人》《大象和苍蝇》，等等。

在当代寓言后期，还有一些寓言作家、作者创作了不少寓言，并出版了自己的寓言集，如王桥的《聪明的愚蠢》、石飞的《乌龟请医生》《馋猫开会》、吴秋林的《金盘子和红苹果》《秋林寓言集》、白忠懋的《动物寓言》、戎林的《秃尾巴耗子和猫》、李绪萱的《猴子和山羊学杂技》、张秋生的《蜜蜂·天狗·月亮》、赵五华的《水中月亮》、段明贵的《凡夫当代寓言》《100个动物寓言故事》、顾文的《放烟幕的乌贼》，葆劼的《雨神的心愿》、罗丹的《老狼柯克传奇》、梁立松的《博学的鸡蛋》、郑伯琛的《蜗牛和它的房子》、曹文轩的《没有角的牛》、李保均的《海水和鲸鱼》，等等。

近几年，当代后期一些寓言作家，也陆续出版了一大批新的寓言集，对他们的作品，定论性的评述还为时过早，但它们显示了当代寓言后期创作的良好态势。他们中较重要的寓言有：孙建江的《雨雨寓言》、张海的《张海寓言集》、干天全的《天全寓言》、陈必铮的《真理的父亲》《真理赶路》、杨啸的《蜗牛的奖杯》、罗光毅的《猫的困惑》、魏玉光的《蝴蝶请客》、马长啸的《长颈鹿、鹦鹉和上帝》、马晋乾的《喜鹊救鱼》、王述成的《老牛教子》，孙传泽的《皇帝的御厨》、陆继权的《贪睡的人》、钱欣葆的《铁拐李治脚》、解普定的《乌龟爬天梯》，等等。

第六节　盖壤寓言和黄永玉寓言

前几节叙述的中国现当代寓言创作，基本上都是在常规的方式和方法上产生的寓言，是其寓言创作的主流，无可否认，它们均有自己的价值。但是，在我们论叙当代寓言后期两个最重要的代表作家黄瑞云和凝溪之前，我们不得不注意到中国当代寓言后期的寓言创作中，还有两个独特的寓言作家：盖壤和黄永玉。前者仿佛从未想到过要作为一个寓言作家，但他却意外地拥有一批韵味独特的寓言作品，成为中国当代一位风格独特的寓言作家。后者也不是对寓言有意为之，只不过心中之意难平，似画非画，似诗非诗，似文非文地信手挥洒，使中国当代寓言又增加了半文半白的寓言奇品，也使这位画家成为中国当代谁也无法模仿的独具一格的寓言作家。

盖壤（1936—），中国当代寓言作家、儿童文学作家。原名盖如翔，丹东市东沟县人。先后就读于丹东市蛤蟆塘小学、丹东中学、丹东第一高中，1961年毕业于辽宁大学中文系。先后在春风文艺出版社、辽宁人民出版社、辽宁少年儿童出版社历任编辑、副总编等。为中国作协辽宁分会会员、中国寓言文学研究会理事。1956年开始发表作品，小说、童话、诗歌、散文、评论都有所建树，出版中短篇童话集《太阳孩和小绿裳》、中篇小说《小将罗成》。

盖壤在1979年接触一些寓言创作，有一些寓言作品问世，但这并不是使他成为寓言作家的原因，反而是在不经意为之寓言的《中国俗语故事集》中，奠定了自己的风格独特的寓言作家的地位。

《中国俗语故事集》1989年由辽宁大学出版社出版。全书有435个俗语故事，按盖壤自己的分类，其中有134则是利用古典小说、戏曲和民间传说改写而成，有268则是利用俗语提供的题材、题意创作的，又有33则是模拟俗语为题创作的。当中前

134 则故事中有部分是寓言，后 268 则和 33 则故事中大多数是寓言，其他的故事有童话、民间传说、笑话、历史传说、戏曲故事等。这些非寓言成分虽是书中重要的一部分，但今天此处论述的是寓言，故略。此书中的寓言有 200 多则，由来自各个方面的寓言作品组成，有自己独创的，有利用民间题材改写创作的，也有从书面及其他来源故事改造而成的。它们都以一个独特的角度进入中国当代寓言创作行列，即俗语（包括谚语和歇后语等）、故事、寓言。一般来说，人们从民间的谚语、歇后语中吸取寓言创作的灵感是常事，不足为奇，但是，像盖壤这样，从一个创作源泉上下功夫，并成功地把散见在语言中的金子颗粒，收集起来，塑成一件金子的器物，就不能不让人喟叹了。

这是盖壤寓言的第一个与众不同的地方。

盖壤寓言的第二个不同之处是风貌、表述方式等方面的与众不同。它们由于一个共同的来源：俗语，其寓言内容的单一，手法、形式的规范化，民间味与作家书面色彩的有机融合等，都是其他的寓言作品群所不能具有的。

第三个与众不同的是其寓言群的“高品位”。一般的寓言创作在全开放的条件下要创作出成群的优秀作品很难，更不要说在一个模式化的东西里的作为如何了，但是盖壤先生却创造了这一奇迹，写出了一大批高质量的优秀寓言。

盖壤的这些寓言思想内容总的来说比较单一，即日常社会生活中的经验教训的总结和一些生活哲理认识，因为大多数俗语本身就是对社会生活的经验教训的总结和对生活哲理的认识，以这样的东西来创作寓言，其内容的单一是可以想见的。在盖壤寓言中，精品随处可见，如《独人不成将军》《海水不可斗量》《蟋蟀无毛难过冬》《牛打江山马坐殿》《一根线儿拴俩蚂蚱》《一犬吠影，百犬吠声》《初开理发店，碰上满脸胡》《宁做蚂蚁腿，不做麻雀嘴》《宁可没了有，不可有了没》《莫想青山鸟，养好笼中鸡》《不怕你千只狼，只有我一只羊》《种了人家的地，荒了自己的田》《一斗米养个恩人，一石米养个仇人》《眼睛是懒汉，手是好汉》《一百只蛤蟆拉车，只见头动不见车动》等。

《牛打江山马坐殿》：

> 毛驴、白马和黄牛共同为豆腐开发总公司种黄豆。当黄豆获得丰收的时候，公司经理要在他们三人中间选出一个劳模，并给予奖励。奖励前，经理先叫三位私下酝酿。出力最少的白马问毛驴：“你看选谁合适呢？”毛驴说：“论出力最多，要数黄牛，应当选他。”
>
> 白马说：“可是，你知道他对你很不礼貌吗？”
>
> 毛驴问：“怎么不礼貌了？”
>
> 他说：“‘论干活，毛驴还是肯出力的，可就是太不自爱，见了母驴总是没皮没脸地叫啊叫！’”
>
> 毛驴哼了一声，说：“这个老东西，装什么假正经！劳模不能选他，得选你！”
>
> 经理根据大家的反映，真的把奖品发给了白马。

黄牛站在发奖台下奇怪地看着公司经理，发现他的两只耳朵竟是一长一短的。黄牛自言自语地说：“长着这么一双耳朵，无怪他偏听偏信呢。”

《宁做蚂蚁腿，不做麻雀嘴》：

几只麻雀在枣树下发现了一颗红枣，他们对如何处理红枣的问题发表了议论：麻雀甲说：“好不好吃，好不好吃？”

麻雀乙说：“搬到窝里去！搬到窝里去！”

麻雀丙说：“先嗅嗅味，嗅嗅味！”

麻雀丁说：“这是谁扔的？蹬掉的？风刮的？”

一个孩子调皮地向麻雀扔过一个石子，麻雀们吓得飞到树上。他们又议论道：“哪来的石子？哪来的？”

“看看少谁？看看少谁？”

“没关系，没关系。”

“枣子好吃，别忘了枣子！”

当麻雀重新回到地上想吃掉那颗枣子的时候，枣子早被蚂蚁分割成许多小块，搬走了。

《不怕你千只狼，只有我一只羊》：

青狼从牧羊人的羊群里捉到了一只小羊，把他弄到背静的地方。小羊很害怕。青狼突然想欣赏一下弱者在强者面前发抖的样子，于是叫来更多的狼，把小羊围起来。

小羊见这么多狼围着他，反倒镇定下来，腿不抖，心不跳。青狼见了，有些奇怪，问道：“小东西，你看！这么多狼围着你，要把你吃掉，难道你不害怕？”

小羊藐视地看了他一眼，说：“当你刚刚捉住我的时候，我是有些害怕。现在，有这么多狼围着我，我就不怕了。反正我只能死一次，恶狼越多，说明我的葬礼越隆重。遗憾的是我看不见一群恶狼为争夺一只小羊而互相撕咬的情景了。”

一句话提醒了那只捉小羊的狼，他想把别的狼赶走。别的狼不走。这只狼真的和别的狼撕咬起来。嘈杂声引来了牧羊人，他用猎枪打死了一只狼，别的狼都吓跑了。

小羊就这样得救了。

《一百只蛤蟆拉车，只见头动不见车动》：

一个老婆婆，拉了一车柴，在小河沟里杵住了。天就要黑下来，老婆婆急出了一头汗。水沟里的蛤蟆看了可怜，就说：“我们帮帮她吧。”

绿蛤蟆问：“你们说这带两个轱辘的东西叫什么？”

青蛤蟆说："听说叫车。"

黑蛤蟆说："怎么才能弄走它呢？"

青蛤蟆说："当然是拉了。"

绿蛤蟆说："那我们就帮老婆婆拉吧！"

绿蛤蟆找来一百只蛤蟆，每一只蛤蟆肩上都有一条绳子，一百条绳子前前后后在车上拴好了。绿蛤蟆喊了一声"拉！"一百只蛤蟆一齐用起劲来。可是，只见蛤蟆们的头动，不见车动。

后来，来了一匹马，毫不费力地把车子拉出了水沟。

绿蛤蟆非常感慨地说："看来，是蛤蟆来得太少了，一百只蛤蟆没有一匹马的力气大。"

马摇了摇头，说："来的蛤蟆是少了，不过，你们有的往东拉，有的往西拉，就是来一百万只蛤蟆也不行啊！"

《牛打江山马坐殿》这则寓言虽是古代的教训总结，但作家一反旧的写法，直接与现实生活相扣，风趣幽默，很富于生活气息。这是盖壤俗语寓言创作的常用手法之一。

《宁做蚂蚁腿，不做麻雀嘴》也是一个经验教训的总结，但寓言异常活泼和生动，是盖壤寓言的民间味与书面色彩有机融合的一个优秀代表作品。

《不怕你千只狼，只有我一只羊》这则寓言叙述的是一个深刻而精微的生活哲理，充分反映了来自民间的智慧和对生活的理解，是盖壤寓言的典型代表之一。

《一百只蛤蟆拉车，只见头动不见车动》这则寓言题意不新，许多大寓言家笔下都有此类寓言，但它是中国式的智慧，题意相同，方式却特色鲜明，有一股来自民间的新意，并且叙述也有所不同，并更为生动和富于情趣一些，也是盖壤对旧题意精巧处理的代表作品。

像这样的寓言在盖壤寓言里很多，它们均可为时代的优秀作品。

盖壤寓言的艺术特色表现是极明显的，大致上有以下几个方面。

一是其故事叙述的生动和流畅，故事的情节能在自然中流动，僵滞的、概念化的东西很少见。叙述生动的头功自然是语言，如前面的那则关于麻雀的寓言，在其流畅、简洁精炼的语言叙述中，仅两次对话就把麻雀的叽叽喳喳的神态、天性表达得淋漓尽致。这样的例子在他的书中随处可见。

盖壤寓言艺术特色第二个方面是其巧妙的构思。在利用俗语的既定命题来构造寓言，其构思的天地很窄，在此中表现构思的精巧，似乎需要更多的智慧和心血，但作者于此下了苦功夫，在构思上表现得超乎寻常，越过了现当代许多寓言作家。如《一百只蛤蟆拉车，只见头动不见车动》这则寓言，题意不新鲜，但这则寓言故事的情节的构思却非常精巧，所使用的动物形象表现的含义非常贴切精确，又非常幽默风趣，并不亚于相类似的寓言名作。

盖壤寓言在使用形象上也是很有特色的。按理，俗语的世俗性一般都较强，一般的世俗生活中的形象、情节也能表现俗语含义，但他却大量使用动物形象，从而使其寓言创作获得一系列的便利和好处，如情节构思的依据、形象的简化描述、动物的天然习性利用等。并且盖壤寓言的动物形象大多是生动的。

黄永玉主要是一个著名的画家，同时也是寓言创作表现非凡的寓言作家。

黄永玉（1924—），湖南湘西人，土家族。中国当代画家、诗人、寓言作家。中央美术学院教授。40 年代即发表诗、画作品。出版诗集《曾经有过那个时候》，曾获全国奖。他的寓言创作主要在《芥末居杂记》中，《罐斋杂记》系动物短白，其中有部分作品可视为寓言。

《芥末居杂记》一共 100 则寓言，全部由半文半白的文字写成，每则寓言由作家自配一幅墨画，画趣与文字之趣交相辉映。

黄永玉寓言的思想内容主要是嘲讽人性的弱点和缺陷，揭露社会生活中的世象丑态，以及揭示生活的某些哲理。

在嘲讽人性弱点和缺陷内容方面，较突出的有《宫商驴》《猪澡》《大小天下》《非鸭》《蚁登高》等。

《大小天下》：

> 麻雀伉俪登泰山之巅，举目千里，瞰中原形胜，不禁感慨曰："古人云，登泰山而小天下，诚哉!"
>
> 游罢返小城屋檐下窝中，其妻曰："官人谅察，妾身归来后又觉天下变大矣。"

《蚁登高》：

> 一蚁登干牛粪之顶，眼空无物，巍巍然豪气自胸中出，顿感前不见古人后不见来者之妙，不可无题，乃奋笔疾书杜诗二句于壁："会当凌绝顶，一览众山小。"
>
> 书未干，雨至，溷陷于粪稀中。

《大小天下》这则寓言把一些小人的"大""小"变化刻画得如此生动，是很少有寓言如此的，而且这种描述还显得特别新颖。

《蚁登高》这则寓言把人自以为是的心态在强烈的对比中显得如此令人触目惊心，给人感叹良多。

黄永玉揭露社会生活中的世象丑态，是很深刻和惟妙惟肖的，这样的好寓言有《二罐》《寺前松》《病象》《重睹热闹》《女理发》《拾宝》《乘火者》《比柜》等。

《寺前松》：

> 一松立寺前三百年，枝叶苍翠，意态随和。有牵牛附其干盘沿而上，且开花数百，俨然老大。
>
> 松茫然问曰："子何为哉，隐余面目，障余视野?"牵牛俯身答曰："无它，助君声势耳。得人瞻仰之功，非我何属耶!"

《病象》：

象病喘，诸方莫验，獾绍介山南儒医诊治，乃一蚤也。蚤穷三日之功，跃跳于肤缝毛疏之间，了不知南北东西，忿然曰："獾子诳我，焉有象哉？"

《女理发》：

一女子理发，始坐即曰："理华灯装。"发师唯唯。理至半，女子曰："改半夜装。"发师唯唯。理将毕，女子曰："改黎明装。"发师曰："发已无几，再改，恐天大亮矣！"

《寺前松》这则寓言把某些围着名家转，以图谋私的人的世态丑象暴露无遗。《病象》以强烈的对比嘲讽了某些自以为是又鼠目寸光的人的世态丑象。《女理发》则把赶时髦的世象嘲讽得无以复加，令人叫绝。

表达生活哲理的寓言也有一些，如《杯壶谈》《桌四足》等，但这样的寓言数量不多。

黄永玉寓言的艺术特色大致上有几个方面，一是辛辣的讽刺；二是构思的奇巧表现；三是对生活认识的深刻。

辛辣的讽刺在黄永玉寓言中始终贯穿全过程，其辛辣强度是其他寓言中少见的，如《病象》《大小天下》等就是，这些寓言在表达了自身的含义之余，都透出了强烈的讽刺意味。可以说，黄永玉的寓言无笔不讽，无句不刺。

黄永玉寓言构思的奇巧在中国当代寓言中堪称一绝，已举例的许多寓言都是如此。《病象》的强烈对比来源于巧妙的构思是没有疑问的，其寓言的鲜明生动的大致原因都与构思相关。

黄永玉寓言艺术表现的深刻性也是其艺术特色的一个方面。他的寓言注重对生活的深刻发掘和理解，他不管只言片语，或看似游戏文字，都把着眼点放在一个深字上面，使人读后警醒不已和玩味不已。

另外，寓言的短小精干和寓言的风趣，幽默生动也是其寓言的艺术特色的突出表现方面。在他的寓言中，有很多相当深度的只有只言片语的寓言，其简约是中国当代寓言中罕见的。在黄永玉寓言中，语言的风趣幽默时时让人忍禁不住拍案和捧腹。

总的看来，黄永玉这半文半白的寓言群体，是中国当代独一无二的佳品。

还有，他的《罐斋杂记》中的某些短句，也能视为袖珍寓言，并亦堪称佳作。

第七节　黄瑞云寓言和凝溪寓言

众多的中国当代寓言作家，或以朴实的创作，或以新奇的开创，都在历史中有自身的地位，但真正登上顶峰，成为中国当代重要的寓言代表作家的很少，而黄瑞云、凝溪却是当之无愧的成功者。

黄瑞云（1933—），中国当代寓言的代表作家。曾用笔名彭山、山雨、胡天雁等，湖南娄底人。新中国成立前参加农村基层工作，1954 年毕业于宁乡一中，1958 年毕业于武汉大学中文系。先后在湖北教育学院、华中师范学院、湖北师范学院任教。中国作家协会会员、中国寓言文学研究会常务理事、中华诗词学会理事、湖北师范学院教授、副院长。对中国古代文学颇有研究，出版的著作有《历代抒情小赋》《明诗选注》《魔镜》等。

黄瑞云的寓言创作是从 1960 年开始的，但真正发表和出版是在中国当代寓言后期。《黄瑞云寓言》1981 年出版，1985 年又出版了增订本，有 230 多则寓言，基本包括了他寓言的主要作品。1992 年，又出版了第二版，寓言作品增至 300 多则。近年，《黄瑞云寓言》又出了新版，寓言增至 400 多则。

他的寓言思想内容是多方面的，但比较注重对社会事物内在关系的发掘，理性色彩较重，认识上也非常深刻。他的寓言思想内容大致分为以下四个部分：一是对生活中一般经验教训的深刻揭示；二是对人性的剖析；三是对人生哲理的表达；四是对丑恶事物的揭露和抨击。

第一个方面内容的寓言在他的寓言中比较多见，符合寓言一般规律。这方面黄瑞云创造了不少精彩的寓言，如《刺猬怎样吃蛇》《戴金质奖章的信鸽》《独一个眼子的网》等。

《独一个眼子的网》：

> 张网捕鸟是一种古老的捕猎方法，现在有些山区仍然采用。
>
> 灌木丛上张了一面很大的网，一只鸟儿被网在里面了。它对着网上密密麻麻的眼子乱窜，但没有一个眼子能钻得过去。末了它对准一个眼子死命钻去，结果卡在眼子上，被抓住了。
>
> 这卡住鸟儿的眼子骄傲起来，它说：“鸟是我独个儿捕着的。一张网要那么多眼子干什么，它们都是白费，只我一个眼子也就够了。”
>
> 张网的人信以为真，把所有别的眼子都拆掉，只留下那一个眼子。这张只有独一个眼子的网每天张在灌木丛上，许多鸟儿在它的旁边喧闹蹦跳，但它再也抓不到一只了。
>
> ——那种小有成就便得意忘形，否认集体多方面协调作用的人，这独眼网的结局是一个很好的教训。

这则寓言的构思并不十分新鲜，但它的叙述和经验教训总结却非常生动和鲜明，并从一般的经验教训总结走向了深刻的哲理。这则寓言是时代的佳作，像这样的寓言在黄瑞云寓言中还有不少。

他寓言的第二方面的思想内容是对人性的剖析。剖析不同于一般对人性弱点、缺点的揭露和批驳，它要更高一个层次，即黄瑞云用寓言对人性的某些缺陷和弱点进行了深刻的揭示。这样的好寓言如《菜盘里的两条鱼》《女贞与云杉》《一头学问渊博的猪》等。

《菜盘里的两条鱼》:

> 两条煎好了的鱼躺在菜盘里。
>
> 两条鱼中总是正确的一条对它的伙伴说:“你知道吗?一条有修养的鱼就要善于总结经验。比方说,我们的经验就很值得总结。你得记住,游水不要离岸太近,不要随便暴露目标;对于漂浮在水面的食物,要研究一下看是不是钓饵、千万不要鲁鲁莽莽地去吞它。这可是极其重要的经验呀,是任何一条鱼都不可不知道的学问!”
>
> 它的朋友回答说:“你的见解确乎是高明的,可惜迟了一点。等到人家备好了姜、醋,准备在我们身上下箸了的时候,研究这些高深的学问意义就不大啦!”

这则寓言构思奇巧,在浓烈的嘲讽意味中,把虚伪和不正视现实的人性弱点表露得很生动。

对人生哲理的表达是他寓言思想内容的第三个方面。这个方面的寓言在他的寓言中分量亦很重,精美的寓言也比较多,如《啄木鸟和蛀木虫》《两只信鸽》《石头和海瑞》《佛光崇拜》,等等。

《两只信鸽》:

> 一个信鸽爱好者驯养了两只很好的鸽子,每次放出,它们都能准确无误地飞回目的地。但驯鸽者发现,它们到达的时间,总是有先有后;有时这只先回,有时那只先到。他认为;这两只鸽子之所以有时这只先到,有时那只先回,显然是有时那只飞了弯路,有时这只错了目标,要不然一定是同时到达的。他想,如果将它们拴在一起,共同辨认方向和目标,那一定能更加迅速、更加准确地一同到达目的地了。
>
> 他把这一设想付诸实行:用一根一尺长的绳子把两只鸽子并联起来,然后放它们飞行。
>
> 两只鸽子不能持续不变地保持同一距离同一速度飞行。绳子使它们互相牵制,它们越是想尽快地飞,越是受牵制得紧,终于从空中摔了下来。经过几番剧烈的挣扎,无法飞起,结果死在路上。
>
> ——只要方向和目标一致,让它们自由地飞行是能够到达目的地的,即使多少走点儿弯路也并无妨碍;取消这一点儿自由,它们就只能死在路上了。

这则寓言的表达有一定的社会背景,故而它的哲理一方面形象鲜明,二方面也非常深刻,并对这一问题的内在的关系进行了很完整的描述。

对丑恶事物的揭露和批判也是他寓言的一个方面的思想内容。这样的寓言体现了作家对现实生活丑恶事物的愤慨和深刻的洞察。这样的寓言如《龙斑和白额》《打破平衡的苍蝇》《老虎和兔子之间的协议》《钻营者》，等等。

黄瑞云寓言的艺术特色是鲜明的，它大致有三个方面，一是寓言故事性强，富于整体感，显得很庄重；二是哲理深刻，力图把握和解剖纷繁复杂的社会、人生，生活气息非常浓厚；三是对寓言道德教训的精湛总结。

第一个方面的艺术特色是从其寓言的总体的艺术感觉上而言的。黄瑞云创作寓言，在形式上很庄重，通常都是用最传统的又很生动的语言叙述和刻画自己笔下的形象和事件，形式上的变化和追求很少，通篇都是认认真真的文字，使寓言呈现在人们面前的时候，故事性、整体性等方面给人的感觉都很强烈。

第二个方面的艺术特色是黄瑞云寓言的深刻哲理表现和对社会生活的关注。他的寓言大多都有深厚的社会生活基础和背景，作家在他的寓言中强烈地表现了试图以寓言来剖析和把握社会的纷繁复杂的生活的意识，并且取得了相当的成功，从而使他的寓言在具备深刻哲理性的同时，又富于浓厚的生活气息。可以说，黄瑞云寓言之所以在中国当代被称为重要的代表作家寓言，很大的因素上是源于他在这方面的努力。

对寓言道德教训的精湛总结，是他寓言艺术特色的第三个方面。黄瑞云寓言不但故事是生动的、引人入胜的，其寓言道德教训的总结也显出他的卓越才华和他的深刻的思想。一般说来，寓言的教训总结话语是寓言故事的二次创造，创造得好是锦上添花，创造不好是画蛇添足，但黄瑞云的把握非常好，他的寓言不一定每一则都有教训话语，可一旦有，就会很精辟，如一串精湛的格言。

凝溪（1943—），中国当代寓言代表作家。白族，云南大理人。原名李治中。初中毕业后进美术学校学习绘画，并喜爱音乐。1963 年参加农村文化工作队，1969 年后当汽车修理工，1975 年调云南省文化局创作室工作，后至《边疆文艺》任编辑。为中国作家协会会员，中国寓言文学研究会常务理事。他的诗歌、小说等散见各报刊。他的创作成就主要表现在寓言上。自从 1981 年出版《猴子的舞蹈》后，10 年间陆续出版了《猫头鹰的疑问》（与人合集）《狐狸的生日》《雄狮的画像》（与人合集）《无药的药方》《凝溪寓言选》《狮子与哈哈镜》《军犬立功》《伊索与富人与穷人》《一分钟寓言》等十多个寓言集。加上报刊上发表的寓言，十年间凝溪共计发表寓言近两千则，1994 年，云南人民出版社出版了他的《凝溪寓言 2000 篇》，其数量之多，恐怕为世界绝无仅有。另外，他还出版了寓言专著《中国寓言文学史》。

凝溪寓言创作始于1979 年。从 1981 年出版的《猴子的舞蹈》来看，虽然显示了凝溪在寓言创作上的卓越才华，但旧有的题意多，模仿的痕迹重。四年后，他的一系列的寓言集陆续出版，其寓言创作的个人风格才趋于成熟，并且向更自由的表达方式和更深刻的思想认识的方向发展。在其数量众多的寓言中，有一大批优秀的高质量的艺术风格成熟的寓言，这使得他无可争议地成为中国当代寓言后期的重要代表作家。

他寓言的思想内容，与众多的其他的寓言思想内容没有什么重大的区别，也是大致由以下几个方面组成：世俗的社会生活中经验教训总结是其一个主要部分；对生活哲理的发掘也是其一个重要方面；对人性弱点和缺陷的批评也是一个方面；对社会生活中的丑恶其寓言也进行了无情的鞭挞。

第一个方面的思想内容在凝溪寓言中呈现得很普遍，因为有些其他内容的表现也是从这里来的。这样的较好的寓言很多，如《落坑》《钉子》《蟋蟀过河》《小蛇》《笛声》《两只笼中的虎》《孔雀》《一篮桃子》，等等。

《落坑》：

一只熊实在饿得没法，见土坑里有一个苹果，便跳下去将苹果拾来吃了。吃完苹果后才发觉土坑太深，无法爬上去。这时牛从坑边走过，熊就请牛拉它一把。牛说："熊先生，如果你先看到的是土坑的深度，而不是苹果的话，你是不会落到这步田地的。"

《麻袋与钉子》：

装着钉子的麻袋请求钉子说："请你别再动了，你知道你轻轻一动我将受多大的痛苦哟!"

钉子说："请你放我出去吧，你知道我在难以转身的麻袋里比你痛苦得多呢!"

这两则寓言都是叙述的世俗生活中的经验教训，它们都有一个共同的优点，即教训鲜明、深刻，形象也很生动，为凝溪寓言一个方面的代表作。

凝溪寓言的第二个方面的思想内容是对生活哲理的揭示。这方面凝溪在创作中投入了大量的篇幅和精力，力求在一般的生活现象和事件中发掘出深刻的生活哲理，并取得了相当的成功，可以说这些寓言已成为其寓言的灵魂部分，凝溪寓言的许多荣誉在某种程度上是依靠它们而取得的。这类寓言较出色的有《音乐会》《四重唱》《笼中的虎》《大地》《一蓬竹》《木桩与小船》《草鱼和金鱼》《狼的声音》《山丘》，等等。

《音乐会》：

熊的生日那天，请了驴、羊、牛、猴来参加他的音乐会。可乐队的音乐一响，驴、羊、牛、猴都起身走了。熊问为什么要走，驴指了指鼓师槌下的鼓说："你杀死了我们还不够开心，还要剥下我们的皮绷成鼓来使劲打，真把我的心都敲碎了。"羊指了指琴师手中的琴说："你吃了我们的肉还不够，还用我们的皮做成琴来给你开心，这琴声就像刀一样刺到了我的心中。"牛指了指号手的牛角号说："也许这只号就是用我母亲的角做成的……真使我听了心里难过。"熊被驴、羊、牛说得哑口无言，于是向猴子说道："那您该不会走了吧?"猴子回答说："驴、羊、牛兄弟们的遭遇已经使我明白，如果再和你交朋友的话，说不定明天你就把我的骨头制成笛子去吹哩……"

——把自己的欢乐建立在别人痛苦上的人，永远也找不到朋友。

《木桩与小船》：

公园的湖里，拴着小船的木桩对小船说道："哈哈！怎么样？你已经失去了自由。”

“是这样。”小船说：“可别忘了你也失去了自由。”

——一心想拴住别人的人，自己也被拴住了。

《音乐会》这则寓言揭示的生活哲理自然很深刻，并把人在这方面的思索最形象地呈现了出来，在生动的故事和风趣的叙述里，让人不免掩卷回味。

《木桩与小船》这则寓言以其简练的笔法。把二者相互关系的奥秘一瞬间暴露无遗，无上一则寓言那样故事完整，但生活哲理的表现同样深刻。

凝溪寓言中对于人性缺陷和弱点的批评内容也很多。在他的这类寓言中，对人的自私、盲目、短见、自满、骄傲、虚伪、自以为是等都进行了批判和揭露，当中有许多寓言堪称寓言的上品，如《大零和小零》《一棵毛桃》《木头与大树》《狼养羔羊》《一个新痰盂》《两头猪》《铁水与铁渣》《麻雀》，等等。

《木头与大树》：

一截锯断的木头对身边的一棵参天大树说道：

“朋友，看见我心中的年轮子吧？数数看，多少？我已经有20多年的历史啦！你呢，人们除了能看见你那张老树皮外，谁知道你有多少生活经历？”

大树听了木头的话，心想，我在世上活了少说有五百年的历史了，多少朝代的历史风云我见过，像我这样见多识广的大树，也许世上也不多。干脆，让人们把我从树干中最粗的地方锯断，叫谁都好好看看我心中数都数不清的年轮！

谁知，当大树被锯断，年轮显示出来后，这棵大树的生命也就从此结束了。

——自满的开始，便是自身毁灭的开始。

这则寓言构思之奇，想象之丰富为同样寓言中少见，在批评人性弱点的同时，它还显示了一定的哲理，其故事、形象亦生动丰满。

凝溪的寓言创作，非常贴近生活和比较关注生活，多有对社会生活中的假、丑恶的东西进行无情的鞭挞。这样的寓言有《对钱的态度》《老鼠啃绳》《本领》《熊与雨伞》《鸡》《选种》《蛆》《蚌肉与珍珠》等。

就在以上诸方面寓言中，凝溪寓言表现了鲜明的艺术特色。大致有几个方面：一是短小精悍，在表现形式上完全遵循了《伊索寓言》的基本精神；二是注重从生活中发掘和表现深刻的哲理；三是语言运用的简练。

在凝溪寓言中，给人最深的第一印象，是其寓言的短小精悍。他的寓言，篇幅绝对短小，一般很少有超过400字的，但这只是一个方面，短小并不等于精悍，而凝溪寓言是二者兼备的。其文字不长，但却最大限度表达了寓言能表达的思想内容，有时这些短文字的表达还相当深刻和丰富，这在以上的寓言例子中，人们不难体味到。凝溪寓言的这种短小精悍，由于非常整齐划一，变化很少，基本上又形成了他的一种表现模式，与《伊索寓言》的表现形式大致相同。这种相同不仅仅是表面上的形式框架，凝溪寓言在叙述中也很明显地表现了他对《伊索寓言》形式的把握，其一般的寓言都是两个或三个角色的情节演进，或用对话，或用叙述进行，与《伊索寓言》的叙述方式也是一致的。可以说，凝溪寓言继承了《伊索寓言》的表现形式，并且有时表现得更为生动。

注重从现实生活中发掘和表现深刻的哲理，也是凝溪寓言艺术特色的一个方面。他的寓言，不管是哪一个方面的内容表现，都注重从现实生活中提炼素材，并在一定的题材把握中注重对生活和人生哲理的揭示。这种揭示又在于巧妙地处理现实生活中的种种事物和矛盾的相互间的关系，使一个平凡的事物、生活细节，都焕发出理性的光辉，使其再不是一个普通的故事，而是一个真理的生动的实体。

语言运用的简练是凝溪寓言的艺术特色表现的第三个方面。形式上的制约，以及从生活中提炼素材的创作途径，要求寓言语言必须简练生动，凝溪很好地做到了这一点。他的寓言多的数百字，少的数十字，但都能准确地表述寓言的情节、形象和表达寓言的寓意。一般地说来，凝溪寓言在艺术上的突出表现均与语言的运用相关。不仅如此，他的寓言的语言运用，在简练的前提下，大都情趣盎然，有相当的艺术感染力。

总归起来，黄瑞云和凝溪二人的寓言，最成功地表现了以中国先秦寓言为代表的中国古代寓言精神，与以《伊索寓言》为代表的现代世界寓肓精神的有机地融合，使他们成为中国当代寓言创作的重要代表作家。两人的寓言比较起来，前者凝重、肃穆、理性色彩浓厚，后者则轻灵、活泼、想象丰富、趣味盎然。

第八节　港台寓言

以上叙述的主要是中国大陆的寓言文学创作上的历史情况，但当代的寓言创作还有一个特殊的存在，这就是港台寓言文学，它也是中国寓言文学的一个组成部分。

在港台寓言文学中，主要有创作、翻译、整理等方面。港台的寓言创作起始于当代，前后也就数十年，完全是当代文学范畴内的事物。经过数十年的孕育和发展，它们拥有了一批有影响的寓言作家作品。其中的代表性的作家为阿紫、蓝海文、李英豪、李涛、孙重贵、梁绍娴、薛兰茵等。

阿紫为香港当代寓言作家，生平事迹不详。寓言创作上的主要代表作为《寓言故事集》，由香港山边出版社 1983 年出版。

他的寓言很讲究知识性，几近科学寓言，但其寓言的哲理性、文学性、故事性、知识性大都能够有机地融合在一起，在富含哲理的同时，又很有趣味。他的《两个朋友》，就是这样的优秀寓言：

在那一尘不染的光学仪器厂里，人们穿着一身洁白的制服，小心谨慎地在装配各种精密的光学仪器。一部精密的高倍望远镜造好了，另一部也是高度精密的显微镜造好了。工程师在出厂纸上签名字，把它们运送出厂了。

说来也凑巧，这两部光学仪器被一间研究所购置了，并且放在同一张实验桌上哩。这样，当人们都离开研究所，室内静悄悄的空无一人的时候，这两部仪器就肆无忌惮地谈起话来了。

望远镜说："朋友，你觉得空气沉闷么？在这窄窄的斗室里，我怕我会捺不住性子，要偷偷溜到外边的世界去。这儿太单调，太乏味了。"

显微镜奇怪地说："什么？外边的世界？我只觉得外边只是黑沉沉的。在眼前，我却发现无穷的趣味，你瞧，一只苍蝇的脚，我发现了蠕动的杆菌，哪怕是一滴水，哈哈，我看见一个十分有趣味的微生世界，你见过草履虫么？它们的分裂繁殖才叫有趣呢！朋友，不要好高骛远了，在我们的眼前，可有研究不尽的学问啊！"

望远镜说："唉，你真是个大近视的家伙，除了鼻尖下的事物，你还看见些什么？我看见东边的远处，那里有一个快乐的世界，人们在造大船、建高楼，青年人在唱歌，小孩子在荡秋千；我看见远远的西边，那儿的人个个英勇，他们为了保卫国土，和敌人在沙场上决战，那气吞山河的壮丽情景，叫人神往。我还向天外望去，看见有人乘着太空穿梭机，去探测未知的星体。朋友，让我们联袂到外面的世界去闯闯吧，不要老是只看见苍蝇的脚毛，水滴的草履虫，以及茶杯里的风波！"

显微镜说："朋友啊，你看见外边的世界，离开你十万九千里，景物远看总是美丽的，可是，如果你亲临其境，也许嫌其丑恶，与你远看的大不相同哩！前人说过，一粒沙可以看见一个世界，在我们的眼前，有各种各样的沙粒和水滴，也就是千百个微型的世界啊，要闯世界，实在不需外求哩！朋友，安下心来吧，你看，眼前一小块洋葱皮，那细胞组织多么精密有致呀！"

望远镜听了，长叹一声，说："我和你简直没有共同的语言，还是让我俩各奔前程吧！"望远镜就留下显微镜，去找寻他的理想了。

这则寓言描述细腻清晰，故事性强，篇幅较长，但读来还是生动自然。

蓝海文是香港的当代诗人，他在创作一般诗歌的同时，还创作了许多寓言诗，也是较有成就的寓言诗人。他的寓言诗主要见于他的《寓言诗一百首》，为香港金陵出版社 1986 年出版。

蓝海文的寓言诗大都短小精悍，寓意生动、形象，《滥用名字》《蝴蝶、蜻蜓与蜘蛛》等就是其中的佼佼者。

《滥用名字》：

小猪在路旁哭泣：
"以后我还能做些什么！

谁错了都拿我的名字来咒骂，
什么脏猪、笨猪、猪猡！”
小驴子走上前去安慰：
“这种事实是无可奈何！
人们也喜欢拿我的名字咒骂，
什么秃驴、蠢驴、笨驴！”
小猪禁不住笑道：
“你真是一匹蠢驴！”
小驴也哈哈地笑道：
“你真是一头蠢猪！”

《蝴蝶、蜻蜓与蛛网》：

蝴蝶和蜻蜓都撞倒蜘蛛网上，
他们彼此相望，眼泪汪汪。
蝴蝶说：“都怪讨厌的风，
令我无法掌握方向！”
蜻蜓说：“都怪耀眼的阳光，
使我看不清蜘蛛网！”
蜘蛛说：“这里的食物都是自动送上来的，
只怪你们自己麻痹大意的思想。”

这些寓言诗节奏、韵律均很生动，哲理也较深刻，理性思索和诗情力量结合得很好，不失为优秀的寓言诗作。

在香港的作家寓言中，典雅庄重又充分继承传统寓言创作方法较有成就者，当数孙重贵的寓言。

孙重贵，香港当代寓言作家。他注重用传统的寓言表述方式来创作寓言，是香港寓言作家中最引人注目者。

他的寓言主要见于他的寓言集《企鹅的客人》和《老虎和蝙蝠》，两者都为香港山边出版社 1987 年出版。他的寓言故事一般都比较规整，善于用生动有趣的寓言故事表述生活的哲理，还有较强的儿童情趣，阅读的面较广。像他的《不称心的狗王》《鲸鱼之死》等寓言就显得很生动。

《不称心的狗王》：

一群狗准备推选出狗王。为了郑重其事和公平合理起见，它们特地邀请了雄狮、绵羊和花猫三位嘉宾来做评判。

三位评判经过充分酝酿，公布狗王的当选者——一只玲珑乖巧、媚态十足的卷毛狮子狗。

狗群大失所望，在它们的心目中，狗王的标准应该是高大威猛、强悍有力的优秀狼狗。于是纷纷投诉，齐声指责评判团失误。

雄狮代表评判团理直气壮地解释："诸位，请耐心听我陈述：你们新产生的狗王具备了我狮子潇洒的形象，绵羊先生温顺的性格以及花猫小姐的'迷你'身材，集众多优点于一身，这样的狗成为狗王，可以说是实至名归。"

这群狗听完雄狮的话后恍然大悟，原来不同的动物有着自己不同的评选标准，一时啼笑皆非。

自己的事不愿自己做主，一味依赖"外援"，往往事与愿违。

《鲸鱼之死》：

一条小鲸鱼迷失了方向，在沙滩上搁浅了。它惊恐地发出了求救信号。

一群鲸鱼闻讯火速赶来，当它们看见小鲸鱼在沙滩上垂死挣扎的痛苦情景，纷纷奋不顾身，勇敢地争先恐后地上岸抢救。

可是鲸鱼们很快发现，自己同小鲸鱼一样，也都陷入了绝境。

临死之前，一条老鲸仰天长叹："唉，我们鲸鱼本是水中的动物，怎么能荒唐地脱离水到岸上展开拯救行动呢？——只凭一时冲动，未有冷静的思考切实可行方案，才铸成这个无法弥补的大错啊！"

有勇无谋，既帮不了别人，又会害了自己。

这两则寓言教训既深刻又鲜明，富于生活气息，还有相当的现实意义，应是香港地区优秀的寓言代表作之一。

在香港寓言创作中，孙重贵是运用传统手法的佼佼者，那李英豪的寓言，则以散文诗般的形态，现代启示意识等独特的面目而著称。

李英豪，香港当代寓言作家，其寓言作品主要见于《城市寓言》一书，为香港博益出版集团公司1988年出版。

他的寓言以强烈的现代意识和思绪为主体，又以散文诗式的表现方式，追寻现代都市生活中的寓言寓味和思想内容，给人很新颖的寓言感受，从中剖析的现代人心灵，洞察的人生世相，都有深刻的启示性，如《笨雀》《镶》《异种》就是。

《笨雀》：

雨，本来滋润万物；谁知道美丽的雨带来了灾难！

小麻雀浑身湿透，从玻璃敞门的缝隙跳进来。

莲姐手疾眼快，把它捉住，放进一个久已空着的相思笼里。

它再跳不出去，在笼里瞎撞，找出口，倦也不休。扑，没有血流出来；撞，还介意断了多少根肋骨么？

它怎样也不肯吃喝，宁愿白白饿死，尸陈微弱枝影之下，再没有半丝痉挛。

人们都讥笑它是一头笨雀。

《镶》：

他说，这一首写给她的长诗具有“永恒性”。

她把长诗的原稿镶进玻璃镜架内，挂在最起眼的墙壁上，每天让阳光洒在上面，闪闪生辉。

去夏，她突然发觉镜架内的原稿一片空白。阳光盗走了文字。自此，她的脸孔也一片空白，“永恒”盗走了她的五官！

《异种》：

钟师傅终于发觉，整个小鱼池中，只有这一尾的鳍，不是齐一的柠檬黄。他不必用网，熟练的手伸进水里，兜一兜，就把这一尾鱼搁到鱼池旁的石板上。

第二天，我们已忘记了这具鱼干。

这几则寓言的语言简洁，寓意含蓄而形象独特，带有很强的现代意味和感觉。《笨雀》表面上是对笨雀的嘲讽，但实质上是嘲讽的嘲讽，也反映了城市生活的冷漠和变异，在这里，可贵的自由精神似乎已成为不可理解的古董了。这实在是一种很悲哀的寓言观照和揭示。《镶》是“时光岁月无情”的新表述，奇异新颖，还令人深深思索。《异种》这则寓言几乎是一种黑色的幽默和哲理揭示，对“异己”的排斥是常见的，但第二天就把“鱼干”忘了则是新奇和有深刻揭示性的。

香港是有名的国际大都市，旧有的寓言背景和感觉已经相去很远了，因而标榜城市寓言，寻找城市寓言的感觉已是这里寓言创作的时尚，不管是阿紫，蓝海文，还是孙重贵、李英豪都是如此，如传统手法的孙重贵打的也是“阿贵城市寓言系列”的旗号，而李英豪则干脆书名就叫《城市寓言》。这种追求也就形成了香港寓言“新感觉”的特色。这里面，特色最浓重的，可能要数李英豪的寓言。这种有强烈现代色彩的寓言，在欧洲早有表现，如叔本华的寓言等，但在中国，则以香港、台湾为先导了。这种新的城市感觉的寓言，拓宽了寓言创作的视野，应该作为一种发展中的事物，给予相应的重视。

以上是香港地区主要的寓言作家的创作，除此之外，香港的梁绍娴、薛兰茵等也有不少的寓言作品发表和出版。

在一般的文化概念上，大致都把台湾与香港并称为港台，台湾是一个特殊的历史地区，由于人所共知的原因，使我们在文学上对香港了解得不多，在寓言文学上也是如此。在台湾，寓言文学创作应该是较为丰富的，但可惜我们对此了解不多，大致上如今只见到了李涛的寓言。

李涛，台湾的当代寓言作家，生平不详。他的寓言主要见于《李涛寓言》一书，为台湾时报文化、出版企业公司 1988 年出版。

李涛的寓言有着强烈的政论性，注重用寓言发表自己的政治观点，用寓言的机智趣味，表现一种政治上的幽默，虽然这样的寓言已有很大的变异性，但对现实生活仍有较大的揭示性意义。如其寓言《挑战恶水河》：

淡水河的污染已经到了极端严重的程度，要整治却并非几个噱头可以救得了的。

一年一度的台北市龙舟大赛，即将盛大举行。台北市政府为了洗刷“臭水沟”龙舟赛的国际恶名，想借用比较清澈的碧潭。消息一传开，引起了连串的风波。

反应最强烈的是外籍华人学生代表团体。他们的代表美国籍的蓝波，气呼呼地找到和蔼可亲的台北市长。

“市长，如果你将龙舟赛迁到碧潭，对我们美国的‘冒险犯难’精神，是顶严重的挑衅。”

“你们不要狗咬吕洞宾，我是为了你们的健康才想换地方的。”市长说得好婉和。

“你的好意，我们心领了。不过，我们已经跟欧美的亲友夸下海口，要向‘恶毒死亡河’挑战。如果现在换地方，我们就没脸见人了。”蓝波的语气很急躁。

市长正要回答时，一群眼科、皮肤科的医生代表也冲进了市长室，抗议龙舟赛要易地举行。

“市长，我们每年都靠污水赛龙舟，才有大批的皮肤恶化、眼睛发炎的病患者来诊。今年要找干净的河赛龙舟，简直是存心砸我们的生意。”大家你一言，我一语的气氛愈来愈紧张。

市长为了平息众怒，立即赶到了十一号公园河面，了解情况。

“污染的情形处理得怎么样?”

“报告市长，我们动用大批清洁员，在河里打捞垃圾三天三夜，现在完全 OK 了。”

河川卫生执行长，满脸得意神情。

“你是说水不臭、不脏了?”想到抗议的人群，市长头都痛。

“保证这条河，就快有小螃蟹了，你看这水有多清!”口沫满飞的执行长，突然看到市长背后的河面，漂来了一条死猪。

就在市长转身前，一名蛙人，矫健地从水中浮起，一个翻滚，就抱着死猪潜得无影无踪。

“听说在这里操舟，练习的人都会得病?”

“笑话！我早上就当众在河里洗了个头，好得很！真是谣言可畏。”突然，一阵微风，迎面拂来，执行长的头发，刹那间，脱落得满身满地。

“你确定水质不会毒人吧?”看着执行长的秃头，市长都……

“市长放心，要不是有把握，我不会叫我的助理小张，当众喝了杯河水。小张——小张。糟了！”执行长发现小张倒在河堤边，奄奄一息。正在慌乱，危急时，土地公突然显灵。面对着三人说：“我让你们每人许个愿，快说。”

“土……土地公，我中的毒什么时候可以解掉?”小张说得好吃力。

“我看这河水太毒了，至少要30年。”“唉！我……我来不及了！”小张绝望得昏迷了。“土地公，我的头发可以长回来吗?”执行长直摸着秃头“要40年，头发才会长回来。”“不会啊，我等不了那么长！”“土地公，土地公，你看我们台北，什么时候才有条清澈干净的河来赛龙舟?”市长问得诚挚而兴奋。

迟疑了好半天，土地公满脸哀伤地望着市长：“市长大人，抱歉！我……我可能活不了那儿久也！”

这则寓言已不同于传统的寓言，但仍有传统的寓意基础。此寓言由两个单独的寓意前后出现，并以此构成寓言的主线，并隐含了二者的对比，最后还用夸张和浪漫的手法，表现了对社会生活的嘲讽和幽默，故而这则寓言的内容包含是多方面的。这样的寓言虽有荒诞的色彩，但其现实意义是很强的，揭示的问题也较深刻，叙述上也较有感染力。《李涛寓言》中有寓言63则，大多表现了鲜明的政治性，但有的政见让人难以接受。

李涛寓言自然不会是台湾寓言的全貌表现，但它肯定表现了一个方面，由于受资料限制，台湾寓言也只有由此而言了。

归而言之，以上的港台寓言不管表现形式如何，但都富于现代生活气息，是寓言适应现代生活节奏、情绪和感受的产物，有自己独异的色彩。

第十二章　中国寓言文学中的研究、翻译、整理

在任何一部文学史中，作家作品都毋庸置疑的是其历史的主要部分，但同时也存在着一些与文学作品相联系的事物，比如研究、翻译、整理等情形就是。这在中国寓言史中也如然，并且显得更为重要，故我们在叙述了中国寓言历史之后，特辟专章叙述中国寓言文学中的寓言研究、翻译、整理等情况，以便对中国的寓言文学有一个更为完善和全面的了解。

第一节　寓言的研究

在世界范围内，对寓言的研究很少，在西方，只对《拉封丹寓言诗》《克雷洛夫寓言》等作家作品有一定的研究。对寓言理论上的研究就更少，大致只有古希腊对寓言分类研究的片断和德国莱辛的那组研究寓言本质、形象、分类、教育等问题的文章。在中国，对寓言的研究在古代亦是极少的，只是到了西方寓言文学进入中国，触发了中国新时代寓言的发生之后，对寓言的研究和认识才得到学界和人们的广泛重视，并经过一代又一代人的努力，取得了相当的成绩。中国现当代中对寓言研究的广度和深度，以及取得的成就，是现今任何一个国家都不能相比的。

在中国的20世纪20年代，寓言、童话类的文学种类就得到人们的重视，从这时开始，许多学者、专家纷纷在有关杂志上发表文章，对寓言进行探讨，从此以后，寓言便一直是文学研究的一个广泛性的话题。在寓言诸方面问题的研究和探讨中，不但一般的学人和作家关注寓言，而且中国现当代的一大批知名学者和文学家，对寓言研究都倾注了心血。如周作人的《儿童文学》（《新青年》第8期）；陈伯吹的《童话研究》（1933年《儿童教育》第5卷第10期）《论寓言与儿童文学》（1944年《东方杂志》第40卷）；郑振铎的《寓言的复兴》《论寓言》；胡愈之的《文纲与文学》（1925年《东方寓言集》序）；张友鸾的《读古代寓言》；莫干河的《谈寓言》；魏金枝的《试谈我国的寓言》；贺宜的《略论寓言》；金江的《略论寓言》；蒋风的《寓言简论》；金燕玉的《寓言随谈》；赵沛霖的《试谈中国古代民间寓言的起源》；白本

松的《试论中国寓言的产生及其早期的发展》；朱俊芳的《说〈周易〉寓言》；陈静言的《晚周寓言的衍变与影响》……可以说从作家作品、寓言起源、发展、基础理论等各方面进行了广泛而深入的涉及，展开了寓言研究的众多方面，对寓言文学有深刻而广泛的意义。可以说中国现当代的寓言研究成就是显著的，但成就最大者当数胡怀琛、王焕镳、公木、陈蒲清、鲍延毅、谭达先、凝溪、薛贤荣等人。

中国现当代第一个有较大成就的寓言研究家当推胡怀琛。他在1930年出版了《中国寓言研究》一书，这是中国寓言系统研究的开篇。随后，20世纪50年代又有王焕镳的《先秦寓言研究》。中国当代寓言后期有公木的《先秦寓言概论》；陈蒲清的《中国古代寓言史》《世界寓言通论》以及由他主编的《中外寓言鉴赏辞典》；鲍延毅主编的《寓言辞典》；凝溪的《中国寓言文学史》；谭达先的《中国古代民间寓言研究》；薛贤荣的《寓言概论》等。

胡怀琛（1886—1938），中国现代寓言研究家、古典文学研究家、诗人、教授。安徽省泾县人。早年参加南社，辛亥革命后，与柳亚子等在上海主持《警报》《太平洋报》。后转入出版界和教育界工作，曾任文明书局、商务印书馆编辑、上海市通志馆编纂，上海沪江大学、中国公学、国民大学、正风文学院教授。一生著述甚丰，主要有《〈尝试集〉批评与讨论》《中国文学通评》《中国诗学通评》《中国民歌研究》《中国小说研究》等十多种，以及中国古代寓言选集《中国寓言》。

他的《中国寓言研究》一书近3万字，分为何谓寓言、寓言的效用如何、全世界寓言产生地：印度、希腊、中国、中国寓言产生的时代、战国前后寓言的传播、汉魏以后寓言的变迁、汉魏以来韵文的寓言、近20年来寓言的复活等八章。其寓言文学论述涉及的面广，但浅而淡。此书意义不在于其学术价值如何，而在于其开创性的工作，在胡怀琛之前，中国还没有论述寓言的专门著作出现，而胡怀琛的《中国寓言研究》，却开了这方面的先河。胡怀琛的《中国寓言研究》，也是中国现代寓言史上唯一的一部寓言研究专著。

进入中国当代寓言前期，除了发表许多很有分量的寓言文学论文外，还出现了一本寓言文学的研究专著，这就是王焕镳的《先秦寓言研究》。

王焕镳（1900—1984），中国当代寓言研究家、古代文学研究者。字驾吾，号觉无、因巢，江苏南通人。1924年毕业于南京高等师范文史地部（系），先后在扬州江苏八中、南京中山大学、江苏省立国学图书馆、浙江大学、之江大学、浙江师范学院、杭州大学等处工作和任教。王焕镳先生早年主要从事年谱和方志的编著研究，出版有《曾南丰先生年谱》《明遗民万殿庵先生年谱》《明孝陵志》《首都（南京）志》等。新中国成立后主要从事先秦文学研究，出版有《韩非子选》《墨子校释》等书。

王焕镳在研究先秦文学时，亦把先秦寓言作为一个重要方面来研究，著有《先秦寓言研究》一书。该书是1957年出版的，全书5万多字，分寓言的来源、先秦文学中含有大量寓言的社会根源、寓言的特征、寓言的影响等五个方面论述了先秦寓言。此书论述较为深入，开创性地提出了许多对寓言的认识和见解，有一定的学术价值。另外，它是中国当代寓言研究的第一本，也是那时唯一的一本寓言学术专著，故在中国当代寓言文学前期有一定的地位。

进入中国当代寓言文学的后期，寓言研究的成果就比较丰硕，最先取得优异成绩的是陈蒲清先生。

陈蒲清（1936—），中国当代寓言研究家、语言文学研究家。湖南桃源县人。1960 年毕业于湖南师范学院中文系。先后在常德师专、益阳师专、益阳地区教师进修学院任教，现为湖南省教育学院中文系主任、教授。为中国寓言文学研究会副会长、湖南省古汉语研究会副会长。主要著作有《文言文基础知识问答》《教学语法答疑》《欧阳修文选读》《文言今译教程》。他的寓言研究成果最丰，有《中国古代寓言史》《世界寓言通论》《中外寓言鉴赏辞典》等著作。

《中国古代寓言史》一书 22 万字，分先秦寓言、两汉寓言、魏晋南北朝寓言、唐宋寓言、元明清寓言等五章。此书全面地论述了中国古代 2000 多年的寓言文学历史，有许多新颖独到开创性的见解。在此书中，陈蒲清把中国古代寓言的历史划分为五个阶段。

一、先秦寓言：先秦是中国古代寓言产生和蓬勃发展的时期。其中的战国时代是中国古代寓言创作的黄金时代。当时的寓言作品集中在诸子散文里面，为阐述不同学派的哲理和政治主张服务，可称为“哲理寓言”。

二、两汉寓言：两汉寓言的题材和手法大多因袭先秦，但主旨是为空前统一的封建帝国汉王朝寻求长治久安之道，即希望通过寓言来宣传历史的经验教训，在政治上、生活上给人们以劝诫，可称为“劝诫寓言”。

三、魏晋南北朝寓言：魏晋南北朝是中国历史上的一个大转变的时期，哲学上、文学上、艺术上都具有明显的过渡性质，其寓言创作也是一样。

四、唐宋时期：这是中国古代寓言创作的第二个高潮时期。其特点是寓言的讽刺性加强而哲理性减弱，可称之为“讽刺寓言”。

五、元明清寓言：元末明初及明中叶以后，曾掀起两次寓言创作高潮。其特点是冷嘲热讽的笑话成分增多，其中很多寓言可称之为“诙谐寓言”。

这一寓言历史的划段和评述，在中国的影响很大。此书的出版被誉为中国寓言史研究上的重大突破。

此书 1996 年又出版了增订本，共分为：远古创始期寓言、战国争鸣期寓言、两汉沿袭期寓言、魏晋南北朝转折期寓言，唐宋融汇期寓言、元明清世俗化期寓言、中国古代寓言剧、中国古代长篇寓言小说、中国各民族寓言概说等 10 章。增加了不少内容，某些方面研究又有所深入，字数已达 41 万字。

《世界寓言通论》全书 30 万字，分三编：第一编“寓言的本质”，有：寓言的含义、寓言的本体特色、寓言与其他文体、寓言的类型、寓言的创作、寓言的技法举隅等六章；第二编“寓言的发展”有：世界寓言的起源与谱系、印度寓言体系、中国寓言体系、欧洲寓言体系、世界寓言世表等五章；第三编“寓言的应用”，有：寓言与人类文化、寓言与学校教育、寓言与国际交流、寓言的鉴赏研究等四章。

《中外寓言鉴赏辞典》为陈蒲清主编，由 60 多人参加撰稿而成。全书 73 万字，分三大部分：第一部分为寓言鉴赏导论；第二部分为主体部分，有公元前3000年至当代的50多个国家或民族的寓言名著426篇及鉴赏短文；第三部分为寓言知识小辞典，有条目401条，并附有“中国当代寓言作家作品集简表”。此书装帧、印刷都很精美，在中国受到一致好评，为中国第一部鉴赏辞典。

陈蒲清先生在中国当代寓言研究上显示了他的卓越才华，大大推进了中国寓言文学研究的水平和进程。

在中国当代寓言研究的后期，公木先生的《先秦寓言概论》亦较引人注目。

公木（1910—1998），中国当代寓言研究家、现代诗人、教授。原名张松如。1930年参加“左联”，是活跃在中国现当代文学史上的著名诗人。1978年任中国作家协会吉林省分会主席，1984年至1990年任中国寓言文学研究会会长。主要作品有长诗《鸟枪的故事》；诗集《哈喽胡子》《中华人民共和国颂歌》《十里盐湾》《黄花集》等。公木50年代就从事先秦寓言的研究和教学工作，出版有中国历代寓言选集《历代寓言选》（与人合作）。

其《先秦寓言概论》一书1984年出版，全书14万多字，共有12章。此书不但对先秦寓言的一些理论认识问题作了相当的论述，同时还深入研究了先秦渚子寓言的作品，对他们寓言的思想内容、艺术特色和成就都做了相应的评价。故此书一出，就得到人们较高的赞誉。相比较而言，在公木的《先秦寓言概论》一书中，先秦寓言的研究得到了进一步的发展，迈上了一个新的台阶。

在中国当代寓言文学中，《寓言辞典》的出现，是继陈蒲清《中国古代寓言史》之后的又一引人注目的大事，它的主编者是鲍延毅先生。

鲍延毅[①]（1937—），中国当代寓言研究家。江苏沛县人。1960年代初毕业于山东师范学院中文系，现为中国寓言文学研究会理事、枣庄师专中文系教授。其主要著作有《〈郁离子〉寓言故事选译》《中学生古文导读》《孔门寓言集》《中国古代寓言诗选》（与人合作）等。

《寓言辞典》一书50多万字，鲍延毅主编、谷恒东、吴秋林副主编。该书介绍了中外古今的寓言作家、作品、寓言理论，及相关的寓盲知识，共收条目2226条，由国内近十位专家学者撰写，是中国及世界上的第一部寓言文学的工具书。

在当代寓言研究的后期，一些寓言作家亦加入了寓言研究的行列，其中成就最大者为凝溪。

凝溪不但在寓言创作上是当代寓言后期的主要代表作家，寓言研究上也成绩斐然，1992年他出版了寓言研究专著《中国寓言文学史》。

《中国寓言文学史》一书47万字，分“引论”“上卷、古代部分”“中卷、近现代部分”“下卷、当代部分”。“引论”主要论述的是世界寓言的简况；“上卷”叙述的是中国古代寓言的历史；“中卷”叙述的是中国近现代寓言的历史；“下卷”叙述的是中国当代寓言的历史。

① 先生于前些年已经故去。

在当代寓言后期，薛贤荣的寓言研究成果亦很引人注目。

薛贤荣（1950—），安徽肥东县人。1977 年考入阜阳师范学院中文系学习，毕业后留校任教，后调入安徽少年儿童出版社工作。为安徽省作家协会会员、中国写作学会会员、中国寓言文学研究会会员。1975 年开始发表作品，有诗歌、小说、寓言等。1991 年他出版了《寓言概论》一书，全书 20 余万字，分别论述了寓言的基本知识、寓言的创作、寓言的形式，以及寓言的状况等多方面的问题。

港台的寓言文学研究远不及大陆，但香港的谭达先先生却在寓言研究上做出了一定的贡献。

谭达先（1925—），中国当代民间文学理论家、寓言研究家。他在中国民间文学研究方面很有成就，出版了很多这方面的著作。他研究寓言正是从民间文学的角度人手的，其著作为《中国古代民间寓言研究》。此书是他的“中国民间文学理论丛书”中的一本，全书 6 万字，是中国古代民间寓言研究的第一部专著。

第二节　寓言的翻译

这一节的主要内容是介绍中国寓言文学中的翻译活动，它包含着两个方面，一是我们对世界各国、各地区寓言的翻译；二是将中外寓言翻译成中国各民族语言文字。据中国寓言文学中的实际情况，说寓言的翻译，则主体是我们翻译世界各国的寓言。

中国翻译外国寓言，历史是非常悠久的，至少可以追溯到 1600 年以前的印度佛经的翻译时期。中国正式的有规模地翻译佛经是在东汉桓帝建和二年，也就是公元 148 年开始的。从那时起，至唐太宗永泰元年，即 765 年间，不断有大量的佛经被翻译过来，成为汉译佛经，在这些汉译佛经中，就有大量的印度寓言。这样，当时的中国人为了翻译佛经，无意间就为中国人翻译了大量的印度寓言，使印度寓言从汉朝起就对中国的寓言文学发生影响。

汉唐时期翻译的印度佛经寓言，主要见于以寓言故事为主体的譬喻类经书中，如《百喻经》《杂譬喻经》《六度集经》《杂宝藏经》《贤愚经》《佛本行集经》《大庄严论经》等。

《杂譬喻经》为东汉末僧人支娄迦谶译，约 180 年，是中国最早的寓言译著，当然，寓言故事只是其书的一个组成部分。

《六度集经》为三国时吴国的僧人康僧会编译，时间约为 247 年。

《杂宝藏经》为北魏僧人吉迦夜、昙曜二人于 460—465 年间译出，其中约有寓言故事近百则。

在这一类的译著中，最著名，影响最大，基本可以作为寓言作品专集对待的要数《百句譬喻经》。

《百句譬喻经》简称《百喻经》，由古印度僧伽斯那著、南朝齐时来华的僧人求那毗地译成汉文，时间为 492 年。此书在翻译前就已经形成了一部寓言故事作品专集，然后才译成汉文的。此书有 98 个寓言故事，可称为佛经寓言的集萃者，是中国第一本寓言作品翻译专集。此寓言集在中国现当代影响很大，有不少译写本，以冯雪峰的改写本最为著名。

在佛经寓言翻译之后，中国寓言文学中的翻译也就停滞不前，寓言作品的翻译上也没有什么历史记载。这种状况一直延续了一千年，西方的传教士进人中国，带来了西方的文化、宗教和思想，同时也带来了西方的《伊索寓言》故事后才有了改变。

在中国明朝万历十年，也就是公元 1582 年，一个叫利玛窦的意大利传教士来到了中国，他用了十余年的时间学习汉文和中国文化。1601 年时，他获准在北京长期传教，不久就与当时的著名学者徐光启合译了《几何原理》。1608 年时，他为了在中国传教的需要，就利用中国民俗民情写了一部宣传宗教教义的书，叫《畸人十篇》。在《畸人十篇》中，没有把《伊索寓言》完全直接译出来，而是把一些寓言夹述其间，只能是一种对《伊索寓言》的间接译介，不过，这却是西方的《伊索寓言》第一次被译介到中国，也是西方寓言第一次被译介到中国，故而《畸人十篇》中夹述《伊索寓言》，在中国寓言史上亦是一个重要的事件。

《畸人十篇》1608 年在北京印行，1609 年南京及南昌有重刻本。

西方寓言在中国的第一个真正的译本是《况义》。《况义》是由一位法兰西传教士金尼阁口授，中国人张赓笔录的。

金尼阁（1577—1628），1610 年来到澳门，第二年来到南京，不久又回罗马。在 1620 年他又带领 22 名耶稣会教士，及教皇赠书 7000 余部返回澳门，以后就在南昌、韶州、杭州等地传教，并先后在降州、西安、杭州印行中西书籍。《况义》也就是他们 1625 年在西安印行的一种中文书籍。

《况义》一书有寓言 38 则，分正编、补编两部分，其中正编收寓言 22 则，补编收寓言　则。一般认为其中三分之二为真正的《伊索寓言》，而另三分之一则为其他寓言，其中就有中国的古代寓言，如柳宗元的《罴说》《赖奶传》等，也还有些弄不清来源、大概是自己创造的寓言，如《鹳落网》《鸽清鼠秽》等。前者可认为是张赓所为，即认为中国古代也有与《伊索寓言》对应的作品，这种认识是可贵的，是使中国古代寓言在现当代重放光彩的先觉者行为。

张庚大概是个水准较高的文士，《况义》中的《伊索寓言》古汉语的翻译水平较高。

《况义》出现后，不知是资料缺乏，还是历史表现原本如此的原因，1625 年至 1837 年间两百多年的时间里，就再也没见到寓言的翻译了。到 1837 年，才有《伊索寓言》的另一个译本出现，这就是《意拾蒙引》。

《意拾蒙引》全书收译《伊索寓言》81 则，为英国人汤姆口述，中国人蒙昧先生记录。据专家研究，这“意拾”实际上是伊索的译音，“蒙引又有益智、启迪的含意”，故这已有伊索智慧故事的认识存在其中，这比《况义》又进了一步，基本说明是在翻译介绍伊索的寓言作品了。

这是《伊索寓言》在中国的第二个译本，此书一出，曾风行一时。

《意拾蒙引》刊行后，中国已进入了近代历史时期，中国的各方面都在发生着深刻的变化，故在数十年的时间，也未见新的寓言译作。直至1888年，才有《伊索寓言》的第三个译本《海国妙喻》出现。

《海国妙喻》全书收《伊索寓言》数十则，为张赤山（张焘）译。张赤山此人的生平事迹不详，但他可谓第一个直接翻译《伊索寓言》的中国人，因为《况义》《意拾蒙引》都是外国人口述，中国人记录的。

《海国妙喻》1888年由天津时报馆刊行，为《伊索寓言》在中国的第三个译本。

中国近古和近代对寓言的翻译，是从《伊索寓言》的翻译开始的，但是在19世纪以前，真正的《伊索寓言》的名目，并没有树立和确定下来，而这一历史的功绩最后由林纾完成了。

林纾（1852—1924），中国近代文学家、著名翻译家。原名群五，字琴南，号畏庐，别署冷红生，福建闽县（今福州）人。幼孤苦，靠叔父静庵抚养，喜好读书。1882年中举人。后入北京，为京师大学堂教师。早年参加过资产阶级改良主义的政治活动。曾与友人译小仲马的《茶花女》，颇受欢迎，以后便专门从事翻译。他擅长古文，以桐城派自居，著有《畏庐文集》《韩柳文研究法》《京华碧血录》等多部著作，可他对于中国文坛的主要贡献则是他的译书。他不懂外文，但通过别人口述后他译写，用古文翻译欧美等国小说170多种。为此，人们给他的评价很高。

他在1902年翻译出版了《伊索寓言》一书。这本书是他与严璩合译的，为线装排印本，并附有插图。此书一出，大受欢迎，仅1909—1919年的10余年间，就重印10多次。这本书是以《伊索寓言》为书名的，从此，《伊索寓言》的书名便确立下来，至今未变。

从林纾之后，中国对外国寓言的翻译，就进入了一个五彩缤纷、多种多样的年代。

这个年代正是晚清时期，当时出现了一些报纸，对寓言有所译介，如《寓言报》《笑林报》《游戏报》等，但这些译介由于历史原因，影响不大。真正造成影响，形成风气的是《小说月报》对外国寓言的翻译和介绍。从1921年到1927年的数年间，郑振铎、张若谷等人在《小说月报》上发表了俄国的“梭罗古勃”“克雷洛夫”，德国的“莱辛”，法国的“拉封丹”等作家的寓言作品，以及印度的寓言作品共计127则。从这里不难看出，当时在世界上重要的寓言作家作品都进入了他们的翻译视野，已不是单译《伊索寓言》的时代了。

在这样的基础上，中国现代文学中的20世纪20年代，出现了一批寓言译著。

《印度寓言》，郑振铎译，商务印书馆1925年出版。此书有印度寓言55则，为中国近现代第一个印度寓言的译本。

《莱森（辛）寓言》，郑振铎译，商务印书馆1925年出版。此书有莱森寓言32则，是中国的第一个德国寓言作家的作品集。

《东方寓言集》，俄国V. M陀罗雪维支著，胡愈之译，开明书店1927年出版。

这是俄国寓言在中国的第一个译本。此书1931年由开明书店再版，更名为《猪的故事》；1947年再版时改名为《寓言的寓言》。

《土耳其寓言》，王世颖译，开明书店1929年出版。此书有土耳其寓言64则，为土耳其寓言在中国的第一个译本。

在20世纪30年代，寓言的翻译活动少一些，到20世纪40年代，又出现了喜人的势头，出版了不少寓言译著。

《萨尔蒂可夫寓言》，蒋天柱译，新文艺出版社1941年出版。此书为谢德林寓言在中国的第一个译本。

《鹰与鸡》，邹荻帆，建国书店1943年出版。这是列夫·托尔斯泰寓言的第一个中国译本。

《知了借粮》，倪海曙译，少年儿童出版社1948年出版。此书为法国拉封丹寓言的第一个中国译本。

寓言的翻译进入中国当代寓言时期，对世界各国的寓言翻译，又在一个更广泛而全面的基础上开展，出现了众多的寓言译著，开始从多侧面、多角度地翻译介绍世界各国的寓言作品。

对《伊索寓言》翻译上，中国当代寓言文学中出现了10余个译本，最重要的译本有周启明译的《伊索寓言》，人民文学出版社1955年出版。这是中国当代寓言前期流行的主要译本，有多种版本行世。还有罗念生等四人译的《伊索寓言》，人民文学出版社1981年出版。这是一个较全的《伊索寓言》译本，选取的是世界上最全的底本，翻译时只略掉了7则寓言。这个译本亦是在中国当代寓言后期行世的主要版本，有多种版本和再版多次。

对法国寓言的翻译，也出现了10余个译本，主要的也就是对拉封丹寓言翻译。在中国当代寓言前期，最有影响的译本是倪海曙译的《拉封丹寓言诗》和何如译的《拉封丹寓言选》。

《拉封丹寓言诗》，少年儿童出版社1958年出版。在此之前，译者已出版了多个拉封丹寓言选集，因而拉封丹寓言的译著影响最先是与他分不开的。

《拉封丹寓言选》，新文艺出版社1957年出版。这个拉封丹寓言选集已选其寓言诗202首，与总数244首相差42首。

中国当代寓言后期拉封丹寓言的译本出现多种，以远方的《拉封丹寓言诗》最有影响，是当今的主要行世本。

《拉封丹寓言诗》，人民文学出版社1982年出版。这是拉封丹寓言的全译本，至目前为止仍是唯一的全译本。

对德国寓言的翻译，主要也在对莱辛寓言的翻译上。对莱辛寓言及德国寓言的翻译，其译本亦有10余种，但最有影响的译本有两个，一个是高中甫译的《莱辛寓言》；二是袁丁译的德国的“世界寓言选集”《谁是百兽之王》。

《莱辛寓言》，人民文学出版社1980年出版。这是莱森寓言的第一个全译本，后来的莱辛寓言译本都没能摆脱它的影响。

《谁是百兽之王》，安徽人民出版社 1982 年出版。此书为德国的当代作家巴尔巴拉·格尔茨搜集整理的世界寓言选集，有世界上的许多寓言佳作，同时也有大量的德国寓言作家的作品。此书在德国 1977 年出版，原书共 200 则寓言，译出了 178 则。

对俄国及苏联寓言的翻译，就显得纷繁得多，主要是对克雷洛夫寓言的翻译，但对谢德林、列夫·托尔斯泰、米哈尔科夫等其他寓言作家作品的翻译也较多。对俄国、苏联的翻译译本有数十种。

在中国当代，很多翻译家投入了对克雷洛夫寓言的翻译，但有较大影响的寓言译本主要有两个：一是吴岩的散文体译本《克雷洛夫寓言》；二是何世英译的《克雷洛夫寓言诗集》。

《克雷洛夫寓言》，新文艺出版社 1954 年出版。这是个全译本，也是克雷洛夫寓言的第一个中国全译本，但此本是一个从英文转译的散文本，不过，此译本很有特色，受到人们的广泛欢迎。

《克雷洛夫寓言诗集》，花城出版社 1983 年出版。此是一个全译本，而且是一个直接从俄文版图书翻译的全译本。

俄国的谢德林寓言翻译也有数个译本，最引人注目的是张孟恢译的《谢德林童话集》，此书为“外国文学名著丛书”中的一本，上海译文出版社，1983 年出版。另外还有项星耀译的《谢德林寓言选》也很有影响，由上海文艺出版社 1961 年出版。

俄国列夫·托尔斯泰寓言也有数个译本，但这是一种“名人效应”的结果，其寓言的艺术价值不高。

米哈尔科夫是苏联现当代最优秀的寓言作家，他的寓言在中国也有多个译本，其中影响大的是任溶溶译的《谢·米哈尔科夫》和李怀东、王燕元编译的《苏联当代寓言童话故事选》。

《谢·米哈尔科夫》，人民文学出版社 1959 年出版。当代寓言前期中，米哈尔科夫寓言的影响主要源于此译本。

《苏联当代寓言童话故事选》，国际文化出版公司 1989 年出版。当代寓言后期这是其寓言行世的主要译本。

俄国寓言的翻译中，还有一个译本值得一提，这就是《俄罗斯寓言百篇》。

此书为陈际衡、赵世英译，内蒙古人民出版社 1985 年出版。此书收集了自康捷米尔、罗蒙诺索夫起，至米哈尔科夫止，共 21 位寓言作家的 100 篇寓言，基本展示了俄国寓言发展历史的线索。

对其他各国寓言的翻译，在中国当代寓言后期也得到人们的广泛关注，如对意大利达·芬奇寓言的翻译，对非洲寓言的翻译，对奥地利卡夫卡寓言的翻译等等，其中最引人注目的是前两者。

《达·芬奇寓言集》，杜渐译，广东人民出版社 1983 年出版。此译本影响最大，让中国人看到了欧洲寓言的新面孔。其寓言的译本现已有数种。

《夏班·罗伯特寓言选》，张治强译，山东人民出版社 1979 年出版。罗伯特是东非地区豪萨族的寓言作家，他的寓言具有浓郁的非洲民间色彩。这是非洲作家寓言在中国的第一个译本，也是目前唯一的译本。

在中国当代寓言文学中，以上是对寓言的直接翻译，但还有一些著作的翻译，虽不是直接的寓言著作，但对寓言的影响也是重大的。如对印度《五卷书》《佛本生故事》；阿拉伯《卡里来和笛木乃》，纪伯伦的散文诗；波斯萨迪的《蔷薇园》《果园》等著作的翻译就是。好的译本有：《五卷书》，季羡林译，人民文学出版社 1981 年出版；《佛本生故事选》，郭良鋆、黄宝生译，人民文学出版社 1985 年出版；《卡里来和笛木乃》林兴华译，人民文学出版社 1988 年出版；纪伯伦散文诗的译本《纪伯伦全集》，关侣、薛庆国、钱满素等人译，河北教育出版社 1994 年出版；《蔷薇园》水建馥译，人民文学出版社 1980 年出版；《果园》，张鸿年译，北京大学出版社 1989 年出版。

以上诸书，都不是以寓言的文体而翻译的，但它们在书中包容了丰富的寓言故事。《五卷书》《佛本生故事选》中含有大量古代印度的寓言故事；《果园》和《蔷薇园》则含有大量的古代波斯的寓言故事；《卡里来和笛木乃》则拥有大量的古代印度和阿拉伯寓言；《纪伯伦全集》是散文诗全集，但其中大量的作品实际上是寓言，纪伯伦是世界级的散文诗大师的同时，亦是世界上最优秀的寓言作家。这些译著都是寓言翻译的重要组成部分，对中国的寓言文学的影响是巨大的。

在中国当代的寓言翻译中，还存在着另一种翻译现象，即对佛经寓言的二次翻译。在中国现当代，都有许多对佛经寓言的译著出现，即由古汉语的佛经寓言，译写成现代汉语的佛经寓言，不管这种译述的性质如何，它都在一定程度上推动了寓言文学的发展。在这种译述中，以常任侠的《佛经文学故事选》、张友鸾的《古译佛经寓言选》、谢生保的《佛经寓言故事选》、冯雪峰译写的《百喻经》等最有影响。

用少数民族文字翻译中外寓言，也是中国寓言翻译的一个重要组成部分。

用少数民族的语言文字翻译寓言，这在当代寓言的前期就出现了，如湛卢的寓言集一出现，很快就译成了朝鲜文和蒙古文。但是，这种翻译活动主要出现在中国当代寓言的后期，总起来看，新疆、内蒙古、延边等几个地区的翻译成就较大，现分述如下。

维吾尔文：《百灵鸟的歌声》（寓言诗）；《维吾尔寓言选》《松鼠数电线杆》（寓言诗）；

哈萨克文：《雪峰寓言》；

蒙古文：《克雷洛夫寓言》《哲学寓言故事》《动物故事》《蒙古族寓言故事集》《蒙古民间动物故事》；

朝鲜文：《伊索寓言》《狐狸和兔子》《伊索寓言》（上、下）；

藏文：《民间动物故事选》；

景颇文：《动物故事》《狐狸的真理》；

佤、汉对照：《古代寓言故事选》。

以上只是这类译著的部分目录，但从中不难看出，这一类寓言的翻译还是有相当成就的。

最后，港台的寓言翻译也应有一定的叙述。由于资料的缺乏，我们对港台的寓言翻译所知甚少，大致只有香港的两种寓言译本可以提及。

《世界著名寓言一百篇》，陈德运、李仲、周国珍译，商务印书馆香港分馆，1987 年出版。此书收世界各国寓言一百则，为英汉对照本。

《女性寓言》，周兆详译，香港山边社 1986 年出版。此书原著者为囊约西，为英国“希巴女性出版社”出版，全书有 60 多则从女性角度而写的寓言。

第三节　寓言的整理、收集和编选

对寓言的整理、收集、编选，在寓言文学中是很重要的，在中国寓言文学中尤其重要，因为我们中国拥有世界各国不可比拟的极其丰富的古代寓言文学遗产，以及广泛的多姿多彩的民族民间寓言宝库。

对中国古代寓言的整理、收集、编选，是中国寓言文学中的整理、收集、编选的主要方面。

在中国古代，这样的寓言文学活动就已经出现，如《战国策》寓言的出现，就是这种意义上的事物。当然，《战国策》的编辑的目的不是为了寓言，寓言只是无意中的果实，还不能完全表现寓言文学整理、编选的含义。

实际意义上的对中国古代寓言的整理、收集、编选是从中国现代开始的，1917 年，茅盾先生整理编选出版的《中国寓言初编》，是这方面工作的起始。

《中国寓言初编》，沈德鸿（茅盾）编纂，孙毓修校订并作序，商务印书馆 1917 年出版。此书分为四卷，共选寓言 126 则，皆周秦两汉诸书中的寓言作品。作品每篇体例为：引录原文，夹注疑难词句，标明出处，略作评论。此书为中国现代第一本中国古代寓言选集，影响极大，曾被译为英文，传播国外。

在此书之后，又有两本中国古代寓言选集出现。

《中国寓言读本》，曹鹄鶵编，杜天縻校，世界书局 1933 年出版。全书分四册，每册有寓言五六十则，全书总计有 200 余则寓言。此书是专供中、小学生阅读的中国古代寓言通俗读物。

《中国寓言》，朱经农、沈百英主编，胡怀琛（胡寄尘）等撰写，商务印书馆 1947 年出版。此书为“新小学文库”读物，共四册，每册 25 则寓言，从中国古代“经”“史”“子”“集”中选出，共 100 则。全书寓言用浅近的现代汉语译述，故事之末注明出处，书中还附有插图，是适合小学生阅读的语文课外读物。

大量的中国古代寓言选集的出现还在中国当代，或者主要是在中国当代寓言的后期。

在中国当代寓言前期，只有数个中国古代寓言的选本出现，最有名的有《中国寓言选》《中国古代寓言》《先秦寓言选释》等。

《中国寓言选》，郑拾风选编，人民文学出版社 1953 年出版。这是中国当代寓言文学中第一个中国古代寓言选集。

《中国古代寓言》，魏金枝、马奔合编一、二册，魏金枝编写三至五册，少年儿童出版社 1954 年至 1958 年出版。全书共五册，每册有 43 则编写的中国古代寓言。此书 1978 年再版时合为一册。该书收入用现代汉语编写的中国先秦至清代的历代寓言 200 余则，是普及性的中国古代寓言读物。书一出版，深受青少年读者欢迎，发行量近百万。

这时期，还出版了一些中国古代的个人寓言集，如蒋星煜改编的《刘伯温的寓言》，东海文艺出版社 1957 年出版；清代吴研人的《俏皮话》，广东人民出版社 1957 年出版。

“文革”中，在一种特定的历史状况中，出现了数个《韩非子寓言故事选》。

到中国当代寓言后期，对中国古代寓言的整理、编选迅速发展起来。这时，一般的中国古代寓言整理、编选层出不穷，似乎只有贯穿整个中国历史的“历代寓言选”才能够引人注目。就是这样大规模的中国历代寓言选也有近十部。

《中国历代寓言选》，兆文、云波、怀玉选释，山西人民出版社 1981 年出版。此书选释了中国历代 118 种著作中的 424 则寓言，这是当代寓言后期的第一个历代寓言选本。

《中国历代寓言选》，王玄武、刘灿、杨小岩、何天齐；汪洋、张郧选注，周大璞审订，湖北人民出版社 1983 年出版。该书分上、下两册，共选中国历代寓言 405 则。

《中国古代寓言选》，陈蒲清、曹日升、汤可敬、蒋天桂选编，羊春秋审校，湖南教育出版社出版。该书有两个版本，1981 年初版选编中国历代 116 种著作中的寓言 550 则；1983 年再版时增至著作 149 种，作品 614 则，并按先秦、两汉、魏晋南北朝、唐宋、元明清五个时期进行了编排。

《寓林折枝》，刘国正、马达、戴山青选注，北京出版社 1984 年出版。此书有中国历代寓言 676 则，分上、下两册。

《历代寓言选》，公木、朱靖华选注，中国青年出版社 1985 年出版。该书分上、下两册，分为先秦、两汉、魏晋南北朝、隋唐五代、宋、元、明、清等八个部分，共选寓言 624 则。

《历代寓言名篇大观》，王景、王林、徐甸编选，此书有寓言 500 则。

以上是中国当代寓言后期对中国古代寓言整理、编选的部分“大部头”情况的介绍，这些寓言集动辄七、八百页；甚而上千页，但真正的“巨著”还是《古代中国寓言大系》。

《古代中国寓言大系》，仇春霖主编，朱靖华、马达、顾建华、牛武副主编，山西教育出版社 1994 年出版。该书分为三卷，选编了中国历代 282 人的 1213 则寓言，总字数为 161 万字，三卷共计 2000 多页。此书的体例为作者简介、原文、注释、译文，相对而言是比较完备的。

以上是从完备、体系化的角度而言的对中国古代寓言的整理、编选情况，但在这种整理、编选中，一些中国古代寓言选集却以特色取胜，亦很有影响。这样的寓言集有《先秦寓言选》《中国古代哲学寓言故事选》《明清寓言选》《中国古代寓言诗选》等。

《先秦寓言选》，蓝开祥、胡大浚编选，人民文学出版社 1983 年出版。该书选注了先秦时期的寓言 174 则，是较有影响的断代寓言选集。

《中国古代哲学寓言故事选》，严北溟编写，上海人民出版社 1980 年出版。这是从哲学的角度编写的古代寓言故事，共 330 则，体例为译写文字、原文、编者按。此寓言集的影响亦较大，因为其角度新颖，编写开放大胆。

《明清寓言选》，冯宝志、李国新、黄爱平、薛亮选注，花山文艺出版社 1983 年出版。该书收明清时的寓言 182 则，在断代寓言编选上有自己的特色。

《中国古代寓言诗》，马达、白本松、鲍延毅编选，新疆人民出版社 1988 年出版。选录了中国古代 219 位诗人的寓言诗 414 首，分先秦、汉魏六朝、隋唐五代、宋金元、明、清六编，有作者简介、原文、注释、简说等。此寓言诗集是对中国古代寓言编选、整理的有益的开拓。

对台湾的寓言创作我们所知甚少，但是台湾对中国古代寓言的整理、搜集、编选却有很大的成就。早在 1966 年，台湾就出版了《中国历代寓言选集》，随后就不断有新的中国古代寓言的选注、编写的集子出现，其中以《白话中国寓言》《中国古代白话寓言 365 篇》为最佳。

《中国历代寓言选集》，李奕定选辑，台湾商务印书馆 1966 年出版。收有寓言 521 则，分“先秦及秦之部”“汉唐之部”“宋明清之部”。该书可说是中国当代最早的一部贯通中国古代寓言史的寓言选集。

《白话中国寓言》，冯作民译述，台北星光出版社 1983 年出版。该书译述的是 363 则先秦寓言，有原文、译文、简单注释，是目前为止最大规模的先秦寓言选集。

《中国古代寓言 365 篇》，朱汉臣编著，台湾武陵出版社 1982 年出版。此书实有寓言 400 余篇，为用现代汉语译写的中国古代寓言，其中主要是先秦寓言，是较大规模中国古代寓言的译写本。

香港对中国古代寓言整理、编选成就不大，可称道的只有商务印书馆 1985 年出版的《中国古代寓言一百篇》，此书为乔车选译。另外，1986 年文光出版社出版的《法家寓言白话句解》也可一观。

在中国现当代，对中国古代寓言整理、编选成就是巨大的，像寓言创作一样，它也有一个较大的整理、编选家群体，正是由于他们的努力，使中国现当代出现了成百上千这样的寓言选集，极大地推动了中国寓言文学的发展。在这个群体中，成就最大的当数马达、仇春霖、陈蒲清、李奕定、兆文、云波、王玄武、刘灿、公木、朱靖华、刘国正、戴山青、鲍延毅、蓝开祥等等。在他们当中，又以马达的成就最突出。

马达（1928—），中国当代寓言整理、研究家、当代作家。原名胡昌玉，笔名力牧。湖南华容人。新中国成立前毕业于北京大学文学院教育系。1949 年参加中国人民解放军，长期在部队做编辑和宣传工作，转业后到北京出版社工作至退休。北京作家协会会员、北京民间文艺家协会理事、中国寓言文学研究会副会长、中国屈原学会理事。他在对中国古代寓言的收集整理研究上颇有成就，出版有《寓林折枝》（与人合作）《庄子寓言选》《列子寓言选》《古代劝学寓言》《中国古代寓言诗选》（与人合作）《当代中国寓言大系》（与人合作）《古代中国寓言大系》（与人合作）。另外，他还在寓言研究上发表了一批文章，并在寓言创作上也有一些成果。

对中国各民族民间寓言的搜集整理，也是中国当代寓言文学的一个组成部分。民间寓言是自古以来就存在的东西，但对它有一定的认识，并逐渐引起重视，进而进行搜集、整理，使它大放异彩则是在中国当代。

在新中国成立后不久，全国有过一次大规模的收集、整理民间文学、民间文艺的浪潮，在这次行动中，一大批民间寓言随着对民间故事的收集、整理，进入了人们的视野，这时，人们才发现中国各民族民间寓言也是那么丰富、多彩。

在当代寓言前期，民间寓言收集整理的作品多“出没”于报纸杂志中，虽也出版了一些集子，如 1953 年由华北人民出版社出版的汉族民间寓言集《猎人和狼》；1956 年由作家出版社出版的藏族民间寓言集《猴鸟的故事》，以及 1960 由青海人民出版社出版的《蒙古族寓言故事集》等。但是，这些集子相对的规模很小。

到当代寓言后期，相当规模的民间寓言集子出现，随后又是族别寓言集的出现，民间寓言的影响才日益隆盛。在这些民间寓言集子中，以下的数个寓言集影响最大。

《中国少数民族寓言故事选》，中央民族学院汉语文学系编选组编，甘肃人民出版社 1982 年出版。此书选入中国 38 个少数民族的 151 则民间寓言，是中国 30 年来民间寓言收集整理的集大成者。

《中国民间寓言选》，曹廷伟编，辽宁少年儿童出版社 1985 年出版。全书收汉、藏、维吾尔、蒙、壮等 37 个民族的民间寓言 204 则。该书编排大致按内容分为：写人的、写物的、写动物的、写植物的几大类。

《中国少数民族寓言故事选》，李明、时超编选，四川民族出版社 1986 年出版。此书选有民间寓言近 200 则。

《乌孜别克族寓言故事集》，魏泉鸣翻译整理，甘肃人民出版社 1979 年出版。此书收乌孜别克族民间寓言 21 则，是中国当代寓言后期的第一个族别民间寓言集子。

《蒙古族寓言故事》，额博力图、谢仲元、仁钦东日布编译，内蒙古人民出版社 1983 年出版。该书是一规模较大的按族别编选的寓言集，选有蒙古族民间寓言 111 则。

《维吾尔族寓言选》，马俊民编选，新疆人民出版社 1986 年出版。此书有百余则寓言，是维吾尔族民间寓言的精选本。

《世界民间寓言大全》，吴秋林编选，湖南少年儿童出版社 1994 年出版。全书 100 万字，分上、下册，收集世界各国、各地区的民间寓言千余则，中国民间寓言在其中占有较大分量，有数百则。

《外国民间寓言选》，吴秋林编选，辽宁少年儿童出版社 1988 年出版，有寓言

255 则。

以上这些寓言，极大地丰富了中国的寓言文学，加强了创作寓言与民间寓言的交流。

在寓言创作处于繁盛时，一般就要出现对创作寓言的编选活动，这是寓言创作集萃和精选的过程，自然也有促进创作繁荣，总结历史经验的作用。中国当代寓言的创作是相对繁盛的，故而在当代寓言后期就出现了一定规模的对寓言作品的编选活动，这也构成了中国寓言的一道“风景”。

在中国当代编选的创作寓言作品集大约有百余个，其中较好的、有影响的集子如下。

《当代中国寓言大系》，仇春霖主编，辽宁少年儿童出版社 1989 年出版。分上、中、下三卷，收 163 人的 1178 则优秀寓言，计有 100 万字。

《中国新时期寓言选》，柯玉生主编，浙江少年儿童出版社 1989 年出版。收海内外老中青作家 135 人的佳作 500 余则。

《寓言十家》，于友先主编，海燕出版社 1989 年出版。此书选当代十位代表作家的 159 则寓言。

《中国现代寓言选》，金近主编，中国少年儿童出版社 1985 年。此书选 66 人的寓言 210 则。

《中国现代寓言集锦》，金江编，江苏人民出版社 1982 年出版。

《中国科学寓言选》，徐强华，北京少年儿童出版社 1988 年出版。此书选 55 人的 139 则科学寓言。

另外，还有上海教育出版社编选出版的《寓言选》、许润泉编的《寓言 365》等也较有影响。

第十三章　中国寓言文学中的民间寓言

在寓言文学作品的构成上，一般的理解有两种：一是书面寓言、作家寓言或文人寓言，是指由文人或作家创作的寓言，这样的寓言是寓言作品的主体，尤其在有完整发达的书面文字和悠久的历史文化和艺术传统的国家和地区更是如此；二是民间寓言，这样的寓言在民间长期口头流传，是民间文学组成部分，也是与作家寓言相对应的寓言文学的组成部分。在某种意义上讲，民间寓言又是作家寓言和文人寓言的基础，与寓言创作有着极其密切的关系。但是，从另一种意义上讲，民间寓言又有着独立存在发展的空间，有它特有的表现和色彩，在许多方面并不比一般的创作寓言逊色，有时，它还能表现特有的风貌，呈出作家寓言难以达到的独特的艺术魅力。

一般而言，有自己文字和语言的民族和地区都能有自己的民间寓言，文字和语言发展程度高的更是如此，这样的情况下，他们可以没有书面创作的寓言，但不能没有口头创作的民间寓言。

中国的创作寓言是发达的，但中国的民间寓言也是发达的，除了汉族的民间寓言外，它还有众多的民族民间寓言，它们也是中国寓言文学的重要组成部分，并且有着纷繁复杂的表现。

这一章专门叙述中国的民间寓言。但并不是叙述民间寓言的发生发展的历史，因为民间的口头流传本身也不具备历史的确定性，所以，在这章中叙述的大致只能是各民族民间寓言现今呈现的风貌和状况。

中国的民间寓言只是一个大的概念，它的内涵包容了中国各民族民间寓言。中国是一个多民族的国家，有一个作为中心的华夏文化，但各民族又有自己独特的地域色彩强烈的区域性文化，而中国民间寓言也就是这种文化前提下的组合体，故我们叙述中国民间寓言时，是以各民族民间寓言来分类的。

中国有56个民族，经过中国许多专家、学者们数十年对其民间寓言的发掘整理，约有40多个民族拥有民间寓言这一品种。拥有寓言较多、民间寓言文学土壤比较丰厚的民族是蒙古、汉、维吾尔、藏、壮等，朝鲜、纳西、哈萨克、彝、赫哲、布依、苗、仫佬、佤、傣、景颇、高山、瑶、乌孜别克等民族中也有许多民间寓言。依次还有回、侗、白、土家、哈尼、黎、傈僳、畲、水、东乡、柯尔克孜、土、达斡尔、羌、撒拉、毛南、阿昌、普米、怒、裕固、独龙、鄂伦春等民族民间寓言。

第一节 蒙古、汉、维吾尔、藏等民族民间寓言

蒙古族民间寓言

蒙古族现今位于中国北部，是一个地域辽阔，历史文化悠久，有自己成熟的语言文字体系的民族，故蒙古族是寓言土壤比较丰富的民族之一，也是收集整理其民间寓言最有成就的民族之一。

蒙古民族民间寓言的传承是很久远的，但收集整理其民间寓言，是中国当代寓言前期才开始的，随后有些作品发表。到 1960 年时，出版了一本《蒙古寓言故事集》，但其只有 8 则寓言。1983 年，又出版了一本《蒙古族寓言故事》，此书有寓言百余则，是蒙古族民间寓言的集大成者。对比而言，蒙古族的民间寓言，数量是很多的，其内在质量也很高，拥有许多优秀作品。蒙古族民间寓言的代表作有《空心树》《骆驼和羊》《小猫钓鱼》《大象和小猴》《癞猴和瞎驴》《六个强盗》《白狮》《雄鹰和乌鸦》《大象和蚂蚁》，等等，堪称是中国民间最优秀的寓言群之一。

《空心树》：

河岸上长着两棵柳树，老柳树谦逊地低着头，伸展自己的枝叶。可是，年轻的柳树却认为自己长得又匀称又好看，老是仰着脸，想尽量把自己的枝子、杈子侍弄得比老树漂亮一些。

有一天，年轻的柳树炫耀自己说："你干嘛老是低着头趴着？你看看我，多咱也是扬眉吐气的！那些房子呀、人呀，我都不放在眼里，他们全在我这漂亮的脚下呐〗他们哪一个不咂着舌头称赞我长得又高大又漂亮？"它摆出一副瞧不起老柳树的样子。

老柳树友爱地对它说："我不如你长得又高大又漂亮。可你要当心太高大了树心会变空的啊！"年轻的柳树不理睬老柳树的忠告，仍旧趾高气扬，炫耀自己。

日子一天一天过去。因为年轻的柳树老是把吸收到的养分用在修饰外表上，树心就变空了。不久，这两棵柳树的主人把它们砍倒，主人看见年轻的柳树树心是空的，痛心地说："唉！本来我打算用你做大梁的，但现在除了把你当柴烧掉，再也没有别的用处了。"他又看看老柳树，说："你倒是一根顶用的料！"

《小猫钓鱼》：

小猫和大猫在一起钓鱼。

小猫看见了一只蜻蜓，扔下钓鱼竿就去追蜻蜓。蜻蜓飞走了，小猫空着

手回来了。这时大猫已经钓上来一条大鱼。

过了一会儿，小猫又看见了一只蝴蝶，扔下钓鱼杆又去追。蝴蝶飞走了，小猫又空着手回到河边，它看见大猫又钓上来一条大鱼。

小猫非常着急："真奇怪，鱼为什么不上我的钩呢?"

大猫看了一眼小猫，耐心地说："你想钓鱼呀，必须集中精力。一会儿追蜻蜓，一会儿追蝴蝶，怎么能钓上鱼来呢?"

小猫听了大猫的教导，把注意力都集中在钓鱼上，什么蜻蜓呀，蝴蝶呀，青蛙呀，它连看都不看了，很快，一条又肥又大的鱼上了小猫的鱼钩，小猫高兴极啦!

《骆驼和羊》:

有一天，骆驼和羊走到一起。骆驼说："高个子有多好！你看我的个子多高!"羊说："个子高了不好，矮个子才好呢。"

它们俩各持己见，谁也说服不了谁。最后，骆驼说："我能做一件事情给你看看，还是高个子好。"羊也说："我也能做一件事情给你瞧瞧，还是矮个子好。"

它们俩一边争论，一边走。前边是一个公园，公园里有很多树，茂密的枝叶有的伸到墙外，骆驼扬起它那长长的脖子，毫不费力地吃着嫩绿的树叶；而羊举起两条前腿爬墙，可怎么也爬不上去。于是，骆驼洋洋得意地说："怎么样，还是高个子比矮个子好吧?"

它们又往前走了几步，碰到一个小门，这时，羊很容易地从小门钻到公园里吃青草，而骆驼尽管把身子缩了又缩，却怎么也钻不进去。这时，羊又得意洋洋地说："怎么样，还是矮个子比高个子好吧?"

老牛听到后对它们俩说："高个子和矮个子，都有优点，也都有缺点。只知自己的长处，不承认自己的短处，那是不好的。"

《空心树》是最早引起人们关注的寓言之一，它以鲜明生动的故事形象，几乎在所有选录蒙古族民间寓言的书里都有它的位置。《小猫钓鱼》和《骆驼和羊》更是两则声名极大的寓言，因为它们都选入了中国的小学语文课本，使每个在学校读书的中国儿童都从中得到它们的教益。三则寓言都浅显通俗，教训鲜明，故事生动活泼，富于儿童情趣，是蒙古族民间寓言献给中国儿童文学最好的礼品。

蒙古族民间寓言的特色是显著的，其主要的特色是题材广泛，内容丰富，从一般的日常生活经验教训总结，到最深刻的哲理认识都有涉及。在丰富的内容中，又以前一个方面表现得最充分，最为重要，而且某些深刻的哲理认识也是建立在这一基础上的，如《空心树》这则寓言就是如此。

形象生动鲜明是其特色的又一个方面，如《小猫钓鱼》，其中小猫的形象之生动，之鲜明，让亿万中国少年儿童铭记不忘，成为小学语文课本中的课文多年未变。某种意义上讲，蒙古族民间寓言首先是在鲜明的形象上取胜的，其概念的形象化已达到了一定的高度。

蒙古族民间寓言中的道德教训明晰而不浅淡，这也是艺术上的特色之一。蒙古族民间寓言的道德教训，大都是明晰的，很少艰涩的寓意和象征，但也不是一览无遗地，因为它最一般的教训与最深刻的哲理常常是有机结合在一起的。这样的寓言如《骆驼和羊》等就是。

另外，语言精练，善于加工外来的寓言故事也是其寓言的特色之一。在蒙古族民间寓言中，除了创造本民族自己的寓言外，它还吸收了许多来自于其他方面的故事，并在改造中赋予了它本民族的语言和风格上的趣味和精神。

汉族民间寓言

汉族是世界上人口最多的民族。汉族的文化是中华民族的主体文化，因而其文化的发展程度很高，在几千年前其文学就进入了书面文学的阶段，同时，寓言文学也进入了书面寓言或作家寓言、文人寓言的阶段。故而，中国的书面寓言早在几千年前就很发达，是中国最古老的文体之一，而中国，或者说汉族的民间寓言发生是很早的，至少早于它的作家寓言，有数千年的历史。实际上，2400 年前的中国或汉族书面寓言中，就已经有了明显的来自民间的寓言故事。在两千多年前，民间的寓言在参与孕育了书面寓言后并没有消亡，而是同样地生存至今，成为我们今天所见的汉族民间寓言。

在中国最初对民间寓言的收集整理中，注重的多是少数民族的民间寓言，对汉族民间寓言的关注，是后来的事情，故而，对汉族民间寓言的搜集整理虽也有相当的数量，但仍不能表现它存在的丰富性。在现今的汉族民间寓言中，自然有许多优秀的寓言作品是汉族民间寓言的代表作，如《穷神和财神》《五指吵架》《脚和眼睛》《寒号鸟》《自投罗网》《狗和鹿》《乌鸦找窝》《乌鸦为什么不会唱歌》《狮王之死》《猴子的经验》《兔子的洞穴》，等等。

《穷神和财神》：

> 过年了，财神像往年一样，约穷神到人间收香火。穷神笑了笑说：“天下人都敬财神，哪有敬穷神的？我不过陪你转几圈罢了。”
>
> 他们来到人间转了几圈，财神收完香火回去了。穷神却在一个小土地庙前停住了，
>
> 土地庙里住了一个要饭的，他用苹棒当香，用嘴放爆竹，“啪啪啪……”放完爆竹，说道：“人家敬财神，咱敬穷神！”说着磕了三个头：“买不起香纸供品，就算心到神知了吧！”
>
> 穷神一听，高兴得不得了，心想，总算找到敬穷神的了！连忙从身边拿出八只元宝，扔给那要饭的，就洋洋得意地走了。
>
> 第二年，又到收香火的时候了。没等财神来约穷神，穷神就催财神收香火去。
>
> 一到人间，穷神就想：“别人不敬我，我给他元宝的那个人，一定会好

好敬我的!”财神到别的地方收香火去了，穷神兴冲冲地奔到他给元宝的那个人家。

谁想那人得了元宝，买了宅子地，娶了老婆，早把穷神忘到九霄云外了。今年，却高悬财神像，敬起财神来了。穷神一看，可伤心极了：“没我穷神给你那八只元宝，你能有今天的好日子吗?”

《兔子的洞穴》：

一次，老虎看到了兔子，紧追不放，要把它吃掉。兔子边跑边问蹲在树上的猴子，怎样才能不被那猛虎吃掉。猴子说：“这很容易。你爬到这棵树上来吧。老虎是上不来的。”

但是，兔子不会上树，没有办法，只好继续往前跑。跑着跑着，来到了水池边，见有一只青蛙坐在荷叶上，兔子气喘吁吁地问青蛙怎样才能得救。青蛙回答说：

“你到我这儿来吧。老虎是到不了水池里来的。”

但是，兔子也不会游水啊，他只得朝着山脚下跑去。然后找到一片合适的草滩，用自己熟悉的方法，挖了一个很长的洞穴，躲在里面了。

没多久，老虎赶上来了。站在那小小的洞口前，它毫无办法。无奈，只好离开小洞再去寻找其他猎物。就这样，小兔儿得救了。

《脚和眼睛》：

脚对眼睛说：“你高高在上，一点不着地，我要不走，你一步都动不了!”

眼睛对脚说：“没有我看清道路，你能走吗?”说着，闭上了眼睛。

脚大步向前走去，因为看不见路，一下跌到刺蓬下，把脚骨跌断了，眼睛也被刺伤了。

各自行事，不团结互助，是没有好下场的。

《穷神和财神》可谓是典型的汉族人的幽默和机趣了，它发掘生活的角度独特，有意想不到发现和联想。《兔子的洞穴》是一则短小精炼、明快自然的寓言，但它的教训表现的深刻哲理十分生动形象。《脚和眼睛》这一类寓言在汉族民间里数量较多，反映了他们的社会生活的风貌和观察生活的视野与众不同，当然，此则寓言的对比和联想也是很机巧的。这三则寓言可说都是汉族民间寓言最优秀的代表作，他们在很大程度上表现了汉族民间寓言的特色。

汉族的民间文学在丰富的汉文化、汉文学的相形之下，是小之又小的，同样，民间文学中的寓言更是小中之小，但是，汉族民间寓言却也有自己的个性和特色。

首先是汉族民间寓言的发展程度是较高的，已经在很大程度上脱离了自然色彩浓厚的环境，表现了寓言的人文化色彩和社会化色彩。这样的寓言自然很少有对一般动物的习性解释和对善恶观念解释的痕迹，对动物性格的刻画和描述，也更人文化一些。这样的寓言如《脚和眼睛》《兔子的洞穴》就是。

汉族民间寓言在艺术风格上是很自然随和的，生活气息浓厚，气质上很少有其他民族民间寓言那样的“野趣”或“野味”，表现很醇和，不激越，动物形象也多是一些小动物和驯化动物，地域特色很浓烈的动植物形象也没有。

汉族民间寓言在内容上注重对生活哲理的表现，和对人们心理的刻画和揭示，如《穷神和财神》几乎把“一阔脸就变”的心态刻画得无以复加。汉族人的民间就现实生活而言，社会化、人文化的程度很高，人的关系丰富复杂，而且重要，故而它的寓言的表现重点也就在生活哲理上。

汉族民间寓言受书面寓言的影响，也是寓言的特色之一。一般的规律是口头寓言到书面寓言，但汉族民间寓言却有“逆转”现象存在，即书面寓言又重回民间寓言中，如《寒号鸟》，等等。

维吾尔族民间寓言

维吾尔族居住在中国西北地区，有广阔的地域和悠久的历史文化，其民间文学在其文学中占有很重的分量。维吾尔族民间寓言众多，在其民间文学中又占有重要地位，其影响仅次于民间故事。已经搜集整理出来的维吾尔族寓言达数百则，并且已有两个民间寓言的集子出版。一是1963年出版的《维吾尔族寓言故事》；二是1986年新疆人民出版社出版的《维吾尔族寓言选》。前者的规模小，寓言少，影响不大，后者的寓言多，影响较大。

维吾尔族民间寓言是中国极富特色的民间寓言群体，有许多优秀的作品，代表作主要有《狐狸的死》《牧羊人的等待》《青蛙与田鼠》《麻雀和乌鸦的寿命》《它骂你也是一只狼》《麻雀猎绵羊》《少管别人的事》《聪明的青蛙》《斧把》《善人》《没乘过船的王子》《骄傲的徒弟》《狐狸的分配》《赛克热》《奴大采芒》等等。

《少管别人的事》：

从前，有个人常给朋友们说：“少管别人的事。”有一天，他从集市上买了一口袋大米往回背，谁知口袋上开了个小洞，大米不断地向外漏。这时，在他后面跟着的邻居问他：“哎，你看我们应不应该关心别人的事？”

“别人的事，你少管！”那人回答说。

邻居只好闭着嘴不再说什么。那人只管背着大米往前走，可是口袋里的大米仍在往外漏。当他回到家里时，一口袋大米只剩下了半口袋。他生气地责怪邻居说：“你在我身后看到口袋漏了，为什么不给我讲讲呢？”邻居回答说：“你不是对我讲过，‘少管别人的事’吗？”

有一个人来到赛克热的面前，问：“赛克热的家住在哪里？”赛克热就将自己住的曼兰指给他看。于是，那人策马而去。

等了好久，那人又满头大汗地回到赛克热面前，说：“你不就是赛克热吗？”

赛克热回答："不错。"

那人带着责备的口气说："刚才我问你时，为什么不说明你就是赛克热呢？让我好找！"

赛克热回答："刚才你是问我的家住在那里，并未找我本人啊！"那人只好默默地低下头，无话可说。

问题的提出要像泉水一样清澄，

答者的语言才能像炼过的黄金。

《奴大采芒》：

相传有位猎人在无际的草原上为公正的奴大采芒捕了一只野味。烧熟之后，才发觉没有盐。那猎人便让自己的儿子到曼兰（维语：村子）去搞点盐来。奴大采芒立即阻止说："拿钱去买吧，免得形成坏习惯，使曼兰的百姓受害。"

大家说："临时要一点盐用，这有什么不可呢？"

奴大采芒说："世间偷盗的根基，原先也是一些微不足道的事，后来才越酿越大，以至到了不可收拾的地步。倘若国王从百姓的果园里摘走一个苹果，他的侍从便会把果树连根拔去；倘若国王可以拿走百姓的五个鸡蛋，他的士兵便可以用铁叉串上五只鸡。"

《少管别人的事》是一个老题材，但却别有一番风味，并且，教训也很鲜明。《赛克热》是一则哲理寓言，它从一件最平常的小事里却发掘出了闪亮的哲理，且回味不已。《奴大采芒》表现的哲理很深刻，把生活中的某些小事一联系分析，就最透彻地揭示社会风气的深刻根源。

维吾尔族民间寓言的质量是较高的，有许多的寓言堪称中国民间寓言的珍品，我们从以上的寓言就可窥见一斑。

维吾尔族民间寓言的内容世俗性很强，日常社会生活的经验教训总结比重很大，它表现了人们的聪明和智慧，辛辣地讽刺了统治者的卑劣和人的某些性格弱点。

维吾尔族民间寓言哲理深刻，教训鲜明，概念的形象化的程度很高。如《赛克热》《奴大采芒》等寓言就是。其一般的寓言均简洁精炼，讲求表现的幽默和风趣，很少有长故事的寓言表达。

动物故事痕迹很少，人物寓言的比重大，也是维吾尔族民间寓言的特色之一。一般而言，民族民间寓言都是以动植物寓言为主的，相对而言，人物寓言不会很多，但这在维吾尔族民间寓言中却例外，这恐怕与维吾尔族人的思想观念和智慧表达的传统习惯有关，他们崇尚智慧人物的机智和幽默，如阿凡提故事等。

维吾尔族民间寓言民族特色显著，在思想内容和表达方式上带有与众不同的中亚民族的韵味，其寓言也明显属中亚寓言的艺术风格。这不但表现在它的某些寓言与波斯寓言是同一母体，如《没乘过船的王子》《鲁克曼》《奴大采芒》等，而且在基本的精神上也表现出强烈的地域文化特色。

另外，维吾尔族民间寓言中还有一部分的寓言诗，其质量也是较高的，维吾尔族是中国为数不多的拥有民间寓言诗的民族。

总归而言，维吾尔族民间寓言是中国民间寓言中重要的一员，其特色显著，哲理韵味悠长，教训鲜明。

藏族民间寓言

藏族分布在中国西南的偏西北的广大高原上，是我国民族历史文化相对较为发达和历史较为悠久的民族。藏族民间寓言由于其民族文化和文学艺术的积累相对较厚实，其寓言的土壤很厚，寓言也很多，但发掘整理出来的民间寓言并不太多，不过，仅从现今所见到的藏族民间寓言作品来看，其所表现的特色又是非常显著的。

藏族民间寓言的民族色彩非常鲜明，如《兔子逃"喳儿"》（也就是在中国流布得最广的著名的寓言《咕咚》）。

《咕咚》：

从前有一个湖，湖边有一片木瓜林。木瓜林里住着六个兔子。有一次，一个木瓜熟了，从高高的树上落进湖水里，"咕咚"——的一声。兔子听见了，不知道是什么，吓得连忙就跑。

一只狐狸看见它们跑，就问："你们跑什么？"兔子答道："'咕咚'来了！"狐狸听见，也连忙就跑。

猴子看见狐狸跑，就问，"你们跑什么？"狐狸答道："'咕咚'来了！"猴子听见，也连忙就跑。

这样一个传一个：鹿、猪、水牛、犀牛、大象、狗熊、马熊、豹、老虎、狮子……一个跟着一个，都跑起来了。

大家闷着头拼命跑，越跑越害怕。

山脚有一个长毛狮子，看见狮子们这样跑，就问："你们有爪子，有牙，力气最大，跑什么？"

"'咕咚'来了！"跑的狮子回答道。

"'咕咚'是什么？在哪里？"长毛狮子问。

"不知道。"跑的狮子回答。

"别乱跑！要打听明白！谁给你们说的？"长毛狮子问。

"老虎说的。"跑的狮子回答。

长毛狮子又问老虎，老虎说："豹说的。"问豹，豹说："马熊说的。"问马熊，马熊说："狗熊说的。"于是，又问狗熊、大象、犀牛、水牛、猪、鹿，这样一个一个地追问，都说是别人说的。最后问到狐狸，狐狸回答道："是兔子说的。"

长毛狮子又问兔子，兔子回答道："这个可怕'咕咚'，是我们六个亲耳听见的。你跟我们来，我们指给你那个地方。"

于是兔子把长毛狮子领到了木瓜林旁边，指了一指，说："'咕咚'在那里。”

恰巧，这时候，又有一个木瓜从树上落下来，落进了湖水里，“咕咚”的一声。

长毛狮子说道：“瞧，你们这些笨蛋，现在都看见了，这是木瓜落在水里的声音，有什么可怕的？看把你们的四条腿都要跑掉了！”

大家这才松了一口气，白受了一场虚惊。

这则寓言很生动，地域特色非常浓郁，寓言中的高原动物按藏民族特有的形式表演着寓言的喜剧。像这样的寓言还有《金锭、银锭、氆氇、藏靴和粮食的争执》《锦鸡、兔子、猴、象吃果图》《六个东西的活路》，等等。

《锦鸡、兔子、猴、象吃果图》：

在很古很古的时候，有一只锦鸡，一只兔，一只猴和一只象，它们结拜为把兄弟。

锦鸡因为能飞，有一次飞上了三十三重天，衔来了一颗果树种籽。这种籽是万年生长，一年四季都结果子的。

它们当中兔最有心机，它知道这种籽的贵重，就首先动手把种子种在地上。猴子知道这树会结果，就天天替它上粪。大象也想吃果子，就天天用长鼻子从河里汲水来浇灌。

由于大家的照料，树一天天地长大了，很快就结果了。

锦鸡从树尖飞过，看见果子成熟了，心想：“我带来的种子结果了，我的功劳真不小呵！现在该我享受了。”于是，它天天飞上树，在树上慢慢地啄食这果子。

猴子是可以上树的，它想吃就爬上树，不想吃时就爬下来。

象的个子很大，就用它的长鼻子卷着树枝吃果子。

这中间最吃亏的是兔子。它爬不上树，只有在树下扑打纵跳，望着香气扑鼻的果子，翘尾巴，舐嘴唇。

树，一天天长得更高了，连有长鼻子的象也吃不到果子了。于是，它们开始了争吵。

象和兔一齐向锦鸡和猴子嚷着：

“这太不公平，树长高了，只有你们两个吃得到，要知道我们也曾种过它，浇过水呀！”

兔更不满意地说：

“是的，真太不公平，我一直吃不到一个果子，只吃了几片落下来的树叶。”

但是锦鸡和猴子只顾自己吃，不理它们。它们无法，就去找了一个聪明的人来替它们评理。聪明人说：“你们四个先不要争。天底下原来没有这种果树，你们先说说这树是哪里来的？是怎样生长的？你们告诉了我，我就可以替你们想出调解的法子了。”

于是，它都各自说了自己种树的经历……

聪明人说：

“照这样看来，你们每人都对这树出过力，每人都该吃到这果子。

它们觉得这话很有道理，于是就一起商量。终于商量出一个办法，规定大家吃果子时要一道吃，让象站下边，象背上站猴子，猴背上站兔子，兔背上站锦鸡，然后由锦鸡摘下果子交给兔，兔交给猴，猴交给象，果子摘好了，大家一齐吃。吃了果子，吃叶子也是一样。

自从想出这个吃果子的办法后，它们就不再争吵了，而且使树长得更好，果子也结得更多了。

——这就是那时常被描绘在藏族地区墙壁上的那幅五色彩画。这画名叫“锦鸡、兔、猴、象吃果图”。它教人知道团结和尊重他人劳动的意义。

《六个东西的活路》：

有一次，一个黄泥罐，一个土饼子，一个圆根蒂蒂[1]，一个屎苍蝇，一个青稞头子，一根针一道开会。由主持家务的黄泥罐给大家分派活路。它分派土饼子去背水，圆根蒂蒂去放奶子牛，屎苍蝇去赶牛，青稞头子去扬粮食，针去扫地，它自己留在家里看屋。说完以后，就爬到搁板上，坐着不动，想一天的家务事。

各个东西都照着黄泥罐的话去做活路，但都碰上了不同的遭遇。

土饼子去背水，水装满了，但它一身也溅湿了。它是泥做的，一见了水，就垮成几块泥土瘫在地上，再也不是一个土饼子了。因此没有把水背回去。

圆根蒂蒂去放奶子牛，屎苍蝇去赶牛，走在路上，奶子牛饿了，它一张口，不知不觉就把圆根蒂蒂吃了。屎苍蝇在后面赶牛，牛忽地拉了堆屎，恰恰盖上它头上。屎苍蝇身体很小，被盖住就没法出来了。因此圆根蒂蒂和屎苍蝇也没有把奶子牛和牛赶回去。

青稞头子去扬粮食，它刚刚站在屋顶晒楼边上，想看看有没有风，恰恰碰上了一股大风，就把它吹得不知去向了。因此它也没有回来。

针去扫地，它去找扫把，没有找到，自己就滚在楼板缝里不见了。因此没法扫地。

黄泥罐在搁板上坐了很久，等它们没回来，非常不放心，它想：“它们的能力都太差了，每个人都要我操心！我去看看吧！”它猛地一下从搁板上跳下来，忘了自己是泥土烧成的，碰在地上，把自己打得粉碎。它从此不再是黄泥罐，也不能再分派家务了。

① 一种扁圆形的块根菜蔬，形同萝卜，为耐寒植物。蒂蒂是根须的俗称。

以上所举例的寓言对藏族民间寓言的认识都很重要。未引述的《金腚、银腚、氆氇、藏靴和粮食的争执》表达的华丽和朴实致用的理性思考，而且是藏族式的，形象地表达了藏人的朴素的崇尚粮食的思想观念。《锦鸡、兔子、猴、象吃果图》这则寓言在藏族民间寓言中地位是特殊的，它不仅是一般的寓言故事，还是民间壁画中的永久题意，这说明如此对团结的意义的形象表达，在藏族民间是很为人们看重的。这则寓言故事稍长，但它的表现仍是生动活泼富于机趣的，并且故事的完整性也显现了相应的艺术魅力。《六个东西的活路》这则寓言首先表现了浓郁的生活气息，情节安排生动有趣，非常具有想象力。

以上这些寓言以特有的方式显著地表现了藏民族的心理意识和气质，从认识方式、观念上构成了藏民族民间寓言民族色彩的基质。从一般意义上讲，藏文化的特异性质是显著的，同样，藏民族民间寓言的特异性质也是显著的，其他少数民族的民间寓言，都多多少少表现了其他民族民间寓言的交融和影响，但这一点上藏民族民间寓言却没有，它几乎是完全独具的，也许只有些佛教文学的影响外，其他文学因素的影响很小。

藏民族民间寓言的特色是非常显著的。故事的优美生动，想象瑰丽是其第一特色。如《六个东西的活路》，它把一般生活的常见的东西组合起来，尽去干与自己不相适应的事情，这份想象看似平淡，但却极富想象的功力，其色彩也很瑰丽。

藏民族民间寓言的第二个特色是：寓言的故事一般都比较完整，情节生动有致，语言叙述优美，人们从中得到道德教训的时候，同时也感到了来自故事的愉悦感。前例中的《锦鸡、兔子、猴、象吃果图》就是这样的典型例子，这则寓言表现的寓意形象生动，是一则不可多得的故事。

藏民族民间寓言的想象是瑰丽的，而且是丰富的，并且善于把庞大的和微不足道的各种动植物、无生物调动起来，充当寓言的各种角色，再把天庭的幻象糅合进来，使其又具有印度寓言的韵味。

藏民族民间寓言是幽默和风趣的，这也能在以上的例子中见到，在这些寓言中表现的幽默和机敏不仅具有藏族人特有的精神气质，还让人难忘。

藏族民间寓言的叙述节奏还是从容舒缓的，他们从从容容地讲故事，从从容容地听故事，在以上寓言故事中这种体味就很浓烈。藏族民间寓言中的一些寓言还如一幅幅意义深刻的民间风俗画，不过它是连续的跳动的，如《锦鸡、兔子、猴、象吃果图》。

藏族民间寓言以其显著的民族特色为中国寓言贡献了一批故事精美的寓言，以上列举的是其代表作，另外还有《胡豆雀和凤凰蛋》《爱虚荣的乌鸦》《狐狸学老虎》等佳品。

第二节 壮族及其他诸民族民间寓言

壮族民间寓言

壮族生活在中国的西南部，是中国少数民族中人口最多的一个民族，他们是中国古代百越人的后裔，有着悠久的历史文化。壮族民间寓言亦比较丰富，有明显的地域特色，植根于社会现实生活，生活气息浓厚。其代表作大致有《大鹏与龙虾》《老虎和金竹》《请教吹笛》《狼和天鹅》《莫笑邻居起火》《石匠和木匠》《哈俚学织锦》等等。

《莫笑邻居起火》：

从前，有一个很自私的人，见人家失掉东西就很喜欢。一天，邻居房子着火了，他幸灾乐祸，待在家里暗笑。救火的人向他喊道："还不快救火?!"

他说："火不是烧我的房子，救什么?"

但是，话未说完，火苗就烧到他的房顶了。

《石匠和木匠》：

以前三洞地方，一个石匠和一个木匠在一起做活路。

木匠对石匠说："好硬的石头你都打得烂，你是大哥。但我们木匠的木头可以烤火，你的石头却烧不着!"

石匠没有讲话，只是笑了笑。

第二天，大雪纷飞。木匠来到工地，远远一看，石匠正在烤火，火堆红通通的，烧得很旺。凑近一看，烧的是一些黑石头。他看自己那边有一堆木渣，便去引火，引了半天却不起火焰，只是冒烟。木匠很奇怪，问是什么缘故。

石匠说话了："伙计！我烧的是煤石，你烧的是马桑。石头有烧得着的，木柴有烧不着的，话不能说绝呀!"木匠红脸红颈，说不出话来。

《请教吹笛》：

有一个盲人，吹笛子吹得很好，好吹笛的依戛决定去拜盲人为师。他的朋友阿郎听闻，嘲讽说："去请教瞎子，不是名堂!"

依戛说："我看你才是瞎子，又是聋子。"

阿郎大惊："我是瞎子？聋子?"

依戛说："你不瞎不聋，为什么他吹笛吹得这么好，你既看不见又听不到?"

《莫笑邻居起火》这则寓言可说是壮族民间寓言中最有影响的寓言之一，它对这一题意的表达，可谓到了很精纯的程度。《石匠和木匠》这则寓言是一则生活哲理寓言，平淡中一个简单的对比就把看问题不能绝对化的哲理鲜明地揭示了出来。《请教吹笛》故事简练异常，但教训和寓言的表达却很完整。

壮族民间寓言一般来说都很短小精悍，教训鲜明，富于哲理性，以上几则寓言就是最好的例子。

壮族民间寓言在一系列的动、植物形象的运用上，还显示了较为鲜明的地域特色，如龙虾、金竹形象的运用等等。

哈萨克族民间寓言

哈萨克族分布在中国新疆的广大地区。这个民族的历史文化悠久，民间文学是其民族文学的重要组成部分，其寓言又是其民间文学的重要组成部分。这个民族是一个能歌善舞的民族，并特别推崇他们的阿肯（歌手），哈萨克族民间寓言，就是哈萨克阿肯的产物。阿肯不但用歌讲述远古的故事，表达男女之间的爱情，也用歌创作寓言。哈萨克族民间寓言的数量是较多的，在中国的新疆仅次于维吾尔族的民间寓言。对哈萨克族民间寓言的收集整理已有相当的成效，我们已能见到许多哈萨克族民间寓言了。

哈萨克族民间寓言的代表作品大致有《明净的泉水》《狗熊和农夫》《狼和猫》《自作聪明的小兔》《芦苇和橡树》《狐狸和小鸟》《黄鼠狼和乌鸦》《野猪的经验》《快牛》《百灵鸟的评定》等。

《自作聪明的小兔》：

从前，有三只小兔，一只是白色的，一只是黑色的，一只是黑白花的。三只小兔都夸耀自己的毛漂亮。

小白兔说："我的毛色最美丽，全身雪一样的洁白，一根杂毛也没有。再配上我这对红红的眼睛，谁也没有我漂亮。而且我又是世界上最会跳舞的兔子，谁看到我的舞姿都会被迷住的。"

小黑兔接过来说："我的毛色才最漂亮。全身又黑又亮，就像最高贵的黑绸缎一样。而我的歌喉是世界上最好的歌喉。无论谁听了我优美的歌声都会被迷住的。

小花兔拍着手跳起来嚷道："太好了！你们俩说得都对。在我身上综合了你们的特点，黑白都有。白的地方像雪一样白，黑的地方像黑绸缎一样亮。同时，我也综合了你们俩的智慧，又会唱歌又会跳舞。不管是谁看了我的表演都会迷得晚上睡不着觉的。"

三只兔子各自夸自己的毛色漂亮，各自说自己的本领高，争得不可开交，最后商定，他们都去表演，让其他动物来评定谁最漂亮谁的本领高。小白兔提出树林里太窄跳不开，要到平坦的草原上去跳。

于是，三只兔子来到平坦的草原。最先来参加评定的是三只老鹰，他们在天空上盘旋着观看。

三只小兔同时开始表演。小白兔拼命地在草原上转圈，恨不得把自己的本领一下子都显示出来，好把天上最先来的观众迷住。正当他们跳得忘乎所以的时候，三只老鹰一齐扑下来，各抓住一只小兔子飞走了。地上只留下几根白色、黑色的毛屑。

《狐狸和小鸟》：

一只鸟被猎人打死了，留下了三只小鸟无人喂养，在树上凄凄切切地哀鸣。一只狐狸走来，见到这般情景，便对飞来的云雀说；“可怜这三只没有母亲的小鸟吧，求你每天给它们喂三次食！”云雀接受了狐狸的建议，欣然地为它们寻食去了。

狐狸看到了喜鹊，又说：“喜鹊，喜鹊，众人都知道你有慈悲的心肠，收养下这三只小孤鸟吧！”喜鹊高兴地叫了一声，也飞去寻食去了。

正在这时，小雕从南方飞来，狐狸慌忙说道：“小雕，别伤害这三只无依无靠的鸟儿吧，你看它们失去了母亲，多么不幸！”小雕为狐狸的一席话所感动，决意不捕食它们，又飞向别的地方去了。

三只小鸟在树上一听，觉得狐狸的心肠善良，似乎比母亲还好，都感动得落下了泪，并商量好落到地面去谢恩。但刚一落地，还没有来得及开口道谢，就被狐狸一口一个地吞吃了。

表现为虚荣而付出代价的寓言已有不少了，但像《自作聪明的小兔》这样给人如此深刻印象的仍不多见，其中表现的机趣几乎是一般这类寓言不可企及的，寓言几乎没有一句是批评小兔们爱好虚荣的话，但凸现的形象哲理却让人触目惊心。《狐狸和小鸟》这则寓言亦达到了前一则寓言的艺术表现高度，只是它的题意是揭示狐狸的伪善，这则寓言的教训是鲜明的，而且还具有相当的讽刺意味。

哈萨克族民间寓言的主要特色在于优美的故事和鲜明而形象的教训，如以上的例子就是。

哈萨克族民间寓言故事来源是广泛的，它既有来源苏联的寓言故事；也受中亚寓言的影响，同时还有许多源于本土的动物故事和寓言故事，但是要以本土寓言故事的寓言成就最大，以上列举的两则寓言都是它的本土寓言。由于以上原因，哈萨克族民间寓言的表现是多姿多彩的，除了有本土寓言和外来故事加工的寓言区别外，它还有寓言诗的表现，某些寓言有动物故事痕迹等等。

哈萨克族民间寓言中的散文寓言有许多佳作，其寓言诗中的佳作亦不少，如《明净泉水》《橡树与芦苇》等就是。并且相比较而言，其寓言诗更富于智慧，在对人生、社会的哲理认识上，在语言表达上都更富于机智和风趣。

哈萨克族和维吾尔族同在新疆，但寓言的特色和趣味却很不同，各自都表现了不同的旨趣，显示了文化背景的差异。

彝族民间寓言

彝族主要分布在中国四川、贵州、云南三省交界处。这个民族的历史久远，现今留存的历史文化也较丰富，曾拥有发达的书面文字体系和相当的文献古籍。彝族的民族文学和民间文学都较发达和丰富，其寓言是其民间文学的重要组成部分。

彝族民间寓言教训明朗轻快，寓意深刻，故事性强，其故事清新柔和，富于机趣和整体感，内容上也不尖刻，语言平和、轻捷，表现不俗。另外，他们还多用身边的常见的体型较小的动物、昆虫等为寓言形象，在一定程度上反映了彝族的心理性状和性格特点。

其寓言的代表作有《智慧果》《蛐蛐》《小鸡报仇》《蜗牛和蚂蚁》《骗子与牧童》《乌鸦与喜鹊》，等等。

《蛐蛐》：

> 一到黑夜，蛐蛐就不停地叫着："唧唧唧，唧唧唧，唧唧唧，盖房子，盖房子……"。可是，一到白天，当太阳暖和地照着万物的时候，蛐蛐便忘记了晚上挨冻的滋味，躲在草丛里呼呼地睡起觉来。当黑夜又到来的时候，冻得它直打哆嗦，于是，它又不住地叫着："唧唧唧，唧唧唧，唧唧唧，盖房子，盖房子。"
>
> 日复一日，每当夜晚，蛐蛐都在不停地叫："唧唧唧，盖房子……"可是，只是空口叫嚷，不肯动手，所以直到现在蛐蛐始终没有盖起一间房子，夜里，它仍然不住地叫着："唧唧唧，唧唧唧，唧唧唧，盖房子，盖房子……"

这则寓言嘲讽的是空话连篇不干实事丝毫没有什么意义。这则寓言的题意与那则著名的"寒号鸟"的题意相同，并且有异曲同工的感觉，但《蛐蛐》却更富于彝族的色彩和表现特点。可以说，《蛐蛐》这则寓言，大致表现了上述对彝族民间寓言的特点评述，是中国民间寓言的优秀作品之一。

苗族民间寓言

苗族主要分布在湖南、贵州山区。这个民族很古老，有很久远的历史，也有着不断向西迁徙的经历。这个民族的民间文化和民间文学都十分丰富，民间寓言只是其民间文学的一个组成部分。

苗族民间寓言叙述生动活泼，故事性强，形象上多用老虎，对老虎的故事情有独钟，内容上多是日常生活智慧的表达。但是，其寓言的动物故事痕迹重，对寓言特性的发挥有一定的影响，亦证明苗族民间寓言大多脱胎于民间的动物故事。

其寓言的代表作有《黑头羊的故事》《孔雀的尾巴》《老虎换马掌》《山羊和老虎》，等等。

《老虎换马掌》：

从前，马的脚掌小，长得有肉垫和锋利的爪爪，能抓能爬，跑得飞快，别的动物都赶不上它。老虎的牙齿很锋利，一张大嘴咧到耳根边，咬起什么东西时，像嚼嫩笋子一般咕嘟咕嘟响，脆得很。谁都怕它把自己拿去当笋子嚼起玩，都喊它山大王。山大王身子轻巧，脚掌圆不溜球的笨得要命，走起路来“喀哒喀哒”，别个一听到早躲得无影无踪了。它什么都吃不到，常常挨饿。有一天，马在一个荒坡上吃草，突然老虎来了。马吓一大跳，肚里嘀咕道：完啦，完啦！哪知，老虎却说：“马兄弟，我身轻脚大，很不好看；你身大脚小，也不好看。这样吧，我俩把脚掌换了，大家都好看。”马想了一下，换对脚掌子，逃脱条性命，还划得来。就回答说：“可以，可以。”于是，马就把四只有利爪和肉垫的好脚掌同老虎那四只圆不溜球的硬脚掌换了。老虎换来了四只马脚以后，更加凶暴了。没有多久，老虎又碰上马在草坪上吃草，就要把马吃掉。这时，马失去了好脚掌，跑不过老虎，只好跪下来向老虎哀求：“山大王，别吃我吧，我的好脚掌都换给你啦，我们是有交情的。”老虎哈哈大笑：“我就是为了能吃到你的肉，才要同你换脚掌哩！”说着，就把马吃掉了。自此以后，马每次遇上老虎时，就恭恭敬敬地跪下去哀求饶命，老虎也就轻轻易易地把它吃掉。

这则寓言与优秀的寓言相比，欠精炼和挖掘，但它的故事还是比较吸引人的，教训也比较鲜明。这则寓言基本上表现了苗族民间寓言的特性。

瑶族民间寓言

瑶族是一个分布地域广阔的民族，历史上是有名的游耕民族。多居于深山之中。瑶族的历史久远，特性显著，并且有许多分支。瑶族的民间文学是丰富的，也是其文学的主体部分。寓言是其民间文学的重要组成部分。对瑶族民间寓言的收集整理工作开展得较好，现今已见到了可说数量上较多，质量上较高的民间寓言群体。

瑶族民间寓言的代表作有《喜鹊老师》《野鸡和乌鸦》《穿山甲的教训》《马交朋友》《骄傲的老鸦》，等等。

《喜鹊老师》：

喜鹊的羽毛很美丽，它做的窠也顶好。有一天，许多鸟儿都飞来向它请教怎样做窠。它说：“做窠必须专心致志，要不就做不好。现在我先来做，你们从头看起吧！”许多鸟儿都静悄悄地看着。做完了这个圆饼饼以后，一只画眉忽然叫起来说：“我知道怎么样做窠了，原来就这么点点事！取来粘泥，轻轻地拍打它，弄成一个圆饼饼，把中间搞凹就成了，这不是很容易吗？”它一面说着，就一面飞回去自己做窠去了。所以，你们看，现在画眉的窠只有那么一点点像圆饼饼样的东西，做得很不好。

喜鹊又取些短枝，放在泥饼的周围，老鸦看了叫起来说：“我知道怎么样做窠了，横竖就是围几根树枝，这还不好做吗？”说着，它也飞回去，自已造窠去了。所以，你们看，现在老鸦的窠只是个窠架子，做得也不好。

喜鹊又在树枝上放一层泥，用它的小嘴把这些泥弄得又光又滑，然后取些细长的小枝，把它弄得弯弯的，放在窠的周围。麻雀看到这里，也叫了起来："我学会了，我学会了。"说着，它也飞回去造窠去了。所以，现在麻雀所做的窠子，周围挂了些弯弯的草，里面就毛毛糙糙的了。

喜鹊又取来些羽毛和细细的干草，铺在窠里，这个窠才算做成功了。

画眉、老鸦、麻雀都没有听完喜鹊的话，便中途飞走了，所以它们做的窠都不好，只有小燕子从头到尾细心地学喜鹊做窠，所以现在小燕子做的窠，既坚固耐用，又特别地好看。

这则寓言较好地把一般民间故事的叙述与寓言寓意的表达结合了起来，反映的生活哲理自然而生动。

瑶族民间寓言的特色表现是清新自然的故事与注重品行修养内容的有机结合。其寓言的故事流畅自然，并且有一股清新的感觉，而内容则多是表现人们的品行修养的，如《野鸡和乌鸦》《喜鹊老师》《骄傲的老鸦》等都是。

瑶族民间寓言多为动物寓言，表明它的寓言故事源于一般的动物故事，但其寓言中动物故事的痕迹较少。

乌孜别克族民间寓言

乌孜别克族是分布在中国西北的人口相对较少的民族。乌孜别克族民间寓言是较为丰富的，是其民间文学的重要组成部分。乌孜别克族民间寓言主要见于《乌孜别克族寓言故事集》一书中，较好的寓言有《两只山羊》《狐狸吃肉》《贪婪的狗》《自作聪明的毛驴》《饿狼》，等等。

乌孜别克族民间寓言故事性强，故事的线条清晰明朗，很少象征性描写。另外，其寓言还善于吸收和加工外民族的寓言故事，并表现了本民族的语言机趣，故亦有些较好的寓言。本土寓言的创造也是其寓言的一个重要组成部分。本土寓言则短小精干，构思较巧，比较好的寓言如《两只山羊》，等等。

《两只山羊》：

有两只爱吵嘴的山羊，一天在村头的独木桥上相遇了。一个从东向西，一个从西向东，走到桥中间，谁也不肯让谁，便吵了起来。"最好还是你给我让路!"一只山羊说。"不，按理说你应当给我让路!"另一只山羊说。"那么，为了你难道让我退回去不成?"

"你的意思是要我转回去?"

两个互不相让，便用抵角来顶仗。使劲猛冲，只听"噗通"一声，两只山羊都掉进水里去了。

写不知退让，最后两败俱伤的寓言不少，但如此巧妙构思的较少，一是在桥上，二是用抵角，加上简洁生动的对话，使寓言既机巧，又很真实。

仫佬族民间寓言

仫佬族主要聚居在广西罗城。该民族有较长的文化发展历史，属西南古代濮僚人的后裔。寓言是其民间文学的重要组成部分。现已收集整理出许多较好的寓言，代表作有《贪财鬼卖猪》《“要记得把猪笼拿回来”》《麻雀和公鸡》《老鼠开会》，等等。

《贪财鬼卖猪》：

有一个贪财鬼，最爱占人家的小便宜，就是鸡蛋过他的手也要失三分。

有一次，贪财鬼叫儿子和他把一头大猪抬到圩上去卖。一个买猪人看中了他那头猪，双方讲好价钱后就过秤。抬猪过秤时，贪财鬼假装肚痛，弯着腰用脚偷偷地踩着猪尾巴，结果多得了买主的许多钱，高高兴兴地回了家。

几天后，又是一个赶圩的日子，贪财鬼又叫儿子一起去买猪。在和别人买猪过秤时，儿子抢着抬猪，想起父亲以往卖猪过秤时，都偷偷踩住猪尾巴，于是自己也边抬猪边拿草帽挡着，用脚偷偷地踩着猪尾巴。过了称，付了钱，父子俩便把猪抬回家。当贪财鬼把猪放出来以后，看见猪很小，有点猜疑地说：“今天恐怕称错了吧？这么小的猪，怎么那样重呢？”儿子当即回答说：“称是没有称错的，今天过称时，全靠我踩着猪尾巴，不然哪会多得这么多斤两！”贪财鬼听了，非常恼火，破口大骂儿子：“谁叫你这样做的？”儿子回答说：“我是向你学来的呀。”弄得贪财鬼啼笑皆非。

这则寓言并不是最优秀的寓言，但它却富于一定的民族情趣和较浓的生活气息。

仫佬族民间寓言在题材上受其他民族民间寓言影响，借用的寓言故事较多，其寓言的人文化和社会化氛围较浓，很少来自动物故事的寓言。仫佬族民间寓言的艺术成就一般化，但仍具有一定的特色。

黎族民间寓言

黎族是世居在中国海南岛上的古老民族。民间寓言是其民间文学的一个重要组成部分，但相比较而言，其民间寓言数量并不多，不过在不多的数则民间寓言中，却有着中国民间寓言的精致佳作，例如《土地庙为什么这么小》：

土地神因为看守村寨有功，玉皇嘉奖，决定要大大赏赐他，叫凡间修大庙给他住。大庙怎样大法呢？任凭土地神自己射一箭，箭矢落地方圆，就是庙堂的范围。

玉皇摆布好了靶场，准备叫土地神来射箭。土地神听到这个消息后，笑得合不拢嘴，喜欢得坐也坐不稳，睡也睡不着，想：我是天下最了不起的神了。

射箭的时候，土地神更是得意忘形了，他哈哈地放声大笑，笑得四肢无力，瘫软在地上，箭头离弦就掉下来，落在他的脚下。玉皇上前一量正好二尺方圆，所以，土地庙就只有这么大。

这则寓言的叙述是奇特的，可以说它超过了所有写得意忘形寓意的寓言。这则寓言的民间趣味非常浓，再结合看现今中国大地上的土地庙，就能体味出这则寓言别有一番魅力。较好的黎族寓言还有《老树和乌鸦》等。

赫哲族民间寓言

赫哲族分布在黑龙江中俄边境地区。其搜集整理出来的民间寓言不多，但饶有兴味，是其民间文学的一个组成部分。较好的作品有《白兔和灰兔》《猎人和狼》等等。

《白兔和灰兔》：

有一次，两只调皮的黄毛兔子碰在一起打赌。

一只兔子说："咱俩赛跑吧，谁要跑得快，谁就是老大哥；谁要跑得慢，谁就是小老弟！"

另一只兔子说："好，就这么办！"

"谁也不许反悔！"

"谁反悔谁就是王八蛋！"

两只黄毛兔子并排跑了起来。一袋烟工夫，它俩就跑过了两个山头。身上累得出汗了，浑身的毛都湿漉漉的。一只兔子跑过桦树林子时，树皮上的白粉粘在了它的湿毛上，使它变成了一只白兔子，另一只兔子跑过一堆猎人做过饭的灰堆，不小心摔了一跤，在灰堆上打了个滚，顿时变成了一只灰兔子。等到这两只兔子跑到终点时，都认不出来谁了。

白兔瞧了一下四周，只见有一只灰兔，见不到同它一起赛跑的黄兔，就自言自语地说："哈哈，我赢了！"

灰兔也看了一下四周，只见有一只白兔，见不到同它一起赛跑的黄兔，它也自言自语地说："哈哈，我赢了！"

这时候，来了一只老兔子。它看到这两只小兔子身上沾满了桦树皮粉和草木灰，就招呼它们说："看你俩身上多脏呀！快上泡子里去洗一洗吧！"

这两只小兔跳到泡子里洗了一个痛快澡。一上到岸上，白兔和灰兔又都变成黄毛兔子了。

它俩都惊讶地瞧着对方。一只兔子感叹地说："原来是你呀？我刚才不该自夸自吹。"

另一只兔子也说："刚才我也没有认出你来，我也自吹自夸赢了呢！"

两只黄毛兔子都认识到了自己的错误，从这件事得出了一个教训：凡事都要多思考，不要轻易下结论。

从这则寓言我们不难看出，赫哲族民间寓言表现了狩猎生活的特有情趣。在这则寓言里，两只兔子活泼灵动的形象，使寓言趣味横生，教训也鲜明准确。赫哲族民间寓言现今人们所见不多，但它表现的浓郁的狩猎生活气息，以及对人生哲理的明快认识，仍是很吸引人的，像《白兔和灰兔》这样的寓言，完全可视为中国民间寓言的优秀作品。

第三节 朝鲜族、傣族诸民族民间寓言

朝鲜族民间寓言

朝鲜族分布在中国东北部地区。这个民族有悠久的历史文化，也有自己发达的语言文字系统，其书面文学也相对较为发达，但民族民间文学仍是其文学的重要构成。朝鲜族民间寓言自然是民间文学的重要部分。

对朝鲜族民间寓言的搜集整理是卓有成效的，我们今天所见到的民间寓言群体已现洋洋大观。在这些寓言中，代表作品有《吊唁》《抬着毛驴赶路》《父亲的遗嘱》《巧木匠》《獾子和貉子》《花猫上当》等。

朝鲜族民间寓言的故事来源较为复杂，借用外来寓言故事来创作自己的民间寓言，这是一个方面。这类寓言较好的作品有《抬着毛驴赶路》《父亲的遗嘱》等。以本土生活为素材而创作民间寓言，是其第二个方面。这类寓言较好的有《吊唁》《獾子和貉子》等。另外，它的民间寓言故事还有一些来源。在这几类寓言中，最能体现其民间寓言风貌的是《吊唁》《獾子和貉子》。

《吊唁》：

裴主事，虽不是显官要职，在衙门里却还是个有权管事的人。他一上堂，把大门一开，乡吏们纷纷而至，求这个，办那个，简直比群臣朝见皇帝还热闹。

裴主事喜欢养狗，曾经养了好多花色不同的狗，晚年还养了一条大黄狗。

这条黄狗特别伶俐，因此特别受到主人的宠爱。不管办公事还是办私事，只要主人弹冠整衣出门，它就马上跟着。每当主人到乡吏们家中进餐时，大黄狗都有一份。

一天，黄狗突然不幸死了，附近的乡吏们纷纷赶来吊唁，并为黄狗举行了隆重的葬礼。

不久，裴主事也患病离开了人间，主事的家人赶忙准备举行盛大的葬礼，向各家各户发去了白帖。那天，家人敞开大门，丧主们跪在灵柩旁边哭边等着众客来吊祭。大家心想：当初黄狗死了，都有那么多人来吊唁，今天主人死了，肯定会有更多的人来吊唁的。可是奇怪，一切都准备好了，人都哭哑了嗓子，竟然没有一个人上门前来吊唁！

《獾子和貉子》：

枫叶一片片落地，晚秋到了。山山野野所有的飞禽走兽都忙着修房挖洞，准备过冬。只有貉子毫不在意地说："哼！修房挖洞干什么，躺在草地上够暖和的。"

不久雪下起来了，地一尺一尺地冻起来了。貉子着急地想挖洞，可是已经来不及，地已冻了三尺深，想挖也挖不动了。怎么办？只好找獾子去求救："獾子，獾子，让我在屋里住一冬吧。"

獾子说："不行！你是缺胳膊还是少腿？人家挥汗修洞的时候，你干什么来着？"

貉子硬着头皮苦苦哀求着："獾子，獾子，请你开开恩吧，你让我干什么都行，只要留我住下，我就感谢不尽。"

獾子想：这个天生的懒蛋，我现在可以利用它。于是说："我看你的面子，让你住下吧。不过你每天都要扫一次屋子，要干干净净，以后不兴你再偷懒！"

"好，好。"貉子点头哈腰连声地说，"我决不偷懒，决不偷懒！"

从此，貉子就跟獾子同居了。貉子总是守在洞口，洞里的粪便垃圾都由它往外运。

这两则寓言有一个鲜明有趣的对比，一个是取材于现实生活的人情世故，一个是脱胎于动物故事的认识，来源的距离远，但显示的情趣却都很浓郁，也显示了朝鲜族民间寓言故事多来源的情景。《吊唁》是一则表现世俗生活相当深刻的寓言，它对人性中的某些缺陷的揭露是相当无情和入木三分的；《獾子和貉子》这则寓言在艺术表现力上自然赶不上《吊唁》，但它也有自己的意趣，也是朝鲜族民间寓言的一个表现方面。这两则寓言都是很好的佳作，尤其是《吊唁》给人的印象很深。

朝鲜族民间寓言的叙述自然流畅，形象生动，构思上也有其自身的长处，是一个较有特色的民间寓言群体。另外，朝鲜族民间寓言还在一定程度上受书面文学的影响。

傣族民间寓言

傣族居于中国云南省。这个民族有自己的语言文字系统和丰富的带有浓厚佛教色彩的历史文化。傣族的民间文学艺术都是很丰厚的，民间寓言也是丰富多彩的。

傣族民间寓言的特色表现是想象丰富奇特，故事优美，夸张极致而有度。另外，它的寓言与临近的泰国民间寓言有一定的渊源关系。傣族民间寓言的代表作有《点水雀的故事》《大象和毒蛇》《爱护主人的大象》《见肉说肉见鱼说鱼的故事》《水獭和小兔》《湖沼的主人》，等等。

《点水雀的故事》：

你看，水边那只小雀，叫点水雀。它的尾巴一点点地点着水。这可有个故事。

点水雀原先是住在天上的。有一天，它看见大地好像小得像片叶子，它就向一些天神说："我能一头将大地冲翻。"天神都说它是吹牛。它说："你们不信，我冲翻给你们看。"于是，它展开它的小翅膀直冲大地。谁知它愈往下，地面愈来愈大，当它冲到地面的时候，正冲到一个水池边，只冲起了一小点水花。它还不甘心，又，中第二回，第三回。但是，每一回都同样只能点起一小点水花。

点水雀一直到现在，都还想冲翻大地，然而它每一回仍然只能点池塘里的一小点水花。点水雀可再也上不了天。

《大象和毒蛇》：

在深山老箐林里，住着一只大象和一条毒蛇。大象认为自己力气大，应该是山中之王；毒蛇也认为自己了不起，应该统治全山。

一天，它俩在路上碰着了，毒蛇把头昂得高高的，慢吞吞地对大象说："你要服从我管！"大象听了十分生气，就大摇大摆地走了过去，毫不理睬它。这一来，便激怒了毒蛇，它猛地上来就往象腿上一口咬去，哪知象腿上的皮又粗又厚，不但咬不进，反而被大象的脚踢得老远。大象赶上前去，准备伸起脚来踩死毒蛇，毒蛇吓得慌忙逃进洞里去了。大象来到洞口，没法再追，就在洞口守着毒蛇。大象等了又等，毒蛇还不出来，等得不耐烦了，但是不踩死毒蛇又不甘心，于是就用身子封住洞口，躺下来睡觉。谁知毒蛇咬不破它的厚脚皮，却咬得进它身上的皮，蛇就在洞里咬了大象一口，大象便这样中毒死了。大象死在洞口，堵住了蛇的出路，蛇也被闷死在洞里。

《点水雀的故事》以极其夸张的手法嘲讽了虚张声势，表面上惊天动地，但实际效果却微乎其微的行为，寓言的喜剧效果几乎可以同世界上那则最著名的"大山生子"的寓言相比，只不过更富于民间叙述的色彩而已。《大象和毒蛇》以其鲜明的教训把寓言提升到一定的高度，可以说，描述无谓争斗的寓言很多，但像这则寓言这样把这种争斗表达到如此直接和鲜明的并不多见，几乎让人过目不忘。这两则寓言可谓是中国民间寓言乃至中国寓言中的优秀之作。

纳西族民间寓言

纳西族居住在云南西北部。纳西族有自己悠久的有记载的历史文化，有自己的象形文字，有丰富多彩的文学与艺术，文学上有民间文学也有书面文学，民间寓言在其民间文学中表现较为突出。

纳西族民间寓言有较强的故事性和一定的地域色彩，并与动物故事有一定的关联，但它的多数故事已从中锤炼升华，表现了寓言的寓意性和深刻性。纳西族民间寓言的代表作有《乌鸦笑黑猪》《虎、豹、猫》《咣咣雀和斑鸠借粮》《兔子和青蛙赛跑》，等等。

《虎、豹、猫》：

虎、豹、猫，是三兄弟。一天，兄弟三个商量打平伙。老大虎说："今天打平伙，老三猫最小，派他去找吃的，你们说好不好？"

老二豹同意，老三猫也愿意去。

猫去找呀，找呀，找了三山、三水、三个时辰，找来了一只小老鼠，对虎、豹说："虎哥，豹哥，我去找了半天，才找到一只小老鼠。一只小老鼠，不够我们三兄弟吃的，作我自己的一顿饭正好。老二豹哥居中间，还是派它去找吃的，你们说好不好？"

老大虎同意，老二豹也愿意去。

豹去找呀，找呀，找了三山、三水、三个时辰，找来了一只黑毛狗，对虎、猫说："虎哥，猫弟，我去找了半天，才找到一只黑毛狗。一只黑毛狗，不够我们三兄弟吃的，作我自己的一顿饭正好。老大虎哥为长，还是派它去找吃的，你们说好不好？"

老三猫同意，老大虎也愿意去。

虎去找呀，找呀，找了三山、三水、三个时辰，找来了一头大黄牛。

兄弟三个吃呀，吃呀，吃了三天、三夜、又三个时辰，还没有把一只牛腿吃完。

从此以后，猫只会捉老鼠，豹最善长抓狗，可是虎呢，它成了兽中之王了。

《乌鸦笑猪黑》：

一天，在树林里住惯了的乌鸦，忽然心血来潮，想到坝子里去转转，便"哇、哇、哇"地叫着飞下山来。到一个村子边，它看见一只黑猪在埋头拱土，便停在一个桩桩上，看着黑猪发笑，啊呀老猪，你实在黑得太不像话，黑得跟锅底不相上下，我都认不出你来了，你怕是吃锅烟长大的吧？"

黑猪听见嘲笑声，抬起头来看，原来是只黑乌鸦，便从鼻子里哼了一声，满不在乎地说道："原来是你呀，我可怜的老乌鸦，你怎么不看看自己？说实在话，你也黑得太不像样，简直跟木炭差不了多少。要不是你开口说话，我都看不出你的嘴脸来了，你怕是吃黑炭过日子的吧？"

《虎、豹、猫》这则寓言的人生哲理非常深刻和丰富。在日常的生活真理中，为长者一是靠实力，二是要为大众谋福利，在这则寓言中，用虎、豹、猫三者的对比，把王者的本质揭示得很充分：猫只为自己抓了一只老鼠；豹也只为自己抓了一只黑狗；而虎为大家抓了一头牛，所以猫只是猫，豹只是豹，但虎却成了兽十之王。这则寓言有很浓厚的民间文学风味，它以民间特色的表述手法，把这一真理揭示得淋漓尽致。这则寓言的认识和发掘角度很独特，发掘也很深。

《乌鸦笑黑猪》这则寓言题材很老，很常见，但这一题意在这里却表现得十分自然、生动和别有情致。在这里，通过乌鸦和猪的两段对话，不露痕迹地就把寓言的寓意表达，让人不禁哑然失笑，笑中又觉顿生风趣。

从以上寓言不难看出，纳西族民间寓言是很有表现力的，可以说纳西族民间寓言也是中国民间寓言的优秀群体之一，而上述的这两则寓言，应属中国最优秀的寓言之列。

景颇族民间寓言

景颇族是分布于中缅边境上的一个跨境民族。景颇族有自己的语言文字和相应的民间文学和艺术。景颇族民间寓言相比较而言，亦是很丰厚的。

景颇族民间寓言叙事能力很强，有很强的故事性，并在其中糅合进解释和议论的手法，来表达寓言的寓意，显得风格独具。另外，景颇族寓言还想象丰富，形象生动，故事精湛，教训鲜明，注重对生活哲理的认识和总结。

景颇族民间寓言的代表作有《兄弟俩》《猫教训老鼠》《老虎和野猪的故事》《狮子求救于黄蚂蚁》《闷葫芦》《贪吃的乌鸦》，等等。

《兄弟俩》：

从前，有亲兄弟两个，他们的父母逝世以后，留下三样东西。哪三样东西呢？一头黄牛，一条毯子，一把砍刀。贪心的大哥想独占这三样东西，于是他出了个自私自利的主意，假说要与弟弟平均分配这三样东西。

哥哥采取了这样的分法：黄牛自己要后半部分，前半部分分给弟弟；毯子晚上自己盖，白天给弟弟；砍刀自己白天使用，晚上再交给弟弟。哥哥分了黄牛的半后部分，可以挤牛奶吃，弟弟得的前半部分——头和两条前腿却没有用处；哥哥晚上睡觉盖了毯子很暖和，弟弟白天何必用那毯子呢？还有砍刀，哥哥白天使用够了，晚上交给弟弟，弟弟也用不着了。

弟弟觉得不能忍耐，就心平气和地对哥哥说：如果你在挤牛奶的时候，我朝牛头上敲一家伙，牛跳起来，不要说你挤不成牛奶，牛也恐怕要死了！那条毯子，要是我打个坏主意，白天朝上边泼些水，你晚上还能盖吗？还有那把砍刀，我晚上摸着黑去用它，砍着石头就坏了；这样，我们父母留下的三样东西，我们不是一个都用不成了吗?”

哥哥听了这些话，认真想想，果然有道理，才放弃了那个自私自利而又愚蠢的主意，和弟弟亲密地团结在一起，共同使用那些用具，共同劳动，以后两人的日子都过得很好。

《贪吃的乌鸦》：

有一群乌鸦在大海上边飞翔，忽然发现海面上漂着一只溺死的大象。这群乌鸦立刻飞落在死象上面啄食，这真是一次难得的美餐。

死象在海面上随着风浪漂动，漂呀漂，渐渐漂远了。乌鸦们就像乘坐在船上一样舒服。

“啊，吃得真够饱了。”一只乌鸦说：“快起飞吧，不然离海岸越来越远了。”

多数乌鸦同意了，抹抹嘴，一起展翅飞回海岸。

可是有一只最贪吃的乌鸦还在一个劲地吃。吃呀吃呀，死象漂到大海的中间去了，它还在吃。等把象肉吃光，剩下的骨头向海底沉去，这贪吃的乌鸦才拍动翅膀飞起来。可是，它吃得太饱，怎么也飞不动了，“嘎！嘎！”地叫了几声，就掉到水里，沉到海底去了。

《兄弟俩》这则寓言有自己的独特发现和叙述，在以往“分财产”的寓意叙述中，大都是一般的构思，如一分为二，或贪心独霸等，但在这里却是另一番景致和另一种构思和叙述，显示了景颇族民间寓言的独特的表现力。《贪心的乌鸦》构思亦很巧，表现了景颇族民间寓言很细致入微的观察力。这则寓言的表现新颖独到，再加上其叙述的生动自然，使得教训鲜明有致。

这两则寓言是景颇族民间寓言的佼佼者，它们基本能体现景颇族民间寓言的艺术特色。这两者寓言也能是中国寓言的优秀寓言。

高山族民间寓言

高山族是居住在中国台湾的一个少数民族，有自己独特的民族民间文化和文学。

高山族民间寓言人们所见不是很多，但却有他自己的特点。高山族民间寓言原始兴味很浓，寓言中隐含了某种神秘力量对坏习惯、坏品格的惩罚，通过一个个教训，警诫人们，起到民族道德教育的功用，这在民间寓言中是少见的。其寓言简洁、故事完整，但有的寓言还未完全从民间的一般的动物故事中摆脱出来。高山族民间寓言较出色的有《懒女人变老鼠》《鲸》《乌鸦与翠鸟》《虹》等。

《乌鸦与翠鸟》：

有一天，一只乌鸦和一只翠鸟竞赛。它们从河的一边，嘴里衔一块石子，飞到河的对岸去，谁先把石子丢在河的对岸，谁就是胜利者。

乌鸦比翠鸟大了好几倍，乌鸦的力气也比翠鸟大好几倍。乌鸦心里想，这次的胜利，一定是我的。

乌鸦想着，就有些骄傲起来。它在地上衔石子的时候，先站住了，用自己的嘴巴“哇——哇——”地叫了一阵，然后衔住石子，张开它的大翅膀使劲飞。

当乌鸦快到河的对岸时，翠鸟才飞到河心，乌鸦回过头来看看，心里一阵愉快，就不禁骄傲地笑起来了，它张大嘴巴，快乐地叫：“哇——哇——”

但是当乌鸦大叫的时候，嘴里的石头，一不小心，掉落到河里去了。

而那小翠鸟，却闭紧了嘴，不停地飞，一直飞到了河的对岸。

乌鸦虽大，叫得响亮，然而却是一个失败者。

从失败者叫喊出来的声音，那是不吉利的。

所以，高山族的人遇到出门听见乌鸦叫，他便会更改他出门的日期。

《乌鸦和翠鸟》这则寓言的构思可谓独具匠心，教训也很鲜明，是一则寓言的佳作，但是，它仍然拖着一条动物故事的尾巴，因为后面的两句在一般的寓言中是没有必要的，在动物故事中又是必不可少的。

佤族民间寓言

佤族是一个居住在云南西南的一个古老民族。佤族有自己的语言和文字，并拥有自己的民间文学艺术。佤族民间寓言并不丰厚，但较有特色。

佤族民间寓言短小精悍，善于用寓言来表达人们的某些信念和向往。代表作品大致有《草房和太阳》《风和白露花》《潭水和小溪》《麻鸡后悔》，等等。

《潭水和小溪》：

潭水羡慕地问山泉："为什么你永远那么明亮，那么清澈？"

山泉笑着说："因为我总是不停地朝前走，不贪图一时的热闹与欢乐，不受轻浮的柳条的纠缠，也不受娇媚的小花诱惑。我只记住奔向水田，奔向寨子，奔向人们需要我的地方。

这则寓言颇具佤族民间文学的韵味，显示的哲理也自然生动，寓言整个儿显得玲珑可爱。

白族民间寓言

白族主要居住地在云南大理，是一个有着悠久历史和多元文化的民族。白族有着书面和民间文学，民间寓言是其民间文学的一部分，但对它民间寓言的收集整理不够，现今人们所见寓言不多，从所见的寓言看，《搬支锅石》为最优秀。

《搬支锅石》：

从前，有两个人是老朋友。一天，两老友相约一同上山砍柴。他俩用同一只碗量了两碗米，用同一个杯子量了两杯豆豉，又用同一把刀切了厚薄一样的两片肉。做午饭时，两老友又每人去搬了一块大小一样的石头，准备用来支锅架。剩下一块你推我，我推你，谁也不愿再去搬一块。最后只好用两块石头支起锅烧饭，谁知水还没有烧开，添柴时锅就被打翻了。两老友互相埋怨，只好勒紧裤带饿着肚子回家。

从此，在白族人民中就留下了"支三脚灶也要有人舍得搬两块石头"的格言。

这则寓言简洁明快，还带有辛辣的讽刺意味，富有生活气息。

塔塔尔族民间寓言

塔塔尔族是居住在新疆地区的人数较少的少数民族。民间文学是其文学的重要组成，民间文学中的民间寓言数量不多，但其中亦有佼佼者，如《幸福》等寓言就是。

《幸福》：

从前，在一座城市住着三个弟兄。不知什么原因，他们无论做什么事，总没有进展，弟兄几个从不检查自己，老是埋怨自己没有福气。

一天，幸福悄悄地降临到他们家来做客，并且想对三个弟兄的事业助一臂之力。

这时，三弟兄中的老大正在种地。他在幸福的帮助下，种下的粮食都获得了大丰收。老二正在海上捕鱼。他在幸福的帮助下，撒下的每一网都捕获了许多鱼。他们的生活也很快好转了，开始过起幸福的生活。老三正在赌博。在幸福的帮助下，他赢了很多钱。他用这些钱尽情地享乐，沉醉在花天酒地之中，再不想去劳动了。

过了不久，幸福做完客又回到自己的处所去了。幸福走之后，两个哥哥由于不知疲倦地辛勤劳动，还是继续过着幸福的生活。而老三呢，却把所有的家产都输光了。就是这样，老三还不愿意去劳动，反而怪罪于幸福，诋毁幸福。最后，他终于堕落成为一个无家可归的流浪汉。

可见，要想得到幸福，就要辛勤劳动。

这是优秀的哲理寓言，它形象地说明了幸运是可以降临于每个人的，但要真正获得幸福还靠自己辛勤的劳动的深刻哲理。这则寓言的构思较巧，叙述自然而富有层次，给人的启迪很大。

布依族民间寓言

布依族是主要居住在贵州的一个少数民族。布依族是一个古老的民族，有自己丰厚的历史和文化。布依族有自己丰富的民间文学，寓言亦是其中一部分。

布依族民间寓言所见数量不多，但质量较高。较好的有《雄狮和小兔》《水珠和大海》《狐狸洗澡》《梨树与青石》《是一头牛》等。

布依族民间寓言比较规范，故事与寓言的宗旨紧紧相扣，旁枝蔓叶的东西很少，因而给人的概念形象很完整。其寓言的结构也很别致，散韵结合，即用散文叙述故事，用韵文表现教训话语，与印度寓言的结构非常相似，但它肯定与印度式的寓言没有任何联系，是土生土长的结果。《雄狮和小兔》这则寓言就是这样的例子。

《雄狮和小兔》：

一天清早，一只小兔从龙头山脚下，一口气跑到山顶上，很认真地对雄狮说：

“狮大哥，我刚从龙头山下的谷陇寨子边走过，忽然听到寨子里闹哄哄的。仔细一打听，原来是猎人们正在忙着准备，要上山来打猎了。我看，我们大家都得警惕一点呀。”

雄狮听了，毫不在意，爱理不理地说：“哼，怕个什么？看你这个胆小鬼！我这堂堂雄狮，兽中之王，谁不怕我几分？”

雄狮说完，就大模大样地躺在一堵大磐石脚下，半闭着双眼，睡起瞌睡来。

小兔呢？它总是警惕着，不敢有丝毫懈怠。

这天，晌午时分，一队猎人，扛着猎枪和钢叉，带着猎犬与套索，从山下向山顶搜索上来。每到一个岔路口，还留下一个山哨。

警惕的小兔，一看见猎人走出寨子，就逃到另一座山上去，躲避得无影无踪了。

而骄傲麻痹的雄狮呢？它还躺在那堵大磐石脚下，“呼噜？噜”地打着鼾声哩！猎人们搜山来到它的身边，没有费多大力气，就把它猎获了。

正是：

醒着的山雀，
不易捉得到；
睡着的山鹰，
容易被射倒。

这则寓言很有故事性，寓意通晓明了，生动明快，特别是故事后的点题的诗句让人警醒。

这则寓言可说是中国民间寓言的上乘佳作，尤其是这种结构形式，显得很鲜活醒目。

另外，布依族民间寓言中还较多地使用了无生物形象和植物形象，有自己的一定的特点和趣味。

除以上数十个民族民间寓言外，其他未叙及的民族中，亦还有许多较好的寓言，如：侗族的《小鹿遇虎》；土家族的《五老庚种菜》；独龙族的《老虎同火赛跑》；毛南族的《蚂蚁和蚯蚓》、傈僳族的《懒汉的故事》；土族的《爱夸口的青蛙》；鄂伦春族的《狐狸和鲇鱼》；门巴族的《皮休嘎木》；俄罗斯族的《自以为聪明的国王》；水族的《松杉骂架》；回族的《大雁》；东乡族的《喜鹊为什么跳着走》；锡伯族的《玲挡刺和麻雀》；塔吉克族的《聪明的狐狸》；拉祜族的《鸽子与麻雀》；京族的《海白鳝和长颈鹤》；哈尼族的《铁翎甲和乌鸦》等等。

以上各民族民间寓言，就构成了中国民族民间寓言的基本概貌，它是各民族人民集体智慧的结晶。它们在多种文化背景下的艺术表现，使中国民间寓言的画卷，即丰富又绮丽多彩，是中国寓言文学不可多得的部分，也是中国寓言史上重彩的一笔。

附　录

中国寓言文学著作要目

一、作品部分

（一）中国古代

1. 沈德鸿（茅盾）编纂：《中国寓言初编》，商务印书馆，1917 年。
2. 《痴华鬘》，北新书局，1926 年。
3. 曹鹄鸝编：《中国寓言读本》，世界书局，1933 年。
4. 朱经农、沈百英主编：《中国寓言》，商务印书馆，1947 年。
5. 郑拾风选编：《中国寓言选》，人民文学出版社，1953 年。
6. 魏金枝等编写：《中国古代寓言》，少年儿童出版社，1954—1958 年。
7. 李奕定选辑：《中国历代寓言选集》，台湾商务印书馆，1966 年。
8. 兆文等选释：《中国历代寓言选》，山西人民出版社，1981 年。
9. 朱汉臣编著：《中国古代寓言 365 篇》，台湾武陵出版社，1982 年。
10. 冯作民译述：《白话中国寓言》，台北星光出版社，1983 年。
11. 王玄武等选注：《中国历代寓言选》，湖北人民出版社，1983 年。
12. 陈蒲清等选编：《中国古代寓言选》，湖南教育出版社，1983 年。
13. 刘国正等选注：《寓林折枝》，北京出版社，1984 年。
14. 公木等选注：《历代寓言选》，中国青年出版社，1985 年。
15. 王景等编选：《历代寓言名篇大观》。
16. 仇春林主编：《古代中国寓言大系》（上、中、下），山西教育出版社，1994 年。
17. 蓝开祥等编选：《先秦寓言选》，人民文学出版社，1983 年。
18. 严北溟编写：《中国古代哲学寓言故事选》，上海人民出版社，1980 年。

19. 冯宝志等选注：《明清寓言选》，花山文艺出版社，1983 年。
20. 马达等编选：《中国古代寓言诗》，新疆人民出版社，1988 年。
21. 祝余编写：《中国古代修养寓言选》，上海人民出版社，1983 年。
22. 马达选编：《古代劝学寓言》，四川少年儿童出版社，1986 年。
23. 沈起炜选译：《先秦寓言选译》，上海古籍出版社，1981 年。
24. 鲍廷毅编选：《孔门寓言集》，解放军出版社，1989 年。
25. 卢叔度辑：《俏皮话》，广东人民出版社，1957 年。
26. 马达：《宋濂寓言注译》，黑龙江教育出版社，1988 年。
27. 祝普文编注：《宋濂寓言选释》，书目文献出版社，1988 年。
28. 鲍延毅：《郁离子寓言故事选译》，北京出版社，1983 年。
29. 马达：《庄子寓言选》，重庆出版社，1984 年。
30. 马达：《列子寓言选》，重庆出版社，1984 年。
31. 张友鸾选注：《古译佛经寓言选》，人民文学出版社，1988 年。
32. 谢生保：《佛经寓言故事选》，百花文艺出版社，1987 年。
33. 罗秉芬等选译：《佛经故事选》，江西人民出版社，1985 年。
34. 常任侠选注：《佛经文学故事选》，上海古籍出版社，1987 年。
35. 蓉生译注：《百喻经译注》，浙江古籍出版社，1987 年。

（二）中国现当代

1. 沈德鸿纂：《狮骡访猪》，商务印书馆，1918 年。
2. 沈德鸿纂：《平和会议》，商务印书馆，1918 年。
3. 沈德鸿纂：《兔娶妇》，商务印书馆，1918 年。
4. 陈伯吹等：《小朋友寓言》，儿童书局，1931 年。
5. 周玉群：《小朋友寓言》，北新书局，1931 年。
6. 白丹宁：《孩子们的寓言》，儿童书局，1932 年。
7. 程闾如：《小小寓言》，广益书局，1933 年。
8. 贺宜：《随便你先生》，立达图书服务社，1937 年。
9. 冯雪峰：《今寓言》，作家书屋，1947 年。
10. 仇重：《稻田里的小故事》，商务印书馆，1947 年。
11. 何公超：《丑小鸭》，上海孩子书店，1948 年。
12. 冯雪峰：《雪峰寓言三百篇（上）》，作家书屋，1949 年。
13. 何公超：《狡猾的狼》，上海光芒出版社，1951 年。
14. 何公超：《农夫和蚯蚓的故事》，上海光芒出版社，1951 年。
15. 冯雪峰：《雪峰寓言》，人民文学出版社，1952 年。
16. 湛卢：《猴子磨刀》，少年儿童出版社，1956 年。
17. 金江：《乌鸦兄弟》，少年儿童出版社，1956 年。
18. 金江：《小鹰试飞》，中国少年儿童出版社，1956 年。
19. 冯雪峰：《寓言》，作家出版社，1956 年。

20. 金江、林冠夫等:《梨树的遭遇》,东海文艺出版社,1957 年。
21. 金江:《好好先生》,少年儿童出版社,1957 年。
22. 李保均等:《比牛大的蛤填》,陕西人民出版社,1957 年。
23. 金江:《知道了》,四川人民出版社,1957 年。
24. 余毅忠:《啄木鸟与粟树》,安徽人民出版社,1957 年。
25. 余毅忠:《鲤鱼告状》,中国少年儿童出版社,1957 年。
26. 刘饶民:《害羞草》,中国少年儿童出版社,1958 年。
27. 金江:《狐狸和螃蟹》,四川人民出版社,1958 年。
28. 徐郁礼:《猴子与核桃》,山东人民出版社,1958 年。
29. 吕德华:《蜗牛搬家》,中国少年儿童出版社,1958 年。
30. 申均之:《高山和洼地》,山东人民出版社,1960 年。
31. 仇春霖:《无花果》,辽宁人民出版社,1960 年。
32. 仇春霖:《猴子刺虎》,辽宁人民出版社,1960 年。
33. 仇春霖:《帆与舵》,中国少年儿童出版社,1964 年。
34. 刘秉谦等:《猫头鹰的眼睛》,黑龙江人民出版社,1979 年。
35. 金江:《狐狸的真理》,中国少年儿童出版社,1979 年。
36. 李延祜:《猫头鹰的眼镜》,四川人民出版社,1979 年。
37. 魏玉光等:《小白兔种菜》,贵州人民出版社,1979 年。
38. 韶华:《风筝与雄鹰》,春风文艺出版社,1980 年。
39. 海代泉:《得意的狐狸》,广西人民出版社,1980 年。
40. 张我愚等:《小青马和大灰狼》,内蒙古人民出版社,1980 年。
41. 吴广孝:《骄傲的红玫瑰》,中国少年儿童出版社,1980 年。
42. 吴广孝:《小猴吃辣椒》,吉林人民出版社,1980 年。
43. 陈乃祥:《喜鹊嘲牡丹》,安徽人民出版社,1980 年。
44. 刘征:《海燕戒》,山东人民出版社,1980 年。
45. 朱家玉:《猴子卖帽》,湖北人民出版社,1980 年。
46. 冯雪峰:《雪峰寓言》,人民文学出版社,1980 年。
47. 吕德华:《莲花姐妹》,新蕾出版社,1980 年。
48. 李保钧等:《海水和鲸鱼》,陕西人民出版社,1980 年。
49. 徐强华:《马猴当警长》,河北人民出版社,1981 年。
50. 金江等:《老驴推磨》,少年儿童出版社,1981 年。
51. 徐强华:《黄莺与鹦鹉》,江西人民出版社,1981 年。
52. 林植峰:《笼中狮》,中国少年儿童出版社,1981 年。
53. 冯雪峰:《雪峰文集(一)》,人民文学出版社,1981 年。
54. 陈乃祥:《大磨二拖和三糊》,湖南人民出版社,1981 年。
55. 王玉成:《寓言·故事》,内蒙古人民出版社,1981 年。
56. 金江:《寓言百篇》,新蕾出版社,1981 年。

57. 白忠懋：《动物寓言》，科学普及出版社，1981 年。
58. 黄瑞云：《黄瑞云寓言》，湖北少年儿童出版社，1981 年。
59. 凝溪：《猴子的舞蹈》，云南民族出版社，1981 年。
60. 鲁兵：《寓言的寓言》，新蕾出版社，1983 年。
61. 叶永烈：《未来的早晨》，辽宁人民出版社，1982 年。
62. 燕遇明：《燕遇明寓言选》，山东人民出版社，1982 年。
63. 湛卢：《狐狸审案》，重庆出版社，1982 年。
64. 崔亚斌：《毛驴的行程》，福露人民出版社，1982 年。
65. 陈乃祥：《猴子献眼镜》，山西人民出版社，1982 年。
66. 高洪波：《大象法官》，安徽人民出版社，1982 年。
67. 严文井：《严文井童话寓言集》，人民文学出版社，1982 年。
68. 凝溪、海代泉：《猫头鹰的疑问》，江苏人民出版社，1982 年。
69. 林植峰：《怕羞的画眉》，湖南少年儿童出版社，1983 年。
70. 彭万洲：《白鹅赶路》，四川少年儿童出版社，1983 年。
71. 崔亚斌：《袋鼠请客》，贵州人民出版社，1983 年。
72. 高洪波：《吃石头的鳄鱼》，人民文学出版社，1983 年。
73. 金江：《鸭子开会》，湖南少年儿童出版社，1983 年。
74. 吴广孝：《猫法官》，少年儿童出版社，1983 年。
75. 刘征：《春风燕语》，陕西人民出版社，1983 年。
76. 李延祜：《忘掉了奔驰的野马》，山西人民出版社，1983 年。
77. 叶永烈：《警察与小偷》，少年儿童出版社，1983 年。
78. 申均之：《西郭先生》，少年儿童出版社，1983 年。
79. 周冰冰：《向狮子挑战的青蛙》，内蒙古人民出版社，1984 年。
80. 金江：《猴子吹哨子》，少年儿童出版社，1984 年。
81. 胡树化：《弄蛇者与眼镜蛇》，山东文艺出版社，1984 年。
82. 金江：《猫的画像》，浙江少年儿童出版社，1984 年。
83. 陈乃祥：《戴项链的花猫》，山东少年儿童出版社，1984 年。
84. 方崇智：《懒汉吃鱼》，少年儿童出版社，1984 年。
85. 卢培英：《知识寓言百篇》，辽宁少年儿童出版社，1984 年。
86. 凝溪等：《雄狮的画像》，重庆出版社，1984 年。
87. 凝溪：《狐狸的生日》，云南人民出版社，1984 年。
88. 凝溪：《无药的药方》，四川少年儿童出版社，1984 年。
89. 李继槐：《百篇寓言集》，海燕出版社，1985 年。
90. 鲁芝：《狐狸和狐狸》，作家出版社，1985 年。
91. 梅代泉：《鹦鹉的诀窍》，广西人民出版社，1985 年。
92. 赵玉华：《水中月亮》，新蕾出版社，1985 年。
93. 陈乃祥：《将军换马》，山西人民出版社，1985 年。

94. 吴广孝：《熊博士》，少年儿童出版社，1985 年。
95. 吴广孝：《鹅女皇》，辽宁少年儿童出版社，1985 年。
96. 吴广孝：《吴广孝寓言选》，北方妇女儿童出版社，1985 年。
97. 吴树敬：《乔装打扮的土狼》，中国少年儿童出版社，1985 年。
98. 吕德华：《镜子内外》，江西少年儿童出版社，1985 年。
99. 黄瑞云：《黄瑞云寓言》，湖北少年儿童出版社，1985 年。
100. 湛卢：《审判伊索的寓言》，少年儿童出版社，1986 年。
101. 海代泉：《驴子的忧虑》，广西民族出版社，1986 年。
102. 金江：《老鼠理论家》，重庆出版社，1986 年。
103. 何公超：《何公超童话寓言选》，少年儿童出版社，1986 年。
104. 天戈：《睡谷的传说》，湖北少年儿童出版社，1986 年。
105. 陈乃祥：《骑驴将军》，甘肃人民出版社，1986 年。
106. 陈乃祥：《牧师与猎人》，湖北少年儿童出版社，1986 年。
107. 曲一日：《谎话学校》，新蕾出版社，1986 年。
108. 石飞：《乌龟请医生》，明天出版社，1986 年。
109. 许润泉：《小刺猬种庄稼》，青海人民出版社，1986 年。
110. 段明贵：《凡夫当代寓言》，湖北人民出版社，1987 年。
111. 戎林：《将军和强盗》，少年儿童出版社，1987 年。
112. 余毅忠：《老猪学吹唢呐》，广西人民出版社，1987 年。
113. 张秋生：《蜜蜂 · 天狗 · 太阳》，重庆出版社，1987 年。
114. 刘猛：《秃尾巴耗子与神猫》，湖北少年儿童出版社，1987 年。
115. 许润泉：《伊索与国王》，青岛出版社，1987 年。
116. 凝溪：《凝溪寓言选》，云南人民出版社，1987 年。
117. 张秋生：《小巴掌童话百篇》，北方妇女儿童出版社，1988 年。
118. 罗丹：《鸵鸟小莎莎》，朔北少年儿童出版社，1988 年。
119. 刘猛：《猎人与狗》，中国少年儿童出版社，1988 年。
120. 石飞：《武则天与牡丹花》，甘肃少年儿童出版社，1988 年。
121. 湛卢：《乌鸦开画展》，重庆出版社，1988 年。
122. 邝金鼻：《长颈鹿与上帝》，新世纪出版社，1988 年。
123. 叶澍：《梧鼠的桂冠》，贵州人民出版社，1988 年。
124. 吴秋林：《金盘子与红苹果》，新蕾出版社，1988 年。
125. 吕德华：《月亮为什么害羞》，安徽少年儿童出版社，1988 年。
126. 彭万洲：《爱闹笑话的小花狗》，少年儿童出版社，1988 年。
127. 许润泉：《浮萍的哲学》，中国矿业大学出版社，1988 年。
128. 吕德华：《独木桥上的狐狸和狼》，新蕾出版社，1988 年。
129. 曲一日：《老虎抬狐狸》，新蕾出版社，1988 年。
130. 凝溪：《军犬立功》，少年儿童出版社，1988 年。

131. 凝溪：《狮子与哈哈镜》，福建少年儿童出版社，1988 年。
132. 罗丹：《老狼柯克传奇》，大连出版社，1989 年。
133. 邱国鹰：《大象和蚂蚁》，青岛出版社，1989 年。
134. 许润泉：《许润泉寓言选》，奥林匹克出版社，1989 年。
135. 许润泉：《许润泉寓言三百篇》，海潮出版社，1989 年。
136. 凝溪：《伊索与富人与穷人》，四川文艺出版社，1989 年。
137. 干天全：《天全寓言》，成都出版社，1989 年。
138. 刘徽修：《儿童科学寓言》，黑龙江科学技术出版社，1989 年。
139. 谈庆麟：《得意的狐狸》，广西人民出版社，1990 年。
140. 凝溪：《凝溪寓言》，云南民族出版社，1990 年。
141. 凝溪：《一分钟寓言》，中国社会出版社，1990 年。
142. 徐强华：《床下钓鱼》，北京少年儿童出版社，1990 年。
143. 杨啸：《蜗牛的奖杯》，安徽少年儿童出版社，1990 年。
144. 许润泉：《海螺和海虾》，海潮出版社，1990 年。
145. 邱国鹰：《狐狸打猎》，内蒙古人民出版社，1990 年。
146. 陈必铮：《真理的父亲》，少年儿童出版社，1991 年。
147. 林植峰：《晚归的蜂》，少年儿童出版社，1991 年。
148. 雨雨：《雨雨寓言集》，甘肃少年儿童出版社，1991 年。
149. 金江：《金江寓言选》，少年儿童出版社，1991 年。
150. 许润泉：《花猫孵蛋》，金唆书社出版公司，1992 年。
151. 许润泉：《镜子里的怪物》，南洋出版社，1992 年。
152. 张海：《张海寓言集》，海潮出版社，1992 年。
153. 吴秋林：《秋林寓言集》，天马图书有限公司，1993 年。
154. 罗光毅：《猫的困惑》，中国国际广播出版社，1993 年。
155. 马长啸：《长颈鹿、鹦鹉和上帝》，中国国际广播出版社，1993 年。
156. 马晋乾：《喜鹊救鱼》，中国国际广播出版社，1993 年。
157. 王达成：《老牛教子》，中国目际广播出版社，1993 年。
158. 石飞：《馋猫开会》，中国国际广播出版社，1993 年。
159. 孙传泽：《皇帝的御厨》，中国国际广播出版社，1993 年。
160. 陆继权：《贪睡的人》，中国国际广播出版社，1993 年。
161. 陈必铮：《真理赶路》，中国国际广播出版社，1993 年。
162. 徐强华：《菩萨出扦》，中国国际广播出版社，1993 年。
163. 钱欣葆：《铁拐李治脚》，中国国际广播出版社，1993 年。
164. 解普定：《乌龟爬天梯》，中国国际广播出版社，1993 年。
165. 魏玉光：《蝴蝶请客》，中国国际广播出版社，1993 年。
166. 许润泉：《两只熊》，天马图书有限公司，1993 年。
167. 凝溪：《凝溪寓言 2000 篇》，云南人民出版社，1994 年。

（三）现当代作品选集

1. 仇春霖主编：《当代中国寓言大系（1—3）》，辽宁少年儿童出版社，1989 年。
2. 柯玉生主编：《中国新时期寓言选》，浙江少年儿童出版社，1989 年。
3. 于友先主编：《寓言十家》，海燕出版社，1989 年。
4. 金近主编：《中国现代寓言选》，中国少年儿童出版社，1985 年。
5. 金江编：《中国现代寓言选》，吉林人民出版社，1983 年。
6. 金江编：《中国现代寓言集锦》，江苏人民出版社，1982 年。
7. 徐强华编：《中国科学寓言选》，北京少年儿童出版社，1988 年。
8. 金江主编：《中国当代寓言精品》，中央民族学院出版社，1988 年。
9. 本社编：《百家寓言选》，未来出版社，1987 年。
10. 许润泉编：《寓言 365》，法律出版社，1989 年。
11. 许润泉编：《中国当代寓言选》，奥林匹克出版社，1990 年。
12. 邝金鼻选编：《现代寓言》，新世纪出版社，1995 年。
13. 石飞编：《中国当代寓言许精品百首》，中国国际广播出版社，1991 年。
14. 石飞编：《微型寓言 500 则》，中国国际广播出版社，1991 年。

（四）翻译作品

1. 金尼阁口授，张赓笔录：《况义》，1609 年刊行。
2. 汤姆口述，蒙昧先生记录：《意拾蒙引》，1837 年刊行。
3. 张赤山译：《海国妙喻》，天津时报馆，1888 年。
4. 林纾、严璩合译：《伊索寓言》，1902 年。
5. 郑振铎译：《印度寓言》，商务印书馆，1925 年。
6. 郑振铎译：《莱森寓言》，商务印书馆，1925 年。
7. 胡愈之译：《东方寓言集》，开明书店，1927 年。
8. 王世颖译：《土耳其寓言》，开明书书店，1929 年。
9. 王原放译：《伊所伯的寓言》，亚东图书馆，1929 年。
10. 刘兆芪译：《印度寓言》，开明书店，1931 年。
11. 景桦译：《德国寓言》，商务印书馆，1934 年。
12. 蒋天柱译：《萨尔蒂可夫寓言》，着文艺出版社，1941 年。
13. 邹荻帆译：《鹰与鸡》，建国书店，1943 年。
14. 南登山译：《印度故事集》，中华书局，1945 年。
15. 许敬言译：《伊索寓言》，商务印书馆，1949 年。
16. 倪海曙译：《知了借粮》，少年儿童出版社，1949 年。
17. 陈君实译：《克雷洛夫寓言》，时代出版社，1950 年。
18. 梦诲译：《克雷洛夫寓言》，时代出版社，1951 年。
19. 海溪译：《寓言故事集（汉俄对照)》，上海中华书局，1952 年。
20. 蒋天柱译：《萨尔蒂可夫寓言》，新文艺出版社，1952 年。
21. 吴岩译：《克雷洛夫寓言》，新文艺出版社，1954 年。

22. 梦舟译：《克雷洛夫寓言》，中国青年出版社，1955 年。
23. 周启明译（多种版本）：《伊索寓言》，人民文学出版社，1955 年。
24. 张沛霖，杨彦劬译：《伊索寓言》，儿童读物出版社，1955 年。
25. 梦海译：《大象与叭儿狗》，少年儿童出版社，1956 年。
26. 倪诲曙译：《知了借粮》，少年儿童出版社，1956 年。
27. 何如译：《拉封丹寓言选》，新文艺出版社，1957 年。
28. 懋之译：《托尔斯泰故事集》，少年儿童出版社，1957 年。
29. 项星耀译：《谢德林寓言选集》，上海文艺出版社，1958 年。
30. 倪诲曙译：《拉封丹寓言诗》，少年儿童出版社，1958 年。
31. 季羡林译：《五卷书》，人民文学出版社，1959 年。
32. 林兴华译：《卡里来与笛木乃》，人民文学出版社，1959 年。
33. 吴岩译：《克雷洛夫寓言》，江西人民出版社，1979 年。
34. 张治强译：《夏班·罗伯特寓言选》，山东人民出版社，1979 年。
35. 卢剑波译：《伊索的智慧》，四川人民出版社，1980 年。
36. 高中甫译：《莱辛寓言》，人民文学出版社，1980 年。
37. 水建馥译：《蔷薇园》，人民文学出版社，1980 年。
38. 张石秋译：《伊索寓言选》，陕西人民出版社 1980 年。
39. 罗念生译：《伊索寓言》，人民文学出版社，1981 年。
40. 梦诲译：《克雷洛夫寓言》，少年儿童出版社，1981 年。
41.《著名外国寓言》，云南人民出版社，1981 年。
42. 陈君实译：《克雷洛夫寓言》，少年儿童出版社，1981 年。
43. 远方译：《拉封丹寓言诗》，人民文学出版社，1982 年。
44. 袁丁译：《谁是百兽之王》，安徽人民出版社，1982 年。
45. 何世英译：《克雷洛夫寓言诗集》，花城出版社，1983 年。
46. 杜渐译：《达·芬奇寓言集》，广东人民出版社，1983 年。
47. 谷羽译：《驴子和夜莺》，人民文学出版社，1983 年。
48. 陈际衡、赵世英选译：《俄罗斯寓言百篇》，内蒙古人民出版社，1985 年。
49. 郭良鋆、黄宝生译：《佛本生故事选》，人民文学出版社，1985 年。
50. 曼立译：《卡里来与笛木乃》，湖南少年儿童出版社，1986 年。
51. 吴墨兰译：《列夫·托尔斯泰故事集》，少年儿童出版社，1986 年。
52. 金江编：《外国寓言选》，浙江少年儿童出版社，1986 年。
53. 张伯权译：《卡夫卡寓言与格言》，黑龙江人民出版社，1987 年。
54. 张福生译：《达·芬奇寓言童话故事选》，江西少年儿童出版社，1987 年。
55. 彦生等译：《伊索寓言精选》，中国少年儿童出版社，1987 年。
56. 罗念生等译：《伊索寓言选》，人民文学出版社，1988 年。
57. 吴岩、张孟恢译：《克雷洛夫、谢德林寓言选》，人民文学出版社，1988 年。
58.《拉封丹寓言诗选》，人民文学出版社，1988 年。

59. 刘保瑞等译：《世界寓言大师作品精选》，国际文化出版公司，1988 年。
60. 吴广孝译：《达·芬奇寓言选》，北方妇女儿童出版社，1988 年。
61. 林兴华译：《卡里来和笛木乃》，人民文学出版社，1988 年。
62. 蒋光宜译：《伊索智慧寓言 300 篇》，沈阳出版社，1988 年。
63. 李佳等译：《365 天寓言故事》，沈阳出版社，1988 年。
64. 李怀东、王燕元编译：《苏联当代寓言童话故事选》，国际文化出版公司，1989 年。
65.《世界寓言精选 365》，河北人民出版社，1989 年。
66. 张鸿年译：《果园》，北京大学出版社，1989 年。
67. 祝本雄译：《达·芬奇寓言和故事》，世界知识出版社，1991 年。
68.《达·芬寄寓言》，湖南少年儿童出版社，1991 年。
69. 杨武编译：《莱辛寓言》，湖南少年儿童出版社，1991 年。
70. 韦苇编译：《克雷洛夫寓言》，湖南少年儿童出版社，1991 年。

（五）民间作品

1.《猎人和狼》，华北人民出版社，1953 年。
2.《猴鸟的故事》，作家出版社，1956 年。
3.《蒙古族寓言故事集》，青海人民出版社，1960 年。
4. 魏泉鸣翻译整理：《乌孜别克族寓言故事集》，甘肃人民出版社，1979 年。
5. 中央民族学院编选组：《中国少数民族寓言故事选》，甘肃人民出版社，1982 年。
6.《蒙古族寓言故事》，内蒙古人民出版社，1983 年。
7. 曹廷伟编：。《中国民间寓言选》，辽宁少年儿童出版社，1985 年。
8. 李明等编：《中国少数民族寓言故事选》，四川民族出版社，1986 年。
9. 阿布拉麦合逊整理：《维吾尔族寓言诗集》，四川民族出版社，1986 年。
10. 马俊民编译：《维吾尔族寓言选》，新疆人民出版社，1987 年。
11. 吴秋林编：《外国民间寓言选》，辽宁少年儿童出版社，1990 年。
12. 吴秋林编：《世界民间寓言大全》，湖南少年儿童出版社，1994 年。

（六）学术著作部分

1. 胡怀琛：《中国寓言研究》，商务印书馆，1930 年。
2. 王焕镳：《先秦寓言研究》，古典文学出版社，1957 年。
3. 陈蒲清：《中国古代寓育史》，湖南教育出版社，1983 年。
4. 公木：《先秦寓言概论》，齐鲁书社，1984 年。
5. 陈蒲清：《世界寓言通论》，湖南教育出版社，1990 年。
6. 鲍廷毅主编：《寓言辞典》，山东明天出版社，1988 年。
7. 陈蒲清主编：《中外寓言鉴赏辞典》，湖南出版社，1990 年。
8. 吴秋林：《寓言文学概论》，辽宁少年儿童出版社，1991 年。
9. 薛贤荣：《寓言概论》，安徽少年儿童出版社，1991 年。

10. 吴秋林：《世界寓言史》，辽宁少年儿童出版社，1994 年
11. 凝溪：《中国寓言文学史》，云南人民出版社，1992 年
12. 谭达先，《中国古代民间寓言研究》，香港，约 1980 年。
13. 陈于君等主编：《论童话寓言》，新蕾出版社，1989 年。
14. 王馒康主编：《金鼻 · 寓言 · 童话》，新世纪出版社，1994 年。

二、参考书目

1. 刘家和主编：《世界上古史》，吉林人民出版社，1984 年。
2.《中国大百科全书（中国文学卷）》，中国大百科全书出版社，1986 年。
3.《中国文学家辞典（现代 1 – 4 分册）》，四川文艺出版社，1985 年。
4. 李蕾诛主编，《中国少数民族文化史》，辽宁人民出版社，1994 年。
5.《文心雕龙》，中华书局。
6.《汉书 · 艺文志》，中华书局。

寓言文学著作要目中大部分著作亦是本书参考书目，不重列。

后 记

书不一定写得好，但后记还是要写的，尤其是此书的完成之际更是如此。1980年开始，我就开始了寓言的创作和研究。当时我还是一个学生，就贸然四处表明自己在研究寓言，竟然受到严文井、陈伯吹、金江、湛卢、仇春霖、韶华等老一代寓言作家和儿童文学家的鼓励和支持。于是乎，我的拖拖沓沓的6万字的毕业论文，写的就是《中国现当代寓言简史》。这就是我研究寓言文学的“芽”。虽然我已经出版过《寓言辞典》《寓言文学概论》和《世界寓言史》，但我心里最想写的是一部中国寓言文学的史书。如今，这个愿望在福建教育出版社陈鹰平先生等人的支持和帮助下得以实现，欣慰之余，深表内心的谢意。

此书的出版，可谓是本人寓言文学研究体系化的最后一环，希望它对推动中国寓言文学的繁荣和发展有所裨益。

此书的写作，虽有一定的基础，但也耗时年余。在写作的过程中，得到周世英、邓康明、杨方刚、龚妮丽诸位师长的支持，得到王箭、蒋行远、赵健等友人的帮助，在这里表示感谢！

在写作的日夜里，我的妻子杨丹和我的家人也为此付出了许多的心血，也在此深致谢意！

另外，我的中学同学张志新为本书翻译了英文目录，亦表示谢意！

1998年初秋于贵阳

◆ 1988年由山东明天出版社出版

◆ 属于集体著作，此只存编写说明和条目留念

吴秋林文集

第一卷

寓言辞典

编写说明

一、本书是供大中学生，中小学教师、广大文学爱好者及寓言作者、研究者使用和参考的工具书。

二、本书以介绍古今中外的寓言作品、作家、寓言理论及普及寓言知识为宗旨。

三、本书正文共收词目2226条（内含参见条目110条）。

四、本书正文前后，分别附有《笔画目录索引》和《音序目录索引》。《笔画目录索引》按词目首字笔画数排列。笔画数相同者，按横、竖、撇、点、折起笔笔形顺序排列。首字同，按第二字笔画数和起笔笔形顺序排列，余以类推。《音序目录索引》，以《汉语拼音方案》公布的字母表为序。

五、释文中，一词多义的用1、2、3等分项；一义中须分述的，则用①、②、③等标出。寓言名篇分见数书，一般取先出者立目，仿作，改作的寓言，其成就超过原作，则取仿作、改作作品立目，并于释文中点明所据原作。

六、本书一律用规范简化字。有的人名，地名、书名，篇名及古籍文句，如容易引起误解，则保留原来的繁体字或异体字。

七、本书系集体编写。大致分工为：寓言理论、中国现代，当代寓言及中国民间寓言部分，由吴秋林撰写，外国部分，由谷恒东、蓝峰、张丕迪，杨康善、白君鹤撰写，中国古代部分，由鲍延毅、祝普文、马达，天放撰写。每条释文之末，皆标明撰写者姓氏，以示负责。目录索引为茂森、建军编制。

八、本书编写过程中，中国寓言文学研究会领导及诸同好给予热情关注与鼓励，在此谨表深挚谢意。

由于水平、资料条件所限，本书疏漏和谬误之处在所难免，敬祈专家、读者，给以批评指正。

编　者

1987年3月

笔画目录索引

一画

二画

三画

（横起）

（竖起）

四画

七画

八画

十一画

十二画

寓言结构	寓言群象	寓言抽象性
寓言理性	寓言境界	寓言的寓言
寓言载体	寓言磁带	寓言知识性
寓言格言	寓言漫画	寓言美本质
寓言真实	寓言趣味	寓言美术片
寓言真理	寓言题材	寓言美特征
寓言哲学	寓宫影射	寓言美特性
寓言哲理	寓言整体	寓言政治性
寓言特色	寓宫激情	寓言政论性
寓言特征	寓言口头性	寓言故事性
寓言特性	寓言无生物	寓言点题话
寓言倾向	寓言艺术性	寓言思想性
寓言悟性	寓言丰富性	寓言新形象
寓言家族	寓言心理学	寓言新品种
寓言容量	寓言文学性	寓言叙述性
寓言教学	寓言书面性	寓言独立性
寓言教训	寓言功利性	寓言客观性
寓言领域	寓言可靠性	寓言幽默感
寓言情节	寓言主人公	寓言真实性
寓言寄托	寓言主观性	寓言真实感
寓言隐寓	寓言民族性	寓言哲理性
寓言散文	寓言发祥地	寓言倾向性
寓言植物	寓言发展史	寓言浪漫性
寓言智慧	寓言形象化	寓言通俗性
寓言喻体	寓富形象史	寓言虚构性
寓言焦点	寓言形象性	寓言象征性
寓言象征	寓言形象感	寓言寄寓性
寓言道德	寓言连环画	寓言随意性
寓言属性	寓言时代感	寓言愚拙味
寓言想象	寓言针对性	寓言趣味性
寓言感性	寓言含蓄性	寓言譬喻性
寓言感受	寓言启迪性	寓言人性叙述
寓言傻味	寓言层次感	寓言个人风格
寓言触角	寓言局限性	寓言艺术手法
寓言意味	寓言表现力	寓言艺术色彩
寓言意图	寓言现实性	寓言艺术特色
寓言源流	寓言规范性	寓言艺术特性

十三画